日本古典文學大系
67

日本書紀 上

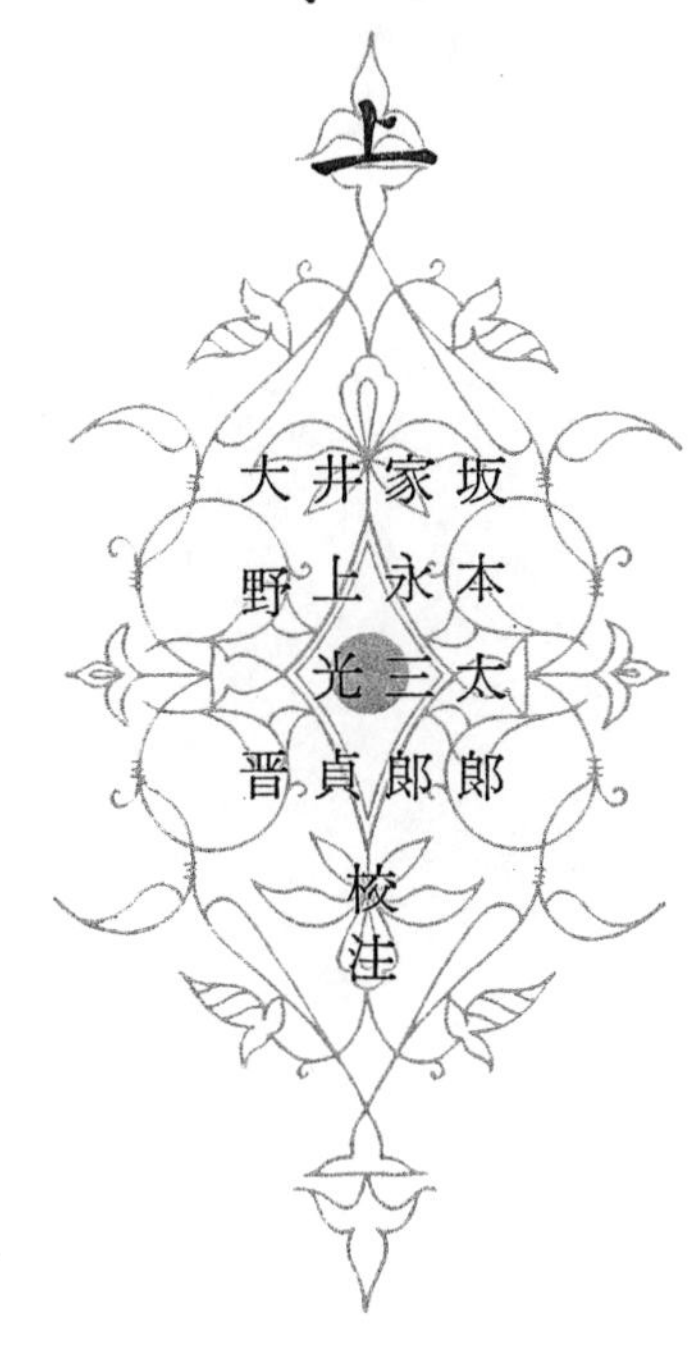

坂本太郎
家永三郎
井上光貞
大野晋
校注

岩波書店刊行

監修者

高木市之助
西尾　實
久松潜一
麻生磯次
時枝誠記

題字　柳田泰雲

日本書紀巻第一（卜部兼方本）

大橋寛治氏蔵

廿五年百濟直支王薨即子久尓辛立為王王年幼木滿致執國政與王母相婬多行無禮天皇聞而召之（百濟記云木滿致者是木羅斤資討新羅時娶其國婦而所生也以其父功專於任那来入我國往還貴國承制天朝執我國政權重當世然天朝聞其暴召之）

廿八年秋九月高麗王遣使朝貢因以上表其表曰高麗王教日本國也時太子菟道稚郎子讀其表怒之責高麗之使以表狀無禮則破其表

卅一年秋八月詔群卿曰官船名枯野者伊豆國所貢之船也是朽之不堪用然久為官用功不可忘何其船名勿絶而得傳後葉焉群卿便被詔以令有司取其船材爲薪而焼鹽於是得五百籠鹽則施之周賜諸國因令造船是以諸國一時貢上五百船悉集於武庫水門當是時新羅調使共宿武庫爰於新羅停忽失火即之及于聚船而多船見焚由是責新羅人

目次

解説

一 書名・成立・資料

一 書名

日本書紀は一に日本紀ともいう。その命名の由来や、二つの名前の関係については、古来いろいろの説があって、まだ決着してはいない。

一般に行なわれている説は、伴信友が「日本書紀考」(『比古婆衣』巻一)において述べたものである。かれは言う。日本紀が本来の名である。その理由は、この紀の奏上を記した『続日本紀』の養老四年(七二〇)の記事に「修二日本紀一」とあり、『続日本紀』以下の国史の名がみな日本紀をとって、書紀をとっていないことから明白である。『本朝月令』所引「高橋氏文」にのせた延暦十一年(七九二)三月十八日の太政官符、『日本後紀』延暦十六年(七九七)二月、弘仁三年(八一二)六月等の記事なども日本紀といっている。これに対し、日本書紀とあるのは、『弘仁私記』序、延喜・天慶の『日本紀竟宴和歌』の序文、『朝野群載』にのせた承和三年(八三六)の「広隆寺縁起」、『釈日本紀』に引いた「延喜講記」などである。だから、弘仁年中から文人たちが日本紀に書の字を加えて日本書紀と称したのが、ついに題名となったのであろうと。どうして、弘仁頃から書の字を加えたかの理由については、信友の究明はそれほどつき進んでいず、『釈日本紀』の開題に師説として、宋の范蔚宗が『後漢書』を撰したとき、帝王の事を叙して書紀といい、臣下の事を叙して書列伝といったので、書紀もそれによったのであろうかとあるのを引いているだけである。

この説のうち、『続日本紀』以下の国史の名を根拠として、日本紀が本来の名であったと推したことは、もっとも説得力に富むところであるが、その他の点は不十分の嫌いがある。弘仁以前にも日本書紀と称した史料は、『公式令集解』に引く古記、『万葉集』左注、『日本後紀』大同元年(八〇六)七月条、『高野雑筆集』など、かなりある。かりに、これらを伝写の誤りであると解しても、なぜ弘仁頃文人たちが書の字を加えたのであるか、納得のできる説明がぜひほしいのである。

書も紀も、中国では古来史書の題名に用いた文字であって、書は紀伝体の歴史を、紀は編年体の歴史を示す例である。『漢書』『後漢書』『晋書』は紀伝体であり、『漢紀』『後漢紀』などは編年体である。日本書紀は編年体だから、紀の字を用いたことは、この約束にかなっている。『漢紀』『後漢紀』がいずれも三十巻であって、書紀の三十巻と合っているところを見ると、少くとも名称には、こうしたものを参考としたのではないかと考えたくなるのである。

日本紀ならば、それでよいが、異質の書の字がはいるから、問題は混雑する。その関係をきわめて具体的に説明した学説が二つある。

一つは折口信夫博士の説である。博士は、日本紀の前に日本書というものがあったと考えたいという。それが完成したかどうかは疑問であって、むしろ日本書の一部である『帝王本紀』が帝紀として行なわれていたと見るのが適当だろう。ともかく日本書という観念があって、日本紀が出てきたのであるから、当然本来の名は日本紀でなければならぬ。日本書紀という名は、史学の知識が自由な流動性を失いかけた頃から始まった誤りらしい。弘仁頃の博士たちが、一知半解のもの知り顔から、半紙がみ、朱器椀などと言うにも等しい書名の音覚えに馴れて行なったものだろうと言うのである(「日本書と日本紀と」『史学』五ノ二、全集第一巻)。

書と紀との相違をしっかりと把握した上での独創的な見解であるが、七世紀頃のわが知識人の間に、日本書という雄大な構想が立てられて実行されたかどうかは、頗る疑問としなければならぬ。しかし日本紀が本名で、日本書紀は博士たちの一知半解の物知り顔から起こった名というのは、信友の言い足りなかったことを説明したものとして意義が大きい。

今一つは神田喜一郎博士の説である。博士も、書と紀とはすぐには続かぬ文字であって、中国に書紀という名をつけた史書は見当たらないという。そこで、本来これは日本書であったのではないか。当時日本として国威を誇示するためには、欽定の正史を必要としたに違いないが、正史は紀伝体の「書」でなければならぬとする観念がすでに行なわれていたのである。そこで名称としては、紀伝体を意味する「日本書」をとったのである。が、事実は紀があるだけで、志や列伝はないので、「日本書」という題名の下に、小字で「紀」と記して、日本書の紀であることを表示したのであろう。のちに伝写の間に、上の「書」と下の「紀」とがくっついて、いつしか日本書紀となったが、それはかなり早い時代であって、『続日本紀』の作られた時代には、その書名の由来がすでに忘れられていたのであろう。けれど、日本書紀という書名のおかしいことには気がついて、その体裁や内容にふさわしく日本紀としてしまったというのである(日本古典文学大系『日本書紀下』月報、昭和四十年七月)。

この説は書籍にくわしい博士ならではの具体的な説明であるが、『続日本紀』撰進の延暦の頃までに、題名の「書」の大字と「紀」の小字の区別が失われるほど、たびたび書写されたかどうか、多少疑わしいように思われる。そして日本紀が本来の名称ではないとする所は、信友以来の旧説とはちがった結論を示したものとして注目される。

以上のように、日本紀と日本書紀の名の由来について、確乎不動の学説はまだ出ていない。後世の取扱いでも、一方を正しい名とし、他方をそうでないとしたようすもない。写本はおおむね巻首巻尾に日本書紀と題して、日本紀とは記さない。けれどもほかの書物にこれを引用した場合は、「日本紀云」とすることが多い。もっとも面白いのは『日本紀竟宴和歌』である。この書には延喜と天慶の二度の竟宴歌を集め、それぞれに漢文の序をのせている。その延喜の題詞には、「日本紀竟宴各分㆑史得㆓神日本磐余彦天皇㆒并序」とあるのに、その序の本文は「日本書紀者一品舎人親王従四位下太朝臣安満等奉㆑勅所㆑撰也」と書き出す。天慶のも、題詞には「日本紀竟宴各分㆑史得㆓王仁㆒一首并序」とあり、序には「元正天皇御宇之時、勅㆓

一品舎人親王従四位下太朝臣安麻呂等一俾レ撰二日本書紀一」とある。題詞には日本紀といい、本文に日本書紀と記して、少しも矛盾を感じないようである。どちらが正しいとか、正しくないとかの論をこえて、いずれも公式の名と認めていたとしか思われない。

ただ平安時代中頃から日本紀に意義の拡大が生じたことは事実である。それは紫式部を日本紀の局と称したことでも知られるように、日本紀という言葉に、漢文体国史の総名といったような、やや観念的な意味が与えられたからである。これに対し日本書紀はあくまで一部の書物を指す。こうした点を取り上げれば、二つの名称には明らかに意味内容の相違ができたと言わねばならぬ。ただ、これもいつもそうであるわけではない。日本紀をもって一部の書物をさすことも、一方では引きつづいて行なわれている。今日われわれも両様の名を全く区別しないで用いているのである。

なお、書名に日本という国号を冠したことについても、古来論議がやかましかった。本居宣長の説く所では、日本紀の名はシナの『漢書』『晋書』などというのに倣ったものであろうが、シナとは国がらの違う日本に、国号を冠する必要はない。これはかの国にへつらった名で、宜しくない名であるというのである。河村秀根も同様な考えをもったうえ、ある古本にはたんに書紀と題していたという根拠から、日本の二字はないのが本来の姿であるという結論に達し、みずから著わした注釈書は、日本を削って『書紀集解』と名づけたのである。しかし今日から見れば、これらの説は不通と言わねばならず、国号を冠したことに疑問をもつ人はいない。むしろ、そのことを重要視し、そこに国外にも存在を示そうとした書紀の性格を見るべきであり、古事記が国内ばかりに目を向けていたのとはちがうと見るのが通説である。

二　成　立

日本書紀のでき上った時は、『続日本紀』養老四年(七二〇)五月癸酉の条に、「先レ是一品舎人親王奉レ勅修二日本紀一。至レ是功成奏上。紀卅巻系図一巻」とあって、明瞭である。ただ、ここに至るまでにどのような編修の過程があったか。これより八年前の和銅五年(七一二)にでき上った古事記の撰録と、どういう関係にあったかという点になると、史料が乏しいため的確のことがわからない。古来多くの学説がいり乱れて定説を得ない状態である。

まず、これに関する史料としては、日本書紀天武天皇十年三月丙戌の条があげられる。その文には、「天皇御二于大極殿一、以詔二川島皇子・忍壁皇子・広瀬王・竹田王・桑田王・三野王・大錦下上毛野君三千・小錦中忌部連首・小錦下阿曇連稲敷・難波連大形・大山上中臣連大島・大山下平群臣子首一、令レ記二定帝紀及上古諸事一。大島・子首、親執レ筆以録焉」とあって、この時天皇の命によって、帝紀と上古諸事の記定が始まったことを示している。これに関連したことは、古事記の序文にも見える。「於レ是天皇詔之、朕聞、諸家之所レ賷帝紀及本辞、既違二正実一、多加二虚偽一。当二今之時一不レ改二其失一、未レ経二幾年一其旨欲レ滅。斯乃、邦家之経緯、王化之鴻基焉。故惟、撰二録帝紀一、討二覈旧辞一、削レ偽定レ実、欲レ流二後葉一。時有二舎人一。姓稗田、名阿礼、年是廿八。為レ人聡明、度レ目誦レ口、払レ耳勒レ心。即、勅二語阿礼一、令レ誦二習帝皇日継及先代旧辞一。然、運移世異、未レ行二其事一矣」。天武天皇が稗田阿礼に命じて誦み習わせた帝皇日継と先代旧辞とは、その前にいう諸家の持っている帝紀と本辞と同じはずであり、日本書紀天武十年の帝紀及び上古諸事とも同じであろうと考えられる。それならば、同じ天武天皇が川島皇子以下十二人の皇族貴族たちを大極殿に集めて記定を命じた事業と、稗田阿礼ひとりに命じて誦み習わせた事業とは、どういう関係があるのであろうか。同じことを別の半面から述べているのであろうか。また別の事業とすれば、その前後の関係はどうであろうか。

同じことと考えるのは、平田篤胤の説であるが、それにしては両方の事実があまりにもちがい過ぎる。皇族以下十二人を大極殿に召して記定させたのは、公的な政府事業としか考えられないが、天皇がひとりの舎人に誦み習わせたのは、私的なささやかな事業ではないか。同事説はどうも成立困難のようである。別事とすれば前後はどうか。天武紀の方が先で、古事記序の方が後だというのは、平田俊春博士の説である。氏はいう。天武十年の帝紀及び上古諸事の記定事業は、混乱していた氏姓を正すためのものであったが、諸氏の利害が錯綜しているので、なかなか結論が得られなかった。そこで天皇は改めて稗田阿礼を相手として、みずからそのことを行なった。その結果が天武十三年の八色の姓の制定となったのである。古事記はのちに阿礼の誦み習ったことを筆録したものだから、天武十年の記定事業は古事記撰録の基となったものである。日本書紀はそれとは関係がない。書紀は和銅七年(七一四)紀清人・三宅藤麻呂に命じて、国史を撰ばせたことが『続日本紀』に見えるから、そのときに編修に着手したのであると(『日本古典の成立の研究』)。

これに対し阿礼にさせた仕事が先で、川島皇子らのそれが後だとするのは筆者の考えである。天皇は、初めは阿礼を助手として帝紀旧辞の削偽定実を行なったが、そのことが困難であったので、想を改めて川島皇子らの皇族貴族を集めた大規模の帝紀旧辞記定事業を始めたのである。これが天皇のときには功を了えなかったが、後の代々にうけつがれて、養老四年(七二〇)に日本書紀となって結実したのである。したがって書紀編修の始めは天武天皇十年におくべきであるとするのである。そうはいっても、天武天皇十年に、のちの日本書紀のような史書の形式内容が構想せられていたと考えるのではない。十年のは、あくまでも帝紀と旧辞を正しく記定しようとした事業である。その事業を代々進めて行くうちに、おのずから書紀のような史書が構想せられたのである。だから、十年の事業は正確にいうと書紀の資料の整備である。ただ帝紀と旧辞は書紀の資料の核心となったものである。その意味で帝紀旧辞の整備は、書紀編修作業の第一の重要な楷梯であると思うのである。

持統天皇の五年八月に、書紀は大三輪氏ら十八氏に、その祖先の墓記を上進させたことを記す。墓記とは墓誌銘のようなものであろうから、古来の名族たちにその祖先の功業について上申させたことになり、政府で行なう帝紀旧辞の記定に対し、新しい資料を追加蒐集しようとする試みであると解するのが自然であろう。事実、いま書紀を見ると、十八氏中の大三輪・上毛野・膳部・紀伊・大伴・石上の六氏については、旧辞にはなくて、それぞれの氏に独自の伝承と考えられる記事を含んでいる。これによって、持統朝は天武朝の意志をついで国史編修の事業を推しすすめていたと考えてよいと思う。文武朝にはきわ立った動きは見えない。これは大宝律令制定の仕事に忙しく、国史には手が廻りかねたのであろう。

元明天皇は天武天皇の皇太子草壁皇子の妃であったため、天武天皇の遺業の紹述に関心をもったのであろうか。太安万侶に稗田阿礼の誦んだ所を撰録させた。和銅五年(七一二)にでき上った古事記がそれである。

つづいて和銅六年(七一三)五月には、諸国に風土記撰述の命を下した。当初、風土記の名があったかどうかは不明であるが、郡内の諸産物や土地の沃塉といった現実的効用のある事項のほかに、山川原野の名号の由来や古老の伝える旧聞異事のような歴史的なものを、その記載項目の中に加えているのは、この挙が多分に歴史的関心によって行なわれていることを示す。それは一面ではやがて日本書紀として結実した国史編修の事業とかかわりをもったのではなかろうか。風土記が書紀の記事の材料となったという証拠は、現存の資料では『筑紫風土記』(乙本)ぐらいしかあげられぬけれども、何らかのつながりが風土記と書紀との間にあったろうと想像することは許されるであろう。

つぎには和銅七年(七一四)二月戊戌、従六位上紀朝臣清人、正八位下三宅臣藤麻呂に詔して国史を撰ばしむという記事が、『続日本紀』に見えている。この記事は多くの人によって書紀の編修に関係づけて解釈されるが、その重点のおき方は、それぞれかなり違う。これを書紀編修の真の初めと解するのは、先に述べた平田俊春博士らであるが、それにしてはふたりの官位の低いのが気にかかる。和田英松博士はそこでこの記事には文字の脱落があるのであろうと推測した。本来は舎人親王以下の高官の人の名がこの前に一、二行あったのを、伝写のさいにおとしたのであろうというのである(『本朝書籍目録考証』)。また平田篤胤らは、この時に撰ばれたのは『和銅日本紀』というもので、いまの書紀ではない。書紀はこの『和銅日本紀』を材料として改めて編修したものであるという(『古史徴開題記』)。この説によると、この記事と書紀との関係は間接的なものとなる。筆者は、書紀編修の事業を天武天皇十年から断続はありながらも精神的には継承しているものと思うから、この記事はその事業への編修員の追加任命を指すものであろうと解する。ともかく、元明天皇のときに書紀編修事業が力強く推進せられたであろうことは、以上の諸記事から察するに難くない。

和銅七年(七一四)から六年たった養老四年(七二〇)に書紀は完成した。その記事に、舎人親王がこれより先に勅を奉じたとあるので、その先とはいつであるかについても諸説はまちまちであるが、上述したような事情から考えれば、元明天皇のときであるとするのが穏当であろう。舎人親王は『続日本紀』によると、天武天皇の第三皇子とあり、養老四年八月、書紀奏上後わずかに三月で、知太政官事に任ぜられ、天平七年(七三五)薨去までその任にあった。文武・元明の朝に、諸皇子中で重要な位置を占めていたことは、大宝四年(七〇四)正月皇子たちが封を増し賜わったとき、二品長親王・舎人親王・穂積親王・三品刑部親王が共に二百戸と定められていることから、察せられる。このように天武天皇の皇子が編修総裁の任に当たったのは、天武天皇の遺業の継承であることが強く意識せられていたからであろうと思う。

舎人親王の下にあって、編修の実務に従った人は、上記の紀清人・三宅藤麻呂の名が知られるほかは明らかでない。『弘仁私記』序には太安万侶の名をあげ、以後の諸書にこれをおそうものもあるが、どこまでその記事に信憑性があるか疑わしい。安万侶は古事記を撰録した人であるから、かれが書紀の編修にも関与したとすれば、もっと古事記を主張するような形が書紀にあらわれるべきではなかろうか。ところが周知の通り、書紀の内容を見ると、古事記に概して無関心であり、故意に無視したような所も見える。古事記に精魂をこめた安万侶が、こうした書紀の編修態度を是認したであろうか。それははなはだ疑わしい。もっとも、これについて、もっと精密な実証的研究が必要であろうから、今後の検討に待つことにしたい。

ともかく書紀の編修は、天武天皇十年に始まり、養老四年(七二〇)に及んだ三十九年もの長い事業である。初めは帝紀・旧辞の校訂整理であったが、しだいに事業を拡大し、広く方々に資料を求めたり、正史としての体例を定めたりするのに、多くの年月を費やしたのであろう。稿本は何回か書き改められ、また書き加えられたのであろう。現在の書紀に分注としていれられている或本とか一本とかいうものは、それらの稿本の一種であろうと思われる。また、時に重複の記事があり、同じ固有名詞で用字の異なる場合も多いが、それらは編修の人や時が違うと共に、用いた史料もちがうから起こったものであろう。

巻により編修の人や時がちがっていたであろうという推測は、最近著るしい成果をあげた書紀区分論からも支持される。書紀区分論というのは、書紀に用いられた文字や語法に巻によりある種の傾向があるので、それらを整理すると、おのずからいくつかの巻々のグループが指摘されるという説である。具体的には、歴代に必ず記されるべき記事としての即位・定都に関する文とか、氏々の始祖をあらわす文字とかいう問題、也・矣・焉・於・于のような助字の使い方、歌謡詞章における仮字の種類、分注の分布状態やその内容の偏向などを取りあげて整理すると、各種の徴候がほぼ一致して、次の十の区分が立てられるのである。

1 巻一――巻二　神代上下
2 巻三　神武
3 巻四――巻十三　綏靖――安康
4 巻十四――巻十六　雄略――武烈
5 巻十七――巻十九　継体――欽明
6 巻二十――巻二十一　敏達――崇峻
7 巻二十二――巻二十三　推古――舒明
8 巻二十四――巻二十七　皇極――天智
9 巻二十八――巻二十九　天武上下
10 巻三十　持統

以上のうち、互いに似た傾向をもつグループの組み合わせも認められる。2(巻三)と9(巻二十八――二十九)、2・3(巻三――十三)と7(巻二十二――二十三)、4・5(巻十四――十九)と8(巻二十四――二十七)などはその例である。

この区分には、今後の研究によって、なお手直しを加える必要が起こるであろうが、これだけでも巻々の用字に偏向のあるという事実は明らかであり、書紀成立論への重要な寄与であることはいうを須いない。この事実から、各巻を分担した編者の名を推測する道もおのずから開けてこよう。太田善麿氏が書紀の編者には帰化人系の史官が加わっていたと想像し、巻二十五・二十六に『伊吉博徳書』が引用されているのは、その部分(上掲8)に伊吉氏が関与したであろうこと、巻十四から二十七の部分(上掲4―8)には、欽明紀・敏達紀の王辰爾のこと、皇極紀の船史恵尺のことなどから、船氏が関与したであろうことなどを推測しているのは、その一つの試みである。これについての精深な研究はなお今後に待つところが多いであろう(この問題に関する多くの研究は、太田善麿『古代日本文学思潮論Ⅲ――日本書紀の考察』、山田英雄「日本書紀の文体論について」(『史学雑誌』六三―六)などに紹介されている)。

三　資　料

日本書紀に用いられた資料には、大きく見て二通りの別が考えられる。一つは記事内容のために用いたもの、いわゆる史料である。帝紀・旧辞を始めとする古記・古文献である。いま一つは文章を潤色するための資料とした船載の漢籍類である。『漢書』『後漢書』『文選』などはそれである。この後者については、文章の出典論として別に小島氏が一文を草することになっているから、ここでは前者の史料について述べることにする。

日本書紀は、その史料が、古事記に比較すると、はるかに豊富であったことに特色がある。古事記は序文によって、その史料が帝紀と旧辞の二種であったことがわかる。異本がたくさんあった帝紀・旧辞を整理して、正しいと考えられる筋を通したものが古事記であるからである。書紀も帝紀・旧辞を主要な史料としたことは、歴代天皇の名や、皇位継承の次第などが、文字の相違はあっても、大本において古事記と一致しているという事実から肯定されるが、そのほかに多くの史料を用いたのである。以下、帝紀・旧辞から諸史料について簡単な説明を加えよう。

帝　紀　古事記序文では帝紀は帝皇日継・先紀などと書替えられている。帝皇日継という言葉は、帝紀が歴代天皇の皇位継承の次第を記した記録であったという性格をよく示す。また書紀、欽明二年三月、皇子女を列挙した条の分注には、帝王本紀というものを引用して、その書はしばしば伝写される間に誤りを多く生じ、本によって兄弟の順序が乱れているということを述べている。この帝王本紀は帝紀と同類のものであると見てよかろう。帝王本紀に異本が多くあったというのは、古事記序文に帝紀や旧辞には異本が多くあったというのに全く合致するからである。ただし、その分注の文の「帝王本紀、多有二古字一、撰集之人、屢経二遷易一。後人習読、以レ意刊改」というくだりは、顔師古注の漢書叙例の文をほとんどそのまま採用したものであるから、その文章のはしばしをとらえて、帝王本紀の形を推測することは危い。ただ書紀の皇子女の記載に、帝王本紀が重要な史料となっていたという事実はこれによって明瞭である。

帝紀の名は、このほか『上宮聖徳法王帝説』、天平十八年(七四六)閏九月二十五日の穂積三立写疏手実(大日本古文書二四)、天平二十年(七四八)六月十日の写章疏目録(大日本古文書、一一)などに見え、奈良時代にもなお写されていたことがわかるが、これらの帝紀は記紀の史料となった帝紀と同じものかどうか確かではない。

帝紀の具体的な内容は、古事記の文から推測して、天皇の名、皇居の所在、治世中の重要事項、后妃・皇子女の名、それに関する重要事項、天皇の享年、治世の年数、山陵の所在などであったろうと思われる。ただし歴代にすべてこれらが含まれていたのではなく、そのうちの二、三を欠くこともあったであろう。とくに天皇の享年とか治世の年数など、年に関するものは不完全であったと思われる。また地名人名の書き方などに一定の基準がなく、本によってまちまちであり、皇子女の順序などにも本による相違があったということは、前にあげた通りである。

旧辞　古事記序文では本辞・先代旧辞などとも言われる。書紀、天武十年三月条に「帝紀及上古諸事」とある上古諸事も、旧辞に該当するものと解せられるから、たまたまそれは旧辞の内容を説明したものであるといえる。旧辞の内容は帝紀と同じように、古事記の文から推測するほかないが、その結果はまず神代の諸伝説、歴代天皇の巻々の諸説話、歌物語の類に帰するであろう。これを伝承の性質から分類すると、第一に祭祀に関連して伝えられたもので、祭祀の思想を内容としているもの、天岩戸、天孫降臨の物語の類、第二に氏族によって伝えられたもので、氏族の歴史を内容とするもの、中臣氏の伝えた建御雷神の物語、猿女氏の伝えた天宇受売命の物語など、第三に芸能を中心として伝えられたもので歌謡を含むものとか、興味をねらった物語で、仁徳記の雁の卵、枯野の船などに分けられるというのが、武田祐吉博士の説である(『古事記説話群の研究』)。

以上の帝紀と旧辞とは、もとは口々に伝えられていたものであるが、天武天皇のときには諸家が所有して異本が多く生ずるほど、文献として定着していたのである。その筆録は六世紀欽明朝の前後から始まったのであろう。旧辞的なものが、古事記では顕宗記で終り、書紀では継体紀で終っていることから、それが察せられる。帝紀の方はその後も書きつがれたのであろう。けれども案外近い時代のことを記録するのには熱心でなかったらしい。継体天皇崩御の年が不明であったり、天皇の享年が古事記では安閑天皇から崇峻天皇まで六代、書紀では欽明天皇から崇峻天皇まで四代、記載がないというようなことから察せられる。

諸氏に伝えた物語の記録　帝紀・旧辞は天武天皇の頃諸氏がもっていたにしても、本来は皇室に伝えられ、皇室で筆録したものであり、のちにそれを諸氏が写したものであろう。諸氏ではそれにいろいろと変改を加えたであろうから、異本ができたのであるが、筋の大本を動かすほどのものにはならなかったであろう。

それに対し、諸氏は諸氏でそれぞれ独自の伝承をもっていたことが考えられる。これらの伝承はやはりのちに記録せられて、皇室の旧辞には伝えられていない、氏々の先祖たちの物語を残すことになったと思われる。持統天皇五年、大三輪・雀部・石上・藤原・石川・巨勢・膳部・春日・上毛野・大伴・紀伊・平群・羽田・阿倍・佐伯・采女・穂積・阿曇ら十八氏に、氏祖たちの墓記を上進させたのは、そのような諸氏伝承の物語を集めようとした試みであろう。先にも述べたように、書紀を見ると、十八氏中の大三輪氏ら六氏については、その氏独自の伝承と思われる記事が見出される。旧辞だけでは満足せず、広く史料を集めようとした書紀編者の意図をここにうかがうことができる。なお、この類の記録は十八氏に限らず、多くの氏について存在し、書紀編修の史局に提出せられたことと思われる。帰化人系の秦氏・漢氏・伊吉氏・船史などのものは、中でも著るしい例である。

地方に伝えた物語の記録　前項の諸氏に伝えた物語の記録と重複する場合もあろうが、その諸氏が主として畿内とその周辺の豪族を指すのに対し、これは地方諸国の名もない人々の間に伝えられたものとして区別して考えることができよう。地方の古老の伝える旧聞異事は和銅の風土記で集録が命じられたものだから、具体的にはこの記録は風土記のことになる。しかし和銅の風土記と考えられる播磨・常陸の風土記が書紀の史料となったという徴証はない。わずかに『筑紫風土記』(乙本)が史料となったかと推察できるくらいのものだから、書紀の史料一般として風土記をあげることは慎まねばなるまい。ただ書紀には、古事記に見えないから旧辞に伝えられなかったと思われる各地の地名伝説や、土地に深く結びついた物語をのせることがしばしばある。そのような地方伝説は中央知識人が構想したとは思われず、現地の人々の間にはぐくまれたものであり、何らかのルートによって書紀編修の史局に集められたと考えるほかなかろう。地方に伝えた物語が書紀の史料中に若干の位置を占めていることは認めなければなるまい。

政府の公の記録　以上にあげた諸史料は主として古い時代に関するものであるが、新しい時代に関しては信頼すべき政府の記録を利用したと思われる。とくに天武・持統両朝の紀は、年月日にかけて記した政府記録によったと考えるほかはない。天智紀以前ではまとまった日次の記録を用いてはいないようである。それは壬申の乱で政府の記録が散佚してしまったからであろう。ただ大化改新の記事などで、日を追って新しい法令を発布したことを記している所は、全く架空に造作したとは思われない。そこで、主題によって後から回顧的にまとめられた記録とか、特定の役所で日々に記した記録の断片とかが残り、それを編者は利用したのであろう。大化改新のときの詔の集録や、推古朝から天武朝にかけての冠位改正に関する一連の記録などは前者の例であり、大宰府で記録したと推せられる外使接待に関する記録などは後者の例である。推古紀の十七条憲法なども、この類の記録によって残ったと推せられるのである。

個人の手記・覚書　これも新しい時代に関するものであるが、個人の手記も史料とされた。斉明紀に分注として引かれた『伊吉連博徳書』はその一つの例である。この書は、博徳が斉明天皇五年唐に使いし、かの地に抑留せられて七年帰朝するに至るまでの経緯を記したものであるが、もちろんなまの日録ではない。帰朝後すぐに提出した報告書でもない。天武天皇十二年以後に、己れの功績を申立てるために書かれた手記である。ただ材料は入唐中のメモなどによっているであろうから、月日の記載は詳細である。なお孝徳紀には博徳言という引用もあるが、これも『博徳書』に準ずるものとみてよい。

このほか、斉明紀に『難波吉士男人書』、斉明・天智紀に『高麗沙門道顕日本世記』の引用があるが、これらも手記の類と考えられる。また書名を明記しないが、『釈日本紀』に引かれた私記から明らかに書紀の史料となったことの知られるものに、壬申の乱に関しての『安斗宿禰智徳日記』と『調連淡海日記』の二書がある。二人は天武天皇の舎人であって壬申の乱に従軍した人であるから、その戦況を書いた書には信用をおいてよい。ただし日記とあるが、日記そのものではなく、あとから日記を整理したものであろう。

寺院の縁起　この類のものでは、『元興寺縁起』がもっとも利用されている。この書は元興寺に関する諸種の古記録を平安時代に集録したものであるが、中に元興寺塔露盤銘、丈六光銘などの推古朝の遺文が見える。崇峻紀・推古紀における法興寺造営に関する記事はこれらの金石文を材料として書いたらしい。また敏達紀に見える馬子の崇仏、仏教の迫害などの記事も、元興寺縁起中の古縁起の文と密接な関係がある。このほか欽明紀に吉野比蘇寺、用明紀に南淵坂田寺の仏像の由来を述べた文があるが、これらも寺に伝えた縁起物語をとり入れたものと思われる。

百済に関する記録　百済関係の記録として書名の明記されて引用されているものに、『百済記』『百済新撰』『百済本記』の三書がある。このうち『百済記』は神功・応神・雄略の三紀に、『百済新撰』は雄略・武烈の両紀に、『百済本記』は継体・欽明の両紀に引用されている。本文の説明敷衍の意味で分注に引用されているが、ほかに分注でなく、本文にもこれを用いていると認められる記事がかなりある。とくに継体・欽明の紀では一巻の大部分が『百済本記』による記事で占められていると言える。

三書の性質についてはいろいろの説があるが、重要なことは百済人が百済で書いた記録というような単純なものではないことである。なぜならば『百済記』では日本のことを貴国と称する。百済人が自国の歴史を書くのに日本を貴国というはずはない。また天皇とか天朝とかの語も使う。天皇号の定まったのは推古朝であるから、その文字は少くとも推古朝以後でなければ書かれないものである。また日本の朝廷に特別の敬意を示した書き方であること、貴国というのと同じである。これは明らかに日本の歓心を得ようとする目的で日本に呈出した記録である。つぎに『百済本記』では日本という国号を使う。日本号が正式に用いられたのは大化改新からであろうから、この文字もそれ以後のものということになる。

津田博士は、百済の記録にある日本本位の記事は、書紀の編者が原史料に修正を加えた結果と解するが、筆者はそうとは思わない。三品彰英博士は、『百済記』を何等かの目的で日本側に呈出した記録と解するが、撰述の時は古く見て欽明朝、おそくて推古朝までとする。『百済本記』は推古朝以後であるが、推古朝をあまり隔たってはいない。『百済新撰』は『百済記』と趣を異にするが、詳しいことはわからないという(『日本書紀朝鮮関係記事考証』上巻)。

筆者は、百済滅亡後日本に亡命した百済人がその持参した記録を適宜編集して、百済が過去に日本に協力した跡を示そうと、史局に呈出したものではないかと推測する。最初に『百済記』が呈出され、やがて『百済新撰』『百済本記』と順次呈出されたのであろう。原記録の性質上、『百済記』には伝説的な記事が多いが、『百済本記』は月日の末まで日子と干支の両様で記すほど実録としての確実性に富んでいた。一たんきめた継体天皇崩御の年を『百済本記』の記事で改定するほど、書紀の編者はこれに信頼をおいていたのである。

以上の三種のほかにも継体紀などを丹念に検討すると、別の朝鮮関係の記録が参照されていると思われるふしがある。それらについては、なお今後の研究をまつほかはない。

中国の史書　この項の初めに述べたように、文章の潤色に用いたものが多いが、時にそれとはちがう歴史の内容に関して用いた場合がある。その第一は神功紀に見える魏志や晋起居注の引用である。これは神功皇后を魏志の倭女王に比定するつもりで、彼我の年時を対照させるために、年紀をあげて下に分注としてこれらの書物の必要部分を引用したものである。本文はなくて、分注だけあるのは異例であるから、後人の插入という見方も強いが、そうとばかり言えない面もある。年紀の比定を示すために、かの地の史書を消化しないままに引用した例である。

その第二は記事の乏しさを補うためか、史書らしい体裁をよそおうためか、中国史書の文を移して本文の記事とした場合である。一見歴史的記事の様相を呈しているが、日本の史実にもとづいているとは思われないものである。たとえば顕宗二年十月癸亥に、『後漢書』明帝紀永平十二年是歳の条の文をとって、「宴二群臣一。是時、天下安平、民無二徭役一。歳比登稔、百姓殷富。稲斛銀銭一文。馬被レ野」の記事をおき、欽明二十八年紀に、『漢書』元帝紀初元元年九月の条をとって、「郡国大水飢。或人相食。転二傍郡穀一以相救」としたようなものである。

以上、書紀の編修に利用されたと思われる諸史料を列挙したが、最後に編者がそれらの史料を扱った態度について総括的に述べることにしよう。

まず、できるだけ広く史料をとり、史料のいう所を素直にとり入れようとした態度が指摘される。神代紀のおびただしい一書の引用は、旧辞の諸説をしいて統一せず、異説をあるがままに認めて後に伝えようとした編者の大らかな態度を示したものであり、その点で一つの正説を定めた古事記とは、きびしく対立するのである。この態度は神代紀に限らず、全篇に貫かれる。異説のあるとき、むりに決着を求めず、後人の勘校に待つことを明記したのは、継体天皇の崩年について、「後勘校者知レ之也」と記し、欽明天皇の妃日影皇女の所出について、「後勘者知レ之」と記し、斉明紀に百済の佐平福信が唐の俘を上った年についての異説をあげて、「故今存注。其決焉」と記すなどの例があり、すべての巻に通じた編修態度であった。

諸説の共存を認めることは、史料を重んじることである。編者は史料のいう所を忠実に採用するあまり、ときに矛盾や重複さえ冒している。斉明紀に同じ阿倍比羅夫を「阿陪臣闕名」「阿倍引田臣比羅夫」「阿倍引田臣闕名」と書くような不統一を示したり、天智紀に称制の年と即位の年との数え方のちがいによる記事の重複をいくつも残したりするなど、いずれも史料に盲従したあまりの失敗である。応神三年是歳条に「百済辰斯王立之失二礼於貴国天皇一」とある記事は、自分の国を貴国と記したミスであるが、史料とした『百済記』の文を重んじたため、前後の見さかいをなくしたものであろう。

史料の原文を重んずるという態度と、書紀の大きな特徴とされる漢文風の潤色とは、どのように調和されるであろうか。文章を修するために中国の古典の成句を借用することは、原史料の文を傷うことになるからである。

これに対する答えとしては、書紀の編者が巻々によって違うこと、史料の性質も時代によって異なることなどのために、潤色の様相が一律には論じられないということをあげねばならぬ。具体的にいえば、書紀の編者の潤色は、主として原史料が旧辞風の国語脈のまさった文体である場合に加えられたことが多く、初めから整った漢文で書かれたものにはあまりこれを施さなかったと言えるのではなかろうか。原史料の文をそのままとったと見られる部分が後半の巻々に多いことは、それを証する。なお、これについては個々の場合について考えるべき点が多々あろう。潤色のことは、次の小島氏の論述に譲る。

(以上、坂本太郎)

漢籍との関係　書紀の編者は、全体からみて、古事記のような、なるべく平易な文字や漢語、表現などを用いること、あるいはゆるやかに長く続く口誦的な文体を採用することはなかった。換言すれば、至る処に漢文的潤色をほどこした。この潤色こそは、明白に記紀を区別する文章表現上の大きな特色である。海神の宮殿のうるわしさを形容した、古事記の「如二魚鱗(いろこ)一所レ造之宮室」に対して、書紀に「其宮也、雉堞整頓、臺宇玲瓏」「其宮也、城闕崇華、楼臺壮麗」(神代紀下)などとしるすごときはその一例である。かような例が積みかさなって全巻を色どるが、潤色の「種(たね)」は舶載書、即ちいわゆる漢籍にほかならなかった。

上代の官人は、立身出世の登竜門のためにも、学令の規定による経書類の訓詁を学び、必然的にその佳句の意味を知り、また暗記をもし、更には対策文などの文をも作らなければならなかった。十七条憲法の語句の出典は、十数種の経・史・子・集にわたる漢籍の短句短文の佳句に基づくというが、現代人とはちがって、それらを利用することは官人達にとって、かなり容易なことであった。しかし文章は短句短文の連結のみによって成立するのではない。文章としてまとまった姿に潤色しようとすれば、漢籍のかなり長い文章を利用する必要がある。古伝説や諸資料を統合すべきその内容からみても、経書類の語句のみでは、書紀という史書の潤色には必ずしも十分ではない。この点に於いて、『続日本紀』『日本後紀』以下の史書が、ほぼ収集されていた諸資料の上に経書類の短句をあちこちに加えることで、事がたりたのとは違っている。ここに経・史以下、更には仏典類にも及ぶ多種の内・外典の文章を利用すべき必要に迫られてくる。

書紀の出典研究は、天明五年(一七八五)の序をもつ、河村秀根の『書紀集解』に始まり、これに終るといっても過言ではない。この『集解』によって、書紀の潤色はほぼ完全に近い程度までに指摘されたものといえよう。但し、『集解』は語句の注釈のための指摘が主であって、書紀の編者が「直接」にその漢籍を利用したか否か、またその述作過程の点については、なお問題を残していた。直接にどの漢籍を利用したかという点についてはやはり戦後の研究の成果を待たねばならないことであった。

書紀の編者がその潤色のために大いに利用したのは、まず唐人欧陽詢らの撰した『芸文類聚』百巻があげられる(高祖の武徳七年(六二四)奏上。現在入手しやすいテキストに、中華書局刊の活字本がある)。この書はいわゆる「類書」の一つであって、これには、書名の示す如く、天部以下災異部にわたって類聚した唐以前の代表的な佳句佳文の芸文(詞華)が殆んどすべて収集されている(なお、本書に先行する類書『修文殿御覧』の伝来も推定はできるが、平安朝の諸書の中に断片的にしか残っていないので、この利用情況については未詳である)。『芸文類聚』は、たとえ百巻の大部に及ぶにしても、編者らにはその利用のための便宜が与えられていた。即ち、彼らは書紀編集委員会を構成する中央の要人であり、それが必要とあれば、本書を始めとして、他の貴重な漢籍もいつでも自由に利用しえたはずである。またそれが大部であるにしても、その利用範囲はかなり限定され、必ずしもそのあらゆる部分を参照する必要はなかった。またこの巻子本は、後世の冊子本にくらべて、一見不便のようにはみえるが、必ずしもそうではない。たとえば、その巻二十一(人部五に当り、徳・譲・智・性命・友悌・交友・絶交の項を含む)の巻物一巻をひらけば、ひらくにつれて映画のコマの如く佳句が次から次へと現われる。従って、その一例をあげると、この一巻の中の適宜な例を拾うと、譲位や交友の内容をもつ顕宗紀述作のための潤色にそのまま利用できるというようなものである。『集解』の指摘した出典書名の中には、今日佚文のものもかなりみえるが、これらは『芸文類聚』に引用した文の中にみえるものであって、当時、書紀の編者は、この一大類書を参照して書紀を述作したという事実は認めざるをえない。編者が、「労少なくして、功多き」本書を利用したことは、平安初期に於ける官人の述作の場合と同様であった。

書紀は史書である。従って編者が中国の史書に眼を向けたことは想像にかたくない。ここにまず『史記』『漢書』『後漢書』が思い浮かぶ。『史記』についていえば、『漢書』と殆んど同文の条について、この両者を書紀の類似の語句と比較すれば、書紀との類似性は後者『漢書』の方がより濃厚であり、その逆はみられない。つまり『史記』もしくは『漢書』によったとみられる書紀の部分は、すべて『漢書』によったものとみるべきである。『漢書』にみえない『史記』の他の部分について考察すれば、『史記』の語句をその原本に当ったと思われる部分は、わずか二、三カ所に過ぎない(それも記憶によるといえないこともない)。このような事実は、編者の好みによるものであろうが、なお『漢書』の古文的な文体を採用したことにもよるものといえる。更に『漢書』の方には、顔師古注というすぐれた注のあることにも原因があろう。『史記』に対して『漢書』の盛行は唐代の一般的な風潮というが(朱自清『経典常談』参照)、書紀編者の傾向がこれと同一の道をあゆむことは、かりに偶然とみるにしても、甚だ興味深いことである。

『漢書』は、中国史書類の中で最も多く利用されている。特に欽明紀二年(五四一)の条の「帝王本紀、多有二古字一云々」で始まる本文批評的な態度さえも、実は、顔師古の叙例(巻一〇〇)によるものであり、書紀の原注の形式や内容なども、これに学んだ点が少なくない。『漢書』についで、多く利用された史書は『後漢書』である。『漢書』がほぼ書紀の全巻にわたるのに対して、『後漢書』の方は、主として書紀の後半の諸巻に多く利用される。更に『三国志』(呉志・魏志のみ)から、『梁書』『隋書』に及ぶ。但し後の二書は、書紀のわずか二巻にしか利用されていない。結局、史書の直接の利用は、『漢書』『後漢書』『三国志』(蜀志を除く)が中心をなし、『梁書』『隋書』はその一部分といえる(史記は直接に利用されたか否か問題である)。これらの史書の利用箇処は、いずれもその帝紀が中心をなし、列伝の部分をあまり用いないことは、わが帝紀を中心とする書紀の性格の一端を知ることができるであろう。

次に文学書としては、六朝までの詞華を集めた梁昭明太子撰『文選』(李善注)の語句を盛んに用いている。特にその賦の部分は、主として雄略紀(巻十四)・斉明紀(巻二十六)を中心とするその前後の諸巻に利用され、そこに文選語的な華をひらく。雄略紀を例にすれば、『文選』の西京賦による狩猟、情賦類による稚媛の記事、また赭白馬賦による赤駿馬の記事などのあたりはその一例であって、あちこちにあやに満ちた豊かな潤色がみられる。

内典としては、『金光明最勝王経』(義浄訳)を参照している。金光明経の類には、すでに伝来していた『金光明経』や『合部金光明経』もあるが、これらの旧訳に比較して、内容語句の豊富な義浄訳の『金光明最勝王経』を利用した。顕宗紀(巻十五)から崇峻紀(巻二十一)のあたりまでに、その投影の跡がみられる。なお、梁慧皎撰『高僧伝』の語句も利用したという説もあるが(津田左右吉)、これについては疑問が残る。その他、『淮南子』など二、三の子部に属する書物を直接に利用したかとも思われる条があるが、これらの部分は前述の書物にくらべると、利用度は甚だ少ない。結局のところ、『漢書』『後漢書』『三国志』(蜀志を除く)『梁書』『隋書』『芸文類聚』『文選』『金光明最勝王経』が、書紀の編者の「直接」利用した主要な漢籍ということができ、在来の定説の如く必ずしも数多の漢籍を直接利用しているわけではなかった。即ち短語短句は、平生から暗記していたものを利用したのに過ぎなかったのである。

書紀には、潤色の少ない巻と潤色の豊かな巻とがある。恐らくこれは古伝承(記載されないものも含めて)の有無に原因の一つがあろう。特に伝承のない部分には、編者が前述の漢籍類の何字分かの長い文を一、二の改作をしながら殆んどそのまま補入したものと思われる箇処もある。これに対して、伝承的な部分には、「原古事記」的な資料があるために、ここには短語短句をもって多少書き変えたような向きがみられる。「温凊」「定省」(応神紀)が『礼記』(曲礼)に、「荇菜」(安康紀)が『毛詩』(周南)に、また「廼々」(雄略紀)が毛詩(邶風)に基づくという風に、挿入の場合には、経書類の語句が多く用いられている。やはり当時の必須書の有名な語句を、書紀の編者は自由に駆使することができたのである。従って書紀の文章には、伝承的な部分を除けば、短い漢語を中心とする潤色の部分と、漢籍の長い語句或は文を中心とする濃厚な潤色の部分とがあったわけであり、特に後者は編者が机上に並べて使用した直接の潤色資料によるものであった。

編者が漢籍を利用したことは、前述の如くであるが、なお中国語の口語、いわゆる「俗語」を用いていることが注意される。神代紀などにはその例がみられる。これは編者の中に渡唐者があり、また帰化人系の官人がいたことに原因のひとつがあるとみてよい。彼等は唐代に生きていた口語を時たま本文の中に交えている。ただし、俗語小説類を読んでいた結果にもよる部分もあろう。いずれにしてもその文章は、四角四面のいわゆる駢儷風の漢文体で統一されているのでもなく、また古事記的な和文体のみで成立しているのでもなく、混合体であり(これも巻によってはどちらかに傾くものもある)、また雅と俗の文体の面については、俗語的口語的な部分をも交えていることは注目すべきことである。これには更に助字の問題がある。助字は音調を整える機能をもち、和文としてみるならば不要である。この陰騭を挿入することによって文章はいきいきとする。特に書紀の冒頭から仁徳紀以前の諸巻はそうであり、以下の漢籍風の潤色の多い諸巻と著しい差を示す。これらの混合は古記録の有無、漢籍利用の度合などの問題に加えて、編者の複数性を示すことにもなるであろう。書紀の漢籍利用については、本居宣長などの国学者畑からすでに非難を受けている。しかし中国史書において、先行史書の文章を殆んどそのまま利用することは、後出史書の一般の述作態度であった。これと同じく書紀が漢籍の文章を堂々と活用したことは、決して現代風の盗作や剽窃的な意味をもつものではなかった。典故のある文章を利用することが先進国の漢様であり、この態度を実行したのはやはり異国文化を摂取した当時の官人の態度でもあった。漢籍による潤色の部分こそは、書紀を文学書としても眺めることのできる大きな理由である。

(本項、小島憲之)

二　諸　本

日本書紀古写本のうち管見に入り、かつ校合を行った諸本を中心として、系統を考慮しつつ略説し、本書の校訂方針の大要を述べることとする。

現今、存在の知られている古写本は数十種にのぼるが、卑見によればそれは二類に分けられる。その一は、卜部家本及びその系統の諸本。その二は、卜部家本系に所属しない諸本で、今これに古本の名を与えることとする。

卜部家本系統の諸本の中には、全三十巻を存する本もあり、一般に残存する巻の数が多い。しかし古本は、三十巻全部を揃えているものは無く、残存する巻の数も、一巻あるいは二巻などと、少いものが多い。従ってそれをすべて系統立てることは困難であるが、その中には、奈良時代平安時代の古写本が少からず、何れも重要な校勘資料である。ここでは、まず、卜部家本及びその系統の諸本について解説し、次に古本について述べることとする。

第一類　卜部家本及びその系統の諸本

鎌倉時代に卜部家に、家本として伝わっていた写本があった。その本は室町時代大永五年(一五二五)に至って争乱の中で紛失した。しかしそれ以前、永正十年(一五一三)から十一年にかけて、それを三条西実隆が書写した本があった。その三条西本を書写した本が、現在、内閣文庫所蔵の、日本書紀十冊である。書写は慶長頃といわれている。これが慶長十五年(一六一〇)の古活字本の祖本であり、以後、江戸時代に刊行された板本の基礎となったものと思われる。

ところがこの卜部家の家本を、鎌倉時代に写したものが現存する。卜部兼方本神代紀上下二巻・卜部兼夏本神代紀上下二巻・水戸本神代紀上下二巻である。まずこれらについて記すこととしよう。

一　卜部兼方本神代紀二巻　大橋寛治氏所蔵。弘安九年(一二八六)の奥書があるので世に弘安本とも呼ぶ。卜部家の家本を底本とし、大江家本、卜部家別本を以て校合し、私記の説によって訂正を加えている。卜部家の家本は、神代紀の一書を分注形式で小字で書いてあったが、兼方本は見易いように、その一書を大字で半字下げに書いてある。また、この本には兼方自筆の多くの裏書がある。その裏書は二度にわたって書き込まれている。赤松俊秀氏によれば、それは、卜部兼方の父、卜部兼文が一条実経らに対して行った日本書紀の講義と密接な関係があり、その裏書は、卜部兼方の著した『釈日本紀』の中に細大洩らさず収められ、『釈日本紀』の重要な部分をなしている。

兼方本は、文字謹直な、書写忠実と思われる本である。本文は、今日残存する奈良時代末期または、平安朝初期と認められる神代紀の断簡三種と全く一致する。また、ヲコト点、傍訓を豊富に附し、大江家の訓点との比較を丹念に記入してある。これによって、ほぼ全文が訓読できる。この本の片仮名傍訓は、ア行のオを使うこと少く、多くワ行のヲのみを用いるなど、院政期以降の仮名用法による所があるが、後述する卜部兼夏本の万葉仮名による古訓——これは九〇〇年代よりも前の姿を残すと認められる——に一致するところ多く、語彙語法的には、かなり古い姿を伝える。この本には現在、極少部分の損傷による欠字があるが、損傷以前の享保十九年(一七三四)に卜部兼雄の忠実に模写した本があり、その欠損を補うことができる。本大系本『日本書紀』の神代巻は、赤松俊秀氏の好意により、卜部兼方本を底本とした。(口絵参照)

二　卜部兼夏本神代紀二巻　天理図書館所蔵。乾元二年(一三〇三)卜部兼夏の筆写。乾元本とも呼ぶ。本書は、卜部家の家本を底本としたか、あるいは弘安本を底本としたか決定できない。それは筆者兼夏に、いささか作為の心があったらしく、本文に改変を加えたらしいところがある故であるが、一書を大字で一字下げに書き、弘安本と極めて近い。本書もまたヲコト点及び片仮名傍訓によって全文の訓読が可能である。本書においてことに重要なものは、万葉仮名で書かれた傍訓である。約一九〇例あり、それに伊呂波の仮名遣の誤りが唯一つしか無い。また、巻下の後半の朱訓のうち、弘仁私記と注記のあるものに、上代特殊仮名遣の例外が一つも無い(これの価値については、四、訓読の項を参照)。この乾元本神代紀は、後世伝写されたもの少からず、後に三条西実隆によっても書写され、流布本神代紀の基礎となった。

三　水戸本神代紀二巻　彰考館所蔵。今四帖に装する。嘉暦三年(一三二八)沙門剣阿の伝授によって、曇春が鎌倉で写した本。嘉暦本・鎌倉本・彰考館本等の名がある。兼方本に極めて近い。昭和十九年に日本文献学会叢刊として影印刊行された。また別に、卜部家本神代紀を、南北朝時代に卜部兼煕が書写した本(上巻のみ)、及び永徳元年(一三八一)卜部兼敦が書写した本上下二巻(いずれも天理図書館所蔵)がある。

四　卜部兼右本二十八巻　天理図書館所蔵。卜部家の家本は卜部家に鎌倉時代以後ずっと伝えられていたものと覚しく、応永四年(一三九七)に卜部兼煕によって一条経嗣に全三十巻の説の伝授が行われ、宝徳三年(一四五一)及び、文明六年(一四七四)に一条兼良によって一条家の本へ校合され、また、明応八年(一四九九)卜部兼致によって書写され、永正十年(一五一三)十一年に三条西実隆によっても書写されている。ところが卜部家本は、大永五年(一五二五)三月に紛失した。そこで卜部兼右は享禄二年(一五二九)三条西本を書写した。そして天文八年(一五三九)に卜部兼致本と対校し、十巻まで進んだ所、一条家伝来の日本書紀を一見した。これは一条兼良の奥書を持ち、卜部兼煕の証明のある本であった。そこでそれと見合せ、かつ禁裏本と巻十までを対校し、なお不審のところは、日本紀決釈・字訓抄等によって正した。この校訂本を天文九年(一五四〇)十一月に浄書し終えて、卜部兼右は、この書を「尤可謂第一之證本矣」と巻末に記した。これが卜部兼右本であり、神代巻二巻を欠く二十八巻が現存している。

この本は一頁八行、一行十五字に書き、書写誠実である。また、北野本系の本と対校した結果を傍書し、ヲコト点及び片仮名傍訓を附している。それによって全文の訓読がほぼ可能である。また、養老私記の訓なるものを注記する所があり、『日本書紀私記』の訓も多く片仮名で書き入れている。今日伝存する室町時代以前の写本の中で、これほど巻数が多く、また整った写本は他にない。よって、本大系本『日本書紀』は、神武紀以後の二十八巻について、この本を底本に選んで、他本を以て校訂を加えた。なお、世に中臣本と称する享保十年中臣連重書写の本(天理図書館所蔵)がある。それは、卜部兼右本を底本として書写したものである。

五　内閣文庫本十冊　内閣文庫所蔵。永正本とも称し三十巻全部を存する。三条西実隆が永正十年十一年の砌、卜部家の家本を書写した本と信じられて来たが、その文字は実隆のものとは見えず、奥書に「老槐散木判」とあるので、実隆自筆本と見ることはできない。恐らく慶長頃の書写であろう。この書の神代巻は一書を大字で書写してあり、奥書によれば乾元二年云々とある。即ち卜部兼夏本の神代紀を伝えたものである。それ以外は、いわゆる卜部家の家本を伝えるものであろう。この系統の写本が慶長十五年の古活字板の底本となったと覚しく、板本と一致する所が多い。

六　卜部家本系の諸本　古写本の中には、この卜部家本と同系の本文を持つものが少なくない。それを次にあげる。まず、神代紀を伝える本として、醍醐三宝院本(神代上)・向神社本(神代下)・三島神社本(神代上下・神武)・桃木本(神代下)・御巫本(神代上)・建仁寺両足院本(神代上下)・一峯本(神代上下・神武)等。これらの神代巻は、おおむね室町時代の書写にかかり、その本文は卜部家本の流れを汲むものと思われる。神代巻以外の巻々を存するものとしては、熱田本・北野本(第二・三・四類)・伊勢本等がある。

六ノ一　熱田本　熱田神宮所蔵。巻一以下巻十五までのうち、巻十一の一巻を欠く十四巻を保つ。永和元年(一三七五)から三年にかけて熱田の円福寺の住僧、厳阿が、金蓮寺の四世某氏の志によって熱田神宮に奉納したものである。巻三・四・五・六・九・十・十二・十三・十四・十五の十巻は、和歌を書いた懐紙の裏面に書写してある。巻九の巻尾に「応安五年(一三七二)十月廿一日為備子孫之証本　書写累家之秘点而已　従四位上行中務権大輔卜部宿禰在判　同六年正月於雨中燈下校合之　左京権大夫卜兼凞」とある。これによって卜部家本の系統と推測されるが、校合の結果からも熱田本は卜部家本系と判断される。書写の態度は必ずしも謹粛でない。しかし、書写年代が比較的古いだけに誤謬が少く、兼右本を訂すべきところが多い。巻二神代下は、用紙も字体も別で、卜部兼夏本系の忠実な写本である。熱田本は傍訓についても、全体として卜部兼右本と相違があり、古体を存すると見られる所も少なくない。これによって観れば、卜部家の家本なるものの傍訓は、全体にわたって詳密に付せられていたのではなく、部分的につけられていたものかもしれない。書写する人が、その欠けた訓を補って行く間に、諸本の間にかなりの相違を生じたらしいと推測される場合がある。

六ノ二　北野本　北野神社所蔵。第一類から第五類に至る、五類に分けることができる。字体等から判断して第一類六冊は院政時代の書写。卜部家本系の本文とは、かなり相違する点があり、古本に所属する。第二類(鎌倉時代書写)は、巻二十八・二十九・三十の三冊。第三類(吉野時代書写)は、巻四・五・七・八・九・十・十二・十三・十五・十七・十八・十九・二十・二十一及び巻一の十五冊。第四類(室町時代書写)は巻三・六・十一の三冊。第五類(江戸時代書写)は巻十六の一冊である。

北野本は、神祇伯に任じられた資継王の所持の本及び加点の本であった。もともと、神祇伯家のうち、資宗王の系統の人々には書紀研究の伝統がある。資継王はその伝統をうけた人で、正中二年(一三二五)に神祇伯に任じ、応安四年(一三七一)に薨じている。その所持本が神祇伯家の衰退によって、後に卜部兼永の所有に帰したのである。従って北野本の巻末には資継王の自署と覚しい文字がある巻が多いが、卜部兼永は、資継王の自署を抹消している。卜部家としては、神祇伯家のものを伝領したことを示したくなかったのであろう。それにもかかわらず、巻五は貞和五年(一三四九)、巻三十は文和元年(一三五二)、巻十九は延文元年(一三五六)の、資継王の加点であることが、抹消の残りから判読できる。

その第二類は鎌倉時代の書写として貴重であり、第三類も南北朝時代の写本として重要な位置を占める。その本文を他本と比較すると、内閣文庫本に一致する所大きく、また、熱田本と重なる巻々については、熱田本と一致する本文が多い。ともに兼右本の本文を批判して、卜部家本系統の本文を再建すべき有力な資料である。ことに巻九は優れた本文を持ち、巻十九などに於ては、他本に見えない古体の文字を使用している所があり、書紀の本文校勘上重要な資料を提供する。訓は資継王の加点により、卜部家の伝統の訓とは相違が大きい。

第四類三冊は、卜部兼永筆である。その奥書に「正三位行神祇大副卜部朝臣兼永」とあるから、兼永が正三位になった永正十六年(一五一九)から死去の天文五年(一五三六)までの間の書写であろう。卜部兼右の本と相違する所は多くない。

第五類は江戸時代の補写で、校勘上の価値は乏しい。北野本は昭和十六年、影印刊行された。

六ノ三　伊勢本　この書はもと、応永三十年(一四二三)四月から三十一年七月にわたって、沙弥道祥、金剛仏子春瑜、小苾蒭清恵らが手分けして写した本である。穂久邇文庫所蔵本は、巻三から巻二十九に至る間、巻十六・十九の二巻を欠く二十五巻で、明応五年(一四九六)皇太神宮禰宜荒木田神主守辰の書写である。ただし、その巻三は別筆である。また、内閣文庫、無窮会にも写本がある。宮内庁書陵部蔵、池内本は江戸時代末期の影写本であるが、神代上一巻を存し、伊勢大宮司家所蔵本の影写である。この本は、水戸本神代紀と同系の本文を持つ。これによれば伊勢本には、もともと神代巻もあったことが分る。神宮文庫所蔵、御巫清白氏旧蔵本は巻第三を存し、応永三十四年の春瑜の自筆である。なお、巻二十四は藤波家旧蔵の巻子本がある(天理図書館蔵)。この系統の本は伊勢の神宮に関係ある人々に伝えられたので伊勢本の名があるが、もと卜部家の本を写したものであって、本文・訓読ともに卜部家本の系統をひく。ことに訓読は内閣文庫本、兼右本と一致するところが多い。しかし伊勢本は、なお、今日において兼右本を校勘する有力な資料である。

六ノ四　板本その他　慶長勅板本神代巻、慶長十五年古活字板、及びそれを覆刻した整板本、寛文九年整板本等があり、これらはいずれも卜部家の系統の本文と傍訓とを伝え、三条西実隆の本の系統である。江戸時代に一般に広まった日本書紀は寛文九年の板本であるが、これは寓目しただけでも数種ある。何回か覆刻されたものと思われる。

以上を通覧して次のように言うことができよう。即ち、日本書紀伝来史における卜部家本の役割は非常に大きい。殊に神代巻はかなり優れた本文を伝えている。しかし、今回校合した結果からいえば、それ以外の巻々については、今日伝存する卜部家本系諸本は、必ずしも優れた本文を伝えているとはいえない。兼右本・伊勢本・内閣文庫本ともに室町末期あるいは江戸初期の書写である。兼右本は諸本を校訂して正しい本文を復元しようと大きな努力を払った本文を持つが、かえって誤りに陥った所があり、また、脱字がかなりある巻もある。南北朝時代及びそれ以前に溯るものとしては十五巻までの熱田本、第二類・第三類合計十八冊を持つ北野本があるが、なお本文上の疑点を残す所少からず、材料不足の感をまぬかれない。ことに巻三から巻九に至る七巻、及び巻十八・十九の二巻は卜部家本系諸本だけしか無く、それを批判すべき他系の古本の本文が他に一つも無い。それ故、本文校勘上疑わしい個所に対して決定的なことを言えない場合が少なくなかった。このことは、これらの巻を研究し、資料とする場合に、記憶せらるべきことである。

第二類　古本

右に述べた卜部家本系諸本の弱点を補い、卜部家本系諸本を批判、修正する上で、多大の役割を果すものが古本に属する諸本である。二行または三行の断簡から、多くとも十二巻を持つ宮内庁本に至る諸本で、全三十巻を揃えるものは無い。しかし、奈良時代末期あるいは平安時代極初期から、鎌倉時代、南北朝時代に至る古写本であって、卜部家本とかなり異る本文を持つものが少なくない。それらの異文の内容を考察すると、現存の卜部家本系諸本の本文は、全体として伝写の間にかなり不純化しているらしいと感ぜざるを得ない場合が往々ある。例えば田中本応神紀と卜部家本系応神紀とを比較すれば、田中本の優秀さは一見するだけで明らかである。また、他方が誤っていると簡単にはいえないが、古本と卜部家本系とが、かなりの異文を持つ場合がある。例えば同系である前田本雄略紀と宮内庁本雄略紀とに共通な本文と、卜部家本系の本文との対立のごときである。これらを見ると、日本書紀の本文伝来史の上で、大江・中原・清原・卜部等の家々によって異文、異訓をそれぞれ伝承して来ていることがあるように推測される。その状態を明らかにすることは将来の研究課題の一つである。以上のごとき全体的展望のもとに、古本について個々の解説を加えることとする。

一　佐佐木信綱旧蔵巻一神代上断簡　本文僅か十行、全文二三七字。書写は奈良朝末期あるいは平安時代初期と思われ、紙背に弘法大師の遍照発揮性霊集の一部がある。内容は一書の一部分で、一界内に二行に記し、かつ小字である。これは類聚国史が一書をすべて細注にしているのと軌を一にする。本文の内容は卜部兼方本と全く一致し、兼方本の本文の古さを証明するに役立つ。古点・古訓は全く無い。大正十四年刊の秘籍大観所収。

二　猪熊本巻一神代上断簡　佐佐木信綱本と同筆。紙背の文章も同じく遍照発揮性霊集の一部で佐佐木本と僚巻の断片。本文三行。全文五十九字。卜部兼方本神代紀と全く一致する。古点・古訓は無い。古典保存会叢書所収。

三　四天王寺本巻一神代上断簡　佐佐木本・猪熊本神代紀と僚巻であろう。本文二葉。四行六十二字と、二行五十五字。二行の方は、一書を小字一界二行に書き、本文をそれに下接して大字に書く。これによって、古い形態では神代紀の一書は小字二行に書いたことが明らかである。本文は卜部兼方本神代紀と一致する。古点・古訓は無い。国史大系本の巻頭に写真。

四　田中本巻十　巻首巻尾に欠損があって奥書は無い。佐佐木本・猪熊本神代巻上と僚巻である。紙背に遍照発揮性霊集の一部がある。応神天皇二年から四十一年までを収める。古点・古訓は全く無い。しかしその本文は、諸本と校合の結果、極めて秀れていると判断される。殊に他本から孤立した異文の中に、重要な価値を持つもの、例えば、諸本に「大倭木満致」とあるが、「大倭」の二字を欠くごときがあって注意される。秘籍大観所収。本書の口絵にこの本の一部分を掲出した。

五　岩崎本巻二十二・二十四　寛平延喜の頃の書写という。秀麗な筆致の写本である。朱三種墨二種のヲコト点、傍訓を有する。その最も古い朱点は茶色がかった点であって、第二の点と重なっていることがある。推古紀の最古の朱点の点図は次のごときものである。

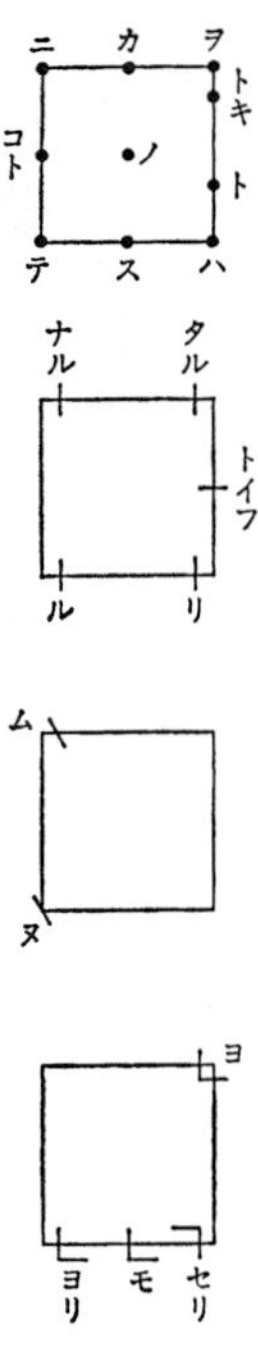

最古の朱傍訓にはラ(ラ)ㄎ(ユ)ス(ス)ㄟ(へ)市(エ)ㄘ(オ)等の古体の仮名がある。ア行のㄋ(エ)の仮名は、正しく用いた例もあるが、エの二類の別は明らかでない。朱点は、一条天皇頃のものと吉沢義則博士の説であるが、朱の中の最古の点は平安初期の古い仏家の点の一部を伝承していると見られる節があると、訓点語学の専門家の中田祝夫博士の見解である。そ

して、全体としてはいわゆる第五群点であり、推古紀の方が皇極紀よりも、点法の上で多少古いらしい。

推古紀は巻末に一条兼良の花押があり「以卜部家本校之」とある。推古紀の諸本には三十一年紀より後の部分に一年の相違があるが、この本にはそれが無い。その他校勘上有用な点が少なくない。皇極紀は巻末に「宝徳三　二　廿一点校畢」「文明六　五　晦重以卜氏本校之畢」とあり、一条兼良の花押がある。これは、この岩崎本二巻が、かなり古くから、一条家に伝存していたことを示すものと思われる。卜部兼右本は、すでにこの岩崎本と校合して本文を改訂したらしいところがあるが、岩崎本二巻は平安中期の写本として本文校訂上重要であるのみならず、訓点を有する写本の中の最古の写本であるから、日本書紀の古い訓読を知る上で甚だ貴重である(訓読との関係については、第四項を参照)。秘籍大観所収。

六　前田本巻十一・十四・十七・二十　書体・用紙から平安後期の本といえる。朱点・訓点を附し、古い訓読を知る重要な資料である。仁徳紀は独立異文にすぐれたものがある。雄略紀はやや損傷が多いが、宮内庁本と同系で、卜部家本と異る本文を持つ所が多い。例えば、卜部家本系は「雄朝津間稚子宿禰天皇」と書くが、前田本は「雄朝嬬稚子宿禰天皇」と書き、卜部家本に「水江浦嶋子」とあるを、前田本に「瑞江浦嶋子」とするごときである。継体紀も宮内庁本と同系である。敏達紀は巻末紙背に「大二条殿御本」とあり、関白藤原教通(一〇七五没)の所持の本と見られる。秘籍大観所収。

七　宮内庁本巻十・十二・十三・十四・十五・十六・十七・二十一・二十二・二十三・二十四及び巻二　巻二十三舒明紀の巻末に「永治二年(一一四二)三月十七日以弾正弼大江朝臣(下欠)」とあり、院政期における大江家の系統の写本であることが知られる。既述のように雄略紀・継体紀は前田本と同系。推古紀・舒明紀・皇極紀は北野本(第一類)と同系である。応神紀を除いてすべて訓点・朱点を附する。巻二は一書を別行一字下げに扱ってあり奥書に「興国七年十一月十三日授参議右大辨兼右近衛権中将朝臣畢　一品儀同三司」とある。一品儀同三司とは北畠親房で、参議右大辨兼右近衛権中将とはその子北畠顕能であろう。この本は北畠親房の所持本であったといわれるが、必ずしも定め難いという。宮内庁本は、いずれも本文・訓読の研究上有力な資料である。秘籍大観所収。

八　北野本（第一類）巻二十二・二十三・二十四・二十五・二十六・二十七　院政時代初期の書写と見られ、典雅な王朝風の文字の影が残っている。付訓の仮名字体からもその頃のものと推定される。巻末に「加一見畢　正三位行神祇大副卜部朝臣兼永」とあり、巻二十三・二十四・二十七などの巻尾に抹消された奥書の中から、延文元（一三五六）十二十五資□王」のごとき文字が辛うじて判読できる。すなわち、神祇伯資継王の所持本であった第二類以下と共にあった本で、後に卜部兼永の有に帰したものである。平安朝末期における本文と訓読とを知る重要な校勘資料で、優れた本文を示すことが少なくない。

九　鴨脚本神代紀下　嘉禎二年（一二三六）十二月十八日書写。本書は神代紀下一巻があるだけであるが、一書を小字二行に、本文に続けて書いて、古態を残す。本文は卜部兼方本と相違するところが多少あり、卜部兼方・兼夏本等を溯る一本として古訓などに注目されるものがある。しかし、脱字の多い本で、書写謹粛とは言い難い。古典保存会叢書所収。

一〇　丹鶴本神代紀　嘉元四年（一三〇六）に、神祇伯家の本を金剛仏子剣阿に書写させた本の模刻。本文を大字に書き、訓注及び一書を小字二行に書写する古態を存する。本文も卜部家本と必ずしも一致しない。丹鶴叢書所収。

本書における校訂の方針

以上のごとき諸本に対して、卜部兼方筆本神代紀二巻、卜部兼右筆本神武紀以下二十八巻を底本として撰び、校訂を加えた。しかし、本大系の全体的な方針に従い、校異としては、底本の文字を改訂した場合、及び底本に傍注ある異文のみを掲げ、参考となるべき異文は、特に少数を限って掲出した。また特に解釈と深い関係のあるものは、頭注欄で説明を加え、また異文として取扱わなかった異体字は、別表に掲げた。日本書紀の本文の研究のためには、全面的な校本が必要であり、それを先に公にして然る後に、校異の抄出を行うべきである。しかし、筆者には今その余裕が無い。よって本書は、右にあげたごとき重要な写本のほとんどすべてについての校合を行ない、その結果を示すにとどまらざるを得なかった。将来の研究によって、なお改訂すべき点は、改めて行きたい所存である。

（以上、大野　晋）

三　訓　読

日本書紀の研究の沿革全般に関しては、別項「研究・受容の沿革」において説かれるはずである。しかし、日本書紀の訓読は果して奈良時代に行われたものであるか、平安時代の訓読は、如何なる特徴を有するか、それ以後訓読はいかに行われたか、また、今日において訓読を付する場合にいかなる道がありうるかなどの点に限って、国語学的な立場からここに説明することとする。それは、単に訓読の沿革を展望することではなく、日本書紀の訓読なるものがいかなる性質・特色を有するものであるかを読者に明らかにするに役立つであろう。また日本書紀を今日、統一的に訓読するためには、何らかの約束ごとが必要であるが、本書における約束ごとの由来や性質について読者の理解をうるにも、これは役立つところが少なくないと思われる。

一　日本書紀訓読の沿革

日本書紀が養老四年(七二〇)に撰進されて後、奈良時代に講書、訓読が行われたか否かについては、従来必ずしも明らかでなかった。「今案依二養老五年私記一作レ之」という注記を持つ『日本紀私記』(甲本)があるが、その訓読の部分は、明白に後世の改易を経ており、それが果して養老に成立した著作であるか否かは決定し難いものである。しかし筆者は、次の事実によって、奈良時代に、部分的にではあっても、講書が行われたであろうと考える。

日本書紀の古写本には、ヲコト点や、片仮名あるいは万葉仮名による訓読を示すものが少なくないが、その間にあって、訓注に「養老」または「養老説」と付記するものが点々と存在する。また、『釈日本紀』の中にも「養老説」なるものがある。例えば次の如くである。

前田本仁徳紀即位前紀　度子　ワタリモリ　養老
釈日本紀　秘訓一　遇可美少男養老説云々アヒヌルコト
同　秘訓四　努力努力養老弘仁等私記此云豆刀米
同　開化紀六年　姥津　波々津一云意知津　養老日本私記
同　成務紀五年　楯矛　多々奈弥　養老
同〃　日横　比乃与己之　養老

卜部兼夏本神代紀下　底下　ソコツシタ尓　養老説
同・秘訓四　蝦夷　養老説　衣比須
卜部兼右本綏靖紀　沈毅　オ己々シ　養老説
同　景行紀十二年　厚鹿文迮鹿文　阿都加夜佐加夜養老
同〃　日縦　比乃多都志　養老
弘仁私記甲本　石姫　養老云以波能比女

これらはすべて奈良時代の古語として自然である。この中で片仮名に書き改められているものは別として、万葉仮名で書かれている訓注は、上代特殊仮名遣に関係あるところ(。符を付した)が、すべて奈良時代の例に合う。周知の通り、奈良時代には母音は八つの区別を持ち、八十七の音節の区別を保っていた。奈良時代の万葉仮名は、その区別を明確に書き分けている。しかしそれは、奈良時代末期に多少の乱れを見せ始め、平安時代に入ってからの表記は、その区別を失う。従って、右のように「養老」、または「養老私記」と注記を持つ万葉仮名が、この上代特殊仮名遣に合致することは、その字面の成立が奈良時代であることを推定させる。

また別の資料がある。鎌倉時代後期書写の卜部兼夏筆神代紀に、万葉仮名による約百九十例にのぼる傍訓の注記がある。その下巻の後半に集中して「弘仁」の文字を附した訓注があり、その大部分が朱書されている。

栲縄　多久奈波　弘仁記説
太占之卜事　布刀麻尓乃宇良碁等　弘仁記説
斉庭　由尓波　弘仁説
手置帆負　弖於支保於比　弘仁説
祝之　保支弖伊波久　弘仁
海幸　于美左知　弘仁記説
代御手　弥弖之呂　弘仁説
高天原　多加阿万乃波良　弘仁
潮涸瓊　之保非乃太麻　弘仁記

また、弘仁の注記は無いが右の近くに「天目一箇、阿米万比等都」、「欲レ易レ幸、佐知我閇世牟」と朱訓がある。この万葉仮名の注記には上代特殊仮名遣に関係する仮名が十七例ある。この他に唯一つ、欄外に墨書された「弱肩、与和可比那、弘仁記説」があり、それの「与」のみは古例に合わないが、傍訓の十七例は、すべて奈良時代の用字法に合致している。かように上代特殊仮名遣の正しい文献は、平安鎌倉時代の擬作とは到底考え得ない。従って、奈良時代末期から平安極初期にかけての万葉仮名文献の一般例から推して、いわゆる『弘仁私記』は、単に弘仁時代に至ってはじめて行った訓釈だけを筆記した著作ではなく、奈良時代に文字化されていた訓注を包摂したものと解釈される。ことに、墨書の傍訓が多い中に、特に弘仁説と朱書された訓注に、かかる上代特殊仮名遣上の事実が見られるのは、弘仁時代以前に、その部分を含む何らかの成書が存在し、それからの引用であろうことを想像させる。もとより、これらによって直ちに『養老私記』の存在を論ずることは、尚早であろう。ただ、奈良時代にすでに日本書紀の講読・加注の行われたことは、もはや疑うことができない。とはいえ、今日残存する資料では、書紀の全文が奈良時代に一定の訓読を持ったか否かは不明である。資料はすべて断片的な注解のみで、一巻全体を訓み下しているものは無い。

　では、次に平安時代に入ってからの訓読について、いわゆる「私記」の面から検討してみよう。

　すでに知られる通り、日本書紀の講書が宮廷で行われた。そして弘仁・承和・元慶・延喜・承平・康保の講書において、私記と称される覚え書きが作られたようである。中でも有名なものは『弘仁私記』である。鎌倉時代の編になる『釈日本紀』の記載によれば、『弘仁私記』は三巻の書物であった。その内容は、さきに見たように、奈良時代の訓釈を包含し、また弘仁当時の訓釈をも万葉仮名で記したものであろう。さすれば、その万葉仮名には、平安極初期としての特徴が見られるはずである。すなわち、国語史学がすでに明らかにしているように、平安極初期の万葉仮名の字面には、すでに上代特殊仮名遣全部の区別は無いが、古(ko)と己(kö)の使い分け、及び衣(e)と江(ye)の使い分けは見られる。平安時代極初期までは、koの音とköの音、eの音とyeの音(また当然oの音とwoの音と)を、人々が別の音として言い分け聞き分けていたから、それらの音を、別々の文字で書き分けていたのである。しかるに、今日成書として伝わる『日本書紀私記』の中には、この条件に合致するものは一つも無い。また、「弘仁私記の序」という文章には、「以㆓倭音㆒弁㆓詞語㆒、以㆓丹点㆒明㆓軽重㆒」とある。丹点とは朱点を意味するものと思われるが、平安時代初期においては白点(胡粉)をもって返点、送り仮名を記すのが一般であって、朱点を用いることは、時代が降って平安中期に至ってからのことである。従って、築島裕博士の意見によれば、「弘仁私記の序」と呼ばれる文章には、後世の改易を経たところがあろうという。これらを考え合わせるならば、『弘仁私記』の忠実な伝写本は、今日においては知ることを得ないのである。

しかし、先に見た卜部兼夏本神代紀下に引用された「弘仁私記」と注記のある語句を、いわゆる『日本紀私記』(甲本)に求めてみると、唯一例を除いて、その語句そのものは「甲本」の中に存在する(唯一例の例外は、上代特殊仮名遣上の違例を含んでいた、先述の「弱肩、与和可比那」である。その点からも、この例には疑問がかけられる)。それゆえ、現在でこそ、「甲本」は、主として片仮名の傍訓しか持たず、その中には伊呂波の仮名遣にさえ多くの誤用を示し、その傍訓の字面の成立は鎌倉時代以後と断定されるが、実はそれは伝写の間の不純化の結果で、『日本紀私記』(甲本)は、古くはまさしく『弘仁私記』そのものだったかもしれない。しかし、国語学的な立場で、訓注の時代性を確かめたいと考えると、現在の『日本紀私記』(甲本)の訓そのものは高く評価できない。

では次に承和以下の私記はどうであろう。梵舜本『釈日本紀』に引用された記事によれば、承和の講書には菅野高年・春澄善縄・滋野貞主の三人が関係し、日本書紀の訓を一定にするのが主目的であったという(石崎正雄「釈日本紀に引く日本書紀私記」『日本文化』四十号)。たしかに、『釈日本紀』の中の承和の講書と見られる記事には、訓読を定める事に関するものが目立っている。しかし、そこで行われた訓読が正確に伝写されていることの証明としては、衣(e)と江(ye)との区別、於(o)と乎・遠(wo)との区別などが仮名の上で明示されなくてはならぬ。九三〇年頃までは、eとyeの音・またoとwoとFoの音などは、すべて別音として言い分け、聞き分けられていたから、仮名の上にもそれが書き分けられているはずである。これは承和の講書のみならず、九三〇年頃以前に行われた元慶・延喜・承平の年次の講書の記録についても同様である。ところが今日伝存する『日本書紀私記』を見るに、部分的にかなりこの条件を満たす御巫本『日本書紀私記』のごときはあるが、右の仮名用法上の条件にぴったり合致するものはない。従って、成書としての「私記」の中には、当時のままの字面を伝えるものは一つも無い。また別の資料としては、卜部兼右筆の日本書紀(本大系本の底本)に、「私記」という注記を持つ片仮名の傍訓が数多く存在する。その数多くの傍訓の成立を石崎正雄氏は承和の私記に発するものであろうという。しかし、もしその推論が正しいとしても、卜部兼右本の傍訓の字面そのものは当時のままのものではない。何故なら、右の仮名の使い分けは、全然そこに見えないからである。

それでは、『日本書紀私記』として伝わるものによって、古い訓読を知ることが全然不可能かといえば、そうではない。『釈日本紀』には、「私記曰」として種々の注記を伝えている。その中に、平安初期から中期へかけての訓読の――何時の講書のものとは断定できないが――重要な特徴を示す資料がある。

その第一は、「私記」の中に、特定の漢語を字音で読めと明示する場合が点々と存することである。例えば「論議者、私記曰、三字音連読。但、議音解(ゲ)」「騾、私記曰音読」「礼拝供養、私記曰、四字音読」「檉岸山明、私記曰、檉岸山、漢音読也。明、読レ南也」のごとくである。

その第二は書紀が文飾のために利用した漢籍ではなく、明らかに、「……に曰はく」の形で引用している漢籍の訓読は、他の部分の訓読と相違することを示す注があることである。すなわち、孝徳紀に『周易』を引く所がある。それについて『釈日本紀』に「易曰云々。私記曰、読レ如二唐書一。下、管子之文等効レ之」とある。つまり、易や管子の文を書紀に引用している場合は、その部分を「唐書の如くに読め」という。唐書の如くとは、当時の一般の漢籍の訓読のごとくということである。今、管子の文の引用部分を北野本によって訓み下せば「管子に曰へらく、黄帝明堂の議を立てしかば上賢に観たり。堯、衢室の問有りしかば下民に聴けり。舜、善を告ぐる旌有りて云々」となる。ここでは、議、賢、衢室、善のごとき字音の語を用いている。このように漢語を、多く字音のままで訓むのが、当時の漢籍の訓法である。それにもかかわらず、かように字音で訓む語を特に「私記」がいちいち指示しているのは何故かといえば、日本書紀の訓読では、一般に、文章の語句をすべて和訓していたからである。つまり、議、賢、善などは、書紀では、ハカリコト、サカシヒト、ヨキコトなどと和訓するのが一般で、これを、ギ、ケン、ゼンと音読することは無かった。それゆえ、引用文の訓読で、その部分を和訓せず、字音のまま読むには、特別に注記が必要となってくる。つまり第一の、字音語の指示といい、この第二の、唐書の如くに読めという注記といい、裏に、書紀が全文を和訓で読むということがあってはじめて意味を持つ。重ねて言えば、今日見うる平安時代の日本書紀の写本の訓読の一つの大きな特徴は、後に詳述するごとく、文章の語句を、及ぶかぎり和語を以て訓み下す点にあるが、この書紀の和訓の文体は、後世に発した文体ではなく、平安時代初期の講書において、すでに見られたものであることを、「私記」のこれらの注記が示すのである。

以上の通り成書として現存する『日本書紀私記』は、仮名の用法から見て、後世の不純化を経ており、それが平安前期の書紀訓読の実際を示すとは、到底言えない。しかし平安前期の後半から、平安中期の訓読をそのまま伝える資料はある。卜部兼夏本神代紀上下二巻に万葉仮名で書き込まれた傍訓がそれである。それは、約百九十例という多数存在する。その中には前述のような奈良時代のままと思われる部分もあるが、それ以外の部分でも、伊呂波四十七音にあたる音節だけは明確に区別している。

例えば起、於古之弖。百姓、於保无太加良。債解除、波良倍於保須。老婆、於无奈。皇祖、美於也。醸八醞酒、也之保乎利乃左介乎加美。扇天、阿女乎止与毛之。称辞、太々倍古止乎倍。且当飲食、美烏之世无止須。小男、烏久奈。の如くである（もっとも上祖、止於ツ於也。という違例が唯一つある。これは止保とあるべき所であるが、他の例がすべて正しくて、唯一つ、止保を直ちに止於とする誤りが、原資料に起っていたということは、音韻史の見地からは、やや例外的と見られるから、おそらく兼夏の誤写であろう）。この訓の部分には、古(ko)と己(kö)との区別は無い。koとköの区別は平安極初期のものには見られる区別であるから、この注記は平安時代極初期のものではない。しかしeとyeの音の区別はあるらしい。即「上枝、加牟都江」「中枝、奈加都江」「竹刀、阿乎比江」とあって、三例とも、yeの音を「江」で正しく書いている。それ故、この表記は、eとyeとの区別を一般に保った時代、つまり九三〇年頃よりも以前の姿を忠実に伝えるものではないかとも推測される。しかし、yeの音の例だけあって、eの音にあたる音節を持つ単語が、その百九十例の中には無い。よって確実に、eとyeとを書き分けたものであったか否かは遺憾ながら断定できない。

確かなのは、この万葉仮名がoとwoの区別を保っていることから推して、その区別が一般に混乱しはじめる一〇〇〇年頃よりは前のものを、これが伝えていることである。すなわち、この万葉仮名の字面は、八〇〇年代の後半から、九〇〇年代の末よりは前の状態を伝えている。従って、その頃の訓読の正確な姿を、われわれは、はじめてここに見ることができたといえる。この傍訓は、助詞・助動詞にまで及んでおり、神代紀全部にわたっているから、神代紀の文章は、その時期には、すべての部分に及ぶ訓読が成立していたものと見られる。

さきに、筆者は、『日本書紀私記』として伝来した書物の訓注は、於(o)と乎・遠(wo)などの混用さえあるゆえ、「私記」の忠実な伝写と見なし得ないことを述べた。しかし、今、兼夏本神代紀の万葉仮名傍訓が登場したから、それと御巫本『日本書紀私記』や、彰考館本『日本書紀私記』などの豊富な訓注とを神代紀に限って比較しよう。仮名文献の成立年代の推定に重要な役割を果す衣(e)と江(ye)、於(o)と乎・遠(wo)などの書き分けという観点を留保し、仮名が後世的な姿に変じている点も許容し、さらに文字の衍入・誤脱も一応見過すならば、これらの「私記」の訓注は、実は、兼夏本の万葉仮名傍訓と一致するものがかなり多い。相違する場合も、甚しく時代的相違を持つものとは見られない。のみならず部分的には、兼夏本神代紀の傍訓よりも古い形を伝えるものと見られる箇所すら存在する。従ってこれら『日本書紀私記』の数多くの訓は、神道思想が世に興るに至ってから後に擬作されたものではない。やはり弘仁から康保に至る講書の、ある時期の訓注を、二行割注の万葉仮名で書く古い形式のまま伝えたもので、ただそれの仮名遣その他は、後世的な姿に、途中で不純化されたのである。また、卜部家本の神代紀に周密に付せられているヲコト点、片仮名の傍訓も、基本的性格において御巫本『日本書紀私記』の訓と近似している。

よって次のように約言できる。兼夏本神代紀の万葉仮名傍訓は、平安前期から中期にかけての私記の訓を確実に伝える。御巫本『日本書紀私記』等の訓は基本的にそれに近く、卜部兼方本神代紀の片仮名訓も基本的にそれに大体一致する。従って、卜部兼方、兼夏らの写した、卜部家の家本の神代紀の、ヲコト点や片仮名による訓読は、部分的には、後世的だと判断される小部分を含むけれども、全体的な基礎は、平安初期から中期にかけての、日本書紀講書に由来し、一部分は、奈良時代の訓読に溯るものである。その訓は、全体として神道思想の広まった後に作り出された擬古的なものではない。

かような事情は、単に神代紀だけについてでなく、神武紀以下についても同様であると推定してよかろうと思われる。それは『日本書紀私記』のうち、神武紀以下を存する「丙本」について調査した結果、丙本の訓もまた、神代紀のみを存する御巫本『日本書紀私記』と同性質のものと判断されるからである。

以上、「私記」及び、万葉仮名の訓注の面から書紀の訓読を考え、推定しうるところを述べた。次には、平安時代の日本書紀訓読を、原文とともにヲコト点や片仮名の訓で示した文献から見た結果について述べることとする。

今日知られる平安時代書写の日本書紀のうち、ヲコト点と傍訓によって訓読を示すものは、㈠岩崎本推古紀・皇極紀 ㈡前田本仁徳紀・雄略紀・継体紀・敏達紀 ㈢宮内庁本履中反正紀・允恭安康紀・雄略紀・清寧顕宗仁賢紀・武烈紀・継体紀・用明崇峻紀・推古紀・舒明紀・皇極紀 ㈣北野本推古紀・舒明紀・皇極紀・孝徳紀・斉明紀・天智紀の諸本である。

これらのうち、書写年代の最も古いと見られるものは岩崎本推古紀・皇極紀の二巻である。この二巻の本文はその書体、高爽の趣を保ち、漸く唐風を脱して典雅な和風を確立しようとする寛平延喜の頃の筆かといわれている。これに付せられたヲコト点は数種を数え、原本について見れば、朱点のみでも三種の区別が可能である。その最古のものも、諸本解説に述べたように、全体として中田博士のいわれる第五群点であるが、その中の「カ」の点などは、八〇〇年代の仏家の点を伝えるものである。またこの本に付せられた傍訓の片仮名の字体を見るに、それは九〇〇年代の文字としての古体を保っているのである。

元来、平安時代初期に日本書紀の講書が始められたときには、それは必ずしも紀伝道の人によって行われたものではない。元慶年間の書紀講読の講師となった善淵愛成のごときは明経家で、その後に至って紀伝道の人が講師として登場し、訓読も次第に固定していったものと考えられる。従って、訓読が全文にわたって記録されるに至った最初には、「私記」の万葉仮名二行割注及び傍注の形式の訓を、ヲコト点、片仮名傍訓の形式に改めて摂取したに相違ないのであるが、岩崎本推古紀・皇極紀のヲコト点に古い形式が見えるのは、そういう古い時代の訓読の姿が、そこに反映しているのだと見ることもできそうである。ともあれ、推古紀・皇極紀の二巻に付せられたヲコト点と片仮名とによる訓読は、「私記」に見られるごとき語句の断片的な注釈とは異り、書紀の文章全体を訓み下した最古の記録として重要である。

次に、宮内庁本舒明紀は、巻末の「永治二年(一一四二)三月廿七日以弾正弼大江朝臣〔以下欠〕」の奥書によって、平安後期の大江家の訓読と見られ、北野本舒明紀(院政期写)の訓読もこれとほぼ同一である。また、卜部家本神代紀にも大江家の訓が多数注記されている。従って大江家の訓なるものの姿は、かなり鮮明に把捉される。また前田本仁徳紀・雄略紀・継体紀・敏達紀は、それらよりはやや古い写本と認められ、敏達紀の巻末紙背に「大二条殿御本」とあるによってこれは関白藤原教通(一〇七五没)の所蔵本と見られる。これらは、平安後期の訓読の実際を示しているが、しかしこの諸本の訓読が、すべて大江家の流儀であるか、いかなる系統の訓読を継承するものであるか等の問題については未詳である。それらは今後の研究を待つ課題である。

鎌倉時代以後になると書紀の訓読は古いものをもっぱら守る傾向が顕著に現われる。それは学問の保守的伝承的色彩が濃厚であった当時の一般の風潮とも軌を一にするものである。その中にあって、日本書紀訓読史上大きな役割を果すように登場して来るのが卜部家である。卜部兼文・卜部兼方・卜部兼夏以下、卜部家の日本書紀研究は、中世以降の日本書紀訓読の源泉となり、江戸時代まで続くのであって、江戸時代の初期の木版印刷によって飛躍的に世に広まったいわゆる日本書紀の古訓も、卜部家の伝統を受けた訓読であった。この卜部家の書紀訓読はことに神代巻において顕著な功績を残している。すでに『日本書紀私記』との関連において述べたように、その神代巻の付訓に見られる万葉仮名・片仮名は、少くとも平安前期に溯る訓読をかなり忠実に伝えており、また、神武紀以降の巻々の訓読も、神代紀を手懸りにして考察を加えれば、諸流の訓読を集大成したものであり、その拠る所は平安前期に溯ることがおおよそ推測される。

南北朝時代の熱田本の訓読も、大体において、卜部家本の訓読に近い。ことに巻三から巻九に至る巻々についていえば、熱田本は最も古い書写であり、その訓読は、やはり古訓を推知するために重要な手懸りを提供する。しかし北野本第三類に見られる神祇伯家の資継王の加えた訓読は、かなり自由で、書紀訓読の平安時代の諸本とは相違が大きい。

室町時代に至ると、日本書紀の訓読を家学として大切に伝承して来た家々の中で、一条家、卜部家の働き、及び、伊勢の神官の働きが目立ってくる。卜部兼右本の訓読はその卜部家の訓を伝え、伊勢本の訓は伊勢の神官に伝わって行った。伊勢本の訓の基礎も、卜部家の訓にある。江戸初期書写の内閣文庫本も卜部家の訓を伝え、それが板本に取り入れられて世に伝わった。これらを見ると、鎌倉時代以後、卜部家の果した役割が非常に大きいことが分るが、その訓読は、卜部家本の系統をつたえつつ、古本の訓を追加した所があり、その中に伝写の誤り、時代的な語法の変化による変動を、それぞれ少しずつ含んで行ったものといえる。書紀の訓読も、時代の降る写本では、次第に誤写も増加し、また、後世的な変改が加えられたのはやむを得ないことであった。

二　平安時代の日本書紀訓読の特徴

次に、訓読の溯源を考える場合の最も重要な資料である平安時代の諸本に見られる訓読の事実について、整理を加えることとする。これについては、築島裕博士の詳細な論考(「日本書紀古訓の特性」『平安時代の漢文訓読語につきての研究』所収)があるが、卜部兼夏本神代紀の万葉仮名の傍訓その他の資料を加えて、それを略述しよう。

平安時代の日本書紀の訓読の特質としては、まず、奈良朝風の言語をかなり含んでいることが挙げられる。例えば、卜部兼夏本神代紀の万葉仮名傍訓には、「可平安、左岐久万之万世(サキクマシマセ)」「一箇小男、比止川乃烏久奈(ヒトツノヲグナ)」「鐘憐愛、女久之止於保須御心(メグシトオボスミココロ)乎於支弖(ヲオキテ)」などがあり、『日本書紀私記』(乙本)にも「蒙、加々不礼里(カガフレリ)」などとある。サキク、ヲグナ、メグシ、カガフルなど、普通は平安時代では用いない。そして、助動詞シム、あるいは、副詞ケダシ、オソルラク、形容詞オホケム・オモシロケム、助詞カモなどは、奈良朝では普通に使う言葉であったが、平安朝の和文体では、普通に使う言葉ではない。これらの古語的な語彙がかなり自由に使われているのが、まず特色の一である。

また、漢字の字音にも古いものが少なくない。例えば、『釈日本紀』引用の、「私記」の中に、「州」をツ、「移」をヤ、「議」をゲ、「奇」をカと訓めと注している所がある。それらの字音は、シナの上古音、つまり漢魏から、三国時代にかけての字音であり、日本では推古時代の遺文に多少見られたものである。また、「王后・太子」に対して「古尓於留久(コニオルク)、古尓(コニ)支之(キシ)、並百済之語也」という注記があるが、古代朝鮮半島の言語を、かように注解することができたのも、平安時代に入ってから、大宰府の新羅訳語に学んでの結果と見るよりも、奈良時代の古い訓読を伝承したものと見る方が自然であろう。

かような古代的様相を承け入れていることが一特徴をなすとともに、漢文的文章を自由に翻訳して訓む風があるのも目立つ事柄である。「鉛花弗御、蘭沢無加」(雄略紀)を「イロモツクロハズ、カモソフルコトナシ」と訓み、「駆騖迅於滅没」(雄略紀)を「ハシリサイダツトキカタチホルモカニシテウセヌ」と訓むごときがある。「賀騰極使」(皇極紀)を「ヒツギヨロコブルツカヒ」、「瀼々汎」(仁徳紀)を「トクスミヤカニウキヲドリツツ」と訓むのも、濶達な訓読ということができよう。このような自由な訓読は、平安時代初期の訓読に広く見られる現象であって、漢文訓読は時代が降るにつれて、一字一字の漢字に即して訓み下す風が増し、従来日本語になかったような言葉遣いまで、新たに生じるに至るのである。してみれば、書紀古訓の、これら自由な漢文訓読は、平安初期またはそれ以前における日本書紀研究の遺産の一つということになろう。

次に日本書紀の訓読の、いま一つの大きな特徴は、すでに述べたように、漢字の字音のままに訓ずる語が極度に少いことである。仏教に関する「三宝」「礼拝供養」「悔過」「安居講説」「作聴衆」「論議者」「燃燈供養」などの語や、「白山鶏」「鱗」

「騾」「青油」などの特殊な動物や物品名、その他外国の人名、役職名は特に原語のまま、字音で訓む。しかしその他には、字音に読む語が極めて少い。例えば儒教の、忠、孝、仁などの概念は、全く新しい、別の観念のはずであるが、これら儒教に関する語彙も、大体和語に訳してしまう。それは、いかにも翻訳臭い不自然な不安定なものであるが、全体を通じて行われている。例えば、徳イキホヒ、孝オヤニシタガフ、忠イサヲシサ、マメナルコト、仁孝ヒトヲメグミオヤニツカフ、節マタキココロ、愛メグミ、忠臣タダシキヒトのごとくである。また一般の抽象的な概念も和訓している。刑理ツミナヘコトワルコト、法令分明ノリワキワキシ、幽枉必達カクレタルコトカナラズトホシシロシメス、臣節ヤツコラマノワキマヘ、文史シルシフミなど極めて多い。これは、書紀を漢文のまま訓み慣れている人にとっては、はなはだ不自然な訓読であるが、平安時代初期から、すでに、このようなものとして行われたのであった。『日本書紀私記』(丁本)によれば、数詞も和読する例であった。

「抑、此書之中、少レ字長レ詞之例甚多。近則、一百七十九万二千四百七十余歳之文、此十四箇字者、毛々与呂都止世阿万利、奈々曾与呂都止世阿末利、古々乃与呂都止世阿末利、不太知止世阿末利、与保止世阿末利、奈々曾止世阿末利と読。此少レ字多レ詞証拠之文也」。

数詞に関しては、なお、序数詞の問題がある。兼方本神代紀の巻頭「日本書紀巻第一」について、(1)ヤマトフミノマキノツイデヒトマキニアタルマキ江家古本点同之　(2)ヤマトフミマキノツイデヒトツ　(3)ヤマトフミマキノツイデヒトツニアタルマキと三様の訓があるが、『日本書紀私記』(丁本)は「巻乃次一巻尓当巻」と訓むべき旨を注している。平常このような長々しい訓み方をしたか否かはともかく、書紀の傍訓をすべて見ると、この『承平私記』の記述に合うように、数詞の訓みは長々とつけられていることが多い。「私記」の古写本や、日本書紀の古写本から集めた実例によって判断すれば、他の一般の漢文の訓読では音読する習慣になっている所も、かように、あえて和語に直して訓み下す所に、日本書紀の訓読の伝統があった。その伝統の発するところは、かなり遠く古く、それがすでに「私記」に明示されていることは、先にも述べた通りである。

日本書紀の訓読上の特徴は、また、そこに用いる語彙にある。一般の漢文訓読に用いる語彙と、和歌や源氏物語などに用いる語彙との間には、共通するものも極めて多いのであるが、かなり顕著な相違を示すものがある。それが訓読体と和文体との二つの文体の差を明示していた。例えば漢文訓読においては、「来」はキタルと訓み、「同」はオナジキと訓む。また、「勿」はスルコトナカレ・セザレなどと訓読する。「者」はヒトと訓んで、モノと訓まない。それらが訓読文体の一指標であった。一方、女流文学などの和文体では、「来」はク、「同」はオナジ、「勿」はナ……ソ・……スナなどという。ところが、日本書紀の訓読は、全体としては漢文の訓読風でありながら、和文体を交えるところが少なくない。例えば右の和文体のク、オナジ、ナ……ソを極めて多く用いている。何処イヅチ、異ケナリ、密シノビニ、心調ココロバヘ、苦クヤシなども使うが、これらも和文体でしばしば用いる語彙であり、「者」にモノという訓が多数あるのも漢文訓読体との相違である。

また単に和文体で用いる語彙が多く混在するだけでなく、今日では日本書紀の訓読だけにしか見出されない特殊な語彙がかなりある。例えば母イロハ、兄イロセ、イロネ、弟イロドなどと固定的に訓を付けるのが書紀の訓読である。本来イロは同母の関係を示す語であるのに、同母ならぬ兄、弟に対してもイロセ、イロドの訓を与えた所さえある。父カゾ、曾イムサキ、決ウツムナシ、望オセル、明日クルツヒ、制カトル、甚ニヘサ、悉フツク、養ヒダスなどは、他に所見の極めて稀なもの、あるいは、他例の見出し得ないものである。これらは、辿ればその語源を知りうるものが多く、おそらく奈良時代において用いられていた語であろうが、現存する奈良時代の言語資料が、歌語などに偏っているために、今日からは他に実例が見えなくなって、特殊な語のように見えるものなのであろう。

また、日本書紀の訓読において、一般の漢文訓読と異る所は、そこに敬語が多く使用されていることである。同じ「遣」一字を訓読するにも、天皇その他が動作の主である場合にはツカハスと訓じ、百済王その他がわが朝廷に人を派遣する場合には、これをマダス・タテマダスと訓じている。マダスとはマキイダス(参出す)の約である。至・来・化来をマウイタル・マウク・マウオモブクと訓ずるのも、身分の低い者が、帝都、宮廷に至り来る場合の訓である。天皇・皇后等の動作について、タマフという助動詞を付する場合も多い。ただし、これは、固定的にすべての場合に付するものではないこと、和文一般における敬語の助動詞の用法と同一である。以上の諸事実は、日本書紀の現存最古の訓点本である岩崎本推古紀・皇極紀をはじめ、それにつぐ前田家本・宮内庁本・北野本など平安時代の諸本に共通して見られるものである。

右は、平安時代の日本書紀訓読と当時の漢文訓読一般とを比較した場合であるが、当時の訓読法は、江戸時代以後現代に至る漢文訓読法と比較すると、相違が少なくない。次にその数例をあげておく。

宜　ヨロシクを読み加えない。(例、群卿宜明賞罰　マヘツキミタチタマヒモノシツミナフルコトヲアキラムベシ〔推古紀〕。宜急適於底根之国　スミヤカニソコツネノクニニイネ〔神代上〕)

応　マサニは読み加えない。(例、急須応斬　アカラサマニキルベシ〔皇極紀〕)

須　必ずしもスベカラクを読み加えない。(例、須即帝位　アマツヒツギシロシメセ〔仁徳紀〕。事須割情　コトココロヲツクスベシ〔雄略紀〕。要須護養黎民　カナラズスベカラクハオホミタカラヲマモリヤシナヒタマヘ〔敏達紀〕)

当　必ずしもマサニ……ベシと読まない。(例、何当避乎　ナムゾサラム〔神代上〕。今当就去　イママサニマカリナムトス〔神代上〕)

将　必ずしもマサニを読み加えない。(例、将傾日位　ヒツギノクラキヲカタブケムトス〔皇極紀〕)

可　必ずしもベシと読まない。(例、可以降　クダシタマヘ〔神代上〕。可平安　サキクマシマセ〔神代上〕)

猶　ゴトシと読むときは、ナホまたはナホシを添えない。(例、譬猶浮膏而漂蕩　タトヘバウカベルアブラノゴトクシテタダヨヘリ〔神代上〕)

則　助詞のハ、バを承けるときにはスナハチと訓まない。(例、是物者、則顕見蒼生可食而活之也　コノモノハ、ウツシキアヲヒトクサノクラヒテイクベキモノナリ〔神代上〕。雨則流之　アメフレバナガレヌ〔神代上〕)

以　動詞連用形をうけて、助詞テを加えた場合は、モテと読まない。(例、新羅奉命、以驚懼之　シラキミコトヲウケタマ

ハリテ、オドロキカシコマル〔皇極紀〕

得　…コトウ、…コトエタリなどと訓む場合、…コトヲウ、…コトヲエタリのようなヲという助詞を入れない。（例、便得抽糸　スナハチイトヒクコトエタリ〔神代上〕。得入堂　ダウニイルルコトウ〔推古紀〕。不得呑餌　ツリクフコトエジ〔神代下〕）

於　普通ニと訓む。ニシテと訓むこともある。

亦　モマタと訓まず、モだけまたはマタとだけ訓む。

三　本書における訓読の方針

以上述べてきたようなことから現在、日本書紀を訓読する方針としては、四つが考えられる。第一は、奈良時代の語法によって訓読することである。第二は、全文の訓読が確実に行われたと見られる平安時代前期の訓法によって訓読することである。第三は、現存する最古の写本の訓点に従って訓読することである。これは巻々によって残存する写本の時代が多少なりとも相違するので、最も古い巻は平安中期に溯り、最も新しい巻は鎌倉時代の末、南北朝の頃に至る。第四は、もとは漢文であるとの立場から、内容が理解できればよいとして、江戸時代以後の訓法によることである。

まず第一の、奈良時代風な訓読であるが、今日残存する奈良朝語としての訓読の直接の資料は、極く限られた断片的な語句の訓注のみである。豊富な量を備えた万葉集は歌であるから、文章の訓読資料としては不足な点が多い。古事記、続日本紀宣命、延喜式祝詞をもってしても、到底日本書紀の多様な文章の訓読の細部を決定する拠所とするには不足である。現に奈良朝語を以て訓読したものと自ら称する研究があるが、現在到達している訓点語学の研究成果の摂取において、また、奈良朝の散文的表現の研究において、未だしい点が多い。つまり、今日の研究の段階では、直ちに奈良朝風の訓読を志すことは甚だ困難である。それ故、筆者は本書において第一の道をとることを差控えた。

第二の、平安初期風の訓読は、奈良朝語風の訓読に比すれば、極めて多くの資料に恵まれている。『日本書紀私記』によって、その内容をかなり窺いうる上に、援用すべき訓読の例も甚だ多い。それゆえ、平安初期の訓読を復元しうる望みは小さくない。しかし、『日本書紀私記』の記事も一語一句の訓読ということになると、時代的な識別がなお必要である。今日知られる資料、例えば卜部兼夏本の神代紀の万葉仮名傍訓のごときも、一部分は確実に奈良時代のものであるが、大多数は平安前期中期のものとまでは言えるが、その百五十年間の何処に位置せしむべきかについては、なお決定しかねる問題である。かつまた、参考となる訓読文の例も、多く仏典に限られている憾みがあり、和文風に訓む書紀の訓読との間にいかなる相違があるかを、微細にわたって明確にするに至っていない。本書の訓読の責任を負う筆者として、一気にこの段階を目指すことはできなかった。これは将来の、次の目標たるべきものである。

第三については後述することにして、第四の、江戸時代以後の訓読によることは、筆者の採らないところであった。本書が日本古典文学大系の一つとして選ばれたことは、日本漢文の研究、または日本史学の研究のためもある。しかし、日本書紀の古訓といわれるものは、つとに、日本古典文学、日本古典語学において問題とされているものであるから、これを学問的に究明し、可能な限り再現することが、古典語学者の任務であろうと筆者は考えたのである。

従って、筆者は第三の道、つまり、残存する各種の資料を、できるだけ活用しつつ、各巻それぞれ現存最古の写本の訓読を復元することを目標とした。この場合にも二つの方途がある。その一は訓点語学としての基本的な態度として、それぞれの巻の付訓の姿を、ありのままに再現して、訓点語学の習慣に従って、原本の仮名やヲコト点と、研究者の補読の部分とを記号によって区別し、その間、巻々によって写本の系統的・時代的差異による訓読法上の相違の生じることも放置することである。この書の訓読を、国語学・訓点語学の資料としてのみ世に送るためにはそれが必要な態度である。また、この態度を持しつつ巻々の時代的差異・不統一の生じることを避けて一つの原本に全く忠実な訓読で一貫しようとならば、例えば室町期の卜部兼右本のごとき、豊富な傍訓を持つ一本を選定して、専らそれの再現を志せばよい。それは、室町末期の訓読にすべて従うことを意味するが、上代から室町時代までは、言語史的に大きく古代語として一括できる面が少なくないから、それもまた一つの行き方と思われる。しかし、それと現存の平安時代の古写本とを比較すれば、原文・訓読の上で、平安時代以後、室町時代までの間に、転写の誤りや、時代的な語法の変化が生じていること、卜部兼右の本もその例外ではない。また、いわゆる古訓なるものが、今日の日本史学の研究の結果から見て、文脈の解釈において誤りに陥っている場合も少なくない。それらは当然修正されなければならぬ。それ故、単に一つの本の忠実な訓読に終始するというこの案は、採るところとならなかった。従って、その二の方途、各巻それぞれ現存最古の写本に拠りながら、その間の形式的不統一を、何らかの方法によって調整するという道を筆者は選んだ。つまり、各巻の最古の写本によって訓読を行うが、訓読の形式的な面は、その中の最も古い巻、岩崎本の推古紀・皇極紀の訓読に合わせて統一するのである。これによって作られた訓読文は、いわゆる訓点語学的な純粋さには欠けてしまう。しかし、現実には各巻の底本の訓読をそれほど大きく変改することではないのである。日本書紀三十巻という大部の書物が、平安時代の写本として揃っていない現在において、また、細部までの付訓が必ずしも行われていない写本によらざるを得ない現状において、これを専ら訓点語学の資料としてでなく、整えられた古典文学の一環として綜合しようとする場合に、右のような処置をとることは、おそらく、止むを得まいと考えた。

また整理統一は別の面でも必要であると考えられる。元来、漢文訓読なるものは、音韻の変化を、訓読の片仮名の上に鋭敏に反映する一面を持っている。ただこの音便の現象については、時代による相違があり、時に音便形で書かれ、時に音便形でない形で記載される。必ずしも統一的に書きとめられないことがある。それ故、漢文訓読における音便形を忠実に翻字することは、訓点語学の翻字としては、極めて当然な常識なのであるが、異なる時代の異なる写本によって、全体の訓読文を作成しなければならない場合には、大体の規準を立てて音便形を用いる語と、音便形を用いない語とを定めて置き、それによって全巻を統一することもやむを得ない処置である。いかなる語を音便形において認め、いかなる語を音便形において認めないかについては、訓読文の時代を何時頃のものと予定するかによって相違があり、その認定について恐らく幾多の異論が生じることであるに相違ないが、本書では卜部兼夏本の神代紀に見える万葉仮名傍訓が、イ音便、ウ音便形などを持たず、御巫本『日本書紀私記』の訓も、音便形を持つことが稀だという事実などを考慮に加えた結果、音便形として扱う語に関して次のように定めた。

イ音便　「在て、遮り、幸、元日、次で、相欺蔑、駅」などのような名詞や動詞語幹には音便形を用いるが、「撫で、攘り、恣に、分明し」などは、「撫で、攘り、恣に、分明し」のようにはしない。また、用言の活用語尾に関しては音便形を用いないことを原則とする。

ウ音便　「冠、而して、然して後に、参く、詣づ、申す、客、薄」などにおいて用いる。

撥音便　「曾、完し、御座、食、懇」等においてはこれを認めるが、次の諸例では、原形にもどして取扱う。

「非す、寧ぞ、臣、衣、慮、惟みるに、盛なり、就まつる、何ぞ、侍り、大学寮、学生、女」など。

促音便　「訴訟（ウルタヘが古形）、竪者（シリトリベが古形）、以て（モチテが古形）」においてはそのままとし、「欲せず」などはホリセズとする。

右の他「赴く、候ふ、晦、惟神、群臣」等を用いる。

また、文章の時制は古写本の訓点に従い、必ずしも地の文を常に、過去形「き」で終止するようにはしなかった。そのように付訓してあることが、古写本で実際には極めて少なかったからである。発言の引用形式に関しては、平安前期においては、「曰はく『……』といふ」。「曰へらく『……』といへり」。「曰ひしく『……』といひき」。「曰さく『……』とまうす」。とあるとの中田祝夫博士の見解に従い、すべて、導入と終結とを呼応させることを原則とした。これは、卜部兼方本神代紀や岩崎本推古紀・皇極紀の原本においては、大部分、終結部の記載がないものである。

さらに、精しく挙例すべきところが少なくないが、以下は省略に従うこととして、次に本書が訓読文作成において、第一にそれに拠った古写本の名を掲げておく。もとより、これらの古写本の中には、神代紀のごとく、詳細な訓読の付せられているものもあるが、景行成務紀のごとく、傍訓の少いものもある。それらの場合は、主として卜部兼右本・北野本その他によって訓を補綴して訓読を行なった。

岩崎本（平安中期）　巻二十二・二十四
前田本（平安後期）　巻十一・十七・二十
宮内庁本（平安後期）　巻十・十二・十三・十四・十五・十六・二十一・二十三
北野本（第一類）（院政期）　巻二十五・二十六・二十七
卜部兼方本（鎌倉期）　巻一・二
北野本（第二類）（鎌倉期）　巻二十八・二十九・三十
熱田本（南北朝期）　巻三・四・五・六・七・八・九
北野本（第三類）（南北朝期）　巻十八・十九

なお、本書の訓読について、訓点語学者中田祝夫博士・築島裕博士・小林芳規氏の懇篤な教示に与るところ多大であったことを明らかにし、この三氏の好意ある力添えなしには、到底これを成就し得なかったことを記して感謝の意を表したい。

（以上、大野　晋）

四　研究・受容の沿革

日本書紀は、その成立以後、古典籍ないし古代日本研究の資料として学問的研究の対象となってきたと同時に、それぞれの時代に大きな社会的役割をになう思想的古典として受容されてきた。しかも、学問的研究と思想的受容との間には、積極的にせよ消極的にせよ、不可分の連関が存するのであって、本書の研究に関する学説史を本書の思想的受容の歴史から切り離して叙述することは、不適当と考えられるし、また、思想的古典としての役割の大きな点に本書が他の一般文芸古典と異なる独自の性格も見出されるので、本章では、本書の学問的研究の沿革と思想的受容の沿革とを併せ述べることとした次第である。なお、日本書紀には古事記と異なる性格や、後者にふくまれない豊富な内容をもっているにもかかわらず、共通する部分が少なくなく、特に神代の物語や初期の皇室系譜など、微細な点では相違する部分があっても、一般には記紀共通の所伝として受容されてきた場合が多いため、研究・受容の沿革を述べるに当っても、両書の研究・受容を判然と区別できない場合の少なくないことを、あらかじめご承知願っておきたい。

一　古代における訓詁的研究

きわめて近似した性格をもつ典籍として相前後して著作されながら、記紀両書の成立後の運命には、大きな違いがあった。というのは、古事記が久しい間ほとんど後人の注目をひかず、十八世紀に入り、本居宣長がその価値を力説するにいたるまで、古典として重視されなかった(したがって、現存の古写本も十四世紀の真福寺本以前に、現に知られている注釈の試みも十三世紀の卜部兼文のそれ以前にさかのぼるものは見出されぬ状態である)のに対し、日本書紀は、成立直後から講書が開始され、その後も常に古典として重んぜられてきて、古写本にも八世紀にさかのぼるものをはじめとし、古事記のそれに比べてはるかにその数が多いのである。

古代における本書の研究については、太田晶二郎氏の「上代に於ける日本書紀講究」(史学会編『本邦史学史論叢』上巻所収)という精緻な研究があり、ほとんど附け加えるべきものがないので、もっぱらこれによってその大略を紹介することとしたい。

書紀完成の翌年に当る養老五年(七二一)、早くも宮廷においてその講義が行なわれ、その講義の内容を記したものとして『養老私記』の名が伝えられている。これについては疑問もあったが、別章で大野氏が述べているとおり、奈良朝の古訓として疑のないものが伝えられている事実に徴しても、八世紀に講書の行なわれたことは、事実として認められてよいようである。その後、弘仁三年(八一二)・承和十年(八四三)・元慶二年(八七八)・延喜四年(九〇四)・承平六年(九三六)・康保二年(九六五)と、平安朝において六回の講書が行なわれ、元慶以後には竟宴を伴うようになり、その際に詠まれた和歌をものこすにいたった。それは、一面では講書が研究というよりはむしろ遊戯的な儀礼に化して行ったことを物語るものでもあるが、それはともかく、書紀が成立後間もない時期からくり返し講義の対象となったことは、学問的に小さくない成果をのこした。講書に当った博士たちは、漢唐訓詁学の影響を受けた考証学者といえば大げさになるが訓詁学者であって、書紀の全体的な性格をとらえる姿勢に欠けていた反面、後の神道家のような観念的空理で書紀に立ち向うことなく、訓読・語義等についての実証的説明にそのしごとをほぼ限定していたからである。それらの成果は、講書ごとにその年号を冠した「私記」の形で記録され、その逸文またはそれとおぼしきものが、あるいは単行の形で(ただし、今日単行の『日本書紀私記』の名で伝えられるものについては、その成立年代や本文について疑問が多く、学問的には慎重な取り扱いを必要とする)、あるいは古写本のいわゆる古訓の一部として、あるいは後述の『釈日本紀』に収録されてのこっており、現代の研究者のために貴重な資料を提供している。太田氏が特に強調しているように、『元慶私記』の編者と考えられる矢田部名実が、他の記録等との対照に基づいて書紀の歴史的記録としての脱漏や誤謬等を指摘していることや、韓語についても、後世になってからでは到底解読できなかったであろうよみや説明のなされていることなど、たとい局部的な瑣事に渉るものが多いとはいえ、古代書紀研究の実証的成果は、ある程度まで評価されなければならないであろう。

このような古代講書の成果を集大成したものが、文永十一年(一二七四)またはその翌年に卜部兼文の行なった講義をその子兼方が編輯した『釈日本紀』である。その内容には創見とすべきものが乏しいけれど、「私記」をよく集成し、「述義」「秘訓」などの綱目を立てて分類整理し、後の代に伝えた功績は大きなものがある。そして、書紀に対する古代的な訓詁の学は、この集成事業をもって一応終りを告げ、書紀の「研究」は、従来の訓詁の学とはおよそ性質を異にする神道家の神学的論議に変じて行ったのであった。

古代における書紀研究が右のような学風の下で進められたことは、書紀の思想的性格について、理論的・実践的な関心が必ずしも強く表明されることのなかった時代の動向と相表裏するものがある。記紀の編纂が、律令機構確立期における天皇制国家の支配者たちの政治的要求を根本的動機としていることは、古事記序文に、天武天皇がその原資料である帝紀・旧辞に「邦家の経緯、王化の鴻基」たるべき意義あることを認め、それ故にその「偽を削り、実を定めて、後の葉に流へむと欲」った旨記されているところからも窺われるとおりであって、ことにそのことは、中国の史籍の形態を模したり、中国政治思想による潤色をいたるところに加えたりするなど、国際的・国内的政治的配慮の迹のいちじるしい書紀のほうに、いっそう濃くにじみ出ているようにさえ思われるが、成立以後に書紀が、特にそのような思想的意義において、支配者たちから政治的に活用せられたという形迹はとぼしく、ただ六国史の先頭に位置する正史として、古事記よりも重んぜられてきたという程度にすぎない。太田氏の前引論文は、『弘仁私記序』の文や平安初期の事例を引き、当時氏姓制度上に安静を欠くところあり、氏姓をめぐる紛争について書紀を援引することが、そのころの書紀の主たる「用」であり、講書の由来をもそうした事情に求めているが、天皇制自体すでに安定した状態に入った平安朝においては、本書の原資料となった帝紀・旧辞の類の形成された時期のごとき、強い政治的要求はすでに失なわれ、書紀は全くの古典に化していたから、現実的にはせいぜい右のごとき、編纂にいたるまでの動機からいえばむしろ第二次的な機能を期待されるにとどまったとみてよいであろう。

二　中世における神道家の利用

中世すなわち鎌倉・室町時代以後の書紀は、もっぱら神道家により、神道の教義の源泉としての神典として尊重されることとなった。実証的な訓詁研究は放擲され、中国思想や仏教教義等の観念的理論による付会の説明が強行されるとともに、関心はもっぱら神代巻のみに集中されて、歴史的記録の部分はほとんど顧みられなくなってくる。もともと、日本の民族信仰は、理論的教義をもたぬ祭祀の儀礼を主内容とするものであって、「神道」(その書紀の用例での語義については、下巻補注21－一参照)と呼ばれるような思想体系は存在しなかったのであるが、中世に入って、大陸思想を付会した伊勢神道・吉田神道・山王一実神道・唯一神道等の神道教義がはじめて成立し、神道五部書等の「神典」が新しく偽作されると同時に、書紀もまた神典として尊重されるようになるのであった。そして、前述のごとく特に神代紀が他の諸巻とは格別の取り扱いを受け、貞治六年(一三六七)に忌部正通の著作した『日本書紀口訣(くけつ)』、室町時代に一条兼良の著わした『日本書紀纂疏(さんそ)』をはじめ、神代紀の注釈書が数多く出現したけれど、それらはすべて自家の神道教義に立脚した空理空論で埋められており、書紀の学問的研究のために今日読むに値するものは一つもないと言っても、言い過ぎではないようである。

中世においても、神典として扱われなかった文芸上の古典、例えば『万葉集』や『伊勢物語』や『源氏物語』などについては、ある程度まで学問的な研究が行なわれ、後の国学者の古典研究の萌芽と見なすことのできる著作がいくつものこされたのに比べるとき、書紀は神典として尊重されることにより、かえって学問的研究から遠ざけられるという不幸な運命に陥ったといわなければならない。そのことは、書紀を神典化した中世神道が、思想的にも、日本の民衆の生きた信仰から遊離した、現実的意義のとぼしい、一部社家またはそれにつらなる公家貴族の机上の観念論であった事情に因由すると見られるのである。

三　近世における儒学を中心とする学問的研究（1 注釈的研究）

近世における儒学を中心とする学問の興隆は、日本の古典に対する学問的研究の発達をも促した。ことに、国学の成立により日本古典を対象とする文献学的研究が学問の一つの重要な領域を形成するにいたったことや、儒学においても、荻生徂徠の古文辞学の創唱や清朝の学界の影響下に発生した考証学派の出現や、その他洋学をもふくむ自然科学や経世論の発展に伴なう実証的精神の育成などの事情が相まって、書紀に対しても、中世には見られなかった客観的・実証的な研究を展開させるにいたるのである。しかも、それは古代の講書の場合よりもはるかに体系的な形を整えてきたのであって、江戸時代にはいって、はじめて書紀研究が学問化したと言うことが許されるかもしれない。

この時期の書紀研究としては、一般にこの時代の古典研究の中心作業をなした観のある注釈書の著作と、近代的科学研究のさきがけともいうべき高等批評的見解の出現との二つの動きが注目されるが、まず前者から述べると、今日まで書紀注釈書として学問的にもっとも高い位置を占めてきた『日本書紀通証』と『書紀集解』の二大作の出現にまず指を屈しなければならない。

前者は、思想的には神道家に属する和学者谷川士清（たにがわことすが）が延享四年（一七四七）に刊行したものであって、中世以来、近世初頭までの空理空論を羅列した注釈書と面目を異にし、字句の訓と義とを典拠にしたがって明らかにしようとした、最初の学問的注釈書である。『倭訓栞』の著者として国語学に通じた著者が、儒典・仏書をも広く渉猟して作製したこの注釈書は、その豊かな学殖の裏づけにより、書紀研究のための必読の文献となった。ただ本居宣長が批判しているように、士清の和学にはなお儒家神道の色彩が濃くのこっているため、『通証』にも非実証的な神道教義を十分に洗い落していない面の多い点は否定しがたい。

後者は、漢学畑の学者河村秀根・益根父子二代の努力に成るもので、序文の日付にある天明五年（一七八五）を以て一応成立時期の指標としておく。『集解』については、国民文化研究所活字本首巻の阿部秋生氏の解説に詳であるが、書紀は古典の文辞を修めて文辞を成したものであるとの前提に立ち、中国の内典外典を博按して典拠と覚しきものを求めることに、最大の努力が傾注されている。大陸舶載の典籍から字句を多く借用しているのが書紀の重要な特色であるから、その典拠の解明のためにはかきな力を注いだ『集解』は、たといその注記が必ずしも適切なものばかりでなかったにせよ、後の書紀研究者のためにはかりしれぬ大きな利益を与える成果を遺したのである。さらに、『通証』が神道者流の口吻を一掃できなかったのに比べ、『集解』が儒家の著作でありながら道学的色彩とぼしく、考証的学風をよく発揮しているのも、注釈書としてより高い価値を有することのできた所以であろう。

『通証』と『集解』とは、ただに近世書紀研究史上の二大高峰であるのみならず、今日にいたるまで、書紀全体にわたる注釈書として双璧の地位を失なっていないのであるが、本居宣長が寛政十年(一七九八)に完成した『古事記伝』に比べれば、古典研究としていちじるしい遜色あることは、否定しがたい。何故ならば、『記伝』が訓義や字義の注解においてきわめて実証的な成果をあげるにとどまらず、古代人の風俗・習慣・思想等についてもすぐれた理解を示したのに対し、『通証』や『集解』からは、そのような歴史的感覚をほとんど看取できないからである。成立以来長年月にわたり忘れられていた古事記が宣長一代の努力で、今日なお容易に凌駕しがたい卓越した注釈書をもつにいたったのに反し、多年継続して研究されてきた書紀が、かえって『記伝』に匹敵する注釈書をもつことのできなかったのは、皮肉な運命というべきであろう。

近世の注釈書としては、神代紀のみを対象とした青柳種信の『日本書紀講説』と鈴木重胤の『日本書紀伝』をしばらく措き、全巻に渉るものとしてなお上記二書のほかに、岡熊臣が弘化元年(一八四四)に完成した『日本書紀私伝』がある。その稿本は半ば逸失したが、現存部分を見たかぎりでは、『通証』『集解』ほどに豊かな学問的価値をもつとはいえないように思われる。

『講説』と『私伝』が稿本のまま著者の家に埋れてきたのに対し、明治二十四年(一八九一)には敷田年治の『標注日本紀』が、同三十五年(一九〇二)には飯田武郷の『日本書紀通釈』がそれぞれ公刊された。明治に入って後の注釈書であるが、内容的には全く江戸時代の学問の域を超えておらず、若干の新説を付加したほかは、『通証』『集解』の水準よりもはるかに後退した著作とされることを免れないであろう。『通釈』は活字本として版を重ね、学界では便利な注釈書として広く利用されてきたが、その内容は『通証』『集解』および他の国学者の説を羅列した上に『標注』の説を随処で無断盗用している、ほとんど独創性のない著作で、ちょうど鎌倉時代の『釈紀』が「私記」を集大成したのとほぼ同様に、江戸時代以来の注釈書の集大成という点にのみ、その存在の理由を求めるほかないようである(『通釈』が広く利用されたのは、『通証』『集解』ともに昭和初年まで簡単に入手できる活字本が刊行されなかったためにすぎない)。

以上は、書紀全体にわたる注釈書であるが、部分的な注釈書として、伴信友の『長等の山風』付録一「壬申紀証注」を忘れるわけにいかない。天武天皇紀上巻一巻だけの注釈であるとはいえ、歴史的内容に立ち入った注釈として、訓読字義の注解のみに終った『通証』『集解』の及ばない新生面を開拓した労作である。また、書紀に載っている歌謡だけを注解したものとして、荒木田久老が寛政十一年(一七九九)に著わした『日本書紀歌解槻の落葉』、橘守部が文政三年(一八二〇)に著わした『稜威言別』等のあることをも、ここに付記しておく。

四 近世における学問的研究 (2 高等批評的研究)

近世の学問の実証主義的思考は、封建的学問としての限界の内ではあるが、中世的な神秘主義を脱却した合理主義の傾向を示し、神典として神秘的にのみ仰ぎみられてきた記紀に対して、高等批評的眼光を注ぐようにもなった。当時天皇は主権者としての地位を失なっており、皇室の起源を説いているが故に記紀の説話を神聖不可侵のものとする政治的必要の存在しなかった歴史的条件が幸して、はじめて記紀を合理的な認識の対象として見ようとする態度が形成されたのである。新井白石が享保元年(一七一六)に著わした『古史通』や、吉見幸和が宝暦二年(一七五二)に著わした『対問筆記』、同十年(一七六〇)に著わした『神代尚綱』等において、神代等の神怪談を人事の譬喩的修辞と見、合理的な解釈を下そうとしたのは、神代説話の本質を根本的に誤解した失敗に終っているとはいえ、合理主義の精神を以て記紀説話を解明しようとした試みとしては、歴史的に重要な意味をもっていた。次いで山片蟠桃が享和二年(一八〇二)に著わした『夢の代』や、上田秋成が文化五年(一八〇八)に著わした『胆大小心録』にいたって、神代説話を以て後世の作為の産物とする画期的な見解が表明されたのである。ことに前者では、神代説話ばかりでなく、神武天皇以後仲哀天皇の部分までをも客観的史実の記録と認めがたいとした点で、後年の津田左右吉の研究の結論とほぼ一致しており、その先駆的意義は高く評価されねばならない。橘守部が天保十三年(一八四二)に著わした『稜威道別』は、全体の論旨は晦渋であるけれど、神代説話の内に「稚言」と名づくべき童話的分子のふくまれているのを指摘している点は、後年の民俗学的解釈を思わせるものがあり、注目に値する一家言といえよう。

合理主義の精神は、書紀の紀年の客観的な不合理性をも看破させるにいたった。神武天皇元年辛酉から六百年を減じなければ外国との年紀が合わないことをはじめて唱えた藤貞幹の『衝口発』(天明元年(一七八一)著)に対して、本居宣長は『鉗狂人』の一撃を与えてこれを葬り去ろうとしたけれど、宣長の門人である伴信友さえも、「日本紀年暦考」(『比古婆衣』所収)を著わして、日本書紀の紀年が辛酉革命の説によって作為されたものであることの論証を行なうにいたり、やがて明治の学界でその説はさらにいっそう推進されることとなるのである。

五　天皇主権体制の成立と記紀神話の政治的役割

近世封建社会において、比較的自由な学問的批判の対象となりえた記紀は、王政復古に始まり、明治憲法の制定によって確立された天皇主権体制の下で、主権者としての天皇の神聖な地位の起源を権威づけるための文献的典拠として絶大な政治的役割を発揮するにいたった。戦前の天皇主権国家体制の下で、記紀の所伝がいかに重視されたかは、この体制の法律上の柱となった大日本帝国憲法の第一条「大日本帝国ハ万世一系ノ天皇之ヲ統治ス」や同第三条「天皇ハ神聖ニシテ侵スヘカラス」の各条文が、記紀をはじめとする古典の説話・文章を思想的背景として起草されたものであること（『憲法義解』『梧陰存稿』等）、憲法とならんで体制を支える精神的権威として「渙発」せられた教育勅語の「我カ皇祖皇宗国ヲ肇ムルコト宏遠ニ徳ヲ樹ツルコト深厚ナリ」の一句もまた同じ思想的典拠から出た命題であること（井上哲次郎『勅語衍義』等）等の事実に徴しても明白であろう。しかも、憲法と勅語とに簡単な文章の形で集約された「国体観念」は、公教育における修身・日本歴史等の教科書および授業の中で具体的に児童・生徒に説示されるようになった結果、「国体観念」の歴史的源泉とされる記紀の所伝が、学校教育の普及を媒介として広汎な国民層の頭脳に注入せられるにいたった。古代・封建社会においては、わずかに支配階級や少数知識人の知的教養の一部として知られていたにすぎなかった記紀の所伝が、国家権力の強制によってほとんど全国民に浸透せしめられるにいたったのは、有史以来未曾有の現象といわねばならぬが、特に神代説話や神武天皇以下の天皇系譜が日本歴史の教科書に歴史的事実として記載せられ、しかもそれが「国体観念」の「淵源」として権威づけられたのであるから、その出典としての記紀もまた「国体観念」の源泉たる神聖な古典として特殊の権威を賦与されることを免れず、江戸時代のように比較的自由な姿勢を以てこれに対することは困難となったのであった。明治憲法下では、学問の自由は保障されず、「国体観念」の神聖を脅かすおそれのあるような学問研究はきびしく抑制せられていたので、明治以後の記紀研究には、ある点で江戸時代よりもかえって後退した面さえ生じているのである。一方における記紀所伝の、学校教育等を介しての間接的な形ながら広汎な多数国民への普及と、他方には自由な学問的研究の停滞という、この矛盾した現象が記紀の所伝を精神的権威の観念上の根拠として形成された天皇主権体制の下での、書紀研究・受容史のもっとも顕著な時代的特色を成したことは、特筆に値するところとしなければなるまい。

六　明治以降敗戦以前における学問的研究（1　高等批評的研究の発達）

明治以降における西洋近代科学の移植による学術研究の急速な進展にもかかわらず、前項に述べたような歴史的条件に制約せられ、書紀に対する科学的研究は順調な展開をとげることができなかったけれど、そのような客観的情勢の下でも、科学的精神と理性的自覚の深化は抑止することができず、江戸時代にその萌芽を示しつつあった記紀に対する高等批評的研究は、一部の学者の間で長足の進歩をとげ、今日にいたるまで学界の共同遺産として現代の研究者の共通の基盤となっているすぐれた業績を生み出したのである。

まず明治二十年代から三十年代にかけて、書紀の紀年に対する批判的研究が学界でにわかに活発となり、星野恒・菅政友・吉田東伍・那珂通世らが競って論文を発表した。それは前代に伴信友が企てた試みをいっそう精密に進展させたものであって、書紀のいわゆる神武天皇紀元が辛酉革命説により机上で作為された観念の産物であり、客観的な歴史上の年代に比べて大きな引きのばしの行なわれていることが、ほぼ学界の定説化するにいたった。それは、もっぱら神武天皇以後のもっとも古い部分の紀年に関して論ぜられたところであるが、欽明天皇紀前後の比較的新しい部分の紀年にも問題があり、歴史的事実の係年のためには書紀紀年の修正を必要とすることが、久米邦武・平子鐸嶺・喜田貞吉らによって論証せられた。これらの研究は、一往神武以下歴代天皇の系譜の史料価値を問うことなしになされたものであるから、後述津田左右吉の研究の出た後の学界の水準から顧みるならば、その科学性に大きな限界のあったことは否定しがたいけれど、とにかく、これらの一連の研究により、書紀の紀年に対する学問的批判が高度に推進されたのは、不朽の功績であったといってよいであろう（戦前の書紀紀年に関する主要な論文は、おおむね辻善之助氏編『日本紀年論纂』に網羅されており、その学説史的な整理は、丸山二郎氏著『日本書紀の研究』第二編「紀年の問題」において一応なされている）。

ひとり書紀の紀年ばかりでなく、記紀の伝える神代物語に始まる皇室起源説話、神武以下歴代天皇の系譜の初頭の部分等に対する全体的な批判的研究の形成も、不可避となってきた。つとに明治十九年（一八八六）三宅雄二郎は『日本仏教史第一冊』という書名にかくれて記紀所伝の古説話に対する根本的な疑問を提出しているが、明治憲法体制の確立以後は、記紀の科学的研究はかえってそれ以前よりも困難となり、せっかく江戸時代に山片蟠桃らの示した鋭い問題提起も、久しく忘れ去られる状態がつづいたのである。

そのような停滞をうち破り、記紀の所伝に対する徹底した科学的批判を遂行して、前人未発の巨大な業績を築き上げたのが、津田左右吉であった。津田の研究は、大正二年(一九一三)の『神代史の新しい研究』に始まり、同八年の『古事記及び日本書紀の新研究』(同十三年『古事記及日本書紀の研究』と改題の改訂版発行)、同十三年の『神代史の研究』、昭和八年(一九三三)の『上代日本の社会及び思想』等の一連の著述として大成された。記紀の伝える神代および神武以下歴代初頭の皇室起源説話の体系が、素材としては民間説話をふくみ、また歴史的事実を反映する部分もあるにもせよ、全体的な構想としては、六世紀前後の大和朝廷の官人により、皇室の日本統治を正当化する政治的目的を以て作為されたものであり、神武天皇以下仲哀天皇にいたる歴代天皇の系譜とともに、客観的史実の記録ではないこと、応神以後の所伝についても、天皇の系譜を除けば、正確な史実の記録から出ていない作為された説話・記事のきわめて多いこと、特に書紀については、漢籍・仏典の文章を借りた潤色が多く、天武・持統紀三巻を除くと、陳述史料としてはそのまま信憑しがたい記事の少なくないこと等、今日ではほとんど古代史研究者の常識となっている学界の最大公約数的命題が、これら津田の一連の著作により、はじめて公然と提示されたのである。

津田の研究は、たとい津田の真意が天皇制から神秘主義的・前近代的非合理性を除去し、近代的立憲君主制たらしめようと念願するにあったとはいえ、記紀の所伝をそのまま客観的史実となしこれを「国体観念」の「淵源」として権威づけてきた国家権力の基本政策と到底両立しがたいものであったことは、明白である。そのような研究が最初合法的刊行物として継続的に出版できたのは、何といっても大正から昭和初年にかけての大正デモクラシー期の民主主義的意識の高揚を背景に置いて考えねば理解できない現象と思われるが、満洲事変から中日戦争を経て太平洋戦争に突入する昭和十年代の極端な言論弾圧時代に入ると、津田の研究もついに迫害を免れることができず、昭和十五年(一九四〇)『神代史の研究』等の著作が発売禁止の処分に付せられ、次いで津田は、これらの著作により皇室の尊厳を冒瀆したとの理由で有罪の判決を受けるにいたった。

その詳細は、家永三郎「記紀批判弾圧裁判考」(『日本の近代史学』所収)に詳である。西洋における近代科学の発達がキリスト教教義による拘束との闘争の過程を経なければならなかったのと同様に、日本の近代科学の進歩は「国体観念」(西洋におけるキリスト教の役割に相当するのが、日本では「国体観念」であった)との摩擦なしには進められなかったのであり、津田の記紀に対する批判的研究は、いわば西洋における聖書の高等批評に相当する歴史的任務を遂行したものであって、シュトラウスやルナンやロアジ僧院長らの聖書の高等批評家たちの受難の歴史(Bury, A History of the Freedom of Thought. 1913. 森島恒雄訳『思想の自由の歴史』)が、日本では津田の筆禍として現われたといっても失当とされないであろう。

津田の着想は、その師白鳥庫吉が中国古代説話に加えた批判的研究から示唆せられたのではないかと推測されるが、津田の同学である池内宏も、大正八年以来東京帝国大学での講義において、朝鮮史との対応の角度から書紀の記事と客観的史実との関係に批判的研究を進めていたこと(戦後の昭和二十二年『日本上代史の研究——日鮮の交渉と日本書紀』と題する単行書として公刊)、福山敏男が、津田の方法から示唆を受け、寺院関係記事に限ってではあるけれど、書紀の記事の史料価値に鋭い批判的考察を加えていたこと(『史学雑誌』昭和九年十月号所載「飛鳥寺の創立に関する研究」その他)等も、戦前における書紀の批判的研究の業績として、あわせ記しておくに値するところである。

しかしながら、津田が戦前に達成した高度の業績は、戦前の学界において十二分にこれを活用できる歴史的条件がそなわっていなかったため、いわば異端的な業績として孤立しており、前述のとおり最後には権力のために社会的にも葬り去られてしまった。昭和十年代に「日本精神」が声高く叫ばれ、古典としての書紀の尊重が異常なまでに強調されながら、書紀研究史の上では、この時期ほど研究の自由の徹底的に剝奪された時代は前後に例がなかったといわなければならない。唐沢富太郎氏『教科書の歴史』には、国民学校の児童が、授業中に神代説話の史実性を疑う発言をしたために教師から殴打・減点等の懲罰を受けた実例がいくつか記録されており、当時の全国民が、記紀の所伝を神聖不可侵の権威を有するものとして受容するほかない状態に置かれていたことを端的に物語っている。

ただ、このような時勢の中で、書紀の編纂過程についての実証的分析の試みの開始されたことは忘れてならぬところであって、昭和十二年の原田敏明の「日本書紀編纂に関する一考察」(『日本文化史論纂』所収)、同十五年の太田善麿の「日本書紀編纂者の問題」(『歴史と国文学』第二十三巻)等において、諸巻の形式・用語等の異同の比較に着目し、編纂者の分担等の事情をよみとろうとする、戦後特に大きな成果をあげた研究のいとぐちが開かれたことを一言しておきたい。

七　明治以降敗戦以前における学問的研究（2　神話学・民俗学等の角度からの研究）

記紀の所伝に対する正面からの批判的研究が、江戸時代よりもかえって困難になったという、明治以後の新しい歴史的条件にもかかわらず、考古学・神話学・民俗学等の明治以後に新しく発達してきた(江戸時代にもその萌芽がないではなかったが)学問の成果は、記紀の所伝にも、新しい学問の光をあてる道を開いた。例えば、高木敏雄が大正十四年(一九二五)に著わした『日本神話伝説の研究』、松本信広が昭和六年(一九三一)に公刊した『日本神話の研究』その他の比較神話学者の諸業績や、柳田国男の多くの著作で言及されている日本神話の解釈、折口信夫が昭和四～五年にひきつづき公刊した三巻の『古代研究』等の日本民俗学者の研究等は、戦後の記紀研究の飛躍的な展開のために欠くことのできない足がかりを築いたものといってよいであろう。直接記紀とのかかわりなしに進められつつあった考古学界での縄文時代・弥生時代等の研究や、東洋史学者・考古学者等の間でなされていた中国正史の日本関係の記事の研究についても、同じことが言える。ただ、これらの研究は、津田の研究のように正面から記紀を堂々と批判する姿勢でなされてはおらず、むしろ記紀の政治的権威との摩擦を意識的に回避しつつ進められていたと認められるのであって、その点でこれらの業績の科学性に大きな限界の存したことは、否定できないところと思う。

八　明治以降敗戦以前における学問的研究（3　本文研究および注釈）

明治以後に現われた『標注』『通釈』が、江戸時代の学問の縮小再生産にすぎないことは、すでに述べた。江戸時代的注釈を旧派の注釈と名づけるとすれば、近代科学の成果をとり入れた新派の注釈と称するに値するものは、ついに戦前には著作されなかった。ただ書紀の歌謡のみについての注釈書として、昭和十四年(一九三九)に相磯貞三が『記紀歌謡新解』と題する出色の著作を出したことは、一筆しておかねばならぬ。

書紀の校訂・公刊はいくたびか行なわれ、それに伴なって古写本・古板本の捜索・紹介もなされた。中でも、黒板勝美を中心とする人々によって、大正九年(一九二〇)に『日本書紀古本集影』、昭和二年(一九二七)に『秘籍大観日本書紀』が、さらに昭和十六年には『北野神社本日本書紀』が、それぞれ公刊せられ、重要な古写本の印影本が学界に提供されたことは、研究者に少なからぬ利便を与えることとなった。

九　戦後における記紀の政治的権威の消滅と学問的研究の進展

太平洋戦争の敗北による、天皇主権国家から国民主権国家へという「国体の変革」は、「国体観念」の源泉としての記紀をその特殊な政治的任務から解放し、他の一般古典と同様の古代文献として受用することを可能ならしめる結果をもたらした。それは、明治憲法下における学問・思想表現の自由をきびしく制限してきたもろもろの治安立法の廃止とあいまち、日本古代史の科学的研究を公然と推進する自由をはじめて保障したのであり、これに伴ない、戦後二十年の間に、日本古代史の研究は、明治以後敗戦までの約八十年を上まわる飛躍的な進展をとげ、その間において書紀に関する学問的知見も急速な深化を見たのである。おびただしい業績を生んだ戦後の研究成果を、僅少の紙幅の内に具体的に紹介することはきわめて困難であるから、ここではただその主要な諸側面と、それぞれの領域における代表的文献の一、二を標本的に例示することにより大勢の一斑を窺うにとどめるほかないのを御諒承願うこととする。

その第一は、権力による抹殺の運命から解放された津田の業績を基本的な前提としながら、どちらかといえば書紀の記事の陳述史料としての価値を否定することのほうに主力を注いできた傾きもなしとしなかった津田の批判的方法を、より積極的な方向に活用し、あるいは津田の学説の誤謬・盲点を、修正・補充するなど、記紀の中からいっそう具体的な史実を探り出そうとする試みが、新しい世代の史学者の内から陸続として現われてきたことである。例えば、井上光貞が、津田の記紀批判のために、古代史研究の資料としての記紀利用の回避という「一種の偏向」の生じたことを指摘し、この「偏向」の克服をめざしつつ、『日本古代史の諸問題』(昭和二十四年)、『日本国家の起源』(同三十五年)、『日本古代国家の研究』(同四十年)等の研究を次々にうち出したのは、その一例であるが、その他にも、直木孝次郎の『日本古代国家の構造』(同三十三年)、『日本古代の氏族と天皇』(同三十九年)等、上田正昭の『日本古代国家成立史の研究』(同三十四年)、『日本武尊』(同三十五年)等の注目すべき業績が少なくない。これらは、記紀の批判的利用の上に立った古代史自体の研究であって、文献としての書紀を研究の目的としているものではないけれど、その史料としての利用過程において、書紀への理解のいちじるしく深められたことは、否定しがたいであろう。そのほか、水野祐の『日本古代王朝史論序説』(昭和二十七年)における古代天皇系譜や古代紀年についての大胆な解釈、林屋辰三郎の「継体・欽明朝内乱の史的分析」(昭和三十年刊『古代国家の解体』所収)における継体・欽明紀の紀年論、坂本太郎『日本古代史の基礎的研究』上巻(昭和三十九年)に収められた書紀の原史料等に関する諸論文、その他戦後に史学者の書紀研究進展に寄与した業績はその数すこぶる多く、ここにはただ目ぼしいものを思いつくままに例示するにとどめるほかはない。

第二に、神代説話の科学的究明に対するタブーの解けたことによって、記紀神話に対する比較神話学的・民族学的・民俗学的研究がきわめて活発に展開されたのも、戦後の研究史を特色づける現象といえよう。さきに述べたとおり、この方面では、戦前すでに高木・松本・折口らによって先駆的研究がなされていたが、戦後いち早く松本の旧著が覆刻されたほか、昭和二十九年から三十三年にかけて刊行された松村武雄の『日本神話の研究』四冊は、比較神話学の立場からする研究を一応集大成した記念すべき労作である。そのほかに、朝鮮神話との比較を中心とする三品彰英の研究、広汎な民族学的知見に立つ岡正雄の日本神話の系統分析のごとき戦前派学究の業績から、戦後の新しい世代の研究者の間からも、歴史学よりのアプローチを試みた上田正昭の『神話の世界』(昭和三十一年)、民族学的方法による大林太良の『日本神話の起源』(昭和三十六年)などの業績が現われており、ここでも一々枚挙に暇がない。詳細は『文学』昭和四十年六月号所載の松前健氏「戦後における神話研究の動向」によって見て頂くこととする。

第三は、遠く『集解』によって試みられ、津田左右吉の批判的研究においても重視された、書紀と漢籍・仏典との関係についての出典研究に大きな進展の見られたことである。その一は、神田喜一郎の『日本書紀古訓攷証』(昭和二十四年)であり、その二は小島憲之(のりゆき)の『上代日本文学と中国文学』上(同三十七年)であって、ことに後者において、書紀の漢語の出典として『芸文類聚』等の類書を重視する必要のあることの指摘されたのは、前人の考え及ばなかった新見解であった。書紀と仏典との関係については、戦前つとに藤井顕孝・津田左右吉らが『集解』『標注』等に加上するところあり、小島やその他二、三の人々もまたこの点に論及しているが、この面は今後の検討にまつものがなお多いであろう。

第四は、昭和十年代に開始された書紀の編纂過程究明の試みがさらに精密化し、いよいよ明確化されたことである。原田らの先駆的な試みをうけて、戦後藤井信男「日本書紀各巻成立に関する一考察」(『大倉山論集』第一輯)、太田善麿『古代日本文学思潮論Ⅲ――日本書紀の考察』、西宮一民「神代紀の成立に就いて」(『芸林』第二巻第二号)、山田英雄「日本書紀各巻の成立と助字法」(『史学雑誌』第六十三編第二号)その他数多くの研究が陸続と現われ、大きな成果をあげた。小島憲之・西宮は、その成果を総括し、①神代　②神武―安康　③雄略―崇峻　④推古―天智　⑤天武　⑥持統、という諸巻のグループ区別が最も妥当ではないかとの見解を示している。区分の視標の異同に応じ、グループの立て方には若干の異同を生ずるにしても、日本書紀の各巻の間に編纂者の分担区分等を意味すると覚しきいくつかのグループ区分の確認されるにいたったのは、重要な収穫といわねばならぬ。それは、梅沢伊勢三『記紀批判』(昭和三十七年)に示された一家言などと相まち、今後、書紀の編纂過程の究明を深めて行く上に大切な基盤を提供するものといえるであろう。

第五に、国語学の方面よりする研究として、書紀に使用された仮名の音韻の特殊な性質を明らかにした大野晋の『上代仮名遣の研究——日本書紀の仮名を中心として——』(昭和二十八年)を挙げることができるが、この方面からする研究としては、現存のいわゆる古訓の精密な時代的層序づけから、さらにできるならば全文の編纂時に近い語法による訓読の復原が今後に期待されて然るべきかと思われる。

第六に、本文研究として、丸山二郎『日本書紀の研究』(昭和三十年)に「諸本の研究」の一篇が収められたが、諸本間の系統が組織的に明らかにされるにはいたっていない。書紀において、いまだ『校本万葉集』や『源氏物語大成』に匹敵する本格的な校定本の作製されていないのは、一つにはそのためであって、今後の書紀研究に遺された重要な課題であろう。なお、研究の工具として中村啓信編『日本書紀総索引』(第一巻、昭和三十九年、全四冊)の刊行を見たことを付言しておく。

こうした戦後の研究のめざましい躍進の反面、せっかく津田らにより構築された科学的・批判的な記紀観を後退させるような思想的動向もないではない。それは学界の一部の動きに散見するにとどまらず、ことに文部省が教科書検定において記紀の陳述史料としての性格についての解説を高・中・小学校の教科書に記載することを許さない政策を強行しつつある実情(家永三郎『教科書検定』参照)や、二月十一日を建国記念の日として祝日に加える措置が多数の歴史学者の反対をおしきって遂に実現されたごときは、おそらく記紀の科学的研究の進展にも影響を与えないではおかないであろう。今後の書紀研究には、何よりも政治的権力とその走狗による真実の歪曲を断乎として拒否する強靱な科学的精神の堅持と、加えて、これまで分散的な形で専門化してきた諸学問領域の研究成果を綜合させるための、異なる専門間の緊密な協力による多角的究明の達成が要望されているのではなかろうか。

(以上、家永三郎)

凡例

一、本書の巻第一・巻第二は大橋寛治氏所蔵卜部兼方本日本書紀、巻第三以下は天理図書館所蔵卜部兼右本日本書紀を底本とした。

一、原文は見開きの左頁に正字体をもって掲げ、右側の訓読文と対照しうるようにした。右側と対照すべき原文が、その頁に収めきれず次々頁に送られた場合は、その部分を」で括って明示した。また原文の内容が次々頁に連続する場合は↓印をつけてそれを示した。

一、古写本と校合の結果、底本の文字を改訂した場合には、原文の文字の肩にアラビヤ数字をつけて、巻末の校異を参照すべきことを示した。本書(上巻)に使用した古写本は次の通りである。

田中本、前田本、宮内庁本、北野本、鴨脚本、卜部兼夏本、水戸本、卜部兼凞本、卜部兼敦本、丹鶴本、熱田本、伊勢本(神宮文庫本・穂久邇文庫本)、内閣文庫本。

一、校異の掲出は、なるべく小範囲にとどめるという本大系全般の原則に従い、異文を尽く掲げることは省いた。校異の凡例は、巻末の校異の欄に掲げた。

一、原文の一行の字詰・返点・句点などは、底本に従っていない。月の初め及び即位前紀の年の初めには○、日の初めには◯、是月・是歳などの初めには◎をつけて見易くした。

一、訓み下し文は、見開きの右頁から左頁へわたって掲げ、正字体・旧仮名遣によった。

一、訓み下し文は、各巻の、訓点を付した現存最古の写本の傍訓、ヲコト点を基礎として、いわゆる日本書紀の古訓をなるべく忠実に再現しようと努め、かつ、おおむね平安時代の中頃の漢文訓読の文体によって統一することをはかったが、いわゆる古訓が、今日の古代史研究による歴史的事実と相違する場合には、訓読を改めた。なお、固有名詞の訓みは、すべて奈良時代風に統一した。

一、頭注は見開きに収めるように努め、頭注に収めきれない事柄、各時代にわたる事柄などについて、補注を巻末に添えた。

一、頭注・補注には原則として新字体・現代仮名遣を用いた。

補注番号は巻ごとに一より起した。「補注1-五」は巻第一の補注五であることを示す。

一、頭注・補注とも紙面の制約のため、意を尽し得なかったところが多く、先学の説の引用にあたっても、その筆者・出所を詳しく記し得なかったことを諒とせられたい。

一、本書は、昭和二十八年以来、日本書紀の研究を重ねてきた「日本書紀研究会」の会員が協力して執筆した。その会員の分担は次の通りである。

1 本文(原文・訓読文・校異)及び国語関係の注解は大野晋があたり、訓読及び漢文の注解について神田喜一郎・小島憲之・福山敏男ほかの指示によって補訂した。

2 前項以外の各巻の注解は、主として次のような分担のもとに原稿を作成し、井上光貞が全体の総括的な整理統一を行なった。

1 神代紀上・2 神代紀下　大野晋　家永三郎　青木和夫
3 神武紀　坂本太郎
4 綏靖―開化紀　土田直鎮
5 崇神紀　関晃
6 垂仁紀　黛弘道
7 景行・成務紀　笹山晴生
8 仲哀紀　井上光貞
9 神功紀　井上光貞
10 応神紀　関晃
11 仁徳紀　土田直鎮
12 履中・反正紀　笹山晴生
13 允恭・安康紀　坂本太郎
14 雄略紀　青木和夫
15 清寧・顕宗・仁賢紀　黛弘道

思想史関係　家永三郎

朝鮮史関係　末松保和

建築史・遺跡・考古学関係　福山敏男

3　解説の執筆者は左の通りである。

一　書名・成立・資料　坂本太郎　小島憲之

二　諸　本　大野　晋

三　訓　読　大野　晋

四　研究・受容の沿革　家永三郎

一、神話・説話の文化人類学的注解について大林太良氏の、姓氏関係などの注解及び全体の整理統一に関して佐伯有清氏の、それぞれ執筆・助力を得ること大であった。

一、本書の訓読文の作成に関して、中田祝夫氏・築島裕氏・小林芳規氏の高教にあずかった。

一、原文の校異、訓読文の作成について林勉氏、漢籍の引用文の検討について中西進氏、全体の整理統一などについて菱刈隆永・早川庄八・加藤晃の諸氏の多大の助力を得た。

一、古写本の校合などについて、大橋寛治氏・赤松俊秀氏、天理図書館・熱田神宮・北野神社・神宮文庫・宮内庁書陵部・東洋文庫・国学院大学日本文化研究所の好意ある取計らいを得た。

一、本書の神代紀の区分は段数をもって表わした。左に、従来の章名(下巻に用いた)との対照を掲げる。

第一段　七六頁一行―七六頁一三行　神代七代章

第二段　七八頁一三行―七九頁三行　神代七代章

第三段　七九頁四行―八〇頁三行　神代七代章

第四段　八〇頁四行―八六頁九行　大八洲生成章

第五段　八六頁一〇行—一〇三頁一四行　四神出生章
第六段　一〇三頁一五行—一一一頁三行　瑞珠盟約章
第七段　一一一頁四行—一二〇頁一七行　宝鏡開始章
第八段　一二一頁一行—一三三頁二行　宝剣出現章
（以上、神代紀上）

第九段　一三四頁一行—一六三頁四行　天孫降臨章
第十段　一六三頁五行—一八五頁二行　海宮遊幸章
第十一段　一八五頁三行—一八六頁二行　神皇承運章
（以上、神代紀下）

略語表

紀・書紀—日本書紀
記—古事記
旧事紀—先代旧事本紀
続紀—続日本紀
後紀—日本後紀
続後紀—続日本後紀
文徳実録—日本文徳天皇実録
三代実録—日本三代実録

三代格—類聚三代格
釈紀—釈日本紀
通証—日本書紀通証（谷川士清）
集解—書紀集解（河村秀根）
通釈—日本書紀通釈（飯田武郷）
標註—日本紀標註（敷田年治）
記伝—古事記伝
紹運録—本朝皇胤紹運録

姓氏録—新撰姓氏録
住吉神代記—住吉大社神代記
万葉—万葉集
霊異記—日本国現報善悪霊異記
和名抄—和名類聚抄
名義抄—類聚名義抄
地名辞書—大日本地名辞書

日本書紀

日本書紀 卷第一

〔一〕神代上

〔二〕古に天地未だ剖れず、陰陽分れざりしとき、〔三〕渾沌れたること鷄子の如くして、〔四〕溟涬にして牙を含めり。〔五〕其れ淸陽なるものは、薄靡きて天と爲り、重濁れるものは、淹滯ゐて地と爲るに及びて、〔六〕精妙なるが合へるは摶り易く、重濁れるが凝りたるは竭り難し。〔七〕故、天先づ成りて地後に定る。然して後に、〔八〕神聖、其の中に生れます。〔九〕故曰はく、開闢くる初に、洲壤の浮れ漂へること、譬へば游魚の水上に浮けるが猶し。時に、天地の中に一物生れり。〔一〇〕狀葦牙の如し。便ち神と化爲る。〔一一〕國常立尊と號す。〔一二〕至りて貴きをば尊と曰ふ。自餘をば命と曰ふ。並に美擧等と訓ふ。下皆此に效へ。次に〔一三〕國狹槌尊。次に〔一四〕豐斟渟尊。〔一五〕凡て三の神ます。〔一六〕乾道獨化す。所以に、〔一七〕此の純男を成せり。

一書〔第一〕に曰はく、天地初めて判るるときに、一物虛中に在り。狀貌言ひ難し。其の中に自づからに化生づる神有す。國常立尊と號す。亦は〔一八〕國底立尊と曰す。次に國狹槌尊。亦は〔一九〕國狹立尊と曰す。次に〔二〇〕豐國主尊。亦は〔二一〕豐組野尊と曰す。亦は〔二二〕豐

一 →補注1-一。二 神代の二巻は一段落ごとにまず本文をあげ、次に異伝を一書としてあげる。ここの段落は七八頁一二行までで、天地のはじめ及び神神の化生した話。本文は、混沌として漂うものの中に葦牙の如きものが化成して国常立尊となり、次に国狭槌・豊斟渟と三尊が生れたという。一書も第四を除いてほぼ同じ。葦牙を可美葦牙彦舅尊という神の名とする第二・第三・第六の一書のほか種種小異がある。記は初めに天之御中主神・高御産巣日神・神御産巣日神の三神をあげる。この三神は第四の一書に見える。最初の四行は、まず中国の古伝承を組合わせて一般論として提示している。「昔、天地も未だ分れず、陰陽の対立も未だ生じなかったとき、渾沌として形定まらず、ほの暗い中に、まず、もののきざしが現われた。その清く明るいものは高く揚って天となり、重く濁ったものは凝って地となった。しかし、清くこまかなものは集り易く、重く濁ったものは容易に固まらなかった。だから天が先ず出来上って、後れて大地が定まり、その後に至って神がその中に誕生したと伝えている」の意。これは淮南子や芸文類聚「天部」などに見える、数ある中国の神話の中から日本の神話に似た話を採って纏めてある。剖は、ま二つに切る意。陰陽は天地間にあって万物を生じる根本となる二つの気。日月・男女・寒暖など。天地剖判の神話→補注1-二。三 渾も沌も、ぐるぐる回転して、形体さだまらぬさま。マロカレは別訓ムラカレ。まるく集まる意。鶏子は、鶏卵の中味。形状不定の比喩。→補注1-三。四 →補注1-三。五 天地がようやく分れる様子の描写。淹は、水が物を覆う意。ツツキは、積り、こもって止る意。→補注1-四。六 天地の形成の描写。七 淮南子、天文訓の「故天先成而地後定」による。五行目以下の日本の話には、この観念は見えない。八「神聖」の語、

三五歴紀に「盤古在二其中一、一日九変、神二於天一、聖二於地一」とあり、また同じく三五歴紀に「有二神聖十二頭一号二地皇一」「有二神聖人九頭一号二人皇一」とある。これは書紀本文に、第一の神、国常立尊が出現するのと応じている。この文まで世界起源についての一般論は終り、次の「故曰…」を導く。 九「だから(日本で)次のような伝承がある」の意。以下に日本の神話を展開する。日本の世界起源神話は表面的に見れば浮脂のような混沌の中に、葦牙をモノザネとして国常立尊以下三神が化成したと述べるが、この神名を異伝と共に全体として顧慮すると、神話の基礎にある考え方は、㈠混沌として浮動するもの(雲や浮脂)の中に、㈡トコタチ(大地・土台が出現)し、㈢泥の中に、㈣アシカビ(具体的生命)が発現したという四要素から成っている。それが口承・書承の間に、天地剖判という考えを加え、種種の変容を生じて数多くの異伝を生じたと考えられる。→補注1-五。ウカレはウカビと同じ意味の古語。 一〇 アシの芽。牙は、もとキバ。キバの形をしたもの。芽に通じる。カビは、稲の穂先(穎)、張り出した柄(え)など。ここでは、牙をモノザネ(物種)として神神が化生したという考えが現われている。 一一 →補注1-六。 一二 以下の訓注及び分注について→補注1-七。「下皆効レ此」もその体例の一。尊と命→補注1-八。 一三・一四 →補注1-九・一〇。

一五 →補注1-一一。 一六 →補注1-一二。

一七 →補注1-一二。 一八 →補注1-一三。

一九 →補注1-九。 二〇—二五 →補注1-一〇。

二六 →補注1-一四。 二七 →補注1-一〇。

二八 わかくおさない意。 二九 →補注1-一五。

三〇 ウマシは美称。葦牙彦舅はアシカビの萌え上ることを神格化して名づけたもの。ただしヒコヂは、もとはコヒヂ(泥の意を表わす古語)であったが、口承・書承されるうちに人格化され、

香節野尊と曰す。亦は浮經野豐買尊[二三]と曰す。亦は豐國野尊[二四]と曰す。亦は豐齧野[二五]尊と曰す。亦は葉木國野尊[二六]と曰す。亦は見野尊[二七]と曰す。

一書〔第二〕に曰はく、古に國稚しく[二八]地稚しき時に、譬へば浮膏[二九]の猶くして漂蕩へり。時に、國の中に物生れり。狀葦牙の抽け出でたるが如し。此に因りて化生づる神有す。可美葦牙彥舅尊[三〇]と號す。次に國常立尊。次に國狹槌尊。葉木國[三一]、此をば播

日本書紀巻第一

神代上

古天地未レ剖[1]、陰陽不レ分、渾沌如二鷄子一、溟涬而含レ牙。及二其清陽者、薄靡而爲レ天、重濁者、淹滯而爲レ地、精妙之合摶易、重濁之凝竭難[2]。故天先成而地後定。然後、神聖[3]生二其中一焉。故曰、開闢之初、洲壤浮漂、譬猶三游魚之浮二水上一也。于時、天地之中生二一物一。狀如二葦牙一。便化二爲神一。號二國常立尊一。（至貴曰レ尊。自餘曰レ命。並訓二美擧等一也。下皆效レ此。）次國狹槌尊。次豐斟渟尊。凡三神矣。乾道獨化。所以、成二此純男一。

一書[4]曰、天地初判、一物在二於虛中一。狀貌難レ言。其中自有二化生之神一。號二國常立尊一。亦曰二國底立尊一。次國狹槌尊。亦曰二國狹立尊一。次豐國主尊。亦曰二豐組野尊一。亦曰二豐香節野尊一。亦曰二浮經野豐買尊一。亦曰二豐國野尊一。亦曰二豐齧野尊一。亦曰二葉木國野尊一。亦曰二見野尊一。

一書曰、古國稚地稚之時、譬猶二浮膏一而漂蕩。于時、國中生レ物。狀如二葦牙之抽出一也。因レ此有二化生之神一。號二可美葦牙彥舅尊一。次國常立尊。次國狹槌尊。葉木國、此云二播擧矩爾一。可美、此云二于麻時一。

舉矩爾と云ふ。可美、此をば于麻時と云ふ。

一書〔第三〕に曰はく、天地混れ成る時に、始めて[一]神人有す。可美葦牙彦舅尊と號す。次に國底立尊。彦舅、此をば[二]比古尼と云ふ。

一書〔第四〕に曰はく、天地初めて判るるときに、始めて倶に生づる神有す。國常立尊と號す。次に國狭槌尊。又曰はく、[三]高天原に所生れます神の名を、[四]天御中主尊と曰す。次に[五]高皇産靈尊。次に[六]神皇産靈尊。皇産靈、此をば美武須毗と云ふ。

一書〔第五〕に曰はく、天地未だ生らざる時に、譬へば海上に浮べる雲の根係る所無きが猶し。其の中に一物生れり。葦牙の初めて埿の中に生でたるが如し。便ち人と化爲る。國常立尊と號す。

一書〔第六〕に曰はく、天地初めて判るるときに、物有り。葦牙の若くして、空の中に生れり。此に因りて化る神を、[七]天常立尊と號す。次に可美葦牙彦舅尊。又物有り。浮膏の若くして、空の中に生れり。此に因りて化る神を、國常立尊と號す。次に神有す。[八]埿土煑尊 埿土、此をば于毗尼と云ふ。[九]沙土煑尊。沙土、此をば須毗尼と云ふ。亦は、[一〇]埿土根尊・[一一]沙土根尊と曰す。次に神有す。[一二]大戸之道尊 一に云はく、大戸之邊といふ。[一三]大苫邊尊。亦は[一四]大戸摩彦尊・[一五]大戸摩姫尊と曰す。亦は[一六]大富道尊・[一七]大富邊尊と曰す。次に神有す。[一八]面足尊・[一九]惶根尊。亦は[二〇]吾屋惶根尊と曰す。亦は[二一]忌橿城尊と曰す。亦は[二二]青橿城根尊と曰す。亦は[二三]吾屋橿城尊と曰す。次に神有す。[二四]伊奘諾尊・[二五]伊奘冉尊。

ヒコヂと音が顚倒して成立したものと思われる。↓補注1-五・一一・一五。三 ↓補注1-一四。

一 神と人、あるいは神のような霊力をもつ人などの意があるが、ここは人のような(人間的な)神の意であろう。

二 ↓補注1-一六。

三 以下の内容は記の最初の部分に酷似する。高天原について↓補注1-一七。

四 天の中央にいる主の神の意。中国の天の思想が日本に入り、天の主宰者たる天帝の観念から作られた神の名であろう。記では、最初に現われる神であるが、葦牙や国常立尊を説く世界起源説話とは異質であり、以下の三神は、高皇産霊尊の外は、あまり活動しない。従ってこの三神は後になって中央を尊重し、三五七などの数詞を重く見る時代に加えられたものであろう。天をアマと訓むかアメと訓むかは、訓注や底本・兼夏本・釈紀等の訓によった。以下同じ。

五・六 ムスは、植物の自然に産生する意。ヒは、霊力。高皇産霊は記では高木神という。後で天孫降臨の場合に、降臨の命令を下す大役を行う。それ故、岡正雄のごとく高皇産霊尊を天照大神よりも重視する見解もある。↓補注1-三六。神皇産霊は特別に働かない。高皇彦霊に対して形式的に加えられたものであろう。美武須毗の毗は記ではビ(甲類)、書紀ではヒ(甲類)清音に専用。ムスヒのヒは清音で、ムスビ(結び)とは関係がない。↓補注1-一六。

七 天常立は、国常立の対。アメとクニとを一対にして命名した神は少なくない。

八・九 以下は世界起源神話のつづきで、男女神四組をあげ、イザナキ・イザナミの出現に至る。この四組は第一段の国常立尊・国狭槌尊・豊斟野尊の三神と合わせて神世七代を形成する。さきの三神、ここの七代、いずれも、三・七とい

〔第一〕一書に曰はく、此の二の神は、青橿城根尊の子なり。

〔第二〕一書に曰はく、國常立尊、天鏡尊[二六]を生む。天鏡尊、天萬尊[二七]を生む。天萬尊、沫蕩尊[二八]を生む。沫蕩尊、伊奘諾尊を生む。沫蕩、此をば阿和那伎と云ふ。

凡て八の神[二九]ます。乾坤[三〇]の道、相參りて化る。所以に、此の男女を成す。國常立尊より、伊奘諾尊・伊奘冉尊に迄るまで、是[三一]を神世七代と謂ふ。

一書曰、天地混成之時、始有二神人一焉。號二可美葦牙彦舅尊一。次國底立尊。彦舅、此云二比古尼一。

一書曰、天地初判、始有二俱生之神一。號二國常立尊一。次國狹槌尊。又曰、高天原所生神名、曰二天御中主尊一。次高皇產靈尊。次神皇產靈尊。皇產靈、此云二美武須毗一。

一書曰、天地未レ生之時、譬猶二海上浮雲[1]無レ所二根係一。其中生二一物一。如二葦牙之初生二埿中一也。便化二爲人一。號二國常立尊一。

一書曰、天地初判、有レ物。若二葦牙一、生二於空中一。因レ此化神、號二天常立尊一。次可美葦牙彦舅尊。又有レ物。若二浮膏一、[2]生二於空中一。因レ此化神、號二國常立尊一。

次有レ神。埿土煑尊（埿土、此云二于毗尼一。）沙土煑尊。（沙土、此云二須毗尼一。亦曰二埿土根尊・沙土根尊一。）次有レ神。大戶之道尊（一云、大戶之邊。）大苫邊尊。（亦曰二大戶摩彦尊・大戶摩姬尊一。亦曰二大富道尊・大富邊尊一。）次有レ神。面足尊・惶根尊。（亦曰二吾屋惶根尊一。亦曰二忌橿城尊一。亦曰二青橿城根尊一。亦曰二吾屋橿城尊一。）次有レ神。伊奘諾尊・伊奘冉尊。

一書曰、此二神、青橿城根尊之子也。

一書曰、國常立尊生二天鏡尊一。天鏡尊生二天萬尊一。天萬尊生二沫蕩尊一。沫蕩尊生二伊奘諾尊一。沫蕩、此云二阿和那伎一。

凡八神矣。乾坤之道、相參而化。所以、成二此男女一。自二國常立尊一、迄二伊奘諾尊・伊奘冉尊一、是謂二神世七代一者矣。

う中国の陽数によって整頓を加えてある。ウヒヂニ・スヒヂニのヒヂは泥。ニも泥。ウとスの意味の差は不明。ただしウウ（植う）・スウ（据う）など、基本的意味が同じでuとsu、iとsiなどの対立した形を持つ語があるから、その形式によって対偶形に仕立てたものであろう。

一〇・一一 ウヒヂネ・スヒヂネは、ウヒヂニ・スヒヂニの音転。意味は同じ。

一二—一七 ↓補注1-一八。

一八 オモは、面。ダルは、足る・充足している意。従来は国の景観が整っている意に解したが、ここは言葉通り、容貌が整って美しいの意。この神名は男神が女神に語りかけた語を擬神化したものと見られる。↓補注1-一九。

一九 カシコは、カシコム・カシコマル・カシコシの語根。人間が神霊の威力に対して畏敬恐懼する意。また女性が男性に対して抱く感情の一つ。下文の神の「ア、ヤ」「ア、ヲ」はともに感動詞。従ってこの神も女神の男神に対する返事を擬神化したものと見られる。カシコネのネは女性を示す接尾語。↓補注1-一九。

二〇—二三 ↓補注1-二〇。

二四・二五 ↓補注1-二一。

二六・二七 名義未詳。両者とも宋史日本伝の引く年代記の他に見えない。アメヨロヅという名は、孝徳天皇の国風諡号に見える。あるいはこの伝承と何か関係があるか。↓補注1-二二。

二八 ↓補注1-二三。

二九 以下本文。男女の神が八柱ある意。八は日本神話で最も多く使われた聖数である。↓補注1-二四。

三〇 先の「乾道独化」に対し、乾（陽）坤（陰）の気が合一して、ここに男神と女神が誕生したの意。

三一 ここまでを神世とし、七代と数えている。神世の語、書紀を通じてこれ以外に無い。↓補注1-一。

一書〔第二〕に曰はく、男女耦ひ生る神、先づ埿土煑尊・沙土煑尊有す。次に角樴尊・活樴尊有す。次に面足尊・惶根尊有す。次に伊奘諾尊・伊奘冉尊有す。樴は橛なり。

一〇 伊奘諾尊・伊奘冉尊、天浮橋の上に立たして、共に計ひて曰はく、「底下に豈國無けむや」とのたまひて、廼ち天之瓊 瓊は、玉なり。此をば努と云ふ。を以て、指し下して探る。是に滄溟を獲き。其の矛の鋒より滴瀝る潮、凝りて一の嶋に成れり。名けて磤馭慮嶋と曰ふ。二の神、是に、彼の嶋に降り居して、因りて共為夫婦して、洲國を産生まむとす。便ち磤馭慮嶋を以て、國中の柱 柱、此をば美簸旨邏と云ふ。として、陽神は左より旋り、陰神は右より旋る。國の柱を分巡りて、同しく一面に會ひき。時に、陰神先づ唱へて曰はく、「憙哉、可美少男に遇ひぬること」とのたまふ。少男、此をば烏等孤と云ふ。陽神悅びずして曰はく、「吾は是男子なり。理當に先づ唱ふべし。如何ぞ婦人にして、反りて言先つや。事既に不祥し。以て改め旋るべし」とのたまふ。是に、二の神却りて更に相遇ひたまひぬ。是の行は、陽神先づ唱へて曰はく、「憙哉、可美少女に遇ひぬること」とのたまふ。少女、此をば烏等咩と云ふ。因りて陰神に問ひて曰はく、「汝が身に何の成れるところか有る」とのたまふ。對へて曰はく、「吾が身に一の雌の元といふ處有り」とのたまふ。陽神の曰はく、「吾が身に亦雄の元といふ處有り。吾が身の元の處を以て、汝が身の元の處に合せむと

一 以下、男女対偶して生れる神神の異伝。記に似ている。二 男女匹偶して生れる意。耦は稲の二つ並んで立つ意。よって、男女並び立つ意。三・四 →七八頁注八・九。五・六 樴は、クヒ。杙に同じ。ツノは、芽生えるもの。イクは、活(い)日・活(い)玉などのイクに同じ。生命力あるものを示す。ツノとイクで男女の対立を示そうとした。クヒは農業における土どめのクヒによる命名とも見られる。七・八 →七八頁注一八・一九。九 →補注1-二五。一〇 以下、㈠諾冉二尊が磤馭慮島に降って、㈡その国中の柱を巡り、㈢大八洲国を産む、いわゆる国産みの話。ただし津田左右吉のいうように大八洲国は国土統一がほぼ成って後の皇室の統治する政治的領土であるから、これは単なる自然神話ではなく政治的な意味をもっている。第一の一書や記も大体本文と似ているが、天神が国産みを命ずるとし、㈡における生みそこないからヒルコを流す話などが加わっている。他の一書はいずれも断片的で、㈠だけの異伝(第二・第三・第四の一書)、㈡だけの異伝(第五・第十の一書)、㈢を主とした異伝(第六―第九の一書)などがある。国を産むという発想には創造の意味あいがあり、その点で前の世界化成の話と異なる。両者は系統の異なる世界起源神話だとする見方もある。→補注1-二一。一一 ウキハシは、普通、舟を並べて上に板を置いた橋。しかしここでは、ハシは、梯(はし)の意。当時は、天地の間に梯子をかけて往来するという観念があったわけで、アマノウキハシもおそらくそれであろう。ウキは高天原と地上との間の虚空にかける意で添えられたものであろう。→補注1-二六。一二 →補注1-二七。一三 ヌは玉。玉で飾った矛の意か。矛で海を探る国産み神話は蒙古に例がある。→補注1-三一。しかし日本神話では国土が、浮く魚や、海月(くらげ)などに

思欲ふ」とのたまふ。是に、陰陽始めて遘合[二六]して夫婦と爲る。産む時に至るに及びて、先づ淡路洲[二七]を以て胞[二八]とす。意に快びざる所なり。故、名けて淡路洲と曰ふ。廼ち[二九]大日本[三〇] 日本、此をば耶麻騰と云ふ。下皆此に效へ。豐秋津洲[三一]を生む。次に伊豫二名洲[三二]を生む。次に筑紫洲[三三]を生む。次に億岐洲[三四]と佐度洲とを雙生む。世人、或いは雙生むこと有るは、此に象りてなり。次に越洲[三五]を生む。次に大洲[三六]を生む。次

一書曰、男女耦[1]生之神、先有二埿土煑尊・沙土煑尊一。次有二角樴尊・活樴尊一。次有二面足尊・惶根尊一。次有二伊奘諾尊・伊奘冉尊一。樴橛也。

伊奘諾尊・伊奘冉尊、立二於天浮橋之上一、共計曰、底下豈無レ國歟、廼以二天之瓊一瓊、玉也。此云レ努。矛一、指下而探之。是獲二滄溟一。其矛鋒滴瀝之潮、凝成二一嶋一。名之曰二磤馭慮嶋一。二神、於是、降二居彼嶋一、因欲三共爲夫婦、産二生洲國一。便以二磤馭慮嶋一、爲二國中之柱一、柱、此云二美簸旨邏一。而陽神左旋、陰神右旋。分二巡國柱一、同會二一面一。時陰神先唱曰、憙哉、遇二可美少男一焉。少男、此云二烏等孤一。陽神不レ悅曰、吾是男子。理當二先唱一。如何婦人反先レ言乎。事既不祥。宜二以改旋一。於是、二神却更相遇。是行也、陽神先唱曰、憙哉、遇二可美少女一焉。少女、此云二烏等咩一。因問二陰神一曰、汝身有二何成一耶。對曰、吾身有二一雌元之處一。陽神曰、吾身亦有二雄元之處一。思下欲以二吾身元處一、合中汝身之元處上。於是、陰陽始遘合爲二夫婦一。及レ至二産時一、先以二淡路洲一爲レ胞。意所レ不レ快。故名之曰二淡路洲一。廼生二大日本日本、此云二耶麻騰一。下皆效レ此。豐秋津洲一。次生二伊豫二名洲一。次生二筑紫洲一。次雙三生億岐洲與二佐度洲一。世人或有二雙生一者、象レ此也。次生二越洲一。次生三大洲一。次→

喩えられているから、矛によって海中の魚を刺してそれを得るのを、国を得る神話としたものかと見る見方もある。それと別に、ホコを男性の象徴と見れば、以下はそのまま交合による国産みと見ることもできるような記述である。記もほぼ同じ。一四 文選、魯霊光殿賦の李善注に「説文曰、滴瀝、水下滴瀝也」とあり、垂落に同じ。一五 オノは、自の意。ゴロは、凝る意。磤は、集韻に、於斤切。ənの音。それを日本語のönöにあてた表記。馭は、牛倨切。ŋəの音。ゴ。濁音。慮を盧に作るのは中世以降の写本の誤り。慮はləの音。盧はloの音。記にも淤能碁呂島とあり、önögörö の音で表記されるべきところ。この所までで一段落。一六→補注1-一八。

一七 第一の一書に天柱、記に天之御柱とある。雲南省の苗族は、春祭に豊饒の柱を山上にたて、男女がその周囲をめぐり舞い、性的な歌を歌うという。また貴州の狗耳という部族は「春時、木を野に立て、鬼竿と謂い、男女が旋り躍って相手を択ぶ」という。それらに類する婚姻儀礼であろうと、松本信広はいう。一八→補注1-一九。一九 憙は、広韻に「許己切。好也」とある。アナは感動詞。ヱ・ヤは感動を表わす助詞。爾雅義疏に「喜者通作憙、説文云、喜説也、史記漢書、喜多作憙」とある。二〇 アヒヌルコトの訓、釈紀の注による。釈紀に「養老説。云々。アヒヌルコト」とある。二一 ヨロコブという動詞は、奈良朝から平安朝初期にかけて上二段活用であったから、ヨロコビズという形になる。二二 男子が先に言うべきだのに、かえっての意。二三 さらにの意。却は更に同じ。「却更」をサラニとよんでもよいところ。二四 この所、記には「成り成りて成り合はざる処一処在り」とある。二五 記には「成り成りて成り余れる処一処在り」とある。二六 遘は、説文に「遇也」、爾雅、釈詁に「遇也…見也」とある。男女相見えて交合す

ること。→補注1-一八。二七 淡路島。二八 →補注1-二九。二九 廼という助字は、神代紀上下のうち、上巻だけに使われる助字。三〇 →補注1-三〇。三一 →補注1-三〇・下補注17-一八。三二 四国を指す。フタナの意未詳。二並によるという。四国は、記では愛比売(伊予)と飯依比古(讃岐)、大宜都比売(阿波)と建依別(土左)という二組の男女の並んでいる国とされている。三三 九州の総称。記では、白日別(筑紫)、豊日別(豊)、建日向日豊久士比泥別(肥)、建日別(熊曾)の四国としている。三四 今の隠岐島。億岐の億は、広韻に「於力切」。iək の音。日本語の ö の音を書くに使う。億伎と佐度とで双児。→八五頁注七。三五 越は北陸道の総称。→八四頁注一。三六 大島は各地にあって何処と決定し難いが、周防国の大島(今の屋代島)かという。

一 備前(岡山県)の児島半島。以前は、陸続きでなかった。二―四 オホは美称。ヤは八。八は日本神話における聖数。→補注1-二四。従って、上にあげた島の数も、八までにとどめてあり、以下の対馬・壱岐などは余分として別扱いになっている。この大八洲の国生みの説話は、天皇登極の初めに実修された「八十島祭」の祭儀と深い関係がある。→補注1-三一。五 海水の泡から生れるという神話は内陸アジアにある。→補注1-三一。六 以下十種の異伝が取り上げられる。繁簡の差はあるが、ここで取り上げられる島には、胞(エ)とした島を除いてみな八つである。第一の一書の内容は全体として記のこの部分とかなりよく似ている。おそらく記と同系の伝承に拠ったものであろう。七 本文と異なり、第一の一書と記では天神の命令が重要な意味をもつ。このような、異なる伝承は天孫降臨の時にもあり、そこでも本によって、天神にあ

に[一]吉備子洲を生む。是に由りて、始めて[二]大八洲國の號起れり。卽ち[三]對馬嶋、壹岐嶋、
及び處處の[四]小嶋は、皆是[五]潮の沫の凝りて成れるものなり。亦は、水の沫の凝りて成
れるとも曰ふ。

[六]一書〔第二〕に曰はく、[七]天神、伊奘諾尊・伊奘冉尊に謂りて曰はく、「[八]豐葦原の[九]千五百秋
の[一〇]瑞穗の地有り。汝往きて脩すべし」とのたまひて、廼ち天瓊戈を賜ふ。是に、
二の神、天上浮橋に立たして、戈を投して地を求む。因りて、滄海を畫して、引
き擧ぐるときに、卽ち戈の鋒より垂り落つる潮、結りて嶋と爲る。名けて磤馭慮
嶋と曰ふ。二の神、彼の嶋に降り居して、[一一]八尋之殿を[一二]化作つ。又[一三]天柱を化竪つ。
陽神、陰神に問ひて曰はく、「汝が身に何の成れるところか有る」とのたまふ。
對へて曰はく、「吾が身に具り成りて、陰の元と稱ふ者一處有り」とのたまふ。
陽神の曰はく、「吾が身に亦具り成りて、陽の元と稱ふ者一處有り。吾が身の陽の
元を以て、汝が身の陰の元に合はせむと思欲ふ」と、[一四]云爾。卽ち天柱を巡
らむとして約束りて曰はく、「妹は左より巡れ。吾は當に右より巡らむ」とのたま
ふ。既にして分れ巡りて相遇ひたまひぬ。陰神、乃ち先づ唱へて曰はく、「[一五]姸哉、
可愛少男を」とのたまふ。陽神、後に和へて曰はく、「姸哉、可愛少女を」とのた
まふ。遂に爲夫婦して、先づ[一六]蛭兒を生む。便ち[一七]葦船に載せて流りてき。次に[一八]淡洲
を生む。此亦兒の數に充れず。故、還復りて天に上り詣でて、具に其の狀を奏し

たまふ。時に天神、太占[一九]を以て卜合ふ。乃ち教でて曰はく、「婦人[二〇]の辭、其れ已に先づ揚げたればか。更に還り去ね」とのたまふ。乃ち時日を卜定へて降す。故、二の神、改めて復柱を巡りたまふ。陽神は左よりし、陰神は右よりして、既に遇ひたまひぬる時に、陽神、先づ唱へて曰はく、「姸哉、可愛少女を」とのたまふ。陰神、後に和へて曰はく、「姸哉、可愛少男を」とのたまふ。然して後に、宮を同

生㆓吉備子洲㆒。由㆑是、始起㆓大八洲國之號㆒焉。即對馬嶋、壹岐嶋、及處處小嶋、皆是潮沫凝成者矣。亦曰㆓水沫凝而成㆒也。

一書曰、天神謂㆓伊奘諾尊・伊奘冉尊㆒曰、有㆓豐葦原千五百秋瑞穗之地㆒。宜㆓汝往脩㆒之、廼賜㆓天瓊戈㆒。於是、二神立㆓於天上浮橋㆒、投㆑戈求㆑地。因畫㆓滄海㆒、而引擧之、卽戈鋒垂落之潮、結而爲㆑嶋。名曰㆓磤馭慮嶋㆒。二神降㆓居彼嶋㆒、化㆓作八尋之殿㆒。又化㆓竪天柱㆒。陽神問㆓陰神㆒曰、汝身有㆓何成㆒耶。對曰、吾身具成而、有㆘稱㆓陰元㆒者一處㆖。陽神曰、吾身亦具成而、有㆘稱㆓陽元㆒者一處㆖。思㆘欲以㆓吾身陽元㆒、合㆗汝身之陰元㆖、云爾。卽將㆑巡㆓天柱㆒、約束曰、妹自㆑左巡。吾當右巡。既而分巡相遇。陰神乃先唱曰、姸哉、可愛少男歟。陽神後和之曰、姸哉、可愛少女歟。遂爲夫婦、先生㆓蛭兒㆒。便載㆓葦船㆒而流之。次生㆓淡洲㆒。此亦不㆔以充㆓兒數㆒。故還復上㆓詣於天㆒、具奏㆓其狀㆒。時天神、以㆓太占㆒而卜合之。乃敎曰、婦人之辭、其已先揚乎。宜更還去。乃卜㆓定時日㆒而降之。故二神、改復巡㆑柱。陽神自㆑左、陰神自㆑右、既遇之時、陽神先唱曰、姸哉、可愛少女歟。陰神後和之曰、姸哉、可愛少男歟。然後、同㆑宮→

たるタカミムスヒが重きをなす本とそうでないのとがある。天神は、ここでは高天原にいる神の意。天神はもと、中国で、神としての天そのものをいい、帝王が、人鬼・地祇と共に祭祀する対象。昊天上帝を主として日月星辰風師雨師を含む。地祇は、土の神・山林川沢の神。しかし日本には、中国でいうような天神は、本来無く、それを祭る行事も無かった。八 トヨは、豊穣の意。アシハラは、当時湿地に多く葦が生えていたのでいう。九 千五百は、極めて多い数の意。千五百秋で、永久にというほどの意。一〇 瑞は弥図という訓注がある。図は書紀訓注では清音ツにあたることが多い。ここもミツと訓む。ミイツ(稜威)と同源の語。miitu→mitu. ミツホは、神威によって栄える稲穂。万葉集ではミヅホと訓んでいる。一一 ヤは弥(いや)、大きい意。広大な御殿。一二 記には「見立」とあり、お作りになる意。一三 →八七頁注一〇。一四 云爾は、上の文を収める言葉。古訓にシカイフとある。またイフコトシカリとも訓む字である。また、兼方本にはシカシカとだけ仮名づけしてある所もある。一五 エヲトコヲのエは、秀れた、愛すべきの意。ヲは感動詞。「おや、まあ、何とすばらしい男の方ね」ぐらいの意。→八〇頁注一九。一六 沖縄で蛭をビル、不具の児や発育の悪い子をビールーと呼ぶように、ヒルは不具を意味することがある。ここの蛭児も手足の萎えた不具の児をいうのであろう。第一子に生みそこないができて、それを流し棄てるという説話は各地にある。→補注1-三三。蛭児を淡路島付近の暗礁と見る説もあって、暗礁は、潮が干るときに現われるので涸子(ひる)というという点に根拠を置く。しかし、干(ひ)るという動詞は奈良朝では上二段活用で連体形はフルであった明証があり、ヒルという活用形は無い。よって「涸子」説は成立しない。一七 この記事、

くして共に住ひて兒を生む。大日本豐秋津洲と號く。次に淡路洲。次に伊豫二名洲。次に筑紫洲。次に億岐三子洲。次に佐度洲。次に越洲[一]。次に吉備子洲。此に由りて、之を大八洲國と謂ふ。瑞、此をば彌圖と云ふ。妍哉、此をば阿那而惠夜と云ふ。可愛、此をば哀と云ふ。太占、此をば布刀磨爾と云ふ。

〔第二〕一書に曰はく、伊奘諾尊・伊奘冉尊、二の神、天霧[二]の中に立たして曰はく、「吾、國[三]を得む」とのたまひて、乃ち天瓊矛[四]を以て、指し垂して探りしかば、磤馭盧嶋を得たまひき。則ち矛を拔げて、喜びて曰はく、「善きかな、國の在りけること」とのたまふ。

〔第三〕一書に曰はく、伊奘諾・伊奘冉、二の神、高天原に坐しまして曰はく、「當に國有らむや」とのたまひて、乃ち天瓊矛を以て、磤馭盧嶋を畫り成す。

〔第四〕一書に曰はく、伊奘諾・伊奘冉、二の神、相謂りて曰はく、「物有りて浮膏の若し。其の中に蓋し國有らむや」とのたまひて、乃ち天瓊矛を以て、探りて一の嶋を成す。名けて磤馭盧嶋と曰ふ。

〔第五〕一書に曰はく、陰神先づ唱へて曰はく、「美哉、善少男を」とのたまふ。時に、陰神の言先つるを以ての故に、不祥しとして、更に復改め巡る。則ち陽神先づ唱へて曰はく、「美哉、善少女を」とのたまふ。遂に合交せむとす。而も其の術を知らず。時に鶺鴒[五]有りて、飛び來りて其の首尾を搖す。二の神、見して學ひて、

記と同じ。一八 アハは淡で、アハム(軽蔑する)など、よくない意味に使う語。一九 →補注1-一三四。二〇 婦人の言葉を先に発したからであろうか。また帰って行きなさいの意。

一 ここにあげられている洲は皆島であるから、越洲とあるのは、能登半島が島であったからだろうという説がある。しかし、能登半島が島であった時期として最後に考えられるのは、おそらく第三間氷期(一五―五万年前、関東の下末吉期に相当か)の頃で、それ以後は完全に本土と遮断されたことはないと考えられる。繩文海進(約五千―六千年前)の時も、現在の邑知低地帯の中部以北は海面下にはならず、従って本土とは陸続きになっていた。弥生中期の遺跡が、邑知潟の西方の次場(すば)で知られており(海抜三―四メートル、地表から三〇センチ―一メートル)、ラジオカーボンテストの結果によっても約一五〇〇年の値が出ているので、その頃すでに邑知潟は閉ざされ、現在(人工干拓以前)の約二倍くらいの広さしかなかったとみられる。従って弥生式時代から古墳時代にかけての頃に「羽咋潟から能登部町を経て七尾に至る低地を海水が横劃していた」という考えは、海抜高度・地形からみてあり得ないと思われる(紺野義夫氏による)。

二 霧は息吹によって成ると信じられていたし、息吹は、生命の象徴なので、霧や風の中にあるとは、生命を得ることを示唆する。

三 →補注1-二七。

四 →八〇頁注一三。

五 和名抄に「鶺鴒〈積霊二音、字、或作二鶺鴒一、邇波久奈布利〉」。ニハは俄(かには)の語幹。クナは、尻の意。フリは、振る意。速く尾を振り動かす鳥の意。イシクナギともいう。この鳥は世界各国語で、尻振りとか尻たたきという観点から名

即ち交（とつぎ）の道（みち）を得つ。[六]

一書に曰はく、〔第六〕二の神、合為夫婦（みとのまぐはひ）して、先づ淡路洲・淡洲（あはのしま）を以て胞（え）として、大日本豐秋津洲を生む。次に伊豫洲（いよのしま）。次に筑紫洲。次に億岐洲（おきのしま）と佐度洲[七]とを雙生（ふたごにう）む。次に越洲。次に大洲（おほしま）。次に子洲（こしま）。

一書に曰はく、〔第七〕先づ淡路洲を生む。次に大日本豐秋津洲。次に伊豫二名洲。次に

共住而生レ兒。號二大日本豐秋津洲一。次淡路洲。次伊豫二名洲。次筑紫洲。次億岐三子洲。次佐度洲。次越洲。次吉備子洲。由レ此謂二之大八洲國一矣。瑞、此云二彌圖一。姸哉、此云二阿那而惠夜一。可愛、此云レ哀。太占、此云二布刀磨爾一。

一書曰、伊奘諾尊・伊奘冉尊、二神、立二于天霧之中一曰、吾欲レ得レ國、乃以二天瓊矛一、指垂而探之、得二磤馭慮嶋一。則拔レ矛而喜之曰、善乎、國之在矣。

一書曰、伊奘諾・伊奘冉、二神、坐[1]二于高天原一曰、當有レ國耶、乃以二天瓊矛一、畫二成磤馭慮嶋一。

一書曰、伊奘諾・伊奘冉、二神、相謂曰、有レ物若二浮膏一。其中蓋有レ國乎、乃以二天瓊矛一、探成二一嶋一。名曰二磤馭慮嶋一。

一書曰、陰神先唱曰、美哉、善少男。時以二陰神先一レ言故、爲二不祥一、更復改巡。則陽神先唱曰、美哉、善少女。遂將二合交一。而不レ知二其術一。時有二鶺鴒一、飛來搖二其首尾一。二神見而學之、卽得二交道一。

一書曰、二神合爲夫婦、先以二淡路洲・淡洲一爲レ胞、生二大日本豐秋津洲一。次伊豫洲。次筑紫洲。次雙二生億岐洲與二佐度洲一。次越洲。次大洲。次子洲。

一書曰、先生二淡路洲一。次大日本豐秋津洲。次伊豫二名洲。次→

づけられている。それが日本では交合または生殖と関連して考えられて来た。

六 →補注1―一八。

七 佐渡島は大佐渡・小佐渡に分れるので、もとは両者が分離していたから、双生というとする説がある。これは文章から推して適当とは思われないが、次のごとき研究がある。第三紀層（六千万年―百万年前）から成る大佐渡・小佐渡の間には国仲平野があり、国仲平野は平坦な台地の部分（国仲層）と低い平地の部分に分れる。共に第四紀層の地層で、前者は洪積世（氷河時代）に属し、後者は冲積世に属し縄文以後の遺跡・遺物を多く包含している。国仲層は平均四〇―八〇メートルの高度を持つ海岸段丘（中位段丘）の物質によって構成され、典型的に発達している。これによって、現在の佐渡島が、古くは大佐渡・小佐渡に分れ、少なくとも氷河時代（ウルム氷期―洪積世後期）までは海峡があり、海水の流通があったと解せる（歌代勤氏による）。

億岐洲。次に佐度洲。次に筑紫洲。次に壹岐洲。次に對馬洲。

一書に曰はく、〔第八〕磤馭慮嶋を以て胞として、淡路洲を生む。次に大日本豐秋津洲。次に伊豫二名洲。次に筑紫洲。次に吉備子洲。次に億岐洲と佐度洲とを雙生む。次に越洲。

一書に曰はく、〔第九〕淡路洲を以て胞として、大日本豐秋津洲を生む。次に淡洲。次に伊豫二名洲。次に億岐三子洲。次に佐度洲。次に筑紫洲。次に吉備子洲。次に大洲。

一書に曰はく、〔第十〕陰神先づ唱へて曰はく、「妍哉、可愛少男を」とのたまふ。便ち陽神の手を握りて、遂に爲夫婦して、淡路洲を生む。次に蛭兒。

〔一〕次に海を生む。次に川を生む。次に山を生む。次に木の祖句句廼馳〔二〕を生む。次に草の祖草野姫〔三〕を生む。亦は野槌〔四〕と名く。既にして伊奘諾尊・伊奘冉尊、共に議りて曰はく、「吾已に大八洲國及び山川草木を生めり。何ぞ天下の主者を生まざらむ」とのたまふ。是に、共に日の神〔五〕を生みまつります。大日孁貴〔六〕と號す。大日孁貴、此をば於保比屢咩能武智と云ふ。孁の音は力丁反。〔七〕一書に云はく、天照大神〔八〕といふ。一書に云はく、天照大日孁尊といふ。此の子、光華明彩しくして、六合の内に照り徹る。故、二の神喜びて曰はく、「吾が息多ありと雖も、未だ若此靈に異しき兒有らず。久しく此の國に留めまつるべからず。自づから當に早に天に送りて、授くるに天上〔九〕の事を以てすべし」

一　以下第五段。国産みについで山川草木・月日などを生む説話が展開する。本文、十一種の一書及び記には三種類の形態がある。第一は、書紀本文の形態で、山川草木を生み、次に天照大神・月読尊及び素戔嗚尊を生み、素戔嗚尊が無道なため、これを根国へ逐うという筋のもの。第一の一書もこれに類する。これには諾冉二尊の最後に生んだ火神によって冉神が死ぬという話がない。第二は、第二の一書の形態で、第一の形態と似た話の後に、冉神が火神のために死に、そのあとで土や水の神や穀物を生む話がある。第三―第五の一書は右の第二の一書の異伝。第三は、第六の一書の形態で、海・川・山などを生んだ後に火神が生れ、冉神が特にその剣の中から神神を化成する。また死んだ冉神の黄泉の国での死体の覗き見の話があり、黄泉から逃げ帰った諾神がミソギして後、海神や三貴子を誕生する。この話は三貴子の誕生の位置において全く第一の形態と異なる。古事記もこの形。第七・八の一書は第六の一書の一部分、火神から雷神などを化成する話の異伝。第九・第十の一書は、黄泉からの呪的逃走、火神との別離、ミソギなど第六の一書と主題が同じ。第十一の一書は三貴子誕生と食物の起源の話でかなり特異なものである。　二　木の精。ククは木木(キキ)の古形。クはクダモノ(木の物)のクに同じ。木(キ)はkïの音で、kïはkö(木)またはku(木)から後になって転成した音。ククノチのノは助詞。チは、勢威あるもの。　三　カヤノは、草の野。　四　ノツチは、野の精。ツは助詞ノにほぼ同じ。チは、勢威あるもの。　五　太陽神。太陽を女性とし、月を男性とし、それが兄弟姉妹の関係にあるという観念は、極北・亜極北地方にも広く分布しているが、他方、東南アジア・インドではことにアウストロアジア語族に多い。日本は両者の分布をつなぐ位置にある。天岩屋神話が、とのたまふ。是の時に、天地、相去ること未だ遠からず。故、天柱を以て、天上に擧ぐ。次に月の神を生みまつります。一書に云はく、月弓尊、月夜見尊、月讀尊といふ。其の光彩しきこと、日に亞げり。以て日に配べて治すべし。故、亦天に送りまつる。次に蛭兒を生む。已に三歲になるまで、脚猶し立たず。故、天磐櫲樟船に載せて、風の順に放ち棄つ。次に素戔嗚尊を生みまつります。一書に云はく、神素戔嗚尊、速素戔嗚尊

億岐洲。次佐度洲。次筑紫洲。次壹岐洲。次對馬洲。

一書曰、以二磤馭慮嶋一爲レ胞、生二淡路洲一。次大日本豐秋津洲。次伊豫二名洲。次筑紫洲。次吉備子洲。次雙三生億岐洲與二佐度洲一。次越洲。

一書曰、以二淡路洲一爲レ胞、生二大日本豐秋津洲一。次淡洲。次伊豫二名洲。次億岐三子洲。次佐度洲。次筑紫洲。次吉備子洲。次大洲。

一書曰、陰神先唱曰、姸哉、可愛少男乎。便握二陽神之手一、遂爲夫婦、生二淡路洲一。次蛭兒。

次生レ海。次生レ川。次生レ山。次生二木祖句句廼馳一。次生二草祖草野姬一。亦名二野槌一。既而伊奘諾尊・伊奘冉尊、共議曰、吾已生二大八洲國及山川草木一。何不レ生二天下之主者一歟。於是、共生二日神一。號二大日孁貴一。（大日孁貴、此云二於保比屢咩[1]能武智一。孁音力丁反。一書云、天照大神。一書云、天照大日孁尊。）此子光華明彩、照二徹於六合之内一。故二神喜曰、吾息雖レ多、未レ有二若此靈異之兒一。不レ宜三久留二此國一。自當下早送二于天一、而授以中天上之事上。是時、天地相去未レ遠。故以二天柱一、擧二於天上一也。次生二月神一。（一書云、月弓尊、月夜見尊、月讀尊。）其光彩亞レ日。可二以配レ日而治一。故亦送二之于天一。次生二蛭兒一。雖二已三歲一、脚猶不レ立。故載二之於天磐櫲樟船一、而順レ風放棄。次生二素戔嗚尊一。（一書云、神素戔嗚尊、速素戔嗚尊。）↓

いろいろな点においてアウストロアジア語族を始めとするインドシナの神話と類似し、関係が考えられるので、アマテラスは本来、女性の太陽神だったと考えられる。アマテラスが、太陽神を祀る巫女の、祭られる神に転化したものとする説があるが、アマテラスの属性の一部を説明できても、自然神としての太陽神を見失っているところがある。↓補注1-三六。

六 オホは美称。折口信夫はヒルメは日ノ妻(メ)、または、日に仕える巫女の意という。ヒルメは起源的には日女(ヒメ)と異なる。ヒルメのルは、神魯岐(かむろき)・神魯弥(かむろみ)のロ、神留伎(かむるき)・神留弥(かむるみ)のル、ヒルコのルと同じく、助詞のノの意の古語。ムチは、尊貴な人の意。↓補注1-三六。

七 孁は、巫女の意で用いた文字であろう。ミコまたはカンナギの意を表わす靈という字があり、説文に「靈、巫也。以レ王事レ神、从レ王霝声。靈、或从レ巫」とあり、広雅、釈詁に「靈、巫也」ともある。この靈の巫を女に改め、孁とすることによって女巫であることを、書紀の筆者が意味的に示そうとしたものと思われる。↓補注1-三五。 八 ↓補注1-三六。

九 天上は、ここでは高天原のこと。

一〇 柱は神の降下してくる憑代(よりしろ)であるから、それをたどって逆に天に登らせたのである。天が地上の柱によって支えられているという観念は、楚辞の天問にも見え、淮南子の天文訓にもある。しかしこれは日本古来の思想には無かったものらしい。 一一 日神に対して月神を生んだ。月神は、農神・植物神・食物神・地母神であり、冥界の神であることが多い。書紀ではこの段の他に顕宗三年四月条に、日神月神を祭る話がある。 一二 ↓補注1-三七。 一三 ↓八二頁注一六。 一四 ↓補注1-三八。 一五 ↓補注1-三九。

といふ。此の神、勇悍くして安忍なること[一]有り。且常に哭き泣つるを以て行とす。故、國内の人民をして、多に以て夭折なしむ。復使、青山を枯に變す。故、其の父母の二の神、素戔嗚尊に勅したまはく、「汝、甚だ無道し[二]。以て宇宙[三]に君臨たるべからず。固[四]に當に遠く[五]根國に適ね」とのたまひて、遂に逐ひき。

[六]一書〔第二〕に曰はく、伊奘諾尊の曰はく、「吾[七]、御寓すべき珍の子を生まむと欲ふ」とのたまひて、乃ち左[八]の手を以て白銅鏡[九]を持りたまふときに、則ち化り出づる神有す。是を大日孁尊と謂す。右の手に白銅鏡を持りたまふときに、則ち化り出づる神有す。是を月弓尊と謂す。又首を廻して顧眄之間[一〇]に、則ち化る神有す。是を素戔嗚尊と謂す。卽ち大日孁尊及び月弓尊は、並に是、質性明麗し。故、天地に照し臨ましむ。素戔嗚尊は、是性[一一]殘ひ害ることを好む。故、下して根國を治しむ。珍[一二]、此をば于圖と云ふ。顧眄之間、此をば美屢摩沙可梨爾と云ふ。

[一三]一書〔第三〕に曰はく、日月既に生れたまひぬ。次に蛭兒[一四]を生む。此の兒[一五]、年三歳に滿りぬれども、脚尙し立たず。初め、伊奘諾・伊奘冉尊、柱を巡りたまひし時に、陰神先づ喜の言を發ぐ。既に陰陽の理に違へり。所以に、今蛭兒を生む。次に素戔嗚尊を生む。此の神、性惡くして、常に哭き恚むこと[一六]を好む。國民多に死ぬ。青山を枯に爲す。故、其の父母、勅して曰はく、「假使[一七]、汝此の國を治らば、必ず殘ひ傷る所多け[一八]むとおもふ。故、汝は、以て極めて遠き根國を馭[一九]すべし」と

一 左伝、隠公四年に「安ㇾ忍無ㇾ親、衆叛親離」とある。残忍なことをして平気なこと。
二 ア(足)ツキ(着キ)ナシの意か。踏む所なし。勝手気儘であるの意。非情で、何とも手のつけられないさまをいう。
三 宇宙は、淮南子、原道訓に「紘二宇宙一而章二三光一」、同天文訓に「虚霩生二宇宙一、宇宙生二元気一」などとある。古訓にアメノシタ。三神の分治について→九六頁注四。
四 固と当とで強い必然の意を表わす。漢書、張耆伝の顔師古注に「固、必也」とある。抱朴子、対俗篇引用の異聞記に「固当二餓死一」とある。
五 →補注1-四〇。
六 これは、本文の八六頁一〇行以下の部分にあたる異伝。
七 御宇に同じ。天下を統治すること。寓は宇の籀文。御宇は、漢の賈誼の「過秦論」に秦の始皇帝のことを述べて「振二長策一而馭二宇内一」とある。
八 日本では左を尊しとするのが古い慣習。南方中国では左、北方中国では右を尊ぶ。→補注1-四一。
九 →補注1-四二。
一〇 顧みる丁度その時にの意。ここは短時間をさすことばであろう。眄は、横目で見る意。マは接頭語。真・正の意。サカリは盛。
一一 カムサガは古訓。神の性の意。
一二 ウヅは、天子の持つ立派に整ったものの形容。図は広韻に同都切。徒・途と同音。南方音ではdの音。北方音ではtの音であるが、万葉ではウヅのヅは濁音なので、ここも濁音で訓む。
一三 第二の一書では、蛭児と素戔嗚尊の他に、軻遇突智を生んだために伊奘冉尊の死ぬ話が加わり、水の神と土の神とから、五穀が生れる話が加わる。
一四 →八二頁注一六。
一五 女性が先に声をあげることは、中国風の、男性優位の考えに反するので、蛭児を生んだ理由と、それが、されたのであろうという。
一六 フツクムは、口を結んで怒りを表わす意か。フツ(全)ククム(含)の約った形であろうか。
一七 →補注1-四三。

一八 多いだろうの意。普通、日本語の形容詞を助動詞が直接承けることは無いが、奈良朝では推量のムが形容詞を承けることがある。その古い語法が平安初期に伝承され、漢文訓読体の中に入った。その場合形容詞はケという活用語尾をとる。ここはその一例。一九 馭は御に同じ。馬を調教して走らせる意から、国を統治する意。二〇 →補注1-三八。ヒルコ(日の子)の水中投棄について→補注1-三三。二一 カグは、カガヨフ(炫)、カギロヒ(陽炎)、カゲ(影)、カグヤヒメ、カガリ(篝)などと、語根 kag- を共有する語であろう。ツは助詞ノにあたる。ヤマツミ(山祇)、マツゲ(目ツ毛)のツに同じ。チは勢威。(カガヤクという語は、古くはカカヤクと清音で、カグツチと関係ない。)この所、記には「美蕃登(みほと)炙かえて病み臥せり」とあり、延喜祝詞式、鎮火祭には「美保止焼かれて石隠り坐して」とある。ミホトは、女陰。書紀では、一書もみな、焼けてとだけあって、女陰にあたる語が無い。これは儒教的な考えからそれを省略したものであろう。→補注1-四四。二二 ハニは、和名抄に「土黄而細密曰レ埴」とある。土器に使い、また染色に使う、ねば土をいう。ここでは、土一般の称として用いてある。二三 罔象は、水神、また水中の怪物。淮南子、氾論訓の注に「水之精也」、荘子、達生に「水有二罔象一、丘有レ峷」とある。罔象は、荘子釈文によると「状如二小児一、赤黒色、赤爪、大耳、長臂」であるという。罔象は、形をかくして見えない意。ミツハのミツは、水。ハは未詳。水は古く清音ミツという形もあったらしい。二四 →補注1-四五。
二五 ホソは、平安から室町時代頃まで清音。
二六 中国では、麻・黍・稷・麦・豆をいう場合、粳米・黄黍・麦・大豆・小豆をいう場合などがあるが、ここの五穀は、第十一の一書に粟・稗・稲・麦・大小豆とある。

のたまふ。次に二〇鳥磐櫲樟船を生む。輙ち此の船を以て蛭兒を載せて、流の順に放ち棄つ。次に火神二一軻遇突智を生む。時に伊奘冉尊、軻遇突智が爲に、焦かれて終りましぬ。其の終りまさむとする間に、臥しながら土神二二埴山姫及び水神二三罔象女を生む。卽ち軻遇突智、埴山姫を娶きて、二四稚産靈を生む。此の神の頭の上に、蠶と桑と生れり。二五臍の中に二六五穀生れり。罔象、此をば美都波と云ふ。

此神、有二勇悍以安忍一。且常以二哭泣一爲レ行。故令二國内人民、多以夭折一。復使青山變レ枯。故其父母二神、勅二素戔嗚尊一、汝甚無道。不レ可三以君二臨宇宙一。固當遠適二之於根國一矣、遂逐之。

一書曰、伊奘諾尊曰、吾欲レ生二御寓之珍子一、乃以二左手一持二白銅鏡一、則有二化出之神一。是謂二大日孁尊一。右手持二白銅鏡一、則有二化出之神一。是謂二月弓尊一。又廻レ首顧眄之間、則有二化神一。是謂二素戔嗚尊一。卽大日孁尊及月弓尊、並是質性明麗。故使レ照二臨天地一。素戔嗚尊、是性好二殘害一。故令三下治二根國一。珍、此云二于圖一。顧眄之間、此云二美屢摩沙可梨爾一。

一書曰、日月既生。次生二蛭兒一。此兒年滿二三歲一、脚尙不レ立。初伊奘諾、伊奘冉尊、巡レ柱之時、陰神先發二喜言一。既違二陰陽之理一。所以、今生二蛭兒一。次生二素戔嗚尊一。此神性惡、常好二哭恚一。國民多死。青山爲レ枯。故其父母勅曰、假使汝治二此國一、必多レ所二殘傷一。故汝可三以馭二極遠之根國一。次生二鳥磐櫲樟船一。輙以二此船一載二蛭兒一、順レ流放棄。次生二火神軻遇突智一。時伊奘冉尊、爲二軻遇突智一、所焦而終矣。其且レ終之間、臥生二土神埴山姫及水神罔象女一。卽軻遇突智娶二埴山姫一、生二稚產靈一。此神頭上、生二蠶與レ桑。臍中生二五穀一。罔象、此云二美都波一。

一書(第三)に曰はく、伊奘冉尊、火産靈[一]を生む時に、子の爲[二]に焦かれて、神退りましぬ。亦は云はく、神避るといふ。其の神退りまさむとする時に、則ち水神罔象女、及び土神埴山姫を生み、又天吉葛[三]を生みたまふ。天吉葛、此をば阿摩能與佐圖羅と云ふ。一に云はく、與曾豆羅といふ。

一書(第四)に曰はく、伊奘冉尊、火神軻遇突智を生まむとする時に、悶熱ひ懊惱む[四]。因りて吐す[五]。此神と化爲る。名を金山彦[六]と曰す。次に小便[七]まる。神と化爲る。名を罔象女と曰す。次に大便[八]まる。神と化爲る。名を埴山媛と曰す。

一書(第五)に曰はく、伊奘冉尊、火神を生む時に、灼かれて神退去りましぬ。故、紀伊[九]國の熊野の有馬村[一〇]に葬りまつる。土俗、此の神の魂を祭るには、花の時には亦花を以て祭る。又鼓吹幡旗を用て、歌ひ舞ひて祭る。

[一一]一書(第六)に曰はく、伊奘諾尊と伊奘冉尊と、共に大八洲國を生みたまふ。然して後に、伊奘諾尊の曰はく、「我が生める國、唯朝霧のみ有りて、薫り滿てるかな」とのたまひて、乃ち吹き撥ふ氣、神と化爲る。號を級長戸邊命[一二]と曰す。亦は級長津彦[一三]命と曰す。是、風神なり。又飢[一四]しかりし時に生めりし兒を、倉稻魂命[一五]と號す。又、生めりし海神等[一六]を、少童命と號す。山神等を山祇と號す。水門神等を速[一七]秋津日命と號す。木神等を句句廼馳と號す。土神を埴安神と號す。然して後に、悉に萬物を生む。火神軻遇突智が生るるに至りて、其の母伊奘冉尊、焦かれて

一 第三の一書には、火神の他、水・土・食料、第四の一書には、金・水・土などを生む。火神が種種のものを生むので火(ホ)ムスヒと名づけられている。二 受身に「為」が使われ、下文では「被レ灼」「見レ焦」と文字が変えてある。書紀の筆者が、助字の用法にかなり詳しかった一つのあらわれ。三 ヨサツラ・ヨソツラ共に「吉シツラ」の転。当時は形容詞の終止形から体言に連なる語法があった(ウマシ国など)。ツラは蔓。ここではカヅラの意。宿根の蔓草。根から澱粉食料を製する。農耕以前の澱粉採取の重要な材料。よって食料の代表としてここに取上げられたのであろう。四 熱になやむ意。アツは熱(アツシ)の語幹。五 嘔吐の様子が、物を手繰り寄せる様と共通な感じがあるによってタグルというか。六 鉱物の神。火・水・土の他に金が加わる(記も同じ)のは、木火土金水という五行思想の影響があるかもしれない。七 ユは、熱い水・湯。マリは、排泄すること。大小便にいう。八 クサ(臭)と同根の語。九 第五の一書の内容は、他の伝承と全く相違している。当時の地方の魂祭の状況を知ることができる。一〇 →補注1−四六。一一 以下、山・海・水・土・木・火・風・食の神の誕生を説き、剣の鍛造に次いで、黄泉の伊奘冉尊を訪れた伊奘諾尊の話。逃げ戻って、穢れを祓除する所から天照大神、月読尊、素戔嗚尊の誕生の話に至る。この一書は記に最も近い内容を持つ。この形の話が本文と最も異なる点は、天照大神など三神の誕生が、冉尊の死後の禊の後とする点にある。→八六頁注一。一二 シは風・息の意。シナは、息長(おきなが)にあたる。戸はト甲類toの音。tuと交替しやすい音。辺(べ)はベ甲類beの音。meと交替しやすい音。よってここはシナツメ(息長の女)の意。つまり風の女神。級の字だけでもシナと訓む。一三 記に志那都比古とあるので、級長津彦をシ

化去りましぬ。時に、伊奘諾尊、恨みて曰はく、「唯、[一八]一兒を以て、我が愛しき[一九]妹に替へつるかな」とのたまひて、則ち[二〇]頭邊に匍匐ひ、脚邊に匍匐ひて、哭き泣ち流涕びたまふ。其の涙墮ちて神と爲る。是即ち[二一]畝丘の樹下に所居す神なり。[二二]啼澤女命と號く。遂に所帶せる[二三]十握劍を拔きて、軻遇突智を斬りて三段に爲す。[二四]此各神と化成る。復劍の刃より垂る血、是、[二五]天安河邊に所在る[二六]五百箇磐石と爲

一書曰、伊奘冉尊、生二火産靈一時、爲レ子所焦、而神退矣。亦云、神避。其且二神退一之時、則生二水神罔象女及土神埴山姫一、又生二天吉葛一。天吉葛、此云二阿摩能與佐圖羅一。一云、與曾豆羅。

一書曰、伊奘冉尊、且レ生二火神軻遇突智一之時、悶熱懊惱。因爲レ吐。此化二爲神一。名曰二金山彦一。次小便。化二爲神一。名曰二罔象女一。次大便。化二爲神一。名曰二埴山媛一。

一書曰、伊奘冉尊、生二火神一時、被レ灼而神退去矣。故葬二於紀伊國熊野之有馬村一焉。土俗祭二此神之魂一者、花時亦以レ花祭。又用二鼓吹幡旗一、歌舞而祭矣。

一書曰、伊奘諾尊與二伊奘冉尊一、共生二大八洲國一。然後、伊奘諾尊曰、我所生之國、唯有二朝霧一而、薫滿之哉、乃吹撥之氣、化二爲神一。號曰二級長戸邊命一。亦曰二級長津彦命一。是風神也。又飢時生兒、號二倉稻魂命一。又生海神等、號二少童命一。山神等號二山祇一。水門神等號二速秋津日命一。木神等號二句句廼馳一。土神號二埴安神一。然後、悉生二萬物一焉。至二於火神軻遇突智之生一也、其母伊奘冉尊、見レ焦而化去。于時、伊奘諾尊恨之曰、唯以二一兒一、替二我愛之妹者一乎、則匍二匐頭邊一、匍二匐脚邊一、而哭泣流涕焉。其涙墮而爲レ神。是即畝丘樹下所居之神。號二啼澤女命一矣。遂拔二所帶十握劍一、斬二軻遇突智一爲二三段一。此各化二成神一也。復劍刃垂血、是爲二天安河邊所在五百箇磐石一也。↓

ナツヒコと訓む。息長ツ彦の意。風の男神。シナトベ(女神)と一対。これが男女一対をなしているにかかわらず、書紀の編者は、「亦」としてシナトベの別称のように扱っている。一四 ヤハシは「弥淡シ」の意という。餓えてやわらかになり気力を失う意。一五 これの訓注は九六頁一四行にあって、第七の一書の後であるが、それは第七の一書が、第六の一書のカグツチを斬る話についての異伝だけなので、第六に従属する一書として一括したため、訓注もその後につけたものであろうか。→補注1-四七。一六 ワタは海。朝鮮語pata(海)と関係があろう。ツは助詞ノにあたる。ミは祇。少童→補注1-四八。一七 ハヤは称辞。アキは開キの意。港の開けている意か。ツは津。ツはト甲類toと通用し、ノミト(飲み門・喉)セト(瀬戸)など、狭くなって、ものの通過する所をいう。アキツで、港の意。大祓祝詞にも「八塩道之塩乃八百会爾座須、速開都咩」とある。一八 →補注1-四九。一九 →補注1-五〇。二〇 この訓注は九六頁一五行にある。二一 一畝の広さの丘。または単に高地をいう。ウネは、田の間の区切りに、土を高く盛った所。ヲは、小高い所。山などにもいう。これを、次の樹下(コノモト)と共に、地名と見る説もある。二二 今も、橿原市木之本町に、泣沢神社がある。万葉二〇二に「哭沢の神社(もり)に神酒(みわ)すゑ禱祈れども」とある。二三 一握は、小指から人差指までの幅、八センチメートルから一〇センチメートル。従って十握剣は、八〇センチから一〇〇センチの剣。それ程長い剣は、当時としては少ない。従って、これは、大刀の意。記には十拳剣とも書く。別に九握剣・八握剣がある。二四 →補注1-五一。二五 →補注1-五二。二六 数多くの岩群。血が飛び散ってその一つ一つが岩になったという観想。

る。即ち此經津主神の祖なり。復劒の鐔より垂る血、激越きて神と爲る。號けて甕速日神と曰す。次に熯速日神。其の甕速日神は、是武甕槌神の祖なり。亦曰はく、甕速日命。次に熯速日命。次に武甕槌神。復劒の鋒より垂る血、激越きて神と爲る。號けて磐裂神と曰す。次に根裂神。次に磐筒男命。一に云はく、磐筒男命及び磐筒女命といふ。復劒の頭より垂る血、激越きて神と爲る。號けて闇龗と曰す。次に闇山祇。次に闇罔象。然して後に、伊奘諾尊、伊奘冉尊を追ひて、黄泉に入りて、及きて共に語る。時に伊奘冉尊の曰はく、「吾夫君の尊、何ぞ晩く來しつる。吾已に湌泉之竈せり。然れども、吾當に寢息まむ。請ふ、な視ましそ」とのたまふ。伊奘諾尊、聽きたまはずして、陰に湯津爪櫛を取りて、其の雄柱を牽き折きて、秉炬として、見しかば、膿沸き蟲流る。今、世人、夜一片之火忌む、又夜擲櫛を忌む、此其の緣なり。時に伊奘諾尊、大きに驚きて曰はく、「吾、意はず、不須也凶目き汚穢き國に到にけり」とのたまひて、乃ち急に走げ廻歸りたまふ。時に、伊奘冉尊、恨みて曰はく、「何ぞ要りし言を用ゐたまはずして、吾に恥辱みせます」とのたまひて、乃ち泉津醜女八人、一に云はく、泉津日狹女といふ、を遣して追ひて留めまつる。故、伊奘諾尊、劒を拔きて背に揮きつつ逃ぐ。因りて、黑鬘を投げたまふ。此即ち蒲陶に化成る。醜女、見て採りて噉む。噉み了りて則ち更追ふ。伊奘諾尊、又湯津爪櫛を投げたまふ。此即ち筍に化成る。醜女、

一 →補注2-九。二 ミは神のもの、神の行為を表わす接頭語。ミカはミイカの約。mika→mïka. イカは、厳の意。ハヤは、速。ヒは、霊力。イカツチは電光で、剣を連想させる。よって剣神であり雷神でもある。タケミカヅチを子として持つ。天孫降臨では天石窟に住む稜威雄走神の子。三 熯は暵に同じ。乾く意。記には樋速日とある。乾(ヒ)も樋(ヒ)も、奈良時代にはヒ乙類Fïの音で通用する。ここのヒは熱によって物を乾かすことの早い意であろう。または火Fïの意とも考えられる。四 タケは武。ミカはミイカ(御厳・雷)の約。ヅは助詞。チは勢威あるもの。記では剣の神であるイツノヲハハリの子とある。この神は、次の「亦曰」で甕速日神の兄弟とし、第九段では甕速日—熯速日—武甕槌として種種活躍する。五 この二句の如きは単に漢字で書かれた和文体というべく、このような文章がかなり多いことを考えると、書紀は最初から全部漢文として音読されたものではなかろうと推測される。六 雷神が岩を裂くによる命名。七 ネは、木の根。雷が木の根を裂くによる命名。八 ツツは粒の古語。磐が裂けて粒になって飛び散るによる命名。→補注1-五三。九 谷の竜神。水を司る。→補注1-五四。一〇 谷に住む山の神。一一 以下、諸神が黄泉国を訪れて、その醜悪さに逃げ戻る話。第九・第十の一書、記に見える。一二 →補注1-五五。一三 追いて入る・及ぶ・到達するの意。一四 →九一頁注一九。一五 以下の文の如きも漢文として音読するよりも、訓読すべき形である。湌泉之竈の如く、音読されそうな語に、別に訓注があるのは、ここの全文が訓読されるための用意とも見られる。一六 →補注1-五六。一七 →補注1-五七。一八 ユツはイツに同じ。神聖なるもの。タブーされたものの意。ツマはツマム(爪む)の語根。手先に持つ意。一九 ホトリは辺。はずれの所。ハは歯。

亦以て抜き噉む。噉み了りて則ち更追ふ。後に則ち伊奘冉尊、亦自ら來追でます。是の時に、伊奘諾尊、已に泉津平坂に到ります。一に云はく、伊奘諾尊、乃ち大樹に向ひて放屎まる。此即ち巨川と化成る。泉津日狹女、其の水を渡らむとする間に、伊奘諾尊、已に泉津平坂に至しましぬといふ。故便ち千人所引の磐石を以て、其の坂路に塞ひて、伊奘冉尊と相向きて立ちて、遂に絶妻之誓建す。

即此經津主神之祖矣。復劒鐔垂血、激越爲レ神。號曰二甕速日神一。次熯速日神。其甕速日神、是武甕槌神之祖也。亦曰甕速日命。次熯速日命。次武甕槌神。復劒鋒垂血、激越爲レ神。號曰二磐裂神一。次根裂神。次磐筒男命。一云、磐筒男命及磐筒女命。復劒頭垂血、激越爲レ神。號曰二闇龗一。次闇山祇。次闇罔象。然後、伊奘諾尊、追二伊奘冉尊一、入二於黄泉一、而及之共語。時伊奘冉尊曰、吾夫君尊、何來二之晩一也。吾已湌泉之竈矣。雖レ然、吾當寢息。請勿視之。伊奘諾尊不レ聽、陰取二湯津爪櫛一、牽二折其雄柱一、以爲二秉炬一、而見之者、則膿沸蟲流。今世人夜忌二一片之火一、又夜忌二擲櫛一、此其縁也。時伊奘諾尊、大驚之曰、吾不レ意到二於不須也凶目汚穢之國一矣、乃急走廻歸。于時、伊奘冉尊恨曰、何不レ用二要言一、令二吾恥辱一、乃遣二泉津醜女八人一、一云、泉津日狹女、追留之。故伊奘諾尊、拔レ劒背揮以逃矣。因投二黑鬘一。此即化二成蒲陶一。醜女見而採噉之。噉了則更追。伊奘諾尊、又投二湯津爪櫛一。此即化二成筍一。醜女亦以拔噉之。噉了則更追。後則伊奘冉尊、亦自來追。是時、伊奘諾尊、已到二泉津平坂一。一云、伊奘諾尊、乃向二大樹一放屎。此即化二成巨川一。泉津日狹女、將レ渡二其水一之間、伊奘諾尊、已至二泉津平坂一。故便以二千人所引磐石一、塞二其坂路一、與二伊奘冉尊一相向而立、遂建二絶妻之誓一。

櫛の両端の太い大きい歯をいう。古代の櫛はカンザシのように長かったので、その先に火をつけて物を見るに適した。一九 手に持つ火。二〇 この所、底本・兼夏本等にウナワワキとあり、水戸本・丹鶴本にウナワキとある。ナはミの古い片仮名アをナと誤ったもの。ワワキはウナが不明の語である所からワキをワヽキとして成立した形であろう。二一 これが現在世間で行われている…ということの起源であると説明する語。神話は、文化的な出来事や、慣習の起源を説明する任務があるので、それを、このような形で果している。↓補注1-五八。二二 シコメは、醜目。シコは、すべて頑丈・頑強・頑固であること。転じて愚かの意。この語、当時の人人の冥界に対する観念を代表する。冥界について、苛酷、惨虐な像が無く、ただ、汚れた穢い国であるとだけしている。二三 覗き見してくれるなという約束を守らず。二四 冥界の鬼女八人。八人というのは数多くの意。二五 ヒサメの意未詳。二六 シリ(尻)へ(辺)テ(方)の意。振ルを古語にフクという。二七 カヅラは蔓草(つるくさ)の総称。蔓草を頭に巻いて装飾としたもの。後のカザシやウズはこの類。二八 葡萄の古名。葡萄は漢の武帝の時(紀元前一二六年)漢使が西域からもたらしたものと、史記の大宛伝にある。このように逃走の際、物を投げる説話は西アジアからヨーロッパ・北アジア・北部アメリカにある。その際投げられる物は石・櫛・水であるが、ここでは石が葡萄となっている。二九 タケノコを菜とする時の名。タカ(竹)ム(身)ナ(菜)の意であろう。↓補注1-五九。三〇 サカは離る・避るの語根。境界の意。サカヒはサカアヒ(離合ひ)の約。sakaaFi→sakaFi. 双方の境界の合う所がサカヒ。三一 この一云は「泉津平坂に至しましぬといふ」までをいう。三二 放尿の結果、巨大な川となるという説話は、石・櫛・水によって追時に、伊奘冉尊の曰はく、「愛しき吾が夫君し、如此言はば、[一]吾は當に汝が治す國民、日に千頭縊り殺さむ」とのたまふ。伊奘諾尊、乃ち報へて曰はく、「愛しき吾が妹し、如此言はば、吾は當に日に千五百頭産ましめむ」とのたまふ。因りて曰はく、「此よりな過ぎそ」とのたまひて、即ち其の[二]杖を投げたまふ。是を[三]岐神と謂す。又其の帯を投げたまふ。是を[四]長道磐神と謂す。又其の衣を投げたまふ。是を[五]煩神と謂す。又其の[六]褌を投げたまふ。是を[七]開囓神と謂す。又其の履を投げたまふ。是を[八]道敷神と謂す。其の泉津平坂にして、[九]或いは所謂ふ、泉津平坂といふは、復別に處所有らじ、但死るに臨みて氣絶ゆる際、是を謂ふか。所塞がる磐石といふは、是[一〇]泉門に塞ります大神を謂ふ。亦の名は[一一]道返大神といふ。[一二]伊奘諾尊、既に還りて、乃ち追ひて悔いて曰はく、「吾前に不須也凶目き汚穢き處に到る。故、吾が身の濁穢を滌ひ去てむ」とのたまひて、則ち往きて筑紫の[一三]日向の[一四]小戸の[一五]橘の[一六]檍原に至りまして、[一七]祓ぎ除へたまふ。遂に身の所汚を盪滌ぎたまはむとして、乃ち[一八]興言して曰はく、「[一九]上瀬は是太だ疾し。[二〇]下瀬は是太だ弱し」とのたまひて、便ち中瀬に濯ぎたまふ。因りて生める神を、號けて八十枉津日神と曰す。次に其の枉れるを矯さむとして生める神を、號けて[二一]神直日神と曰す。次に[二二]大直日神。又海の底に沈き濯ぐ。因りて生める神を、號けて[二三]底津少童命と曰す。次に[二四]底筒男命。又潮の中に潜き濯ぐ。因りて生める神を、號けて中津少童命と曰

跡をはばむという呪的逃走の代表的説話のうちの、水の部分にあたる。これが記では桃に代っている。第九の一書では、これが石・櫛・水ともに無く、桃だけになっている。三三 千人で引くような大きな磐。死者を葬った所(冥界)と生者の世界を断絶するために、ツングース族は雪や樹木で障害物を作り、マンガル人はイバラの障害物を作ってその上に大きな石を据えるという(松村武雄)。三四 底本傍訓フサヒ、左傍訓タヒとあり。兼夏本にもこの訓があるのでそのままとする。三五 配偶者と縁を切るための呪言。コトは別、ドはノリト(祝詞)のトと同じ。呪言。建は、高く立てる意。はっきりと言葉に出すこと。

一 以下、後文の木花開耶姫の話(一五四頁)とともに人類の死の起源が語られている。また、これは、人類の無限の増加を死によって止める神話とも見られる。→補注1-六〇。二 杖はもと、根のついた樹木で、その生成力が豊饒の霊力を示すものとされた。それが陽物の勢能と混同合一されて、部落の入口や岐路に立てられて、邪悪なものの侵入を防ぐ役をした。当時のその風習がここに反映しているようである。この主題は、第九の一書にもある。三 →補注1-六一。四 ナガチは、長い道。ハは未詳。五 →補注1-六二。六 ハカマは穿く裳(も)の古形。腰と脚とを覆う、今の股引(ももひき)のようなもの。七 記ではこれを道俣神(ちまたのかみ)とする。二つに分れている意。アキクヒは記では冠の神の名とされている。その意味は不明。八 チは、道。シキは、一面に力を及ぼすこと。履が道を自由に歩行するによる名。この神、記では伊邪那美命の別名とされている。以上、ここでは杖、帯、衣、褌、履の五種を投げているが、記では杖、帯、衣、褌の他に裳と冠とで計六種を投げたことになってい

す。次に中筒男命。又潮の上に浮き濯ぐ。因りて生める神を、號けて表津少童命と曰す。次に表筒男命。凡て九の神有す。其の底筒男命・中筒男命・表筒男命は、是即ち[二五]住吉大神なり。底津少童命・中津少童命・表津少童命は、是[二六]阿曇連等が所祭る神なり。

然して後に、左の眼を洗ひたまふ。因りて生める神を、號けて[二七]天照大神と曰す。

時伊奘冉尊曰、愛也吾夫君、言二如此一者、吾當縊二殺汝所治國民日將千頭一。伊奘諾尊、乃報之曰、愛也吾妹、言二如此一者、吾則當產二日將千五百頭一。因曰、自レ此莫過、卽投二其杖一。是謂二岐神一也。又投二其帶一。是謂二長道磐神一。又投二其衣一。是謂二煩神一。又投二其褌一。是謂二開囓神一。又投二其履一。是謂二道敷神一。其於二泉津平坂一、或所謂泉津平坂者、不三復別有二處所一、但臨レ死氣絕之際、是之謂歟。所塞磐石、是謂二泉門塞之大神一也。亦名道返大神矣。伊奘諾尊既還、乃追悔之曰、吾前到二於不須也凶目汚穢之處一。故當滌二去吾身之濁穢一、則往至二筑紫日向小戸橘之檍原一、而祓除焉。遂將レ盪二滌身之所汚一、乃興言曰、上瀨是太疾、下瀨是太弱、便濯二之於中瀨一也。因以生神、號曰二八十枉津日神一。次將レ矯二其枉一而生神、號曰二神直日神一。次大直日神。又沈二濯於海底一。因以生神、號曰二底津少童命一。次底筒男命。又潛二濯於潮中一。因以生神、號曰二中津少童命一。次中筒男命。又浮二濯於潮上一。因以生神、號曰二表津少童命一。次表筒男命。凡有二九神一矣。其底筒男命・中筒男命・表筒男命、是卽住吉大神矣。底津少童命・中津少童命・表津少童命、是阿曇連等所祭神矣。然後、洗二左眼一。因以生神、號曰二天照大神一。↓

る。皆、身体につけるものであるのは、身を潔めるためだからであり、その結果成り出る神は、すべて陸上の神らしい。記にはこの後に、海上の神六神が記されている。九「或いは所謂ふ…是を謂ふか」が挿入句。「其の泉津平坂にして」は「所塞がる…」に続く。一〇 冥界の入口にあって、邪霊の侵入を防ぐ神。部落の入口に陽物の像などを立てて、その勢能によって、部落の安全を保った。それと同じく冥界の死神を防ぐ意。一一 死神を冥界に返す神。一二 以下、諸神の祓の話。ここで直日神・住吉三神・天照大神以下三貴子が誕生する。一三 ヒムカは、朝日の射す所。一四 小さい水門。川の落ち口。一五 地名。所在未詳。一六 檍は、和名抄に「説文云、檍、梓之属也。〈日本紀私記云、阿波木。今案、又橿木一名也〉」とある。檍は橿と同じで、橿は説文に「橿、梓属、大者可レ為二棺椁一、小者可レ為二弓材一」とある。もちのきに当るというが、未詳。一七 ミソギは、身滌ぎ。水に入って身を清浄にすること。祓は抜と同源。悪しきものを、捨て去る意。祓→補注1-七五。一八 興は、名義抄にオコル・オコスとあり、発する意。言葉を発する意。一九 以下の説話に、上瀬・中瀬・下瀬と三区分が現われ、中瀬に三神が生れる。次に潮の上、潮の中、海の底と三区分が現われ、それぞれに、ワタツミ、ツツノヲが現われて、合計九神出現するのは、この部分の伝承が三を聖数とする氏族によって伝えられたものとも考えられる。筑前の宗像神社も三社である。二〇 ヤソは、多数の意。マガは、汚穢。ツは助詞。ヒは、霊力。禍の多いことをいう。記にはこの他にオホマガツヒノ神が続く。二一 祓除によって、すすぎ清めることをナホスという。二二 カムナホヒとオホナホヒの区別は、明らかでない。ここは三神にするために大直日神が取上げられたものと見うる。二三 ワタツミ

→九〇頁注一六。 二四 →補注1-五三。 二五 摂津の住吉大社の祭神。この神社と祭神のことは仲哀紀・神功紀に詳しい。住吉神代記や延喜式に四座としているのは、神功皇后を加えたによる。航海を司る神。→三四四頁注二。 二六 →補注1-六三。 二七 →補注1-三六。

一 →補注1-三七。

二 →補注1-三九。 三 →補注1-二一。

四 三神の分治については、次の五種の伝承がある。

	天照大神	月読尊	素戔嗚尊
紀の本文	天上	日に配ぶ	根の国
一書第一	天地	日に配ぶ	根の国
一書第十一	高天原	日に配ぶ	滄海原
古事記	高天原	夜の食国	海原
紀一書第六	高天原	滄海原	天下

天照大神は日の神であるから天上・高天原を治める。月神が日神と並んで天上を治めるのは諸外国に例があり、夜を治めるのも月の役割である。天上に対して根の国、海原があるのは、天に対する大地(根の国)および、天に対する海という二種の対立を認めた結果のようである。月読尊と素戔嗚尊とが伝承によっては海原を治めるとされているが、この二神は食物神であるオホゲツヒメ・ウケモチノカミを殺して農作物の生れる因をなす説話でも同じ役割を演じている。しかし、日神で、かつ皇祖でもある天照大神の役割を強調する点に、記紀の本来の趣旨があるため、記紀ともに月読尊と素戔嗚尊との統治の役割が不分明に終っている。

五 アメノシタという訓は、文字の直訳で、もともとの日本語でない。「治天下」ということ

復右の眼を洗ひたまふ。因りて生める神を、號けて[一]月讀尊と曰す。復鼻を洗ひたまふ。因りて生める神を、號けて[二]素戔嗚尊と曰す。凡て[三]三の神ます。已にして伊奘諾尊、[四]三の子に勅任して曰はく、「天照大神は、以て高天原を治すべし。月讀尊は、以て滄海原の潮の八百重を治すべし。素戔嗚尊は、以て[五]天下を治すべし」とのたまふ。是の時に、素戔嗚尊、年已に長いたり。復[六]八握鬚髯生ひたり。然れども天下を治さずして、常に啼き泣ち恚恨む。故、伊奘諾尊問ひて曰はく、「汝は何の故にか恆に如此啼く」とのたまふ。對へて曰したまはく、「吾は母に根國に從はむと欲ひて、[七]只に泣かくのみ」とまうしたまふ。伊奘諾尊惡みて曰はく、「情の任に行ね」とのたまひて、乃ち逐りき。

[八]一書[第七]に曰はく、伊奘諾尊、劒を拔きて軻遇突智を斬りて、三段に爲す。其の一段は是[九]雷神と爲る。一段は是[一〇]大山祇神と爲る。一段は是[一一]高龗と爲る。又曰はく、軻遇突智を斬る時に、其の血激越きて、天八十河中に所在る五百箇磐石を染む。因りて化成る神を、號けて[一二]磐裂神と曰す。次に根裂神、兒磐筒男神。次に磐筒女神、兒經津主神。倉稻魂、此をば宇介能美拕磨と云ふ。少童、此をば和多都美と云ふ。頭邊、此をば摩苦羅陛と云ふ。脚邊、此をば阿度陛と云ふ。[一三]熯は火なり。音は而善反。龗、此をば於箇美と云ふ。音は力丁反。吾夫君、此をば阿我儺勢と云ふ。湌泉之竈、此をば譽母都俳遇比と云ふ。秉炬、此をば[一四]多妣と云ふ。不須也

は、超越的な支配者として、全土を治めるという意。治天下の古例としては、江田船山古墳出土の刀の銘に「治天下獲□□□」の語がある。これは五世紀のものである。

六 ヤは、大きい・多量の意。ツカは掌を握った幅。→九一頁注二三。長く髭の伸びた老人の貌。

七「只為泣耳」の「為」は助字。一〇六頁一七行の「只為暫来耳」と同じ用法。

八 第七の一書は第六の一書ときわめて緊密である。カグツチを殺す話は、第六の一書の剣の鋒から成る神についてだけの伝承で、後半の訓注は第六の一書の語釈。これは第七の一書を、第六の一書の一部についての異伝と見なした編者の態度の現われであろう。

九 第六の一書のミカノハヤヒにあたる。

一〇 ヤマツミとは、山の神。第六の一書の剣の頭から垂る血によって成る神のクラヤマツミにあたる。第八の一書ではヤマツミは五段になっている。

一一 オカミは水神。第六の一書の剣の頭から垂る血によって成る神のクラオカミにあたる。

一二 以下、第六の一書の剣の鋒から垂る血によって成る神の異伝。

一三 熯は、広韻に「人善切、乾皃」とある。しかし、玉篇には「火盛也」とある。その意によってここに「熯火也」と注したのであろう。しかし、一一一頁に「熯、干也」ともある。

一四 底本に多妣とあるが、妣はヒ甲類に使う万葉仮名。語意から推してここは、ヒ乙類(火はヒ乙類であるから)の万葉仮名であるべき所。よって兼夏本・丹鶴本・東大図書館蔵佐佐木本・神宮文庫蔵為縄本等の「多妃」を採る。妃は芳非切。微韻に属し、イ列乙類の音の文字である。

一五 第六・第七の一書では三段であったが、ここは五段になっている。

凶目汚穢、此をば伊儺之居梅枳枳多儺枳と云ふ。醜女、此をば志許賣と云ふ。背揮、此をば志理幣提爾布倶と云ふ。泉津平坂、此をば余母都比羅佐可と云ふ。屍、此をば愈磨理と云ふ。音は乃弔反。絶妻之誓、此をば許等度と云ふ。岐神、此をば布那斗能加微と云ふ。橒、此をば阿波岐と云ふ。

〔第八〕一書に曰はく、伊奘諾尊、軻遇突智命を斬りて、五段に為す。一五 此各五の山祇と

復洗二右眼一。因以生神、號曰二月讀尊一。復洗レ鼻。因以生神、號曰二素戔嗚尊一。凡三神矣。已而伊奘諾尊、勅二任三子一曰、天照大神者、可三以治二高天原一也。月讀尊者、可三以治二滄海原潮之八百重一也。素戔嗚尊者、可三以治二天下一也。是時素戔嗚尊、年已長矣。復生二八握鬚髯一。雖レ然不レ治二天下一、常以啼泣恚恨。故伊奘諾尊問之曰、汝何故恆啼二如此一耶。對曰、吾欲レ從二母於根國一、只爲泣耳。伊奘諾尊惡之曰、可以任レ情行矣、乃逐之。

一書曰、伊奘諾尊、拔レ劍斬二軻遇突智一、爲二三段一。其一段是爲二雷神一。一段是爲二大山祇神一[1]。一段是爲二高龗一。又曰、斬二軻遇突智一時、其血激越、染二於天八十河中所在五百箇磐石一。而因化成神、號曰二磐裂神一。次根裂神、兒磐筒男神。次磐筒女神、兒經津主神。倉稻魂、此云二宇介能美拕磨一。少童、此云二和多都美一。頭邊、此云二摩苦羅陛一。脚邊、此云二阿度陛一。熯火也。音而善反。龗、此云二於箇美一。音力丁反。吾夫君、此云二阿我儺勢一。[2]湌泉之竈、此云二譽母都俳遇比一。秉炬、此云二多妃一[3]。不須也凶目汚穢、此云二伊儺之居梅枳枳多儺枳一。醜女、此云二志許賣一。背揮、此云二志理幣提爾布倶一。泉津平坂、此云二余母都比羅佐可一。屍、此云二愈磨理一。音乃弔反。絶妻之誓、此云二許等度一。岐神、此云二布那斗能加微一。橒、此云二阿波岐一。

一書曰、伊奘諾尊、斬二軻遇突智命一、爲二五段一。此各化二成五山祇一。→

化成る。一は首[一]、大山祇と化爲る。二は身中、中山祇と化爲る。三は手、麓山祇と化爲る。四は腰、正勝山祇と化爲る。五は足、䨄山祇と化爲る。是の時に、斬る血激灑きて、石礫・樹草に染る。此草木[二]・沙石の自づからに火を含む縁なり。麓は、山の足を麓と曰ふ。此をば簸耶磨と云ふ。正勝、此をば麻娑柯と云ふ。一に麻左柯豆と云ふ。䨄、此をば之伎と云ふ。音は烏含反。

[三]一書〔第九〕に曰はく、伊奘諾尊、其の妹を見まさむと欲して、乃ち殯斂[四]の處に到す。是の時に、伊奘冉尊、猶生平[五]の如くにして、出で迎へて共に語る。已にして伊奘諾尊に謂りて曰はく、「吾が夫君尊、請ふ、吾をな視ましそ」とのたまふ。言訖りて忽然に見えず。時に闇し。伊奘諾尊、乃ち一片之火を擧して視す。時に伊奘冉尊、脹滿れ[六]太高へり。上に八色の雷公有り。伊奘諾尊、驚きて走げ還りたまふ。是の時に、雷等皆起ちて追ひ來る。時に、道の邊に大きなる桃[七]の樹有り。故、伊奘諾尊、其の樹の下に隱れて、因りて其の實を採りて、雷に擲げしかば、雷等、皆退走きぬ。此桃を用て鬼を避く縁なり。時に伊奘諾尊、乃ち其の杖を投て[八]曰はく、「此より以還、雷敢來じ」とのたまふ。是を岐神[九]と謂す。此、本の號は來名戸の祖神[一〇]と曰す。八の雷と所謂ふは、首に在るは大雷と曰ふ。胸に在るは火雷と曰ふ。腹に在るは土雷と曰ふ。背に在るは稚雷と曰ふ。尻に在るは黒雷[一一]と曰ふ。手に在るは山雷と曰ふ。足の上に在るは野雷と曰ふ。陰の上に在るは裂雷と曰ふ。

一 カシラは頭部であるから大山。ムクロはム(身)クロ(幹)の意か。胴体の意。首のない身体をいうことが多い。よって中山。手は端にあるので端山。腰は斜に細くなっている所であるから真坂をあてた。足は最も下の部分で、草木が茂っているからシギ山というとする説があるが、䨄は鳥のシギの類でギは甲類。繁ルのゲはゲ乙類で鳥のシギとは通用しにくい。従ってここは、鳥のシギの足が印象深かったので、足と聞いてシギ山を連想したのであろう。

二 血は火と連想されるので、激灑した血が草木や石について火のもととなったの意。草や木は燃える。ここにいう沙石は、おそらく燐をいうのであろう。和名抄に「燐〈和名於邇火〉鬼火也。人及牛馬兵死者血所化也」とある。なお、ソソクという動詞は江戸時代初期までソソクと清音。洗い清める意のソソグは濁音。

三 以下、第九の一書は第六の一書、第十の一書、記の諸尊の黄泉訪問に関するものの異伝。その特徴は、黄泉を訪れた伊奘諾尊が、逃げ帰る途中、桃の実を持って雷に投げる話を持つ点にある。

四 人が死んで葬るまでの間、屍を棺におさめて仮に安置すること。モは、喪。ガリはアガリの約という。

五 平常・平生の意。史記、陳余伝に「泄公労苦、如二生平驩一」とある。

六 ふくれあがっていた。タタフは、潮の満ちてふくれる意。四段活用。脹満の語、二十巻本捜神紀巻三「嚢復脹満」などとある。この下の八色の雷は、下文に示されている。

七 桃が邪鬼を払う呪力を持つという観念は、中国に古くから広く行われている。荊楚歳時記に「桃者有二五行之精一、厭二伏邪気一、制二百鬼一也」とある他、数多くの例がある。なお、日本でもその習俗がある。延喜中務式の追儺の項に「未二一二〔第十〕一書に曰はく、伊奘諾尊、追ひて伊奘冉尊の所在す處に至りまして、便ち語りて曰はく、「族、吾をな看ましそ」とのたまふ。答へて曰はく、「汝を悲しとおもふが故に來つ」とのたまふ。伊奘諾尊、從ひたまはずして猶看す。故、伊奘冉尊、恥ぢ恨みて曰はく、「汝已に我が一三情を見つ。我、復汝が情を見む」とのたまふ。時に、伊奘諾尊亦慙ぢたまふ。因りて、出で返りなむとす。時に、直に默して歸

一則首、化二爲大山祇一。二則身中、化二爲中山祇一。三則手、化二爲麓山祇一。四則腰、化二爲正勝山祇一。五則足、化二爲䨄山祇一。是時、斬血激灑、染二於石礫樹草一。此草木沙石自含レ火之緣也。麓、山足曰レ麓。此云二簸耶磨一。正勝、此云二麻娑柯一。一云二麻左柯豆一。䨄、此云二之伎一。音鳥含反。

一書曰、伊奘諾尊、欲レ見二其妹一、乃到二殯斂之處一。是時、伊奘冉尊、猶如二生平一、出迎共語。已而謂二伊奘諾尊一曰、吾夫君尊、請勿二視吾一矣。言訖忽然不レ見。于時闇也。伊奘諾尊、乃擧二一片之火一而視之。時伊奘冉尊、脹滿太高。上有二八色雷公一。伊奘諾尊、驚而走還。是時、雷等皆起追來。時道邊有二大桃樹一。故伊奘諾尊、隱二其樹下一、因採二其實一、以擲レ雷者、雷等皆退走矣。此用レ桃避レ鬼之緣也。時伊奘諾尊、乃投二其杖一曰、自レ此以還、雷不二敢來一。是謂二岐神一。此本號曰二來名戸之祖神一焉。所レ謂八雷一者、在レ首曰二大雷一。在レ胸曰二火雷一。在レ腹曰二土雷一。在レ背曰二稚雷一。在レ尻曰二黑雷一。在レ手曰二山雷一。在二足上一曰二野雷一。在二陰上一曰二裂雷一。

一書曰、伊奘諾尊、追至二伊奘冉尊所在處一、便語之曰、悲レ汝故來。答曰、族也、勿二看吾一矣。伊奘諾尊、不レ從猶看之。故伊奘冉尊恥恨之曰、汝已見二我情一。我復見二汝情一。時伊奘諾尊亦慙焉。因將二出返一。于時、不二直默歸一、↓

伝宣之前、以二桃弓葦矢桃杖一頒二充儺人一」、同大舎人式の追儺に「親王已下執二桃弓葦箭桃杖一、儺二出宮城四門一」とあり、今昔物語二十七ノ二十三に「此ノ家ニ鬼来ラムトス。努々可慎給シト、…門ニ物忌ノ札ヲ立テ、、桃ノ木ヲ切塞ギテ□法ヲシタリ」とある。桃が悪鬼をはらうという観念は、中国では山海経や淮南子にすでに現われ、これが日本にも入った。我が国で蛇聟入りの昔話でも、蛇の子を孕んだ娘は、三月の桃酒、五月の菖蒲酒、九月の菊酒を飲んで、腹の中の蛇の子を溶かしたといい、九月九日に桃の核を三角に削り、三月に縫った紅絹の袋に入れておくと、雷除けになるというのも、わが国における桃の呪力の観念が節句とともに中国起源であることを示している。

八→九四頁注二一。杖だけでも呪力を持つ上に、桃の木の杖で、一層大きな呪力がある。

九→補注1-六一。

一〇 道祖神のこと。

一一 尻をカクレと訓むのは書紀古訓の特異な訓の一つ。

一二 第十の一書には、第六の一書の諸神の黄泉の訪問、そこからの脱走の話、絶妻之誓の話、更に、みそぎの話などに対応する話がある。特に絶妻之誓の話には族離れ・泉守道者・菊理媛などについて見え、みそぎの話では、みそぎの場所について独自の話が見える。

一三 実情の意。名義抄にマコト・ミナリ。

りたまはずして、盟ひて曰はく、「族離れなむ」とのたまふ。又曰はく、「族負けじ」とのたまふ。乃ち唾く神を、號けて速玉之男と曰す。次に掃ふ神を、泉津事解之男と號く。凡て二の神ます。其の妹と泉平坂に相闘ふに及りて、伊奘諾尊の曰はく、「始め族の爲に悲び、思哀びけることは、是吾が怯きなりけり」とのたまふ。時に泉守道者白して云さく、「言有り。曰はく、『吾、汝と已に國を生みてき。奈何ぞ更に生かむことを求めむ。吾は此の國に留りて、共に去ぬべからず』とのたまふ」とまうす。是の時に、菊理媛神、亦白す事有り。伊奘諾尊聞しめして善めたまふ。乃ち散去けぬ。但し親ら泉國を見たり。此既に不祥し。故、其の穢惡を濯ぎ除はむと欲して、乃ち往きて粟門及び速吸名門を見す。然るに、此の二の門、潮既に太だ急し。故、橘小門に還向りたまひて、拂ひ濯ぎたまふ。時に、水に入りて、磐土命を吹き生す。出でて、大直日神を吹き生す。又入りて、底土命を吹き生す。出でて、大綾津日神を吹き生す。又入りて、赤土命を吹き生す。出でて、大地海原の諸の神を吹き生す。不負於族、此をば宇我邏磨穊茸と云ふ。

一書〔第十一〕に曰はく、伊奘諾尊、三の子に勅任して曰はく、「天照大神は、高天之原を御すべし。月夜見尊は、日に配べて天の事を知すべし。素戔嗚尊は、滄海之原を御すべし」とのたまふ。既にして天照大神、天上に在しまして曰はく、「葦原中

一 離婚しようの意。さきに「建絶妻之誓」(九三頁)とあったのと、同じ事柄をいう。

二 →補注1-六四。

三 唾は約束を固めるに使い、木花開耶姫や海幸・山幸の話にも見える。未開社会にいくつも例がある。→補注1-六五。従ってこれは「族負けじ」という誓約について出現した神。ツバキはツハキが古形。名義抄に、涎・痰にツハキと清点。ツは色葉字類抄に「吒ツ、口中液也」とある。ハキは吐キ。四 ハヤは美称。タマは珠。唾が珠のように丸く光って見えること、また、そのまま生命力の象徴でもあるので、両方をかねてタマと命名したのであろう。唾とタマとが伴って語られるのは、山幸彦が海宮の入口で婢の玉器に唾を吐き入れる所に見える。→補注1-六五。五 掃は、ハキ、ハラフ意。ここでは関係を断つ意。六 コトサカは、関係をさく意。離縁。コトは言、また事。サカは離(さか)るの語根。孝徳紀大化二年三月条に「事瑕之婢」がある。

七 私が始め族のために悲しみ、慕ったのは、私が弱かったのだと思うの意。八 怯は、集韻に「弱也。怯矣」とある。原文の矣は、神代紀上に多い助字。この字は…矣、…矣、…矣と、続けて使用される傾向がある。九 黄泉の入口の道を守る人。泉門塞之大神、亦の名は道返大神(→九四頁注一一)と同じものを指すのであろう。→九四頁九行。一〇 伊奘冉尊のお言葉がありますの意。その内容が『　』の中。

一一 菊は広韻に居六切。中国中古音としては屋韻三等の文字で、kịuk の音と推定される。従って菊理でククリにあたる。しかし、やや古い字音で用いられたとすれば、菊は kịok の音で、理は lö の音。菊理でココロにあてたものと見ることもできる。よってココロヒメの神、またはククリヒメの神として考えるべきであるが、

國に保食神有りと聞く。爾、月夜見尊、就きて候よ」とのたまふ。月夜見尊、勅を受けて降ります。已に保食神の許に到りたまふ。保食神、乃ち首を廻して國に嚮ひしかば、口より飯出づ。又海に嚮ひしかば、鰭の廣・鰭の狹、亦口より出づ。又山に嚮ひしかば、毛の麁・毛の柔、亦口より出づ。夫の品の物悉に備へて、百机に貯へて饗たてまつる。是の時に、月夜見尊、忿然り作色して曰は

而盟之曰、族離。又曰、不レ負二於族一。乃所唾之神、號曰二速玉之男一。次掃之神、號二泉津事解之男一。凡二神矣。及三其與レ妹相二鬪於泉平坂一也、伊奘諾尊曰、始爲レ族悲、及思哀者、是吾之怯矣。時泉守道者白云、有レ言矣。曰、吾與レ汝已生レ國矣。奈何更求レ生乎。吾則當レ留二此國一、不レ可二共去一。是時、菊理媛神亦有二白事一。伊奘諾尊聞而善之。乃散去矣。但親見二泉國一。此既不祥。故欲レ濯二除其穢惡一、乃往見二粟門及速吸名門一。然此二門、潮既太急。故還二向於橘之小門一、而拂濯也。于時、入レ水吹二生磐土命一。出レ水吹二生大直日神一。又入吹二生底土命一。出吹二生大綾津日神一。又入吹二生赤土命一。出吹二生大地海原之諸神一矣。不負於族、此云二宇我邏磨概茸一。

一書曰、伊奘諾尊、勅二任三子一曰、天照大神者、可三以御二高天之原一也。月夜見尊者、可三以配レ日而知二天事一也。素戔嗚尊者、可三以御二滄海之原一也。既而天照大神、在二於天上一曰、聞三葦原中國有二保食神一。宜爾月夜見尊、就候之。月夜見尊、受レ勅而降。已到二于保食神許一。保食神、乃廻レ首嚮レ國、則自レ口出レ飯。又嚮レ海、則鰭廣鰭狹亦自レ口出。又嚮レ山、則毛麁毛柔亦自レ口出。夫品物悉備、貯二之百机一而饗之。是時、月夜見尊、忿然作色曰、↓

ココロヒメ、ククリヒメ共に他見が無い。菊理媛が何と述べたのかはここに書いてない。

一二 阿波国と淡路国との間の海峡か。

一三 →一九〇頁注三。

一四 全くの意。 一五 第六の一書に「日向小戸橘」(→九四頁一二行)。

一六 以下に磐土、底土、赤土の三神が生れるが、これは前出九四—九五頁の表筒男、底筒男、中筒男の、音韻上の変異形。iFatutu と uFatutu, sökötutu と söketutu, akatutu と nakatutu は、類似が大きい。また、大直日、大綾津日、大地海原は、中つ瀬に生れたという大直日、枉津日、神直日の変異形であろう。ayatuFi と magatuFi, unaFara と naFoFi とは、かなり近い音形。ここに現われる神神は、両方とも三神で一組となっている。これは、第六の一書(九四頁一三行以下)に見える伝承の神神と同じ構成である。

一七 茸は広韻に而容切。ジョウの音。これをジにあてるのは不審。おそらく原資料に耳とあったものを、訓仮名の文字を複雑化するために艸冠を加えて茸としたもの。茸はジョウの音となることを見落したのではなかろうか。艸を加えて複雑化した例には羅→邏→邐の例などがある。

一八 以下、第十一の一書の特徴は、神代紀の他の箇所で全く活動しない月読尊がここでは働くことで、保食神の屍から、幾多の食物が生れる話を持つこと。これに似るのは記の大宜都比売の話。この話は、書紀では朝鮮語の分る人によって整理されている点が特に注意される。

一九 →補注1-四七。 二〇 ハタは、魚のヒレ。ヒレの広いもの、狭いもの、つまり大小の魚。

二一 粗毛の動物、柔毛の動物。狩猟の獲物をいう。

二二 数多くの物を並べた机。モモは数の多いことをいう。トリは、持つ意。荷持をノトリと訓む、そのトリに同じ。記には百取机とある。ツクエは杯(ツキ)据(ウ)ヱの約。杯を並べ置く台。

く、「穢しきかな、鄙しきかな、寧ぞ口より吐れる物を以て、敢へて我に養ふべけむ」とのたまひて、廼ち劒を拔きて撃ち殺しつ。然して後に、復命して、具に其の事を言したまふ。時に天照大神、怒りますこと甚しくして曰はく、「汝は是惡しき神なり。相見じ」とのたまひて、乃ち月夜見尊と、一日一夜、隔て離れて住みたまふ。是の後に、天照大神、復天熊人を遣して往きて看しめたまふ。是の時に、保食神、實に已に死れり。唯し其の神の頂に、牛馬化爲る有り。顱の上に粟生れり。眉の上に蠒生れり。眼の中に稗生れり。腹の中に稻生れり。陰に麥及び大小豆生れり。天熊人、悉に取り持ち去きて奉進る。時に、天照大神喜びて曰はく、「是の物は、顯見しき蒼生の、食ひて活くべきものなり」とのたまひて、乃ち粟稗麥豆を以ては、陸田種子とす。稻を以ては水田種子とす。又因りて天邑君を定む。卽ち其の稻種を以て、始めて天狹田及び長田に殖う。其の秋の垂穎、八握に莫莫然ひて、甚だ快し。又口の裏に蠒を含みて、便ち絲抽くこと得たり。此より始めて養蠶の道有り。保食神、此をば宇氣母知能加微と云ふ。顯見蒼生、此をば宇都志枳阿烏比等久佐と云ふ。

是に、素戔嗚尊、請して曰さく、「吾、今敎を奉りて、根國に就りなむとす。故、暫く高天原に向でて、姉と相見えて、後に永に退りなむと欲ふ」とまうす。「許す」と勅ふ。乃ち天に昇り詣づ。是の後に、伊奘諾尊、神功既に畢へたまひて、

一 保食神の死。→補注1-六六。

二 今まで仲のよかった天照大神と月読命とが仲違いしたので、日と月とは顔を合わせなくなり(交替で現われるようになり)、そのため保食神が死んだという話。三 クマは、神に奉る米。和名抄に「糈〈私呂反、和名久万之禰〉精米所以享神也」とある。糈は、説文に「糧也」とあり、広韻に「祭神米也」とある。クマヒトは、このクマに奉仕する人であろう。

四 実は已に同じ。助字弁略に「固已、並重言也」「固、信也、実也」とある。五 以下に、牛馬・粟・蚕・稗・稲・麦・大豆・小豆が生るとあるが、これらの生る場所と生る物との間には、朝鮮語ではじめて解ける対応がある。以下朝鮮語をローマ字で書くと、頭(mərə)と馬(mər)、顱(chə)と粟(cho)、眼(nun)と稗(nui 白米に混じた稗類)、腹(pai 古形は pari)と稲(pyö)、女陰(pöti)と小豆(p'at)とである。これは古事記の場合には認められない点で、書紀の編者の中に、朝鮮語の分る人がいて、人体の場所と生る物とを結びつけたものと思われる(金沢庄三郎・田蒙秀氏の研究)。六 ウツシは、この世に生きて存在すること。蒼生は、青人草。

七 タナは種。ツは助詞ノにあたる。種のものの意。稲についていう。八 ムラキミは村君。農民の長。九 サは、神稲の意。ナは助詞ノに同じ。タは田。神稲を植える田。狭田はそのままサダとも訓める。今は古訓のままとする。一〇 ツカは一握り。→九一頁注二三。ヤツカは長い形容。

一一 莫莫は、文選、蜀都賦の「粳稲莫莫」の李善注に「莫莫、茂也」とある。毛詩の「維葉莫莫」に「莫莫、成就之貌、箋云、成就者、其可采用之時」(周南葛覃)とある。シナフは、草木の繁茂するさま。

一二 以下第六段の本文及び三つの一書。まず伊奘諾尊は死に、素戔嗚尊は根国に行く前に、天

靈運當遷れたまふ。[一五]是を以て、幽宮を[一六]淡路の洲に[一七]構りて、寂然に長く隠れましき。亦曰はく、伊奘諾尊、功既に至りぬ。德亦大きなり。是に、天に登りまして報命したまふ。仍りて日の少宮に[一八]留り宅みましきといふ。少宮、此をば倭柯美野と云ふ。始め素戔嗚尊、天に昇ります時に、溟渤[一九]以て鼓き盪ひ、山岳為に鳴り呴えき[二〇]。此則ち、神性雄健きが然らしむるなり。天照大神、素より其の神の暴く惡しきことを

穢哉、鄙矣、寧可下以二口吐之物一、敢養上我乎、廼拔レ劍擊殺。然後、復命、具言二其事一。時天照大神、怒甚之曰、汝是惡神。不レ須二相見一、乃與二月夜見尊一、一日一夜、隔離而住。是後、天照大神、復遣二天熊人一往看之。是時、保食神實已死矣。唯有二其神之頂、化二爲牛馬一。顱上生レ粟。眉上生レ蠒。眼中生レ稗。腹中生レ稻。陰生二麥及大小豆一。天熊人悉取持去而奉進之。于時、天照大神喜之曰、是物者、則顯見蒼生、可二食而活一之也、乃以二粟稗麥豆一、爲二陸田種子一。以レ稻爲二水田種子一。又因定二天邑君一。即以二其稻種一、始殖二于天狹田及長田一。其秋垂穎、八握莫莫然、甚快也。又口裏含レ蠒、便得レ抽レ絲。自レ此始有二養蠶之道一焉。保食神、此云二宇氣母知能加微一。顯見蒼生、此云二宇都志枳阿烏比等久佐一。

於是、素戔嗚尊請曰、吾今奉レ敎、將レ就二根國一。故欲下暫向二高天原[1]一、與レ姉相見而、後永退上矣。勅レ許之。乃昇二詣之於天一也。是後、伊奘諾尊、神功既畢、靈運當遷。是以、構二幽宮於淡路之洲一、寂然長隱者矣。亦曰、伊奘諾尊、功既至矣。德亦大矣。於是、登レ天報命。仍留二宅於日之少宮一矣。少宮、此云二倭柯美野一。始素戔嗚尊、昇レ天之時、溟渤以之鼓盪、山岳爲之鳴呴。此則神性雄健使二之然一也。天照大神、素知二其神暴惡一、→

上に姉の天照大神を訪れる。天照大神は素戔嗚尊の悪心を試みるべく、互に誓約して子を生む。素戔嗚尊は男子を、天照大神は女子を生み、素戔嗚尊の心の清明が証される。本文及び三つの一書は話が大体同じ。 一三 →補注1-四〇。

一四 神としての仕事、つとめ。

一五 霊は、たま、たましい。運は、徙ること。魂がなくなる、あの世に行こうとするの意。アツシレは、熱痴れの意。熱にうかされる意から、病重る意。薛道衡老子碑「至道霊運、神功自然」。

一六 幽は、説文に「隠也」、爾雅、釈言に「深也」とある。また冥界をいう。この記述では地上に永眠の地を作ったことになる。下文の亦曰によれば、天に登ったことになっている。

一七 淡路国津名郡多賀村(今、兵庫県津名郡一宮町多賀)に、伊佐奈伎神社がある。三代実録、貞観元年正月条に「授二淡路国无品勲八等伊佐奈岐命一品一」とある。

一八 日の宮は、天照大神の大宮。それにつぐ宮の意であろう。この語、天にもいろいろの神の宮があるとする道教の思想に由来するものか(津田左右吉)。

一九 この句は文選、西京賦の「河渭為之波盪、呉嶽為之陁堵」をまねたような表現である。溟は、広韻に「海也」、説文に「小雨溟溟也」とある。渤は、広韻に「水皃」とある。名義抄に溟渤でオホキウミの訓がある。盪は、広韻に「揺動皃」とある。名義抄には、ソソク・オゴクと訓む。この所、底本に「以之」にヲとテの朱点があるが、左傍に「或二字不読、江同之」とある。江は、大江家の訓読の意。この訓注の方が古いものかも知れぬ。

二〇 呴は、広韻に「牛鳴」とあり、吼に同じ。「為之」の所、底本にガとニの朱点があるが、左傍に「二字不読」とある。この訓注の方が古いものかも知れぬ。

知しめして、來詣る狀を聞しめすに至りて、乃ち勃然に[一]驚きたまひて曰はく、「吾が弟の來ることは、豈善き意を以てせむや。謂ふに、[二]當に國を奪はむとする志有りてか。夫れ父母、既に諸の子に任させたまひて、各其の境を有たしむ。如何ぞ就くべき國を棄て置きて、敢へて此の處を窺窬ふや」とのたまひて、乃ち髮を結げて[三]髻に爲し、[四]裳を縛きまつりて袴に爲して、便ち[五]八坂瓊の五百箇の[六]御統（御統、此をば美須磨屢と云ふ。）を以て、其の[七]髻鬘及び腕に纏け、又背に[八]千箭の[九]靫（千箭、此をば知能梨と云ふ。）と五百箭の靫とを負ひ、[一〇]臂には[一一]稜威の[一二]高鞆（稜威、此をば伊都と云ふ。）を著き、[一三]弓彇振り起て、[一四]劒柄急握りて、堅庭を蹈みて股に陷き、沫雪の若くに[一五]蹴散し（蹴散、此をば倶穢簸邏邏箇須と云ふ。）、稜威の[一六]雄誥（雄誥、此をば鳴多稽眉と云ふ。）奮はし、稜威の[一七]嘖讓（嘖讓、此をば擧盧毗と云ふ。）を發して、徑に詰り問ひたまひき。

素戔嗚尊對へて曰はく、「吾は[一八]元黑き心無し。但し[一九]父母已に嚴しき勅有りて、永に根國に就りなむとす。如し[二〇]姉と相見えずは、吾何ぞ能く敢へて去らむ。是を以て、雲霧を跋渉み、遠くより來參つ。意はず、[二一]阿姉翻りて起嚴顔りたまはむといふことを」とのたまふ。時に、天照大神、復問ひて曰はく、「若し然らば、將に何を以てか爾が赤き心を明さむ」とのたまふ。對へて曰はく、「請ふ、姉と共に[二二]誓はむ。夫れ誓約の中に（誓約之中、此をば宇氣譬能美儺箇と云ふ。）、必ず當に子を生むべし。如し吾が所生めらむ、[二三]是女ならば、濁き心有りと以爲せ。若し是男ならば、

一 漢書、谷永伝に「皇天勃然発レ怒」。また孟子、万章下に「王勃然変二乎色一」とある。顔色をかえるさま。二 記にも見える。皇祖神としての天照大神が、スサノヲに「国を奪はむとする志」があるかと疑い、武装してこれと対面し誓約する話。スサノヲには悪神・自然神等の性質があるが、神代紀のスサノヲは結局皇祖神に刃向う政治的意義をもつ神である(津田左右吉)。三 髻は、広韻に「綰髪」。髪をあげて耳の上に結ったもの。左右に分けて結ぶ。角のように見える。角丱・角子などと書く。十七八歳以上の男子の髪型。四 スカート様のもの。五 八坂は八尺のあて字。大きいたま。記には「八尺の勾璁」。六 多くの勾玉や管玉を、緒で貫いてまとめて輪にしたもの。飾りとして、頭部や胸・手などに巻いた。七 まげも髪かざりも共に頭にあるもの。よって二字合せて古訓イナダキ(頂)。八 千本入り。チノリはチノイリ(千箙入)の約。tinoiri→tinori。ノは矢竹。色葉字類抄に「箙、ノ、箭竹也」。九 矢を入れて背負う道具。万葉で清音仮名を使い、名義抄に清点。平安時代まで清音の語。一〇 うで。ひじから腕くびまで。新訳八十巻華厳経音義私記に「臂、手上也、多太牟岐」。一一 イツは厳・斎の語根。聖にして清浄な力のあること。一二 トモは、弓を射る際、左の臂にはめる革の道具。矢を射た後、反動で弓弦が左臂に触れるのを防ぐ。弦がトモに当ると音を立てる。高鞆は、高い音を立てる鞆。これを古くホムタと言った由、応神即位前紀にある。一三 彇は、広韻に「弓弭」。一四 名義抄に柄をカビ。一五 →補注1-六七。一六 タケビのタケは、武・猛の意。ビは、振舞う意。上二段に活用する語。叫ぶ意ではなく、勇猛の形を示すこと。これの訓注神武紀に重出。訓注の重出は、漢書・後漢書・文選にも例がある。これは後人の仕業ではなく、叮嚀に念を押すものと見るべき

清き心有りと以為せ」とのたまふ。是に、天照大神、乃ち素戔嗚尊の十握劍[二四]を索ひ取りて、打ち折りて三段に爲して、天眞名井[二五]に濯ぎて[二六]、䶩然に咀嚼みて[二七]、䶩然咀嚼、此をば佐我彌爾加武と云ふ。吹き棄つる氣噴の狹霧[二八] 吹棄氣噴之狹霧、此をば浮枳于都屢伊浮岐能佐擬理と云ふ。に生まるる神を、號けて田心姫[二九]と曰す。次に湍津姫[三〇]。次に市杵嶋姫[三一]。凡て三の女ます。

至レ聞二來詣之狀一、乃勃然而驚曰、吾弟之來、豈以二善意一乎。謂當有二奪レ國之志一歟。夫父母既任二諸子一、各有二其境一。如何棄二置當レ就之國一、而敢窺二窬此處一乎、乃結レ髮爲レ髻、縛レ裳爲レ袴、便以二八坂瓊之五百箇御統一、（御統、此云二美須磨屢一。）纒二其髻鬘及腕一、又背負三千箭之靫（千箭、此云二知能梨一。）與二五百箭之靫一、臂著二稜威之高鞆一、（稜威、此云二伊都一。）振二起弓彇一、急二握劍柄一、蹈二堅庭一而陷レ股、若二沫雪一以蹴散、（蹴散、此云二倶穢簸邏邏箇須一。）奮二稜威之雄誥一、（雄誥、此云二烏多稽眉一。）發二稜威之嘖讓一、（嘖讓、此云二舉廬毗一。）而俓詰問焉。素戔嗚尊對曰、吾元無二黑心一。但父母已有二嚴勅一、將三永就二乎根國一。如不三與レ姉相見一、吾何能敢去。是以、跋二渉雲霧一、遠自來參。不レ意、阿姉翻起嚴顏。于時、天照大神復問曰、若然者、將何以明二爾之赤心一也。對曰、請與レ姉共誓。夫誓約之中、（誓約之中、此云二宇氣譬能美儺箇一。）必當レ生レ子。如吾所生、是女者、則可以三爲有二濁心一。若是男者、則可以三爲有二清心一。於是、天照大神、乃索二取素戔嗚尊十握劍一、打折爲二三段一、濯二於天眞名井一、䶩然咀嚼、（䶩然咀嚼、此云二佐我彌爾加武一。）而吹棄氣噴之狹霧（吹棄氣噴之狹霧、此云二浮枳于都屢伊浮岐能佐擬理一。）所生神、號曰二田心姫一。次湍津姫。次市杵嶋姫。凡三女矣。

か。また、特定の語の訓が注記の形で伝承されていたことが考えられる。記紀に訓注の語の一致するものが少なくない。一七 嘖は、せめること。譲は、名義抄にセム。ともに、せめる意。一八 黒は、邪曲の意。邪心。一九 この所の本文、兼夏本は「父」、兼方本・水戸本は「父」、左傍に小さく「母」。兼熙本は「父母」として母を見せ消ちにし、父の左傍に「母」。文脈上は、八八頁二行の「父母二神」の勅を受けるから、「父母」とあるべきところ。二〇 ナネはナ(我)ノエ(長)の約。nanoe→nane。二一 阿姉の阿は、散文韻文に見えるが、特に俗語会話文に多い助字。二二 →補注1-一六八。二三 この条件は、記の条件と相違する。記では結局、須佐之男命が、女子を得て「我心清明」と言って、勝ちさびを働く。しかし書紀では、男子を得たので、邪心が無いことが証明されたことになる。書紀の所伝は儒教的な考えによって、男をすぐれたものとした結果、記と相違を来たしたのであろう。二四 →九一頁注二三。二五 →補注1-一六九。二六 井の水につけて、動かしすすぐこと。物を揺動させることは生命力を活潑にするために実修される呪術行為。二七 䶩は、説文に「齧堅声」。カリカリ噛む意。二八 棄(ウツ)はスツに同じ。気噴はイキで、イキは生キと同根の語。気息が生命を意味することは世界的に例がある。井の水、揺り動かす行為、気息・霧はすべて、物の生誕を促すもの。ここに示された行為の描写は、呪術者の行為を模したところがあるのではなかろうか。二九 →補注1-七〇。三〇 →補注1-七一。三一 第一の一書には、代りに瀛津島姫があり、第二の一書ではこの神は遠瀛(オキツミヤ)にありといい、第三の一書では瀛津島姫の亦名。結局、瀛津島姫と同じか。但し、記では多紀理毗売が奥津島比売である。→補注1-七二。

既にして素戔嗚尊、天照大神の髻鬘及び腕に纏かせる、八坂瓊の五百箇の御統を乞ひ取りて、天眞名井に濯ぎて、䶢然に咀嚼みて、吹き棄つる氣噴の狹霧に生まるる神を、號けまつりて正哉吾勝勝速日天忍穗耳尊と曰す。次に天穗日命。是出雲臣・土師連等が祖なり。次に天津彦根命。是凡川内直・山代直等が祖なり。次に活津彦根命。次に熊野櫲樟日命。凡て五の男ます。是の時に、天照大神、勅して曰はく、「其の物根を原ぬれば、八坂瓊の五百箇の御統は、是吾が物なり。故、彼の五の男神は、悉に是吾が兒なり」とのたまひて、乃ち取りて子養したまふ。又勅して曰はく、「其の十握劒は、是素戔嗚尊の物なり。故、此の三の女神は、悉に是爾が兒なり」とのたまひて、便ち素戔嗚尊に授けたまふ。此則ち、筑紫の胸肩君等が祭る神、是なり。

一書［第二］に曰はく、日神、本より素戔嗚尊の、武健くして物を凌ぐ意有ることを知しめせり。其の上り至るに及びて、便ち謂さく、弟の來ませる所以は、是善き意には非じ。必ず當に我が天原を奪はむとならむとおもほして、乃ち大夫の武き備を設けたまふ。躬に十握劒・九握劒・八握劒を帶き、又背上に靫を負ひ、又臂に稜威の高鞆を著き、手に弓箭を捉りたまひて、親ら迎へて防禦きたまふ。是の時に、素戔嗚尊告して曰はく、「吾元より惡き心無し。唯姉と相見えむと欲ひて、只暫に來つらくのみ」とのたまふ。是に、日神、素戔嗚尊と共に、相對

一　この神は天孫降臨の主人公となる瓊瓊杵尊の父。第一・第二の一書や記ではこの神を葦原中国に降そうとしたが、瓊瓊杵が生れたのでそれに譲った。第一・第二の一書にはアマノオシホネノミコトとある。マサカのマサは、正・真。カは、所。現在、唯今の意。アカツは、我勝つの意。ウケヒをして素戔嗚尊がまさしく今勝って生れた意。カチハヤヒは、勝つ力がすばらしい神威を持つの意。ハヤヒは、速霊。ヒはムスヒのヒに同じ（勝サビとか、チハヤブルとかには関係が無い）。アマノは、天孫系の神であることを示す。オシは力を一面に加える意から、威力あることの称辞。ホは、すべて突出してすぐれているもの。ここでは稲の穂。ミミは山ツミ、ワタツミのミ（祇）の意を重ねた語か。

二　天孫降臨の際、高皇産霊尊の命をうけて葦原中国に降ったが、大己貴神に媚びて三年報聞しなかった。ホは、稲の穂。ヒは、霊（ひ）の意。

三　出雲国意宇郡を本拠とした豪族。→補注1‐七三。

四　大和朝廷の葬儀や土器製作を管理した伴造。出雲臣の一族から割取設定された伴造らしく、垂仁三十二年七月条に臣姓の土師氏が見える。天武十三年に宿禰と賜姓。のち居地によって菅原・大枝・秋篠などと称し、いずれも延暦九年に朝臣と賜姓。→垂仁七年七月条。

五　記に「天津日子根命者〈凡川内国造・額田部湯坐連・茨木国造・倭田中直・山代国造・馬来田国造・道尻岐閉国造・周芳国造・倭淹知造・高市県主・蒲生稲寸・三枝部造等之祖也〉」とあり、姓氏録には以上の外、額田部河田連・津夫江連・薦集造・桑名首・犬上県主・末使主らもその子孫と見える。

六　摂津・河内地方に勢力のあった豪族。国造の家柄。天武十二年に連、同十四年に忌寸と賜姓。系譜は姓氏録も本文と同じ。→安閑元年七

ひて立たして、誓ひて曰はく、「若し汝が心明淨くして、凌ぎ奪はむといふ意有らぬものならば、汝が生さむ兒は、必ず當に男ならむ」とのたまふ。言ひ訖りて、先づ所帶せる十握劒を食して生す兒を、瀛津嶋姫と號く。また九握劒を食して生す兒を、湍津姫と號く。又八握劒を食して生す兒を、田心姫と號く。凡て三の女神ます。已にして素戔嗚尊、其の頸に嬰げる五百箇の御統の瓊を以て、天渟名井、

既而素戔嗚尊、乞二取天照大神髻鬘及腕所纏、八坂瓊之五百箇御統一、濯二於天眞名井一、䶛然咀嚼、而吹棄氣噴之狹霧所生神、號曰二正哉吾勝勝速日天忍穗耳尊一。次天穗日命。是出雲臣・土師連等祖也。次天津彥根命。是凡川內直・山代直等祖也。次活津彥根命。次熊野櫲樟日命。凡五男矣。是時、天照大神勅曰、原二其物根一、則八坂瓊之五百箇御統者、是吾物也。故彼五男神、悉是吾兒、乃取而子養焉。又勅曰、其十握劒者、是素戔嗚尊物也。故此三女神、悉是爾兒、便授二之素戔嗚尊一。此則筑紫胸肩君等所祭神是也。

一書曰、日神本知二素戔嗚尊、有二武健凌レ物之意一。及二其上至一、便謂、弟所二以來一者、非二是善意一。必當奪二我天原一、乃設二大夫武備一。躬帶二十握劒・九握劒・八握劒一、又背上負レ靫、又臂著二稜威高鞆一、手捉二弓箭一、親迎防禦。是時、素戔嗚尊告曰、吾元無二惡心一。唯欲二與レ姉相見一、只爲暫來耳。於是、日神共二素戔嗚尊一、相對而立誓曰、若汝心明淨、不レ有二凌奪之意一者、汝所生兒、必當男矣。言訖、先食二所帶十握劒一生兒、號二瀛津嶋姫一。又食二九握劒一生兒、號二湍津姫一。又食二八握劒一生兒、號二田心姫一。凡三女神矣。已而素戔嗚尊、以二其頸所嬰五百箇御統之瓊一、濯二于天渟名井、↓

月条。七 山背の国造の家柄。天武十二年に連、同十四年に忌寸と賜姓。系譜は姓氏録も本文と同じ。八 天津彦根尊に対して名づけられた神。イクは生。イクタマ・イクヒなどのイクに同じ。息あること、転じて生命あることの意。彦は日子。根は尊称か。

九 第三の一書には熊野忍蹈命、熊野忍隅命とある。熊野は所の名。出雲国の熊野であろう。クスビは奇(クシ)とスビ(隅)の約。熊野のクマは、奠・神饌をいうクマと同音で、連想が及ぶために、熊野という地名は神奠の場所として神聖視され、特別な関心と畏敬が寄せられたのではなかろうか。

一〇 サネはタネ(種)。sとtとの交替の例は、sugi(次)とtugi(次)。iso(伊蘇)とito(伊覩、地名)等の例がある。一一 →一〇四頁注五・六。

一二 胸形・宗形・宗像とも。筑前国宗像郡を本拠とする豪族。宗像神社の神官の家柄。采女を貢進、その一人は天武天皇との間に高市皇子を生み、同十三年に朝臣と賜姓。姓氏録、右京神別に「宗像朝臣、大神朝臣同祖、吾田片隅命之後也」、同河内神別に「宗形君、大国主命六世孫吾田片隅命之後也」とある。→㊦補注29-三。宗像神社→補注1-七四。

一三 ソビラは、背(ソ)平(ヒラ)の意。

一四 アカラサマは、ちょっとの間。為は助字。

一五 本文では市杵島姫。→一〇五頁注三一。

一六 ウナグはウナ(首筋)アグ(上ぐ)の約。unaagu→unagu. 首筋にかけること。

一七 古訓は「ニ」。ここではタマと改めた。タマは珠・瓊であるとともに魂であり、魂は生命そのものである。タマを井戸の水につけ、水の中で揺動させて活力を与えるという動作が、即ち生命ある子を生むことと結びつくので、ここの瓊をタマと訓まずニと訓んでは、この説話を生かすことができない。

一 去来は誘いかける辞。名義抄にイザ。

二 本文の忍穂耳尊を、オシホニノミコトと訓み、ホニの訛伝としてホネが成立したのではなかろうか。

三 踏はホムともホミとも訓める。ここはホミと訓むべきであろう。ホミのホは、稲穂の穂。ミは山ツミ・ワタツミのミで、稲穂の霊、穂祇(みほ)と見るべきであろう。この神は、第三の一書では「亦名熊野忍隅(くまのおしくま)命」とある。オシは、威力をあたり一面におよぼすこと。クマは神饌であるから稲であり、穂祇(みほ)とするに合致する。オシホミはオシホミミの転とも考えられる。ここにあげられた五神のうち三神が、オシホミミ、ホヒ、オシホミと稲に関する名を持つ点、及びその中には天孫降臨に関係する神が含まれている点が注意される。このウケヒの説話の役割は、素戔嗚尊の暴行の前提となることと共に、天孫降臨の際に働く神神を登場させる所にあるらしい。これは、女の三神を筑紫に降下させるばかりでなく、「天孫を助け奉りて、天孫の為に祭られよ」という点からも考えられる。

四 即ち宗像の三神。宗像神社及び住吉大神は海上交通に関する神で、上・中・底、あるいは、遠・中・辺など三区分によっていることが多い。↓九五頁注一九。

五 第三の一書に、海北道中。纂疏に「道中者、西海道中也」とあり、筑紫の北部、豊前・筑前・肥前の中部、即ち筑前にあたるというが、朝鮮への海路の途上の意であろう。沖つ宮のある沖ノ島は、下関・対馬北端・釜山を結ぶほぼ一直線上にあり、沖ノ島と中つ宮のある大島との間は約五〇キロである。

六 天孫の降臨の際に助け奉り、天孫の為に人人から物をうけよの意であろう。所祭は古訓イツカレヨ。しかし祭は手に肉を持って供えるのが原義。日本語マツルも物を供えるのが原義。

亦の名は去來之眞名井[一]に濯ぎて食す。乃ち生す兒を、正哉吾勝勝速日天忍骨尊[二]と號す。次に天津彦根命。次に活津彦根命。次に天穂日命。次に熊野忍蹈命[三]。凡て五の男神ます。故、素戔嗚尊、既に勝つ驗を得つ。是に、日神、方に素戔嗚尊の、固に惡しき意無きことを知しめして、乃ち日神の生せる三の女神[四]を以て、筑紫洲に降りまさしむ。因りて教へて曰はく、「汝三の神、道[五]の中に降り居して、天孫[六]を助け奉りて、天孫の爲に祭られよ」とのたまふ。

一書〔第二〕に曰はく、素戔嗚尊、天に昇りまさむとする時に、一の神有す。號は羽明[七]玉。此の神、奉迎りて、瑞八坂瓊の曲玉を進る[八]。故、素戔嗚尊、其の瓊玉を持ちて、天上に到づ。是の時に、天照大神、弟の惡しき心有らむと疑ひたまひて、兵を起して詰問ひたまふ。素戔嗚尊對へて曰はく、「吾來る所以は、實に姉と相見えむとなり。亦珍寶たる瑞八坂瓊の曲玉を獻らむと欲はくのみ。敢へて別に意有るにあらず」とのたまふ。時に天照大神、復問ひて曰はく、「汝が言の虚實、將に何を以てか驗とせむ」とのたまふ。對へて曰はく、「請ふ、吾と姉と、共に誓約立てむ。誓約の間に、女を生さば、黑き心ありと爲せ。男を生さば、赤き[九]心ありと爲せ」とのたまふ。乃ち天眞名井三處を掘りて、相與に對ひて立つ。是の時に、天照大神、素戔嗚尊に謂りて曰はく、「吾が所帯せる劍を以て、今當に汝に奉らむ。汝は汝が持たる八坂瓊の曲玉を、予に授れよ」とのたまふ。如此約束りて、共に相換へて取りたまふ。已にして天照大神、則ち八坂瓊の曲玉を以て、天眞名井に浮寄けて、瓊の端を囓ひ斷ちて、吹き出つる氣噴の中に化生る神を、市杵嶋姫命と號く。是は一〇遠瀛に居します者なり。又瓊の中を囓ひ斷ちて、吹き出つる氣噴の中に化生る神を、田心姫命と號く。是は一一中瀛に居します者なり。又瓊の尾を囓ひ斷ちて、吹き出つる氣噴の中に化生る神を、湍津姫命と號く。是は海一二

亦名去來之眞名井一而食之。乃生兒、號二正哉吾勝勝速日天忍骨尊一。次天津彦根命。次活津彦根命。次天穗日命。次熊野忍蹈命。凡五男神矣。故素戔嗚尊、既得二勝驗一。於是、日神、方知三素戔嗚尊、固無二惡意一、乃以二日神所生三女神一、令レ降二於筑紫洲一。因教之曰、汝三神、宜降二居道中一、奉レ助二天孫一、而爲二天孫一所祭也。

一書曰、素戔嗚尊、將レ昇レ天時、有二一神一。號羽明玉。此神奉迎、而進二以瑞八坂瓊之曲玉一。故素戔嗚尊、持二其瓊玉一、而到二之於天上一也。是時、天照大神、疑三弟有二惡心一、起レ兵詰問。素戔嗚尊對曰、吾所二以來一者、實欲二與レ姉相見一。亦欲レ獻二珍寶瑞八坂瓊之曲玉一耳。不二敢別有レ意也。時天照大神、復問曰、汝言虛實、將何以爲レ驗。對曰、請吾與レ姉、共立二誓約一。誓約之間、生レ女爲二黑心一。生レ男爲二赤心一。乃掘二天眞名井三處一、相與對立。是時、天照大神、謂二素戔嗚尊一曰、以二吾所帶之劍一、今當奉レ汝。汝以二汝所持八坂瓊之曲玉一、可二以授レ予矣。如此約束、共相換取。已而天照大神、則以二八坂瓊之曲玉一、浮二寄於天眞名井一、囓二斷瓊端一、而吹出氣噴之中化生神、號二市杵嶋姫命一。是居二于遠瀛一者也。又囓二斷瓊中一、而吹出氣噴之中化生神、號二田心姫命一。是居二于中瀛一者也。又囓二斷瓊尾一、而吹出氣噴之中化生神、號二湍津姫命一。是居二于海濱一者也。凡三女神。於是、素戔嗚尊、以二所持劍一、→従ってここは、物を受けて天孫を助けよの意と解する。なお、天孫瓊瓊杵尊は未だ生れていないのに、すでにここではそれが予定されている書き振りである。

七 羽(ハ)明(アカル)と書いてあるが、奈良時代には母音が二つ重なると一方が脱落するから、Faakaru→Fakaru となるのでハカルタマと訓む。ハカルは、物の軽重・難易をおしはかる意。

八 進以の以は、特別の以ではなく、軽く添える意。 九 まごころ。

一〇 者をカミと訓むのは底本の古訓。瀛は沖、遠瀛で単に遠い沖の意。記に胸形之奥津宮。福岡県宗像郡大島村沖ノ島の沖津宮。沖ノ島は玄海灘のほぼ中央、海上五〇余キロの地点に浮ぶ周囲約四キロの孤島。全島が境内とされ、古くから神社関係者以外に住民もなかったため、昭和二十九・三十両年の調査で縄文・弥生・古墳の各時代にわたる遺跡・遺物が多数発見された。調査報告によると、縄文・弥生時代には漁撈のために渡来した住民が生活し、古墳時代には沖津宮社殿付近の巨岩群が神神の座即ちイハクラとされたらしい。岩陰各所から鏡・玉・剣をはじめ、金銅製の装身具、滑石製の舟形、ガラス器破片など、中央と大陸・朝鮮との交渉を推定させる遺物が散在していたという。今日の祭神は記紀本文と社伝とにより、田心(多紀理)姫神。

一一 記に胸形之中津宮。福岡県宗像郡大島村の大島にある。大島は宗像郡沿岸から海上約七キロ、玄海灘の漁業基地。記に中津宮の祭神市寸島比売命の亦の名を狭依毗売命とする。大島には沖津宮遙拝所が古くからあり、その拝殿から神殿奥正面の窓を通して沖ノ島を拝むことができる。現在の中津宮の祭神は市杵島姫神。

一二 記に胸形之辺津宮。福岡県宗像郡玄海町田島にある。現在の祭神は湍津姫神。宗像神社→補注1-七四。

濱に居します者なり。凡て三の女神ます。是に、素戔嗚尊、持たる劒を以て天眞名井に浮寄けて、劒の末を嚙ひ斷ちて、吹き出つる氣噴の中に化生る神を、天穂日命と號く。次に正哉吾勝勝速日天忍骨尊。次に天津彦根命。次に活津彦根命。次に熊野櫲樟日命。凡て五の男神ますと、云爾。

一書〔第三〕に曰はく、日神、素戔嗚尊と、天安河を隔てて、相對ひて乃ち立ちて誓約ひて曰はく、「汝若し奸賊ふ心有らざるものならば、汝が生めらむ子、必ず男ならむ。如し男を生まば、予以て子として、天原を治しめむ」とのたまふ。是に、日神、先づ其の十握劒を食して化生れます兒、瀛津嶋姫命。亦の名は市杵嶋姫命。又九握劒を食して化生れます兒、湍津姫命。又八握劒を食して化生れます兒、田霧姫命。已にして素戔嗚尊、其の左の髻に纏かせる五百箇の統の瓊を含みて、左の手の掌中に著きて、便ち男を化生す。則ち稱して曰はく、「正哉吾勝ちぬ」とのたまふ。故、因りて名けて、勝速日天忍穂耳尊と曰す。復右の髻の瓊を含みて、右の手の掌中に著きて、天穂日命を化生す。復頸に嬰げる瓊を含みて、左の臂の中に著きて、天津彦根命を化生す。又、右の臂の中より、活津彦根命を化生す。又、左の足の中より熯之速日命を化生す。又、右の足の中より熊野忍蹈命を化生す。亦の名は熊野忍隅命。其れ素戔嗚尊の生める兒、皆已に男なり。故、日神、方に素戔嗚尊の、元より赤き心有ることを知しめして、便ち其の六の男を取りて、日

一 天照大神。　二 →補注1-五二。
三 →補注1-七二。　四 マサは正。カは所の意。マサカは、まさにここで・まさに今の意。
五 熯之速日命は第五段第六の一書（→九二頁注三）に出た神。熯は、稲を干（ほ）す意か。
六 天忍穂耳尊以下五神は、第六段の本文・一書を通じて共通。第三の一書だけに、熯之速日命が加わって六神。宗像神社に関する話は、三（上中下、遠中近など）の倍数六に整理するためこの神が加えられたか。
七 豊前国（大分県）宇佐郡宇佐。諸書、豊前国宇佐郡の宇佐と解し、通証に「見林曰、宇佐島非二海島一、二川周二流神山一、故有二島名一」とあるが、島とは、海路宇佐に至るためか。地名辞書は前後の文脈から筑前国宗像郡の沖ノ島と断ずる。海の彼方から神が来臨するとの考え方を取れば、沖ノ島説がよい。未詳。
八 はじめ宇佐に降ったが、今は海北道中にいるの意か。道中→一〇八頁注五。
九 国主貴に同じ。道中の神の意。
一〇 水間君とも。筑紫の豪族。本拠は、和名抄に「筑後国三瀦郡〈美無万〉」とある地か。景行十八年七月条の水沼県主（→二九六頁注一〇）も筑後。本文とこの一書とで宗像神社の神官を異にする点は、通証に「丹斎曰、胸肩氏為二左座一、水沼氏為二右座一」とある。
一一 熯は、広韻に「人善切、乾皃」とある。「干也」とあるのは、乾皃の意である。干は、倭語でヒという。このヒは乙類 Fï. 備は平秘切で、呉音ならばビであるが、漢音ならばヒ Fï にあたる。書紀では漢音によることが多いからここの備は清音ヒ乙類 Fï にあたると見てよい。
一二 以下、第七段の本文及び三つの一書。ここではまず、㈠誓約で男子を生んだ素戔嗚尊は、勝ちさびに乱暴を働く。㈡天照大神は天石窟に籠ってしまう。そこで思兼神が鶏を鳴かせ、天

神の子として、天原を治しむ。卽ち日神の生れませる三の女神を以ては、葦原中國の宇佐嶋に降り居さしむ。今、海の北の道の中に在す。號けて道主貴と曰す。此筑紫の水沼君等が祭る神、是なり。熯は、干なり。此をば備と云ふ。是の後に、素戔嗚尊の爲行、甚だ無狀し。何とならば、天照大神、天狹田・長田を以て御田としたまふ。時に素戔嗚尊、春は重播種子し、重播種子、此をば璽枳磨枳と云ふ。

浮二寄於天眞名井一、嚙二斷劒末一、而吹出氣噴之中化生神、號二天穗日命一。次正哉吾勝勝速日天忍骨尊。次天津彥根命。次活津彥根命。次熊野櫲樟日命。凡五男神云爾。一書曰、日神與二素戔嗚尊一、隔二天安河一、而相對乃立誓約曰、汝若不レ有二姧賊之心一者、汝所生子、必男矣。如生レ男者、予以爲レ子、而令レ治二天原一也。於是、日神先食二其十握劒一化生兒、瀛津嶋姬命。亦名市杵嶋姬命。又食二九握劒一化生兒、湍津姬命。又食二八握劒一化生兒、田霧姬命。已而素戔嗚尊、含二其左髻所纏五百箇統之瓊一、而著二於左手掌中一、便化二生男一矣。則稱之曰、正哉吾勝。故因名之、曰二勝速日天忍穗耳尊一。復含二右髻之瓊一、著二於右手掌中一、化二生天穗日命一。復含二嬰レ頸之瓊一、著二於左臂中一、化二生天津彥根命一。又自二右臂中一、化二生活津彥根命一。又自二左足中一、化二生熯之速日命一。又自二右足中一、化二生熊野忍蹈命一。亦名熊野忍隅命。其素戔嗚尊所生之兒、皆已男矣。故日神方知三素戔嗚尊、元有二赤心一、便取二其六男一、以爲二日神之子一、使レ治二天原一。卽以二日神所生三女神一者、使レ降二居于葦原中國之宇佐嶋一矣。今在二海北道中一。號曰二道主貴一。此筑紫水沼君等祭神是也。熯、干也。此云レ備。是後、素戔嗚尊之爲行也、甚無狀。何則天照大神、以二天狹田・長田一爲二御田一。時素戔嗚尊、春則重播種子、重播種子、此云二璽枳磨枳一。↓

鈿女命が踊って天照大神の気持を引き、手力男神がさそい引き出す。㈢素戔嗚尊は髪や手足の爪を抜かれて贖罪した上で放逐される。第一の一書は㈠㈡、第二の一書は㈠㈡㈢、第三の一書では㈠㈡㈢の次に、追放された素戔嗚尊が再び天上に上り姉にあう話(第六段と同型の話)が加わる。記は㈠㈡㈢のあとに大気津比売の話(→一〇一―一〇二頁)がある。話はこの先、出雲国に降った素戔嗚尊の八岐大蛇の退治の話へ進む。記では更に大国主命の裸の兎の話、呉公(むかで)や蜂の襲来の話へと続くが、それら出雲国の神話は結局插入された形で、天照大神が天岩屋から出現した後は、その登場する神神の名などから推測すれば、天孫降臨へと続いて行くのが本来の物語であったらしい。なお以下一一二頁三行までは、この段の㈠の部分で素戔嗚尊の悪行の描写。この部分は大祓祝詞及び仲哀記の国之大祓とともに、古代の罪に関する思想を知る上に重要な文献とされている。↓補注1-七五。一三 非情で手のつけられないさま。↓八八頁注二。一四 第二の一書には天垣田、第三の一書には神の三田と素戔嗚尊の三田とをあげる。記は営田。↓一〇二頁注九。一五 シキは、同じことの繰返されること。シキマキは、一度播いた上に種子を重ねて播くこと。↓補注1-七五。

一 ↓補注1-七五。二 まだら毛の馬。名義抄に「駮、ブチムマ」とあるにより、ブチコマと濁点をつける。三 新穀を神に供する祭事。斎戒してこれを行う。当時の最も神聖な行事の一つ。これを妨げることは重大な罪に値する。古訓にはニハナヒとあるが、ニヒ(新穀)ノアヘ(饗)の約であるニヒナヘが古形であろう。四 第二の一書には、新宮の御席の下に送糞したとある。この所順序が前後しているが、斎服を着て新嘗の奉且畔毀す。毀、此をば波那豆と云ふ。秋は天斑駒を放ちて、田の中に伏す。復天照大神の新嘗しめす時を見て、則ち陰に新宮に放戻る。又天照大神の、方に神衣を織りつつ、齋服殿に居しますを見て、則ち天斑駒を剝ぎて、殿の甍を穿ちて投げ納る。是の時に、天照大神、驚動きたまひて、梭を以て身を傷ましむ。此に由りて、發慍りまして、乃ち天石窟に入りまして、磐戸を閉して幽り居しぬ。故、六合の内常闇にして、晝夜の相代も知らず。時に、八十萬神、天安河邊に會ひて、其の禱るべき方を計ふ。故、思兼神、深く謀り遠く慮りて、遂に常世の長鳴鳥を聚めて、互に長鳴せしむ。亦手力雄神を以て、磐戸の側に立てて、中臣連の遠祖天兒屋命、忌部の遠祖太玉命、天香山の五百箇の眞坂樹を掘じて、上枝には八坂瓊の五百箇の御統を懸け、中枝には八咫鏡 一に云はく、眞經津鏡といふ。を懸け、下枝には青和幣、和幣、此をば尼枳底と云ふ。白和幣を懸でて、相與に致其祈禱す。又猨女君の遠祖天鈿女命、則ち手に茅纏の矟を持ち、天石窟戸の前に立たして、巧に作俳優す。亦天香山の眞坂樹を以て鬘にし、蘿 蘿、此をば比舸礙と云ふ。を以て手繦 手繦、此をば多須枳と云ふ。にして、火處燒き、覆槽置せ、覆槽、此をば于該と云ふ。顯神明之憑談す。顯神明之憑談、此をば歌牟鵝可梨と云ふ。是の時に、天照大神、聞しめして曰さく、「吾、比石窟に閉り居り。謂ふに、當に豐葦原中國は、必ず爲長夜くらむ。云何ぞ天鈿女命如此噱樂くや」とおもほして、乃ち御手を以て、細に磐戸を開けて窺す。時に手力雄神、則

仕をする巫女を傷つけるということで、素戔嗚尊の乱暴が最高潮に達する。五 マルは、大小便をすること。戻は屎の正字。音シ。六 神の召す衣。神衣祭との関係→補注1-七六。七 イミは、清浄神聖にされている意。ハタは、織る機械。八 梭は、機織で、緯糸(ぬきいと)を巻いたくだを入れるもの。経糸(たていと)の中をくぐらせ、布の端から端へかよわせるに使う。和訓ヒ。ただし、書紀の古訓ではカビと訓ませている。兼夏本の傍訓に「加毗」とある。朝鮮語 poit'il と同源の語。おそらく柄(かび)と同じものと見たのであろう。九 →補注1-七七。一〇 →補注1-五二。一一 旧事紀、天神本紀・同国造本紀などには「八意思金命」とあり、上に「八意」がついている。この方が古形ではなかろうか。多くの人の思うことを、一人で兼ねて思う意から、思慮深い意を表わす。第一の一書に高皇産霊の児とし、記には常世思金神とする。また、後に第九段第一の一書では妹が瓊瓊杵尊の母であるといい、記では天孫降臨の際に活動する。一二 →補注1-七八。一三 鶏であるという。鶏は中国では悪気邪霊を払う力能があるとされていた。鶏が鳴けば東天から太陽が昇るわけで、太陽を蘇らせるために、鶏を鳴かせるのであろう。記にも見える。一四 下文には天手力雄神とある。手に力のある男神。記にも見える。一五 大和朝廷の祭祀を担当した豪族。→補注1-七九。遠祖に類する語に上祖(一四六頁一六行)・本祖(一六六頁一七行)などがあり、いずれもトホツオヤと訓む。遠祖と始祖→一四二頁注六。一六 第三の一書に興台産霊の児。記にも見える。天孫降臨の第一の一書の五部神の一。前田家本古語拾遺に天御中主神の子の津速産霊神の子。姓氏録、左京神別、藤原朝臣条に津速魂命の三世の孫とある。河内の枚岡神社、大和の春日神社の祭神。一七 →補注1-八〇。一八 第九段第一・第二の一

ち天照大神の手を奉承りて、引き奉出る。是に、中臣神・忌部神、則ち端出之縄[三六]縄、亦云はく、左縄[三七]の端出すといふ。此をば斯梨倶梅儺波と云ふ。界す。乃ち請して曰さく、「復な還幸りましそ」とまうす。然して後に、諸の神罪過を素戔嗚尊に帰せて、科するに千座置戸[三八]を以てして、遂に促め[三九]徴る。髪[四〇]を抜きて、其の罪を贖はしむるに至る。亦曰はく、其の手足の爪を抜きて贖ふといふ。已にして竟に逐降ひき。

且毀二其畔一。毀、此云二波那豆一。秋則放二天斑駒一、使レ伏二田中一。復見二天照大神當新嘗時一、則陰放二屎於新宮一。又見下天照大神、方織二神衣一、居中齋服殿上、則剝二天斑駒一、穿二殿甍一而投納。是時、天照大神驚動、以レ梭傷レ身。由レ此、發慍、乃入二于天石窟一、閉二磐戸一而幽居焉。故六合之内常闇、而不レ知二晝夜之相代一。于時、八十萬神、會二於天安河邊一、計二其可レ禱之方一。故思兼神、深謀遠慮、遂聚二常世之長鳴鳥一、使二互長鳴一。亦以二手力雄神一、立二磐戸之側一、而中臣連遠祖天兒屋命、忌部遠祖太玉命、掘二天香山之五百箇眞坂樹一、而上枝懸二八坂瓊之五百箇御統一、中枝懸二八咫鏡一、一云、眞經津鏡。下枝懸二青和幣、和幣、此云二尼枳底一。白和幣一、相與致其祈禱焉。又猨女君遠祖天鈿女命、則手持二茅纏之矟一、立二於天石窟戸之前一、巧作俳優。亦以二天香山之眞坂樹一爲レ鬘、以レ蘿蘿、此云二比舸礙一。爲二手繦一、手繦、此云二多須枳一。而火處燒、覆槽置、覆槽、此云二于該一。顯神明之憑談。顯神明之憑談、此云二歌牟鵝可梨一。是時、天照大神、聞之而曰、吾比閉二居石窟一。謂當豐葦原中國、必爲長夜。云何天鈿女命𡁠樂如此一者乎、乃以二御手一、細開二磐戸一窺之。時手力雄神、則奉二承天照大神之手一、引而奉出。於是、中臣神・忌部神、則界以二端出之縄一。縄、亦云、左縄端出。此云二斯梨倶梅儺波一。乃請曰、勿二復還幸一。然後、諸神歸二罪過於素戔嗚尊一、而科之以二千座置戸一、遂促徵矣。至レ使レ拔レ髮、以贖二其罪一。亦曰、拔二其手足之爪一贖之。已而竟逐降焉。

書の五部神の一。古語拾遺に「高皇産霊神所レ生之女、名曰二栲幡千々姫命一(注略)、其男、名曰二天忍日命一(注略)、又男、名曰二天太玉命一(斎部宿禰祖也)」とある。安房の安房坐神社などの祭神。フトタマの名は祭祀に用いる曲玉・管玉などから作られたものであろう。この神、第二・第三の一書、記にも見える。一九 奈良県桜井市に天香久山(標高一四八メートル)がある。大和三山の一。万葉二に舒明天皇の国見、同三に山にまつわる神話の歌などが見える。二〇 サカキは、境(さか)木の意であろう。神域を境界する木。二一 →一〇四頁注六。二二 巨大な鏡。記に「八尺鏡(訓二八尺一云二八阿多一)」。→補注1-八一。二三 →補注1-八一。二四 麻のぬさ。ニキテはニキタヘ(和栲)の約。ニキは古くは清音(賑ニギとは別)。タヘは、繊維。木綿で作った白いのを白和幣、麻で作った、やや青みあるものを青和幣という。二五 →補注2-二一。二六 →補注1-八二。二七 →補注1-八三。二八 頭に巻く飾り。二九 さがりごけ。三〇 繦は、つな・なわ。漢書、児寛伝「繦属不レ絶」の顔師古注に「繦、索也」とある。また襁に通じ、背負い帯の意。三一 古語拾遺には「挙二庭燎一」とある。三二 →補注1-八四。三三 顕は、広韻に「呼典切。明也、著也」とあり、アラハス意。幽れている神意をアラハス意であろう。憑談は、ツキモノして言葉を口走ること。三四 いつまでも夜が続く意。神功摂政元年条には「常夜行」とある。三五 𡁠は、玉篇に噱と同じとある。噱は、説文に「笑皃」、広韻に「嘔噱、笑不止」とある。エラクは、歓喜して楽しみ笑う意。三六 →補注1-八五。三七 この所の注、訓み方が幾通りか考えられる。左縄とは左編みのこと。日本でも、朝鮮でも、注連縄は左編みである。三八 →補注1-八六。三九 ハタルは、徴収すること。朝鮮語に pat という。四〇 →一一六頁注五。

一書に曰はく、〔第一〕是の後に、稚日女尊、齋服殿に坐しまして、神之御服織りたまふ。素戔嗚尊見して、則ち斑駒を逆剝ぎて、殿の内に投げ入る。稚日女尊、乃ち驚きたまひて、機より墮ちて、持たる梭を以て體を傷らしめて、神退りましぬ。故、天照大神、素戔嗚尊に謂りて曰はく、「汝猶黑き心有り。汝と相見じ」とのたまひて、乃ち天石窟に入りまして、磐戸を閉著しつ。是に、天下恆闇にして、復晝夜の殊も無し。故、八十萬の神を天高市に會へて問はしむ。時に高皇産靈の息思兼神といふ者有り。思慮の智有り。乃ち思ひて白して曰さく、「彼の神の象を圖し造りて、招禱き奉らむ」とまうす。故、卽ち石凝姥を以て冶工として、天香山の金を採りて、日矛を作らしむ。又眞名鹿の皮を全剝ぎて、天羽鞴に作る。此を用て造り奉る神は、是卽ち紀伊國に所坐す日前神なり。石凝姥、此をば伊之居梨度咩と云ふ。全剝、此をば宇都播伎と云ふ。

一書に曰はく、〔第二〕日神尊、天垣田を以て御田としたまふ。時に素戔嗚尊、春は渠塡め、畔毀す。又、秋の穀已に成りぬるときに、則ち冒すに絡繩を以てす。且日神の織殿に居します時に、則ち斑駒を生剝にして、其の殿の内に納る。凡て此の諸の事、盡に是無狀し。然れども、日神、恩親しき意にして、慍めたまはず、恨みたまはず。皆平なる心を以て容したまふ。日神の新嘗しめす時に及至びて、素戔嗚尊、則ち新宮の御席の下に、陰に自ら送糞る。日神知しめさずして、

一 本文では天照大神が神衣を織っていて怪我をしたという。記では天照大神が神衣を織っていた時、天の服織女がほとをついて死んだという。ここの稚日女尊は天照大神のようでもあり、そうでないようにも見える。釈紀所引の私記に「問、是何神哉。答、当二是天照太神之御子一矣。私案、先代旧事本紀云、此尊者、天照太神之妹也云々」。大日女(オホヒルメ)に対して稚日女といったもの。二 著は、助字弁略(巻五)に「方言、語助也」、張相の詩詞曲語辞匯釈(巻三)に「語助辞、用二於動辞之後一」とある。閉著は閉に同じ。三 復は、無を強める辞。このような復の用法は中国の俗語小説類に多い。幽明録「今在二岸上一、勿二復為一レ煩」など。神代紀に「非二復好意一」「勿復憂」「雖二復天神一」「彼処雖二復安楽一」など例が多い。四 アマは、天上にある意。タケチはタカイチの約。イチは、人人の集って物を交換する場所。多く小高い場所が選ばれるので、高市という。五 →七八頁注五。思兼神→一一二頁注一一。六 天照大神の光に象るもの。つまり鏡。古語拾遺に「太玉命…啓曰、吾之所レ捧宝鏡明麗。恰如二汝命一」とある。七 名義抄にシルス・アラハルの訓がある。形を作り出す意。八 ヲクは、招きよせる意。禱の字を添えたのは、天照大神の御霊を外へさそい出そうとするものであろう。九 第三の一書に鏡作の遠祖天抜戸の児で鏡を作るという。記でもこの人が鏡を作る。第二の一書では鏡を作るのは天糠戸。第九段の第一の一書に、この人は五部神の一。石凝のコリは、木樵(きこ)りのコリに同じ。物を打ってけずり取る意。トメは、老女の意。もとは石だけを扱ったが、後に金属も扱うようになったのであろう。一〇 この所、記には「天の金山の鉄を取りて、鍛人天津麻羅を求ぎて」とある。一一 先の「茅纏の矟」にあたるものであろう。古語拾遺にはここが「従二思兼神

徑に席の上に坐たまふ。是に由りて、日神、體擧りて不平[二一]みたまふ。故、以て恚恨りまして、廼ち天石窟に居しまして、其の磐戸を閉しぬ。時に、諸の神、憂へて、乃ち[二二]鏡作部の遠祖[二三]天糠戸者をして、鏡を造らしむ。忌部の遠祖太玉には幣を造らしむ。[二四]玉作部の遠祖豊玉には玉を造らしむ。又[二五]山雷者をして、五百箇の眞坂樹の[二六]八十玉籤を採らしむ。[二七]野槌者をして、五百箇の[二八]野薦の八十玉籤を採らしむ。凡て

一書曰、是後、稚日女尊、坐二于齋服殿一、而織二神之御服一也。素戔嗚尊見之、則逆二剝斑駒一、投二入之於殿内一。稚日女尊、乃驚而墮レ機、以二所持梭一傷レ體、而神退矣。故天照大神謂二素戔嗚尊一曰、汝猶有二黑心一。不レ欲二與レ汝相見一、乃入二于天石窟一、而閉二著磐戸一焉。於是、天下恆闇、無二復晝夜之殊一。故會二八十萬神於天高市一、而問之。時有二高皇產靈之息思兼神者一。有二思慮之智一。乃思而白曰、宜圖二造彼神之象一、而奉二招禱一也。故卽以二石凝姥一爲二冶工一、採二天香山之金一、以作二日矛一。又全二剝眞名鹿之皮一、以作二天羽韛一。用レ此奉レ造之神、是卽紀伊國所坐日前神也。石凝姥、此云二伊之居梨度咩一。全剝、此云二宇都播伎一。

一書曰、日神尊、以二天垣田一爲二御田一。時素戔嗚尊、春則塡レ渠毀レ畔。又秋穀已成、則冒以二絡繩一。且日神居二織殿一時、則生二剝斑駒一、納二其殿内一。凡此諸事、盡是無狀。雖レ然、日神、恩親之意、不レ慍不レ恨。皆以二平心一容焉。及三至日神當二新嘗之時一、素戔嗚尊、則於新宮御席之下、陰自送糞。日神不レ知、徑坐二席上一。由レ是、日神、擧レ體不平。故以恚恨、廼居二于天石窟一、閉二其磐戸一。于時、諸神憂之、乃使二鏡作部遠祖天糠戸者造レ鏡。忌部遠祖太玉者造レ幣。玉作部遠祖豐玉者造レ玉。又使三山雷者、採二五百箇眞坂樹八十玉籤一。野槌者、採二五百箇野薦八十玉籤一。凡→

議、令三石凝姥神、鋳二日像之鏡一。初度所レ鋳、少不レ合レ意。〈是、紀伊国日前神也〉次度所レ鋳、其状美麗。〈是、伊勢大神也〉儲備既畢、具如レ所レ謀」とある。この初度の鏡は、隈(暈)があって不適当であったので、紀伊国の日前(ひのくま)社に奉ったとあるのは、クマ(隈)と前(クマ)との同音の連想によるか。一二 記には真男鹿(サヲシカ)。これが古形で、その「男」をナンと誤読して、「名」の字に変えたものであろう。

一三 まる剝ぎ。ウツは、空の意。一四 ハブキは、ふいご。フイゴはフキカハ(吹き皮)の約。皮で作った、風を吹きおこす道具。冶金につかう。

一五 →補注1-八七。一六 伎は、神代紀訓注では、ギ甲類の濁音の仮名に使う。一七 カキは、屋敷や庭の内外を仕切る囲。万葉三三三などにいうカキツタにあたるものであろう。一八 田の溝を埋めること。一九 冒は、名義抄にワタルの訓がある。縄をひきわたして他人の田を犯す意。冒の字、兼方本・水戸本による。兼夏本は冐に作る。

二〇 ミマシのミは敬称。マシは、イマシの意。坐すところの意。二一 ヤクサムは、弥臭ムの意。不平は、不満の意。二二 大和朝廷で鏡の製作に従事した品部。→補注1-八八。二三 第三の一書にこれの児が石凝戸辺とあるがこの神は名義未詳とされている。糠はヌカとも訓むがアラとも訓む(名義抄その他)。よって天糠戸はアマノアラトと訓む。戸はト甲類toの音、砥もト甲類toの音。従ってアラトは、粗砥の意。粗砥は鏡作に必須の道具である。しかし、糠はヌカとも訓むので、この表記を奈良時代以前すでにアマノヌカトと訓んだ人もあるらしく、天糠戸を、第三の一書では天抜戸とある。二四 大和朝廷で勾玉・管玉・平玉など玉類を製作貢納した品部。→補注1-八九。二五 山祇。

二六 玉をつけた木。クシは、すべて棒状のもの。

二七 野神。二八 野の小竹。

此の諸の物、皆來聚ひぬ。時に中臣の遠祖天兒屋命、則ち以て神祝き祝きき。是に、日神、方に磐戸を開けて出でます。是の時に、鏡を以て其の石窟に入れしかば、戸に觸れて小瑕つけり。其の瑕、今に猶存。此即ち伊勢に崇祕る大神なり。已にして罪を素戔嗚尊に科せて、其の祓具を責る。是を以て、手端の吉棄物、足端の凶棄物有り。亦唾を以て白和幣とし、洟を以て青和幣として、此を用て解除へ竟りて、遂に神逐の理を以て逐ふ。送糞、此をば倶蘇摩屢と云ふ。玉籤、此をば多摩倶之と云ふ。祓具、此をば波羅閉都母能と云ふ。手端吉棄、此をば多那須衞能余之岐羅毗と云ふ。神祝祝之、此をば加武保佐枳保佐枳枳と云ふ。遂之、此をば波羅賦と云ふ。

一書［第三］に曰はく、是の後に、日神の田、三處有り。號けて天安田・天平田・天邑幷田と曰ふ。此皆良き田なり。霖旱に經ふと雖も、損傷はるること無し。其の素戔嗚尊の田、亦三處有り。號けて天樴田・天川依田・天口鋭田と曰ふ。此皆磽地なり。雨れば流れぬ。旱れば焦けぬ。故、素戔嗚尊、妬みて姉の田を害る。春は廢渠槽、及び埋溝、毀畔、又重播種子す。秋は捶籤し、馬伏す。凡て此の惡しき事、曾て息む時無し。然れども、日神、慍めたまはずして、恆に平恕を以て相容したまふこと、云云。

日神の、天石窟に閉り居すに至りて、諸の神、中臣連の遠祖興台產靈が兒天

一 神ほぎを述べたの意。ホサクは上古、中古、中世に、他例、管見に入らない。後世、ホザクという語であろう。 二 →補注2-一九。

三・四 扶桑略記に村上天皇日記天徳四年九月二十三日条を引いて次のように記している。内裏火災後に賢所の焼跡から「鏡一面、径八寸許、頭雖レ有二小瑕一、専無レ損、円規幷帯等甚以分別」なるを発見したと。釈紀は書紀一書のこの部分に見える「小瑕」を裏書するものとして、右の日記の文を引いている。神代紀所見の神鏡と内裏の神鏡との関係について→補注2-一九。

五 タナスヱは、手(タ)ナ(助詞)スヱ(末)の意。手先、指先。釈紀に私記を引いて「凡解除之道、必有二両種吉凶一是也。吉解者、是招二禱吉事一也。凶解者、即除二却凶事一、兼招二吉事一也。吉解是貴、故用二手爪一。凶解亦賤、故用二足爪一也。解除之道、闕レ一不可也。故兼二用吉凶二解一也」とある。手足の爪は、切った後もその人の体の一部分であり、その爪を焼くとか刻むとかして危害を加えれば、爪の元の所有者を死に至らせ、または病に陥らせると考えられていた。唾や洟も全く同じ理由で濫りに他人に渡すものでなかった。従って、それらを解除物として取り上げて保持する者は、相手を死に至らせ、病に罹らせる自由を持った。その例はフレイザーの金枝篇に多数あげられている。→補注1-九〇。

六 祓は、広韻に敷勿切、音フツ。説文に「除レ悪祭也」、広韻には「除レ災求レ福」とある。ハラへは、ハラと合へとの複合語。ハラは晴と同根の語。アへは、状態に合わせ、応じる意。従って、ハラへは、罪過の状態に応じて、それを晴らすように、何かの物を差出すこと。→補注1-七五。 七 以下第三の一書の特徴は、(一)素戔嗚尊の暴行、(二)天岩戸隠れ、(三)素戔嗚尊の追放のあとに、(四)姉に逢いたいと天上に登り誓約して男子を得て心の清明を証する。この(四)は、第

兒屋命を遣して祈ましむ。是に、天兒屋命、天香山の眞坂木を掘して、上枝には、鏡作の遠祖天抜戸が兒石凝戸邊が作れる八咫鏡を懸け、中枝には、玉作の遠祖伊奘諾尊の兒天明玉が作れる八坂瓊の曲玉を懸け、下枝には、粟國の忌部の遠祖天日鷲が作ける木綿を懸でて、乃ち忌部首の遠祖太玉命をして執り取たしめて、廣く厚く稱辭をへて祈み啓さしむ。時に、日神聞しめして曰はく、「頃者、人多

此諸物、皆來聚集。時中臣遠祖天兒屋命、則以神祝祝之。於是、日神方開二磐戸一而出焉。是時、以レ鏡入二其石窟一者、觸レ戸小瑕。其瑕於今猶存。此卽伊勢崇祕之大神也。已而科二罪於素戔嗚尊一、而責二其祓具一。是以、有二手端吉棄物、足端凶棄物一。亦以レ唾爲二白和幣一、以レ洟爲二青和幣一、用レ此解除竟、遂以二神逐之理一逐之。送糞、此云二多倶蘇摩屢一。玉籤、此云二多摩倶之一。祓具、此云二波羅閉都母能一。手端吉棄、此云二那須衞能余之岐羅毗一。神祝祝之、此云二加武保佐枳保佐枳一。逐之、此云二波羅賦一。

一書曰、是後、日神之田、有二三處一焉。號曰二天安田・天平田・天邑并田一。此皆良田[1]。雖レ經二霖旱一、無レ所二損傷一。其素戔嗚尊之田、亦有二三處一。號曰二天樴田・天川依田・天口鋭田一。此皆磽地。雨則流之。旱則焦之。故素戔嗚尊、妬害二姉田一。春則廢渠槽、及埋溝、毀畔、又重播種子。秋則捶籤、伏レ馬。凡此惡事、曾無二息時一。雖レ然、日神不レ慍[2]、恆以二平恕一相容焉、云云。至二於[3]日神、閉二居于天石窟一也、諸神遣二中臣連遠祖興台產靈兒天兒屋命一、而使レ祈焉。於是、天兒屋命、掘二天香山之眞坂木一、而上枝懸二以[4]鏡作遠祖天抜戸兒石凝戸邊所作八咫鏡一、中枝懸二以玉作遠祖伊奘諾尊兒天明玉所作八坂瓊之曲玉一、下枝懸二以粟國忌部遠祖天日鷲所作木綿一、乃使二忌部首遠祖太玉命執取、而廣厚稱辭祈啓一矣。于時、日神聞之曰、頃者人雖レ多→

六段の本文及び三つの一書と同類のもので、それがこの場所についている。尤も第六段と異なり、天照大神が女神を生む話はない。

八 安穏に実る田の意であろう。以下本文その他と大体同じであるが、素戔嗚尊の田が悪かったので姉の田を妬んで害したのだと、田を荒した理由を述べている。 九 未詳。 一〇 樴はクイ。木の株などのあって、不良な田。 一一 川に添った田。川が増水すればすぐ被害がある不良な田。 一二 クチトは「朽ち速」ではなかろうか。稲の損傷の早い田の意か。 一三 磽は、広韻に「石地」とある。また、玉篇に「堅硬」とある。 一四 ヒは、水を通す土中の木管。用水のための設備。ハガチはハナチに同じ。→補注1-七五。 一五 串をさすことは、田や林などの土地の所有権を主張すること。従ってここでは、他人の作る田に串さしをして、自分の田と主張することであろう。 一六 本文(一一二頁一行)に「秋は天斑駒を放ちて、田の中に伏す」とある。 一七 名義抄にイカルの訓がある。 一八 興は xiəŋ の音。当時の日本語のコ乙類の音にあたる。語尾のŋの後に、同じ母音öを添えて、コゴの音にあてる。台は təi の音。ト乙類の tö にあてる。よってコゴトと訓む。その意味は未詳。 一九 天糠戸。→一一五頁注二三。 二〇 石凝姥に同じ。 二一 →一〇八頁注七。 二二 古語拾遺には、天富命が天日鷲命の孫を率いてまず阿波国で木綿を作り、ついで阿波斎部を率いて東国に往き上総・下総の地方で木綿を作り、太玉命を祭って安房神社を立てたが、阿波斎部が住んだ所を安房郡、後(養老二年以後)安房国といったとある。しかし津田左右吉は、安房における忌部の勢力の強調や、安房神社の祭神を忌部首の祖太玉命としたことは、東国における中臣氏の勢力や、中臣氏に鹿島の神のあることに対抗し、阿波・安房が同音であるのを利用して造作された

に請すと雖も、未だ若此言の麗美しきは有らず」とのたまふ。乃ち細に磐戸を開けて窺す。是の時に、天手力雄神、磐戸の側に侍ひて、則ち引き開けしかば、日神の光、[一]六合に満みにき。故、諸の神大きに喜びて、卽ち素戔嗚尊に千座置戸の解除を科せて、手の爪を以ては吉爪棄物とし、足の爪を以ては凶爪棄物とす。乃ち天兒屋命をして、其の解除の[二]太諄辭を掌りて宣らしむ。世人、[三]愼みて己が爪を収むるは、此其の縁なり。既にして諸の神、素戔嗚尊を嘖めて曰はく、「汝が所行甚だ無頼し。故、天上に住むべからず。亦葦原中國にも居るべからず。急に[四]底根の國に適ね」といひて、乃ち共に逐降ひ去りき。時に、霖ふる。素戔嗚尊、青草を結束ひて、[五]笠蓑として、宿を衆神に乞ふ。衆神の曰はく、「汝は是躬の行濁惡しくして、逐ひ[六]謫めらるる者なり。如何ぞ宿を我に乞ふ」といひて、遂に同に距く。是を以て、風雨甚だふきふると雖も、留り休むこと得ずして、辛苦みつつ降りき。爾より以來、世、笠蓑を著て、他人の屋の内に入ること諱む。又束草を[七]負ひて、他人の家の内に入ること諱む。此を犯すこと有る者をば、必ず[八]解除を債す。此、太古の遺法なり。

[九]是の後に、素戔嗚尊の曰はく、「諸の神我を逐ふ。我、今當に永に去りなむ。如何ぞ我が姉と相見えまつらずして、擅に自ら徑に去らむや」とのたまひて、廼ち復天を[一〇]扇し國を扇して、天に上り詣づ。時に天鈿女見て、日神に告言す。日

話であって、造作の時期は奈良時代をさかのぼらないという。二三 続後紀、嘉祥二年四月乙酉条に「奉レ授二阿波国天日鷲神従五位下一」とあり、三代実録にも授位のことがしばしば見え、延喜神名式には、阿波国麻殖郡に「忌部神社〈名神大。月次・新嘗。或号二麻殖神一、或号二天日鷲神一〉」とある。ヒワシの語義未詳。

二四 楮の木の皮を蒸して水に浸し麻のように割いたもの。白い。幣として神に供える。また神事を行う際の襷に使う。

一 六合は天地と四方。天下の意。

二 諄は、広韻に「至也、誠懇皃也」とある。ノリトのノリは、一定の順序を以て言葉を述べること。トは、呪言。コトドのドにあたる。天児屋命は中臣連の祖である。中臣連は奈良時代以前から太諄辞を宣ることを司っていたから、その祖先の天児屋命に関して、ここにこのような記事があるのであろうか。

三 爪や毛髪は切りとられた後も体の一部であり、それに呪術をかければもとの体に害を与えると考えられていたから、その始末は、大切な問題であった。日本で爪をいかに始末したかは明らかでないが、大事に収める習慣があったことはこの記事から知られる。フレイザーの金枝篇に次のような例がある。切った爪を踏んだり、火に投げたりしないように、少しの水と共に埋葬するのはマルダイヴ人で、彼らは爪を綿にきれいに包んで共同墓地に埋めた。ドイツのオルデンブルグでは切った髪や爪は布にくるんで、新月より三日前に、古い木の洞に置いた。ビルマ人とシャン族とは切った髪と爪とをむすんで深い水に沈めたなど。

四 →補注1-四〇。

五 この一書だけ、素戔嗚尊の追放後の記事が詳しい。

神の曰はく、「吾が弟の上來す所以、復好き意に非じ。必ず我が國を奪はむとならむか。吾、婦女なりと雖も何ぞ避らむ」とのたまひて、乃ち躬に武き備を裝ふこと、云云。是に、素戔嗚尊、誓ひて曰はく、「吾、若し不善を懷ひて、復上來らば、吾、今玉を嚙ひて生めらむ兒、必ず當に女ならむ。如此ば、女を葦原中國に降したまへ。如し淸き心有らば、必ず當に男を生まむ。如此ば、男をして天上

請一、未レ有二若此言之麗美一者也。乃細開二磐戸一而窺之。是時、天手力雄神、侍二磐戸側一、則引開之者、日神之光、滿二於六合一。故諸神大喜、卽科二素戔嗚尊千座置戸之解除一、以二手爪一爲二吉爪棄物一、以二足爪一爲二凶爪棄物一。乃使下天兒屋命、掌二其解除之太諄辭一而宣上之焉。世人愼收二己爪一者、此其緣也。旣而諸神、嘖二素戔嗚尊一曰、汝所行甚無賴。故不レ可レ住二於天上一。亦不レ可レ居二於葦原中國一。宜急適二於底根之國一、乃共逐降去。于時、霖也。素戔嗚尊、結二束青草一、以爲二笠蓑一、而乞二宿於衆神一。衆神曰、汝是躬行濁惡、而見二逐謫一者。如何乞二宿於我一、遂同距之。是以、風雨雖レ甚、不レ得二留休一、而辛苦降矣。自レ爾以來、世諱下著二笠蓑一、以入中他人屋內上。又諱下負二束草一、以入中他人家內上。有レ犯レ此者、必債二解除一。此太古之遺法也。是後、素戔嗚尊曰、諸神逐レ我。我今當永去。如何不下與二我姉一相見上、而擅自徑去歟、廼復扇レ天扇レ國、上二詣于天一。時天鈿女見之、而告二言於日神一也。日神曰、吾弟所二以上來一、非二復好意一。必欲レ奪[1]二之我國一者歟。吾雖二婦女一、何當避乎、乃躬[2]裝二武備一、云云。於是、素戔嗚尊誓之曰、吾若懷二不善一、而復上來者、吾今嚙レ玉生兒、必當爲レ女矣。如此則可三以降二女於葦原中國一。如有二淸心一者、必當生レ男矣。如此則可四以使三男御二天上一。↓

六 謫は、玉篇に「咎也」、広韻に「責也」とある。
七 たばねた草。
八 ↓一一六頁注六・補注1－七五。
九 以下の部分は、本段の本文、第一・第二の一書、記に見えない。第六段と主題を同じくする。↓一一六頁注七。
一〇 扇は、集韻に「動也、助也」とある。名義抄にサハカシ・オドロクの訓がある。

を御しめたまへ。且姉の所生したまはむ、亦此の誓に同じからむ」とのたまふ。

是に、日神、先づ十握劍を嚙みたまふこと、云云。

素戔嗚尊、乃ち轆轤然に、其の左の髻に纏かせる五百箇の統の瓊の綸を解き、瓊響も瑲瑲に、天渟名井に濯ぎ浮く。其の瓊の端を嚙みて、左の掌に置きて、生す兒を、正哉吾勝勝速日天忍穗根尊。復右の瓊を嚙みて、右の掌に置きて、生す兒を、天穗日命。此出雲臣・武藏國造・土師連等が遠祖なり。次に天津彥根命。此茨城國造・額田部連等が遠祖なり。次に活目津彥根命。次に熯速日命。次に熊野大角命。凡て六の男ます。是に、素戔嗚尊、日神に白して曰はく、「吾更に昇來る所以は、衆神、我を根國に處く。今當に就去りなむとす。若し姉と相見えまつらずは、終に忍びて離れまつるに能はじ。故、實に淸き心を以て、復上り來つらくのみ。今は覲え奉ること已に訖りぬ。當に衆神の意の隨に、此より永に根國に歸りなむ。請ふ、姉、天國に照臨みたまふこと、自づからに平安くましませ。且吾が淸き心を以て生せる兒等をば、亦姉に奉る」とのたまふ。已にして復還降りたまひき。廢渠槽、此をば秘波鵝都と云ふ。捶籤、此をば久斯社志と云ふ。興台產靈、此をば許語等武須毗と云ふ。太諄辭、此をば布斗能理斗と云ふ。轆轤然、此をば乎謀苦留留爾と云ふ。瑲瑲乎、此をば奴儺等母母由羅爾と云ふ。

一 轆轤で、ぐるぐる回って絶えない意。訓ヲモクルルニのヲは、緒。御統の緒をくるくると解きひくさま。轆は、広韻に魯回切。ライの音。轆轤不絶とある。轤は、円くまわる木。
二 左を尊しとする日本の風が現われている。
三 ヌナトは、瓊の音。瓊はニともヌともいう。瑲瑲は鳴る音。モユラのモは、接頭語。ユラはジャラジャラ、シャラシャラにあたる。jの音はyの音と交替する。
四 →一〇五頁注二五。
五 →一〇六頁注一・一〇八頁注二。
六 →一〇六頁注二。七 →一〇六頁注三。
八 記に天菩比命の子建比良鳥命を无邪志国造らの祖とする。→補注1-九一。
九 →一〇六頁注四。一〇 →一〇六頁注五。
一一 記の系譜も同じ。→補注1-九二。
一二 記に額田部湯坐連。系譜は同じ。→補注1-九三。一三 →一〇六頁注八。
一四 →九二頁注三・一一〇頁注五。
一五 大角は、曲・限・碕などと同意。オホスミともオホクマとも訓む。クマと訓めば神奠の意。
一六 以下一三三頁二行まで第八段の本文及び六つの一書。本文では、(一)素戔嗚尊が出雲の簸の川上に降り奇稲田姫の一家にあう。(二)素戔嗚尊が姫を救うため八岐大蛇を殺し草薙剣を得て天神に献上する。(三)出雲の清地で姫と結婚し大己貴神をうみ、自分は根国に退く。第一—第三の一書では、(一)の段を欠いていたり(第二)、降った地を安芸の可愛の川上としたり(第二)、(三)の段がなかったり(第三)、その他細部には種種のちがいがあるが、だいたいは同性質の話。一方記も出雲の話のはじめの部分は書紀本文と構成が同じ。そのあとに、大己貴神と同一人とされる大国主神の種種の物語があり、さらに少名毗古那神との国作りの話をあげる。このうち大国主神の種種の物語（稲羽の白兎・八十神の迫害・

一六 是の時に、素戔嗚尊、天より出雲國の簸の 一七 川上に降到ります。時に川上に啼哭く聲有るを聞く。故、聲を尋ねて 一八 覓ぎ往ししかば、一の老公と老婆と有りて、中間に一の少女を置ゑて、撫でつつ哭く。素戔嗚尊問ひて曰はく、「汝等は誰ぞ。一九 何為ぞ如此哭く」とのたまふ。對へて曰さく、「吾は是國神なり。號は 二〇 脚摩乳。我が妻の號は手摩乳。此の童女は是吾が兒なり。號は 二一 奇稲田姫。哭く所以は、往時に吾が兒、二二 八

且姉之所生、亦同二此誓一。於是、日神先嚙二十握劒一、云云。素戔嗚尊、乃轠轤然、解二其左髻所纏五百箇統之瓊綸一、而瓊響瑲瑲、濯二浮於天渟名井一。嚙二其瓊端一、置二之左掌一、而生兒、正哉吾勝勝速日天忍穗根尊。復嚙二右瓊一、置二之右掌一、而生兒、天穗日命。此出雲臣・武藏國造・土師連等遠祖也。次天津彦根命。此茨城國造・額田部連等遠祖也。次活目津彦根命。次熯速日命。次熊野大角命[1]。凡六男矣。於是、素戔嗚尊、白二日神一曰、吾所二以更昇來一者、衆神處二我以根國一。今當二就去一。若不二與レ姉相見一、終不レ能二忍離一。故實以二清心一、復上來耳。今則奉レ覲已訖。當隨二衆神之意一、自レ此永歸二根國一矣。請姉照二臨天國一、自可二平安一。且吾以二清心一所生兒等、亦奉二於姉一。已而復還降焉。廢渠槽、此云二秘波鵝都一。捶籤、此云二久斯社志一。興台產靈、此云二許語等武須毗一。太諄辭、此云二布斗能理斗一。轠轤然、此云二乎謀苦留留爾一。瑲瑲乎[2]、此云二奴儾等母母由羅爾一。

是時、素戔嗚尊、自レ天而降二到於出雲國簸之川上一。時聞三川上有二啼哭之聲一。故尋レ聲覓往者、有三一老公與二老婆一、中間置二一少女一、撫而哭之。素戔嗚尊問曰、汝等誰也。何爲哭二之如此一耶。對曰、吾是國神。號脚摩乳。我妻號手摩乳。此童女是吾兒也。號奇稲田姬。所二以哭一者、往時吾兒有二八→

根国の訪問・須勢理姫の嫉妬など)は書紀には見えない。また、第四の一書は、素戔嗚尊がはじめ新羅に降って後に出雲に来たといい、第五の一書は後に新羅に行き根国に入ったというように、新羅との関係を強調する。そしてこの二書は素戔嗚尊が子の五十猛神とともに樹種を日本に播殖させたことを説く点でも共通している。記の少名彦名命(=少名毗古那神)と大国主神の国作りのことは、だいたい同じ話が第六の一書に見える。

一七 島根県東部を北流して宍道湖に注ぐ斐伊川。→補注1-九四。第一―第四の一書及び記、いずれもこの地をあげるが、第二の一書ではまず安芸の可愛の川上に下り、大蛇退治の後に簸の川上に住まったとし、第四の一書では、まず新羅の曾尸茂梨に降り、ついで東行して簸の川上の鳥上の峰に到るとする。第五の一書では熊成峰の名をあげる。

一八 求めて行くと。

一九 どうしてこんなに泣いているのか。

二〇 少女の手足を撫でているによる名。チはミヅチ、イカヅチなどのチと同じ。一二三頁四行に、後に二人に名を賜い稲田宮主神といったという。第一の一書では夫の方を稲田宮主簀狭之八箇耳とする。第二の一書では脚摩手摩を夫の一名とし、妻を稲田宮主簀狭之八箇耳とする。記では夫(足名椎)を大山津見神とし、後に名を賜わって稲田宮主須賀之八耳神といったという。

二一 クシは、霊妙不思議の意。不思議に豊かに実る田というのが名の意味であろう。このような名がつけられているのは、この八岐大蛇の説話の最も古い意味が、地と水の精霊である蛇と、犠牲となる処女との結合によって、稲作の豊穣を求める儀礼であったことを示唆するらしい。

二二 この説話、八を聖数とする説話で、随所に「八」が使用される。これは実数が「八」であることを示すものではない。→補注1-一二四。

箇の少女有りき。年毎に八岐大蛇の爲に呑まれき。今此の少童、且臨被呑むとす。脱免るるに由無し。故哀傷む」とまうす。素戔嗚尊、勅して曰はく、「若し然らば、汝、當に女を以て吾に奉れむや」とのたまふ。對へて曰さく、「勅の隨に奉る」とまうす。

故、素戔嗚尊、立ら奇稲田姫を、湯津爪櫛に化爲して、御髻に插したまふ。乃ち脚摩乳・手摩乳をして八醞の酒を釀み、幷せて假庪 假庪、此をば佐受枳と云ふ。八間を作ひ、各一口の槽置きて、酒を盛れしめて待ちたまふ。期に至りて果して大蛇有り。頭尾各八岐有り。眼は赤酸醬 赤酸醬、此をば阿箇箇鵝知と云ふ。の如し。松柏、背上に生ひて、八丘八谷の間に蔓延れり。酒を得るに及至りて、頭を各一の槽におとしいれて飲む。酔ひて睡る。時に素戔嗚尊、乃ち所帯かせる十握劒を拔きて、寸に其の蛇を斬る。尾に至りて劒の刃少しき缺けぬ。故、其の尾を割裂きて視せば、中に一の劒有り。此所謂草薙劒なり。草薙劒、此をば倶娑那伎能都留伎と云ふ。一書に云はく、本の名は天叢雲劒。蓋し大蛇居る上に、常に雲氣有り。故以て名くるか。日本武皇子に至りて、名を改めて草薙劒と曰ふといふ。素戔嗚尊の曰はく、「是神しき劒なり。吾何ぞ敢へて私に安けらむや」とのたまひて、天神に上獻ぐ。

然して後に、行きつつ婚せむ處を覓ぐ。遂に出雲の清地に到ります。清地、此をば素鵝と云ふ。乃ち言ひて曰はく、「吾が心清清し」とのたまふ。此今、此の地を呼びて清と曰

一「頭尾各八岐有り」とあるので八岐大蛇という。ヲロチのヲは峰(ヲ)、ロは助詞、チはミヅチ・イカヅチなどのチ。蛇は水の精霊で農業の豊凶を左右する。巫女がその水の精霊に奉仕して農業の豊穣を求める儀礼が、やがて変化して、悪い者のために娘が奪われるという話に転じて行ったものであろうという。二 且も臨も同じく、まさに…せんとすの意。三 タチナガラは、ついちょっとの間の意。別訓タチドコロニ。四 ユは斎(イ)と同じ。神聖な爪櫛の意。それを髻に插すことの意味について諸説がある。それは女装したのだと見る説、または、勇者が邪霊から女性を救うときには、女性をある物に変化させて、それを身につけて戦うことが多い。ここもその一例であろうという説など。↓補注1-九五。五 醞は、説文に「釀也」とある。また、重ねてかもす意。名義抄にカムとある。八醞酒について釈紀に「或説、一度釀熟絞㆓取其汁㆒、棄㆓其糟㆒、更用㆓其酒㆒為㆑汁、亦更釀㆑之。如㆑此八度。是為㆓純酷之酒㆒也。…塩者、以㆓其汁㆒八度絞返故也。今世亦謂㆓一度㆒、便為㆓一塩㆒也。謂㆑之折者、以㆓其八度折返㆒故也。是古老之説也。而先師不㆑用。此酒二一日二夜熟耳」とある。六 庪は、広韻に過委切。衼・庋と同じとあり、庋は、玉篇に「閣也」とある。膳だな、とだなの意。仮庪で、仮りに作ったたな。サズキの語源は不詳。後世桟敷といわれるようになった。七 マは、柱と柱との間。仮庪を八面作ったというのであろう。八 槽は、馬のかいばのおけ。また水を容れる容器。また酒を醸す器。名義抄にサカフネ、日葡辞書にサカブネとある。九 釈紀に私記を引いて「是今保々都岐者也」とある。一〇 柏は栢に同じ。名義抄にカヘとある。漢籍にも松柏と続く例が多く、ともに常緑樹。一一 ↓九一頁注二三。第二の一書では剣の名を麁正として、いま石上神宮にありといい、第三の一書には名を

ふ。彼處に宮を建つ。或に云はく、時に武素戔嗚尊、歌して曰はく、「[一八]や雲たつ　出雲八重垣　妻ごめに　八重垣作る　その八重垣ゑ」。乃ち相與に[一九]遘合して、[二〇]兒大己貴神を生む。因りて勅して曰はく、「吾が兒の宮の[二一]首は、卽ち脚摩乳・手摩乳なり」とのたまふ。故、號を二の神に賜ひて、[二二]稲田宮主神と曰ふ。已にして素戔嗚尊、遂に[二三]根國に就でましぬ。

箇少女㆒。毎㆑年爲㆓八岐大蛇㆒所呑。今此少童且臨被呑。無㆑由㆓脱免㆒。故以哀傷。素戔嗚尊勅曰、若然者、汝當以㆑女奉㆑吾耶。對曰、隨㆑勅奉矣。故素戔嗚尊、立化㆓奇稲田姫㆒、爲㆓湯津爪櫛㆒、而插㆓於御髻㆒。乃使㆘脚摩乳・手摩乳釀㆓八醞酒㆒。幷作㆓假庪㆒（假庪、此云㆓佐受枳㆒。）八間㆒、各置㆓一口槽㆒、而盛㆑酒以待之也。至㆑期果有㆓大蛇㆒。頭尾各有㆓八岐㆒。眼如㆓赤酸醬㆒。（赤酸醬、此云㆓阿箇箇鵝知㆒。）松柏生㆓於背上㆒、而蔓㆓延於八丘八谷之間㆒。及㆓至得㆑酒、頭各一槽飲。醉而睡。時素戔嗚尊、乃拔㆓所帶十握劒㆒、寸斬㆓其蛇㆒。至㆑尾劒刃少缺。故割㆓裂其尾㆒視之、中有㆓一劒㆒。此所謂草薙劒也。（草薙劒、此云㆓倶娑那伎能都留伎㆒。一書云、本名天叢雲劒。蓋大蛇所居之上、常有㆓雲氣㆒。故以名歟。至㆓日本武皇子㆒、改㆑名曰㆓草薙劒㆒。）素戔嗚尊曰、是神劒也。吾何敢私以安乎、乃上㆓獻於天神㆒也。然後、行覓㆓將婚之處㆒。遂到㆓出雲之淸地㆒焉。（淸地、此云㆓素鵝㆒。）乃言曰、吾心淸淸之。（此今呼㆓此地㆒曰㆑淸。）於彼處建㆑宮。（或云、時武素戔嗚尊歌之曰、夜句茂多兎、伊弩毛夜覇餓岐、兎磨語昧爾、夜覇餓枳都倶盧、贈廼夜覇餓岐廻。）乃相與遘合、而生㆓兒大己貴神㆒。因勅之曰、吾兒宮首者、卽脚摩乳・手摩乳也。故賜㆓號於二神㆒、曰㆓稲田宮主神㆒。已而素戔嗚尊、遂就㆓於根國㆒矣。

韓鋤剣として吉備の神部の許にありといい、第四の一書は天蠅斫剣とする。古語拾遺に名を天羽羽斬として石上神宮にありという。一二 名義抄に「寸、ツダ〳〵」とある。今のずたずた。一三 この語、以下に三箇所あるが古訓にすべてスコシキカケヌ、スコシキカケタリとある。一四 草薙剣初出。オロチから得た剣は、諸一書及び記も草薙剣とする。ただ分注は、本の名を天叢雲剣といったとし、日本武尊の時草薙剣と名を改めたという。この剣は下文に天神に上ったというが、後段では第九段第一の一書や記では、三種神宝の一つとして皇孫につけて地上に降したという。この剣のことは景行紀(及び記)で再びあらわれ、大和武尊が東征の途上、倭姫からこれを得、死の直前に尾張国造の祖の宮簀媛に託したという。即ちこの剣は大蛇↓高天原↓天皇↓(伊勢)↓熱田にうつったという系列が考えられている。↓補注1-九六・補注2-一九。一五 類句に、史記、高祖本紀に「李所㆑居之上、常有㆓雲気㆒」。一六 安置する。置く。一七 記に同じ話を伝えて、「故其地者於㆑今云㆓須賀㆒也」とあるが、出雲風土記、大原郡条に須我社・須我山・須我小川が見える。須我社は、今、大東町海潮(うしお)の須賀神社。一八 〔歌謡一〕盛んに雲が立つ出雲の八重垣よ。妻を隠らせに八重垣を作る、その八重垣よ。この歌は結婚のために新築する家の新室寿ぎの歌であろう。ヤクモタツは、弥雲が立つ意。雲が立つのは、勢のある意。讃め詞として使われた。八重垣は、幾重にもめぐらす垣。妻ゴメニは妻を籠らせるためにとも、妻と共にとも解しうる。ゴメニという語、花ゴメニ、むくろゴメニなど、奈良・平安時代に例があり、…と共にの意がある。ツマは、結婚の相手となる者。男にも女にもいう。結婚にあたって、本家の端(ツマ)にツマ屋を立てて一緒に住むので、結婚の相手を、男女相互にツマと呼一書〔第二〕に曰はく、素戔嗚尊、天よりして出雲の簸の川上に降到ります。則ち稲田宮主簀狭之八箇耳が女子號は稲田媛を見して、乃ち奇御戸に起して生める兒を、清の湯山主三名狭漏彦八嶋篠と號く。一に云はく、清の繋名坂軽彦八嶋手命といふ。又云はく、清の湯山主三名狭漏彦八嶋野といふ。此の神の五世の孫は、即ち大國主神なり。篠は、小竹なり。此をば斯奴と云ふ。

一書〔第三〕に曰はく、是の時に、素戔嗚尊、安藝國の可愛の川上に下り到ります。彼處に神有り。名をば脚摩手摩と曰ふ。其の妻の名をば稲田宮主簀狭之八箇耳と曰ふ。此の神正に妊身めり。夫妻共に愁へて、乃ち素戔嗚尊に告して曰さく、「我が生める兒多にありと雖も、生むたび毎に輙ち八岐大蛇有りて來りて呑む。一も存きこと得ず。今吾産まむとす。恐るらくは亦呑まれむことを。是を以て哀傷む」とまうす。素戔嗚尊、乃ち敎へて曰はく、「汝衆菓を以て酒八甕を醸め。吾當に汝が爲に蛇を殺さむ」とのたまふ。二の神敎の隨に酒を設く。産む時に至りて、必ず彼の大蛇、戸に當りて兒を呑まむとす。素戔嗚尊、蛇に勅して曰はく、「汝は是可畏き神なり。敢へて饗せざらむや」とのたまひて、乃ち八甕の酒を以て、口毎に沃入れたまふ。其の蛇、酒を飲みて睡る。素戔嗚尊、劒を抜きて斬りたまふ。尾を斬る時に至りて、劒の刃少し缺けたり。割きて視せば、劒、尾の中に在り。是を草薙劒と號く。此は今、尾張國

ぶようになったのであろう。八重垣ヱのヱは原文、廻に作る。廻は、広韻に戸恢切、灰韻の文字。呉音ヱ、漢音クヮイ。ここではおそらくヱと訓むのであろう。ヱは間投詞。天智十年十二月条の歌謡に「ゑ苦しゑ …吾は苦しゑ」。

一九 →補注1-一八。二〇 →補注1-九七。

二一 ツカサは、すべて高い所。野ヅカサは、野の高いところ。転じて、首長の意。二二 稲田を祭る宮主という意味による命名。

二三 →補注1-四〇。

一 →一二二頁注二一。簀狭は地名。出雲風土記、飯石郡条に「須佐郷、郡家正西一十九里。神須佐能袁命詔、此国者雖二小国一、国処在、故我御名者、非レ著二木石一詔而、即已命之御魂、鎮置給之、然即、大須佐田小須佐田定給、故云二須佐一、即有二正倉一」とある。八箇耳は語義未詳。八岐大蛇の説話には、八という数が非常に多く使われるので、ここもその一つであろう。二 クミドのクミは、組む意か。寝所の意であろう。ツマヤを起てる意であろう。三 須賀の湯山の主、その御名は、サルヒコヤシマシノという意であろうか。記には八島士奴美とある。須賀の湯山は出雲風土記に「須我小川之湯淵村、川中温泉」とあり、今の大東町の海潮温泉が遺称地。

四 繋は、名義抄にユフとあり、ユヒナサカと訓む。湯山主にあたる。軽彦はサルヒコに通じる。八島手の手は年の誤りか。ヤシマネで、ヤシマノの音転ではないか。五 →補注1-九八。

六 →補注1-九七。七 奴は記・万葉ではヌの仮名であるが、書紀ではヌ・ノ(甲)、ド(甲)に使う。その理由について→補注1-一六。

八 第二の一書は、内容が本文とほぼ同じである。

九 安芸国には埃(エ)の宮がある。→一九〇頁注一六。

の吾湯市村に在す。即ち熱田の祝部の掌りまつる神是なり。其の蛇を斷りし劒をば、號けて蛇の麁正と曰ふ。此は今石上に在す。是の後に、稲田宮主簀狹之八箇耳が生める兒眞髮觸奇稲田媛を以て、出雲國の簸の川上に遷し置ゑて、長養す。然して後に、素戔嗚尊、妃としたまひて、生ませたまへる兒の六世の孫、是を大己貴命と曰す。大己貴、此をば於褒婀娜武智と云ふ。

一書曰、素戔嗚尊、自レ天而降二到於出雲簸之川上一。則見二稲田宮主簀狹之八箇耳女子號稲田媛一、乃於奇御戸爲起而生兒、號二清之湯山主三名狹漏彦八嶋篠一。一云、清之繫名坂輕彦八嶋手命。又云、清之湯山主三名狹漏彦八嶋野。此神五世孫、即大國主神。篠、小竹也。此云二斯奴一。

一書曰、是時、素戔嗚尊、下二到於安藝國可愛之川上一也。彼處有レ神。名曰二脚摩手摩一。其妻名曰二稲田宮主簀狹之八箇耳一。此神正在姙身。夫妻共愁、乃告二素戔嗚尊一曰、我生兒雖レ多、毎レ生輙有二八岐大蛇一來呑。不レ得二一存一。今吾且レ產。恐亦見レ呑。是以哀傷。素戔嗚尊乃教之曰、汝可下以二衆菓一釀中酒八甕上。吾當爲レ汝殺レ蛇。二神隨レ教設レ酒。至二產時一、必彼大蛇、當レ戸將レ呑レ兒焉。素戔嗚尊勅レ蛇曰、汝是可畏之神。敢不レ饗乎、乃以二八甕酒一、毎レ口沃入。其蛇飲レ酒而睡。素戔嗚尊、拔レ劒斬之。至レ斬二尾時一、劒刃少缺。割而視之、則劒在二尾中一。是號二草薙劒一。此今在二尾張國吾湯市村一。即熱田祝部所掌之神是也。其斷レ蛇劒、號曰二蛇之麁正一。此今在二石上一也。是後、以二稲田宮主簀狹之八箇耳生兒眞髮觸奇稲田媛一、遷二置於出雲國簸川上一、而長養焉。然後、素戔嗚尊、以爲レ妃而所生兒之六世孫、是曰二大己貴命一。大己貴、此云二於褒婀娜武智一。

一〇 広島・島根両県を流れる江川(ごうのかわ)を古くはエノカハとよんだというが江(え)のエはヤ行のye. 可愛(え)のエはア行のエeの音なので、もし江川という表記が平安朝初期以前にあるものならば、可愛川に、江川を擬するのは誤りとなる。

一一 果実によって作る酒。梅酒・葡萄酒など。

一二 酒のかめの腹が広がって太いので、甕自身をハラという。八甕は、たくさんの酒の意。

一三 この古訓の意未詳。兼方本・兼夏本等に明瞭に付訓がある。釈紀に「必、読倍々毛加奈良須、問必字読二加倍々一如何、答、師説、是先師殊読如耳」とある。「倍々毛」は、ベベモと訓むべく、べはウべと同じで、ウベウベモの意か。宜(ウベ)を重ねた語。あるいは「倍々毛」は「倍之毛」の誤写か。もし「倍之毛」なら、besimo は mbesimo と同じで、mbesimo は ubesimo で、つまり、必をウベシモと訓んだものか。それが後に加えられたカナラズと重なって、ベシモカナラズとなり、へ、モカナラズの形に書かれたのかもしれない。当をムベナリ、可をムベナフなどと名義抄では訓んでいる。

一四 景行五十一年八月条に年魚市郡、霊異記に阿育知郡。しかし書紀撰上前の、続紀、和銅二年五月条では、すでに尾張国愛知郡と表記。和名抄も愛知を阿伊知と訓む。

一五 →補注7-三七。

一六 →補注1-九九。

一七 aramasa は karamasaFi(韓鋤)と同じであろうという。→一二六頁注一。

一八 一説に、下文第三の一書に吉備神部とあるので、備前の石上布都之魂神社か、という。→一二六頁注二。大和の石上神宮(→補注1-一〇〇)とは別。

一九 櫛に対する修飾語。髪に触れる意。奇(くし)は櫛と通用。

二〇 →補注1-九八。 二一 →補注1-九七。

一書に曰はく〔第三〕、素戔嗚尊、奇稲田媛を幸さむとして乞ひたまふ。脚摩乳・手摩乳、對へて曰さく、「請ふ、先づ彼の蛇を殺りたまひて、然して後に幸さば宜けむ。彼の大蛇、頭毎に各石松有り。兩の脇に山有り。甚だ可畏し。將に何以てか殺りたまはむ」とまうす。素戔嗚尊、乃ち計ひて、毒酒を醸みて飲ましむ。蛇醉ひて睡る。素戔嗚尊、乃ち蛇の韓鋤[一]の劒を以て、頭を斬り腹を斬る。其の尾を斬りたまふ時に、劒の刃、少しき缺けたり。故、尾を裂きて看せば、即ち別に一の劒有り。名けて草薙劒と爲ふ。此の劒は昔素戔嗚尊の許に在り。今は尾張國に在り。其の素戔嗚尊の、蛇を斷りたまへる劒は、今吉備の神部[二]の許に在り。出雲の簸の川上の山是なり。

[三]一書に曰はく〔第四〕、素戔嗚尊の所行無狀し。故、諸の神、科するに千座置戸[四]を以てし、遂に逐ふ。是の時に、素戔嗚尊、其の子五十猛神[五]を帥ゐて、新羅國[六]に降到りまして、曾尸茂梨[七]の處に居します。乃ち興言して曰はく、「此の地は吾居らまく欲せじ」とのたまひて、遂に埴土を以て舟に作りて、乘りて東に渡りて、出雲國の簸の川上に所在る、鳥上の峯[八]に到る。時に彼處に人を呑む大蛇有り。素戔嗚尊、乃ち天蠅斫劒[九]を以て、彼の大蛇を斬りたまふ。時に、蛇の尾を斬りて刃缺けぬ。即ち擘きて視せば、尾の中に一の神しき劒有り。素戔嗚尊の曰はく、「此は以て吾が私に用ゐるべからず」とのたまひて、乃ち五世の孫天之葺根神[一〇]を遣して、

一 鉏を朝鮮語で stapo という。日本語のサヒ（小刀、刀）に当る。剗刀にサヒの訓がある（十住毗婆沙論古点）。韓鋤は、韓から伝来した小刀の意であろう。鋤は本来は、スキ。鉏に同じ。朝鮮から伝来した物の名は、原語と日本語とで、物にずれのあることがある。例えば鎌を nat というが、日本語では nata は鉈であるごとき。

二 延喜神名式、備前国赤坂郡に石上布都之魂神社が見える。これかという。神部は職員令、神祇官に三十人。しかしここは神主の意。この部分と以下の部分との関係が分らないので、松下見林は以下九字を衍文とし、通証は「今按、或曰春日所蔵古本、出雲上有下其斬二大蛇一之地則七字上」という。

三 以下第四・第五・第六の一書、素戔嗚尊の子孫等が樹種を植え、畜産につとめるなど、国土経営に努めた話がある。

四 →一一三頁注三八。

五 五十はイと訓む。イは斎、忌のイであろうか。タケルは、武勇の意。この神、第五の一書では、妹神と共に木種を分布させたとある。

六 新羅のことが書紀に見えるはじめ。のみならず、この「新羅国」は書紀に見える外国名の最初のものとして注意される。けれども実際は、書紀を編修する当時の新しい知識にもとづいた国名であろう。そのわけは、次の「曾尸茂梨」の解釈に関連する。朝鮮の地域名としては下文（本文）の「韓地（からくに）」また「韓郷（からくに）」の「韓（から）」より古きはない。新羅は、万葉に新羅奇。出雲風土記に志羅紀とある。紀はキ乙類 kï の音であるから、城（キ）と同語であろう。百済で、城をキというから、シラキという名は、百済が新羅を呼ぶ名として起ったものではあるまいかと思われる。→補注1-一〇一。

七 釈紀、述義に「元慶講書之時（八七八—八八二）、惟良大夫（勘解由次官惟良宿禰高尚）横点云、此処

者、若今蘇之保留処歟。師説云、此説甚可レ驚云云、摂政殿下(昭宣公、基経)咲レ之、其後公卿大夫莫レ不レ為二口実一也」とある。惟良宿禰は当時統一時代新羅についての知識で解釈し、「今の蘇之保留のところ」かといったのである。近代の言語学者は「蘇之」の「之」は、朝鮮語の助辞促音S(ノの義)をあらわすと説明する。そうすれば蘇之保留とは、当時の新羅言葉でいう王都、すなわち徐耶伐 siŏ-ia-pŏr, 徐羅伐 siŏ-ia-pŏr, 徐伐 siŏ-pŏr をさしていると思われる。sio は金の意。ia は「…のあるところ」。por は日本語でフレともいい、村の意。つまり金のある部落の意。シラキのシラは、やはり「金のある」という意の古語、キは部落と考えられるから、この解釈に従えば、曾尸茂梨は語源的には新羅と同語となる。

八 記では鳥髪。島根県仁多郡船通山の古名という。

九 蠅(ハヘ)の古形はハハと推定される。ハハは、蛇。古語拾遺に「天十握剣、其名、天羽羽斬。今在二石上神宮一。古語大蛇、謂二之羽羽一」とある。ハハはハブ、ヘミなどと同根の語。蠅をハハと認めうるのは、sakë→saka(酒)、amë→ama(雨)、takë→taka(竹)などの類例により、Fafë→FaFa(蠅)と考えるのである。

一〇 記に「天之冬衣神」とある神にあたる。Fuyukinu と Fukine との音の類似がある。↓補注1-九八。

一一 →補注1-一〇二。

一二 仲哀紀に「金銀彩色」とあり、神功紀に「金銀之国」、継体紀にも「海表金銀之国」とある。顕宗紀には「金銀蕃国」とある。

一三 若使は、モシの意。タトヒは、古くモシと同じに使う。

天に上奉ぐ。此今、所謂草薙劒なり。初め五十猛神、天降ります時に、多に樹種を將ちて下る。然れども韓地に殖ゑずして、盡に持ち歸る。遂に筑紫より始めて、凡て大八洲國の内に、播殖して青山に成さずといふこと莫し。所以に、五十猛命を稱けて、有功の神とす。卽ち紀伊國[一一]に所坐す大神是なり。

一書に曰はく、[第五] 素戔嗚尊の曰はく、「韓鄕の嶋には、是金銀[一二]有り。若使[一三]吾が兒

一書曰、素戔嗚尊、欲レ幸二奇稻田媛一而乞之。脚摩乳・手摩乳對曰[1]、請先殺二彼蛇一、然後幸者宜也。彼大蛇、每レ頭各有二石松一。兩脇有レ山。甚可畏矣。將何以殺之。素戔嗚尊、乃計釀二毒酒一以飮之。蛇醉而睡。素戔嗚尊、乃以二蛇韓鋤之劒一、斬レ頭斬レ腹。其斬レ尾之時、劒刃少缺。故裂レ尾而看、卽別有二一劒一焉。名爲二草薙劒一。此劒昔在二素戔嗚尊許[2]一。今在二於尾張國一也。其素戔嗚尊、斷レ蛇之劒、今在二吉備神部許一也。出雲簸之川上山是也。

一書曰、素戔嗚尊所行無狀。故諸神、科以二千座置戶一、而遂逐之。是時、素戔嗚尊、帥二其子五十猛神一、降二到於新羅國一、居二曾尸茂梨之處一。乃興言曰、此地吾不レ欲レ居、遂以二埴土一作レ舟、乘之東渡、到二出雲國簸川上所在、鳥上之峯一。時彼處有二呑レ人大蛇一。素戔嗚尊、乃以二天蠅斫[8]之劒一、斬二彼大蛇一。時斬二蛇尾一而刃缺。卽擘而視之、尾中有二一神劍一。素戔嗚尊曰、此不レ可二以吾私用一也、乃遣二五世孫天之葺根神一、上二奉於天一。此今所謂草薙劒矣。初五十猛神、天降之時、多將二樹種一而下。然不レ殖二韓地一、盡以持歸。遂始レ自二筑紫一、凡大八洲國之內、莫レ不三播殖而成二青山一焉。所以、稱二五十猛命一、爲二有功之神一。卽紀伊國所坐大神是也。

一書曰、素戔嗚尊曰、韓鄕之嶋、是有二金銀一。若使吾兒↓

の所御す國に、[一]浮寶有らずは、未だ佳からじ」とのたまひて、乃ち鬚髯を抜きて散つ。卽ち杉に成る。又、胸の毛を抜き散つ。是、檜に成る。尻の毛は、是[二]柀に成る。眉の毛は是櫲樟に成る。已にして其の用ゐるべきものを定む。乃ち稱して曰はく、「杉及び櫲樟、此の兩の樹は、以て浮寶とすべし。檜は以て瑞宮を爲る材にすべし。柀は以て顯見蒼生の[三]奥津棄戸に將ち臥さむ具にすべし。夫の噉ふべき八十木種、皆能く播し生う」とのたまふ。時に、素戔嗚尊の子を、號けて五十猛命と曰す。妹[四]大屋津姫命。次に[五]枛津姫命。凡て此の三の神、亦能く木種を分布す。卽ち紀伊國に渡し奉る。然して後に、素戔嗚尊、[六]熊成峯に居しまして、遂に根國に入りましき。棄戸、此をば須多杯と云ふ。柀、此をば磨紀と云ふ。

[七]一書〔第六〕に曰はく、大國主神、亦の名は[八]大物主神、亦は國作大己貴命と號す。亦は[九]葦原醜男と曰す。亦は[一〇]八千戈神と曰す。亦は[一一]大國玉神と曰す。亦は顯國玉神と曰す。其の子凡て一百八十一神有す。夫の大己貴命と、[一二]少彦名命と、力を戮せ心を一にして、[一三]天下を經營る。復顯見蒼生及び畜産の爲は、其の病を療むる方を定む。又、鳥獸・昆蟲の災異を攘はむが爲は、其の[一四]禁厭む法を定む。是を以て、百姓、今に至るまでに、咸に[一五]恩賴を蒙れり。嘗、大己貴命、少彦名命に謂りて曰はく、「吾等が所造る國、豈善く成せりと謂はむや」とのたまふ。少彦名命對へて曰はく、「或は成せる所も有り。或は成らざるところも有

一 舟をいう。

二 爾雅に「柀・煔〈煔似㆑松、生㆓江南㆒、可㆔以為㆓船及棺材㆒〉」、名義抄に「披、音彼、マキ」とある。イチイ科の常緑喬木。高さ二〇メートルに及ぶ。建築材・器具等に使う。

三 奥ツとは、奥のという意。家の奥、山の奥、あるいは土の奥底の意。スタへのスタは棄つの語根。へは、瓮。人を棄てる瓮であろう。私記に「作㆑棺也。死人臥仆、故云、将臥耳」とある。

四 大屋という名は、木によって、大きい家を作るによるのであろう。

五 ツマヤを作るによる名であろうという。→一二三頁注一八。

六 記伝はクマナスと訓み、ナスはヌと同じく、熊野のこととし、通証はワニナリと訓み、出雲の鰐淵山のことかとし、通釈はクマナリの訓を取る。地名としては、紀伊にも出雲にもクマノがあり、朝鮮にはクマナリがある。→補注1-一〇三。ここでは、熊(クマ)と川(ナリ)とに注意が向けられていて、実際の場所が何処かは重要でない。三品彰英は熊が水(川)から現われるという観念は、記の序文にもある通りで、皇祖関係の神話に重要な役割を果しているという。

七 この第六の一書は独特で、記の出雲国の話と共通する(→一二一頁注一六)。この一書の話は、㈠大己貴命が少彦名命と国作りをした話、㈡大三輪の神がそれを助けた話、及び㈢大己貴命が出雲の五十狭狭の小汀ではじめて少彦名命にあった話の三段から成るが、記ではそれが㈢㈠㈡の順になっている。その方が話の筋道がととのう。また、㈡の大三輪神の話は、元来は関係のない大己貴命と大物主神(三輪神社の祭神)とが結びつけられた後に加わったと見るのが自然であろう。

八 →補注1-九七。

九 シコは、善きにも悪しきにも、頑丈で強い

り」とのたまふ。是の談、蓋し幽深き致有らし。其の後に、少彦名命、行きて熊野の御碕に至りて、遂に常世郷に適しぬ。亦曰はく、淡嶋に至りて、粟茎に縁りしかば、弾かれ渡りまして常世郷に至りましきといふ。自後、國の中に未だ成らざる所をば、大己貴神、獨能く巡り造る。遂に出雲國に到りて、乃ち興言して曰はく、「夫れ葦原中國は、本より荒芒びたり。磐石草木に至及るまでに、

所御之國、不レ有ニ浮寶一者、未ニ是佳一也、乃拔ニ鬚髯一散之。卽成レ杉。又拔ニ散胸毛一。是成レ檜。尻毛是成レ柀。眉毛是成ニ櫲樟一。已而定ニ其當レ用。乃稱之曰、杉及櫲樟、此兩樹者、可ニ以爲ニ浮寶一。檜可下以爲ニ瑞宮一之材上。柀可ニ以爲ニ顯見蒼生奧津棄戸將臥之具一。夫須レ噉八十木種、皆能播生。于時、素戔嗚尊之子、號曰ニ五十猛命一。妹大屋津姬命。次枛津姬命。凡此三神、亦能分ニ布木種一。卽奉レ渡ニ於紀伊國一也。然後、素戔嗚尊、居ニ熊成峯一、而遂入ニ於根國一者矣。棄戸、此云ニ須多杯一。柀、此云ニ磨紀一。

一書曰、大國主神、亦名大物主神、亦號ニ國作大己貴命一。亦曰ニ葦原醜男一。亦曰ニ八千戈神一。亦曰ニ大國玉神一。亦曰ニ顯國玉神一。其子凡有ニ一百八十一神一。夫大己貴命、與ニ少彥名命一、戮レ力一レ心、經ニ營天下一。復爲ニ顯見蒼生及畜產一、則定ニ其療レ病之方一。又爲レ攘ニ鳥獸昆蟲之災異一、則定ニ其禁厭之法一。是以、百姓至レ今、咸蒙ニ恩賴一。嘗大己貴命謂ニ少彥名命一曰、吾等所造之國、豈謂ニ善成一之乎。少彥名命對曰、或有レ所レ成。或有レ不レ成。是談也、蓋有ニ幽深之致一焉。其後少彥名命、行至ニ熊野之御碕一。遂適ニ於常世鄕一矣。亦曰、至ニ淡嶋一、而緣ニ粟莖一者、則彈渡而至ニ常世鄕一矣。自後、國中所レ未レ成者、大己貴神、獨能巡造。遂到ニ出雲國一、乃興言曰、夫葦原中國、本自荒芒。至ニ及磐石草木一、↓

こと。従ってシコ男は、強い男の意。

一〇 八千は、数の多いこと。戈の多いことは、強いことを示す。大国主神が多くの名を持つのは、それぞれの説話に登場するときに、その説話にふさわしい名を与えられるからである。↓補注1-九七。

一一 →補注1-九七。

一二 →補注1-一〇四。

一三 これは記に「二柱神相並、作ニ堅此国一」とある。出雲風土記にしばしば「天の下造らしし大神大穴持神」とある。

一四 禁は、忌む意。厭は禳(はら)う意。虫害・鳥獣の害を除去する法。

一五 タマは、生命力。フユは、振るうこと。生命力の活動によって物事が成就し進展するという当時の考え方を表現する語。カガフレリは御巫本私記の訓による。

一六 以下十字、衍入とする説があるが、古写本にすべて存する。御巫本私記の訓には、「コレハモノカタラヒコトナリ。ケダシフカキムネハアルラム」とある。

一七 幽は、はるか遠いこと。深遠なこと。

一八 今、島根県八束郡八雲村熊野。熊野は出雲国意宇郡にある。出雲風土記、意宇郡条に「熊野山、郡家正南一十八里、〈有ニ檜檀一也、所レ謂熊野大神之社坐〉」とある。ミサキは、海岸に限らず、山でも岡でも突出部をいう。

一九 →補注1-七八。

二〇 釈紀所引伯耆風土記に「相見郡、郡家西北有ニ余戸里一、有ニ粟島一、少日子命蒔レ粟、莠実離離、即載レ粟、弾ニ渡常世国一、故云ニ粟島一也」とある。今、鳥取県米子市に上粟島・下粟島の地名を伝える。粟茎→補注1-一〇四。

二一 芒は、茫に通じ、広い意。また亡に通じ滅ぶ意。荒れて、ひろい意。

咸に能く強暴る。然れども吾已に摧き伏せて、和順はずといふこと莫し」とのたまふ。遂に因りて言はく、「今此の國を理むるは、唯し吾一身のみなり。其れ吾と共に天下を理むべき者、蓋し有りや」とのたまふ。

時に、神しき光海に照して、忽然に浮び來る者有り。曰はく、「如し吾在らずは、汝何ぞ能く此の國を平けましや。吾が在るに由りての故に、汝其の大きに造る績を建つこと得たり」といふ。是の時に、大己貴神問ひて曰はく、「然らば汝は是誰ぞ」とのたまふ。對へて曰はく、「吾は是汝が幸魂奇魂なり」といふ。大己貴神の曰はく、「唯然なり。廼ち知りぬ、汝は是吾が幸魂奇魂なり。今何處にか住まむと欲ふ」とのたまふ。對へて曰はく、「吾は日本國の三諸山に住まむと欲ふ」といふ。故、即ち宮を彼處に營りて、就きて居しまさしむ。此、大三輪の神なり。此の神の子は、即ち甘茂君等・大三輪君等、又姫蹈鞴五十鈴姫命なり。又曰はく、事代主神、八尋熊鰐に化爲りて、三嶋の溝樴姫、或は云はく、玉櫛姫といふに通ひたまふ。而して兒姫蹈鞴五十鈴姫命を生みたまふ。是を神日本磐余彦火火出見天皇の后とす。

初め大己貴神の、國平けしときに、出雲國の五十狹狹の小汀に行到して、飲食せむとす。是の時に、海上に忽に人の聲有り。乃ち驚きて求むるに、都に見ゆる所無し。頃時ありて、一箇の小男有りて、白蘞の皮を以て舟に爲り、鷦鷯の羽を

一 造は、成すの意。 二 古代人にとっては、魂は肉体を離れて行動しうるものであったので、このように魂だけが現われると考え得た。幸魂とは、御巫本日本書紀私記に「左支久阿良之无留魂」とある。奇魂は、奇徳をもって、万事を知って弁別できる魂の意。 三 記に「倭之青垣東山上」とある。日本↓補注1-三〇・下補注16-九。 四 三輪山。ミは神の意。モロは朝鮮語mori(山)と同源の語。神の降下してくる所。従って、ミモロは、言葉としては三輪山だけを指すものでなく、飛鳥のミモロ岳もあり、また、個人がそれを作ることもあった。「わが屋戸にみもろを立てて」(万葉四二〇)。 五 今の大三輪神社。↓補注1-一〇五。 六・七 大三輪は三輪・美和・神など、甘茂は賀茂・加茂・鴨などとも書かれ、地名、神社名としては全国的に分布するが、三輪氏は大和盆地東南部、賀茂氏は同じく西南部を本拠とした、いずれも在地性の強い土豪。三輪氏は比較的に早くから朝廷でも地歩を占めたようだが、賀茂氏は三輪氏と共に壬申の乱で活躍するまで、史上に有力者を出していない(↓下三九六頁注一四・一五)。両氏とも天武十三年十二月に朝臣と賜姓。↓下補注29-一三。 八 ここでは大三輪神の子とするが、すぐ次の一説では事代主神と三島の溝樴姫(玉櫛姫)との間の児とする。神武即位前紀庚申年条でも同様の話をのせ、綏靖紀でも事代主神の少女とし、安寧即位前紀でも事代主神の子とし、五十鈴依媛命とある。一方神武記には、この姫蹈鞴五十鈴媛は、比売多多良伊須気余理比売とある。これは三島の溝咋の孫とされている。三島溝咋の女に、勢夜陀多良比売があり、それの子だからである。比売多多良伊須気余理比売の名は、もとの富登多多良伊須気余理比売という名を改名した結果である。その出生は、勢夜陀多良比売が厠にいたとき美和の大物主が丹塗矢となって、

以て衣にして、潮水の隨に浮き到る。大己貴神、即ち取りて掌中に置きて、翫びたまひしかば、跳りて其の頰を嚙ふ。乃ち其の物色を怪びて、使を遣して天神に白す。時に、高皇産靈尊、聞しめして曰はく、「吾が産みし兒、凡て一千五百座有り。其の中に一の兒最惡くして、敎養に順はず。指間より漏き墮ちにしは、必ず彼ならむ。愛みて養せ」とのたまふ。此即ち少彥名命是なり。顯、此をば于都斯と

咸能强暴。然吾已摧伏、莫㆑不㆓和順㆒。遂因言、今理㆓此國㆒、唯吾一身而已。其可㆔與㆑吾共理㆓天下㆒者、蓋有之乎。于時、神光照㆑海、忽然有㆓浮來者㆒。曰、如吾不㆑在者、汝何能平㆓此國㆒乎。由㆓吾在㆒故、汝得㆑建㆓其大造之績㆒矣。是時、大己貴神問曰、然則汝是誰耶。對曰、吾是汝之幸魂奇魂也。大己貴神曰、唯然。廼知汝是吾之幸魂奇魂。今欲㆓何處住㆒耶。對曰、吾欲㆑住㆓於日本國之三諸山㆒。故即營㆓宮彼處㆒、使㆓就而居㆒。此大三輪之神也。此神之子、即甘茂君等・大三輪君等、又姬蹈韛五十鈴姬命。又曰、事代主神、化㆓爲八尋熊鰐㆒、通㆓三嶋溝樴姬、或云、玉櫛姬㆒。而生㆓兒姬蹈韛五十鈴姬命㆒。是爲㆓神日本磐余彥火火出見天皇之后㆒也。初大己貴神之平㆑國也、行㆓到出雲國五十狹狹之小汀㆒、而且當飲食。是時、海上忽有㆓人聲㆒。乃驚而求之、都無㆑所㆑見。頃時、有㆓一箇小男㆒、以㆓白蘞皮㆒爲㆑舟、以㆓鷦鷯羽㆒爲㆑衣、隨㆓潮水㆒以浮到。大己貴神、即取置㆓掌中㆒、而翫之、則跳嚙㆓其頰㆒。乃怪㆓其物色㆒、遣㆑使白㆓於天神㆒。于時、高皇産靈尊聞之而曰、吾所產兒、凡有㆓一千五百座㆒。其中一兒最惡、不㆑順㆓敎養㆒。自㆓指間㆒漏墮者、必彼矣。宜愛而養之。此即少彥名命是也。顯、此云㆓于都斯㆒。↓

そのホトを突いたという話による。もともと、三島溝樴姫の名にあるミゾは水の流れであり、これは川屋(厠)を連想させる。クヒは棒で、男性の象徴となるもの。また、セヤタタラのセは、ソと交替する音、セヤはソヤと同じ。ソヤは金属の矢じりの矢。タタラは「立たれ」の古い名詞形であるから、セヤタタラは「矢を立てられ」である。従って、ミゾクヒとセヤタタラの名から、厠にいる姫がホトに丹塗矢を立てられるという話が想像される。その結果、セヤタタラ(矢を立てられ)姫は、イススキ(ぶるぶるふるえた)というので、そこに生れた姫が、ホトタタライススキヒメの名がある。しかし、このホト(女陰)の名を忌んで、後でヒメタタライスケヨリヒメと改名したと記にある。これが書紀にはヒメタタライスズヒメとして登場している。なお、或云として、溝樴姫の代りに、玉櫛姫とあるが、タマは生命力であり、当時のクシは、細長いものであったから、丹塗矢、または樴と同じことを表現するものであろう。九 →補注1-一〇六。一〇 海幸・山幸の説話にも現われる。→補注1-一〇七。一一 三島は摂津国の郡名。ミゾクヒ→注八。一二 神武紀には、三島溝橛耳神の女とある。事代主神とは関係が深く、神功紀に「於天事代於虚事代玉籤入彦厳之事代神」とあり、ここの玉籤(たまくし)は、玉櫛と同じものをいう。一三 →神武即位前紀庚申年八月条。一四 第九段には「五十田狭之小汀」、記には「伊那佐之小浜」とある。出雲風土記の出雲郡の伊奈佐乃社がそれであろうという。大社町稲佐にある。イササとイタサとはsとtとの交替。tとsの交替は次(スギとツギ)などの例がある。大物主神・少彦名神・建御雷神がここに降下し、寄りついた。つまり、ここは、ミアレの場所であったと認められる。一五 ミは敬称の接頭語。ヲシは飲食する、治める意。一六 都は否定の助

云ふ。蹈鞴、此をば多多羅と云ふ。幸魂、此をば佐枳彌多摩と云ふ。奇魂、此をば倶斯美挓磨と云ふ。鷦鷯、此をば娑娑岐と云ふ。

日本書紀巻第一

字「無」を強める俗語的用法。一七 ヲグナの意未詳。日本武尊を童男といい、これをヲグナと読んでいる。一八 白薟は白斂に同じ。薬草の一種。名義抄にヤマカガミ。記には羅摩とあり、名義抄に「蘿麻子、カガミ」とある。一九 ミソサザイのこと。訓注に「娑娑岐」とあるのは、ササキと清音に訓むように思われるが、サザ・キギ・ツヅなどのような音の連続の場合は、このように清音の文字を繰返して書く例がいくつかある。二〇 ここでは少彦名は高皇産霊尊の子。記では神産巣日神の子とする。二一 ツラシは、人の仕打ちの恨めしく耐え難い意。二二 兼夏本頭書に「指間、多万与利」と万葉仮名で記され、また兼方本等の左傍に「タマヨリ」の訓がついている。タマは、手間。兼方本等の他の古訓タママタは、タマの意が不明となってマタが追加されたものか。あるいはタナマタのナがマと書写されてタママタとなったものか。記には「我が手俣より久岐斯子ぞ」とある。

蹈鞴、此云二多多羅一。幸魂、此云二佐枳彌多摩一。奇魂、此云二倶斯美拕磨一。鷦鷯、此云二娑娑岐一。

日本書紀卷第一[2]

一 →補注1-三六。以下第九段の本文及び八つの一書。記にも似た話があって最も詳しい。そこには、㈠天穂日命、天稚彦らの葦原中国への派遣、㈡経津主・武甕槌の征定と大己貴父子の国譲り、㈢皇孫瓊瓊杵尊の高千穂への降臨、㈣猿田彦の嚮導、及び㈤彦火火出見尊らの誕生の話が述べられている。第一・第二の一書や記では、はじめ天忍穂耳尊を葦原中国に降そうとしたが、国譲りで時を経ているうちに瓊瓊杵尊が生れ、瓊瓊杵尊を代りに降すことになっている。本文ははじめから瓊瓊杵尊を降すが、若神の誕生を神聖と観ずる立場からいえば前の方が元の形なのであろう。

二 →一〇六頁注一。 三 →七八頁注五・六。

四 栲は、楮の白い繊維。朝鮮語 tak と同源の語。幡は、機織の道具。朝鮮語 poit'ïl と同源の語。チヂは、数多い意。機織の盛んなさまをいう。本文・第二・第六・第七・第八の一書に高皇産霊尊の女とする。第一の一書に思兼命の妹、第六の一書の「亦曰」に高皇産霊尊の児火之戸幡姫の児とし、第七の一書の一云には高皇産霊尊の児万幡姫の児で玉依姫といったという。

五 →補注2-一。

六 オギロは、深く曠く、大なる意で、兼夏本・底本等の訓。浩汗・曠を古い漢籍の訓点などにオギロと訓む。

七 鍾は、説文、通訓定声に「為ㇾ叢」とある。名義抄に、アツマル。八 あがめる。肩アツの約か。肩を入れる意。九 スメは皇、ミは敬称、マは孫。一〇 大した力は無いが、騒がしくて、従わない神神。一一 草や木もそれぞれに精霊を持っていて、物を言って、人間をおびやかした意。→補注2-一。 一二 葦原中国に将軍や皇孫を降す人は常に高皇産霊尊であって天照大神ではない。それは第二・第四・第六の一書でも同じだが、第二の一書では天神の語も見え、皇孫に三宝を

日本書紀 巻第二

神代下

天照大神の子正哉吾勝勝速日天忍穂耳尊、高皇産靈尊の女栲幡千千姫を娶きたまひて、天津彦彦火瓊瓊杵尊を生れます。故、皇祖高皇産靈尊、特に憐愛を鍾めて、崇て養したまふ。遂に皇孫天津彦彦火瓊瓊杵尊を立てて、葦原中國の主とせむと欲す。然も彼の地に、多に螢火の光く神、及び蠅聲す邪しき神有り。復草木咸に能く言語有り。故、高皇產靈尊、八十諸神を召し集へて、問ひて曰はく、「吾、葦原中國の邪しき鬼を撥ひ平けしめむと欲ふ。當に誰を遣さば宜けむ。惟、爾諸神、知らむ所をな隱しましそ」とのたまふ。僉曰さく、「天穗日命は、是神の傑なり。試みざるべけむや」とまうす。是に、俯して衆の言に順ひて、即ち天穗日命を以て往きて平けしむ。然れども此の神、大己貴神に佞り媚びて、三年に比及るまで、尚し報聞さず。故、仍りて其の子大背飯三熊之大人、大人、此をば于志と云ふ。亦の名は武三熊之大人を遣す。此亦還其の父に順りて、遂に報聞さず。

故、高皇產靈尊、更に諸神を會へて、當に遣すべき者を問はせたまふ。僉曰さく、「[二〇]天國玉の子[二一]天稚彦、是壯士なり。試みたまへ」とまうす。是に、高皇產靈尊、天稚彦に[二二]天鹿兒弓及び[二三]天羽羽矢を賜ひて遣す。此の神、亦忠誠ならず。來到りて卽ち[二四]顯國玉の女子[二五]下照姬 亦の名は高姬、亦の名は稚國玉。を娶りて、因りて留住りて曰はく、「吾亦葦原中國を馭らむと欲ふ」といひて、遂に復命さず。是の時に、高皇產靈尊、

伝えるのは天照大神とする。また記では高皇産霊神とともに天照大神も活動し、いずれかといえば天照大神が中心である。第一の一書では天照大神が専ら活躍する。 一三 モノの原義は、存在することが感じられるということ。手で把えられるのもあり、手に確かには把えられないのもあった。後者がつまり、鬼にあたる。

一四 惟は、爾雅、釈詁に「懐・惟・慮・願・念・怒、思也」とあり、願に通じる。古訓にネガハクハとあり、これは字の訓としては正しいが、ここでは発語の助字。コレとよむ。「惟爾元孫某」(尚書、周書)、「惟爾商後王」(同)などその例。

一五 →一〇六頁注二。 一六 →補注1-九七。

一七 漢書、元帝紀注に「仍、頻也」とあり、底本等もシキリニと訓ずるが、ここはヨリテとよむ。

一八 →補注2-三。 一九 還は、底本等カヘリテと訓むが、いま、亦還でマタと訓む(名義抄)。

二〇 記に天津国玉神。玉は、魂。クニタマは、国土を経営するに功あり、国土を守る神。

二一 ワカは、若い意。ヒコは、立派な男子。この(一)天稚彦を遣わす話、(二)返し矢で稚彦の死ぬ話、及び(三)味耜高彦根神の話は一連のものとして第一の一書にも記にも見える。第六の一書は(三)を欠く。→補注2-四。

二二 鹿児を射る大きい弓。天の波士弓に同じ。

二三 羽羽は、大蛇。→一二六頁注九。大蛇のような威力のある矢。

二四 大己貴神の別名。→補注1-九七。ウツシは、この世に生きてあること。根の国(闇)に対して、地上の国。記にも大国主神の女、下照比売とあるが、第一の一書ではただ国神の女子とする。

二五 シタは、赤い色。赤く美しく照る意。記に「大国主神、胸形の奥津宮に坐す神、多紀理毗売命を娶して生める子は、阿遅鉏高日子根神。次に妹高比売命。亦の名は下光比売命」とある。第一の一書の或曰に味耜高彦根神の妹とする。

日本書紀 卷第二

神代下

[1]天照大神之子正哉吾勝勝速日天忍穗耳尊、娶二高皇產靈尊之女栲幡千千姬一、生二天津彦彦火瓊瓊杵尊一。故皇祖高皇產靈尊、特鍾二憐愛一、以崇養焉。遂欲下立二皇孫天津彦彦火瓊瓊杵尊一、以爲中葦原中國之主上。然彼地多有二螢火光神、及蠅聲邪神一。復有二草木咸能言語一。故高皇產靈尊、召二集八十諸神一、而問之曰、吾欲レ令レ撥二平葦原中國之邪鬼一。當遣レ誰者宜也。惟爾諸神、勿レ隱所レ知。僉曰、天穗日命、是神之傑也。可レ不レ試歟。於是、俯順二衆言一、卽以二天穗日命一往平之。然此神佞二媚於大己貴神一、[2]比二及三年一、尙不二報聞一。故仍遣二其子大背飯三熊之大人一、大人、此云二于志一。亦名武三熊之大人一。此亦還順二其父一、遂不二報聞一。故高皇產靈尊、更會二諸神一、問二當レ遣者一。僉曰、天國玉之子天稚彦、是壯士也。宜試之。於是、高皇產靈尊、賜二天稚彦天鹿兒弓及天羽羽矢一以遣之。此神亦不二忠誠一也。來到卽娶二顯國玉之女子下照姬一、[3]亦名高姬、亦名稚國玉。因留住之曰、吾亦欲レ馭二葦原中國一、遂不二復命一。是時、高皇產靈尊、↓

一 雉は、使者として登場する鳥。記に「雉、名は鳴女」。
二 ユは斎、神聖の意。忌ムのイと同じ。ツは助詞のノにあたる。杜木は、カツラ。多く門前に植えた。天神の降下する際に、カツラの側に立つことが多い。杜は、説文に「甘棠(やまなし)」、爾雅に「杜、赤棠、白者棠(棠色異、異二其名一)」「杜、甘棠(今之杜梨)」とあり、名義抄にはユヅリハの訓がある。杜木をカツラと訓むのは、桂と杜との誤用によるらしい。甘棠とは別のもの。
三 杪は、名義抄にコズヱ・スヱとある。
四 →補注2-五。
五 坂のように高くなっている胸。仰臥の胸。
六 新嘗の行事の後で、天稚彦は仰臥していたので胸上に矢があたったのである。記にはここが「天若日子が朝床に寝し高胸坂に中りて死にき」とある。
七 こちらで射た矢を敵に拾われると、矢の持つサチ(霊力)をとられ、それを射返されると必ずこちらに中って大害をうけるので、それを忌むべしという意であろう。
八 →一三五頁注二〇。
九 屍を収めて葬儀を行う場所。
一〇 死去から葬送までの間の葬儀。
一一 記に「河雁為岐佐理持、鷺為掃持」。
一二 記に岐佐理持。釈紀に私記を引いて「師説、葬送之時、戴死者食、片行之人也」とある。武烈即位前紀にも「玉笥には 飯さへ盛り 玉盌(もひ)に 水さへ盛り 泣き沾ち行くも 影媛あはれ」とある。キサリの語義未詳。持傾頭者の意は、纂疏に「謂下挙死人頭上者」とある。
一三 記では「鷺為掃持」。葬送の後に喪屋を掃く帚を持つ者。
一四 記には碓女とある。奠に奉る米をつく役であろう。

其の久報に來ざることを怪びて、乃ち[一]無名雉を遣して、伺しめたまふ。其の雉飛び降りて、天稚彥が門の前に植てる 植、此をば多底屢と云ふ。 湯津[二]杜木の杪[三]に止り。 杜木、此をば可豆邏と云ふ。 時に天探女[四] 天探女、此をば阿麻能左愚謎と云ふ。 見て、天稚彥に謂りて曰はく、「奇しき鳥來て杜の杪に居り」といふ。天稚彥、乃ち高皇産靈尊の賜ひし天鹿兒弓・天羽羽矢を取りて、雉を射て斃しつ。其の矢雉の胸を洞達りて、高皇産靈尊の座します前に至る。時に高皇産靈尊、其の矢を見して曰はく、「是の矢は、昔我が天稚彥に賜ひし矢なり。血、其の矢に染れたり。蓋し國神と相戰ひて然るか」とのたまふ。是に、矢を取りて還して投げ下したまふ。其の矢落ち下りて、則ち天稚彥が胸上[五]に中ちぬ。時に、天稚彥、新嘗して休臥せる[六]時なり。矢に中りて立に死ぬ。此世人の所謂る、[七]反矢畏むべしといふ緣なり。

天稚彥が妻下照姬、哭き泣ち悲哀びて、聲天に達ゆ。是の時に、天國玉[八]、其の哭ぶ聲を聞きて、則ち夫の天稚彥の已に死れたることを知りて、乃ち疾風を遣して、尸を擧げて天に致さしむ。便ち喪屋[九]を造りて殯[一〇]す。卽ち川鴈[一一]を以て、持傾頭者[一二]及び持帚者[一三]とし、一に云はく、鷄を以て持傾頭者とし、川鴈を以て持帚者とすといふ。又雀を以て舂女[一四]とす。一に云はく、乃ち川鴈を以て持傾頭者とし、亦持帚者とす。鴗[一五]を以て尸者[一六]とす。雀を以て舂者とす。鷦鷯[一七]を以て哭者[一八]とす。鵄を以て造綿者[一九]とす。烏を以て宍人者[二〇]とす。凡て衆[二一]の鳥を以て任事す。而して八[二二]日八夜、啼び哭き悲び歌ぶ。

是より先、天稚彦、葦原中國に在りしときに、味耜高彦根神[二三]と友善[二四]しかりき。味耜、此をば婀膩須岐[二五]と云ふ。故、味耜高彦根神、天に昇りて喪を弔ふ。時に、此の神の容貌、正に天稚彦が平生の儀に類たり。故、天稚彦が親屬妻子皆謂はく、「吾が君は猶在しましけり」といひて、則ち衣帶[二六]に攀ぢ牽り、且喜び且慟ふ。時に味耜高彦根神、忿然作色して曰はく、「朋友の道、理相弔ふべし。故、汚穢しきに憚らず

怪二其久不レ來レ報、乃遣二無名雉一伺之。其雉飛降、止二於天稚彦門前所植[1]（植、此云二多底屢一。）湯津杜木之杪一。（杜木、此云二可豆邏一。）[2]時天探女（天探女、此云二阿麻能左愚謎一。）見、而謂二天稚彦一曰、奇鳥來居二杜杪一。天稚彦、乃取二高皇產靈尊所賜天鹿兒弓・天羽羽矢一、射レ雉斃之。其矢洞二達雉胸一、而至二高皇產靈尊之座前一也。時高皇產靈尊、見二其矢一曰、是矢、則昔我賜二天稚彦一之矢也。血染二其矢一。蓋與二國神一相戰而然歟。於是、取レ矢還投下之。其矢落下、則中二天稚彦之胸上一。[3]于時、天稚彦、新嘗休臥之時也。中レ矢立死。此世人所謂、反矢可レ畏之緣也。天稚彦之妻下照姬、哭泣悲哀、聲達二于天一。是時、天國玉、聞二其哭聲一、則知二夫天稚彦已死一、乃遣二疾風一、擧レ尸致レ天。便造二喪屋一而殯之。卽以二川鴈一、爲二持傾頭者及持帚者一、（一云、以レ鷄爲二持傾頭者一、以二川鴈一爲二持帚者一。）又以レ雀爲二舂女一。（一云、乃以二川鴈一爲二持傾頭者一、亦爲二持帚者一。[4]以レ鴗爲二尸者一。以レ雀爲二舂者一。以二鷦鷯一爲二哭者一。以レ鵄爲二造綿者一。以レ烏爲二宍人者一。凡以二衆鳥一任事。）[5]而八日八夜、啼哭悲歌。先レ是、天稚彦在二於葦原中國一也、與二味耜高彦根神一友善。（味耜、此云二婀膩須岐一。）[6]故味耜高彦根神、昇レ天弔レ喪。時此神容貌、正類二天稚彦平生之儀一。故天稚彦親屬妻子皆謂、吾君猶在、則攀二牽衣帶一、且喜且慟。時味耜高彦根神、忿然作色曰、朋友之道、理宜二相弔一。故不レ憚二汚穢一、↓

一五 記には翠鳥とある。今、ショウビンという。ソニ鳥。魚を取って食う鳥。

一六 尸は屍の原字。祖先を祭るとき、神霊の代りに立って祭りを受ける者。形代(かたしろ)。モノは、精霊。マサは、マス(座)の名詞形。精霊のいる所の意が原義。ナフ(綯)→ナハ(縄)、ツク(築く)→ツカ(塚)などと同じ造語法。神代紀口訣に「尸者、着二死衣一而謁弔」とあり、私記に「死人尓可已利氏、毛乃久良不人」とあるのも参考となる。

一七 みそさざい。

一八 葬送にあたって泣く役。欽明三十二年八月条・天武天皇朱鳥元年九月条・持統元年九月条等に奉哀・発哀・発哭(ミネタテマツル)とあるのは、これの儀式化されたもの。記に哭女。

一九 私記の説に「師説、謂令三以レ綿漬レ水、沐二浴於死者一之人耳」とある。纂疏に「謂制下斂二死者一之衣上者」とある。

二〇 私記に「包丁之類也」とあり、死人に食を具える役。

二一 鳥がこのような役を負っているのは、人間の魂は死後、鳥に移るという信仰が当時存在したからであろう。→補注2-六。

二二 葬礼に歌舞する例は、允恭四十二年正月条、崩御の時、新羅王が、楽人八十人を貢上し、難波から京まで、或いは哭泣、或いは儛歌して、殯宮に参会したとある。天武天皇の崩御にも、「仍りて種種の歌儛(うたまひ)を奏る」とある。→補注2-七。

二三 →補注2-八。

二四 ウルハシは、友人との交際がきちんと整って立派であるに使う形容詞。

二五 膩は兼方本・兼夏本・水戸本・丹鶴本「䁆」に作る。䁆という文字は無いので膩に訂す。

二六 味耜高彦根に取りついた様子。攀は、ものにとりすがる、つかまる意。

して、遠くより赴き哀ぶ。何為れか我を亡者に誤つ」といひて、則ち其の帯劒かせる大葉刈 刈、此をば我里と云ふ。亦の名は神戸劒。を抜きて、喪屋を斫り仆せつ。此即ち落ちて山と為る。今美濃國の藍見川之上に在る喪山、是なり。世人、生を以て死に誤つことを悪む、此其の縁なり。

是の後に、高皇産靈尊、更に諸神を會へて、當に葦原中國に遣すべき者を選ぶ。僉曰さく、「磐裂 磐裂、此をば以簸娑窶と云ふ。根裂神の子磐筒男・磐筒女が生める子經津 經津、此をば賦都と云ふ。主神、是佳けむ」とまうす。時に、天石窟に住む神、稜威雄走神の子甕速日神、甕速日神の子熯速日神、熯速日神の子武甕槌神有す。此の神進みて曰さく、「豈唯經津主神のみ大夫にして、吾は大夫にあらずや」とまうす。其の辭氣慷慨し。故、以て即ち、經津主神に配へて、葦原中國を平けしむ。

二の神、是に、出雲國の五十田狹の小汀に降到りて、則ち十握劒を抜きて、倒に地に植てて、其の鋒端に踞て、大己貴神に問ひて曰はく、「高皇産靈尊、皇孫を降しまつりて、此の地に君臨はむとす。故、先づ我二の神を遣して、駈除ひ平定めしむ。汝が意何如。避りまつらむや不や」とのたまふ。時に、大己貴神對へて曰さく、「當に我が子に問ひて、然して後に報さむ」とまうす。是の時に、其の子事代主神、遊行きて出雲國の三穗 三穗、此をば美保と云ふ。の碕に在り。釣魚するを以て樂とす。或いは曰はく、遊鳥するを樂とすといふ。故、熊野の諸手船 亦の名は

一 ハは刃、カリは刀であろう。朝鮮語で刀を kal という。大きな刃の刀。二 記に神度剣とあり、度は音で訓めと注がある。出雲風土記の神門郡から出る剣の意か。或いは、神度剣は、大葉刈の例から推せば、カムハカリノツルギと訓むべきではないか。度はハカルと訓む。それを書写して伝承するうちに、誤読してカムドノツルギとしたものであるかもしれない。或いはカムは称辞、ドは鋭(ト)の意かもしれない。三 高天原から、葦原中国に落ちる意。高天原から落ちて成った山には、天香具山、伊予国の天山、丹後国の天梯立などがある。四 岐阜県武儀郡藍見村(今、美濃市極楽寺・神笠付近)を流れる川。記にも「在二美濃国藍見河之河上一」。喪山は、この付近の山という。五 以下、経津主神・武甕槌神の派遣と大己貴神の国譲りの話で、二神が出雲に降ると大己貴神は子の事代主神に意を問うて後、降服する。第一・第二の一書でもほぼ同じ話が展開されるが、第一の一書は簡単である。第二の一書は詳しく、高天原の神神が身を隠した大己貴神の霊の住むべき宮を作り、大己貴神は顕露の事は皇孫に譲り、皇孫のためにいわい祭ることを誓う話が続いている。記は例によって包括的で、以上すべてを含むが、始め遣わした神として経津主神の代りに天鳥船神がおかれ、また事代主神と並んでその兄弟の建御名方神の反抗が述べられる。なおこの話は出雲国造が代替りに奉る国造神賀詞の主題にもなっている。六 カグツチを切った剣の鋒にしたたる血の化成した神。→九二頁注六。七 →九二頁注八。八 →補注2-九。九 イツは厳の意。霊威の盛んな意。ヲハシリは、刀剣の鍛造の際に閃光などの走る意。また電光の走る意。記には伊都之尾羽張神とある。この相違は、記紀を溯る或る写本に「乎波々利神」とあったことによるであろう。記の系統ではこれを「乎波々利」と解して

二一天鴿船を以て、使者二二稲背脛を載せて遣りつ。而して高皇産靈の勅を事代主神に致し、且は報さむ辭を問ふ。時に事代主神、使者に謂りて曰はく、「今天神、此の借問ひたまふ勅有り。我が父、避り奉るべし。吾亦、違ひまつらじ」といふ。因りて海中に、二三八重蒼柴柴、此をば府璽と云ふ。籬を造りて、二四船枻船枻、此をば浮那能倍と云ふ。を蹈みて避りぬ。使者、既に還りて報命す。

遠自赴哀。何爲誤我於亡者、則拔其帶劔大葉刈、刈、此云我里。亦名神戸劔。以斫仆喪屋。此即落而爲山。今在美濃國藍見川之上喪山是也。世人惡以生誤死、此其縁也。是後、高皇産靈尊、更會諸神、選當遣於葦原中國者。僉曰、磐裂[1]磐裂、此云以簸娑窶。根裂神之子磐筒男・磐筒女所生之子經津經津、此云賦都。主神、是將佳也。時有天石窟所住神、稜威雄走神之子甕速日神、甕速日神之子熯速日神、熯速日神之子武甕槌神。此神進曰、豈唯經津主神獨爲大夫[2]、而吾非大夫[3]者哉。其辭氣慷慨。故以即配經津主神、令平葦原中國。二神、於是、降到出雲國五十田狹之小汀、則拔十握劔、倒植於地、踞其鋒端、而問大己貴神曰、高皇産靈尊、欲降皇孫、君臨此地。故先遣我二神、駈除平定。汝意何如。當須避不。時大己貴神對曰、當問我子、然後將報。是時、其子事代主神、遊行在於出雲國三穗三穗、此云美保。之碕。以釣魚爲樂。或曰、遊鳥爲樂。故以熊野諸手船、亦名天鴿船。[4]載使者稲背脛遣之。而致高皇産靈勅於事代主神、且問將報之辭。時事代主神、謂使者曰、今天神有此借問之勅。我父宜當奉避。吾亦不可違。因於海中、造八重蒼柴柴、此云府璽。[5]籬[6]、蹈船枻船枻、此云浮那能倍。而避之。使者既還報命。

「尾羽張」という文字をあて、書紀の系統では「乎波之利」と解して「雄走」という字をあてたのである。この神は、カグツチを切った時に成った神であるから、ヲハシリが適切と思われ、記のヲハハリは、誤写による伝承ではあるまいかと思われる。一〇 →九二頁注二。以下の三神は、神代紀第五段のカグツチから生れた神神の系譜のうち、第六の一書の「亦曰」としてあげられたものに一致する。ただし、亦曰の所では、三神が並列して生れたに対し、ここでは親子関係とされている。一一 →九二頁注四。一二 広韻に「竭レ誠也」とある。また、心を奮い起し、いきどおりなげく意。一三 →一三〇頁注一四。一四 →九一頁注二三。一五 →補注2-一〇。一六 自称であるからフタハシラと訓まず、フタリと訓む。一七 →補注1-一〇六。一八 島根県三保関。第一の一書では三津之碕。一九 第一の一書に、射鳥遨遊とある。二〇 諸手船は、両手船の意か。二挺櫓の早船の意か。クマノは意宇郡熊野神社のクマノか。この舟はまた天鳥船ともいう。記では天鳥船神を遣わすとある。二一 飛ぶ鳥は、交通の手段と見なされた。また、ハトは、早(ハヤ)と速(ト)との意とも解される。鴿は、名義抄に、イヘバト・ヤマハトとある。二二 使者として諾否を問う役であるから、イナセは、否諾(イナセ)の意。脛は、足(使者)の意であろう。イナセの例は上代には見えないが平安朝にはある。二三 記には青柴垣とある。青葉の柴の垣。つまり、神籬(ひもろき)(→一五二頁注一五)の類。今までは顕身であったが、神となって、神籬の中に隠れ去った意。二四 枻は、名義抄にフナダナ。舟の左右に副えて、棚のように打ちつけた板。それを踏んで歩き、櫓や棹を使う。和名抄に「枻、大船乃旁板」。フナノヘは、普通、舳先をいうが、ここでは、船に接した縁の意。船とは使者の乗ってきた熊野の諸手船。

故、大己貴神、則ち其の子の辭を以て、二の神に白して曰はく、「我が怙めし子だにも、既に避去りまつりぬ。故、吾亦避るべし。如し吾防禦かましかば、國内の諸神、必ず當に同く禦きてむ。今我避り奉らば、誰か復敢へて順はぬ者有らむ」とまうしたまふ。乃ち國平けし時に杖けりし廣矛を以て、二の神に授りて曰はく、「吾此の矛を以て、卒に功治せること有り。天孫、若し此の矛を用て國を治らば、必ず平安くましましなむ。今我當に百足らず八十隈に、隱去れなむ」とのたまふ。隈、此をば矩磨泥と云ふ。言訖りて遂に隱りましぬ。是に、二の神、諸の順はぬ鬼神等を誅ひて、一に云はく、二の神遂に邪神及び草木石の類を誅ひて、皆已に平けぬ。其の不服はぬ者は、唯星の神香香背男のみ。故、加倭文神建葉槌命を遣せば服ひぬ。故、二の神天に登るといふ。倭文神、此をば斯圖梨俄未と云ふ。果に復命す。

時に、高皇產靈尊、眞床追衾を以て、皇孫天津彦彦火瓊瓊杵尊に覆ひて、降りまさしむ。皇孫、乃ち天磐座 天磐座、此をば阿麻能以簸矩羅と云ふ。を離ち、且天八重雲を排分けて、稜威の道別に道別きて、日向の襲の高千穗峯に天降ります。既にして皇孫の遊行す狀は、槵日の二上の天浮橋より、浮渚在平處に立たして、立於浮渚在平處、此をば羽企爾磨梨陀毗邏而陀陀志と云ふ。膂宍の空國を、頓丘から國覓ぎ行去りて、頓丘、此をば毗陀烏と云ふ。覓國、此をば矩貳磨儀と云ふ。行去、此をば騰褒屢と云ふ。吾田の長屋の笠狹碕に到ります。

一 事代主神をさす。記には他に建御名方神(諏訪神社)の反抗と科野の州羽の海(信濃諏訪湖)での服従をいう。書紀にはその話は見えない。怙は、名義抄にタノム・タノシ・ツクなどの訓がある。二 戦って防ぐ意。三 生長の呪物である杖として用いた武器である矛を献上することは、統治権を献上すること。四 百に足りない意。八十の修飾語。減数法による数詞の構成法は、世界各所にある。五 八十は、数量の多い意。転じて程度の大なる意。クマは、隠れた所。テは、後手など方向の意。クマデは、幽界の意であろう。六 香香はカカ。輝くという語、室町時代までカカヤクと清音。セヲは、兄男の意であろう。星だけが例外であったという意。第二の一書には「天に悪しき神有り。名を天津甕星と曰ふ。亦の名は天香香背男」とある。七 シトリはシツオリの約。シツは、日本古来の文様。オリは織り。建葉槌命が、倭文(しつ)の神であるから、修飾語のように加えたもの。八 ハは、羽の意。すべて動物の身を覆うものをハという。つまり着物の意。ツは助詞ノ。チは勢威。よって、ハツチは着物の神。シトリは古来の文様であるから、シトリ神のタケハツチとなる。九 以下、本段の中心の天孫降臨の話。瓊瓊杵尊以前に父の天忍穂耳尊のことがあるもの(第一・第二・第六・第七・第八の一書)と、無いもの(本文・第三・第四・第五の一書)、命令者として高皇産霊尊が中心となるもの(本文・第一・第二・第四・第六の一書)とならないものの別がある。他に降臨の模様が本文のように簡略なものと詳しいものがある。即ち第一の一書では、(一)三種宝物(→補注2-一九)の授与、(二)天児屋命(中臣氏の祖)ら五部神の随伴、(三)葦原中国は天孫が永遠に支配すべきだという神勅(→補注2-二〇)及び先導者猿田彦の話がある。記は包括的にこれらを含んでいる。一〇 →補注2-一一。

[二四]其の地に一人有り。自ら[二五]事勝國勝長狹と號る。皇孫問ひて曰はく、「國在りや以不[二六]や」とのたまふ。對へて曰さく、「此に國有り。請はくは任意に遊せ」とまうす。故、皇孫就きて留住ります。時に彼の國に美人有り。名を[二七]鹿葦津姫と曰ふ。亦の名は神吾田津姫。亦の名は木花之開耶姫。皇孫、此の美人に問ひて曰はく、「汝は誰が子ぞ」とのたまふ。對へて曰さく、「妾は是、天神の、[二八]大山祇神を娶きて、生ましめたる兒な

故大己貴神、則以二其子之辭一、白二於二神一曰、我怙之子、既避去矣。故吾亦當レ避。如吾防禦者、國內諸神、必當同禦。今我奉レ避、誰復敢有二不レ順者一。乃以二平レ國時所杖之廣矛一、授二二神一曰、吾以二此矛一卒有レ治レ功。天孫若用二此矛一治レ國者、必當平安。今我當於百不レ足之八十隈、將隱去矣。（隈、此云二矩磨泥一。）言訖遂隱。於是、二神、誅二諸不レ順鬼神等一、（一云、二神遂誅二邪神及草木石類一、皆已平了。其所不服者、唯星神香香背男耳。故加遣二倭文神建葉槌命一者則服。故二神登レ天也。倭文神、此云二斯圖梨俄未一。）果以復命。于時、高皇産靈尊、以二眞床追衾一、覆二於皇孫天津彥彥火瓊瓊杵尊一使レ降之。皇孫乃離二天磐座一、（天磐座、此云二阿麻能以簸矩羅一。）且排二分天八重雲一、稜威之道別道別而、天二降於日向襲之高千穗峯一矣。既而皇孫遊行之狀也者、則自二槵日二上天浮橋一、立二於浮渚在平處一、（立於浮渚在平處、此云二羽企爾磨梨陀毗邏而陀陀志一。）而膂宍之空國、自二頓丘一覓レ國行去、（頓丘、此云二毗陀烏一。覓國、此云二矩貳磨儀一。行去、此云二騰褒屢一。）到二於吾田長屋笠狹之碕一矣。其地有二一人一。自號二事勝國勝長狹一。皇孫問曰、國在耶以不。對曰、此焉有レ國。請任意遊之。故皇孫就而留住。時彼國有二美人一。名曰二鹿葦津姫一。（亦名神吾田津姫。亦名木花之開耶姫。）皇孫問二此美人一曰、汝誰之子耶。對曰、妾是天神娶二大山祇神一、所生兒也。↓

一二 高い岩の台。司霊者が祭儀にあたって、その上に坐して行う場所。 一三 →補注2-一二。 一三 →補注2-一三。 一四 槵は、広韻に「胡慣切。木名」とある。槵は、名義抄に「音、与宦患同」とあり、「槵亦」とある。串はクシであるから、それに木篇を加えた槵を用いたのであろうが、それと同字として、後に、槵に改められたものではなかろうか。クシヒは、奇シ霊(ヒ)の意。また、クジフルタケのクジに代る言葉であろう。→補注2-一三。 一五 峰の二つ並び立つ山をいう。筑波山・二上山などの如き山。 一六 ハシは、梯子の意。アマハシは、天と往来する梯子。それによって高千穂の峰から更に降下して来る意。→補注1-二六。 一七 →補注2-一四。 一八 名義抄にセナカノホネ。セナカは古くソ。ソシシは、背中の骨のまわりの肉。それの無い国。つまり荒れてやせた不毛の地。 一九 ずっと丘つづきの所を通っての意。頓丘(ひとかさねの丘)の文字は毛詩、衛風によったものであろう。 二〇 よい国を求めて。 二一 →補注2-一五。 二二 地名辞書は薩摩国川辺郡の長屋山(今、鹿児島県加世田市と同川辺郡の境)の地名を挙げ、この山付近の地とする。 二三 地名辞書に今の野間岬とする。薩摩半島の西岸、吹上浜の南端に突出した小半島。 二四 以下(一)瓊瓊杵尊が吾田の笠狭で事勝国勝長狭の請いによってそこに住まうこと、(二)その国の鹿葦津姫をめしたが一夜で妊娠したので尊は信じなかった。しかし姫は室を火で焼いて彦火火出見尊ら三神を生み、あかしをたてた話。次に第二の一書は(一)(二)の間に(三)鹿葦津姫、亦の名木花開耶姫には、醜い姉があったが、皇孫が妹の木花開耶姫の方を召したために人の世の命は短いのだという話が加わっている。 二五 事に勝れ、国に勝れた者の意。長狭のサは神稲の意か。第二・第四・第六の一書に見え、第二の一書には更に国主としてあり、第四の一書では伊

り」とまうす。皇孫因りて幸す。即ち一夜にして有娠みぬ。皇孫、未信之して曰はく、「復天神と雖も、何ぞ能く一夜の間に、人をして有娠ませむや。汝が所懷めるは、必ず我が子に非じ」とのたまふ。故、鹿葦津姫、忿り恨みまつりて、乃ち無戸室を作りて、其の内に入り居りて、誓ひて曰はく、「妾が所娠める、若し天孫の胤に非ずは、必當ず燋け滅びてむ。如し實に天孫の胤ならば、火も害ふこと能はじ」といふ。即ち火を放けて室を燒く。始めて起る烟の末より生り出づる兒を、火闌降命と號く。是隼人等が始祖なり。火闌降、此をば褒能須素里と云ふ。次に熱を避りて居しますときに、生り出づる兒を、彦火火出見尊と號く。次に生り出づる兒を、火明命と號く。是尾張連等が始祖なり。凡て三子ます。久にありて天津彦彦火瓊瓊杵尊崩りましぬ。因りて筑紫日向可愛 此をば埃と云ふ。之山陵に葬りまつる。

一書〔第二〕に曰はく、天照大神、天稚彦に勅して曰はく、「豐葦原中國は、是吾が兒の王たるべき地なり。然れども慮るに、殘賊強暴横惡しき神者有り。故、汝先づ往きて平けよ」とのたまふ。乃ち天鹿兒弓及び天眞鹿兒矢を賜ひて遣す。天稚彦、勅を受けて來降りて、則ち多に國神の女子を娶りて、八年に經るまで報命さず。故、天照大神、乃ち思兼神を召して、其の來ざる狀を問ひたまふ。時に、思兼神、思ひて告して曰さく、「且雉を遣して問ひたまふべし」とまうす。是に、彼の神の謀に從ひて、乃ち雉を使して往きて候しむ。其の雉飛び下りて、天稚彦が

斐諸尊の子で塩土老翁ともいったという。↓一五七頁注二二。二六 以不の以は助字。俗語的用法。二七 ↓補注2-一六。二八 ↓九六頁注一〇。

一 雖につづいて、ここは強い語気を示す助字。
二 ウツは、全部の意。記に「作二無レ戸八尋殿一、入二其殿内一、以レ土塗塞」とある。周囲一面を土で塗りつぶした、出入口の無い室の意であろう。
三 燋は焦に同じ。名義抄にヤク・コガス。
四 記では第一番目を火照命、第二番目を火須勢理命、第三番目を火遠理命とする。↓補注2-一七。
五 ↓補注2-一八。
六 始祖に類する語として遠祖がある。始祖はハジメノオヤと訓じるものが多いのでそれに従うこととしたが、北本には、始祖をもトホツオヤと訓じた例がある。書紀の編者はだいたい氏のはじめの祖を始祖、それより以前の遠い祖を遠祖と使いわけているので、始祖をハジメノオヤ、遠祖をトホツオヤと訓みわけることとした。遠祖↓一一二頁注一五。
七 ヒコは、立派な男子の意。火火出見は、おそらく、もと炎出見で、ホノホが出る意。ミは、ヤマツミ・ワタツミのミ。更に古くは、穂出見の意で、稲の穂が出る神の意であったろう。それが、鹿葦津姫の一夜妊娠の話と結合して、火(ホ)の話に転じたものであろう。天照大神―天忍穂耳命(↓一〇六頁注一)―瓊瓊杵尊(↓一三四頁注九)―彦火火出見尊―鸕鷀草葺不合尊(↓一六八頁注三)―神武という系譜のうち、ウガヤフキアヘズノミコトを除いて、すべて稲穂に関係ある名が与えられている。しかも神武天皇がヒコホホデミの別名をもつこと(↓一八六頁注二)、そして津田左右吉のいうようにこの方が古い形であるとすれば、なおさらこのことの意味は重要である。つまり、鸕鷀草葺不合尊の話は後から插入されたもので、本来は、瓊瓊杵

門の前の湯津杜樹[二〇]の杪に居て、鳴きて曰はく、「天稚彦、何の故ぞ八年の間、未だ復命有さぬ」といふ。時に國神有り。天探女[二一]と號く。其の雉を見て曰はく、「鳴聲惡しき鳥、此の樹の上に在り。射しつべし」といふ。天稚彦、乃ち天神の賜ひし天鹿兒弓・天眞鹿兒矢を取りて、便ち射しつ。則ち矢、雉の胸より達りて、遂に天神の所處に至る。時に天神、其の矢を見して曰はく、「此は昔我が天稚彦に賜ひ

皇孫因而幸之。卽一夜而有娠。皇孫未信之曰[1]、雖二復天神一、何能一夜之間、令三人有二娠一乎。汝所懷者、必非二我子一歟。故鹿葦津姬忿恨、乃作二無戶室一、入二居其內一、而誓之曰、妾所娠、若非二天孫之胤一、必當燋滅。如實天孫之胤、火不レ能レ害。卽放レ火燒レ室。始起烟末生出之兒、號二火闌降命一。[2]是隼人等始祖也。火闌降、此云二褒能須素里一。次避レ熱而居、生出之兒、號二彥火火出見尊一。次生出之兒、號二火明命一。[3]是尾張連等始祖也。凡三子矣。久之天津彥彥火瓊瓊杵尊崩。因葬二筑紫日向可愛此云レ埃。之山陵一。

一書曰、天照大神、勅二天稚彥一曰、豐葦原中國、是吾兒可レ王之地也。然慮、有二殘賊强暴橫惡之神者一。故汝先往平之。乃賜二天鹿兒弓及天眞鹿兒矢一遣之。天稚彥受レ勅來降、則多娶二國神女子一[4]、經二八年一無二以報命一。故天照大神、乃召二思兼神一、問二其不レ來之狀一。時思兼神、思而告曰、宜三且遣レ雉問二之。於是、從二彼神謀一、乃使レ雉往候之。其雉飛下、居二于天稚彥門前湯津杜樹之杪一、而鳴之曰、天稚彥、何故八年之間、未レ有二復命一。時有二國神一。號二天探女一。見二其雉一曰、鳴聲惡鳥、在二此樹上一。可レ射之。天稚彥乃取二天神所賜天鹿兒弓・天眞鹿兒矢一、便射之。則矢達二雉胸一、遂至二天神所處一。時天神見二其矢一曰、此昔我賜二天稚彥一↓

尊の子として火火出見尊(神武)があり、それが東遷の事業をする話になっていたものと推測される。なお、ヒコホホデミは、記を始め、下文の多くの異伝で、みな第三番目(最後)にある。それで、火折、火の勢が折れて弱まる意のホノヲリノ命という別名を持つ。

八 火が明るくなる時に生れた神の意。従って、下文の異伝では、第一番目にあるものが多く、第二番目に位置することもある。火が明るくなる意と、火が燃え進む意とは、どちらを一、どちらを二とも決めかねる。第三番目にあるのは、書紀本文だけである。

九 尾張地方を本居とした豪族。尾張部はその私民か。壬申の乱に活躍、天武十三年十二月に宿禰と賜姓。比較的早くから皇室の後宮に関係したらしく、継体天皇妃目子媛がその出であるほか、孝安紀、孝元記にも系譜を結びつけ、景行紀に宮簀媛の伝承を持つ。姓氏録の尾張宿禰・尾張連、いずれも火明命の後と称し、旧事紀、天孫本紀に系譜が見える。

一〇 ここで崩じるのは、天孫降臨の大役を果し、彦火火出見命に、歴史上の役割を渡したので、消えるわけである。

一一 延喜諸陵式に「日向、埃山陵〈天津彦彦火瓊瓊杵尊。在二日向国一。無二陵戸一〉」。陵墓要覧に鹿児島県川内市宮内町字脇園。一説に宮崎県延岡市の北方可愛岳が遺称地。

一二 この一書では天照大神が、本文における高皇産霊尊に代る位置を占める。↓一三四頁注一二。

一三 チハヤブルは、風(チ)速ブルの意と千磐(チイハ)破ル意と両方の意味を表わしうる語。

一四 ↓一三五頁注二一。 一五 真は接頭語。鹿児弓につがえる矢。 一六 ↓一三五頁注二一。

一七 下照姫。↓一三五頁注二五。 一八 ↓一一二頁注一一。 一九 無名雉。↓一三六頁注一。

二〇 ↓一三六頁注二。 二一 ↓補注2-五。

し矢なり。今何の故にか來つらむ」とのたまひて、乃ち矢を取りて、呪きて[一]曰はく、「若し惡き心を以て射ば、天稚彦は、必ず遭害れ[二]なむ。若し平き心を以て射ば、無恙くあらむ」とのたまふ。因りて還し投てたまふ。即ち其の矢落ち下りて、天稚彦が高胸に中ちぬ。因りて立に死れぬ。此、世人の所謂る、返矢畏るべしといふ縁なり。

時に、天稚彦が妻子ども、天より降り來て、柩[三]を將て上り去きて、天にして喪屋[四]を作りて殯し哭く。是より先、天稚彦と味耜高彦根神[五]と友善し。故、味耜高彦根神、天に登りて喪を弔ひて大きに臨[六]す。時に此の神の形貌、自づからに天稚彦と恰然相似[七]れり。故、天稚彦の妻子等、見て喜びて曰はく、「吾が君は猶在しましけり」といふ。則ち衣帶に攀ぢ持る。排離つべからず。時に味耜高彦根神、忿りて曰はく、「朋友喪亡せたり。故、吾即ち來弔ふ。如何ぞ死人を我に誤つや」といひて、乃ち十握劍[八]を拔きて、喪屋を斫り倒す。其の屋墮ちて山と成る。此則ち美濃[九]國の喪山、是なり。世人、死者を以て己に誤つことを惡む、此其の縁なり。[一〇]時に、味耜高彦根神、光儀華艶しくして、二丘二谷の間に映る。故、喪に會へる者歌して曰はく、或[一一]いは云はく、味耜高彦根神の妹下照媛[一二]、衆人をして丘谷に映く者は、是味耜高彦根神なりといふことを知らしめむと欲ふ。故、歌して曰はく、

[一三]天なるや　弟織女の　頸がせる　玉の御統の　穴玉はや　み谷　二渡らす　味

一 呪は、広韻に職救切。祝も同音で、説文に「祭主賛詞」とある。もと呪と祝とは通じる点を持っていた。ここでは呪詞を述べて神意をうかがう意。梁書、海南諸国伝に「向レ石而呪曰、若斫レ石破者、文当レ為レ王二此国一」とあるのは、ここの用法と同じ。呪は、名義抄にノロフ・ウタフ、また「祝詞也」とあるが、ホクもまたこの意に近い。

二 マジは、災難。コルは、オコル（起る）意。マジコレは、マジコリの受身形。災害にあう意。

三 説文に柩は棺とある。屍を入れるひつぎ。

四 →一三六頁注九。

五 →一三七頁注二三・二四。

六 臨哭の意で、告別式の時に大声をあげて泣くこと。

七 ノルはニル（似）の古語。

八 本文（一三八頁二行）には大葉刈とある。→九一頁注二三。

九 →一三八頁注四。

一〇 以下の話は、他には記にだけ見える話。

一一 ここの「或云」は、下の「故、歌して曰はく」までで、歌の成立事情に関する一異伝。

一二 →一三五頁注二五。

一三 〔歌謡二〕天にいる機織女が、頸にかけている玉の御統（みすまる）、その御統に通してある穴玉は、（極めて美しいが、それは全く）谷二つに渡って輝いている味耜高彦根神と同じである。天ナルヤのヤは、間投助詞。ウナグは、頸にかける。玉ノ御統のミスマルは、玉を緒に貫いたもの。穴玉ハヤのハは、提示する係助詞。ヤは、調子を添える間投詞。ここまでで、その御統の穴玉が美しいことを歌って、次に、それが即ち味耜高彦根だということを導く。

〔歌謡三〕夷つ女が瀬戸を渡って（魚をとる）石川の淵よ。その淵に網を張り渡し、網の目を引き寄せるように、寄っておいで。石川片淵よ。天

離ルはヒナ(田舎)にかかる枕詞。イ渡ラスのイは、接頭語。意味は退化して形式化していて不明。渡るのは、網を張って魚をとるためであろう。片淵は、片側の深い淵であろうという。ここまで四句で句切れ。片歌形式の変形で、相手方に歌いかける男の歌ではあるまいか。目ロ寄シニのメは、原文、妹という万葉仮名。妹(メ)はメ乙類の仮名で、女(メ)の意に解するのは誤り。網目を引き寄せるように寄せて、寄って来いの意。下の五句は女の方で答える歌で、結局は「寄り来ね」に中心がある。これは五七七五七七という旋頭歌形式が、労働の場合に上の句と下の句とで男側と女側とが応酬するという形に定着する前の不定型な、男女の応酬の歌であろう。それがここに取り入れられたのは、味耜高彦根の美しさを称えるために、「寄し寄り来ね」という点が、意味的に連絡するからではなかろうか。この歌は、大体旋頭歌形式ではあるが、上が男側、下が女側といいきれない点もあるから、上も下も男側、或いは集団の歌(下の方も八重山古謡に見る如く女を引きよせる歌とみて)と見ることもできる。

一四 前の歌に、「夷つ女」という詞があるのによる曲の命名。おそらく、中国楽府の命名法を学んだものであろう。

耜高彦根

又歌して曰はく、

天離る　夷つ女の　い渡らす迫門　石川片淵　片淵に　網張り渡し　目ろ寄し
に　寄し寄り來ね　石川片淵

此の兩首歌辭は、今夷曲[一四]と號く。

之矢也。今何故來、乃取レ矢、而呪之曰、若以二惡心一射者、則天稚彦、必當遭害。若以二平心一射者、則當無恙[1]。因還投之。卽其矢落下、中二于天稚彦之高胸一。因以立死。此世人所謂、返矢可レ畏之緣也。時天稚彦之妻子、從レ天降來、將レ柩上去、而於レ天作二喪屋一殯哭之。先レ是、天稚彦與二味耜高彦根神一友善。故味耜高彦根神、登レ天弔レ喪大臨焉。時此神形貌、自[2]與二天稚彦一恰然相似。故天稚彦妻子等、見而喜之曰、吾君猶在。則攀二持衣帶一。不レ可二排離一。時味耜高彦根神忿曰、朋友喪亡。故吾卽來弔。如何誤二死人於我一耶、乃拔二十握劒一、斫二倒喪屋一。其屋墮而成レ山。此則美濃國喪山是也。世人惡下以二死者一誤上己、此其緣也。時味耜高彦根神光儀華艷、映二于二丘二谷之間一。故喪會者歌之曰、或云、味耜高彦根神之妹下照媛、欲レ令下衆人知中映二丘谷一者、是味耜高彦根神上。故歌之曰、阿妹奈屢夜、乙登多奈婆多廼、汙奈餓勢屢、多磨廼彌素磨屢廼、阿奈陀磨波夜、彌多爾、輔柁和柁羅須、阿[3]泥素企多伽避顧禰。又歌之曰、阿磨佐箇屢、避奈菟謎廼、以和多邏素西渡、以嗣箇播箇柁輔智、箇多輔智爾、阿彌播利和柁嗣、妹慮豫嗣爾、豫嗣豫利據禰、以嗣箇播箇柁輔智、此兩首歌辭、今號二夷曲一。

[一]既にして、天照大神、思兼神の妹[二]萬幡豐秋津媛命を以て、[三]正哉吾勝勝速日天忍穗耳尊に配せまつりて妃として、葦原中國に降しまさしむ。是の時に、勝速日天忍穗耳尊、[四]天浮橋に立たして、[五]臨睨りて曰はく、「彼の地は未平げり。[六]不須也[七]頗傾[八]凶目杵之國か」とのたまひて、乃ち更に還り登りて、具に降りまさざる狀を陳す。故、天照大神、復[九]武甕槌神及び[一〇]經津主神を遣して、先づ行きて駈除はしむ。時に二の神、出雲に降到りて、便ち大己貴神に問ひて曰はく、「汝、此の國を[一一]將て、天神に奉らむや以不や」とのたまふ。對へて曰さく、「吾が兒事代主、[一二]射鳥遨遊して、[一三]三津の碕に在り。今當に問ひて報さむ」とまうす。乃ち使人を遣して訪ふ。對へて曰さく、「天神の求ひたまふ所を、何ぞ奉らざらむや」とまうす。故、大己貴神、其の子の辭を以て、二の神に報す。二の神、乃ち天に昇りて、復命をもて告して曰さく、「葦原中國は、皆已に平け竟へぬ」とまうす。[一四]時に天照大神、勅して曰はく、「若し然らば、方に吾が兒を降しまつらむ」とのたまふ。且將降しまさむとする間に、皇孫、已に生れたまひぬ。號を天津彥彥火瓊瓊杵尊と曰す。時に奏すこと有りて曰はく、「此の皇孫を以て代へて降さむと欲ふ」とのたまふ。故、天照大神、乃ち天津彥彥火瓊瓊杵尊に、八坂瓊の曲玉及び八咫鏡・草薙劒、[一五]三種の寶物を賜ふ。又、中臣の上祖[一六]天兒屋命・忌部の上祖[一七]太玉命・猨女の上祖[一八]天鈿女命・鏡作の上祖[一九]石凝姥命・玉作の上祖[二〇]玉屋命、

一 以下国譲りを中心にした話。本文の一三八頁五行以下にあたる。二 万幡は、幡の多い意。豊秋津は、稲の収穫の多い意。本文には、高皇産霊尊の女、栲幡千千姫とあった。三 →一〇六頁注一。四 →補注1-二六。五 オセリは、上から下を見おろすこと。押シアリの約。押スは、平面に密着して力を加える意。そのように、力をこめて下界を見る意。臨も睨も見る意。六 須は、もちいる意。不須で、不用の意。イナは、拒否する意。

七 頗傾は、まがり傾く意。カブシは、首を傾ける意。心に染まないこと。

八 シコメは、醜目。シコは、頑強・頑丈・愚かの意。シコメキは形容詞シク活用。安く平らかでない状態をいう。

九 →九二頁注四。

一〇 →補注2-九。一一 原文の将はヲバの意で、以不の以と共に漢籍の俗語文に例が見られる。

一二 →一三八頁注一九。一三 出雲風土記、島根郡条に御津の浜がある。ミツは舟着場としてありふれた地名。各地にある。本文では三穂之碕。

一四 以下一四七頁三行まで天孫降臨の話。→一四〇頁注九。ここにいわゆる三種の神宝の授与が述べられる。これは本文にはないが記には見え、第二の一書では鏡だけの授与となっている。なおこれらの神宝のうち八坂瓊の曲玉は第七段(一一二頁一一行)に、八咫鏡は第七段(一一二頁九行)に、草薙剣は第八段(一二二頁一〇行)にはじめて見える。これらそれぞれの宝物がここで一つに纏められて皇孫に授与される。ここに現われる八咫鏡・天児屋命・太玉命・天鈿女命・石凝姥命などは、すべて、天岩屋に天照大神が隠れた時に関係のあった物と人と神。記紀の物語の構成は、もとは、天岩屋の説話の次に、この天孫降臨の話が続いていたものと見られ、その中間に、素戔鳴尊と出雲の八岐大蛇の話と

凡て五部の神を以て、配へて侍らしむ。因りて、皇孫に勅して曰はく、「葦原の千五百秋の瑞穂の國は、是、吾が子孫の王たるべき地なり。爾皇孫、就でまして治せ。行矣。寶祚の隆えまさむこと、當に天壤と窮り無けむ」とのたまふ。已にして降りまさむとする間に、先驅の者還りて白さく、「一の神有りて、天八達之衢に居り。其の鼻の長さ七咫、背の長さ七尺餘り。當に七尋と言ふべし。且

既而天照大神、以㆓思兼神妹萬幡豐秋津媛命㆒、配㆓正哉吾勝勝速日天忍穗耳尊㆒爲㆑妃、令㆑降㆓之於葦原中國㆒。是時、勝速日天忍穗耳尊、立㆓于天浮橋㆒、而臨睨之曰、彼地未平矣。不須也頗傾凶目杵之國歟、乃更還登、具陳㆓不㆑降之狀㆒。故天照大神、復遣㆓武甕槌神及經津主神㆒、先行駈除。時二神、降㆓到出雲㆒、便問㆓大己貴神㆒曰、汝將㆓此國㆒、奉㆓天神㆒耶以不。對曰、吾兒事代主、射鳥遨遊、在㆓三津之碕㆒。今當問以報之。乃遣㆓使人㆒訪焉。對曰、天神所㆑求、何不㆑奉歟。故大己貴神、以㆓其子之辭㆒、報㆓乎二神㆒。二神乃昇㆑天、復命而告之曰、葦原中國、皆已平竟。時天照大神勅曰、若然者、方當降㆓吾兒㆒矣。且將降間、皇孫已生。號曰㆓天津彥彥火瓊瓊杵尊㆒。時有㆑奏曰、欲㆘以㆓此皇孫㆒代降㆖。故天照大神、乃賜㆓天津彥彥火瓊瓊杵尊、八坂瓊曲玉及八咫鏡・草薙劍、三種寶物㆒。又以㆓中臣上祖天兒屋命・忌部上祖太玉命・猨女上祖天鈿女命・鏡作上祖石凝姥命・玉作上祖玉屋命、凡五部神㆒、使㆓配侍㆒焉。因勅㆓皇孫㆒曰、葦原千五百秋之瑞穗國、是吾子孫可㆑王之地也。宜爾皇孫、就而治焉。行矣。寶祚之隆、當與㆓天壤㆒無㆑窮者矣。已而且降之間、先驅者還白、有㆓一神㆒、居㆓天八達之衢㆒。其鼻長七咫、背長七尺餘。當㆑言㆓七尋㆒。且→

が割り込んだものである。人物や物が、天岩屋の話と、天孫降臨の一書との間に脈絡があるのは、その結果である。 一五 →補注2-一九。
一六 →一一二頁注一六。 一七 →一一二頁注一八。
一八 →一一二頁注二六。 一九 →一一四頁注九。
二〇 タマノヤはタマノオヤ(玉の祖)の約。tamanöoya→tamanöya. →一一五頁注二四。
二一 この五部神の名は第七段に見える。即ちその天岩屋の神祭の段の本文に、㈠天児屋命と、㈡天太玉命とが祈禱し、㈢天鈿女命が俳優(わざをき)する。そこには鏡・玉等の製作者のことは見えないが、一書や記には鏡作りとして㈣石凝姥命、玉作りとして㈤玉屋命などの名が見える。つまりこの五部神は天岩戸での神祭の時の神神で、記にも五伴緒として見える。しかし書紀の諸一書は必ずしも同じではなく、大伴氏と関係のあると思われる第四の一書の如きは、右の五神は見えず、天忍日命(大伴連の遠祖)・天槵津大来目(来目部の遠祖)の二人だけの名が見える。五という数は日本の神話に現われることの少ない数だが、ツングース族など、アジア大陸の遊牧民は、軍隊組織を五、またはその五倍の二十五を単位として構成する。それが天孫降臨の場合に現われるのは、この神話がツングースなどに関係があるのだろうと岡正雄はいう。 二二 いわゆる天壤無窮の神勅。→補注2-二〇。 二三 行っていらっしゃい、御元気での意で、行く者に対して贈ることば。漢書、外戚伝の注に「行矣、猶㆓今言㆒好去㆒」と見える。 二四 以下、天孫降臨にあたって先駆者となって現われた猿田彦大神の話。天鈿女がその名と居地を現わし、皇孫が高千穂に降って後、天鈿女は猿田彦神を伊勢の五十鈴の川上におくる。この話は記にある他、他の一書には見えない。 二五 チは、道または分れ目。ヤチマタは、道の多く分れるところ。
二六 咫→一一二頁注二二。

[一]口尻明り耀れり。眼は八咫鏡の如くして、絶然[二]赤酸醤に似れり」とまうす。
即ち従の神を遣して、往きて問はしむ。時に八十萬の神有り。[三]皆目勝ちて相問
ふこと得ず。故、特に天鈿女に勅して曰はく、「汝は是、目人に勝ちたる者なり。
往きて問ふべし」とのたまふ。天鈿女、[四]乃ち其の胸乳を露にかきいでて、裳帯を
臍の下に[五]抑れて、[六]咲噱ひて向きて立つ。是の時に、衢神問ひて曰はく、「天鈿女、
汝為ることは何の故ぞ」といふ。對へて曰はく、「天照大神の子の所幸す道路
に、如此居ること誰ぞ。敢へて問ふ」といふ。衢神對へて曰はく、「天照大神の
子、今降行すべしと聞く。故に、迎へ奉りて相待つ。吾が名は是、[七]猨田彦大神」
といふ。時に天鈿女、復問ひて曰はく、「汝や[八]將我に先だちて行かむ。抑我や汝
に先だちて行かむ」といふ。對へて曰はく、「吾先だちて啓き行かむ」といふ。
天鈿女、復問ひて曰はく、「汝は何處に到りまさむぞや。皇孫何處に到りましま
さむぞや」といふ。對へて曰はく、「天神の子は、當に筑紫の日向の高千穗の[九]槵
觸峯に到りますべし。吾は伊勢の[一〇]狹長田の五十鈴の川上に到るべし」といふ。因
りて曰はく、「我を[一一]發顯しつるは、汝なり。故、汝、我を送りて致りませ」とい
ふ。天鈿女、還詣りて報状す。皇孫、是に、[一二]天磐座を脱離ち、天八重雲を排分け
て、[一三]稜威の道別に道別きて、天降ります。果に先の期の如くに、皇孫をば筑紫の
日向の高千穗の槵觸峯に到します。其の猨田彦神は、伊勢の狹長田の五十鈴の川

一 口と尻の意。口のわきの意か。

二 赤いほおずき。

三 眼力がすぐれて、相手をおびえおそれさせること。

四 この天鈿女の行為の叙述は天岩戸での行為に似ている。天岩戸では天照大神の心をなだめ、ここでは敵対者の呪力をほぐすのであろう。

五 抑は、名義抄にオサフ・アヤツルとある。

六 噱は、名義抄にワラフ・アヘクとある。下文に衢神とあるのは、天八達之衢にいる神である。

七 猿田の名義は、従来未詳。試みに言えば、サは神稲の意、サヲトメ・サツキ・サナヘのサと同じ。ルは、ヒルメ(日の女、日孁)・ヒルコ(日の子)のルと同じ、助詞ノにあたる。助詞ノは、タナゴコロ・マナコなどに見るように、ナともいう。タは田。従ってサルタはサナダに同じで、サ(神稲)ル(の)田の意であろう。この神は、伊勢の狭長田(サナダ)に住むというが、サナダも神稲の田の意。ここの五十鈴川のほとりに、後に天照大神を降す。猿田彦神は衢神・岐神とされているので、道祖神に擬せられており、道案内をすることになっている。衢神は、岐神。部落の入口の三叉路に、邪神の侵入を防ぐために立てられた陽石、または、男女の像であろう。なお猿田彦と伊勢との関係は次の点からも考えられる。記に、書紀にはない話であるが、猿田毗古神が「阿邪訶に坐す」という。アザカは、伊勢国壱志郡(今、三重県一志郡)の地名で、延喜神名式に同郡阿射加神社があり、続後紀以下に授階のことが見える。なお皇太神宮儀式帳や倭姫世紀ではアザカの神は伊勢の荒ぶる神とされている。

八 将と抑は、甲かそれとも乙かという選択のことば。「君乃誠将不レ可耶、抑忿然耶」(唐代小説柳毅伝)。

九 ↓補注2-一三。
一〇 サナダと訓むのであろう。↓注七。長をナと訓む例は、渟長田をヌナタとするのがある。
一一 住む所は濫りに人に告げるものではないのに、天鈿女命が巧みな質問で、猿田彦神の住みかを聞き出してしまったので、それを発顕と言ったのである。
一二 ↓一四〇頁注一一。
一三 ↓補注2-一二。
一四 その神の名サルタのサルを以て名として、サルメとしたの意。
一五 氏姓↓補注2-二一。
一六 ↓補注2-二二。
一七 ↓一三八頁注五。

一 ミカはミイカの約。ミは、祇の意。イカは、厳。神威の大きな星の意。 二 ↓一四〇頁注六。 三 神を斎祭するものを斎主という。戦争に際しても、神祇を斎い祭る。祭主は軍旅の主将たる人があたる。それを斎主という。一五六頁三行に「斎主、此云二伊播毗一」とある。神名としては、続後紀、承和三年五月丁未条に「下総国香取郡従三位伊波比主命」と「常陸国鹿島郡従二位勲一等建御賀豆智命」とに正二位を授けたとの記事が見え、同六年十月丁丑条にも両神にそれぞれ従一位を授けたとある。 四 大化前代の東国は東海・東山両道の諸国の汎称。大化当時の東国↓下補注25-七。 五 和名抄に下総国香取郡香取郷。今、千葉県佐原市香取に香取神宮が

上に到る。即ち天鈿女命、猨田彦神の所乞の隨に、遂に侍送る。時に皇孫、天鈿女命に勅すらく、「汝、顯[一四]しつる神の名を以て、姓氏[一五]とせむ」とのたまふ。因りて、猨女君[一六]の號を賜ふ。故、猨女君等の男女、皆呼びて君と爲ふ、此其の緣なり。高胸、此をば多歌武娜娑歌と云ふ。頗傾也、此をば歌矛志と云ふ。

[一七]一書[第二]に曰はく、天神、經津主神・武甕槌神を遣して、葦原中國を平定めしむ。時

口尻明耀。眼如二八咫鏡一、而絶然似二赤酸醬一也。卽遣二從神一往問。時有二八十萬神一。皆不レ得二目勝相問一。故特勅二天鈿女一曰、汝是目勝二於人一者。宜二往問一之。天鈿女、乃露二其胸乳一、抑二裳帶於臍下一、而咲噱向立。是時、衢神問曰、天鈿女、汝爲之何故耶。對曰、天照大神之子所幸道路、有二如此居一之者誰也。敢問之。衢神對曰、聞三天照大神之子、今當二降行一。故奉レ迎相待。吾名是猨田彥大神。時天鈿女復問曰、汝將先レ我行乎。抑我先レ汝行乎。對曰、吾先啓行。天鈿女復問曰、汝何處到耶。皇孫何處到耶。對曰、天神之子、則當レ到二筑紫日向高千穗槵觸之峯一。吾則應レ到二伊勢之狹長田五十鈴川上一。因曰、發二顯我一者汝也。故汝可以送レ我而致之矣。天鈿女、還詣報狀。皇孫、於是、脫二離天磐座一、排二分天八重雲一、稜威道別、而天降之也。果如二先期一、皇孫則到二筑紫日向高千穗槵觸之峯一。其猨田彥神者、則到二伊勢之狹長田五十鈴川上一。卽天鈿女命、隨二猨田彥神所乞一、遂以侍送焉。時皇孫勅二天鈿女命一、汝宜以二所顯神名一、爲二姓氏一焉。因賜二猨女君之號一。故猨女君等男女、皆呼爲レ君、此其緣也。高胸、此云二多歌武娜娑歌一。頗傾也、此云二歌矛[1]志一。

一書曰、天神遣二經津主神・武甕槌神一、使レ平二定葦原中國一。時↓

あり、利根川とその沼沢をへだてて茨城県鹿島郡の鹿島神宮に相対する。両社とも、大化前代の一時期における東国防衛の最尖端か。香取の祭神は古語拾遺ではフツヌシ、続後紀ではイハヒヌシ。両者の関係→補注2-一三。経津主神を香取神社の祭神とするようになってから、この記事をそれと結びつけ、通釈なども斎の大人を経津主神だとするが、記紀では武甕槌・経津主神を鹿島・香取の祭神だとする説明はなく、常陸風土記を見ても関係が明らかでない。両社の祭神はもともと土着の神で、奈良時代になって神代の二人の武神と結びついたのだろう。六 色葉字類抄に「条ヲチヲチ」。推古十二年四月条に憲法十七条(いつくしきのりとをあまりななをち)。七 顕も露も、この世に見えて存在することの意に用いてある。現世の政治を指す。神事が幽事であるに対する語。一五六頁四行ではこれをアラハニとあるが、この訓は「顕露」だけを取り出して、副詞として扱った訓みで、「顕露之事」をアラハニノコトと訓むのは語法に合わない。従って、これはアラハノコトと訓む。この訓注によって考えると、いわゆる本注なるものは、原文の訓み下し方をそのまま注するというよりは、原文の語句を取り出して、それの訓み方を注したものであると知られる。八 土地の行政の権利を奪っても、祭祀の権を奪わず、それを大己貴神に与えたのである。神事を、旧事紀、天神本紀には幽神之事とある。これに関係する記事が崇神七年条・同四十八年条・垂仁二十五年三月条一云にある。九 ヒは、霊。スミは、住みの意。つまり大己貴神の霊が住む宮の意。アマは、単なる美称として添えられたもの。一〇 楮の縄。一一 確実に結ぶ意。出雲風土記、楯縫郡の条に「五十足天日栖宮之縦横御量、千尋栲縄持而、百結結、八十結結下而、此天御量持而、所レ造二天下一大神之宮造奉詔而」とある。この伝承では、神魂命

に二の神曰さく、「天に悪しき神有り。名を天津甕星と曰ふ。亦の名は天香香背男。請ふ、先づ此の神を誅ひて、然して後に下りて葦原中國を撥はむ」とまうす。是の時に、齋主の神を齋の大人と號す。此の神、今東國の檝取の地に在す。既にして二の神、出雲の五十田狹の小汀に降到りて、大己貴神に問ひて曰はく、「汝、將に此の國を以て、天神に奉らむや以不や」とのたまふ。對へて曰はく、「疑ふ、汝二の神は、是吾が處に來ませるに非ざるか。故、許さず」とのたまふ。是に、經津主神、則ち還り昇りて報告す。時に高皇産靈尊、乃ち二の神を還し遣して、大己貴神に勅して曰はく、「今、汝が所言を聞くに、深く其の理有り。故、更に條にして勅したまふ。夫れ汝が治す顯露の事は、是吾孫治すべし。汝は以て神事を治すべし。又汝が住むべき天日隅宮は、今供造りまつらむこと、即ち千尋の栲縄を以て、結ひて百八十紐にせむ。其の宮を造る制は、柱は高く大し。板は廣く厚くせむ。又田供佃らむ。又汝が往來ひて海に遊ぶ具の爲には、高橋・浮橋及び天鳥船、亦供造りまつらむ。又天安河に、亦打橋造らむ。又百八十縫の白楯供造らむ。又汝が祭祀を主らむは、天穗日命、是なり」とのたまふ。

是に、大己貴神報へて曰さく、「天神の勅教、如此慇懃なり。敢へて命に従はざらむや。吾が治す顯露の事は、皇孫當に治めたまふべし。吾は退りて幽事を

治めむ」とまうす。乃ち岐神[二一]を二の神に薦めて曰さく、「是、當に我に代りて從へ奉るべし。吾、將に此より避去りなむ」とまうして、即ち躬に瑞の八坂瓊[二二]を被ひて、長に隱れましき。故、經津主神、岐神を以て郷導として、周流[二三]きつつ削平ぐ。逆命者有るをば、即ち加斬戮す。歸順ふ首渠[二四]は、大物主神[二五]及び事代主神[二六]なり。乃ち八十萬の神を天高市[二七]に合めて、

二神曰、天有二惡神一。名曰二天津甕星一。亦名天香香背男。請先誅二此神一、然後下撥二葦原中國一。是時、齋主神號二齋之大人一。此神今在二于東國檝[1]取之地一也。既而二神、降二到出雲五十田狹之小汀一、而問二大己貴神一曰、汝將以二此國一、奉二天神一耶以不。對曰、疑、汝二神、非二是吾處來一者。故不レ須レ許也。於是、經津主神、則還昇報告。時高皇産靈尊、乃還二遣二神一、勅二大己貴神一曰、今者聞二汝所言一、深有二其理一。故更條而勅之。夫汝所治顯露之事、宜二是吾孫治一之。汝則可三以治二神事一。又汝應レ住天日隅宮者、今當供造、即以二千尋栲繩一、結爲二百八十紐一。其造レ宮之制者、柱則高大。板則廣厚。又將田供佃。又爲二汝往來遊レ海之具一、高橋・浮橋及天鳥船、亦將供造。又於天安河、亦造二打橋一。又供二造百八十縫之白楯一。又當主二汝祭祀一者、天穗日命是也。於是、大己貴神報曰、天神勅教、慇二懃如此一。敢不レ從レ命乎。吾所治顯露事者、皇孫當レ治。吾將退治二幽事一。乃薦[2]二岐神於二神一曰、是當二代レ我而奉レ從也。吾將自レ此避去。即躬被二瑞之八坂瓊一、而長隱者矣。故經津主神、以二岐神一爲二郷導一、周流削平。有二逆命者一、即加斬戮。歸順者、仍加褒美。是時、歸順之首渠者、大物主神及事代主神。乃合二八十萬神於天高市一、→

(かむむすひ)のこの詔によって、その御子、天御鳥命を楯部として天降したとなっている。一二 田を作って与える意。一三 高い橋、また高いはしご。一四 水上に浮べる橋。一五 鳥船は、速い船の意。→補注2-六。一六 →補注1-五二。一七 簡単に取りはずし、また掛ける橋。一八 楯には平城宮址発掘の隼人の楯のような木製のもの、石上神宮所蔵のそれのような鉄板を鋲止めした鉄製のものもあったが、一般には皮革を縫い合せたものを使用したらしい。職員令集解、兵部省造兵司条の雑工戸に品部として「楯縫卅六戸」、また下文に「彦狭知神、為二作盾者(たてぬひ)一」と見える。百八十縫は、繰返し縫い合わせた意。一九 第六段(一〇六頁)で、素戔嗚尊が天照大神の八坂瓊の曲玉を嚙んで生んだ神。稲の穂のヒ(霊)の意。第九段(一三四頁)に、最初、国土平定のために遣わされたが復命せず、子の大背飯三熊之大人(亦名、武三熊之大人)をやって呼んでも帰ってこなかったという。(ただし同じ段でもこれのない話も多い。)子の三熊之大人のミクマは、神奠の意で、穂日も三熊も稲に関する名である。この神の子武日照命(一云武夷鳥)は出雲国造らの祖で、崇神紀によれば、天から将来した神宝を出雲大神宮に蔵したという。二〇 神事の意。→注七。二一 猿田彦神。→九四頁注三。二二 坂は尺のあて字。八尺は大きい瓊の形容。二三 文選、上林賦に「周二流長途一中宿」とある。また文選、恨賦に「削二平天下一同レ文共レ規」とある。周流は、周偏長行の意。二四 首渠・魁帥・尊長・君長・賊首・梟帥などを、書紀にヒトゴノカミと訓む。神武即位前紀戊午年八月条に「魁帥、此云二比鄧誤廼伽弥一」(一九六頁一一行)。人(ひと)兄(このかみ)の意という。二五 →補注1-九七。二六 →補注1-一〇六。二七 高市は、市を行う小高い所。飛鳥の地名を以て、天上にあるもののように取扱ってある。

帥ゐて天に昇りて、其の誠款の至を陳す。時に高皇產靈尊、大物主神に勅すらく、「汝若し國神を以て妻とせば、吾猶汝を疏き心有りと謂はむ。故、今吾が女三穗津姫を以て、汝に配せて妻とせむ。八十萬神を領ゐて、永に皇孫の爲に護り奉れ」とのたまひて、乃ち還り降らしむ。即ち紀國の忌部の遠祖手置帆負神を以て、定めて作笠者とす。彥狹知神を作盾者とす。天目一箇神を作金者とす。天日鷲神を作木綿者とす。櫛明玉神を作玉者とす。乃ち太玉命をして、弱肩に太手繦を被けて、御手代にして、此の神を祭らしむるは、始めて此より起れり。且天兒屋命は、神事を主る宗源者なり。故、太占の卜事を以て、仕へ奉らしむ。高皇產靈尊、因りて勅して曰はく、「吾は天津神籬及び天津磐境を起し樹てて、當に吾孫の爲に齋ひ奉らむ。汝、天兒屋命・太玉命は、天津神籬を持ちて、葦原中國に降りて、亦吾孫の爲に齋ひ奉れ」とのたまふ。乃ち二の神を使して、天忍穗耳尊に陪從へて降す。

是の時に、天照大神、手に寶鏡を持ちたまひて、天忍穗耳尊に授けて、祝きて曰はく、「吾が兒、此の寶鏡を視まさむこと、當に吾を視るがごとくすべし。與に床を同くし殿を共にして、齋鏡とすべし」とのたまふ。復天兒屋命・太玉命に勅すらく、「惟爾二の神、亦同に殿の內に侍ひて、善く防護を爲せ」とのたまふ。又勅して曰はく、「吾が高天原に所御す齋庭の穗を以て、亦吾が兒に御せま

一 まことの心。蜀志、鄧芝伝に「君之誠款、乃当爾邪」とある。

二 ミは神の意、ホは稲の穂の意。ツは助詞ノにあたる。

三 以下には司祭者としての天児屋命・太玉命の二人のほかに、祭具の製作者の名をあげている。同じような記述のあるのは第七段の本文と三つの一書及びこれと対応する記の一節。ここと第七段と対照すると、(一)天児屋命、玉の製作者の(二)太玉命、(三)櫛明玉神(第三の一書に天明玉)、木綿を作る(四)天日鷲神(第三の一書)などが共通するが、ここには鏡の作者の名はないが、また別に笠作りの(五)手置帆負神、盾作りの(六)彦狭知神、金作りの(七)天目一箇神などが見えている。また古語拾遺には鏡の作者の名の他に(五)(六)(七)はいずれもあって、ただ(五)と(六)とはアメノミハカリを作るとある。

四 古語拾遺に手置帆負・彦狭知の二神の後裔について、「其裔今在二紀伊国名草郡御木・麁香二郷一」とある。和名抄、紀伊国名草郡に忌部郷も見える。

五 名義未詳。taökiFööFi→takiFöFi という音韻変化が考えられる。タキホヒと訓むとすれば「手競ひ」の神という名義ではなかろうか。古語拾遺に「令三手置帆負、彦狭知二神一、以二天御量一、伐二大峡小峡之材一、而造二瑞殿一兼。作二御笠及矛盾一」とある。

六 笠は菅で作る。糸で縫うのでカサヌヒという。神事幣物。

七 盾を作る者としての彦狭知の意味は、ヒコはすぐれた男子の意、サチは鉄の矢じりの矢の意ではないか。矢と楯とは密接な関係がある。→注五。作盾者→一五〇頁注一八。

八 古語拾遺に「太玉命所率神、天目一箇命、筑紫伊勢両国忌部祖也」とあり、天岩屋段には、「令三天目一箇神作二雑刀・斧及鉄鐸一」、崇神

段に「石凝姥神裔、天目一箇神裔二氏、更鋳レ鏡造レ剣」とある。姓氏録に「菅田首、天久斯麻比止都命之後也」とある。
九 鍛冶として刀斧・鉄鐸などを作ったのであろう。
一〇 祈年祭の祝詞に「忌部能弱肩爾、太多須支取挂弖、持由麻波利仕奉礼留幣帛乎」とある。弱肩とは、弱い身に重い任務を負う気持を表わし、また、神神に対する謙退の気持を表わす。
一一 天孫に代っての意。 一三 大己貴神。
一二 この所、「神事の宗源を主る者なり」とも訓める。
一四 ハハカの木を細く削り、それを焼いて鹿の肩の骨に当てて、鹿の骨にできる裂け目の形を見て占う方法。↓補注1-三四。
一五 神の降臨の場所として特別に作る場所。屋内にも、屋外にも作る。ヒは、霊。モロは、モリと同じ意。神の降りる山の意。キは不明(木や城(キ)の意ならばキ乙類の音。ヒモロキのキはキ甲類の音)。後には神社の意にもいう。
一六 イハクラの意。↓一四〇頁注一一。
一七 ↓一〇六頁注一。
一八 第一の一書が三種神宝(鏡・玉・剣)を説くに反しここは鏡だけを説く。そして鏡が宮中に奉祀してあり、それが日神の象徴と考えられていたことの起源を説いている。↓補注2-一九。
一九 神に捧げる稲を育てる神聖な、触れてはならない田。一五六頁四行に「斎庭、此云二踰弐波一」とある。
二〇 栲幡千千姫に同じ。↓一三四頁注四。
二一 高天原と地上の国との途中のつもりであろう。
二二 一五二頁五行以下の神神を指す。
二三 服御は、天子の用いる衣服車馬の類。後漢書、梁皇后紀に「服御珍華」とある。ミソのミは、神・天皇を表わす。ソは、衣服の類。

つるべし」とのたまふ。則ち高皇産靈尊の女、號は[二〇]萬幡姫を以て、天忍穗耳尊に配せて妃として降しまつらしめたまふ。故、時に[二一]虚天に居しまして生める兒を、天津彦火瓊瓊杵尊と號す。因りて此の皇孫を以て親に代へて降しまつらむと欲す。故、天兒屋命・太玉命、及び[二二]諸部の神等を以て、悉皆に相授く。且[二三]服御之物、一に前に依りて授く。然して後に、天忍穗耳尊、天に復還りたまふ。故、天津彦火

帥以昇レ天、陳二其誠款之至一。時高皇産靈尊、勅二大物主神一、汝若以二國神一爲レ妻、吾猶謂三汝有二疏心一。故今以二吾女三穗津姫一、配レ汝爲レ妻。宜領二八十萬神一、永爲二皇孫一奉レ護、乃使二還降一之。卽以二紀國忌部遠祖手置帆負神一、定爲二作笠者一。彦狹知神爲二作盾者一。天目一箇神爲二作金者一。天日鷲神爲二作木綿者一。櫛明玉神爲二作玉者一。乃使二太玉命一、以弱肩被二太手繦一、而代二御手一、以祭二此神一者、始起二於此一矣。且天兒屋命、主二神事一之宗源者也。故俾下以二太占之卜事一、而奉上レ仕焉。高皇産靈尊因勅曰、吾則起二樹天津神籬及天津磐境一、當爲二吾孫一奉レ齋矣。汝天兒屋命・太玉命、宜持二天津神籬一、降二於葦原中國一、亦爲二吾孫一奉レ齋焉。乃使二二神一、陪二從天忍穗耳尊一以降之。是時、天照大神、手持二寶鏡一、授二天忍穗耳尊一、而祝之曰、吾兒視二此寶鏡一、當レ猶レ視レ吾。可三與同レ床共レ殿、以爲二齋鏡一。復勅二天兒屋命・太玉命一、惟爾二神、亦同侍二殿内一、善爲二防護一。又勅曰、以二吾高天原所御齋庭之穗一、亦當レ御二於吾兒一。則以二高皇産靈尊之女號萬幡姫一、配二天忍穗耳尊一爲レ妃降之。故時居二於虛天一而生兒、號二天津彦火瓊瓊杵尊一。因欲下以二此皇孫一代レ親而降上。故以二天兒屋命・太玉命、及諸[1]部神等一、悉皆相授。且服御之物、一依レ前授。然後、天忍穗耳尊、復二還於天一。故天津彦火↓

瓊瓊杵尊、日向の槵日の高千穂の峯に降到りまして、膂宍の胸副國を、頓丘から國覓ぎ行去りて、浮渚在平地に立たして、乃ち國主事勝國勝長狹を召して訪ひたまふ。對へて曰さく、「是に國有り、取捨勅の隨に」とまうす。

時に皇孫、因りて宮殿を立てて、是に遊息みます。後に海濱に遊幸して、一の美人を見す。皇孫問ひて曰はく、「汝は是誰が子ぞ」とのたまふ。對へて曰さく、「妾は是大山祇神の子。名は神吾田鹿葦津姫、亦の名は木花開耶姫」とまうす。因りて白さく、「亦吾が姉磐長姫在り」とまうす。皇孫の曰はく、「吾汝を以て妻とせむと欲ふ、如之何」とのたまふ。對へて曰さく、「妾が父大山祇神在り。請はくは垂問ひたまへ」とまうす。皇孫、因りて大山祇神に謂りて曰はく、「吾、汝が女子を見す。以て妻とせむと欲ふ」とのたまふ。是に、大山祇神、乃ち二の女をして、百机飲食を持たしめて奉進る。時に皇孫、姉は醜しと謂して、御さずして罷けたまふ。妹は有國色として、引して幸しつ。則ち一夜に有身みぬ。故、磐長姫、大きに慙ぢて詛ひて曰はく、「假使天孫、妾を斥けたまはずして御さましかば、生めらむ兒は壽永くして、磐石の有如に常存らまし。今既に然らずして、唯弟をのみ獨見御せり。故、其の生むらむ兒は、必ず木の花の如に、移落ちなむ」といふ。一に云はく、磐長姫恥ぢ恨みて、唾き泣ちて曰はく、「顯見蒼生は、木の花の如に、俄に遷轉ひて衰去へなむ」といふ。此世人の短折き緣なりといふ。

一 高千穂→補注2-一三。
二 本文に膂宍の空國とある。ここにムナソフクニとある理由未詳。→一四〇頁注一八。
三 木花開耶姫(→補注2-一六)は、本来は(神吾田)鹿葦津姫とは別。木花開耶姫と姉の磐長姫とが一組で、人間の生命の死の起源を語る説話の主人公である。それが鹿葦津姫の話と結合されたのである。磐長姫はうつろい易い生命を象徴する木花開耶姫に対し、磐の如く不変であるによる名。記にもこの話とほぼ同じ話が見えているが、人の命の短いことの理由を語る言葉を磐長姫ではなくて父の大山祇神が語ったことになっている。また記は皇孫が木花開耶姫を召したので「故、是以至レ于今、天皇命等之御命不レ長也」と述べているのに反し、ここの一云では人間一般の寿命の短いことの起源を説明する話となっている。
四 →一〇一頁注二二。
五 国色は、国中で第一の美人。
六 →補注1-一八。古訓はミトアタヘマス。
七 のろう意。トゴフの語源未詳。トは、ノリト(祝詞)・コトド(絶妻之誓)のトまたはドと同じものか。このトはト甲類の音。
八 タトヒはモシに同じ。→補注1-四三。
九 古訓にトキハカキハとあり、延喜祝詞式でも、「堅磐尓常磐尓」をカキハニトキハニと訓み習わしている。しかし、九条家本延喜祝詞式の傍訓には、これがカチハニトキハニとある。カチハはカタイハの約。KataiFa→KatiFa. 理にかなった訓である。カキハは、トキハに引かれて成立した擬古的な新形であろうから、古いカチハの訓による。トキハは床石(トコイハ)の約。
一〇 この所、記に「木花之阿摩比能微坐」とある。書紀の「有如」「如」の古訓アマヒニは、右の阿摩比によるのであろう。記の文は「木花ノアマヒノミマシマシナム」と訓むとしても、是の後に、神吾田鹿葦津姫、皇孫を見たてまつりて曰さく、「妾、天孫の子を孕めり。私に生みまつるべからず」とまうす。皇孫の曰はく、「復天神の子と雖も、如何ぞ一夜に人をして娠せむや。[一五]抑吾が兒に非ざるか」とのたまふ。木花開耶姫、甚だ慙恨ぢて、乃ち[一六]無戸室を作りて、誓ひて曰はく、「吾が所娠める、是若し他神の子ならば、必ず不幸けむ。是實に天孫の子ならば、必ず當に[一七]全く生きたま

瓊瓊杵尊、降ニ到於日向槵日高千穗之峯一、而膂宍胸副國、自ニ頓丘一覓レ國行去、立ニ於浮渚在平地一、乃召ニ國主事勝國勝長狹一而訪之。對曰、是有レ國也。取捨隨レ勅。時皇孫因立ニ宮殿一、是焉遊息。後遊ニ幸海濱一、見ニ一美人一。皇孫問曰、汝是誰之子耶。對曰、妾是大山祇神之子。名神吾田鹿葦津姫、亦名木花開耶姫。因白、亦吾姉磐長姫在。皇孫曰、吾欲ニ以レ汝爲レ妻、如之何。對曰、妾父大山祇神在。請以垂問。皇孫因謂ニ大山祇神一曰、吾見ニ汝之女子一。欲ニ以爲レ妻。於是、大山祇神、乃使ニ二女一、持ニ百机飲食一奉進。時皇孫謂ニ姉爲醜一、不レ御而罷。妹有國色、引而幸之。則一夜有身。故磐長姫、大慙而詛之曰、假使天孫、不レ斥レ妾而御者、生兒永レ壽、有レ如ニ磐石一之常存。今既不レ然、唯弟獨見御。故其生兒、必如ニ木花一之、移落。一云、磐長姫恥恨而、唾泣之曰、顯見蒼生者、如ニ木花一之、俄遷轉當衰去矣。此世人短折之縁也。是後、神吾田鹿葦津姫、見ニ皇孫一曰、妾孕ニ天孫之子一。不レ可ニ私以生一也。皇孫曰、雖ニ復天神之子一、如何一夜使レ人娠乎。抑非ニ吾之兒一歟。木花開耶姫、甚以慙恨、乃作ニ無戸室一、而誓之曰、吾所娠、是若他神之子者、必不幸矣。是實天孫之子者、必當全生、」則入ニ其室中一、以レ火焚レ室。于時、燄初起時↓

アマヒニの語義は未詳で、果して「有如」をアマヒニと訓んでよいか不明である。

一二 永久の意のトハは、奈良平安時代にトバと濁音。仏足石歌に呉音で濁音バを表わす婆を用いて「登婆爾」とあり、また、鎌倉時代写の宮内庁本古今和歌集に「トバ」と濁点がある。

一三 唾をはくのは、約束を交すときや、呪言に行う。言語の確実さをたしかにするための行為。↓補注1-六五。

一三 顕見は、この世に生きて存在している意。蒼生は、青人草。衰へナムは、必ず衰えるであろうの意。

一四 モロキは兼方本の古訓。万葉九〇二にも「水沫なす微(もろ)き命」とある。

一五 甲か乙かの選択の助字。もしやわが子ではないのではあるまいかの意。

一六 ↓一四二頁注二。

一七 マタシは、充実して、活力ある意。

へ」といひて、則ち其の室の中に入りて、火を以けて室を焚く。時に、燄初め起る時に共に生む兒を、一火酢芹命と號す。次に火の盛なる時に生む兒を、火明命と號く。次に生む兒を、彦火火出見尊と號す。亦の號は火折尊。二齋主、此をば伊播毗と云ふ。三顯露、此をば阿羅播貳と云ふ。齋庭、此をば踰貳波と云ふ。

一書〔第三〕に曰はく、初め火燄明る時に生める兒、火明命。次に火炎盛なる時に生める兒、火進命。又曰はく、火酢芹命。次に火炎避る時に生める兒、火折彦火火出見尊。凡て此の三の子は、火も害ふこと能はず。母亦少しも損ふ所無し。時に四竹刀を以て、其の兒の臍を截る。其の棄てし竹刀、終に竹林に成る。故、彼の地を號けて竹屋と曰ふ。時に神吾田鹿葦津姫、五卜定田を以て、號けて六狹名田と曰ふ。其の田の稻を以て、七天甜酒を釀みて嘗す。又八渟浪田の稻を用て、飯に爲きて嘗す。

九一書〔第四〕に曰はく、高皇産靈尊、眞床覆衾を以て、一〇天津彦國光彦火瓊瓊杵尊に裹せまつりて、則ち一一天磐戸を引き開け、天八重雲を排分けて、降し奉る。時に、一二大伴連の遠祖一三天忍日命、一四來目部の遠祖一五天槵津大來目を帥ゐて、背には一六天磐靫を負ひ、臂には一七稜威の高鞆を著き、手には一八天梔弓・一九天羽羽矢を捉り、二〇八目鳴鏑を副持へ、又二一頭槌劒を帶きて、天孫の前に立ちて、遊行き降來りて、日向の襲の高千穗の槵日の二上峯の天浮橋に到りて、浮渚在之平地に立たして、膂宍の空國を、頓丘から國覓ぎ行去りて、吾田の長屋の笠狹の御碕に到ります。時に彼處に一の神有

一↓補注2-一七。二↓一五〇頁注三。三↓一五〇頁注七。四竹の刀で臍の緒を切ることは山槐記、治承二年十一月十二日条に「奉レ切二御臍緒一、先遣レ切二生気方河竹一、作二竹刀一、只一削作。内大臣取二竹刀一、奉レ切レ之」とある。安徳天皇生誕の時のことである。また壒嚢鈔二に「臍緒以二竹刀一切事」などに見えており、江戸時代まで、竹刀で切るのが一般の習慣であったらしい。南洋諸島・東南アジアでは、竹の刀で切る習慣を持つ所が多いらしく、ツングース族・蒙古族などは石で切るらしい。↓補注2-二四。アヲヒエは、和名抄には「阿乎比衣」。兼夏本の万葉仮名傍注には「阿乎比江」とある。しかし、神武記に「立柧棱(たちそば)の　実の無けくを　許多(こきし)斐恵泥(ひゑね)　…柃(いちさかき)実の多けくを　許多(こきだ)斐恵泥(ひゑね)」とあり、このヒヱネは、薄くそぐ意で、アヲヒエのヒエと語源が同じと見られる。よって、アヲヒエのヱは、奈良時代にはワ行のヱであったが、平安時代初期にはそれがヤ行のエに転じ、やがてア行のエとも混同したものであろう。五神に供える稲を作るために、トによって場所を決めて作る田。六サは、神稲を意味する語。サ苗・サ少女・サ月などのサに同じ。ナは助詞ノにあたる。一四八頁一三行では狭長田と書かれている。七和名抄、飲食部に「醰酒、陸詞切韻云、醰〈音覃、一音湛、日本紀私記云、甜酒、多無佐介、今案可レ用二此字一〉酒味長也」とある。しかし、貞観儀式、大嘗祭儀に「所レ献多米都物色目」とあり、その中に、多米都物・雑菓子飯などがあり、大多米津酒・大多米酒波・多米御酒・多毎米・多米院なども ある。延喜式にも多明酒屋・多明料理屋などがある。タメは、美味飲食をいう。姓氏録の多米連の条に「成務天皇御世、仕奉炊職、賜多米連也」とある。天甜酒のタムは、或いは、タメの音転かもしれない。八ヌは沼、ナは助詞。従っ

り、名を事勝國勝長狹と曰ふ。故、天孫、其の神に問ひて曰はく、「國在りや」とのたまふ。對へて曰さく、「在り」とまうす。因りて曰さく、「勅の隨に奉らむ」とまうす。故、天孫、彼處に留住りたまふ。其の事勝國勝神は、是伊奘諾尊の子なり。亦の名は鹽土老翁二三。

〔第五〕一書に曰はく、天孫、大山祇神の女子吾田鹿葦津姫を幸す。則ち一夜に有身みぬ。

共生兒、號二火酢芹命一。次火盛時生兒、號二火明命一。次生兒、號二彦火火出見尊一。亦號火折尊。齋主、此云二伊播毗一。顯露、此云二阿羅播貳一。齋庭、此云二踰貳波一。

一書曰、初火燄明時生兒、火明命。次火炎盛時生兒、火進命。又曰火酢芹命。次避二火炎一時生兒、火折彦火火出見尊。凡此三子、火不レ能レ害。及母亦無レ所二少損一。時以二竹刀一、截二其兒臍一。其所棄竹刀、終成二竹林一。故號二彼地一曰二竹屋一。時神吾田鹿葦津姫、以二卜定田一、號曰二狹名田一。以二其田稻一、釀二天甜酒一嘗之。又用二渟浪田稻一、爲レ飯嘗之。

一書曰、高皇產靈尊、以二眞床覆衾一、裹二天津彦國光彦火瓊瓊杵尊一、則引二開天磐戸一、排二分天八重雲一、以奉レ降之。于時、大伴連遠祖天忍日命、帥二來目部遠祖天槵津大來目一、背負二天磐靫一、臂著二稜威高鞆一、手捉二天梔弓・天羽羽矢一、及副二持八目鳴鏑一、又帶二頭槌劍一、而立二天孫之前一。遊行降來、到二於日向襲之高千穗槵日二上峯天浮橋一、而立二於浮渚在之平地一、膂宍空國、自二頓丘一覓レ國行去、到二於吾田長屋笠狹之御碕一。時彼處有二一神一[1]、名曰二事勝國勝長狹一。故天孫問二其神一曰、國在耶。對曰、在也。因曰、隨レ勅奉矣。故天孫留二住[2]於彼處一。其事勝國勝神者、是伊奘諾尊之子也。亦名鹽[3]土老翁。

て水田の意。九 この一書は記の記事に酷似する。またともに他には見えない大伴・来目部の祖のことを述べている。大伴氏の伝承か。なお、この文の語彙は本文と同じものが多い。一〇 アマツヒコ・クニテルヒコ、ともに美称。一一 本文では「天磐座を離ち」とある。一二 以下、記では大伴連の祖天忍日命と久米直の祖天津久米命とが同格で先導。古語拾遺は書紀と同じく前者が後者を率いる。久米氏が没落したために久米部も大伴氏に率いられるに至って、記のような形が書紀や古語拾遺のような形に変ったと見る説がある。大伴連は物部連と共に大和朝廷の軍事を主として担当した伴造。↓補注2-二五。一三 オシは、力をもって制圧する意。ヒは、霊力。一四 久米部。大来目とも。大和朝廷の軍隊の中核をなしていた品部の一。↓補注2-二六。一五 槵は音、貫に通じて、つらぬく。棒の意。↓一一五頁注二六。武威を表わすか、或いは、クシツは奇シ稜威(づ)の約か。一六 天磐は、靫の頑丈なことの形容。一七 ↓一〇四頁注一一・一二。一八 ハジの木で作った弓。一九 ↓一三五頁注二三。二〇 鳴鏑(なりかぶら)の鏃(やじり)に穴の多くあるもの。二一 神代記に頭椎。下文(一六〇頁一―二行)にカブツチと訓み、神武紀(二〇四頁五行)・神武記の歌謡では、クブツツイと訓む。二二 カブ・クブは、コブに同じく塊状を意味する語。柄頭が槌のような形をした剣。コマツルギと呼ばれる鐶頭の剣が大陸系のものであるのに対し、頭槌の剣は、後の蕨手刀とともに日本の古墳時代独自のもの。二三 塩土老翁は、(一)この段で、瓊瓊杵尊によい土地があると教えているほか、(二)第十段の本文・第一―第四の一書及び記で、山幸彦に対して海宮のありかを教え、(三)神武即位前紀でも、天皇に対して東方によい国があると教えている。つまり、よい場所のあることを教える役割を持つ。そしてそこへ行く海の交通遂に[一]四の子を生む。故、吾田鹿葦津姫、子を抱きて來進みて曰さく、「天神の子[二]を、寧ぞ私に養しまつるべけむや。故、狀を告して知聞えしむ」とまうす。是の時に、天孫、其の子等を見して嘲ひて曰はく、「[三]妍哉、吾が皇子、聞き喜くも生れませるかな」とのたまふ。故、吾田鹿葦津姫、乃ち慍りて曰はく、「何爲れぞ妾を嘲りたまふや」といふ。天孫の曰はく、「心に疑し。故、嘲る。何となれば、復天神の子と雖も、豈能く一夜の間に、人をして有身ませむや。固に吾が子に非じ」とのたまふ。是を以て、吾田鹿葦津姫、益恨みて、無戸室を作りて、其の內に入居りて誓ひて曰はく、「妾が妊める、若し天神の胤に非ずは、必ず亡せよ。是若し天神の胤ならば、害はるること無けむ」といふ。則ち火を放けて室を焚く。其の火の初め明る時に、蹈み誥びて出づる兒、自ら言りたまはく、「吾は是天神の子。名は火明命。吾が父、何處にか坐します」とのたまふ。次に火の盛なる時に、蹈み誥びて出づる兒、亦言りたまはく、「吾は是天神の子。名は火進命。吾が父及び兄、何處にか在します」とのたまふ。次に火炎の衰る時に、蹈み誥びて出づる兒、亦言りたまはく、「吾は是天神の子。名は火折尊。吾が父及び兄等、何處にか在します」とのたまふ。次に火熱を避る時に、蹈み誥びて出づる兒、亦言りたまはく、「吾は是天神の子。名は[四]彥火火出見尊。吾が父及び兄等、何處にか在します」とのたまふ。然して後に、母吾田鹿葦津姫、[五]火燼の中より出來でて、就

を支配している。この神、記には塩椎神とあり、書紀には塩土老翁・塩筒老翁と書いてある。シホは、潮。ツは助詞ノにあたる。チはイカヅチ・ヲロチなどのチ。潮の霊の意であろう。椎・土はツチと訓むのが普通であるが、筒はツツとだけ訓むのが普通。ツツは、粒の意から火花・星粒の意を表わす(イハツツノヲ・ウハツツノヲ・ナカツツノヲなど例がある)から、シホツツと訓めば、潮と星の神ということになる。これも航海に関係が深いから、或いは、古くはシホツツであったのかもしれない。椎も土もツツとも訓める。しかし、シホツチ即ち潮ツ霊(チ)がもとでシホツツへと転化したとも考えうる。海路の神が老翁として登場するのは、そうした豊富な知識と経験とを持つ者としては、老翁に及ぶものが無かったからであろう。老翁をヲヂと訓むのは一六〇頁二行に訓注がある。

一 本文や他の一書では子を孕んであやしがられるが、ここだけは子を生んであやしがられる。四子とは、火明命・火進命・火折命・彦火火出見尊をいう。

二 天神の御子を、自分のところだけでどうして養育することができましょう。それゆえ有様を申上げます。

三 何とまあ、私の子供たちがこんなに生れたとは、(本当なら)嬉しいことです。

四 この話では、生れる子が四人となっている点が他と異なる。

五 新撰字鏡に「熷、仕高子労二反、焦也、炮也、炉也、保太久比」とある。もえぐいのこと。

六　どうですか、御覧になりましたか。

きて稱して曰はく、「妾が生める兒及び妾が身、自づからに火の難に當へども、少しも損ふ所無し。天孫豈見しつや」[六]といふ。對へて曰はく、「我本より是吾が兒なりと知りぬ。但一夜にして有身めり。疑ふ者有らむと慮ひて、衆人をして皆、是吾が兒、幷に亦、天神は能く一夜に有娠ましむることを知らしめむと欲ふ。亦汝靈に異しき威有り、子等復倫に超れたる氣有ることを明さむと欲ふ。故に、前日

一書曰、天孫幸二大山祇神之女子吾田鹿葦津姫一。則一夜有身。」遂生二四子一。故吾田鹿葦津姫、抱レ子而來進曰、天神之子、寧可二以私養一乎。故告レ狀知聞。是時、天孫見二其子等一嘲之曰、妍哉、吾皇子者、聞喜而生之歟。故吾田鹿葦津姫、乃慍[1]之曰、何爲嘲レ妾乎。天孫曰、[2]心疑之矣。故嘲之。何則雖二復天神之子一、豈能一夜之間、使レ人有身者哉。固非二我子一矣。是以、吾田鹿葦津姫益恨[3]、作二無戸室一、入二居其内一誓之曰、妾所妊、若非二天神之胤一者必亡。是若天神之胤者無二所害一。則放レ火焚レ室。其火初明時、躡誥出兒自言、吾是天神之子[4]。名火明命。吾父何處坐耶。次火盛時、躡誥出兒亦言、吾是天神之子。名火進命。吾父及兄何處在耶。次火炎衰時、躡誥出兒亦言、吾是天神之子。名火折尊。吾父及兄等何處在耶。次避二火熱一時、躡誥出兒亦言、吾是天神之子。名彦火火出見尊。吾父及兄等何處在耶。然後、母吾田鹿葦津姫、自二火燼中一出來、就而稱之曰、妾所生兒及妾身、自當二火難一、無レ所二少損一。天孫豈見之乎。對[5]曰、我知二本是吾兒一。但一夜而有身。慮レ有二疑者一、欲レ使四衆人皆知三是吾兒、幷亦天神能令二一夜有娠一。亦欲レ明下汝有二靈異之威一、子等復有中超レ倫之氣上。故有二前日一↓

の嘲る辭有りき」とのたまふ。[一]梔、此をば波茸と云ふ。音は之移反。頭槌、此をば箇歩豆智と云ふ。老翁、此をば烏賦[二]と云ふ。

一書〔第六〕に曰はく、天忍穗根尊[三]、高皇産靈尊の女子栲幡千千姫萬幡姫命[四]、亦は云はく、高皇産靈尊の兒火之戸幡姫[五]の兒千千姫命といふ、を娶りたまふ。而して兒天火明命を生む。次に天津彦根火瓊瓊杵根尊を生みまつる。其の天火明命の兒天香山[六]は、是尾張連等[七]が遠祖なり。皇孫火瓊瓊杵尊を、葦原中國に降し奉るに至るに及びて、高皇産靈尊、八十諸神に勅して曰はく、「葦原中國は、磐根・木株・草葉[八]も、猶能く言語ふ。夜は熛火[九]の若に喧響ひ、晝は五月蠅如す沸き騰る」と、云云[一〇]。

時に高皇産靈尊、勅して曰はく、「昔、天稚彦を葦原中國に遣りき。至今に久しく來ざる所以は、蓋し是國神、强禦之者有りてか」とのたまふ。乃ち無名雄雉[一一]を遣して、往きて候しめたまふ。此の雉降來りて、因りて粟田[一二]・豆田を見て、則ち留りて返らず。此、世の所謂る、雉の頓使[一三]の縁なり。故、復無名雌雉を遣す。此の鳥下來りて、天稚彦が爲に射られて、其の矢に中りて上りて報す、云云。

是の時に、高皇産靈尊、乃ち眞床覆衾を用て、皇孫天津彦根火瓊瓊杵根尊に裹せまつりて、天八重雲を排披けて、降し奉らしむ。故、此の神を稱して、天國饒石彦火瓊瓊杵尊と曰す。時に、降到りましし處をば、呼ひて日向の襲の高千穗の添[一四]

一 ヤマウルシの木。今、ハゼという。波茸の茸について、不負於族のジに同じ。↓一〇〇頁注一七。之移反について↓補注1-三五。

二 烏賦という本注の、烏は、青丹よし・魚・牡鹿（さを）（しか）・申すのヲや、助詞のヲに使われているから、ヲの仮名で、オの仮名ではない。老翁は、重んじられていても、親愛の気持で呼ばれて、小父（をぢ）と称されたのであろう。また、賦は、底本等の賦を訂した。賦という漢字は、正式な文字としては無いものらしい。賦の字が見なれない文字であるために、月を貝に誤ったものと思われる。以下、賦とあるものは、賦に訂する。

三 第七の一書の天忍骨尊と同じ。天忍穂耳尊の転。↓一〇六頁注一。

四 これは栲幡千千姫の児、万幡姫の意で、千千姫児の児を脱したものであろうか。第二の一書には、万幡姫は、高皇産霊の女とある。

五 戸幡は、万幡の誤写にもとづくものではなかろうか。おそらく火之万幡姫の児、千千姫命の意であろう。ただし、弟日売真若比売命というような例もあるから、姫児でヒメコと訓むべきものとも考えられる。

六 姓氏録、左京神別は尾張氏の本宗である尾張宿禰を「火明命廿世孫、阿曾禰連之後也」、宿禰と賜姓されなかった支流である尾張連を「火明命之男、天賀吾山命之後也」と区別し、山城・大和でも尾張連は「天香山命之後也」とする。他に河内の吹田連、和泉の綺連も天香山命の後とある。旧事紀、天孫本紀には「天照国照彦火明櫛玉饒速日尊、天道日女命為レ妃、天上誕二生天香語山命一」とある。

七 ↓一四二頁注九。

八 ↓補注2-一。

九 ホホの訓は一六二頁九行の訓注に「裒倍」とあるによる。倍はヘ乙類に使うのが普通であるが、への音は両唇を使う音なので、母音が円山峯と曰ふ。其の遊行す時に及りて、云云。

吾田の笠狹の御碕に到ります。遂に長屋の[一五]竹嶋に登ります。乃ち其の地を巡り覽ませば、彼に人有り。名けて事勝國勝長狹と曰ふ。天孫、因りて問ひて曰はく、「此は誰が國ぞ」とのたまふ。對へて曰さく、「是は長狹が住む國なり。然れども今は乃ち天孫に奉上る」とまうす。天孫、又問ひて曰はく、「其の[一六]秀起つる浪穗の

之嘲辭也。梔、此云波茸。音之移反。頭槌、此云箇歩豆智。老翁、此云烏膩[1]。

一書曰、天忍穗根尊、娶高皇產靈尊女子栲幡千千姫萬幡姫命、亦云高皇產靈尊兒火之戸幡姫兒千千姫命、而生兒天火明命。次生天津彦根火瓊瓊杵根尊。其天火明命兒、天香山、是尾張連等遠祖也。及至奉降皇孫火瓊瓊杵尊、於葦原中國也、高皇產靈尊、勅八十諸神曰、葦原中國者、磐根木株草葉、猶能言語。夜者若熛火而喧響之、晝者如五月蠅而沸騰之、云云。時高皇產靈尊勅曰、昔遣天稚彦於葦原中國、至今所以久不來者、蓋是國神、有强禦之者。乃遣無名雄雉往候之。此雉降來、因見粟田・豆田、則留而不返。此世所謂、雉頓使之緣也。故復遣無名雌雉。此鳥下來、爲天稚彦所射、中其矢而上報、云云。是時、高皇產靈尊、乃用眞床覆衾、裹皇孫天津彦根火瓊瓊杵根尊[2]、而排披天八重雲、以奉降之。故稱此神、曰天國饒石彦火瓊瓊杵尊。于時、降到之處者、呼曰日向襲之高千穗添山峯矣。及其遊行之時也、云云。到于吾田笠狹之御碕。遂登長屋之竹嶋。乃巡覽其地者、彼有人焉。名曰事勝國勝長狹。天孫因問之曰、此誰國歟。對曰、是長狹所住之國也。然今乃奉上天孫矣。天孫又問曰、其於秀起浪穗之↓

昏性を持つ結果となり、ホ(乙類相当)の仮名にも使われる。例えば、イカシホコ(厳矛)・イキドホロシ(憤し)・ニホドリ(鳰鳥)・モトホリ(廻)などのホである。よって、ここも、ホへと訓まず、ホホと訓む方がよいように思われる。ホホとは火の穂のことである。モコロの語、平安時代にはほとんど例がないが、万葉にはいくつかある。対等の相手となるもの、また、同等のものの意。転じて、如くの意。このような語が、兼方本の傍訓にあるのは、いわゆる書紀の古訓が奈良朝の訓を伝承している場合のあることを推測させる。

一〇 書紀は一書を引用する際、他の異伝にもある記事は省略することがある。この云云はその一例。

一一 天稚彦の話には雉がつきもの。ここは雄雉と雌雉とになっているが、雄雉の話は他に見えない。他ではすべて雌雉の方の反し矢の話と結びついている。記でも雉は鳴女といって女性である。

一二 和名抄に「粟田、安八不。豆田、万女不」とある。フは、生える場所。

一三 頓は、ポックリ折れる・パッタリ倒れるなどの意。頓使は、行ったきり、パッタリ応答のない使の意か。ヒタヅカヒのヒタは、ヒト(一)に同じ。ひたすら直進して戻らない意。今の、ナシノツブテにあたる諺。

一四 ソホリは、新羅の王都、徐伐(sio-por)を音訳したものであろうという。一六二頁一〇行の訓注に「曾褒里能耶麻」とある。

一五 一説に笠狹碕の野間嶽とする。笠狹碕→一四〇頁注二三。

一六 サキは、波頭。タツルは、起る意。一六二頁一〇行に訓注がある。

上に、八尋殿[一]を起てて、手玉[二]も玲瓏に、織經る少女は、是誰が子女ぞ」とのたまふ。答へて曰さく、「大山祇神の女等、大を磐長姫と號ふ。少を木花開耶姫と號ふ。亦の號は豐吾田津姫」とまうす、云云。皇孫、因りて豐吾田津姫を幸す。則ち一夜にして有身めり。皇孫疑ひたまふ、云云。遂に火酢芹命を生む。次に火折尊を生みまつる。亦の號は彦火火出見尊。母の誓已に驗し。方に知りぬ、實に是、皇孫の胤なりと。然れども豐吾田津姫、皇孫を恨みて與共言ひまつらず。皇孫憂へたまひて、乃ち歌して曰はく、

[三]沖つ藻は　邊には寄れども　さ寢床も　與はぬかもよ　濱つ千鳥よ

熛火、此をば裒倍と云ふ。喧響、此をば淤等娜比と云ふ。五月蠅、此をば左魔倍と云ふ。添山、此をば曾褒里能耶麻と云ふ。秀起、此をば左岐陀豆屢と云ふ。

〔第七〕一書に曰はく、高皇產靈尊の女[四]天萬栲幡千幡姫。[五]一に云はく、高皇產靈尊の兒萬幡姫の兒玉依姫命といふ。此の神、[六]天忍骨命の妃と爲りて、兒[七]天之杵火火置瀬尊を生みまつる。[八]一に云はく、勝速日命の兒[九]天大耳尊。此の神、[一〇]丹舄姫を娶りて、兒火瓊瓊杵尊を生みまつるといふ。一に云はく、神皇產靈尊の女栲幡千幡姫、兒火瓊瓊杵尊を生みまつるといふ。一に云はく、[一一]天杵瀬命、吾田津姫を娶りて、兒火明命を生みまつる。次に[一二]火夜織命。次に彦火火出見尊といふ。

〔第八〕一書に曰はく、正哉吾勝勝速日天忍穗耳尊、高皇產靈尊の女天萬栲幡千幡姫を

一 大きな殿の意。本文・他の一書では無戸室、記では無戸八尋殿。→一四二頁注二。
二 万葉二〇六五にもこれに似た表現がある。「足玉も手玉もゆらに織る機を君が御衣に縫ひあへむかも」。
三 〔歌謡四〕沖の藻は浜辺に寄るけれども、わが思う妻は、(私に寄らず)私に寝る床さえも与えないことだ。浜千鳥よ。(私は、二人一緒にいるお前たちが羨しい。)天孫が豊吾田津姫を疑ったので、ウケヒによってその疑いをはらした後も、天孫を近づけないので、天孫が嘆きを、浜千鳥の睦まじさにかこつけて述べたという形である。アタフという動詞、古くは四段活用もあったと見られる。
四 天万栲幡千幡姫が天忍骨命の妃となって天之杵火火置瀬尊を生み、この神が丹舄姫を娶って火瓊瓊杵尊を生んだという、の意。
五 以下、玉依姫命まで天万栲幡千幡姫の異伝。
六 天忍穂耳尊。→一〇六頁注一。
七 之杵火火は、ノギホホ。ニギホホ(饒穂穂)の転か。置瀬は、オキセ。オキは、奥。セは、サ(神穂)の転のセか。タ(手)→テ、マ(目)→メと同じ音変化。
八 以下、天大耳尊まで天之杵火火置瀬尊の異伝。
九 多分、天忍穂耳尊にあたる。従って、大耳は、オホシミミと訓む。オシホをオホシと転写した本があり、そのオホシに大の字をあてたものであろう。
一〇 舄は、名義抄に「歯亦、私亦二反、音、昔」とあり、クツの訓がある。底を幾重にも重ねたくつ。ニクツヒメの意味不明。舄を丹鶴本に児に作るによればニコヒメとなる。和姫の意か。
一一 天之杵火火置瀬尊と同じ。杵瀬は、置瀬に同じか。
一二 夜織は yöori→yori. ヨリはヲリの転であろ

う。従って火夜織命は火折命のこと。
三　ここで生んだのは天照国照彦火明命と天饒石国饒石天津彦火瓊瓊杵尊とである。
一四　→一四二頁注四。これは隼人の祖とされている神。以下は第十段の本文及び四つの一書で海幸・山幸の話。㈠山幸は釣針を失い兄の怒りを買ったが、塩土老翁の教えによって海宮に行き、海神から呪力ある玉を得て帰り、兄に報復する。㈡海宮で妻となった豊玉姫がワニとなってあとを追い、海辺で鸕鷀草葺不合尊を生むなどの話。第一・第三・第四の一書及び記にほぼ同じ話が見え、第二の一書は、㈠だけ。主人公の山幸は彦火火出見尊で、兄の火闌降命は隼人の祖であるとなっているが、海幸・山幸の話それ自体は隼人の間に伝わった民間伝承で、それが天孫の彦火火出見尊の話に付会されたものであろう。なお海幸を書紀では火闌降命とするが、記には火照命としている。しかし、記はこの神を隼人の祖としているから、伝承と隼人との関係は変らない。インドネシアなどに多い。海幸・山幸の話に酷似する話は、インドネシアなどに多い。→補注2-一七。
一五「自づからに」は、自然に備わったもの・もとより・すでにの意。
一六　サチは、漁具・猟具をいう。またその結果である獲物、及び、獲物を獲得するについて働く神秘的な性能をいう。サチという単語は、本来、朝鮮語の sal(矢)という語に由来するものであろう。→補注2-一八。なお、ウミサチという訓は、卜部兼夏書写本の傍訓のうち、弘仁記説とあるものに依る。兼方本その他ではウミノサチとある。
一七　→一四二頁注七。山幸は第四の一書では火折命としている。

娶りて、妃として[一三]兒を生む。天照國照彦火明命と號く。是尾張連等が遠祖なり。次に天饒石國饒石天津彦火瓊瓊杵尊。此の神、大山祇神の女子木花開耶姫命を娶りて、妃としたまひて、兒を生ましむ。火酢芹命と號く。次に彦火火出見尊。

[一四]兄火闌降命、[一五]自づからに[一六]海幸 幸、此をば左知と云ふ。有します。[一七]弟彦火火出見尊、自

上、起二八尋殿一、而手玉玲瓏、織經之少女者、是誰之子女耶。答曰、大山祇神之女等、大號二磐長姫一。少號二木花開耶姫一。亦號豐吾田津姫、云云。皇孫因幸二豐吾田津姫一。則一夜而有身。皇孫疑之、云云。遂生二火酢芹命一。次生二火折尊一。亦號彦火火出見尊。母誓已驗。方知、實是皇孫之胤。然豐吾田津姫、恨二皇孫一不二與共言一。皇孫憂之、乃爲レ歌之曰、憶企都茂播、陛爾播譽戻耐母、佐禰耐據茂、阿黨播怒介茂譽、播磨都智耐理譽。[1]摽火、此云二裒倍一。[2]喧響、此云二淤等娜比一。五月蠅、[3]此云二左魔倍一。添山、此云二曾褒里能耶麻一。秀起、此云二左岐陀豆屢一。

一書曰、高皇産靈尊之女天萬栲幡千幡姫。一云、高皇産靈尊兒萬幡姫兒玉依姫命。此神爲二天忍骨命妃一、生二兒天之杵火火置瀬尊一。一云、勝速日命兒天大耳尊。此神娶二丹舄姫一、生二兒火瓊瓊杵尊一。一云、神皇産靈尊之女栲幡千幡姫、生二兒火瓊瓊杵尊一。一云、天杵瀬命、娶二吾田津姫一、生二兒火明命一。次火夜織命。次彦火火出見尊。

一書曰、正哉吾勝勝速日天忍穗耳尊、娶二高皇産靈尊之女天萬栲幡千幡姫一、爲レ妃而生レ兒。號二天照國照彦火明命一。是尾張連等遠祖也。次天饒石國饒石天津彦火瓊瓊杵尊。此神娶二大山祇神女子木花開耶姫命一、爲レ妃而生レ兒。號二火酢芹命一。次彦火火出見尊。

兄火闌降命、自有二海幸一。幸、此云二左知一。弟彦火火出見尊、自→

づからに山幸有します。始め兄弟二人、相謂ひて曰はく、「試に易幸せむ」とのたまひて、遂に相易ふ。各其の利を得ず。兄悔いて、乃ち弟の弓箭を還して、己が釣鉤を乞ふ。弟、時に既に兄の鉤を失ひて、訪覓ぐに由無し。故、別に新しき鉤を作りて兄に與ふ。兄受け肯へにして、其の故の鉤を責る。弟患へて、即ち其の横刀を以て、新しき鉤を鍛作して、一箕に盛りて與ふ。兄忿りて曰はく、「我が故の鉤に非ずは、多にありと雖も取らじ」といひて、益復急め責る。故、彦火火出見尊、憂へ苦びますこと甚深し。行きつつ海畔に吟ひたまふ。時に鹽土老翁に逢ふ。老翁問ひて曰さく、「何の故ぞ此に在しまして愁へたまへるや」とまうす。對ふるに事の本末を以てす。老翁の曰さく、「復な憂へましそ。吾當に汝の爲に計らむ」とまうして、乃ち無目籠を作りて、彦火火出見尊を籠の中に內れて、海に沈む。即ち自然に可怜小汀 可怜、此をば于麻師と云ふ。汀、此をば波麻と云ふ。有り。是に、籠を棄てて遊行でます。忽に海神の宮に至りたまふ。其の宮は、雉堞整頓りて、臺宇玲瓏けり。門の前に一の井有り。井の上に一の湯津杜樹有り。枝葉扶疏し。時に彦火火出見尊、其の樹の下に就きて、徙倚ひ彷徨みたまふ。良久しくして一の美人有りて、闥を排きて出づ。遂に玉鋺を以て、來りて當に水を汲まむとす。因りて擧目ぎて視す。乃ち驚きて還り入りて、其の父母に白して曰さく、「一の希客者有します。門の前の樹の下に在す」とまうす。海神、是に、八重席薦を鋪設きて、延て內る。

一 カタラフは、親しく事情をうちあけて話す意。多く相手を自分の考えに引き入れるに使う。二 猟具を交換すること。サチは食料を獲得するための神秘的な能力を内在させているもの故、軽軽しく交換すべきものではなかった。サチガへの訓、兼夏本傍訓「佐知我閇世牟」による（兼夏本の万葉仮名による訓のうち、清濁も特殊仮名遣も古例に合致するもの）。→補注2-二八。三 利は、益また福。サチは、獲物の意から転じて福の意。→補注2-二八。四 釣りばり。一六六頁五行に兼方本・兼夏本ともにチイと傍訓があるのは、古くは、この語をチイと長呼したことを示すものであろう。蚊をカア、火をヒイなど、一音節語を長呼するのは、現在の京都語などにあるが、すでに平安朝初期から例がある（西大寺本金光明最勝王経の白点など）。五 訪は、汎くはかる意。覓は、索求の意。六 承服しない意。カヘニスのカヘは「交へ」が語源。相手の気持に自分の気持をまじえる意。つまりうけがう意。ニは否定のズの連用形。後、語源が忘れられて、カヘニセズと二重に否定の辞を加える語法が生じ、ガヘンゼズという形が成立した。七 ハタルは、税などを徴発する意。カタスは、おそらく、堅くする意に起る語であろう。朝鮮語 pat と同源の語。八 きたえて作る。カタス、色葉字類抄に「焠淬カタス、焠刀剣也」とある。焠は、刀剣の質を堅くするため焼いて水につけること。ニラグともいう。九 多数の形容。箕（み）一杯の意。一〇 サチは食料を獲る霊能を持つものであるから、代りの品では受け取らないのは当然の成行きである。一一 海のほとり。へは、辺。タは、間（合ヒダ）のダに同じ。場所をいう語。一二 吟は、口の中でうめく意。声を発しないで口ごもる意。一三 →一五七頁注二二。一四 強めの助字。一般のマタではない。一五 →補注2-二九。一六 美しい小さいはま。汀は水際の平地。一七 雉は、中国古代の土壁を築く際、高さ一丈を一堵、三堵を一雉と称し、直線の長さを計る単位とした。転じて牆垣をいう。堞は、城上の垣。杜預左伝注に「堞、女牆也」とあり、文選、蕪城賦の李善注にも「鄭玄周礼注曰、雉長三丈高一丈、杜預左氏伝注曰、堞、女牆也」とある。ヒメガキの訓はこれらによる。兼夏本傍訓に「太加々支比女加支」。釈紀、述義に「雉、城高一丈三尺為ㇾ雉。堞、玉篇云、徒頰切。城上女墻也、左氏伝云、環城伝㆓於堞㆒」とある。
一八 光りかがやくさま。一九 井戸の水汲みは女の大事な仕事の一つであった。二〇 →一三六頁注二。天稚彦の降下してきたときも、カツラの木に降下している。二一 木の枝の四方にひろがるさま。モシは「茂し」に同じ。後漢書、延篤伝に「草木之生、始於萌芽、終於弥蔓、枝葉扶疏、栄華紛縟」とある。二二 名義抄にヨロホフ、兼夏本傍訓に「与呂保比」とある。よろよろあるく。
二三 名義抄にタタズムとある。タタズムの訓は彷徨・寸歩・留連・徘徊などにつけられている。
二四 闥は、門の中を見えないように遮るための小さい屛。漢書、樊噲伝に「噲廼排ㇾ闥直入」とある。顔師古注に「闥、宮中小門也、一曰門屛也」とある。二五 下文には、玉壺・玉瓶などとある。記には玉器とある。マリは、椀。
二六 たたみを敷いて人を迎えるのは当時の礼儀。この説話には八という数が多く使われる。
二七 みちびく。ひきいる。礼記、曲礼上「主人延ㇾ客祭」。鄭玄注に延は道とある。
二八 礼記、曲礼上に見るように、客と主人との坐る座席の意。二九 アルカタチは古訓のまま。情は、実情。知られていない実際の様子。委曲は、くわしく、こまごまとした様子。
三〇 →補注2-三〇。
三一 記に赤海鯽魚。
三二 →補注2-三一。

坐定りたまひぬるときに、因りて其の來でませる意を問ふ。時に彦火火出見尊、對へたまふに情之委曲を以てす。海神、乃ち大小之魚を集へて逼め問ふ。僉曰さく、「識らず。唯赤女 赤女は、鯛魚の名なり。比口の疾有りて來ず」とまうす。固召ひて其の口を探れば、果して失せたる鉤を得。

已にして彦火火出見尊、因りて海神の女豐玉姫を娶きたまふ。仍りて海宮に

有㆓山幸㆒。始兄弟二人相謂曰、試欲㆓易幸㆒、遂相易之。各不ㇾ得㆓其利㆒。兄悔之、乃還㆓弟弓箭㆒、而乞㆓己釣鉤㆒。弟時既失㆓兄鉤㆒。無ㇾ由㆓訪覓㆒。故別作㆓新鉤㆒與ㇾ兄。兄不ㇾ肯ㇾ受、而責㆓其故鉤㆒。弟患之、卽以㆓其橫刀㆒、鍛㆓作新鉤㆒、盛㆓一箕㆒而與之。兄忿之曰、非㆓我故鉤㆒、雖ㇾ多不ㇾ取、益復急責。故彦火火出見尊、憂苦甚深。行吟㆓海畔㆒。時逢㆓鹽土老翁㆒。老翁問曰、何故在ㇾ此愁乎。對以㆓事之本末㆒。老翁曰、勿復憂。吾當ㇾ爲ㇾ汝計之、乃作㆓無目籠㆒、內㆓彦火火出見尊於籠中㆒、沈㆓之于海㆒。卽自然有㆓可怜小汀㆒。可怜、此云㆓于麻師㆒。汀、此云㆓波麻㆒。於是、棄ㇾ籠遊行。忽至㆓海神之宮㆒。其宮也、雉堞[1]整頓、臺宇玲瓏。門前有㆓一井㆒。井上有㆓一湯津杜樹㆒。枝葉扶疏。時彦火火出見尊、就㆓其樹下㆒、徙倚彷徨。良久有㆓一美人㆒、排ㇾ闥而出。遂以㆓玉鋺㆒、來當ㇾ汲ㇾ水。因擧目視之。乃驚而還入、白㆓其父母㆒曰、有㆓一希客者㆒。在㆓門前樹下㆒。海神、於是、鋪㆓設八重席薦㆒、以延內之。坐定、因問㆓其來意㆒。時彦火火出見尊、對以㆓情之委曲㆒。海神乃集㆓大小之魚㆒逼問之。僉曰、不ㇾ識。唯赤女 赤女、鯛魚名也。比有㆓口疾㆒而不ㇾ來。固召之探㆓其口㆒者、果得㆓失鉤㆒。已而彦火火出見尊、因娶㆓海神女豐玉姬㆒。仍留㆓住海宮㆒、↓

留住りたまへること、已に三年に經りぬ。彼處に、復安らかに樂しと雖も、猶鄕を憶ふ情有す。故、時に復太だ息きます。豐玉姬、聞きて、其の父に謂りて曰はく、「天孫[一]悽然みて數歎きたまふ。蓋し[二]土を懷ひたまふ憂ありてか」といふ。海神乃ち彦火火出見尊を[三]延きて、[四]從容に語して曰さく、「天孫若し鄕に還らむと欲さば、吾當に送り奉るべし」とまうす。便ち得たる所の[五]釣鉤を授りて、因りて誨へまつりて曰さく、「此の鉤を以て汝の兄に與へたまはむ時には、陰に此の鉤を呼ひて、[六]『貧鉤』と曰ひて、然して後に與へたまへ」とまうす。[七]復潮滿瓊及び潮涸瓊を授りて、誨へまつりて曰さく、「潮滿瓊を漬けば、潮忽に[八]滿たむ。此を以て汝の兄を[九]沒溺せ。若し兄悔いて祈まば、[一〇]還りて潮涸瓊を漬けば、潮自づからに涸む。此を以て救ひたまへ。如此逼惱まさば、汝の兄自伏ひなむ」とまうす。將に歸去りまさむとするに及りて、豐玉姬、天孫に謂りて曰さく、「妾已に娠めり。當產久にあらじ。妾、必ず風濤急峻からむ日を以て、海濱に出で到らむ。請はくは、我が爲に[一一]產室を作りて相待ちたまへ」とまうす。

彦火火出見尊、已に宮に還りまして、[一二]一に海神の敎に遵ふ。時に兄火闌降命、既に厄困まされて、乃ち自伏罪ひて曰さく、「今より以後、吾は汝の[一三]俳優の民たらむ。請ふ、施恩活へ」とまうす。是に、其の所乞の隨に遂に赦す。其れ火闌降命は、卽ち[一四]吾田君小橋等が本祖なり。

一 悽は、広韻に「悲也、痛也」とある。二 郷土の意。後漢書、班超伝に「久在二絶域一、年老思レ土」とある。三 中に案内して。四 ゆったりと、しずかに物をいうさま。五 チイは古訓のまま。六 マヂはマヅシの語根マヅの転。クツ(口)→クチ、ウツ(内)→ウチ、ツツ(椎)→ツチなどと同型の音変化であるマヅ→マヂによる形。マヂは兼夏本・兼方本などにも見える古訓。七 潮を満たす呪力を持つ珠。潮を乾させる呪力を持つ珠。海神であるから、潮を左右することができるので、この珠を授けた。シホヒノタマは兼夏本の傍訓「之保非乃太麻弘仁記」とあるによる。→解説。シホミチノタマは、シホヒノタマの形式に合わせた新訓。古訓はシホミツタマとある。なお、彦火火出見尊がこのような呪力のある瓊を手に入れることができたのは、豊玉姫との結婚の結果である。これは、異族との通婚による異族の霊能の獲得という当時の一般的な仕方であったようである。白鳥庫吉・三品彰英は、この瓊の説話は仏典の如意宝珠から出たものとした。八 満ツは古く四段活用。従って推量の形はミタムとなる。九 自動詞はオボホル。他動詞はオボホス。その命令形がオボホセ。一〇 かえって、その反対に。一一 出産の時期が近づくと別棟の産屋を建て、火や食器を別にし、産後も一定の期間を経てから帰宅した。この習慣は比較的最近まで全国各地に残っていた。産屋は後には一村または一部落が共同で建て、維持するようになった所もある。一二 ひたすら、全く。一三 説文に俳は「戯也」とあり、優は「倡也」とある。倡は「楽也」とある。戯伎を演じる芸人の意。ここで俳優という意味は、単に、演技して相手を楽しませることではなく、第二・第四の一書に見るように、隼人が宮廷に奉仕して狗吠をなし、また、種種のしわざをすることを指している。一四 神武記後に豐玉姫、果して前の期の如く、其の女弟[一五]玉依姫を將ゐて、直に風波を冒して、海邊に來到る。臨產む時に逮びて、請ひて曰さく、「妾產まむ時に、幸はくはな看ましそ」とまうす。天孫猶忍ぶること能はずして、竊に往きて覘ひたまふ。豐玉姫、[一六]方に產むときに[一七]龍に化爲りぬ。而して甚だ慙ぢて曰はく、「如し我を辱しめざること有りせば、[一八]海陸相通はしめて、永く隔絕つこと無からまし。今既に辱みつ。將に

已經二三年一。彼處雖二復安樂一、猶有二憶レ鄉之情一。故時復太息。豐玉姫聞之、謂二其父一曰、天孫悽然數歎。蓋懷レ土之憂乎。海神乃延二彥火火出見尊一、從容語曰、天孫若欲レ還レ鄉者、吾當レ奉レ送。便授二所レ得釣鉤一。因誨之曰、以二此鉤一與二汝兄一時、則陰呼二此鉤一曰二貧鉤一、然後與之。復授二潮滿瓊及潮涸瓊一、而誨之曰、漬二潮滿瓊一者、則潮忽滿。以レ此沒二溺汝兄一。若兄悔而祈者、還漬二潮涸瓊一、則潮自涸。以レ此救之。如此逼惱、則汝兄自伏。及レ將二歸去一、豐玉姫謂二天孫一曰、妾已娠矣。當產不レ久。妾必以二風濤急峻之日一、出二到海濱一。請爲レ我作二產室一相待矣。彥火火出見尊已還レ宮、一遵二海神之敎一。時兄火闌降命、既[1]被二厄困一、[2]乃自伏罪曰、從レ今以後、吾將爲二汝俳優之民一。請施恩活。於是、隨二其所乞一遂赦之。其火闌降命、卽吾田君小橋等之本祖也。後豐玉姫、果如二前期一、將二其女弟玉依姫一、直冒二風波一、來二到海邊一。逮二臨產時一、請曰、妾產時、幸勿以看之。天孫猶不レ能レ忍、[3]竊往覘之。豐玉姫方產化二爲龍一。而甚慙之曰、如有レ不レ辱レ我者、則使二海陸相通一、永無二隔絕一。今既辱之。將→

に「坐二日向一時、娶二阿多之小椅君妹、名阿比良比売一」。吾田君は阿多隼人中の有力者。吾田・阿多隼人→補注2-一五。一五 豊玉姫の妹。第一・第三の一書では、姉が海辺で御子を生み落して帰った後、玉依姫が養育したという。第十一段では、後に鸕鷀草葺不合尊と結婚して、神日本磐余彦命を生んだという。タマヨリは、タマの憑りつく人。つまり巫女。玉依姫は固有名詞ではあるが、ここだけでなく、第九段第七の一書に天万栲幡千幡姫の一名、万幡姫の児玉依姫命や、崇神七年八月条の活玉依姫がある。山城風土記に見える賀茂神社の伝承に、賀茂別雷命を生んだのも玉依日売で、丹塗矢によって受胎している。タマヨリは、むしろ普通名詞として理解される語であった。一六 ミザカリニの訓、兼夏本にあり、名義抄等に濁点がある。今いうマッサカリとほぼ同じ。一七 この所、第一の一書と記には「八尋大熊鰐(和邇)になって這いまわっていた」とあり、第三の一書でも八尋鰐になったという。何故竜や鰐になって出産したか、またその覗き見を何故禁じたかについて諸説があるが、彦火火出見尊と豊玉姫とが異なったトーテム集団に属していたからであろうという説がある。トーテム社会では、トーテムは多くは動物で、その部族の祖先と見られ、部族の成員と特別な血縁関係があるとされる存在である。従ってその捕獲は禁止され、部族の成員の生誕とか成年あるいは死亡などの場合、そのトーテムに関する特殊な儀礼を行う。この儀礼は、他のトーテムの者には覗き見を許さないタブーである。豊玉姫はワニまたは竜をトーテムとする部族の女であったから、出産にあたってはワニまたは竜に関する儀礼を行わねばならなかったので、その覗き見を禁止したのに、それが守られなかった結果、社会的制裁として結婚関係が

破棄されたのであろうという。しかし、日本古代にトーテミズムが存在したか否かは不明である。松本信広は、この話は発生的には狩猟民的、トーテミズム的な社会を背景としていることを論じつつも、その素朴な素材は、より高い文化段階において変形されて、支配者は、父方では太陽の系統を引き、従って火と縁故があり、母方では海神の裔であって水を支配するという考えに即応して、最後的修正がされたと説く。つまり、火と水、日輪と河海とは縁故をもち、これを支配することは、水田地帯の利用が大規模に行われていた古代国家成立時代の政治的支配者の呪術的君主の職分ないし資格を表わすというのである。津田左右吉は、海神の女が竜身を現じたのは仏典に由来があるのではないかとする。一八 兼方本・兼夏本傍訓アマ。古訓はいずれも適切な訓と言い難いので、ウミクガの訓による。ナカラマシは、無かったであろうにの意。現実には海陸は隔絶したことをいう。つまり、彦火火出見尊と豊玉姫との結婚は、陸の者と海の者との結婚であったわけだが、それが破棄されるに当って、やはり海と陸との融和が不能であるということを言っている。このことは第四の一書にも記にも見える。

一 昵(ジツ)の尼が音を表わし、近づく意が原義。親にも昵にも名義抄にムツマシの訓がある。
二 まっすぐにの意。転じて、すぐにの意。
三 ヒコは男子の称。タケは尊称。ナギサは海辺で生れたによる名。ウガヤは、第三の一書に「以二鸕鷀之羽一、葺為二産屋一」とあるによって、鳥のウの羽をカヤとして産屋を葺く意と解されている。→補注2-三二。
四 陵墓要覧に鹿児島県姶良郡溝辺村大字麓字菅ノ口。
五 サチの霊能のこもった弓。

何を以てか親昵[一]しき情を結ばむ」といひて、乃ち草を以て児を裹みて、海邊に棄てて、海途を閉ぢて俓[二]に去ぬ。故、因りて児を名けまつりて、彦波瀲武鸕鷀草葺不合[三]尊と曰す。後に久しくして、彦火火出見尊崩りましぬ。日向[四]の高屋山上陵に葬りまつる。

一書〔第二〕に曰はく、兄火酢芹命、能く海の幸を得。弟彦火火出見尊、能く山の幸を得。時に兄弟、互に其の幸を易へむと欲す。故、兄、弟の幸弓[五]を持ちて、山に入りて獣覓ぐ。終に獣の乾迹[六]だも見ず。弟、兄の幸鉤を持ちたまひて、海に入りて魚を釣る。殊[七]に獲る所無し。遂に其の鉤を失ふ。是の時に、兄、弟の弓矢を還して、已が鉤を責る。弟患へて、乃ち所帯せる横刀を以て鉤を作りて、一箕[八]に盛りて兄に與ふ。兄受けずして曰はく、「猶吾が幸鉤欲し」といふ。是に、彦火火出見尊、求むる所を知らず。但憂へ吟ふことのみ有す。乃ち行きつつ海邊に至りて、彷徨み嗟嘆きます。時に一の長老有りて、忽然にして至る。自ら鹽土老翁と稱る。乃ち問ひて曰さく、「君は是誰者ぞ。何の故か此處に患へます」とまうす。彦火火出見尊、具に其の事を言ふ。老翁、即ち嚢の中の玄櫛[九]を取りて地に投げしかば、五百箇竹林に化成りぬ。因りて其の竹を取りて、大目麁籠[一〇]を作りて、火火出見尊を籠の中に内れまつりて、海に投る。一に云はく、無目堅間[一一]を以て浮木[一二]に爲りて、細縄を以て火火出見尊を繫ひ著けまつりて沈む。所謂堅間は、是今の竹の籠なりといふ。時に、海の底に自づからに可怜小汀有り。乃ち汀の尋に進でます。忽に海神[一三]豊玉彦の宮に到ります。其の宮は城闕[一四]崇華[一五]り、樓臺壯に麗し。門の外に井有り。井の傍に杜樹有り。乃ち樹の下に就きて立ちたまふ。良久[一六]にありて一の美人有り。容貌世に絶れたり。侍者[一七]群れ從ひて、內よりして出づ。將に玉壺を以て水を汲む。仰

何以結[1]二親昵之情一乎、乃以レ草裹レ兒、棄二之海邊一、閉二海途一而俓[2]去矣。故因以名レ兒、曰二彦波瀲武鸕鷀草葺不合尊一。後久之、彦火火出見尊崩。葬二日向高屋山上陵一。

一書曰、兄火酢芹命、能得二海幸一。弟彦火火出見尊、能得二山幸一。時兄弟欲三互易二其幸一。故兄持二弟之幸弓一、入レ山覓レ獸。終不レ見二獸之乾迹一。弟持二兄之幸鉤一、入レ海釣レ魚。殊無レ所レ獲。遂失二其鉤一。是時、兄還二弟弓矢一、而責二己鉤一。弟患之、乃以二所帶横刀一作レ鉤、盛二一箕一與レ兄。兄不レ受曰、猶欲[3]二吾之幸鉤一。於是、彦火火出見尊、不レ知レ所レ求。但有二憂吟一。乃行至二海邊一、彷徨嗟嘆。時有二一長老一、忽然而至。自稱二鹽土老翁一。乃問之曰、君是誰者。何故患二於此處一乎。彦火火出見尊、具言二其事一。老翁卽取二嚢中玄櫛一投レ地、則化二成五百箇竹林一。因取二其竹一、作二大目麁籠一、內二火火出見尊於籠中一、投二之于海一。一云、以二無目堅間一爲二浮木一、以二細繩一繫二著火火出見尊一而沈之。所謂堅間、是今之竹籠也。于時、海底自有二可怜小汀一。乃尋レ汀而進。忽到二海神豐玉彦之宮一。其宮也城闕崇華、樓臺壯麗。門外有レ井。井傍有二杜樹一。乃就二樹下一立之。良久有二一美人一。容貌絶レ世。侍者群從、自レ內而出。將以二玉壺一汲レ水。仰↓

六 猟にあたっては、獣の通った足跡を見て、何時間位前にここを通ったかを調べ、その通路に待ち構えて射る。これを迹見(みと)という。乾迹とは、乾ききった足跡の意。全然、獣の乾跡さえ発見できない意。

七 無を強める助字。少しも、ちっとも。

八 箕(み)一杯に。

九 櫛は現在のもののように横に長いものではなく、櫛の歯の数の少ない、縦に長いもので、竹で作った。それで、その櫛が筍になったり、五百箇竹林になったりするわけである。

一〇 目のあらい籠。

一一 ↓補注2-一九。

一二 水の上に浮ぶ木、いかだの類。

一三 豊玉姫の父。

一四 城門。闕は、宮城の門。その中央に通路があって、門の上に楼観を作る。カキは垣、ヤは屋の意であろう。

一五 崇は、説文に「山大而高也」、爾雅に「高也」とある。華は、名義抄にカザルの訓がある。晋書、宣帝紀に「崇華甚二霍光之寄一」などとある。

一六 しばらくして。新訳華厳経音義私記に「良久、玉篇曰、良猶長也。長対二於促一。非二暫時一也。夜ゝ比左爾安利天」とある。名義抄には「良久、ヤヤヒサシ」とある。兼方本等、久の傍にシの仮名がある。ヤヤヒサシクシテと訓むつもりであろう。

一七 マカは任ス(マカス)・マカルの語根マカに同じ。上位の者の意のままに移動すること。マカタチはマカリ立ッテ(上の者の意のままに動いて)何かをする者の意であろう。

ぎて火火出見尊を見つ。便ち驚き還りて、其の父の神に白して曰さく、「門の前の井の邊の樹の下に、一の貴客有す。骨法[1]常に非ず。若し天より降れらば、天垢[2]有るべし。地より來れらば、地垢有るべし。實に是妙美し。虚空彦[3]といふ者か」とまうす。一に云はく[4]、豊玉姫の侍者、玉瓶[5]を以て水を汲む。終に滿つる[6]こと能はず。俯して井の中を視れば、倒に人の咲める顔映れり。因りて仰ぎ觀れば、一の麗き神有して、杜樹に倚てり。故、還り入りて其の王に白すといふ。是に、豊玉彦、人を遣して問ひて曰さく、「客は是誰ぞ。何の以にか此に至でませる」とまうす。火火出見尊對へて曰はく、「吾は是、天神の孫なり」とのたまふ。乃ち遂に來せる意を言ふ。時に海神、迎へ拜み延て入れまつりて、慇懃に奉慰る。因りて女豊玉姫を以て妻せまつる。故、海宮に留住りたまへること、已に三載に經りぬ。是の後に、火火出見尊、數歎きますこと有り。豊玉姫問ひて曰さく、「天孫、豈し[7]故郷に還らむと欲すか」とまうす。對へて曰はく、「然なり」とのたまふ。豊玉姫、即ち父の神に白して曰さく、「此に在します貴き客、上國[8]に還らむと意望欲せり」とまうす。海神、是に、海の魚を總べ集へて、其の鉤を覓め問ふ。一の魚有りて、對へて曰さく、「赤女久しく口の疾有り。或いは云はく[9]、赤鯛といふ。疑し[10]是が呑めるか」とまうす。故、即ち赤女を召して、其の口を見れば、鉤、猶口に在り。便ち之を得て、乃以[11]彦火火出見尊に授る。因りて教へまつりて曰さ

一　骨格。ほねぐみ。

二　垢は、説文に「濁也」とあり、広韻には「塵垢」とある。また滓をいう。名義抄にはアカ・チリ・クモルの訓がある。天人ならば天人らしいクモリがある筈であり、地から上って来た者ならば、地から来たらしいクモリがある筈である。然るに、この人は、どこから来たのか実に美妙であるというのである。天垢をアマノカホと訓むのは兼方本・兼夏本等の古訓。垢をカホとするのは、容顔には必ず何らかの汚れ・くもりがあるとする考えによるのであろう。

三　荘子などにいう寂寞無人の地をいうのではなく、ここは単に天空・空の意に用いたもの。

四　下文の「其の王に白すといふ」まで。ここに見えるように水の影で皇子を見出す話は第二の一書にも、記にも見える。

五　瓶は、玉篇に「汲器」とある。玉でできたつるべの意。

六　満たす意。ミツルは他動詞下二段活用の満つの連体形。

七　モシは兼方本・兼夏本の古訓。不定の助字。もしや、あるいはの意。

八　一七二頁八―九行に「上国、此云二羽播豆矩儞一」とある。

九　これは赤女についての注。

一〇　疑は、名義抄にニタリの訓がある。ケダシは兼方本・兼夏本の訓。これが呑んだらしい。これが呑んだのではないかの意。

一一　以は助字。

三 ↓一六六頁注六。

三 本文ではここのところに鰐の話は見えないが、第三の一書・記にも鰐が登場する。第四の一書では海宮に行くくだりにも八尋鰐が現われる。これに豊玉姫が鰐の姿で子を生む話を加えると、この段は鰐との関係が非常に深いことがわかる。

く、「鉤を以て汝の兄に與へたまはむ時には、詛ひ言はまく、『貧窮の本、飢饉の始、困苦の根』といひて、後に與へたまへ。又汝の兄、海を渉らむ時に、吾必ず迅風洪濤を起てて、其をして沒溺し辛苦めむ」とまうす。是に、火火出見尊を大鰐[三]に乘せて、本郷に送致りまつる。是より先に、別れなむとする時に、豊玉姫、從容に語りて曰さく、「妾已に有身め

見二火火出見尊一。便以驚還、而白二其父神一曰、門前井邊樹下、有二一貴客一。骨法非レ常。若從レ天降者、當レ有二天垢一。從レ地來者、當レ有二地垢一。實是妙美之。虛空彦者歟。一云、豐玉姫之侍者、以二玉瓶一汲レ水。終不レ能レ滿。俯視二井中一、則倒映二[1]人咲之顏一。因以仰觀、有二一麗神一、倚二於杜樹一。故還入白二其王一。於是、豐玉彦遣レ人問曰、客是誰者。何以至レ此。火火出見尊對曰、吾是天神之孫也。乃遂言二來意一。時海神迎拜延入、慇懃奉慰。因以二女豐玉姫一妻之。故留二住海宮一、已經二三載一。是後火火出見尊、數有二歎息一。豐玉姫問曰、天孫豈欲レ還二故鄉一歟。對曰、然。豐玉姫即白二父神一曰、在レ此貴客、意三望欲還二上國一。海神、於是、總二集海魚一、覓二問其鉤一。有二一魚一、對曰、赤女久有二口疾一。或云、赤鯛。疑是之呑乎。故即召二赤女一、見二其口一者、鉤猶在レ口。便得レ之、乃以授二彦火火出見尊一。因敎之曰、以レ鉤與二汝兄一時、則可二詛言一、貧窮之本、飢饉之始、困苦之根、而後與之。又汝兄涉レ海時、吾必起二迅風洪濤一、令レ其沒溺辛苦矣。於是、乘二火火出見尊於大鰐一、以送二致本鄉一。先レ是且レ別時、豐玉姫[2]從容語曰、妾已有身矣。↓

一 古代の櫛は横長でなく、縦に長いものであったから、それの先に火をつけて物を見るに適していた。覗き見の時に、櫛に火をともす話は第五段の第六の一書にも見える。

二 第四の一書には「海神所乗駿馬者、八尋鰐也」とある。熊の字があるのは、熊が水獣だという観念のためであろう。→補注1－一〇七。八について→補注1－一四。

三 逶は、蛇行のさま。兼夏本に「毛古与布」の傍訓がある。モゴヨフという語、その音構成上から見て、乙類の音が並ぶものと思われるが、「毛古与布」の「毛」と「古」とはオ列甲類の文字である。従ってこれは奈良時代の表記でも平安極初期の表記でもない。つまり兼夏本神代紀の万葉仮名の傍訓が、すべて奈良時代の古体を伝えるわけでなく、平安初期(弘仁時代)のものでもないものを含んでいる一証である。兼夏本神代紀下の万葉仮名注のうち弘仁記または弘仁説とあるもの(奈良時代の傍訓を伝えると思えるもの)と、右のような、平安時代初期以後のものとの二種を区別する要がある。

四 長養・持養・乳養などを古訓でヒダスと訓んでいる。日足スの意で、足スはタルの他動形、つまりタラス意である。タラスとは充足させる意で、ヒは生命の霊力をいう。従って、子供の生長力を充実させる意である。なお、上宮記に比陀斯と字音仮名書きがあり、ここでは陀は濁音と認めるべきであるから、ヒダスと濁音に訓む。妹の玉依姫を留めて児を持養させたということは、妻問婚の時代に、子供が母親の許、または母親の姉妹によって育てられたという習慣を示すものと見られる。

五 葺不合について、古訓ではフキアハセズと訓んでいるが、葺くのを仕上げずの意の場合には、奈良朝ではフキアヘズという例である。よって、固有名詞は奈良朝語で訓む例に倣ってフ

り。風濤壯からむ日を以て、海邊に出で到らむ。請ふ、我が爲に產屋を造りて待ちたまへ」とまうす。是の後に、豐玉姫、果して其の言の如く來至る。火火出見尊に謂して曰さく、「妾、今夜產まむとす。請ふ、な臨ましそ」とまうす。火火出見尊、聽しめさずして、猶櫛[一]を以て火を燃して視す。時に豐玉姫、八尋の大熊鰐[二]に化爲りて、匍匐ひ逶虵ふ[三]。遂に辱められたるを以て恨しとして、則ち徑に海鄕に歸る。其の女弟玉依姫を留めて、兒を持養[四]さしむ。兒の名を彦波瀲武鸕鷀草葺不合尊[五]と稱す所以は、彼の海濱の產屋[六]に、全く鸕鷀の羽を用て草にして葺けるに、甍合へぬ時に、兒即ち生れませるを以ての故に、因りて名けたてまつる。上國、此をば羽播豆矩儞[七]と云ふ。

一書〔第二〕に曰はく、門の前に一の好井有り。井の上に百枝の杜樹有り。故、彦火火出見尊、跳りて其の樹に昇りて立ちたまふ。時に、海神の女豐玉姫、手に玉鋺を持ちて、來りて將に水を汲まむとす。正に人影の、井の中に在るを見て、乃ち仰ぎて視る。驚きて鋺を墜しつ。鋺既に破碎けぬるに、顧みずして還り入りて、父母に謂りて曰はく、「妾、一人の、井の邊の樹の上に在すを見つ。顏色甚だ美く、容貌且閑びたり[八]。殆に常之人に非ず」といふ。時に父の神聞きて奇びて、乃ち八重席を設きて迎へ入る。坐定りぬるときに、因りて來でませる意を問ふ。對ふるに情之委曲を以てしたまふ。時に海神、便ち憐しとおもふ心を起して、盡に鰭[九]の

廣鰭の狹を召して問はす。皆曰さく、「知らず。但赤女のみ口の疾有りて來ず」とまうす。一〇亦云はく、口女、口の疾有りといふ。即ち急に召し至して、其の口を探れば、失へる針鉤立に得つ。是に、海神制めて曰はく、「儞口女、今より以往、呑餌ふこと得じ。又天孫の饌に預けじ」といふ。即ち口女の魚を以て、御に進らざる所以は、此其の緣なり。

當以㆓風濤壯日㆒、出㆓到海邊㆒。請爲㆑我造㆓產屋㆒以待之。是後、豐玉姫果如㆓其言㆒來至。謂㆓火火出見尊㆒曰、妾今夜當產。請勿臨之。火火出見尊不㆑聽、猶以㆑櫛燃㆑火視之。時豐玉姫、化㆓爲八尋大熊鰐㆒、匍匐逶[1]虵。遂以㆑見㆑辱爲㆑恨、則俓[2]歸㆓海鄕㆒。留㆓其女弟玉依姫㆒、持㆓養兒㆒焉。所㆔以兒名稱㆓彥波瀲武鸕鷀草葺不合尊㆒者、以㆘彼海濱產屋、全用㆓鸕鷀羽㆒爲㆑草葺之、而甍未㆑合時、兒卽生㆖焉故、因以名焉。上國[3]、此云㆓羽播豆矩儞㆒。

一書曰、門前有㆓一好井㆒。井上有㆓百枝杜樹㆒。故彥火火出見尊、跳昇㆓其樹㆒而立之。于時、海神之女豐玉姫、手持㆓玉鋺㆒、來將㆑汲㆑水。正見㆔人影[4]、在㆓於井中㆒、乃仰視之。驚而墜㆑鋺。鋺既破碎、不㆑顧而還入、謂㆓父母㆒曰、妾見㆔一人、在㆓於井邊樹上㆒。顏色甚美、容貌且閑。殆非㆓常之人㆒者也。時父神聞而奇之、乃設㆓八重席㆒迎入。坐定、因問㆓來意㆒。對以㆓情之委曲㆒。時海神便起㆓憐心㆒、盡召㆓鰭廣鰭狹㆒而問之。皆曰、不㆑知。但赤女有㆓口疾㆒不㆑來。亦云、口女有㆓口疾㆒。卽急召至、探㆓其口㆒者、所失之針[5]鉤立得。於是、海神制曰、儞口女、從㆑今以往、不㆑得㆓呑餌㆒。又不㆑得㆑預㆓天孫之饌㆒。卽以㆓口女魚㆒、所㆓以不㆑進㆑御者、此其緣也。

キアヘズとする。→補注2-三二。

一六 →一六六頁注一一。

一七 ウハツクニと訓んで異論は無い。しかし、豆という万葉仮名は記・万葉では濁音ヅにあてる仮名で、書紀でも歌謡ではヅの仮名に使う(唯一の例外は枕詞「空見つ」にあてた「蘇羅瀰豆」の豆)。しかし訓注では、十五例中三例だけ濁音ヅの仮名に使われ、他は清音ツにあててある。→補注1-一六。

一八 名義抄にもシヅカナリ・ミヤビニなどの訓がある。閑は間に通じ、ひまの意がある。そこから転成した意味であろう。文選、美女篇「美女妖且閑」の六臣注に「説文曰、閑、雅也…閑、幽閑也…閑、麗也」とある。

一九 大小の魚。ハタは、魚のヒレ。ヒレの広い魚、ヒレの狭い魚。つまり大小の魚。ハタは旗と同源。

二〇 亦云以下、「口女、口の疾有りといふ」まで異伝。

二一 鯔(な)の古名。前文、赤女云云の別伝。

二二 広雅、釈詁に「制、禁也」とある。

二三 儞は爾に同じ。汝の意。オレは第二人称の代名詞。ただし、相手をやや低めて扱う感じがある。

二四 台上にそろえた御馳走。海幸山幸の話の中に、赤女が登場して来たので、それに伴って口女が連想され、その結果、口女を天子の御膳に進めないことの起源説話がそこに付会されたのである。→補注2-三三。

二五 すすめるものの意。天子などの食事をいう。後世オモノという。oFomimono→owommono→oommono→ommono→omono.

彦火火出見尊、歸りまさむとする時に及至りて、海神白して言さく、「今者、天神の孫、辱く吾が處に臨でませり。中心の欣慶、何の日か忘れむ」とまうす。乃ち思へば潮溢之瓊、思へば潮涸之瓊を以て、其の鉤に副へて奉進りて曰さく、「皇孫、八重の隈を隔つと雖も、冀はくは、時に復相憶して、な棄置てたまひそ」とまうす。因りて敎へまつりて曰さく、「此の鉤を以て汝の兄に與へたまはむ時に、則ち[一]貧鉤、滅鉤、落薄鉤と稱へ。言ひ訖りて、[二]後手に投棄てて與へたまへ。向ひてな授けましそ。若し兄忿怒を起して、賊害はむ心有らば、潮溢瓊を出して漂溺らせ。若し已に危苦まむに至りて愍みたまへと求はば、潮涸瓊を出して救ひたまへ。如此[三]逼惱さば、自づからに臣伏ひなむ」とまうす。

時に彦火火出見尊、彼の瓊と鉤とを受けて、本宮に歸り來でます。一に海神の敎の依に、先づ其の鉤を以て兄に與へたまふ。兄怒りて受けず。故、弟、潮溢瓊を出せば、潮大きに溢ちて、兄自ら沒溺る。因りて請ひて曰さく、「吾當に汝に事へまつりて奴僕と爲らむ。願はくは垂救活けたまへ」とまうす。弟、潮涸瓊を出せば、潮自づからに涸て、兄還りて平復ぎぬ。已にして兄、前の言を改めて曰はく、「吾は是汝の兄なり。如何ぞ人の兄として弟に事へむや」といふ。弟、時に溢瓊を出したまふ。兄、見て高山に走げ登る。則ち潮亦山を沒る。兄、高樹に緣る。則ち潮亦樹を沒る。兄[四]既に窮途りて、逃げ去る所無し。乃ち伏罪

一 これらはすべて呪詛の言葉。第一の一書では「貧窮の本、飢饉の始、困苦の根」(一七一頁一—二行)。
二 後に投げ棄てることは、やはり衰えや、亡びを意味する動作であろう。全然異なった地域の習慣であるが、ドイツの田舎では、犬が後方に振り向いて吠えると病人は死ぬが、前方に向って吠えると病が癒えるという(タイラー「原始文化」)。後方が衰亡・死滅、前方が繁栄・健康を示す点で同じであるから、参考までに記す。
三 底本等、惚に作る。惚は「失レ意」と注されるように、うっとりと自失する意。ここには不適。傍書に惱イとあり、惱は悩の異体であるから、悩を採る。
四 全くの意。
五 属は、つづく意。八十は、数多い意。一八五頁一行に訓注「野素豆豆企」がある。
六 俳児・俳優に同じ。俳は、説文に「戯也」とある。この直後に、隼人が狗吠をして宮廷に奉仕するとあり、その隼人の演ずる動作が、あたかも俳優の演技のごとくであると見えた所から、ここに俳人・狗人の語がある。↓一六六頁注一三。
七 これは上文の俳人についての異伝。
八 「狗人といふ」までが異伝。狗のように吠えるのでこの称があるのであろう。
九 もと、静かに息をする意。転じて、やむ意。
一〇 海神の持つ呪力を身につけていること。
一一 火酢芹命が隼人の祖であること↓一四二頁七行・一六三頁注一四。隼は音シュン。ハヤブサをいう。ハヤブサは鷲鷹目わしたか科の猛禽。原野・水辺などに住み、非常に敏捷で小鳥などを捕えて食う。九州南部に住んでいた住民が敏捷なので、このハヤブサにちなんで隼人と名づけたものであろう。隼人の宮廷で仕える様子については延喜隼人式に規定がある。それによれ

ひて曰さく、「吾已に過てり。今より以往は、吾が子孫の八十連属に[五]、恒に汝の俳人[六]と為らむ。一に云はく[七]、狗人[八]といふ。請ふ、哀びたまへ」とまうす。弟還りて涸瓊を出したまへば、潮自づからに息ぬ[九]。是に、兄、弟の神しき徳[一〇]有すことを知りて、遂に其の弟に伏事ふ。是を以て、火酢芹命の苗裔、諸の隼人等[一一]、今に至るまでに天皇の宮墻の傍を離れずして、代に吠ゆる狗して奉事る者なり。

及二至彦火火出見尊將レ歸之時一、海神白言、今者、天神之孫、辱臨二吾處一。中心欣慶、何日忘之。乃以二思則潮溢之瓊、思則潮涸之瓊一、副二其鉤一而奉進之曰、皇孫雖レ隔二八重之隈一、冀時復相憶、而勿棄置也。因教之曰、以二此鉤一與二汝兄一時、則稱二貧鉤、滅鉤、落薄鉤一。言訖、以後手投棄與之。勿以向授。若兄起二忿怒一、有二賊害之心一者、則出二潮溢瓊一以漂溺之。若已至二危苦[1]一求レ愍者、則出二潮涸瓊一以救之。如此逼惱[2]、自當臣伏。時彦火火出見尊、受二彼瓊鉤一、歸二來本宮一。一依二海神之教一、先以二其鉤一與レ兄。兄怒不レ受。故弟出二潮溢瓊一、則潮大溢、而兄自沒溺。因請之曰、吾當事レ汝爲二奴僕一。願垂救活。弟出二潮涸瓊一、則潮自涸、而兄還平復。已而兄改二前言一曰、吾是汝兄。如何爲二人兄一而事レ弟耶。弟時出二溢瓊一。兄見之走二登高山一。則潮亦沒レ山。兄緣二高樹一。則潮亦沒レ樹。兄既窮途、無レ所二逃去一。乃伏罪曰、吾已過矣。從レ今以往、吾子孫八十連屬、恆當爲二汝俳人一。一云、狗人。請哀之。弟還出二涸瓊一、則潮自息。於是、兄知三弟有二神德一、遂以伏二事其弟一。是以、火酢芹命苗裔、諸隼人等、至レ今不レ離二天皇宮墻[3]之傍一、代吠狗而奉事者矣。↓

ば、元日即位の儀や外国使臣の入朝の際、隼人は官人に率いられて応天門外の左右に分陣する。その数は番上の隼人二十人、今来の隼人二十人、白丁の隼人百三十二人で、群官が初めて入って来る時、今来の隼人が吠声を発すること三節である。践祚大嘗の日には応天門内に分陣し、群官が入って来ると吠声を発する。天皇の遠い行幸には大衣二人、番上隼人四人、今来隼人十人で騎馬や歩行で供奉する。国の境界や山川道路の曲り角で、今来隼人が吠声を発する。(隼人の言語は朝廷の人人の言語と異なっていたので、その発声は異様であり、その声によって、国境や山川道路などにいる邪霊を威嚇し、邪霊を追払う役をつとめたのである。)大衣と番上隼人は身分相当の横刀をはき、白赤の木綿の耳形の鬘をつける。他の隼人は緋帛の肩布や白赤の木綿の耳形の鬘をつけ、楯と槍を持って胡床に坐っている。用いる横刀は百九十口、楯は百八十枚で、楯は一枚ごとに長さ五尺、広さ一尺八寸、厚さ一寸で、その頭には馬の鬘を編んで着け、赤や白の土墨で鉤形を描いてある。今来隼人は大衣について吠を習う。左は本声、右は末声を発し、大声十遍、小声一遍が終ると一人さらに細声で二遍行う。番上隼人は二十人で欠員があると、五畿内と近江・丹波・紀伊等の国の隼人のうちしっかりした者から補充する。今来隼人が死亡したときは畿内の隼人から二十人を限って補充する。ここに見られる服装は、他の衛士などに比較すると、極めて異様である。またここには記されていないが、彼らが行う歌儛は、また非常に異なったものであったのであろう。その様子が下文に描写されているものと思われる。→補注2-一八。

世人失せたる針を債らざるは、此其の縁なり。

一書〔第三〕に曰はく、兄火酢芹命、能く海の幸を得。故、海幸彦と號く。弟彦火火出見尊、能く山の幸を得。故、山幸彦と號す。兄は風ふき雨ふる毎に、輙ち其の利を失ふ。弟は風ふき雨ふると雖も、其の幸忒[一]はず。時に兄、弟に謂りて曰はく、「吾試に汝と換幸せむと欲ふ」といふ。弟、許諾して因りて易ふ。時に兄、弟の弓矢を取りて、山に入りて獸獵る。弟、兄の釣鉤を取りて、海に入みて魚を釣る。倶に利を得ず。空手して來り歸る。兄卽ち弟の弓矢を還して、己が釣鉤を責る。時に弟、已に鉤を海の中に失ひて、訪ひ獲むるに因無し。故、別に新しき鉤數千を作りて與へたまふ。兄怒りて受けず。故の鉤を急責る、云云。

是の時に、弟、海濱に往きて、低[二]れ佪りて愁へ吟ふ。時に川鴈[三]有りて、羂に嬰りて困厄む。卽ち憐心を起して、解きて放ち去る。須臾ありて、鹽土老翁有りて來て、乃ち無目堅間の小船を作りて、火火出見尊を載せまつりて、海の中に推し放つ。則ち自然に沈み去る。忽に可怜御路有り。故、路の尋に往でます。自づからに海神の宮に至りたまふ。是の時に、海神、自ら迎へて延き入れて、乃ち海驢[四]の皮八重を鋪設きて、其の上に坐ゑたてまつらしむ。兼ねて饌百机[五]を設けて、主人の禮を盡す。因りて從容に問ひて曰さく、「天神の孫、何以か辱く臨でましつる」とまうす。一[六]に云はく、「頃、吾が兒來語りて曰はく、『天孫海濱

一　忒は、音トク。広韻に「他徳切、差也」とある。いれかわる意。よじれる意。

二　低は、広韻に「俛也垂也」とあり、名義抄にカタブクの訓がある。うなだれる意。

三　鳥は霊魂が形をとって動くものと見られることがある。川雁のような水鳥を助けたということは、水の霊を助けたことを意味する。そこで海の霊である塩土老翁が出現して、火火出見尊を海宮へ行かせるのである。

四　海産の動物。今のアシカかという。記に「美智皮」とある。一八〇頁一一行に訓注がある。

五　→一〇一頁注二二。「兼ねて」は、更に・またの意。

六　以下、「蓋し有ることかとまうす」まで、「天神の孫、何以か辱く臨でましつるとまうす」についての異伝。

に憂へ居すといへども、虚實を審らず』といふ。蓋し有ることか[七]」とまうす。彦火火出見尊、具に事の本末を申べたまふ。因りて留り息みたまふ。海神、則ち其の子豐玉姫を以て妻せまつる。遂に纏綿[八]に篤愛[九]して、已に三年に經りぬ。帰りたまはむとするに及至りて、海神、乃ち鯛女を召して、其の口を探りしかば、即ち鉤を得き。是に、此の鉤を彦火火出見尊に進る。因りて敎へ奉りて曰さく、

世人不レ債二失針一此其縁也。

一書曰、兄火酢芹命、能得二海幸一。故號二海幸彦一。弟彦火火出見尊、能得二山幸一。故號二山幸彦一。兄則毎レ有二風雨一、輙失二其利一。弟則雖レ逢二風雨一、其幸不レ忒。時兄謂レ弟曰、吾試欲下與レ汝換[1]幸上。弟許諾因易之。時兄取二弟弓矢一、入レ山獵レ獸。弟取二兄釣鉤[2]一、入レ海釣[3]レ魚。倶不レ得レ利。空手來歸。兄卽還二弟弓矢一、而責二己釣鉤一。時弟已失二鉤於海中一、無レ因二訪獲一。故別作二新鉤數千一與之。兄怒不レ受。急二責故鉤一、云云。是時、弟往二海濱一、低佪愁吟。時有二川鴈一、嬰レ羂困厄。卽起二憐心一、解而放去。須臾有二鹽[4]土老翁一來、乃作二無目堅間小船一、載二火火出見尊一、推二放於海中一。則自然沈去。忽有二可怜御路一。故尋レ路而往。自至二海神之宮一。是時、海神自迎延入、乃鋪二設海驢皮八重一、使レ坐二其上一。兼設二饌百机一、以盡二主人之禮一。因從容問曰、天神之孫、何以辱臨乎。一云、頃吾兒來語曰、天孫憂二居海濱一、未レ審二虛實一。蓋有之乎。彦火火出見尊、具申二事之本末一。因留息焉。海神則以二其子豐玉姫一妻之。遂纏綿篤愛、已經二三年一。及二至將レ歸、海神乃召二鯛女一、探二其口一者、卽得レ鉤焉。於是、進二此鉤于彦火火出見尊一。因奉レ敎之曰、↓

七「…と申しますが、本当でしょうか」と尋ねる意。

八 こまかくいっぱいにまつわりついて離れないさま。綢繆に同じ。新撰字鏡、綢繆の注には「綢也、纏綿也、太志加爾、又、牟豆末也加爾」とある。兼方本・兼夏本にムツマカとあり、江家本の訓も同じ旨の注がある。コマカ・コマヤカ、ノドカ・ノドヤカの対応形があるように、ムツマカ・ムツマヤカの対応があったと見られる。

九 こまやかに深くあつく愛する意。ニタシは上代に二例見出される。出雲風土記、仁多郡条に「仁多と号くる所以は、天の下造らしし大神、大穴持命、詔りたまひしく、『此の国は、大きくもあらず、小さくもあらず。川上は木の穂刺しかふ。川下はあしばふ這ひ度れり。是は爾多志枳(にたしき)小国なり』と詔りたまひき。故、仁多といふ」とある。また、同楯縫郡沼田郷条に「宇乃治比古命、『爾多の水を以て、御乾飯爾多爾(みかれひにたにた)食しまさむ』と詔りたまひて、爾多(にた)と負(おほ)せ給ひき。然れば則ち、爾多の郷と謂ふべきを、今の人、猶努多といふのみ」とある。従ってニタの意味は、こまやかに味わい深いことであろう。今、篤愛をニタシミスと訓むのも、乾飯をよい水でもって嚙んで味わうような愛情の意味においてであろう。

「此を以て汝の兄に與へたまはむ時に、乃ち稱曰はまく、『大鉤[一]、踉䠙鉤[二]、貧鉤、癡騃鉤[三]』とのたまはむ。言ひ訖りなば、後手に投げ賜へ」とまうす。已にして鰐魚を召し集へて問ひて曰はく、「天神の孫、今還去さむとす。儞等、幾日が内に、致し奉りてむ」といふ。時に諸の鰐魚、各其の長短の隨に、其の日數を定む。中に一尋鰐有りて、自ら言さく、「一日の内に、則ち致しまつるべし」とまうす。故、卽ち一尋鰐魚を遣して、送り奉る。復潮滿瓊・潮涸瓊、二種の寶物を進りて、仍りて瓊を用ゐる法を敎へまつる。又敎へまつりて曰さく、「兄高田を作らば、汝は汙田[四]を作りませ。兄、汙田を作らば、汝、高田を作りませ」とまうす。海神、誠を盡して助け奉ること、此の如し。時に彦火火出見尊、已に歸り來して、一に神の敎に遵ひて、依りて行ふ。其の後に、火酢芹命、日に襤褸[五]れて、憂へて曰さく、「吾已に貧し」とまうす。乃ち弟に歸伏ふ。弟、時に潮滿瓊を出せば、兄手を擧げて溺れて困ぶ。還りて潮涸瓊を出せば、休みて平復ぎぬ。

是より先に、豐玉姫、天孫に謂して曰さく、「妾已に有娠めり。天孫の胤を、豈海の中に產むべけむや。故、產まむ時には、必ず君が處に就でむ。如し我が爲に屋を海邊に造りて、相[六]待ちたまはば、是所望なり」とまうす。故、彦火火出見尊、已に鄕に還りて、卽ち鸕鷀の羽を以て、葺きて產屋を爲る。屋の蓋未だ合へぬに、豐玉姫、自らに大龜に馭りて、女弟玉依姫を將ゐて、海を光して來到る。時に孕月

一 これは大きい鉤という意味ではなく、オホは、凡あるいは朧の意のオボであろう。オボは、大略・おおよそ・ぼんやりの意。

二 踉䠙は、玉篇に「急行」とある。また、集韻には「欲レ行也」とある。ススノミヂのススはススム（進む）の語幹と同じ。よって、ここでは、あわてて行こうとする意であろう。つまり、着実に進行しないようにという呪詛である。一八〇頁一一—一二行に訓注がある。

三 癡は、説文に「不慧也」とあり、おろかの意。騃は、広雅、釈詁に「騃、癡也」とある。ウルケは、オロカの転。これも鉤に対する呪詛。にぶくておろかで、よく魚を獲ない鉤の意。一八〇頁一二行に訓注がある。

四 汙は、説文に「濁水不レ流也」とある。また、「一曰、窊下也」とある。窊は、くぼんで低い意。

五 説文通訓定声に「凡人貧、衣被醜敝、或謂ニ之襤褸一」とある。ヤツレの語根はヤツ。ヤツは、貧しくてととのわない意。従って、ヤツルは、貧しくて衣服のやぶれて整えられない意。

六 相は助字。

七 すっかり葺き上げる、葺き終る。合フは下二段活用の動詞。相手の状態に合わせる意。

八 私は、ヒソカ。屛は、門の内・外にたてた蔽（ヲヒ）、また、屛風。カキマミは、垣間見。垣のすきまから見る意。

九 当時、生児の名をつけるのは母親であったことを反映する記事。垂仁記にも「亦天皇、命二詔其后一言、凡子名、必母名、何称二是子之御名一」と見え、古代において子女の命名権は母親にあったことを示している。松村武雄は母系制を基盤とする家族生活の営為者であった古代ケルト人の伝承、すなわち英雄グウィディオンに子が生れた時、母親が何かの不興からこれに名を与えることを拒んだ話を例示して、日本古代における母系制の痕跡を指摘している。

已に滿ちて、産む期方に急りぬ。此に由りて、葺[七]き合ふるを待たずして、徑に入り居す。已にして從容に天孫に謂して曰さく、「妾方に産むときに、請ふ、な臨ましそ」とまうす。天孫、心に其の言を怪びて竊に覘ふ。則ち八尋大鰐に化爲りぬ。而も天孫の視[八]其私屛したまふことを知りて、深く慙恨みまつることを懷く。既に兒生れて後に、天孫就[九]きて問ひて曰はく、「兒の名を何に稱けば可けむ」といふ。

以レ此與二汝兄一時、乃可稱曰、大鉤、踉䠙鉤、貧鉤、癡騃鉤。言訖、則可二以後手[1]投賜一。已而召二集鰐魚一問之曰、天神之孫、今當還去。儞等幾日之內、將以奉レ致。時諸鰐魚、各隨二其長短一、定二其日數一。中有二一尋鰐一、自言、一日之內、則當レ致焉。故卽遣二一尋鰐魚一、以奉レ送焉。復進二潮滿瓊・潮涸瓊、二種寶物一、仍敎三用レ瓊之法一。又敎曰、兄作二高田一者、汝可レ作二洿田一。兄作二洿田一者、汝可レ作二高田一。海神盡レ誠奉レ助、如レ此矣。時彥火火出見尊、已歸來、一遵二神敎一、依而行之。其後火酢芹命、日以襤褸、而憂之曰、吾已貧矣。乃歸二伏於弟一。弟時出二潮滿瓊一、則兄擧レ手溺困。還出二潮涸瓊一、則休而平復。先レ是、豐玉姬謂二天孫一曰、妾已有娠也。天孫之胤、豈可レ產二於海中一乎。故當產時、必就二君處一。如爲レ我造二屋於海邊一、以相待者、是所望也。故彥火火出見尊、已還レ鄕、卽以二鸕鷀之羽一、葺爲二產屋一。屋蓋未レ及レ合、豐玉姬自馭二大龜一、將二女弟玉依姬一、光レ海來到。時孕月已滿、產期方急。由レ此、不レ待二葺合一、[2]徑入居焉。已而從容謂二天孫一曰、妾方產、請勿臨之。天孫心怪二其言一竊覘之。則化二爲八尋大鰐一。而知二天孫視其私屛一、深懷二慙恨一。既兒生之後、天孫就而問曰、兒名何稱者當可乎。↓

對へて曰さく、「彦波瀲武鸕鷀草葺不合尊と號くべし」とまうす。言し訖りて、乃ち海を渉りて徑に去ぬ。時に、彦火火出見尊、乃ち歌して曰はく、

一 沖つ鳥　鴨著く嶋に　我が率寝し　妹は忘らじ　世の盡も

亦云はく、彦火火出見尊、婦人を取りて乳母[二]・湯母[三]、及び飯嚼[四]・湯坐[五]としたまふ。凡て諸部[六]備行りて、養し奉る。時に、權[七]に他婦を用りて、乳を以て皇子を養す。此、世に乳母を取りて、兒を養す縁なり。是の後に、豐玉姫、其の兒の端正しき[八]ことを聞きて、心に甚だ憐び重めて、復歸りて養さむと欲す。義に於きて可からず。故、女弟玉依姫を遣して、來して養しまつる。時に、豐玉姫命、玉依姫に寄せて、報歌奉りて曰さく、

九 赤玉の　光はありと　人は言へど　君が裝し　貴くありけり

凡て此の贈答二首を、號けて擧歌[一〇]と曰ふ。海驢、此をば美知と云ふ。踉蹡鉤、此をば須須能美膩[一一]と云ふ。癡騃鉤、此をば于樓該膩と云ふ。

一書〔第四〕に曰はく、兄火酢芹命、山の幸利を得。弟火折尊[一二]、海の幸利を得ます、云云。弟、愁へ吟ひて海濱に在す。時に鹽筒老翁[一三]に遇ふ。老翁問ひて曰はく、「何の故ぞ、若此愁へます」といふ。火折尊、對へて曰はく、云云。老翁の曰さく、「復[一四]な憂へましそ。吾、計らむ」とまうす。計りて曰さく、「海神の乘る駿馬は、八尋鰐[一五]なり。是其の鰭背を竪てて、橘[一六]の小戸に在り。吾當に彼者と共に策

一〔歌謡五〕沖にいる鴨の寄るあの島で、私が一緒に寝た妹のことは、世の限り忘れることができないだろう。沖ツ鳥は鴨の修飾語。鴨著ク島は、海神の宮を指す。しかし、この歌は本来、海浜の生活者の恋愛の歌であるものを、物語の中に挿入したものと思われるから、鴨著ク島は、もとは特定の島を指すものではなかったろう。率寝シは、男が女をつれて行き、共寝する意。忘ラジの忘ラは四段活用の動詞。下二段活用の忘レ・忘ル・忘ルルが、自然に忘れる意であるに対し、四段活用の忘ラ・忘リ・忘ルは、忘れようとつとめて忘れる意。従って、忘ラジは、忘れようとしても忘れることができまいの意。忘ラのラに邏という文字がある。神代紀では邏という文字も使われており、書紀の万葉仮名は極めて複雑な用字がしてあるように見える。しかし、書紀の万葉仮名には複雑化する手順があり、それを知ると、基礎に使われた万葉仮名は、あまり複雑ではないことが理解できる。例えば、ラについていえば、最初に、推古朝以来使われている羅がある。その羅に辵をかけて邏とする。次に艸をつけて蘿とする。これによって羅邏蘿という一見複雑な万葉仮名が成立する。加一字から伽迦哿が作られ、可一字から舸柯軻河訶歌が作られる。登から劉鄧が作られる。従って五百余りの書紀の万葉仮名の出典を一字一字について追求する場合、邏蘿については、結局羅一字について考えれば足りるもののように思われる。このような例が少なくない。二宮人職員令には「凡親王及子者、皆給乳母。親王三人、子二人…」とあり、皇族は年十三まで乳母を官給され、その待遇は宮人に準ずる規定であった。続紀には孝謙天皇・平城天皇・賀美能親王の乳母らに対する授位の記事がある。三乳児に湯を飲ませる役という。四乾飯を嚙んで乳幼児に食べさせる役の女。五湯を用意して、入浴の準備

をする人。ユウヱの約。ウヱは、据える意。ウツ(棄)—スツ(棄)、イ(其)—シ(其)、オレ(爾)—ソレ(其)など、母音のみの音節と、その頭にsの加わった音節とが、同じ意味を表わすものがかなりある。ここのウヱもそれと同じく、スヱ(据)の意。**六** 大化前代には皇子・皇女の資養を担当する部として、乳部・壬生部(いずれもミブとよむ)・湯部などがあった。壬生部→下一八八頁注一四。湯部→下補注25-二〇。**七** 権は、はかりにかけて左右の天秤を平らにする意から、一時まにあわせる意、方便。説文にも「一日反レ常」とある。本来なら、母豊玉姫が乳をやるべきなのに、母が去ったので権にの意。**八** 図書寮本名義抄に「姝妙キラギラシ」とある。観智院本名義抄に、潔・鮮等をキラキラシと訓んでいる(清濁点は無い)。**九**〔歌謠六〕明珠の光はすばらしいと人は言うけれども、(それにもまして)あなたの御姿は貴く御立派だとつくづく思います。アカダマは明珠とも赤珠とも字をあてることが出来る。アカは、光の豊富なこと。明(アカ)・赤・明ケなどの語根。ヒトハイヘド、讃め歌の一つの定型。甲ナレドモ乙ナリという型で、乙を賞讃するために、甲をあげ、しかしながらと乙を導く。この歌、記には「赤玉は緒さへ光れど白玉の君が装し貴くありけり」とある。それも同型の歌。アリケリのケリは、気がついたということを示す助動詞。気ガツイテミルト…ダッタという型が多い。**一〇** 高い調子で歌う歌であろうという。**一一** 賦の文字、兼方本・兼夏本等、貝篇に作るものが多い。しかし、貝篇に貳という文字は無いようであるから、賦に改める。↓一六〇頁注二。**一二**→一四二頁注七。**一三** 筒はツツとのみ訓むのでシホツツノヲヂと訓む。**一四** 復は、ここでは否定を強めることば。**一五** 一方ではこの説話は八と関係が深い。八に

らむ」とまうして、乃ち火折尊を將て、共に往きて見る。是の時に、鰐魚策りて曰さく、「吾は八日の以後に、方に天孫を海宮に致しまつりてむ。唯し我が王の駿馬は、一尋鰐魚なり。是當に一日の內に、必ず致し奉りてむ。故、今我歸りて、彼をして出で來しむ。彼に乘りて海に入りたまへ。海に入りたまはむ時に、海の中に自づからに可怜小汀有らむ。其の汀の隨に進で

對曰、宜レ號二彥波瀲武鸕鷀草葺不合尊一。言訖乃涉レ海徑去[1]。于時、彥火火出見尊、乃歌之曰、飫企都鄧利、軻茂豆勾志磨爾、和我謂禰志、伊茂播和素邏珥、譽能據鄧[2]馭[3]鄧母。亦云、彥火火出見尊、取二婦人一爲二乳母・湯母、及飯嚼・湯坐一[4]。凡諸部備行、以奉レ養焉。于時、權用二他婦一[5]、以レ乳養二皇子一焉。此世取二乳母一、養レ兒之緣也。是後、豐玉姬聞二其兒端正一、心甚憐重、欲二復歸養一。於レ義不レ可。故遣二女弟玉依姬一、以來養者也。于時、豐玉姬命寄二玉依姬一[6]、而奉二報歌一曰、阿軻娜磨廼、比訶利播阿利登[7]、比鄧播伊珮耐[8]、企弭我譽贈比志、多輔妬勾阿利計利。凡此贈答二首、號曰二擧歌一。海驢、此云二美知一。踉蹡鉤[9]、此云二須須能美賦一[10]。癡騃鉤[11]、此云二于樓該賦一[12]。

一書曰、兄火酢芹命、得二山幸利一。弟火折尊、得二海幸利一、云云。弟愁吟在二海濱一。時遇二鹽筒老翁一[13]。老翁問曰、何故愁二若此一乎。火折尊對曰、云云。老翁曰、勿復憂。吾將計之。計曰、海神所乘駿馬者、八尋鰐也。是竪二其鰭背一、而在二橘之小戶一。吾當與二彼者一共策、乃將二火折尊一、共往而見之。是時、鰐魚策之曰、吾者八日以後、方致二天孫於海宮一。唯我王駿馬、一尋鰐魚。是當一日之內、必奉レ致焉。故今我歸而、使レ彼出來[14]。宜乘レ彼入レ海。入レ海之時、海中自有二可怜小汀一。隨二其汀一而進↓

まさば、必ず我が王の宮に至りまさむ。宮の門の井の上に、當に湯津杜樹有るべし。其の樹の上に就きて居しませ」とまうす。言すこと訖りて即ち海に入りて去きぬ。故、天孫、鰐の所言の隨に留り居して、相待つこと已に八日なり。久しくして方に一尋鰐有りて來る。因りて乘りて海に入る。每に前の鰐の敎に遵ふ。時に豐玉姫の[一]侍者有りて、[二]玉鋺を持ちて當に井の水を汲まむとするに、人影の水底に在るを見て、酌み取ること得ず。因りて仰ぎて天孫を見つ。即ち入りて其の王に告げて曰はく、「吾、我が王を獨能く絕麗くましますと謂ひき。今一の客有り。彌復遠勝りまつれり」といふ。海神聞きて曰はく、「試に察む」といひて、乃ち三の床を設けて請入さしむ。是に、天孫、邊の床にしては、其の兩足を拭ふ。中の床にしては、其の兩手を[三]挹す。內の床にしては、[四]眞床覆衾の上に[五]寬坐る。海神見て、乃ち是天神の孫といふことを知りぬ。益 加崇敬ふ、云云。海神、赤女・口女を召して問ふ。時に口女、口より鉤を出して奉る。赤女は即ち赤鯛なり。口女は即ち鯔魚なり。

時に海神、鉤を彦火火出見尊に授けて、因りて敎へまつりて曰さく、「兄に鉤を還さむ時に、天孫、則ち言はまく、『汝が生子の八十連屬の裔に、貧鉤・[六]狹狹貧鉤』とのたまはむ。言ひ訖りて、[七]三たび下唾きて與へたまへ。又兄海に入りて釣せむ時に、天孫、海濱に在して、風招を作たまへ。風招は即ち[八]嘯なり。如此せば、

ついて→補注1-二四。一六 橘小戸は、第五段の第六の一書(日向小戸橘之檍原)に、伊奘諾尊が泉津平坂から還って、濁穢を洗い去るために祓除したところ。この祓除の際に、上つ瀬・中つ瀬・下つ瀬の中から選び、八十枉津日神・神直日神・大直日神が生れ、また、底津少童命・中津少童命・表津少童命および底筒男命・中筒男命・表筒男命が生れている。また、第五段の第十の一書で、橘小門で生れる神は六神ある。つまり、橘小戸は、上中下または三という数と極めて因縁が深い。また、以下進行につれて三つの床を設けるとか、三度唾を吐けとか、三という数がしばしば現われる。

一 →一六九頁注一七。

二 →一六四頁注二五。

三 挹は、広雅、釈詁に「按也」とある。鴨脚本・兼方本・兼夏本にオシとあるが、挹は名義抄にはオサフ・ヤスムなどの訓がある。足を拭う、手をおさえるのは、礼を厚くする行為であろう。

四 マは美称。床覆は、床をおおう意。フスマは、寝るとき身をおおうもの。瓊瓊杵尊が真床覆衾にくるまって降臨したとあるが、それは王の即位式の反映であると考えられるから、ここに彦火火出見尊が真床覆衾つまり玉座に坐ったことによって、彦火火出見尊が支配者の家系に属すること、つまり天神の孫であることを海神がさとったという意味に解釈できる。→補注2-一一。

五 寛は、名義抄にヒロシ・ユルブという訓がある。ゆったり坐ること。アグミは、足組み。今のあぐらをかくこと。

六 ササは、狭い意のサを重ねた語。イササカのササも同じ。ササマジ鉤は、小さく狭く貧しくなるという呪詛。

吾瀛風邊風を起てて、奔き波を以て溺し惱さむ」とまうす。火折尊歸り來[九]して、具に神の敎に遵ふ。兄の釣する日に至及りて、弟、濱に居しまして嘯きたまふ。時に、迅風忽に起る。兄則ち溺れ苦む。生く可きに由無し。便ち遙に弟に請ひて曰さく、「汝、久しく海原に居しき。必ず善き術[一〇]有らむ。願はくは救ひたまへ。若し我を活けたまへらば、吾が生の兒の八十連屬に、汝の垣邊を離

者、必至二我王之宮一。宮門井上、當レ有二湯津杜樹一。宜就二其樹上一而居之。言訖卽入レ海去矣。故天孫隨二鰐所言一留居、相待已八日矣。久之方有二一尋鰐一來。因乘而入レ海。每遵二前鰐之敎一。時有二豐玉姬侍者一、持二玉鋺一當汲二井水一、見三人影在二水底一、酌取之不レ得。因以仰見二天孫一。卽入告二其王一曰、吾謂二我王獨能絕麗一。今有二一客一。彌復遠勝。海神聞之曰、試以察之、乃設二三床一請入。於是、天孫於二邊床一則拭二其兩足一。於二中床一則據二其兩手一。於二內床一則寬二坐於眞床覆衾之上一。海神見之、乃知二是天神之孫一。益加崇敬、云云。海神召二赤女・口女一問之。時口女、自レ口出レ鉤以奉焉。赤女卽赤鯛也。口女卽鯔魚也。時海神授二鉤彥火火出見尊一、因敎之曰、還二兄鉤一時、天孫則當言、汝生子八十連屬之裔[1]、貧鉤・狹狹貧鉤。言訖、三下唾與之。又兄入レ海釣時[2]、天孫宜在二海濱一、以作二風招一。風招卽嘯也。如此則吾起二瀛風邊風一、以二奔波一溺惱[3]。火折尊歸來、具遵二神敎一。至二及兄釣之日[4]一、弟居レ濱而嘯之。時迅風忽起。兄則溺苦。無レ由レ可レ生。便遙請レ弟曰、汝久居二海原一。必有二善術一。願以救之。若活レ我者、吾生兒八十連屬、不レ離二汝之垣邊一、→

七 唾を吐くのは、言葉や約束の固いことを示す俗習。→一〇〇頁注三。
八 口をすぼめて息や声を吹き出すこと。
九 ミタスは書紀の古訓に特有の語。
一〇 術は、説文に「邑中道也」とあり、みちの意。転じて、手段。広韻に「技術」とあり、わざをいう。名義抄にノリ・ミチ・バケの訓がある。バケは、化ケの意か。不可思議の術をいう。

れずして、俳優の民たらむ」とまうす。是に、弟嘯くこと已に停みて、風亦還息りぬ。故、兄、弟の[一]德を知りて、[二]自伏辜ひなむとす。而を弟、慍色して[三]與共言はず。是に、兄、[四]著犢鼻して、[五]赭を以て掌に塗り、面に塗りて、其の弟に告して曰さく、「吾、身を汚すこと此の如し。永に汝の俳優者たらむ」とまうす。乃ち足を擧げて踏行みて、其の溺苦びし[六]狀を學ふ。初め潮、足に漬く時には、[七]足占をす。膝に至る時には足を擧ぐ。股に至る時には走り廻る。腰に至る時には腰を[八]捫ふ。腋に至る時には手を胸に置く。頸に至る時には手を擧げて[九]飄掌す。爾より今に及るまでに、曾て廢絕無し。

是より先に、豐玉姬、出で來りて、當に產まむとする時に、皇孫に請して曰さく、云云。皇孫從ひたまはず。豐玉姬、大きに恨みて曰はく、「吾が言を用ゐずして、我に屈辱せつ。故、今より以往、妾が[一〇]奴婢、君が處に至らば、復な放還しそ。君が奴婢、妾が處に至らば、亦復還さじ」といふ。遂に[一一]眞床覆衾及び草を以て、其の兒を裹みて波瀲に置きて、即ち海に入りて去ぬ。此、海陸相通はざる緣なり。[一二]一に云はく、兒を波瀲に置くは[一三]非し。豐玉姬命、自ら抱きて去くといふ。久しくして曰はく、「天孫の胤を、此の海の中に置きまつるべからず」といひて、乃ち玉依姬をして持かしめて送り出しまつる。初め豐玉姬、別去るる時に、恨言既に切なり。故、火折尊、其の復會ふべからざることを知しめして、乃ち歌を贈るこ

一 ここでは身につけた呪力。
二 辜は、説文に辠とあり、非常に重い罪。自伏辜で、罪に伏する意。
三 與も共に同じ。
四 以下、隼人の歌舞の様子の描写による。犢鼻は、ふんどし。これを犢(こう)の鼻という理由は、その形が似るからとか、いろいろ説があるが容易に首肯し難い。タフサキのタは、ミトノマグハヒという古語のトに通じるもので陰茎。フサキは、覆って隠すものの意であろう。
五 ソホもニも土。赤土。 六 まねする意。
七 その実際は不明であるが、足占をする場合には、爪先立ちをしたのであろう。よって、潮が満ちて来て足がひたった時、爪先で立ったのであろう。
八 モチフは古訓。捫は名義抄にトル・ナヅ・スル・ノゴフ・カク・サクルなどの訓があり、捫の説文の注「撫持也」などにも合致する。モチフの訓は、説文や毛詩、大雅の抑の注の「持」によって付せられたものであろうか。
九 手のひらを、ひらひらと振る意。一八五頁一行に訓注がある。
一〇 つまり豊玉姫と彦火火出見尊とが関係を絶つということ。
一一 乳児をこのように、物につつんで水に投入し、浮ぶものは正しい出生であり、沈むものは不正な出生であるという審判を下す習俗が、このような記述に反映しているという説がある。呪術者を審判するのに、手足を縛って水中に投入し、浮沈によって判断する慣習は、イギリスや古代ドイツなどにもある。
一二 一云以下「抱きて去くといふ」までが異伝。
一三 正しくない、間違っているの意。
一四 一八〇頁三行の歌を指すのであろう。
一五 →補注1-一六。
一六 鸕鷀草葺不合尊の母豊玉姫の妹。→一六七

と有り。已に上[一四]に見ゆ。八十連屬、此をば野素豆企と云ふ。飄掌、此をば陀毗[一五]盧箇須と云ふ。

彦波瀲武鸕鶿草葺不合尊、其の姨[一六]玉依姫を以て妃としたまふ。彦五瀬命[一七]を生しませり。次に稲飯命[一八]。次に三毛入野命[一九]。次に神日本磐余彦尊[二〇]。凡て四の男を生す。久しくましまして彦波瀲武鸕鶿草葺不合尊、西洲の宮に崩りましぬ。因りて日向[二一]の

當爲㆓俳優之民㆒也。於是、弟嘯已停、而風亦還息。故兄知㆓弟德㆒、欲㆓自伏辜㆒。而弟有㆓慍色㆒、不㆓與共言㆒。於是、兄著㆓犢鼻㆒、以㆑赭塗㆑掌塗㆑面、告㆓其弟㆒曰、吾汚㆑身如㆑此。永爲㆓汝俳優者㆒。乃擧㆑足踏行、學㆓其溺苦之狀㆒。初潮漬㆑足時、則爲㆓足占㆒。至㆑膝時則擧㆑足。至㆑股時則走廻。至㆑腰時則捫㆑腰。至㆑腋時則置㆓手於胸㆒。至㆑頸時則擧㆑手飄掌。自㆑爾及㆑今、曾無㆓廢絶㆒。先㆑是、豐玉姫、出來當產時、請㆓皇孫㆒曰、云云。皇孫不㆑從。豐玉姫大恨之曰、不㆑用㆓吾言㆒、令㆓我屈辱㆒。故自㆑今以往、妾奴婢至㆓君處㆒者、勿復放還。君奴婢至㆓妾處㆒者、亦勿㆓復還㆒。遂以㆓眞床覆衾及草㆒、裹㆓其兒㆒置㆓之波瀲㆒、卽入㆑海去矣。此海陸不㆓相通㆒之緣也。一云、置㆓兒於波瀲㆒者非也。豐玉姫命、自抱而去。久之曰、天孫之胤、不㆑宜㆑置㆓此海中㆒、乃使㆓玉依姫持㆒之送出焉。初豐玉姫別去時、恨言既切。故火折尊知㆓其不㆑可㆓復會㆒、乃有㆑贈㆑歌。已見㆑上。八十連屬、此云㆓野素豆企㆒。飄掌、此云㆓陀毗盧箇須㆒。

彦波瀲武鸕鶿草葺不合尊、以㆓其姨玉依姫㆒爲㆑妃。生㆓彦五瀬命㆒。次稻飯命。次三毛入野命。次神日本磐余彦尊。凡生㆓四男㆒。久之彦波瀲武鸕鶿草葺不合尊、崩㆓於西洲之宮㆒。因葬㆓日向㆒→

頁注一五。なお尊がこの姫を妃としたこと、ここに初出。記にも神武即位前紀にも見える。

一七　以下、玉依姫の生んだ四男が示される。以下の一書にその異伝があるが、生れた順序の相違があるだけである。五瀬命の名の意味は、イツは厳（いつ）・斎（いつ）くのイツで、セは神稲の意のサの転であろう。マ（目）→メ、タ（手）→テのごとく、a→ëという音変化がある。この四男はすべて稲に関する名を負っている。天照大神から生れた天忍穂耳尊以下、皇統をうけるミコトは、みな稲に関する名を持っている。五瀬命は神武紀の記述によると、神武即位前紀戊午年四月、孔舎衛坂の会戦で肱脛に矢を受け、五月、紀国の竈山で薨じたという。

一八　イナは、稲。ヒは、ムスヒのヒ、霊をいう。稲飯命は神武即位前紀戊午年六月、天皇の軍が熊野の神邑に至って、暴風に見舞われたとき、「わが祖は天つ神で母は海神であるのに、どうして海陸で私を苦しめるのか」と言って剣を抜いて海に入り、鋤持神になったという。サヒは剣または鋤を意味するが、同時に鰐を意味する。→補注2-三四・一二六頁注一。

一九　ミは神・天皇に対する敬称。ケは食物。ウケモチノカミのウケにあたる。この神は、右の稲飯命が鋤持神となったにつづいて、「私の母と姨は海神であるのに、どうして波を起してわれわれを溺らせるのか」と言って、浪の秀を踏んで常世国に往ったとある。ミケノという神名は出雲国造神賀詞にも「伊射那伎能日真名子、加夫呂伎熊野大神、櫛御気野命」とある。イリノは不明。第二の一書には三毛野命、第三の一書には稚三毛野命という。

二〇　後の神武天皇。二一　延喜諸陵式に「日向吾平山上陵〈彦波瀲武鸕鶿草葺不合尊。在日向国。無陵戸〉」。陵墓要覧に「鹿児島県肝属郡吾平町大字上名（かんみやう）。洞窟」とある。

吾平山上陵に葬りまつる。

一書〔第一〕に曰はく、先づ彦五瀬命を生みたまふ。次に稲飯命。次に三毛入野命。次に狭野尊。亦は神日本磐余彦尊と號す。狭野と所稱すは、是、年少くまします時の號なり。後に天下を撥ひ平げて、八洲を奄有す。故、復號を加へて、神日本磐余彦尊と曰す。

一書〔第二〕に曰はく、先づ五瀬命を生みたまふ。次に三毛野命。次に稲飯命。次に磐余彦尊。亦は神日本磐余彦火火出見尊と號す。

一書〔第三〕に曰はく、先づ彦五瀬命を生みたまふ。次に稲飯命。次に神日本磐余彦火火出見尊。次に稚三毛野命。

一書〔第四〕に曰はく、先づ彦五瀬命を生みたまふ。次に磐余彦火火出見尊。次に彦稲飯命。次に三毛入野命。

日本書紀巻第二

一　サは、神稲の意。ノは、野の意。これも稲に関する名を負っているわけである。

二　神武天皇をここに神日本磐余彦火火出見尊という。第三の一書も同じであり、さかのぼって第八段の第六の一書（一三〇頁一三行）に神日本磐余彦火火出見天皇といい、くだって神武紀でもそのはじめに、諱は彦火火出見、同元年正月条（二一三頁）には神日本磐余彦火火出見天皇とある。神武天皇をまた彦火火出見尊という理由について、記伝は簡単に、彦火火出見尊の名は「天津日嗣に由ある稲穂を以て、美称奉れる御号なる故に、又伝へ負ヒ賜へりしなり」とし、通釈も、ただ彦火火出見尊とだけ書いたのでは祖父の彦火火出見尊とまがうので、神日本磐余彦の六字を加えて区別したという。これらは神武天皇と瓊瓊杵尊の子の彦火火出見尊はもとより別人だが、ともに彦火火出見尊といったと頭からきめてかかった上での解釈である。しかし津田左右吉は、神代史の元の形では、瓊瓊杵尊の子の彦火火出見尊が東征の主人公とされていたが、後になって物語の筋が改作され、彦火火出見尊に海幸山幸の話が付会されたり（→一六三頁注一四）、豊玉姫や玉依姫の話が加わったり、鸕鷀草葺不合尊が作られたりした。また他方では東征の主人公としてあらたにイワレビコが現われたのだとする。その際、元の話が全く捨てられなかったために神日本磐余彦火火出見尊（天皇）という名が記録されたり、神武の諱は彦火火出見であるという記載が生じたのだという。

吾平山上陵一。

一書曰、先生二彦五瀬命一。次稲飯命。次三毛入野命。次狭野尊。亦號二神日本磐余彦尊一。所二稱狭野一者、是年少時之號也。後撥二平天下一、奄二有八洲一。故復加レ號、曰二神日本磐余彦尊一。

一書曰、先生二五瀬命一。次三毛野命。次稲飯命。次磐余彦尊。亦號二神日本磐余彦火火出見尊一。

一書曰、先生二彦五瀬命一。次稲飯命。次神日本磐余彦火火出見尊。次稚三毛野命。

一書曰、先生二彦五瀬命一。次磐余彦火火出見尊。次彦稲飯命。次三毛入野命。

日[1]本書紀卷第二

一 →補注3-一。
二 この四字(漢風諡号)は本来書紀になかったが、後人が加えたものであろう。→補注3-二。
三 諱は、実名のことである。仁賢即位前紀(五二六頁七行)に「諱大脚」とあり、分注に「自余諸天皇、不レ言二諱字一。而至二此天皇一、独自書者、拠二旧本一耳」とあるのと矛盾する。彦火火出見について→一八六頁注二。
四 →一六八頁注三。
五 序数詞の訓→補注3-三。
六 →一六七頁注一五。
七 神代紀第十段第一の一書には海神または海神豊玉彦とある。→一六九頁二行。文選、呉都賦の六臣注に「海神也」、海賦注に「海中神怪」と見える。
八 姉は豊玉姫。少女は大女の対。大女をエムスメというに対して、オトムスメと訓む。エは、長・優の意。少はその対。
九 広雅、釈詁に「礭、堅也」。名義抄に「礭カタシ」。
一〇 書紀は立太子の年月または年齢をできるだけ記そうとして、ここに十五歳と記したものであろう。太子→[下]補注16-五。天皇になるには太子である必要があったという後世の事実を、史上にさかのぼらせて、書紀は歴代天皇について立太子の記事を設けているものと思う。
一一 吾田邑は、薩摩国阿多郡阿多郷。神代紀第九段に吾田長屋笠狭之碕とある。→一四〇頁注二一―二三。記には「坐二日向一時、娶二阿多之小椅君妹、名阿比良比売一」と記す。
一二 記に多芸志美美命とある。研はキシルと訓む(名義抄)ので、キシにあてた。タギシは、道路の平坦ならざる貌、また足などの萎えて直立し得ざる貌。従ってタギシミミとは、耳の形が曲りくねっていることをいうのであろう。神武の死後に皇位継承の争いにやぶれて死ぬ。→綏靖即位前紀。
一三 以下、神武天皇東征説話(→補注3-四)の書き出しで、東征の宣言。ここでは、出発の前から大和をめざしているが、記では、兄五瀬命と協議の結果、天下の政をするに適当な地を

日本書紀 巻第三

神日本磐余彦天皇　神武天皇

神日本磐余彦天皇、諱は彦火火出見。彦波瀲武鸕鷀草葺不合尊の第四子なり。母をば玉依姫と曰す。海童の少女なり。天皇、生れましながらにして明達し。意礭如くます。年十五にして、立ちて太子と爲りたまふ。長りたまひて日向國の吾田邑の吾平津媛を娶きて、妃としたまふ。手研耳命を生みたまふ。年四十五歳に及びて、諸の兄及び子等に謂りて曰はく、「昔我が天神、高皇産靈尊・大日孁尊、此の豐葦原瑞穗國を擧げて、我が天祖彦火瓊瓊杵尊に授けたまへり。是に、火瓊瓊杵尊、天關を闢き雲路を披け、仙蹕駈ひて戾止ります。是の時に、運、鴻荒に屬ひ、時、草昧に鍾れり。故、蒙くして正を養ひて、此の西の偏を治す。皇祖皇考、乃神乃聖にして、慶を積み暉を重ねて、多に年所を歷たり。天祖の降跡りましてより以逮、今に一百七十九萬二千四百七十餘歲。而るを、遼邈なる地、猶未だ王澤に霑はず。遂に邑に君有り、村に長有りて、各自疆を

分ちて、用て相凌ぎ[二九]躒はしむ。[三〇]抑又、[三一]鹽土老翁に聞きき。曰ひしく、『東に美き地有り。青山四周れり。其の中に亦、[三二]天磐船に乗りて飛び降る者有り』といひき。余謂ふに、彼の地は、必ず以て大業を恢弘べて、天下に[三三]光宅るに足りぬべし。蓋し六合の中心か。厥の飛び降るといふ者は、是[三四]饒速日と謂ふか。何ぞ就きて都つくらざらむ」とのたまふ。諸の皇子對へて曰さく、「理實[三五]灼然なり。我も恆に以て

日本書紀　巻第三

神日本磐余彦天皇　　神武天皇

神日本磐余彦天皇、諱彦火々出見。彦波瀲武鸕鷀草葺不合尊第四子也。[1]母曰㆓玉依姫㆒。[2]海童之少女也。天皇生而明達。意礭如也。年十五立爲㆓太子㆒。長而娶㆓日向國吾田邑吾平津媛㆒、爲㆑妃。生㆓手研耳命㆒。及㆓年卌五歲㆒、[3]謂㆓諸兄及子等㆒曰、昔我天神、高皇産靈尊・大日孁尊、[4]擧㆓此豐葦原瑞穗國㆒、而授㆓我天祖彦火瓊々杵尊㆒。於是、火瓊々杵尊、闢㆓天關㆒披㆓雲路㆒、[5]駈㆓仙蹕㆒以戾止。[6]是時、運屬㆓鴻荒㆒、時鍾㆓草昧㆒。故蒙以養㆑正、治㆓此西偏㆒。皇祖皇考、乃神乃聖、積㆑慶重㆑暉、多歷㆓年所㆒。[7]自㆓天祖降跡㆒以逮、于㆑今一百七十九萬二千四百七十餘歲。[8]而遼邈之地、猶未㆑霑㆓於王澤㆒。[9]遂使㆓邑有㆑君、村有㆑長、各自分㆑疆、用相凌躒㆒。抑又聞㆓於鹽土老翁㆒。[10]曰、東有㆓美地㆒。青山四周。其中亦有㆘乘㆓天磐船㆒而飛降者㆖。[11]余謂、彼地、必當㆑足㆘以恢㆓弘大業㆒、光㆗宅天下㆖。蓋六合之中心乎。厥飛降者、謂㆓是饒速日㆒歟。何不㆓就而都㆒之乎。諸皇子對曰、理實灼然。我亦恆以↓

求めて東方に向うこととしてある。大伴家持の喩㆑族歌(万葉四四六五)は東征を国覓(くにまぎ)にみたてている。一四 →七八頁注五・六。一五 天照大神。→八六頁注六・補注1-三六。一六 →一三四頁注五・補注2-一。一七 神仙の通るときの先ばらい。転じて、天子の行幸。一八 戻は来に同じ。来止。爾雅、釈詁に「戻、至也」とある。一九 以下に、鴻荒・草昧・王沢・光宅等、文選の賦に見える語が多い。周易に使われた句も混っている。鴻荒は、太古の意。鴻は、大。荒は、蒙の意。はなはだ暗い意。二〇 屬は、広韻に「会也」と見える。アタルとよんでもよい。二一 物のはじめで未だ闇の時の意。草は、草創・初始の意。昧は、物の形体の未だあきらかでない意。鍾は、当るに同じ。二二 くらい中にありながら、自ら正しい道を養う意。二三 日向の都をいう。日向は西偏の地で中央でない。二四 皇考は、父をいう。皇祖皇考は、大戴礼記にある。二五 通じない所無く、くらべる所ないほど立派である意。尚書、大禹謨に「都帝徳広運、乃聖乃神、乃武乃文」とある。乃は、物を列挙するに用いる辞。二六 善事を重ね、恩沢が行きわたる。即ち代代の王が賢くて善政をしいたの意。二七 →補注3-五。二八 フレは、村の古語。朝鮮語で村は maul という。それの転か。ヒトゴノカミ→一五一頁注二四。二九 躒は、説文に「迅也」、広韻に「動也」。名義抄に和訓なし。キシロフは、キシル動きを繰返す意。三〇 抑又は、接続詞。さてまた、さてさて。三一 →一五七頁注二二。三二 神代紀第五段にいう天磐橡樟船(→八七頁注一四)の類。→補注1-三八。三三 光は、大。宅は、居の意。尚書の序に「昔在帝堯…光㆓宅天下㆒」とある。三四 下文に櫛玉饒速日命と見える。→二〇八頁注一二。三五 イヤは、イョイョの義。チコはチカ(近)の音転か。効験などのすぐさま現われる意。

念としつ。早に行ひたまへ」とまうす。是年、太歳甲寅。

其の年の冬十月の丁巳の朔辛酉（五日）に、天皇、親ら諸の皇子・舟師を帥ゐて東を征ちたまふ。速吸之門に至ります。時に、一の漁人有りて、艇に乗りて至れり。天皇、招せて、因りて問ひて曰はく、「汝は誰ぞ」とのたまふ。對へて曰さく、「臣は是國神なり。名をば珍彦と曰す。曲浦に釣魚す。天神の子來でますと聞りて、故に即ち迎へ奉る」とまうす。又問ひて曰はく、「汝能く我が爲に導つかまつらむや」とのたまふ。對へて曰さく、「導きたてまつらむ」とまうす。天皇、勅をもて漁人に椎檣が末を授して、執へしめて、皇舟に牽き納れて、海導者とす。乃ち特に名を賜ひて、椎根津彦とす。椎、此をば辭毗と云ふ。此即ち倭直部が始祖なり。行きて筑紫國の菟狹に至ります。菟狹は地の名なり。此をば宇佐と云ふ。時に菟狹國造の祖有り。號けて菟狹津彦・菟狹津媛と曰ふ。乃ち菟狹の川上にして、一柱騰宮を造りて饗奉る。一柱騰宮、此をば阿斯毗苔徒鞅餓離能宮と云ふ。是の時に、勅をもて、菟狹津媛を以て、侍臣天種子命に賜妻せたまふ。天種子命は、是中臣氏の遠祖なり。

十有一月の丙戌の朔甲午（九日）に、天皇、筑紫國の岡水門に至りたまふ。

十有二月の丙辰の朔壬午（二十七日）に、安藝國に至りまして、埃宮に居します。

乙卯年の春三月の甲寅の朔己未（六日）に、吉備國に徙りて入りましき。行館を起りて居す。是を高嶋宮と曰ふ。三年積る間に、舟檝を脩へ、兵食を蓄へて、将に一

一↓補注3-六。二 以下は神武東征の径路をいう。記も大筋は同じ。なお、この段から年次・月次・日次を干支を以て記す。三 神代紀第五段第十の一書には速吸名門とあり（↓一〇〇頁注一三）、潮流の早い海峡をいう。ここでは豊予海峡をいう。記では吉備の高島宮から浪速に行く間に速吸門を通ったとあるから、それによれば明石海峡になろう。四 下文（九行）に「賜レ名、為二椎根津彦一」とある。即位前紀戊午年九月条に天神地祇の神祭を助け、同十一月条に兄磯城を討つ策りごとに功あり、二年二月条に倭国造となったという。記は槁根津日子に作り、速吸門における類似の所伝をかかげ、倭国造等の祖とするが、他の活動は述べていない。姓氏録には宇豆彦、（神）知津彦（命）にも作り、地祇とし、同大和神別、大和宿禰条には「出レ自二神知津彦命一也、神日本磐余彦天皇、従二日向地一向二大倭洲一、到二速吸門一時、有二漁人一乗レ艇而至、天皇問曰、汝誰也、対曰、臣是国神、名宇豆彦、聞二天神子来一、故以奉レ迎、即牽二納皇船一、以為二海導一、仍号二神知津彦一（一名椎根津彦）、能宣二軍機之策一、天皇嘉レ之、任二大倭国造一、是大倭直始祖也」との所伝を載せる。旧事紀、国造本紀には、彦火火出見尊の孫とし、神武朝に導士の功により大倭国造となったという。五 特に、ことさらにの意。六↓注四。七 部の字は、神武紀中他にも例があり、等というほどの意であろう。倭直は、天武十四年、竜麻呂が連姓を賜わり、のち大倭忌寸・大倭宿禰となる。↓注四。八↓八一頁注三三。九 記に豊国宇沙。大分県宇佐郡宇佐町和気及び橋津から南宇佐にわたる地域かという。神武紀の地名↓補注3-七。一〇 旧事紀、天神本紀に天三降命を豊国宇佐国造等の祖といい、これと異なる。また旧事紀、国造本紀には「橿原朝高魂尊孫宇佐都彦命定二賜国造一」とあって、これに合うが、高魂尊孫とい

たび擧げて天下を平けむと欲す。

戊午年の春二月の丁酉の朔丁未(十一日)に、皇師遂に東にゆく。舳艫相接げり。方に〔一九〕難波碕に到るときに、奔き潮有りて太だ急きに會ひぬ。因りて、名けて〔二〇〕浪速國とす。亦浪花と曰ふ。今、難波と謂ふは〔二一〕訛れるなり。訛、此をば與許奈磨盧と云ふ。

三月の丁卯の朔丙子(十日)に、遡流而上りて、徑に河内國の〔二二〕草香邑の〔二三〕青雲の白肩之津

うのは付会であろう。国造→補注7-四六。

一一 川は、駅館川。一二 記に足一騰宮に作る。記伝には、川岸の山へ片かけて宮を構え、一方は流の中に大きな柱を一つかけて作った宮かという。この地名を宇佐町、宇佐郡駅川町、同郡安心院町に擬する諸説があるが、みな根拠が乏しい。一三 釈紀に「天児屋根命之孫天押雲命之子」とある。一四 →一一二頁注一五。一五 記に竺紫(つくし)岡田宮。福岡県遠賀郡蘆屋町遠賀川河口付近。一六 記には阿岐国之多祁理宮とある。埃宮も多祁理宮も同じ宮をさし、広島県安芸郡府中町にあったものという。埃は万葉仮名としてア行のエの音eを表わす。ア行のエは、すぐれたとか、優越なという意味を持つ。タケリ(多祁理)は、タキ(丈)アリの約 takiari→takeri であるから、エと同じ意味になる。従って、ここは、もと、何か訓読すべき漢字が書いてあって、それを、一方では埃(え)と訓読し、他方では多祁理と訓読したものではなかろうか。一七 律令時代以前は備前・備中・備後・美作を含む地域を総称して吉備といった。一八 記も吉備高島宮。岡山県児島郡甲浦村に大字宮ノ浦字高島(今、岡山市高島)がある。一九 大阪市東区上町台地の北端から北区天満付近にわたる地域。もと大阪市の東方河内平野には広大な潟湖があり、上町台地の北端は千里山丘陵と相対して潟湖の口を扼していたという。二〇 →補注3-八。

二一 ヨコナマルはヨコナバルとも訓み、ヨコは、タテ・ヨコのヨコ。傍にはずれていること。ナマル・ナバルは、避けて隠れる意。二二 大阪府中河内郡孔舎衙村大字日下(今、枚岡市日下町)。孔舎衙村は大正元年新たにつけた名であるが、大字日下の名は、その地内にある草香山の名と共に古くから存したものと認められる。二三 記も青雲之白肩津。青雲は白の枕詞。白肩津は下文の盾津と同じ。→一九二頁注一三。

爲レ念。宜早行之。◎是年也、太歳甲寅。◎其年冬十月丁巳朔辛酉、天皇親帥二諸皇子舟師[1]一東征。至二速吸之門一。時有二一漁人一、乘レ艇而至。天皇招之、因問曰、汝誰也。對曰、臣是國神。名曰二珍彥一。釣二魚於曲浦一。聞二天神子來一、故卽奉レ迎。又問之曰、汝能爲レ我導耶。對曰、導之矣。天皇勅授二漁人椎檣末一、令レ執而牽二納於皇舟一、以爲二海[2]導者一。乃特賜レ名、爲二椎根津彥一。(椎、此云二辭毗一。)此卽倭直部始祖也。行至二筑紫國菟狹一。(菟狹者地名也。此云二宇佐一。)時有二菟狹國造祖一。號曰二菟狹津彥・菟狹津媛一。乃於二菟狹川上一、造二一柱騰宮一而奉レ饗焉。([3]一柱騰宮、此云二阿斯毗苔徒鞅餓離能宮一。[4])是時、勅以二菟狹津媛一、賜二妻之於侍臣天種子命一。天種子命、是中臣氏之遠祖也。○十有一月丙戌朔[5]甲午、天皇至二筑紫國岡水門一。○十有二月丙辰朔壬午、至二安藝國一、居二于埃宮一。○乙卯年春三月甲寅朔己未、徙[6]二入吉備國一。起二行館[7]一以居之。是曰二高嶋宮一。積二三年一間、脩二舟檝一、蓄二兵食一、將欲三以一擧而平二天下一也。○戊午年春二月丁酉朔丁未、皇師[8]遂東。舳艫相接。方到二難波之碕一、會下有二奔潮一太急上。因以、名爲二浪速國一。亦曰二浪花一。今謂二難波一訛也[9]。(訛、此云二與許奈磨盧一。)○三月丁卯朔丙子、遡流而上、徑至二河內國草香邑青雲白肩之津一。

に至ります。

夏四月の丙申の朔甲辰(九日)に、皇師兵を勒[一]へて、歩より龍田[二]に趣く。而して其の路狭く嶮しくして、人並み行くこと得ず。乃ち還りて更に東 膽駒山[三]を踰えて、中洲に入らむと欲す。時に長髓彦[四]聞きて曰はく、「夫れ、天神の子等の來ます所以は、必ず我が國を奪はむとならむ」といひて、則ち盡に屬へる兵を起して、徼りて、孔舍衞坂[五]にして、與に會ひ戰ふ。流矢[六]有りて、五瀬命[七]の肱脛に中れり。皇師進み戰ふこと能はず。天皇憂へたまひて、乃ち神策を沖衿[八]に運めたまひて曰はく、「今我は是日神の子孫にして、日に向ひて虜を征つは、此天道に逆れり。若かじ、退き還りて弱きことを示して、神祇[九]を禮び祭ひて、背に日神の威を負ひたてまつりて、影[一〇]の隨に壓ひ躡みなむには。此の如くせば、[一一]曾て刃に血らずして、虜必ず自づからに敗れなむ」とのたまふ。僉曰さく、「然なり」とまうす。是に、軍中に令して曰はく、「且は停れ。復な進きそ」とのたまふ。乃ち軍を引きて還りたまふ。虜亦敢へて逼めまつらず。却[一二]りて草香津[一三]に至りて、盾を植てて雄誥[一四]したまふ。雄誥、此をば烏多鶏弭と云ふ。因りて改めて其の津を號けて盾津[一五]と曰ふ。今蓼津と云へるは訛れるなり。初め孔舍衞の戰に、人有りて大きなる樹に隱れて、難に免るること得たり。仍りて其の樹を指して曰はく、「恩[一六]、母の如し」といふ。時人、因りて其の地を號けて、母木邑[一七]と曰ふ。今飫悶廼奇[一八]と云ふは訛れるなり。

一 勒は、馬のクツワ。クツワをとる意から、抑える、ととのえる意。以下一九六頁までは大和に入るまでの話。神武の一行は長髄彦にやぶれ、日に向って征討することの非をさとって海路熊野に到り、頭八咫烏の導きで大和の菟田に入る。記も大筋は同じ。

二 奈良県北葛城郡王寺町のあたり。信貴越または亀瀬越で河内より大和に入ろうとしたのであろう。

三 奈良県・大阪府の境にある生駒山。胆は、新撰字鏡・名義抄にイの訓がある。内臓の総称。また肝臓に連なる胆嚢。

四 記には登美能那賀須泥毗古という。トミ(鳥見)は地名。即位前紀戊午年十二月条に名の由来をいい、これより先、天神の子、饒速日命に仕え、妹を命にとつがせて可美真手命という児息があったという。

五 衛は、集解・通釈ともに衙に改めるが、諸古本や傍訓等、衛に従うものが多い。大阪府中河内郡孔舎衙村大字日下(→一九一頁注二二)の山麓地帯から草香山の北部を越える坂路と推せられる。

六 飛んで来る矢。記に「痛矢串」とあり、痛手を負わせた矢。串は貫に同じ。もと象形文字。ものをつらぬくを象る。

七 鸕鷀草葺不合尊の長子。→一八五頁注一七。

八 運は、めぐらす(転)こと。

九 神は、天神。祇は、地祇。アマツカミクニツカミとも、アマツヤシロクニツヤシロとも訓む。記伝に「天神とは天に坐ます神、又天より降り坐る神を申し、地祇とは此国土に生り生る神を申すなり」という。

一〇 日神の威光にしたがって敵におそいかかる方がよい。

一一 以下十字、景行十二年十二月条の「則曾不血刃、賊必自敗」(二九一頁四―五行)と類似

五月の丙寅の朔癸酉に、軍、茅渟の山城水門[一九] 亦の名は山井水門。茅渟、此をば智怒[二〇]と云ふ。に至る。時に五瀬命の矢の瘡痛みますこと甚し。乃ち撫剣りて雄誥して曰はく、撫剣、此をば都盧耆能多伽彌屠利辭魔屢と云ふ。「慨哉[二一]、大丈夫にして、慨哉、此をば宇黎多棄伽夜と云ふ。虜が手を被傷ひて、報いずしてや死みなむとよ」とのたまふ。時人、因りて其の處を號けて、雄水門[二二]と曰ふ。進みて紀國の竈山[二三]に到りて、

○夏四月丙申朔甲辰、皇師[1]勒レ兵、歩趣二龍田一。而其路狹嶮、人不レ得二並行一。乃還更欲下東踰二膽駒山[2]一、而入中中洲上。時長髄彦聞之曰、夫天神子等所二以來一者、必將奪二我國一、則盡起二屬兵一、徼之於二孔舍衛坂一、與之會戰。有二流矢一、中二五瀬命肱脛一。皇師不[3]レ能二進戰一。天皇憂之、乃運二神策於冲衿一曰、今我是日神子孫、而向レ日征レ虜、此逆二天道一也。不レ若、退還示レ弱、禮二祭神祇一、背負二日神之威一、隨レ影壓躡。如レ此、則曾不レ血レ刃、虜必自敗矣。僉曰、然。於是、令二軍中一曰、且停。勿須復進[4]。乃引レ軍還。虜亦不二敢逼一。却至二草香之津[5]一、植レ盾而爲二雄誥一焉。雄誥、此云二烏多鶏縻[6]一。因改號二其津一曰二盾津一。今云二蓼津一訛也。初孔舍衛之戰、有レ人隱二於大樹一、而得レ免レ難。仍指二其樹一曰、恩如レ母。時人因號二其地一、曰二母木邑一。今云二飫悶廼奇一訛也。○五月丙寅朔癸酉、軍至二茅渟山城水門一。亦名山井水門。茅渟、此云二智怒一。時五瀬命矢瘡痛甚。乃撫劒而雄誥之曰、撫劒、此云二都盧耆能多伽彌屠利辭魔屢一。慨哉、大丈夫、慨哉、此云二宇黎多棄伽夜一。被二傷於虜手一、將不レ報而死耶。時人因號二其處一、曰二雄水門一。進到二于紀國竈山[7]一、↓

し、仲哀八年九月条にも類句がある。神武紀と景行紀との述作の類似の一例である。曾は、不を強める助字。

一二 還に同じく、ひきかえすこと。

一三 草香津・青雲白肩津・盾津、みな同地と思われる。大阪府中河内郡孔舎衙村(今、枚岡市北部)の山麓地帯で、上古北河内にあった潟湖にのぞんでいたのであろう。

一四 雄はヲ。雄雄しいさま。いさましいさま。ヲは、牡の意。誥は、下に告げる意。また人を介して申しわたす意。タケビのビ(縻)はビ乙類の文字。従ってここは、上二段活用の動詞で、男らしく立派に武勇ある様子を示す意。サケブ(叫ぶ)意と解するは誤り。 一五 →注一三。

一六 ウツクシビは、恩寵の意。天子が臣下を、親が子を愛する意。

一七 継体二十四年九月条に河内母樹馬飼首御狩あり。母木邑は大阪府枚岡市豊浦町かという。

一八 奇はキ乙類の文字。よって母木と同じ音を表わす。オモノキを訛としたのは、母木邑の邑を略していうことを指したものであろう。

一九 茅渟は、和泉の海。山城水門・山井水門、五行の雄水門みな同所である。大阪府泉南郡樽井町(今、泉南町樽井)には山井の遺址と伝えるものがあり、同郡雄信達村大字男里(今、泉南町男里)の天神森の地には府社男神社の摂社があり、上古の着船地と思われる。なお記では紀国男之水門とある。 二〇 →補注3-九。

二一 ウレタシは、ウラ(心)イタシの約。カヤは、詠嘆の辞。 二二 →注一九。

二三 記に「陵即在二紀国之竈山一也」、延喜諸陵式に「竈山墓〈彦五瀬命。在二紀伊国名草郡一。兆域東西一町。南北二町。守戸三烟〉」。陵墓要覧には和歌山県和歌山市和田字仏生田にある円墳がこれに当るとする。なお延喜神名式に、紀伊国名草郡竈山神社(和歌山市和田)がある。

五瀬命、軍に薨りましぬ。因りて竈山に葬りまつる。

六月の乙未の朔丁巳（二十三日）に、軍、[一]名草邑に至る。則ち[二]名草戸畔といふ者を誅す。戸畔、此をば妬鼙と云ふ。遂に[三]狭野を越えて、[四]熊野の神邑に到り、且ち[五]天磐盾に登る。仍りて軍を引きて漸に進む。海の中にして卒に[六]暴風に遇ひぬ。皇舟漂蕩ふ。時に[七]稲飯命、乃ち歎きて曰はく、「嗟乎、吾が祖は天神、[八]母は海神なり。如何ぞ我を陸に厄め、復我を海に厄むや」とのたまふ。言ひ訖りて、乃ち劍を抜きて海に入りて、[九]鋤持神と化爲る。[一〇]三毛入野命、亦恨みて曰はく、「我が母及び[一一]姨は、並に是海神なり。何爲ぞ波瀾を起てて、灌溺すや」とのたまひて、則ち浪の秀を蹈みて、[一二]常世郷に往でましぬ。天皇獨、皇子[一三]手研耳命と、軍を帥ゐて進みて、[一四]熊野の荒坂津亦の名は丹敷浦。に至ります。因りて丹敷戸畔といふ者を誅す。時に神、毒氣を吐きて、人物咸に[一五]瘁えぬ。是に由りて、皇軍復振ること能はず。時に、彼處に人有り。號を熊野の[一六]高倉下と曰ふ。忽に[一七]夜夢みらく、天照大神、[一八]武甕雷神に謂りて曰はく、「夫れ[一九]葦原中國は猶[二〇]聞喧擾之響焉。聞喧擾之響焉、此をば左揶霓利奈離と云ふ。汝更往きて征て」とのたまふ。武甕雷神、對へて曰さく、「予行らずと雖も、予が國を平けし劍を下さば、國自づからに平けなむ」とまうす。天照大神の曰はく、「諾なり。諾、此をば宇毎那利と云ふ」とのたまふ。時に武甕雷神、[二一]登ち高倉に謂りて曰はく、「予が劍、號を[二二]韴靈と曰ふ。韴靈、此をば赴屠能瀰哆磨と云ふ。今當に汝が庫の裏に置かむ。取りて

一 和歌山市西南にある名草山付近かという。名草山は万葉一二一三にその名が見え、名草浜はその西南麓の海岸で、後撰和歌集などにその名が見える。二 紀伊国神名帳に、従四位上名草比古神・従四位上名草姫大神が見えるので、紀伊続風土記は名草郡安原村（今、和歌山市吉原）にあった中言大明神社をそれにあてる。通釈の引いた或人の説では、名草戸畔はこの名草姫かとある。トベのトは戸、べはメの音転。女。戸女の意。戸口にいる女。一家の老主婦の意であろう。トジが戸主の約転であるのと似た意味の語。三 和歌山県新宮市佐野。万葉二六五の長忌寸奥麿の歌に「神之埼狭野乃渡」とあるのと同所。四 新宮市新宮のあたり。ここには熊野速玉神社が鎮座し、上熊野・中熊野・下熊野の字名が存している。記では、天皇が男之水門より熊野村に到った時、大熊が出たという物語をのせるが、その熊野村もこれと同所であろう。五 新宮市新宮の熊野速玉神社の摂社神倉神社の境内である神倉山をこれに擬する説が通証以来行われている。神倉山は長寛勘文に熊野権現垂迹の所として見え、後に高倉下の縁故の地として伝えられた。六 アカラシマは、突然の意。突然吹く風。七 天皇の兄。→一八五頁注一八。なお折口信夫によれば、稲飯命・三毛入野命は、神武天皇の威力の源泉となった威霊の名で、稲の霊・御食野の霊であって、この二魂が遊離した（入水した）結果、つぎの熊野荒坂の津の瘁（えを）（威霊の去った後の萎黴）が生じたと解釈した。八 玉依姫。九 →一八五頁注一八。一〇 天皇の兄。→一八五頁注一九。一一 豊玉姫。→補注2-三一。一二 古代人が海外にあると考えた理想郷。→補注1-七八。一三 →一八八頁注一一。一四 亦の名丹敷浦とあることから、記伝は三重県北牟婁郡錦村（今、度会郡紀勢町錦）をこれに擬する。和名抄に志摩国英虞郡二色郷、神鳳抄

に錦御厨とあり、ニシキの地名は古い。しかしこの地が古く熊野の範囲内に属していたという徴証はない。また本居内遠は神武紀巡幸路次弁で、三重県南牟婁郡荒阪村二木島(今、熊野市二木島町)をニシキの転訛として、荒坂津に擬し、紀伊続風土記もそれに従うが、確証はない。ほかに新宮市三輪崎・東牟婁郡那智勝浦町・西牟婁郡串本勝浦町などに擬する説があるが、いずれも書紀所載の順路には合致しない。 一五 瘁は、名義抄にウレフ・ヤム・ヤフル・カシクの訓がある。ヲエは、力を失い気力を失うこと。瘁は、広韻に「病也」とある。また、やつれる意。記に「遠延(上)」とあるによってヲエと訓む。一六 倉下をクラジと訓むことは、下文(二〇六頁八行)兄倉下・弟倉下の訓注に従う。下文には高倉下の下の字が無い。高倉下は、旧事紀、天孫本紀には、饒速日尊の子、天香語山命の亦の名とあり、尾張氏系譜の中に組みこまれている。一七 ユメミラクは、ユメヲ見ルコトの意。一八 →九二頁注四。 一九 以下の文章に見える訓注とほぼ同じものが、記ではそのまま本文になっている。つまり、この辺の記事に関しては、記紀を溯る原資料は、類似の内容を持つものと推測される。 二〇 サヤゲリナリのナリは、終止形を承ける伝聞の助動詞。それが、漢字の本文によって「聞」の字にあてられているので、伝聞の意を表わすことは明瞭。伝聞の助動詞があったこと、これによって証される。 二一 これは中国の俗語、登時に同じ。これは即時・当時などに同じく、ソノトキニ・スナハチの意。神武紀は神代紀と比較すると、俗語の使用が少ない点で相違している。 二二 記の分注には「此刀名云二佐士布都神一、亦名云二甕布都神一、亦名云二布都御魂一、此刀者、坐二石上神宮一也」とある。旧事紀、天孫本紀では、宇摩志麻治命が長髄彦を殺して帰順したことを天皇が嘉して「特加二寵一乃→

天孫に獻れ」とのたまふ。高倉、「唯唯」[二三]と曰すとみて寤めぬ。明旦に、夢の中の敎に依りて、庫を開きて視るに、果して落ちたる劒有りて、倒に庫の底板に立てり。即ち取りて進る。時に、天皇、適く寐せり。[二四]忽然にして寤めて曰はく、「予何ぞ若此長眠しつるや」とのたまふ。尋ぎて毒に中りし士卒、悉に復醒めて起く。既にして皇師、中洲に趣かむとす。而るを山の中嶮絶しくして、復行くべき路無し。乃ち

而五瀬命薨二于軍一。因葬二竈山一。○六月乙未朔丁巳、軍至二名草邑一。則誅二名草戸畔者一。(戸畔、此云二妬鼙一。)[1] 遂越二狹野一、[2]而到二熊野神邑一、且登二天磐盾一。仍引レ軍漸進。海中卒遇二暴風一。皇舟漂蕩。時稻飯命乃歎曰、嗟乎、吾祖則天神、母則海神。如何厄二我於陸一、復厄二我於海一乎。言訖、乃拔レ劒入レ海、化二爲鋤持神一。三毛入野命、亦恨之曰、我母及姨並是海神。何爲起二波瀾一、以灌溺乎、則蹈二浪秀一、而往二乎常世鄕一矣。天皇獨與二皇子手研耳命一、帥レ軍而進、至二熊野荒坂津一。(亦名丹敷浦。) 因誅二丹敷戸畔者一。時神吐二毒氣一、人物咸瘁。由レ是、皇軍不レ能二復振一。時彼處有レ人。號曰二熊野高倉下一。[8] 忽夜夢、天照[4]大神、謂二武甕雷神一曰、夫葦原中國猶聞喧擾之響焉。(聞喧擾之響焉、此云二左揶霓利奈離一。) 宜汝更往而征之。武甕雷神對曰、雖二予不一レ行、而下二予平レ國之劒一、則國將自平矣。天照大神曰、[5]諾。(諾、此云二宇毎那利一。) 時武甕雷神、登謂二高倉一曰、予劒號曰二韴靈一。(韴靈、此云二赴屠能瀰哆磨一。)[6] 今當置二汝庫裏一。宜取而獻二之天孫一。高倉曰二唯々一而寤之。明旦、依二夢中敎一、開レ庫視之、果有二落劒一、倒立二於庫底板一。即取以進之。于時、天皇適寐。忽然而寤之曰、予何長二眠若此一乎。尋而中レ毒士卒、[7]悉復醒起。既而皇師、[8]欲レ趣二中洲一。而山中嶮絶、無二復可レ行之路一。

[一]棲遑ひて其の跋み渉かむ所を知らず。時に夜夢みらく、天照大神、天皇に訓へまつりて曰はく、「[二]朕今頭八咫烏を遣す。以て郷導者としたまへ」とのたまふ。果して頭八咫烏有りて、空より翔び降る。天皇の曰はく、「此の烏の來ること、自づからに祥き夢に叶へり。大きなるかな、赫なるかな。我が皇祖天照大神、以て基業を助け成さむと欲せるか」とのたまふ。是の時に、[三]大伴氏の遠祖[四]日臣命、[五]大來目を帥ゐて、[六]元戎に督將として、山を蹈み啓け行きて、乃ち烏の向ひの尋に、仰ぎ視て追ふ。遂に[七]菟田下縣に達る。因りて其の至りましし處を號けて、[八]菟田の穿邑 穿邑、此をば于介知能務羅と云ふ。と曰ふ。時に、勅して日臣命を譽めて曰はく、「汝忠ありて且勇あり。加能く導の功有り。是を以て、汝が名を改めて道臣とす」とのたまふ。

[九]秋八月の甲午の朔乙未(二日)に、天皇、[一〇]兄猾及び[一一]弟猾を徵さしむ。猾、此をば宇介志と云ふ。是の兩の人は、菟田縣の[一二]魁帥なり。魁帥、此をば比鄧誤廼伽瀰と云ふ。時に兄猾來ず。弟猾卽ち詣至り。因りて軍門を拜みて、告して曰さく、「臣が兄兄猾の逆をする狀は、天孫到りまさむとすと聞りて、卽ち兵を起して襲はむとす。皇師の威を[一三]望見るに、敢へて敵るまじきことを懼ぢて、乃ち潛に其の兵を伏して、權に新宮を作りて、殿の内に機を施きて、饗らむと請すに因りて[一四]作難らむとす。願はくは、此の詐を知しめして、善く備へたまへ」とまうす。天皇、卽ち道臣命を遣して、其の逆ふる狀を察めたまふ。時に道臣命、審に、賊害之心有ることを知

授以神剣、参其大勲。凡厥神剣韴霊剣刀、亦名布都主神魂刀、亦云佐士布都、亦云建布都、亦云豊布都神是矣」とある。三 唯唯は、応える辞。恭んで承諾する意。国語ではこれをヲヲという。熱本に、右傍に「越々」と訓があり、ワ行のヲと認めるのが穏当と思われる。→補注3‐一〇。この所、記の序文に「神倭天皇、経歴于秋津島。化熊出川、天剣獲於高倉」とある。三四 →補注3‐一一。

一 棲遑は、おちつかず、めぐりさまよう意。シジマフは、シジム(縮)の反復継続の意。進みも退きも定まらずまよう意。二 記には八咫烏とある。頭字のあるのは、頭の大きかったことを示すものかという。姓氏録、山城神別によれば、神魂命孫鴨建津之身命が大烏に化して天皇を導いたので、八咫烏の名が起ったとあり、鴨県主・賀茂県主の祖であるという。八咫烏の後裔と伝える鴨(賀茂)県主(→二一四頁注一九)の大和朝廷における主殿としての「車駕行幸供奉」「秉燭照路」という職掌から、この説話の一部が作られたものと見る説がある。続紀、慶雲二年九月条に八咫烏社を大倭国宇太郡において祭ったという記事があり、延喜神名式にも大和宇陀郡に八咫烏神社がある。この説話をもって日本におけるトーテム信仰の名残りと見る人もある。三 →一五六頁注一一。四 姓氏録、右京神別に高魂命九世孫と見える。五 神代紀第九段第四の一書に「大伴連遠祖天忍日命、帥来目部遠祖天槵津大来目」。天孫を護衛して天降ったとあるのは、ここの大伴・久米の関係と全く等しい。記では「大伴連等之祖道臣命、久米直等之祖大久米命二人、召兄宇迦斯」とあって、大伴連と久米直を対等に記している。六 文選、閑居賦の李善注に「元戎、兵車也」。季周翰注には「元戎、大兵也」とある。ツハモノは、兵器の意も、

りて、大きに怒りて詰び嘖ひて[一五]曰はく、「虜、[一六]爾が造れる屋に、爾自ら居よ」といふ。爾、此をば飫例と云ふ。因りて、剣案り弓彎ひて、逼めて催ひ入れしむ。兄猾、罪を天に[一七]獲たれば、事辭る所無し。乃ち自機を蹈みて壓はれ死ぬ。時に、其の屍を陳して斬る。流るる血、[一八]踝を沒る。故、其の地を號けて、菟田の血原[一九]と曰ふ。已にして、弟猾大きに牛酒[二〇]を設けて、皇師に勞へ饗す。天皇、其の酒宍を以て、

棲遑不レ知三其所二跋渉一。時夜夢、天照[1]大神訓二于天皇一曰、朕今遣二頭八咫烏一。宜以爲二郷導者一。果有二頭八咫烏一、自レ空翔降。天皇曰、此烏之來、自叶二祥夢一。大哉、赫矣。我皇祖天照大神、欲三以助二成基業一乎。是時、大伴氏之遠祖日[2]臣命、帥二大來目一、督二將元戎一、蹈レ山啓行、乃尋二烏所向一、仰視而追之。遂達二于菟田下縣一。因號二其所至之處一、曰二菟田穿邑一。穿邑、此云二于介知能務羅一。于時、勅譽二日臣[3]命一曰、汝忠而且勇。加有二能[4]導之功一。是以、改二汝名一爲二道臣[5]一。○秋八月甲午朔乙未、天皇使レ徵二兄猾及弟猾者一。猾、此云二宇介志一。是兩人、菟田縣之魁帥者也。魁帥、此云二比[6]鄧誤廼[7]伽彌一。時兄猾不レ來。弟猾卽詣至。因拜二軍門一、而告之曰、臣兄々猾之爲レ逆狀也、聞二天孫且レ到、卽起レ兵將レ襲。望二見皇師之威一、懼レ不二敢敵一、乃潛伏二其兵一、權作二新[8]宮一、而殿內施レ機、欲二因レ請レ饗以作難一。願知二此詐一、善爲二之備一。天皇卽遣二道臣命一、察二其逆狀一。時道臣命、審知レ有二賊害之心一、而大怒誥嘖[9]之曰、虜爾所造屋、爾自居之。爾、此云二飫例一。因案レ劍彎レ弓、逼令二催入一。兄猾獲二罪於天一、事無[10]レ所レ辭。乃自蹈レ機而壓死。時陳二其屍一而斬之。流血沒レ踝。故號二其地一、曰二菟田血原一。已而弟猾大設二牛酒一、以勞二饗皇師[11]一焉。天皇以二其酒宍一、↓

兵士の意もあるが、おそらく、元戎のもとの出典である毛詩伝(小雅六月)に元戎十乗とあり、ここでは、神武紀の編者は、元は大の意、戎は兵士の意で使ったものであろう。

七 和名抄に宇陀(宇太)郡。今、奈良県宇陀郡。下文ではその処を菟田穿邑というとあって、菟田下県は穿邑を含む地域をやや広く称したもの。

八 奈良県宇陀郡に宇賀志村(今、宇陀郡菟田野町宇賀志)がある。この地は、三重県度会郡紀勢町錦金蔵寺所蔵の永治二年ほか大般若経に于葛里・宇葛里などと書かれ、神武天皇の伝説をも伝えている。記にも宇陀之穿と見えるが、ただ熊野からの順路が、記では吉野河の河尻を経て、吉野の山に入り、それより穿に至るとあり、書紀の熊野から直ちに宇陀に至ったのと異なる。

九 以下二一二頁二行まで大和平定の話。このうち一九八頁一五行までは第一段、大和の宇陀・吉野地方の平定の話。記もほぼ同じであるが、宇陀の兄猾・弟猾の話の前に、それにつづく阿太の苞苴担、吉野の井光・国樔の話をおく。

一〇・一一 記には兄宇迦斯・弟宇迦斯とある。穿邑の名を負った豪族。兄弟二人がいて、兄は従わず弟は従うというのは、下文の兄磯城・弟磯城との例にも見え、説話の一つの類型である。兄猾は誅されるが、弟猾は二年二月条に猛田県主となるといい、菟田主水部の遠祖という。

一二 ヒトゴノカミ→一五一頁注二四。

一三 オセル→一四六頁注五。

一四 作難は、かまえて事をおこすこと。

一五 コロフは、言葉で責める意。

一六 イは、相手を卑しめて呼ぶ語。爾(な)は、汝の意。 一七 論語、八佾「獲二罪於天一」、集解「天以喩レ天」による。 一八 くるぶしの古語。ツブナギと名義抄にある。 一九 記に宇陀之血原とある。大和志にはその所を上田口村(今、宇陀郡室生村田口付近)にありという。 二〇 牛肉と酒。

一〔歌謡七〕菟田の高城に鴫をとる羂を張って、俺が待っていると、鴫は懸からず、鷹が懸かった。（これは大猟だ！）古女房が獲物を呉れと言ったら、痩せたソバの木のような、中身の無い所を、うんと削ってやれ。可愛い若女房が獲物を呉れと言ったら、柃（ちさかき）のような、中身の多い所を、うんと削ってやれ。→補注3－一一。
二 集解に久米舞を奏する時に楽師の歌う所という。久米舞は、職員令集解、雅楽寮に「大伴弾レ琴、佐伯持レ刀儛、即斬二蜘蛛一、唯今琴取二人、儛人八人、大伴佐伯不レ別也」と見え、大伴佐伯の氏に伝えた古式の舞であり、大嘗会などにも奏された。
三 集解・標註に雅楽寮のことをいうとある。持統元年正月条に楽官（うたまひのつかさ）とあると同じか。→［下］四八八頁注一三。
四 舞を舞う時の手の拡げ方。
五 奈良県吉野郡、吉野川流域のあたり。
六 身軽な支度をした兵士。
七 記には井氷鹿とある。記伝に、井光にあった地は飯貝（今、奈良県吉野郡吉野町飯貝）か。井光を伊比加比と訛ったからであろうという。
八 →補注3－一三。
九 記に石押分に作る。
一〇 姓氏録、大和神別に「国栖、出レ自二石穂押別神一也。神武天皇行二幸吉野一時、川上有二遊人一、于レ時天皇御覧、即入レ穴、須臾又出遊、竊窺レ之喚問。答曰、石穂押別神子也。爾レ時詔賜二国栖名一」とある。吉野国栖が大嘗祭及び諸節会に御贄を献じ、歌笛を奏したこと、延喜践祚大嘗祭式・同宮内式などに見える。
一一 記には贄持之子とある。苞苴は、わらづと・贈り物・みやげものをいう。
一二 阿多は、和名抄の大和国宇智郡阿陀郷（今、五条市東部）にあたる。いまも吉野川をはさんで東阿太・西阿太と南阿太などがある。鵜飼は古くから行われた漁法の一つで、下文の天皇の歌に「宇介譬餓等茂」とあり、職員令義解、大膳職の条に、雑供戸として鵜飼・江人・網引が見える。
一三 以下二〇二頁一二行まで、大和平

軍卒に班ち賜ふ。乃ち御謠して曰はく、謠、此をば宇哆預瀰と云ふ。

[一]菟田の 高城に 鴫羂張る 我が待つや 鴫は障らず いすくはし 鷹等障り 前妻が 肴乞はさば 立稜麥の 實の無けくを 幾多聶ゑね 後妻が 肴乞はさば 齋賢木 實の多けくを 幾多聶ゑね

[二]是を來目歌と謂ふ。今、[三]樂府に此の歌を奏ふときには、猶[四]手量の大きさ小さ、及び音聲の巨さ細さ有り。此古の遺式なり。是の後に、天皇、[五]吉野の地を省たまはむと欲して、乃ち菟田の穿邑より、親ら[六]輕兵を率ゐて、巡り幸す。吉野に至る時に、人有りて井の中より出でたり。光りて尾有り。天皇問ひて曰はく、「汝は何人ぞ」とのたまふ。對へて曰さく、「臣は是國神なり。名を[七]井光と爲ふ」とまうす。此則ち[八]吉野首部が始祖なり。更少し進めば、亦尾有りて磐石を披けて出者り。天皇問ひて曰はく、「汝は何人ぞ」とのたまふ。對へて曰さく、「臣は是[九]磐排別が子なり」とまうす。排別、此をば飫時和句と云ふ。此則ち吉野の[一〇]國樔部が始祖なり。水に縁ひて西に行きたまふに及びて、亦梁を作ちて取魚する者有り。梁、此をば揶奈と云ふ。天皇問ひたまふ。對へて曰さく、「臣は是[一一]苞苴擔が子なり」とまうす。苞苴擔、此をば珥倍毛菟と云ふ。此則ち[一二]阿太の養鸕部が始祖なり。

[一三]九月の甲子の朔戊辰（五日）に、天皇、彼の菟田の[一四]高倉山の巓に陟りて、域の中を瞻望りたまふ。時に、[一五]國見丘の上に則ち[一六]八十梟帥梟帥、此をば多稽屢と云ふ。有り。又[一七]女坂

に女軍を置き、男坂[一八]に男軍を置く。墨坂[一九]に焃炭を置けり。其の女坂・男坂・墨坂の號は、此に由りて起れり。復兄磯城[二〇]の軍有りて、磐余邑[二一]に布き滿めり[二二]。磯、此をば志と云ふ。賊虜の據る所は、皆是要害[二三]の地なり。故、道路絶え塞りて、通らむに處無し。天皇惡みたまふ。是夜、自ら祈ひて寢ませり。夢に天神有して訓へまつりて曰はく、「天香山[二四]の社の中の土[二五]を取りて、香山、此をば介遇夜摩と云ふ。天平瓫[二六]八十枚を造り、

班二賜軍卒一。乃爲二御謠一之曰、（謠、此云二宇哆預彌一。）[2]于儾能多伽機珥、辭藝和奈破蘆、和餓末菟[1]夜、辭藝破佐夜羅孺、伊殊區波辭、區旎羅佐夜離、固奈彌餓、那居波佐麼[3]、多智曾[4]麼能、未廼那鷄句塢[5]、居氣辭被惠彌、宇破奈利餓、那居波佐麼[6]、伊智佐介幾、未廼[7]於朋鷄句[8]塢、居氣儾被惠彌。是謂二來目歌一。[9]今樂府奏二此歌一者、猶有二手量大小、及音聲巨細一。此古之遺式也。是後、天皇欲レ省二吉野之地一、乃從二菟田穿邑一、親率二輕兵一巡幸焉。至二吉野一時、有レ[10]人出レ自二井中一。光而有レ尾。天皇問之曰、汝何人。對曰、臣是國神。名爲二井光一。此則吉野首部始祖也。更少進、亦有レ尾而披二磐石一而出者。天皇問之曰、汝何人。對曰、臣是磐排別[11]之子。（排別、此云二飫時和句一。）此則吉野國樔部始祖也。[12]及二縁レ水西行一、亦有二作レ梁取魚者一。（梁、此云二揶奈一。）天皇問之。對曰、臣是苞苴[13]擔之子[14]。（苞苴擔、此云二珥倍毛菟一。）此則阿太養鸕部始祖也。○九月甲子朔戊辰、天皇陟二彼菟田高倉山之嶺一、瞻二望域中一。時國見丘[15]上則有二八十梟帥[16]一。（梟帥、此云二多稽屢一。）又於女坂置二女軍一、男坂置二男軍一[17]。墨坂置二焃炭一。其女坂、男坂、墨坂之號、由レ此而起也。復有二兄磯城軍一、布二滿於磐余邑一。（磯、此云レ志。）賊虜所レ據、皆是要害之地。故道路絶塞、無レ處[18]可レ通。天皇惡之。是夜自祈而寢。夢有二天神一訓之曰、宜取二天香山社中土一、（香山、此云二介遇夜摩一。）以造二天平瓫八十枚一、↓

定の話の第二段。いよいよ大和平野に入るべく、国見丘の八十梟帥、磐余の兄磯城・弟磯城との戦を前にして天神地祇をまつる。この祭りの話は記には見えない。一四 奈良県宇陀郡大宇陀町守道にある山。大宇陀町松山の東南方にあり、標高約四四〇メートル、展望がよい。近世の検地帳に、この山の東西山麓に高倉の地名のあることを伝えている。一五 古来諸説があるが、確実に比定すべき地がない。宇陀郡大宇陀町と桜井市との間にある経ヶ塚山は、高倉山の西にあたってよく見える所なので、地理にはあう。国見丘の名を伝えていないが、国見(→補注3-二二)をする丘の意味の普通名詞ともとれる。一六 記には忍坂大室に「生レ尾土雲…八十建」がいたという。八十梟帥は武勇ある者の集団に対して名づけたものであろう。景行十二年十二月条にも熊襲八十梟帥の称がある。一七 通証に「在二宇陀郡宮奥村西一、界二十市郡二」とある。今、大宇陀町上宮奥付近か。一八 通証に「在二宇陀郡半坂村西一、界二城上郡二」とある。今、大宇陀町半阪付近か。一九 奈良県宇陀郡榛原町西方の坂で、大和中央部と伊勢を結ぶ要路上にある。崇神九年三月条に墨坂神・大坂神を祭るといい、雄略七年七月条分注に菟田墨坂神があり、天武元年七月条(→下四〇二頁注一四)にも墨坂の地が見える。二〇 後に弟磯城も見える。磯城(→二〇〇頁注三)の名を負った豪族。→一九六頁注一〇・一一。二一 →補注3-一。二二 イハムは満ちていることの古語。二三 ヌミはヌマの転という。沼(ヌ)の間(マ)。要害のところ。後に物事の枢要な点をいう。書紀の傍訓に屢〻見える特殊な語。二四 →一一二頁注一九。社とは、延喜神名式に十市郡天香山坐櫛真命神社とあるのがこれか。二五 →補注3-一四。二六 平瓫は、平らな瓫。ヒラは平。カはカハラケ(瓦瓫)などのケの古形。

平瓮、此をば毗邏介と云ふ。并せて嚴瓮を造りて、天神地祇を敬ひ祭れ。嚴瓮、此をば怡途背と云ふ。亦嚴呪詛をせよ。如此せば、虜自づからに平き伏ひなむ」とのたまふ。嚴呪詛、此をば怡途能伽辭離と云ふ。天皇、祇みて夢の訓を承りたまひて、依りて將に行ひたまはむとす。時に、弟猾又奏して曰さく、「倭國の磯城邑に、磯城の八十梟帥有り。又高尾張邑 或本に云はく、葛城邑といふ。 に、赤銅の八十梟帥有り。此の類皆天皇と距き戰はむとす。臣、竊に天皇の爲に憂へたてまつる。今當に天香山の埴を取りて、天平瓮を造りて、天社國社の神を祭れ。然して後に、虜を撃ちたまはば、除ひ易けむ」とまうす。天皇、既にして夢の辭を以て吉兆なりと爲ひたまふ。弟猾の言を聞しめすに及びて、益懷に喜びたまふ。乃ち椎根津彦をして、弊しき衣服及び蓑笠を著せて、老父の貌に爲る。又弟猾をして箕を被せて、老嫗の貌に爲りて、勅して曰はく、「汝二人、天香山に到りて、潛に其の巓の土を取りて、來旋るべし。基業の成否は、當に汝を以て占はむ。努力、愼歟」とのたまふ。是の時に、虜の兵、路に滿みて、以て往還ふこと難し。時に椎根津彦、乃ち祈ひて曰はく、「我が皇、能く此の國を定めたまふべきものならば、行かむ路自づからに通れ。如し能はじとならば、賊必ず防禦がむ」といふ。言ひ訖りて徑に去ぬ。時に、群虜、二の人を見て、大きに咲ひて曰はく、「大醜 大醜、此をば鞅奈瀰儞句と云ふ。の老父老嫗なる」といひて、則ち相與に道を闢りて行かしむ。二の人、其の

一 神酒を入れる聖なる瓶。イツは、清浄の意。へは瓮。二 潔斎して行う呪言。三 和名抄に城上〈之岐乃加美〉・城下〈之岐乃之毛〉の二郡があり、今、奈良県磯城郡。ただその中心は和名抄の城上郡、特に桜井市付近か。崇神天皇の磯城瑞籬宮(→二三七頁注三三)、欽明元年七月条に倭国磯城郡磯城島にあったという磯城島金刺宮、延喜神名式の城上郡志貴御県坐神社など、みな同市金屋の地。大和六御県(祈年祭祝詞)の一つに志貴御県がある。なお磯城県主(二一四頁注一五)参照。四 ここには、或本に葛城邑というとあるが、即位前紀己未年二月条には、高尾張邑の土蜘蛛を誅して後、その邑を葛城といったという。一説に、高尾張は尾張氏の本拠で、後に尾張の地に移ったという。その説は、これらの条や三代実録、貞観六年八月条の尾張国人甚目連公に高尾張宿禰の姓を賜った記事や、旧事紀、天孫本紀、尾張氏系譜の七世までが葛城氏と通婚していることなどをあげる。五 和名抄に葛上〈加豆良岐乃加美〉・葛下〈加豆良岐乃之毛〉の二郡があり、明治に葛上・忍海二郡を合せて南葛城郡、葛城・広瀬二郡を北葛城郡とする。中心は葛城山(金剛山。一一一二メートル。↓四六六頁注一五)の東北麓の旧葛上郡、いま御所市西南部。延喜神名式の葛木坐一言主神社などもここにある。五世紀に栄えた豪族葛城氏はここを本拠とし、襲津彦の女磐之媛命の歌(四〇〇頁九行)に「我家のあたり」という葛城高宮もこの地である。後に興った蘇我氏の馬子は、「葛城県は、元臣が本居」と称し、ここを請い(→推古三十二年十月条)、蝦夷は祖廟を葛城高宮にたてたという(下二四四頁九行)。大和六御県(祈年祭祝詞)の一つに葛木御県がある。六「銅」は底本のまま。熱本・北本・勢本等「鯛」に作る。傍訓のアカカネが古訓を伝えたものと見て、「銅」を本文とする。八十梟帥の

山に至ること得て、土を取りて來歸る。是に、天皇、甚に[一二]悅びたまひて、乃ち此の埴を以て、八十平瓮・天手抉[一三]八十枚 手抉、此をば多衢餌離と云ふ。 嚴瓮を造作りて、丹[一四]生の川上に陟りて、用て天神地祇を祭りたまふ。則ち彼の菟田[一五]川の朝原[一六]にして、譬へば水沫の如くして、呪り著くる所有り。天皇、又因りて祈ひて曰はく、「吾今當に八十平瓮を以て、水無[一七]しに飴を造らむ。飴成らば、吾必ず鋒刃の威を假らずして、

（平瓮、此云二毗邏介一。）幷造二嚴瓮一[1]、而敬二祭天神地祇一。（嚴瓮、此云二怡途背一。）[2]亦爲二嚴呪詛一。如此、則虜自平伏。（嚴呪詛、此云二怡途能伽辭離一。）天皇祗承二夢訓一、依以將レ行。時弟猾又奏曰、倭國磯城邑、有二磯城八十梟帥一。又高尾張邑、（或本云、葛城邑也。）有二赤銅八十梟帥一。此類皆欲下與二天皇一距戰上。臣竊爲二天皇一憂之。宜今當取二天香山埴一、以造二天平瓮一、而祭二天社國社之神一。然後擊レ虜則易レ除也。天皇既以二夢辭一爲二吉兆一。及レ聞二弟猾之言一、益喜二於懷一。乃使二椎根津彥一[3]、著二弊衣服及蓑笠一、爲二老父貌一[4]。又使二弟猾一被レ箕、爲二老嫗貌一、而勅之曰、宜汝二人、到二天香山一、潛取二其巔土一、而可二來旋一矣[5]。基業成否、當以レ汝爲レ占。努力愼歟[6]。是時、虜兵滿レ路、難二以往還一。時椎根津彥、乃祈之曰、我皇當三能定二此國一者、行路自通。如不レ能者、賊必防禦[7]。言訖徑去。時群虜見二二人一、大咲之曰、大醜乎（大醜、此云二鞅奈瀰儞句一。）[8]老父老嫗、則相與闢レ道使レ行。二人得レ至二其山一、取レ土來歸。於是、天皇甚悅、乃以二此埴一、造二作八十平瓮・天手抉八十枚（手抉、此云二多衢餌離一。）[9]嚴瓮一、而陟二于丹生川上一、用祭二天神地祇一。則於二彼菟田川之朝原一、譬如二水沫一、而有レ所二呪著一也。天皇又因祈之曰、吾今當以二八十平瓮一、無レ水造レ飴。々成、則吾必不レ假二鋒刃之威一、↓

帥は諸本に師と誤るものが多い。師・帥は古写本では字体類似して別を立て難い。七 説文に「兆、灼レ亀坼也。从二卜兆一」、職員令集解釈説の引く別記に「灼亀為レ卜、灼験為レ兆」とある。亀の甲を焼き、できたわれ目によって吉凶を占い、神の意志を知ること。知りえた神の意志。ウラハヒのハヒは、ケハヒ・ヨハヒなどのハヒに同じ。「這ひ」の意。ウラに現われた線の延びた形をいう。八 もとの名は珍彦。↓一九〇頁注四・六。九 この形は老人のきまった形容。素戔嗚尊が追放されるときに、やはり同じような姿であった。一〇 ユメは、禁止の辞。ユは、もと、斎戒の意。メは、目。邪視することなく、斎戒した目を以て物を見よとの注意。転じて禁止の辞となった。↓下補注24-四。一一 ↓補注1-六八。一二 ニヘは、神や朝廷への献上物。サは、サハ(多)の語根であろう。ニヘサニで、献上物が一杯の意。転じて、物の多くある意。更に、多分、はなはだの意となる。釈紀十六所引肥後風土記逸文に「俗見二多物一、即云二爾陪佐爾一」とある。一三 手で土を抉(く)って作った器。丸めた土の真中を指先で、穴をあけるように窪めて造る土器。古墳時代の祭祀遺物の中にも、高さも二—三センチから、せいぜい六—七センチのものがあり、これに当るかという。底には木の葉の圧痕をとどめるものが多い(亀井正道)。一四 奈良県吉野郡東吉野村小川、丹生川上神社中社の付近。社頭を流れる川は吉野川の支流小川であり、木津・三尾・日裏の三川が合流して小川となる所に深淵があって、その景観森厳をきわめている。しかし通釈・地名辞書の説の如く、注一六の宇陀郡丹生神社ともみられる。一五 奈良県宇陀郡榛原町の南を流れ、伊賀国に向う川。通証に「一名萩原川。東西二水会二下井足一曰二宇陀川一」と見える。一六 通証・大和志は宇陀郡榛原町大字雨師字朝原に鎮座する丹生

坐ながら天下を平けむ」とのたまふ。乃ち飴を造りたまふ。飴即ち自づからに成りぬ。又祈ひて曰はく、「吾今當に嚴瓮を以て、丹生之川[一]に沈めむ。如し[二]魚大きなり小しと無く、悉に醉ひて流れむこと、譬へば柀[三]の葉の浮き流るるが猶くあらば、柀、此をば磨紀と云ふ。吾必ず能く此の國を定めてむ。如し其れ爾らずは、終して成る所無けむ」とのたまひて、乃ち瓮を川に沈む。其の口、下に向けり。頃ありて、魚皆浮き出でて、水の隨に噞喁[四]ふ。時に椎根津彦、見て奏す。天皇大きに喜びたまひて、乃ち丹生の川上の五百箇の眞坂樹[五]を拔取にして、諸神を祭ひたまふ。此より始めて嚴瓮の置有り。時に道臣命[六]に勅すらく、「今高皇産靈尊を以て、朕親ら顯齋[七] 顯齋、此をば于圖詩怡破毗と云ふ。を作さむ。汝を用て齋主[八]として、授くるに嚴媛の號を以てせむ。其の置ける埴瓮[九]を名けて、嚴瓮とす。又火の名をば嚴香來雷[一〇]とす。水の名をば嚴罔象女[一一] 罔象女、此をば瀰菟破廼迷と云ふ。とす。粮の名をば嚴稻魂女[一二] 稻魂女、此をば于伽能迷と云ふ。とす。薪の名をば嚴山雷[一三]とす。草の名をば嚴野椎[一四]とす」とのたまふ。

冬十月[一五]の癸巳の朔に、天皇、其の嚴瓮[一六]の粮を嘗りたまひ、兵を勒へて出でたまふ。先づ八十梟帥を國見丘に撃ちて、破り斬りつ。是の役に、天皇、志、必ず克ちなむといふことを存ち[一七]たまへり。乃ち御謠して曰はく、

神風[一八]の　伊勢の海の　大石にや　い這ひ廻る　細螺の　細螺の　吾子よ　吾子よ　細螺の　い這ひ廻り　撃ちてし止まむ　撃ちてし止まむ

神社の境内をこれにあてる。この社は式内の古社であって、丹生川上雨師神社と古来深い関係をもった徴証はある。

一七 タガネは、掌と指とで握り固める意。「杖をタガネ」などと使う。タガニと傍訓する古写本があるが、祢の旁(つくり)の尓を尓(ニ)の仮名と認めた誤読に基づくものであろうか。タガニは、水無しで握り固めた飴。

一 上掲吉野川の支流小川。

二 如は、集韻に「如、一曰若也」とあり、仮設の辞として用いる。

三 ↓一二八頁注二。

四 口をパクパク開くこと。アギ(顎)トフ(問フ)も、口を開いて物を言うこと。よって噞喁をアギトフと訓じる。文選、呉都賦の李善注に「魚在水中群出口貌」と見える。

五 サカキは、神に供える木。神を祭るに必ず用いる。

六 大伴氏の遠祖、日臣命。↓一九六頁注四。

七 顕露(あら)に見えない神の身を、顕に見えるようにして斎き祭ることを顕斎という。天皇親ら高皇産霊尊となる儀を行うままに、高皇産霊尊の霊が神武天皇の身に憑りついて、現に神と現われることをいう。仲哀紀・神功紀にも、皇后が自ら神主となり、神がそこに帰(よ)ると記している。↓仲哀八年九月条・神功摂政前紀仲哀九年三月条。

八 神を斎祀する者を斎主という。↓一五〇頁注三。これは女性の役であったから、厳媛(いつひめ)の名がここで与えられたのである。

九 土で作るので、これは、土の神のつもりであろう。以下に火・水・食物・山・野・木・草の神が現われる。これは、世界生成神話の断片が、ここに変形して入りこんで来たものと見られる。

一〇 神代紀第五段第二の一書に火神軻遇突智。↓八九頁注二一。

一一 神代紀第五段第二の一書

諸の意は、大きなる石を以て其の國見丘に喩ふ。既にして、餘の黨猶繁くして、其の情測り難し。乃ち顧に道臣命に勅すらく、「汝、大來目部[一九]を帥ゐて、大室[二〇]を忍坂邑[二一]に作りて、盛に宴饗を設けて、虜を誘り[二二]て取れ」とのたまふ。道臣命、是に、密の旨を奉りて、窨を忍坂に掘りて、我が猛き卒を選びて、虜と雜ぜ居う。陰に期りて曰はく、「酒酣の後に、吾は起ちて歌はむ。汝等、吾が歌の聲を聞きて、

坐平二天下一。乃造レ飴。々卽自成。又祈之曰、吾今當以二嚴瓮一[1]、沈二于丹生之川一。如魚無二大小一、悉醉而流、譬猶二柀葉之浮流一者、柀、此云二磨紀一。吾必能定二此國一。如其不レ爾、終無レ所レ成、乃沈二瓮於川一[2]。其口向レ下。頃之魚皆浮出、隨レ水噞喁。時椎根津彦、見而奏之。天皇大喜、乃拔二取丹生川上之五百箇眞坂樹一、以祭二諸神一。自レ此始有二嚴瓮之置一也[5]。時勅二道臣命一、今以二高皇產靈尊一、朕親作二顯齋一。顯齋、此云二于圖詩怡破毗一。用レ汝爲二齋主一、授以二嚴媛之號一。而名二其所置埴瓮一[6]、爲二嚴瓮一[7]。又火名爲二嚴香來雷一。水名爲二嚴罔象女一。罔象女、此云二瀰菟破廼迷一。粮名爲二嚴稻魂女一。稻魂女、此云二于伽能迷一。薪名爲二嚴山雷一。草名爲二嚴野椎一。

○冬十月癸巳朔、天皇嘗二其嚴瓮之粮一[8]、勒レ兵而出。先擊二八十梟帥於國見丘一、破斬之。是役也、天皇志存二必克一。乃爲二御謠一之曰、伽牟伽筮能、伊齊能于瀰能、於費異之珥夜、異波臂茂等倍屢、之多儾瀰能、之多儾瀰能、阿誤豫、阿誤豫、之多太瀰能、異波比茂等倍離、于智弖之夜莽務、于智弖之夜莽務。謠意、以二大石一喩二其國見丘一也。既而餘黨猶繁[9]、其情難レ測。乃顧勅二道臣命一、汝宜帥二大來目部一、作二大室於忍坂邑一、盛設二宴饗一、誘レ虜而取之。道臣命、於是、奉二密旨一、掘二窨於忍坂一、而選二我猛卒一、與レ虜雜居。陰期之曰、酒酣之後、吾則起歌。汝等聞二吾歌聲一、→

に水神罔象女。→八九頁注二三。

一二 神代紀第五段第六の一書に倉稲魂命とある。→九〇頁注一五。

一三 神代紀第五段第九の一書に山雷とある。

一四 神代紀第五段本文に草祖草野姫亦の名野槌。→八六頁注三・四。

一五 以下、大和平定の話の第三段。天神地祇を祭った勢いを以て、まず国見丘の八十梟帥とその余党を(二〇四頁一四行まで)、ついで磐余の兄磯城を討つ(二〇七頁三行まで)。両方とも記にあるが、歌謡がおもであり、また中間に登美毗古を討つ話も入っている。この話は、書紀では次の段に来るが、説話の展開としては書紀の方が筋が通っている。

一六 厳瓮に供した供御を召上る。以後神の加護をうけて、戦に勝つことができるようになる。

一七 タモチは古訓。オモフとも訓める。オモノはオホミモノの約。

一八 〔歌謡八〕伊勢の海の大石に這いまわる細螺のように、わが軍勢よ、わが軍勢よ、細螺のように這いまわって、必ず敵を撃ち敗かしてしまおう、撃ち敗かしてしまおう。→補注3-一五。

一九 大伴が大来目を率いたこと、上文(一九六頁二行)の頭八咫烏の話の場合と同じ。

二〇 注二一の大字忍阪の北部にある忍坂山の麓に近く多武峰から初瀬に通ずる古道をおむろ越といい、付近にヲムロという字名もあり、大室に通ずるようでもあるが、古くからの地名という徴証はない。

二一 垂仁三十九年条一云にも忍坂邑とある。磯城郡城島村大字忍阪(今、桜井市忍阪)はその地である。舒明天皇の押坂内陵、延喜神名式の忍坂山口坐神社・忍坂坐生根神社など、このあたりにある。

二二 ヲコツルの語源は、横になっているものを起して、釣る意。従って、さそう意。転じて、だます意。

則ち一時に虜を刺せ」といふ。已にして坐定りて酒行る。虜、我が陰謀有ることを知らずして、情の任に徑に醉ひぬ。時に、道臣命、乃ち起ちて、歌して曰はく、

一 忍坂の　大室屋に　人多に　入り居りとも　人多に　來入り居りとも　みつみつし　來目の子等が　頭椎い　石椎い持ち　撃ちてし止まむ

時に我が卒、歌を聞きて、倶に其の頭椎劒を拔きて、一時に虜を殺しつ。虜、復二噍類者無し。皇軍大きに悦びて、天を仰ぎて咲ふ。因りて歌して曰はく、

三 今はよ　今はよ　ああしやを　今だにも　吾子よ　今だにも　吾子よ

今來目部が歌ひて後に大きに哂ふは、是其の緣なり。又歌して曰はく、

四 夷を　一人　百な人　人は云へども　抵抗もせず

此皆、密旨を承けて歌ふ。敢へて自ら五專なるに非ず。時に天皇の曰はく、「六戰勝ちて驕ること無きは、良將の行なり。今七魁なる賊已に滅びて、同じく惡しくありし者、八匈匈りつつ十數群あり。其の九情知るべからず。如何ぞ久しく一處に居て、一〇制變すること無けむ」とのたまふ。乃ち徙てて別處に營す。

十有一月の癸亥の朔己巳（七日）に、皇師大きに擧りて、一一磯城彦を攻めむとす。先づ使者を遣して、兄磯城を徵さしむ。兄磯城命を承けず。更に、一二頭八咫烏を遣して召す。時に、烏其の營に到りて鳴きて曰はく、「天神の子、汝を召す。一三率わ、率わ」

一〔歌謡九〕忍坂の大きい室屋に、敵が多勢入っているが、入っていても、御稜威を負った来目部の軍勢の頭椎の剣、石椎の剣で撃ち敗かそう。忍坂をこの歌謡では「於佐箇」と表記しているが、この地名は、隅田八幡の古鏡の銘に「意柴沙加」とあるように、オシサカと言っていた時期がある。それが ösisaka→össaka と狭い母音iを脱落して成立した形を表記したのが、右の「於佐箇」であろう。平安時代中期の九条家本延喜祝詞式、祈年祭に、忍坂をオムサカと傍訓した所がある。これは、オツサカという発音を写したものと考えられる。（当時、促音を表わす定まった形式が無く、ムも、促音表記に使われた。）勢本に「於志佐箇」と志があるのは注意される。もしこれが古形ならば、現存諸本によって右のように考えることは、やや意味を失う。入り居りトモのように、下文に意志表現などを伴う場合のトモは、単純な仮定表現ではなく、「既に…しているが、たとい…していようとも」の意を表わす。ミツミツシのミツは、御稜威。神や天皇の威力。シは、形容詞語尾。従って、御稜威を負っているの意。頭椎は、柄頭が椎の形をした剣。石椎は、石で柄頭を作った剣。→一五六頁注二一。

二 生きのこる者。食べて生活する者。噍は、説文に「齧也」。漢書、高帝紀「襄城無二噍類一」、顔師古注「無三復有二活而噍一レ食者一也」。

三〔歌謡一〇〕今はもう、今はもう。ああしやを。（敵はすっかり打ち亡ぼしてしまった。）今だけでも、今だけでも、わが軍よ、わが軍よ。アアシヤヲは、間投詞を重ねたもの。ダニモは、下に否定を伴うことの多い助詞。全体に対する部分を示して、他に表現していない全体を言外に悟らせようとするに使う。ここでは、また敵が現われるかもしれないが、今だけでもすっかり敵を亡ぼしきったことを喜ぶ意。

といふ。過の音は、倭。兄磯城忿りて曰はく、「天壓神至しつと聞きて[一四]、吾が慨憤みつ[一五]つある時に、奈何ぞ烏鳥の若此惡しく鳴く」といひて、壓、此をば飫蒭と云ふ。乃ち弓を彎ひて射る。烏即ち避去りぬ。次て弟磯城が宅に到りて、鳴きて曰はく、「天神の子、汝を召す。率わ、率わ」といふ。時に弟磯城慄然ぢて改容りて曰はく、「臣、天壓神至りますと聞きて、旦夕に畏ぢ懼る。善きかな、烏。汝が若此鳴く」といひて、

則一時刺レ虜。已而坐定酒行。虜不レ知三我之有二陰謀一、任レ情徑醉。時道臣命、乃起而歌之曰、[1]於佐箇廼、於朋務露夜珥、比[2]苔瑳破而、異離烏利苔[3]毛、[4]比[5]苔瑳破而、枳伊離烏利苔[6]毛、瀰都瀰都志、倶梅能固邏餓、[7]勾騖都々伊、異志都々伊毛智、于智弖之夜莽務。時我卒聞レ歌、倶拔二其頭椎劒一、一時殺レ虜。々無三復噍類一者。皇軍大悅、仰レ天而咲。因歌之曰、伊莽波豫、伊莽波豫、阿々時夜塢、伊莽儾而毛、阿誤豫、伊莽儾而毛、阿誤豫。今來目部歌而後大哂、是其緣也。又歌之曰、愛瀰詩烏、毗儾利、毛[8]々那比[9]苔、比苔破易陪廼毛、多牟伽毗毛勢儒。此皆承二密旨一而歌之。非三敢自專一者也。時天皇曰、戰勝而無レ驕者、良將之行也。今魁賊已滅、而同惡者、匈々十[10]數群。其情不レ可レ知。如何久居二一處一、無三以制二變一。乃徙二營於別處一。○十有一月癸亥朔己巳、皇師大擧、將レ攻二磯城彥一。先遣二使者一、徵二兄磯城一。兄磯城不レ承レ命。更遣二頭八咫烏一召之。時烏到二其營一而鳴之曰、天神子召レ汝。怡奘過、怡奘過。過音、倭。兄磯城忿之曰、聞二天壓神至一、而吾爲二慨憤一時、奈何烏鳥若此惡鳴耶、[11]壓、此云二飫蒭一。[12]乃彎レ弓射之。烏即避去。次到二弟磯城宅一、而鳴之曰、天神子召レ汝。怡奘過、怡奘過。時弟磯城[13]慄然改容曰、臣聞二天壓神至一、旦夕畏懼。善乎烏。汝鳴二之若此一者歟、→

一四〔歌謡二〕蝦夷を、一人当千の強い兵だと人は言うけれども、来目部に対しては、全然、抵抗もしはしない。(俺らは、こんなに強いのだ。)「一人」の原文は「毗儾利」とあり、毗は書紀では清音ヒ、儾は、漢音ではダの音。従ってヒダリと訓む。この歌も、祝戦勝歌。

一五 自分勝手にすること。後漢書、王堂伝に「捜レ才礼レ士、不二苟自専一」とある。

一六 史記、項羽紀に「戦勝而将驕卒惰者敗」。

一七 魁は、斗(ト)の盛る所。杓の本をいう。従って、物事の根本をすべて魁という。

一八 おそれさわいで安んじないさま。玉篇に「匈、匈々、沸撓声」とある。漢書、高帝紀「天下匈々、労苦数歳」の顔師古注に「喧擾之意」とある。 一九 実情。 二〇 後漢書、袁紹伝に「明主図レ危以制レ変、忠臣慮レ難以立レ権」とある。変事を制しとどめること。ハカリコトは意訓。

二一 兄磯城・弟磯城を合わせて言ったもの。→一九九頁注二〇。 二二 →一九六頁注二。

二三 イザは、人を勧誘する辞。ワは、間投詞。万葉三三四六に「見欲しきは雲居に見ゆるうるはしき十羽の松原、小子ども率和(いざわ)出で見む」と例がある。過は、集韻に戸果切という反切もあり、ɣwa の音と推定される。これとアクセントだけを異にする文字に「和」があり、呉音以前ではワと発音する。それによれば、過にもワの音があったと推定される。ただしこの巻は古写本に乏しいから、何かの誤写かと推測するとすれば、逶または喎という字がある。逶は倭と同音、喎は和と同音の字である。下文に特に「過音、倭」と注があるが、この注記の形式は一般の例に合わないものである。 二四 通証に「有二威徳一之称也。左氏伝曰穆公夢天臣レ己」とある。

二五 いきどおること。ネタムの語源は、ネ(音)イタム(痛ム)の意。従って起源的には、相手などの評判が高いのを、うるさく思う意。

即ち[一]葉盤八枚を作して、食を盛りて饗ふ。葉盤、此をば毘羅耐と云ふ。因りて烏の隨に、
詣到りて告して曰さく、「吾が兄兄磯城、天神の子來でますと聞りて、則ち八十
梟帥を聚めて、兵甲を具へて、與に決戰はむとす。早に圖りたまふべし」とまうす。
天皇乃ち諸將を會へて、問ひて曰はく、「今兄磯城、果して逆賊ふ意有り。
召すにも來ず。爲之奈何に」とのたまふ。諸將の曰さく、「兄磯城は黠[二]き賊なり。
先づ弟磯城を遣して曉へ喩さしめ、幷せて兄[三]倉下・弟倉下に說さしめたまへ。如し
遂に歸順はずは、然して後に、兵を擧げて臨まむこと、亦晩からじ」とまうす。
倉下、此をば衢羅餌と云ふ。乃ち弟磯城をして、利も害も開示さしむ。而るを、兄磯城等、
猶愚なる謀を守りて、承伏ひ肯へにす。[四] 時に椎根津彦、[五] 計りて曰さく、「今は先づ
我が女軍を遣して、[六] 忍坂の道より出でむ。[七] 虜見て必ず鋭を盡して赴かむ。吾は勁
き卒を馳せて、直に墨坂を指して、菟田川の[八] 水を取りて、其の炭[九]の火に灌きて、
儵忽の間に、其の不意に出でば、破れむこと必じ」[一〇] とまうす。天皇其の策を善め
て、乃ち女軍を出して臨しめたまふ。虜、大きなる兵已に至ると謂ひて、力を畢し
て相待つ。是より先に、皇軍攻めて必ず取り、戰ひて必ず勝てり。[一一] 而るに介冑[一二]の士、
疲弊ゆること無きにあらず。故に、聊に御謠を爲りて、將卒の心を慰めたまふ。
謠して曰はく、

[一三] 楯並めて 伊那瑳の山の 木の間ゆも い行き瞻らひ 戰へば 我はや飢ぬ

一 平らな皿。
二 黠は、名義抄にクロシ・サカシ・カシコシ・イサチタリなどの訓がある。漢書、趙充国伝の顔師古注に「黠、悪也」とある。わるがしこい意。
三 集解に「兄磯城之党八十梟帥之一也」とあり、標註には「河内志に交野郡に倉治村あり。此地によりたる名か」とある。
四 カヘニス→一六四頁注六。
五 →一九〇頁注六。
六 →九月条(一九九頁一行)。
七 →一九九頁注一九。
八 →二〇一頁注一五。
九 記伝に、炭火をおいて水をそそいだのは、その音をもって敵を驚かさんための策であると解したのは当らないであろう。通釈が、上文(一九九頁一行)に八十梟帥が墨坂に焃炭をおいたとあって、天皇の軍をそこで防いだので、炭火を水で打消して道路を開いたのだと解した方が無難であろう。
一〇 カナラジは、カリ(仮)ナラジの約。仮りではあるまいの意から、きっとそうなるの意。名義抄に「必、カナラジ」がある。
一一 漢書、高帝紀「戦必勝攻必取、吾不レ如二韓信一」。
一二 よろいとかぶと。
一三 〔歌謡三〕伊那瑳の山の木の間から相手を見守って戦ったので、我らは腹が空いた。鵜飼の仲間よ、たった今、助けに来てくれ。伊那瑳の山は不詳。記伝には、契沖が城上下両郡の内にあるかといった説や、大和志に「一名山路山、在二宇陀郡山路村(今、奈良県宇陀郡榛原町山路)上方一」といった説を引きながら、疑わしいとし、自説としては、墨坂のもとの名であろうと言う。鵜飼→一九八頁注一二。
一四 以下、兄磯城を討滅した一行のために烏見

果して男軍を以て墨坂を越えて、後より夾み撃ちて破りつ。其の梟帥兄磯城等を斬りつ。

　嶋つ鳥　鵜飼が徒　今助けに來ね

[14]十有二月の癸巳の朔丙申(四日)に、皇師遂に長髓彦[15]を撃つ。連に戰ひて取勝つこと能はず。時に忽然にして天陰[16]けて雨氷ふる。乃ち金色[17]の靈しき鵄有りて、飛び來り

卽作二葉盤八枚一、盛レ食饗之。葉盤、此云二毗羅耐一。因以隨レ烏、詣到而告之曰、吾兄々磯城、聞二天神子來一、則聚二八十梟帥[1]一、具二兵甲一、將二與決戰一。可二早圖一レ之。天皇乃會二諸將一、問之曰、今兄磯城、果有二逆賊之意一。召亦不レ來。爲之奈何。諸將曰、兄磯城黠賊也。宜先遣二弟磯城一曉喩之、并說二兄倉下・弟倉下一。如遂不二歸順一、然後擧レ兵臨之、亦未レ晩也。倉下、此云二衢羅餌一。乃使三弟磯城開二示利害一。而兄磯城等、猶守二愚謀一、不レ肯二承伏一。時椎根津彦、計之曰、今者宜先遣二我女軍一、出レ自二忍坂道一。虜見之必盡レ銳而赴[2]。吾則駈二馳勁卒一、直指二墨坂一、取二菟田川水一、以灌二其炭火一、儵忽之間出二其不意一、則破之必也。天皇善二其策一、乃出二女軍一以臨之。虜謂二大兵已至[3]一、畢レ力相待。先レ是、皇軍攻必取、戰必勝。而介胄之士、不レ無二疲弊一。故聊爲二御謠一、以慰二將卒之心一焉。謠曰、哆々奈梅弖、伊那瑳能椰摩能、虚能莽由毛、易喩耆摩毛羅毗、多々介陪麼[4]、和例破椰隈怒、之摩途等利、宇介譬餓等茂、伊莽輸開珥虚禰。果以二男軍一越二墨坂一、從レ後夾擊破之。斬[5]二其梟帥[6]兄磯城等一。〇十有二月癸巳朔丙申、皇師遂擊二長髓彦一。連戰不レ能二取勝一。時忽然天陰而雨氷。乃有二金色靈鵄一、飛來[7]↓

の長髄彦がほろび、その主君の饒速日命も帰順し、その他の反抗者も誅せられて大和の平定が終る。記は長髄彦、即ち登美毗古の征定のことを述べたあとに、兄磯城の討滅をいい、次に饒速日命(邇芸速日命)の帰順を述べる。以後、記紀ともに畝傍の橿原宮での即位の話に移って行くが、二年二月条の論功行賞は関連記事。

一五 →一九二頁注四。

一六 日が曇る意。シケは、湿る意。転じて空模様の悪くなる意。

一七 これと似た話がハンガリーの建国神話にもある。マジャール人がアルパート王に率いられて南ロシアからカルパチヤ山脈を越えてハンガリーに進入した時、王軍が疲れはてて一歩も進めなくなった時、turul という鳥(鵄、または鷹)が現われて王軍は再び元気を回復し、この鳥に案内されて、めでたくハンガリーの土地に建国を果し、アルパートはハンガリー王国第一代の王となった。そしてturulはハンガリーの国家的、民族的象徴となっている。このように種族王朝、あるいはその創業者と鳥が密接に関係している伝承は、蒙古諸族・トルコ諸族、あるいはウラル諸族に分布している。

て皇弓の弭に止れり。其の鵄光り曄煜きて[一]、状流電の如し。是に由りて、長髄彦が軍卒、皆迷ひ眩えて、復力め戰はず。長髄は是邑の本の號なり。因りて亦以て人の名とす。皇軍の、鵄の瑞[二]を得るに及りて、時人仍りて鵄邑と號く。今鳥見[三]と云ふは、是訛れるなり。昔孔舍衞[四]の戰に、五瀬命[五]、矢に中りて薨りませり。天皇銜ちたまひて、常に憤懟を懷きたまふ。此の役に至りて、意に窮誅さむと欲す。乃ち御謠して曰はく、

[六] みつみつし　來目の子等が　垣本に　粟生には　韮一本　其根が本　其ね芽繋ぎて　撃ちてし止まむ

又謠して曰はく、

[七] みつみつし　來目の子等が　垣本に　植ゑし山椒　口疼く　我は忘れず　撃ちてし止まむ

因りて復兵を縱ちて急に攻めたまふ。凡て諸の御謠をば、皆來目歌[八]と謂ふ。此は歌へる者を的取[九]して名くるなり。

時に長髄彦、乃ち行人[一〇]を遣して、天皇に言して曰さく、「嘗、天神の子有しまして、[一一]天磐船に乘りて、天より降り止でませり。號けて櫛玉饒速日命[一二]饒速日、此をば儞藝波椰卑と云ふ。と曰す。是吾が妹三炊屋媛[一三]亦の名は長髄媛、亦の名は鳥見屋媛。を娶りて、遂に兒息有り。名をば可美眞手命[一四]可美眞手、此をば于魔詩莽耐と云ふ。と曰す。故、吾、饒速日命を

一　曄も煜も、照り輝くこと。
二　瑞兆。
三　奈良県生駒郡生駒町の北部から奈良市の西端部(旧富雄町)にわたる地域。この地は続紀、和銅七年十一月条に登美郷として現われ、以後平安・鎌倉・室町・江戸の各時代を通じて鳥見庄または鳥見谷の名を伝え、その地内を貫流する富雄川も、もと富河または鳥見川と呼ばれていた。
四　→一九二頁注五。
五　→一八五頁注一七・即位前紀戊午年四月条。
六　〔歌謡一三〕天皇の御稜威を負った来目部の軍勢の家の(垣の本に)、粟生には、香の強いニラが一本ある。そのニラの根もとから、芽までつないで(抜き取るように)、敵の軍勢をすっかり撃ち破ろう。垣本ニ粟生ニハの二句は、記には「粟生には」だけである。垣本ニの一句は、この次の歌の「垣本に」が混入して来たものであろう。其根ガ本、仮名表記では記でもソネガモトにあたる文字で書かれているが、ネとノ(乙)とは近い音であるから、其根(ね)をソノと誤伝したのではあるまいか。また、ソネメも、其ノ芽を訛って伝えたものであろう。普通は「其根芽」と解する。
七　〔歌謡一四〕天皇の御稜威を負って戦う来目部の軍勢の、垣の本に植えたハジカミは口に入れると、口中がヒリヒリするが、それと同じように、相手からの攻撃は手痛いもので私は今もって忘れない。(今度こそは)必ず、撃って打ち破ろう。ビヒクは連濁形。
八　→一九八頁注二。
九　まとにあてる、的確にさす。
一〇　使者のことを司る官。左伝、襄公四年に見える杜預注に「通使之官」とある。
一一　→一八九頁注三二。また、このことは旧事紀、天孫本紀に「天祖以天璽瑞宝十種授饒速

以て、君として奉へまつる。夫れ天神の子、豈両種有さむや。奈何ぞ更に天神の子と稱りて、人の地を奪はむ。吾心に推るに、未必為信ならむ」とまうす。天皇の曰はく、「天神の子亦多[一五]にあり。汝が君とする所、是實に天神の子ならば、必ず表物有らむ。相示せよ」とのたまふ。長髓彦、即ち饒速日命の天羽羽矢[一六]一隻及び歩靫[一七]を取りて、天皇に示せ奉る。天皇、覧して曰はく、「事不虚なりけり」とのたまひて、

[1]止二于皇弓之弭[2]一。其鵄光曄煜、狀如二流電一。由レ是、長髓彦軍卒皆迷眩、不二復力戰一。長髓是邑之本號焉。因亦以爲二人名一。及三皇軍之得二鵄瑞一也、時人仍號二鵄邑一。今云二鳥見一是訛也。昔孔舍衞之戰、五瀬命中レ矢而薨。天皇銜之、常懷二憤懟一。至二此役一也、意欲二窮誅一。乃爲二御謠一之曰、瀰都瀰都志、倶梅能故邏餓、介者[3]茂等珥、阿波赴珥破、介瀰羅毗苔[4]茂苔[5]、曾廼餓毛苔[6]、曾禰梅屠那藝弖、于笞弖之夜莽務。又謠之曰、瀰都々々志、倶梅能故邏餓、介者茂等珥、宇惠志破餌介瀰、句[7]致弭比倶、和例破涴輪例儒、于智弖之夜莽務。因復縱レ兵急攻[8]之。凡諸御謠、皆謂二來目歌一。此的二取歌者一而名之也。時長髓彦、乃遣二行人一、言二於天皇一曰、嘗有二天神之子一、乘二天磐船一、自レ天降止[9]。號曰二櫛玉饒速日命一。饒速日、此云二儞藝波椰卑一。是娶二吾妹三炊屋媛一、亦名長髓媛、亦名鳥見屋媛。遂有二兒息一。名曰二可美眞手命一。可美眞手、此云二于魔詩莽耐一。故吾以二饒速日命一、爲レ君而奉焉。夫天神之子、豈有二兩種一乎。奈何更稱二天神子一、以奪二人地一乎。吾心推之、未必爲信。天皇曰、天神子亦多耳。汝所レ爲レ君、是實天神之子者、必有二表物一。可二相示一之。長髓彦卽取二饒速日命之天羽々矢一隻及步靫[10]一、以奉レ示二天皇一。々々覽之曰、事不虛也、↓

日尊」。則此尊稟二天神御祖詔一。乘二天磐船一而天二降坐於河内国河上哮峰一。則遷二坐於大倭国鳥見白庭山一」と詳しく記される。

一三 記には邇芸速日命とある。旧事紀、天孫本紀に「天照国照彦天火明櫛玉饒速日尊、亦名天火明命」と見え、天忍穂耳尊が栲幡千千姫を妃として儲けた子とするが、これは記伝に言うごとく、しいて天孫に付会した造作で、天神ではあるが世系の明らかならぬ神である。下文に物部氏遠祖。

一四 旧事紀、天孫本紀に御炊屋姫、記に登美夜毗売とある。

一五 旧事紀、天孫本紀に味間見命、記に宇摩志麻遅命とある。

一六 原文「多耳」の「耳」は文末の辞。ノミの意ではない。

一六 ハハは、蛇。蛇の呪力を負った矢。ハハ↓一二六頁注九。

一七 徒歩で弓を射る際に使うヤナグイをいうのであろう。書紀では天羽羽矢・歩靫を天孫に見せただけであるが、旧事紀、天孫本紀では宇摩志麻治命が天璽瑞宝十種を天孫に奉献したとあり、記でも邇芸速日命が天津瑞を献じて仕え奉ったとある。

還りて所御の天羽羽矢一隻及び歩靫を以て、長髄彦に賜示ふ。長髄彦、其の天表を見て、益踧踖ることを懷く。然れども凶器已に構へて、其の勢、中に休むこと得ず。而して猶迷へる圖を守りて、復改へる意無し。饒速日命、本より天神慇懃したまはくは、唯天孫のみかといふことを知れり。且夫の長髄彦の稟性愎佷りて、敎ふるに天人の際を以てすべからざることを見て、乃ち殺しつ。其の衆を帥ゐて歸順ふ。天皇、素より饒速日命は、是天より降れりといふことを聞しめせり。而して今果して忠效を立つ。則ち褒めて寵みたまふ。此物部氏の遠祖なり。

己未年の春二月の壬辰の朔辛亥(二十日)に、諸將に命せて士卒を練ぶ。是の時に、層富縣の波哆丘岬に、新城戸畔といふ者有り。丘岬、此をば塢介佐棄と云ふ。又、和珥の坂下に、居勢祝といふ者有り。坂下、此をば瑳伽梅苔と云ふ。臍見の長柄丘岬に、猪祝といふ者有り。此の三處の土蜘蛛、並に其の勇力を恃みて、來庭き肯へにす。天皇乃ち偏師を分け遣して、皆誅さしめたまふ。又高尾張邑に、土蜘蛛有り。其の爲人、身短くして手足長し。侏儒と相類たり。皇軍、葛の網を結きて、掩襲ひ殺しつ。因りて改めて其の邑を號けて葛城と曰ふ。夫れ磐余の地の舊の名は片居。片居、此をば伽哆韋と云ふ。亦は片立と曰ふ。片立、此をば伽哆哆知と云ふ。我が皇師の虜を破るに逮りて、大軍集ひて其の地に滿めり。因りて改めて號けて磐余とす。或の曰はく、「天皇往嚴瓮の粮を嘗りたまひて、軍を出して西を征ちたまふ。是の時

一 広雅、釈訓に「踧踖、畏敬也」とある。また、進まないさま。 二 中途で。
三 間違った考えをすてず、改心の気持がない。
四 この所諸訓がある。今、熱本による。天神が痛切に心配なさるのは、天孫のことだけであるということを知っていたの意。
五 愎は、広韻に「佷也」、集韻に「戻也」とあり、人に従わぬこと。イスカシは、イスカという鳥の嘴のぴったり合わない所から、事のくい違って合わないこと。性質のねじけていること。
六 文選、司馬遷報ニ任少卿一書に「究ニ天人之際一通ニ古今之変一」とある。神と人とは全く異なるのだということを教えても分りそうもないことを見ての意。 七 真心をつくすこと。晋書、楚隠王瑋伝に「懸ㇾ賞開ㇾ封以待ニ忠効一」とある。
八 記では宇摩志麻遅命に注して物部連・穂積臣・婇臣の祖とある。物部氏は古くから天皇に従い、大和朝廷で有力な地位を占めた伴造氏族である。その祖を天孫より先に天降った神とし、神武天皇に忠節を尽くして臣従したと伝えるのは、興味ある伝承である。→補注3-一六。
九 和名抄に大和国添上(曾布之加美)・添下(曾布之毛)郡。いま添下郡は平群郡と合せて生駒郡。大和六御県(祈年祭祝詞)の一つに曾布御県がある。延喜神名式に添下郡の添御県坐神社、姓氏録、大和神別に添県主、津速魂命の男武乳遺命より出る、という。 一〇 通証・集解ともに、添下郡赤膚山(唐招提寺の西という)とする。
一一 新城は地名で、通証・集解ともに添下郡新木村(今、大和郡山市新木町)をこれにあてる。
一二 和珥は、大和国添上郡の地名。今、奈良県天理市和珥。和珥の坂は、地名辞書に崇神十年九月条に見える「武鐰坂」(→二四四頁注二〇)と同じかとする。 一三 祝とあるのは、小部族の祭祀権を持つ酋長であろう。
一四 臍見は不詳。長柄は通証・集解ともに延喜

に、磯城の八十梟帥、彼處に屯聚み居たり。屯聚居、此をば怡波瀰萎と云ふ。果して天皇と大きに戰ふ。遂に皇師の爲に滅さる。故、名けて磐余邑[二五]と曰ふ」といふ。又皇師の立誥びし處、是を猛田[二六]と謂ふ。城を作りし處を、號けて城田[二七]と曰ふ。又、賊衆戰ひ死せて僵せる屍、臂を枕きし處を呼びて頬枕田[二八]と爲ふ。天皇、前年の秋九月を以て、潜に天香山の埴土を取りて、八十[二九]の平瓮を造りて、躬自ら齋戒[三〇]して諸神を祭

還以二所御天羽々矢一隻及歩靫一、賜二示於長髓彥一。長髓彥見二其天表一[1]、益懷二踧踖一[2]。然而凶器已構、其勢不レ得二中休一。而猶守二迷圖一、無二復改意一。饒速日命、本知二天神慇懃、唯天孫是與一。且見下夫長髓彥稟性愎佷、不上レ可三教以二天人之際一、乃殺之。帥二其衆一而歸順焉。天皇素聞二饒速日命、是自レ天降者一。而今果立二忠效一。則褒而寵之。此物部氏之遠祖也。〇己未年春二月壬辰朔辛亥、命二諸將一練二士卒一。是時、層富縣波哆丘岬、有二新城戶畔者一。丘岬、此云二塢介佐棄一。又和珥坂下、有二居勢祝者一。坂下、此云二瑳伽梅苔一。[3] 臍見長柄丘岬、有二猪祝者一。此三處土蜘蛛、並恃二其勇力一、不レ肯二來庭一。天皇乃分二遣偏師一、[4]皆誅之。又高尾張邑、有二土蜘蛛一。其爲人也、身短而手足長。與二侏儒一相類。皇軍結二葛網一、而掩襲殺之。因改號二其邑一曰二葛城一。夫磐余之地、舊名片居。片居、此云二伽哆韋一。[5] 亦曰二片立一。片立、此云二伽哆哆知一。[6] 逮二我皇師之破レ虜也、大軍集而滿二於其地一。因改號爲二磐余一。或曰、天皇往嘗二嚴瓮粮一、出レ軍西征。是時、磯城八十梟帥[7]、於彼處屯聚居之。屯聚居、此云二怡波瀰萎一。[8] 果與二天皇一大戰。遂爲二皇師一所滅。故名之曰二磐余邑一。又皇師立誥之處、是謂二猛田一。作レ城處、號曰二城田一。又賊衆戰死而僵屍、枕レ臂處呼爲二頬枕田一。天皇以二前年秋九月一、潜取二天香山之埴土一、以造二八十平瓮一、躬自齋戒祭二諸神一。↓

神名式の葛上郡長柄神社の地にあてる。今の御所市名柄か。→下四四二頁注二二。一五 →補注3―一七。一六 帰順しない。諸侯が朝庭に来て天子に謁することをしない意。漢書、叙伝に「竜荒幕朔、莫レ不二来庭一」とある。一七 一部の軍。左伝、宣王十二年に「彘子以二偏師一陥、子罪大矣」とある。一八 →二〇〇頁注四。一九 人の性質。二〇 ムクロは、身(ム)幹(クロ)の意。胴体。二一 →二〇〇頁注五。二二 →補注3―一。二三 厳瓮の粮→二〇二頁注一六。二四 嘗は、説文に「口味レ之也」とある。食すること。天皇の行為なので、これにタテマツリタマフの古訓がある。二五 イハミヰたので、イハレという名がついたという。地名起源説話の一。二六 通証に十市郡竹田村という。延喜神名式に十市郡竹田神社。万葉七六〇・七六一の詞書に竹田庄とある。今、橿原市東竹田。ただ、地名辞書は、この説では地理が合わぬとして宇陀郡の地とする。下文に「(菟田の)弟猾に猛田邑を給ふ。…是菟田主水部が遠祖なり」(二一四頁七―八行)といい、また上文、菟田兄猾を討つ段に、弟猾の計を聞いた道臣命が「大きに怒りて誥び嘖ひて…」(一九七頁一行)とあるのが本条の「皇師の立誥びし処」にあたるらしいところをみると、宇陀郡の地とするのが適当か。なお、タケビシトコロのタケと、タケダのタケとは同音。地名起源説話の一。二七 大和志に添上郡城田村とある。通釈は詳ならずという。城(キ)を作ったので城田という。地名起源説話の一。二八 通証は在処未詳という。集解は祐之註を引いて十市郡にありという。マクラにすることを、古語にマクという。その連用形マキが、ツラマキのマキと同音。地名起源説話の一。二九 物部の八十平瓮を祭神の物としたことが崇神七年十一月条に見える。三〇 ある期間、血や死の穢れにふれず、女性に触れず、身を清めて生活すること。

りたまふ。遂に區宇を安定むること得たまふ。故、土を取りし處を號けて、埴安と曰ふ。

三月の辛酉の朔丁卯(七日)に、令を下して曰はく、「我東を征ちしより、茲に六年になりにたり。頼るに皇天の威を以てして、凶徒就戮されぬ。邊の土未だ淸らず、餘の妖尙梗れたりと雖も、中洲之地、復風塵無し。誠に皇都を恢き廓めて、大壯を規り摹るべし。而るを今運屯蒙に屬ひて、民の心朴素なり。巣に棲み穴に住みて、習俗惟常となりたり。夫れ大人制を立てて、義必ず時に隨ふ。苟くも民に利有らば、何ぞ聖の造に妨はむ。且當に山林を披き拂ひ、宮室を經營りて、恭みて寶位に臨みて、元元を鎭むべし。上は乾靈の國を授けたまひし徳に答へ、下は皇孫の正を養ひたまひし心を弘めむ。然して後に、六合を兼ねて都を開き、八紘を掩ひて宇にせむこと、亦可からずや。觀れば、夫の畝傍山 畝傍山、此をば宇禰縻夜摩と云ふ。の東南の橿原の地は、蓋し國の墺區か。治るべし」とのたまふ。

是の月に、卽ち有司に命せて、帝宅を經り始む。

庚申年の秋八月の癸丑の朔戊辰(十六日)に、天皇、正妃を立てむとす。改めて廣く華胄を求めたまふ。時に、人有りて奏して曰さく、「事代主神、三嶋溝橛耳神の女玉櫛媛に共して生める兒を、號けて媛蹈鞴五十鈴媛命と曰す。是、國色秀れたる者なり」とまうす。天皇悅びたまふ。

一 万葉三に埴安堤、同二〇一に埴安池がある。もとの高市郡香久山村の地で、天香久山付近か。
二 以下の文は、文選、魏都賦の次の文を基にしたものであろう。「爰初自レ臻、言占二其良一、謀レ亀謀レ筮、亦既允臧、修二其郛郭一、繕二其城隍一、経始之制、牢二籠百王一、…思二重爻一、摹二大壮一、…僝二拱木於林衡一、授二全模於梓匠一」(李善注「大壮、易卦名也、易曰、上古穴居而野処、後世聖人易レ之以二宮室一、上レ棟下レ宇以禦二風雨一、蓋取二諸大壮一、謂二壮観一也」)。
三 清は、キラキラかがやくこと。透明に清みきること。
四 梗は、あらあらしく強い意。
五 御殿。→注二。
六 文選、東京賦に「規摹踰溢」、同景福殿賦に「既窮二巧於規摹一」とある。
七 周易、序卦に「屯者物之始生也、物生必蒙」とある。屯は、草の芽がまさに萌え出ようとするさまにかたどる文字。よって、ワカシの訓がある。蒙は、クラシの意。
八 礼記、礼運に「昔者先王未レ有二宮室一、冬則居二営窟一、夏則居二橧巣一」とある。
九 その土地の(未開な)ならわしが変らずにある意。文選、魏都賦の「情有険易者、習俗之殊也」の李善注「春秋説題辞曰、中国之性、習俗常操」による潤色であろう。
一〇 文選、東都賦に「体レ元立レ制、継レ天而作」、同景福殿賦に「世有二哲聖一、武創二元基一、…皆体レ天作レ制、順レ時立レ政」とある。
一一 カガは、利益の古語。
一二 人民の利益となることならば、どんなことでも聖の行うわざとして妨げはないの意。造は、作ったもの・仕事・業。
一三 人民、青人草。
一四 文選、西都賦・同魯霊光殿賦などに見える「坤霊」(地神)の逆。

九月の壬午の朔乙巳（二十四日）に、媛蹈鞴五十鈴媛命を納れて、正妃としたまふ。

辛酉年の春正月の庚辰の朔に、天皇、橿原宮に即帝位す。是歳を天皇の元年とす。正妃を尊びて皇后としたまふ。皇子神八井命・神渟名川耳尊を生みたまふ。故に古語に稱して曰さく、「畝傍の橿原に、宮柱底磐の根に太立て、高天原に搏風峻峙りて、始馭天下之天皇を、號けたてまつりて神日本磐余彦火火出見天

遂得三安二定區宇一。故號三取レ土之處一、曰二埴安一。○三月辛酉朔丁卯、下レ令曰、自二我東征一、於茲六年矣。頼以二皇天之威一、凶徒就戮。雖二邊土未レ清、餘妖尙梗一、而中洲之地、無二復風塵一。誠宜恢二廓皇都一、規二摹大壯一。而今運屬二屯蒙一、民心朴素。巣棲穴住、習俗惟常。夫大人立レ制、義必隨レ時。苟有レ利レ民、何妨二聖造一。且當披二拂山林一、經二營宮室一、而恭臨二寶位一、以鎭二元元一。上則答二乾靈授レ國之德一、下則弘二皇孫養レ正之心一。然後、兼二六合一以開レ都、掩二八紘一而爲レ宇、不二亦可一乎。觀夫畝傍山（畝傍山、此云二宇禰縻夜摩一。）東南橿原地者、蓋國之墺區乎。可レ治之。◎是月、即命二有司一、經二始帝宅一。
○庚申年秋八月癸丑朔戊辰、天皇當立二正妃一。改廣求二華胄一。時有レ人奏之曰、事代主神、共二三嶋溝橛耳神之女玉櫛媛一所生兒、號曰二媛蹈鞴五十鈴媛命一。是國色之秀者。天皇悅之。○九月壬午朔乙巳、納二媛蹈鞴五十鈴媛命一、以爲二正妃一。
辛酉年春正月庚辰朔、天皇卽二帝位於橿原宮一。是歲爲二天皇元年一。尊二正妃一爲二皇后一。生二皇子神八井命・神渟名川耳尊一。故古語稱之曰、於二畝傍之橿原一也、太二立宮柱於底磐之根一、峻二峙搏風於高天之原一、而始馭天下之天皇、號曰二神日本磐余彦火々出見天皇一焉。↓

一五 国のうちを一つにして。文選、呉都賦の「覽二八紘之洪緒一、一二六合一而光宅」や、同蜀都賦の「廓二靈関一以為レ門、包二玉壘一而為レ宇…兼二六合一而交会焉」などによるものであろう。
一六 八紘は、八方の隅。地のはて。紘は、維。淮南子に「八殯之外、而有二八紘一、亦方千里」。イヘヲツクラムとも訓める。こう訓めば、先の「恢廓皇都、規摹大壮」という文章と呼応する。
一七 大和三山の一つで橿原市にある。允恭四十二年十一月条に畝傍山、推古二十一年十一月条に畝傍池などとある。万葉にも雲根火（一三）、畝火乃此美豆山（五二）などと見える。
一八 記に白檮原に作る。先年の発掘によって、この地に昔白檮の林のあったことが確認された。
一九 文選、西都賦「隩区」に同じ。李善注に「隩、四方之土可二定居一者也」、六臣注に「隩猶二深険一也」とある。
二〇 文選、魏都賦（→注二一）に見える。
二一 貴族の子孫。
二二 大己貴神の子。→補注1-一〇六。以下とほぼ同じことが神代紀第八段第六の一書の一三〇頁一一行以下に見える。記には美和の大物主神が三島溝咋の女の勢夜陀多良比売とむすんで比売多多良伊須気余理比売を生んだという。
二三 →一三〇頁注一一。二四 →一三〇頁注一二。
二五 →一三〇頁注八。
二六 日本書紀の紀年→補注3-一八。
二七 →補注3-一九。
二八 記・綏靖紀に神八井耳命。記には本条の二子のほかに第一子として日子八井命をあげる。姓氏録、右京皇別、茨田連条にもこれに当る彦八井耳命をあげるが、神八井耳命の子としている。
二九 記に神沼河耳命。後に即位して綏靖天皇。
三〇 御殿の柱を、大地の底の岩にしっかりと立てて。
三一 →補注3-二〇。三二 →補注3-一•

皇と曰す」。初めて、天皇、天基を草創めたまふ日に、大伴氏の遠祖道臣命、大來目部を帥ゐて、密の策を奉承けて、能く諷歌倒語を以て、妖氣を掃ひ蕩せり。倒語の用ゐらるるは、始めて玆に起れり。

二年の春二月の甲辰の朔乙巳（二日）に、天皇、功を定め賞を行ひたまふ。道臣命に宅地を賜ひて、築坂邑に居らしめたまひて、寵異みたまふ。亦大來目をして畝傍山の西の川邊の地に居らしめたまふ。今、來目邑と號くるは、此、其の緣なり。珍彦を以て倭國造とす。珍彦、此をば于砮毘故と云ふ。又、弟猾に猛田邑を給ふ。因りて猛田縣主とす。是菟田主水部が遠祖なり。弟磯城、名は黑速を、磯城縣主とす。復劒根といふ者を以て、葛城國造とす。又、頭八咫烏、亦賞の例に入る。其の苗裔は、卽ち葛野主殿縣主部是なり。

四年の春二月の壬戌の朔甲申（二十三日）に、詔して曰はく、「我が皇祖の靈、天より降り鑒て、朕が躬を光し助けたまへり。今諸の虜已に平けて、海內事無し。以て天神を郊祀りて、用て大孝を申べたまふべし」とのたまふ。乃ち靈畤を鳥見山の中に立てて、其地を號けて、上小野の榛原・下小野の榛原と曰ふ。用て皇祖天神を祭りたまふ。

三十有一年の夏四月の乙酉の朔に、皇輿巡り幸す。因りて腋上の嗛間丘に登りまして、國の狀を廻らし望みて曰はく、「姸哉乎、國を獲つること。姸哉、此をば鞅

一 日臣命。↓一九六頁注四。 二 ↓一九六頁注五。 三 諷は、意のあるところをかくして言う意。他の事に諷（なぞら）えて歌う歌。他事に擬えてさとす意を表わす歌。ソフは、もと、あるものに表立たずつき従う意（例えば「身にそふ妻」の如く）。ソヘウタとは、ある事実に、表立たず付いて歌う歌の意。 四 相手に分らせず、味方にだけ通じるように定めて使う言葉。 五 今、橿原市鳥屋町のあたり。崇神天皇皇子倭彦命の身狭桃花鳥坂墓、宣化天皇の身狭桃花鳥坂上陵などの桃花鳥坂（つきさか）はこれと同じ。 六 この川は久米川。 七 和名抄に高市郡久米郷。延喜神名式の高市郡久米御県神社。久米寺などあり。今、橿原市久米町付近。 八 ↓一九〇頁注四。 九 旧事紀、国造本紀に「橿原朝御世、以二椎根津彦命一初為二大倭国造一」とある。 一〇 ↓一九六頁注一〇・一一。 一一 ↓二一一頁注二六。 一二 大和朝廷の直轄領地または国造の管する国の下部組織を県といい、その首長を県主という。↓補注7-四六。 一三 記には宇陀水取とある。職員令に「主水司、正一人、掌二樽水饘粥及氷室事一」とあり、水部四十人も属していた。宇陀の出身で水部の職に従っていたもののあったことを示す。 一四 ↓一九九頁注二〇。 一五 磯城及び磯城御県↓二〇〇頁注三。磯城（志紀・志幾・志貴）県主には別に河内のそれがあるが、大和のは天武十二年に連となり、姓氏録に大和神別の志貴連は神饒速日命の孫日子湯支命の後とする。↓補注3-一一。 一六 旧事紀、天孫本紀に「天忍男命、此命葛木土神剣根命女賀奈良知姫為レ妻生二二男一女一」とあり、姓氏録、河内神別に「葛木直、高魂命五世孫剣根命之後也」とある。 一七 旧事紀、国造本紀に「橿原朝御世、以二剣根命一初為二葛城国造一」とある。また同書に、葛城直祖ともある。葛城直↓下補注29-一二。 一八 ↓一九六頁注二一。 一九 葛野は、和名抄、山城国葛野郡葛野郷にその

奈珥夜と云ふ。內木綿の眞迮き國と雖も、蜻蛉の臀呫の如くにあるかな」とのたまふ。是に由りて、始めて秋津洲の號有り。昔、伊奘諾尊、此の國を目けて曰はく、「日本は浦安の國、細戈の千足る國、磯輪上の秀眞國。秀眞國、此をば袍圖莾句儞と云ふ」とのたまひき。復大己貴大神、目けて曰はく、「玉牆の內つ國」とのたまひき。饒速日命、天磐船に乘りて、太虛を翔行きて、是の鄕を睨りて降りたまふに及至りて、故、

初天皇草二創天基一之日也、大伴氏之遠祖道臣命、帥二大來目部一、奉二承密策一、能以二諷歌倒語一、掃二蕩妖氣一。倒語之用、始起二乎玆一。

二年春二月甲辰朔乙巳、天皇定レ功行レ賞。賜二道臣命宅地一、居二于築坂邑一、以寵異之。亦使三大來目居二于畝傍山以西川邊之地一。今號二來目邑一、此其緣也。以二珍彥一爲二倭國造一。珍彥、此云二于砮毗故一。又給二弟猾猛田邑一。因爲二猛田縣主一。是菟田主水部遠祖也。弟磯城名黑速、爲二磯城縣主一。復以二劒根者一、爲二葛城國造一。又頭八咫烏、亦入二賞例一。其苗裔、卽葛野主殿縣主部是也。

四年春二月壬戌朔甲申、詔曰、我皇祖之靈也、自レ天降鑒、光二助朕躬一。今諸虜已平、海內無レ事。可下以郊二祀天神一、用申中大孝上者也。乃立二靈畤於鳥見山中一、其地號曰二上小野榛原・下小野榛原一。用祭二皇祖天神一焉。

卅有一年夏四月乙酉朔、皇輿巡幸。因登二腋上嗛間丘一、而廻二望國狀一曰、妍哉乎國之獲矣。妍哉、此云二鞅奈珥夜一。雖二內木綿之眞迮國一、猶如二蜻蛉之臀呫一焉。由レ是、始有二秋津洲之號一也。昔伊奘諾尊目二此國一曰、日本者浦安國、細戈千足國、磯輪上秀眞國。秀眞國、此云二袍圖莾句儞一。復大己貴大神目之曰、玉牆內國。及下至饒速日命、乘二天磐船一、而翔二行太虛一也、睨二是鄕一而降上之、故↓

名を伝える。古代の葛野県は広大な地域で、葛野・愛宕の諸郡を含んだものかといわれる。主殿は、職員令に「主殿寮、頭一人、掌下供御輿輦蓋笠繖扇帷帳湯沐洒二掃殿庭一及燈燭松柴炭燎等事上」とあり、殿部四十人が属していた。三代実録、元慶六年十二月二十五日条に主殿寮殿部四十人は日置・子部・車持・笠取・鴨五姓の人を以て補したことが見え、鴨氏は主殿の名負の氏であった。また鴨県主は姓氏録に賀茂県主と同祖で、鴨建津見命の子孫と見え、葛野県主と同じと考えられる。葛野主殿県主とは主殿の職を世襲した葛野県主という意味である。通釈が葛野主殿と葛野県主と二氏に分けて解したのは正しくあるまい。県主部の部について↓一九〇頁注七。 二〇 時は、説文に「天地五帝所二基止一、祭地也…」とある。天地の神霊を祭るために築いた処。なおこの天神を祭る話は、即位前紀戊午年九月条、即ち大和平定の物語の第二段にあたる丹生川上の祭祀の話とともに記には見えない。 二一 今、桜井市外山(とび)にある鳥見山。天武八年八月条に迹見駅家、三代格、元慶五年十月十六日官符に宗像大神社が大和国城上郡登美山にありというなど、古くからトミの名が伝えられる。 二二・二三 いま上述の鳥見山のあたりにこの地名を伝えない。なおこの名によって、宇陀郡榛原町を鳥見山中に擬する説が江戸時代以来行われるが、その地は外山から十キロ余もあり、古くからトミの名も伝えていないから、適当であるまい。一方、本居宣長は、鳥見山は外山をさすが、鳥見という名の地域は広く、そこで萩原(榛原)のあたりまでも鳥見山中と言ったのではないかとしている。 二四 天神とは、皇祖に限らず、高天原にある神をいうが、この皇祖天神とは高皇産霊尊をさすのであろう。即位前紀戊午年九月条の丹生川上の祭祀は天神の命によって天神地祇を祭ったものであるが、天皇

因りて目けて、「虚空見つ日本の國」と曰ふ。

四十有二年の春正月の壬子の朔甲寅に、皇子神渟名川耳尊を立てて、皇太子としたまふ。

七十有六年の春三月の甲午の朔甲辰に、天皇、橿原宮に崩りましぬ。時に年一百二十七歳。

明年の秋九月の乙卯の朔丙寅に、畝傍山東北陵に葬りまつる。

日本書紀巻第三

親ら高皇産霊尊となる儀を行なったことも書かれている。二五 孝昭紀に掖上の池心宮(→二二六頁注八)、孝安紀に掖上博多山上陵(→二二八頁注八)、推古紀に掖上池(→[下]一九八頁注一四)などが見える。掖上の地はもとの南葛城郡掖上村(この村名は明治二十二年の命名。今の御所市東北部)付近。掖上村大字本馬(今、御所市本馬)の東南に独立した丘陵があり、土地で本馬山といい、よく大和平野を展望することができる。また通証は本馬即ち嗛間の転とし、本馬山の南に位する国見山を嗛間丘とする。本馬は嗛間にもとづくとしても、丘をどこかに決定することは困難であろう。二六 嗛は、説文に「口有所銜也」とあって、フフム・ホホムに同じ。二七 →補注3-二二。二八 なんとすばらしいの意。アナは、賞讃の間投詞。アナニで、賞讃の副詞。ヤは間投詞。二九「狭(さ)」「こもる」にかかる枕詞。かかり方未詳。三〇 →[下]補注17-一八。三一 臀はシリ。呫は、玉篇に「嘗也」とあり、なめること。トは、ミトノマグハヒ・ミトアタハシツのト。→補注1-一八(オホトノヂ)。狭い国ではあるけれども、蜻蛉がトナメして飛んで行くように、山山がつづいて囲んでいる国だなの意。三二 心安らぐ国。ウラは、心。ヤスは、平安の意。三三 日本の国のたたえ言葉。クハシは、細かくて美しい意。ホコは、矛。よい武器が、チダル(たくさんある)意か。チダルのチは、百千のチ。タルは、具備している意。三四「磯輪上」は未詳。ホツマクニは、すぐれていて、整い具わっている国の意。三五 美しい垣(のような山山)に取りかこまれている国。三六 →二〇八頁注一二。三七 →二〇八頁注一一。三八 睍は、視の意。オセル→一四六頁注五。

一「大空から見て、よい国だと選びさだめた日本の国」の意。

因目之、曰二虚空見日本國一矣。

卅[1]有二年春正月壬子朔甲寅、立二皇子神渟名川耳尊[2]一、爲二皇太子一。

七十有六年春三月甲午朔甲辰、天皇崩二于橿原宮一。時年一百廿七歳。◎明年秋九月乙卯朔丙寅、葬二畝傍山東北陵一。

日本書紀卷第三

二 立太子の記事は、先帝の紀中と即位前紀との両方に出るのが例であるが、綏靖即位前紀にこの記事はない。むしろ同紀に神八井耳命がとくに位を神渟名川耳尊に譲るという意志表示があるので、記伝は上代には日嗣御子は一人に限らず、神八井耳命も日嗣御子であったといい、通釈も同じ説である。しかし、この記事は綏靖天皇の即位に合わせるために後から構想せられたものだから、そういう論は無用である。

三 記には「壱佰参拾漆歳」とある。記伝には記紀の十歳の相違を、伝えの異なるのか、廿と卅の一画の誤りによるのか、定めがたいというが、書紀の百二十七歳は、東征出発の甲寅の年四十五歳という書紀の記事と合致するから誤りといえず、記は大字であるからこれも誤りとはいえず、結局、後世に行われた推算の二様の結果を示すものであろう。

四 記に「御陵在二畝火山之北方白檮尾上一也」という。延喜諸陵式に「畝傍山東北陵〈畝傍橿原宮御宇神武天皇。在二大和国高市郡一。兆域東西一町。南北二町。守戸五烟〉」とある。陵墓要覧は橿原市大字洞字ミサンサイにありという。

日本書紀　巻第四

一 神渟名川耳天皇　二 綏靖天皇
三 磯城津彦玉手看天皇　安寧天皇
三 大日本彦耜友天皇　懿徳天皇
四 観松彦香殖稲天皇　孝昭天皇
五 日本足彦國押人天皇　孝安天皇
六 大日本根子彦太瓊天皇　孝靈天皇
七 大日本根子彦國牽天皇　孝元天皇
八 稚日本根子彦大日日天皇　開化天皇

九 神渟名川耳天皇　綏靖天皇

神渟名川耳天皇は、一〇 神日本磐余彦天皇の第三子なり。母をば一一 媛蹈韛五十鈴媛命と曰す。一二 事代主神の大女なり。天皇、一三 風姿一四 岐嶷なり。少くして一五 雄拔しき一六 氣有します。壯に及りて容貌一七 魁れて一八 偉し。武藝人に過ぎたまふ。而して

一―八 尊号と国風諡号→補注4-一。
九 神渟名川耳は、神渟中川耳と書く写本もある(校異参照)。渟中と書く例は天武紀にあり、渟中、此云₂農難₁と訓注がある。これによって、中をナと訓むことが分り、ナカという語はナ(中)とカ(所)との複合語であろうとの推定もされる。しかし、「中」一字でナと訓む例は、他にあまり無いので、ヌナカハを、渟中川と書くことに不安を感じて、次第に渟名川と書くに至ったものだろうが、今、底本のままとする。
一〇 神武天皇。第三子は、手研耳命(母、吾平津媛→一八八頁注一一)・神八井耳命・神渟名川耳尊(母、媛蹈韛五十鈴媛命)の第三。 一一 母は玉櫛媛(三島溝橛耳神の女)。→一三〇頁注八・二一二頁注二四。
一二 →補注1-一〇六。妹の五十鈴依媛命を同神の少女(→二二二頁七行)というのに対して大女という。エはオトの対。→一八八頁注八。
一三 立派なすがた、かたち。
一四 →㊦三八二頁注六。 一五 →㊦三八二頁注七。
一六 息を吐く勢。転じて気性、容子。イキは息。サシは、直線的に力の働く意。 一七 魁は、大きいひしゃくの頭。目立って大きいこと。転じて、スグレていること。名義抄に傑・雄をスグルと訓むのと同趣。 一八 名義抄に、洋・タタフ、湛・タタフ、漲・タタヘリとあるように、充実して、はちきれそうな状態。万葉一八〇七に「望月の満(たた)はしけむと」の例がある。 一九 尚は上と同音。タカク、アガル意。心ざしの高いこと。また、心ざし。沈毅の語は、魏志、明帝紀に「明帝沈毅断識」とある。書紀巻四・五・六には魏志や漢書による文が目立つ。オゴコシは、オゴオゴシの約。オゴはオゴソカのオゴに同じ。漢文訓読では、斉粛・敦粛・儼然・尊・嶷然・危然などをオゴソカと訓む。沈は、深の意。
二〇 三十三年崩御の条に年八十四と見えるのに

志尙沈毅し。四十八歳に至りて、神日本磐余彦天皇崩りましぬ。時に神渟名川耳尊、孝性、純に深くして、悲慕ぶこと已むこと無し。特に心を喪葬の事に留めたまへり。其の庶兄手研耳命、行年已長いて、久しく朝機を歴たり。故亦、事を委にて親らせしむ。然れども其の王、立操厝懷、本より仁義に乖けり。遂に以て諒闇の際に、威福自由なり。禍心を苞ね藏して、二の弟を害はむことを圖る。

日本書紀巻第四

神渟名川耳天皇[1]　綏靖天皇[2]
磯城津彦玉手看天皇　安寧天皇[3]
大日本彦耜友天皇　懿德天皇[4]
觀松彦香殖稻天皇[5]　孝昭天皇[6][7]
日本足彦國押人天皇　孝安天皇[8]
大日本根子彦太瓊天皇　孝靈天皇[9]
大日本根子彦國牽天皇　孝元天皇[10]
稚日本根子彦大日々天皇　開化天皇[11]

神渟名川耳天皇[12]　綏靖天皇

神渟名川耳天皇[13]、神日本磐余彦天皇第三子也。母曰二媛蹈鞴五十鈴媛命一。事代主神之大女也。天皇風姿岐嶷。少有二雄拔之氣一。及レ壯容貌魁偉。武藝過レ人。而志尙沈毅。至二卌八歳一[14]、神日本磐余彦天皇崩。時神渟名川耳尊[15]、孝性純深、悲慕無レ已。特留二心於喪葬之事一[16]焉。其庶兄手研耳命、行年已長、久歷二朝機一[17]。故亦委レ事而親之。然其王立操厝懷、本乖二仁義一。遂以諒闇之際、威福自由[18]。苞二藏禍心一、圖レ害二二弟一。↓

合う。二一 後漢書、光烈陰皇后紀に「明帝性孝愛、追慕無已」。二二 純は、もと、厚織りの布の端に垂れた縁（ふち）どり。淳と音通。きよく、すなおの意。副詞として、モハラと訓む（名義抄）。二三 奈良朝でシノフと清音で、四段活用の語は、思い慕う意。また賞美する意。奈良朝でシノブは、隠・忍の意で上二段活用。隠すこと・忍耐することと、思い慕うこととは意味が近く、語形も似ているので平安朝に入るとシノフとシノブは混同し、シノブに合流した。従って、思慕の意にもシノブルという語形を使うことがある。二四 底本以下、熱本・勢本・閣本すべて哀葬とある。北本のみ喪葬とある。どちらの本文を正しとすべきか不明である。二五 庶兄の庶は、奈良時代にすでにママと読んだ例がある。ここも、その訓みをとる方がよいが、今は、平安朝的な訓法に従っておく。イロネは古写本共通の訓。二六 神武即位前紀に母は吾平津媛とある。↓下補注16-三。↓一八八頁注一一。二七 ユダヌは、後世ナ行下二段活用の動詞となるが、書紀の古訓に現われる形はユダニ・ユダニスが多い。↓補注4-一。二八 立は、もと、大地に人の立つ形に象る。安定している意。また、かまえて置く意。操は、集韻に「持念也」とある。こころをさだめる意。古訓ココロハヘにあたる。二九 厝は措に通じる。おく意。立操にほぼ同じ。古訓ココロオキテのオキテは、はっきりと定め置く意。三〇 古訓ウツクシビコトワリは、仁と義とをそれぞれ和訓した語。ウツクシビは、天皇や親が臣下や子供を肉親の情愛をもって大切にする意。三一 天子の喪に服する期間。悲愁にしずむので、「御物思ひ」の時の意で、こう訓ずる。三二 後漢書、閻皇后紀に「兄弟権要、威福自由」とある。威福は、尚書（洪範）に「臣無レ有二作レ福作レ威玉食一」とも見え、天子のもつべき威力と幸福とを、臣下がこれを自由にほしいままにすること。三三 マガは、曲・邪・禍すべてを意味する語。ナホ(直)の対。三四 後漢書、伏皇后紀に「陰懐二妬害一、苞二蔵禍心一」とある。苞は包(つつ)に同じ。

一 神武紀では神武天皇の崩御は七十六年で、その干支は丙子に当っているから、ここまでに満三年を経過していることになる。太歳→補注3-六。二→二一三頁注二八。三 神武記では、母の伊須気余理比売(いすけよりひめ)が、歌を以て手研耳命の計画を知らせたという話になっている。四 フセクをホセクというのは、書紀の古訓に例が多い。意味に相違はないようである。五 ミサザキと訓むのは平安朝の例。名義抄に「山陵 ミササキ」とある。ただし、ロドリゲスの文典には misasagui no Io (諸陵の允)、misasagui no suque (諸陵の助)とあるから、鎌倉室町時代にミササギへと転じたものであろう。六 稚彦は他に見えず。弓部は即ち弓削部で、弓を作るトモか、または部民をさす。弓削連が管掌する。弓削連→下補注29-一五。七 鍛部は鍛冶を職とする職業部で、倭鍛部・韓鍛部がある。天津真浦→補注4-三。八 マは、優れたものの意。カゴは、鹿の子。鹿などを射るための矢の矢じり。九 矢作部(やはぎべ)。姓氏録、未定雑姓、河内に「矢作連、布都努志乃命(ふつぬしのみこと)之後也」とある。一〇 會は、合の意。出合いあつまる意から、たまたま合う意。一一 片丘は地名辞書に奈良県北葛城郡王寺町・志都美村・上牧村(今、同郡王寺町・香芝町・上牧村)の辺とする。一二 通証に「延佳曰、自二上山麓一至二河内石河郡一之路謂二大坂一、今尚有二大窟一、俗云二岩窟越一」と見えている。窨は、地室。穴に従う。また、酒や氷を地下に埋蔵する意。よってムロと訓む。一三 預は、参預の意。華厳経音義に、預を注して「凡事相及為レ預」とある。アヒソフは、相添うの意。

時に、太歳己卯。

冬十一月に、神渟名川耳尊、兄の神八井耳命と、陰に其の志を知しめして、善く防きたまふ。山陵の事畢るに至りて、乃ち弓部稚彦をして弓を造らしめ、倭鍛部天津眞浦をして眞麛の鏃を造らしめ、矢部をして箭を作がしむ。弓矢既に成りぬるに及りて、神渟名川耳尊、以て手研耳命を射殺さむと欲す。會、手研耳命、片丘の大窨の中に有して、獨大牀に臥します。時に渟名川耳尊、神八井耳命に謂りて曰はく、「今適其の時なり。夫れ、言は密を貴び、事は愼むべし。故に、我が陰謀、本より預ふ者無し。今日の事は、唯吾と爾と自ら行ひたまはくのみ。吾當に先づ窨の戸を開けむ。爾其れ射よ」とのたまふ。因りて相隨ひて進み入る。神渟名川耳尊、其の戸を突き開く。神八井耳命、則ち手脚戰慄きて、矢を放ること能はず。時に神渟名川耳尊、其の兄の所持たる弓矢を掣き取りて、手研耳命を射たまふ。一發に胸に中てつ。再發に背に中てて、遂に殺しつ。是に、神八井耳命、懣然ぢて自服ひぬ。神渟名川耳尊に讓りて曰さく、「吾は是乃の兄なれども、懦く弱くして不能致果からむ。今汝特挺れて神武くして、自ら元惡を誅ふ。宜なるかな、汝の天位に光臨みて、皇祖の業を承けむこと。吾は當に汝の輔と爲り、神祇を奉典らむ」とまうす。是即ち多臣が始祖なり。

元年の春正月の壬申の朔己卯(八日)に、神渟名川耳尊、即天皇位す。葛城に都つくる。是を高丘宮[二三]と謂ふ。皇后[二四]を尊びて皇太后と曰す。是年、太歳庚辰。

二年の春正月に、五十鈴依媛[二五]を立てて皇后とす。一書に云はく、磯城縣主[二六]の女川派媛[二七]なりといふ。一書に云はく、春日縣主大日諸[二八]が女糸織媛なりといふ。即ち天皇の姨[二九]なり。后、磯[三〇]城津彦玉手看天皇を生れます。

四年の夏四月に、神八井耳命薨りましぬ。即ち畝傍山の北に葬る。

于[1]時也、太歳[2]己卯。○冬十一月、神渟名川耳尊[3]、與二兄神八井耳命一、陰知二其志一、而善防之。至二於山陵事畢一、乃使下弓部稚彦造レ弓、倭鍛部天津眞浦造二眞麛鏃一、矢部作上レ箭。及二弓矢既成一、神渟名川耳尊、欲三以射二殺手研耳命一。會有二手研耳命於片丘大窨中一、獨臥二于大牀一。時渟名川耳尊[4]、謂二神八井耳命一曰、今適其時也。夫言貴レ密、事宜レ愼。故我之陰謀、本無二預者一。今日之事、唯吾與レ爾自行之耳。吾當先開二窨戸一。爾其射之。因相隨進入。神渟名川耳尊、突二開其戸一。神八井耳命、則手脚戰慄、不レ能レ放レ矢。時神渟名川耳尊、掣二取其兄所持弓矢一、而射二手研耳命一。一發中レ胸。再發中レ背、遂殺之。於是、神八井耳命、懣然自服。讓二於神渟名川耳尊[5]一曰、吾是乃兄、而懦弱不能致果。今汝特挺[6]神武、自誅二元惡一。宜哉乎、汝之光二臨天位一、以承二皇祖之業一。吾當下爲二汝輔一之、奉中典神祇上者。是卽多臣之始祖也。

元年春正月壬申朔己卯、神渟名川耳尊[7]、卽天皇位。都二葛城一。是謂二高丘宮一。尊二皇后一曰二皇太后一。◎是年也[8]、太歳庚辰。

二年春正月、立二五十鈴依媛一爲二皇后一。一書云、磯城縣主女川派媛。一書云、春日縣主大日諸女糸織媛也。卽天皇之姨也。后生二磯城津彦玉手看天皇一。

四年夏四月、神八井耳命薨。卽葬二于畝傍山北一。

共にことにかかわる意。一四 掣は、抜。ひきぬく意。一五 一矢の意。ヒトサのサは、矢の意。朝鮮語で「矢」を sal という。それを、わが国ではサツまたはサチという。サツ矢(猟矢)・サツ男(猟男)のサツは sal にあたる。サチも同じ、サチは後に「幸」の意となった。sal の尾子音 l の脱落した形がサ。中をイタツと訓むのは、射立つの意。一六 懣は、心に満ちる意。説文に「煩也」とあり、また、悶也とも憤也とも注する。ハヂテという古訓は、文字の意味を正しくとらえているか否か疑問。一七 神八井耳命が臆したこと、神渟名川耳尊に譲ったことなどは、神武記に殆ど同じ話がある。一八 よい結果をあげることができないだろうの意。全体の意訓としてイシキナカラムがある。イシキは形容詞イシの連体形。イシは、美しいこと、良いこと、効果あること、美味なこと。今日いうオイシイの源となった語。一九 神武記では「為二忌人(いはひびと)一而仕奉也」とある。神祇→一九二頁注九。二〇 多は、太・意富とも記す。多臣は大和国十市郡飫富(今、奈良県磯城郡田原本町多)を本拠とし、天武十三年十一月、朝臣姓を賜わる(→下三五三頁注三二)。姓氏録、左京皇別に多朝臣を神八井耳命の後とする。神武記には神八井耳命の子孫として、多臣のほか、小子部連(ちひさこべのむらじ)以下十八氏を挙げてある。二一 始祖→一四二頁注六。二二 →二〇〇頁注五。二三 記にも葛城高岡宮。その地は大和志には葛上郡森脇村(今、奈良県御所市森脇)をその旧蹟とする。二四 神武天皇の皇后。媛蹈鞴五十鈴媛命。漢書などの筆法にならい、天皇即位の年の記事に先帝の皇后を皇太后とする記事をおくのは書紀の通例。二五 次行に天皇の姨、二二二頁七行に事代主神の少女。すなわち天皇の母の媛蹈鞴五十鈴媛命の妹。二六 →補注3-二一。二七 川派は地名で、和名抄に河内国若江郡川俣郷(今、大阪府二十五年の春正月の壬午の朔戊子(七日)に、皇子磯城津彦玉手看尊を立てて、皇太子[一]としたまふ。

三十三年の夏五月に、天皇不豫したまふ。癸酉に、崩りましぬ。時に年[二]八十四。

磯城津彦玉手看天皇[三]　安寧天皇

磯城津彦玉手看天皇は、神渟名川耳天皇[四]の太子[五]なり。母をば五十鈴依媛命[六]と曰す。事代主神の少女[七]なり。天皇、神渟名川耳天皇の二十五年[八]を以て、立ちて皇太子と爲りたまふ。年二十一。

三十三年の夏五月に、神渟名川耳天皇崩りましぬ。其の年の七月の癸亥の朔乙丑(三日)に、太子、即天皇位す。

元年の冬十月の丙戌の朔丙申(十一日)に、神渟名川耳天皇を倭の桃花鳥田丘上陵[九]に葬りまつる。皇后[一〇]を尊びて皇太后と曰す。是年、太歳癸丑。

二年に都を片鹽[一一]に遷す。是を浮孔宮と謂ふ。

三年の春正月の戊寅の朔壬午(五日)に、渟名底仲媛命[一二]亦は渟名襲媛と曰す。を立てて、皇后とす。一書に云はく、磯城縣主葉江[一三]が女川津媛といふ。一書に云はく、大間宿禰[一四]が女糸井媛

布施市川俣)がある。記では皇后の名を「師木県主之祖河俣毘売」とする。

二八 春日は、和名抄に大和国添上郡春日郷〈加須加〉が見える。春日県主は他に見えない。↓補注3-二一。

二九 姨は、妻の姉妹をいう場合と、母の姉妹をいう場合とがある。ここは母の姉妹(↓注二五)。名義抄にはイモシフトメ・コシフトメ・ヨメの訓と、ヲハ・ハハカタノヲハの訓の二系がある。

三〇 記には師木津日子玉手見命。後の安寧天皇。

一 ↓下補注16-五。

二 記では四十五歳。

三 ↓補注4-一。

四 綏靖天皇。

五 嫡男子。

六 ↓二二一頁注二五。

七 オトムスメ↓一八八頁注八。

八 ↓二二四頁注一。

九 記に衝田岡。延喜諸陵式に「桃花鳥田丘上陵〈葛城高丘宮御宇綏靖天皇。在二大和国高市郡一。兆域東西一町。南北一町。守戸五烟〉」。陵墓要覧に所在地を奈良県橿原市大字四条字田井ノ坪とする。

一〇 綏靖天皇の皇后、五十鈴依媛命。

一一 記にも片塩浮穴宮。大和志は葛下郡三倉堂村(今、奈良県大和高田市三倉堂)とする。地名辞書は河内国大県郡(堅上・堅下郡)はもと片塩といい、万葉一七四二の片足羽河はこの地を通るのでその名があるという。浮穴も地名か。姓氏録、河内神別に浮穴直あり。

一二 懿徳即位前紀に、事代主神の孫、鴨王の女。

一三 磯城県主↓補注3-二一。記では皇后を、河俣毘売(↓二二一頁注二七)の兄、県主波延の女の阿久斗比売(あくとひめ)とする。懿徳二年二月条・孝昭二十九年正月条・孝安二十六年二月条一書に男弟猪手・女渟名城津媛・長媛の名が見える。

といふ。是より先に、后、二の皇子を生れます。第一をば[一五]息石耳命と曰す。第二をば[一六]大日本彦耜友天皇と曰す。一に云はく、三の皇子を生れます。第一をば[一七]常津彦[一八]某兄と曰す。第二をば大日本彦耜友天皇と曰す。第三をば[一九]磯城津彦命と曰すといふ。

十一年の春正月の壬戌の朔に、大日本彦耜友尊を立てて、皇太子としたまふ。弟磯城津彦命は、是[二〇]猪使連の始祖なり。

一四 十市県主系図は、大日諸命の子で、糸織姫(→綏靖二年正月条一書)の兄弟としている。

一五 孝昭即位前紀に、懿徳天皇の皇后天豊津媛命は息石耳命の女とある。下文一云の常津彦某兄に当るか。

一六 記に大倭日子鉏友命。後の懿徳天皇。

一七 記に常根津日子伊呂泥命(とこねつひこいろねのみこと)。また記はこの一書のように三皇子を挙げ、旧事紀は手研彦奇友背命(たぎしひこあやしともせのみこと)(→懿徳二年二月条一書)を加えて四皇子とする。

一八 兄だけでもイロネと訓みうるが、それに不定称の代名詞である「某」をつけて書いたもの。

一九 記に師木津日子命。書紀でも、次の十一年条では懿徳天皇の弟として見えていて、この一書の説を採っている。

二〇 猪使連は天武十三年十二月、宿禰の姓を賜う。猪飼部を管する伴造であろう。同年同月条に猪使連子首あり、かつて百済役に従軍し、この時帰朝。天平宝字六年三月の造石山院所雇夫に猪使宿禰広成(大日本古文書五—一四〇)。姓氏録、右京皇別にも猪使宿禰を「安寧天皇皇子、志紀都比古命之後也」とする。

廿五年春正月壬午朔戊子[1]、立二皇子磯城津彦玉手看尊一、爲二皇太子一。

卅三年夏五月、天皇不豫。○癸酉[2]、崩。時年八十四。

磯城津彦玉手看天皇　安寧天皇

磯城津彦玉手看天皇、[3]神渟名川耳天皇太子也。母曰二五十鈴依媛命一。事代主神之少女也。天皇[4]以二神渟名川耳天皇廿五年一、立爲二皇太子一。年廿一。○卅三年夏五月、神[5]渟名川耳天皇[6]崩。其年七月癸亥朔乙丑、太子卽天皇位。

元年冬十月丙戌朔丙申、[7]葬二神渟名川耳天皇於倭桃花鳥田丘上陵一。尊二皇后一曰二皇太后一。◎[8]是年也、太歳癸丑。

二年、遷二都於片鹽一。是謂二浮孔宮一。

三年春正月戊寅朔壬午、立二渟名底仲媛命一、(亦曰二渟名襲媛一。)爲二皇后一。(一書云、磯城縣主葉江女川津媛。一書云、大間宿禰女糸井媛。)先レ是、后生二二皇子一。第一曰二息石耳命一。第二曰二大日本彦耜友天皇一。(一云、生二三皇子一。第一曰二常津彦某兄一。第二曰二大日本彦耜友天皇一。第三曰二磯城津彦命一。)

十一年春正月壬戌朔[9]、立二大日本彦耜友尊一、爲二皇太子一也。弟磯城津彦命、是猪使連之始祖也。

三十八年の冬十二月の庚戌の朔乙卯(六日)に、天皇崩りましぬ。時に年五十七[一]。

大日本彦耜友天皇[二]　懿徳天皇

大日本彦耜友天皇は、磯城[三]津彦玉手看天皇の第二子なり。母をば渟名底[四]仲媛命と曰す。事代主神の孫、鴨王[五]の女なり。磯城津彦玉手看天皇の十一年の春正月の壬戌(一日)に、立ちて皇太子と為りたまふ。年十六[六]。

三十八年の冬十二月に、磯城津彦玉手看天皇崩りましぬ。

元年の春二月の己酉の朔壬子(四日)に、皇太子、即天皇位す。

秋八月の丙午の朔に、磯城津彦玉手看天皇を畝傍山南御陰井上陵[七]に葬りまつる。

九月の丙子[八]の朔乙丑に、皇后を尊びて皇太后[九]と曰す。是年、太歳辛卯。

二年春正月の甲戌の朔戊寅(五日)に、都を軽[一〇]の地に遷す。是を曲峡宮と謂ふ。

二月の癸卯の朔癸丑(十一日)に、天豊津媛命[一一]を立てて皇后とす。一に云はく、磯城県[一二]主葉江が男弟猪手が女泉媛といふ。一に云はく、磯城県主太真稚彦[一三]が女飯日媛といふ。后、観松彦香[一四]殖稲天皇を生れます。一に云はく、天皇の母弟武石彦奇友背命[一五]といふ。

二十二年の春二月の丁未の朔戊午(十二日)に、観松彦香殖稲尊を立てて、皇太子とし

一 即位前紀に、綏靖二十五年に二十一歳で立太子と見えていることから計算すれば、ここは六十七歳になるはずで、合わない。安寧記は四十九歳としている。

二 →補注4-一。

三 安寧天皇。安寧三年正月条に懿徳天皇はその第二子。

四 →安寧三年正月条。

五 他に見えず。

六 →注一六。

七 延喜諸陵式に「畝傍山西南御陰井上陵(片塩浮穴宮御宇安寧天皇。在大和国高市郡。兆域東西三町。南北二町。守戸五烟)」。陵墓要覧に所在地を奈良県橿原市大字吉田字西山(今、同市吉田町)とし、「山形」と注する。「御陰井上」はミホトノヰノウヘと訓むか、ミホトヰノウヘと訓むかで意味が変る。「畝傍山の南の御陰の井上」と訓めば、「畝傍山の南の御陰」という意味となり、「畝傍山の南の御陰井の上の」と訓めば、ミホトヰは、井の名前となる。ホトは朝鮮語にもpochi(陰門)の語があり、奈良朝では女陰をいう。当時の命名法を考えるに、おそらく、井の形貌によって、ミホトヰの名をつけたものであろう。

八 丙子朔乙丑という干支はあり得ないが、諸本に異文が無いのでそのままとしておく。

九 安寧天皇の皇后、渟名底仲媛命。

一〇 記に軽之境岡宮。軽は奈良県橿原市大軽町付近。古代には知られた地名で、孝元四年条にも軽地の境原宮に都を遷し、ほかに軽池(応神十一年十月条)、軽坂上廐(応神十五年八月条)、軽村(雄略十年十月条)、軽術(推古二十年二月条)、軽曲殿(欽明二十三年八月条)、軽市(天武十年十月条)の名が見える。

一一 孝昭即位前紀に息石耳命(おきそみみのみこと)(→二二三頁注一五)の女とあるから、天皇の姪(めい)に当る

たまふ。年十八。

三十四年の秋九月の甲子の朔（八日）辛未に、天皇崩りましぬ。一六

一七 観松彦香殖稲天皇　孝昭天皇

ことになる。

一二 →安寧三年正月五日条の一書。

一三 記には皇后を「師木県主之祖、賦登麻和訶比売命（ふとまわかひめのみこと）、亦名飯日比売命（いひひめのみこと）」とする。

一四 記に御真津日子訶恵志泥命。後の孝昭天皇。

一五 記に孝昭天皇の同母弟として、多藝志比古命（たぎしひこのみこと）を挙げている。

一六 即位前紀に、安寧十一年、十六歳で立太子と見えることから計算すれば、七十七歳に当る。記は四十五歳とする。

一七 →補注4―一。

卅八年冬十二月庚戌朔乙卯、天皇崩。時年五十七。

大日本彦耜友天皇　懿德天皇

大日本彦耜友天皇、磯城津彦玉手看天皇第二子也。母曰[1]渟名底仲媛命。事代主神孫、鴨王女也。磯城津彦玉手看天皇十一年春正月壬戌、立爲皇太子。年十六。○卅八年冬十二月、磯城津彦玉手看天皇崩。

元年春二月己[2]酉朔壬子、[3]皇太子即天皇位。○秋八月丙午朔、葬磯城津彦玉手看天皇於畝傍山南御陰井上陵。○九月丙子朔乙丑、尊皇后曰皇太后。◎是年也、太歳辛卯。

二年春正月甲戌朔戊寅、遷都於輕地。是謂曲峽宮。○二月癸卯朔癸丑、立天豐津媛命爲皇后。一云、磯城縣主葉江男弟猪手女泉媛。一云、磯城縣主太眞稚彦女飯日媛也。后、生觀松彦香殖稲天皇。一云、天皇母弟武石彦奇友背命。

廿二年春二月丁未朔戊午[4]、立觀松彦香殖稲尊、爲皇太子。年十八。

卅四年秋九月甲子朔辛未、天皇崩。

觀松彦香殖稲天皇　孝昭天皇[5]

観松彦香殖稲天皇は、[一]大日本彦耜友天皇の太子なり。母の皇后[二]天豊津媛命は、[三]息石耳命の女なり。天皇、大日本彦耜友天皇の二十二年の春二月の丁未の朔戊午(十二日)を[四]以て、立ちて皇太子と爲りたまふ。

三十四年の秋九月に、大日本彦耜友天皇崩りましぬ。[五]明年の冬十月の戊午の朔庚午(十三日)に、大日本彦耜友天皇を[六]畝傍山南纖沙谿上陵に葬りまつる。

元年の春正月の丙戌の朔甲午(九日)に、皇太子、卽天皇位す。

夏四月の乙卯の朔己未(五日)に、[七]皇后を尊びて皇太后と曰す。

秋七月に、都を[八]掖上に遷す。是を池心宮と謂ふ。是年、太歳丙寅。

二十九年の春正月の甲辰の朔丙午(三日)に、[九]世襲足媛を立てて皇后とす。一に云はく、[一〇]磯城縣主葉江が女渟名城津媛といふ。一に云はく、倭國の豐秋狹太媛が女[一一]大井媛といふ。后、[一二]天足彦國押人命と[一三]日本足彦國押人天皇とを生れます。

六十八年の春正月の丁亥の朔庚子(十四日)に、日本足彦國押人尊を立てて、皇太子としたまふ。年二十。天足彦國押人命は、此[一四]和珥臣等が始祖なり。

八十三年の秋八月の丁巳の朔辛酉(五日)に、[一五]天皇崩りましぬ。

[一六]日本足彦國押人天皇　孝安天皇

一 懿徳天皇。
二 →二二四頁注一一。
三 安寧天皇の第一子。懿徳天皇の兄。→二二三頁注一五。
四 時を示す助辞として「以」を使うのは、この巻に集中して現われ、他巻には、伊吉博徳書(→下補注25-三三)などの他は例がない。
五 来ルツトシの意であろうか。クルツトシ・クルツヒ、いずれも書紀に目立つ特殊な訓読語である。一般にはアクルトシという。アクルトシはアクルヒの類推によって作られた語。アクルヒは、夜が明けての日の意で、明日となる。明日はアスというのが普通であった。書紀の古訓の中にもアクルトシと訓むものもある。
六 延喜諸陵式に「畝傍山南纖沙渓上陵〈軽曲峡宮御宇懿徳天皇。在大和国高市郡。兆域東西一町。南北一町。守戸五烟〉」。陵墓要覧に所在地を奈良県橿原市大字池尻字丸山とする。
七 懿徳天皇の皇后、天豊津媛命。
八 記に葛城掖上宮。掖上→二二四頁注二五。大和志は宮址は池内・御所二村の間にあるとする。今、奈良県御所市池之内付近。池心の池については、推古二十一年十一月条に掖上池を作ったことが見える。→下一九八頁注一四。
九 孝安即位前紀によれば、尾張連の遠祖、瀛津世襲(よそ)の妹。記は「尾張連之祖、奥津余曾之妹、名余曾多本毘売命(よそたほびめのみこと)」と記す。尾張連→一四二頁注九。旧事紀、天孫本紀に、瀛津世襲命に作り、またの名を葛木彦命といい、饒速日命四世の孫で、父の天忍男命は池心朝(孝昭)に大連であったという。
一〇 磯城県主葉江→安寧三年正月条一書。
一一 十市県主系図には、大間宿禰の孫に豊秋狭太彦があり、その女が大井媛としてある。
一二 記には天押帯日子命(あめおしたらしひこのみこと)。
一三 記には大倭帯日子国押人命。後の孝安天皇。

一四 和珥は奈良県添上郡南部の地(今、天理市和爾)。和珥臣(和邇臣)は大和朝廷の雄族で、代代、后妃を多く出した。後に春日に移って春日和珥臣(後に春日臣)という。↓四六一頁注三七。記には天押帯日子命の子孫として、春日臣(即ち和珥臣)以下十六氏を挙げている。↓下補注17-六。
一五 懿徳二十二年条に十八歳で立太子と見えることから計算すると、百十三歳に当る。記では九十三歳。
一六 ↓補注4-一。
一七 孝昭天皇。
一八・一九 ↓注九。

日本足彦國押人天皇は、[一七]観松彦香殖稲天皇の第二子なり。母をば[一八]世襲足媛と曰す。[一九]尾張連の遠祖瀛津世襲の妹なり。天皇、観松彦香殖稲天皇の六十八年の春正月を以て、立ちて皇太子と爲りたまふ。

八十三年の秋八月に、観松彦香殖稲天皇崩りましぬ。

元年の春正月の乙酉の朔辛亥(二十七日)に、皇太子、即天皇位す。

観松彦香殖稲天皇、大日本彦耜友天皇太子也。母皇后天豐津媛命、息石耳命之女也。天皇、以大日本彦耜友天皇廿二年春二月丁未朔[1]戊午、立爲皇太子。○卅四年秋九月、大日本彦耜友天皇崩。明年冬十月戊午[2]朔庚午、葬大日本彦耜友天皇於畝傍山南纖沙谿上陵。

元年春正月丙戌朔甲午[3]、皇太子即天皇位。○夏四月乙卯朔己未、尊皇后曰皇太后。○秋[4]七月、遷都於掖上。是謂池心宮。◎是年也、太歲丙寅。

廿九年春正月甲辰朔丙午、立世襲足媛爲皇后。一云、磯城縣主葉江女渟名城津媛。一云、倭國豐秋狹太媛女大井媛也。后生天足彦國押人命・日本足彦國押人天皇。

六十八年春正月丁亥朔庚子、[5]立日本足彦國押人尊、爲皇太子。年廿。天足彦國押人命、此和珥臣等始祖也。

八十三年秋八月丁巳朔辛酉、天皇崩。

日本足彦國押人天皇　孝安天皇

日本足彦國押人天皇、観松彦香[6]殖稲天皇第二子也。母曰世襲足媛。尾張連遠祖瀛津世襲之妹也。天皇、以観松彦香殖稲天皇六十八年春正月、立爲皇太子。○八十三年秋八月、観松彦香殖稲天皇崩。

元年春正月[7]乙酉朔辛亥、[8]皇太子即天皇位。

秋八月の辛巳の朔に、皇后[一]を尊びて皇太后と曰す。是年、太歳己丑。

二年の冬十月に、都を室[二]の地に遷す。是を秋津嶋宮[三]と謂ふ。

二十六年の春二月の己丑の朔壬寅(十四日)に、姪押媛[四]を立てて皇后とす。一に云はく、磯城縣主葉江[五]が女長媛といふ。一に云はく、十市縣主[六]五十坂彦が女五十坂媛といふ。后、大日本根子[七]彦太瓊天皇を生れます。

三十八年の秋八月の丙子の朔己丑(十四日)に、觀松彦香殖稻天皇を掖上博多山上陵[八]に葬りまつる。

七十六年の春正月の己巳の朔癸酉(五日)に、大日本根子彦太瓊尊を立てて、皇太子としたまふ。年二十六。

百二年の春正月の戊戌の朔丙午(九日)に、天皇崩[九]りましぬ。

[一〇]大日本根子彦太瓊天皇　孝靈天皇

大日本根子彦太瓊天皇は、日本足彦國押人天皇[一一]の太子なり。母をば押媛[一二]と曰す。蓋し天足彦國押人命[一三]の女か。天皇、日本足彦國押人天皇の七十六年の春正月を以て、立ちて皇太子と爲りたまふ。

百二年の春正月に、日本足彦國押人天皇崩りましぬ。

一 孝昭天皇の皇后、世襲足媛。
二 和名抄に葛上郡牟婁郷(今、奈良県御所市室)がある。履中三年十一月条に掖上室山。
三 記にも葛城室之秋津島宮。秋津→下補注17—一八。
四 孝霊即位前紀に、押媛は天足彦国押人命(孝安天皇の兄)の女かとしている。記には姪忍鹿比売命とある。
五 磯城県主葉江→安寧三年正月五日条一書。
六 十市県主系図もこれに同じ。十市は地名。和名抄に十市〈止保知〉郡。十市県主→補注3—二一。
七 記に大倭根子日子賦斗邇命と記す。後の孝霊天皇。記にはその兄として、大吉備諸進命を挙げている。
八 孝昭記にも「掖上博多山上」に在りとする。延喜諸陵式に「掖上博多山上陵〈掖上池心宮御宇孝昭天皇。在大和国葛上郡。兆域東西六町。南北六町。守戸五烟〉」。陵墓要覧に所在地を奈良県南葛城郡大正村大字三室字博多山(今、御所市)とする。
九 孝昭六十八年条に二十歳で立太子とあるから、百三十七歳の計算になる。記では百二十三歳とする。
一〇 →補注4—一。
一一 孝安天皇。
一二 →注四。
一三 →孝昭二十九年正月三日条。
一四 孝安記に「御陵在玉手岡上也」。延喜諸陵式に「玉手丘上陵〈室秋津島宮御宇孝安天皇。在大和国葛上郡。兆域東西六町。南北六町。守戸五烟〉」。陵墓要覧に所在地を奈良県南葛城郡御所町玉手字宮山(今、御所市)とする。
一五 記にも黒田廬戸宮。黒田は和名抄に大和国秋九月の甲午の朔丙午（十三日）に、日本足彦國押人天皇を玉手丘上陵[一四]に葬りまつる。

冬十二月の癸亥の朔丙寅（四日）に、皇太子、都を黒田[一五]に遷す。是を廬戸宮と謂ふ。

元年の春正月の壬辰の朔癸卯（十二日）に、太子、天皇位に即す。皇后[一六]を尊びて皇太后と曰す。是年、太歳辛未。

二年の春二月の丙辰の朔丙寅（十一日）に、細媛命[一七]を立てて、皇后とす。一に云はく、

○秋八月辛巳朔、尊二皇后一曰二皇太后一。◎是年也、太歳己丑。

二年冬十月、遷二都於室地一。是謂二秋津嶋宮一。

廿六年春二月己丑朔壬寅、立二姪押媛一爲二皇后一。一云、磯城縣主葉江女長媛。一云、十市縣主五十坂彦女五十坂媛也。后生二大日本根子彦太瓊天皇一。

卅八年秋八月丙子朔己丑、葬二觀松彦香殖稲天皇于掖上博多山上陵一。

七十六年春正月己巳朔癸酉、立二大日本根子彦太瓊尊一、爲二皇太子一。年廿六。

百二年春正月戊戌朔丙午[1]、天皇崩。

大日本根子彦太瓊天皇　孝靈天皇

大日本根子彦太瓊天皇、日本足彦國押人天皇太子也[2]。母曰二押媛一。蓋天足彦國押人命之女乎。天皇、以二日本足彦國押人天皇七十六年春正月一、立爲二皇太子一。○百二年春正月、日本足彦國押人天皇崩。○秋九月甲午朔[3]丙午、葬二日本足彦國押人天皇于玉手丘上陵一。○冬十二月癸亥朔丙寅、皇太子遷二都於黒田一。是謂二廬戸宮一。

元年春正月壬辰朔癸卯、太子卽天皇位。尊二皇后一曰二皇太后一。◎是年也、太歳辛未。

二年春二月丙辰[4]朔丙寅、立二細媛命一、爲二皇后一。一云、→

城下郡黒田〈久留多〉郷（今、奈良県磯城郡田原本町黒田）。大和志に宮蹟は宮古・黒田二村間の都杜（みやこもり）としている。

一六 孝安天皇の皇后、押媛。

一七 孝元即位前紀に磯城県主大目の女と見え、記には「十市県主之祖、大目之女、名細比売命」としている。ホソヒメの他にクハシヒメの古訓がある。細は、もと、こまかい美を表わす語。クハシヒメの方がよいかもしれぬが、決定し難い。

一 記では細比売命と並んで、春日之千千速真若比売の名が見え、千千速比売命を生んだとしている。二 十市県主系図では倭真舌媛と見え、下に見える絚某弟（はへいろど）のこととしている。

三 記に大倭根子日子国玖琉命。後の孝元天皇。

四 記に意富夜麻登玖邇阿礼比売命（おほやまとくにあれひめのみこと）。十市県主系図には、大日彦の子に「倭国早山香媛〈赤日絚某姉媛〉」と見えている。五 記に夜麻登登母母曾毗売命（やまとととももそびめのみこと）。トトビは鳥飛び、モモは百、ソは十の意であろうか。トトビは魂の飛ぶことの比喩となることがある。崇神十年九月条に、この命が大物主神の妻になった三輪山伝説が見えている。→補注5—四。

六 記に比古伊佐勢理毗古命、亦名大吉備津日子命。崇神十年九月条の四道将軍派遣の記事に、吉備津彦を西道に遣わしたことが見える。

七 記に倭飛羽矢若屋比売。また記は以上の他に日子刺肩別命（ひこさしかたわけのみこと）の名を挙げ、高志（こし）の利波臣（となみのおみ）など四氏の祖としている。

八 記に阿礼比売命之弟、蠅伊呂杼。絚は、古写本に絙に作る。絙は、クミヒモの意。また、綬のことという。しかし、多分、絙は絚の俗字からの誤りであろう。絚は緪の誤りであろう。緪は揯に通じ、急に弦を張る意。弦や縄を張ることを日本語の動詞でハヘという。ハヘは下二

[一]春日千乳早山香媛といふ。一に云はく、十市縣主等が祖が女眞舌媛といふ。[二]后、[三]大日本根子彦國牽天皇を生れます。妃[四]倭國香媛、亦の名は絚某姉。[五]倭迹迹日百襲姫命・[六]彦五十狹芹彦命　亦の名は吉備津彦命。[七]倭迹迹稚屋姫命を生む。亦妃[八]絚某弟、[九]彦狹嶋命・[一〇]稚武彦命を生む。弟稚武彦命は、是吉備臣の始祖なり。[一一]

三十六年の春正月の己亥の朔に、彦國牽尊を立てて皇太子としたまふ。

七十六年の春二月の丙午の朔癸丑(八日)に、天皇崩りましぬ。[一二]

[一三]大日本根子彦國牽天皇　孝元天皇

大日本根子彦國牽天皇は、[一四]大日本根子彦太瓊天皇の太子なり。母をば[一五]細媛命と曰す。[一六]磯城縣主大目が女なり。天皇、大日本根子彦太瓊天皇の三十六年の春正月を以て、立ちて皇太子と爲りたまふ。年[一七]十九。

七十六年の春二月に、大日本根子彦太瓊天皇崩りましぬ。

元年の春正月の辛未の朔甲申(十四日)に、太子、即天皇位す。[一八]皇后を尊びて皇太后と曰す。是年、太歳丁亥。

四年の春三月の甲申の朔甲午(十一日)に、都を[一九]輕の地に遷す。是を境原宮と謂ふ。

六年の秋九月の戊戌の朔癸卯(六日)に、大日本根子彦太瓊天皇を[二〇]片丘馬坂陵に葬

段活用の動詞であるから、へは乙類。Farëの音。蠅の奈良時代の音もFarëであるから、拖と蠅とは通用する。よって絚某弟は、蠅伊呂杼に同じである。弟だけでもイロドと訓みうるが、蠅伊呂杼の場合、特にその名が明示されていないので、弟の上に、不定称の代名詞を表わす「某」をつけて、絚某弟としたものであろう。
九 記に日子寤間命(ひこさめまのみこと)と記し、針間の牛鹿臣の祖としている。一〇 記に若日子建吉備津日子命と記し、吉備下道臣・笠臣の祖とする。また景行記によれば、景行天皇の皇后針間之伊那毗能大郎女(二八二頁注一一)は、若武吉備津日子の女という。なお、続後紀、承和三年三月己巳(三十日)条に「飛驒国人散位三尾臣永主、右京史生同姓息長等、賜姓笠朝臣、…永主稚武彦命之後也」と見える。↓注一一。一一 姓氏録、左京皇別にも、吉備朝臣は稚武彦命の後とある。吉備臣はさらに上道(かみつみち)・下道(しもつみち)・笠などの諸氏に分れるが、記では大吉備津日子命・若建吉備津日子命は共に吉備国を平定し、大吉備津日子命は吉備上道臣の、若建吉備津日子命は吉備下道臣・笠臣の祖であるとしている。↓三七五頁注二二。一二 孝安七十六年条に二十六歳で立太子と見えることから計算すれば、百二十八歳となる。孝霊記では百六歳とする。一三 ↓補注4-一。一四 孝霊天皇。一五 ↓二二九頁注一七。一六 磯城県主↓補注3-二一。大目は、他に見えず。孝霊記には「十市県主之祖、大目」。十市県主と磯城県主は同氏であるとする説があるが、中原系図に、中原氏はもと十市首で、磯城津彦命(↓二二三頁注一九)の後としてあることも参考とされる。この磯城津彦命を中原系図では安寧天皇第三子としているが、これは仮冒で、単に磯城彦(しきのひこ)と見た方がよい。一七 ↓二二二頁注一一。一八 孝霊天皇の皇后、細媛命。一九 記に軽之堺原宮。軽↓二二四頁注

一〇。二〇 孝霊記にも片岡の馬坂の上に在るとする。延喜諸陵式に「片丘馬坂陵〈黒田廬戸宮御宇孝霊天皇。在大和国葛下郡。兆域東西五町。南北五町。守戸五烟〉」。陵墓要覧には所在地を奈良県北葛城郡王寺町大字王寺字小路口（せうろく）とする。二一 開化即位前紀に、穂積臣の遠祖、欝色雄命（うつしこをのみこと）の妹とある。記も同じ。二二 二男一女をフタハシラ・ヒトハシラのように訓むのは古訓である。神、または天皇及びその子を表わすには、助数詞としてハシラを使う。天武紀などではこれをフタリ・ヒトリと訓んだ。この巻あたりの古訓とは多少の相違がある。↓一八八頁注五。二三 記に大毗古命。崇神十年九月条に、四道将軍の一人として、北陸に派遣されたことが見える。二四 記に若倭根子日子大毗毗命。後の開化天皇。二五 記伝は、孝霊皇女、倭迹迹日百襲姫命（↓注五）と同一人で、父に二説あったという。二六 記では大毗古命の次に、少名日子建猪心命（すくなひこたけゐこころのみこと）の名を挙げ、次に開化天皇とし、倭迹迹姫命の名は見えていない。二七 崇神即位前紀に、物部氏の遠祖大綜麻杵（おほへそき）の女と見え、記では内色許男命（うつしこをのみこと）の女の伊迦賀色許売命と記す。開化六年正月条に、開化天皇の皇后となり、崇神天皇を生んだことが見える。二八 記に「比古布都押之信命」とあるによって、ヒコフツオシノマコトノミコトと訓む。下文に武内宿禰の祖父とあるが、記は比古布都押之信命の子として建内宿禰の名を挙げ、つづけて建内宿禰の子孫として九人の子をあげ、分注に計二十七氏を記している。これらの氏は、蘇我氏の一族で、それを天皇氏と結びつけるために記されたものであろう。書紀ではそれほど詳しくあげてない。これは記の制作された時代には蘇我氏の勢力が強く、書紀の編修された時代には、蘇我氏の力がそれほどでなかったことを反映するものであろう。

りまつる。

七年の春二月の丙寅の朔丁卯（二日）に、[二一]欝色謎命を立てて皇后とす。后、[二二]二の男一の女を生れます。第一をば[二三]大彦命と曰す。第二をば[二四]稚日本根子彦大日日天皇と曰す。第三をば[二五]倭迹迹姫命と曰す。一に云はく、天皇の母弟[二六]少彦男心命といふ。妃[二七]伊香色謎命、[二八]彦太忍信命を生む。次妃河内青玉繋が女

春日千乳早山香媛。一云、十市縣主等祖女眞舌媛也。后生大日本根子彦國牽天皇。妃倭國香媛、亦名絙[1]某姉。生倭迹々日百襲姫命・彦五十狹芹彦命亦名吉備津彦命。・倭迹々稚屋姫命。亦妃絙[2][3]某弟、生彦狹嶋命・稚武彦命。弟稚武彦命、是吉備臣之始祖也。

卌六年春正月己亥朔、立彦國牽尊、爲皇太子。

七十六年春二月丙午朔癸丑、天皇崩。

大日本根子彦國牽天皇　孝元天皇

大日本根子彦國牽天皇、大日本根子彦太瓊天皇太子也。母曰細媛命。磯城縣主大目之女也。天皇以大日本根子彦太瓊天皇卌六年春正月、立爲皇太子。年十九。

○七十六年春二月、大日本根子彦太瓊天皇崩。

元年春正月辛未朔甲申、太子卽天皇位。尊皇后曰皇太后。◎是年也、太歳丁亥。

四年春三月甲申朔甲午、遷都於輕地。是謂境原宮。

六年秋九月戊戌朔癸卯、葬大日本根子彦太瓊天皇于片丘馬坂陵。

七年春二月丙寅朔丁卯、立欝色謎[4]命爲皇后。々生二男一女。第一曰大彦命。第二曰稚日本根子彦大日々天皇。第三曰倭迹々姫命。一云、天皇母弟少彦男心命也。妃伊香色謎[5]命生彦太忍信命。次妃河内青玉繋女↓

埴安媛、武埴安彦命を生む。兄大彦命は、是阿倍臣・膳臣・阿閉臣・狭狭城山君・筑紫國造・越國造・伊賀臣、凡て七族の始祖なり。彦太忍信命は、是武内宿禰の祖父なり。

二十二年の春正月の己巳の朔壬午(十四日)に、稚日本根子彦大日日尊を立てて皇太子としたまふ。年十六。

五十七年の秋九月の壬申の朔癸酉(二日)に、大日本根子彦國牽天皇崩りましぬ。

稚日本根子彦大日日天皇　開化天皇

稚日本根子彦大日日天皇は、大日本根子彦國牽天皇の第二子なり。母をば欝色謎命と曰す。穂積臣の遠祖欝色雄命の妹なり。天皇、大日本根子彦國牽天皇の二十二年の春正月を以て、立ちて皇太子と為りたまふ。年十六。

五十七年の秋九月に、大日本根子彦國牽天皇崩りましぬ。

冬十一月の辛未の朔壬午(十二日)に、太子、即天皇位す。

元年の春正月の庚午の朔癸酉(四日)に、皇后を尊びて皇太后と曰す。

冬十月の丙申の朔戊申(十三日)に、都を春日の地に遷す。春日、此をば箇酒鵝と云ふ。是を率川宮と謂ふ。率川、此をば伊社箇波と云ふ。是年、太歳甲申。

一 記にも河内青玉の女、名は波邇夜須毘売とする。二 記に建波邇夜須毘古命。崇神十年九月条に、謀反をはかって殺されたことが見える。三 古代の大氏族で、記では大毘古命の子の建沼河別命(たけぬなかはわけのみこと)を祖とするとある。姓氏録、左京皇別にも「孝元天皇皇子大彦命之後也」とある。天武十三年十一月、朝臣の姓を賜う。四 記によれば、建沼河別命の弟の比古伊那許士別命(ひこいなこしわけのみこと)を祖とする。天武十三年十一月、朝臣の姓を賜う。なお、姓氏録、左京皇別、高橋朝臣条に「阿倍朝臣同祖。大稲輿命之後也。景行天皇巡ニ守東国一供ニ献大蛤一。于レ時天皇喜ニ其奇美一。賜ニ姓膳臣一。天渟中原瀛真人天皇〈諡天武〉十二年改ニ膳臣一賜ニ高橋朝臣一」とある。↓下補注18-一。五 敢臣とも記す。伊賀国阿閉郡(今、三重県阿山郡西部・上野市)を本拠とする氏であろう。姓氏録、河内皇別に「大彦命男、彦瀬立大稲越命之後也」とあり、阿倍臣は兄の建沼河別命の後、阿閉臣は弟の伊那許士別命の後ということになって、両者は別の氏と見るべきであろう。阿閉臣も天武十三年十一月、朝臣の姓を賜う。六 狭狭城は地名で、和名抄の近江国蒲生郡篠笥(ささ)郷(今、滋賀県蒲生郡安土町付近)か。姓氏録、左京皇別に「佐々貴山公。阿倍朝臣同祖」、同摂津皇別に「阿倍朝臣同祖。大彦命之後也」とあり、一族は続紀・三代実録に近江国蒲生郡大領として見える。顕宗元年五月条に、狭狭城山君韓帒宿禰(からふくろのすくね)の名が見える。七 旧事紀、国造本紀に「筑志国造。志賀高穴穂朝(成務)御世、阿倍臣同祖、大彦命五世孫、田道命、定ニ賜国造一」とある。継体二十一年六月条に見える筑紫国造磐井の叛乱は有名である。八 旧事紀、国造本紀に「高志国造、志賀高穴穂朝御世、阿閉臣祖、屋主田心命三世孫、市入命、定ニ賜国造一」とある。屋主田心命は、姓氏録、右京皇別、伊賀臣条・同道公の条によれ五年の春二月の丁未の朔壬子（六日）に、大日本根子彦國牽天皇を劒池嶋上陵[二〇]に葬りまつる。

六年の春正月の辛丑の朔甲寅（十四日）に、伊香色謎命[二一]を立てて皇后とす。是は庶母[二二]なり。后、御間城入彦五十瓊殖天皇[二三]を生れます。是より先に、天皇、丹波竹野媛[二四]を納れて妃としたまふ。彦湯産隅命[二五] 亦の名は彦蒋簀命。を生む。次妃和珥臣[二六]の遠祖

埴安媛生武埴安彦命。兄大彦命、是阿倍臣[1]・膳臣・阿閉臣[2]・狹々城山君・筑紫國造・越國造・伊賀臣、凡七族之始祖也。彦太忍信命、是武内宿禰之祖父也。

廿二年春正月己巳朔壬午、立稚日本根子彦大日日尊[3]、爲皇太子。年十六。

五十七年秋九月壬申朔癸酉、大日本根子彦國牽天皇崩。

稚日本根子彦大日日天皇[4][5]　開化天皇

稚日本根子彦大日々天皇[6]、大日本根子彦國牽天皇第二子也。母曰鬱色謎命[7]。穗積臣遠祖鬱色雄命之妹也。天皇、以大日本根子彦國牽天皇廿二年春正月、立爲皇太子。年十六。○五十七年秋九月、大日本根子彦國牽天皇崩。○冬十一月辛未朔壬午、太子卽天皇位。

元年春正月庚午朔癸酉、尊皇后曰皇太后。○冬十月丙申朔戊申、遷都于春日之地。春日、此云箇酒鵝。是謂率川宮[8]。率川、此云伊社箇波。[9] ◎是年也、太歳甲申。

五年春二月丁未朔壬子、葬大日本根子彦國牽天皇于劒池嶋上陵。

六年春正月辛丑朔甲寅、立伊香色謎命爲皇后[10]。是庶母也。后生御間城入彦五十瓊殖天皇。先是、天皇、納丹波竹野媛爲妃。生彦湯産隅命[11]。亦名彦蒋簀命。次妃和珥臣遠祖→

ば、大彦命の孫で、大稲輿命（おほいなこしのみこと）の子である。

九 姓氏録、右京皇別に「彦屋主田心命之後」とある。天武十三年十一月、朝臣の姓を賜う。

一〇 →補注7-三。

一一 即位前紀の記事に孝霊三十六年条に十九歳で立太子とあることから計算すれば、百十六歳。記では五十七歳。

一二 →補注4-一。

一三 孝元天皇。

一四 →二三一頁注二一。

一五 穂積臣は、姓氏録、左京神別に「穂積朝臣、石上同祖、神饒速日命（かみにぎはやひのみこと）五世孫伊香色雄命（いかがしこをのみこと）之後也」と見え、崇神七年八月条や垂仁二十五年三月条に「穂積臣遠祖大水口宿禰（おほみくちのすくね）」とある。大水口宿禰は、姓氏録、右京神別、采女朝臣条に、饒速日命の六世の孫と見えており、穂積臣が饒速日命の子孫で、物部氏と同祖の氏であることは皆一致するが、穂積氏の本系では、鬱色雄命と物部氏の祖という伊香色雄命とを結びつけるという意識のもとで混同させた疑いがあり、本来同族であるかどうか疑問。穂積は地名で、大和国山辺郡の地であろう。継体六年四月条に穂積臣押山の名が見え、天武十三年十一月、朝臣の姓を賜う。

一六 →二三四頁注六。

一七 孝元天皇の皇后、鬱色謎命。

一八 和名抄に大和国添上郡春日郷。綏靖二年正月条に春日県主、開化六十年十月条に春日率川坂本陵、景行五十五年条に春日穴咋邑などとあり、今の奈良県奈良市のあたり。なお允恭七年条に「到倭春日、食于櫟井上」とある櫟井（→四四二頁注三）は、現在奈良県天理市に含まれている地。

一九 記に春日之伊邪河宮。率川は春日山から出て猿沢池の南を通り、西流して佐保川に入る小川。

二〇 延喜諸陵式に「剣池島上陵〈軽境原宮御宇孝元天皇。在大和国高市郡。兆域東西二町。南北一町。守戸五烟〉」。陵墓要覧に所在地を奈良県橿原市大字石川字剣池上とする。

二一 →二三一頁注二七。

二二 孝元七年二月条によれば、伊香色謎命は孝

姥津命の妹姥津媛、彦坐王を生む。

二十八年の春正月の癸巳の朔丁酉（五日）に、御間城入彦尊を立てて、皇太子としたまふ。年十九。

六十年の夏四月の丙辰の朔甲子（九日）に、天皇崩りましぬ。

冬十月の癸丑の朔乙卯（三日）に、春日率川坂本陵に葬りまつる。一に云はく、坂上陵。時に年百十五といふ。

日本書紀巻第四

元天皇の妃。ただし開化天皇の生母ではない。
二三　記に御真木入日子印恵命。後の崇神天皇。
二四　記に「旦波之大県主、名由碁理（ゆごり）之女、竹野比売」。
二五　記に比古由牟須美命。
二六　和珥臣→二二六頁注一四。

一　記に「丸邇臣之祖、日子国意祁都命（ひこくにおけつのみこと）之妹、意祁都比売命」。
二　底本の頭注に「養老日本私記、姥津、波々津、一云意知津」とある。養老の日本紀私記に姥津を波々津と注し、一云意知（おち）津とあるの意であろう。養老の日本紀私記なる成書が奈良時代からすでに存在したか否か不明であるが、古写本の中には、まま養老説とか、養老日本私記とかとして訓を引用注記しているものがある。例えば、兼夏本神代紀下「底下、ソコツシタ爾、ワタリモリ、養老」、底本綏靖紀「沈毅、オ己々シ、養老説」、前本仁徳紀即位前紀「度子、ワタリモリ、養老説」、同開化紀六年のここの記事、同崇神紀七年「大水口、ミクチ、養老日本私記」、同成務紀五年「楯矛、多々奈弥、養老」「日縦、比乃多都志、養老」「日横、比乃与己之」の如くである。これらのうち、万葉仮名で書いてあるものについては、上代特殊仮名遣の甲類・乙類は、古例に合致している。従って、これは奈良時代に成立したものであると見て差支えない。養老の日本紀私記という成書は、本朝書籍目録など平安時代の文献及び釈紀などにその名が見える。語学上の見地からすれば、今日伝存の本は、訓を片仮名に直してある所などがあり、これを尽く奈良時代のものとすることはできないが、古写本の中に往往見える万葉仮名の例は、右のように奈良時代の古語としておかしくないものだけである。養老私記については、なお研究を要する。→解説。
三　記に日子坐王。また記は、垂仁天皇の皇后姥津命之妹姥津媛生㆓彦坐王㆒。[1]

廿八年春正月癸巳朔丁酉、立㆓御間城入彦尊㆒、爲㆓皇太子㆒。年十九。

六十年夏四月丙辰朔甲子、天皇崩。○冬十月癸丑朔乙卯、葬㆓于春日率[2]川坂本[3]陵㆒。一云、坂上陵。時年百十五。

日本書紀巻第四

狭穂姫、その兄狭穂彦王、四道将軍の一人丹波道主命等の父とする。

四　→二五四頁注四。

五　延喜諸陵式に「春日率川坂上陵〈春日率川宮御宇開化天皇。在㆓大和国添上郡㆒。兆域東西五段。南北五段。以㆓在京戸十烟㆒、毎年差充令㆑守〉」。陵墓要覧に所在地を奈良県奈良市油阪町とする。

六　即位前紀に孝元二十二年、十六歳で立太子とあることから計算すれば百十一歳となる。記は六十三歳。

日本書紀 巻第五

御間城入彦五十瓊殖天皇　崇神天皇

御間城入彦五十瓊殖天皇は、稚日本根子彦大日日天皇の第二子なり。母をば伊香色謎命と曰す。物部氏の遠祖大綜麻杵の女なり。天皇、年十九歳にして、立ちて皇太子と爲りたまふ。識性聰敏し。幼くして雄略を好みたまふ。既に壯にして寛博く謹愼みて、神祇を崇て重めたまふ。恆に天業を經綸めむとおもほす心有します。六十年の夏四月に、稚日本根子彦大日日天皇崩りましぬ。

元年の春正月の壬午の朔甲午(十三日)に、皇太子、卽天皇位す。皇后を尊びて皇太后と曰す。

二月の辛亥の朔丙寅(十六日)に、御間城姫を立てて皇后とす。是より先に、后、活目入彦五十狹茅天皇・彦五十狹茅命・國方姫命・千千衝倭姫命・倭彦命・五十日鶴彦命を生れます。又妃紀伊國の荒河戸畔の女、遠津年魚眼眼妙媛、一に云はく、

一 記に御真木入日子印恵命また美麻紀伊理毗古、常陸風土記に美万貴天皇とある。ミマキは語義未詳。キはキ乙類 kï の音、シラキ(新羅)のキに同じ。→二二六頁注六。イリは崇神紀・垂仁紀・景行紀に現われるが、タラシ系の名称とは共存しない。→補注4-一・二五九頁注一九。イニヱは語義未詳。安閑二年五月条に婀娜国胆殖屯倉。十二年九月条に御肇国天皇(はつくにしらすすめらみこと)とある。本紀から帝紀的記事に旧辞的記事が加わり、記述も詳細になるので、この天皇を事実上の初代の天皇とする説がある。→補注3-二〇。二 開化天皇。三 孝元妃で開化皇后。→二三一頁注二七・開化六年正月条。四 →二一〇頁注八。五 旧事紀、天孫本紀には饒速日尊五世孫鬱色雄命の弟大綜杵命とある。ヘソキのキは、男子を表わす語。イザナキのキに同じであろう。→補注1-二一。六 開化二十八年正月条にも年十九で立太子。七 識性は、是非善悪を弁別する能力。八 晋書、桓温伝に「温、少有雄略」。雄略は、大きいはかりごと。九 漢書、成帝紀に「壮好経書、寛博謹慎」。一〇 →一九二頁注九。一一 カタテは肩を動詞化した語という。持ち上げ尊重する意。一二 開化天皇の皇后、伊香色謎命。一三 垂仁即位前紀に大彦命の女。記には大毘古命の女御真津比売命とある。ミマキヒメとミマキイリビコは一対の名。同様の例がこのころ多く見え、いわゆる姫彦制の存在を示すともみられる。一四 後の垂仁天皇。一五 記には伊邪能真若命。一六 記には国片比売命。一七 記に千千都久和比売命。一八 記に倭日子命とあり、垂仁二十八年十月条に死亡記事がある。一九 記は倭日子命のまえに伊賀比売命の名をあげ、女性とする。二〇 記に木国造、名は荒河刀弁とあり、旧事紀、天孫本紀に大新河命は紀伊荒川戸俾の女中日女を妻としたとある。戸畔→一九四頁注二。荒

大海宿禰[二三]の女八坂振天某邊[二四]といふ。豊城入彦命[二五]・豊鍬入姫命[二六]を生む。次妃尾張大海媛[二七]、八坂入彦命[二八]・渟名城入姫命[二九]・十市瓊入姫命[三〇]を生む。是年、太歳甲申[三一]。

三年の秋九月に、都を磯城[三二]に遷す。是を瑞籬宮[三三]と謂ふ。

四年の冬十月の庚申の朔壬午(二十三日)に、詔[三四]して曰はく、「惟我が皇祖、諸天皇等、宸極[三五]を光臨ししことは、豈一身の爲ならむや。蓋し人神を司牧[三六]へて、天下を經綸め

日本書紀　巻第五

御間城入彦五十瓊殖天皇　崇神天皇

御間城入彦五十瓊殖天皇、稚日本根子彦[1]大[2]日々天皇第二子也。母曰二伊香色[8]謎命一。物部氏遠祖大綜麻杵之女也。天皇年十九歳、立爲二皇太子一。識性聰敏。幼好二雄略一。既壯寛博謹愼、崇二重神祇一。恆有下經二綸天業一之心上焉。六十年夏四月、稚日本根子[4]彦大日々天皇崩。

元年春正月壬午朔甲午、皇太子卽天皇位。尊二皇后一曰二皇太后一。○二月辛亥朔丙寅、立二御間城姫一爲二皇后一。先レ是、后生二活目入彦五十狹茅天皇・彦五十狹茅命・國方姫命・千々衝倭姫命・倭彦命・五十日鶴彦命一。又妃紀伊國荒河戸畔女遠津年魚眼眼妙媛、(一云、大海宿禰女八坂振天某邊。)[5]生二豐城入彦命・豐鍬入姫命一。次妃尾張大海媛、生二八坂入彦命・[6]渟名城入姫命・十市瓊入姫命一。◎是年也、太歳甲申。

三年秋九月、遷二都於磯城一。是謂二瑞籬宮一。

四年冬十月庚申朔壬午、詔曰、惟我皇祖、諸天皇等、光二臨宸極一者、豈爲二一身一乎。蓋所下以司二牧[7]人神一、經中綸天下上。→

河は紀伊国那賀郡荒川郷かという。二一 記には遠津年魚目目微比売。記伝はトホツを万葉二六八に見える遠津の浜とし、アユメを年魚群の意でマクハシの序詞とする。マクハシは、美麗の意。二二 集解は古本によってこの分注を次妃尾張大海媛の下に移すが、従うべきであろう。二三 下の大海媛の父とすれば、尾張の海部の統率者か。→注二七。二四 ヤサカ、フルは未詳。アマは、海か。イロベは、女子の愛称。某字は安寧三年条に某兄(ねいろ)の例がある。→二二三頁注一八。二五 記に豊木入日子命、毛野氏系諸氏の祖とされる。→四十八年正月・四月条。二六 記に豊鉏入日売命とあり、天照大神を大和の笠縫邑に祭ったと伝えられる。→六年条。イリ→注一。二七 記に「尾張連之祖意富阿麻比売」とある。旧事紀、天孫本紀は饒速日命六世の孫建宇那比命の女大海姫命、亦の名は葛木高名姫命とする。和名抄に尾張国海部郡海部郷がある。尾張連→一四二頁注九。二八 記には八坂之入日子命。景行妃の八坂入媛・弟媛の父。→景行四年二月条。なお記はこの皇子のまえに大入杵命の名をあげる。二九 記に沼名木之入日売命とあり、垂仁二十五年三月条分注には渟名城稚姫命とある。→六年条。ヌナ→下一〇八頁注五。三〇 記には十市之入日売命とある。十市は、大和国十市郡の名によるかという。三一 →補注3-六。三二 大和国城上・城下郡の地。→二〇〇頁注三。三三 記には師木水垣宮とある。ミツは美称。大和志に「古蹟在三輪村東南、志紀御県神社西」という。今、奈良県桜井市金屋付近。三四 以下純漢文風の詔文がしばしば現われるが、書紀撰者の作文であろう。三五 宸は、ノキ(軒)、奥深いところ。転じて、天子の居所。極は、棟木。至上の位をいう。三六 牧は、家畜に子を生ませて繁殖させること。司牧は、それを司る意。古訓トトノフはその意を汲んだ訓。

たまふ所以なり。故、能く世玄功[一]を闡め、時に至徳を流く。今、朕大運[二]に奉承りて、黎元を愛み育ふ。何當にしてか聿[三]に皇祖の跡に遵ひて、永く窮無き祚を保たむ。其れ群卿百僚、爾の忠貞を竭して、共に天下を[四]安せむこと、亦可からざらむや」とのたまふ。

五年に、國内に疾疫[五]多くして、民死亡れる者有りて、且大半ぎなむとす。

六年に、百姓[六]流離へぬ。或いは背叛くもの有り。其の勢、徳を以て治めむこと難し。是を以て、晨[七]に興き夕までに惕りて、神祇[八]に請罪る。是より先に、[九]天照大神・倭大國魂[一〇]、二の神を、天皇の大殿[一一]の内に並祭る。然して[一二]其の神の勢を畏りて、共に住みたまふに安からず。故、天照大神を以ては、豐鍬入姫命[一三]に託けまつりて、倭[一四]の笠縫邑に祭る。仍りて磯堅城[一五]の神籬[一六]神籬、此をば比莽呂岐と云ふ。を立つ。亦、日本大國魂神[一七]を以ては、渟名城入姫命[一八]に託けて祭らしむ。然るに渟名城入姫、髮落ち體痩みて[一九]祭ること能はず。

七年の春二月の丁丑の朔辛卯(十五日)に、詔[二〇]して曰はく、「昔我が皇祖、大きに鴻基を啓きたまひき。其の後に、聖業逾高く、王風轉盛なり。意はざりき、今朕が世に當りて、數災害有らむことを。恐るらくは、朝に善政無くして、咎を神祇に取らむや。盍ぞ命神龜へて[二一]、災を致す所由を極めざらむ」とのたまふ。是に、天皇、乃ち神淺茅原[二二]に幸して、八十萬の神を會へて、卜問ふ。是の時に、神明倭[二三]

一 奥深い功業。梁書、敬帝紀に「允光二素王一、載闡二玄功一」。二 大運は、天運。後漢書、明帝紀に「朕承二大運一、継レ体守レ文」。三 聿は、述也ともあって、ノベとも訓めるが、熱本の訓に従い、ツヒニと訓む。尚書、湯誥「聿求二元聖一」の孔氏伝に「聿、遂也」。下文の永保の永に対する語。四 ヤスミスはヤスンズの古形。yasumisu→yasumsu→yasumzu→yasunzu. 五 エノヤマヒのエは疫の字音であろう。疫は役と同音。広韻、営隻切。北方音で iwek の音。末尾のkを脱落したのであろう。役をエと訓むのと同趣。六 本条と垂仁二十五年条は、伊勢神宮と大倭神社の起源説話。記には見えず、崇神記に「豊鉏比売命者〈拝二祭伊勢大神之宮一也〉」とあるだけ。↓補注6-一〇・2-一九。七 励むさま。惕は、懼れる意。八 尚書、湯誥に「告二于上天神后一、請二罪有夏一」。九 ↓補注1-三五。神体は八咫鏡。神代紀、第九段第二の一書に「是時、天照大神、手持二宝鏡一、授二天忍穂耳尊一、而祝之曰、吾児視二此宝鏡一、当レ猶レ視レ吾。可三与同レ床共レ殿、以為二斎鏡一」(一五二頁一三―一五行)。一〇 神代紀第八段第六の一書に「大国主神、亦名大物主神、…亦曰二大国玉神一。亦曰二顕国玉神一」(一二八頁一〇―一一行)とあるが、国玉神は一般にその国の経営に功のあった神で、記伝は倭の大国魂神をも大国主命とするのは誤りとする。但し次第に同一視されるようになり、大倭神社注進状は「伝聞大国魂神者、大已貴神之荒魂」とする。一一 アラは、有ラの意。カは、所の意。居る所。一二 以下は古語拾遺に「至二于磯城瑞垣朝一、漸畏二神威一、同レ殿不レ安。故更令下斎部氏率二石凝姥神裔、天目一箇神裔二氏一、更鋳レ鏡造上レ剣、以為二護身御璽一。是今践祚之日所レ献神璽鏡剣也」。一三 ↓元年二月条。一四 この倭を通釈は大和の城上・城下二郡と山辺郡の半ばに亙る地域の名とする。笠縫邑は笠縫部の住地、位置未詳。磯迹迹日百襲姫命に憑りて曰はく、「天皇、何ぞ國の治らざることを憂ふる。若し能く我を敬ひ祭らば、必ず當に自平ぎなむ」とのたまふ。天皇問ひて曰はく、「如此敎ふは誰の神ぞ」とのたまふ。答へて曰はく、「我は是倭國の域の内に所居る神、名を大物主神と爲ふ」とのたまふ。時に、神の語を得て、敎の隨に祭祀る。然れども猶事に於て驗無し。天皇、乃ち沐浴齋戒して、殿の内を潔淨りて、祈みて曰さく、

故能世闡ニ玄功一、時流ニ至德一。今朕奉ニ承大運一、愛ニ育黎元一。何當聿遵ニ皇祖之跡一、永保ニ無レ窮之祚一。其群卿百僚、竭ニ爾忠貞一、共安ニ天下一、不ニ亦可一乎。

五年、國内多ニ疾疫一、民有ニ死亡者一、且大半矣。

六年、百姓流離。或有ニ背叛一。其勢難ニ以レ德治一之。是以、晨興夕惕、請ニ罪神祇一。先レ是、天照大神・倭大國魂二神、並ニ祭於天皇大殿之内一。然畏ニ其神勢一、共住不レ安。故以ニ天照大神一、託ニ豐鍬入姫命一、祭ニ於倭笠縫邑一。仍立ニ磯堅城神籬一。神籬、此云ニ比莽呂岐一。亦以ニ日本大國魂神一、託ニ渟名城入姫命一令レ祭。然渟名城入姫、髮落體痩而不レ能レ祭。

七年春二月丁丑朔辛卯、詔曰、昔我皇祖、大啓ニ鴻基一。其後、聖業逾高、王風轉盛。不レ意、今當ニ朕世一、數有ニ災害一。恐朝無ニ善政一、取ニ咎於神祇一耶。盍下命神龜一、以極中致レ災之所由上也。於是、天皇乃幸ニ于神淺茅原一、而會ニ八十萬神一、以卜問之。是時、神明憑ニ倭迹々日百襲姫命一曰、天皇、何憂ニ國之不レ治也。若能敬ニ祭我一者、必當自平矣。天皇問曰、敎ニ如此一者誰神也。答曰、我是倭國域内所居神、名爲ニ大物主神一。時得ニ神語一、隨レ敎祭祀。然猶於レ事無レ驗。天皇乃沐浴齋戒、潔ニ淨殿内一、而祈之曰、↓

城郡田原本町新木、桜井市笠山荒神境内、同市三輪檜原神社境内などの説がある。一五 シは石、キは城。石の堅固な城の意か。諸本、堅の字があるが、堅は衍か。古語拾遺には磯城神籬とある。一六 ↓一五二頁注一五。一七 上文に倭とある。一八 ↓元年二月条。垂仁二十五年三月条一云には渟名城稚姫命。一九 垂仁二十五年三月条には「身体悉痩弱」とあり、ヤサカミの訓がある。ヤサは痩スの語根。カムはカガムの古形という。二〇 以下、八年十二月条までは大神(おほみわ)神社(↓補注1―一〇五)の起源説話で、記にも見える。二一 命神亀でウラヘテと訓むこと、熱本の「私記読」という注による。亀卜は、中国古来の占法で、ここは文飾か。わが職員令にも神祇伯の職掌に卜兆があり、その義解に「卜者、灼レ亀也。兆者、灼亀縦横之文也。凡灼レ亀占ニ吉凶一者、是卜部之執業」とあるが、古くは鹿の肩の骨を焼く占法が行われた。魏志、倭人伝にも「灼レ骨而卜」とある。

二二 カムは、神聖の意。聖域とした所の意。アサヂハラは、まばらに茅の生えた原。これを地名とみて、桜井市笠の浅茅原、同市茅原などを当てる説がある。

二三 孝霊天皇皇女。↓二三〇頁注五。崇神朝におけるその地位と巫女的性格から、これを魏志、倭人伝に見える女王の卑弥呼に比定し、崇神天皇を女王の男弟に比定する説もある。↓七年八月条・十年九月二十七日条。

二四 大和の一国をさす。

二五 一国の諸神を統べて、その国土を守護する神。大和の大物主神は大国主命の和魂(にきみたま)とされるようになった。↓補注1―九七。

二六 為は、経伝釈詞に「為、曰也」とあり、西大寺本金光明最勝王経白点に「為」をイフと訓む。

二七 ユは、斎の意。斎庭(ゆには)・斎(ゆ)マハルのユ。カハアミは、川で水あびをすること。

「朕、神を禮ふこと尙未だ盡ならずや。[一]何ぞ享けたまはぬことの甚しき。冀はくは亦夢の裏に敎へて、[二]神恩を畢したまへ」とまうす。是の夜の夢に、一の[三]貴人有り。殿戸に對ひ立ちて、自ら大物主神と稱りて曰はく、「天皇、復な愁へましそ。國の治らざるは、是吾が意ぞ。若し吾が兒[四]大田田根子を以て、吾を令祭りたまはば、立に平ぎなむ。亦[五]海外の國有りて、自づからに歸伏ひなむ」とのたまふ。

秋八月の癸卯の朔己酉(七日)に、[六]倭迹速神淺茅原目妙姫・[七]穗積臣の遠祖[八]大水口宿禰・[九]伊勢麻績君、三人、共に夢を同じくして、奏して言さく、「[一〇]昨夜夢みらく、一の貴人有りて、誨へて曰へらく、『大田田根子命を以て、大物主大神を祭ふ主とし、亦、[一一]市磯長尾市を以て、[一二]倭大國魂神を祭ふ主とせば、必ず天下太平ぎなむ』といへり」とまうす。天皇、夢の辭を得て、益心に歡びたまふ。布く天下に告ひて、大田田根子を求ぐに、卽ち[一三]茅渟縣の[一四]陶邑に大田田根子を得て貢る。天皇、卽ち親ら神淺茅原に臨して、諸王卿及び[一五]八十諸部を會へて、大田田根子に問ひて曰はく、「汝は其れ誰が子ぞ」とのたまふ。對へて曰さく、「[一六]父をば大物主大神と曰す。母をば[一七]活玉依媛と曰す。[一八]陶津耳の女なり」とまうす。[一九]亦云はく、「[二〇]奇日方天日方武茅渟祇の女なり」といふ。天皇の曰はく、「朕、榮樂えむとするかな」とのたまふ。乃ち[二一]物部連の祖[二二]伊香色雄をして、[二三]神班物者とせむとトふに、吉し。又、[二四]便に他神を祭らむとトふに、吉からず。

一 享は、向・響と同音、物音や香が風に乗って流れる意。享は、酒食の香が神神に通じる意。何と神神が私の献ずるものを享受されないことの甚だしさよ(従って、われわれに幸福を賜わることの何と少いことよの意)。 二 ウツクシビは、神や親の人や子に対する愛。 三 貴人をいう古語ムチは、スメムツのムツと同根。 四 記には意富多多泥古。田田は、記伝に地名かというが未詳。根子は尊称。→七年八月条・同十一月条・八年十二月条。 五 以下は記にはない。六十五年条の任那の朝貢記事の伏線か。 六 通証以下みな倭迹迹日百襲姫命のこととし、神浅茅原で神語を得たことによる讃称とする。→七年二月条。 七 →二三二頁注一五。 八 姓氏録、左京神別に「穂積臣。伊香賀色雄男大水口宿禰之後也」とある。→二三二頁注一五。宿禰は敬称。旧事紀、天孫本紀には出石心命の子とするが、通釈はこれを誤りとする。→垂仁二十五年三月条一云。 九 名は不明。→補注5-一。 一〇 キズのキは、キノフのキに同じ。キズ・キソ共に昨夜・昨日をいう。→補注5-二。 一一 垂仁三年三月条一云と同七年七月条に倭直祖長尾市とある。倭直→一九〇頁注七。市磯は十市郡の地名。履中三年条に磐余市磯池とある。 一二 →二三八頁注一〇。 一三 和泉国一帯の古称。→一九三頁注一九。 一四 記には河内の美努村とある。陶邑は和泉国大鳥郡陶器荘、今の大阪府堺市東南部、陶器山からその西方にかけての地。延喜神名式に大鳥郡陶荒田神社(堺市上之)があり、三代実録、貞観元年三月四日条・同四月二十一日条にこの地の陶山の争論の記事がある。但し陶器技術の伝来は五世紀以後。 一五 トモノヲは、朝廷の各種のトモ(伴)の首長。 一六 ここは記と相違がある。

十一月の丁卯の朔[二五]己卯（十三日）に、伊香色雄に命せて、物部[二六]の八十平瓮[二七]を以て、祭神之物と作さしむ。即ち大田田根子を以て、大物主大神を祭る主とす。又、長尾市を以て、倭の大國魂神を祭る主とす。然して後に、他神を祭らむとトふに、吉し。便ち別に八十萬の群神を祭る。仍りて天社・國社[二八]、及び神地[二九]・神戸[三〇]を定む。是に、疫病始めて息みて、國內漸に謐りぬ。五穀[三一]既に成りて、百姓饒ひぬ。

朕禮レ神尙未レ盡耶。何不レ享之甚也。冀亦夢裏敎之[1]、以畢二神恩一。是夜夢、有二一貴人一。對二立殿戸一、自稱二大物主神一曰、天皇、勿二復爲一レ愁。國之不レ治、是吾意也。若以二吾兒大田々根子一、令三祭二吾一者、則立平矣。亦有二海外之國一、自當歸伏。〇秋八月癸卯[2]朔己酉、倭迹速神淺茅原目妙姫・穗積臣遠祖大水口宿禰・伊勢麻績君、三人共同レ夢、而奏言、昨夜夢之、有二一貴人一、誨曰、以二大田々根子命一、爲下祭二大物主大神一之主上、亦以二市磯長尾市一、爲下祭二倭大[3]國魂神一主上、必天下太平矣。天皇得二夢辭一、益歡二於心一。布告二天下一、求二大田々根子一、卽於二茅渟縣陶邑一得二大田々根子一而貢之。天皇、卽親臨二于神淺茅原一、會二諸王卿及八十諸部一、而問二大田々根子一曰、汝其誰子。對曰、父曰二大物主大神一。母曰二活玉依媛一。陶津耳之女。亦云、奇日方天日方武茅渟祇之女也。天皇曰、朕當榮樂。乃卜下使二物部連祖伊香色雄一、爲中神班物者上、吉之。又卜三便祭二他神一、不レ吉。〇十一月丁卯朔[4]己卯、命二伊香色雄一、而以二物部八十平[5]瓮一、作二祭神之物一。卽以二大田々根子一、爲下祭二大物主大神一之主上。又以二長尾市一、爲下祭二倭大國魂神一之主上。然後、[6]卜レ祭二他神一、吉焉。便別祭二八十萬群神一。仍定二天社・國社、及神地・神戸一。於是、疫病始息、國內漸謐。五穀既成、百姓饒之。

記では「僕者、大物主大神娶二陶津耳命之女活玉依毗売一生子、名櫛御方命之子、飯肩巣見命之子、建甕槌命之子、僕意富多多泥古」とある。

一七 活は、生きるのイク。玉依姫→一六七頁注一五。 一八 ミミは男子の尊称。スヱは地名か。

一九 この亦云以下は「陶津耳之女」の部分に対する異伝で、本来は細注であるべきところ。従って奇日方天日方武茅渟祇は一人の名。

二〇 クシヒカタ、アマツヒカタ、タケは美称。チヌは地名。ツミは男子の尊称。

二一 →二一〇頁注八。

二二 記には伊迦賀色許男命。旧事紀、天孫本紀に饒速日命五世孫大綜杵命の子で、崇神天皇の母伊香色謎命の弟とする。

二三 神に捧げる物をわかつ人。

二四 ついで。便宜・幸便の意。手寄せの義。

二五 丁卯朔は誤り。集解は長暦によって壬申朔に改める。それによれば己卯は八日。熱本、十一の右に傍書「七歟」。 二六 物部氏に率いられていた武人のトモ(伴)。その数が多かったので物部の八十氏などと呼ばれた。

二七 ここは、記には「又仰二伊迦賀色許男命一、作二天之八十毗羅訶一」とある。現行諸本に異文はないが、底本以下諸本の「八十手所」は「八十平瓮」の誤写であろう。平と手を誤る例は多く、また瓮は古写本では充のように書くので、所に誤ったものと認めて訓読した。現行の字面では、別に脱字があると考えなければ文脈を理解できない。平瓮→一九九頁注二六。

二八 記に「定二奉天神地祇之社一」とある。

二九 神の料田か。神功摂政前紀仲哀九年四月条に「定二神田一而佃之」とある。

三〇 神社に充てられた民戸で、令制の神戸の前身か。神祇令、神戸条に「凡神戸調庸及田租者、並充下造二神宮一及供レ神調度上。…」とある。

三一 主要農作物の意。→八九頁注二六。

八年の夏四月の庚子の朔乙卯（十六日）に、[一]高橋邑の人活日を以て、大神[二]の掌酒[三]掌酒、此をば佐介弭苔と云ふ。とす。

冬十二月の丙申の朔乙卯（二十日）に、[四]天皇、大田田根子を以て、大神を祭らしむ。是の日に、活日自ら神酒を擧げて、天皇に獻る。仍りて歌して曰はく、

[五]此の神酒は　我が神酒ならず　倭成す　大物主の　釀みし神酒　幾久　幾久

如此歌して、神宮に宴す。即ち宴竟りて、諸大夫等歌して曰はく、

[六]味酒　三輪の殿の　朝門にも　出でて行かな　三輪の殿門を

玆に、天皇歌して曰はく、

[七]味酒　三輪の殿の　朝門にも　押し開かね　三輪の殿門を

即ち神宮の門を開きて、幸行す。所謂大田田根子は、今の[八]三輪君等が始祖なり。

九年の春三月の甲子の朔戊寅（十五日）に、天皇の夢に神人有して、誨へて曰はく、「[九]赤盾八枚・赤矛八竿を以て、[一〇]墨坂神を祠れ。亦黑盾八枚・黑矛八竿を以て、[一一]大坂神を祠れ」とのたまふ。

四月の甲午の朔己酉（十六日）に、夢の敎の依に、墨坂神・大坂神を祭りたまふ。

十年の秋七月の丙戌の朔己酉（二十四日）に、[一二]群卿に詔して曰はく、「[一三]民を導く本は、敎化くるに在り。今、既に神祇を禮ひて、災害皆耗きぬ。然れども遠荒の人等、[一四]猶正朔を受けず。是未だ王化に習はざればか。其れ群卿を選びて、四方に

一 延喜神名式に大和国添上郡高橋神社。今の奈良市杏（から）町高橋の地かともいうが、武烈即位前紀の歌謡に「石の上　布留を過ぎて　薦枕高橋過ぎ…」とあり、万葉二九七に「石上振之高橋」とある。今の奈良県天理市櫟本（いちのもと）町付近か。二 上文の大物主大神をさす。これをオホミワと訓むのは、大三輪の神の意。三 酒人の義。神に奉る酒を管掌する人。四 記に「即以二意富多多泥古命一為二神主一而、於二御諸山一拝二祭意富美和之大神前一」とある。御諸山は、今の奈良県桜井市の三輪山。以下、書紀は三輪の語義を神酒（みわ）とする立場から記述している。ミワは、もと、酒を入れて地に掘りすえて神に奉る瓶。転じて、神に捧げる酒そのものをいう。

五〔歌謡一五〕此の神酒は私の神酒ではない。倭の国を造成された大物主神がお作りになった神酒である。幾世までも久しく栄えよ栄えよ。コノ…ハ、ワガ…ナラズという形で唱い出すのは、寿歌や呪言に慣用の形式。六〔歌謡一六〕（一晩中酒宴をして）三輪の社殿の朝開く戸口を通って帰って行こう。ユカナのナは、自己の意志を表わし、また同志への勧誘を表わす語。ウマサケはミワ（神酒）の形容語、転じて三輪の枕詞。七〔歌謡一七〕三輪の社殿の戸を、朝になってから押し開いてお帰りなさい。歌謡一五で主人側が酒をたたえて宴が始まり、歌謡一六で客人が酒を賞し、歌謡一七で主人側が接待する。酒宴の一つの形式を示すものであろう。八 記には神（みわ）君・鴨君の祖とある。三輪君→一三〇頁注七。九 武器を神社に奉る例は多く、垂仁二十七年八月条には「蓋兵器祭二神祇一、始興二於是時一也」とある。赤と黒を使った理由は未詳。一〇 記伝は大和国宇陀郡宇太水分神社（奈良県宇陀郡榛原町下井足）とするが確かでない。雄略七年七月条に「朕欲レ見二三諸岳神之形一〈或云、此山之神為二大物主神一也。或云、菟田墨坂神也〉」。墨

遣して、朕が憲[一五]を知らしめよ」とのたまふ。

九月の丙戌の朔甲午(九日)に、大彦命[一六]を以て北陸[一七]に遣す。武渟川別[一八]をもて東海[一九]に遣す。吉備津彦[二〇]をもて西道[二一]に遣す。丹波道主命[二二]をもて丹波[二三]に遣す。因りて詔して曰はく、「若し教を受けざる者あらば、乃ち兵を擧げて伐て」とのたまふ。既にして共に印綬[二四]を授ひて將軍とす。壬子(二十七日)に、大彦命[二五]、和珥坂[二六]の上に到る。時に少女有りて、

八年夏四月庚子朔乙卯、以㆓高橋邑人活日㆒、爲㆓大神之掌酒㆒。掌酒、此云㆓佐介弭苔㆒。○冬十二月丙申朔乙卯、天皇、以㆓大田々根子㆒、令㆑祭㆓大神㆒。是日、活日自擧㆓神酒㆒、獻㆓天皇㆒。仍歌之曰、許能瀰枳破、和餓瀰枳那羅孺、椰磨等那殊、於朋望能農之能、介瀰之瀰枳、伊句臂佐、伊句臂佐。如此歌之、宴㆓于神宮㆒。卽宴竟之、諸大夫等歌之曰、宇磨佐開、瀰和能等能々、阿佐妬珥毛、伊弟氐由介那、瀰和能等能渡塢。於玆、天皇歌之曰、宇磨佐階、瀰和能等能々、阿佐妬珥毛、於辭寐羅箇禰、瀰和能等能渡烏。卽開㆓神宮門㆒、而幸行之。所謂大田々根子、今三輪君等之始祖也。

九年春三月甲子朔戊寅、天皇夢有㆓神人㆒、誨之曰、以㆓赤盾八枚・赤矛八竿㆒、祠㆓墨坂神㆒。亦以㆓黑盾八枚・黑矛八竿㆒、祠㆓大坂神㆒。○四月甲午朔己酉、依㆓夢之敎㆒、祭㆓墨坂神・大坂神㆒。

十年秋七月丙戌朔己酉、詔㆓群卿㆒曰、導㆑民之本、在㆓於敎化㆒也。今既禮㆓神祇㆒、災害皆耗。然遠荒人等、猶不㆑受㆓正朔㆒。是未㆑習㆓王化㆒耳。其選㆓群卿㆒、遣㆓于四方㆒、令㆑知㆓朕憲㆒。○九月丙戌朔甲午、以㆓大彦命㆒遣㆓北陸㆒。武渟川別遣㆓東海㆒。吉備津彦遣㆓西道㆒。丹波道主命遣㆓丹波㆒。因以詔之曰、若有㆓不㆑受㆑敎者㆒、乃擧㆑兵伐之。既而共授㆓印綬㆒爲㆓將軍㆒。○壬子、大彦命到㆓於和珥坂上㆒。時有㆓少女㆒、↓

坂は宇陀郡榛原町萩原付近。↓一九九頁注一九。 一一 大和国葛下郡の大坂山口神社(奈良県北葛城郡香芝町穴虫)。大坂は和名抄に大和国葛上郡大坂郷がある。今の奈良県北葛城郡香芝町逢坂付近、二上山北側の穴虫越にあたる。墨坂・大坂はそれぞれ倭の地域から東方と西方へ通じる要路の境界点。 一二 この詔は次条以下の四道将軍派遣記事の前置きとして立てた書紀撰者の作文。 一三 オモブクルはオモムクルに同じ。こちらの意のままに面を向けさせる意。 一四 正月と朔日。王者が天の命を受けて国を建てると、必ず始めを慎しみ、歳の初めを改め新暦をしく。従って「正朔を受けず」とは、王者の臣民とならないの意。 一五 憲字は熱本・北本・勢本みな同じ。憲は、アキラカの意。また法に同じ。 一六 開化天皇の兄。↓孝元七年二月条。以下はいわゆる四道将軍の伝説。ただし記では西道を欠く。 一七 クヌガは、国処の意。北陸は後世の称。記には「遣㆓高志道(こしのみち)㆒」。 一八 孝元記に「其兄大毘古命之子建沼河別命者〈阿倍臣等之祖〉」とある。 一九 記には東方十二道とある。六十年七月条にも見える。 二〇 孝霊二年二月条に「彦五十狭芹彦命〈亦名吉備津彦命〉」とある。記にはこの西道派遣のことは見えず、孝霊記に「大吉備津日子命与㆓若建吉備津日子命㆒、二柱相副而於㆓針間氷河之前㆒居㆓忌瓮㆒而針間為㆓道口㆒、以言㆓向和吉備国㆒也」と見える。 二一 後の山陽道。 二二 開化天皇皇子彦坐王(↓二三四頁注三)の子で、垂仁天皇皇后日葉酢媛命の父。↓垂仁五年十月条・景行即位前紀。ここは記には「又日子坐王者、遣㆓旦波国㆒、令㆑殺㆓玖賀耳之御笠㆒」。 二三 和名抄に「丹波〈太邇波〉」とある。後の丹波・丹後。 二四 印は、官職を証する印形。綬は、印の環をさげるひも。天子から任命のしるしに賜わる。もちろんここは漢文的な表現。 二五 以下は武埴安彦の謀反の

歌して曰はく、一に云はく、大彦命、山背の平坂に到る。時に、道の側に童女有りて歌して曰はく、一に云はく、

御間城入彦はや　己が命を　弑せむと　竊まく知らに　姫遊すも

大き戸より　窺ひて　殺さむと　すらくを知らに　姫遊すも

是に、大彦命異びて、童女に問ひて曰はく、「汝が言は何辭ぞ」といふ。對へて曰はく、「言はず。唯歌ひつらくのみ」といふ。乃ち重ねて先の歌を詠ひて、忽に見えずなりぬ。大彦乃ち還りて、具に狀を以て奏す。是に、天皇の姑倭迹迹日百襲姫命、聰明く叡智しくして、能く未然を識りたまへり。乃ち其の歌の怪を知りて、天皇に言したまはく、「是、武埴安彦が謀反けむとする表ならむ。吾聞く、武埴安彦が妻吾田媛、密に來りて、倭の香山の土を取りて、領巾の頭に裹みて祈みて曰さく、『是、倭國の物實』とまうして、則ち反りぬ。物實、此をば望能志呂と云ふ。是を以て、事有らむと知りぬ。早に圖るに非ずは、必ず後れなむ」とまうしたまふ。

是に、更に諸の將軍を留めて、議ひたまふ。未だ幾時もあらずして、武埴安彦と妻吾田媛と、謀反逆けむとして、師を興して忽に至る。各道を分りて、夫は山背より、婦は大坂より、共に入りて帝京を襲はむとす。時に天皇、五十狹芹彦命を遣して、吾田媛の師を撃たしむ。卽ち大坂に遮りて、皆大きに破りつ。吾田媛を殺して、悉に其の軍卒を斬りつ。復大彦と和珥臣の遠祖彦國葺とを遣して、山背に向きて、埴安彦を撃たしむ。爰に忌瓮を以て、和珥の武鐰坂の上に鎭坐う。則ち精兵を

話。記にもほぼ同様の伝えが見える。 二六 和珥→二一〇頁注一二。下文に和珥武鐰坂とある。

一 記に幣羅(ら)坂とある。奈良の北、般若寺坂を越えてから木津に至る間かという。
二 〔歌謡一八〕御間城入彦(崇神天皇)よ。自分の命を殺そうと、時をうかがっていることを知らずに、若い娘と遊んでいて。ハヤは、特にとり立てて呼びかける意を示す助詞。ヲは、緒、命。ヌスマクは、ぬすむこと。知ラニのニは、否定助動詞ズの古い連用形。ウカガフのガは古くは清音。スラクは、為(ス)のク語法、することの意。
三 倭迹迹日百襲姫命は孝霊天皇の皇女というから、天皇の祖父孝元天皇の姉妹にあたる。爾雅に「王父(祖父)之姉妹為王姑」。
四 →二三〇頁注五。 五 不吉な前兆。
六 孝元天皇皇子。→孝元七年条。 七 予表。前兆。
八 記には吾田媛のことは見えない。
九 神武即位前紀戊午年九月条にあるように、香具山の土は、それで天八十平瓮を作って天神地祇を祭るに使う。従ってそれを盗み取ることは、倭の国を盗みとることになる。他人の国土から霊質としての土を持って来ることによって、その他人の国土を自由に制御できるという観念と、基本においては同じことは個人についてもいえる。身体の一部が他人の手に渡ると、自分の死命を制せられてしまうという考えで、これは今日も、夜爪を切ると親の死に目に会えぬという考えの中に残っている。
一〇 婦人が領(え)から肩にかけたきれ。天武十一年三月二十八日条に「肩巾、此云比例」とある。
一一 呪言をしての意。
一二 シロは、代表・代りの意。従って、これは倭の代表の土の意。
一三 …シナクテハの意。奈良・平安・鎌倉時代には、否定のズの下には助詞のバは直接しなか

率て、進みて那羅山[二一]に登りて軍す。時に官軍屯聚みて、草木を蹢跙す[二二]。因りて[二三]其の山を號けて、那羅山と曰ふ。蹢跙、此をば布瀰那羅須と云ふ。更那羅山を避りて、進みて輪韓河[二四]に到りて、埴安彦と、河を挾みて屯みて、各相挑む。故、[二五]時人、改めて其の河を號けて、挑河と曰ふ。今、泉河[二六]と謂ふは訛れるなり。埴安彦望みて、彦國葺に問ひて曰はく、「何に由りて、汝は師を興して來るや」といふ。對へて曰はく、「汝、

歌之曰、一云、大彦命到二山背平坂一。時道側有二童女一歌之曰、瀰磨紀異利寐胡播揶、飫迺餓烏埦、志齊務苔[1]、農殊末句志羅珥、比賣那素寐殊望。一云、於朋耆妬庸利、于介伽卑氐、許呂佐務苔[2]、須羅句塢志羅珥、比賣那素寐須望。於是、大彦命異之、問二童女一曰、汝言何辭。對曰、勿レ言也。唯歌耳。乃重詠二先歌一[3]、忽不レ見矣。大彦乃還、而具以レ狀奏。於是、天皇姑倭迹々日百襲姬命、聰明叡智、能識二未然一。乃知二其歌怪一、言二于天皇一、是武埴安彦將二謀反一之表者也。吾聞、武埴安彦之妻吾田媛、密來之、取二倭香山土一、裹二領巾頭一而祈[4]曰、是倭國之物實、則反之。物實、此云二望能志呂一。是以、知レ有レ事焉。非二早圖一、必後之。於是、更留二諸將軍一、而議之。未二幾時一、武埴安彦與二妻吾田媛一、謀反逆、興レ師忽至。各分レ道、而夫從二山背一、婦從二大坂一、共入欲レ襲二帝京一。時天皇、遣二五十狹芹彦命[5]一、擊二吾田媛之師[6]一。卽遮二於大坂一、皆大破之。殺二吾田媛一、悉斬二其軍卒一。復遣三大彦與二和珥臣遠祖彦國葺一、向二山背一、擊二埴安彦一。爰以二忌瓮一、鎭二坐於和珥武鐰坂上一。則率[7]二精兵一、進登二那羅山一而軍之。時官軍屯聚、而蹢二跙草木一。因以號二其山一、曰二那羅山一。蹢跙、此云二布瀰那羅須一。更避二那羅山一、而進到二輪韓河一、與[8]二埴安彦一、挾[9]レ河屯之、各相挑焉。故時人改號二其河一、曰二挑河一。今謂二泉河一訛也。埴安彦望之、問二彦國葺一曰、何由矣、汝興レ師來耶。對曰、汝→

った。ズは連用形でその下に助詞ハがついた。

一四 →二四二頁注一一。 一五 孝霊天皇皇子、吉備津彦命の亦の名。→孝霊二年二月条。

一六 先切るの意のサキキルの音便、サイキルが古形。サヘキルとするのは後世の誤り。

一七 →二二六頁注一四。

一八 記に日子国夫玖命、旧事紀、国造本紀に彦訓服命とある。姓氏録、山城皇別、粟田朝臣の条その他に天足彦国押人命三世孫、同左京皇別、吉田連の条に四世孫とあるが、同左京皇別、丸部(わに)の条に「彦姥津命男伊富都久命之後也」とあるから、開化六年正月条に見える和珥臣遠祖姥津命の孫か。彦姥津命は姓氏録、摂津皇別、羽束首の条に天足彦国押人命の子とあり、同左京皇別、丈部の条に孫とある。

一九 神祭に用いる甕(めか)。その下部を埋めて地上にすえ、神を祭って軍の首途を祝ったもの。孝霊記にも「於二針間氷河之前一居二忌瓮一而針間為二道口一、以言二向和吉備国一也」とある。松村武雄は、播磨風土記、託賀郡法太里条にある「昔、丹波と播磨と、国を堺ひし時、大甕を此の上に掘り埋めて、国の境と為し」たので、甕坂と名づけていたという記事と比較し、この崇神紀の記事も地堺祭儀であって、一面に於ては、わが社会集団の神神の助けによって一身の護りを固くすると共に、他面に於ては、他集団の神の災をはらう儀礼を示すと解釈している。

二〇 記には単に丸邇坂(わにさか)とある。

二一 奈良市北郊、奈良坂付近の丘陵。

二二 蹢は、たたずむ・たちもとおる意。跙は、行きなやむ意。古訓フミナラスはその義による。

二三 以下の地名の説明はみな付会の起原説話。

二四 記には和訶羅河とある。

二五 記には「故号二其地一謂二伊杼美一〈今謂二伊豆美一也〉」。idömi→idumi.

二六 今の木津川。京都府相楽郡木津町付近。

一　アヅキナシ→八八頁注二。
二　和名抄に山城国相楽郡祝園〈波布曾乃〉郷がある。今、京都府相楽郡精華町祝園(はふその)。これはFaFurisono→FaFursono→FaFussono→FaFusonoという変化を経たもの。ハフルは、もと放擲の意。死体を投げすてる場所をいうのであろう。記では敵を斬りハフリし故にと言っているが、そのハフルももとは同義。
三　→九四頁注六。
四　頭を地につけて罪を謝すること。
五　→補注5-二。
六　山城国綴喜郡河原村(今、京都府綴喜郡田辺町河原付近)。仁徳即位前紀に考羅済(かわらのわたり)とあり、それについて応神記には、鉤をもって大山守命の沈んだ処を探ると、甲にかかって訶和羅(かわら)と鳴ったのでその地名としたという起源説話をのせている。ここもカワラは擬音語で、甲を脱ぐときにカラカラという音がしたという意に解することもできる。甲を古くカワラといったと解する説もあるが、確証はない。
七　記に久須婆之度(わたり)とある。屎のソは甲類でスと交替しやすいので、kusobakamaがkusubaとなるのは自然である。樟葉は、和名抄に河内国交野郡葛葉〈久須波〉郷があり、継体元年正月条に樟葉宮、続紀、和銅四年正月条に河内国交野郡楠葉駅、安康記に玖須婆之河が見える。今の大阪府枚方市楠葉。
八　記伝はワギと訓んで、延喜神名式に見える山城国相楽郡の和伎坐天乃夫支売神社(今、京都府相楽郡山城町平尾所在の涌森の涌出宮)の地とする。
九　この文章は前との続きが自然でない。異なる資料を接続させた際の不手際か。以下の話は記では活玉依毗売の話として載っているが、本条の前半に当る部分が詳しく、ミワの地名の起源説話になっていて、後半の部分が欠けている。

天に逆ひて無道し[一]。王室を傾けたてまつらむとす。故、義兵を擧げて、汝が逆ふるを討たむとす。是、天皇の命なり」といふ。是に、各先に射ることを爭ふ。武埴安彦、先づ彦國葺を射るに、中つること得ず。後に彦國葺、埴安彦を射つ。胸に中てて殺しつ。其の軍衆脅えて退ぐ。則ち追ひて河の北に破りつ。而して首を斬ること半に過ぎたり。屍骨多に溢れたり。故、其の處を號けて、羽振苑[二]と曰ふ。亦、其の卒怖ぢ走げて、屎、褌[三]より漏ちたり。乃ち甲を脱きて逃ぐ。得免るまじきことを知りて、叩頭みて[四]曰はく、「我君[五]」といふ。故、時人、其の甲を脱きし處を號けて、伽和羅[六]と曰ふ。褌より屎ちし處を屎褌と曰ふ。今、樟葉[七]と謂ふは訛れるなり。又、叩頭みし處を號けて、我君[八]と曰ふ。叩頭、此をば迺務と云ふ。

是[九]の後に、倭迹迹日百襲姫命[一〇]、大物主神[一一]の妻と爲る。然れども其の神常に晝は見えずして、夜のみ來す。倭迹迹姫命[一二]、夫に語りて曰はく、「君常に晝は見えたまはねば、分明に其の尊顔を視ること得ず。願はくは暫留りたまへ。明旦に、仰ぎて美麗しき威儀を觀たてまつらむと欲ふ」といふ。大神對へて曰はく、「言理灼然[一三]なり。吾明旦に汝が櫛笥[一四]に入りて居らむ。願はくは吾が形にな驚きましそ」とのたまふ。爰に倭迹迹姫命、心の裏に密に異ぶ。明くるを待ちて櫛笥を見れば、遂に[一五]美麗しき小蛇有り。其の長さ大さ衣紐の如し。則ち驚きて叫啼ぶ。時に大神恥ぢて、忽に人の形と化りたまふ。其の妻に謂りて曰はく、「汝、忍びずして吾に羞せつ。吾還りて汝に羞せむ」とのたまふ。仍りて大虚を践[一六]みて、御諸山[一七]に登ります。爰に倭迹迹姫命仰ぎ見て、悔いて急居[一八]。急居、此をば菟岐于と云ふ。則ち箸に陰を撞きて薨りましぬ。乃ち大市[一九]に葬りまつる。故、時人、其の墓を號けて、箸墓[二〇]と謂ふ。是の墓は、日は人作り、夜は神作る。故、大坂山[二一]の石を運びて造る。則ち山より墓に至るまでに、人民相踵ぎて、手遞傳[二二]にして運ぶ。時人歌して曰はく、

逆レ天無道。欲レ傾二王室一。故擧二義兵一、欲レ討二汝逆一。是天皇之命也。於是、各争二先射一。武埴安彦、先射二彦國葺一、不レ得レ中。後彦國葺、射二埴安彦一。中レ胸而殺焉。其軍衆脅退。則追破二於河北一。而斬レ首過レ半。屍骨多溢。故號二其處一、曰二羽振苑一。亦其卒怖走、屎漏二于褌一。乃脱レ甲而逃之。知レ不二得免一、叩頭曰、我君。故時人號二其脱レ甲處一、曰二伽和羅一。褌屎處曰二屎褌一。今謂二樟葉一訛也。又號二叩頭之處一、曰二我君一。叩頭、此云二迺務一。是後、倭迹々日百襲姫命、爲二大物主神之妻一。然其神常晝不レ見、而夜來矣。倭迹々姫命語レ夫曰、君常晝不レ見者、分明不レ得レ視二其尊顏一。願暫留之。明旦仰欲レ覲二美麗之威儀一。大神對曰、言理灼然。吾明旦入二汝櫛笥一而居。願無レ驚二吾形一。爰倭迹々姫命、心裏密異之。待レ明以見二櫛笥一、遂有二美麗小蛇一。其長大如二衣紐一。則驚之叫啼。時大神有恥、忽化二人形一。謂二其妻一曰、汝不レ忍令レ羞レ吾。々還令レ羞レ汝。仍践二大虚一、登二于御諸山一。爰倭迹々姫命仰見、而悔之急居。急居、此云二菟岐于一。則箸撞レ陰而薨。乃葬二於大市一。故時人號二其墓一、謂二箸墓一也。是墓者、日也人作、夜也神作。故運二大坂山石一而造。則自レ山至二于墓一、人民相踵、以手遞傳而運焉。時人歌之曰、↓

本条は記の如き三輪山伝説と、箸墓の伝説とを結合して構成したものか。この説話の意味↓補注5-四。

一〇 ↓二三〇頁注二五。

一一 ↓二三九頁注二五。

一二 この名は、ヤマトトトビヒメのビヒがつまってヤマトトトビメとなったものであろう。

一三 道理が明らかであるの意。イヤチコのイヤは、イヨイヨの意。チコは、チカ(近)と同源。はっきり、よくわかる意。

一四 櫛を入れるはこ。

一五 マコトニは熱本の訓。遂は、極端の意で、この訓が生れたものか。

一六 ホミはフミと同じ。oとuとはしばしば交替することがある。

一七 記に「至二美和山一而留二神社一」とある。奈良県桜井市の三輪山。御諸山↓一三〇頁注四。

一八 どすんとすわった。ツキは衝キと同じ。ウは、古い上二段活用動詞居(ウ)の終止形。ヰ・ヰ・ウ・ウル・ウレ・ヰと活用した語。これが後にヰ・ヰ・ヰル・ヰル・ヰレ・ヰヨと活用の仕方が変化した。ウの例は万葉一九三に「立つとも座(う)とも君がまにまに」と使われている。

一九 和名抄に大和国城上郡大市〈於保以智〉郷がある。今の奈良県桜井市の北部。

二〇 天武元年七月条に箸陵とある。今、桜井市箸中に箸墓(はしのはか)と呼ばれる前方後円墳があり、全長二七五メートル、後円部の径一五〇メートルで葺石が多い。

二一 奈良県北葛城郡の二上山の北側の山。↓二四二頁注一一。

二二 列を作って手から手へ渡して。播磨風土記、揖保郡立野条にも「連二立人衆一運伝、上二川礫一作二墓山一」とある。

[一]大坂に　繼ぎ登れる　石群を　手遞傳に越さば　越しかてむかも

冬十月の乙卯の朔に、群臣に詔して曰はく、「今反けりし者悉に誅に伏す。[二]畿内には事無し。唯し[三]海外の荒ぶる俗のみ、騷動くこと[四]未だ止まず。其れ[五]四道將軍等、今[六]急に發れ」とのたまふ。(二十二日)丙子に、將軍等、共に發路す。

十一年の夏四月の壬子の朔(二十八日)己卯に、四道將軍、戎夷を平けたる狀を以て奏す。

是歲、異俗多く歸て、國內安寧なり。

十二年の春三月の丁丑の朔(十一日)丁亥に、[七]詔すらく、「朕、初めて天位を承けて、宗廟を保つこと獲たれども、明も蔽る所有り、德も綏すること能はず。是を以て、陰陽謬り錯ひて、寒さ暑さ序を失へり。疫病多に起りて、百姓災を蒙る。然るを今[八]罪を解へ、過を改めて、敦く神祇を禮ふ。亦教を垂れて、荒ぶる俗を綏し、兵を擧げて服はぬを討つ。是を以て、官に[九]廢事無く、下に[一〇]逸民無し。敎化流き行はれて、衆庶業を樂ぶ。[一一]異俗も譯を重ねて來く。海外までも既に歸化きぬ。此の時に當りて、更に[一二]人民を校へて、[一三]長幼の次第、及び[一四]課役の先後を知らしむべし」とのたまふ。

秋九月の甲辰の朔[一五]己丑に、始めて人民を校へて、更調役を[一六]科す。此を男の[一七]弭調、女の手末調と謂ふ。是を以て、天神地祇共に[一八]和享みて、風雨[一九]時に順ひ、百穀用て成りぬ。[二〇]家給ぎ人足りて、天下大きに平なり。故、稱して御肇國[二一]

一 〔歌謡一九〕大坂山に下から上までつづいている石(はなかなか重くて大変だが)、手渡しで渡して行けば、渡せるだろうかなあ。イシムラヲのヲは、単なる目的格を示すものではなく、一たん「石群」で切れる句をうけて、大きく詠嘆する意を示す間投助詞。カツは、耐えきる意。よって、カテムは、…しきれるだろうの意。

二 ここは単にウチツクニを中国風に表現したもの。朝廷の支配領域をさす。大和・山城・摂津・河内・和泉の範囲を畿内とする制は大化以後に定められた。→大化二年正月条。

三 畿内に対する畿外の意。海の外ではない。

四 トヨはトヨム(響)のトヨと同根。

五 記には「故大毘古命者、随二先命一而罷二行高志国一。爾自二東方一所レ遣建沼河別与二其父大毘古一、共往二遇于相津一。故其地謂二相津一也。是以各和二平所レ遣之国政一而覆奏」とある。→十年七月条・同九月条。

六 マカルは、任されて出かけること。

七 この詔も次の九月条の記事のために立てた書紀撰者の作文。初めの部分は漢書、成帝紀、鴻嘉元年二月条の詔文「朕承二天地一、獲レ保二宗廟一。明有レ所レ蔽、徳不レ能レ綏。刑罰不レ中、衆寃失レ職、趨レ闕告訴者不レ絶。是以陰陽錯謬、寒暑失レ序、日月不レ光、百姓蒙レ辜。朕甚閔焉」による。

八 →補注1-七四。

九 以下は漢書、成帝紀、鴻嘉二年三月条の詔文「故官無二廃事一、下無二逸民一、教化流行、風雨和レ時、百穀用成、衆庶楽レ業」による。

一〇 世をのがれて隠れている人。論語、微子篇に伯夷・叔斉などをあげている。

一一 これまで外国人の来朝や帰化の記事はない。或いは四道将軍による畿外服属の記事をさすか。

一二 戸口調査を行うこと。カムカフのカは、アリカ(有所)のカ、ところの意。ムカフは、ムキ(向キ)アフ(合フ、下二段活用。アワセル意)。

天皇と謂す。

十七年の秋七月の丙午の朔に、詔して曰はく、「船(二二)は天下の要用(二三)なり。今、海の邊の民(二四)、船無きに由りて甚に歩運に苦ぶ。其れ諸國に令して、船舶を造らしめよ」とのたまふ。

冬十月に、始めて船舶を造る。

餝朋佐介珥、菟藝廼煩例屢[1]、伊辭務邏塢、多誤辭珥固佐縻、固辭介氏務介茂。○冬十月乙卯朔、詔二群臣一曰[2]、今反者悉伏レ誅。畿內無レ事。唯海外荒俗、騷動未レ止。其四道將軍等、今急發之[3]。○丙子、將軍等共發路。

十一年夏四月壬子朔己卯、四道將軍、以下平二戎夷一之狀上奏焉。◎是歲、異俗多歸、國內安寧。

十二年春三月丁丑朔丁亥、詔、朕初承二天位一、獲レ保二宗廟一、明有レ所レ蔽、德不レ能レ綏。是以、陰陽謬錯、寒暑失レ序。疫病多起、百姓蒙レ災。然今解レ罪、改レ過、敦禮二神祇一。亦垂レ敎、而綏二荒俗一、擧レ兵以討レ不レ服。是以、官無二廢事一、下無二逸民一。敎化流行、衆庶樂レ業。異俗重レ譯來。海外既歸化。宜下當二此時一、更校二人民一、令上レ知[4]二長幼之次第、及課役之先後一焉。○秋九月甲辰朔己丑、始校二人民一、更科二調役一。此謂二男之弭調、女之手末調一也。是以、天神地祇共和享、而風雨順レ時、百穀用成。家給人足、天下大平矣。故稱謂二御肇國天皇一也。

十七年秋七月丙午朔、詔曰、船者天下之要用也。今海邊之民、由レ無レ船以甚苦二歩運一。其令二諸國一、俾レ造二船舶一。○冬十月、始造二船舶一。

所と所を向き合わせ、ひき合わせて、一致する一致しないを検査する意。

一三 以下は人民を校える目的として、戸令、三歳以下条・賦役令、差科条などの規定を念頭に置いた記述か。

一四 令制の用語に基づく語。令制ではふつう調を課、庸と雑徭を役といい、併せて課役という。

一五 甲辰朔は誤り。長暦によればこの月は甲戌朔、己丑は十六日。

一六 記には「於レ是初令レ貢二男弓端之調、女手末之調一」とある。調は生産物、役は力役の賦課をいうが、ここの「調役」は大化改新後、調や役の制度が定まってから後の表現であろう。

一七 弭は弓の末で、弭調は獣肉・皮革等の狩猟生産物。手末は手先で、手末調は絹・布等の手工業生産物。古語拾遺に「令二神祇之祭一用二熊皮鹿皮角布等一此縁也」とある。男・女のとあるのは、それぞれ男・女の手になる生産物の意で、男・女に課するの意ではない。神功摂政前紀仲哀九年十月条に新羅から貢する「男女之調」の語が見える。タナスヱ→一一六頁注五。

一八 ニコは古く清音。ニキ(和)も同じ。

一九 この二句、漢書、成帝紀の詔文による。→注九。

二〇 家家にはものが供給されて、充足されての意となる。家家にはものが満ちたりての意。

二一 記に「所レ知二初国一之御真木天皇」とある。国土の最初の支配者の意。神武天皇についても神武元年条に「始馭天下之天皇(はつくにしらすすめらみこと)」とあるが、その実質は崇神天皇のほうにあるとみられている。但しその国土の範囲、統一の段階などは必ずしも明らかでない。→補注3-二〇。

二二 以下は調物運送についていうか。

二三 大切なもの。ムネは棟・胸など、体の中心となって張っているもの。

二四 →二〇一頁注二二。

四十八年の春正月の己卯の朔戊子(十日)に、[一]天皇、[二]豊城命・[三]活目尊に勅して曰はく、「汝等二の子、慈愛共に齊し。知らず、曷をか嗣とせむ。各夢みるべし。朕夢を以て占へむ」とのたまふ。二の皇子、是に、命を被りて、[四]浄沐して祈みて寐たり。各夢を得つ。會明に、兄豊城命、夢の辭を以て天皇に奏して曰さく、「[五]自ら御諸山に登りて東に向きて、[六]八廻弄槍し、[七]八廻撃刀す」とまうす。弟活目尊、夢の辭を以て奏して言さく、「自ら御諸山の嶺に登りて、[八]繩を四方に絚へて、粟を食む雀を逐る」とまうす。則ち天皇相夢して、二の子に謂りて曰はく、「[九]兄は一片に東に向けり。當に東國を治らむ。弟は是悉く四方に臨めり。朕が位に繼げ」とのたまふ。

四月の戊申の朔丙寅(十九日)に、活目尊を立てて、皇太子としたまふ。[一〇]豊城命を以て東を治めしむ。[一一]是上毛野君・下毛野君の始祖なり。

六十年の秋七月の丙申の朔己酉(十四日)に、[一二]群臣に詔して曰はく、「[一三]武日照命 一に云はく、[一四]武夷鳥といふ。又云はく、天夷鳥といふ。の、天より將ち來れる[一五]神寶を、[一六]出雲大神の宮に藏む。是を見欲し」とのたまふ。則ち[一七]矢田部造の遠祖[一八]武諸隅 一書に云はく、一名は[一九]大母隅といふ。を遣して獻らしむ。是の時に當りて、[二〇]出雲臣の遠祖[二一]出雲振根、神寶を主れり。是に筑紫國に往りて、遇はず。其の弟[二二]飯入根、則ち皇命を被りて、神寶を以て、[二三]弟甘美韓日狹と子[二四]鸕濡渟とに付けて貢り上ぐ。既にして出雲振根、

一 以下の話は記には見えない。 二 崇神天皇皇子豊城入彦命。↓元年二月条。 三 後の垂仁天皇。元年二月条に活目入彦五十狭茅天皇とある。 四 ユカハアミ↓二三九頁注二七。ユスルアミは、髪を洗うこと。ユスルは湯汁の転か。強飯を蒸した後の粘りのある湯で、髪を洗う。 五 奈良県桜井市の三輪山。↓一三〇頁注四。 六 ホコユケは、槍を突き出すこと。 七 タチカキは、刀を空に振ること。 八 繩を四方に引きわたして。 九 兄は専ら東に向いて武器を用いたので、天下を治めるに適せず、弟は四方に心を配って統治するに適すると判断された。このところ、熱本等の訓を捨てて、新しく訓んだ。一片は、一端。ひときれの意と、ひと続き。ずっとの意とがある。ここは後者の意。 一〇 豊城命が東国に赴いた記事はなく、孫の彦狭島王とその子の御諸別王のことが景行五十五年条・同五十六年条に見える。 一一 記にも両氏の祖とあり、続紀、延暦十年四月五日条の池原綱主らの上言には「其入彦命子孫、東国六腹朝臣、各因㆓居地㆒、賜㆑姓命㆑氏」といい、姓氏録ではさらに数多くの氏を同族としている。↓補注5-五。 一二 以下は出雲の神宝を朝廷が召し上げようとした話で、記には見えない。神宝の献上は完全な服属を意味する。神代の出雲平定の話は神話の構想上の産物で、この話のほうに出雲服属の事実が反映しているとする説がある。↓垂仁二十六年八月条。 一三 出雲臣の祖神。神代記に天菩比命の子建比良鳥命は出雲国造らの祖とあり、出雲国造神賀詞に出雲臣の遠祖天穂比命の子天夷鳥命とある。 一四 Finateru と Finatöri の相違であるが、te は tö と交替しうる音であり、ri と ru とは共に狭い母音の音節なので交替しうる。 一五 類聚国史十九国造の天長七年四月二日条に「皇帝(淳和)御㆓大極殿㆒、覧㆓出雲国々造出雲臣豊持所㆑献五種神宝、兼所㆑出雑物㆒」とある。

一六 通証・記伝以下みな出雲郡の杵築大社とするが、祖神から伝えた神宝だから、出雲臣がいた意宇郡の熊野大社(島根県八束郡八雲村熊野)ということもありうる。垂仁記の出雲大神は杵築の如き記述であるが、同じく唖の皇子と出雲の関係を推測させる斉明五年是歳条の神之宮は熊野大社。→補注5-六。 一七 物部氏の同族で、矢田部を管掌する伴造の氏。旧事紀、天孫本紀に武諸隅公の孫の大別連公が仁徳朝に矢田部連公になったとある。天武十二年九月に連に改姓。姓氏録、左京神別に「矢田部連。伊香我色乎命之後也」とある。矢田部は仁徳皇后八田皇女の名を付した御名代の部。 一八 旧事紀、天孫本紀に饒速日命八世の孫物部武諸隅連公は伊香色雄命の孫で大新河命の子とある。伊香色雄→二四〇頁注二二。 一九 旧事紀、天孫本紀は武諸隅連公の弟に「物部大母隅連公〈矢集連等祖〉」をあげる。オホモロスミと訓むには、母呂隅とありたい所であるが、呂を略したか脱したかであろう。母はモ乙類 mö を書く文字で、モロ mörö の mö に使う。 二〇 出雲の国造家で、出雲国意宇郡を本拠とした。→一〇六頁注三。 二一 他に見えず。 二二 姓氏録、摂津神別に「土師連。天穂日命十二世孫飯入根命之後也」とある。 二三 姓氏録、右京神別に土師宿禰・菅原朝臣らの祖で天穂日命十二世孫とあり、同摂津神別に凡河内忌寸の祖で天穂日命十三世孫とある可美乾飯根命はあるいは同一人か。 二四 姓氏録、右京神別に出雲臣・神門臣は天穂日命十二世孫鸕濡渟命の後、同河内神別に出雲臣は同十二世孫宇賀都久野命の後なりとあり、旧事紀、国造本紀に「出雲国造。瑞籬朝、以二天穂日命十一世孫宇迦都久怒一、定二賜国造一」とある。 濡をカヅクと訓むのは、潜くと濡れるからであろう。 二五 数日待つべきであったの意。 二六 以下は景行記に倭建命が出雲建を欺き殺す話として見える。 二七 出

筑紫より還り來きて、神寶を朝廷に獻りつといふことを聞きて、其の弟飯入根を責めて曰はく、「[二五]數日待たむ。何を恐みか、輙く神寶を許しし」といふ。[二六]是を以て、既に年月を經れども、猶恨忿を懷きて、弟を殺さむといふ志有り。仍りて弟を欺きて曰はく、「頃者、[二七]止屋の淵に多に[二八]萎生ひたり。願はくは共に行きて見欲し」といふ。則ち兄に隨ひて往く。是より先に、兄竊に木刀を作れり。形眞刀に似る。

[1]冊八年春正月己卯朔戊子、天皇勅二豊城命・活目尊一曰、汝等二子、慈愛共齊。不レ知、曷爲レ嗣。各宜レ夢。朕以レ夢占之。二皇子、於是、被レ命、淨沐而祈寐。各得レ夢也。會明、兄豊城命以二夢辭一奏二于天皇一曰、[2]自登二御諸山一向レ東、而八廻弄槍、八廻撃刀。弟活目尊以二夢辭一奏言、[3]自登二御諸山之嶺一、縄二絚四方一、逐二食レ粟雀一。則天皇相夢、謂二二子一曰、兄則一片向レ東。當治二東國一。弟是悉臨二四方一。宜レ繼二朕位一。

〇四月戊申朔丙寅、立二活目尊一、爲二皇太子一。以二豊城命一令レ治レ東。是上毛野君・下毛野君之始祖也。

六十年秋七月丙申朔己酉、詔二群臣一曰、武日照命〈一云、武夷鳥。又云、天夷鳥。〉從レ天將來神寶、藏二于出雲大神宮一。是欲レ見焉。則遣二矢田部造遠祖武諸隅一、〈一書云、一名大母隅也。〉而使レ獻。當二是時一、出雲臣之遠祖出雲振根[4]主二于神寶一。是往二筑[5]紫國一、而不レ遇矣。其弟飯入根、則被二皇命一、以二神寶一、付二弟甘美韓日狭與二子鸕濡渟一而貢上。既而出雲振根、從二筑紫一還來之、聞三神寶獻二于朝廷一、責二其弟飯入根一曰、數日當待。何恐之乎、輙許二神寶一。是以、既經二年月一、猶懷二恨忿一、有二殺レ弟之志一。[6]仍欺レ弟曰、頃者、於二止屋淵一多生レ萎。願共行欲レ見。則隨レ兄而往之。先レ是、兄竊作二木刀一。形似二眞刀一。↓

當時自ら佩けり。弟眞刀を佩けり。共に淵の頭に到りて、兄の、弟に謂りて曰はく、「淵の水清冷し。願はくは共に游沐みせむと欲ふ」といふ。弟、兄の言に從ひて、各佩かせる刀を解きて、淵の邊に置きて、水中に沐む。乃ち兄先に陸に上りて、弟の眞刀を取りて自ら佩く。後に弟驚きて兄の木刀を取る。共に相撃つ。弟、木刀を抜くこと得ず。兄、弟の飯入根を撃ちて殺しつ。故、時人、歌して曰はく、

二や雲立つ　出雲梟帥が　佩ける太刀　黒葛多巻き　さ身無しに　あはれ

是に、甘美韓日狹・鸕濡渟、朝廷に參向でて、曲に其の狀を奏す。則ち吉備津彦と四武渟河別とを遣して、出雲振根を誅す。故、出雲臣等、是の事に畏りて、大神を祭らずして間有り。時に、丹波の氷上の人、名は氷香戸邊、皇太子活目尊に啓して曰さく、「己が子、小兒有り。而して自然に言さく、

一一玉萎鎭石。出雲人の祭る、眞種の甘美鏡。押し羽振る、甘美御神、底寶御寶主。山河の水泳る御魂。靜挂かる甘美御神、底寶御寶主。萎、此をば毛と云ふ。

是は小兒の言に似らず。若しくは託きて言ふもの有らむ」とまうす。是に、皇太子、天皇に奏したまふ。則ち勅して祭らしめたまふ。

六十二年の秋七月の乙卯の朔丙辰（三日）に、詔して曰はく、「農は天下の大きなる本なり。民の恃みて生くる所なり。今、河内の狹山の埴田水少し。是を以て、其の國の百姓、農の事に怠る。其れ多に池溝を開りて、民の業を寛めよ」とのたま

雲風土記、神門郡条に「塩冶郷。郡家東北六里。阿遅須枳高日子命御子、塩冶毗古能命坐之。故云二止屋一〈神亀三年改二字塩冶一〉」とあり、同条に夜牟夜社・塩夜社の名が見える。今の島根県出雲市今市町・大津町・塩谷町付近。淵の位置未詳、斐伊川の淵か。二八 水草の名。アサザ。

一 イサは、ものを拒否する意。汚れを積極的に拒否して清さをたもっている意。二〈歌謡二〇〉出雲建の佩いていた太刀は、葛を沢山巻いてはあったが、中身がなくて気の毒であった。景行記では「夜都米佐須…」となっていて、倭建命の歌とする。ヤクモタツ→一二三頁注一八。タケルは、梟帥。→一五一頁注二四。三→二三〇頁注六・二四三頁注二〇。四→二四三頁注一八。五 上文の出雲大神。六 和名抄に丹波国氷上郡氷上〈比加美〉郷がある。今の兵庫県氷上郡氷上町付近。七 他に見えず。戸辺→一九四頁注二。八→四十八年四月条。九 公式令の規定では、皇太子および三后に上申することを啓という。書紀でもそれに従った記載が多い。一〇 小児が神がかりして言ったという言葉なので、主語・述語が整わない。しかし、この後で天皇が鏡を祭らせているところをみると、出雲の神鏡が水底に沈んでいる（人人に顧みられないでいる）ことを訴えたもののように思われる。一一 玉のような水草の中に沈んでいる石。出雲の人の祈り祭る、本物の見事な鏡。力強く活力を振う立派な御神の鏡、水底の宝、宝の主。山河の水の洗う御魂。沈んで掛かっている立派な御神の鏡、水底の宝、宝の主。シヅシは、下の方に沈んでいる石。マタネのマは美称。タネは、材料となるもの。オシは力を示す美称。ハフルは、羽を振るように活力を振う意。ソコタカラは、その鏡が水底にあることを示す語。ミタカラヌシは、宝の主ともいうべき立派なものの意。

ふ。

冬十月に、依網池を造る。十一月に、苅坂池・反折池を作る。一に云はく、天皇桑間宮に居しまして、是の三つの池を造るといふ。

六十五年の秋七月に、任那國、蘇那曷叱知を遣して、朝貢らしむ。任那は、

當時自佩之。弟佩㆓眞刀㆒。共到㆓淵頭㆒、兄謂㆑弟曰、淵水清冷。願欲㆓共游沐㆒。弟從㆓兄言㆒、各解㆓佩刀㆒、置㆓淵邊㆒、沐㆓於水中㆒。乃兄先上㆑陸、取㆓弟眞刀㆒自佩。後弟驚而取㆓兄木刀㆒。共相擊矣。弟不㆑得㆑拔㆓木刀㆒。兄擊㆓弟飯入根㆒而殺之。故時人歌之曰、椰句毛多菟、伊頭毛多鷄流餓、波鷄流多知、菟頭邏佐波磨枳、佐微那辭珥、阿波禮。於是、甘美韓日狹・鸕濡渟、參㆓向朝廷㆒、曲奏㆓其狀㆒。則遣㆔吉備津彦與㆓武渟河別㆒、以誅㆓出雲振根㆒。故出雲臣等、畏㆓是事㆒、不㆑祭㆓大神㆒而有㆑間。時丹波氷上人、名氷香戸邊、啓㆓于皇太子活目尊㆒曰、己子有㆓小兒㆒。而自然言之、玉萎鎭石。出雲人祭、眞種之甘美鏡。押羽振、甘美御神、底寶御寶主。山河之水泳[1]御魂。靜挂甘美御神、底寶御寶主也。萎、此云㆑毛。是非㆑似㆓小兒之言㆒。若有㆓託言㆒乎。於是、皇太子奏㆓于天皇㆒。則勅之使㆑祭。

六十二年秋七月乙卯朔丙辰、詔曰、農天下之大本也。民所㆓恃以生㆒也。今河內狹山埴田水少。是以、其國百姓、怠㆓於農事㆒。其多開㆓池溝㆒、以寬㆓民業㆒。〇冬十月、造㆓依網池㆒[2]。〇十一月、作㆓苅坂池・反折池㆒。一云、天皇居㆓桑間宮㆒、造㆓是三池㆒也。

六十五年秋七月、任那國遣㆓蘇那曷叱知㆒、令㆓朝貢㆒也。任那者→

ミクルは、水が流れて行く意。タマは、鏡をいう。シヅカルは、水中に沈んで掛かっている意。一二 モの訓はすでに奈良朝にあるから、本注とみられる。一三 ノルは、似るの古語。一四 あるいは神がついて言うのであるかもしれない。一五 神宝を出雲臣らに返却したのであろうか。垂仁二十六年八月条に物部十千根を出雲に遣わして神宝を検校させた話が見える。一六 漢書、文帝紀、二年九月の詔文「農天下之大本也。民所㆓恃以生㆒也」による。一七 和名抄に河内国丹比郡狭山〈佐也万〉郷がある。今の大阪府南河内郡狭山町付近。垂仁記に印色入日子命は狭山池を作るとある。一八 粘土質の田の意か。今、狭山町に半田の地名がある。一九 ウナネはウナデと訓むこともある。二〇 依網は大阪市東住吉区我孫子町・庭井町などから大和川の対岸、松原市天善町などにわたる一帯の地をいうか。依網池は、記にも「又是之御世、作㆓依網池㆒」とあり、河内志に「丹北郡池内池、在㆓池内村㆒。広三百余畝。或曰㆓依羅池㆒」とある。今の大阪府堺市池内の地。なお歌謡三六(→応神十三年条)にも見え、推古十五年是歳条にも依網池を作るとある。二一 記には「亦作㆓軽之酒折池㆒也」とある。記伝に苅坂はあるいは軽坂かというが未詳。二二 記に軽之酒折池とあるが未詳。軽は奈良県橿原市大軽町付近。→二二四頁注一〇。応神十一年十月条に軽池の名が見える。ただし、下の一云によれば、苅坂・反折池は依網池の近辺で、大和ではないことになる。二三 未詳。通釈に桑間はあるいは万葉九九七の「住吉の粉浜」(今、大阪市住吉区粉浜町)かともいう。二四 以下は任那の国名の起源をミマキイリビコに付会する立場から、ここに係けられたとも解されるが、この記事が、対外関係記事としては最初のものであることからすれば、書紀編者の編修上の意図が寓されているとも考えられる。すなわ

筑紫國を去ること二千餘里。[一]北、海を阻て鷄林[二]の西南に在り。

天皇、[三]踐祚しての六十八年の冬十二月の戊申の朔壬子(五日)に、崩りましぬ。時に[四]年百二十歳。明年の秋[五]八月の甲辰の朔甲寅(十一日)に、[六]山邊道上陵に葬りまつる。

日本書紀卷第五

ち国内問題の飛躍的発展の時代たる崇神朝が、同時に対外関係の発展の端緒の時代でもあったことを示すのではないか。そして、その関係の相手国を任那としたことは、書紀編修時代(七―八世紀初)の歴史事情、任那問題を中心とした朝鮮関係の時代を反映しているのではあるまいか。任那→補注5-七。 三五 名義に諸説があるが、垂仁二年是歳条に帰国の記事があり、その条の分注の一つに見える都怒我阿羅斯等、またの名、于斯岐阿利叱智干岐に密着させて解するのが妥当であろう。すなわち「蘇」は「于斯」(牛)の朝鮮語 sio を、「那曷」は「岐」(来)と同義たる「出る」「行く」の朝鮮語の語根 na-ka をうつしたものと解することができる。

一 魏志、倭人伝は南朝鮮の狗邪韓国から対馬・壱岐をへて北九州の末盧国(松浦半島)に至るまでを三千余里としている。

二 新羅の別名。三国史記、地理志に「国号曰二徐耶伐一、或云二斯羅一、或云二斯盧一、或云二新羅一。脱解王九年、始林有二鶏怪一、更名二鶏林一、因以為二国号一」とあり、同新羅脱解尼師今九年条や三国遺事の新羅始祖赫居世王条にその伝説が見えるが、いずれも鶏・林の漢字字義を敷衍した新しい伝説である。けだし鶏林は、訓読して tark-sup'ur という。tark(tar または tak)は軍隊を意味する高句麗語。sup'ur は城邑の意味なる伐(por)をあらわしていると解されるから、軍隊の城邑の意味となる。高句麗語 tar(または tak)が新羅に入ったことに関連しては、雄略八年二月条に説話がある。→補注11-一〇。

三 ここは異例の記法。践祚はここでは即位に同じ。

四 開化二十八年正月条に年十九で立太子とあるのによれば百十九歳。記には「天皇御歳壱佰陸拾捌歳〈戊寅年十二月崩〉」とあり、享年・

去㆓筑紫國㆒、二千餘里。北阻㆑海以在㆓鷄林之西南㆒。

天皇踐祚六十八年冬十二月戊申朔壬子、崩。時年百廿歲。明年秋八月甲辰朔甲寅、

葬㆓于山邊道上陵㆒。

日本書紀卷第五

崩年ともに異なる(六十八年は辛卯)。

五　垂仁紀では元年十月十一日条に係けている。

六　延喜諸陵式に「山辺道上陵〈磯城瑞籬宮御宇崇神天皇。在㆓大和国城上郡㆒。兆域東西二町。南北二町。守戸一烟〉」とあり、陵墓要覧は所在地を奈良県天理市大字柳本字アンド(今、柳本町)とする。なお景行陵をも山辺道上陵と称する。

日本書紀　巻第六

[一]活目入彦五十狭茅天皇　垂仁天皇

活目入彦五十狭茅天皇は、[二]御間城入彦五十瓊殖天皇の第[三]三子なり。母の皇后をば[四]御間城姫と曰す。[五]大彦命の女なり。天皇、御間城天皇の二十九年歳次壬子の春正月の己亥の朔を以て、[六]瑞籬宮に生れましたまへり。生れまして[七]岐嶷なる姿有り。壮に及りて[八]倜儻れて[九]大度います。[一〇]率性眞に任せて、[一一]矯し飾る所無し。[一二]天皇愛みて、[一三]左右に引し置きたまふ。[一四]二十四歳にして、[一五]夢の祥に因りて、立ちて皇太子と為りたまふ。

六十八年の冬十二月に、御間城入彦五十瓊殖天皇[一六]崩りましぬ。

元年の春正月の丁丑の朔戊寅(二日)に、皇太子、即天皇位す。

冬十月の癸卯の朔癸丑(十一日)に、御間城天皇を[一七]山邊道上陵に葬りまつる。

十一月の壬申の朔癸酉(二日)に、[一八]皇后を尊びて皇太后と曰す。是年、太歳[一九]壬辰。

二年の春二月の辛未の朔己卯(九日)に、[二〇]狭穂姫を立てて皇后とす。后、[二一]譽津別

一 崇神記に伊玖米入日子伊沙知、垂仁記に伊久米伊理毘古伊佐知とある。常陸風土記に伊久米天皇、釈紀十所引尾張風土記逸文に巻向珠城宮御宇天皇、上宮記に伊久牟尼利比古大王。活目は地名か。旧事紀、天孫本紀に活目邑、活目長沙彦などがある。五十狭茅のイは、斎(い)または数多の意。サチは、矢(さち)から転じた。崇神紀に彦五十狭茅命、景行紀に五十狭城入彦皇子、神功紀に五十狭茅宿禰、海上五十狭茅、旧事紀、国造本紀に伊狭知直など類例が多い。二 崇神天皇。三 第一子豊城入彦命(母、遠津年魚眼眼妙媛→崇神元年二月条)、第二子八坂入彦命(母、尾張大海媛→同条)か。四 →二三六頁注一三。五 孝元天皇皇子。→二三一頁注二三。六 崇神天皇の皇居磯城瑞籬宮。→二三七頁注三二・三三。生年月日を記すことは珍しい。七 →下三八二頁注六。八 人とかけはなれて優れていること。文選、司馬子長報㆓任少卿㆒書の、李善注に「卓異也」、六臣注に「奇才高遠之人」などとあり、説文新附に「倜、倜党、不羈也」とある。九 史記、高祖紀に「常有㆓大度㆒」とある。一〇 率性は、天性に従って行うこと。礼記、中庸に「率㆑性之謂㆑道」、鄭玄注に「率循也。循㆑性行㆑之是謂㆑道」。また陶潜の連雨独飲一首に「任㆑真無㆑所㆑先」。一一 たわめたり飾ったりしない。隋書、文四子伝に「房陵王勇性寛仁和厚、率㆑意任㆑情、無㆓矯飾之行㆒」。一二 父の崇神天皇。通証に「上当㆑有㆓父字㆒」、通釈は、このような場合には御間城天皇とあるべしという。一三 隋書、樊叔伝に「周太祖見而器之、引㆓置左右㆒、尋㆓授都督㆒」。モトコは、モト(本)コ(処)、即ち天皇の御許。書紀の古訓特有の語で書紀中に例が多い。清寧二年十一月是月条・顕宗即位前紀・仁賢即位前紀には「左右舎人」の用例がある。また、左右でモトコヒトと訓む場合もある。一四・一五 上文の生誕の年崇神二十九年より

命を生れます。生れまして天皇愛[二二]みたまひて、常に左右に在きたまふ。壯りたまふまでに言はさず。[二三]
冬十月に、更に纏向[二四]に都つくる。是を珠城宮[二五]と謂ふ。
是歳、任那人蘇那曷叱智[二六]請さく、「國に歸りなむ」とまうす。蓋し[二七]先皇の世に來朝て未だ還らざるか。故、蘇那曷叱智に敦く賞す。仍りて赤絹[二八]一百匹を齎たせ

日本書紀巻第六

活目入彦五十狹茅天皇[1]　垂仁天皇

活目入彦五十狹茅[2]天皇、御間城入彦五十瓊殖天皇第三子也。母皇后曰㆓御間城姫㆒。大彦命之女也。天皇以㆓御間城天皇廿九年歳次壬子春正月己亥朔㆒、生㆓於瑞籬宮㆒。生而有㆓岐嶷之姿㆒。及㆑壯倜儻大度。率[3]性任㆑眞、無㆑所㆓矯飾㆒。天皇愛之、引㆓置左右㆒。廿四歲、因㆓夢祥㆒、以立爲㆓皇太子㆒。○六十八年冬十二月、御間城入彦五十瓊殖天皇崩。

元年春正月丁丑朔戊寅、皇太子卽天皇位。○冬十月癸卯朔癸丑、葬㆓御間城天皇於山邊道上陵㆒。○十一月壬申朔癸酉、尊㆓皇后㆒曰㆓皇太后㆒。◎是年也、太歲壬辰。

二年春二月辛未朔己卯、立㆓狹穗姫㆒爲㆓皇后㆒。々生㆓譽津別命㆒。生而天皇愛之、常在㆓左右㆒。及㆑壯而不㆑言。○冬十月、更都㆓於纏向㆒。是謂㆓珠城宮㆒也。◎是歲、任那人蘇那曷叱智請之、欲㆑歸㆓于國㆒。蓋先皇之世來朝未㆑還歟。故敦㆓賞蘇那曷叱智㆒。仍齎㆓赤絹一百匹㆒、↓

数えれば同五十二年となる。しかし夢の話は崇神四十八年正月条・同四月条に見え、このとき垂仁天皇は二十歳の筈。そこで通証は二十四の四を衍とする。 一六 →崇神六十八年十二月条。
一七 →二五四頁注六。「冬十月癸卯朔癸丑」を崇神紀には「秋八月甲辰朔甲寅」とする。
一八 崇神天皇の皇后、御間城姫。 一九 →補注3-六。 二〇 サは神稲、ホは穂。開化記に「此天皇…娶㆓丸邇臣之祖、日子国意祁都命之妹、意祁都比売命㆒生御子、日子坐王。…日子坐王…娶㆓春日建国勝戸売之女、名沙本之大闇見戸売㆒生子、沙本毗古王、次袁耶本王、次沙本毗売命、亦名佐波遅比売（此沙本毗売命者、為㆓伊久米天皇之后㆒）」とあり、開化天皇の子彦坐王（→二三四頁注三）の女。亦名佐波遅は、狭穂道の意か。
二一 記に品牟都和気命・本牟智和気王、釈紀十所引尾張風土記逸文に品津別皇子。名の由来を記では、稲城の焼かれる火中で生れたので本牟智和気御子と名づけたと見える。記伝は「本は火、牟智は大穴牟遅などの牟遅に同じかるべし」とする。→五年十月条・二十三年九月条。
二二 そのさまは記に詳しい。 二三 言葉が言えない意。記に「是御子、八拳鬚至㆓于心前㆒真事登波受」。天智紀に「建皇子、唖不㆑能㆑語」。
二四・二五 大和国城上郡の地、今、奈良県桜井市の北部、もとの纏向村付近。延喜神名式の巻向坐若御魂神社の所在地。珠城宮の珠は美称。釈紀十所引尾張風土記逸文・延喜諸陵式に巻（纏）向珠城宮御宇天皇、古語拾遺に巻向玉城朝。宮の所在地を帝王編年記は「大和国城上郡、今纏向河北里西田中也」とし、大和志は「在㆓穴師村（今、奈良県桜井市穴師）西㆒」とするが不詳。記には師木玉垣宮とある。 二六 →二五三頁注二五。崇神六十五年七月条の話から続く。海外に発遣の使者が天皇の崩後に帰還するという話は、田道間守（二八〇頁一—九行）・阿使知主（三八

て[一]任那の王に賜す。然して[二]新羅人、道に遮へて奪ひつ。其の二の國の怨、始めて是の時に起る。[三]一に云はく、[四]御間城天皇の世に、[五]額に角有ひたる人、一の船に乗りて、[六]越國の笥飯浦に泊れり。故、其處を號けて[七]角鹿と曰ふ。問ひて曰はく、「何の國の人ぞ」といふ。對へて曰さく、「[八]意富加羅國の王の子、名は[九]都怒我阿羅斯等。亦の名は[一〇]于斯岐阿利叱智干岐と曰ふ。傳に[一一]日本國に[一二]聖皇有すと聞りて、歸化く。[一三]穴門に到る時に、其の國に人有り。名は伊都都比古。臣に謂りて曰はく、『[一四]吾は是の國の王なり。吾を除きて復二の王無。故、他處にな往にそ』といふ。然れども臣、究其の爲人を見るに、必ず王に非じといふことを知りぬ。即ち更還りぬ。道路を知らずして、[一五]嶋浦に留連ひつつ、北海より廻りて、出雲國を經て此間に至れり」とまうす。是の時に、天皇の崩りたまふに遇へり。便ち留りて、活目天皇に仕へて三年に逮りぬ。天皇、都怒我阿羅斯等に問ひて曰はく、「汝の國に歸らむと欲ふや」とのたまふ。對へて[一六]諮さく、「甚望し」とまうす。天皇、阿羅斯等に詔せて曰はく、「汝、道に迷はずして必ず速く[一七]詣れらましかば、先皇に遇ひて仕へたてまつらまし。是を以て、汝が本國の名を改めて、追ひて[一八]御間城天皇の御名を負りて、便ち汝が國の名にせよ」とのたまふ。仍りて赤織の絹を以て阿羅斯等に給ひて、本土に返しつかはす。故、其の國を號けて[一九]彌摩那國と謂ふは、其れ是の縁なり。是に、阿羅斯等、給はれる赤絹を以て、己が國の郡府に藏む。新羅人聞きて、兵を起して至りて、皆其の赤絹を奪ひつ。是二の國の相怨むる始なりといふ。[二〇]一に云はく、初め都怒我阿羅斯等、國に有りし時に、[二一]黄牛に[二二]田器を負せて、[二三]田舍に將往く。黄牛忽に失せぬ。則ち迹の尋に覓ぐ。跡、[二四]一郡家の中に留れり。時に、一の老夫有りて曰はく、「汝の所求むる牛は、此の郡家の中に入れり。然るに[二五]郡公等曰はく、『牛の[二六]所負せたる物に由りて推れば、必ず殺

〇頁七一〇行)にも見える。二七 集解は後人の加う所であるとして、これを削る。二八 下文に赤織絹。魏志、倭人伝に倭女王からの献物として「倭錦・絳青縑」などが見える。日本と新羅との関係に絹織物の話が出てくる伝説は新羅にも残ったこと、三国遺事巻一の延烏郎・細烏郎の条の条に見える。絹織物を外国におくることは古くからあったことがわかる。

一 任那→補注5-七。コキシはコニキシの約。周書、百済伝の「鞬吉支」に当る。コニは大、キシは首長の意。→下補注19-一〇。二 新羅→補注1-一〇一。新羅が物を奪う話は分注(一四行)にも、また神功四十七年四月条・応神十四年是歳条にも見える。三 以下一四行まで任那入朝の起源譚であるが、もと天日槍伝説から抜き出して角鹿の地名起源伝説をつくり、それにつけて都怒我阿羅斯等という人名を設けたものか。→補注6-一。四 崇神天皇。五 冠り物とか胄など即物的合理的に解釈するより、都怒我阿羅斯等という名称が角がある人というように聞えることから起ったと解するのが当っていよう。六 福井県敦賀市気比神社(同市曙町)の付近。七 仲哀記には、建内宿禰らが気比大神を拝したとき、「其入鹿魚之鼻血臰、故号其浦謂血浦。今謂都奴賀也」とある。八 三国遺事巻一には「五伽耶」の一つに「大伽耶(今高霊)」とし、同書巻二、駕洛国記の条に「国称大駕洛、又称伽耶国、即六伽耶之一也、余五人各帰為五伽耶主」としている。伽耶=駕=洛=加羅。故に意富は「大」の訓とし、ここでは後者すなわち金海(金官)の加羅に比定される。しかし意富は日本語の美称にすぎないから、直ちに「大駕洛」の「大」にあてるに及ぶまい。→補注5-七。九 →補注6-一。一〇 于斯岐→二五三頁注二五。阿利叱智は阿羅斯等と同語。干岐は小国の王号。

し食はむと設けたるなり。若し其の主覓め至らば、物を以て償はまくのみ』といひて、卽ち殺し食みてき。若し『牛の直は何物を得むと欲ふ』と問はば、財物をな望みそ。『便に郡内の祭ひまつる神を得むと欲ふ』と爾云へ」といふ。俄ありて郡公等到りて曰はく、「牛の直は何物を得むと欲ふ」ととふ。對ふること老父の敎の如くにす。其の所祭る神は、是白き石ぞ。乃ち白き石を以て、牛の直に授てつ。因りて將て來て寢の中に置く。其の神石、美麗き童女と化りぬ。是に、阿羅斯等、大きに歡びて合せむとす。然るに阿羅斯等、

賜二任那王一。然新羅人遮二之於道一而奪焉。其二國之怨、始起二於是時一也。一云、御間城天皇之世、額有レ角人、乘二一船一、泊二于越國笥飯浦一。故號二其處一曰二角鹿一也。問之曰、何國人也。對曰、意富加羅國王之子、[1]名都怒我阿羅斯等。亦名曰二于斯岐阿利叱智干岐一。傳聞二日本國有二聖皇一、以歸化之。到二于穴門一時、其國有レ人。名伊都々比古。謂レ臣曰、吾則是國王也。除レ吾復無二二王一。故勿レ往二他處一。然臣究見二其爲人一、必知レ非レ王也。卽更還之。不レ知二道路一、留二連嶋浦一、自二北海一廻之、經二出雲國一至二於此間一也。是時遇二天皇崩一。便留之、仕二活目天皇一逮二于三年一。天皇問二都怒我阿羅斯等一曰、欲レ歸二汝國一耶。對諮、甚望也。天皇詔二阿羅斯等一曰、汝不レ迷レ道必速詣之、遇二先皇一而仕歟。是以、改二汝本國名一、追負二御間城天皇御名一、便爲二汝國名一。仍以二赤織絹一給二阿羅斯等一、返二于本土一。故號二其國一謂二彌摩那國一、其是之緣也。於是、阿羅斯等[2]以二所給赤絹一、藏二于己國郡府一。新羅人聞之、起レ兵至之、皆奪二其赤絹一。是二國相怨之始也。一云、初都怒我阿羅斯等、有レ國之時、黃牛負二田器一、將二往田舍一。黃牛忽失。則尋レ迹覓之。跡留二一郡家中一。時有二一老夫一曰、汝所求牛者、入二於此郡家中一。然郡公等曰、由二牛所負物一而推之、必設二殺食一。若其主覓至、則以レ物償耳、卽殺食也。若問二牛直欲レ得二何物一、莫レ望二財物一。便欲レ得二郡内祭神一云レ爾。俄而郡公等到之曰、牛直欲レ得二何物一。對如二老父之敎一。其所祭神、是白石也。[8]乃以二白石一、授二牛直一。因以將來置二于寢中一。其神石化二美麗童女一。於是、阿羅斯等大歡之欲レ合。然阿羅斯等 ↓

↓[下]三九頁注二六。一一 日本↓[下]補注16-九。
一二 ここは崇神天皇をさす。
一三 後の長門国の西南部の古称。一四 地方豪族が海外の使節に対して自分が天皇だという話は欽明三十一年五月条にも見える。一五 去るに忍びず流浪する意。北海については、上文(宇佐島)の条に「今在海北道中」とあり、また宋書、倭国伝、倭王武の上表文に「渡平海北九十五国」とあることなどから考えて、ここの北海は南部日本海をさす特定の名であったかもしれない。
一六 諮は、ハカル意。玉篇に「問也、謀也」とあるが、名義抄にマウスの訓もある。相手に答えて相手の意向をうかがう意で用いたのであろう。一七 やって来ていたのだったらの意。
一八・一九 ミマナの名はミマキ(イリビコ)の名によるという説。この説話は、原因と結果とが逆で、ミマナの名から天皇の名(ミマキイリビコ)ができたのかもしれぬ。姓氏録、未定雑姓、右京の三間名公の条では弥麻奈に作る。↓補注5-七。
二〇 以下は応神記の天日槍伝説の前半と同内容。万葉集註釈二所引摂津風土記逸文、比売鳥松原条にも類似の説話がある。↓補注6-二。
二一 和名抄に「黄牛〈阿米宇之〉」とある。アメイロの牛。この牛を聖牛とし、交換された玉をモノザネとする説あり。名義抄にアメウジと濁点がある。
二二 農具。
二三 和名抄に「田舎児〈和名井奈加比止〉」。ヰナカの語源未詳。
二四・二五 令制では、郡の役所、郡衙を郡家という(↓[下]三八八頁注七)。それによる表現か。この分注には郡府・郡公(郡での支配的地位にある人〈人〉)・郡内など郡字を多く使う。
二六 上文の田器、即ち農具。

他處に去る間に、童女忽に失せぬ。阿羅斯等、大きに驚きて、己が婦に問ひて曰はく、「童女、何處か去にし」といふ。對へて曰はく、「東の方に向にき」といふ。則ち尋めて追ひ求ぐ。遂に遠く海に浮びて、日本國に入りぬ。求ぐ所の童女は、難波に詣りて、比賣語曾社[一]の神と爲る。且は豐國[二]の國前郡に至りて、復[三]比賣語曾社の神と爲りぬ。並に二處に祭ひまつられたまふといふ。

三年の春三月に、新羅[四]の王の子天日槍來歸り。將て來る物[五]は、羽太[六]の玉一箇・足高[七]の玉一箇・鵜鹿鹿[八]の赤石[九]の玉一箇・出石[一〇]の小刀一口・出石の桙一枝・日鏡[一一]一面・熊の神籬[一二]一具、并せて七物[一三]あり。則ち但馬國に藏めて、常に神の物[一四]とす。一に云はく、初め天日槍、艇に乘りて播磨國に泊りて、宍粟邑[一五]に在り。時に天皇、三輪君[一六]が祖大友主と、倭直[一七]の祖長尾市とを播磨に遣して、天日槍を問はしめて曰はく、「汝は誰人ぞ、且、何の國の人ぞ」とのたまふ。天日槍對へて曰さく、「僕は新羅國の主の子なり。然れども日本國に聖皇有すと聞りて、則ち己が國を以て弟知[一八]古に授けて化歸り」とまうす。仍りて貢獻る物は、葉細[一九]の珠・足高の珠・鵜鹿鹿の赤石の珠・出石の刀子・出石の槍・日鏡・熊の神籬・膽狹淺[二〇]の大刀、并せて八物あり。仍りて天日槍に詔して曰はく、「播磨國の宍粟邑と、淡路島[二一]の出淺邑と、是の二の邑は、汝任意に居れ」とのたまふ。時に天日槍、啓して曰さく、「臣が住まむ處は、若し天恩を垂れて、臣が情の願しき地を聽したまはば、臣親ら諸國を歴り視て、則ち臣が心に合へるを給はらむと欲ふ」とまうす。乃ち聽したまふ。是に、天日槍、菟道河[二二]より泝りて、北近江國[二三]の吾名邑に入りて暫く住む。復更近江より若狹國を經て、西 但馬國に到りて則ち住處を定む。是を以て、近江國の鏡村[二四]の谷の陶人は、天日槍の從人なり。故、天日槍[二五]、但馬國の出嶋[二六]の人太耳[二七]が女麻多烏[二八]

一 延喜神名式に摂津国東生郡比売許曾神社があり、同四時祭式・臨時祭式に下照比売神ともいう。応神記の天之日矛伝説の記事の分注には比売碁曾社とし、阿加流比売神を祭ると。大阪市東成区東小橋北之町にあったと伝える。万葉集註釈二所引摂津風土記逸文では比売島とする。

二 後の豊後国国埼郡。

三 摂津風土記逸文では筑紫国伊波比の比売島とある。大分県東国東郡姫島村(国東半島北方海上、祝灘)に祀られた社であろう。なお肥前風土記に基肄郡姫社(ヒメコソ)郷がある。

四 以下、本条と八十八年七月条は天日槍伝説。記では応神記に見える。↓補注6-一二。日槍は、応神記に「新羅国主之子、名謂二天之日矛一」、古語拾遺に「海檜槍」。三国遺事巻一に、新羅東海の浜に延烏郎、日本に渡って王となり、その妻細烏女また追い至って貴妃となるの説話がある。

五 以下の将来物は本条分注(一一—一二行)・八十八年七月条にも見える。応神記には珠二貫・振浪比礼・切浪比礼・振風比礼・切風比礼・奥津鏡・辺津鏡の八種(伊豆志之八前大神)とする。

六 分注に葉細珠とある。ハは、玉の端の意か。

七 玉の形によるか。または足の高い台に乗せた玉か。また地名か。標註は延喜神名式の備中国窪屋郡足高神社(岡山県倉敷市笹沖)をあげる。

八 ウは、接頭語または牟(ム)即ち身の意か。カカは輝くの語根か。輝は室町時代までカカヤクと清音。従ってここは、赤く輝く石の玉の意か。

九 明らけき意かとも、播磨国明石郡の地によるかともいう。

一〇 出石は地名。和名抄に但馬国出石郡。出石小刀のことは八十八年七月条に詳しい。

一一 円形の鏡か。円鏡の語は、天平十九年大安寺資財帳天平勝宝八歳東大寺献物帳等に見える。

一二 神籬はヒボロキとキに清点がある(名義抄)。神籬↓一五二頁注一五。

一三 分注に八物とある。応神記は八物をあげる。↓注五。

一四 神宝↓八十

を娶りて、[二九]但馬諸助を生む。諸助、[三〇]但馬日楢杵を生む。日楢杵、[三一]清彦を生む。清彦、[三二]田道間守を生むといふ。

[三三]四年の秋九月の丙戌の朔戊申（二十三日）に、[三四]皇后の[三五]母兄[三六]狭穂彦王、[三七]謀反りて、社稷を危めむとす。因りて皇后の[三八]燕居すを伺ひて、語りて曰はく、「汝、兄と夫と孰か愛しき」といふ。是に、皇后所問ふ意趣を知しめさずして、輙ち對へて曰はく、「兄ぞ愛しき」といふ。則ち皇后に誂へて曰はく、「夫れ、[三九]色を以て人に事ふるは、

去二他處一之間、童女忽失也。阿羅斯等大驚之、問二己婦一曰、童女何處去矣。對曰、向二東方一。則尋追求。遂遠浮レ海以入二日本國一。所レ求童女者、詣二于難波一、爲二比賣語曾社神一。且至二豐國々前郡一、復爲二比賣語曾社神一。並二處見レ祭焉。

三年春三月、新羅王子天日槍來歸焉。將來物、羽[1]太玉一箇、足高玉[2]一箇、鵜鹿々赤石玉一箇、出石小刀一口、出石[3]桙一枝、日鏡一面、熊神籬一具、幷七物。則藏二于但馬國一、常爲二神物一也。一云、初天日槍、乘レ艇泊二于播磨國一、在二於宍粟邑一。時天皇遣下三輪君祖大友主、與二倭直祖長尾市一於播磨上、而問二天日槍一曰、汝也誰人、且何國人也。天日槍對曰、僕新羅國主之子也。然聞二日本國有二聖皇一、則以二己國一授二弟知古一而化歸之。仍貢獻物、葉細珠、足高珠、鵜鹿々赤石珠、出石刀子、出石槍、日鏡、熊神籬、膽狹淺大刀、幷八物。仍詔二天日槍一曰、播磨國[4]宍粟邑、淡路島[5]出淺邑、是二邑、汝任意居之。時天日槍啓之曰、臣將住處、若垂二天恩一、聽二臣情願地一者、臣親歷二視諸國一、則合二于臣心一欲レ被レ給。乃聽之。於是、天日槍自二菟道河一泝[6]之、北入二近江國吾[7]名邑一而暫住。復更自二近江一經二若狹國一、西到二但馬國一則定二住處一也。是以、近江國鏡村谷陶人[8]、則天日槍之從人也。故天日槍娶二但馬國出[9]嶋人、太耳女麻多烏一、生二但馬諸助一也。諸助生二但馬日楢杵一。日楢杵生二清彦一。々々生二田道間守一之。

四年秋九月丙戌朔戊申、皇后母兄狹穗彦王謀反、欲レ危二社稷一。因伺二皇后之燕居一、而語之曰、汝孰二愛兄與レ夫焉。於是、皇后不レ知二所問之意趣一、輙對曰、愛レ兄也。則誂二皇后一曰、夫以レ色事レ人、

八年七月条。垂仁紀には神宝の話が多い。出石神社→補注6-三。一五 播磨国宍粟郡(今、兵庫県宍粟郡)。ただし天日槍渡来のことは、播磨風土記、宍禾郡条には見えず、同揖保郡粒丘条に宇頭川(揖保川か)河口に渡来したという。→補注6-一。一六 三輪君→一三〇頁注七。大友主は旧事紀、地祇本紀に素戔嗚尊十一世孫で崇神朝に大神君姓を賜わったとある。一七 →二四〇頁注一一。一八 継体紀の加羅己富利知伽、または神功摂政前紀の宇流助富利智干と関係あるか。一九 →注六。二〇 上文の神宝中には見えず。延喜神名式に播磨国賀古郡日岡坐天伊佐佐比古神社(今、兵庫県加古川市加古川町大野字日岡山所在の日岡神社)。胆狭浅は、即ち伊佐佐か。二一 底本及び諸本には播磨国出浅邑・淡路島宍粟邑とあるが、八行に播磨国宍粟とあるので、諸注釈に従い、入れかえておく。淡路島の出浅邑は未詳。ただし八十八年条に出石の刀子を淡路島に祠るとある。二二 宇治川に同じ。二三 和名抄に坂田郡阿那郷がある。今、滋賀県坂田郡近江町箕浦付近。一七行に天日槍の従人らの住んだ鏡村は蒲生郡であるから、吾名もそのあたりとみれば延喜神名式の蒲生郡長寸(ナムラ)神社(滋賀県蒲生郡竜王町綾戸)付近か(地名辞書)。二四 鏡村は後世の鏡宿。鏡谷は鏡山の東麓で、近くに須恵の地名を存する。二五 以下の世系のこと、八十八年七月条にも見える。二六 出島は出石か。二七 八十八年七月条に「前津耳(一云、前津見。一云、太耳)」。二八 八十八年七月条に「麻拕能烏」。応神記には「多遅摩之俣尾之女、名前津見」と父娘の名が入れかわっている。女子に「ヲ」はふさわしくないから、記の所伝がよいか。二九 記に多遅摩母呂須玖。延喜神名式に出石郡諸杉神社(兵庫県出石郡出石町内町)。三〇 記に比那良岐とあり、母呂須玖の孫、斐泥の子とする。三一 記に清日子とあり、比那良岐

色衰へて寵緩む。今天下に佳人多なり。各遞に進みて寵を求む。豈永に色を恃むこと得むや。是を以て冀はくは、吾鴻祚登らさば、必ず汝と天下に照臨まむ。則ち枕を高くして永に百年を終へむこと、亦快からざらむや。願はくは我が爲に天皇を殺しまつれ」といふ。仍りて匕首を取りて、皇后に授けて曰はく、「是の匕首を裀の中に佩びて、天皇の寢ませらむときに、廼ち頸を刺して殺せまつれ」といふ。皇后、是に、心の裏に兢ぢたまひ戰きて、所如知らず。然れども兄の王の志を視るに、便く諫むること得まじ。故、其の匕首を受りて、獨え藏すまじみ、衣の中に著けり。遂に兄を諫むる情有すか。

五年の冬十月の己卯の朔に、天皇、來目に幸して、高宮に居します。時に天皇、皇后の膝に枕して晝寢したまふ。是に、皇后既に事を成げたまふこと无し。而して空しく思はく、「兄王の謀く所は、適是時なり」とおもふ。卽ち眼涙流りて帝の面に落つ。天皇、則ち寤きて、皇后に語りて曰はく、「朕今日夢みらく、錦色なる小蛇、朕が頸に繞る。復大雨狹穗より發り來て面を濡すとみつるは、是何の祥ならむ」とのたまふ。皇后、則ち謀を得匿すまじきことを知りて、悚ぢ恐りて地に伏して、曲に兄王の反狀を上したまふ。因りて奏して曰さく、「妾、兄の王の志に違ふこと能はず。亦天皇の恩を背くこと得ず。告言さば兄の王を亡してむ。言さずは社稷を傾けてむ。是を以て、一たびは以て懼り、一たびは以て悲ぶ。俯し仰ぎ

の子で、多遅摩毛理の弟とする。記によれば神功皇后の祖。三二 記に比那良岐の子。田道間守の伝説→九十年二月条・九十九年明年条。三三 以下五年条まで狭穂彦王の叛。記にもほぼ同じ話がある。ただ記では皇后が兄の命に従って直ちに天皇を殺そうとしたが、殺すにしのびないで天皇に自白するのを、書紀では兄の命を疑い、裏切って天皇に自白するなどの違いがある。上毛野君のことも記にはない。三四 狭穂姫。→二年二月条。三五 和名抄に「母兄〈波良比止豆乃古乃加美〉」とあり。同母兄のこと。三六 開化記に開化天皇皇子、日子坐〈彦坐王〉の子。三七 唐律に「謀反〈謂ㇾ謀ㇾ危二社稷一〉」。三八 休息して家にいること。燕は晏・安に通じて、やすむ・くつろぐ。三九 容色の意。史記、呂不韋伝に「以ㇾ色事ㇾ人者色衰而愛弛」とある。

一 皇祚に同じ。皇位。二 記に「将三吾与ㇾ汝治二天下一」。三 短剣。俗にアイクチ。ヒモカタナは、紐小刀のこと。紐をつけて懐中に納めたもの。記に八塩折之紐小刀。四 玉篇に「衣身」とある。みごろのこと。記では、ここで皇后がすぐ「以二紐小刀一為ㇾ刺二其天皇之御頸一、三度挙而不ㇾ忍二哀情一、不ㇾ能ㇾ刺ㇾ頸」という。書紀がこのくだりを省き、皇后がはじめから兄を疑うように書くのは儒教や天皇神聖観のあらわれ。五 兢は、恐れる、または、わななく。戦は、ふるえる。六 仁徳即位前紀・推古三十二年四月戊申条・舒明即位前紀・舒明九年是歳条など、いずれもセムスベシラズと訓む。如は、ゆく意。七 アサムはイサメルの古語。相手の行為を浅いものと判断して、それに対して意見をいうこと。八 隠しきれるはずもないからの意。九 集解・標註は歟字を削るが、通釈は遂以下七字すべてを私記の竄入として削除する。一〇 大和国高市郡の地名。→二一四頁注七。二十七年是歳条には此の

地に屯倉を置いたことが見え、延喜神名式に久米御県神社が見える。古くより皇室直轄地であったらしい。記の話にはこの地名がない。一一 奈良県高市郡志料に久米寺の兆域をその遺跡とし、地名辞書に久米御県神社の地とするが不明。普通名詞であろう。一二 記のこの部分↓注四。一三 錦の織物の如き文様ある小蛇。和名抄に「蚺蛇、蛇文如二連銭錦一也。和名仁之木倍美」とある。この夢をみたのは後文によれば皇后のもつ匕首のため。一四 記に暴雨とある。この夢をみたのは皇后の涙が頬にふれたため。一五 皇后が涙を流したことをさすが、また狭穂彦謀反の兆ともとれる。一六 祥は、前兆。記には「是有二何表一也」とある。一七 謀反の状。一八 申し上げること。一九 律令用語で、人の罪を訴え出ること。二〇 論語、里仁篇に「父母之年不レ可レ不レ知也、一則以喜、一則以懼」。あるいはの意。二一 畏縮して進退に窮する意。シジムは(縮)と同根の語。神武即位前紀戊午年六月条の捷遑にもシジマヒテとある。↓一九六頁注一。二二 説文に「悒不レ安也」とある。イキドホルは、胸に鬱積する意。胸につかえて、それを言葉にして申し上げることはできない。二三 我身を労せずしての意。古写本にネギラハズシテと訓むが、労の意を誤ってとったもの。二四 ↓注一三。

一 ↓二六二頁注一四。二 記には「爾天皇詔二之吾殆見レ欺乎一。乃興レ軍撃二沙本毘古王一…」とある。三 記には「天皇詔下雖レ怨二其兄一、猶不上得レ忍レ愛二其后一」と見え、書紀とやや異なる。四 漢書、文帝紀に「張武為二復士将軍一発二近県卒万六千人一」とある。履中即位前紀に「発二当県兵一」ともある。五・六 上毛野君は崇神天皇の皇子豊城入彦命の後と伝える。↓二五〇頁注一一。八 綱田は本条の終りに、功によって倭日向武日向彦八綱田とよばれたという。姓氏録、和泉皇別

て喉咽び、進退ひて血泣つ。日に夜に懐悒りて、え訴言すまじ。唯今日、天皇、妾が膝に枕して寝ませり。是に、妾一たび思へらく、若し狂へる婦有りて、兄の志を成すものならば、適遇是の時に、勞かずして功を成げむ。玆の意未だ竟へざるに、眼涕自づから流る。則ち袖を擧げて涕を拭ふに、袖より溢りて帝面を沾しつ。故、今日の夢みたまふは、必ず是の事の應ならむ。錦色なる小蛇は、妾に授けたる匕首なり。

色衰寵緩。今天下多二佳人一。各遞進求レ寵。豈永得レ恃レ色乎。是以冀、吾登二鴻祚一、必[1]與レ汝照二臨天下一。則高レ枕而永終二百年一、亦不レ快乎。願爲レ我殺[2]二天皇一。仍取二匕首一、授二皇后一曰、是匕首佩二于裀中一、當天皇之寢、廼刺レ頸而[3]殺焉。皇后於是、心裏兢戦、不レ知二所如一。然視二兄王之志一、便不レ可レ得レ諫。故受二其匕首一、獨無二所藏一、以著二衣中一。遂有二諫レ兄之情一歟。

五年冬十月己卯朔、天皇幸二來目一、居二於高宮一。時天皇枕二皇后膝一而晝寢。於是、皇后既无レ成レ事。而空思之、兄王所レ謀、適是時也。卽眼涙流之落二帝面一。天皇則寤之、語二皇后一曰、朕今日夢矣、錦色小蛇、繞二于朕頸一。復大雨從二狹穗一發而來之濡レ面、是何祥也。皇后則知レ不レ得二匿謀一、而悚恐伏レ地、曲上二兄王之反状一。因以奏曰、妾不レ能レ違二兄王之志一。亦不レ得レ背二天皇之恩一。告言則亡二兄王一。不レ言則傾二社稷一。是以、一則以懼、一則以悲。俯仰喉[4]咽、進退[5]血泣。日夜懷悒、無レ所二訴言一。唯今日也、天皇枕二妾膝一而寢之。於是、妾一思矣、若有二狂婦一、成二兄志一者、適遇是時、不レ勞以成レ功乎。玆意未レ竟、眼涕[6]自流。則擧レ袖拭レ涕、從レ袖溢之沾二帝面一。故今日夢也、必是事應焉。錦色小蛇、則授レ妾匕首也。↓

に「登美首、佐代公同祖、豊城入彦命男倭日向建日向八綱田命之後也」とあり、また同摂津未定雑姓、我孫の条に「豊城入彦命男八綱多命」とも見える。記にはただ「興㆑軍」とあるのみで将軍の名はない。七・八 →補注6-四。九 左伝、隠公元年条に見え、杜預の注に「踰月、度月也」とある。一〇 莅は、臨の意で、その場にのぞむこと。一一 記には「此時沙本毗売命不㆑得㆑忍㆓其兄㆒、自㆓後門㆒逃出而、納㆓其之稲城㆒。此時、其后妊身」とあり、皇子はその後に稲城の中で生れたことになっており、書紀と異なる。一二 →二五六頁注二一。一三 イデは、他動詞イヅの連用形。出だしませの意。下のイデマセも同じ。一四 経伝釈詞に「焉、猶㆑於㆑是也」とある。ここにの意。なおここでは皇后が一たん無事に天皇方に帰ったように記してあるが、記では異なり、天皇方は皇后を救出できないで火中から天皇にこたえる。→補注6-五。一五 左伝、僖公六年に「許男面縛」、杜預の注に「縛㆓手於後㆒唯見㆓其面㆒」とあり、両手を後に縛り、面を前に向けること。謝罪降伏の意志を示す。一六 論語、憲問篇に「自㆓経於溝瀆㆒」とあり、王粛の注に「経、経㆓死於溝瀆之中㆒」とある。経死のことは雄略三年四月条・顕宗即位前紀・皇極二年十一月条・大化元年九月丁丑条等に見え、古代における自殺の一般的方法であったと思われる。一七 よい相手。好逑に同じ。毛詩、周南に「関関雎鳩在㆓河之洲㆒　窈窕淑女　君子好逑」。逑は仇と同音。爾雅、釈詁に「合也匹也」とあり、つれあい、配偶の意。よって古訓ヲミナドモがある。一八 この前後、四字ずつで句をなしているので、孤立本文であるが、熱本によって「其」を補う。一九 十五年二月条にその名が見える。記では、兄比売・弟比売の二女王の名を挙げる。イツトリは古訓。二〇 記に「玆二女王、浄公民故、宜㆑使也」とある。二一 四道将軍の一人。→二四三

「[一]大雨の忽に發るは、妾が眼涙なり」とまうす。天皇、[二]皇后に謂りて曰はく、「[三]是は汝が罪に非ず」とのたまふ。即ち[四]近き縣の卒を發して、[五]上毛野君の遠祖[六]八綱田に命せて、狹穗彦を撃たしむ。時に狹穗彦、師を興して距く。忽に[七]稻を積みて[八]城を作る。其れ堅くして破るべからず。此を稻城と謂ふ。[九]月を踰えて降はず。是に、皇后悲びて曰はく、「吾、皇后なりと雖も、既に兄王を亡ひてば、何の面目以りてか、天下に[一〇]莅まむ」といひて、則ち[一一]王子[一二]譽津別命を抱きて、兄の王の稻城に入りましぬ。天皇、更軍衆を益して、悉に其の城を圍む。即ち城の中に勅して曰はく、「急に皇后と皇子とを[一三]出でませ」とのたまふ。然るに出でませず。則ち將軍八綱田、火を放けて其の城を焚く。[一四]焉に、皇后、皇子を懷抱して、城の上を踰えて出でたまへり。因りて奏請して曰さく、「妾、始め兄の城に逃げ入りし所以は、若し妾と子とに因りて、兄の罪を免さるること有りやとなり。今免さるること得ずは、乃ち知りぬ、妾が罪有ることを。何ぞ[一五]面ら縛ることを得む。[一六]自經きて死らくのみ。唯し妾死ると雖も、敢へて天皇の恩をのみ忘れじ。願はくは妾が掌りし後宮の事は、[一七]好き仇に授けたまへ。[一八]其の丹波國に[一九]五の婦人有り。志並に[二〇]貞潔し。是、[二一]丹波道主王の女なり。道主王は、[二二]稚日本根子太日日天皇の子孫、[二三]彦坐王の子なり。一に云はく、[二四]彦湯産隅王の子なりといふ。當に[二五]掖庭に納れて、後宮の[二六]數に盈ひたまへ」とまうす。天皇聽したまふ。時に火興り城崩れて、軍衆悉に走ぐ。狹穗彦と[二七]妹と、共に城の中に死り

ぬ。天皇、是に、将軍八綱田の功を美め[二八]たまひて、其の名を號けて倭日向武日向[二九]彦八綱田と謂ふ。
七年の秋七月の己巳の朔乙亥(七日)[三〇]に、左右[三一]奏して言さく、「當麻邑[三二]に勇み悍き士有り。當摩蹶速[三三]と曰ふ。其の為人、力強くして能く角を毀き[三四]鉤を申ぶ。恆に衆中に語りて曰はく、『四方に求めむに、豈我が力に比ぶ者有らむや。何にして強力者に遇

大雨忽發、則妾眼涙也。天皇謂二皇后一曰、是非二汝罪一也。卽發二近縣卒一、命二上毛野君遠祖八綱田一、令レ撃二狹穗彦一。時狹穗彦興レ師距之。忽積レ稻作レ城。其堅不レ可レ破。此謂二稻城一也。踰レ月不レ降。於是、皇后悲之曰、吾雖二皇后一、既亡二兄王一、何以二面目一、莅二天下一耶、則抱二王子譽津別命一、而入二之於兄王稻城一。天皇更益二軍衆一、悉圍二其城一。卽勅二城中一曰、急出三皇后與二皇子一。然不レ出矣。則將軍八綱田、放レ火焚二其城一。於焉、皇后令レ懷二抱皇子一、踰二城上一而出之。因以奏[1]請曰、妾始所三以逃二入兄城一、若有下因二妾子一、免中兄罪上乎。今不レ得レ免、乃知、妾有レ罪。何得二面縛一。[3]自經而死耳。唯妾雖レ死之、敢勿レ忘二天皇之恩一。願妾所掌[2]後宮之事、宜授二好仇一。其丹波國有二五婦人一。志並貞潔。是丹波道主王之女也。（道主王者、稚日本根子太日々天皇子孫、彦坐王子也。一云、彦湯産隅王之子也。）當納二掖庭一、以盈二[5]後宮之數一。天皇聽矣。時火興城崩、軍衆悉走[6]。狹穗[4]彦與レ妹共死二于城中一。天皇、於是、美二將軍八綱田之功一、號二其名一謂二[7]倭日向武日向彦八綱田一也。
七年秋七月己巳朔乙亥、左右奏言、當麻邑有二勇悍士一。曰二當摩[8]蹶速一。其為人也、強レ力以能毀レ角申レ鉤。恆語二衆中一曰、於四方求之、豈有下比二我力一者上乎。何遇二強力者一、↓

頁注二二。崇神十年九月条には命とあり、垂仁記には「旦波比古多々須美知能宇斯王」とある。旧事紀、国造本紀に稲葉国造の祖として見える彦坐王の子彦多都彦命は同一人か。 二二 開化天皇。 二三 →二三四頁注三。 二四 同じく開化天皇皇子。→二三三頁注二五。この人の母は丹波竹野媛(記によれば「丹波之大県主、名由碁理之女」)というから、道主王はこの人の子で、丹波の大県主の外孫というのが正しいか。

二五 漢書、百官公卿表に「武帝更二名永巷一曰二掖庭一」、後漢書、竇武伝に「長女選入二掖庭一」とあり、王宮のわきにしつらえた殿舎、宮女の居る所、後宮をいう。

二六 盈は、ミツ・ミタスの意。欠けた数を盈タス意で、ヒトカズニツカヒタマへの古訓がある。

二七 記に伊呂妹とある。

二八 北本・勢本等にイサミと訓むによる。功は他にイサヲシサなどの訓がある。

二九 延喜神名式に大和国添上郡大和日向神社あり。この人に関係あるか。

三〇 以下は野見宿禰の相撲の話。類聚国史、歳時部、相撲条はまずこの条をあげ、七月七日の相撲節会の起源とみている。

三一 モトコ→二五六頁注一三。

三二 和名抄に大和国葛下郡当麻〈多以末〉郷とあるが、履中即位前紀に哆𡸴摩、履中記に当芸麻、当岐麻と見え、古くはタギマといった。延喜神名式に当麻都比古神社、当麻山口神社あり、現に当麻寺で知られる地。当の音tangをtagiにあてたもの。

三三 ケルという動詞は、奈良時代にはクヱ、クウ、クウルと下二段活用であったから、この人名はクヱハヤと訓む。

三四 通証に淮南子を引き「桀之力別レ觡伸レ鉤」とある。鉤は兵器の名。剣に似て屈曲し、人を鉤殺するもの。

ひて、死生を期はずして、頓に争力せむ』といふ」とまうす。天皇聞しめして、群卿に詔して曰はく、「朕聞けり、當摩蹶速は、天下の力士なりと。若し此に比ぶ人有らむや」とのたまふ。一の臣進みて言さく、「臣聞る、出雲國に勇士有り。野見宿禰と曰ふ。試に是の人を召して、蹶速に當せむと欲ふ」とまうす。即日に、倭直の祖長尾市を遣して、野見宿禰を喚す。是に、野見宿禰、出雲より至れり。則ち當麻蹶速と野見宿禰と捔力らしむ。二人相對ひて立つ。各足を擧げて相蹶む。則ち當摩蹶速が脇骨を蹶み折く。亦其の腰を蹈み折きて殺しつ。故、當摩蹶速の地を奪りて、悉に野見宿禰に賜ふ。是以其の邑に腰折田有る縁なり。野見宿禰は乃ち留り仕へまつる。

十五年の春二月の乙卯の朔甲子(十日)に、丹波の五の女を喚して、掖庭に納る。第一を日葉酢媛と曰ふ。第二を渟葉田瓊入媛と曰ふ。第三を眞砥野媛と曰ふ。第四を薊瓊入媛と曰ふ。第五を竹野媛と曰ふ。

秋八月の壬午の朔に、日葉酢媛命を立てて皇后としたまふ。皇后の弟の三の女を以て妃としたまふ。唯し竹野媛のみは、形姿醜きに因りて、本土に返しつかはす。則ち其の返しつかはさるることを羞ぢて、葛野にして、自ら輿より墮ちて死りぬ。故、其の地を號けて墮國と謂ふ。今弟國と謂ふは訛れるなり。皇后日葉酢媛命は、三の男と二の女とを生れます。第一をば五十瓊敷入彦命と曰す。第二を

一 →補注6-六。 二 →崇神七年八月条・垂仁三年三月条。 三 捔は、和名抄に「角觝今之相撲也。〈和名須末比〉」とある。天治本新撰字鏡には、捔に「紅岳反、試力也攙也、知加良久良夫」とある。また、扛に「捔也、力久良戸」とある。 四 和名抄に「脇肋〈和名加太波良保禰〉身傍之間也。」とある。あばら骨。 五 天治本新撰字鏡に「詃、玄音。折曲也…久自久」。 六 腰は山の麓に近いところ、折は曲っていることで、田の形状から出た名称か。 七 二六四頁一四―一五行の丹波道主王の女。 八 →二六四頁注二五。 九 八月立后。三十二年七月条に日葉酢根命、景行即位前紀に日葉洲媛命、記には氷羽州比売命・比婆須比売命につくる。開化記によれば、母は丹波之河上之摩須郎女。景行天皇ら五児の母。 一〇 記に沼羽田之入毗売命とある。但し開化記の道主王の四子を掲げたところには見えない。 一一 記に円野比売命。但し開化記には真砥野比売命。 一二 記には阿邪美能伊理毗売命とあるが、開化記には見えない。 一三 記に見えず。竹野は丹後国の郡名にあり。 一四 記には歌凝比売命と円野比売命とが返されたとある。 一五 奈良時代にはカヅノ、平安時代にはカドノ。和名抄に山城国葛野郡葛野〈加止乃〉(今、京都市西半、右京区のあたり)。 一六 記に「於是円野比売…到二弟国一之時、遂堕二峻淵一而死。故号二其地一謂二堕国一。今云二弟国一也」とあり、書紀の伝えと異なる。オチの語根は ötö で、弟の ötö と全く同じ。従って ötökuni と変る。 一七 和名抄に山城国乙訓郡〈於止久迩〉とある地。これは地名起源説話の一つ。弟国は兄国に対する呼称であろう。和名抄に伊勢国飯野郡兄国郷あり。その近くに弟国の地名残り、神鳳抄に見える伊呂止御園の地と思われる。 一八 記に印色入日子命とある。三十年条に垂仁天皇は皇子に弓矢を与え弟の大足彦尊を皇位につかせることとなったといい、三十

ば[一九]大足彦尊と曰す。第三をば[二〇]大中姫命と曰す。第四をば[二一]倭姫命と曰す。第五をば[二二]稚城瓊入彦命と曰す。妃渟葉田瓊入媛は、[二三]鐸石別命と[二四]膽香足姫命とを生めり。次妃薊瓊入媛は、[二五]池速別命・[二六]稚淺津姫命を生めり。

[二七]二十三年の秋九月の丙寅の朔丁卯(二日)に、群卿に詔して曰はく、「[二八]譽津別王は、是生年既に三十、[二九]八掬髯鬚むすまでに、猶泣つること兒の如し。常に[三〇]言はざるこ

而不レ期二死生一、頓得二争力一焉。天皇聞之、詔二群卿一曰、朕聞、當[1]摩蹶速者、天下之力士也。若有二比レ此人一耶。一臣進言、臣聞、出雲國有二勇士一。曰二野見宿禰一。試召二是人一、欲レ當二于蹶速一。即日、遣二倭直祖長尾市一、喚二野見宿禰一。於是、野見宿禰自二出雲一至。則當麻蹶速與二野見宿禰一令二捔力一。二人相對立。各擧レ足相蹶。則蹶二折當[2]摩蹶速之脇骨一。亦蹈二折其腰[3]一而殺之。故奪二當[4]摩蹶速之地一、悉賜二野見宿禰一。是以其邑有二腰折田一之縁也。野見宿禰乃留仕焉。

十五年春二月乙卯朔甲子、喚二丹波五女一、納二於掖庭一。第一曰二日葉酢媛一。第二曰二渟葉田瓊入媛一。第三曰二眞砥野媛一。第四曰二薊[5]瓊入媛一。第五曰二竹野媛一。○秋八月壬午朔、立二日葉酢媛命一爲二皇后一。以二皇后弟之三女一爲レ妃。唯竹野媛者、因二形姿醜一、返二於本土一。則羞二其見一レ返、葛野、自墮レ輿而死之。故號二其地一謂二墮國一。今謂二弟國一訛也。皇后日葉酢媛命、生二三男二女一。第一曰二五十瓊敷入彦命一。第二曰二大足彦尊一。第三曰二大中姫命一。第四曰二倭姫命一。第五曰二稚城瓊入彦命一。妃渟葉田瓊入媛、生三[6]鐸石別命與二膽香足姫命一。次妃薊[7]瓊入媛、生二池速別命・稚淺津姫命一。

廿三年秋九月丙寅朔丁卯、詔二群卿一曰、譽津別王、是生年既卅、髯二鬚八掬一、猶泣如レ兒。常不レ言、↓

五年条に河内の茅渟池等を造るという。また三十九年、川上宮で剣を作り、石上神宮の神宝をつかさどったが、四十七年、年老いて管理権を譲ったという。一九 記に大帯日子淤斯呂和気命とある。後の景行天皇。二〇 記には大中津日子命があり、分注に山辺之別、稲木之別、吉備之石无別らの祖とある。二一 記に倭比売命とあり、分注に伊勢大神宮を祭るとある。このこと、二十五年三月条・景行四十年十月条等にも見える。二二 記に若木入日子命とする。二三 記には沼帯別命。姓氏録には、大鐸石和居命にも作り、稲城壬生公(左京皇別下)、和気朝臣・山辺公(右京皇別下)、山辺公(摂津皇別)の祖とする。後紀、延暦十八年二月乙未条の和気清麻呂薨伝に鐸石別命の後と見える。これらの氏は、垂仁記分注では大中津日子命の後とする。↓注二〇。二四 記には伊賀帯日子命がある。三十四年三月条には名の似た五十日足彦命があるが、これは記の五十日帯日子王(春日山君らの祖)にあたる。二五 記に伊許婆夜和気命。分注に「沙本穴太部之別祖也」とあり、続紀・姓氏録・三代実録等には息速別、続後紀には伊枳速日命。延喜神名式の陸奥国牡鹿郡(今、宮城県牡鹿郡)に伊去波夜和気命神社がある。二六 記に阿邪美都比売命。稲瀬毗古王の妻。二七 本条および次の十月条・十一月条は前皇后の生んだ唖の皇子誉津別命を養育する話。記にも類似の話があり、出雲の大神の祟りと知って大神を祭る話が加わっている。出雲風土記、仁多郡三沢郷条・釈紀十所引尾張風土記逸文、丹波郡吾縵郷条に似た話がある。二八 前皇后狭穂姫の生んだ皇子。↓二五七頁注二一。二九 記にも出雲風土記にも見える。八握鬚髯↓九六頁注六。三〇 コトは、言。トフは、声を出して物をいう意。

と、何由ぞ。因りて有司せて議れ」とのたまふ。

冬十月の乙丑の朔壬申(八日)に、天皇、大殿の前に立ちたまへり。誉津別皇子侍り。時に鳴鵠有りて、大虚を度る。皇子仰ぎて鵠を観して曰はく、「是何物ぞ」とのたまふ。天皇、則ち皇子の鵠を見て言ふこと得たりと知しめして喜びたまふ。左右に詔して曰はく、「誰か能く是の鳥を捕へて献らむ」とのたまふ。是に、鳥取造の祖天湯河板挙奏して言さく、「臣必ず捕へて献らむ」とまうす。即ち天皇、湯河板挙 板挙、此をば拕儺と云ふ。に勅して曰はく、「汝是の鳥を献らば、必ず敦く賞せむ」とのたまふ。時に湯河板挙、遠く鵠の飛びし方を望みて、追ひ尋ぎて出雲に詣りて、捕獲へつ。或の曰はく、「但馬国に得つ」といふ。

十一月の甲午の朔乙未(二日)に、湯河板挙、鵠を献る。誉津別命、是の鵠を弄びて、遂に言語ふこと得つ。是に由りて、敦く湯河板挙に賞す。則ち姓を賜ひて鳥取造と曰ふ。因りて亦鳥取部・鳥養部・誉津部を定む。

二十五年の春二月の丁巳の朔甲子(八日)に、阿倍臣の遠祖武渟川別・和珥臣の遠祖彦国葺・中臣連の遠祖大鹿嶋・物部連の遠祖十千根・大伴連の遠祖武日、五の大夫に詔して曰はく、「我が先皇御間城入彦五十瓊殖天皇、惟叡しくして聖と作す。欽み明にして聰く達りたまふ。深く謙損を執りて、志懐沖しく退く。機衡を綢繆めたまひて、神祇を禮祭ひたまふ。已を剋め躬を勤めて、日に

一 記に高往鵠。鵠は新撰字鏡に「久々比」。今の白鳥。名義抄にクグヒとある。鳴声による名という。二 アギは、口また腭。トフは、声を出してものを言う意。口を動かして、ようやく物をいう意。名義抄に咳・咰・孩をアギトフと訓むのは、皆小児の笑う皃。口もとを動かして声を立てる意でアギトフという。神武即位前紀戊午年条の「噞喁」、仲哀二年六月条の「傾浮」もアギトフと訓むのは、魚が水面で口を開閉するさまに転用したもの。→二〇二頁注四。三 天武十二年九月、連姓を賜う。姓氏録、右京神別に「鳥取連、角凝魂命三世孫天湯河桁命之後也」。四 姓氏録によれば、鳥取連(右京)、鳥取連(山城)、美努連、鳥取(河内)、鳥取(和泉)等の祖で、天湯川田奈・天湯河桁ともある。延喜神名式に河内国大県郡に天湯川田神社あり、和名抄に同郡鳥取郷(今、大阪府柏原市大県付近)がある。記には「山辺之大鶙」を遣わしたとある。五 姓氏録、右京神別、鳥取連の条によれば、「詣二出雲国宇夜江一、捕貢レ之」とある。宇夜江は出雲風土記によれば出雲郡健部郷の旧名という。今、島根県簸川郡斐川町宇屋谷の地。六 記には、木(紀伊)・針間(播磨)・稲羽(因幡)・旦波(丹波)・多遅摩(但馬)・近淡海(近江)・三野(美濃)・尾張・科野(信濃)・但馬(一本に高志＝越)に至り、和那美の水門に網を張って捕えたとある。延喜神名式に但馬国養父郡に和奈美神社がある。七 記には鵠を得てもまだ物いわず、皇子の言語(もの)い得ぬは出雲大神の祟りとし、また、尾張風土記逸文には阿麻乃彌加都比女の祟りとして、書紀の伝えと異なる。八―一〇 →補注6―七。部→補注6―八。一一 本条は次の三月条の伊勢神宮をたてる話の導入であろう。皇太神宮儀式帳には倭姫命の大神奉祝の巡行の送駅使として五大夫の名をかかげる。大夫→補注(下)18―一三。一二 →二三二頁注三。一三 →二四三

一日を愼む。是を以て、人民富み足りて、天下太平なり。今朕が世に當りて、神祇を祭祀ること、豈怠ること有ること得むや」とのたまふ。

三月の丁亥の朔丙申(十日)に、天照大神を豐耜入姫命[三〇]より離ちまつりて、倭姫命[三一]に託けたまふ。爰に倭姫命、大神を鎭め坐させむ處を求めて、菟田[三二]の筱幡[三三]に詣る。筱、此をば佐佐と云ふ。更に還りて近江國[三四]に入りて、東美濃[三五]を廻りて、伊勢國[三六]に到る。

何由矣。因有司而議之。○冬十月乙丑朔壬申、天皇立㆓於大殿前㆒。譽津別皇子侍之。時有㆓鳴鵠㆒、度㆓大虚㆒。皇子仰觀㆑鵠曰、[1]是何物耶。天皇則知㆓皇子見㆑鵠得㆒㆑言而喜之。詔㆓左右㆒曰、誰能捕㆓是鳥㆒獻之。於是、鳥取造祖天湯河板擧奏言、臣必捕而獻。卽天皇勅㆓湯河板擧㆒(板擧、此云㆓拕儺㆒。)曰、汝獻㆓是鳥㆒、必敦賞矣。時湯河板擧遠望㆓鵠飛之方㆒、追尋詣㆓出雲㆒、而捕獲。或曰、得㆓于但馬國㆒。○十一月甲午朔乙未、湯河板擧獻㆑鵠也。譽津別命弄㆓是鵠㆒、遂得㆓言語㆒。[2]由㆑是、以敦賞㆓湯河板擧㆒。則賜㆑姓而曰㆓鳥取造㆒。因亦定㆓鳥取部・鳥養部・譽津部㆒。

廿五年春二月丁巳朔甲子、詔㆓阿倍臣遠祖武渟川別・和珥臣遠祖彦國葺・中臣連遠祖大鹿嶋・物部連遠祖十千根・大伴連遠祖武日、五大夫㆒曰、我先皇御間城入彦五十瓊殖天皇、惟叡作㆑聖。欽明聰達。深執㆓謙損㆒、志懷沖退。綢㆓繆機衡㆒、禮㆓祭神祇㆒。剋㆑己勤㆑躬、日愼㆓一日㆒。是以人民富足、天下太平也。今當㆓朕世㆒、祭㆓祀神祇㆒、豈[3]得㆑有㆑怠乎。○三月丁亥朔丙申、離㆓天照大神於豐耜[4]入姫命㆒、託㆓于倭姫命㆒。爰倭姫命求㆘鎭㆓坐大神㆒之處㆖、而詣㆓菟田筱幡㆒。(筱、此云㆓佐佐㆒。)更還之[5]入㆓近江國㆒、東廻㆓美濃㆒、到㆓伊勢國㆒。↓

頁注一八。一四 →二二六頁注一四。一五 →二四四頁注一八。一六 →一一二頁注一五。一七 大鹿島は、皇太神宮儀式帳に「爾時太神宮禰宜氏、荒木田神主等遠祖、国摩大鹿島命孫天見通命乎禰宜定弖…」とある。常陸の鹿島に関係ある名か。一八 →二一〇頁注八。一九 十千根は、姓氏録、和泉神別、安幕首条に饒速日命七世孫十千尼大連之後と見え、旧事紀、天孫本紀に饒速日尊の児宇摩志麻治命の六世孫伊香色雄命の子、物部嗜咋連(→三九二頁注一一)の父という。

二〇 →一五六頁注一二。

二一 伴氏系図によれば豊日命の子。三代実録、貞観三年十一月十一日条に引く伴善男奏言は大伴健日連公に作り、その子が健持大連公(→三二九頁注一二)。→景行四十年七月条(三〇三頁四行)・同是歳条(三〇六頁一二行)。

二二 崇神天皇。

二三 叡は、聖の意。古訓によりサカシクと訓む。作は、ナルの意。尚書、洪範に「聡作㆑謀、睿作㆑聖」とある。

二四 欽は、敬の意。

二五 聡明豁達の意。

二六 呉志、后妃伝に「縁㆓后雅志㆒毎懐㆓謙損㆒」とある。謙退卑損の意。二七 晋書、謝鯤伝・世説新語に「尽㆓冲退㆒以奉㆓主上㆒」。

二八 万機の権衡の意。

二九 ばらばらのものをまとめる。転じて、辛苦経営する意。史記、司馬相如伝に「綢繆偃蹇」。綢も繆も、たばねる・くくる意。

三〇 →二三七頁注二六。以下伊勢神宮(内宮、三重県伊勢市)の起源の話で崇神六年条よりつづく。→二三八頁注六。記には、崇神記の豊鉏比売命、垂仁記の倭比売命の名の分注に「拝㆓祭伊勢大神之宮㆒也」と見える。→補注6-一〇。

三一 →二六七頁注二一。

三二—三六 →補注6-九。

一 神風は伊勢の枕詞。→二〇二頁注一八。 二 常世→一一二頁注一二。 三 しきりに打ちよせる浪。シキは、同じものが繰返し何度も重なること。 四 わきにある国。大和を中心にした見方で伊勢国をワキといったもの。 五 可怜→一六四頁注一六。 六 所謂内宮の創建をいう。→二六九頁注三〇・補注6-一〇。 七 斎王の忌みこもる宮。イハヒノミヤともイツキノミヤとも訓める。イハヒとイツキの相違→補注6-一一。 八 内宮の傍を流れる川。一名を御裳濯川という。 九 斎宮をかく名付けたもので、内宮のことではない。イソ(磯)はイセの古名か。この地方の豪族には古く磯連・磯部などがあった。孝徳朝の度会評助督の磯連牟良、竹(多気)評助督の磯部真夜手が皇太神宮儀式帳に見え、続紀、和銅四年三月条に伊勢国人、磯部祖父・高志に度会神主の名を賜わった。→下補注17-五。 一〇 →一四七頁注二四。 一一 以下はじめに伊勢神宮起源の異伝をのべ、次に、崇神六年条・同七年条の大倭神社の起源の話の異伝を述べる。 一二 杖は神の降下のヨリシロとしての樹木の役割をもつ。ここでは、倭姫命が、憑代としての役目を負ったものと見られる。皇太神宮儀式帳に「纒向珠城宮御宇活目天皇(垂仁)御宇爾、倭姫内親王遣為二御杖代一斎奉支」。延喜神名式に大和国宇陀郡の御杖神社(奈良県宇陀郡御杖村神末)。 一三 崇神六年条に磯堅城神籬をたつという。厳橿は、神霊の憑代(よりしろ)となる神木。 一四 丁巳は二十六年で本文より一年後のこととなる。 一五 渡遇は地名。神功摂政前紀に「神風伊勢国之百伝度逢県」。和名抄に伊勢国度会〈和多良比〉郡(今、三重県伊勢市・度会郡)。延喜神名式の伊勢国度会郡の条に、内宮を大神宮、外宮を度会宮としてのせるが、ここの渡遇宮は文義上内宮をさす。→補注6-一〇。 一六 倭大国魂神。→二三八頁注一〇。

時に天照大神、倭姫命に誨へて曰はく、「是の神風の伊勢國は、常世の浪の重浪歸する國なり。傍國の可怜し國なり。是の國に居らむと欲ふ」とのたまふ。故、大神の敎の隨に、其の祠を伊勢國に立てたまふ。因りて齋宮を五十鈴の川上に興つ。是を磯宮と謂ふ。則ち天照大神の始めて天より降ります處なり。一に云はく、天皇、倭姫命を以て御杖として、天照大神に貢奉りたまふ。是を以て、倭姫命、天照大神を以て、磯城の嚴橿の本に鎭め坐せて祠る。然して後に、神の誨の隨に、丁巳の年の冬十月の甲子を取りて、伊勢國の渡遇宮に遷しまつる。是の時に、倭大神、穗積臣の遠祖大水口宿禰に著りたまひて、誨へて曰はく、「太初の時に、期りて曰はく、『天照大神は、悉に天原を治さむ。皇御孫尊は、專に葦原中國の八十魂神を治さむ。我は親ら大地官を治さむ』とのたまふ。言已に訖りぬ。然るに先皇御間城天皇、神祇を祭祀りたまふと雖も、微細しくは未だ其の源根を探りたまはずして、粗に枝葉に留めたまへり。故、其の天皇命短し。是を以て、今汝御孫尊、先皇の不及を悔いて愼み祭ひまつりたまはば、汝尊の壽命延長く、復天下太平がむ」とのたまふ。時に天皇、是の言を聞しめして、則ち中臣連の祖探湯主に仰せて、卜ふ。誰人を以て大倭大神を祭らしめむと。即ち渟名城稚姫命、卜に食へり。因りて渟名城稚姫命に命せて、神地を穴磯邑に定め、大市の長岡岬を祠ひまつる。然るに是の渟名城稚姫命、既に身體悉に痩み弱りて、祭ひまつること能はず。是を以て、大倭直の祖長尾市宿禰に命せて、祭らしむといふ。

二十六年の秋八月の戊寅の朔庚辰(三日)に、天皇、物部十千根大連に勅して曰はく、「屢使者を出雲國に遣して、其の國の神寶を檢校へしむと雖も、分明しく中言す者も無し。汝親ら出雲に行りて、検校へ定むべし」とのたまふ。則ち十千根大連、神宝を校へ定めて、分明しく奏言す。仍りて神宝を掌らしむ。

二十七年の秋八月の癸酉の朔己卯(七日)に、祠官[四三]に令して、兵器[四四]を神の幣とせむとトはしむるに、吉し。故、弓矢及び横刀を、諸の神の社に納む。仍りて更に神[四五]地・神戸を定めて、時[四六]を以て祠らしむ。蓋し兵器をもて神祇を祭ること、始め

時天照大神誨倭姫命曰、是神風伊勢國、則常世之浪重浪歸國也。傍國可怜國也。欲居是國。故隨大神教、其祠立於伊勢國。因興齋宮于五十鈴川上。是謂磯宮。則天照大神始自天降之處也。一云、天皇以倭姫命爲御杖、貢奉於天照大神。是以倭姫命以天照大神、鎭坐於磯城嚴橿之本而祠之。然後隨神誨、取丁巳年冬十月甲子、遷于伊勢國渡遇宮。是時倭大神、著穗積臣遠祖大水口宿禰、而誨之曰、太初之時期曰、天照大神悉治天原。皇御孫尊、專治葦原中國之八十魂神。我親治大地官者。言已訖焉。然先皇御間城天皇、雖祭祀神祇、微細未探其源根、以粗留於枝葉。故其天皇短命也。是以、今汝御孫尊、悔先皇之不及而愼祭、則汝尊壽命延長、復天下太平矣。時天皇聞是言、則仰中臣連祖探湯主、而卜之。誰人以令祭大倭大神。卽渟名城稚姫命食卜焉。因以命渟名城稚姫命、定神地於穴磯邑、祠於大市長岡岬。然是渟名城稚姫命、既身體悉痩弱、以不能祭。是以命大倭直祖長尾市宿禰、令祭矣。

廿六年秋八月戊寅朔庚辰、天皇勅物部十千根大連曰、屢遣使者於出雲國、雖檢校其國之神寶、無分明申言者。汝親行于出雲、宜檢校定。則十千根大連校定神寶、而分明奏言之。仍令掌神寶也。

廿七年秋八月癸酉朔己卯、令祠官、卜兵器爲神幣、吉之。故弓矢及横刀納諸神之社。仍更定神地・神戸、以時祠之。蓋兵器祭神祇、始→

一七 →二三二頁注一五。
一八 →二四〇頁注八。 一九 神がかりすること。
二〇 太平御覧、天、太初に「易乾鑿度曰、太初者、気之始也」「帝王世紀曰、元気始萌、謂之太初」とある。モトハジメの訓、奇異であるが、モトは物事の根本、ハジメは順序終始あるもののいとぐちをいう語なので、モトもハジメも太初にあたらないので両語を合してモトハジメとしたものであろう。 二一 伊奘諾・伊奘冉二尊の言葉を指している。 二二 代代の天皇をさす。 二三 この国土にある天神地祇をさす。 二四 いわゆる国魂のこと。即ち地主の神をさす。 二五 崇神天皇。 二六 崇神六年条以下に見える。 二七 具体的には崇神七年条に三輪の大物主神を祭るとともに副次的に大国魂神を祭ったことをいうか。→注一一。 二八 ノチノヨは古写本の訓。この語、根源に対して使う。事の主要でないものの意。この所は、源根を探らず、主要でない枝葉に留っていたの意。 二九 崇神六十八年十二月条に「崩。時年百二十歳」とあり、ここに短命というのとあわない。 三〇 →一一二頁注一五。 三一 通釈は久志宇賀主命のこととするが松尾社家系図に久志宇賀主命の子とする。允恭四年九月条分注に「盟神探湯、此云区訶陀智」とあるから、ここはクカヌシと訓む。 三二 崇神紀に渟名城入姫命とする。→崇神元年二月条・同六年条。 三三 神祇令義解に「凡卜者必先墨画亀然後灼之。兆順食墨。是謂卜食」とある。 三四 大和国城下郡の地。延喜神名式に穴師坐兵主神社のある所。今、奈良県桜井市穴師。 三五 大市は、和名抄に城上郡大市郷〈於保以知〉(今、奈良県桜井市芝付近)とある地。崇神十年条によれば倭迹迹日百襲姫命の箸墓のある所。長岡は明らかでないが、一説に巻向山の尾崎という。 三六 崇神六年条に「髪落体痩而不能祭」とあるに同じ。身体のミミの訓、底本による。熱本に

て是の時に興れり。

是歳、[一]屯倉を[二]來目邑に興つ。屯倉、此をば彌夜氣と云ふ。

二十八年の冬十月の丙寅の朔庚午(五日)に、天皇の母弟[三]倭彦命薨りましぬ。

十一月の丙申の朔丁酉(二日)に、[四]倭彦命を[五]身狹の桃花鳥坂に葬りまつる。是に、[六]近習者を集へて、悉に[七]生けながらにして陵の[八]域に埋みて立つ。[九]日を數て死なずして、晝夜に泣ち[一〇]吟ふ。遂に死りて爛ち[一一]臰りぬ。犬烏聚り噉む。天皇、此の泣ち吟ふ聲を聞しめして、心に悲傷なりと有す。群卿に詔して曰はく、「夫れ[一二]生ける時に愛みし所を以て、亡者に殉はしむるは、是甚だ傷なり。其れ古の風と雖も、良からずは何ぞ從はむ。今より以後、議りて[一三]殉はしむることを止めよ」とのたまふ。

三十年の春正月の己未の朔甲子(六日)に、天皇、[一四]五十瓊敷命・[一五]大足彦尊に詔して曰はく、「汝等、各情願しき物を言せ」とのたまふ。兄王諮さく、「弓矢を得むと欲ふ」とまうす。弟王諮はく、「皇位を得むと欲ふ」とまうしたまふ。是に、天皇、詔して曰はく、「各情の隨にすべし」とのたまふ。則ち弓矢を五十瓊敷命に賜ふ。仍りて大足彦尊に詔して曰はく、「汝は必ず朕が位を繼げ」とのたまふ。

[一六]三十二年の秋七月の甲戌の朔己卯(六日)に、皇后[一七]日葉酢媛命一に云はく、日葉酢根命なりといふ。薨りましぬ。[一八]臨葬らむとすること日有り。天皇、群卿に詔して曰はく、「[一九]死に從ふ道、前に可からずといふことを知れり。今此の行の葬に、[二〇]奈之爲何む」

はミムクロとある。ムクロは、ム(身)クロ(幹)の意。胴体四肢をいう。三七 倭国造をさす。↓一九〇頁注七。三八 崇神七年八月条に見える市磯長尾市のこと。↓二四〇頁注一一。三九 以下出雲の話。神宝を検校・管理する話で、崇神六十年条より続く。↓二五〇頁注一二。全体として記にはない。四〇 ↓二六八頁注一九。大連の称は書紀ではここが最初。四一 ↓二五〇頁注一五。四二 ワキは、分ける意。ワキワキシは、いかにもはっきりと分かれている意。つまり分明のこと。四三 中国の官名の借用。四四 武器を神社に奉る例↓二四二頁注一〇。四五 ↓二四一頁注二九・三〇。四六 欽明十三年十月条に「我国家之、王二天下一者、恒以二天地社稷百八十神一、春夏秋冬、祭拜為レ事」とあり、神祇令にも「凡天神地祇者、神祇官皆依二常典一祭レ之」。

一 記には一般的に「此之御世、定二田部一。…又定二倭屯家一」、仁徳即位前紀に「於二纒向玉城宮一御宇天皇之世、科二太子大足彦尊一、定二倭屯田一也」。屯倉↓下補注18-一三。二 来目↓二六二頁注一〇。三 ↓二三六頁注一八。四 いわゆる殉死の禁の話で、三十二年条の埴輪の起源の話と結びつく。記では崇神記の倭日子命の分注に「此王之時、始而於レ陵立二人垣一」。五 身狭は大和国高市郡にあり、後世、訛って見瀬(今、奈良県橿原市見瀬町)という。身狭社↓下四〇四頁注一七。桃花鳥坂は築坂邑。↓二一四頁注五。但し倭彦命の墓は明らかではなく、陵墓要覧は奈良県高市郡新沢村大字北越智字桝ヶ山、または奈良県橿原市大字鳥屋字久保の二所を推定している。六 習は、きまったことを繰返しやってみる意。近習は、人の傍にいて、きまったことを行い、仕える意。礼記、月令の注に「近習、天子嬖親幸者」。七 古く殉死の風のあったことは魏志、倭人伝にも「徇レ葬者奴婢百余人」。大化とのたまふ。是に、[二一]野見宿禰、進みて曰さく、「夫れ君王の陵墓に、生人を埋み立つるは、是不良し。豈後葉に傳ふること得む。願はくは今便事を議りて奏さむ」とまうす。則ち使者を遣して、[二二]出雲國の[二三]土部壹佰人を喚し上げて、自ら土部等を領ひて、埴を取りて人・馬及び種種の物の形を造作りて、天皇に獻りて曰さく、「今より以後、是の[二四]土物を以て生人に更易へて、陵墓に樹てて、後葉の法則とせむ」とまうす。


興二於是時一也。◎是歳、興二屯倉于來目邑一。屯倉、此云二彌夜氣一。

廿八年冬十月丙寅朔庚午、天皇母弟倭彦命薨。○十一月丙申朔丁酉、葬二倭彦命于身狹桃花鳥坂一。於是、集二近習者一、悉生而埋二立於陵域一。數レ日不レ死、晝夜泣吟。遂死而爛臰之。犬烏聚噉焉。天皇聞二此泣吟之聲一、心有二悲傷一。詔二群卿一曰、夫以二生所レ愛、令レ殉二亡者一、是甚傷矣。其雖二古風一之、非レ良何從。自レ今以後、[1]議之止レ殉。

卅年春正月己未朔甲子、天皇詔二五十瓊敷命・大足彦尊一曰、汝等各言二情願之物一也。兄王諮、欲レ得二弓矢一。弟王諮、欲レ得二皇位一。於是、天皇詔[2]之曰、各宜[3]レ隨レ情。則弓矢賜二五十瓊敷命一。仍詔二大足彦尊一曰、汝必繼二朕位一。

卅二年秋七月甲戌朔己卯、皇后日葉酢媛命一云、日葉酢根命也。薨。臨葬有レ日焉。天皇詔二群卿一曰、從レ死之道、前知二不可一。今此行之葬、奈之爲何。於是、野見宿禰進曰、夫君王陵墓、埋二立生人一、是不良也。豈得レ傳二後葉一乎。願今將議二便[4]事一而奏之。則遣二使者一、喚二上出雲國之土部壹佰[5]人一、自領二土部等一、取レ埴以造二作人・馬及種々物形一、獻二于天皇一曰、自レ今以後、以二是土物一更二易生人一、樹二於陵墓一、爲二後葉之法則一。↓

二年三月の風俗匡正の詔にも殉死を禁じている。→下二九四頁注九・一〇。八 域は、広雅に葬地とある。かぎられた土地の意からサカヒと訓む。熱本・北本・勢本に城とあるのは誤であろう。九 古写本の訓はシバシバ。一〇 吟は、うめく。なげく意。古訓ノドヨフ。ノドヨフは、悲しげな声を立てること。ニヨブも同じ。金剛般若集験記に「細々声」にノトヨフコヱと訓があるによる。一一 底本臰は臭の俗字。一二 先の近習者をさす。一三 垂仁の諡号はここに由来する。一四 →二六六頁注一八。一五 景行天皇。ここは弟が皇位を継承したことを説明するための説話で、崇神四十八年正月条の豊城入彦命と活目尊の説話と似る。一六 以下、埴輪の起源の話。記には「又其大后比婆須比売命之時、定二石祝作一、又定二土師部一」。続紀、天応元年六月条の土師宿禰古人等の奏言に「于レ時皇后薨梓宮在庭。帝顧二問群臣一曰、後宮葬礼為レ之奈何。群臣対曰、一遵二倭彦王子故事一。時臣等遠祖野見宿禰進奏曰、如二臣愚意一、殉埋之礼殊乖二仁政一。非二益レ国利レ人之道一。仍率二土部三百余人一、自領取レ埴造二諸物象一進レ之。帝覧甚悦、以代二殉人一、号曰二埴輪一。所謂立物是也」。一七 →二六六頁注九。分注の姫の名の根は親しみをあらわす詞でこの前後に多くの例がある。高彦根・振根・飯入根等。一八 魏策に「恵王死、葬有レ日矣」。一九 二十八年十一月条をさす。漢書の顔師古注に「従レ死以殉レ葬也」とある。二〇 漢籍にこの用例多し。如何・何如などに同じ。二一 →補注6-六。二二・二三 土部は陵墓の埴輪を作り、転じてまた葬礼に預るトモ、またはその部民をいう。管掌者を土師連といい、部民はまた土師部ともいった。出雲国の土部壱佰人云云は、三代格に引く延暦十六年四月二十三日の太政官符や、続紀、天応元年六月条には「出雲(国)土(師)部三百余人」とある。出雲国大税賑給歴名帳には出雲郡天皇、是に、大きに喜びたまひて、野見宿禰に詔して曰はく、「汝が便議、寔に朕が心に洽へり」とのたまふ。則ち其の土物を、始めて日葉酢媛命の墓に立つ。仍りて是の土物を號けて埴輪と謂ふ。亦は立物と名く。仍りて令を下して曰はく、「今より以後、陵墓に必ず是の土物を樹てて、人をな傷りそ」とのたまふ。天皇、厚く野見宿禰の功を賞めたまひて、亦鍛地を賜ふ。即ち土部の職に任けたまふ。因りて本姓を改めて、土部臣と謂ふ。是、土部連等、天皇の喪葬を主る縁なり。所謂る野見宿禰は、是土部連等が始祖なり。

三十四年の春三月の乙丑の朔丙寅(二日)に、天皇、山背に幸す。時に左右奏して言さく、「此の國に佳人有り。綺戸邊と曰す。姿形美麗し。山背大國の不遲が女なり」とまうす。天皇、茲に、矛を執りて祈ひて曰はく、「必ず其の佳人に遇はば、道路に瑞見えよ」とのたまふ。行宮に至ります比に、大龜、河の中より出づ。天皇、矛を擧げて龜を刺したまふ。忽に石に化爲りぬ。左右に謂りて曰はく、「此の物に因りて推るに、必ず驗有らむか」とのたまふ。仍りて綺戸邊を喚して、後宮に納る。磐衝別命を生む。是三尾君の始祖なり。是より先に、山背の苅幡戸邊を娶したまふ。三の男を生む。第一を祖別命と曰す。第二を五十日足彦命と曰す。第三を膽武別命と曰す。五十日足彦命は、是子石田君の始祖なり。

三十五年の秋九月に、五十瓊敷命を河内國に遣して、高石池・茅渟池を作らし

出雲郷伊知里の戸主日置部臣常の戸口に土師部小竜という者が見える。

三 古訓ハニ。ハニモノと付訓した底本等もあるが、今、熱本の訓のままとする。

一 →補注6-一二。二 釈紀に私記を引き「師説、山陵乃女久利尓作二埴人形一、立如二車輪一。故云」とある。三 ハニワは、輪のように立てるので、輪(ワ)に注目してハニワといい、立てる点に注目してタテモノという。四 集解に「按言下成二熟陶器一之地上。検二字書一鍛冶レ金也。而後漢書韋彪伝曰、鍛錬之吏、註鍛錬猶レ言二成熟一也。又儀礼士喪礼曰、功布、註功布鍛濯灰治之布也。由レ是鍛不二必治一レ金而已」といい、標註は「土部には似つかぬやうなれど、葬儀に銅鉄を用る事もあれば、然する地を賜ひしにや」というが、前説がよいか。五・六 →一〇六頁注四・二七三頁注二三。七 職員令、諸陵司の条に「土部十人〈掌レ賛二相凶礼一〉」とあり、義解に「土師宿禰、年位高進者為二大連一、其次為二小連一。並紫衣刀剣、世執二凶儀一」とあり、国史にも、仁徳六十年十月条・推古十一年二月条・皇極二年九月条・白雉五年十月条・文武三年十月条・天平六年四月条などに、凶礼・陵墓のことに預る例が見える。三代格に引く延暦十六年四月二十三日の太政官符によれば、「野見宿禰苗裔…掌二凶儀一不レ預二吉礼一。夫喪葬之事人情所レ悪。専定二一氏一為二其職掌一、於レ事論レ之実為レ不レ穏」という理由で、その世襲の業を解かれた。八 この段は皇后の死後、山城の綺戸辺を妻とする話。記にははじめの后妃・皇子女の記載に名をあげるだけ。九 →補注6-一三。一〇 記には「山代大国之淵」とある。遅は呉音ではヂ、漢音ではチ。広韻、直尼切。ここでは漢音によって、チの音に使ったものであろう。大国は、山城国宇治郡大国郷(今、京都市東山区山科・大塚・大宅・音羽付

む。

冬十月に、[二四]倭の狭城池及び[二五]迹見池を作る。

是歳、諸國に令して、多に池溝を開らしむ。數八百。農を以て事とす。是に因りて、百姓富み寛ひて、天下太平なり。

三十七年の春正月の戊寅の朔に、大足彦尊を立てて、皇太子としたまふ。

天皇、於是、大喜之、詔野見宿禰曰、汝之便議、寔洽朕心。則其土物、始立于日葉酢媛命之墓。仍號是土物謂埴輪。亦名立物也。仍下令曰、自今以後、[1]陵墓必樹是土物、無傷人焉。天皇厚賞野見宿禰之功、亦賜鍛地。即任土部職。因改本姓、謂土部臣。是土部連等、主天皇喪葬之緣也。所謂野見宿禰、是土部連等之始祖也。

卅四年春三月乙丑朔丙寅、天皇幸山背。時左右奏言之、此國有佳人。曰綺戸邊。姿形美麗。山背大國不[2]遲之女也。天皇、於茲、執㆑矛祈之曰、必遇其佳人、道路見㆑瑞。[3]比至行宮、大龜出河中。天皇擧㆑矛刺㆑龜。忽[4]化爲石。謂左右曰、因此物而推之、必有驗乎。仍喚綺戸邊、納于後宮。生磐衝別命。是三尾君之始祖也。先是、娶山背苅幡戸邊。生三男。第一曰祖別命。第二曰五十日足彦命。第三曰膽武別命。五十日足彦命、是子石田君之始祖也。

卅五年秋九月、遣五十瓊敷命于河内國、作高石池・茅渟池。〇冬十月、作倭狹城池及迹見池。◎是歳、令諸國、多開池溝。數八百之。以農爲事。因是、百姓富寛、天下太平[5]矣。

卅七年春正月戊寅朔、立大足彦尊、爲皇太子。

近)に関係ある名か。 一一 矛が神聖視されたことは天之瓊矛(八〇頁五行)、天日槍(二六〇頁五行)などの例からも知られる。ウケヒ→補注1-六八。 一二 山背に行幸するための行宮。 一三 二年条一云にも白石のことが見えたが、いずれも美人に関係がある点で類似の説話。雄略二十二年七月条には、大亀が女に化したとの話も見える。捜神記には女が亀になった話がある。ここ古写本により、白石の白を削る。 一四 記に石衝別王とし、他に石衝毗売命を生むとある。なお継体天皇の母振媛を継体即位前紀(下)一八頁一—二行)に垂仁七世の孫とするが、上宮記によれば、振媛は伊久牟利比古大王(垂仁)の子伊波都久和希の子孫。→(下)補注17-一。 一五 記に「羽咋君・三尾君之祖」。継体元年三月条に三尾角折君・三尾君堅楲などが見える。近江国高島郡三尾郷(今、滋賀県高島郡高島町)に本拠をもった氏族か。旧事紀、国造本紀によれば、この人はまた加我国造の祖という。 一六 記に弟苅羽田刀弁の姉で苅羽田刀弁とあり、姉妹の名が紛らわしい。 一七 記は落別王、姓氏録、左京皇別、小槻臣の条には於知別命、旧事紀、国造本紀に意知別命とある。祖はオホヂと訓むべきなので、書紀の所伝は清濁を異にする。記に「小月之山君・三川之衣君之祖」とある。 一八 記には五十日帯日子王とし、「春日山君・高志池君・春日部君之祖」という。 一九 記に伊登志別王があり、「因㆑無㆑子而為子代、定伊登志部」とある。 二〇 この氏、他に見えず。 二一 →二六六頁注一八。 二二 記にも「印色入日子命者作血沼池、又作狭山池、又作日下之高津池」。このうち、高石池は記に見えず。和泉国大鳥郡に高石(持統紀に「高脚」とある。今、大阪府泉北郡高石町)の地名あり。和泉志は高石村にある乙池とする。通釈は高津池は高師池の誤りかとする。日下部郷と高石と近接するから、或いは両者同じか。二三 記に血沼池。和泉志に「珍努池在二日根郡野々村(今、泉佐野市下互屋南付近)西一。広三百三十畝。相伝印色入彦命所レ鑿。今曰二布池一」。霊亀二年(七一六)、河内国を割いて和泉国を設けるまでは、この二池は河内国に属す。二四 大和志に「添下郡狭城盾列池。在二常福寺村一。広一千二百余畝。一名西池。又名水上池」。水上は、今、奈良市佐紀にあり、日葉酢媛命陵・成務天皇陵・神功皇后陵等その傍にあり。二五 大和志に添下郡池内村(今、大和郡山市池ノ内町)にありという。延喜神名式に登弥神社あり。

一 本条及び八十七年二月条は石上神宮の神宝とその管理の話。記では「印色入日子命者、…又坐二鳥取之河上宮一、令レ作二横刀壱仟口一、是奉レ納二石上神宮一、即坐二其宮一、定二河上部一也」という。→補注1-一〇〇。二 →二六六頁注一八。三 茅渟→一九三頁注一九。また菟砥は、延喜諸陵式に「宇度墓〈五十瓊敷入彦命。在二和泉国日根郡一。兆域東西三町。南北三町。守戸二烟〉」とある。川上宮は記に鳥取之河上宮とあるのも同じで、和名抄に同郡鳥取郷とある。和泉志に「在二自然田村一…即此。深日ノ鍛冶谷亦其址」。四 記伝に「太刀の名に伴としも云るは、一千口を一部として、其総ての名なる故なり。川上部の部も同じ。其は、川上宮にて作らしし故の名なり」という。しかし川上部は記の記事(→注一)や本頁四行にいうごとく、五十瓊敷命の川上宮にちなむ部の名であり、五十瓊敷命の名代と考えてよい(太田亮)。従って、川上部の作ったものであるので剣を川上部と名付けたとみるのが妥当であろう。五 一説に鞘におさめず、刀身のままの意とし、或説に甲着けたる敵を斬ること裸を斬るが如く鋭利であるためとするが、不明。川上部の名が、注四にいうように剣を作

三十九年の冬十月に、五十瓊敷命、茅渟の菟砥川上宮に居しまして、劒一千口を作る。因りて其の劒を名けて、川上部と謂ふ。亦の名は裸伴 裸伴、此をば阿箇播娜我等母と云ふ。と曰ふ。石上神宮に藏む。是の後に、五十瓊敷命に命せて、石上神宮の神寶を主らしむ。一に云はく、五十瓊敷皇子、茅渟の菟砥の河上に居します。鍛名は河上を喚して、大刀一千口を作らしむ。是の時に、楯部・倭文部・神弓削部・神矢作部・大穴磯部・泊橿部・玉作部・神刑部・日置部・大刀佩部、幷せて十箇の品部もて、五十瓊敷皇子に賜ふ。其の一千口の大刀をば、忍坂邑に藏む。然して後に、忍坂より移して、石上神宮に藏む。是の時に、神、乞して言はく、「春日臣の族、名は市河をして治めしめよ」とのたまふ。因りて市河に命せて治めしむ。是、今の物部首が始祖なり。

八十七年の春二月の丁亥の朔辛卯(五日)に、五十瓊敷命、妹大中姫に謂りて曰はく、「我は老いたり。神寶を掌ること能はず。今より以後は、必ず汝主れ」といふ。大中姫命辭びて曰さく、「吾は手弱女人なり。何ぞ能く天神庫に登らむ」とまうす。神庫、此をば保玖羅と云ふ。五十瓊敷命の曰はく、「神庫高しと雖も、我能く神庫の爲に梯を造てむ。豈庫に登るに煩はむや」といふ。故、諺に曰はく、「天の神庫も樹梯の隨に」といふは、此其の緣なり。然して遂に大中姫命、物部十千根大連に授けて治めしむ。故、物部連等、今に至るまでに、石上の神寶を治むるは、是其の緣なり。昔丹波國の桑田村に、人有り。名を甕襲と曰ふ。則ち甕襲が家に犬有り。名を足往と曰ふ。是の犬、山の獸、名を牟士那といふを咋ひて殺しつ。則ち獸の腹に

った部の名とすれば、裸伴もその部の形状などから名付けたものともとれる。旧事紀に「赤花之伴」とあるのは、akaFada と akaFana で d と n との交替による形である。 一六 →補注1-一〇〇。 一七 刀剣を主とするのであろう。→注一。 一八 →補注6-一四。 一九 →二〇三頁注二一。底本・北本等、邑にヘキの傍訓がある。 二〇 春日臣の同族の意。春日臣→二二六頁注一四。 二一 姓氏録、大和皇別に「布留宿禰。柿本朝臣同祖。天足彦国押人命七世孫米餅搗大使主命之後也。男木事臣。男市川臣。大鷦鷯天皇御世。達レ倭賀二布都努斯神社於石上郷布瑠村高庭之地一。以二市川臣一為二神主一。四世孫額田臣。武蔵臣。斉明天皇御世。宗我蝦夷大臣。号二武蔵臣物部首幷神主首一。因レ玆失二臣姓一為二物部首一。男正五位上日向。天武天皇御世。依二社地名一改二布瑠宿禰姓一。日向三世孫邑智等也」。ここに見える市川臣は市河臣と同一人か。天足彦国押人命は孝昭天皇の皇子で、和珥・春日臣等の祖でもある。 二二 前注によれば、斉明朝(実は皇極朝)に誤って物部首となり、天武朝に至って布瑠宿禰と改姓したことになるが、恐らくは物部の一伴造として、物部連に副うて古くより石上神宮に仕えた氏であろう。 二三 →二六七頁注二〇。 二四 和名抄に太乎夜米と訓む。 二五 神宝を収める倉庫の高いさまをいう。ホは、高くつき出たもの。クラは、高くして物をのせる場所、倉・鞍など。 二六 和名抄に加介波之と訓む。 二七 →二六八頁注一九。 二八 和名抄に丹波国桑田郡桑田(久波多)郷(今、京都府亀岡市東部)あり。 二九 足の速いことに因む名であろう。 三〇 和名抄によると、狢を無之奈と訓んでいる。推古三十五年条にはウジナの傍訓がある。 三一 →一〇四頁注五。 三二 三年条の天日槍の話の後日譚で、その神宝の献上の話。 三三 三年条に、天日槍—但馬諸助—但馬日楢杵—清彦と見える。

三一 八尺瓊の勾玉有り。因りて獻る。是の玉は、今石上神宮に有り。

三二 八十八年の秋七月の己酉の朔戊午(十日)に、群卿に詔して曰はく、「朕聞く、新羅の王子天日槍、初めて來し時に、將て來れる寶物、今但馬に有り。元め國人の為に貴びられて、則ち神寶と爲れり。朕、其の寶物を見欲し」とのたまふ。是に、清彦、勅を被りて、使者を遣して、天日槍の曾孫清彦 三三 に詔して獻らしめたまふ。

卅九年冬十月[1]、五十瓊敷命、居二於茅渟菟砥川上宮一、作二劒一千口一。因名二其劒一、謂二川上部一。亦名曰二裸伴一。裸伴、此云二阿箇播娜我等母一。藏二于石上神宮一也。是後、命二五十瓊敷命一、俾レ主二石上神宮之神寶一。一云、五十瓊敷皇子、居二于茅渟菟砥河上一。而喚二鍛名河上一、作二大刀一千口一。是時、楯部・倭文部・神弓削部・神矢作部・大穴磯部・泊橿部・玉作部・神刑部・日置部・大刀佩部、幷十箇品部、賜二五十瓊敷皇子一。其一千口大刀者、藏二于忍坂邑一。然後、從二忍坂一移之、藏二于石上神宮一。是時、神乞之言、春日臣族、名市河令レ治。因以命二市河一令レ治。是今物部首之始祖也。

八十七年春二月丁亥朔辛卯、五十瓊敷命、謂二妹大中姫一曰、我老也。不レ能レ掌二神寶一。自レ今以後、必汝主焉。大中姫命辭曰、吾手弱女人也。何能登二天神庫一耶。神庫、此云二保玖羅一。五十瓊敷命曰、神庫雖レ高、我能爲二神庫一造レ梯。豈煩レ登レ庫乎。故諺曰、天之神庫[2]隨二樹梯一之、此其緣也。然遂大中姫命、授二物部十千根大連一而令レ治。故物部連等、至二于今一治二石上神寶一、是其緣也。昔丹波國桑田村有レ人。名曰二甕襲一。則甕襲家有レ犬。名曰二足往一。是犬咋二山獸名牟士那一而殺之。則獸腹有二八尺瓊勾玉一。因以獻之。是玉今有二石上神宮一也。[3]

八十八年秋七月己酉朔戊午、詔二群卿一曰、朕聞、新羅王子天日槍、初來之時、將來寶物、今有二但馬一。元爲二國人一見レ貴、則爲二神寶一也。朕欲レ見二其寶物一。卽日、遣二使者一、詔二天日槍之曾孫清彦一而令レ獻。於是、清彦被レ勅、→

乃ち自ら神寶を捧げて獻る。羽太の玉[一]一箇・足高の玉一箇・鵜鹿鹿の赤石の玉一箇・日鏡一面・熊の神籬一具なり。唯し小刀[二]一のみ有り。名を出石と曰ふ。則ち清彦忽に刀子は獻らじと以爲ひて、仍りて袍[三]の中に匿して、自ら佩けり。天皇、未だ小刀を匿したる情を知しめさずして、清彦を寵まむと欲して、召して酒を御所に賜ふ。時に刀子、袍の中より出でて顯る。天皇見して、親ら清彦に問ひて曰はく、「爾が袍の中の刀子は、何する刀子ぞ」とのたまふ。爰に清彦、刀子を得匿すまじきことを知りて、呈し言さく、「獻る所の神寶の類なり」とまうす。則ち天皇、清彦に謂りて曰はく、「其の神寶は、豈類を離くること得むや」とのたまふ。乃ち出して獻る。皆神府[四]に藏めたまふ。然して後に、寶府を開きて視れば、小刀自づからに失せぬ。則ち清彦に問はしめて曰はく、「爾が獻る所の刀子忽に失せぬ。若し汝の所に至れるか」とのたまふ。清彦答へて曰さく、「昨夕、刀子、自然に臣が家に至る。乃ち明旦失せぬ」とまうす。天皇、則ち惶りたまひて、且更覓めたまはず。是の後に、出石の刀子、自然に淡路嶋[五]に至れり。其の嶋人、神なりと謂ひて、刀子の爲[六]に祠を立つ。是今に祠らる。昔一人[七]有りて、艇に乘りて但馬國[八]に泊れり。因りて問[九]ひて曰はく、「汝は何の國の人ぞ」といふ。對へて曰さく、「新羅の王の子、名を天日槍と曰す」とまうす。則ち但馬に留りて、其の國の前津耳[一〇]一に云はく、前津見[一一]といふ。一に云はく、太耳といふ。が女、麻拕能烏[一二]を娶りて、但馬諸助[一三]を生む。是[一四]清彦が祖父なり。

一　以下の神宝の名は三年条にも見える。↓二六〇頁注六—一二。
二　三年条に出石小刀とあるもの。
三　和名抄に「袍〈宇倍乃岐沼〉」とある。
四　釈紀、述義に「天書第六曰、垂仁天皇八十八年秋七月己酉朔戊午。詔覧下新羅王子天日槍所二来献一神宝上。使レ蔵二石上神宮一」とある如く、石上神宮の神府であろう。下文の宝府と同じもの。
五　三年三月条一云に淡路島出浅邑を天日槍に賜うとある。
六　釈紀に「淡路国例式曰、正月元日国内諸神奉二朔幣一事。（毎月朔日准レ此。）云々。正六位上生石社。先師説云。生石可レ読二之伊豆志一也云々。然則淡州出石社雖レ不レ載レ式、生石社鎮坐為レ是之条、国例式炳焉也」とあり、伴信友の神名帳考証に津名郡志筑神社をこれに比定し、「志筑出石言相通」とするが信じ難い。和名抄に同郡都志郷（今、兵庫県津名郡五色町）あり。これは出石郷の転訛であろう。
七　ここで話が変り、天日槍来朝の話となる。三年三月条一云・応神記などの同種記事の異伝。
八　三年三月条一云にははじめ播磨国につき、諸国を経て但馬におちつく。応神記でははじめから多遅間国につくという。
九　この問答、三年三月条一云にも見え、問は三輪君祖大友主と倭直祖長尾市の二人とある。
一〇　三年三月条一云には、ここの一云と同じく太耳とある。応神記には「多遅摩之俣尾之女、名前津見」とあり、父娘の名が逆になっている。
一一　前津耳と同じであろう。
一二　三年三月条一云には麻多烏とある。
一三　応神記に多遅摩母呂須玖とある。
一四　三年三月条一云によれば清彦の父は日楢杵。しかし応神記では母呂須玖の子多遅摩斐泥、その子多遅摩比那良岐、その第三子が清日子となり、これによれば諸助は清彦の曾祖父となるが、前文に清彦は天日槍の曾孫とあり、記紀の伝え

[一五]九十年の春二月の庚子の朔に、天皇、田道間守[一六]に命せて、常世國[一七]に遣して、非時[一八]の香菓を求めしむ。香菓、此をば箇倶能未と云ふ。今橘[一九]と謂ふは是なり。

九十九年の秋七月の戊午の朔に、天皇、纏向宮に崩[二〇]りましぬ。時に年百四十[二一]歳。

冬十二月の癸卯の朔壬子(十日)に、菅原伏見陵[二二]に葬りまつる。

乃自捧二神寶一而獻之。羽太玉一箇・足高玉一箇・鵜鹿鹿赤石玉一箇・日鏡一面・熊神籬一具。唯有二小刀一一。名曰二出石一。則清彥忽以三爲非レ獻二刀子一、仍匿二袍中一、而自佩之。天皇未レ知下匿二小刀一之情上、欲レ寵二清彥一、而召之賜二酒於御所一。[1]時刀子從二袍中一出而顯之。天皇見之、親問二清彥一曰、爾袍中刀子者、何刀子也。爰清彥知レ不レ得二匿刀子一、而呈言、所レ獻神寶之類也。則天皇謂二清彥一曰、其神寶之、豈得レ離レ類乎。乃出而獻焉。皆藏二於神府一。然後、開二寶府一而視之、小刀自失。則使レ問二清彥一曰、爾所レ獻刀子忽失矣。若至二汝所一乎。清彥答曰、昨夕、刀子自然至二於臣家一。乃明旦失焉。天皇則惶之、且更勿レ覓。是後、出石刀子、自然至二于淡路嶋一。其嶋人謂レ神、而爲二刀子一立レ祠。是於今所祠也。昔有二一人一、乘レ艇而泊二于但馬國一。因問曰、汝何國人也。對曰、新羅王子、名曰二天日槍一。則留二于但馬一、娶二其國前津耳一云、前津見。一云、太耳。[2]女、麻挖能烏一。生二但馬諸助一。是清彥之祖父也。

九十年春二月庚子朔、天皇命二田道間守一、遣二常世國一、令レ求二非時香菓一。香菓、此云二箇倶能未一。[3]今謂レ橘是也。

九十九年秋七月戊午朔、天皇崩二於纏向宮一。時年百卌[4]歲。○冬十二月癸卯朔壬子、葬二於菅原伏見陵一。

は異なる。

一五　以下、二八〇頁の明年条とともに田道間守伝説。記にもある。

一六　三年三月条一云には「清彦生二田道間守一」とあるが、応神記には「多遅摩比那良岐、此之子多遅麻毛理、次多遅麻比多訶、次清日子」とあり、清彦の兄とする。二八〇頁九行に「三宅連之始祖也」とある。タジマの国の国守(くにもり)の意であろう。

一七　↓一二九頁注一九。下文にも見える。雄略二十二年七月条の「蓬萊山」にトコヨノクニの傍訓がある。

一八　応神記に「登岐士玖能迦玖能木実」とある。時を定めず四時にあるの意味。

一九　和名抄に「橘〈和名太知波奈〉」とある。古代人の賞玩した植物で、続紀、天平八年十一月丙戌条にも「橘者果子之長上、人所レ好、柯凌二霜雪一而繁茂、葉経二寒暑一而不レ彫。与二珠玉一共競レ光、交二金銀一以逾美」と見え、万葉一〇〇九にも聖武天皇の「橘は実さへ花さへその葉さへ枝に霜降れどいや常葉の樹」という一首がある。武蔵国に橘樹郡あり、郡内に橘樹、三宅の二郷存する(田道間守は三宅連の祖)ことや、姓氏録、左京諸蕃下に「橘守、三宅連同祖、天日桙命之後也」とあることは、ここの説話と関係があろう。

二〇　景行即位前紀に九十九年二月のこととある。

二一　記に「壱佰伍拾参歳」とある。

二二　記に「御陵在二菅原之御立野中一也」と見え、延喜諸陵式に「菅原伏見東陵〈纏向珠城宮御宇垂仁天皇。在二大和国添下郡一。兆域東西二町。南北二町。陵戸二烟。守戸三烟〉」。続紀、霊亀元年四月庚申条に「櫛見山陵〈生目入日子伊佐知天皇之陵也〉充二守陵三戸一」などとある。櫛見は伏見に同じく、現在の奈良市唐招提寺の西北にある前方後円墳を垂仁陵とする。陵墓要覧による所在地は奈良県奈良市尼辻町字西池。菅原は伏見を含む更に広い地域。

明年の春三月の辛未の朔壬午(十二日)に、田道間守、常世國より至れり。則ち齎る物は、非時の香菓、八竿八縵なり。田道間守、是に、泣ち悲歎きて曰さく、「命を天朝に受りて、遠くより絶域に往る。萬里浪を蹈みて、遙に弱水を度る。是の常世國は、神仙の祕區、俗の臻らむ所に非ず。是を以て、往來ふ間に、自づからに十年に經りぬ。豈期ひきや、獨峻き瀾を凌ぎて、更本土に向むといふことを。然るに聖帝の神靈に賴りて、僅に還り來ること得たり。今天皇既に崩りましぬ。復命すること得ず。臣生けりと雖も、亦何の益かあらむ」とまうす。乃ち天皇の陵に向りて、叫び哭きて自ら死れり。群臣聞きて皆涙を流す。田道間守は、是三宅連の始祖なり。

日本書紀巻第六

一　延喜内膳式、新嘗祭供御料に「橘子廿四蔭、桙橘子十枝」とある。竿は串刺しの団子のように串に刺した形状、縵は乾し柿のようにいくつかの橘子を縄にとりつけた形状をいうのであろう。

二　玄中記に「天下之弱者。有二崑崙之弱水一、鴻毛不レ能載」。史記、条枝伝の索隠注所引の魏略に「弱水在二大秦西一」とある。位置は定かでない。漢書、司馬相如伝の顔師古注に「弱水、謂二西域絶遠之水一、乗二毛車一以度者」とあるように、遠くはるかな河川の意。

三　列仙伝に「謝自然、泛レ海求二蓬萊一。一道士謂曰、蓬萊隔二弱水三十万里、非二飛仙一不レ可レ到」と見える。

四　記には、以上のことを「天皇既崩。爾多遅摩毛理、分二縵四縵、矛四矛一、献二于大后一。以二縵四縵、矛四矛一、献二置天皇之御陵戸一而擎二其木実一叫哭以白、常世国之登岐士玖能迦玖能木実持参上侍。遂叫哭死也」と記す。

五　記にも「三宅連等之祖、名多遅麻毛理」。姓氏録、右京諸蕃・同摂津諸蕃に「三宅連、新羅国王子天日桙命之後也」とあり、同族に橘守・糸井造などがある。

明年春三月辛未朔壬午、田道間守、至㆑自㆓常世國㆒。則齎物也、非時香菓八竿八縵焉。田道間守、於是、泣悲歎之曰、受㆓命天朝㆒、遠往㆓絶域㆒。萬里蹈㆑浪、遙度㆓弱水㆒。是常世國、則神仙祕區、俗非㆑所㆑臻。是以、往來之間、自經㆓十年㆒。豈期、獨凌㆓峻瀾㆒、更向㆓本土㆒乎。然頼㆓聖帝之神靈㆒、僅得㆓還來㆒。今天皇既崩。不㆑得㆓復命㆒。臣雖㆑生之、亦何益矣。乃向㆓天皇之陵㆒、叫哭而自死之。群臣聞皆流㆑涙也。田道間守、是三宅連之始祖也。

日本書紀卷第六

日本書紀　巻第七

大足彦忍代別天皇　景行天皇

稚足彦天皇　成務天皇

大足彦忍代別天皇　景行天皇

大足彦忍代別天皇は、活目入彦五十狭茅天皇の第三子なり。母の皇后をば日葉洲媛命と曰す。丹波道主王の女なり。活目入彦五十狭茅天皇の三十七年に、立ちて皇太子と為りたまふ。時に年二十一。

九十九年の春二月に、活目入彦五十狭茅天皇崩りましぬ。

元年の秋七月の己巳の朔己卯（十一日）に、太子、即天皇位す。因りて元を改む。是年、太歳辛未。

二年の春三月の丙寅の朔戊辰（三日）に、播磨稲日大郎姫 一に云はく、稲日稚郎姫といふ。郎姫、此をば異羅菟咩と云ふ。を立てて皇后とす。后、二の男を生れます。第一をば大碓皇子と曰す。第二をば小碓尊と曰す。一書に云はく、皇后、三の男を生れます。其の第三を稚倭根子皇子と曰すといふ。其の大碓皇子・小碓尊は、一日に同じ胞にして

一 記に大帯日子淤斯呂和気天皇、常陸風土記に大足日子天皇、播磨風土記に大帯日子天皇・大帯日古天皇・大帯比古天皇。タラシヒコは七世紀頃用いられた天皇の称。→補注4－一。隋書、東夷伝、倭国条に「倭王姓阿毎、字多利思比孤、号阿輩鶏彌」とある。オシはすべて力あるものの尊称。シロは、知る・領(し)る意の古い名詞形。オシシロが約ってオシロ。ワケは未詳。二 記は若帯日子天皇。→補注7－一。三 垂仁天皇。四 →二六六頁注九。五 →二四三頁注二二。六 →垂仁三十七年正月条。七 この年齢、崩御の時一百六歳とすることと矛盾する。→三一六頁注五。八 勢本には春三月、垂仁九十九年条には秋七月とある。九 年号を改めること。ここは即位の年を元年としたことの漢文的修辞。一〇 →補注3－六。一一 記には針間之伊那毗能大郎女。書紀には父母の名はないが、記には父を吉備臣等の祖若建吉備津日子(→二三〇頁注一〇)とする。稲日は播磨国の地名(今、兵庫県印南郡)。同国の印南野(いなみの)を万葉二五三には「稲日野」と書く。上田正昭は、播磨地方に吉備氏が存在し、その伝承が、日本武尊説話の形成に関係しているとする。五十二年五月条に薨と書く。一二 記は伊那毗能若郎女を伊那毗能大郎女の妹、真若王・日子人之大兄王の母とする。また播磨風土記には、天皇が印南別嬢(いなみのわきいらつめ)を娶った説話を載せ、別嬢は丸部臣等の始祖比古汝茅(ひこなむち)が吉備比売を娶って生んだ児であるとする。イナは、稲。ヒは、霊。イナビで、稲霊の意。一三 郎姫の称は、他に、菟道稚郎姫皇女(応神二年三月条)、太姫郎姫・高鶴郎姫(履中六年二月条)、衣通郎姫(允恭七年十二月条)の場合に見られる。イラの語義未詳。イラツコを音によって郎子と書くので、それに合わせてイラツメを郎姫と書いたもの。編者の作った文字表現。郎は、男をいう語で、女性には使わないはずであ

るから。一四→補注7-二。景行紀以後は、天皇の子女を称するのに、命にかわって皇子・皇女の称を一般に用いる。一五→補注7-二。尊とあるのは、事実または説話の上で皇位継承の候補者として皇太子に準じる地位にあり、かつ後にその子孫が皇位をついだことによる尊称。
一六 記には五柱とし、大碓命・小碓命のほかに、櫛角別王・倭根子命・神櫛王をあげる。神櫛王は書紀には神櫛皇子とあり、妃五十河媛の生んだ皇子とする。→四年二月条。一七→補注7-二。
一八 双生児として生れたこと。胞は、胎児を蔽う肉膜。双生児ではない二人の人間が同年同日に生れた話→成務三年正月条。
一九 飯田武郷は栗田寛の説として、伊豆三宅島では産婦が臼にとりつき産する風習があることを参考に挙げたが、中山太郎は、栃木県足利郡において、難産のとき姙婦の夫が臼を背負って家の囲りを廻る習俗や、日高アイヌでは、お産が重いと臼に産婦が腹を押しあてる習俗、愛知県南設楽郡千郷村地方では、他家に嫁して子供ができた娘が初めて生家に帰ったとき、まずその子を臼の中に入れる習俗をあげ、出産と臼が密接な関連をもっていることを論じた。金関丈夫は、難産のとき夫が臼を背負って家を廻る習俗を重要視し、景行天皇も臼を背負って家を廻ったが、一人生れたがまだ終らず、二人生れるまで、重い臼を背負っていなければならなかったので、天皇思わず臼にコン畜生と宣うたのだと解釈している。二〇 記には「亦名倭男具那命」とあり、二十七年十二月条にも「吾是大足彦天皇之子也。名曰㆓日本童男㆒也」とある。ヲグナの語義未詳。二一 記には倭建命。ヤマトの勇者の意。二十七年十二月条に、熊襲の魁帥川上梟帥がこの尊号を奉ったとある。二二 タタフは、水の満満とあふれるばかりの状態をいう。タタハシはその形容詞。転じて人間の力があふれる

雙に生れませり。天皇異びたまひて、則ち碓に誥びたまひき。[一九] 故因りて、其の二の王を號けて、大碓・小碓と曰ふ。是の小碓尊は、亦の名は[二〇]日本童男。童男、此をば烏具奈と云ふ。亦は[二一]日本武尊と曰す。幼くして雄略しき氣有します。壯に及りて容貌[二二]魁偉し。[二三]身長一丈、[二四]力能く鼎を扛げたまふ。

三年の春二月の庚寅の朔に、紀伊國に幸して、群の[二五]神祇を祭祀らむと

日本書紀　卷第七

大足彦忍代別天皇[1]　景行天皇
稚足彦天皇　成務天皇

大足彦忍代別天皇[2]　景行天皇

大足彦忍代別天皇、活目入彦五十狹茅天皇第三子也。母皇后曰㆓日葉洲媛命㆒。丹波道主王之女也。活目入彦五十狹茅天皇卅七年、立爲㆓皇太子㆒。時年廿一。九十九年春二月、活目入彦五十狹茅天皇崩。

元年秋七月己巳朔己卯、太子即天皇位。因以改㆑元。◎是年也、太歲辛未。[3]

二年春三月丙寅朔戊辰、立㆓播磨稻日大郎姫㆒[4]（一云、稻日稚郎姫。郎姫、此云㆓異羅菟咩㆒。）爲㆓皇后㆒。后生㆓二男㆒。第一曰㆓大碓皇子㆒。第二曰㆓小碓尊㆒。（一書云、皇后生㆓三男㆒。其第三曰㆓稚倭根子皇子㆒。）[5] 其大碓皇子・小碓尊、一日同胞而雙生。天皇異之、則誥㆓於碓㆒。故因號㆓其二王㆒、曰㆓大碓・小碓㆒也。是小碓尊、亦名日本童男。（童男、此云㆓烏具奈㆒。）[6] 亦曰㆓日本武尊㆒。幼有㆓雄略之氣㆒。及㆑壯容貌魁偉。身長一丈、力能扛㆑鼎焉。

三年春二月庚寅朔、卜㆘幸㆓于紀伊國㆒、將㆑祭㆓祀群神祇㆒、↓

卜ふるに、吉からず。乃ち[一]車駕止みぬ。[二]屋主忍男武雄心命 一に云はく、[三]武猪心といふ。を遣して祭らしむ。爰に屋主忍男武雄心命、詣して[四]阿備の柏原に居て、神祇を祭祀る。仍りて住むこと九年あり。則ち[五]紀直が遠祖菟道彦が女影媛を娶りて、[六]武内宿禰を生ましむ。

四年の春二月の甲寅の朔甲子(十一日)に、天皇、美濃に幸す。左右奏して言さく、「茲の國に佳人有り。[七]弟媛と曰す。容姿端正し。[八]八坂入彦皇子の女なり」とまうす。天皇、得て妃とせむと欲して、弟媛が家に幸す。弟媛、[九]乘輿車駕すと聞きて、則ち[一〇]竹林に隠る。是に、天皇、弟媛を至らしめむと權りて、[一一]泳宮に居します。泳宮、此をば區玖利能彌揶と云ふ。鯉魚を池に浮ちて、朝夕に[一二]臨視して戲遊びたまふ。時に弟媛、其の鯉魚の遊ぶを見むと欲して、密に來でて池を臨す。天皇、則ち留めて通しつ。爰に弟媛以爲るに、夫婦の道は、古も今も達へる則なり。然るを吾にして[一三]不便ず。則ち天皇に請して曰さく、「妾、性交接の道を欲はず。今皇命の威きに勝へずして、暫く帷幕の中に納されたり。然るに意に快びざる所なり。亦[一四]形姿穢陋し。久しく[一五]掖庭に陪へまつるに堪へじ。唯妾が姉有り。名を[一六]八坂入媛と曰す。容姿麗美し。志亦貞潔し。後宮に納れたまへ」とまうす。天皇聽したまふ。仍りて八坂入媛を喚して妃とす。七の男と六の女とを生めり。第一を[一七]稚足彦天皇と曰す。第二を[一八]五百城入彦皇子と曰す。第三を[一九]忍之別皇子と曰す。第四を[二〇]稚倭根子皇子と曰

ばかりにたくましい状態の形容。二三 タキは、高さ。後世タケという。二四「力能扛レ鼎」は史記、項羽本紀の句。四十年七月条(三〇二頁九行)にも見える。二五 アマツヤシロ・クニツヤシロは神社の総称。→一九二頁注九。

一 行幸を中止した。車駕は、行幸の際の君主に対する尊称。漢書、高帝紀の顔師古注に「凡言二車駕一者、謂三天子乘レ車而行一、不三敢指二斥一也」とあり、儀制令、天子条に「車駕〈行幸所レ称〉」とある。二 孝元七年二月条に、彦太忍信命(ひこふつおしのまことのみこと)を武内宿禰の祖父とするから、彦太忍信命の子か。ただし孝元記には武内宿禰を比古布都押之信命(彦太忍信命)の子とする。ヒコは男子。フト・オシは尊称。ヤヌシは屋の主。オシは威力を示す意。三 姓氏録、右京皇別、紀朝臣の項には「屋主忍雄建猪心命」とある。四 未詳。和歌山県海草郡安原村相坂・松原(今、和歌山市相坂・松原)付近かという。五 孝元記には、比古布都押之信命(彦太忍信命)が、木国造の祖宇豆比古(うづひこ)の妹、山下影日売を娶って武内宿禰を生んだとある。紀直は紀伊国名草郡の日前神社・国懸神社(→補注1-八七)をまつる紀伊国造。姓氏録、河内神別に、神魂命五世の孫天道根命の後とある。六 記は建内宿禰と書き、彦太忍信命の子とする。書紀では景行朝から仁徳朝にいたるまで、長寿を保ち、朝廷の重臣として活躍したことがみえる。孝元記にはその子九人あり、蘇我臣など二十七氏の祖となったと伝える。→補注7-三。七 記には姉の八坂入媛とその皇子女をあげるのみで、弟媛に関する以下の説話は見えない。弟媛は兄媛(姉)に対する一般的な称呼。八 崇神天皇の皇子。母は尾張大海媛。→崇神元年二月条。九 天皇が行幸されたと聞いて。乘輿は君主の乗物に対する尊称。儀制令、天子条に「乘輿〈服御所レ称〉」

す。第五を大酢別皇子[二二]と曰す。第六を淳熨斗皇女[二三]と曰す。第七を淳名城皇女[二三]と曰す。第八を五百城入姫皇女[二四]と曰す。第九を麛依姫皇女[二五]と曰す。第十を五十狭城入彦皇子[二六]と曰す。第十一を吉備兄彦皇子[二七]と曰す。第十二を高城入姫皇女[二八]と曰す。第十三を弟[二九]姫皇女と曰す。又妃三尾氏磐城別[三〇]の妹水歯郎媛[三一]、五百野皇女[三二]を生めり。次妃五十[三三]河媛、神櫛皇子[三四]・稲背入彦皇子[三五]を生めり。其の兄神櫛皇子は、是讃岐國造[三六]の始

而不レ吉。乃車駕止之。遣二屋主忍男武雄心命一〈一云、武猪心。〉令レ祭。爰屋主忍男武雄心命、詣之居二于阿備柏原一、而祭二祀神祇一。仍住九年。則娶二紀直遠祖菟道彦之女影媛一、生二武内宿禰一。

四年春二月甲寅朔甲子、天皇幸二美濃一。左右奏言之、兹國有二佳人一。曰二弟媛一。容姿端正。八坂入彦皇子之女也。天皇欲二得爲レ妃、幸二弟媛之家一。弟媛聞二乘輿車駕一、則隱二竹林一。於是、天皇權レ令二弟媛至一、而居二于泳宮一之。〈泳宮、此云二區玖利能彌揶一。〉[1] 鯉魚浮レ池、朝夕臨視而戲遊。時弟媛欲レ見二其鯉魚遊一、而密來臨レ池。天皇則留而通之。爰弟媛以爲、夫婦之道、古今達則也。然於レ吾而不便。則請二天皇一曰、妾性不レ欲二交接之道一。今不レ勝二皇命之威一、暫納二帷幕之中一。然意所レ不レ快。亦形姿穢陋。久之不レ堪レ陪二於掖庭一。唯有二妾姉一。名曰二八坂入媛一。容姿麗美。志亦貞潔。宜納二後宮一。天皇聽之。仍喚二八坂入媛一爲レ妃。生二七男六女一。第一曰二稚足彦天皇一。第二曰二五百城入彦皇子一。第三曰二忍之別皇子一。第四曰二稚倭根子皇子一。第五曰二大酢別皇子一。第六曰二淳熨[2]斗皇女一。第七曰二淳名城皇女一。第八曰二五百城入姫皇女一。第九曰二麛依姫皇女一。第十曰二五十狹城入[3]彦皇[4]子一。第十一曰二吉備兄彦皇子一。第十二曰二高城入姫皇女一。第十三曰二弟姫皇女一。又妃三[5]尾氏磐城別之妹水齒郎媛、生二五百野皇女一。次妃五十河媛、生二神櫛皇子・稻背入彦皇子一。其兄神櫛皇子、是讚岐國造之始↓

とある。二〇 求婚を受けた女性が身を隠し、男がそれを探し出すのは一つの婚姻習俗。雄略記の袁杼比売の話、出雲風土記・播磨風土記にも例がある。二一 万葉三二四二に「ももきね 美濃の国の 高北の 八十一隣(くくり)の宮に」とある。岐阜県可児郡の久久利村(今、可児町)か。二二 臨も視も、みること。爾雅、釈詁に「監・瞻・臨…、視也」とあり、郭璞の注に「皆謂二察視一也」とある。二三 甚だ不便であるの意。モヤは、疑問・推量の意を表わすモと、質問の意を表わすヤとを重ねた語。不確かなので問い質したい意を表わす。そのモヤモヤすらも不能だの意から、「ああかこうかと問いただすこともできず、不便だ」の意。転じてここでは無用だの意。二四 カタナシはキタナシに同じ。カタシ(堅)とキタシ(堅)と通用する例があるに同じ。二五 天皇の後宮。→二六四頁注二五。二六 記には八坂之入日売命とある。ヤは、愈々の意。サカは、「栄える」の語幹。いよいよ栄える意。五十二年七月条に皇后、成務二年十一月条に皇太后となったとある。二七 後の成務天皇。二八—二九 →補注7-二。三〇 旧事紀、国造本紀、羽咋国造の項に「泊瀬朝倉朝(雄略天皇)御世、三尾君祖石撞別命児、石城別王、定二賜国造一」とあるのは、同一人に関する所伝か。石撞別命は垂仁天皇の皇子。垂仁三十四年三月条に三尾君の始祖とある。→二七四頁注一五。三一 記に見えず。三二 →補注7-二。三三 記に見えず。三四・三五 →補注7-二。三六 →補注7-四。

一 →補注7-五。二 阿倍氏→二三二頁注三。木事は他に見えず。三 記にみえず。四 →補注7-二。五 →補注7-六。六 記にみえず。類似の人名として、応神二年三月条に妃日向泉長媛、同十一年是歳条に日向髪長媛がみえる。七 →補注7-一。八 和名抄にみえる長門国阿武郡阿武郷

祖なり。弟稲背入彦皇子は、是播磨別の始祖なり。次妃阿倍氏木事の女高田媛、武國凝別皇子を生めり。是伊豫國の御村別の始祖なり。次妃日向髪長大田根、日向襲津彦皇子を生めり。是阿牟君の始祖なり。次妃襲武媛、國乳別皇子と國背別皇子一に云はく、宮道別皇子といふ。と豊戸別皇子とを生めり。其の兄國乳別皇子は、是水沼別の始祖なり。弟豊戸別皇子は、是火國別の始祖なり。夫れ天皇の男女、前後幷せて八十の子ます。然るに、日本武尊と稚足彦天皇と五百城入彦皇子とを除きての外、七十餘の子は、皆國郡に封させて、各其の國に如かしむ。故、今の時に當りて、諸國の別と謂へるは、卽ち其の別王の苗裔なり。

是の月に、天皇、美濃國造、名は神骨が女、兄の名は兄遠子、弟の名は弟遠子、並に有國色しと聞しめして、則ち大碓命を遣して、其の婦女の容姿を察しめたまふ。時に大碓命、便ち密に通けて復命さず。是に由りて、大碓命を恨みたまふ。

冬十一月の庚辰の朔に、乘輿、美濃より還ります。則ち更纏向に都つくる。是を日代宮と謂す。

十二年の秋七月に、熊襲反きて朝貢らず。

八月の乙未の朔己酉(十五日)に、筑紫に幸す。

九月の甲子の朔戊辰(五日)に、周芳の娑麽に到りたまふ。時に天皇、南に望みて、群卿に詔して曰はく、「南の方に烟氣多く起つ。必に賊在らむ」とのたまふ。

(今、山口県阿武郡阿武町・福栄村付近)と関係ある氏族か。後紀、弘仁二年三月条に阿牟公人足、文徳実録、天安元年正月条に阿牟公門継がみえる。九 記にみえず。襲は九州南部の地名。一〇—一二 →補注7-七。一三 →補注7-八。一四 →補注7-一一。一五 記には「凡此大帯日子天皇之御子等、所録廿一王、不入記五十九王、幷八十王之中」云云とある。ヤソハシラとは、もともとは、数の多いことの表現で、のちにそれが実数と解されたのであろう。→補注7-一一。一六 記には「若帯日子命与倭建命、亦五百木之入日子命、此三王、負太子之名、自其余七十七王者、悉別賜国国之国造、亦和気、及稲置、県主也」とある。日本武尊以下の三者がとくに「太子之名」を負ったとあるのは、いずれもこの後の皇系に連なる存在であることによる。一七「封国郡」は漢文的な文飾で、記に国造・和気・稲置・県主としたとあるのが本来の所伝であろう。成務五年九月条の国造・稲置設置に関する記事も、この伝承から派生したものと思われる。→三一八頁注六。一八 上文の播磨別・御村別などをさす。景行朝の皇子分封説話とワケ→補注7-九。一九 上文の忍之別皇子・大酢別皇子など、ワケの称呼をもつ皇子をさす。ただしワケは、五世紀ごろの天皇・皇族の称呼として広く用いられたもので、これを地方に分封された皇子の称呼とするのは、後代の仮託であろう。→補注7-九。二〇 ミアナスヱは、御足末の意。子孫のこと。顕宗即位前紀に「御裔」、継体元年正月条に「枝孫」、欽明二十三年六月条に「趺蕚」をそれぞれミアナスヱと訓む。二一 集解は、二十七年十月条に日本武尊の年十六とあるのに、尊と同年誕生の大碓命が四年に出ることを不審とし、是月の条を二十年以後の紀の錯簡かとする。二二 →補注7-一〇。二三 →一五四頁注五。二四 →補注7-一二。

則ち留りて、先づ多臣[三一]の祖武諸木・國前臣[三二]の祖菟名手・物部君[三三]の祖夏花を遣して、其の狀を察しめたまふ。爰[三四]に女人有り。神夏磯媛[三五]と曰ふ。其の徒衆甚多なり。一國の魁帥[三六]なり。天皇の使者の至ることを聆きて、則ち磯津山[三七]の賢木[三八]を拔りて、上枝には八握劒[三九]を挂け、中枝には八咫鏡[四〇]を挂け、下枝には八尺瓊[四一]を挂け、亦素幡[四二]を船の舳に樹てて、參向て啓して曰さく、「願はくは兵をな下しそ。我が屬類、必に違きたて

祖也。弟稻背入彥皇子、是播磨別之始祖也。次妃阿倍氏木事之女高田媛、生㆓武國凝別皇子㆒。是伊豫國御村別之始祖也。次妃日向髮長大田根、生㆓日向襲津彥皇子㆒。是[1]阿牟君之始祖也。次妃襲武媛、生㆔國乳別皇子與㆓國背別皇子[2]（一云、宮道別皇子。）・豐戶別皇子㆒。其兄國乳別皇子、是水沼別之始祖也[3]。弟豐戶別皇子、是火國別之始祖也。夫天皇之男女、前後幷八十子。然除㆓日本武尊・稚足彥天皇・五百城入彥皇子㆒之外、七十餘子、皆封㆓國郡㆒、各如㆓其國㆒。故當㆓今時㆒、謂㆓諸國之別㆒者、卽其別王之苗裔焉。◎是月、天皇聞㆓美濃國造、名神骨之女、兄名兄遠子、弟名弟遠子、並有㆒國色、則遣㆓大碓命㆒、使㆑察㆓其婦女之容姿㆒。時大碓命、便密通而不㆓復命㆒。由㆑是、恨㆓大碓命㆒。○冬十一月庚辰朔、乘輿自㆓美濃㆒還。則更都㆓於纏向㆒。是謂㆓日代宮㆒。

十二年秋七月、[4]熊襲反之不㆓朝貢㆒。○八月乙未朔己酉、幸㆓筑紫㆒。○九月甲子朔戊辰、到㆓周芳娑麼㆒[5]。時天皇南望之、詔㆓群卿㆒曰、於南方烟氣多起。必賊將在。則留之、先遣㆓多臣祖武諸木・國前臣祖菟名手・物部君祖夏花㆒、令㆑察㆓其狀㆒。爰有㆓女人㆒。曰㆓神夏磯媛㆒。其徒衆甚多。一國之魁帥也。聆㆓天皇之使者至㆒、則拔㆓磯津山之賢木㆒[6]、以上枝挂㆓八握劒㆒、中枝挂㆓八咫鏡㆒、下枝挂㆓八尺瓊㆒、亦素幡樹㆓于船舳㆒、參向而啓之曰、願無㆑下㆑兵。我之屬類、必不㆑有㆓違者㆒。↓

記には「故其所㆑遣大碓命、勿㆓召上㆒而、即己自婚㆓其二孃女㆒、更求㆓他女人㆒、詐名㆓其孃女㆒而貢上」とあり、大碓命は兄比売との間に押黒之兄日子王（三野の宇泥須和気の祖）、弟比売との間に押黒弟日子王（牟宜都君等の祖）をもうけたとある。↓四十年七月条。

二五 →二八四頁注九。二六・二七 纒向は垂仁天皇の宮のあった地。→二五七頁注二四・二五。日代宮は帝王編年記に「大和国城上郡。今巻向檜林是也」とし、大和志は同郡穴師村（今、奈良県桜井市穴師）の北にありとする。雄略記に「纒向の　日代の宮は　朝日の　日照る宮　夕日の　日がける宮」云云の寿歌がある。

二八 九州南部に居住したと伝えられる異民族。↓補注7-一一。以下十九年条までは景行天皇の九州巡幸に関する説話。記には見えない。↓補注7-一二。

二九 →八一頁注三三。九州行幸に出発した意。

三〇 和名抄に、周防国佐波郡佐波郷（今、山口県防府市佐波か）がある。瀬戸内海海上交通の要衝で、仲哀天皇の場合にもここと同様、九州征討の前進基地としてその名が見える（仲哀八年正月条）。そのほか、神功摂政前紀仲哀九年十二月条の一書に沙麼県主、雄略二十三年八月条に娑婆水門が見える。

三一—三三 →補注7-一三。

三四 以下女酋が天皇を迎える話。賢木に神宝をかけて神に祈ることは神代紀第七段に見えるが（↓一一二頁注一九以下）、ここではそれが司祭者的な地方首長が、その祭祀権を天皇に献上するための服属儀式になっている。類似の話は仲哀八年正月条にも見える。

三五 他に見えず。

三六 ヒトゴノカミ→一五一頁注二四。

三七 所在未詳。地名辞書は、福岡県北九州市と京都郡とに跨る貫山（芝津山）かという。

三八 →注三四。

三九 →九一頁注二三。

四〇 →一一二頁注二二。

四一 →一〇四頁注五。

四二 →補注7-一四。

まつる者有らじ。今將に歸德ひなむ。唯殘しき賊者有り。一をば鼻垂[一]と曰ふ。妄に[二]名號を假りて、山谷に響ひ聚りて、菟狹[三]の川上に屯結めり[四]。二をば耳垂と曰ふ。殘ひ賊り、貪り[五]婪きて、屢人民を略む。是御木[六] 木、此をば開と云ふ。の川上に居り。三をば麻剝と曰ふ。潛に徒黨を聚めて、高羽[七]の川上に居り。四をば土折猪折[八]と曰ふ。緑野[九]の川上に隱れ住りて、獨山川の險しきを恃みて、多に人民を掠む。是の四人は、其の據る所並に要害[一〇]の地なり。故、各眷屬を領ひて、一處の長と爲る。皆曰はく、『皇命に從はじ』といふ。願はくは急に[一一]撃ちたまへ。な失ひたまひそ」とまうす。是に、武諸木等、先づ麻剝が徒を誘る[一二]。仍りて赤き衣[一三]・褌及び種種の奇しき物を賜ひて、兼ねて服はざる三人を攜さしむ。乃ち己が衆を率て參來り。悉に捕へて誅しつ。天皇、遂に筑紫に幸して、豐前國[一四]の長峽縣に到りて、行宮を興てて居します。故、其の處を號けて京[一五]と曰ふ。

冬十月に、碩田國[一六]に到りたまふ。其の地形廣く大きにして亦麗し。因りて碩田と名く。碩田、此をば於保岐陀と云ふ。速見邑[一七]に到りたまふ。女人有り。速津媛と曰ふ。一處の長たり。其れ天皇車駕す[一八]と聞りて、自ら迎へ奉りて諮して言さく、「茲の山に大きなる石窟有り。鼠の石窟と曰ふ。二の土蜘蛛[一九]有り。其の石窟に住む。一をば青と曰ふ。二をば白と曰ふ。又直入縣[二〇]の禰疑野[二一]に、三の土蜘蛛有り。一をば打猨[二二]と曰ふ。二をば八田と曰ふ。三をば國摩侶と曰ふ。是の五人は、並に其の爲人強力

一 鼻垂は、大きく鼻が垂れる意か。次行の耳垂は、大きく耳の垂れる意。二 君主の名を僭称して。文選、劉孝標、弁命論に「竊二名号於中県一」、六臣注に「竊二名号一、謂為二帝号一也」とある。三 →一九〇頁注九。四 イハム→一九九頁注二二。五 楚辞、離騒の王逸の注に「愛レ財曰レ貪、愛レ食曰レ婪」とある。オホクは、むさぼり食うこと。名義抄に饞をオホクと訓むのも同じく、むさぼり食う意。六 御木は、豊前国上毛郡・下毛郡。今、福岡県築上郡の一部・豊前市、大分県下毛郡・中津市。御木川は下毛郡を北流し、中津市の西北で海に入る山国川(高瀬川)か。七 高羽は、豊前国田河郡。今、福岡県田川郡・田川市。高羽川は地名辞書に、遠賀川の支流、英彦山から発して北流する彦山川かとする。八 土折は、土に「居(を)り」の意で、土の上に直接に坐っている意。猪(ゐ)は、居(ゐ)のあて字で、やはり、坐っているものの意であろう。土に直接坐る者は卑しい生活を営む者の意となる。九 地名辞書は、北九州市南部の福智山に発して北流、同市小倉区を貫流して海に入る紫川(蒲生川)かとする。一〇 ヌミ→一九九頁注二三。一一「急撃之。勿失」は、漢書、高帝紀の句。一二 ヲコツル→二〇三頁注二二。一三 衣は、上着。褌は、すその短いズボン様のはきもの。履中即位前紀に、瑞歯別皇子が隼人刺領巾に「錦衣褌」(四二四頁二行)を与えたとある。一四 →補注7－一五。一五 延喜式・和名抄に豊前国京都(みやこ)郡。今、福岡県京都郡北部・行橋市。実際は、行宮がおかれたからミヤコというのではなく、逆にミヤコという地名から考えだされた話であろう。一六 延喜民部式・和名抄に豊後国大分(おほいた)郡。今、大分県大分郡・大分市。地名辞書は、碩田国は速見郡・海部郡から大野郡・直入郡の高原をも総摂したものかとする。爾雅、釈詁に「碩…、大也」とある。碩は、大きいこと。

くして、亦衆類多し。皆曰はく、『皇命に従はじ』といふ。若し強に喚さば、兵を興して距かむ」とまうす。天皇悪したまひて、進行すること得ず。即ち來田見邑に留りて、權に宮室を興てて居します。仍りて群臣と議りて曰はく、「今多に兵衆を動して、土蜘蛛を討たむ。若し其れ我が兵の勢に畏りて、山野に隠れてば、必に後の愁を爲さむ」とのたまふ。則ち海石榴樹を採りて、椎に作り兵にしたまふ。因りて

今將歸德矣。唯有殘賊者。一曰鼻垂。妄假名號、山谷響聚、屯結於菟狹川上。二曰耳垂。殘賊貪婪、屢略人民。是居於御木木、此云開。川上。三曰麻剝。潛聚徒黨、居於高羽川上。四曰土折猪折。隱住於綠野川上、獨恃山川之險、以多掠人民。是四人也、其所據並要害之地。故各領眷屬、爲一處之長也。皆曰、不從皇命。願急擊之。勿失。於是、武諸木等、先誘麻剝之徒。仍賜赤衣・褌及種々奇物、兼令攜不服之三人。乃率己衆而參來。悉捕誅之。天皇遂幸筑紫、到豐前國長峽縣、興行宮而居。故號其處曰京也。〇冬十月、到碩田國。其地形廣大亦麗。因名碩田也。碩田、此云於保岐陀。到速見邑。有女人。曰速津媛。爲一處之長。其聞天皇車駕、而自奉迎之諮言、玆山有大石窟。曰鼠石窟。有二土蜘蛛。住其石窟。一曰青。二曰白。又於直入縣禰疑野、有三土蜘蛛。一曰打猨。二曰八田。三曰國摩侶。是五人、並其爲人強力、亦衆類多之。皆曰、不從皇命。若強喚者、興兵距焉。天皇惡之、不得進行。卽留于來田見邑、權興宮室而居之。仍與群臣議之曰、今多動兵衆、以討土蜘蛛。若其畏我兵勢、將隱山野、必爲後愁。則採海石榴樹、作椎爲兵。因↓

地名の由来に関する同趣旨の記事が、豊後風土記、大分郡の条にみえる。オホキ(大)という語、奈良時代にはク活用で使われていた。オホキウミ(大海)などの例がある。西海道風土記と日本書紀→補注7―一六。

一七 延喜式・和名抄に豊後国速見郡。今、大分県速見郡・別府市・杵築市。碩田(→注一六)の北方にあたり、巡幸の経路としては逆になる。豊後風土記、速見郡の条には以下の書紀の記事とほぼ同趣旨の記事を載せるが、天皇の着船した地を海部郡の宮浦とし、豊後風土記は、速津媛の名によって名を速津媛国といい、後の人が改めて速見郡といったとする。

一八 →二八四頁注一。

一九 →補注3―一七。

二〇 延喜民部式・和名抄に豊後国直入郡。今、大分県直入郡・竹田市および熊本県阿蘇郡の一部。和名抄には直入郡直入郷。地名の由来について、豊後風土記には「昔者、郡東桑木村、有桑生之。其高極陵、枝幹直美。俗曰直桑村。後人改曰直入郡、是也」。

二一 豊後風土記、直入郡の条に「在柏原郷之南」とし、景行天皇がこの野で兵衆を「歴労」ったので、禰疑野というとある。竹田市菅生付近か。

二二 ウチサルのウチは、さっと敏捷に行動すること。サルは、移動するもの、動作敏捷の意であろう。

二三 悪い奴だと思うの意。また、悪いことと思って嫌う意。

二四 豊後風土記、直入郡の条に「球覃郷〈在郡北〉」とし、同じく景行天皇の行幸にまつわる地名起源説話を載せる。直入郡久住町・直入町、および大分郡庄内町南部にわたる地か。

二五 豊後風土記、直入郡の条に「宮処野〈朽網郷所在之野〉」があり、天皇が行宮をたてた場所とする。

二六 和名抄、草木部に「椿〈和名豆波木〉、木名也。楊氏漢語抄云、海石榴〈和名上同、本朝式等用之〉」。兵は、兵器。

猛き卒を簡びて、兵の椎を授けて、山を穿ち草を排ひて、石室[一]の土蜘蛛を襲ひて、稲葉の川上に破りて、悉に其の黨を殺す。[二]血流れて踝に至る。故、時人、其の海石榴の椎を作りし處を、[三]海石榴市と曰ふ。亦血の流れし處を[四]血田と曰ふ。復、打猨を討たむとして、侄に[五]禰疑山を度る。時に賊虜の矢、横に山より射る。官軍の前に流るること雨の如し。天皇、更に[六]城原に返りまして、水上に[七]卜す。便ち兵を勒へて、先づ八田を禰疑野に撃ちて破りつ。爰に打猨え勝つまじと謂ひて、「服はむ」と請す。然れども聴したまはず。皆自ら澗谷に[八]投りて死ぬ。天皇、初め、賊を討たむとして、[九]柏峽の大野に次りませり。其の野に石有り。長さ六尺、廣さ三尺、厚さ一尺五寸。天皇[一〇]祈ひて曰はく、「朕、土蜘蛛を滅すこと得むとならば、將に玆の石を蹶ゑむに、柏の葉の如くして擧れ」とのたまふ。因りて蹶みたまふ。則ち柏の如くして大虛に上りぬ。故、其の石を號けて、蹈石と曰ふ。是の時に、禱りまつる神は、[一一]志我神・[一二]直入物部神・[一三]直入中臣神、三の神ます。

十一月に、日向國に到りて、行宮を起てて居します。是を[一四]高屋宮と謂す。

十二月の癸巳の朔丁酉(五日)に、[一五]熊襲を討たむことを議る。是に、天皇、群卿に詔して曰はく、「朕聞く、[一六]襲國に[一七]厚鹿文・迮鹿文といふ者有り。是の兩人は熊襲の[一八]渠帥者なり。[一九]衆類甚多なり。是を熊襲の[二〇]八十梟帥と謂ふ。其の[二一]鋒當るべからず。師を興すこと少くは、賊を滅すに堪へじ。多に兵を動さば、是百姓の害なり。

一 豊後風土記、大野郡の条には、鼠の石窟の土蜘蛛とある。稲葉川は、大野川の上流、久住山より発し東南に流れる飛田川。

二 神武即位前紀戊午年八月条(一九七頁四行)に類似の句が見える。ツブナキは、クルブシ。ツブは、壺と同根の語。ツブブシともいう。

三 豊後風土記、大野郡の条に「海石榴市・血田〈並在郡南〉」とし、類似の記事を載せる。書紀の記事から推すと直入県の来田見邑の付近と思われるが、未詳。

四 稲葉川の畔と思われるが、未詳。→注三。

五 大分県竹田市菅生付近の山か。→二八八頁注二一。

六 竹田市木原付近。稲葉川の河畔にあたる。

七 トは、北本にマシマスの訓があり、名義抄にシムの訓がある。卜居の意であろう。ウラナヒをして、よい場所を占めてそこに居を定める意。

八 オチリは、オチイリの約。otiiri→otiri.

九 豊後風土記、直入郡の条に「蹶石野〈在柏原郷之中〉」とし、類似の記事を載せる。大分県直入郡荻町柏原付近の原野か。

一〇 ウケヒ→補注1-六八。ここは石を蹴ってするウケヒ。

一一 未詳。通証・集解・通釈は筑前国糟屋郡の志加海神社(→九五頁注二六)とするが地理的に不自然。標註は豊後国の地名とし、地名辞書は大分県大野郡の志賀(今、大分県大野郡朝地町市万田付近)をあてる。

一二・一三 直入→二八八頁注二〇。九州北部に中臣氏の勢力があったことは、豊後風土記に豊前国仲津郡中臣村(和名抄、中臣郷)、大宝二年筑前国島郡川辺里・豊前国仲津郡丁里戸籍に中臣部、続紀、和銅二年六月条に筑前国島郡少領中臣部加比が見えることによって推測される。九州北部の物部氏→補注7-一三。

一四 未詳。神代紀第十段に「日向高屋山上陵」

二二何か鋒刃の威を假らずして、坐づからに其の國を平けむ」とのたまふ。時に一の臣有り。進みて曰さく、「二三熊襲梟帥、二の女有り。兄を市乾鹿文と曰す。乾、此をば賦と云ふ。弟を市鹿文と曰す。容既に端正し。心且雄武し。重き幣を示せて二四麾下に撝納るべし。因りて其の消息を伺ひたまひて、不意の處を犯さば、二五曾て刃を血さずして、賊必ず自づからに敗れなむ」とまうす。天皇詔はく、「可なり」とのたまふ。

簡二猛卒一、投二兵椎一、以穿ㇾ山排ㇾ草、襲二石室之土蜘蛛一[1]、而破二于稲葉川上一、悉殺二其黨一。血流至ㇾ踝。故時人其作二海石榴椎一之處、曰二海石榴市一[2]。亦血流之處曰二血田一也。復將ㇾ討二打猨一、徑度二禰疑山一。時賊虜之矢、横自ㇾ山射之。流二於官軍前一如ㇾ雨。天皇更返二城原一、而卜二於水上一。便勒ㇾ兵、先擊二八田於禰疑野一而破。爰打猨謂ㇾ不ㇾ可ㇾ勝、而請ㇾ服。然不ㇾ聽矣。皆自投二澗谷一[3]而死之。天皇初將ㇾ討ㇾ賊、次二于柏峡大野一。其野有ㇾ石。長六尺、廣三尺、厚一尺五寸。天皇祈之曰、朕得ㇾ滅二土蜘蛛一者、將ㇾ蹶二茲石一、如二柏葉一而擧焉。因蹶之。則如ㇾ柏上二於大虚一。故號二其石一、曰二蹈石一也。是時、禱神、則志我神・直入物部神・直入中臣神三神矣。○十一月、到二日向國一、起二行宮一以居之。是謂二高屋宮一[4]。○十二月癸巳朔丁酉、議ㇾ討二熊襲一。於是、天皇詔二群卿一曰、朕聞之、襲國有二厚鹿文・迮鹿文者一。是兩人熊襲之渠帥者也。衆類甚多。是謂二熊襲八十梟帥一。其鋒不ㇾ可ㇾ當焉。少ㇾ興ㇾ師、則不ㇾ堪ㇾ滅ㇾ賊。多動ㇾ兵、是百姓之害。何不ㇾ假二鋒刃之威一、坐平二其國一。時有二一臣一。進曰、熊襲梟帥有二二女一。兄曰二市乾鹿文一。乾、此云ㇾ賦。弟曰二市鹿文一。容既端正。心且雄武。宜下示二重幣一以撝中納麾下上。因以伺二其消息一、犯二不意之處一、則曾不ㇾ血ㇾ刃、賊必自敗。天皇詔、可也。↓

（彦火火出見尊の陵→一六八頁注四）がある。

一五 →補注7-一一。

一六 律令時代の地名としては日向国。のち大隅国となる。ここでは、後の大隅国贈於郡（今、鹿児島県贈於郡西部・姶良郡東部・国分市）の地を中心とする地域一帯をいったものか。→補注7-一一。

一七 以下の迮鹿文・市乾鹿文・市鹿文等の名は、和名抄の大隅国姶羅郡鹿屋郷（今、鹿児島県鹿屋市）の地名と関係があるか。類似の名として、二十七年十二月条の日本武尊の熊襲征討の記事に取石鹿文がある。

一八 イサは、勇の語根。ヲは、男。勇武なる者の意。

一九 ニヘサ→二〇一頁注一二。

二〇 たくさんの猛勇の者。神武紀にも同様の称が見える。→一九八頁注一六。

二一 勢いがさかんで敵う者がない。史記、淮陰侯伝に「此乗ㇾ勝而去ㇾ国遠闘、其鋒不ㇾ可ㇾ当」とあるなど、中国史書にしばしば見える句。

二二 「不ㇾ仮二鋒刃之威一」の句は、神武即位前紀戊午年九月条（二〇一頁五行）にも見える。

二三 以下、女子の詭計を用い、酒に酔った熊襲の首領を殺害したとするのは、二十七年十二月条の日本武尊の熊襲征討説話と同工異曲であり、景行天皇の説話は、日本武尊の説話から発展派生したものと思われる。また、市乾鹿文の不孝を悪んでこれを誅した話は、儒教思想によった疑いがつよい。

二四 天皇のそば・居所。麾下・幕下とあるのは、熊襲征討中の軍営であることを示す。omoto と oboto とは音通。

二五 「則曾不ㇾ血ㇾ刃、賊必自敗」の句は、神武即位前紀戊午年四月条（一九二頁一〇行）、および仲哀八年九月条（三二六頁一二行）に類句がある。

↓一九二頁注一一。

是に、幣を示せて其の二の女を欺きて、幕下に納る。天皇、則ち市乾鹿文を通して陽り寵みたまふ。時に市乾鹿文、天皇に奏して曰さく、「熊襲の服はざることをな愁へたまひそ。妾良き謀有り。即ち一二の兵を己に從へしめたまふべし」とまうす。而して家に返りて、多に醇き酒を設けて、己が父に飲ましむ。乃ち醉ひて寐ぬ。市乾鹿文、密に父の弦を斷つ。爰に從へる兵一人、進みて熊襲梟帥を殺しつ。天皇、則ち其の不孝の甚しきことを惡みたまひて、市乾鹿文を誅す。仍りて弟市鹿文を以て、[一]火國造に賜ふ。

十三年の夏五月に、悉に[二]襲國を平けつ。因りて[三]高屋宮に居しますこと、[四]已に六年なり。是に、其の國に佳人有り。[五]御刀媛と曰ふ。御刀、此をば彌波迦志と云ふ。則ち召して妃としたまふ。[六]豐國別皇子を生めり。是、[七]日向國造の始祖なり。

十七年の春三月の戊戌の朔己酉(十二日)に、[八]子湯縣に幸して、[九]丹裳小野に遊びたまふ。時に東を望して、[一〇]左右に謂りて曰はく、「是の國は直く日の出づる方に向けり」とのたまふ。[一一]故、其の國を號けて日向と曰ふ。是の日に、野中の[一二]大石に陟りまして、[一三]京都を憶びたまひて、歌して曰はく、

[一四]愛しきよし　我家の方ゆ　雲居立ち來も

[一五]倭は　國のまほらま　疊づく　青垣　山籠れる　倭し麗し

[一六]命の　全けむ人は　疊薦　平群の山の　白樫が枝を　髻華に插せ　此の子

一 火(肥)君か。旧事紀、国造本紀に火国造を載せ、「瑞籬(崇神天皇)朝、大分国造同祖志貴多奈彦命児遅男江命、定二賜国造一」とあり、釈紀十所引矢田部公望私記に引く肥後風土記逸文には、崇神天皇の世、益城郡朝来名峰の土蜘蛛を誅するため、肥君等の祖健緒組を遣わした、とある。火君は神武記に神八井耳命をその祖と伝え、大宝二年の筑前国島郡川辺里戸籍に大領肥君猪手以下多くの者が見える。姓氏録には右京皇別に火、大和皇別に肥直を載せ、いずれも多朝臣と同祖、神八井耳命の後とする。
二 →二九〇頁注一六。　三 →二九〇頁注一四。
四 十八年三月、帰京の途に上るまで、高屋宮に六年滞在したことを意味する。通釈などに、天皇の筑紫への行幸は前年のことで、六年とあるのと違うとの説があるが、当らない。
五 記には日向之美波迦斯毘売とある。刀は、佩くもの。ハクの敬語ハカシがそのまま名詞となったものが、ミハカシ。　六 記には豊国別王。旧事紀、天皇本紀には喜備別の祖、また日向諸県君(→注二一)の祖とあるが疑問。　七 旧事紀、国造本紀には「軽島豊明朝(応神天皇)御世、豊国別皇子三世孫老男、定二賜国造一」とある。
八 延喜民部式・和名抄に日向国児湯郡がある。今、宮崎県児湯郡・西都市。　九 所在未詳。
一〇 天皇の御許の人の意。モト(本)コ(処)ヒト(人)の意。書紀の古訓特有の語。モトコ→二五六頁注一三。　一一 日向の国名に関する起源説話。釈紀八所引日向風土記逸文にも同趣旨の所伝が見える。　一二 北本の訓。カシハは、盤をいう。磐石の意か。あるいはカシハはカタシハ(堅岩)の約か。　一三 京都は、纏向日代宮のある大和の地。以下の三首の歌謡は、記では日本武尊が能煩野(のぼ)でよんだ歌とする。
一四 〔歌謡二一〕ああ我家の方から雲がわいて流れて来ることよ。ハシキは、自分の気に入って可

是を思邦歌[一七]と謂ふ。

十八年の春三月に、天皇、京に向さむとして、筑紫國[一八]を巡狩す。始めて夷守[一九]に到る。是の時に、石瀬河[二〇]の邊に、人衆聚集へり。是に、天皇遙に望りて、左右に詔して曰はく、「其の集へるは何人ぞ。若し賊か」とのたまふ。乃ち兄夷守・弟夷守、二人を遣して覩せたまふ。乃ち弟夷守、還り來て諮して曰さく、「諸縣君[二一]泉媛、

於是、示レ幣欺ニ其二女一、而納ニ幕下一。天皇則通ニ市乾鹿文一而陽寵。時市乾鹿文、奏ニ于天皇一曰、無レ愁熊襲之不レ服。妾有ニ良謀一。卽令レ從ニ一二兵於己一。而返レ家以多設ニ醇酒一、令レ飮ニ己父一。乃醉而寐之。市乾鹿文、密斷ニ父弦一。爰從兵一人、進殺ニ熊襲梟帥一。天皇則惡ニ其不孝之甚一、而誅ニ市乾鹿文一。仍以ニ弟市鹿文一、賜ニ於火國造一。

十三年夏五月、悉平ニ襲國一。因以居ニ於高屋宮一、已六年也。於是、其國有ニ佳人一。曰ニ御刀媛一。御刀、此云ニ彌波迦志一。則召爲レ妃。生ニ豐國別皇子一。是日向國造之始祖也。

十七年春三月戊戌朔己酉、幸ニ子湯縣一、遊ニ于丹裳小野一。時東望之、謂ニ左右一曰、是國也直向ニ於日出方一。故號ニ其國一曰ニ日向一也。是日、陟ニ野中大石一、憶ニ京都一而歌之曰、波辭枳豫辭、和藝幣能伽多由、區毛位多知區暮。夜摩苔波、區珥能摩倍邏摩、多々儺豆久、阿烏伽枳、夜摩許莽例屢、夜摩苔之于屢破試。異能知能、摩曾祁務比菩破、多々瀰許莽、弊愚利能夜摩能、志邏伽之餓延塢、于受珥左勢、許能固。是謂ニ思邦歌一也。

十八年春三月、天皇將レ向レ京、以巡ニ狩筑紫國一。始到ニ夷守一。是時、於ニ石瀨河邊一、人衆聚集。於是、天皇遙望之、詔ニ左右一曰、其集者何人也。若賊乎。乃遣ニ兄夷守・弟夷守二人一令レ覩。乃弟夷守、還來而諮之曰、諸縣君泉媛、↓

愛い感じのする意。ハシキヨシで詠嘆の意の間投詞のようにも使う。ユは、ヨリの意。雲が立つことは、その下に人間の生活のあることを示す。親しい人をしのぶときに、雲だけでも立てと歌う例が万葉にある。

一五〔歌謡三〕大和は最もすぐれた国。青青とした山が重なって、垣のように包んでいる大和の国は立派で美しい。マ(真)ホ(秀)ラ(状態を示す接尾辞)マ(場)。タタナヅクは、畳(たたな)り着く意。青垣は大和を称える慣用的表現。いくつも例がある。この歌は本来、国見(→補注3―二二)の場合の国ほめの歌であったろうが、それがこの物語の中に取り入れられたものと思われる。

一六〔歌謡三〕生命力のあふれた人たちは、この平群の山の白樫の枝を髻華として髪に挿せ。この子よ。→補注7―一七。

一七 歌曲上の名称。故郷を偲ぶ歌、或いは国ぼめ歌。記では第二・三首を思国歌(くにしのびうた)、第一首をその片歌とする。シノブ→補注7―一八。

一八 九州を巡幸する。巡狩は、天子が諸侯の国を巡行し、政治の実情を視察すること。孟子、梁恵王下に「天子適ニ諸侯一曰ニ巡狩一。巡狩者、巡ニ所レ守也」とある。

一九 延喜兵部式に、日向国夷守駅が見える。今、宮崎県小林市付近か。→補注7―一九。

二〇 大淀川の上流、小林市内を流れる岩瀬川か。

二一 諸県は、日向国西部の地名。延喜民部式・和名抄に同国諸県郡がある。今、宮崎県東諸県郡・西諸県郡・北諸県郡・小林市・都城市、および鹿児島県囎唹郡の東部。諸県君は、その地方の族長。応神十一年是歳条に、日向国の髪長媛を諸県君牛諸井の女とし、応神記にも日向国諸県君の女とある。泉媛と類似の名に、応神天皇の妃日向泉長媛(応神二年三月条)がある。なお、令制雅楽寮に雑楽の一つとして伝えられた諸県舞は、この部族の歌舞であろう。

大御食を獻らむとするに依りて、其の族會へり」とまうす。

夏四月の壬戌の朔甲子(三日)に、一熊縣に到りたまふ。其の處に熊津彦といふ者、兄弟二人有り。天皇、先づ兄熊を徵さしむ。則ち使に從ひて詣りたり。因りて弟熊を徵す。而るに來ず。故、兵を遣して誅ふ。壬申(十一日)に、海路より二葦北の小嶋に泊りて、進食す。時に、三山部阿弭古が祖小左を召して、冷き水を進らしむ。是の時に適りて、嶋の中に水無し。所爲知らず。則ち仰ぎて天神地祇に祈みまうす。忽に寒泉崖の傍より涌き出づ。乃ち酌みて獻る。故、其の嶋を號けて四水嶋と曰ふ。其の泉は猶今に水嶋の崖に在れり。

五月の壬辰の朔に、五葦北より發船したまひて、六火國に到る。是に、日沒れぬ。夜冥くして岸に著かむことを知らず。遙に火の光視ゆ。天皇、七挾杪者に詔して曰はく、「直く火の處を指せ」とのたまふ。因りて火を指して往く。卽ち岸に著くこと得つ。天皇、其の火の光る處を問ひて曰はく、「何と謂ふ邑ぞ」とのたまふ。國人對へて曰さく、「是、八八代縣の豐村」とまうす。亦其の火を尋ひたまはく、「是、誰人が火ぞ」とのたまふ。然るに主を得ず。九茲に知りぬ、人の火に非ずといふことを。故、其の國を名けて火國と曰ふ。

六月の辛酉の朔癸亥(三日)に、一〇高來縣より、一一玉杵名邑に度りたまふ。時に其の處の一二土蜘蛛津頰といふを殺す。丙子(十六日)に、一三阿蘇國に到りたまふ。其の國、郊原曠く遠くし

一 延喜民部式・和名抄に肥後国球磨郡。今、熊本県球磨郡・人吉市。→補注7-一一。 二 葦北は延喜民部式・和名抄に肥後国葦北郡。今、熊本県葦北郡・水俣市を中心とする地で、或いは八代市の南部をも含む地域であったか。→注四・五。敏達十二年七月条・同是歳条に火葦北国造、推古十七年四月条に肥後国葦北津が見える。また旧事紀、国造本紀には葦分国造を載せ、「纒向日代朝(景行天皇)御代、吉備津彦命児三井根子命定二賜国造一」とある。 三 山部(→三六四頁注四四)を管掌する下級の伴造か。阿弭古は我孫・吾孫・吾彦などとも書き、原始的な姓。直木孝次郎は、皇室と密接な関係をもつ地方官的な古い伴造とする。 四 万葉集註釈三所引肥後風土記逸文に「球磨県、県乾七十里、海中有レ島。積可二七里一。名曰二水島一。島出二寒水一、逐レ潮高下云云」とある。熊本県八代市内、球磨川河口の水島(現在は陸続き)の地がそれか。万葉二四五・二四六の長田王の歌にも見える。 五 肥前風土記には「従二葦北火流浦一発船、幸二於火国一」とある。火流浦は、八代市日奈久町付近か。 六 →補注7-八。以下は火国の地名の由来に関する説話。肥前風土記・釈紀所引矢田部公望私記に引く肥後風土記逸文には、崇神天皇の世、肥君らの祖健緒組らが肥後国益城郡の土蜘蛛を討ち、八代郡白髪山に宿して不知火を見、奏聞して天皇からその国を火の国と命名されたとし、さらに書紀と同じく、景行天皇が行幸時、不知火を見たことを載せ、天皇が火の国と名づける所以を知ったとしている。 七 挾杪は、船頭。挾は、手にとる意。杪は、樹木の細枝。細い棒をとって舟をあやつる者。熱本・北本等、杪を梅に誤る。今、底本等の抄を杪の誤りとして、挾杪とする。 八 →補注7-一〇。 九 いわゆるシラヌヒ(不知火)の称の由来の説明。不知火は、夏の夜、八代海(不知火海)に現われる燐光。

て、人の居を見ず。天皇の曰はく、「是の國に人有りや」とのたまふ。時に、二の神有す。[一四]阿蘇都彦・阿蘇都媛と曰ふ。忽に人に化りて遊詣りて曰さく、「吾二人在り。何ぞ人無けむ」とまうす。[一五]故、其の國を號けて阿蘇と曰ふ。

秋七月の辛卯の朔甲午（四日）に、[一六]筑紫後國の[一七]御木に到りて、[一八]高田行宮に居します。時に[一九]僵れたる樹有り。長さ九百七十丈。百寮、其の樹を蹈みて往來ふ。

一〇 肥前風土記・延喜民部式・和名抄に肥前国高来郡。和名抄に多加久と訓む。今、長崎県北高来郡・南高来郡・諫早市・島原市。島原半島とその基部に当る。肥前風土記に、景行天皇行幸時のこととして地名の由来に関する説話を載せる。 一一 玉杵名は肥後国玉名郡か。玉名は和名抄に多万伊奈と訓む。今、熊本県玉名郡・荒尾市・玉名市。肥前風土記に、景行天皇が玉名郡の長渚浜(今、玉名郡長洲町)から使者を肥前国高来郡に遣わしたとある。また釈紀十六所引肥後風土記逸文に、景行天皇が長渚浜に泊したおり、釣って得た魚に爾陪魚(にべうを)と命名したとあり、いわゆる腹赤魚(はらかのうを)貢上に関する説話を載せる。 一二 土蜘蛛→補注3-一七。ツツラはトツラに通じる。とがった顔の意か。 一三 延喜民部式・和名抄に肥後国阿蘇郡。今、熊本県阿蘇郡。釈紀十所引筑紫風土記には閼宗県。地名辞書は古代の阿蘇国は今の菊池郡・鹿本郡をも含めた広大な地域を占めていたと推測する。 一四 延喜神名式、肥後国阿蘇郡に、健磐竜命神社・阿蘇比咩神社があり、記伝に阿蘇都彦は健磐竜命の神霊とする。今、阿蘇郡一の宮町所在、阿蘇神社一宮・二宮の祭神。 一五 アソという地名の由来に関する説話。阿蘇文書所引肥後風土記にも同趣旨の所伝がある。これは阿蘇都彦・阿蘇都媛という二人がいたのでそのアソという名をとってアソという国名をつけたという趣の話である。これを、「何ぞ人無けむ」をアゾ人無ケムと訓んでアソの語源とする説もあるが、阿蘇のソは甲類、アゾのソは乙類であるから後の説は成り立たない。 一六 筑後国。今の福岡県南部。律令時代の行政区画にもとづく表記。仁徳六十七年是歳条に見える吉備中国も類似の表記法。↓四一四頁注九。 一七 延喜民部式・和名抄に筑後国三毛郡。和名抄に三計と訓む。今、福岡県三池郡・大牟田市。 一八 三池郡太間村とも、同高泉村と

依レ獻二大御食一、而其族會之。○夏四月壬戌朔甲子、到二熊縣一。其處有二熊津彦者、兄弟二人一。天皇先使レ徵二兄熊一。則從レ使詣之。因徵二弟熊一。而不レ來。故遣レ兵誅之。○壬申、自二海路[1]一泊二於葦北小嶋一而進食。時召二山部阿弭古之祖小左一、令レ進二冷水一。適二是時一、嶋中無レ水。不レ知二所爲一。則仰之祈二于天神地祇一。忽寒泉從二崖傍一涌出。乃酌以獻焉。故號二其嶋一曰二水嶋一也。其泉猶今在二水嶋崖一也。○五月壬辰朔、從二葦北一發船到二火國一。於是、日沒也。夜冥不レ知レ著レ岸。遙視二火光一。天皇詔二挾杪者一[2]曰、直指二火處一。因指レ火往之。即得レ著レ岸。天皇問二其火光之處一曰、何謂邑也。國人對曰、是八代縣豐村。亦尋二其火一、是誰人之火也。然不レ得レ主。茲知、非二人火一。故名二其國一曰二火國一也。[3]○六月辛酉朔癸亥、自二高來縣一、[4]度二玉杵名邑一。時殺二其處之土蜘蛛津頰一焉。○丙子、到二阿蘇國[5]一。其國也[6]郊原曠遠、不レ見二人居一。天皇曰、是國有レ人乎。時有二二神一。曰二阿蘇都[7]彦・阿蘇都媛一。忽化レ人以遊詣之曰、吾二人在。何無レ人耶。故號二其國一曰二阿蘇一。○秋七月辛卯朔甲午、到二筑紫後國御木一、居二於高田行宮一。時有二僵樹一。長九百七十丈焉。百寮蹈二其樹一而往來。↓

もいうが、未詳。高泉は、今の大牟田市中部の歴木(くぬぎ)で以下にしるす大樹伝説による地名か。別に同市南部に高田がある。一九→補注7-二一。

一〔歌謡二四〕大宮人が橋を渡って朝夕奉仕するさまを歌ったもので、本来は大樹伝説とは無関係の、独立した宮廷寿歌であろう。それがミケという地名にひかれて、ここに載せられるに至ったものと思われる。朝霜は消(ケ)やすい。それで同音の木(ケ)にかかる修飾とした。この歌、宮廷内部の状況を写して寿歌としたものであろうか。二歴木(櫪)は、櫟に同じ。新撰字鏡に櫪を久奴木と訓む。ブナ科の落葉高木で、高さ十五メートル余りに達する。なお、釈紀十所引矢田部公望私記に引く筑後風土記逸文(→補注7-二一)には楝木とし、「朝日之影、蔽肥前国藤津郡多良之峰、暮日之影、蔽肥後国山鹿郡荒爪之山」云云とある。三杵島は肥前国杵島郡。今、佐賀県杵島郡・武雄市。和名抄に岐志万と訓む。肥前風土記、杵島郡条に、景行天皇行幸時のこととして地名の由来を述べる。杵島山は郡の中央部に南北に連なる山地で、標高三四二メートル。万葉集註釈三所引筑紫風土記に「杵島県。県南二里、有一孤山。従坤指艮、三峰相連。是名曰杵島」とあり、杵島曲(きしまぶり)の歌詞とその由来とを記す。四熊本県阿蘇郡の阿蘇山。標高一五九二メートルの高岳をはじめとする五岳がある。釈紀十に閼宗岳(あそのたけ)に関する筑紫風土記の文を載せる。五ミケのミは、ヤマツミ(山祇)・ワタツミ(海神)のミと同じ。神の意を表わす古語。従って、ここでは「この樹は神木である。それ故、この国をミケ(神木)の国と名づけよ」といわれたという意味である。六延喜民部式・和名抄では筑後国上妻郡・下妻郡。持統四年十月条に、筑後国上陽咩郡(かみつやめのこほり)がみえる。今、福岡県八女郡・筑後市・八女市。

時人、歌して曰はく、

朝霜の　御木のさ小橋　群臣　い渡らすも　御木のさ小橋

爰に天皇、問ひて曰はく、「是何の樹ぞ」とのたまふ。一の老夫有りて曰さく、「是の樹は歴木といふ。嘗、未だ僵れざる先に、朝日の暉に當りて、則ち杵嶋山を隠しき。夕日の暉に當りては、亦、阿蘇山を覆しき」とまうす。天皇の曰はく、「是の樹は、神しき木なり。故、是の國を御木國と號べ」とのたまふ。丁酉(七日)に、八女縣に到る。則ち藤山を越えて、南　粟岬を望りたまふ。詔して曰はく、「其の山の峯岫重疊りて、且美麗しきこと甚なり。若し神其の山に有しますか」とのたまふ。時に水沼縣主猿大海、奏して言さく、「女神有します。名を八女津媛と曰す。常に山の中に居します」とまうす。故、八女國の名は、此に由りて起れり。

八月に、的邑に到りて進食す。是の日に、膳夫等、盞を遺る。故、時人、其の盞を忘れし處を號けて浮羽と曰ふ。今的と謂ふは訛れるなり。昔筑紫の俗、盞を號けて浮羽と曰ひき。

十九年の秋九月の甲申の朔癸卯(二十日)に、天皇、日向より至りたまふ。

二十年の春二月の辛巳の朔甲申(四日)に、五百野皇女を遣したまひて、天照大神を祭らしむ。

二十五年の秋七月の庚辰の朔壬午(三日)に、武内宿禰を遣したまひて、北陸及び二二東方の諸國の地形、且百姓の消息を察しめたまふ。

二十七年の春二月の辛丑の朔壬子(十二日)に、武内宿禰、東國より還て奏して言さく、「二三東の夷の中に、二四日高見國有り。其の國の人、男女並に二五椎結け身を文けて、爲人勇み悍し。是を總べて二六蝦夷と曰ふ。亦土地沃壤えて曠し。撃ちて取りつべし」とまうす。

時人歌曰、阿佐志毛能、彌[1]概能佐烏麼志、魔[2]弊菟耆彌[3]、伊和哆羅秀暮、彌[4]開能佐烏麼志。爰天皇問之曰、是何樹也。有二一老夫一曰、是樹者歴木也。嘗未レ僵之先、當二朝日暉一、則隱二杵嶋山一。當二夕日暉一、亦[5]覆二阿蘇山一也。天皇曰、是樹者神木。故是國宜號二御木國一。○丁酉、到二八女縣一。則越二藤山一、以南望二粟岬[6]一。詔之曰、其山峯岫重疊、且美麗之甚。若神有二其山一乎。時[7]水沼縣主猿大海奏言、有二女神一。名曰二八女津媛一。常居二山中一。故八女國之名、由レ此而起也。○八月、到二的邑一而進食。是日、膳夫等遺レ盞。故時人號二其忘レ盞處一曰二浮羽一。今謂レ的者訛也。昔筑紫俗號レ盞曰二浮羽一。

十九年秋九月甲申朔癸卯、天皇至レ自二日向一。

廿年春二月辛巳朔甲申、遣二五百野皇女一、令[8]レ祭二[9]天照大神一。

廿五年秋七月庚辰朔壬午、遣二武内宿禰一、令レ察二北陸及東方諸國之地形、且百姓之消息一也[10]。

廿七年春二月辛丑朔壬子、武内宿禰自二東國一還之奏言、東夷之中、有二日高見國一。其國人、男女並椎結文レ身、爲人勇悍。是總曰二蝦夷一。亦土地沃壤而曠之。撃可レ取也。

七 福岡県久留米市藤山付近の山か。八女郡から北方、三井郡に越える道にあたる。八 所在未詳。九 オセル→一四六頁注五。一〇 水沼県は筑後国三潴郡。今、福岡県三潴郡・大川市。和名抄に美無万と訓む。水沼県主は未詳。神代紀第六段第三の一書に筑紫水沼君(→一一一頁注一〇)、四年二月条に水沼別(→補注7-七)が見える。一一 八女国の地名起源説話。媛の名によって国名がおこったとする点、豊後国の速津媛の話(→二八八頁注一七)に類似する。一二 的は筑後国生葉郡。今、福岡県浮羽郡の東部。和名抄に以久波と訓む。豊後風土記、日田郡の条には、景行天皇が凱旋のとき、筑後国生葉行宮を発し、日田郡に幸したとある。一三 →補注7-一二。一四 ウキは、酒杯(さかづき)。雄略記の歌謡に「指挙(ささが)せる 瑞玉盞(みづたまうき)に」とあり、また「宇岐歌(うきうた)」の称がみえる。一五 釈紀十所引矢田部公望私記に引く筑後風土記逸文には「昔景行天皇巡レ国既畢、還レ都之時、膳司在二此村一忘二御酒盞一云々。天皇勅曰、惜乎朕之酒盞〈俗語云二酒盞一為二宇枳一〉。因曰二宇枳波夜郡一。後人誤号二生葉郡一」とある。一六 →補注7-一三。一七 ヨコナバル→一九一頁注一一。一八 日向の高屋宮から、大和の纒向日代宮(→二八六頁注二六・二七)に帰着した。一九 →補注7-一一。倭姫命世記には、倭姫命(→二六七頁注二一)の老齢の替りとして皇女が斎宮となったとある。→垂仁二十五年三月条・補注6-一〇。二〇 →補注7-一三。宿禰の東国巡察のこと、記にはみえない。二十七年二月条の記事とともに、四十年以降の日本武尊の東国・蝦夷征討の伏線としての記事であろう。二一 律令時代の地方行政区画としての七道の一つ、北陸道。→二四三頁注一七。二二 東海道・東山道に属する諸国か。二三 夷は中国では東方の蛮族の称。ここは蝦夷(→補注7-一一)ばかりでなく、関東地方の諸豪族を含めての称秋八月に、[一]熊襲亦反きて、邊境を侵すこと止まず。

冬十月の丁酉の朔己酉(十三日)に、[二]日本武尊を遣して、熊襲を撃たしむ。[三]時に年十六。是に、日本武尊の曰はく、「吾は善く射む者を得りて、與に行らむと欲ふ。其れ何處にか善く射る者有らむ」とのたまふ。或者啓して曰さく、「美濃國に善く射る者有り。[四]弟彦公と曰ふ」とまうす。是に、日本武尊、[五]葛城の人、宮戸彦を遣して、弟彦公を喚す。故、弟彦公、[六]便に[七]石占横立及び[八]尾張の田子稻置・[九]乳近稻置を率ゐて來れり。則ち日本武尊に從ひて行く。

十二月に、熊襲國に到る。因りて、其の消息及び地形の嶮易を伺たまふ。時に熊襲に[一〇]魁帥者有り。名は[一一]取石鹿文。亦は[一二]川上梟帥と曰ふ。悉に親族を集へて[一三]宴せむとす。是に、日本武尊、[一四]髮を解きて童女の姿と作りて、密に川上梟帥が宴の時を伺ふ。仍りて劍を裀の裏に佩きたまひて、川上梟帥が宴の室に入りて、女人の中に居ります。川上梟帥、其の童女の容姿に感でて、則ち手を携へて席を同にして、[一五]坏を擧げて飲ましめつつ、戲れ弄る。時に、更深け、人闌ぎぬ。川上梟帥、且[一六]被酒ひぬ。是に、日本武尊、裀の中の劍を抽して、川上梟帥が胸を刺したまふ。未だ及之死なぬに、[一七]川上梟帥叩頭みて曰さく、「且待ちたまへ。吾有所言さむ」とまうす。時に日本武尊、劍を留めて待ちたまふ。川上梟帥啓して曰さく、「汝尊は誰人ぞ」とまうす。對へて曰はく、「吾は是、[一八]大足彦天皇の子なり。名は[一九]日本童男と曰ふ」とのた

か。二四 東北、北上川流域地方を指すか。↓補注7-二四。二五 椎結は、髪を椎(つち)のようなかたちにゆうこと。文身は、からだに入れ墨をすること。↓補注7-二五。二六 ↓補注7-一一。

一 ↓補注7-一一。以下二十八年条までは、日本武尊の熊襲征伐の話。記にも類似の話がある。

二 ↓二年三月条・補注7-二。日本武尊とその説話↓補注7-二六。

三 記には「当二此之時一、其御髪結額也(みひたひにゆひせり)」とある。崇峻即位前紀分注に「古俗、年少児年、十五六間、束髪於額」(下一六三頁一行)とあるから、書紀の年齢は、記のごとき伝承をもととして記したものであろう。

四 未詳。記伝は大碓皇子と美濃国の弟比売との間に生れた押黒弟日子王(↓二八六頁注二四)かとする。直木孝次郎は、建部・矢集に関係する人名・地名が美濃に多いことに注目し、美濃が皇室の軍隊供給基地として重要な地域であったとする。なお記には弟彦公らの従軍のことはみえず、姨の倭比売命から衣裳を賜わり、剣を懐にいれて出発したとある。

五 大和の葛城地方の人の意か。宮戸彦は他にみえない。六 便は、ついでにの意。ただしスナハチともよめる。

七 石占は伊勢国の地名。続紀、天平十二年十一月条に「桑名郡石占頓宮」がみえる。今、三重県桑名市付近。なお姓氏録、摂津諸蕃に石占忌寸がみえる。

八 田子は尾張国愛智郡の地名。熱田神宮の東方、今、名古屋市瑞穂区。稲置は、本来、村邑の首長を意味する職名。稲置↓補注7-四六。

九 地名と思われるが未詳。

一〇 魁帥の意をとって、古訓にタケルトイフモノとある。

一一 記には熊曾建(くまそたける)兄弟二人とする。十二年

まふ。川上梟帥、亦啓して曰さく、「吾は是、國中の强力者なり。是を以て、當時の諸の人、我が威力に勝へずして、從はずといふ者無し。吾多に武力に遇ひしかども、未だ皇子の若き者有らず。是を以て、賤しき賊が陋しき口を以て尊號を奉らむ。若し聽したまひなむや」とまうす。曰はく、「聽さむ」とのたまふ。卽ち啓して曰さく、「今より以後、皇子を號けたてまつりて日本武皇子と稱すべし」とまうす。言

○秋八月、熊襲亦反之、侵二邊境一不レ止。○冬十月丁酉朔己酉、遣二日本武尊一、令レ擊二熊襲一。時年十六。於是、日本武尊曰、吾得二善射者一欲二與行一。其何處有二善射者一焉。或者啓之曰、美濃國有二善射者一。曰二弟彥公一。於是、日本武尊、遣二葛城人宮戶彥一、喚二弟彥公一。故弟彥公、便率二石占橫立及尾張田子之稻置・乳近之稻置一而來。則從二日本武尊一而行之。○十二月、到二於熊襲國一。因以、伺二其消息及地形之嶮易一。時熊襲有二魁帥者一。[1]名取石鹿文。亦曰二川上梟帥一。悉集二親族一而欲レ宴。於是、日本武尊、解レ髮作二童女姿一、以密伺二川上梟帥之宴時一。仍[2]佩二劒裀裏一、入二於川上梟帥之宴室一、居二女人之中一。川上梟帥、感二其童女之容姿一、則携レ手同レ席、擧レ坏令レ飮而戲弄。于時也更深人闌。川上梟帥且被酒。於是、日本武尊抽二裀中之劒一、[8]刺二川上梟帥之胸一。未二及之死一、川上梟帥叩頭曰、且待之。吾有所言。時日本武尊、留レ劒待之。川上梟帥啓之曰、汝尊誰人也。對曰、吾是大足彥天皇之子也。名[4]曰二日本童男一也。川上梟帥、亦啓之曰、吾是國中之强力者也。是以、當時諸人、不レ勝二我之威力一、而無二不レ從者一。吾多遇二武力一矣、未レ有下若二皇子一者上。是以、賤賊陋口以奉二尊號一。若聽乎。曰、聽之。卽啓曰、自レ今以後、號二皇子一應レ稱二日本武皇子一。言↓

十二月条、景行天皇の熊襲征討説話にも、厚鹿文・迮鹿文など類似の名がみえる。→二九〇頁注一七。

一二 同じく十二年十二月条に、熊襲八十梟帥の称がみえる。

一三 住居の新築落成にともなう祝宴。記には「於レ是言三動為二御室楽一、設二備食物一」とある。ニヒムロウタゲは古写本の古訓。文意によってニヒムロの語を加えたものであろう。

一四 記には「如二童女之髪一、梳二垂其結御髪一、服二其姨之御衣御裳一、既成二童女之姿一、交二立女人之中一入二坐其室内一」とある。万葉一二四に「未通女(をとめ)らが放(はなり)の髪」、同三八二二に「童女波奈理(うなゐはなり)」とあるように、古代では少女は髪を結わずに垂らしておく風習であった。

一五 漢書、高帝紀に「酒闌」の語があり、顔師古の注に「文穎曰、闌、言レ希也。謂飲レ酒者半罷半在、謂二之闌一」とある。夜がふけて宴席の人がまばらになったこと。なお記には「故臨二其酣時一…」とある。

一六 同じく漢書、高帝紀に「高祖被レ酒」とあり、注に「被、加也。被レ酒者、為二酒所一レ加」とある。酒に酔うこと。

一七 記では熊曾建二人のうち、兄建がまず尊に殺され、弟建は尊に御名を奉ってのち殺されたとある。

一八 景行天皇。

一九 日本武尊の別名。→二年三月条(→二八三頁注二〇)。

二〇 記には「信然也。於二西方一、除二吾二人一無二建強人一。然於二大倭国一、益二吾二人一而建男者坐祁理。是以吾献二御名一。自レ今以後、応レ称二倭建御子一」とある。川上梟帥が日本武尊の尊号を奉ったことは、ヤマトの勇者としての地位を確認した、服属のしるしであり、一種の寿詞的な意味をもつ。

訖りて乃ち胸[一]を通して殺したまひつ。故、[二]今に至るまでに、日本武尊と稱め曰す、是其の縁なり。然して後に、弟彦等[三]を遣して、悉に其の黨類を斬らしむ。餘噍[四]無し。既[五]にして海路より倭に還りて、吉備に到りて穴海[六]を渡る。其の處に惡ぶる神有り。則ち殺しつ。亦難波に至る比に、柏濟[七]の惡ぶる神を殺しつ。濟、此をば和多利と云ふ。

二十八年の春二月の乙丑の朔に、日本武尊、熊襲[八]を平けたる狀を奏して曰さく、「臣、天皇の神靈[九]に賴りて、兵を以て一たび擧げて、頓に熊襲の魁帥者[一〇]を誅して、悉に其の國を平けつ。是を以て、西洲[一一]既に謐りぬ。百姓事無し。唯吉備の穴[一二]濟の神、及び難波の柏濟の神のみ、皆害る心有りて、毒しき氣を放ちて、路人を苦びしむ。並に禍害[一三]の藪と爲れり。故、悉に其の惡しき神を殺して、並に水陸の徑を開く」とまうす。天皇、是に、日本武の功を美めたまひて異に愛みたまふ。

四十年の夏六月に、東の夷[一四]多に叛きて、邊境騷き動む。

秋七月の癸未の朔戊戌(十六日)に、天皇、群卿に詔して曰はく、「今東國[一五]安からずして、暴ぶる神多に起る。亦[一六]蝦夷悉に叛きて屢人民を略む。誰人を遣してか其の亂を平けむ」とのたまふ。群臣皆誰を遣さむといふことをえ知らず。日本武尊奏して言したまはく、「臣は先に西を征ちしに勞りき。是の役は必ず[一七]大碓皇子の事ならむ」とまうしたまふ。時に大碓皇子、愕然ぢて、草の中に逃隱れぬ。則ち使者を遣して召し來しむ。爰に天皇責めて曰はく、「汝が欲せざらむを、豈強に遣

一　記には「即如二熟苽一(ほぞち)振折而殺也」とある。
二　記には「故自二其時一称二御名一、謂二倭建命一」とあり、これ以前を小碓命、以後を倭建命と記して区別する。
三　尊に従軍した弟彦公ら。→二九八頁注四。
四　無余噍で、他に生民がいないこと。噍は、物を食べること。即ち、人間。→二〇四頁注二。
五　記には「然而還上之時、山神、河神、及穴戸神、皆言向和而(ことむけやはして)参上」とあり、後に出雲国に赴いて出雲建を征した説話を載せる。出雲の平定や服属のことは書紀では崇神六十年七月条にみえる。→二五〇頁注一二。
六　穴は、安閑二年五月条に婀娜国とみえ(下五四頁一七行)、旧事紀、国造本紀には吉備穴国造とある。後の備後国安那(やす)郡・深津郡。今、広島県深安郡・福山市。芦田川の河口、鞆島を控えた海が袋のように入り込んだ地で、古来瀬戸内海航路の要衝。二十八年二月条には穴済とある。記の穴戸神については、長門国の穴門(今、山口県下関市)とみる説、吉備の穴とみる説の両説がある。
七　難波(大阪市)の淀川河口付近の船着場。仁徳三十年九月条には葉済とあり、地名の由来に関する説話を載せる。済は、渡。
八　→補注7-一一。
九　ミタマノフユ→一二八頁注一五。
一〇　ヒトゴノカミ→一五一頁注二四。
一一　西海道、すなわち九州地方の意か。
一二　穴海→注六。一三　悪人のたくさん集まるところ。マガ→二一九頁注三三。
一四　→二九七頁注二三。以下は日本武尊の蝦夷征討の話。二十七—二十八年条に対応する。記にも関係の説話がある。
一五　東海道相模以東、東山道上野以東、今日の関東地方をさす。
一六　→補注7-一一。

さむや。何ぞ未だ賊に對はずして、豫に懼ること甚しき」とのたまふ。此に因りて、遂に美濃に封さす[一八]。仍りて封地に如る[一九]。是身毛津君[二〇]・守君[二一]、凡て[二二]二の族の始祖なり。是に[二三]、日本武尊、雄誥[二四]して曰したまはく、「熊襲既に平ぎて、未だ幾の年も經ずして、今更東の夷叛けり。何の日にか大平ぐるに逮らむ。臣、勞しと雖も、頓に其の亂を平けむ」とまうしたまふ。則ち天皇、斧鉞[二五]を持りて、日本武尊に授けて

詑乃通レ胸而殺之。故至二于今一、稱二曰日本武尊一。是其縁也。然後、遣二弟彦等一、悉斬二其黨類一。無二餘噍一[1]。既而從二海路一還レ倭、到二吉備一以渡二穴海一。其處有二惡神一。則殺之。亦比レ至二難波一、殺二柏濟之惡神一。濟、此云二和多利一。

廿八年春二月乙丑朔、日本武尊、奏下平二熊襲一之狀上曰、臣賴二天皇之神靈一、以レ兵一擧、頓誅二熊襲之魁帥者一[2]、悉平二其國一。是以、西洲既謐。百姓無レ事。唯吉備穴濟神、及難波柏濟神、皆有二害心一[3]、以放二毒氣一、令レ苦二路人一。並爲二禍害之藪一。故悉殺二其惡神一、並開二水陸之徑一[4]。天皇、於是、美二日本武之功一而異愛。

卌年夏六月、東夷多叛、邊境騷動。○秋七月癸未朔戊戌、天皇詔二群卿一曰、今東國不レ安、暴神多起。亦蝦夷悉叛、屢略二人民一。遣二誰人一以平二其亂一。群臣皆不レ知二誰遣一也。日本武尊奏言、臣則先勞二西征一。是役必大碓皇子之事矣。時大碓皇子愕然之、逃二隱草中一。則遣二使者一召來。爰天皇責曰、汝不レ欲矣、豈强遣耶[5]。何未レ對レ賊[6]、以豫懼甚焉。因レ此、遂封二美濃一。仍如二封地一。是身毛津君・守君、凡二族之始祖也。於是、日本武尊、雄誥之曰、熊襲既平、未レ經二幾年一、今更東夷叛之。何日逮二于大平一矣。臣雖レ勞之、頓平二其亂一。則天皇持二斧鉞一、以授二日本武尊一→

一七 天皇の皇子、日本武尊の兄。→補注7-二。

一八 封とは、本来、中国で諸侯に領地を与え、行って治めさせること。ここは漢文的な文飾。

一九 如は、往くの意。

二〇 記には、大碓皇子と弟比売(三野国造の祖神大根王の女。→四年二月是月条)との間に生れた押黒弟日子王を牟宜都君らの祖とする。身毛津は身毛・牟義・牟義都・牟宜都・牟下津などとも書き、姓氏録、左京皇別には牟義公とある。美濃国武義郡(今、岐阜県武儀郡・美濃市)の豪族で、上宮記には牟義都国造とあり、天武元年の壬申の乱にあたっては、身毛君広が美濃国の兵を発すべく遣わされた(下三八六頁一行)。大宝二年御野国加毛郡半布里・同本簀郡栗栖太里戸籍にも牟義君族・ム下津等がみえる。

二一 姓氏録、左京皇別・同河内皇別に守公を載せ、大碓命の後とする。

二二 この他、記は大田君・島田君、姓氏録、河内皇別に大田宿禰・阿礼首、同和泉皇別に池田首を大碓命の後とする。

二三 記によると、天皇は兄大碓命に乱暴な振舞におよんだ小碓命(倭建命)の建く荒き情をおそれ、熊曾建の征討に遣わしたが、征服をおえて帰った倭建命に再び東方十二道の平定を命じたので、命はその姨倭比売命に天皇の非情を訴え、患い泣いたとあり、再び勅命を受けて欣然と東方に出発した如く記す書紀と著しく相違する。→三〇四頁注三・補注7-二六。

二四 →一〇四頁注一六。

二五 おのとまさかり。刑罰の具で、中国では天子が征伐の大将に賜わって誅殺を専らにするしるしとした。ここは単に将軍としたことの漢文的修辞。記に「比々羅木之八尋矛(ひひらぎのやひろほこ)」を賜わったとある。ひいらぎは魔除けのもので、記の説話は書紀よりも呪術性がつよい。

一 神武即位前紀には「邑有レ君、村有レ長、各自分レ彊、用相凌躒」の句がある。フレ→一八八頁注二八。
二 →一五一頁注二四。
三 名義抄に野・藪にノラの訓がある。また古今集以後、仮名文にもノラの例がある。ノに同じと見られる。
四 →補注7-一一。以下の蝦夷の習俗・性質に関する記載は、漢籍に夷蛮の習俗として記すものをそのまま採ったもので、実態を示すものとみるのは疑問。→補注7-二五。
五 史記、商君伝に「始秦、戎翟之教、父子無レ別、同レ室而居」とある。ワキダメは、区別・秩序の意。ワキは、分キ。ダは、カラダ(体)・アヒダ(間)のダ。処の意。メは、アヤメ・ケジメのメ。またワイダメとも。
六 礼記、礼運に「昔者先王、未レ有二宮室一。冬則居二営窟一、夏則居二橧巣一。未レ有二火化一。食二草木之実、鳥獣之肉一、飲二其血一、茹二其毛一。未レ有二麻糸一。衣二其羽皮一」とある。
七 礼記、礼運には「茹二其毛一」とある。茹は、食する意だが、文選序の「茹レ毛飲レ血之世」の済注には「蘊二藉毛羽一」とあり、敷くと解する説もあった。本条の「衣レ毛」は、本来羽毛をキル(着る)意だが、それをシクとよむのは、平安朝の加点者が、この文選の訓をふまえて付訓したものであろう。
八 神功摂政元年三月条に髮、崇峻即位前紀に頂髮をタキフサと訓む。タブサ。タキは、髪をたぐり上げる動作。フサは、束ねること。
九 二年三月条には、日本武尊のことを「容貌魁偉、身長一丈」と記す。
一〇 二年三月条にも、日本武尊の形容としてみえる。→二八三頁注二四。
一一 後漢書、岑彭伝に「悉レ軍順レ風並進。所レ向無レ前。蜀兵大乱」、同杜林伝に「赤眉兵衆百万、

曰はく、「朕聞く、其の東の夷は、識性暴び強し。凌犯を宗とす。村[一]に長[二]無く、邑に首勿し。各封堺を貪りて、並に相盗略む。亦山に邪しき神有り。[三]郊に姦しき鬼有り。衢に遮り徑を塞ぐ。多に人を苦びしむ。其の東の夷の中に、[四]蝦夷は是尤だ強し。男女交り居りて、[五]父子別無し。[六]冬は穴に宿、夏は樔に住む。毛を[七]衣き血を飲みて、昆弟相疑ふ。山に登ること飛ぶ禽の如く、草を行ること走ぐる獣の如し。恩を承けては忘る。怨を見ては必ず報ゆ。是を以て、箭を[八]頭髻に藏し、刀を衣の中に佩く。或いは黨類を聚めて、邊堺を犯す。或いは農桑を伺ひて人民を略む。撃てば草に隱る。追へば山に入る。故、往古より以來、未だ王化に染はず。今朕、汝を察るに、爲人、[九]身體長く大にして、容姿端正し。[一〇]力能く鼎を扛ぐ。猛きこと雷電の如し。[一一]向ふ所に前無く、攻むる所必ず勝つ。卽ち知りぬ、形は我が子、[一二]實は神人にますことを。寔に是、天の、朕が不叡くして、且國の不平れたるを愍びたまひて、天業を經綸へしめたまひ、宗廟を絶えずあらしめたまふか。亦是の天下は汝の天下なり。是の位は汝の位なり。願はくは[一三]深く謀り遠く慮りて、姦しきを探り變くを伺ひて、示すに威を以てし、[一四]懷くるに德を以てして、兵甲を煩さずして自づからに臣隷はしめよ。卽ち言を巧みて暴ぶる神を調へ、武を振ひて姦しき鬼を攘へ」とのたまふ。是に、日本武尊、乃ち斧鉞を受りて、再拜みたまひて奏して曰さく、「嘗、西を征ちし年に、皇靈の威に賴りて、[一五]三尺劒を提げて、熊襲國を撃つ。未だ

[一六]泧辰も經ずして、賊首罪に伏ひぬ。今亦 神祇の靈に頼り、天皇の威を借りて、往きて其の境に臨みて、示すに德教を以てせむに、猶服はざること有らば、即ち兵を擧げて撃たむ」とまうす。仍りて重ねて再拜みまつる。天皇、則ち吉備武[一七]彦と大伴武日連[一八]とに命せたまひて、日本武尊に從はしむ。亦七掬脛[一九]を以て膳夫[二〇]とす。

冬十月の壬子の朔癸丑(二日)に、日本武尊、發路したまふ。戊午(七日)に、道[二一]を抂り

曰、朕聞、其東夷也、識性暴强。凌犯爲レ宗。村之無レ長、邑之勿レ首。各貪ニ封堺一、並相盜略。亦山有ニ邪神一。郊有ニ姦鬼一。遮レ衢塞レ徑[1]。多令レ苦レ人。其東夷之中、蝦夷是尤强焉。男女交居、父子無レ別。冬則宿レ穴、夏則住レ樔。衣レ毛飮レ血、昆弟相疑。登レ山如ニ飛禽一、行レ草如ニ走獸一。承レ恩則忘。見レ怨必報。是以、箭藏ニ頭髻[2]一、刀佩ニ衣中一。或聚ニ黨類一、而犯ニ邊堺[3]一。或伺ニ農桑一、以略ニ人民一。撃則隱レ草。追則入レ山。故往古以來、未レ染ニ王化一。今朕察レ汝爲人也、身體長大[4]、容姿端正。力能扛レ鼎。猛如ニ雷電一。所レ向無レ前、所レ攻必勝。即知之、形則我子、實則神人。[5]寔是天愍ニ朕不叡、且國不平一、令下經ニ綸天業一、不上レ絶ニ宗廟一乎。亦是天下則汝天下也。是位則汝位也。願深謀遠慮、探レ姦伺レ變、[6]示之以レ威、懷之以レ德、不レ煩ニ兵甲一、自令ニ臣隷[7]一。即巧レ言而[8]調ニ暴神一、振レ武以攘ニ姦鬼一。於是、日本武尊、乃受ニ斧鉞一、以再拜奏之曰、嘗西征之年、頼ニ皇靈之威一、提ニ三尺劍一、撃ニ熊襲國一。未レ經ニ泧辰一、賊首伏レ罪。今亦頼ニ神祇之靈一、借ニ天皇之威一、往臨ニ其境一、示以ニ德教一、猶有レ不レ服、即擧レ兵撃。仍[9]重再拜之。天皇則命ニ吉備武彦與ニ大伴武日連一、令レ從ニ日本武尊一。亦以ニ七掬脛一爲ニ膳夫一。○冬十月壬子朔[10]癸丑、日本武尊發路之。○戊午、抂レ道→

所レ向無レ前」などとある。「無レ前」とは、前面に立ちふさがって敵対する者のないこと。

一二 ムは身。サネは核・中心となるもの。神人は、人の形をとった神の意か。→七八頁注一。

一三 文選、賈誼、過秦論に「深謀遠慮、行レ軍用レ兵之道」、文選、劉琨、勧進表に「深謀遠慮、出レ自ニ胸懐一」などとある。

一四 漢書、文帝紀に「以レ徳懐レ之、佗遂称レ臣」。

一五 漢書、高帝紀に「吾以ニ布衣一、提ニ三尺一取ニ天下一」とあり、注に「三尺、剣也」とある。

一六 泧は、めぐる。辰は、十二辰。十二支が子から亥まで一周することで、十二日間のこと。「未レ経ニ泧辰一」の句は神功摂政前紀(三三二頁六行)にもみえる。

一七 記には「副ニ吉備臣等之祖、名御鉏友耳建日子(みすきともみみたけひこ)一…」とあり、吉備臣建日子ともある。のち碓日坂から日本武尊と別れて越国に赴き、美濃で再会、尊の死を天皇に奏上する。その女吉備穴戸武媛は尊の妃(→五十一年八月条)。姓氏録では左京皇別の下道朝臣、右京皇別の真髪部・廬原公を吉備武彦命の後とし、命を稚武彦命(→二三〇頁注一〇)の孫(または男)とする。三代実録、元慶三年十月条には、印南野臣・笠朝臣の祖ともある。

一八 →二六八頁注二一。下文に甲斐国酒折宮で尊から靫部を賜わったとある。記には武日従軍のことはみえない。

一九 記には「凡此倭建命平レ国廻行之時、久米直之祖、名七拳脛、恒為ニ膳夫一以従仕奉也」とある。七掬脛は、脛の長いことを示したもの。釈紀十所引越後風土記逸文に八掬脛に関する所伝がみえ、白雉四年五月条(下三一九頁二行)に「高田首根麻呂〈更名八掬脛〉」、姓氏録、左京神別、竹田連の項に「八束脛命」と類似の称がある。

二〇 →補注7-二二。

二一 寄り道をする。

て[一]伊勢神宮を拜む。仍りて[二]倭姫命に辭して曰はく、「今天皇が[三]命を被りて、東に征きて諸の叛く者どもを誅へむとす。故、辭す」とのたまふ。是に、倭姫命、[四]草薙劒を取りて、日本武尊に授けて曰はく、「愼め。な怠りそ」とのたまふ。[五]

是歳、日本武尊、初めて[六]駿河に至る。其の處の賊、陽り從ひて、欺きて曰さく、「是の野に、[七]麋鹿甚だ多し。[八]氣は朝霧の如く、足は茂林の如し。臨して狩りたまへ」とまうす。日本武尊、其の言を信けたまひて、野の中に入りて[九]覓獸したまふ。賊、王を殺さむといふ情有りて[一〇]王とは、日本武尊を謂ふぞ。其の野に放火燒。王、欺かれぬと知しめして、則ち[一一]燧を以て火を出して、[一二]向燒けて免るること得たまふ。一に云はく、王の所佩せる劒、[一三]藂雲、自ら抽けて、王の傍の草を薙ぎ攘ふ。是に因りて免るること得たまふ。故、其の劒を號けて草薙と曰ふといふ。藂雲、此をば茂羅玖毛と云ふ。王の曰はく、「[一四]殆に欺かれぬ」とのたまふ。則ち悉に其の賊衆を焚きて滅しつ。故、其の處を號けて[一五]燒津と曰ふ。亦[一六]相模に進して、[一七]上總に往せむとす。海を望りて[一八]高言して曰はく、「是小き海のみ。[一九]立跳にも渡りつべし」とのたまふ。乃ち海中に至りて、[二〇]暴風忽に起りて、王船漂蕩ひて、え渡らず。時に王に從ひまつる妾有り。[二一]弟橘媛と曰ふ。[二二]穗積氏忍山宿禰の女なり。王に啓して曰さく、「今風起き浪泌くして、王船沒まむとす。是必に海神の心なり。願はくは賤しき妾が身を、王の命に贖へて海に入らむ」とまうす。言訖りて、乃ち[二三]瀾を披けて入りぬ。暴風即ち止みぬ。船、岸に著くこと得たり。故、時人、其

一 →補注6-一〇。**二** 尊の伯母。→二六七頁注二一・垂仁二十五年三月条。倭姫命世記には景行二十年二月、斎宮の地位を五百野皇女(→二九六頁注一九)に譲り、「爰倭姫命、宇治機殿乃磯宮坐給倍利。奉二日神祀一古止無レ倦焉」とある。**三** 記にはこの時の尊の言葉として、「天皇既所三以思二吾死一乎、何撃二遣西方之悪人等一而返参上来之間、未レ経二幾時一、不レ賜二軍衆一、今更平二遣東方十二道之悪人等一。因レ此思惟、猶所レ思二看吾既死一焉。患泣罷時…」とあり、書紀と相違する。記伝は、記の所伝こそ人の真心であって、書紀の所伝は本来のものではなく、撰者のしいて漢めかした文であるとする。→補注7-二六。**四** 三種神宝の一つとしての神剣で、古語拾遺には、崇神天皇の世、天照大神が宮中から倭笠縫邑に遷座したおり、剣も同時に遷ったとする(→崇神六年条)。名称の由来は下文にみえる。本来は、伊勢神宮の祭祀にあたるヤマトヒメからヤマトタケルに剣を賜わったという、三種神器とは無関係の説話であり、のちに三種神器の一つとしての宝剣と結合したのであろう。→一二二頁注一四。**五** 記はこのあとに、尾張国造美夜受比売に関する話を載せる。→三〇八頁注五。**六** 律令時代の行政区画としては東海道の一国。今、静岡県中部。以下は草薙剣の話。記は相武(相模)国でのこととする。**七** 説文に「鹿屬、从レ鹿米声。冬至解レ角」、名義抄にオホジカ。**八** →補注7-二七。**九** 覓は、求の意で、獣類のあとを尋ねさがすこと。**一〇** この分注、集解は私記の攙入とする。以下、尊を王と称する例が、東征記事中にしばしばみえる。**一一** 記には、尊が倭姫命から「若有二急事一、解二茲嚢口一」といわれて賜わった袋を開けてみると、火打があったので、「於レ是、先以二其御刀一苅二撥草一、以二其火打一而打二出火一、著二向火一而焼退還出」とある。**一二** 記伝に「彼方より

の海を號けて、馳水[二四]と曰ふ。

爰に日本武尊、則ち上總より轉りて、陸奥國[二五]に入りたまふ。時に大きなる鏡を王船に懸けて、海路より葦浦[二六]に廻る。横に玉浦[二七]を渡りて、蝦夷[二八]の境に至る。蝦夷の賊首、嶋津神[二九]・國津神等、竹水門[三〇]に屯みて距かむとす。然るに遙に王船を視りて、豫め其の威勢を怖ぢて、心の裏にえ勝ちまつるまじきことを知りて、悉に弓矢を捨

拜㆓伊勢神宮㆒。仍辭㆓于倭姫命㆒曰、今被㆓天皇之命㆒、而東征將㆑誅㆓諸叛者㆒。故辭之。於是、倭姫命取㆓草薙劒㆒、授㆓日本武尊㆒曰、愼之。莫怠也。◎是歲、日本武尊、初至㆓駿河㆒。其處賊陽從之欺曰、是野也、麋鹿甚多。氣如㆓朝霧㆒、足如㆓茂林㆒。臨而應狩。日本武尊信㆓其言㆒、入㆓野中㆒而覓獸。賊有㆓殺㆑王之情㆒（王謂㆓日本武尊㆒也。）放㆓火燒其野㆒。王知㆑被㆑欺、則以㆑燧出㆑火之、向燒而得㆑免。（一云、王所佩劒藂雲自抽之、薙㆓攘王之傍草㆒。因㆑是、[1] [2]得㆑免。故號㆓其劒㆒曰㆓草薙㆒也。藂雲、此云㆓茂羅玖毛㆒。[3]）王曰、殆被㆑欺。則悉焚㆓其賊衆㆒而滅之。故號㆓其處㆒曰㆓燒津㆒。亦進㆓相模㆒、欲㆑往㆓上總㆒。望㆑海高言曰、是小海耳。可㆓立跳渡㆒。乃至㆓于海中㆒、暴風忽起、王船漂蕩、而不㆑可㆑渡。時有㆓從㆑王之妾㆒。曰㆓弟橘媛㆒。穗積氏忍山宿禰之女也。啓㆑王曰、今風起浪泌、王船欲㆑沒。是必海神心也。願[4]賤妾之身[5]、贖㆓王之命㆒而入㆑海。言訖乃披㆑瀾入之。暴風卽止。船得㆑著㆑岸。故時人號㆓其海㆒、曰㆓馳水㆒也。爰日本武尊、則從㆓上總㆒轉、入㆓陸奥國㆒。時大鏡懸㆓於王船㆒、從㆓海路㆒廻㆓於葦浦㆒。橫渡㆓玉浦㆒、至㆓蝦夷境㆒。蝦夷賊首嶋津神・國津神等、屯㆓於竹水門㆒而欲㆑距[6]。然遙視㆓王船㆒、豫怖㆓其威勢㆒、而心裏知㆓之不㆒㆑可㆑勝、悉捨㆓弓矢㆒、↓

焼来る火に向ひて、又此方よりも火を著て焼を云。如此為れば、彼方の火の勢弱りて負くるなり」とある。一三 天叢雲剣。草薙剣の本名とされる。→神代紀第八段本文(一二二頁一四―一六行)。一四 名義抄にホトホドとある。一五 記に焼遺、万葉三四には「焼津辺(やきつべ)に わが行きしかば 駿河なる 阿倍の市道に 逢ひし児らはも」とある。和名抄に駿河国益頭郡益頭郷、延喜神名式に同郡焼津神社がある。和名抄に益頭を末志豆と訓むのはヤキツの転じたものという。今、静岡県焼津市。一六 記には相武・佐賀牟とあり、和名抄は佐加三と訓む。律令時代の行政区画としては東海道の一国。今、神奈川県中・西部。以下走水での弟橘媛の入水の話で記にもみえる。一七 律令時代の行政区画としては東海道の一国。養老二年安房国を分った。千葉県の房総半島の部分。古語拾遺に総国(ふさのくに)の名の由来に関する説がある。一八 コトアゲ→九四頁注一八。ここでは、大言壮語すること。一九 馳けてとびあがること。二〇 →一九四頁注六。二一 記には「其后、名弟橘比売命」、五十一年八月条には妃で稚武彦王の母とある。常陸風土記、行方郡の条に、倭武天皇(日本武尊)の皇后として大橘比売命がみえる。二二 記には媛の母のことはみえない。成務記に成務天皇が穂積臣等の祖建忍山垂根(たけおしやまたりね)の女弟財郎女(おとたからのいらつめ)を娶り、和訶奴気王を生んだとあることと混同があろう。→補注7―一。類似の名として、継体六年四月条に穂積臣押山がある。穂積氏→二三二頁注一五。二三 記には「将レ入レ海時、以二菅畳八重・皮畳八重・絁畳八重一、敷二于波上一而、下二坐其上一」とあり、書紀よりも呪術性がつよい。二四 →補注7―二八。二五 律令時代の行政区画としては東山道の一国。今の東北地方の東半部。「転入」とあるのは、東海道から東山道へ転じたことを意味するか。

てて、望み拜みて曰さく、「仰ぎて君が容を視れば、人倫に秀れたまへり。若し神か。姓名を知らむ」とまうす。王、對へて曰はく、「吾は是、[一]現人神の子なり」とのたまふ。是に、蝦夷等、悉に慄りて、則ち裳を褰げ、浪を披けて、自ら王船を扶けて岸に著く。仍りて[二]面縛ひて服罪ふ。故、其の罪を免したまふ。因りて、其の首帥を[三]俘にして、從身へまつらしむ。蝦夷既に平けて、[四]日高見國より還りて、西南、[五]常陸を歷て、[六]甲斐國に至りて、[七]酒折宮に居します。時に擧燭して進食す。是の夜、歌を以て侍者に問ひて曰はく、

　[八]新治　筑波を過ぎて　幾夜か寝つる

諸の侍者、え答へ言さず。時に[九]秉燭者有り。王の歌の末に續けて、歌して曰さく、

　[一〇]日日並べて　夜には九夜　日には十日を

即ち秉燭人の聰を美めたまひて、[一一]敦く賞す。則ち是の宮に居しまして、[一二]靫部を以て[一三]大伴連の遠祖武日に賜ふ。

是に、日本武尊の曰はく、「蝦夷の凶しき首、咸に其の辜に伏ひぬ。唯[一四]信濃國・[一五]越國のみ、[一六]頗未だ化に從はず」とのたまふ。則ち甲斐より北、[一七]武藏・[一八]上野を轉歷りて、西[一九]碓日坂に逮ります。時に日本武尊、毎に[二〇]弟橘媛を顧びたまふ情有します。故、碓日嶺に登りて、東南を望りて三たび歎きて曰はく、「[二一]吾嬬はや」とのたまふ。嬬、此をば菟摩と云ふ。故因りて[二二]山の東の諸國を號けて、吾嬬國と曰ふ。是に、

尊の蝦夷征伐に関して、記には「自レ其入幸、悉言二向荒夫琉蝦夷等一、亦平二和山河荒神等一」云云という、ごく簡単な記載しかない。二六・二七 →補注7−一九。二八 蝦夷(→補注7−一一)の支配する地域。二九 通釈に「蝦夷賊首とは又別にて、其あたりの島国に住て荒ぶる神等なり」とある。三〇 →補注7−一九。

一 神は人に姿の見えないものという観念があったので、その神が、人の姿をとって現われ出たものは、非常に畏敬すべきものとされた。その人のかたちをとっている神、天皇。
二 面縛は、両手を後にしばり、面を前に向けること。謝罪・降伏の意志を示す。→二六四頁注一五。
三 律令時代、国家の支配下に帰服した蝦夷を夷俘または俘囚という。尊の死にあたりこの蝦夷は伊勢神宮に献じられ(三一〇頁一行)、後さらに播磨等五国の佐伯部とされたと伝えられる。→五十一年八月条・補注7−三八。
四 →補注7−二四。
五 律令時代の行政区画としては東海道の一国。今の茨城県の大部分。常陸風土記に地名の由来に関する説話がみえる。
六 律令時代の行政区画としては東海道の一国。今の山梨県。以下は甲斐の酒折宮での歌のやりとり。記は足柄の坂本(相模国)での白鹿の話(→注二七)や「吾嬬はや」の話(→補注7−三二)の次におく。
七 今、甲府市酒折をその地と伝える。
八 〔歌謡二五〕新治・筑波は、常陸国の地名。新治郡は今、茨城県真壁郡の東部、筑波郡は同筑波郡の大部分。常陸風土記に「倭武天皇、巡二狩東夷之国一、幸二過新治之県一…」とある。
九 記には「御火焼之老人(みひたきのおきな)」とある。
一〇 〔歌謡二六〕→補注7−三〇。

道を分りて、吉備武彦[二三]を越國に遣して、其の地形の嶮易及び人民の順不を監察しむ。則ち日本武尊、信濃に進入しぬ。是の國は、山高く[二四]谷幽し。翠き嶺萬重れり。人杖倚ひて升り難し。巖嶮しく磴紆りて[二五]、長き峯數千、馬頓轡みて[二六]進かず。然るに日本武尊、烟を披け、霧を凌ぎて、遙に大山を俓りたまふ。既に峯に逮りて、飢れたまふ。山の中に食す。山の神、王を苦びしめむとして、白き鹿[二七]と化りて王の前に立つ。

望拜之曰、仰視二君容一、秀二於人倫一。若神之乎。欲レ知二姓名一。王對之曰、吾是現人神之子也。於是、蝦夷等悉慄、則褰レ裳披レ浪、自扶二王船一而著レ岸。仍面縛服罪。故免二其罪一。因以、俘二其首帥一、而令二從身一也。蝦夷既平、自二日高見國一還之、西南歷二常陸一、至二甲斐國一、居二于酒折宮一。時擧燭而進食。是夜、以レ歌之問二侍者一曰、珥比麼利[1]、菟玖波塢須擬氐、異玖用伽禰菟流[2]。諸侍者不レ能二答言一。時有二秉燭者一。續二王[3]歌之末一、而歌曰、伽餓奈倍氐、用珥波虚々能用[4]、比珥波苫塢伽塢。卽美二秉燭人之聰一而敦賞。則居二是宮一、以二靫部一賜二大伴連之遠祖武日一也。於是、日本武尊曰、蝦夷凶首、咸伏二其辜一。唯信濃國・越國、頗未レ從レ化。則自二甲斐一北、轉二歷武藏・上野一、西逮二于碓日坂一。時日本武尊、每有下顧二弟橘媛一之情上。故登二碓日嶺一、而東南望之三歎曰、吾嬬者耶。嬬、此云二菟摩一。故因號二山東諸國一、曰二吾嬬國一也。於是、分レ道、遣二吉備武彥於越國一、令レ監二察其地形嶮易及人民順不一。則日本武尊、進二入信濃一。是國也、山高谷幽、翠嶺萬重。人倚レ杖而難レ升。巖嶮磴紆、長峯數千、馬頓轡[5]而不レ進。然日本武尊、披レ烟凌レ霧[6]、遙俓二大山一[7]。既逮二于峯一、而飢之。食二於山中一。山神令レ苦レ王、以化二白鹿一立二於王前一。↓

一一 記には「即給二東国造一也」とある。
一二 →補注7-三一。
一三 →二六八頁注二一・三〇三頁注一八。
一四 律令時代の行政区画としては東山道の一国。今の長野県。
一五 北陸地方の古称。→八一頁注三五。
一六 すこしの意。甚だの意ではない。
一七 律令時代の行政区画としては東山道の一国。のち宝亀二年東海道に属した。今の埼玉県・東京都、および神奈川県の一部。
一八 上毛野国とも書く。関東の豪族毛野氏の一族、上毛野君(→補注5-五)の支配した地域。律令時代には東山道の一国。今の群馬県。
一九 碓日は上野国碓氷郡。今、群馬県碓氷郡・安中市。碓日坂は上野国から信濃国佐久郡に通じる、いわゆる碓氷峠。古来東山道の要衝で、万葉三四〇七にも見える。記では甲斐から直ちに科野(信濃)国に越えたとあり、碓日坂の地名はみえず、「吾嬬はや」の話も足柄の坂本(相模国)でのこととする。
二〇 →三〇四頁注二一。馳水の海で入水した。
二一 アヅマは、関東地方の総称。アヅマハヤと吾嬬国→補注7-三二。
二二 碓日嶺以東の東山道諸国。→補注7-三二。
二三 →三〇三頁注一七。
二四 以下、信濃国の嶮阻の表現は、虞世南、獅子賦の「巌磴深阻、盤紆絶峻、翠嶺万重、瓊崖千仞、馬頓レ轡而莫レ升、車摧レ輪而不レ進」に類似。
二五 磴は、石の坂道、または石の橋。
二六 頓轡は、馬が歩みを止めること。ナヅムは、物にひっかかって前に進まないこと。轡は音ビ。
二七 記には、足柄の坂本で白鹿を蒜で殺したとする。鹿の角が、枠木(かせ)の形に似ているのでカセキと呼ぶという。

王異びたまひて、[一]一箇蒜を以て白き鹿に弾けつ。則ち眼に中りて殺しつ。爰に王、忽に道を失ひて、出づる所を知らず。時に白き狗、自づからに来て、王を導きまつる状有り。狗に随ひて行でまして、美濃に出づること得つ。吉備武彦、越より出でて遇ひぬ。是より先に、[二]信濃坂を度る者、多に神の氣を得て[三]瘼え臥せり。但白き鹿を殺したまひしより後に、是の山を踰ゆる者は、[四]蒜を嚼みて人及び牛馬に塗る。自づからに神の氣に中らず。

[五]日本武尊、更尾張に還りまして、即ち[六]尾張氏の女宮簀媛を娶りて、淹しく留りて月を踰ぬ。是に、近江の[七]五十葺山に荒ぶる神有ることを聞きたまひて、即ち[八]剣を解きて宮簀媛が家に置きて、徒に行でます。膽吹山に至るに、山の神、[九]大蛇に化りて道に當れり。爰に日本武尊、[一〇]主神の蛇と化れるを知らずして謂はく、「是の大蛇は、必に荒ぶる神の使ならむ。既に主神を殺すこと得てば、其の使者は豈求むるに足らむや」とのたまふ。因りて、蛇を跨えて猶行でます。時に山の神、雲を興して氷を零らしむ。峯霧り谷曀くして、復行くべき路無し。乃ち[一一]捿遑ひて其の跋渉まむ所を知えず。然るに霧を凌ぎて強に行く。方に僅に出づること得つ。猶[一二]失意せること酔へるが如し。因りて山の下の泉の側に居して、乃ち其の水を飲して醒めぬ。故、其の泉を號けて、[一三]居醒泉と曰ふ。日本武尊、是に、始めて[一四]痛身有り。然して稍に起ちて、[一五]尾張に還ります。爰に宮簀媛が家に入らずして、便に伊勢に移りて、[一六]尾津

一 和名抄、菜蔬部に「崔禹錫食経云、独子蒜〈和名比止豆比流。一云、独子葫〉。孟詵食経云、独頭蒜」とある。蒜は、にんにくで、古くから肉類や虫毒の解毒に用いた。独子蒜はその一種で鱗茎の一箇だけのものをいう。

二 信濃国伊那郡の阿知駅と、美濃国恵奈郡の坂本駅との間の御坂峠。斉明六年是歳条には巨坂(おほさか)ともある。和銅年間に吉蘇路(きそ)が開通するまで東山道中の嶮路であった。今、長野県下伊那郡阿智村と西筑摩郡山口村の堺の富士見台。なお記には「自二其国(甲斐国)一越二科野国一、乃言二向科野之坂神一而還二来尾張国一」。

三 和名抄、形体部に「日本紀私記云、瘼臥〈和名乎江不世利〉」とある。瘼は、病むこと。↓一九四頁注一五。

四 ↓補注7-三三。

五 以下は尾張の宮簀媛との結婚、伊吹山での遭難の話。記では尊が東征の途上、「到二尾張国一、入二坐尾張国造之祖、美夜受比売之家一。乃雖レ思レ将レ婚、亦思二還上之時将一レ婚、期定而幸二于東国一」したとあり(↓三〇四頁注五)、帰途約束どおり媛のもとにいたって結婚したとし、尊と媛との間に交わされた歌謡を載せる。

六 尾張氏は尾張連で尾張国造。寛平二年の熱田太神宮縁記には、宮簀媛は火明命十一代の孫、尾張国造乎止与命の子の稲種公の妹とある。尾張連↓一四二頁注九。

七 胆吹山ともある。滋賀・岐阜県境、標高一三七七メートルの伊吹山。延喜神名式、近江国坂田郡に伊夫伎神社、同美濃国不破郡に伊富岐神社がある。この山の気象状態が悪いのを、古代人は荒ぶる神の所為と感じたのであろう。家伝、下にも「入二此山一、疾風雷雨、雲霧晦暝、群蜂飛螫」とある。イは、神聖なものの意。また、息の意。フキは、風を起すこと。伊吹山が、日本海の風をうけて、いつも荒れる所からつけ

に到りたまふ。昔に日本武尊、東に向でましし歳に、尾津濱に停りて進食す。是の時に、一の劒を解きて、松の下に置きたまふ。遂に忘れて去でましき。今此に至るに、是の劒猶存り。故、歌して曰はく、

一七尾張に 直に向へる 一つ松あはれ 一つ松 人にありせば 衣著せましを 太刀佩けましを

王異之、以二一箇蒜一彈二白鹿一。則中レ眼而殺之。爰王忽失レ道、不レ知レ所レ出。時白狗自來、有二導レ王之狀一。隨レ狗而行之、得レ出二美濃一。吉備武彦、自レ越出而遇之。先レ是、[1]度二信濃坂一者、多得二神氣一以瘼臥。但從レ殺二白鹿一之後、踰二是山一者、嚼レ蒜而塗二人及牛馬一。自不レ中二神氣一也。日本武尊、更還二於尾張一、卽娶二尾張氏之女宮簀媛一、而淹留踰レ月。於是、聞三近江五十葺山[2]有二荒神一、卽解レ劒置二於宮簀媛家一、而徒行之。至二[3]膽吹山一、々神化二大蛇一當レ道。爰日本武尊、不レ知二主神化レ蛇之謂一、是大蛇必荒神之使也。既得レ殺二主神一、其使者豈足レ求乎。因跨レ蛇猶行。時山神之興レ雲零レ氷[4]。峯霧谷曀、無三復可[5]レ行之路一。乃捿遑不レ知三其所二跋[6]涉一。然淩レ霧强行。方僅得レ出。猶失意如レ醉。因居二山下之泉側一、乃飮二其水一而醒之。故號二其泉一、曰二居醒泉一也。日本武尊、於是、始有二痛身一。然稍起之、還二於尾張一。爰不レ入二宮簀媛之家一、便移二伊勢一、而到二尾津一。昔日本武尊、向レ東之歲、停二尾津濱一而進食。是時、解[8]二一劒一置二於松下一。遂忘而去。今至二於此一、[7]是劒猶存。故歌曰、烏波利珥、多陀珥霧伽弊流、比苔[9]菟麻菟阿波例、比等菟麻菟、比苔[10]珥阿利勢[11]麽、岐農岐勢摩之塢、多知波開摩之塢。

られた名であろう。

八 記には尊が草薙剣を媛のもとに置き、「茲山神者、徒手直取(むなてにただにとりてむ)」と豪語して伊吹山に向ったとある。尊が剣の霊力を身におびなかったため、山神の毒気にあたり、死にいたったことを説明するもの。

九 記には白猪とある。当道とは、道に横たわって進むのを妨げること。漢書、高帝紀に「化為レ蛇当レ道」とある。

一〇 伊吹山の神の正体。カムは、神。サネは、核。中心となるもの。記には「其神之正身(そのかみのむざね)」とある。ムザネ→三〇二頁注一二。

一一 「乃捿遑不レ知三其所二跋渉一」は神武即位前紀戊午年六月条と同文。

一二 和名抄、形体部には「日本紀私記云、失意(古々路万止比)」とある。底本にはオロゲテ。オロは愚の語根。また粗の語根。心あわてて働かなくなること。

一三 坐っていて気がついた泉の意。記には「到二玉倉部之清泉一以息坐之時、御心稍寤。故号二其清泉一謂二居寤清泉一也」とある。滋賀県坂田郡米原町に醒井の地名がある。玉倉部は天武元年七月条に「玉倉部邑」(下三九八頁一行)がみえ、醒井とも、坂田郡山東町柏原とも、あるいは岐阜県不破郡関原町玉ともいう。

一四 ナヤムは身の萎えるようになる意が原義。

一五 記には当芸野(岐阜県養老郡)・杖衝坂を経て尾津前(をつのさき)に到ったとあり、尾張を経由したとはみえない。

一六 和名抄に伊勢国桑名郡尾津郷、延喜神名式に同郡尾津神社がある。今、三重県桑名郡多度町戸津か。以下は日本武尊の死の話。記にもみえる。

一七 (歌謡二七) →補注7-三四。

[一]能褒野に逮りて、痛甚なり。則ち[二]俘にせる蝦夷等を以て、[三]神宮に獻る。因りて[四]吉備武彦を遣して、天皇に奏して曰したまはく、「臣、命を天朝に受りて、遠く東の夷を征つ。則ち神の恩を被り、皇の威に頼りて、叛く者、罪に伏ひ、荒ぶる神、自づからに調ひぬ。是を以て、甲を卷き戈を戢めて、[五]愷悌けて還れり。冀はくは曷の日曷の時にか天朝に復命さむと。然るに天命忽に至りて、[六]隙駟停り難し。是を以て、獨曠野に臥す。誰にも語ること無し。豈身の亡びむことを惜まむや。唯愁ふらくは、面へまつらずなりぬることのみ」とまうしたまふ。[七]既にして能褒野に崩りましぬ。[八]時に年三十。天皇聞しめして、[九]寢、席安からむや。食、味甘からず。晝夜喉咽びて、泣ち悲びたまひて[一〇]摽擗ちたまふ。因りて、大きに歎きて曰はく、「我が子[一一]小碓王、昔熊襲の叛きし日に、未だ[一二]總角にも及らぬに、久に征伐に煩ひ、既にして恆に左右に在りて、朕が不及を補ふ。然るに東の夷騒き動みて、討たしむる者勿し。愛を忍びて賊の境に入らしむ。一日も顧びずといふこと無し。是を以て、朝夕に進退ひて、還る日を佇ちて待つ。何の禍ぞも、何の罪ぞも、[一三]不意之間、我が子を[一四]倐亡すこと。今より以後、誰人と與にか鴻業を經綸めむ」とのたまふ。卽ち群卿に詔し百寮に命せて、仍りて伊勢國の[一五]能褒野陵に葬りまつる。時に日本武尊、[一六]白鳥と化りたまひて、陵より出で、倭國を指して飛びたまふ。群臣等、因りて、其の[一七]棺櫬を開きて視たてまつれば、[一八]明衣のみ空しく留りて、屍骨は無し。

一 記には尾津から三重村(三重県四日市市)を経て能煩野に到ったとある。三重県鈴鹿市北方から、鈴鹿郡鈴峰村、亀山市東部にかけての野。記は尊がここで歌った思国歌三首を載せるが、書紀は景行天皇が日向で歌った歌とする。→十七年三月条。二 竹水門で降伏した蝦夷の首帥。→三〇六頁注三。三 伊勢神宮。集解に「按授二草薙剣於神宮一、遂有二成功一。故至レ是献レ俘奏レ捷也」とある。記には神宮への夷俘献上のことはみえず、駅使貢上のことはあるが、天皇への奏上の詞はみえない。四 →三〇三頁注一七。

五 記の序文にも「愷悌帰二於華夏一」の句がある。愷悌は、心楽しく安らぐさま。軍事が終って心安らぐ意から、ここは、イクサトケテと訓んである。六 →補注7-三五。七 記には危篤の際の歌「嬢子の　床の辺に　我が置きし　つるぎの大刀　その大刀はや」を載せる。以下日本武尊に関しては、崩・陵など天皇としての称を用いる。八 二十七年十月条に年十六とあるから、四十三年には三十二歳となる。九 悲しみのために何事も手につかない。呉志、薛綜伝に「食不レ甘レ味、寝不レ安レ席」とあるほか、史記・漢書・文選などにも見え、文学を学んだ上代人にはよく知られた語。欽明二年七月条(下七三頁三—四行)にも類似の句がある。

一〇 毛詩、邶風、柏舟に「寤辟有レ摽」とある。摽は、撃。擗は、心(むね)を拊つ。胸をうって悲しむこと。普通擗摽を使う。仁徳即位前紀(三八八頁一行)にもみえる。一一 日本武尊の本名。ここは天皇の言葉であるため尊称を使わない。一二 和名抄、人倫部に「総角〈和名阿介万岐〉、結髪也」とある。髪を中央から左右に振分け、耳の上で丸く巻いて結い上げる形。前から見ると二本の角のように見えるので、角丱・角髪・角子・総角と書く。髪を上げて巻くからアゲマキという。崇峻即位前紀の分注に「古俗、年少児年、十五六間、束髪於額。十七八間、分為㆓角子㆒」(→下一六三頁注三〇)とある。「未㆑及㆓総角㆒」とは、まだ加冠しない、小児の年齢での意。二十七年十月条に、時に年十六とある。→二九八頁注三。一三 ユクリモナクは、思いがけないことをいう古語。万葉等に例がある。一四 アカラメは、傍目の意。転じて、物を見失うこと。愛する者を亡くしたことを、やわらげてアカラメサスという。一五 延喜諸陵式に「能褒野墓〈日本武尊。在㆓伊勢国鈴鹿郡㆒。兆域東西二町。南北二町。守戸三烟〉」。陵墓要覧は所在地を三重県亀山市田村町字女ヶ坂とするが、三重県鈴鹿市石薬師の白鳥塚をこれに比定する説もある。続紀、大宝二年八月条に「震㆓倭建命墓㆒」とあるのはこの能褒野陵か。記には「於㆑是、坐㆑倭后等及御子等、諸下到而作㆓御陵㆒」。一六 記には「八尋白智鳥(やひろのしろちどり)」。日本武尊の死と白鳥をめぐる伝説→補注7―三六。一七 ミキという古訓もある。ミは、神・天皇のものを示す接頭語。キは、城(キ)の意であろう。屍を収める城の意がもとであろう。一八 ふつう神官の着用する斎服をいうが、ここは死者の浴後に着せる衣。一九 今、奈良県御所市富田に白鳥陵がある。允恭四十二年十一月条の琴引坂もこの付近の地か。なお記には白鳥がここにとまったことはみえない。→四四九頁注一六。二〇 和名抄に河内国古市郡古市郷。今、大阪府羽曳野市軽里に白鳥陵がある。なお記には「河内国之志幾」(志紀郡)に留ったとある。二一 史記、封禅書に「黄帝已僊上㆑天。群臣葬㆓其衣冠㆒」とあるのによるか。二二 →補注7―三七。二三 日本武尊の崩御が四十三年であることを示す。尊の東征中の個個の事件を年時に係けるのが困難だったため、東征開始の年時と、崩御の年時とのみを記したのであろう。

是(ここ)に、使者(つかひ)を遣(つかは)して白鳥を追(お)ひ尋(もと)めぬ。則ち倭(やまと)[一九]の琴弾原(ことひきのはら)に停(とどま)れり。仍(よ)りて其(そ)の處(ところ)に陵(みさざき)を造(つく)る。白鳥、更(また)飛びて河内(かふち)に至りて、舊市邑(ふるいちのむら)[二〇]に留(とどま)る。亦(また)其の處に陵を作(つく)る。故(かれ)、時人(ときのひと)、是(こ)の三(みつ)の陵を號(なづ)けて、白鳥陵(しらとりのみさざき)と曰(い)ふ。然(しかう)して遂(つひ)に高(たか)く翔(と)びて天(あめ)に上(のぼ)りぬ。[二一]徒(ただ)に衣冠(みそかがふり)を葬(をさ)めまつる。因(よ)りて功名(みな)を錄(つた)へむとして、即ち武部(たけるべ)[二二]を定(さだ)む。是歳(ことし)[二三]、天皇踐祚(あまつひつぎしろしめしての)四十三年なり。

逮㆓于能褒野㆒、而痛甚之。則以㆓所俘蝦夷等㆒、獻㆓於神宮㆒。因遣㆓吉備武彥㆒、奏㆓之於天皇㆒曰、臣受㆓命天朝㆒、遠征㆓東夷㆒。則被㆓神恩㆒、賴㆓皇威㆒、而叛者伏㆑罪、荒神自調。是以、卷㆑甲戢㆑戈、愷悌還之。冀曷日曷時、復㆓命天朝㆒。然天命忽至、隙駟難㆑停。是以、獨臥㆓曠野㆒。無㆓誰語㆒之。豈惜㆓身亡㆒。唯愁不㆑面。既而崩[1]㆓于能褒野㆒。時年卅。天皇聞之、寢不㆑安㆑席。食不㆑甘㆑味。晝夜喉咽、泣悲摽擗。因以、大歎之曰、我子[2]小碓王、昔熊襲叛之日、未㆑及㆓總角㆒、久煩㆓征伐㆒、既而恆在㆓左右㆒、補㆓朕不及㆒。然東夷騷動、勿㆓使㆑討者㆒。忍㆑愛以入㆓賊境㆒。一日之無㆑不㆑顧。是以、朝夕進退、佇㆓待還日㆒。何禍兮[3]、何罪兮[4]、不意之間、倏㆓亡我子㆒。自㆑今以後、與㆓誰人㆒之、經㆓綸鴻業㆒耶。即詔㆓群卿㆒命㆓百寮㆒、仍葬㆓於伊勢國能褒野陵㆒。時日本武尊化㆓白鳥㆒、從㆑陵出之、指㆓倭國㆒而飛之。群臣等、因以、開㆓其棺櫬㆒而視之、明衣空留而、屍骨無之。於是、遣㆓使者㆒追㆓尋白鳥㆒。則停㆓於倭琴彈原㆒。仍於其處造㆑陵焉。白鳥更飛至㆓河內㆒、留㆓舊市邑㆒。亦其處作㆑陵。故時人號㆓是三陵㆒、曰㆓白鳥陵㆒。然遂高翔上㆑天。徒葬㆓衣冠㆒。因欲㆑錄㆓功名㆒、即定㆓武部㆒也。◎是歲也[5]、天皇踐祚卅三年焉。

五十一年の春正月の壬午の朔戊子(七日)に、群卿を招して[一]宴きこしめすこと、日數ぬ。時に皇子[二]稚足彦尊・[三]武内宿禰、宴の庭に參赴ず。天皇召して其の故を問ひたまふ。因りて、奏して曰さく、「其の宴樂の日には、群卿百寮、必ず情を戲遊に在きて、國家に存かず。若し狂生有りて、墻閤の隙を伺はむか。故、門下に侍ひて非常に備ふ」とまうす。時に天皇謂りて曰はく、「[四]灼然 灼然、此をば以椰知擧と云ふ。なり」とのたまふ。則ち、異に寵みたまふ。

秋八月の己酉の朔壬子(四日)に、[五]稚足彦尊を立てて、皇太子としたまふ。是の日に、武内宿禰に命して[六]棟梁之臣としたまふ。

[七]初め、日本武尊の佩せる[八]草薙横刀は、是今、[九]尾張國の年魚市郡の熱田社に在り。是に、[一〇]神宮に獻れる蝦夷等、晝夜喧り譁きて、出入禮無し。時に[一一]倭姫命の曰はく、「是の蝦夷等は、神宮に近くべからず」とのたまふ。則ち朝庭に進上げたまふ。仍りて[一二]御諸山の傍に安置はしむ。未だ幾時を經ずして、悉に[一三]神山の樹を伐りて、隣里に叫び呼ひて、人民を脅す。天皇聞しめして、群卿に詔して曰はく、「其の、神山の傍に置らしむる蝦夷は、是本より獸しき心有りて、中國に住ましめ難し。故、其の情の願の隨に、[一四]邦畿之外に班らしめよ」とのたまふ。是今、[一五]播磨・讚岐・伊豫・安藝・阿波、凡て五國の佐伯部の祖なり。

[一六]初め、日本武尊、[一七]兩道入姫皇女を娶して[一八]妃として、[一九]稲依別王を生めり。次に[二〇]足仲

一 正月七日は後の白馬節会。類聚国史は、歳時部の七日節会の条の最初にこの記事を掲げる。書紀は、編纂当時の行事に従ってこの宴の記事を正月七日に係けたのであろう。八月の稚足彦尊の立太子、武内宿禰の棟梁之臣任命の伏線として、その由来を説明しようとした記事で、記にはみえない。トヨノアカリ→下補注22-八。
二 後の成務天皇。三 →補注7-三。
四 イヤチコ→一八九頁注三五。五 成務即位前紀には四十六年立太子とあり、ここと相違する。
六 棟木と梁のように重任に堪える臣。大臣のこと。成務三年正月条に武内宿禰を大臣としたとある。→三一六頁注一六。
七 これより先の意。通証は以下の記事を前年の錯簡かとする。草薙剣のことと神宮の蝦夷のこととは直接にはつながらないが、書紀の編者としては、「於是」以下、すなわち神宮から蝦夷を朝庭へ進上したのが五十一年八月であることを示そうとしたのであろう。八 →三〇四頁注四。尊は剣を尾張の宮簀媛の家に置いて伊吹山に赴いた。寛平二年の熱田太神宮縁記には、尊の死後、宮簀媛が衆人とはかって社をたて、神剣を奉遷したとある。九 延喜神名式、尾張国愛智(あいち)郡に熱田神社がある。今、名古屋市熱田区にある熱田神宮。中世以来、この社の奥の回廊内に小規模な二殿が並び立ち、東が草薙劔をまつる土用殿、西が日本武尊など五神をまつる正殿であったが、明治二十六年に古制を改め、伊勢神宮の殿舎の配置と形式にならった。
一〇 伊勢神宮。尊は崩御にあたり、俘の蝦夷を神宮に献じた。→四十年是歳条(三一〇頁一行)。
一一 →二六七頁注二一・四十年十月条。一二 →一三〇頁注四。一三 三諸山(三輪山)の大神神社は大物主神をまつり、山自体が神体とされた。古くから信仰の対象とされた山で、山中・山麓に古墳時代の祭祀遺蹟がある。一四 邦畿は、都

彦天皇。次に布忍入姫命。[二一]次に稚武王。[二二]其の兄稲依別王は、是犬上君・[二三]武部君、[二四]凡て二の族の始祖なり。又、妃吉備武彦[二五]が女吉備穴戸武媛、[二六]武卯王[二七]と十城別王[二八]とを生めり。其の兄武卯王は、是讃岐綾君[二九]の始祖なり。弟十城別王は、是伊豫別君[三〇]の始祖なり。次妃穂積氏忍山宿禰[三一]の女弟橘媛[三二]は、稚武彦王[三三]を生めり。

五十二年の夏五月の甲辰の朔丁未(四日)に、皇后播磨太郎姫[三四]薨りましぬ。

五十一年春正月壬午朔戊子、招二群卿一而宴數レ日矣。時皇子稚足彦尊・武内宿禰、不レ參二赴于宴庭一。天皇召之問二其故一。因以、奏之曰、其宴樂之日、群卿百寮、必情在二戯遊一、不レ存二國家一。若有二狂生一、而伺二[1]墻閤之隙一乎。故侍二門下一備二非常一。時天皇謂之曰、灼然。灼然、此云二[2]以椰知娑一。則異寵焉。○秋八月己酉朔壬子、立二稚足彦尊一、爲二皇太子一。是日、命二武內宿禰一、爲二棟梁之臣一。初日本武尊所佩草薙横刀、是今在二尾張國年魚市郡熱田社一也。於是、所レ獻二[3]神宮一蝦夷等、晝夜喧譁、出入無レ禮。時倭姫命曰、是蝦夷等、不レ可レ近二於神宮一。則進二上於朝庭一。仍令レ安二置御諸山傍一。未レ經二幾時一、悉伐二神山樹一、叫二呼隣里一、而脅二人民一。天皇聞之、詔二群卿一曰、[4]其置二神山傍一之蝦夷、是本有二獣心一、難レ住二中國一。故隨二其情願一、令レ班二邦畿之外一。是今播磨・讚岐・[5]伊豫・安藝・阿波、凡五國佐伯部之祖也。初日本武尊、娶二兩道入姫皇女一爲レ妃、生二稲依別王一。次足仲彦天皇。次布忍入姫命。次稚武王。其兄稲依別王、是犬上君・武部君、凡二族之始祖也。又妃吉備武彦之女吉備穴戸武媛、生二[6]武卯王與二十城別王一。其兄武卯王、是[7]讚岐綾君之始祖也。弟十城別王、是伊豫別君之始祖也。次妃穂積氏忍山宿禰之女弟橘媛、生二稚武彦王一。

五十二年夏五月甲辰朔丁未、皇后播磨太郎姫薨。

に近い土地、畿内。「邦畿之外」とは、従って、畿外のこと。一五 →補注7-三八。一六 以下の尊の妃・子女に関する記載は、便宜上ここに付載したものであろう。記では、日本武尊の崩御や白鳥の話のあとに同種の記載があり、記はそこで終る。一七 記および仲哀即位前紀によると垂仁天皇の皇女。垂仁記には「石衝毗売命(いはつくびめのみこと)、亦名布多遅能伊理毗売命」とあり、母を山代の大国の淵の女、弟苅羽田刀弁(おとかりはたとべ)とする。→垂仁三十四年三月条。一八 仲哀即位前紀には皇后とある。一九—二二 →補注7-三九。二三 天武十三年十一月、朝臣姓を賜わる。姓氏録、左京皇別に犬上朝臣を載せ、日本武尊より出たとする。また孝徳即位前紀には、犬上健部君がみえる。犬上は近江国の地名。今、滋賀県犬上郡。二四 記には建部君。姓氏録、右京皇別に建部公を載せ、犬上朝臣と同祖、日本武尊の後とする。→補注7-三七。二五 →三〇三頁注一七。二六 記には吉備臣建日子の妹、大吉備建比売とある。穴戸は尊の平定した穴国(備後国安那郡)の地名によった名か。ほかに延喜神名式、備中国下道郡に穴門山神社(岡山県吉備郡真備町妹)、和名抄に同郡穴田郷がある。二七・二八 →補注7-三九。二九 天武十三年十一月、綾君に朝臣姓を賜わる。讃岐国阿野郡(今、香川県綾歌郡東部・坂出市)を本拠とする氏族。三〇 延喜民部式・和名抄に伊予国和気郡がある。今、愛媛県温泉郡の一部。姓氏録、右京皇別に別公、同和泉皇別に和気公を載せ、いずれも犬上朝臣と同祖で尊の後とする。記伝は、記に建貝児王(武卯王)の後裔としてあげている伊勢之別を伊予之別君の誤りとし、異種の所伝とする。ワケ→補注7-九。三一 →三〇四頁注二一。三二 →三〇四頁注二一。三三 →補注7-三九。三四 播磨稲日大郎姫。日本武尊の生母。二年三月条に立后とある。→二八二頁注一一。

秋七月の癸卯の朔己酉(七日)に、八坂入媛命[一]を立てて皇后とす。

五十三年の秋八月の丁卯の朔に、天皇、群卿に詔して曰はく、「朕愛みし子を顧ぶこと、何の日にか止まむ。冀はくは、小碓王[二]の平けし國を巡狩む[三]と欲ふ」とのたまふ。

是の月に、乘輿[四]、伊勢に幸して、[五]轉りて東海に入りたまふ。

冬十月に、上總國[六]に至りて、海路より淡水門[七]を渡りたまふ。是の時に、覺賀鳥[八]の聲聞ゆ。其の鳥の形を見さむと欲して、尋ねて海の中に出でます。仍りて白蛤[九]を得たまふ。是に、膳臣[一〇]の遠祖、名は磐鹿六鴈、蒲[一一]を以て手繦にして、白蛤を膾[一二]に爲りて進る。故、六鴈臣の功を美めて、膳大伴部[一三]を賜ふ。

十二月に、東國より還りて、伊勢に居します。是を綺宮[一四]と謂す。

五十四年の秋九月の辛卯の朔己酉(十九日)に、伊勢より倭に還りて纏向宮[一五]に居します。

五十五年の春二月の戊子の朔壬辰(五日)に、彦狹嶋王[一六]を以て、東山道の十五國[一七]の都督に拜けたまふ。是豐城命[一八]の孫なり。然して春日の穴咋邑[一九]に到りて、病に臥して薨りぬ。是の時に、東國の百姓、其の王の至らざることを悲びて、竊に王の尸を盜みて、上野國[二〇]に葬りまつる。

五十六年の秋八月に、御諸別王[二一]に詔して曰はく、「汝が父彦狹嶋王、任さす所に向ること得ずして早く薨りぬ。故、汝專東國を領めよ[二二]」とのたまふ。是を以て、

薨去の記事を載せたのは、皇太子稚足彦尊の生母八坂入媛命を皇后とさせる必要からか。↓五十二年七月条。

一 皇太子稚足彦尊の生母。↓二八四頁注一六。
二 日本武尊。天皇の言葉であるため、尊称を使わない。
三 ↓二九三頁注一八。　四 ↓二八四頁注九。
五 東海は、東海道。伊勢から転じてとあるのは、尾張以東の諸国を広義の東国とみる観念によったものであろう。以下の景行天皇の東国巡幸のこと、記には見えない。常陸風土記、信太郡・同行方郡の条に、天皇行幸のことにかけた地名起源説話があるほか、高橋氏文に関係の所伝がある。
六 ↓三〇四頁注一七。以下の磐鹿六雁に関する説話は、高橋氏文に、より詳細な異伝があり、書紀の記載も膳氏の伝承にもとづくものと思われる。↓補注7-四二。
七 ↓補注7-四〇。　八 ↓補注7-四一。
九 和名抄、鱗介部に「本草云、海蛤、一名魁蛤〈和名宇無木乃加比〉」とある。ハマグリのこと。高橋氏文には、磐鹿六雁が覚賀鳥を追った帰途、渚上に乗り上げた船を掘り出そうとして「八尺白蛤一貝」をえ、堅魚(かつを)とともに大后に献じたとある。　一〇 磐鹿六雁は、磐鹿六獦命・伊波我牟都加利命とも書く。姓氏録、左京皇別、膳大伴部・同右京皇別、若桜部朝臣の項・太子伝玉林抄所引姓氏録に引く高橋朝臣本系などに大彦命の孫とあり、政事要略に引く高橋氏文には七十二年八月薨じたとある。↓補注7-四二。膳臣→二三二頁注四。
一一 和名抄、草木部に「唐韻云、蒲〈和名加末〉。草名。似藺可以為席也」とある。手繦は、料理の際、膳夫が着用するもの。高橋氏文には无邪国造の上祖大多毛比、知知夫国造天上腹・

御諸別王、天皇の命を承りて、且に父の業を成さむとす。則ち行きて治めて、早に善き政を得つ。時に蝦夷[二三]騒き動む。即ち兵を擧げて撃つ。時に蝦夷の首帥[二四]足振邊・大羽振邊・遠津闇男邊等、叩頭みて來り。頓首[二五]みて罪を受ひて、盡に其の地を獻る。因りて、降ふ者を免して、服はざるを誅ふ。是を以て、東、久しく事無し。是に由りて、其の子孫[二六]、今に東國に有り。

○秋七月癸卯朔己酉、立二八[1]坂入媛命一爲二皇后一。
五十三年秋八月丁卯朔、天皇詔二群卿一曰、朕顧二愛子一、何日止乎。冀欲レ巡二狩小碓
王所平之國一。◎是月、乘輿幸二伊勢一、轉入二東海一。○冬十月、至二上總國一、從二海路一
渡二淡[2]水門一。是時、聞二覺賀鳥之聲一。欲レ見二其鳥形一、尋而出二海中一。仍得二白蛤[8]一。於是、
膳臣遠祖名磐鹿六鴈、以レ蒲爲二手繦一、白蛤[4]爲レ膾而進之。故美二六鴈臣之功一、而賜二
膳大伴部一。○十二月、從二東國一還之、居二伊勢一也。是謂二綺宮一。
五十四年秋九月辛卯朔己酉、自二伊勢一還二於倭一居二纒向宮一。
五十五年春二月戊子朔壬辰、以二彥狹嶋王一、拜[5]二東山道十五國都督一。是豐城命之孫也。
然到二春日穴咋邑一、臥レ病而薨之。是時、東國百姓、悲二其王不レ至、竊盜二王尸一、葬二
於上野國一。
五十六年秋八月、詔二御諸別王一曰、汝父彥狹嶋王、不レ得レ向二任所一而早薨。故汝專
領二東國一。是以、御諸別王、承二天皇命一、且欲レ成二父業一。則行治之、早得二善政一。時
蝦夷騷動。卽擧レ兵而擊焉。時蝦夷首帥足振邊・大羽振邊・遠津闇男邊等、叩頭而
來之。頓首受レ罪、盡獻二其地一。因以、免二降者一、而誅レ不レ服。是以東久之無レ事焉。
由レ是、其子孫、於今有二東國一。

天下腹の人等を遣わし、六雁が日影を取って縵とし、蒲葉を以て美頭良(みづら)を巻き、麻佐気葛(まさきのかづら)を採って手繦にかけ、堅魚と白蛤とを料理して天皇の食膳に供したとある。

一二 和名抄、飲食部に「唐韻云、鱠〈和名奈万須〉。細切肉也」とある。

一三 →補注7-四三。タマフとは、その管掌者とすること。高橋氏文や高橋朝臣本系(→注一〇)には、六雁に姓膳臣を賜わったとある。

一四 所在未詳。能褒野に近い三重県鈴鹿市高宮に伝承地がある。 一五 →二八六頁注二六。

一六 →補注7-四四。以下五十六年条までは、上毛野氏の祖、彦狭島王・御諸別王らの東国経営の話で、崇神四十八年条に続くもの。

一七 →補注7-四五。

一八 豊城入彦命。崇神天皇から東国統治を命じられたという。→二三七頁注二五・崇神四十八年条。 一九 所在未詳。通証は延喜神名式、大和国添上郡穴次神社(奈良市古市)の地をこれに比定する。 二〇 →三〇六頁注一八。

二一 姓氏録、和泉皇別、珍県主の項に御諸別命、同葛原部の項に大御諸別命、同摂津皇別、韓矢田部造の項に弥母里別命のそれぞれ後とあり、いずれも命を豊城入彦命三世の孫とする。

二二 和名抄、人倫部に「日本紀云、専領二字読〈太宇女乎佐女〉。今按、専訓〈毛波良〉、専一之義也。太宇女者毛波良之古語也。今呼二老女一為二太宇女一、故次二於負一耳」とする。タクメの音便タウメ。専領は、自分一人で領有する意から専らの意に用いる。書紀の傍訓としてしきりに使われる特殊な語。 二三 →補注7-一一。

二四 ヒトゴノカミ→一五一頁注二四。

二五 史記、周本紀に「西周君犇レ秦。頓首受レ罪、尽献二其邑…一」とある。

二六 豊城入彦命の後裔、上毛野君・下毛野君の一族。→崇神四十八年条。

五十七年の秋九月に、[一]坂手池を造る。即ち竹を其の堤の上に蒔ゑたり。

冬十月に、諸國に令して、[二]田部屯倉を興つ。

五十八年の春二月の辛丑の朔辛亥（十一日）に、近江國に幸して、[三]志賀に居しますこと三歳。是を[四]高穴穂宮と謂す。

六十年の冬十一月の乙酉の朔辛卯（七日）に、天皇、高穴穂宮に崩りましぬ。時に[五]年一百六歳。

稚足彦天皇[六]　成務天皇

稚足彦天皇は、[七]大足彦忍代別天皇の第四子なり。母の皇后をば[八]八坂入姫命と曰す。[九]八坂入彦皇子の女なり。[一〇]大足彦天皇の四十六年に、立ちて太子と爲りたまふ。[一一]年二十四。

六十年の冬十一月に、大足彦天皇崩りましぬ。

元年の春正月の甲申の朔戊子（五日）に、皇太子、即位す。是年、[一二]太歳辛未。

二年の冬十一月の癸酉の朔壬午（十日）に、大足彦天皇を倭國の[一三]山邊道上陵に葬りまつる。[一四]皇后を尊びて皇太后と曰す。

三年の春正月の癸酉の朔己卯（七日）に、[一五]武内宿禰を以て、[一六]大臣としたまふ。初め、

一 記にも「此之御世、…又作坂手池。即竹植其堤也」とある。坂手は大和国の地名。万葉三三〇に「幣帛を　奈良より出でて　水蓼　穂積に至り　鳥網張る　坂手を過ぎ　石走る　神名火山に」云云とある。今、奈良県磯城郡田原本町阪手。二 記には「此之御世、定田部、…又定倭屯家」とある。記伝は、書紀の場合も田部と屯倉とであって、タベノミヤケと訓むべきではないとする。「令諸国」とあることからすると、或いは記伝の解釈が妥当か。屯倉は、大化前代の朝廷直轄領。田部は、屯倉耕作のため、地方豪族支配下の農民をさいて設定した部民。→下補注18―一三。三 近江国滋賀郡。今、滋賀県滋賀郡・大津市。四 延喜兵部式に穴多駅がみえる。今、大津市穴太。なお記には景行天皇の近江遷幸のことは見えず、次の成務天皇について「坐近淡海之志賀高穴穂宮、治天下也」とある。五 崩御の年百六歳とすると、即位時四十七歳となり、立太子した垂仁三十七年にはまだ生れていないことになる。一方、即位前紀によって立太子の時二十一歳とすると即位時八十四歳、崩御の年百四十三歳となる。記に「御年壱佰参拾漆歳」とあり、後代の年代記類にも諸説あり一定しない。六 →補注7―一。七 景行天皇。八 →二八四頁注一六。九 崇神天皇の皇子。→崇神元年二月条。一〇 景行紀には、皇子の立太子を五十一年八月とする。一一 六十年六月条に、崩御の時百七歳とあることから逆算すると、三十三歳となる。一二 →補注3―六。一三 景行記に「御陵在山辺之道上也」とあり、延喜諸陵式には「山辺道上陵〈纒向日代宮御宇景行天皇。在大和国城上郡。兆域東西二町。南北二町。守戸一烟〉」。陵墓要覧による所在地は、奈良県天理市大字渋谷字向山。一四 成務天皇の母、景行天皇の皇后八坂入姫命をさす。一五 成務天皇の皇后・皇子について、書紀には記載は

天皇と武内宿禰と、同じ日[一七]に生れませり。故、異に寵みたまふこと有り。
四年の春二月の丙寅の朔に、詔して曰はく、「我が先皇大足彦天皇、聡明く[一八]
神武くして、籙[一九]に膺り圖を受けたまへり。天[二〇]に洽ひ人に順ひて、賊[二一]を撥ひ正に反り
たまふ。德[二二]、覆燾に侔し。道、造化に協ふ。是を以て、普天率土[二三]、王臣はずといふ
こと莫し。稟氣懷靈[二四]、何か得處ざらむ。今朕嗣ぎて寶祚を踐れり。夙に夜に兢き惕

五十七年秋九月、造二坂手池一。即竹蒔二其堤上一。○冬十月、令二諸國一興二田部屯倉一。

五十八年春二月辛丑朔辛亥、幸二近江國一、居二志賀一三歲。是謂二高穴穗宮一。

六十年冬十一月乙酉朔辛卯、天皇崩二於高穴穗宮一。時年一百六歲。

稚足彦天皇　成務天皇

稚足彦天皇、大足彦忍代別天皇第四子也。母皇后曰二八坂入姬命一。八坂入彥皇子之女也。大足彥天皇卌六年、立爲二太子一。年廿四。○六十年冬十一月、大足彥天皇崩。

元年春正月甲申朔戊子、皇太子卽位。◎是年也、太歲辛未。

二年冬十一月癸酉朔壬午、葬二大足彥天皇於倭國之山邊道上陵一。尊二皇后一曰二皇太后一。

三年春正月癸酉朔己卯、以二武內宿禰一、爲二大臣一也。初天皇與二武內宿禰一同日生之。故有二異寵一焉。

四年春二月丙寅朔、詔之曰、我先皇大足彥天皇、聰明神武、膺レ籙受レ圖。洽レ天順レ人、撥レ賊反レ正。德侔二覆燾一。道協二造化一。是以、普天率土、莫レ不二王臣一。稟氣懷靈、何非二得處一。今朕嗣二踐寶祚一。夙夜兢惕。↓

ない。→補注7-一。一五 →補注7-三。一六 記にもみえる。景行五十一年八月条に武内宿禰を「棟梁之臣」としたとあるのと同様、宮廷に近侍・奉仕する廷臣の意で、固定した職名としての、いわゆる大臣(おほおみ)の意ではない。→補注14-四。一七 このこと、記には見えない。書紀によると宿禰は天皇より年長となるので(→景行三年二月条・成務即位前紀)、通証は「同日者謂二支干適同一也」とし、集解・標註は、同年ではなく、単に生日が同じ意だとする。しかし本来の趣旨は同年・同日の意であろう。仁徳元年正月条に、応神天皇の皇子大鷦鷯(仁徳天皇)と、武内宿禰の子木菟宿禰とが「同日共産」したとある伝承と、関連があると思われる。

一八 以下の文章は、文選などの中国古典に頻出する語句を綴り合わせたもの。「聡明神武」の句は、文選、班孟堅、漢書述高祖紀賛・梁書、張纉伝にみえる句。一九 文選、張衡、東京賦・梁書、張纉伝にみえる句。天の命を受けて、皇位につくこと。二〇 文選、漢書述高祖紀賛・同鐘士季、檄蜀文・魏志、鍾会伝に「応レ天順レ民」、文選、東京賦に「順レ天行レ誅」とある。

二一 漢書、礼楽志に「漢興撥レ乱反レ正」とあり、注に「撥二去乱俗一而還二之於正道一也」とある。文選、檄蜀文・魏志、鍾会伝にも「撥レ乱反レ正」とある。二二 覆燾は蜀志、劉備伝に「徳覆二燾無疆一」、呉志、孫晧伝の裴松之の注に「覆二燾万物一」とある。旧訓は燾をノスルとよむが、通証は小爾雅を引いてそれを非とし、覆燾でオホフとよむべしとする。しかし方言・広雅などの訓詁によると、燾をノスルとよむことは誤りではない。おそらく類似の語句である「覆載」の訓によったものであろう。

二三 毛詩、小雅、北山の「溥天之下、莫レ非二王土一。率土之浜、莫レ非二王臣一」による。二四 稟気懐霊は、文選、沈休文、宋書謝霊運伝論にみえる句。

る。然るに黎元、[一]蠢爾にして、野き心を悛めず。是國郡に[二]君長無く、縣邑に首渠無ければなり。今より以後、[三]國郡に長を立て、縣邑に首を置てむ。即ち當國の[四]幹了しき者を取りて、其の國郡の首長に任けよ。是、[五]中區の蕃屏と爲らむ」とのたまふ。

五年の秋九月に、諸國に令して、[六]國郡に造長を立て、縣邑に稲置を置つ。並に[七]盾矛を賜ひて表とす。則ち[八]山河を隔ひて國縣を分ち、[九]阡陌に隨ひて、邑里を定む。因りて[一〇]東西を日縱とし、南北を日横とす。[一一]山の陽を影面と曰ふ。山の陰を背面と曰ふ。是を以て、百姓安く居みき。天下事無し。

四十八年の春三月の庚辰の朔(十一日)に、[一二]甥足仲彦尊を立てて、皇太子としたまふ。

六十年の夏六月の己巳の朔己卯に、天皇崩りましぬ。時に[一三]年一百七歳。

日本書紀巻第七

一 毛詩、小雅、釆芑に「蠢爾蛮荊」とある。蠢は、虫のうごくさま。和名抄、虫豸部に「無久女久」と訓み、「虫動揺貌也」とする。

二 ヒトゴノカミ→一五一頁注二四。

三 五年九月条に、国郡に造長を立て、県邑に稲置を置くとある。

四 考課令分番条義解に「幹了者、幹強也。了慧也。言強幹慧了、自能堪レ事也」とある。ヲサとして事にあたるにふさわしい者の意。

五 王城の地を桓根となって護るもの。左伝、僖公二十四年に「封二建親戚一、以蕃二屏周一」とあり、疏に「蕃屏者、分レ地以建二諸侯一、使下与二京師一作中蕃籬屏扞上也」とある。

六 記には「定二賜大国小国之国造一、亦定二賜国国之堺、及大県小県之県主一也」とあり、稲置のことはみえず、県主の設置としている。国郡・県邑とあるのは中国風の潤飾。国造・県主(稲置)の設置を成務朝にかけたのは、景行朝における蕃夷平定のあとをうけて、地方行政機構が整備したことを示そうとしたのであろう。→補注7-四六。

七 身分の表徴として武器を賜わった例としては、天智三年二月条に、大氏の氏上に大刀、小氏の氏上に小刀、伴造らの氏上に干楯・弓矢を賜わったことがみえる。

八 以下は行政区画を定めたことの漢文的表現。記には「亦定二賜国国之堺一」とある。また記の序に「定レ境開レ邦、制二于近淡海一」とあるのも、成務天皇のこの事業をさすが、この時期に現実にかかる行政区画の設定があったとは考えられない。

九 阡は南北、陌は東西の道。万葉四三に「多々佐(縦様)」「与己佐(横様)」の語があり、大化二年三月条に「方九尋」をタタサヨコサココノヒロと訓む。タタは、「立つ」と同根。ヨコサのサは、サマ(方)のサと同根であろう。

然黎元蠢爾、不レ悛二野心一。是國郡無二君長一、縣邑無二首渠一者焉。自レ今以後、國郡立レ長、縣邑置レ首。卽取二當國之幹了者一、任二其國郡之首長一。是爲二中區之蕃屛一也。

五年秋九月、令二諸國一、以國郡立二造長一、縣邑置二稻置一。並賜二盾[1]矛一以爲レ表。則隔二山河一而分二國縣一、隨二阡陌一以定二邑里一。因以東西爲二日縱一、南北爲二日橫一。山陽曰二影面一。山陰曰二背面一。是以、百姓安レ居。天下無レ事焉。

[2]卌八年春三月庚辰朔、立二甥[3]足仲[4]彥尊[5]一、爲二皇太子一。

六十年夏六月己巳朔己卯、天皇崩。時年一百七歲。

日本書紀卷第七

10 本朝月令に引く高橋氏文に「日竪日横陰面背面乃諸国人」の表現があり、ここでは日竪(東)・日横(西)・陰面(南)・背面(北)となっている。万葉五二、藤原宮の御井の歌にも、日の経(東)・日の緯(西)・背面(北)・影面(南)の大御門とあり、高橋氏文と同じである。書紀のここは、後の七道を念頭におき、東海・東山・西海道を日縦、北陸・南海道を日横、山陽道を影面、山陰道を背面とわけようとしたものか。なお底本の本文の左側に、「日縦」に「比乃多都志養老」、「日横」に「比乃与己之」とある。養老は養老私記の略であろうか。→解説。

11 山の斜面で陽の当るのは南側、日かげになるのは北側なので、南を山陽、北を山陰という。カゲトモは、「カゲ(光)ツ(の)オモ(面)」の約で、日の光の当る方、つまり南方。ソトモは、「ソ(背)ツ(の)オモ(面)」の約でその反対、北方をさす。

12 日本武尊(天皇の異母兄)の子。仲哀天皇。→補注7-三九。書紀の伝えでは、成務天皇に皇子はない。→補注7-一。

13 記には「天皇御年、玖拾伍歳〈乙卯年三月十五日崩也〉。御陵在二沙紀之多他那美一也」とある。即位前紀に、景行四十六年立太子の時二十四歳とあることから計算すると、崩御の時は九十八歳となる。山陵のことは、仲哀即位前紀にみえる。

日本書紀 巻第八

[一]足仲彦天皇　仲哀天皇

足仲彦天皇は、[二]日本武尊の[三]第二子なり。母の皇后をば[四]兩道入姫命と曰す。[五]活目入彦五十狭茅天皇の[六]女なり。天皇、[七]容姿端正し。[八]身長十尺。[九]稚足彦天皇の[一〇]四十八年に、立ちて太子と爲りたまふ。時に[一一]年三十一。稚足彦天皇、[一二]男無。故、立てて嗣としたまふ。

六十年に、天皇崩りましぬ。[一三]明年の秋九月の壬辰の朔丁酉(六日)に、倭國の[一四]狭城盾列陵に葬りまつる。盾列、此をば多多那美と云ふ。

元年の春正月の庚寅の朔庚子(十一日)に、太子、即天皇位す。

秋九月の丙戌の朔に、母の皇后を尊びて[一五]皇太后と曰す。

[一六]冬十一月の乙酉の朔に、群臣に詔して曰はく、「朕、未だ[一七]弱冠に逮ばずして、[一八]父の王、既に崩りましぬ。乃ち[一九]神靈、白鳥と化りて天に上ります。仰望びたてまつる情、一日も息むこと勿し。是を以て、冀はくは白鳥を獲て、[二〇]陵域の池に養

一 記に帯中津日子命(天皇)。釈紀十四所引伊予風土記逸文に帯中日子天皇。タラシ→補注4-一。ヒコは、男子の尊称。ナカツは、中の意。タラシナカツヒコの名は、景行(オホタラシヒコ)、成務(ワカタラシヒコ)、および神功皇后(オキナガタラシヒメ)と同じ形で一つのグループを形成している。→補注8-一。 二 →補注7-二・7-二六。 三 景行五十一年八月条にも、日本武尊が両道入姫皇女を妃として、稲依別王、次に仲哀天皇をうむという。景行記は布多遅伊理毗売命の子は仲哀一人とし、稲依別王は布多遅比売の子という。→補注7-三九。 四 →三一二頁注一七。皇后とあるが、夫の日本武尊は即位していない。 五 垂仁天皇。 六 →注四。 七 キラギラシ→一八〇頁注八・下一八頁注九。 八 景行二年三月条に一丈(ひとつゑ)とある。 九 成務天皇。 一〇 成務四十八年三月条に「立甥足仲彦尊、為皇太子」。 一一 成務四十八年に三十一歳なら、仲哀崩御の年即ち同九年に五十三歳のはずである。しかし九年二月条には「時年五十二」とあり、記も同じ。この一年の矛盾は、成務崩御後の空位一年をさしひけば解消する。→注一三。 一二 成務記には「此天皇、娶穂積臣等之祖、建忍山垂根之女、名弟財郎女、生御子、和訶奴気王(一柱)」とあって異なる。→補注7-一。 一三 明年は成務六十年の翌辛未年をさす。ところが仲哀即位はさらに翌年の壬申年。従って辛未年は空位になっている。→注一一。クルツトシ→二二六頁注五。 一四 分注に「盾列、此云多々那美」。タタは楯の古形。立てるものの意。成務記に「御陵在沙紀之多他那美」。延喜諸陵式に「狭城盾列池後陵(志賀高穴穂宮御宇成務天皇。在大和国添下郡。兆域東西一町。南北三町。守戸五烟)」。一時北の神功皇后陵を成務陵としたことがあったが、承和十年に図録を捜検してもとどおりにした。→

はむ。因りて、其の鳥を覩つつ、顧情を慰めむと欲ふ」とのたまふ。則ち諸國に令して、白鳥を貢らしむ。

[二一]閏十一月の乙卯の朔戊午(四日)に、[二二]越國、白鳥四隻を貢る。是に、鳥を送る使人、[二三]菟道河の邊に宿る。時に、[二四]蘆髮蒲見別王、其の白鳥を視て、問ひて曰はく、「[二五]何處将て去く白鳥ぞ」とのたまふ。越人答へて曰さく、「[二六]天皇、父の王を戀ひたまはして、

日本書紀 巻第八

足仲彦天皇　仲哀天皇

足仲彦天皇、日本武尊第二子也。母皇后曰二兩道入姫命一。活目入彦五十狹茅天皇之女也。天皇容姿端正。身長十尺。稚足彦天皇卌八年、立爲二太子一。時年卌一。稚足彦天皇無レ男。故立爲レ嗣。○六十年、天皇崩。明年秋九月壬辰朔丁酉、葬二于倭國狹城盾列陵一。盾列、此云二多々那美一。

元年春正月庚寅朔庚子、[1]太子卽天皇位。○秋九月丙戌朔、尊二母皇后一曰二皇太后一。○冬十一月乙酉朔、詔二群臣一曰、朕未レ逮二于弱冠一、而父王既崩之。乃神靈化二白鳥一[2]而上レ天。仰望之情、一日勿レ息。是以、冀獲二白鳥一、養二之於陵域[3]之池[4]一。因以、覩二其鳥一、欲レ慰二顧情一。則令二諸國一、俾レ貢二白鳥一。○閏十一月乙卯朔戊午、越國貢二白鳥四隻一。於是、送レ鳥使人、宿二菟道河邊一。時蘆髮蒲見別王、視二其白鳥一、而問之曰、何處將去白鳥也。越人答曰、天皇戀二父王一、↓

補注9-四六。平安末に盗掘が行われたことが、扶桑略記に見える。すなわち康平六年五月十三日条に「発二遣山陵使一。是依下去三月盗人掘二池後山陵一、掠中奪宝物上也」、同九月二十六日条に「被レ定下山陵宝物等如レ旧可二返納一之状上」云云、同十月十七日条に「興福寺僧静範坐二山陵事一。配二流伊豆国一。縁坐者十六人、僧俗共配二流安房…等国一」。陵墓要覧に奈良市山陵町字御陵前にあるという。 一五 日本武尊の妃両道入姫命。 一六 以下、閏十一月条の終りまで、父日本武尊の御陵の白鳥の話。日本武尊の御陵の白鳥のことは景行四十年是歳条及びそれに対応する景行記にも見えていてその後日譚になるが、この話は記には見えない。→補注7-三六。 一七 礼記、曲礼上に「二十曰レ弱、冠」。 一八 日本武尊。景行四十年是歳条に、同四十三年三十歳で死すという(三一〇頁八行)。仲哀天皇は成務四十八年に三十一歳であったというから(→注一一)、父の死後三十六年目に生れたことになって矛盾する。 一九 タマは遊離して飛翔することがあると信じられていた。それで白鳥となって天に上るのである。 二〇 古墳の周囲をとりまき、水をたたえたところ、いわゆる周湟。 二一 閏年の初出。 二二 延喜神名式に越中国婦負郡白鳥神社(富山県婦負郡八尾町三田)がある。越→八一頁注三五。 二三 宇治川。 二四 後文(三二二頁四行)に仲哀の異母弟とある。景行記に「(倭建命)又娶二山代之玖玖麻毛理比売一、生御子、足鏡別王〈一柱〉…足鏡別王者〈鎌倉之別、小津、石代之別、漁田之別祖也〉」。旧事紀、天皇本紀に「(日本武尊)妃穂積氏祖忍山宿禰女弟橘媛生二一男一、…次葦敢竈見別命〈竈口君等祖〉」。住吉神代記は仲哀の異母弟として蘆髮蒲見王をあげる。 二五 イヅチは、どっち。方向を示す。 二六 仲哀天皇。

養ひ狎けむとしたまふ。故、貢る」とまうす。則ち蒲見別王、越人に謂りて曰はく、「白鳥なりと雖も、燒かば黑鳥に爲るべし」とのたまふ。仍りて强に白鳥を奪ひて、將て去ぬ。爰に越人、參赴て請す。天皇、是に、蒲見別王の、先王に禮无きことを惡みたまひて、乃ち兵卒を遣して誅す。蒲見別王は、天皇の異母弟なり。時人の曰はく、「父は是天なり。兄亦君なり。其れ天を慢り君に違ひなば、何ぞ誅を免るること得む」といふ。是年、太歲壬申。

二年の春正月の甲寅の朔甲子（十一日）に、氣長足姫尊を立てて皇后とす。是より先に、叔父彥人大兄が女大中姫を娶りて妃としたまふ。麛坂皇子・忍熊皇子を生む。次に來熊田造が祖大酒主が女弟媛を娶りて、譽屋別皇子を生む。

二月の癸未の朔戊子（六日）に、角鹿に幸す。即ち行宮を興てて居します。是を笥飯宮と謂す。即月に、淡路屯倉を定む。

三月の癸丑の朔丁卯（十五日）に、天皇、南國を巡狩す。是に、皇后及び百寮を留めたまひて、駕に從へる二三の卿大夫及び官人數百して、輕く行す。紀伊國に至りまして、德勒津宮に居します。是の時に當りて、熊襲、叛きて朝貢らず。天皇、是に、熊襲國を討たむとす。則ち德勒津より發ちて、浮海よりして穴門に幸す。即日に、使を角鹿に遣したまひて、皇后に勅して曰はく、「便ち其の津より發ちたまひて、穴門に逢ひたまへ」とのたまふ。

一 儀礼、喪服伝に「父者子之天也、夫者妻之天也」。また「兄亦君なり」は、兄即ち仲哀天皇が、あとつぎとして帝位にあるのをいう。二 →補注3-六。三 →補注8-二。四 神功摂政前紀に「足仲彦天皇二年、立為二皇后一」。五・六 彦人大兄は仲哀記には大江王(A)と書き、「娶二大江王之女、大中津比売命一、生御子、香坂王・忍熊王」とある。景行記にも大枝王(B)があり、景行と倭建命の曾孫、須売伊呂大中日子王之女、訶具漏比売との子とし、また倭建命が庶妹の銀王をめとり大中比売命を生むとある。この(B)大枝王は本文の彦人大兄、仲哀記の(A)大江王にあたり、大中比売命は本文の大中姫、仲哀記の大中津比売にあたろう。景行記にはこれとは別に、景行と伊那毗能若郎女との子として、(C)日子人之大兄王をかかげる。この名は本文の彦人大兄に最も近いが、系譜上、上記の(A)・(B)との関係は未詳。記伝はみな同一人とみる。姓氏録、山城皇別、茨田勝条に「景行天皇皇子息長彦人大兄瑞城命之後也」とある。七・八 記には香坂王・忍熊王。忍熊皇子は、後紀、和気清麻呂薨伝(延暦十八年二月条)・姓氏録、右京皇別、和気朝臣条に見え、忍熊別皇子とある。神功摂政前紀及び同元年条に二王の乱と滅亡の物語がある。九 旧事紀、天皇本紀に「来」を「天」に作る。いずれにせよ不詳。弟媛も不明。一〇 記に品夜和気命。ただしこことはちがい、気長足姫の子とする。従って誉田別皇子(後の応神天皇)と同腹の兄弟。一一 福井県敦賀。古代大陸交渉の要地の一つ。→垂仁二年是歳条分注。以下、八年正月条まで、天皇・皇后の筑紫にくだるまでの話。記にはない。一二 笥飯の浦→二五八頁注六。笥飯大神→補注9-三一。一三 記にも「此之御世、定二淡道之屯家一也」とある。屯倉→下補注18-一三。一四 南海道をさす。一五 紀伊続風土記、名草郡新在家村(今、和歌山市新在夏六月の辛巳の朔庚寅(十日)に、天皇、豐浦津[一八]に泊ります。且、皇后、角鹿より發ちて行して、渟田門[一九]に到りて、船上に食す。時に、海鯽魚[二〇]、多に船の傍に聚れり。皇后、酒を以て鯽魚に灑きたまふ。鯽魚、卽ち醉ひて浮びぬ。時に、海人、多に其の魚を獲て歡びて曰はく、「聖王[二一]の所賞ふ魚なり」といふ。故、其の處の魚、六月に至りて、常に傾浮[二二]ふこと醉へるが如し。其れ是の縁なり。

而將㆓養狎㆒。故貢之。則蒲見別王、謂㆓越人㆒曰、雖㆓白鳥㆒而燒之則爲㆓黑鳥㆒。仍强之奪㆓白鳥㆒而將去。爰越人參赴之請焉。天皇、於是、惡㆘蒲見別王无㆑禮㆓於先王㆒㆖、乃遣㆓兵卒㆒而誅矣。蒲見別王、則天皇之異母弟也。時人曰、父是天也。兄亦君也。其慢㆑天違㆑君、何得㆑免㆑誅耶。◎是年也、[1]太歲壬申。

二年春正月甲寅朔甲子、立㆓氣長足姬尊㆒爲㆓皇后㆒。[2]先㆑是、娶㆓叔父彥人大兄之女[3]大中姬㆒爲㆑妃。生㆓麛坂皇子・忍熊皇子㆒。次娶㆓來熊田造祖大酒主之女弟媛㆒、生㆓譽屋別皇子㆒。〇二月癸未朔戊子、幸㆓角鹿㆒。卽興㆓行宮㆒而居之。是謂㆓笥飯宮㆒。◎卽月、定㆓淡路屯倉㆒。〇三月癸丑朔丁卯、天皇巡㆓狩南國㆒。於是、留㆓皇后及百寮㆒、而從㆑駕二三卿大夫及官人數百、而輕行之。至㆓紀伊國㆒、而居㆓于德勒津宮㆒。[4]當㆓是時㆒、熊襲叛之不㆓朝貢㆒。天皇、於是、將㆑討㆓熊襲國㆒。則自㆓德勒津㆒發之、浮海而幸㆓穴門㆒。卽日、[5]遣㆓使角鹿㆒、勅㆓皇后㆒曰、便從㆓其津㆒發之、逢㆓於穴門㆒。〇夏六月辛巳朔庚寅、天皇泊㆓于豐浦津㆒。且皇后從㆓角鹿㆒發而行之、[6]到㆓渟田門㆒、食㆓於船上㆒。時海鯽魚、多聚㆓船傍㆒。皇后以㆑酒灑㆓鯽魚㆒。々々卽醉而浮之。時海人多獲㆓其魚㆒而歡曰、聖王所賞之魚焉。故其處之魚、至㆓于六月㆒、常傾浮如㆑醉。其是之緣也。

家)条に「田地の字に得津といへる地、宮より東四町許にあり」、「国造家建徳二年旧記薢津郷と書す」とある。古くからこの地を徳勒津宮に擬する説があり、同書に、この地には仁井田好古の徳勒津宮遺跡碑があるという。徳はtək、勒はlək の音。日本語の tököröの音にあてるに使われる。薢もトコロ(tökörö)と訓むから、薢津が徳勒津にあたるという説は、音韻の上からは妥当。一六 神功皇后の新羅征討の物語では、筑紫下りの最初の目的は熊襲征討であり、記も同じ。このモチーフは播磨風土記、印南郡条にも見える。熊襲→補注7-一一。一七 山口県の豊浦郡とその周辺の地。→二五八頁注一三。記に「帯中日子(仲哀)天皇、坐㆓穴門之豊浦宮…㆒」。一八 豊浦は、山口県豊浦郡。一九 伴信友の神社私考の若狭(福井県)三方郡常神社の考証に、小浜の人、木崎幸敦の「常神と丹生浦とのさし出たる岬(今の常神岬と立石崎か)の間を、むかしの老人の能多乃登と云ひし…」との聞書をあげ、若狭の浦人たちは「波の太(たい)く起てうねるをヌタといひ、またノタともいひて…」という。二〇 神代記の海幸・山幸の段に赤海鯽魚とあり、神代紀では「赤女〈赤女、鯛魚名也〉」(一六五頁三行)という。和名抄には「海鯽魚、知沼」。和漢三才図会に海鯽は黒鯛で茅渟即ち和泉に多く産したのでチヌとよぶという。茅渟→一九三頁注一九。神功皇后の伝説には魚の話が多く、他に肥前松浦の鮎釣りの話(三三二頁一五行以下)、軍船の話(三三六頁一六行以下)、記の気比の入鹿魚の話などがある。二一 聖王は神功皇后をさす。集解は、「賞」を意によって「賓」に改め、通釈も「訓によるにまことにしかるべし」というが、賞にもタマフの意味がある。二二 訓アギトフは、口をパクパク動かす意。アギは、顎。トフは、相手に向って発言すること。→二〇二頁注四・二六八頁注二。

秋七月の辛亥の朔乙卯(五日)に、皇后、豊浦津に泊りたまふ。是の日に、皇后、如意珠を海中に得たまふ。

九月に、宮室を穴門に興てて居します。是を穴門豊浦宮と謂す。

八年の春正月の己卯の朔壬午(四日)に、筑紫に幸す。時に、岡縣主の祖熊鰐、天皇の車駕を聞りて、豫め五百枝の賢木を抜じ取りて、九尋の船の舳に立てて、上枝には白銅鏡を掛け、中枝には十握劒を掛け、下枝には八尺瓊を掛けて、周芳の沙麼の浦に参迎ふ。魚鹽の地を獻る。因りて奏して言さく、「穴門より向津野大濟に至るまでを東門とし、名籠屋大濟を以ては西門とす。沒利嶋・阿閉嶋を限りて御筥とし、柴嶋を割りて御甂 御甂、此をば彌那陪と云ふ。とす。逆見海を以て鹽地とす」とまうす。既にして海路を導きつかへまつる。山鹿岬より廻りて岡浦に入ります。水門に到るに、御船、進くこと得ず。則ち熊鰐に問ひて曰はく、「朕聞く、汝熊鰐は、明き心有りて參來り。何ぞ船の進かざる」とのたまふ。熊鰐奏して曰さく、「御船進くこと得ざる所以は、臣が罪に非ず。是の浦の口に、男女の二神有す。男神をば大倉主と曰す。女神をば菟夫羅媛と曰す。必に是の神の心か」とまうす。天皇、則ち禱祈みたまひて、挾杪者倭國の菟田の人伊賀彦を以て祝として祭らしめたまふ。則ち船進くこと得つ。皇后、別船にめして、洞海 洞、此をば久岐と云ふ。より入りたまふ。潮涸て進くこと得ず。時に熊鰐、更還りて、洞より皇后を迎へ奉る。

一 この二行も、神功皇后にまつわる海や海辺の伝説の一つ。**二** 仏教の用語。仏舎利から出たという宝玉で、これをもてばすべての願いがかなうという。釈紀十所引土佐風土記逸文、吾川郡玉島条に類似の話が見え、「或説曰、神功皇后巡ㇾ国之時、御船泊之、皇后下ㇾ島、休ニ息磯際一、得ニ一白石一、団如ニ鶏卵一、皇后安ニ于御掌一、光明四出。皇后大喜詔ニ左右一曰、是海神所ㇾ賜白真珠也、故為ニ島名一」。**三** 住吉神代記に「在ニ長門国豊浦郡北樹社一今謂ニ住吉斎宮一」とあり、また「住吉忌宮」とも記す。帝王編年記、仲哀の条にも「穴戸豊浦宮〈長門豊浦郡。今、北樹林是也〉」という。今、山口県下関市豊浦村の忌宮神社の地に伝豊浦宮趾がある。**四** 岡は地名。福岡県遠賀郡蘆屋町付近。岡水門→一九〇頁注一五。県主→補注7-四六。以下三二五頁三行目まで、岡県主が天皇を迎える話。同類の話は、景行十二年九月条と下文(三二五頁三行以下)とに見える。熊鰐→補注1-一〇七。**五** 賢木→二八七頁注三八。**六**→補注1-四二。**七**→九一頁注二三。**八**→一〇四頁注五。**九**→二八六頁注三〇。**一〇** 御料の魚や塩をとる区域。東門・西門で東西を区切るその水域が以下の奏言に示されている。岡県主はこれを天皇に献上する。**一一** 和名抄に豊前国宇佐郡向野。地名辞書に大分県速見郡北馬城村(宇佐町の東南)向野(今、大分県速見郡山香町)をあてる。ワタリは、港。**一二** 福岡県北九州市戸畑区の北方に突出する名籠屋崎か。**一三** 山口県下関市の西北の海上約六キロの六連(むつれ)島か。**一四** 六連島の西北、約六キロの藍島か。**一五** 釈紀、述義に「筥、玉篇云、九呂切、盛ㇾ米器也、方曰ㇾ筐、円曰ㇾ筥」。古訓にミクシゲというが、クシゲは櫛などの化粧具の箱なのでおかしい。和名抄の引く楊氏漢語抄に筥を「波古」と訓む。通釈に従い、ミハコとよんでおく。それにしても、「御筥則ち御船の進かざることを見て、惶ぢ懼りて、忽に魚沼・鳥池を作りて、悉に魚鳥を聚む。皇后、是の魚鳥の遊を看して、忿の心、稍に解けぬ。潮の満つるに及びて、即ち岡津に泊りたまふ。又、筑紫の伊覩縣主〔二九〕の祖五十迹手、天皇の行すを聞りて、五百枝の賢木を抜じ取りて、船の舳艫に立てて、上枝には八尺瓊を掛け、中枝には白銅鏡を掛け、下枝には十握劒を掛けて、穴門の引嶋〔三〇〕に參迎へて獻る。因りて

○秋七月辛亥朔乙卯、皇后泊㆓豐浦津㆒。是日、皇后得㆓如意珠於海中㆒。○九月、興㆓宮室于穴門㆒而居之。是謂㆓穴門豐浦宮㆒。

八年春正月己卯朔壬午、幸㆓筑紫㆒。時岡縣主祖熊鰐、聞㆓天皇之車駕㆒、[1]豫抜㆓取五百[2]枝賢木㆒、以立㆓九尋船之舳㆒、而上枝掛㆓白銅鏡㆒、中枝掛㆓十握劒㆒、下枝掛㆓八尺瓊㆒、參㆓迎于周芳沙麼[3]之浦㆒。而獻㆓魚鹽地㆒[4]。因以奏言、自㆓穴門㆒至㆓向津野大濟㆒[5]爲㆓東門㆒、以㆓名籠屋大濟㆒爲㆓西門㆒。限㆓沒利嶋・阿閉嶋㆒爲㆓御筥㆒[6]、割㆓柴嶋㆒[7]爲㆓御甂㆒。御甂、此云㆓彌那陪㆒。以㆓逆見海㆒爲㆓鹽地㆒[8]。既而導㆓海路㆒。自㆓山鹿岬㆒廻之入㆓岡浦㆒。到㆓水門㆒、御船不㆑得㆑進。則問㆓熊鰐㆒曰、朕聞、汝熊鰐者、有㆓明心㆒以參來。何船不㆑進。熊鰐奏之曰、御船所㆓以不㆑得㆑進者、非㆓臣罪㆒。是浦口有㆓男女二神㆒。男神曰㆓大倉主㆒。女神曰㆓菟夫羅媛㆒。必是神之心歟。天皇則禱祈之、以㆓挾杪者[9]倭國菟田人伊賀彦㆒爲㆑祝令㆑祭。則船得㆑進。皇后別船、自㆓洞海㆒[10]洞、此云㆓久岐㆒。入之。潮[11]涸[12]不㆑得㆑進。時熊鰐更還之、自㆑洞奉㆑迎㆓皇后㆒。則見㆓御船不㆑進、惶懼之、忽作㆓魚沼・鳥池㆒、悉聚㆓魚鳥㆒。皇后看㆓是魚鳥之遊㆒、而忿心稍解。及㆓潮滿㆒卽泊㆓于岡津㆒。又筑紫伊覩縣主祖五十迹手、聞㆓天皇之行㆒、拔㆓取五百枝賢木㆒、立㆓于船之舳艫㆒、上枝掛㆓八尺瓊㆒、中枝掛㆓白銅鏡㆒、下枝掛㆓十握劒㆒、參㆓迎于穴門引嶋㆒而獻之。因以↓

とす」の意味は不詳。通釈に「御筥に盛べき料物なり、即穀物を作り出す所を云古言なり」という。一六 万葉集註釈五所引筑前風土記逸文に洞海湾の海中に河斛島・資波島の二島ありという。今、湾内の中島・葛島か。一七 釈紀、述義に「甂、玉篇云、補玄切、小盆、大口而卑下」。分注により訓はミナへ。鍋のこと。ナは、魚菜。へは、ツルベなどのべで、器の意味。「御甂とす」の意味は未詳。通釈は「是は供御の魚を漁る地を云」という。一八 福岡県北九州市若松区の遠見ノ鼻(岩屋崎)の東一・五キロに逆水の地名がある。一九 類例として播磨風土記、餝磨郡安相里条に、国造が贖罪のため、「塩代田廿千代」を献ずることが見える。二〇 和名抄に筑前国遠賀郡山鹿郷。山鹿岬は同地の遠見ノ鼻(岩屋崎)。二一 岡水門。↓一九〇頁注一五。二二・二三 ↓補注8-三。二四 挾杪者↓二九四頁注七。二五 大和国宇陀郡。↓一九六頁注七。二六 他に見えず。二七 ↓一二五頁注一六。二八 今の洞海湾。↓補注8-三。二九 伊覩は、和名抄に筑前国怡土郡。志摩郡とあわせ、今、糸島郡という。魏志、倭人伝に伊都国といい、また「世々有㆑王」という。外交の要地。記に伊斗村。以下三二六頁五行まで、伊覩県主が天皇を迎える話。釈紀十所引筑前風土記逸文、怡土郡条に、本文とほぼ同じ話をのせ、次に「天皇勅問㆓阿誰人㆒、五十跡手奏曰、高麗国意呂山、自㆑天降来日桙之苗裔、五十跡手是也」とある。三〇 下関市彦島か。類聚国史、天長七年五月条に「長門国外(引カ)島一処為㆓勅旨島㆒」といい、散木集に「ひくしまといふ所のあまとも」、吾妻鏡、文治元年二月条に「固㆓門司関㆒、以㆓彦島㆒定㆑営」とある。引にはヒコフネ(引舟)・ヒコシロフなどヒコという例があるので、ここでもヒコシマと付訓する。

奏して言さく、「臣、敢へて是の物を獻る所以は、天皇、八尺瓊の勾れるが如くにして、曲妙に御宇せ、且、白銅鏡の如くにして、分明に山川海原を看行せ、乃ち是の十握劒を提げて、天下を平けたまへ、となり」とまうす。天皇、即ち五十迹手を美めたまひて、「伊蘇志」と曰ふ。故、時人、五十迹手が本土を號けて、伊蘇國と曰ふ。今、伊覩と謂ふは訛れるなり。己亥(二十一日)に、儺縣に到りまして、因りて橿日宮に居します。

秋九月の乙亥の朔己卯(五日)に、群臣に詔して、熊襲を討たむことを議らしめたまふ。時に、神有して、皇后に託りて誨へまつりて曰はく、「天皇、何ぞ熊襲の服はざることを憂へたまふ。是、膂宍の空國ぞ。豈、兵を擧げて伐つに足らむや。玆の國に愈りて寶有る國、譬へば處女の睩の如くにして、津に向へる國有り。睩、此をば麻用弭枳と云ふ。眼炎く金・銀・彩色、多に其の國に在り。是を栲衾新羅國と謂ふ。若し能く吾を祭りたまはば、曾て刃に血らずして、其の國必ず自づから服ひなむ。復、熊襲も爲服ひなむ。其の祭りたまはむには、天皇の御船、及び穴門直踐立の獻れる水田、名けて大田といふ、是等の物を以て幣ひたまへ」とのたまふ。天皇、神の言を聞しめして、疑の情有します。便ち高き岳に登りて、遙に大海を望るに、曠遠くして國も見えず。是に、天皇、神に對へまつりて曰はく、「朕、周望すに、海のみ有りて國無し。豈、大虚に國有らめや。誰ぞの神ぞ徒に朕を誘く

一 →下補注25-五。二 釈紀十所引筑前風土記逸文、怡土郡条に「天皇於レ斯誉二五十跡手一曰、恪乎〈謂二伊蘇志一〉、五十跡手之本土、可レ謂二恪勤国一、今謂二怡土郡一訛也」。類似の記事に続紀、天平勝宝二年三月条に、楢原造東人等が黄金を献じた時、「東人等賜二勤(いそ)臣姓一」。三 蘇はso。覩はtoの甲類。sはtにまま交替することがある。四 ヨコナバル→一九一頁注二一。五 儺は、福岡県博多地方。後漢書の倭奴国、志賀島発見金印の漢委奴国、魏志、倭人伝の奴国の奴も同じ。県は、アガタか。→下補注25-八。儺河→三三四頁注三。那津→下五八頁注二三。娜大津→下三四八頁注一一。六 →補注8-四。七 →補注7-一一。八 以下、神功摂政前紀にかけて神功皇后の神がかりの話。記および神功摂政前紀仲哀九年十二月条の一書(以下神功紀一書と略称)にも同類の話がある。釈紀十一所引播磨風土記逸文には、神功皇后の時、爾保都比売命が国造石坂比売命にかかって類似の託宣を下す話もある。→補注8-一。神託は夜、燈をつけず行われるので、記に、行事の後、「挙レ火見者」とある。皇太神宮儀式帳の、琴を弾き大神の神教をうける行事も亥(午後十時)。→補注9-一。九 神託の時にはどの神の託宣かわからない。神の名をたずねて、はじめて名をあらわす(神功摂政前紀仲哀九年三月条)。これはシャーマニズムにしばしばみるところ、今日の霊媒でも同じ。一〇 記には「其大后息長帯日売命者、当時帰レ神。…天皇控二御琴一而、建内宿禰大臣居レ於二沙庭一、請二神之命一、於レ是大后帰レ神、言教覚詔者」、神功紀一書では、はじめ神が沙麽県主の祖にかかり、神の命によって、皇后が琴をひくと、神が皇后にかかって神託をたれる。また神功摂政前紀仲哀九年三月条は天皇の崩じた後、神の名を聞くくだりだが、そこでは武内宿禰が琴をひき、中臣烏賊津使主が審神者となっている。

や。復、我が皇祖諸天皇等、盡に神祇を祭りたまふ。豈、遺れる神有さむや」とのたまふ。時に、[二四]神、亦皇后に託りて曰はく、「[二五]天津水影の如く、押し伏せて我が見る國を、何ぞ國無しと謂ひて、我が言を誹謗りたまふ。其れ[二六]汝王、如此言ひて、遂に信けたまはずは、汝、其の國を得たまはじ。唯し、今、皇后始めて有胎みませり。[二七]其の子獲たまふこと有らむ」とのたまふ。然るに、天皇、猶し信けたま

奏言、臣敢所三以獻二是物一者、天皇如二八尺瓊之勾一、以二曲妙御宇一、且如二白銅鏡一、以分明看二行山川海原一、乃提二是十握劍一、平二天下一矣。天皇即美二五十迹手一、曰二伊蘇志一。故時人號二五十迹手之本土一、曰二伊蘇國一。今謂二伊覩一者訛也。○己亥、到二儺縣一、因以居二橿日宮一。○秋九月乙亥朔己卯、詔二群臣一以議レ討二熊襲一。時有レ神、託二皇后一而誨曰、天皇何憂二熊襲之不一レ服。是膂宍[1]之空國也。豈足二擧レ兵伐一乎。愈二茲國一而有レ寶國、譬如二處[2]女之睩[3]一、有二向レ津國一。睩[4]、此云二麻用[5]弭枳一。眼炎之金・銀・彩色、多在二其國一。是謂二栲衾新羅國一焉。若能祭レ吾者、則曾不レ血レ刃、其國必自服矣。復熊襲爲服。其祭之、以二天皇之御船、及穴門直踐立所獻之水田、名大田、是等物一爲レ幣也。天皇聞二神言一、有二疑之情一。便登二高岳[6]一、遙望二之大海一、曠遠而不レ見レ國。於是、天皇對レ神曰、朕周[7]望之、有レ海無レ國。豈於二大虛一有レ國乎。誰神徒誘レ朕。復我皇祖諸天皇等、盡祭二神祇一。豈有二遺神一耶。時神亦託二皇后一曰、如二天津水影一、押伏而我所見國、何謂レ無レ國[8]、以誹二謗我言一。其汝王之、如此言而、遂不レ信者、汝不レ得二其國一。唯今皇后始之有胎。其子有レ獲焉。然天皇猶不レ信、→

二一 →一四〇頁注一八。神功紀一書では「今御孫尊所望之国、譬如二鹿角一以無実国也」。→三四〇頁注一二。 二二 海上遠くから見た新羅の形状。神功紀一書に「如二美女之睩一」。釈紀十一所引播磨風土記逸文にも「越売眉引(をとめのまよびきの)国」。万葉九六八に「如レ眉雲居尓所レ見阿波乃山」。 二三 津、すなわち日本の津(港)の向うの海彼の国。 二四・二五 記では「西方有レ国、金銀為レ本、目之炎耀、種種珍宝、多在二其国一」。神功紀一書には「金銀多之、眼炎国」。釈紀十一所引播磨風土記に「玉匣賀々益国、苫枕有レ宝国、白衾新羅国矣」。津田左右吉は新羅の文化が発達しかけたのは、六世紀の初期智証・法興二王の治世、従って新羅を金銀の国とするのはそれ以後の思想という。 二六 →補注8-五。 二七 景行十二年十二月条に類句がある。→二九一頁注二五。 二八 以下「幣ひたまへ」まで、神功紀一書もほぼ同文。また神功摂政前紀仲哀九年十二月条本文には新羅征討を無事に終えた皇后が(住吉)三神の荒魂を穴門山田邑にまつる記事がある。 二九 船を神にささげる例は斉明五年三月是月条にも見える。 三〇 穴門→三二二頁注一七。直は国造の姓。旧事紀、国造本紀には令制の長門の地に阿武・穴門の二国造をあげ、穴門国造は景行朝に、桜井田部連同祖、邇伎都美命四世孫速津鳥命が任じられたという。→下三一二頁注一五。践立は、穴門山田邑で住吉三神の荒魂もまつる。→神功摂政前紀(三四二頁七—一一行)。 三一 和名抄の引く楊氏漢語抄に「水田〈古奈太〉」。新撰字鏡に「墾、…耕レ田用レ力也、力也、墾也、古奈田」。 三二 マヒは、幣として差出すもの。ここ、底本・熱本・勢本にマヒナヒタマヘとある。 三三 この段は天皇が神託を信じないで神を難ずる一節。記・神功紀一書もほぼ同じで、前者には「爾天皇答白、登二高地一見二西方一者、不レ見二国土一、唯有二大海一。謂レ為二詐神一而、押二

はずして、強に熊襲を撃ちたまふ。得勝ちたまはずして還ります。

九年の春二月の癸卯の朔丁未（五日）に、天皇、忽に痛身みたまふこと有りて、明日に、崩りましぬ。時に、年五十二。即ち知りぬ、神の言を用ゐたまはずして、早く崩りましぬることを。一に云はく、天皇、親ら熊襲を伐ちたまひて、賊の矢に中りて崩りましぬといふ。是に、皇后及び大臣武内宿禰、天皇の喪を匿めて、天下に知らしめず。則ち皇后、大臣及び中臣烏賊津連・大三輪大友主君・物部膽咋連・大伴武以連に詔して曰はく、「今、天下、未だ天皇の崩りますことを知らず。若し百姓知らば、懈怠有らむか」とのたまふ。則ち四の大夫に命せて、百寮を領ゐて、宮中を守らしむ。竊に天皇の屍を収めて、武内宿禰に付けて、海路より穴門に遷る。而して豊浦宮に殯して、无火殯斂 无火殯斂、此をば褒那之阿餓利と謂ふ。をす。甲子（二十二日）に、大臣武内宿禰、穴門より還りて、皇后に復奏す。

是年、新羅の役に由りて、天皇を葬りまつること得ず。

日本書紀巻第八

退御琴、不レ控、黙坐」とある。　二四 この段は、(A)神が怒って天皇を非難し、(B)皇后胎中の皇子に新羅をたまうことを予言する。しかし天皇は、なお信じないで、(C)熊襲を討ち、翌年(D)崩ずる。仲哀記では(A)「爾其神大忿詔、凡玆天下者、汝非応知国」と天皇を難ずる点は同じだが、「汝者向一道」と天皇の死を宣し、天皇が(D)なくなると国の大祓をし、再び神の命令を聞くと、(B)「凡此国者、坐汝命御腹之御子、所知国者也」云云と予言する。神功紀一書では前段の天皇の詔のなかで、(E)神の名を問い神が名をあらわし、そのあとで、上記(A)・(B)の予言があり、直後、天皇が(D)崩ずる。(E)のことは書紀本文及び記では天皇の崩後のこととする。　二五 アマツは、高天原の意。ここでは水影の美称。水にうつる影の如くに鮮明に、自分が上から見下している国があるのにの意。　二六 仲哀天皇をさす。　二七 後の応神天皇。神功皇后の物語が祭儀にもとづくものとすれば、この一節は若神の誕生としての宗儀的意味をもつ。→補注9-一二。

一 →補注7-一一。

二 この段、天皇の死をのべ、次に喪を秘して、遺骸を海路穴門豊浦宮にうつし殯する話。神功摂政元年二月条(三四二頁一三行)には、その後、皇后が新羅征伐を終えて、その遺骸をもって海路京に向うことが見え、記にもそれに対応する記事がある。→三四二頁注一三。

三 →三〇八頁注一四。

四 記には「伍拾弐歳〈壬戌年六月十一日崩也〉」とある。

五 集解は以下の一句を私記の竄入として削り、神功摂政前紀仲哀九年十月条(三三七頁二行)の「即ち知る、天神地祇の悉に助けたまふか」も語脈同じとして削る。通釈も同じ。しかし、両以強撃二熊襲一。不二得勝一而還之。

九年春二月癸卯朔丁未、天皇忽有二痛身一、而明日崩。[1]時年五十二。即知、不レ用二神言一而早崩。（一云、天皇親伐二熊襲一、中二賊矢一而崩也。）於是、皇后及大臣武内宿禰、匿二天皇之喪一、不レ令レ知二天下一。則皇后詔二大臣及中臣烏賊津連・大三輪大友主君・物部[2]膽咋連・大伴武以連一曰、今天下未レ知二天皇之崩一。若百姓知之、有二[3]懈怠一者乎。則命二四大夫一、領二百寮一、令レ守二宮中一。竊收二天皇之屍一、付二武内宿禰一、以従二海路一遷二穴門一。而殯二于豐浦宮一、爲二无火殯斂[4]一。（无火殯斂、此謂[5]二褒那之阿餓利一。）○甲子、大臣武内宿禰、自二穴門一還之、復二奏於皇后一。

◎是年、由二新羅役一、以不レ得レ葬二天皇一也。[6]

日本書紀卷第八

箇所とも天平三年の作という住吉神代記には見える。住吉神代記の文を書紀の一異本とみれば、田中卓のいうごとく、私記の竄入とはみられないことになる。なお、勢本・底本には「時年五十二、即知、不用神言而早崩。一云、天皇親伐熊襲、中賊矢而崩也」が二行割注になっている。北本・熱本は大字。今これによる。

六 →補注7-三。

七 シナムは、かくすの意。

八 武内宿禰。

九 →補注8-六。

一〇 →二六〇頁注一六。大三輪君→一三〇頁注七。

一一 旧事紀、天孫本紀に、物部十市根大連(→二六八頁注一九)の子に胆咋宿禰が見える。物部連→二一〇頁注八。

一二 三代実録、貞観三年十一月条の佐伯直豊雄の款に、景行天皇の時、先祖大伴健日連公(→二六八頁注二一)が景行朝に「倭武命」に従い、功によって讃岐国を賜わったことを述べ、その子として健持大連公をあぐ。大伴連→一五六頁注一一。

一三 →下補注18-一二。

一四 →三二二頁注一七。

一五 →三二四頁注三。

一六 モガリ→九八頁注四。

一七 殯斂は殯と同じ。无火は、殯(もがり)の時、燈火をたくところを、秘密のためたかぬをいう。訓アガリは、身体が死んで、タマ(魂)が身体から遊離すること。ここでは殯の状態にあることをさす。

一八 神功摂政前紀のいわゆる新羅征討をさす。類語に百済役(下四六七頁二行)がある。

日本書紀　巻第九

氣長足姫尊　神功皇后

氣長足姫尊は、稚日本根子彦大日日天皇の曾孫、氣長宿禰王の女なり。母をば葛城高額媛と曰す。足仲彦天皇の二年に、立ちて皇后に爲りたまふ。幼くして聰明く叡智しくいます。貌容壯麗し。父の王、異びたまふ。

九年の春二月に、足仲彦天皇、筑紫の橿日宮に崩りましぬ。時に皇后、天皇の神の教に從はずして早く崩りたまひしことを傷みたまひて、以爲さく、祟る所の神を知りて、財寶の國を求めむと欲す。是を以て、群臣及び百寮に命せて、罪を解へ過を改めて、更に齋宮を小山田邑に造らしむ。

三月の壬申の朔に、皇后、吉日を選びて、齋宮に入りて、親ら神主と爲りたまふ。則ち武内宿禰に命して琴撫かしむ。中臣烏賊津使主を喚して、審神者にす。因りて千繒高繒を以て、琴頭尾に置きて、請して曰さく、「先の日に天皇に教へたまひしは誰の神ぞ。願はくは其の名をば知らむ」とまうす。七日七夜に逮りて、乃

一　↓補注8-二。書紀が記とはちがい、神功皇后紀をたてたことについて↓補注8-一。
二　開化天皇。
三　気長は地名。↓補注8-二。
四　葛城は地名。↓二〇〇頁注五。高額は、開化記・応神記に高額ともあり、地名であろう。和名抄に葛下郡高額郷がある。↓補注8-二。
五　仲哀天皇。立后のこと↓仲哀二年正月条。
六　東観漢記、孝明皇帝紀巻二に同じ文がある。
七　息長宿禰王。
八　↓仲哀九年二月条。
九　↓補注8-四。一〇　以下、三月条半ばまで、神の名を知りその神を祭る一段。仲哀記・十二月条一書にも見える。一一　↓仲哀九年二月条。一二　新羅国。↓仲哀八年九月条(三二六頁一〇行以下)。一三　仲哀記ではここにあたる記事として天皇崩後の国の大祓を詳しく書いている。一四　↓二七〇頁注七。一五　不詳。一六　神を祭る主人役。九月条(三三六頁一二行)にも見える。一七　↓補注7-三。一八　↓補注9-一。一九　↓補注8-六。二〇　仲哀記には「建内宿禰大臣居二於沙庭一、請二神之命一」とある。↓三二六頁注一〇。審神者とは、政事要略二十八、賀茂臨時祭にこの記事を引き、「或云、審神者、言、審二察神明託宣一之語也」といい、釈紀、述義には「分明請二知所レ祟之神一之人也」とある。皇后の神託を請い聞き、意味を解く人。サニハの訓↓補注9-二。二一　繒は、釈紀、述義に「玉篇曰…帛也」。織物のこと。幣帛を数多く織りなし、うず高く積むので千繒高繒という。ハタは、織物を作る機(たは)。二二　琴の頭部と尾部。コトガミは、武烈即位前紀(下)一一頁原文七行)に挙騰我瀰。二三　↓仲哀八年九月条。二四　仲哀天皇。二五　以下、(一)伊勢五十鈴宮の神・(二)淡郡に居る神・(三)厳之事代神・(四)住吉三神が次次と名をあらわす。仲哀記

ち答へて曰はく、「神風の伊勢國の百傳ふ度逢縣の拆鈴五十鈴宮に所居す神、名は撞賢木嚴之御魂天疎向津媛命」と。亦問ひまうさく、「是の神を除きて復神有すや」と。答へて曰はく、「幡荻穗に出し吾や、尾田の吾田節の淡郡に所居る神有り」と。問ひまうさく、「亦有すや」と。答へて曰はく、「天事代虛事代玉籤入彥嚴之事代神有り」と。問ひまうさく、「亦有すや」と。答へて曰はく、「有ること無きこと

日本書紀　巻第九

氣長足姫尊　神功皇后

氣長足姫尊、稚日本根子彥大日々天皇之曾孫、氣長宿禰王之女也。母曰二葛城高顙[1]媛一。足仲彥天皇二年、立爲二皇后一。幼而聰明叡智。貌容壯麗。父王異焉。○九年春二月、足仲彥天皇崩二於[2]筑紫橿日宮一。時皇后傷下天皇不レ従二神教一而早崩上、以爲、知二所レ祟之神一、欲レ求二財寶國一。是以、命二群臣及百寮一、以解レ罪改レ過、更造二齋宮於小山田邑一。○三月壬申朔、皇后選二吉日一、入二齋宮一、親爲二神主一。則命二武內宿禰一令レ撫レ琴。喚二中臣烏賊津使主一、爲二審神者一。因以二千繒高繒一、置二琴頭尾一、而請曰、先日敎二天皇一者誰神也。願欲レ知二其名一。逮二于七日七夜一、乃答曰、神風伊勢國之百傳度逢縣之拆鈴五十鈴宮所居神、名撞賢木嚴之御魂天疎向津媛命焉。亦問之、除二是神一[3]復有レ神乎。答曰、幡荻穗出吾也、於尾田吾田節之淡郡所居神之有也。問、亦有耶。答曰、於天事代於虛事代玉籤入彥嚴之事代神有之也。問、亦有耶。答曰、有無之→

では、(一)天照大神・(二)住吉三神、十二月条一書では、(一)住吉三神・(二)向匱男…速狭騰尊。皇后は新羅征討の後にも、(一)天照大神の荒魂・(二)稚日女尊・(三)事代主尊・(四)住吉三神の四つを祭るが(三四四頁六行以下)、その四神とここの四神は同じだとおもわれる。 二六 神風は伊勢の枕詞。→二〇二頁注一八。 二七 度逢の度(わた)にかかる枕詞。→五二〇頁注八。 二八 度会とも。和名抄に伊勢国度会郡。県はアガタか。→下補注25-八。皇太神宮儀式帳には伊勢の安濃郡・壱志郡・多気郡佐奈のそれぞれに安濃県造・壱志県造・佐奈県造などの名をあげている。

二九 五十鈴の枕詞。サクは、鈴の胴体のさけ目か。神代記に佐久久斯侶、伊須受能宮とある。ここも拆釧五十鈴宮とあったのを、後の文字、鈴にひかれて、拆鈴五十鈴宮と誤写したものではなかろうか。クシロは、腕輪をいう。古墳時代の腕輪にも鈴を多くつけたものがある。

三〇 後の伊勢神宮。 三一 記伝に、斉賢木の意であり、厳(づ)の枕詞だという。 三二 神聖で威力のあるみたま。 三三 下文の天照大神の荒魂(三四四頁六行)と同じか。通釈の引く鈴木重胤の説に、荒魂として、「皇大神の御許を疎(さか)らせ御在坐て、遙に向ひ居たまう義か」という。

三四 はたのようになびくすすきの意で、穂またホの枕詞。出雲風土記、意宇郡条に「波多須々支穂振別而」といい、万葉三〇〇〇に「者田為為寸(ハダスス)・穂庭莫出」とある。 三五 秀(ホ)に出る、すなわち形があらわれる。 三六 →補注9-三。

三七 アメは天、虚は虚空、事代は事代主神(→補注1-一〇六)の事代。 三八 下文の事代主尊(三四四頁九行)にあたろう。神代紀第八段第六の一書に、事代主神は鰐となり三島溝橛姫、あるいは玉櫛媛に通い、神武の皇后の五十鈴姫命をうむという。通釈は、事代主神を玉籤入彥というのはそのためだとする。

知らず」と。是に、審神者の曰さく、「今答へたまはずして更後に言ふこと有しますや」と。則ち對へて曰はく、「日向國の橘小門の水底に所居て、水葉も稚に出で居る神、名は表筒男・中筒男・底筒男の神有す」と。問ひまうさく、「亦有すや」と。答へて曰はく、「有ることとも無きこととも知らず」と。遂に且神有すとも言はず。時に神の語を得て、教の隨に祭る。然して後に、吉備臣の祖鴨別を遣して、熊襲國を撃たしむ。未だ浹辰も經ずして、自づからに服ひぬ。且荷持田村 荷持、此をば能登利と云ふ。に、羽白熊鷲といふ者有り。其の爲人、強く健し。亦身に翼有りて、能く飛びて高く翔る。是を以て、皇命に從はず。毎に人民を略盗む。戊子に(十七日)、皇后、熊鷲を撃たむと欲して、橿日宮より松峡宮に遷りたまふ。時に、飄風忽に起りて、御笠墮風されぬ。故、時人、其の處を號けて御笠と曰ふ。辛卯に(二十日)、層增岐野に至りて、卽ち兵を擧りて羽白熊鷲を撃ちて滅しつ。左右に謂りて曰はく、「熊鷲を取り得つ。我が心則ち安し」とのたまふ。故、其の處を號けて安と曰ふ。丙申に(二十五日)、轉りまして山門縣に至りて、則ち土蜘蛛田油津媛を誅ふ。時に田油津媛が兄夏羽、軍を興して迎へ來く。然るに其の妹の誅されたることを聞きて逃げぬ。

夏四月の壬寅の朔甲辰に(三日)、北、火前國の松浦縣に到りて、玉嶋里の小河の側に進食す。是に、皇后、針を勾げて鉤を爲り、粒を取りて餌にして、裳の縷を抽取りて緡にして、河の中の石の上に登りて、鉤を投げて祈ひて曰はく、「朕、西、

一 →神代紀第五段第六の一書(九四頁一二行)。二 海草のようにわかわかしくて生命に満ちて。三 住吉三神。元年二月条に和魂を大津渟中倉長狭に祭れという託宣を下したことが見える。→九四頁注二五。仲哀記では、神神は名をあらわすとともに皇后の新羅征討を守護するという託宣を下し、皇后はすぐと船出する。これに反して書紀ではまず熊襲を討ってから新羅征討に向う構成で、その間に種種の話がはさまれている。以下一四行まで熊襲を討つ話。地域は筑前・筑後のあたり。四 →二三〇頁注一一。五 応神二十二年九月条に御友別の弟で笠臣の始祖という。三代実録、元慶三年十月条に吉備武彦命(→三〇三頁注一七)の二男を御友別命・三男を鴨別命とする。姓氏録、右京皇別、笠朝臣条などには稚武彦命の孫という。六 →三〇三頁注一六。七 通証に、(一)和名抄の肥前国高来郡野鳥〈乃止利〉郷(延喜式に野鳥駅。今の長崎県島原市か)、(二)筑前国夜須郡野鳥村(今の福岡県甘木市秋月町野鳥か)の二つをあげる。村の訓フレ→一八八頁注二八。八 他に見えず。九 →補注8-四。一〇 通証に「或曰旧趾在筑前国夜須郡栗田村(今、福岡県朝倉郡三輪町栗田)」という。一一 笠の吹きおとされることは、姓氏録、右京皇別、笠朝臣条の鴨別命の話に、吉備でのこととして見える。フケは、「吹かれ」の意。一二 和名抄に筑前国御笠郡御笠郷(今、福岡県筑紫郡太宰府町水城の辺)。万葉弐に「大野有三笠社之」とある。一三 通証に「或曰在筑前怡土郡雷山中、今云層増岐嶽、嶽上有大野」という。一四 和名抄に筑前国夜須郡(今、福岡県朝倉郡北部・甘木市)。万葉五五に「安野」が見える。一五 和名抄に筑後国山門郡山門郷(今、福岡県山門郡山川村)がある。この郡は魏志、倭人伝の邪馬台国の擬定地の一つとされている。→補注1-三〇。県は、県主の県をさすのか、西海道風

[二八]財の國を求めむと欲す。若し事を成すこと有らば、河の魚鉤飲へ」とのたまふ。因りて竿を擧げて、乃ち[二九]細鱗魚を獲つ。時に皇后の曰はく、「[三〇]希見しき物なり」とのたまふ。希見、此をば梅豆邏志と云ふ。故、時人、其の處を號けて、梅豆邏國と曰ふ。今、松浦と謂ふは訛れるなり。是を以て、其の國の女人、四月の上旬に當る毎に、鉤を以て河中に投げて、年魚を捕ること、今に絶えず。唯し男夫のみは釣ると雖も、

不レ知焉。於是、審神者曰、今不レ答而更後有レ言乎。則對曰、於二日向國橘小門之水底一所居[1]、而水葉稚之出居神[2]、名表筒男・中筒男・底筒男神之有也。問、亦有耶。答曰、有無之不レ知焉。遂不レ言二且有レ神矣。時得二神語一、隨レ教而祭。然後、遣二吉備臣祖鴨別一、令レ擊二熊襲國一。未レ經二浹辰一、而自服焉。且荷持田村荷持、此云二能登利一。有二羽白熊鷲者一。其爲人强健。亦身有レ翼、能飛以高翔。是以、不レ從二皇命一。每略二盜人民一。○戊子、皇后欲レ擊二熊鷲一、而自二橿日宮一遷二于松峽宮一。時飄風忽起、御笠墮風[3]。故時人號二其處一曰二御笠一也。○辛卯、至二層增岐野一、卽擧レ兵擊二羽白熊鷲一而滅之。謂二左右一曰、取二得熊鷲一。我心則安。故號二其處一曰レ安也。○丙申、轉至二山門縣一、則誅二土蜘蛛田油津媛一。時田油津媛之兄夏羽、興レ軍而迎來[4]。然聞二其妹被レ誅而逃之。○夏四月壬寅朔甲辰、北到二火前國松浦縣一、而進二食於玉嶋里小河之側一。於是、皇后勾レ針爲レ鉤、取レ粒爲レ餌、抽二取裳縷一爲レ緡[5]、登二河中石上一、而投レ鉤祈之曰、朕西欲レ求二財國一。若有レ成レ事者、河魚飮レ鉤。因以擧レ竿、乃獲二細鱗魚一。時皇后曰、希見物也。希見、此云二梅豆邏志一。故時人號二其處一、曰二梅豆羅國一。今謂二松浦一訛也[6]。是以、其國女人、每レ當二四月上旬一、以レ鉤投二河中一、捕二年魚一、於今不レ絕。唯男夫雖レ釣[7]、↓

土記(乙類)にその例を見るように、令制の郡そのものを県と表記したものか、そのいずれか明らかでない。↓補注8-一。 一六 ↓補注3-一七。 一七 他に見えず。タブラは、誑・瘂などの意。ツは助詞ノにあたる。土蜘蛛の名として、悪い意味の言葉をつけたもの。 一八 他に見えず。 一九 以下、三三四頁一行まで松浦県玉島里での鮎釣の話で魚類にまつわる神功伝説(↓三二三頁注二〇)の一つ。この話は仲哀記・肥前風土記、松浦郡条・万葉の「遊二於松浦河一序」及び八五三―八六三などにも見える。

二〇 肥前国。 二一 仲哀記に末羅県。万葉の「遊二於松浦河一序」に松浦之県。万葉八六八に麻都良我多とあるから、県はいわゆるアガタとみてよい。和名抄の肥前国松浦郡の地で、魏志、倭人伝の末盧国のあったところであろう。

二二 佐賀県東松浦郡浜崎玉島町付近。小河とは、同所を流れ、松浦潟の東部で海に入る玉島川。

二三 釣ばり。 二四 仲哀記・肥前風土記に飯粒。

二五 緡は、釣糸。 二六 仲哀記に「坐二其河中之磯一」、分注に「其磯名謂二勝門比売一」とあって、磯(海中の岩石)を神格化している。万葉八六九の「帯日売(たらしひめ)神の命の魚(な)釣らすと御立たしせりし石を誰見き」も石そのものへの関心をあらわしている。海辺の石にまつわる神功皇后の伝説は九月条鎮懐石の話・肥前風土記、彼杵郡周賀郷条・万葉集註釈所引豊前風土記逸文、田河郡鏡山条などにも見えている。

二七 肥前風土記、松浦郡条に「捧レ鉤祝曰」とある。ウケヒ↓一〇四頁注二二。

二八 新羅国。↓三三〇頁注一二。肥前風土記には、右文に続いて「朕欲下征二伐新羅一求中彼財宝上」云云とある。

二九 下文及び仲哀記に年魚。和名抄に「鮎、…和名安由。楊氏漢語抄云…細鱗魚」云云とある。

三〇 霊異記、上第四に「奇、女ツラシク」とある。

魚を獲ること能はず。

既にして皇后、則ち神の教の驗[一]有ることを識しめして、更に神祇を祭り祀りて、躬ら西を征ちたまはむと欲す。爰に神田[二]を定めて佃る。時に儺の河[三]の水を引せて、神田に潤けむと欲して、溝[四]を掘る。迹驚岡[五]に及るに、大磐塞りて、溝を穿すこと得ず。皇后、武内宿禰を召して、劒鏡を捧げて神祇を禱祈りまさしめて、溝を通さむことを求む。則ち當時に、雷電霹靂[六]して、其の磐を蹴み裂きて、水を通さしむ。故、時人、其の溝を號けて裂田溝[七]と曰ふ。皇后、橿日浦[八]に還り詣りて、髪を解きて海に臨みて曰はく、「吾、神祇の教を被け、皇祖[九]の靈を頼りて、滄海を浮渉りて、躬ら西を征たむとす。是を以て、頭を海水に滌がしむ。若し驗有らば、髪自づからに分れて兩に爲れ[一〇]」とのたまふ。即ち海に入れて洗ぎたまふに、髪自づからに分れぬ。皇后、便ち髪を結分げたまひて、髻[一一]にしたまふ。因りて、群臣に謂りて曰はく、「夫れ[一二]師を興し衆を動すは、國の大事なり。安さも危さも成り敗れむこと、必に斯に在り。今征伐つ所有り。事を以て群臣に付く。若し事成らずは、罪群臣に有らむ。是、甚だ傷きことなり。吾婦女にして、加以不肖し。然れども暫く男[一三]の貌を假りて、強に雄しき略を起さむ。上は神祇の靈を蒙り、下は群臣の助に藉りて、兵甲を振して嶮き浪を度り、艫船を整へて財土[一四]を求む。若し事成らば、群臣、共に功有り。事就らずは、吾獨罪有れ。既に此の意有り。其れ共に

一 上文三月条に見えるように神教のままに祭ったところ、熊襲が平定されたことをさす。
二 神の供御のための田。ミトシロは、ミトシ(御歳)シロ(ためのもの)。
三 儺→三二六頁注五。儺の河は、那珂川。
四 神田灌漑のための溝。
五 通証に「或曰在那珂郡安徳村(今、福岡県筑紫郡那珂川町安徳)」という。
六 雷が急にはげしく鳴ること。和名抄に「霹靂…俗云〈加美於豆〉、一云〈加美止介〉。霹折也、靂歴也、所歴皆破折也」とある。
七 溝の名。
八 橿日→橿日宮(→補注8-四)。以下、皇后が出征に先だち、男装するためにウケヒして髪をみずらに結う段。仲哀記にはない。男装のことは十二月条一書や応神即位前紀にも見える。
九 天皇の祖先。ミタマノフユ→一二八頁注一五。
一〇 おのずからに二つに分れた髪をそれぞれに結ぶ。
一一 髻は、たばねた髪、男子の髪形。→一〇四頁注三。
一二 以下、出征に先だつ、群臣との誓い。これも仲哀記にはない。「興師動衆」は呉子、励士に、「国之大事」は孫子、始計に、下文の「金鼓無節」は呉子、応変に、「旌旗錯乱」は呉子、論将に、同語・類語があるが、また、漢書・左伝・孫子などにも出典を求めることのできる表現である。書紀が直接、何によったと見るよりも、当時、よく知られた表現と見る方がよい。
一三 →注八。
一四 新羅国。→三三〇頁注一二。
一五 この詔の文は、漢書、高后紀の「皇太后為天下計所以安宗廟社稷甚深、頓首奉詔」による。
一六 以下、「刀矛を奉りたまふ」まで、船舶・軍

卒をあつめるため大三輪社に刀矛を奉る話。皇后遠征のため諸国の神が船などを出す話は、釈紀十一所引播磨風土記逸文、爾保都比売命の条や播磨風土記、餝磨郡因達里の条に見える。類似の話は、万葉集註釈所引摂津風土記逸文、美奴売松原条(→補注9−一九)にもある。

一七 延喜神名式に筑前国夜須郡於保奈牟智神社があり、今、福岡県朝倉郡三輪町弥永に大己貴神社。釈紀十一所引筑前風土記逸文には「気長足姫尊、欲伐新羅、整理軍士、発行之間、道中遁亡、占求其由、即有祟神、名曰大三輪神、所以樹此神社、遂平新羅」と見えている。

一八 神に刀矛などの武器を奉る例は他にも多く、崇神九年三月条には盾・矛を墨坂神・大坂神に奉ることが見え、垂仁二十七年八月条には弓矢・横刀を諸神社に奉ることなどが見える。

一九 吾瓮は、仲哀八年正月条の阿閉島(→三二四頁注一四)か。その地の海人の集団が吾瓮海人であろうか。記伝には、下文の磯鹿海人その他、このような地名をつけた海人が多い。これは魚塩の贄などを貢納する著名な海人の集団をいうのであろうか。以下は、出兵に先だち、海人を海路にやって、敵地の有無を探らせる段。仲哀八年九月条に、最初の神託に対し、天皇が岳に上って大海を望んだが新羅を望見できなかったというその話と、これは対応している。仲哀記にはない。

一 白雉五年七月条に朝鮮経由の遣唐使と見られるものを、また斉明三年是歳条などに百済への使者を西海(にしのみちの)使といっている。→下三二三頁注三七。西海は対朝鮮航路をいうか。二↓

議らへ」とのたまふ。群臣、皆曰さく、「一五皇后、天下が爲に、宗廟社稷を安みせむ所以を計ります。且罪臣下に及ぶまじ。頓首みて詔を奉りぬ」とまうす。

秋九月の庚午の朔己卯(十日)に、一六諸國に令して、船舶を集へて兵甲を練らふ。時に軍卒集ひ難し。皇后の曰はく、「必ず神の心ならむ」とのたまひて、則ち一七大三輪社を立てて、一八刀矛を奉りたまふ。軍衆自づからに聚る。是に、一九吾瓮海人烏摩呂と

以不能獲魚。既而皇后、則識神教有驗、更祭祀神祇、躬欲西征。爰定神田而佃之。時引儺河水、欲潤神田、而掘溝。及于迹驚岡、大磐塞之、不得穿溝。皇后召武内宿禰、捧劒鏡令禱祈神祇、而求通溝。則當時、雷電霹靂、蹴裂其磐、令通[1]水。故時人號其溝曰裂田溝也。皇后還詣橿日浦、解髮臨海曰、吾被神祇之教、賴皇祖之靈、浮涉滄海、躬欲西征。是以、令[2]頭滌[3]海水。若有驗者、髮自分爲兩。卽入海洗之、髮自分也。皇后便結分髮、而爲髻。因以、謂群臣曰、夫興師動衆、國之大事。安危成敗、必在於斯。今有所征伐。以事付群臣。若事不成者、罪有於群臣。是甚傷焉。吾婦女之、加以不肖。然暫假男貌、强起雄略。上蒙神祇之靈、下藉群臣之助、振兵甲而度嶮浪、整艫船以求財土。若事成[4]者、群臣共有功。事不就者、[5]吾獨有罪。既有此意。其共議之。群臣皆曰、皇后爲天下、計所以安宗廟社稷。且罪不及于臣下。頓首奉詔。○秋九月庚午朔己卯、令諸國、集船舶練兵甲。時軍卒難集。皇后曰、必神心焉、則立大三輪社、以奉刀矛矣。軍衆自聚。於是、使吾瓮海人烏摩呂、↓

補注9-四。二 海上はるかに山が見え、その空に雲が横たわっているさま。海に雲があると、その下に島があり、人の住むことが多い。四 以下、征討を間近にして吉日をえらび軍衆に命令を下し、あらためてまた神を祭る段。仲哀記にはない。五 →三〇一頁注二五。六 周礼、夏官、序官に「凡制レ軍、万有二二千五百人一為レ軍…大国三軍」。転じて、大軍。タムロは、屯。タは未詳。ムロは、群(ム)と関係があろう。七 孫子、軍争に「軍政曰、言不二相聞一故為二之金鼓一、視不二相見一故為二之旌旗一、夫金鼓・旌旗者所三以一二人之耳目一也」。金鼓の金は、鐘。ともに士気をはげますためのもの。八 金鼓の音が乱れ、節を失うこと。ワキダメは、区別・秩序の意。ワキは、分キ。ダは、カラダ(体)・アヒダ(間)のダ。処の意。メは、アヤメ・ケヂメのメ。九 旌は、羽毛を竿首にたらした旗。天子が士気を鼓舞するに用いた。旌旗は、旌やふつうの旗。一〇 モノホシミスは、欲しいと思う意。オモ(重)ミス→オモンズなどと同じ語法。一一 妻妾のことをおもうの意。一二 暴力を以て婦女をおかすこと。一三 仲哀記には、住吉三神と天照大神とがその名をあらわすとともに、「今寔思レ求二其国一者、於二天神地祇、亦山神及河海之諸神一悉奉二幣帛一、我之御魂、坐二于船上一而、真木灰納レ瓠、亦箸及比羅伝多作、皆々散二浮大海一以可レ度」という神語を下したという。なお記には軍が新羅に達して後、「以二墨江之大神之荒御魂一為二国守神一而祭鎮…」とある。継体六年十二月条の「夫れ住吉大神、初めて海表の金銀の国…を以て、胎中誉田天皇に授記けまつれり」というのも同じ思想。住吉三神は航海の神なので、遣唐使もその加護をもとめた。万葉四二四五の天平五年入唐使に贈る歌に「墨吉乃　吾大御神　船之倍尓　宇之波伎座　船騰毛尓　御立座而　佐之与良牟　礒乃埼々　許芸波底牟　泊々尓　荒風浪尓安波

いふをして、[一]西海に出でて、國有りやと察しめたまふ。還りて曰さく、「國も見えず」とまうす。又[二]磯鹿の海人、名は草を遣して視しむ。日を數て還りて曰さく、「西北に山有り。[三]帶雲にして、横に絚れり。蓋し國有らむか」とまうす。[四]爰に吉日をトへて、臨發むとすること日有り。時に皇后、親ら[五]斧鉞を執りて、[六]三軍に令して曰はく、「[七]金鼓[八]節無く、[九]旌旗錯ひ亂れむときには、士卒整はず。財を貪り[一〇]多欲して、私を懷ひて[一一]內顧みれば、必に敵の爲に虜られなむ。其れ敵少くともな輕りそ。敵強くともな屈ぢそ。則ち[一二]姧し暴がむをばな聽しそ。自ら服はむをばな殺しそ。遂に戰に勝たば必ず賞有らむ。背げ走らば自づから罪有らむ」とのたまふ。既にして[一三]神の誨ふること有りて曰はく、「[一四]和魂は[一五]王身に服ひて壽命を守らむ。[一六]荒魂は先鋒として師船を導かむ」とのたまふ。和魂、此をば珥岐瀰多摩と云ふ。荒魂、此をば阿邏瀰多摩と云ふ。即ち神の教を得て、拜禮ひたまふ。因りて[一七]依網吾彦男垂見を以て祭の[一八]神主とす。[一九]時に、適皇后の開胎に當れり。皇后、則ち石を取りて腰に插みて、祈りたまひて曰したまはく、「事竟へて還らむ日に、茲土に產れたまへ」とまうしたまふ。其の石は、今[二〇]伊覩縣の道の邊に在り。既にして則ち荒魂を撝ぎたまひて、軍の先鋒とし、和魂を請ぎて、王船の鎭としたまふ。

冬十月の己亥の朔辛丑(三日)に、[二一]和珥津より發ちたまふ。時に[二二]飛廉は風を起し、[二三]陽侯は浪を擧げて、海の中の大魚、悉に浮びて船を扶く。則ち大きなる風順に吹き

て、帆船波に隨ふ。檝楫を勞かずして、便ち新羅に到る。時に隨船潮浪、遠く國の中に逮ぶ。[二四]即ち知る、天神地祇の悉に助けたまふか。[二五]新羅の王、[二六]是に、戰戰慄慄きて[二七]厝身無所。則ち諸人を集へて曰はく、「新羅の、國を建てしより以來、未だ嘗も海水の國に[二八]凌ることを聞かず。若し天運盡きて、國、海と爲らむとするか」といふ。是の言未だ訖らざる間に、船師海に滿ちて、旌旗日に耀く。鼓吹聲を起して、山川

世受　平久　率而可敵理麻世　毛等能国家尓」とある。遣唐使が住吉津から発するときには住吉神社で「開二遣唐船居一祭」を行なったが、その時の祝詞は延喜式に見える。一四 荒魂に対する語。神の和・荒の二作用をそれぞれ神霊化したもの。ニキとアラの対語は、ほかにも「和たへ・荒たへ」(延喜祝詞式)、毛麤物・毛柔物(神代記)、海草のにきめ・あらめなど。 一五 王身の古訓ミツイデのミは、敬称の接頭語。ツイデは、序の意であろうが、王身を、何故ミツイデと訓むのか不明。
一六 →注一四。 一七 →補注9-五。
一八 →三三〇頁注一六。 一九 以下鎮懐石の話。→補注9-六・一三。 二〇 仲哀記に伊斗村。伊覩県→三二五頁注二九。 二一 対馬上県郡に鰐浦。サヒの津との関係→補注9-二六。
二二・二三 飛廉は、風の神。陽侯は、波の神。共に文選、江賦に見える。以下、三三七頁二行まで新羅征討のありさま。仲哀記では「整レ軍双レ船、度幸之時、海原之魚、不レ問二大小一、悉負二御船一而渡。爾順風大起、御船従レ浪。故、其御船之波瀾押二騰新羅之国一、既到二半国一」とある。十二月条一書にも簡単な記事がある。釈紀十一所引播磨風土記逸文には「又攪二濁海水一渡賜之時、底潜魚及高飛鳥等、不二往来一不レ遮レ前…」とある。 二四 →三二八頁注五。 二五 以下三三八頁一六行まで新羅王の降伏の段。仲哀記・十二月条一書にも見える。 二六 伝説なので特定の人をさしたのではない。仲哀記にも「其国王」とだけある。下文(三三八頁一六行)には「新羅の王波沙寐錦」云云とあり、十二月条一書では「新羅の王、宇流助富利智干」云云とあるが、これらは本来の新羅征討の物語とは別系統のものであろう。コキシ→二五八頁注一。 二七 厝は措(オ)くと同じ。厝身で、身をおく。 二八 ノボルは、文選、東京賦の李善注に「凌、升也」。

出二於西海一、令レ察二有レ國耶一。還曰、國不レ見也。又遣二磯鹿海人名草一而令レ視。[1]數レ日還之曰、西北有レ山。帶雲横絚。蓋有レ國乎。爰卜二吉日一、而臨發有レ日。時皇后親執二斧鉞一、令二三軍一曰、金鼓無レ節、旌旗錯亂、則士卒不レ整。貪レ財多欲、懷レ私內顧、必爲レ敵所虜。其敵少而勿レ輕。敵强而無レ屈。則姧暴勿レ聽。自服勿レ殺。遂戰勝者必有レ賞。背走者自有レ罪。既而神有レ誨曰、和魂[2]服二王身一而守二壽命一。荒魂爲二先鋒一而導二師船一。和魂、此云二珥岐瀰多摩一。荒魂、此云二阿邏瀰多摩一。[3]即得二神教一、而拜禮之。因以二依網吾彦男垂見一爲二祭神主一。于時也、適當二皇后之開胎一。皇后則取レ石插レ腰、而祈之曰、事竟還日、產二於玆土一。其石今在二于[4]伊覩縣道邊一。既而則撝二荒魂一、爲二軍先鋒一、請二和魂一、爲二[5]王船鎭一。○冬十月己亥朔辛丑、從二[6]和珥津一發之。時飛廉起レ風、陽侯擧レ浪、海中大魚、悉浮[7]扶レ船。則大風順吹、帆舶隨レ波。不レ勞二[8]檝楫一、便到二新羅一。時隨船潮浪、遠逮二國中一。卽知、天神地祇悉助歟。新羅王、於是、戰々[9]慄々厝身無所。則集二諸人一曰、新羅之建レ國以來、未三嘗聞二海水凌一レ國。若天運[10]盡之、國爲レ海乎。是言未レ訖之間、船師滿レ海、旌旗耀レ日。鼓吹起レ聲、山川↓

悉に振ふ。新羅の王、遙に望りて以爲へらく、非常の兵、將に己が國を滅さむとすと。讋ぢて志失ひぬ。乃今醒めて曰はく、「吾聞く、東に神國有り。日本と謂ふ。亦聖王有り。天皇と謂ふ。必ず其の國の神兵ならむ。豈兵を擧げて距くべけむや」といひて、即ち素旆あげて自ら服ひぬ。素組して面縛る。圖籍を封めて、王船の前に降す。因りて、叩頭みて曰さく、「今より以後、長く乾坤に與しく、伏ひて飼部と爲らむ。其れ船柂を乾さずして、春秋に馬梳及び馬鞭を獻らむ。復海の遠きに煩かずして、年毎に男女の調を貢らむ」とまうす。則ち重ねて誓ひて曰さく、「東にいづる日の、更に西に出づるに非ずは、且阿利那禮河の返りて逆に流れ、河の石の昇りて星辰と爲るに及るを除きて、殊に春秋の朝を闕き、怠りて梳と鞭との貢を廢めば、天神地祇、共に討へたまへ」とまうす。時に或の曰はく、「新羅の王を誅さむ」といふ。是に、皇后の曰はく、「初め神の教を承りて、將に金銀の國を授けむとす。又三軍に號令して曰ひしく、『自ら服はむをばな殺しそ』といひき。今既に財の國を獲つ。亦人自づから降ひ服ひぬ。殺すは不祥し」とのたまひて、乃ち其の縛を解きて飼部としたまふ。遂に其の國の中に入りまして、重寶の府庫を封め、圖籍文書を收む。即ち皇后の所杖ける矛を以て、新羅の王の門に樹て、後葉の印としたまふ。故、其の矛、今猶新羅の王の門に樹てり。爰に新羅の王波沙寐錦、即ち微叱己知波珍干岐を以て質として、仍りて金・銀・彩色、及び綾・羅・縑絹

一 漢書、武帝紀の顔師古注に「讋、失ㇾ気也」。

二 神明の加護する国の意味。三代実録、貞観十一年十二月条に新羅船の筑前国那珂郡を侵した時の伊勢神宮への告文に「然我日本朝波、所謂神明之国奈利、神明之助護利賜波何乃兵寇加可㆓近来㆒岐。…我朝乃神国止畏憚礼来礼留故実乎澆多之失比賜布奈」とある。

三 →㊦補注16-九。

四 日本には聖王がいるから、その軍に帰伏するという思想。垂仁二年是歳条・同三年三月条にも見える。

五 →㊦補注16-一。

六 白きぬの旗。

七 この一節、降服のしるし。→補注7-一四。

漢書、高帝紀の「秦王子嬰、素車白馬係ㇾ頸以ㇾ組封㆓皇帝璽符節㆒、…遂西入㆓咸陽㆒。…封㆓秦重宝財物府庫㆒。…蕭何尽収㆓秦丞相府図籍文書㆒」によるか。顔師古注に「素車白馬、喪人之服、組者天子黻也、係ㇾ頸者言欲㆓自殺㆒也」とある。素組は、降伏のしるしとして白い綬を頸にかけて降ること。組も綬も絲も名義抄にクミの訓がある。よって、古訓ツナを廃して、クミとする。面縛→二六四頁注一五。

八 土地の図面と人民の籍。前注の漢書の文に見える。これを封印して使わなくすることは、土地・人民の支配権をみずから廃することになる。ヘフミは、戸(ヘ)文(フミ)の意。

九 →補注9-七。

一〇 柂は柁に同じ。船かじ。和名抄に「唐韻云、舵、正ㇾ船木也。楊氏漢語抄云、柁〈船尾也、或作ㇾ柂、和語多伊之〉」とある。仲哀記には「不ㇾ乾㆓船腹㆒、不ㇾ乾㆓柂檝㆒」、推古八年是歳条の新羅等の表にも「且船柁を乾さず、歳毎に必ず朝(まう)む」、持統三年五月条の新羅の奏にも「舳を並べて檝を干さず、奉仕れる国なり」と見えている。

一一 馬の毛を洗うはけ。和名抄の引く楊氏漢語抄に「馬刷、于麻波太気」。和名義抄に「馬㓾、ムマハタケ」がある。

一二 →二四八頁注一七。

一三 釈紀は新羅国之河名とし、宮崎道三郎は新羅の都(慶州)の閼川(閼はar,

を齎して、[二九]八十艘の船に載れて、官軍に従はしむ。是を以て、新羅の王、[三〇]常に八十船の調を以て日本國に貢る、其れ是の縁なり。是に、[三一]高麗・[三二]百濟、二の國の王、新羅の、圖籍を收めて日本國に降りぬと聞きて、密に其の軍勢を伺はしむ。則ちえ勝つまじきことを知りて、自ら營の外に來て、叩頭みて款して曰さく、「今より以後は、永く[三三]西蕃と稱ひつつ、朝貢絶たじ」とまうす。故、因りて、[三四]内官家屯倉を定む。

悉振。新羅王遙望以爲、非常之兵、將レ滅二己國一。讋焉失レ志。乃今醒之曰、吾聞、東有二神國一。謂二日本一。亦有二聖王一。謂二天皇一。必其國之神兵也。豈可二擧レ兵以距[1]一乎、[2]即素旆而自服。素組以面縛。封二圖籍一、降二於王船之前一。因以、叩頭之曰、從レ今以後、長與二乾坤一、伏爲二飼部一。其不レ乾二船柂一、而春秋獻二馬梳及馬鞭一。復不レ煩[3]二海遠一、以毎レ年貢二男女之調一。則重誓之曰、非下東日更出レ西、且除二阿利那禮河返以之逆流、及三河石昇爲二星辰一、而殊闕二春秋之朝一、[4]怠廢二梳鞭之貢一、天神地祇、共討焉。時或曰、欲レ誅二新羅王一。於是、皇后曰、初承二神教一、將レ授二金銀之國一。又號二令三軍一曰、勿レ殺二自服一。今既獲二財國一。亦人自降[5]服。殺之不祥、乃解二其縛一爲二飼部一。遂入二其國中一、封二重寶府庫一、收二圖籍文書一。即以二皇后所杖矛一、樹二於新羅王門一、爲二後葉之印一。故其矛今猶樹二于新羅王之門一也。爰新羅王波沙寐錦、即以二微叱己知波珍干岐一爲レ質、仍齎二金銀彩色及綾・羅・縑絹一、載二于八十艘船一、令レ從二官軍一。是以、新羅王、常以二八十船之調一貢二于日本國一、其是之緣也。於是、高麗・百濟二國王、聞下新羅收二圖籍一、降中於日本國上、密令レ伺二其軍勢一。則知レ不レ可レ勝、自來二于營外一、叩頭而款曰、從レ今以後、永稱二西蕃一、不レ絶二朝貢一。故因以、[6]定二内官家屯倉一。↓

川はne←nari)にあて、津田左右吉は広開土王碑の百済都城下の阿利水を一案としてあげた。後世の鴨緑江の鴨緑もまた阿利と同語とされるから、必ずしも固有名詞とはいえない。 一四 アマツミカホシ→一五〇頁注一。 一五 上文の「馬梳及び馬鞭を献る」こと。 一六 以下、王を殺すとの意見を皇后が制してやめさせた話。欽明二十三年六月条にも「我が気長足姫尊、…新羅の王の戮たれむとせし首を全くし」云云とある。しかし十二月条一書では王を殺した話になっている。 一七 新羅国。→三三〇頁注一二。 一八→三三六頁注六。 一九→注七（漢書の一節）・注八。 二〇 仲哀記には「爾以二其御杖一、衝二立新羅国主之門一」と見える。神代記の、建御雷之男神らが出雲を征して剣を浪の穂にさして降伏を促したのとよく似ている。 二一 新羅王宮の門庭に聖標として蘇塗系の神竿・水竿が立てられていたものか（三品彰英）。 二二 以下三行、微叱己知の入貢を述べ、五年三月条の伏線とする。仲哀記にはない。この一連の話は、これまでの征討の物語とは違い、史実を核としたもので、朝鮮側にも以下に述べるような異伝が記録されている。 二三 波沙は、三国史記、新羅本紀の第五代婆娑尼師今（尼師今は王号）なる伝説的王。寐錦は、広開土王碑・智証大師寂照塔碑に見え、尼師今（尼叱今）と同語か。 二四 微叱己知は、第十五代奈勿王の子の未斯欣（三国史記。三国遺事では美海、また未叱喜）。波珍干岐は、新羅十七等官位の第四波珍干（飡）＝海干（海の朝鮮古訓patar）。五年三月条では「微叱許智」伐旱に作る。欽明二十一年九月条に新羅使人「弥至己知」奈末があり、同名異人。→下付表二。→補注9-八。 二五 入貢の年を三国史記は第十六代実聖王元年（四〇二）、三国遺事は奈勿王三六年（三九〇）とする。後説によれば広開土王碑の「倭来渡レ海」云云是所謂[一]三韓なり。皇后、新羅より還りたまふ。

十二月の戊戌の朔辛亥(十四日)に、[二]譽田天皇を筑紫に生れたまふ。故、時人、其の[三]産處を號けて宇瀰と曰ふ。

[四]一に云はく、足仲彦天皇、[五]筑紫の[六]橿日宮に居します。是に神有して、[七]沙麽縣主の祖[八]内避高國避高松屋種に託りて、天皇に誨へて曰はく、「[九]御孫尊、若し[一〇]寶の國を得まく欲さば、現に授けまつらむ」とのたまふ。便ち復曰はく、「[一一]琴將ち來て皇后に進れ」とのたまふ。則ち神の言に随ひて、皇后、琴撫きたまふ。是に、神、皇后に託りて、誨へて曰はく、「今、御孫尊の所望の國は、[一二]譬へば鹿の角の如し。無實たる國なり。其れ今御孫尊の所御へる船、[一三]及び穴戸直踐立が所貢れる水田、名は大田を幣にして、能く我を祭はば、美女の睩の如くして、金・銀多なる、眼炎く國を以て御孫尊に授けむ」とのたまふ。時に天皇、神に對へて曰はく、「[一四]其れ神と雖も何ぞ謾語きたまはむ。何處にか將に國有らむ。且朕が乘る船を、既に神に奉りて、朕曷の船にか乘らむ。然るを未だ誰の神といふことを知らず。願はくは其の名を知らむ」とのたまふ。

時に神、其の名を[一五]稱りて曰はく、「[一六]表筒雄・中筒雄・底筒雄」と、如是三の神の名を稱りて、且重ねて曰はく、「吾が名は、[一七]向匱男聞襲大歷五御魂速狹騰尊なり」とのたまふ。時に天皇、皇后に謂りて曰はく、「[一八]聞き惡き事言ひ坐す婦人か。何ぞ速狹騰と言ふ」とのたまふ。是に、神、天皇に謂りて曰はく、「[一九]汝王、如是信けたまはずは、必ず其の國を得じ。唯し今皇后の懷姙みませる子、[二〇]蓋し獲たまふこと有らむ」とのたまふ。是の夜に、天皇、忽に病發りて崩りましぬ。然して後に、皇后、[二一]神の教の隨に祭ひたてまつる。則ち皇后、[二二]男の束裝して新羅を征ちたまふ。時に神留り導きたまふ。是に由りて、隨船浪、遠く新羅國の中

の前年になる。 二六 →三二六頁注一四・一五。 二七 羅は、細い経糸をよじって組みあわせ、編物のように見える透薄な絹織物。ウスハタのウスは、うすい。ハタは、織物。 二八 目をこまかく固く織った平織の絹。カタオリ(固織)→カトリ。 二九・三〇 船の数の多いこと。仁徳十七年九月条に新羅の調絹及び種種雑物幷せて八十艘、允恭四十二年正月条に新羅の調船八十艘などの例がある。 三一・三二 →補注9-九・一〇。以下、高麗・百済もおそれて朝貢したという話。継体六年十二月条には住吉大神が高麗・百済・新羅・任那を応神に授けたという。仲哀記には「百済国者、定二渡屯家一」。 三三 →補注9-一一。 三四 →下補注18-一三。

一 ふつう馬韓・辰韓・弁韓をさす。ここは四世紀に鼎立状態に入った百済・新羅・高句麗の三国。ただし唐代に唐・新羅で三国を三韓と称した例があり、それにならったものか。

二 後の応神天皇。 →補注9-一二。

三 →補注9-一三。

四 この異伝の内容は仲哀八年九月条以下前段まで及び仲哀記前半と対応する。

五 仲哀天皇。 六 →補注8-四。

七 沙麽→二八六頁注三〇。県主→補注7-四六。沙麽県主の神がかりについて→三二六頁注一〇。

八 北本などには内避の次に高。集解は内避高・国避高・松屋種の三人とし、避高は厚鹿文・迮鹿文(→二九〇頁注一七)の鹿文の類、松屋種はもと地名で和名抄の長門国厚狭郡松室〈万都也〉だという。しかし、ここは神がかりの話なので、祝詞風に長たらしい一人の人名か。避はヒ甲類、高はコ甲類の万葉仮名であるから、避高はヒコと訓め、ここはウツヒコ、クニヒコ、マツヤタネと訓める。ウツヒコは、顕彦の意。顕斎(うついはひ)の語もあるように、顕という語は、神おろし、

に及ちぬ。是に[二三]、新羅[二四]の王、宇流助富利智干[二五]、參迎へて跪きて、王船を取へて卽ち叩頭みて曰さく、「臣、今より以後、日本國に所居します神の御子に、內官家[二六]として、絕ゆること無く朝貢らむ」とまうす。[二七]一に云はく、新羅の王を禽獲にして、海邊に詣りて、王の臏筋[二八]を拔きて、石の上に匍匐はしむ。俄ありて斬りて、沙の中に埋みつ。則ち一人を留めて、新羅[二九]の宰として還したまふ。然して後に、新羅の王の妻、夫の屍を埋みし地を知らずして、獨宰を誘つる情有り。乃ち宰に誂へて曰はく、「汝、當に王の屍を埋みし處

是所謂之三韓也。皇后從二新羅一還之。〇十二月戊戌朔辛亥、生二譽田天皇於筑紫一。故時人號二其產處一曰二宇瀰一也。

一云、足仲彦天皇、居二筑紫橿日宮一。是有レ神、託二沙麼縣主祖內避高國避高松屋種一、以誨二天皇一曰、御孫尊也、若欲レ得二寶國一耶、將現授之。便復曰、琴將來以進二于皇后一。則隨二神言一、而皇后撫レ琴。於是、神託二皇后一、以誨之曰、今御孫尊所望之國、譬如二鹿角一。以無實國也。其今御孫尊所御之船及穴戶直踐立所貢之水田、名大田、爲レ幣、能祭レ我者、則如二美女之睩一、而金銀多之、眼炎國以授二御孫尊一。時天皇對レ神曰、其雖レ神何謾語耶。何處將有レ國。且朕所乘船、既奉二於神一、朕乘二曷船一。然未レ知二誰神一。願欲レ知二其名一。時神稱二其名一曰、[1]表筒雄・[2]中筒雄・[3]底筒雄、如是稱二三神名一、且重曰、吾名向匱男[4]聞襲大歷五御魂速狹騰尊也。時天皇謂二皇后一曰、聞惡事之言坐婦人乎。何言二速狹騰一也。於是、神謂二天皇一曰、汝王如是不レ信、必不レ得二其國一。唯今皇后懷姙之子、蓋有レ獲歟。是夜天皇忽病發以崩之。然後、皇后隨二神教一而祭。則皇后爲二男[5]束裝一、征二新羅一。時神[6]留導之。由レ是、隨船浪之、遠及二于新羅國中一。於是、新羅王宇流助富利智干、參迎跪之、取二王船一[7]卽叩頭曰、臣自レ今以後、於日本國所居神御子、爲二[8]內官家一、無レ絕朝貢。〇一云、[9]禽二獲新羅王一、詣二于海邊一、拔二王臏[10]筋一、令レ匍二匐石上一。俄而斬之、埋二沙中一。則留二一人一、爲二新羅宰一而還之。然後、新羅王妻、不レ知下埋二夫屍一之地上、獨有二誘レ宰之情一。乃[11]誂レ宰曰、汝當令レ識下埋二王屍一之處上、↓

神託に関係が深い。クニヒコは、国彦の意。マツヤは地名。タネは未詳であるが、この訓は従来の訓法よりは多少まさっていると認めてここに採る。マツヤタネは、女性であるから、マツヤツアネ(松室つ姉)の約matuyatuane→matuyatane か。九 天皇。一〇 新羅国。↓三三〇頁注一二。一一 ↓三二六頁注一〇・補注9-一。一二 仲哀八年九月条では「是膂宍之空国也」とある。鹿の角は、中が空洞なので無実。ウツケはウツ(空)を活用した自動詞ウツクの連用形。一三 ↓三二六頁注一九・二〇。一四「其」は仁徳紀以下に多い用法。一五 神が名をあらわすことは本文にも仲哀記にもあるが、仲哀天皇生前のこととする話は他にはない(↓三二七頁注二四)。なお名をあらわす神は、本文や仲哀記と異なる。↓三三〇頁注二五。一六 住吉三神。↓三三二頁注三。一七 ↓補注9-一四。一八 ↓補注9-一四。一九 ↓三二七頁注二六。二〇 後の応神天皇。二一 ↓三三〇頁注一一。二二 ↓三三四頁注八。二三 以下二行、新羅王降伏の話。↓三三七頁注二五。二四・二五 ↓三三七頁注二六・補注9-一五。二六 ↓[下]補注18-一三。二七 以下は新羅王降伏に関する異伝。この異伝の性質・内容特に三国史記の于老の物語との関係↓補注9-一五。二八 新撰字鏡に「髕〈…膝之骨、臏同字、比佐加美乃阿波太〉」、医心方に「比佐、安波太古」、和名抄に「髕〈字亦作臏、阿波太古、俗云阿波太…膝骨也〉」とある。二九 新羅においた日本の使臣。宰は、釈紀十一所引の私記に「師説、令レ持二天皇御言一之人也、故称二美古止毛知一」とある。于老の物語の倭国大臣をさす。↓補注9-一五。姓氏録、右京皇別、真野臣条に大矢田宿禰なるものが「従二気長足姫皇尊一、征二伐新羅一、凱旋之日、便留為二鎮守将軍一、于レ時娶二彼国王猶榻之女一…」。↓補注9-一三。

を識らしめば、必ず敦く報せむ。且吾、汝が妻と爲らむ」といふ。是に、宰、誘く言を信けて、密に屍を埋みし處を告ぐ。則ち王の妻と國人と、共に議りて宰を殺しつ。更に王の屍を出して他處に葬る。乃時に宰の屍を取りて、王の墓の土の底に埋みて、王の櫬を擧げて、其の上に窆ゑて曰はく、「尊く卑しき次第、固に此の如くなるべし」といふ。是に、天皇、聞しめして、重發震忿りたまひて、大きに軍衆を起したまひ、頓に新羅を滅さむとす。是を以て、軍船海に滿みて詣る。是の時に、新羅の國人、悉に懼りて、不知所如。則ち相集ひて共に議りて、王の妻を殺して罪を謝ひにき。

是に、軍に從ひし神表筒男・中筒男・底筒男、三の神、皇后に誨へて曰はく、「我が荒魂をば、穴門の山田邑に祭はしめよ」とのたまふ。時に穴門直の祖踐立・津守連の祖田裳見宿禰、皇后に啓して曰さく、「神の居しまさ欲しくしたまふ地をば、必ず定め奉るべし」とまうす。則ち踐立を以て、荒魂を祭ひたてまつる神主とす。仍りて祠を穴門の山田邑に立つ。

爰に新羅を伐ちたまふ明年の春二月に、皇后、群卿及び百寮を領ゐて、穴門豐浦宮に移りたまふ。卽ち天皇の喪を收めて、海路よりして京に向す。時に麛坂王・忍熊王、天皇崩りましぬ、亦皇后西を征ちたまひ、幷せて皇子新に生れませりと聞きて、密に謀りて曰はく、「今皇后、子有します。群臣皆從へり。必ず共に議りて幼き主を立てむ。吾等何ぞ兄を以て弟に從はむ」といふ。乃ち詳りて天皇の爲に陵を作るまねにして、播磨に詣りて山陵を赤石に興つ。仍りて船を編みて淡路

一 棺のこと。ヒツギの古形。
二 窆は、説文に「葬下レ棺也」。
三 卑しい日本の宰の屍を下に、尊かるべき新羅王の棺を上におくことこそ尊卑の秩序にかなうの意。
四 以下、天皇が怒って軍をおこし、新羅これに屈して王の妻を殺し罪を謝す。于老の物語(→補注9―一五)では「倭人忿来攻二金城一」とあるが、つづいて「不レ克引帰」といい、新羅降伏のことを記さない。
五 この時は天皇がいないから天皇と書くのは不自然。しかしここは異伝の一節として別の時期のことかもしれず、その時に天皇がいたと伝えられていたのかも知れない。ただ誰をさすのか不詳。
六 以下一一行まで、出征以前の神託にしたがい、住吉三神の荒魂を穴門山田邑にまつる話。
七 住吉三神。→三三二頁注三。
八 →三三六頁注一四・一六。
九 穴門→三二二頁注一七。
一〇 →三二六頁注二〇。
一一 →補注9―一六。
一二 住吉神社(長門)→補注9―一七。
一三 以下、忍熊・麛坂二王の反逆の話が三四八頁一二行までつづく。仲哀記にもある。後紀、延暦十八年二月条の和気清麻呂伝に「(祖先)弟彦王、従二神功皇后一征二新羅一凱旋、明年忍熊別皇子有二逆謀一、皇后遣二弟彦王於針間吉備堺山一誅レ之」云云といい、姓氏録、右京皇別、和気朝臣条(→注二二)もほぼ同じ。→補注8―一。
一四 まず次行までは皇后の一行が筑紫より京に向う段。仲哀記には皇后が「於レ倭還上之時、因レ疑二人心一、一二具喪船一、御子載二其喪船一、先令レ言二漏之御子既崩一」とある。少しおもむきがちがう。
一五 仲哀九年の翌年神功摂政元年。→二二六頁注五。
一六 →三二四頁注三。ここに故仲哀天皇

嶋に絚して、其の嶋の石を運びて造る。則ち人毎に兵を取らしめて、皇后を待つ。是に、犬上君の祖倉見別と吉師の祖五十狹茅宿禰と、共に麛坂王に隸きぬ。因りて、將軍として東國の兵を興さしむ。時に麛坂王・忍熊王、共に菟餓野に出でて、祈狩して曰はく、祈狩、此をば宇氣比餓利と云ふ。「若し事を成すこと有らば、必ず良き獸を獲む」といふ。二の王各假庪に居します。赤き猪忽に出でて假庪に登りて、

1必敦報之。且吾爲二汝妻一。於是、宰信二誘言一、密告二埋レ屍之處一。則王妻與二國人一、共議之殺レ宰。更出二王屍一、葬二於他處一。乃時取二宰屍一、埋二于王墓土底一、以擧二王櫬一、2窆二其上一曰、尊卑次第、固當レ如レ此。於是、天皇聞之、重發二震忿一、大起二軍衆一、欲下頓滅二新羅一。是以、軍船滿レ海而詣之。3是時、新羅國人悉懼、不知所如。則相集共議之、殺二王妻一以謝レ罪。　於是、從レ軍神表筒男・中筒男・底筒男、三神誨二皇后一曰、我荒魂、令レ祭二於穴門山田邑一也。時穴門直之祖踐立・津守連之祖田裳見宿禰、啓二于皇后一曰、神欲レ居之地、必宜レ奉レ定。則以二踐立一、爲下祭二荒魂一之4神主上。仍祠立二於穴門山田邑一。爰伐二新羅一之明年春二月、5皇后領二群卿及百寮一、移二于穴門豐浦宮一。卽收二天皇之喪一、從二海路一以向レ京。時麛坂王・忍熊王、聞二天皇崩、亦皇后西征、幷皇子新生一、6而密謀之曰、今皇后有レ子。群臣皆從焉。必共議之立二幼主一。吾等何以レ兄從レ弟乎。乃詳爲二天皇一作レ陵、詣二播磨一興二山陵於赤石一。7仍編レ船絚二于淡路嶋一、運二其嶋石一而造之。則每レ人令レ取レ兵、而待二皇后一。於是、犬上君祖倉見別與二吉師祖五十狹茅宿禰一、共隷二于麛坂王一。因以、爲二將軍一令レ興二東國兵一。時麛坂王・忍熊王、共出二菟餓野一、而祈狩之曰、祈狩、此云二宇氣比餓利一。若有レ成レ事、必獲二良獸一也。二王各居二假庪一。赤猪忽出之登二假庪一、↓

の殯が行われていた。↓仲哀九年二月条。一六 人の遺骸をとりおさめることを収葬という。仲哀九年二月条に「天皇の屍を収めて」(三二八頁九行)とある。一七 仲哀記には倭とある。↓注一三。一八 以下三四三頁三行まで二王の反逆の発端。仲哀記では「香坂王、忍熊王聞而、思レ将二待取一」とある。一九 ↓三二二頁注七・八。二〇 応神天皇。忍熊王らの「吾等何ぞ兄をもて弟に従はむ」という言葉は儒教思想による。二一 史記、蘇秦張儀伝の注に「索隠曰、詳詐也」。陵墓を造ると称して軍兵を集める例は、壬申の乱(下三八四頁一三行以下)にもある。二二 姓氏録、右京皇別、和気朝臣条に「于レ時忍熊別皇子等、竊構二逆謀一、於二明石堺一、備レ兵待レ之」という。二三 多数の船をならべつらねて淡路島にわたし、それを道として島の石を運び、山陵即ち古墳を造る。それによって明石海峡を塞ぐの意味もあろう。播磨風土記、印南郡大国里(今、加古川市西神吉町大国)条には、神功皇后が仲哀天皇陵を作るため、石作連大来を率て(海を渡り)讃岐国の羽若の石材を求めたことが見える。二四 犬上君↓三一三頁注二三。倉見別は他に見えず。仲哀記にも見えない。二五 吉師↓補注9-一八。仲哀記に「難波吉師部之祖、伊佐比宿禰」とある。三四八頁原文四行の歌謡に伊佐智須区禰。二六 以下、二王反逆の話の第三段で二王の祈狩。仲哀記にもある。二七 仲哀記に斗賀野。大阪市北区兎我野町付近とする説(摂津志・記伝など)、神戸市灘区を貫流する都賀川(大石川)の流域とする説(地名辞書・神戸市史)などがある。仁徳三十八年七月条に菟餓野が見える。二八 分注に于気比餓利。ウケヒ↓一〇四頁注二二。ウケヒ狩は、狩で賭をして、戦の勝否をうらなうこと。二九 ↓一二二頁注六。仲哀記では「香坂王、騰二坐歴木(くぬぎ)一」。三〇 仲哀記では大怒猪。

麛坂王を咋ひて殺しつ。軍士悉に慄づ。忍熊王、倉見別に謂りて曰はく、「是の事大きなる怪なり。此にしては敵を待つべからず」といふ。則ち軍を引きて更に返りて、住吉に屯む。時に皇后、忍熊王師を起して待てりと聞しめして、武内宿禰に命せて、皇子を懐きて、横に南海より出でて、紀伊水門に泊らしむ。皇后の船、直に難波を指す。時に、皇后の船、海中に廻りて、進むこと能はず。更に務古水門に還りまして卜ふ。是に、天照大神、誨へまつりて曰はく、「我が荒魂をば、皇后に近くべからず。當に御心を廣田國に居らしむべし」とのたまふ。卽ち山背根子が女葉山媛を以て祭はしむ。亦稚日女尊、誨へまつりて曰はく、「吾は活田長峡國に居らむとす」とのたまふ。因りて海上五十狹茅を以て祭はしむ。亦事代主尊、誨へまつりて曰はく、「吾をば御心の長田國に祠れ」とのたまふ。則ち葉山媛の弟長媛を以て祭はしむ。亦表筒男・中筒男・底筒男、三の神、誨へまつりて曰はく、「吾が和魂をば大津の渟中倉の長峡に居さしむべし。便ち因りて往來ふ船を看さむ」とのたまふ。是に、神の教の隨に鎭め坐ゑまつる。則ち平に海を度ること得たまふ。忍熊王、復軍を引きて退きて、菟道に到りて軍す。皇后、南 紀伊國に詣りまして、太子に日高に會ひぬ。群臣と議及りて、遂に忍熊王を攻めむとして、更に小竹宮 小竹、此をば芝努と云ふ。に遷ります。

是の時に適りて、晝の暗きこと夜の如くして、已に多くの日を經ぬ。時人の曰は

一 以下五行目まで二王の反逆の第四段。忍熊王の住吉への退却と、皇后方の難波への進攻。この話は仲哀記にはない。これに反し仲哀記には忍熊王の喪船攻撃をいうが書紀にはない。

二 摂津国兎原郡住吉とする説もあるが、同国住吉郡(今、大阪市住吉区)とみる。住吉神社もここにある。→補注9-二一。住吉はスミノエで墨江之三前大神(神代記)、墨江大神(仲哀記)などと書く。釈紀六所引摂津風土記逸文、住吉の条には、はじめ「真住吉住吉国」といったが、「今俗略之、直称二須美乃叡一」とある。のちスミヨシといい、和名抄に須三与之と書く。

三 →補注7-三。

四 皇后の船の「直に難波を指す」に対し、宿禰らは迂回しての意。五 紀伊の海港。

六 武庫とも書き、応神四十一年二月是月条に「至二津国一及二于武庫一」とある。和名抄に摂津国武庫郡武庫郷(今、兵庫県尼崎市の武庫川河口東岸)がある。務古水門は、その地の海港で、尼崎市・西宮市の武庫川河口付近。

七 以下、二王反逆の話の第五段。務古水門で四神を祭ると海が平らかとなる。一方、忍熊王は菟道に退く。務古水門で祀った神神→補注9-一九。八 →三三一頁注三三。

九 →三三六頁注一四・一六。

一〇 →補注9-二〇。

一一 「御心を」は「広」というための修飾語。広田は、延喜神名式の摂津国武庫郡広田神社(西宮市大社町)の地。→補注9-一九。住吉神代記には広田社の祭の神宴歌「墨江伊賀太浮渡末世住吉夫古」をあげる。一二 姓氏録、摂津神別、山(代)直条に、「天御影命第十一世孫、山代根子之後也」という。葉山媛は他に見えず。

一三 →一一四頁注一・補注9-三。一四 活田は、延喜神名式の摂津国八部郡生田神社(神戸市生田区下山手通)の地。→補注9-一九。長峡は、

く、「常夜行く」[二八]といふなり。皇后、紀直[二九]の祖豊耳に問ひて曰はく、「是の怪は何の由ぞ」とのたまふ。時に一の老父有りて曰さく、「傳に聞く、是の如き怪をば、阿豆那比[三〇]の罪と謂ふ」とまうす。「何の謂ぞ」と問ひたまふ。對へて曰さく、「二の社の祝者[三一]を、共に合せ葬むるか」とまうす。因りて、巷里に推問はしむるに、一の人有りて曰さく、「小竹の祝と天野[三二]の祝と、共に善しき友たりき。小竹の祝、逢病して

咋二麛坂王一而殺焉。軍士悉慄也。忍熊王謂二倉見別一曰、是事大怪也。於レ此不レ可レ[1]待レ敵。則引レ軍更返、屯二於住吉一。時皇后聞二忍熊王起レ師[2]以待一レ之、命二武内宿禰一、懷二皇子一、横出二南海一、泊二于紀伊水門一。皇后之船、直指二難波一。于時、皇后之船、廻二於海中一、以不レ能レ進。更還二[3]務古水門一而卜之。於是、天照大神誨之曰、我之荒魂、不レ可レ近二皇后[4]一。當レ居二御心廣田國一。卽以二山背根子之女葉山媛一令レ祭。亦稚日女尊誨之曰、吾欲レ居二活田長峽國一。因以二海上五十狹茅一令レ祭。亦事代主尊誨之曰、祠二吾于御心長田國一。則以二葉山媛之弟長媛一令レ祭。亦表筒男・中筒男[5]・底筒男、三神誨之曰、吾和魂宜レ居二大津渟中倉之長峽一。便因看二往來船一。於是、隨二神敎一以鎭坐焉。則平得レ度レ海。忍熊王復引レ軍退之、到二菟道一而軍之。皇后南詣二紀伊國一、會二太子於日高一。以議二及群臣一、遂欲レ攻二忍熊王一、更遷二小竹宮一。[6][7]小竹、此云二之努一。適二是時一也、晝暗如レ夜、已經二多日一。時人曰、常夜行之也。皇后問二紀[8]直祖豐耳一曰、是怪何由矣。時[9]有二一老父一曰、傳聞、如レ是怪謂二阿豆那比之罪一也。問二何謂一也。對曰、二社祝者、共合葬歟。因以、令レ推二問巷里一、有二一人一曰、小竹祝與二天野祝一、共爲二善友一。小竹祝逢病而　→

長く尾をひいた地形か。一五 旧事紀、国造本紀、胸刺国造条の伊狭知直に結び付ける説もあるが(通証の引く度会延佳の説・栗田寛の国造本紀考の説)、胸刺国造条は疑わしいのでこの説はとれない。一六 →三三一頁注三八。一七 長田は、延喜神名式の摂津国八部郡長田神社(神戸市長田区長田町)の地。→補注9-一九。一八 他に見えず。一九 住吉三神。→三三二頁注三。二〇 →三三六頁注一四。なお荒魂を穴門山田邑にまつったこと→三四二頁七—一一行・同頁注一二。二一 →補注9-二一。二二 →摂政前紀仲哀九年九月条(三三六頁九—一一行)。二三 和名抄に山城国宇治郡(今、京都府宇治市)。菟道に退いた理由は、通釈に「此時の京は近江国志賀高穴穂宮(→三一六頁注四)なるべければ此王等も其処におはしけん、故、倭国には入坐ずて近江の方へと菟道まで退き坐るなり」という。近江の朝廷にとっての菟道の戦略的重要性は、たとえば壬申の乱の記事(下三八五頁一—二行)参照。二四 以下、二王の反逆の話の第六段。皇后方が紀伊の小竹宮で軍議の時のアヅナヒの罪の話。これも仲哀記にはない。二五 後の応神天皇。ただ立太子は三年正月ゆえ、皇子とあるべきところ。二六 続紀、天平宝字八年七月条に庚寅編戸(→下補注30-五)以前のこととして木国氷高評をあげる。和名抄に紀伊国日高郡(今、和歌山県日高郡)がある。二七 小竹は分注にシノとある。→一二四頁注七。通釈に紀伊国那珂郡志野村(今、和歌山県那賀郡粉河町長田)とする。和歌山県御坊市新町の小竹八幡宮ではそこを宮址という。二八 →一二頁注三四。イフナリのナリは伝聞の助動詞。…トイウ噂ダの意。二九 紀直→二八四頁注五。紀伊国造補任の第九代等与美美命は豊耳をさすか。三〇 アヅナヒの語義・語源未詳。三一 →一二五頁注一六。三二 →補注9-二二。

死りぬ。天野の祝、血泣ちて[一]曰はく、『吾は生けりしときに交友たりき。何ぞ死にて穴を同じくすること無けむや』といひて、則ち屍の側に伏して自ら死ぬ。仍りて合せ葬む。蓋し是か」とまうす。乃ち墓を開きて視れば實なり。故、更に棺櫬[二]を改めて、各異處にして埋む。則ち日の暉[三]炳爍[四]りて、日と夜と別有り。

三月の丙申の朔庚子（五日）に、武内宿禰[五]・和珥臣[六]の祖武振熊に命して、數萬の衆を率ゐて、忍熊王を撃たしむ。爰に武内宿禰等、精兵を選びて山背より[七]出づ。菟道に至りて河の北に屯む。忍熊王、營を出でて戰はむとす。時に熊之凝[八]といふ者有り。忍熊王の軍の先鋒と爲る。熊之凝は、葛野城首[九]の祖なり。一に云はく[一〇]、多呉吉師[一一]の遠祖なりといふ。則ち己が衆を勸めむと欲ひて、因りて、高唱く歌して曰はく、

彼方[一二]の　あらら松原　松原に　渡り行きて　槻弓に　まり矢を副へ　貴人は
貴人どちや　親友はも　親友どち　いざ闘はな　我は　たまきはる　内の朝臣
が　腹内は　小石あれや　いざ闘はな　我は

時に武内宿禰[一三]、三軍[一四]に令して悉に椎結[一五]げしむ。因りて號令して曰はく、「各儲[一六]弦を以て髮中に藏め、且木刀[一七]を佩け」といふ。既にして乃ち皇后の命を擧げて、忍熊王を誘[一八]りて曰はく、「吾は天下を貪らず。唯幼き王[一九]を懷きて、君王[二〇]に從ふらくのみ。豈距き[二一]戰ふこと有らむや。願はくは共[二二]に弦を絕ちて兵を捨てて、與に連和[二三]しからむ。然して則ち、君王は天業を登して、席[二四]に安く枕を高くして、專萬機[二五]を

一 激しく泣く意。イサ(不知)といって相手を拒否して泣く意。
二 説文に「櫬、棺也」。
三 説文に「暉、光也」。
四 炳は、名義抄にテル・テラスと見え、爍は音栄(栄はサカユ、花サク)で、花の咲くように火が輝くこと。炳爍は、光り輝く・光り照る意。
五 以下、二王反逆の話の第七段で、菟道での戦闘。仲哀記にもあるが、皇后方の武内宿禰、忍熊王方の犬上君倉見別が見えない。
六 →補注9-二三。
七 「より」は、原文「従」。紀伊から北上して山背方面に進出。
八 不詳。仲哀記にはない。
九 葛野は地名。→二一四頁注一九。城は、氏の名。他に見えず。首は、カバネ。→補注13-一。
一〇・一一 多呉は氏の名。多胡に通じ、続紀、神亀三年正月条庚子条に、多胡吉師手という者が見える。吉師は吉士に同じ。→補注9-一八。底本等にこの所、一云が二つ重なっているが、相違は吉師を吾師とするにすぎない。吾は吉を誤ったものであろうから、一云が二つあるのは重複かの疑いがある。この巻については、よい本文を多く伝える北本に、後の一云以下がない。従って、北本により、後の一云以下を省く。
一二 〔歌謡二八〕遠方の疎林の松林に進んで行って、槻弓に鏑矢をつがえ、貴人は貴人どうし、親友は親友どうし、さあ闘おう、われわれは。武内朝臣の腹の中には、小石が詰まっているはずはない。さあ闘おう、われわれは。この歌は戦意を高揚させるための歌。アララは、アラアラの約。アラは、粗・疎。マリ矢は、矢じりのまるい矢。かぶら矢の一種。ウマ人は、貴人。イトコの語義未詳。タマキハルは枕詞。命とか内とかにかかる。「魂極る」命・顕(ウツ)、転じて内とつづくものであろう。ウチノアソは、武内宿

制まさむ」といふ。則ち顯に軍の中に令して、悉に弦を斷り刀[二六]を解きて、河水に投る。忍熊王、其の誘の言を信[二七]けたまはりて、悉に軍衆に令して、兵を解きて河水に投れて、弦を斷らしむ。爰に武内宿禰、三軍に令して、儲弦を出して、更に張りて、[二八]眞刀を佩く。河を度りて進む。忍熊王、欺かれたることを知りて、倉見別[二九]・五十狹[三〇]茅宿禰に謂りて曰はく、「吾既に欺かれぬ。今儲の兵無し。豈戰ふこと得べけむや」

死之。天野祝血泣曰、吾也生爲二交友一。何死之無二宜同一レ穴乎[1]、則伏二屍側一而自死。仍合葬焉。蓋是之乎。乃開レ墓視之實也。故更改二棺櫬一、各異處以埋之。則日暉炳爍、日夜有レ別。〇三月丙申朔庚子、命二武内宿禰・和珥臣祖武振熊一、率二數萬衆一、令レ擊二忍熊王一。爰武内宿禰等、選二精兵一從二山背一出之。至二菟道一以屯二河北一。忍熊王出レ營欲レ戰。時有二熊之凝者一。爲二忍熊王軍之先鋒一。熊之凝者、葛野城首之祖也。一云、多呉吉師之遠祖也。[2]則欲レ勸二己衆一、因以、高唱之歌曰、烏智箇多能、阿邏々[3]痲菟麼邏、摩菟麼邏珥、和多利喩祇氏、菟區喩彌珥、末利椰[4]塢多具陪、宇摩比等破、于摩譬苔[5]奴知野、伊徒姑播茂、伊徒姑奴池、伊裝阿波那、和例波、多摩岐波屢、于池能阿層餓、波邏濃知波、異佐誤阿例椰、伊裝阿波那、和例波。時武内宿禰、令二三軍一悉令二椎結一。因以號令曰、各以二儲弦[6]藏二于髮中一、且佩二木刀一。既而乃擧[7]二皇后之命一、誘二忍熊王一曰、吾勿レ貪二天下一。唯懷二幼王一、從二君王一者也。豈有二距戰一耶。願共絶レ弦捨レ兵、與連和焉。然則、君王登二天業一、以安レ席高レ枕、專制二萬機一。則顯令二軍中一、悉斷レ弦解レ刀、投二於河水一。忍熊王信二其誘言一、悉令二軍衆一、解レ兵投二於河水[8]一、而斷レ弦。[9]爰武内宿禰、令二三軍一、出二儲弦一、更張、以佩二眞刀一。度[10]レ河而進之。忍熊王知レ被レ欺、謂二倉見別・五十狹茅宿禰一曰、吾既被レ欺。今無二儲兵一。豈可レ得レ戰乎、↓

禰(→補注7-三)。小石アレヤのアレは、已然形。ヤは、反語をあらわす。

一三 仲哀記では建振熊命。

一四 →三三六頁注六。

一五 →二九七頁注二五。椎結は、夷人の髮形なので、その風をして降伏のふりをしたものか。

一六 儲は、ひかえ。弦は、和名抄に由美都流。儲弦で、ひかえの弓づる。仲哀記には「設弦〈一名云二宇佐由豆留一〉」とある。髮に武器をしのばせる例に、景行四十年七月条の「箭藏二頭髻一」(三〇二頁六行)がある。

一七 真刀に対し、実戦に役立たない木刀。崇神六十年七月条には、出雲臣振根が似せの木刀を弟の真刀ととりかえ、弟をだましうちに殺す話(二五一頁五行—二五二頁六行)がある。

一八 ヲコツル→二〇三頁注二二。

一九 後の応神天皇。

二〇 忍熊王が皇位をついだなら忍熊王に従おうの意。

二一 ホセクはフセクに同じ。フム(踏)をホムというに類する音変化。

二二 ともに弓矢・武器を捨てて講和すること。仲哀記に「絶二弓絃一、欺陽帰服」。

二三 連合して和睦すること。漢書、高后紀に「斎王与連和」。

二四 安んじてその地位にいる。

二五 万は、無数の意味。機は、機微。従って、万機は、帝王のよろずのまつりごと。専制は、淮南子、氾論訓の注に「専、独。制、断」とあり、独断で事を行うこと。

二六 上文の木刀。

二七 仲哀記では「於レ是其将軍(伊佐比宿禰)既信レ詐、弭レ弓蔵レ兵」。

二八 マは接頭語。サヒは、鉏。小刀の類。朝鮮語 tsap と関係ある語。

二九 →三四三頁注二四。 三〇 →三四三頁注二五。

といひて、兵を曳きて稍退く。[一]武内宿禰、精兵を出して追ふ。適[二]逢坂に遇ひて破りつ。故、其の處を號けて逢坂と曰ふ。軍衆走ぐ。狹狹浪の[三]栗林[四]に及きて多に斬りつ。是に、血流れて栗林に溢く。故、是の事を惡みて、今に至るまでに、其の栗林の菓を御所に進らず。忍熊王、逃げて入る所無し。則ち五十狹茅宿禰を喚びて、

[五]歌して曰はく、

[六]いざ吾君 五十狹茅宿禰 たまきはる 内の朝臣が 頭槌の 痛手負はずは 鳰鳥の 潛せな

則ち共に瀬田の[七]濟に沈りて死りぬ。時に、武内宿禰、[八]歌して曰はく、

[九]淡海の海 瀬田の濟に 潛く鳥 目にし見えねば [一〇]憤しも

是に、其の屍を探けども得ず。然して後に、日數て菟道河に出づ。武内宿禰、[一一]亦歌して曰はく、

[一二]淡海の海 瀬田の濟に 潛く鳥 田上過ぎて 菟道に捕へつ

冬十月の癸亥の朔甲子(二日)に、群臣、[一三]皇后を尊びて皇太后と曰す。是年、[一四]太歳辛巳。即ち[一五]攝政元年とす。

二年の冬十一月の丁亥の朔甲午(八日)に、[一六]天皇を河内國の[一七]長野陵に葬りまつる。

三年の春正月の丙戌の朔戊子(三日)に、譽田別皇子を立てて、皇太子としたまふ。因りて[一八]磐余に都つくる。是をば[一九]若櫻宮と謂ふ。

一 以下、二王反逆の話の第八段。近江での戦い。忍熊王は武内宿禰のため逢坂・粟津の栗林と追われ瀬田で死ぬ。仲哀記では皇后方の将は建振熊命であり、栗林・瀬田の地名もなく簡単。 二 近江の逢坂。万葉三二三六によると、当時宇治(菟道)から近江に出るには阿後尼原・山科の石田を経て逢坂を越えた。 三 狭狭浪は仲哀記に沙沙那美。近江国滋賀郡のあたりの総名。ゆえに万葉にも「ささなみのしが」(例、三一の左散難弥乃志我)という表現が多い。 四 栗林は、この地帯に含まれる近江国滋賀郡の粟津(今、滋賀県大津市膳所)の栗栖。催馬楽の鷹の子に「安波川乃原(粟津の原)乃美久留須(御栗林)の…」とある。 五 仲哀記にもこの歌があるが、「五十狭茅宿禰」(忍熊方の将軍)がなく、「たまきはる内の朝臣」の代りに「振熊」(武振熊。神功皇后方の将軍)が入るなどのちがいがある。内の朝臣が武内宿禰をさすならば、書紀は古い歌謡における武振熊の代りに武内宿禰を主人公としたことになろう。 六 〔歌謡二九〕さあ、わが君、五十狭茅宿禰よ。武内宿禰の、手痛い攻撃を身に受けずに、鳰鳥のように水に潜って死のう。痛手負ハズハのズは、連用形。ズハのハは、仮定条件のバではなく、「痛手負はず」ということを特に取り立てていう語。従って、「痛手を負はずに」に近い表現。 七 瀬田川の済(渡し場)。仲哀記では淡海の海(琵琶湖)で死んだことにする。 八 この歌は仲哀記にない。 九 〔歌謡三〇〕淡海の海の瀬田の済で水に潜く鳥が見あたらなくなったので不安である。アフミは、アハウミ(塩水に対して淡水)の約。aFaumi→afumi。イキドホルは、息が鼻を強く通るのが語源。嘆息して強い息をもらすこと。イキドホロシは、嘆かわしい意。この歌、もと、瀬田川で鵜飼による漁撈をしていた人の歌であり、潜く鳥は鵜を指すとも見られる。天平宝字六年七月十九日阿

五年の春三月の癸卯の朔己酉（七日）に、新羅の王二〇、汙禮斯伐二一・毛麻利叱智二二・富羅母智二三等を遣して朝貢る。仍りて先の質微叱許智伐旱二四を返したまはむといふ情有り。是二五を以て、許智伐旱に誂へて、紿かしめて曰さしむらく、「使者汙禮斯伐・毛麻利叱智等、臣に告げて曰へらく、『我が王、臣が久に還らざるに坐りて、悉二六に妻子を沒めて孥二七とせり』といへり。冀はくは蹔く本土に還りて、虚實を知りて請さむ」

曳ㇾ兵稍退。武内宿禰出二精兵一而追之。適遇二于逢坂一以破。故號二其處一曰二逢坂一也。軍衆走之。及二于狹々浪栗林一而多斬。於是、血流溢二栗林一。故惡二是事一、至二于今一、其栗林之菓不ㇾ進二御所一也。忍熊王逃無ㇾ所ㇾ入。則喚二五十狹茅宿禰一、而歌之曰、伊裝阿藝、伊佐智須區禰、多摩枳波屢、于知能阿曾餓[1]、勾夫菟智能、伊多氏於破餓破、珥倍廼利能、介豆岐齊奈。則共沈二瀬田濟一而死之。于時、武内宿禰歌之曰、阿布彌能彌、齊多能和多利珥、伽豆區苔利[2]、梅珥志彌曳泥麼、異枳廼倍呂之茂。於是、探二其屍一而不ㇾ得也。然後、數ㇾ日之出二於菟道河一。武内宿禰亦歌曰、阿布瀰能瀰、齊多能和多利珥、介豆區苔利[3]、多那伽瀰須疑氏、于泥珥等邏倍菟。○冬十月癸亥朔甲子、群臣尊二皇后一曰二皇太后一。◎是年也、太歲辛巳。即爲二攝政元年一。

二年冬十一月丁亥朔甲午、葬二天皇於河内國長野陵一。

三年春正月丙戌朔戊子、立二譽田別皇子一、爲二皇太子一。因以、都二於磐余一。是謂二若櫻宮一。

五年春三月癸卯朔己酉、新羅王[4]遣二汙禮斯伐・毛麻利叱智・富羅母智等一朝貢。仍有下返二先質微叱許智伐旱一之情上。是以、誂二許智伐旱一、而紿之曰、使者汙禮斯伐・毛麻利叱智等、告ㇾ臣曰、我王以坐二臣久不ㇾ還、而悉沒二妻子一爲ㇾ孥。冀蹔還二本土一、知二虛實一而請焉。↓

刀宇治麻呂解（大日本古文下五）に「後啓、鮮年魚類、右、依二比日之間、川水甚太一、此河鵜甘不ㇾ往、又不ㇾ作二網代一、仍雖二東西走求一、都不ㇾ得二彼実一…」とあるのが参照される。一〇 宇治川。一一 この歌も仲哀記にはない。一二（歌謡三〇） 田上は、地名辞書に近江国栗太郡上田上村・田上村（今、大津市田上関津町付近から栗太郡瀬田町桐生付近にかけての地付近という）。雄略十一年五月条には「近江国栗太郡言、白鸕鷀居二于谷上（たなかみ）浜一…」。万葉五〇に「淡海乃国之衣手能田上山」。一三 書紀は天皇即位元年に前天皇の皇后を皇太后とする記事をおく（→二二一頁注二四）。ここでは執政者が皇后自身なのであるが、それにならったもの。→補注8-一。一四 →補注3-六。一五 →補注8-一。一六 仲哀天皇。一七 仲哀記に「御陵在二河内恵賀之長江一也」。延喜諸陵式に「恵我長野西陵〈穴門豊浦宮御宇仲哀天皇。在二河内国志紀郡一。兆域東西二町。南北二町。陵戸一烟。守戸四烟〉」。陵墓要覧による所在地は、大阪府南河内郡藤井寺町大字岡（今、大阪府南河内郡美陵町大字岡）。一八 →補注3-一。一九 →補注9-二四。二〇 以下の話は摂政前紀仲哀九年十月条の話の後日譚。この話は三国史記四十五、列伝第五の朴堤上、三国遺事、紀異第一の金堤上の伝に見える四世紀末五世紀初めのできごとと同工異曲である。従って神功皇后の話とは別の起源の話であり、文中の皇太后・葛城襲津彦などの名は書紀が加えたものとみられる。次行まではその第一段。新羅王（史記・遺事では訥祇王。四一七―四五七）が微叱許智（史記の未斯欣、遺事の美海・未叱喜。→三三八頁注二四）召還のため、毛麻利叱智（堤上のこと）らをおくる話。二一 摂政前紀仲哀九年十二月条一書に新羅王の名とされる宇流助富利（智干）（→補注9-一五）と同名か。宇流＝汙礼、助富利＝斯伐。二二 史記の朴堤上。同書に朴堤上はとまうさしむ。[一]皇太后、則ち聽したまふ。因[二]りて、[三]葛城襲津彦を副へて遣す。共に對馬に到りて、[四]鉏海の水門に宿る。時[五]に新羅の使者毛麻利叱智等、竊に船及び水手を分り、微叱旱岐を載せて、新羅に逃れしむ。乃ち[六]蒭靈を造り、微叱許智の床に置きて、詳りて病する者の爲にして、襲津彦に告げて曰はく、「微叱許智、忽に病みて死なむとす」といふ。襲津彦、人を使して病する者を看しむ。即[七]ち欺かれたることを知りて、新羅の使者三人を捉へて、檻中に納めて、火[八]を以て焚き殺しつ。乃[九]ち新羅に詣りて、[一〇]蹈鞴津に次りて、[一一]草羅城を拔きて還る。是[一二]の時の俘人等は、今の桑[一三]原・佐[一四]糜・[一五]高宮・[一六]忍海、凡て四の邑の漢人等が始祖なり。

十三年の春二月の丁巳の朔甲子（八日）に、[一七]武内宿禰に命せて、太子に從ひて角[一八]鹿の[一九]笥飯大神を拜みまつらしむ。癸酉（十七日）に、太子、角鹿より至りたまふ。是[二〇]の日に、皇太后、太子に大殿に[二一]宴したまふ。皇太后、[二二]觴を擧げて太子に[二三]壽したまふ。因りて[二四]歌して曰はく、

[二五]此の御酒は　吾が御酒ならず　神酒の司　常世に坐す　いはたたす　少御神の　豐壽き　壽き廻ほし　神壽き　壽き狂ほし　奉り來し御酒そ　あさず飮せ　さ　さ

武内宿禰、太子の爲に答歌して曰さく、

[二六]此の御酒を　釀みけむ人は　その鼓　臼に立てて　歌ひつつ　釀みけめかも

毛末ともいったとある。毛末はmomar. 智は尊称。[二三]他に見えず。[二四]摂政前紀仲哀九年十月条に「微叱己知波珍干岐」に作る。↓三三八頁注二四。伐旱(por-han)は新羅十七等官位の第一位たる角干(spur-kan)にあてられる。角干はまた舒発翰・舒弗邯とも書く。[二五]以下三五〇頁一行まで第二段。毛麻利叱智らが微叱許智をかたらい、妻子が奴とされたので早く本国に帰還したいといつわりを言わせる話。史記・遺事には見えない。ただ史記に、堤上の言葉として「若倭人不ㇾ可ㇳ以㆓口舌㆒論ㇹ、当ㇾ以㆓詐謀㆒、可ㇾ使㆓王子帰来㆒」とある。[二六]実聖王(四〇二—四一六)時代、前王(奈勿王)の太子、後の訥祇王は徳望の故に疎外され、その弟にあたる未斯欣(ここの微叱許智)らも他国に質として遣わされていたから、一家は没落の危険にさらされていたといえる。従って妻子が官奴とされた可能性はある。[二七]孥は奴。ツカサヤツコは、官奴。

[一]神功皇太后。[二]以下、次行まで第三段。史記に「兼差㆓提上㆒与㆓未斯欣㆒為ㇾ将」云云とある。[三]↓補注9-二五。[四]↓補注9-二六。[五]以下、五行目まで第四段で、毛麻利叱智らが襲津彦をだまして微叱許智脱出に成功する話。史記・遺事にも類似の話がある。なお史記、新羅本紀第四では未斯欣の帰還を訥祇王二年(四一八)とする。[六]礼記、檀弓の鄭玄注に「芻霊束ㇾ茅為㆓人馬㆒、謂㆓之霊㆒者、神之類」。既に脱出した微叱許智の床に人形をおき、まだ寝ているようにみせかける。[七・八]以下、次行まで第五段。毛麻利叱智らを火あぶりにして殺す話。史記に「使人以㆓薪火㆒焼㆓爛支体㆒、然後斬ㇾ之」といい、遺事では倭王が、倭国に寝反ることを強要したが、提上は肯んじなかったので「焼㆓殺於木島中㆒」とある。[九]以下、第六段。史記・遺事の堤上の話には見えない。ただ史記、新羅本紀第

此の御酒の　あやに　うた樂しさ　さ

三十九年。是年、太歲己未。魏志に云はく、明帝の景初の三年の六月、倭の女王、大夫難斗米等を遣して、郡に詣りて、天子に詣らむことを求めて朝獻す。太守鄧夏、吏を遣して將て送りて、京都に詣らしむ。

四十年。魏志に云はく、正始の元年に、建忠校尉梯携等を遣して、詔書印綬を奉りて、倭國に詣らしむ。

三には訥祇王二年未斯欣が帰還した後、十五年、二十四年などに倭人が侵攻したという。一〇→補注9-二七。一一→補注9-二六。一二 以下、第七段。「今」即ち、書紀編纂当時、下記四邑にいる漢人らは葛城襲津彦がつれ帰った捕虜の子孫だという伝説。坂上系図所引姓氏録には、仁徳朝に「挙レ落随来」った氏氏の第十に高宮、第十七・十八・十九に忍海・佐味・桑原の村主をあげている。一三→補注9-二八。一四→補注9-二九。一五 高宮邑にあたる地名には、和名抄に大和葛上郡高宮郷・河内讃良郡高宮郷があるが、おそらく前者。→二〇〇頁注五。高宮氏には天平五年右京計帳に高宮村主部大富売が見える。一六→補注9-三〇。一七 次行まで太子応神の角鹿笥飯大神の礼拝。仲哀記では忍熊王を近江に滅ぼした後、禊のために若狭を経て、角鹿にいたり、気比大神に御名を奉る。一八→三二二頁注一一。一九→補注9-三一。二〇 以下、三五一頁一行まで酒ほがいの話で、神功皇后の物語はここですべて終る。仲哀記にもある。二一 トヨノアカリ→下補注22-八。二二・二三 挙觴は、史記、滑稽、淳于髡伝に「奉レ觴上レ寿」。觴は、説文に「実曰レ觴、虚曰レ觶」。酒をなみなみついだ盃。上寿は、ことほぎをたてまつること。サカホカヒのサカは酒、ホカヒはホキアヒ(祝き合ひ)の意。互に祝言すること。二四 以下二つの歌は仲哀記にもあって、「此者酒楽之歌也」という。琴歌譜にも十六日節(踏歌節会)酒・坐歌二つとして、類歌をあげている。二五(歌謡三二) この神酒は私だけの酒ではない。神酒の司で、常世の国におられる少御神が、側で歌舞に狂って醸して、天皇に献上して来た酒である。さあ、残さずお飲みなさい。→補注9-三二。二六(歌謡三三) この神酒を醸した人は、その鼓を臼のように立てて歌いながら醸したからであろう。この神酒の、何ともいえ

皇太后則聽之。因以、副二葛城襲津彦一而遣之。共到二對馬一、宿二于鉏海水門一。時新羅使者毛麻利叱智等、竊分二船及水手一、載二微叱旱岐一、令レ逃二於新羅一。乃造二蒭靈一、置二微叱許智之床一、詳爲二病者一、告二襲津彦一曰、微叱許智忽病之將レ死。襲津彦使二人令レ看二病者一。即知レ欺、而捉二新羅使者三人一、納二檻中一、以レ火焚而殺。乃詣二新羅一、次二于蹈鞴津一、拔二草羅城一還之。是時俘人等、今桑原・佐糜・高宮・忍海、凡四邑漢人等之始祖也。

十三年春二月丁巳朔甲子、命二武内宿禰一、從二太子一令レ拜二角鹿笥飯大神一。〇癸酉、太子至レ自二角鹿一。是日、皇太后宴二太子於大殿一。皇太后擧レ觴以壽二于太子一。因以歌曰、

虚能彌企破、和餓彌企那羅儒、區之能伽彌、等虚豫珥伊麻輸、伊破多々須、周玖那彌伽未能、等豫保枳、々々茂苔陪之、訶武保枳、々々玖流保之、摩菟利虚辭彌企層、阿佐孺塢齊、佐佐。武内宿禰爲二太子一答歌之曰、許能彌企塢、伽彌雞武比等破、曾能菟豆彌、于輸珥多氏々、于多比菟々、伽彌雞梅伽墓、許能彌企能、阿椰珥、于多娜濃芝作、沙。

卅九年。是年也、太歲己未。魏志云、明帝景初三年六月、倭女王遣二大夫難斗米等一、詣レ郡、求レ詣二天子一朝獻。太守鄧夏遣レ吏將送詣二京都一也。

卌年。魏志云、正始元年、遣二建忠校尉梯携等一、奉二詔書印綬一、詣二倭國一也。

四十三年。魏志に云はく、正始の四年、倭王、復使大夫伊聲者掖耶約等八人を遣して上獻す。

四十六年の春三月の乙亥の朔に、斯摩宿禰を卓淳國に遣す。斯麻宿禰は、何の姓の人といふことを知らず。是に、卓淳の王末錦旱岐、斯摩宿禰に告げて曰はく、「甲子の年の七月の中に、百濟人久氐・彌州流・莫古の三人、我が土に到りて曰はく、『百濟の王、東の方に日本の貴國有ることを聞きて、臣等を遣して、其の貴國に朝でしむ。故、道路を求めて、斯の土に至りぬ。若し能く臣等に教へて、道路を通はしめば、我が王必ず深く君王を徳せむ』といふ。時に久氐等に謂りて曰はく、『本より東に貴國有ることを聞けり。然れども、未だ通ふこと有らざれば、其の道を知らず。唯海遠く浪嶮し。則ち大船に乗りて、僅に通ふこと得べし。若し路津有りと雖も、何を以てか達ること得む』といふ。是に、久氐等が曰はく、『然らば即ち當今は通ふこと得まじ。若かじ、更に還りて船舶を備ひて、後に通はむには』といふ。仍りて曰ひしく、『若し貴國の使人、來ること有らば、必ず吾が國に告げたまへ』といひき。如此いひて乃ち還りぬ」といふ。爰に斯摩宿禰、即ち傔人爾波移と卓淳人過古と二人を以て、百濟國に遣して、其の王を慰勞へしむ。時に百濟の肖古王、深く歡喜びて、厚く遇ひたまふ。仍りて五色の綵絹各一匹、及び角弓箭、并せて鐵鋌四十枚を以て、爾波移に幣ふ。便に復寶の藏を開きて、諸の珍異しきものを示しめて曰さく、「吾が國に多に是の珍寶有り。貴國に貢らむと欲

ず、美味しいことよ。ウスニタテテは、釈紀に「古時臼辺立レ鼓、以二其鳴声一助二杵歌一也」とある。二七 以下四十三年条まで分注に魏志、倭人伝を引く。→補注9-三三。二八 魏第三代の天子。魏志(紹興版。以下同じ)には引用箇所に、この二字がない。ただし明帝は二三九年正月に死んでいるので六月は斉王芳即位の後。二九 二三九年。魏志に二年とするが、梁書にも三年とある。二年は戊午であって、太歳己未と矛盾するので、三年がよいか。三〇 卑弥呼。三一 魏志、倭人伝には別の箇所に「自レ古以来其使詣二中国一皆自称二大夫一」とある。三二 魏志、倭人伝に七所みえ、みな斗を升に作る。以下、人名等にも伝と異なるものがあり、書紀が誤っていることの明白なものもあるが、本文はそのままにしておく。三三 帯方郡。三四 天子のいる洛陽。三五 帯方郡太守。三六 魏志、倭人伝には鄧を劉に作る。三七 魏都洛陽。三八 二四〇年。三九 魏志、倭人伝では、この上に太守弓遵の四字あり、忠は中に作る。建忠校尉の建忠は、不詳。校尉は、文官をいう。四〇 携は、魏志、倭人伝に僞。四一 魏帝が前年十二月倭女王にたまわった詔、親魏倭王の印及び紫綬。→補注9-三三。四二 魏志、倭人伝は、このあとに「拝二仮倭王一并齎レ詔賜二金帛・錦罽・刀・鏡・采物一…」とある。

一 二四三年。二 者は魏志、倭人伝に耆。三 魏志、倭人伝に三箇所みえる。耶は邪、約は拘または狗に作る。四 魏志、倭人伝には「上二献生口・倭錦・絳青縑・緜衣・帛布・丹・木𤝔・短弓矢一…」とある。五 以下、六十五年条まで百済を主とする対鮮交渉記事。百済記(→補注9-三七)を史料とし、かなり自由な筆致で構文したもの。ただし、五十年条・五十一年条などは全体として書紀の述作とみられ、四十七年条もそれか。百済記は干支を以て年次を示したが、書紀は干

支二運をくりあげて配当した(↓補注8-一)。従って述作部分を除き、干支二運さげれば史実。まず本年条は、成立後間もない百済国(↓補注9-一〇)とはじめて通じた事情。年は丙寅、書紀紀年で二四六年、干支二運さげて三六六年のこと。斯摩は後文に志摩とある。氏ではなくて、人の名か。六 ↓補注9-四〇。七 いわゆるカバネでなく、氏の名も姓ということがある。八 末錦は、寐錦(↓三三八頁注二三)に同じ。末は未(み)の誤か。旱岐は、加羅諸国の王号。欽明紀に多い。九 二年前の三六四年。

一〇 中の訓↓補注9-三四。

一一 隅田八幡宮人物画像鏡銘の「今州利」の「今」を「命」と読み、これと同一人とする説もあるが、鏡は三世紀代にはのぼらないから無理。

一二 三国史記、近仇首王即位前紀に己巳年(三六九)に将軍莫古解がある。あるいは同一人か。顕宗三年是歳条の莫古解は同名異人とみる。莫古は、釈紀にマクコ・マウコとあるが、古のkoにつづくために、makという字を使ったものでここはマコという古訓に従った方がよいかもしれない。一三 ↓下補注16-九。一四 ↓補注9-三五。一五 オムカシは、新撰字鏡に「偉慶、説也、奇也、賀也、幸也、福也、於毛加志、又宇礼志」とあり、ヨロコバシの意味の形容詞。オムカシミは、オムカシと思うこと。一六 路上の津(船つき)。一七 通釈のいうように、「船舶なくば」などを補うと意味が通る。一八 シキリテは、漢書、宣帝紀の顔師古注に「仍、頻也」。一九 従者。↓下四一頁注二六。二〇 他に見えず。熱本傍書「私記、移音野」がある。移をヤと訓むとの意である。二一 他に見えず。二二 百済第十三代の王。三国史記に近肖古王(三四六―三七五)、応神記に照古王とあり、晋書、簡文帝紀咸安二年(三七二)条に余句とある。↓五十五年条。二三 綵は、あや・いろどり。シミは、染みで、色どったもの。

ふとも、道路を知らず。志有りて從ふこと無し。然れども猶今使者に付けて、尋ぎて貢獻らくのみ」とまうす。是に、爾波移、事を奉けて還りて、志摩宿禰に告ぐ。便ち卓淳より還れり。

二七 四十七年の夏四月に、百濟の王、久氏・彌州流・莫古を使して、朝貢らしむ。時に新羅國の調の使、久氏と共に詣り。是に、皇太后と太子譽田別尊と大きに歡喜び

[1] 卌三年。魏志云、正始四年、倭王復遣二使[2]大夫伊聲者掖耶約等八人一上獻。

[3] 卌六年春三月乙亥朔、遣二斯摩宿禰于卓淳國一。[4] 斯麻宿禰者、不レ知二何姓人一也。於是、卓淳王末錦旱岐、告二斯摩宿禰一曰、甲子年七月中、百濟人久氏・彌州流・莫古三人、到二於我土一曰、百濟王、聞三東方有二日本貴國一、而遣二臣等一、令レ朝二其貴國一。故求二道路一、以至二于斯土一。若能敎二臣等一、令レ通二道路一、則我王必深德二君王一。時謂二久氏等一曰、本聞三東有二貴國一。然未二曾有一レ通、不レ知二其道一。唯海遠浪嶮。則乘二大船一、僅可レ得レ通。若雖レ有二[5] 路津一、何以得レ達耶。於是、久氏等曰、然卽當今不レ得レ通也。不レ若、更還之備二船舶一、而後通矣。仍曰、若有二貴國使人來一、必應告二吾國一。如此乃還。[6] 爰斯摩宿禰卽以下傔人爾波移與二卓淳人過古一二人上、遣二于百濟國一、慰二勞其王一。時百濟[7] 肖古王、深之歡喜、而厚遇焉。仍以二五色綵絹各一匹、及角弓箭、幷鐵鋌卌枚一、[8] [9] 幣二爾波移一。[10] 便復開二寶藏一、以示二諸珍異一曰、吾國多有二是珍寶一。欲レ貢二貴國一、不レ知二道路一。有レ志無レ從。然猶今付二使者一、尋貢獻耳。於是、爾波移奉レ事而還、告二志摩宿禰一。[11] 便自二卓淳一還之也。[12]

[13] 卌七年夏四月、百濟王使二久氏・彌州流・莫古一、令二朝貢一。[14] 時新羅國調使、與二久氏一共詣。於是、皇太后・太子譽田別尊、大歡喜→

て曰はく、「先の王の所望したまひし國人、今來朝り。痛しきかな、天皇に逮さざることを」とのたまふ。群臣、皆流涕びずといふこと莫し。仍りて二の國の貢物を檢校ふ。是に、新羅の貢物は、珍異しきもの甚多なり。百濟の貢物は、少く賤しくして良からず。便ち久氐等に問ひて曰はく、「百濟の貢物、新羅に及かざること、奈之何に」とのたまふ。對へて曰さく、「臣等、道を失ひて、沙比の新羅に至りぬ。則ち新羅人、臣等を捕へて囹圄に禁む。三月を經て殺さむとす。時に久氐等、天に向ひて呪ひ詛ふ。新羅人、其の呪ひ詛ふことを怖りて殺さず。則ち我が貢物を奪りて、因りて、己が國の貢物とす。新羅の賤しき物を以て、相易へて臣が國の貢物とす。臣等に謂りて曰はく、『若し此の辭を誤てらば、還らむ日に及りて、當に汝等を殺さむ』といふ。故、久氐等、恐怖りて從へらくのみ。是を以て、僅に天朝に達ること得たり」とまうす。時に皇太后・譽田別尊、新羅の使者を責めて、因りて、天神に祈みて曰さく、「當に誰人を百濟に遣してか、事の虚實を檢へしめむ。當に誰人を新羅に遣してか、其の罪を推へ問はしむべけむ」とまうす。便ち天神誨へて曰はく、「武内宿禰をして議を行はしめよ。因りて千熊長彦を以て使者とせば、當に所願の如くならむ」とのたまふ。千熊長彦は、分明しく其の姓を知らざる人なり。一に云はく、武藏國の人。今は是額田部槻本首等が始祖なりといふ。百濟記に、職麻那那加比跪と云へるは、蓋し是か。是に、千熊長彦を新羅に遣して、責むるに百濟の獻物を濫れりといふことを以てす。

二四 角弓は、和名抄に都能由美。角を材料とした弓。六典に「角弓以筋角、騎兵用之」とあり、弓の曲っている内側に牛筋、外側には牛角をはりつけた弓という(吉田光邦)。天平七年四月吉備真備の献上品に角弓一張が見える(続紀)。

二五 鉄材。奈良市宇和奈辺古墳陪塚からは鉄鋌の実物と目される大小二種の鉄板が八七〇個も出土している。新羅の故都、慶州の金冠塚などからも多量出土。魏志、弁辰伝に「国出鉄、韓・濊・倭皆従取之…」とある。

二六 ニヘサ→二〇一頁注一二。

二七 丁卯年。百済のはじめての朝貢を新羅が遮り、貢物を奪って日本に献じたので、千熊長彦を遣わして新羅の非を責めた事件。この事件も百済記にもとづくとすれば、書紀紀年を干支二運さげて三六七年の史実とみることができる。ただ、この条には、前年・次年条とはちがって、百済史料によらなくては記述できないような人名・地名を欠く。また新羅が百済の貢物を奪うというモチーフは垂仁二年是歳条やその一書、応神十四年是歳条などにもある類型的なものなので、全体として編者述作の疑いもある。→三五二頁注五。

一 →補注9-二六。

二 トゴフ→一五四頁注七。

三 日本をさす。

四 →補注9-三六。

五 ワキワキシク→二七〇頁注四二。

六 →三五二頁注七。

七 複姓の額田部には、額田部湯坐連(→(下)三一〇頁注三)・額田部川田連(続紀、天平宝字二年七月条)がある。姓氏録ではともに天津彦根命の後とし、また允恭天皇の時、額に町形の毛あり額田部の姓をたまうという。→(下)四七七頁注二九。槻本氏には槻本村主・連・公がある。

八 →補注9-三七。

九 人名。跪は、釈紀にクとあるが、シナの上古音ではコ。比跪は、男子の尊称たるヒコ(彦)で、六十二年条の、やはり百済記の沙至比跪(三五九頁四行)の例もある。男子の名にヒコをつけることは三世紀にはさかのぼり、魏志、倭人伝にも、卑狗・狗古智卑狗などの例が見られる。千熊長彦との関係→補注9－三六。
一〇 己巳年。書紀紀年で二四九年。干支二運さげて三六九年の史実をふくむ。内容は、(a)七国平定と(b)済州島を百済につけたことの二つ。(a)を、池内宏は、六世紀ごろ、任那日本府の管下の諸小国の服属起源の話とする。末松保和はこれを史実とみる。後説によれば、これこそ属領任那の起源で、垂仁二年是歳条の伝説的な任那起源の物語とは異なる。→補注5－七。(b)は、これも史実とみる説(末松保和)もあるが、池内宏・三品彰英らは六世紀ごろの史実の反映と見る。→三五六頁注八。三六九年は百済が高句麗の大侵攻をうけた年。しかし百済は本条に見るごとき日本の強い助力を得たためか、三七一年、肖古王(→三五二頁注二二)と太子の精兵三万が高句麗を侵し、故国原王(三三一—三七一)を戦死させた(三国史記、近肖古王二十六年条)。→補注9－四三。
一一 →補注9－三八。
一二 トトノヘ→一九二頁注一。
一三 百済国または卓淳国が荒田別らの軍では足りず、増援を乞うたもの。
一四 この二人未詳。
一五 →補注9－三九。
一六 未詳。

一〇 四十九年の春三月に、一一 荒田別・鹿我別を以て将軍とす。則ち久氐等と、共に兵を一二 勒へて度りて、卓淳國に至りて、将に新羅を襲はむとす。時に或の曰さく、「兵衆少くは、新羅を破るべからず。一三 更復、一四 沙白・蓋盧を奉り上げて、軍士を増さむと請へ」とまうす。即ち一五 木羅斤資・一六 沙沙奴跪 是の二人は、其の姓を知らざる人なり。但し木羅斤資のみは、百濟の将なり。 に命せて、精兵を領ゐて、沙白・蓋盧と共に遣しつ。倶に卓淳

之曰、先王所望國人、今來朝之。痛哉、不㆑逮㆓于天皇㆒矣。群臣皆莫㆑不㆓流涕㆒。仍檢㆓校二國之貢物㆒。於是、新羅貢物者、珍異甚多。百濟貢物者、少賤不㆑良。便問㆓久氐等㆒曰、百濟貢物、不㆑及㆓新羅㆒、奈之何。對曰、臣等失㆑道、至㆓沙比新羅㆒。則新羅人捕㆓臣等㆒禁㆓囹圄㆒。經㆓三月㆒而欲㆑殺。時久氐等、向㆑天而呪詛之。新羅人怖㆓其呪詛㆒而不㆑殺。則奪㆓我貢物㆒、因以、爲㆓己國之貢物㆒。以㆓新羅賤物㆒、相易爲㆓臣國之貢物㆒。謂㆓臣等㆒曰、若誤㆓此辭㆒者、及㆓于還日㆒、當殺㆓汝等㆒。故久氐等恐怖而從耳。是以、僅得㆑達㆓于天朝㆒。時皇太后・譽田別尊、責㆓新羅使者㆒、因以、祈㆓天神㆒曰、當遣㆓誰人於百濟㆒、將檢㆓事之虛實㆒。當遣㆓誰人於新羅㆒、將推㆓問其罪㆒。便天神誨之曰、令㆓武内宿禰行㆒㆑議。因以㆓千熊長彥㆒爲㆓使者㆒、當如[1]㆓所願㆒。千熊長彥者、分明不㆑知㆓其姓㆒人。[2]一云、武藏國人。今是額田部槻本首等之始祖也。百濟記云㆓職[5]麻那々加[8]比跪㆒者、蓋是歟[4]也。於是、遣㆓千熊長彥于新羅㆒、責以㆑濫㆓百濟之獻物㆒。

卌九年春三月、以㆓荒田別・鹿我別㆒爲㆓將軍㆒。則與㆓[6]久氐等㆒、共勒㆑兵而度之、至㆓卓淳國㆒[7]、將㆑襲㆓新羅㆒。時或曰、兵衆少之、不㆑可㆑破㆓新羅㆒。更復、奉㆓上沙白・蓋盧㆒、請㆑增㆓軍士㆒。卽命㆓木羅斤資・沙々奴跪㆒ 是二人、不㆑知㆓其姓㆒人也。[8]但木羅斤資者、百濟將也。 領㆓精兵㆒、與㆓沙白・蓋盧㆒共遣之。倶集㆓于卓淳㆒、↓

に集ひて、新羅を撃ちて破りつ。因りて、比自㶱・南加羅・㖨國・安羅・多羅・卓淳・加羅、七の國を平定く。仍りて兵を移して、西に廻りて古奚津に至り、南蠻の忱彌多禮を屠きて、百濟に賜ふ。是に、其の王肖古及び王子貴須、亦軍を領ゐて來會り。時に比利・辟中・布彌支・半古、四の邑、自然に降服ひぬ。是を以て、百濟の王父子及び荒田別・木羅斤資等、共に意流村 今、州流須祇と云ふ。に會ひぬ。相見て欣感す。禮を厚くして送り遣す。唯し千熊長彥と百濟の王とのみ、百濟國に至りて、辟支山に登りて盟ふ。復古沙山に登りて、共に磐石の上に居り。時に百濟王盟ひて曰さく、「若し草を敷きて坐とせば、恐るらくは火に燒かれむことを。且木を取りて坐とせば、恐るらくは水の爲に流されむことを。故、磐石に居て盟ふことは、長遠にして朽つまじといふことを示す。是を以て、今より以後、千秋萬歲に、絕ゆること無く窮ること無けむ。常に西蕃と稱ひつつ、春秋に朝貢らむ」とまうす。則ち千熊長彥を將て、都下に至りて厚く禮遇を加ふ。亦久氐等を副へて送る。

五十年の春二月に、荒田別等還れり。

夏五月に、千熊長彥・久氐等、百濟より至る。是に、皇太后、歡びて久氐に問ひて曰はく、「海の西の諸の韓を、既に汝が國に賜ひつ。今何事ありてか頻に復來る」とのたまふ。久氐等奏して曰さく、「天朝の鴻澤、遠く弊しき邑に及ぶ。吾が王、歡喜び踊躍りて、心にえ任びず。故、還使に因りて、至誠を致す。萬世に逮ぶ

一―七 →補注9-四〇。

八 上記の七国は慶尚北道南部と慶尚南道東部にあった。これに反し、以下の済州島や全羅南道などははるか西方。そこで「西に廻りて」という。池内宏・三品彰英は、これら西方地域に関する(a)忱弥多礼の割譲、(b)比利以下の降伏、及び次年度の(c)多沙の割譲は、加羅諸国の歴史からも、新羅との政治地理関係からも事情を異にするものであることと、これらはみな継体初年の史実と類似することなどから、六世紀の出来事を過去に投影したものかという。→三五五頁注一〇・補注9-四一。

九 下文の忱弥多礼(済州島)に渡る要津。全羅南道康津か。輿地勝覧に耽津県の古跡として、古康津・旧渓所(在県南三十里)をあげるが、旧渓所は古渓津の名を伝えたものとする。

一〇・一一 南蛮は、南蛮・北狄の南蛮。百済の南海の野蛮国の意味。忱弥多礼は応神八年条(三六六頁四行)の百済記にも見え、従って百済記固有の表現。いまの済州島で、隋書や書紀の他の箇所では耽羅(→補注[下]17-七)ともいった。忱弥・耽は通音。多礼は鮎貝房之進によれば、tal 即ち山の意味。三品彰英によれば梁・涿(tor, to)即ち古代村落国家の意味。応神八年条の百済記によると、その時忱弥多礼は百済から日本に奪取されたとあるが、継体二年十二月条には、耽羅はこの時はじめて百済に通ずるとある。三品は、本文の記事は、この継体紀の史実を過去に投影したものであるとする。忱は、中国上古音で侵部に所属する文字。侵部の韻は iəm であるから、忱は tiəm の音を持っていた。ところが同韻に今、金 kiəm(コムの音)があることによって分るように iəm の音は古い日本語では、オ列乙類のオムの音を写すに使う。よって tiəm はトムの仮名で写すことがありえた。今ことに忱にトムの仮名をつけるのは、釈記に

と雖も、何の年にか朝らざらむ」とまうす。皇太后勅して云はく、「善き哉汝が言。是朕が懐なり」とのたまふ。多沙城を増し賜ひて、往還ふ路の驛としたまふ。

五十一年の春三月に、百濟の王、亦久氐を遣して朝貢る。是に、皇太后、太子及び武内宿禰に語りて曰はく、「朕が交親する百濟國は、是天の致へる所なり。人に由りての故に非ず。玩好、珍しき物、先より未だ有らざる所なり。歳時を闕かず、

撃㆓新羅㆒而破之。因以、平㆓定比自㶱・南加羅・喙國・安羅・多羅[1]・卓淳・加羅㆒、七國㆒。仍移㆑兵、西廻至㆓古奚津㆒、屠㆓南蠻[2]忱彌多禮㆒、以賜㆓百濟㆒。於是、其王肖古及王子貴須、亦領㆑軍來會。時比利・辟中・布彌支・半古、四邑、自然降服。是以、百濟王父子及荒田別・木羅斤資等、共會㆓意流村㆒。今云㆓州流須祇㆒。相見欣感。厚㆑禮送遣之。唯千熊長彦與㆓百濟王㆒、至㆓于百濟國㆒、登㆓辟支山㆒盟之。復登㆓古沙山㆒、共居㆓磐石上㆒。時百濟王盟之曰、[3]若敷㆑草爲㆑坐、恐見㆓火燒㆒。且取㆑木爲㆑坐、恐爲㆑水流。故居㆓磐石㆒而盟者、示㆓長遠之不㆒㆑朽者也。是以、自㆑今以後、千秋萬歳、無㆑絶無㆑窮。常稱㆓西蕃㆒、春秋朝貢。則將㆓千熊長彦㆒、至㆓都下㆒厚加㆓禮遇㆒。亦副㆓久氐等[4]㆒而送之。

五十年春二月、荒田別等還之。○夏五月、千熊長彦・久氐等、至㆑自㆓百濟㆒。於是、皇太后歡之[5]問㆓久氐㆒曰、海西諸韓、既賜㆓汝國㆒。今何事以頻復來也。久氐等奏曰、天朝鴻澤、遠及㆓弊邑㆒。吾王歡喜踊躍、不㆑任㆓于心㆒。故因㆓還使㆒、以致㆓至誠㆒。雖㆑逮㆓萬世㆒、何年非㆑朝。皇太后勅云、善哉汝言。是朕懷也。增㆓賜多沙城㆒、爲㆓往還路驛㆒。

五十一年春三月、百濟王亦遣㆓久氐㆒朝貢。於是、皇太后語㆓太子及武内宿禰㆒曰、朕所交親百濟國者、是天所㆑致。非㆓由㆑人故㆒。玩好珍物、先所㆑未㆑有。不㆑闕㆓歳時㆒、→

もある古訓であるが、その音韻上の事情は右のごときものである。 一二 →三五二頁注二二。

一三 百済第十四代の王。三国史記に近仇首王(近肖古王の子。三七五—三八四)。梁書、百済伝の「晋太元(三七六—三九七)中、王須…遣献二生口一」の須にあたる。→五十六年条・六十四年条。セシム→㊦二八頁注一三。 一四—一七 →補注9-四一。 一八・一九 →補注9-四二。 二〇 →補注9-四一。 二一 →補注9-四三。

二二 敷は、北本による。底本・熱本・勢本は数に作り、カリテと訓むが、数をカルと訓む例はないらしい。キシキは、居敷。「居敷く」の名詞形。磐石(トコイシ)の上に坐することは、当時の人人に「永遠」の観念を与えたことが以下の話で分る。 二三 史記、梁孝王世家に「千秋万歳後伝二於王一」。 二四 →補注9-一一。

二五 晋書、羊曼伝に「故以二其土望一厚加二礼遇一」。

二六 この条は神功皇太后を主役とし、日本の徳化を称える観念的な話。最後の多沙城も六世紀ごろの有名な史実(→注八)を過去に投影したものとするならば、オリジナルな史料にもとづくものは一つもないことになる。→三五二頁注五。

二七 大きな恩恵。 二八 自国の謙称。

二九 法華経、譬喩品に「心大歓喜、踊躍無量」。ホドハシルは、新撰字鏡に「忡…心保止波志留…」とある。 三〇 法華経、薬王菩薩本事品に「讃言、善哉、善哉、善男子」。

三一 慶尚南道と全羅南道との道堺、蟾津江の河口付近。三国史記、地理志に、韓(大の意)多沙郡は後の河東郡、嶽陽県はもと小多沙県とし、輿地勝覧の光陽県の古跡に多沙川所(在二県東六十五里一)がある。継体紀の、(a)六年十二月条に四県を、(b)七年十一月条に己汶・滞沙を百済に割譲することが見える。(a)は前年度の四邑の降伏と対応すると見ることができ(→補注9-四一)、(b)は本条の内容に一致点が多い。池内宏・

三品彰英は、本条は(b)の事件を過去に投影して神功皇后朝の時のこととしたと見る(→注八)。

三 本条も前年度の条と同じ性質の記事と見られる。→三五二頁注五。

一 額は、額(ひた)。額致地は、額を地面にすりつける。

二 →補注9-三五。

三 壬申年。書紀紀年で二五二年。干支二運さげて三七二年。特有な地名・人名が豊富なので百済史料、おそらくは百済記(→補注9-三七)の記事によって構文したもの。→三五二頁注五。内容は、百済が同盟の誓いとして七枝刀・七子鏡などを献じたこと。応神記に百済国主照古王が「貢二上横刀及大鏡一」とあるのは、この記事に該当しよう。三七二年は百済肖古王二十七年にあたる。百済はこの年晋に朝貢して鎮東将軍領楽浪太守となった(晋書、簡文帝紀咸安二年条・三国史記)。

四 →補注9-四四。

五 →補注9-四五。

六 鮎貝房之進は、そのころ百済王都が広州古邑(南漢山北麓)にあったことや、本文の「国の西に水有り」にあたる大河としては臨津江・礼成江をあげられることから、二江の上流の黄海道谷山郡を谷那に擬した。応神八年三月条の谷那とは別。この年の前年、三七一年、百済が高句麗に侵入して領土をひろめた史実(→三五五頁注一〇)、及び谷那鉄山の上記の擬定とをあわせ考えるならば、この鉄山は右の北進で獲得されたものであろう。

七 三国史記に近肖古王の孫、枕流王(三八四―三八五)。→六十四年条・六十五年条。

八 乙亥年。書紀紀年で二五五年。干支二運さげて三七五年。三国史記に近肖古王三十年(乙亥年、三七五)の冬十一月王薨とあり、両者一致する。従って本条は百済側の史料にもとづいて作った記事。

九 →三五二頁注二二。

常に來て貢獻る。朕、此の款を省るに、毎に用て喜ぶ。朕が存けらむ時の如くに、敦く恩惠を加へよ」とのたまふ。

即年に、千熊長彦を以て、久氐等に副へて百濟國に遣す。因りて、大恩を垂れて曰はく、「朕、神の驗したまへる所に從ひて、始めて道路を開く。海の西を平定けて、百濟に賜ふ。今復厚く好を結びて、永に寵め賞す」とのたまふ。是の時に、百濟の王の父子、並に額を致地みて、啓して曰さく、「貴國の鴻恩、天地よりも重し。何の日何の時にか、敢へて忘れまつること有らむ。聖王、上に在しまして、明なること日月の如し。今臣、下に在りて、固きこと山岳の如し。永に西蕃と爲りて、終に貳心無けむ」とまうす。

五十二年の秋九月の丁卯の朔丙子(十日)に、久氐等、千熊長彦に從ひて詣り。則ち七枝刀一口・七子鏡一面、及び種種の重寶を獻る。仍りて啓して曰さく、「臣が國の西に水有り。源は谷那の鐵山より出づ。其の邈きこと七日行きて及らず。當に是の水を飲み、便に是の山の鐵を取りて、永に聖朝に奉らむ」とまうす。乃ち孫枕流王に謂りて曰はく、「今我が通ふ所の、海の東の貴國は、是天の啓きたまふ所なり。是を以て、天恩を垂れて、海の西を割きて我に賜へり。是に由りて、國の基永に固し。汝當善く和好を脩め、土物を聚斂めて、奉貢ること絕えずは、死ぬと雖も何の恨みかあらむ」といふ。是より後、年毎に相續ぎて朝貢る。

八 五十五年に、百濟の九肖古王薨せぬ。
一〇 五十六年に、百濟の一一王子貴須、立ちて王と爲る。
一二 六十二年に、新羅朝ず。即年に、一三襲津彦を遣して新羅を撃たしむ。一四百濟記に云はく、
一五 壬午年に、新羅、貴國に奉らず。貴國、一六沙至比跪を遣して討たしむ。新羅人、美女二人を莊飾りて、
津に迎へ一七誘る。沙至比跪、一八其の美女を受けて、反りて一九加羅國を伐つ。加羅の國王二〇己本旱岐、及び二一兒百久

常來貢獻。朕省二此款一、毎用喜焉。如二朕存時一、敦加二恩惠一。◎即年、以二千熊長彦一、副二久氐等一遣二百濟國一。因以、垂二大恩一曰、朕從二神所一レ驗、始開二道路一。平二定海西一、以賜二百濟一。今復厚結レ好、永寵賞之。是時、百濟王父子、並顙致地、啓曰、貴國鴻恩、重二於天地一。何日何時、敢有レ忘哉。聖王在レ上、明如二日月一。今臣在レ下、固如二山岳一。永爲二西蕃一、終無二貳心一。

五十二年秋九月丁卯朔丙子、久氐等從二千熊長彦一詣之。則獻二七枝刀一口・七子鏡一面、及種々重寶一。仍啓曰、臣國以西有レ水。源出レ自二谷那鐵山一。其邈七日行之不レ及。當飮二是水一、便取二是山鐵一、以永奉二聖朝一。乃謂二孫枕流王一曰、今我所レ通、海東貴國、是天所レ啓。是以、垂二天恩一、割二海西一而賜レ我。由レ是、國基[1]永固。汝當善脩二和好一、聚二斂土物一、奉貢不レ絕、雖レ死何恨。自レ是後、毎レ年相續朝貢焉。

五十五年、百濟肖古[2]王薨。

五十六年、百濟王子貴須立爲レ王。

六十二年、新羅不レ朝。即年、遣二襲津彦一擊二新羅一。百濟記云、壬午年、新羅不レ奉二貴國一。貴國遣二沙至比跪一令レ討之[8]。新羅人莊二飾美女[4]二人一、迎二誘於津一。沙至比跪、受二其美女一、反伐二加羅國一。加羅國王己本旱岐、及兒百久 →

一〇 前年条と同性質の記事。
一一 →三五六頁注一三。
一二 壬午年。書紀紀年で二六二年。干支二運さげて三八二年。この条は、分注の百済記によって構文されたものであろう。百済記は、壬午年に沙至比跪を発遣したとする。書紀の編者は、日本側に初期対韓経営の将軍として知られた葛城襲津彦を沙至比跪と同一人であると考え、壬午年にあたる六十二年条をたてて、葛城襲津彦発遣のことを簡略に記し、分注で百済記の記事をそのまま紹介したのであろう。なお四十六年条・四十九年条・五十二年条のごとく、百済記の記事を土台にして本文を書く形式をとらなかったのは、百済記に見える沙至比跪の最後が名誉ある終りではなかったことや、千熊長彦の例(→補注9―三六)に見るごとく、書紀は日本側に伝わった人名と、外国側に伝わった人名とを意識的に書きわけようとしたためであろうか。それは神功皇后と倭人伝の卑弥呼との関係の扱い方でも同じである。
一三 →補注9―二五。
一四 →補注9―三七。
一五 三八二年。
一六 同一人が日本側に伝わって(葛城)襲津彦、百済側に伝わって沙至比跪と記録されたものと考えられる。ソツビコのソはサチヒコのサに、前者のツは後者のチに、まま交替する音。
一七 ヲコツル→二〇三頁注二二。
一八 下文には「新羅の美女を納りて、捨てて討たず。反りて我が国(加羅)を滅す」とある。
一九 応神十四年是歳条にも襲津彦と加羅の関係を記してある。加羅は金海加羅か、高霊加羅(→補注9―四〇)か不明。
二〇 他に見えず。旱岐は、加羅諸国の王の称号。己本は、王の名。
二一 未詳。以下の人名も未詳。

至・阿首至・國沙利・伊羅麻酒・爾汶至等、其の人民を將て、百濟に來奔ぐ。百濟厚く遇ふ。加羅の國王の妹[一]既殿至、[二]大倭に向きて啓して云さく、「[三]天皇、沙至比跪を遣して、新羅を討たしめたまふ。而るを新羅の美女を納りて、捨てて討たず。反りて我が國を滅す。兄弟・人民、皆爲流沈へぬ。憂へ思ふにえ任びず。故、以て來り啓す」とまうす。天皇、大きに怒りたまひて、即ち[四]木羅斤資を遣して、兵衆を領ゐて加羅に來集ひて、其の社稷を復したまふといふ。[五]一に云はく、沙至比跪、天皇の怒を知りて、敢へて公に[六]還らず。乃ち自ら[七]竄伏る。其の妹、皇宮に幸ること有り。比跪、密に使人を遣して、天皇の怒解けぬるや不やを問はしむ。妹、乃ち夢に託けて言さく、「今夜の夢に沙至比跪を見たり」とまうす。天皇、大きに怒りて云はく、「比跪、何ぞ敢へて來る」とのたまふ。[八]妹、皇言を以て報す。比跪、免れざることを知りて、[九]石穴に入りて死ぬといふ。

[一〇]六十四年に、百濟國の[一一]貴須王薨りぬ。王子[一二]枕流王、立ちて王と爲る。

[一三]六十五年に、百濟の枕流王薨りぬ。王子[一四]阿花年少し。[一五]叔父辰斯、奪ひて立ちて王と爲る。

[一六]六十六年。是年、晉の[一七]武帝の[一八]泰初の二年なり。晉の[一九]起居の注に云はく、武帝の泰初の二年の十月に、[二〇]倭の女王、[二一]譯を重ねて貢獻せしむといふ。

六十九年の夏四月の辛酉の朔丁丑(十七日)に、皇太后、[二二]稚櫻宮に崩りましぬ。[二三]時に年一百歳。

冬十月の戊午の朔壬申(十五日)に、[二四]狹城盾列陵に葬りまつる。是の日に、皇太后を

一 未詳。 二 応神二十五年条の百済記によるとおもわれる文にも大倭木満致とする本がある(→三七六頁注二一)。書紀が大倭と書く時、一般には大和国をさすが、この場合は日本に対する敬称。 三 百済記における天皇の用語→補注9-三七。 四 →補注9-三九。 五 前文では加羅を滅ぼして以後の沙至比跪の運命は記していない。一云はもっぱらそれを記したもの。 六 欽明五年三月条に「公(はら)に私(びし)に往還ふ」(下八六頁一六行)とある。ひそかに日本に帰ったの意。 七 国語、晋語の注に「竄、隠也」。 八 不詳。ただし葛城襲津彦の女(磐之媛命)は仁徳天皇の後宮に入り皇后となった。→補注9-二五。妹が後宮に入っていたことはあり得る。 九 襲津彦の運命についての日本側の所伝→補注9-二五。 一〇 甲申年。書紀紀年は二六四年。干支二運さげて三八四年。三国史記、近仇首王十年(三八四)夏四月条に「王薨」とあり、枕流王元年条に「継レ父即位」とあるのと合致する。五十五年条と同種の記事。 一一 貴須王→三五六頁注一三。 一二 百済第十五代の王。三国史記にも枕流王(三八四―三八五)。同王元年条に「近仇首王之元子、母曰二阿爾夫人一継レ父即位」。→三五八頁注七。 一三 乙酉年。書紀紀年二六五年。干支二運さげて三八五年。三国史記、枕流王二年(三八五)冬十一月条に「王薨」といい、辰斯王元年(三八五)条に「近仇首王之仲子、枕流之弟、為レ人強勇、聡慧多二智略一、流王薨也、太子少故、叔父辰斯即位」とあるのと年代が全く一致する。 一四 百済第十七代の王。三国史記に阿華王(三九二―四〇五)。同王元年条に「(或云二阿芳一)枕流王之元子、初生二於漢城別宮一、神光炤レ夜、及レ壮志気豪邁、好二鷹馬一、王(枕流王のこと)薨時、年少故、叔父辰斯継レ位、八年薨即位」とある。 一五 百済第十六代の王。三国史記に辰斯王(三八五―三九二)。 一六 丙戌年。書紀紀年で二六六年。魏

志、倭人伝を引くこの条の書き方は、三十九年条・四十年条・四十三年条に同じ。↓補注9-三三。起居注は、中国で天子の言行ならびに勲功を記した、日記体の政治上の記録。従って歴朝に起居注があった。隋書、経籍志には晋代についても晋泰始起居注二十巻(李軌撰)ほか二十一部をあげ、日本国見在書目録の起居注家には晋起居注三十巻をあげている。なお晋書にも類似の記事はあり、武帝紀には「泰始二年(二六六)、十一月己卯、倭人来献二方物一」といい、同四夷伝の倭人条にも「泰始、初遣レ使重レ訳入貢」としるしてある。三種を比べて、入貢の主体を倭女王とするのは本条だけであるが、この倭女王は、おそらく、魏志、倭人伝に、卑弥呼が死亡の後、一たん立てた男王が廃され、ついで立った「卑弥呼宗女壹(臺の誤りか)与、年十三」にあたると考えられている。ただ書紀は、この倭女王も卑弥呼その人と考えたのであろうとおもわれ、そこで、卑弥呼すなわち神功皇后とみなしていた書紀は、皇后の死をこの年のあとにおくこととしたのであろう。↓補注8-一。

一七 西晋第一代の帝。泰始元年(二六五)、魏の禅をうけて帝を称し、太康十一年(二九〇)死す。一八 晋書その他、中国の史書では泰始。通常これによる。↓注一六。一九・二〇 ↓注一六。二一 訳は、通訳のこと。重訳は、いくどか通訳を重ねること。転じて、遠地の外国人のくること。

二二 ↓補注9-二四。二三 仲哀記分注にも「皇后御年一百歳崩」という。二四 ↓補注9-四六。

二五 記伝にいう如く「葬て諡を着る例」にならった記載。天皇諡号奉上は、続紀、大宝三年十二月条の持統太上天皇の場合が初見。

二六 ↓補注8-二。二七 ↓補注3-六。

[二五]追ひて尊びて、[二六]氣長足姫尊と曰す。是年、[二七]太歳己丑。

日本書紀巻第九

至[1]・阿首至[2]・國沙利・伊羅麻酒[3]・爾汶至等、將二其人民一、來二奔百濟一。百濟厚遇之。加羅國王妹既殿至、向二大倭一啓云、天皇遣二沙至比跪一、以討二新羅一。而納二新羅美女一、捨而不レ討。反滅二我國一。兄弟人民、皆爲流沈。不レ任二憂思一。故、以來啓。天皇大怒、即遣二木羅斤資一、領二兵衆一來二集加羅一、復二其社稷一。一云、沙至比跪、知二天皇怒一、不二敢公還一。乃自竄伏。其妹有下幸二於皇宮一者上。比跪密遣二使人一、問二天皇怒解不一。妹乃託レ夢言、今夜夢見二沙至比跪一。天皇大怒云、比跪何敢來。[4]妹以二皇言一報之。比跪知レ不レ免、入二石穴一而死也。

六十四年、百濟國貴須王薨。王子枕流王立爲レ王。

六十五年、百濟枕流王薨。王子阿花年少。叔父辰斯奪立爲レ王。

六十六年。是年、晉武帝泰初二年。晉起居注云、武帝泰初二年十月、[5]倭女王遣二重レ譯貢獻一。[6]

六十九年夏四月辛酉朔丁丑、皇太后崩二於稚櫻宮一。時年一百歲。○冬十月戊午朔壬申、葬二狹城盾列陵一。是日、追二尊皇太后一、曰二氣長足姫尊一。◎[7]是年也、太歳己丑。

日本書紀卷第九

日本書紀 巻第十

譽田天皇[1] 應神天皇

譽田天皇は、足仲彦天皇[2]の第四子なり。母をば氣長足姫尊[3]と曰す。天皇、皇后[4]の新羅を討ちたまひし年、歳次庚辰[5]の冬十二月を以て、筑紫[6]の蚊田に生れませり。幼くして[7]聰達くいます。玄に[8]監すこと深く遠し。動容進止[9]あり。聖表異しきこと有り。皇太后[10]の攝政三年に、立ちて皇太子と爲りたまふ。時[11]に年三。初め天皇在孕れたまひて、天神地祇[12]、三韓を授けたまへり。既に[13]産れませるときに、宍[14]、腕の上に生ひたり。其の形、鞆[15]の如し。是、皇太后の雄[16]しき装したまひて鞆を負きたまへるに肖えたまへり。肖、此をば阿叡と云ふ。故、其の名を稱へて、譽田天皇と謂す。上古[17]の時の俗、鞆を號ひて褒武多と謂ふ。一に云はく、初め天皇、太子と爲りて、越國に行して、角鹿[18]の笥飯大神を拜祭みたてまつりたまふ。時に大神と太子と、名を相易へたまふ。故、大神を號けて、去來紗別神と曰す。太子をば譽田別尊と名くといふ。然らば大神の本の名を譽田別神、太子の元の名をば去來紗別尊と謂すべし。然れども見ゆる所無くして、未だ詳ならず。

一 神功摂政三年正月条に誉田別皇子。仲哀記に大鞆和気命、亦の名は品陀和気命、常陸風土記・播磨風土記に品太天皇、釈紀十三所引上宮記に凡牟都和希王(都は中国の上古音ではタにあたる音の文字。推古時代の万葉仮名は止(ト)、州(ツ)、義(ガ)など中国の上古音によるものがかなりあるから、この場合も、ホムタと訓むものであったかもしれない)、継体六年十二月条・同二十三年四月条・宣化元年五月条に胎中天皇などとあり、また軽島豊明宮御宇天皇ともいう。→三八〇頁注二。誉田は下文の分注に「褒武多(ほむた)」とあり、鞆の古語としている。→注一七。記に品陀真若王(皇后仲姫の父)の名も見えるから、ホムタは地名か。河内国志紀郡(今、大阪府羽曳野市誉田)の応神天皇陵を雄略九年七月条で誉田陵と呼んでいる。これまでの美称を連ねた天皇の名が、ここで一転して簡単なものになるのは、王朝が交替したためとする推測説もある。→補注8-一。

二 仲哀天皇。三 神功皇后。→補注8-一。

四 神功皇后。五 仲哀九年。

六 神功摂政前紀仲哀九年十二月十四日条には「故時人号二其産処一曰二宇瀰一也」とある。集解等は蚊田を宇瀰の旧名とするが、宇瀰説が単なる地名付会説話とすれば、ここに蚊田とあるのは別伝か。通証等は和名抄の筑後国御井郡賀駄郷(今、福岡県三井郡小郡町平方付近)をあげ、鈴木重胤は筑前国怡土郡長野村蚊田(今、福岡県糸島郡前原町長野)をあげるが確かでない。→補注9-一一・一三。

七 東観漢紀、孝章皇帝紀巻二に「幼而聡達才敏」とある。

八 物事を深く遠くまで見とおす。隋書、芸術伝に「非二常人一而、神監深遠」とある。

九 東観漢紀、孝章皇帝紀巻二に「動容進止、聖表有レ異」とある。動作進退(たちいふるまい)

に不思議にも聖帝のきざしがあること。
一〇 →神功摂政三年正月条。
一一 仲哀九年生れならば四歳。→三八〇頁注四。
一二 →仲哀八年九月条。
一三 仲哀記に「此太子之御名、所三以負二大鞆和気命一者、初所レ生時、如レ鞆宍生二御腕一、故著二其御名一」とあるので、記伝はここの誉田天皇も大鞆別尊とあるべきだとする。
一四 贅肉。 一五 鞆→一〇四頁注一二・補注10-一。
一六 神功摂政前紀仲哀九年四月条に「然暫仮二男貌一、強起二雄略一」、肥前風土記、松浦郡登望駅条に「昔者気長足姫尊、到二於此処一、留為二雄装一、御負之鞆落二於此村一、因号二鞆駅一」とある。
一七 記伝によれば、この分注のはじめの一節は上の説話を誉田天皇という名の由来とするために強いて付した説明で、上古に鞆をホムタといった例はないという。→補注10-一。一云以下は誉田別尊の名の別の起源説話で、笥飯の大神と名をかえたのだという話。仲哀記にやや詳しい伝えが見え、笥飯大神が太子の夢に現れて、「以二吾名一欲レ易二御子之御名一」といったとあり、記伝は大神が名を改めただけにすぎないとする。
一八 →神功摂政十三年二月条。角鹿→三二二頁注一一。笥飯大神→二五八頁注四・補注9-三一。 一九 →補注3-六。
二〇 長暦によれば三月は庚辰朔、四月が庚戌朔。
二一 記に「此天皇、娶二品陀真若王之女三柱女王一、一名高木之入日売命、次中日売命、次弟日売命」、その注に品陀真若王は五百木之入日子命の子とあり、仁徳即位前紀にも仲姫命は五百城入彦皇子の孫とある。五百城入彦は景行天皇皇子。→景行四年二月条・補注7-一。
二二—二四 →補注10-一。
二五 →注二一。景行四年二月条に同名の皇女がある。→補注7-一。
二六—三〇 →補注10-一。

攝政六十九年の夏四月に、皇太后崩りましぬ。時に年百歳。
元年の春正月の丁亥の朔に、皇太子即位す。是年、太歳庚寅。[一九]
二年の春三月の[二〇]庚戌の朔壬子(三日)に、[二一]仲姫を立てて皇后とす。后、[二二]荒田皇女・[二三]大鷦鷯天皇・[二四]根鳥皇子を生れませり。是より先に、天皇、皇后の[二五]姉高城入姫を以て妃として、[二六]額田大中彦皇子・[二七]大山守皇子・[二八]去來眞稚皇子・[二九]大原皇女・[三〇]澇來田皇女を

日本書紀巻第十

譽田天皇　應神天皇

譽田天皇、足仲彦天皇第四子也。母曰二氣長足姫尊一。天皇、以下皇后討二新羅一之年、歳次庚辰冬十二月上、生二於筑紫之蚊田一。幼而聰達。玄監深遠。動容進止。聖表有レ異焉。皇太后攝政之三年、立爲二皇太子一。〈時年三。〉初天皇在孕而、天神地祇授二三韓一。既産之、宍生二腕上一。其形如レ鞆。是肖[1]下皇太后爲二雄裝一之負上レ鞆。〈肖、此云二阿叡一。〉故稱二其名一、謂二譽田天皇一。〈上古時俗、號レ鞆謂二褒武多一焉。一云、初天皇爲二太子一、行二于越國一、拜二祭角鹿笥飯大神一。時大神與二太子一名相易。故號二大神一曰二去來紗別神一、太子名二譽田別尊一。然則可レ謂二[2]大神本名譽田別神、太子元名去來紗別尊一。然無レ所レ見也、未レ詳。〉○[3]攝政六十九年夏四月、皇太后崩。〈時年百歳。〉

元年春正月丁亥朔、[4]皇太子卽位。◎是年也、太歳庚寅。

二年春三月庚戌朔壬子、立二仲姫一爲二皇后一。々生二荒田皇女・大鷦鷯天皇・根鳥皇子一。先レ是、天皇以二皇后姉高城入姫一爲レ妃、生二額田大中彦皇子・大山守皇子・去來眞稚皇子・[5]大原皇女・[6]澇來田皇女一。↓

生しませり。又妃、皇后の弟弟姫、阿倍皇女・淡路御原皇女・紀之菟野皇女を生めり。次妃、和珥臣の祖日觸使主の女宮主宅媛、菟道稚郎子皇子・矢田皇女・雌鳥皇女を生めり。次妃、宅媛の弟小甂 小甂、此をば烏儺謎と云ふ。 媛、菟道稚郎姫皇女を生めり。次妃、河派仲彦の女弟媛、稚野毛二派皇子を生めり。派、此をば摩多と云ふ。次妃、櫻井田部連男鉏の妹糸媛、隼總別皇子を生めり。次妃、日向泉長媛、大葉枝皇子・小葉枝皇子を生めり。凡て是の天皇の男女、幷せて二十王ます。根鳥皇子は、是大田君の始祖なり。大山守皇子は、是土形君・榛原君、凡て二族の始祖なり。去來眞稚皇子は、是深河別の始祖なり。

三年の冬十月の辛未の朔癸酉(三日)に、東の蝦夷、悉に朝貢る。卽ち蝦夷を役ひて、廐坂道を作らしむ。

十一月に、處處の海人、訕哤きて命に従はず。訕哤、此をば佐麼賣玖と云ふ。則ち阿曇連の祖大濱宿禰を遣して、其の訕哤を平ぐ。因りて海人の宰とす。故、俗人の諺に曰はく、「佐麼阿摩」といふは、其れ是の縁なり。

是歲、百濟の辰斯王立ちて、貴國の天皇のみために失禮し。故、紀角宿禰・羽田矢代宿禰・石川宿禰・木菟宿禰を遣して、其の禮无き狀を嘖譲はしむ。是に由りて、百濟國、辰斯王を殺して謝ひにき。紀角宿禰等、便に阿花を立てて王として歸れり。

五年の秋八月の庚寅の朔壬寅(十三日)に、諸國に令して、海人及び山守部を定む。

一 →三六三頁注二一。 二―四 →補注10-二。 五 →補注10-三。 六 記には宮主矢河枝比売とあり、天皇が淡海へ行幸の途次に矢河枝比売と会い、宇遅能和紀郎子を生んだ話が見える。 七―九 →補注10-二。 一〇 記に袁那辨郎女とある。→補注10-四。 一一 →補注10-二。 一二 上宮記に汙俣那加都比古、記に咋俣(くひまた)長日子王とあり、景行記に杙俣長日子王は息長田別王の子で倭建命の孫とある。 一三 記では息長真若中比売(弟媛の姉)とする。→補注10-五。 一四 →補注10-二。 一五 →補注10-六。 一六 →補注10-二。 一七 記に日向之泉長比売。和名抄に薩摩国出水郡(今、鹿児島県出水郡・出水市・阿久根市)がある。 一八・一九 →補注10-二。 二〇 以上合計十九人で一人不足。→補注10-二(紀之菟野皇女)。 二一 景行記に大碓命は守君・大田君・島田君の祖とあり、姓氏録、河内皇別に「大田宿禰、大碓命之後也」とある。正倉院文書に経師大田君広島の名がしばしば見える。 二二 →補注10-七。 二三 →補注10-八。 二四 他に見えず。和名抄に飛驒国荒城郡深河〈布加加波〉郷(今、岐阜県吉城郡古川町か)がある。 二五 →補注10-九。 二六 ここは漁民の意。→注四三・補注10-一〇。 二七 →補注10-一一。 二八 →九五頁注二六。 二九 宿禰は敬称。釈紀六所引筑前風土記逸文に「糟屋郡資珂島。昔者気長足姫尊幸二於新羅一之時、御船夜時来泊二此島一、有下陪従名云二大浜・小浜一者上…」とある。 三〇 統率者・管掌者の意。本条は阿曇連が海部の伴造となった由来を「佐麼阿摩」の語から構作した起源説話。→五年八月条。佐麼阿摩は、周防の海人の意か。 三一 この年は壬辰。阿花王の即位は三九二年壬辰だから、書紀の紀年を干支二運(一二〇年)繰り下げると三国史記と一致する。本条は百済記によるか。→補注9-三七。 三二 三国史記によれば三八五年(乙酉)即位。→三六〇頁注一五。

冬十月に、伊豆國[四五]に科せて、船を造らしむ。長さ十丈。船既に成りぬ。試に海に浮く。便ち輕く泛びて疾く行くこと馳るが如し。故、其の船を名けて枯野[四六]と曰ふ。船の輕く疾きに由りて、枯野と名くるは、是義違へり。若しは輕野と謂へるを、後人訛れるか。

六年の春二月に、天皇[四七]、近江國に幸して、菟道野[四八]の上に至りて、歌して曰はく、

千葉[四九]の　葛野を見れば　百千足る　家庭も見ゆ　國の秀も見ゆ

又妃[1]皇后弟々姫、生阿倍皇女・淡路御原皇女・紀之菟野皇女。次妃和珥[2]臣[3]祖日觸使主之女宮主宅媛、生菟道稚郎子皇子・矢田皇女・雌鳥皇女。次妃宅媛之弟[4]小甂（小甂、此云烏儺誂。）[5]媛、生菟道稚郎姫皇女。次妃河派[6]仲彦女弟媛[7]、生稚野毛二派[8]皇子。（[9]派、此云摩多。）次妃櫻井田部連男鉏之妹糸媛、生隼總別皇子。次妃日向泉長媛[10]、生大[11]葉枝皇子・小葉枝皇子。凡是天皇男女、幷廿王也。根鳥皇子、是大田君之始祖也。大山[12]守皇子、是土形君・榛原君、凡二族之始祖也。去來眞稚皇子、是深河別之始祖也。

三年冬十月辛未朔癸酉、東蝦夷悉朝貢。卽役蝦夷、而作廐坂道。○十一月、處々海人、訕哤之不從命。（訕哤、此云佐麼賣玖。）則遣阿曇連祖大濱宿禰、平其訕哤。因爲海人之宰。故俗人諺曰、佐麼阿摩者、其是緣也。◎是歲、百濟辰斯王立[13]之失禮於貴國天皇。故遣紀角宿禰・羽田矢代宿禰・石川宿禰・木菟宿禰、嘖讓其无禮狀。由[14]是、百濟國殺辰斯王以謝之。紀角宿禰等、便立阿花[15]爲王而歸。

五年秋八月庚寅朔壬寅、令諸國、定海人及山守部。○冬十月、科伊豆國、令造船。長十丈。船既成之。試浮于海。便輕泛疾行如馳。故名其船曰枯野。（由船輕疾[17]、名枯野、是義違焉。若謂輕野、後人訛歟。）

六年春[16]二月、天皇幸近江國、至菟道野上、而歌之曰、知麼能、伽豆怒塢彌例麼[18]、茂々智儾蘆、夜珥波母彌喩、區珥能朋母彌喩。

三三　日本をさす。→補注9-三五。　三四　王の末年に高句麗の威に屈する動きがあったものか。三国史記、百済辰斯王八年（三九二）条に「秋七月、高句麗王談徳（好太王）帥兵四万来攻北鄙、陥石峴等十余城。王聞談徳能用兵、不得出拒。漢北諸部落多没焉」とある。　三五　この派兵は、高句麗好太王碑文に「而倭以辛卯年（三九一）来渡海、破百残□□新羅、以為臣民」とあるのに年次がほぼ合致する。　三六—三九　これら四人の後裔はみな同系で武内宿禰（→補注7-三三）から出たと称した。→補注10-一二。　四〇　三国史記、百済辰斯王八年条には「冬十月。…王田於狗原、経旬不返。十一月、薨於狗原行宮」とある。　四一　謝は、陳謝の意、また相問の意。ウベナフは、肯定・承諾の意。　四二　三国史記、百済阿莘王元年（三九二）条に「阿莘王〈或云阿芳〉枕流王之元子、…王薨時年少。故叔父辰斯継位。八年（三九二）薨、即位」とあり、莘は華の誤りかという。→十六年是歳条・三六〇頁注一四。　四三　海人部（海部）すなわち海産物を貢納する品部。記にも「此之御世、定賜海部・山部・山守部・伊勢部也」とある。　四四　特定の山林を監守する部か。記伝は記（→注四三）に山部と山守部を併記するのは誤りで両者は同一だとする。→顕宗元年四月条。　四五　以下は三十一年八月条と一連の説話。仁徳記にも同様の話が見え、「甚捷行之船也、時号其船謂枯野」とあるが、河内の巨木で作ったことになっている。　四六　→補注10-一三。　四七　記にも「一時、天皇越幸近淡海国之時、御立宇遅野上、望葛野歌曰、…」とあって、同じ歌謡が見える。　四八　山城国宇治郡宇治郷（今、京都府宇治市）付近の野。大和国から近江国に行く道すじに当る。　四九　〔歌謡三四〕葛野を見渡すと、豊かな家どころも見える。国のすぐれたところも見える。→補注10-一四。

七年の秋九月に、高麗人[一]・百濟人・任那人・新羅人、並に來朝り。時に武内宿禰[二]に命して、諸の韓人等を領ゐて池を作らしむ。因りて、池を名けて韓人池[三]と號ふ。

八年の春三月に、百濟人來朝り[四]。百濟記[五]に云へらく、阿花王[六]、立ちて貴國[七]に禮无し。故に、我[八]が枕彌多禮[九]、及び峴南[一〇]・支侵・谷那・東韓の地を奪はれぬ。是を以て、王子直支[一一]を天朝に遣して、先王の好を脩むといへり。

九年の夏四月に、武内宿禰を筑紫に遣して、百姓を監察しむ。時に武内宿禰の弟[一二]甘美内宿禰、兄を廢てむとして、卽ち天皇に讒し言さく、「武内宿禰、常に天下を望ふ情有り。今聞く、筑紫に在りて、密に謀りて曰ふならく、『獨筑紫を裂きて、三韓を招きて己に朝はしめて、遂に天下を有たむ』といふなり」とまうす。是に、天皇、則ち使を遣して、武内宿禰を殺さしむ。時に武内宿禰、歎きて曰はく、「吾、元より貳心無くして、忠を以て君に事めつ。今何の禍そも、罪無くして死らむや」といふ。是に、壹伎直[一三]の祖眞根子[一四]といふ者有り。其れ爲人、能く武内宿禰の形に似れり[一五]。獨武内宿禰の、罪無くして空しく死らむことを惜びて、便ち武内宿禰に語りて曰はく、「今大臣、忠を以て君に事ふ。既に黑心無きことは、天下共に知れり。願はくは、密に避りて、朝に參赴でまして、親ら罪無きことを辨め[一六]て、後に死らむこと晩からじ。且、時人の毎に云はく、『僕が形、大臣に似れり』といふ。故、今我、大臣に代りて死りて、大臣の丹心を明さむ」といひて、則ち劒

一 記に「亦新羅人参渡来、是以建内宿禰命引率、為役之堤池而作百済池」という似た記事がある。以下応神・仁徳紀にはこの種の畿内における治水土木・土地開発の記事が多い。

二 →補注7-三。

三 位置未詳。奈良県磯城郡田原本町の唐古池を当てる大和志の説もある。

四 分注の王子直支の来朝をさす。

五 →補注9-三七。

六 →三六四頁注四二。

七 貴国は日本をさす。→補注9-三五。無礼とは高句麗に対する屈従をいうか。高句麗好太王碑文に「以六年丙申(三九六)、王躬率水軍、討科残(百済)国、軍□□首攻取壱八城、(以下城名等略)百残王困逼、献出男女生口一千人・細布千匹、帰王自誓、従今以後、永為奴客、…於是□五十八城・村七百、将残王弟并大臣十人、旋師還都」とある。

八 百済の地を日本が奪ったのである。

九 →三五六頁注一一。

一〇 以下四者を並列に読む説と、東韓之地を前三者の総称とみる説がある。十六年是歳条分注に「東韓者、甘羅城・高難城・爾林城是也」とあるので、後説では峴南を甘羅に、支侵を爾林に、谷那を高難に当てる。前説では峴南は不明、支侵は魏志、東夷伝に見える馬韓の支侵国で三国史記、地理志の支潯州支潯県(忠清南道洪城付近かという)、谷那は同地理志の谷城郡(全羅南道谷城)とする。ただし神功摂政五十二年九月条の谷那鉄山とは別。→三五八頁注六。東韓は未詳。→十六年是歳条分注。

一一 三国史記に腆支、宋書には映と書く。三国史記、百済阿花王三年二月条に「立元子腆支為太子」、同六年(三九七、丁酉)五月条に「王与倭国結好、以太子腆支為質」とあり、阿花王の死後に王位を継いだ。→十六年是歳条。

に伏りて自ら死りぬ。時に武内宿禰、獨大きに悲びて、竊に筑紫を避りて、浮海よりして南海より廻りて、紀水門[一七]に泊る。僅に朝に逮ること得て、乃ち罪無きことを辨む。天皇、則ち武内宿禰と甘美内宿禰とを推へ[一八]問ひたまふ。是に、二人、各堅く執へて争ふ。是非決め難し。天皇、勅して、神祇に請して探湯[一九]せしむ。是を以て、武内宿禰と甘美内宿禰と、共に磯城川[二〇]の涓[二一]に出でて、探湯す。武内宿禰勝

七年秋九月、高麗人・百濟人・任那人・新羅人、並來朝。時命二武内宿禰一、領二諸韓人等一作レ池。因以、名レ池號二韓人池一。

八年春三月、百濟人來朝。（百濟記云、阿花王立无レ禮[1]二於貴國一。故奪二我枕彌多禮、及峴南・支侵・谷那・東韓之地一。[2]是以、遣二王子直支于天朝一、以脩二先王之好一也。）

九年夏四月、遣二武内宿禰於筑紫一、以監二察百姓一。時武内宿禰弟[3]甘美内宿禰、欲レ廢レ兄、即讒二言于天皇一、武内宿禰、常有下望二天下一之情上。今聞、[4]在二筑紫一而密謀之曰、獨裂二筑紫一、招二三韓一令レ朝二於已一、遂將有二天下一。於是、天皇則遣レ使、以令レ殺二武内宿禰一。時武内宿禰歎之曰、吾[5]元無二貳心一、[6]以レ忠事レ君。今何禍矣、無レ罪而死耶。於是、有二壹伎直祖眞根子[7]者一。其爲人能似二武内宿禰之形一。獨惜二武内宿禰無レ罪而空死一、便語二武内宿禰一曰、今大臣[8]以レ忠事レ君。既無二黑心一、天下共知。願密避之、參二赴于朝一、親辨レ無レ罪、而後死不レ晩也。且時人毎云、僕形似二大臣一。故今我代二大臣一而死之、以明二大臣之丹心一、則伏レ劍自死焉。時武内宿禰、獨大悲之、竊避二筑紫一、浮海以從二南海一廻之、泊二於紀水門一。僅得レ逮レ朝、乃辨レ無レ罪。天皇則推二問武内宿禰與二甘美内宿禰一。於是、二人各堅執而爭之。是非難レ決。天皇勅之、令下請二神祇一探湯上。是以、武内宿禰與二甘美内宿禰一、共出二于磯城川涓一、[9]爲二探湯一。武内宿禰勝→

この倭国との修好は高句麗好太王碑文にも「九年己亥(三九九)、百済違レ誓、与レ倭和通、王巡二下平穣一…」とある。トキ→補注10-一五。

一二 →補注10-一六。

一三 姓氏録、右京神別には「壱伎直。天児屋命九世孫雷大臣之後也」とあって、中臣氏の分派とするが、類聚国史十九に「天長五年正月丁丑、従五位下壱岐直才麻呂任二壱岐島造一」とあり、その島造家を、旧事紀、国造本紀では「伊吉島造、磐余玉穂朝(継体)、伐二石井従者新羅海辺人一天津水凝後、上毛布直造」とする。→五二四頁注一六・補注15-六。

一四 松尾社家系図に中臣氏の雷大臣命の子とし、「神功皇后御世、真根子随レ父趣二于三韓一。帰朝之後尚留二于壱伎島一、戌二三韓一」と注記する。

一五 タウバルは、似るの意。語源は「賜はる」か。本質的なものをいただく意から、似る意となる。tamaFaru→tamFaru→tambaru→taübaru. 多く天皇などの貴人に似ている場合に使う。

一六 ワキダメ→三三六頁注八。

一七 神功摂政元年二月条にも「横出二南海一、泊二于紀伊水門一」とある。→三四四頁注五。

一八 推は、押し進める意。従って推問は、責めて問う意。カムカへは、カ(所、アリカのカ)ムカへ(向へ)の義。二つのものの点と点とを向き合わせて、合うか合わないかを見較べるのが原義。

一九 神に祈誓した上で手を熱湯などに入れ、ただれた者を邪とする一種の神判。允恭四年九月条に盟神探湯、継体二十四年九月条に誓湯とあり、隋書、倭国伝にも見える。→允恭四年条。

二〇 磯城→二〇〇頁注三。磯城川は今の初瀬川か。

二一 涓は、みぎわ。

ちぬ。便ち横刀を執りて、甘美内宿禰を殴ち仆して、遂に殺さむとす。天皇、勅して釋さしめたまふ。仍りて紀直等の祖[一]に賜ふ。

十一年の冬十月に、剱池[二]・輕池[三]・鹿垣池[四]・廐坂池[五]を作る。

是歳、人有りて[六]奏して曰さく、「日向國に孃子有り。名は髪長媛[七]。卽ち諸縣君[八]牛諸井が女なり。是、國色之秀者[九]なり」とまうす。天皇、悦びて、心の裏に覓さむと欲す。

十三年の春三月に、天皇、專使[一〇]を遣して、髪長媛を徴さしむ。

秋九月の中[一一]に、髪長媛、日向より至れり。便ち桑津邑[一二]に安置らしむ。爰に皇子大鷦鷯尊[一三]、髪長媛を見すに及りて、其の形の美麗に感でて、常に戀ぶ情有します。是に、天皇、大鷦鷯尊の髪長媛に感づるを知しめして配せむと欲す。是を以て、天皇、後宮に宴きこしめす日に、始めて髪長媛を喚して、因りて、宴の席に坐らしむ。時に大鷦鷯尊を撝[一四]して、髪長媛を指したまひて、乃ち歌して曰はく、

[一五]いざ吾君　野に蒜摘みに　蒜摘みに　我が行く道に　香ぐはし　花橘　下枝らは　人皆取り　上枝は　鳥居枯らし　三栗の　中枝の　ふほごもり　赤れる
孃女　いざさかばえな

是に、大鷦鷯尊、御歌を蒙りて、便ち髪長媛を賜ふこと得ることを知りて、大きに悦びて、報歌たてまつりて曰したまはく、

一 紀直らの祖の隷民にしたの意。景行三年二月条に武内宿禰の母は紀直の遠祖菟道彦の娘の影媛とある。紀直→二八四頁注五。

二 記にも「此之御世…亦作₂剣池₁」とある。大和国高市郡石川村(今、奈良県橿原市石川町)の剣池。孝元天皇陵を剣池島上陵という。

三 未詳。垂仁記に倭の軽池、崇神記に軽の酒折池の名が見える。軽→二二四頁注一〇。

四 未詳。

五 廐坂→補注10-九。廐坂池は未詳。

六 以下の髪長媛のことは、記にもほぼ同内容の話が見える。

七 髪の長いことは美人の要件であった。ただし景行四年二月条に日向髪長大田根の名が見えるので、通釈は髪長を地名による名かとする。→仁徳二年三月条。

八 諸県君→二九三頁注二一。牛諸井は下文の一云には牛、仁徳記には牛諸とある。

九 国色は、国の中で最も美しい人の意。

一〇 そのことだけのために遣わされる使者。

一一 中の訓→補注9-三四。

一二 摂津国住吉郡桑津村(今、大阪市東住吉区桑津町)の地かという。和名抄には同国豊島郡桑津〈久波都〉郷(今、兵庫県伊丹市東桑津・西桑津)も見える。

一三 後の仁徳天皇。　一四 撝は、サシマネク意。

一五 〔歌謡三五〕さあわが君よ。野に蒜摘みに行きましょう。蒜摘みに私の行く道に、よい香の花橘が咲いています。その下枝の花は人が皆取り、上枝は鳥が来て散らしましたが、中の枝の、これから咲く美しい赤みを含んだ、花のような、美しい娘さんがいます。さあ、花咲くといいですね。ミツグリノは中にかかる枕詞。中をよいものとするのは、ほめ言葉の常套的行き方。フホは含(フフ)ムの語幹か。FuFumikömöri→FuFongömöri→FuFogömöri.

一六 水渟る　依網池に　蓴繰り　延へけく知らに　堰杙築く　川俣江の　菱莖の
さしけく知らに　吾が心し　いや愚にして

大鷦鷯尊、髪長媛と既に得交すること慇懃なり。獨髪長媛に對ひて歌して曰はく、

一七 道の後　古破儴嬢女を　神の如　聞えしかど　相枕枕く

又、歌して曰はく、

之。便執二横刀一、以毆二仆甘美内宿禰一、遂欲レ殺矣。天皇勅之令レ釋。仍賜二[1]紀直等之祖一也。

十一年冬十月、作二劒池・輕池・鹿垣池・廐坂池一。◎是歲、有レ人奏之曰、日向國有二孃子一。名髪長媛。卽諸縣君牛諸井之女也。是國色之秀者。天皇悅之、心裏欲レ覓。十三年春三月、天皇遣二專使一、以徵二髪長媛一。○秋九月中、髪長媛至レ自二日向一。便安二置於桑津邑一。爰皇子大鷦鷯尊、及レ見二髪長媛一、感二其形之美麗一、常有二戀情一。於是、天皇知三大鷦鷯尊感二髪長媛一而欲レ配。是以、天皇宴二于後宮一之日、始喚二髪長媛一、因以、[2]坐二於宴席一。時撝二大鷦鷯尊一、以指二髪長媛一、乃歌之曰、伊[3]奘阿藝、怒珥比蘆菟[4]涓珥、比蘆菟彌珥、和餓喩區彌智珥、伽[5]遇破志、波那多智麼那、辭豆曳羅波、比等未那等利、保菟曳波、等利委餓羅辭、彌菟[6]遇利能、那伽菟曳能、府保語茂利、阿伽例蘆塢等咩、伊奘佐伽麼曳那。於是、大鷦鷯尊、蒙二御歌一、便知レ得レ[7]賜二髪長媛一、而大悅之、報歌曰、彌豆多摩蘆、[8]豫佐彌能伊戒珥、奴那波區利、破陪[9]鷄區辭羅珥、[10]委遇比菟區、伽破摩多曳能、比辭餓羅能、佐辭鷄區辭羅珥、阿餓許居呂辭、伊夜于古珥辭氐。大鷦鷯尊、與二髪長媛一既得[11]交[12]慇[13]懃。獨對二髪長媛一歌之曰、[14]彌知能之利、古破儴塢等綿塢、伽未能語等、枳虛曳之介廼、阿比摩區羅摩區。又歌之曰、

イザサカバエナは、意味を確定できないが、記の類歌にはイザササバヨラシとなっている。サカバエを「栄映え」とする見解もあるが、咲カバ良ナと解しておく。

一六〔歌謡三六〕依網池でジュンサイを手繰って、ずっと先まで気を配っていたのを知らずに、また、岸辺に護岸の杙を打つ川俣の江の菱茎が、遠くまで伸びているのを知らずに(天皇が、髪長媛を賜うように配慮されていたのを知らないで)私は全く愚かでした。依網池→二五三頁注二〇。ヌナハの茎は水中遠くまで這いのびている。ハヘケク→補注10-一七。シラニのニは否定の助動詞ズの古い連用形。川俣江は記伝に河内国若江郡の地名とし、稜威言別に川の分流点という意の普通名詞とするが、上に依網池をあげているから、これも地名か。和名抄に河内国若江郡川俣郷、霊異記、中第三十に同郡川派里が見える。今の大阪府布施市川俣付近。サシケクのサスは、光の射スと同根。一方に直線的に伸びて行くこと。

一七〔歌謡三七〕遠い国の古波儴嬢女は恐ろしいほど美しいと噂が高かったが、今は私と枕をかわす仲になった。ミチノシリは、道の後、果て。コハダは日向の地名か。カミノゴトは、恐ろしいほどの意。

一八〔歌謡三八〕古波儴嬢女が、さからわずに一緒に寝てくれたことをすばらしいと思う。アラソフは、拒否し、逆らう意。ネシクは、寝たこと。ウルハシは、相手を立派と思い感嘆する気持。

二 以下は鹿子水門の地名起源説話と結びついた別伝。これを要約した記事が詞林采葉抄七に淡路国風土記云として見える。三 上文には諸県君牛諸井とある。→三六八頁注八。四 耇は、音コウ。説文に「老人面凍黎、若レ垢」とあり、また六十歳以上のとしよりをもいう(礼記、曲礼)。

[一]道の後　古波儺嬢女　爭はず　寢しくをしぞ　愛しみ思ふ

[二]一に云はく、日向の諸縣君牛[三]、朝庭に仕へて、年既に耆耈[四]いて仕ふること能はず。仍りて致仕りて本土に退る。則ち己が女髮長媛を貢上る。始めて播磨に至る。時に天皇、淡路嶋に幸して、遊獵したまふ。是に、天皇、西を望すに、數十の麋鹿[五]、海に浮きて來れり。便ち播磨の鹿子水門[六]に入りぬ。天皇、左右に謂りて曰はく、「其、何なる麋鹿ぞ。巨海に泛びて多に來る」とのたまふ。爰に左右共に視て奇びて、則ち使を遣して察しむ。使者至りて見るに、皆人なり。唯角著ける鹿の皮を以て、衣服とせらくのみ。問ひて曰はく、「誰人ぞ」といふ。對へて曰さく、「諸縣君牛、是年耆いて、致仕ると雖も、朝を忘るること得ず。故に、己が女髮長媛を以て貢上る」とまうす。天皇、悅びて、卽ち喚して御船に從へまつらしむ。是を以て[七]、時人、其の岸に著きし處を號けて、鹿子水門と曰ふ。凡そ水手[八]を鹿子と曰ふこと、蓋し始めて是の時に起れりといふ。

十四年の春二月に、百濟の王、縫衣工女[九]を貢る。眞毛津と曰ふ。是、今の來目衣[一〇]縫の始祖なり。

是歲、弓月君[一一]、百濟より來歸り。因りて奏して曰さく、「臣、己が國の人夫[一二]百二十縣を領ゐて歸化く。然れども新羅人の拒くに因りて、皆加羅國[一三]に留れり」とまうす。爰に葛城襲津彥[一四]を遣して、弓月の人夫を加羅に召す。然れども三年經るまでに、襲津彥來ず。

十五年の秋八月の壬戌の朔丁卯（六日）に、百濟の王[一五]、阿直伎[一六]を遣して、良馬二匹を

ここは単に年老いたことをいう。五 →三〇四頁注七。六 兵庫県加古川市・高砂市の加古川河口の地。播磨風土記・和名抄等に賀古郡とある。鹿子はただ鹿というに同じ。七 播磨風土記、賀古郡条には「(上欠)望二覧四方一、勅云、此土丘原野甚広大、而見二此丘一如二鹿児一、故名曰二賀古郡一」。八 水夫。箋注和名抄に「日本紀私記云、水手〈加古〉」。カコは櫂子で、舟を操る者。鹿子からきたというのは勿論付会にすぎない。九 後にも三十七年二月条・四十一年二月是月条に呉衣縫・蚊屋衣縫の祖、雄略十四年正月条・同三月条に漢衣縫部・飛鳥衣縫部・伊勢衣縫の祖の来朝記事が見える。真毛津は他に見えず。一〇 他に見えず。来目は大和国高市郡久米郷(今、奈良県橿原市久米町付近)か。→二一四頁注七。姓氏録、和泉諸蕃に「衣縫、出レ自二百済国神露命一也」。一一 以下と十六年八月条は帰化系の雄族たる秦氏の祖先渡来伝承。記には、単に「又秦造之祖、漢直之祖…参渡来也」とある。弓月君は本条に秦氏の祖だという記述はないが、後に秦(しん)の帝室の後裔とされるようになり、姓氏録、左京諸蕃に「太秦公宿禰、出レ自二秦始皇帝三世孫孝武王一也、男功満王、帯仲彦天皇〈謚仲哀〉八年来朝、男融通王〈一云弓月君〉、誉田天皇〈謚応神〉十四年来、率二百廿七県百姓一帰化、献二金銀玉帛等物一…」、同山城諸蕃に「秦忌寸、太秦公宿禰同祖、秦始皇帝之後也、功智王、弓月王、誉田天皇〈謚応神〉十四年来朝、上表更帰レ国、率二百廿七県伯姓一帰化、并献二金銀玉帛種々宝物等一、天皇嘉レ之、賜二大和朝津間腋上地一居レ之焉」とある。秦造→四九三頁注二二。一二 このように多くの人民を従えて来たというのは多数の部民(秦部)を持つようになった後世の状態からの構作か。一三 広義の加羅は任那地方全体をさすが、ここは狭義とすれば高霊の加羅か。→補注9-四〇。一四 →補注9-二五。

一五 本条と次条は阿直岐史と河内書(西文)首の祖先渡来伝承。記には「亦百済国主照古王、以牡馬壱疋・牝馬壱疋、付阿知吉師以貢上。〈此阿知吉師者、阿直史等之祖〉、亦貢上横刀及大鏡、又科賜百済国若有賢人者貢上、故受命以貢上人、名和邇吉師、即論語十巻・千字文一巻、幷十一巻、付是人即貢進、〈此和爾吉師者、文首等祖〉」とある。ただし、これをそのまま信じて儒学の初伝とすることは適当でない。儒学伝来のある程度確かな伝えは継体七年六月条以後。↓三五八頁注三。 一六 記に阿知吉師(あちきし)。キシは朝鮮語でもと族長に対する敬称。吉士とも書き、新羅十七階官位の第十四となり、日本では後に姓(かばね)の一つとなった。伎↓補注10-一八。 一七 軽↓二二四頁注一〇。 一八 ↓補注10-九。 一九 経書・典籍。ここは儒教の書物の意か。 二〇 ↓補注10-二。立太子記事は、四十年正月条に見える。 二一 学者の意。↓下補注17-一四。 二二 記に和邇吉師。楽浪郡の王氏の流かとの説もある。続紀、延暦十年四月八日条の文忌寸最弟らの上言に「漢高帝之後曰鸞、鸞之後王狗、転至百済、百済久素王(貴首王)時、聖朝遣使徵召文人、久素王即以狗孫王仁貢焉、是文・武生等之祖也」とあるのは必ずしも信じがたい。文氏↓三七二頁注二。 二三 ↓二五〇頁注一一。 二四・二五 神功摂政四十九年三月条の荒田別・鹿我別(↓補注9-三八)と同じか。通釈に巫別はカムコワケかという。なお続紀、延暦九年七月十七日条の百済王仁貞らの上表に、王辰爾系諸氏の祖先渡来伝説を述べ、「其後軽島豊明朝御宇応神天皇、命上毛野氏遠祖荒田別、使於百済、捜聘有識者、国主貴須王恭奉使旨、択採宗族、遣其孫辰孫王〈一名智宗王〉、随使入朝、天皇嘉焉、特加寵命、以為皇太子之師矣…」といっているのは、王仁の伝えにならって構作したものか。↓下一〇四頁注一六。

貢る。即ち輕の坂上の廐に養はしむ。因りて阿直岐を以て掌り飼はしむ。故、其の馬養ひし處を號けて、廐坂と曰ふ。阿直岐、亦能く經典を讀めり。即ち太子菟道稚郎子、師としたまふ。是に、天皇、阿直岐に問ひて曰はく、「如し汝に勝れる博士、亦有りや」とのたまふ。對へて曰さく、「王仁といふ者有り。是秀れたり」とまうす。時に上毛野君の祖、荒田別・巫別を百濟に遣して、仍りて王仁を徵さしむ。其れ

[1]彌知能之利、古波儾塢等綿、阿羅素破儒、泥辭區塢之敍、于蘆波辭彌[2]茂布。[3]一云、日向諸縣君牛、仕于朝庭、年既耆[4]耈之不能仕。仍致仕退於本土。則貢上己女髮長媛。始至播磨。時天皇幸淡路嶋、而遊獵之。於是、天皇西望之、數十麋鹿、浮海來之。便入于播磨鹿子水門。天皇謂左右曰、其何麋鹿也。泛巨海[5]多來。爰左右共視而奇、則遣使令察。使者至見、皆人也。唯以著角鹿皮、爲衣服耳。問曰、誰人也。對曰、諸縣君牛、是年耆之、雖致仕、不得忘朝。故以己女髮長媛而貢上矣。天皇悅之、即喚令從御船。是以、時人號其著岸之處、曰鹿子水門也。凡水手曰鹿子、蓋始起于是時也。

十四年春二月、百濟王貢縫衣工女。曰眞毛津。是今來目衣縫之始祖也。◎是歲、弓月君自百濟來歸。因以奏之曰、臣領己國之人夫百廿縣而歸化。然因新羅人之拒、皆留加羅國。爰遣葛城襲津彦、而召弓月之人夫於加羅。然經三年、而襲津彦不來焉。

十五年秋八月壬戌朔丁卯、百濟王遣阿直伎[6]、貢良馬二匹。即養於輕坂上廐。因以阿直岐令掌飼。故號其養馬之處、曰廐坂也。阿直岐亦能讀經典。即太子菟道稚郎子師焉。於是、天皇問阿直岐曰、如勝汝博士亦有耶。對曰、有王仁者。是秀也。[7]時遣上毛野君祖、荒田別・巫別於百濟、仍徵王仁也。其↓

阿直岐は、阿直岐史[一]の始祖なり。

十六年の春二月に、王仁來り。則ち太子菟道稚郎子、師としたまふ。諸の典籍を王仁に習ひたまふ。通り達らずといふこと莫し。所謂王仁は、是書首[二]等の始祖なり。

是歳、百濟の阿花王[三]薨りぬ。天皇、直支王[四]を召して謂りて曰はく、「汝、國に返りて位に嗣げ」とのたまふ。仍りて且東韓[五]の地を賜ひて遣す。東韓は、甘羅城[六]・高難[七]城・爾林城[八]、是なり。

八月に、平群木菟宿禰[九]・的戸田宿禰[一〇]を加羅[一一]に遣す。仍りて精兵を授けて、詔して曰はく、「襲津彦[一二]、久に還こず。必ず新羅の拒くに由りて滞れるならむ。汝等、急に往りて新羅を撃ちて、其の道路を披け」とのたまふ。是に、木菟宿禰等、精兵を進めて、新羅の境に莅む[一三]。新羅の王、愕ぢて其の罪に服しぬ。乃ち弓月[一四]の人夫を率て、襲津彦と共に來り。

十九年の冬十月の戊戌の朔に、吉野宮[一五]に幸す。時に國樔[一六]人來朝り。因りて醴[一七]酒を以て、天皇に獻りて、歌して曰さく、

橿[一八]の生に　横臼を作り　横臼に　釀める大御酒　うまらに　聞し持ち食せ　まろが父

歌既に訖りて、則ち口[一九]を打ちて仰ぎて咲ふ。今國樔、土毛[二〇]獻る日に、歌訖りて

一 記には阿直史とある。天武十二年十月に連に改姓、承和元年九月に阿直史福吉ら三人が清根宿禰に改姓した。姓氏録、右京諸蕃に「安勅連、出レ自二百済国魯王一也」とあるのもこの氏か。二 文首とも書き、また東文(やまとのふみ)(倭漢書)氏に対して西文(かふちのふみ)(河内書)氏ともいう。文筆専門の氏として、河内在住の史姓諸氏の中心的地位を占めていた。本居は河内国古市郡古市郷、今の大阪府羽曳野市古市の西琳寺付近で、分派に馬史(のち武生連)・桜野首・栗栖首・高志史などがある。天武十二年九月に連、同十四年六月に忌寸、延暦十年四月にその一部が宿禰に改姓した。姓氏録、左京諸蕃に「文宿禰、出レ自二漢高皇帝之後鸞王一也」とある。三 この年は乙巳。三国史記、百済阿莘王十四年(四〇五、乙巳)条に「秋九月、王薨」とあり、書紀と干支が一致する。阿花王→三六四頁注四二。四 阿花王の長子。人質として日本に来ていた。→三六六頁注一一。その即位について三国史記、百済腆支王元年(四〇五)条に「十四年王(阿花)薨、王仲弟訓解摂レ政、以待二太子(直支)還レ国、季弟碟礼殺二訓解一、自立為レ王。腆支(直支)在レ倭聞レ訃、哭泣請レ帰、倭王以二兵士百人一衛送、既至二国界一、漢城人解忠来告曰、大王棄レ世、王弟碟礼殺レ兄自王、願太子無二軽入一。腆支留二倭人一自衛、依二海島一以待之、国人殺二碟礼一、迎二腆支一即レ位」とある。→二十五年条。五 地域未詳。→三六六頁注一〇。六 朝鮮全羅北道咸悦に当てる説がある。七 八年三月条分注の谷那(全羅南道谷城)に当てる説があるが未詳。八 忠清南道大興(古名、任城郡)に当てる説と全羅北道金堤郡利城(古名、乃利阿)に当てる説がある。九 →補注10-二。平群臣は大和の雄族。和名抄に同国平群郡平群(倍久利)郷(今、奈良県生駒郡平群村付近)が見える。天武十三年十一月に朝臣に改姓。姓氏録、右京皇別に「平群朝臣、石

川朝臣同氏、武内宿禰男平群都久宿禰之後也」。 一〇 仁徳十二年八月条に的臣の祖の盾人宿禰が高麗から献上した鉄的を射通して、的戸田宿禰という名を賜わったという伝説が見え、同十七年九月条には「的臣祖砥田宿禰」とある。的臣は平群臣・葛城臣と同系と称した氏。孝元記に建内宿禰の子の葛城長江曾都毗古は的臣らの祖とあり、姓氏録、山城皇別に「的臣、石川朝臣同祖、彦太忍信命三世孫葛城襲津彦命之後也」とある。 一一 →三七〇頁注一三。 一二 葛城襲津彦。ここは十四年是歳条の記事をうけている。なお神功摂政六十二年条分注の話と似たところがある。 一三 莅は、その場に臨む、相対すること。 一四 →十四年是歳条。 一五 以下は記にも同様の記事があるが、吉野行幸のことはない。吉野宮は七・八世紀にしばしば利用された離宮。斉明二年是歳条に「又作二吉野宮一」とある。奈良県吉野郡吉野町宮滝の辺かという。 一六 吉野川上流の住民。記には国主(くず)とある。→一九八頁注一〇。 一七 和名抄に「醴、四声字苑云、醴〈音礼、和名古佐介〉、一日一宿酒也」とある。延喜造酒司式に「醴酒者、米四升、糵(ちかう)二升、酒三升、和合醸造、得二醴九升一」とあって、甘酒とやや異なる。 一八 〔歌謡三九〕 橿の林で横臼を作り、その横臼にかもした大御酒を、おいしく召し上れ。わが父よ。ヨクスはヨコウスの約。yökōusu→yökusu. 横広の臼。ひらたい臼という。マロは一人称の呼称。 一九 記には「献二其大御酒一之時、撃二口鼓一、為レ伎而歌曰、…」とある。記伝は舌鼓或いは上下の唇を弾いて音を出すことかというが、半ば開いた口を掌で叩いて音を出したものか。 二〇 土地の産物の意。記には大贄(おほにへ)とある。延喜宮内式に「凡諸節会、吉野国栖献二御贄一奏二歌笛一。…」。 二一 通証以下は栗と菌の二つとするが、標註は「栗菌は菌の一種にて、漢名を栗樹耳と云ひ、小茸にして黒

即ち口を撃ち仰ぎ咲ふは、蓋し上古の遺則なり。夫れ國樔は、其の爲人、甚だ淳朴なり。毎に山の菓を取りて食ふ。亦蝦蟆を煮て上味とす。名けて毛瀰と曰ふ。其の土は、京より東南、山を隔てて、吉野河の上に居り。峯嶮しく谷深くして、道路狭く巘し。故に、京に遠からずと雖も、本より朝來ること希なり。然れども此より後、屢参赴て、土毛を獻る。其の土毛は、栗・菌及び年魚の類なり。

阿直岐者、阿直岐史之始祖也。

十六年春二月、王仁來之。則太子[1]菟道稚郎子師之。習二諸典籍於王仁一。莫レ不二通達一。[2]所[3]謂王仁者、是書首等之始祖也。◎是歳、百濟阿花王薨。天皇召二直[4]支王一謂之曰、汝返二於國一以嗣レ位。仍且賜二東韓之地一而遣之。東韓者、甘羅城・高難城・爾林城是也。 ○八月、遣二平群木菟宿禰・的戸田宿禰於加羅一。仍授二精兵一詔之曰、襲津彦[5]久之不レ還。必由二新羅[6]之拒一而滯之。汝等急往之擊二新羅一、披二其[7]道路一。於是、木菟宿禰等進二精兵一、莅二于新羅之境一。新羅王愕之服二其罪一。乃率二弓月之人夫一、與二襲津彦一共來焉。

十九年冬十月戊戌朔、幸二吉野宮一。時國樔人來朝之。因以二醴酒一、獻二于天皇一、而歌之曰、伽辭能輔珥、豫區周塢菟區利、豫區周珥、伽綿蘆淤朋瀰枳、宇摩羅珥、枳虚之茂知塢勢、摩[8]呂[9]餓智。歌之既訖、則打レ口以仰咲。今國樔獻二土毛一之日、歌訖即擊レ口仰咲者、蓋上古之遺則也。夫國樔者、其爲人甚[10]淳朴也。每[11]取二山菓一食。亦煮二蝦蟆一爲二上味一。名曰二毛瀰一。其土自レ京東南之、隔レ山而居二于吉野河上一。峯嶮谷深、道路狹巘。故雖レ不レ遠二於京一、本希二朝來一。然自レ此之後、屢參赴以獻二土毛一。其土毛者、栗・菌及年魚之類焉。

色を帯たり」という。

一 以下は秦氏と並ぶ帰化系の雄族倭漢(東漢)氏の祖先渡来伝承。記には単に「又秦造之祖、漢直之祖、…等参渡来也」とある。倭漢氏は中国系と称し、雄略十六年十月条に漢部の伴造となって直姓を与えられたことが見えるが、その後多数の帰化人技術者と部民(漢部)を配下に従え、奈良盆地南部を中心に広く発展した。六世紀にはすでに書(文)(ふみ)・坂上・民・長(なが)その他多くの氏に分裂しており、それらが一括して天武十一年五月に連、同十四年六月に忌寸に改姓したが、その後は倭漢という総称は殆ど用いられなくなる。二 続紀、延暦四年六月十日条の坂上苅田麻呂らの上表文や坂上系図に引く姓氏録逸文には阿智王とある。三十七年二月条・四十一年二月是月条に工女を求めて呉に使した話が見え、履中即位前紀にもその名が見える。後世には漢の帝室の後裔とされ、それと共にその渡来伝説も詳細に構作されるようになった。↓補注10-一九。使主は、朝鮮からきた一種の敬称で、のち姓(かばね)の一にもなった。顕宗即位前紀に「使主、此云二於瀰一」とある。三 雄略七年是歳条・同二十三年八月条・清寧即位前紀には東漢直掬(つか)とあり、坂上系図に引く姓氏録逸文に「阿智使主男都賀使主、大泊瀬稚武天皇〈諡雄略〉御世、改二使主一賜二直姓一、子孫因為レ姓、男山木直、是兄腹祖也〈本名山猪〉、次志努〈一名成努〉、是中腹祖也、次爾波伎直、是弟腹祖也」とある。雄略朝前後の人らしいが、東漢氏発展の基礎を確立した人物であったため、その名が渡来伝承に織り込まれたものか。四 このように多くの人々を従えて来たとするのは、多数の帰化系の小氏(漢人・村主)や部民(漢部)を擁するようになった六世紀以後の状態の反映か。坂上系図に引く姓氏録逸文にそのリストが見え

二十年の秋九月に、[一]倭漢直の祖[二]阿知使主、其の子[三]都加使主、並に己が[四]黨類十七縣を率て、來歸り。

二十二年の春三月の甲申の朔戊子(五日)に、天皇、[五]難波に幸して、[六]大隅宮に居します。丁酉(十四日)に、高臺に登りまして遠に望す。時に、[七]妃兄媛侍り。西を望りて大きに歎く。兄媛は、[八]吉備臣の祖[九]御友別の妹なり。是に、天皇、兄媛に問ひて曰はく、「何か爾歎くこと甚しき」とのたまふ。對へて曰さく、「近日、妾、父母を戀ふ情有り。便ち西望るに因りて、自づからに歎かれぬ。冀はくは暫く還りて、親省ふこと得てしか」とまうす。爰に天皇、兄媛が[一〇]溫凊之情篤きことを愛でて、則ち謂りて曰はく、「爾二親を視ずして、既に多に年を經たり。還りて[一一]定省はむと欲ふこと、理灼然なり」とのたまふ。則ち聽したまふ。仍りて淡路の[一二]御原の[一三]海人八十人を喚して[一四]水手として、[一五]吉備に送す。

夏四月に、兄媛、[一六]大津より發船して往りぬ。天皇、高臺に居しまして、兄媛が船を望して、歌して曰はく、

[一七]淡路嶋　いや二並び　小豆嶋　いや二並び　寄ろしき嶋嶋　誰かた去れ放ちし　吉備なる妹を　相見つるもの

秋九月の辛巳の朔丙戌(六日)に、天皇淡路嶋に狩したまふ。是の嶋は海に横りて、難波の西に在り。峯巖紛ひ錯りて、陵谷相續けり。芳草[一八]薈く蔚くして、長瀾潺き

淺る。亦[一九]糜鹿・鳧・鴈、多に其の嶋に在り。故、[二〇]乘輿、屢遊びたまふ。天皇、便ち淡路より轉りて、吉備に幸して、小豆嶋に遊びたまふ。庚寅(十日)に、亦葉田[二一] 葉田、此をば簸娜と云ふ。 葦守宮に移り居します。時に、[二三]御友別參赴り。則ち其の兄弟子孫を以て[二二]膳夫として饗奉る。天皇、是に、御友別が謹惶り侍奉る狀を看して、悅びたまふ情有します。因りて吉備國を割きて、其の子等に封さす。則ち[二四]川嶋縣を分ちて、

廿年秋九月、倭漢直祖阿知使主、其子都加使主、並率二己之黨類十七縣一、而來歸焉。

廿二年春三月甲申朔戊子、天皇幸二難波一、居二於大隅宮一。○丁酉、登二高臺一而遠望。時妃兄媛侍之。望レ西以大歎。兄媛者、吉備臣祖御友別之妹也。 於是、天皇問二兄媛一曰、何爾歎之甚也。對曰、近日、妾有下戀二父母一之情上。便因二西望一、而自歎矣。冀暫還之、得レ省レ親歟。爰天皇愛二兄媛篤二溫凊[1]之情一、則謂之曰、爾不レ視二二親一、既經二多年一。還欲二定省一、於理灼然。則聽之。仍喚二淡路御原之海人八十人一爲二水手一、送二于吉備一。○夏四月、兄媛自二大津一發レ船而往之。天皇居二高臺一、望二兄媛之船一以歌曰、阿波旎辭摩、異椰敷多那羅弭、[2]阿豆枳辭摩、異椰敷多那羅弭、[3]豫呂辭枳辭摩之魔、儾伽多佐例阿羅智之、吉備那流伊慕塢、阿比瀰菟流慕能。○秋九月辛巳朔丙戌、天皇狩二于淡路嶋一。是嶋者橫レ海、在二難波之西一。[4]峯巖紛錯、陵谷相續。芳草薈蔚、長瀾潺湲。亦糜鹿・鳧・[5]鴈、多在二其嶋一。故[6]乘輿屢遊之。天皇便自二淡路一轉、以幸二吉備一、遊二于小豆嶋一。○庚寅、亦移二居於葉田 葉田、此云二簸娜一。 [7]葦守宮一。時御友別參赴之。則以二其兄弟子孫一爲二膳夫一而奉レ饗焉。天皇、於是、看二御友別謹惶侍奉之狀一、而有二悅情一。因以割二吉備國一、封二其子等一也。則分二川嶋縣一、↓

る。五→一九一頁注一九。六 安閑二年九月条に難波大隅島とある。摂津志に「西成郡大隅宮、古蹟在二西大道村一」というが、地名辞書は西成郡北中島東部(今、大阪市東淀川区東大道町・西大道町)とする。→四十一年条分注。七→三七六頁注一八。八 吉備地方の豪族。→二三〇頁注一一。九 姓氏録、右京皇別に「吉備臣、稚武彦命孫御友別命之後也」とあり、三代実録、元慶三年十月二十二日条の印南野臣宗雄の上言に「吉備武彦命第二男御友別命」云云とある。一〇・一一 礼記、曲礼に「凡為二人子一之礼、冬温而夏凊、昏定而晨省」とあるによる。凊は、すずしくする意。諸本「清」に作り、集韻には「凊或作レ清」とあるが、冫の字は氷に関係があるものであるから、凊の誤として訂す。省は、かえりみる、安否を問うこと。晩にはその寝具をととのえ、朝にはその安否を尋ねること。一二→補注10-二(淡路御原皇女)。一三→三六四頁注四三。一四→三七〇頁注八。一五→一九〇頁注一七。一六 難波の港か。神功摂政元年二月条に大津渟中倉之長峡とある。一七〔歌謡四〇〕 淡路島は小豆島と二つ並んでいる。私が立寄りたいような島島は、皆二つ並んでいるのに、私は独りにされてしまった。誰が遠くへ行き去らせてしまったのだ。吉備の兄媛を、折角親しんでいたものを。→補注10-一〇。一八 薈蔚は、草木が盛んに繁る(モシ)こと。潺湲は、水の流れる形容。ここのソソキは、激しく流れる意。一九→三〇四頁注七。二〇 天皇の乗物、転じて天皇のこと。→二八四頁注九。二一 葉田は地名辞書に備中国賀夜郡服部郷(今、岡山県総社市東部)とするが確かでない。葦守は和名抄の備中国賀夜郡足守〈安之毛利〉の地(今、岡山県吉備郡足守町)かという。二二 以下は吉備臣一族の祖先伝承。孝霊記には「大吉備津日子命与二若建吉備津日子命一、二柱相副而、於二針間氷河

之前一、居二忌瓮一而針間為二道口一、以言三向和吉備国一也、故此大吉備津日子命者〈吉備上道臣之祖也〉、次若日子建吉備津日子命者〈吉備下道臣・笠臣祖〉」とあって、これと異なる。 三 天皇の食膳に奉仕するトモ(伴)。→補注7-二二。国造一族の子弟が御名代のトモ(膳夫・靫負・舎人など)として宮廷に出仕する制は、大化前代に広く行われていた。 一四 後の備中国浅口郡(今、岡山県浅口郡・玉島市)の地域かという。仁徳六十七年是歳条に吉備中国の川島河の名が見える。県→補注7-四六。

一一―一二 →補注10-二一。 一三 接続の助字。上の「復」と同じ用法。 一四―一六 →補注10-二一。 一七 機織を業とする品部。吉備国造の管下に置かれたものがあったのであろう。和名抄に備前国邑久郡服部郷(今、岡山県邑久郡長船町服部付近か)・備中国賀夜郡服部郷(今、岡山県総社市東部)・備後国品治郡服織郷(今、広島県芦品郡駅家町服部本郷付近)などが見える。 一八 織部の存在から構作した名か。二十二年三月条分注に「吉備臣祖御友別之妹也」とある。 一九 三十九年二月条に「百済直支王、遣二其妹新斉都媛一以令レ仕」云云とあって、書紀自体に矛盾があるが、三国史記にも百済腆支王十六年(四二〇、庚申)条に「春三月、王薨」と見え、応神二十五年(甲寅)を干支二運(一二〇年)繰り下げても六年の差がある。以後蓋鹵王の死まで彼我の百済王暦は一致しないが、基づく史料による相違で、三国史記が必ずしも正しいわけではない。なお宋書、武帝紀永初元年(四二〇)七月条に「鎮東将軍百済王扶余映(直支王)、進二号鎮東大将軍一」、同夷蛮伝、百済条に「少帝景平二年(四二四)映遣二長史張威一、詣レ闕貢献」云云とある。直支王→三六六頁注一一・三七二頁注四。 二〇 三国史記、百済久爾辛王元年(四二〇)条に「腆支(直支)王長

長子稻速別に封さす。是、下道臣の始祖なり。次に上道縣を以て、中子仲彥に封さす。是、上道臣・香屋臣の始祖なり。次に三野縣を以て、弟彥に封さす。是、三野臣の始祖なり。復、波區藝縣を以て、御友別が弟鴨別に封さす。是、笠臣の始祖なり。即ち苑縣を以て、兄浦凝別に封さす。是、苑臣の始祖なり。即ち織部を以て、兄媛に賜ふ。是を以て、其の子孫、今に吉備國に在り。是、其の緣なり。

二十五年に、百濟の直支王薨りぬ。即ち子久爾辛、立ちて王と爲る。王、年幼し。木滿致、國政を執る。王の母と相婬けて、多に無禮す。天皇、聞しめして召す。百濟記に云はく、木滿致は、是木羅斤資、新羅を討ちし時に、其の國の婦を娶きて、生む所なり。其の父の功を以て、任那に專なり。我が國に來入りて、貴國に往還ふ。制を天朝に承りて、我が國の政を執る。權重、世に當れり。然るを天朝、其の暴を聞しめして召すといふ。

二十八年の秋九月に、高麗の王、使を遣して朝貢る。因りて表上れり。其の表に曰はく、「高麗の王、日本國に敎ふ」といふ。時に太子菟道稚郎子、其の表を讀みて、怒りて、高麗の使を責むるに、表の狀の禮無きことを以てして、則ち其の表を破つ。

三十一年の秋八月に、群卿に詔して曰はく、「官船の、枯野と名くるは、伊豆國より貢れる船なり。是朽ちて用ゐるに堪へず。然れども久に官用と爲りて、功忘るべからず。何でか其の船の名を絕たずして、後葉に傳ふること得む」との

たまふ。群卿、便ち詔を被けて、有司に令して、其の船の材を取りて、薪として鹽を焼かしむ。是に、[三四]五百籠の鹽を得たり。則ち施して周く諸國に賜ふ。因りて船を造らしむ。是を以て、諸國、一時に五百船を貢上る。悉に[三五]武庫水門に集ふ。是の時に當りて、新羅の調使、共に武庫に宿す。爰に新羅の停にして、忽に失火せぬ。即ち引[三六]きて、聚へる船に及びぬ。而して多の船焚かれぬ。是に由りて、新羅人を責

封二長子稻速別一。是下道臣[1]之始祖也。次以二上道縣一、封二中子仲彥一。是上道臣・香屋臣之始祖也。次以二三野縣一、封二弟彥一。是三野臣之始祖也。復以二波區[2]藝縣一、封二御友別弟鴨別一。是笠[3]臣之始祖也。卽以二苑縣一、封二兄浦凝別一。是苑[4]臣之始祖也。卽以二織部[5]一、賜[6]二兄媛一。是以、其子孫、於今在二于吉備國一。是其緣也。

廿五年、百濟直[7]支王薨。卽子久爾辛立爲レ王。王[8]年幼。木[9]滿致執二國政一。與二王母一相婬、多行二無[10]禮一。天皇聞而召之。百濟記云、木滿致者、是木羅斤資、討二新羅一時、娶二其國婦一、而所レ生也。以二其父功一、專二於任那一。來二入我國一、往二還貴國一。承二制天朝一、執二我國政一。權重當レ世。然天朝聞二其暴一召[11]之。

廿八年秋九月、高麗王遣レ使朝貢。因以上レ表。其表曰、高麗王教二日本國一也。時太子菟道稚郎子讀二其表一、怒之責二高麗之使一、以二表狀無一レ禮、則破二其表一。

卅一年秋八月、詔二群卿一曰、官船名二枯野一者、伊豆國所貢之船也。是朽之不レ堪レ用。然久爲二官用一、功不レ可レ忘。何其船名勿レ絕、而得レ傳二後葉一焉。群卿便被レ詔、以令二有司一、取二其船材一、爲レ薪而燒レ鹽。於是、得二五百籠鹽一。則施之周賜二諸國一。因令レ造レ船。是以、諸國一時貢二上五百船一。悉集二於武庫水門一。當二是時一、新羅調使、共宿二武庫一。爰於二新羅停一忽失火。卽引之及二于聚船一。而多船見レ焚。由レ是、責二新羅人一。↓

子。腆支王薨、即位」、同八年条に「冬十二月、王薨」とある。二一 三国史記、百済蓋鹵王二十一年(四七五)条に木劦満致とある。劦は劦の誤り。ここは諸本に多く「大倭木満致」とあるので、満致を日本人系とする見かたもあるが、三品彰英は日本の権勢を背景とする任那のヤマトノミコトモチの意とする。「大倭」の二字の無いのは田中本だけであるが、田中本は、奈良朝末期頃の写本とされ、古い正しい本文を伝えていると見られる場合が極めて多いので、これに従う。↓補注9-三九・[下]三三頁注二一。二二 三国史記、百済腆支王元年条に「妃八須夫人生二子久爾辛一」とある。二三 百済の記録。↓補注9-三七。二四 百済の将。↓補注9-三九。二五 百済をさす。二六 日本をさす。↓補注9-三五。二七 日本の朝廷。二八 高麗↓補注9-九。以下は事実かどうか甚だ疑わしい。五世紀前半の高句麗は好太王・長寿王父子の治世で、日本とは常に敵対関係にあり、日本に対する朝貢や上表の事実があったとはあまり考えられない。ただし仁徳十二年七月条・同八月条に高麗朝貢の話が見える。二九 日本国の語↓[下]補注16-九。三〇 文選巻三十六の李善注に漢の蔡邕の独断を引き、「諸侯言曰レ教」とあり、高句麗好太王碑文には「教遣二偏師一」「教遣二歩騎五万一、往救二新羅一」「好太王存時教言、…」の如き用例が多い。通釈は教は教令の意でノルと訓むべきだとする。三一 ↓補注10-一。三二 以下は五年十月条と一連の説話。仁徳記には「…玆船破壊以焼レ塩、取二其焼遺木一作レ琴、其音響二七里一。爾歌曰」とあって同じ歌謡をのせ、「此者志都歌之歌返也」とする。三三 →三六五頁注四六。三四 現在でも漁船などを作る場合、進水式に当る船下(ふなおろ)しの儀式には、神供として塩を用いることが多く、また海辺でのこれら儀式に当っては、満潮時に行い、

む。新羅の王、聞きて、讋[一]然ぢて大きに驚きて、乃ち能き匠者[二]を貢る。是、猪名部[三]等の始祖なり。初め[四]枯野船を、鹽の薪にして焼きし日に、餘燼有り。則ち其の焼えざることを奇びて獻る。天皇、異びて琴[五]に作らしむ。其の音、鏗鏘にして遠く聆ゆ。是の時に、天皇、歌して曰はく、

[六]枯野を　鹽に焼き　其が餘　琴に作り　搔き彈くや　由良の門の　門中の海石に　觸れ立つ　なづの木の　さやさや

三十七年の春二月の戊午の朔に、阿知使主[七]・都加使主[八]を呉[九]に遣して、縫工女[一〇]を求めしむ。爰に阿知使主等、高麗國[一一]に渡りて、呉に達らむと欲ふ。則ち高麗に至れども、更に道路を知らず。道を知る者を高麗に乞ふ。高麗の王、乃ち久禮波[一二]・久禮志[一三]、二人を副へて、導者とす。是に由りて、呉に通ること得たり。呉の王、是に、工女兄媛[一四]・弟媛[一五]、呉織[一六]、穴織[一七]、四の婦女を與ふ。

三十九年の春二月に、百濟の直支王[一八]、其の妹新齊都媛[一九]を遣して仕へまつらしむ。爰に新齊都媛、七の婦女を率て、來歸り。

四十年の春正月の辛丑の朔戊申（八日）に、[二〇]天皇、大山守命[二一]・大鷦鷯尊[二二]を召して、問ひて曰はく、「汝等、[二三]子愛しきや」とのたまふ。對へて言したまはく、「甚だ愛し」とまうしたまふ。亦問ひたまはく、「長と少とは、孰か尤しき[二四]」とのたまふ。大山守命、對へて言したまはく、「長子に逮かず」とまうしたまふ。是に、天皇、悅

満潮時の潮水を神供とする例もある。二五 神功摂政元年二月条に務古水門、四十一年二月是月条に「至津国、及于武庫」とある。→三四四頁注六。二六 延焼して。

一 讋は、之渉切。セフの音。説文に「失気言」とあり、慴・懾と同音。オソレル意。

二 木工技術者。

三 木工を専業とした品部。猪名は仁徳三十八年七月条に猪名県、和名抄に摂津国河辺郡為奈郷（今、尼崎市東北部）とある地名。雄略十三年九月条に木工韋名部真根の名が見え、姓氏録、左京神別に「猪名部造、伊香我色男命之後也」とあり、同摂津諸蕃に「為奈部首、出自百済国人中津波手也」、同未定雑姓（摂津）に「為奈部首、伊香我色乎命六世孫金連之後也」とある。

四 →三七六頁注三三。

五 琴→補注9-一。後漢書、蔡邕伝に「呉人有焼桐以爨者、邕聞火烈之声、知其良木、因請而裁為琴、果有美音、而其尾猶焦、故時人名曰焦尾琴焉」とある。

六 〔歌謡四一〕枯野を塩焼きの材として焼き、その余りを琴に作って搔き鳴らすと、由良の瀬戸の海石に触れて生えているナヅノキの（潮にうたれて鳴る）ように大きな音で鳴ることだ。由良の門は今の紀淡海峡。延喜神名式に淡路国津名郡由良湊神社（兵庫県洲本市由良町）がある。イクリは、海中の石。今もクリまたはグリの形で日本海方面（山形・福井・京都・島根・隠岐など）に暗礁の意で使われている。ナヅノキは未詳。サヤサヤは、音の大きく立つ意。擬声語。

七 以下は四十一年二月是月条と一連の伝えで、雄略十二年四月条・同十四年正月条・同三月条に見える身狭村主青らの呉国派遣の話と酷似する。記伝は兄媛以下四工女の来朝は雄略朝のことで、本条は記に「亦百済国主照古王、…又貢上手人韓鍛名卓素、亦呉服西素二人也」とあ

びたまはぬ色有します。時に大鷦鷯尊、預め天皇の色を察りて、對へて言したまはく、「長れるは、多に寒暑を經て、既に成人と爲りたり。更に悒無し。唯少子は、未だ其の成不を知らず。是を以て、少子は甚だ憐し」とまうしたまふ。天皇、大きに悦びたまひて曰はく、「汝が言、寔に朕が心に合へり」とのたまふ。是の時に、天皇、常に菟道稚郎子を立てて、太子としたまはむとおもほす情有します。

新羅王聞之、讋然大驚、乃貢能匠者。是猪名部等之始祖也。初枯野船、爲鹽薪燒之日、有餘燼。則奇其不燒而獻之。天皇異以令作琴。其音鏗鏘而遠聆。是時、天皇歌之曰、訶羅怒烏、之褒珥椰枳、之餓阿摩離、虚等珥菟句離、訶枳譬句椰由羅能斗能、斗那訶能異句離珥、敷例多菟、那豆能紀能、佐椰佐椰。

卅七年春二月戊午朔、遣阿知使主・都加使主於吳、令求縫工女。爰阿知使主等、渡高麗國、欲達于吳。則至高麗、更不知道路。乞知道者於高麗。々々王乃副久禮波・久禮志、二人、爲導者。由是、得通吳。吳王、於是、與工女兄媛・弟媛、吳織、穴織、四婦女。

卅九年春二月、百濟直支王、遣其妹新齊都媛以令仕。爰新齊都媛、率七婦女、而來歸焉。

卌年春正月辛丑朔戊申、天皇召大山守命・大鷦鷯尊、問之曰、汝等者愛子耶。對言、甚愛也。亦問之、長與少孰尤焉。大山守命對言、不逮于長子。於是、天皇有不悅之色。時大鷦鷯尊、預察天皇之色、以對言、長者多經寒暑、既爲成人。更無悒矣。唯少子者、未知其成不。是以、少子甚憐之。天皇大悅曰、汝言寔合朕之心。是時、天皇常有立菟道稚郎子、爲太子之情。↓

る呉服の来朝を誤り伝えたものとするが、或いは倭漢氏が青らの伝えを変形して、自己の祖先伝承に組み入れたものか。阿知使主→三七四頁注二。八 →三七四頁注三。

九 中国の江南の地をさす。この年は丙寅で、干支二運繰り下げると四二六年丙寅となるが、その頃の江南は南朝の宋の代で、宋書、夷蛮伝に「太祖(文帝)元嘉二年(四二五)、讃(倭王の名)又遣司馬曹達、奉表献方物」とある。ただし南朝史書の倭の五王関係記事に見える如き政治的目的をもった交渉事実は、書紀からは全くうかがわれない。→補注11-一。一〇 十四年二月条には百済の縫衣工女の来朝記事がある。

一一 五世紀前半ころの高句麗は好太王・長寿王父子の治世で、日本とは敵対関係にあった。

一二・一三 他に見えず。呉の語から構作した名か。

一四―一七 雄略十四年正月条に「漢織・呉織、及衣縫兄媛・弟媛」とある。→四十一年二月是月条。

一八 二十五年条に「百済直支王薨」とある。→三七六頁注一九。一九 他に見えず。なお雄略二年七月条に百済池津媛の話が見える。二〇 以下と同内容の話が記にも見える。二一 →補注10-二。なお仁徳即位前紀に菟道稚郎子に攻め滅ぼされた話が見える。二二 仁徳天皇。二三 ウツクシは、美しい意ではなく、親が子をかわいいと思う感情をいうのが古語。二四 すぐれる意。

二五 悒は、説文に「不安」とあり、玉篇に「憂也」とある。憂の意と解して古訓にイキドホリとしたものであろう。イキドホリは、心中安からざる意。憂えにも、怒りにもいう。「更に…無し」は、少しも…しない意。二六 カナシは、為さんとしてみずから力の全く及ばざるを知る感情。従って愛する者に、何事かをしようとしても、何も為し得ないあわれな気持の意から、アハレム・カナシム意を表わす。二七 →補注10-一。なお、すでに十五年八月条に太子と書かれている。

然るを二の皇子の意を知りたまはむと欲す。故、是の問を發したまへり。是を以て、大山守命の對言を悦びたまはず。甲子(二十四日)に、[一]菟道稚郎子を立てて嗣としたまふ。即日に、大山守命に任さして、山川林野を掌らしめたまふ。大鷦鷯尊を以て、太子の輔として、國事を知らしめたまふ。

四十一年の春二月の甲午の朔戊申(十五日)に、天皇、[二]明宮に[三]崩りましぬ。[四]時に年一百一十歲。一に云はく、[五]大隅宮に崩りましぬといふ。

[六]是の月に、[七]阿知使主等、呉より筑紫に至る。時に[八]胸形大神、工女等を乞はすこと有り。故、兄媛を以て、胸形大神に奉る。是則ち、今筑紫國に在る、[九]御使君の祖なり。既にして其の三の婦女を率て、津國に至り、[一〇]武庫に及りて、天皇崩りましぬ。[一一]及はず。即ち大鷦鷯尊に獻る。是の女人等の後は、今の[一二]呉衣縫・[一三]蚊屋衣縫、是なり。

日本書紀巻第十

一 以下は、記には「即詔別者、大山守命為山海之政、大雀命執食国之政以白賜、宇遅能和紀郎子所知天津日継也」とある。

二 天皇がこの宮にいたことは書紀には見えないが、記の冒頭に「品陀和気命、坐軽島之明宮、治天下也」とあり、続紀その他に多く軽島豊明宮、万葉集註釈二所引摂津風土記逸文には軽島豊阿伎羅宮とある。明は美称か。軽島は大和国高市郡久米郷の中、今の奈良県橿原市大軽町付近。島は、記伝に「必ずしも海の中ならねども、周れる限りのある地を云」という。

三 記分注には「甲午年九月九日崩」とあって、年月日みなこれと異なる(四十一年は庚午)。陵は記に「在川内恵賀之裳伏岡」、雄略九年七月条に蓬蔂丘誉田陵、延喜諸陵式に「恵我藻伏崗陵(軽島明宮御宇応神天皇。在河内国志紀郡。兆域東西五町。南北五町。陵戸二烟。守戸三烟)」とあり、陵墓要覧に所在地を大阪府南河内郡南大阪町大字誉田字恵我藻伏岡(えがもふしのおか)(今、大阪府羽曳野市)。仁徳陵と並ぶ我が国最大の前方後円墳で、全長四一五メートル、後円部の高さ三六メートル、もと二重に濠をめぐらしていた。

四 記には百三十歳とある。仲哀九年の生れとすれば、書紀の紀年では百十一歳となる。→三六二頁注一一。

五 難波の大隅島にあった宮。→三七四頁注六。

六 以下は三十七年二月条と一連の話。

七 →三七四頁注二。

八 筑前国宗像郡(今、福岡県宗像郡)の宗像(むなかた)神社に祭る海神。→一〇九頁注一〇—一二。

九 他に見えず。

一〇 →三七七頁注三五。

一一 絶域(遠国)に使して天皇の死に間に合わなかったというのは、垂仁九十年条・同九十九年条の田道間守の話にも見られる類型的な筋書。

然欲知二皇子之意一。故發二是問一。是以、不悦二大山守命之對言一也。○甲子、立二菟道稚郎子一爲嗣。卽日、任二大山守命一、令掌二山川林野一。以二大鷦鷯尊一、爲二太子輔一之、令知二國事一。

卌一年春二月甲午朔戊申、天皇崩二于明宮一。時年一百一十歲。一云、崩二于大隅宮一。◎是月、阿知使主等、自呉至二筑紫一。時胸形大神、有乞二工女等一。故以二兄媛一奉二於胸形大神一。是則今在二筑紫國一、御使君之祖也。既而率二其三婦女一、以至二津國一、及二于武庫一、而天皇崩之。不及。卽獻二于大鷦鷯尊一。是女人等之後、今呉衣縫・蚊屋衣縫是也。

日本書紀卷第十

三・三 他に見えず。呉・蚊屋は大和国高市郡南部の地名か。雄略十四年三月条に「即安二置呉人於檜隈野一。因名二呉原一」とあり、倭漢氏の一族に蚊屋氏がある。これらの衣縫は倭漢氏の管理下にあったのであろう。雄略十四年三月条には「漢織・呉織・衣縫、是飛鳥衣縫部・伊勢衣縫之先也」とある。

日本書紀　巻第十一

大鷦鷯天皇　仁徳天皇

大鷦鷯天皇は、譽田天皇の第四子なり。母をば仲姫命と曰す。五百城入彦皇子の孫なり。天皇、幼くして聰明く叡智しくまします。貌容美麗し。壯に及りて、仁寛慈惠まします。四十一年の春二月に、譽田天皇、崩りましぬ。時に太子菟道稚郎子、位を大鷦鷯尊に讓りまして、未だ卽帝位さず。仍りて大鷦鷯尊に諮したまはく、「夫れ天下に君として、萬民を治むる者、蓋ふこと天の如く、容るること地の如し。上、驩ぶる心有りて、百姓を使ふ。百姓、欣然びて、天下安なり。今我は弟なり。且文獻足らず。何ぞ敢へて嗣位に繼ぎて、天業登らむや。大王は、風姿岐嶷にまします。仁孝遠く聆えて、齒且長りたまへり。天下の君と爲すに足れり。其れ先帝の、我を立てて太子としたまへることは、豈能才有らむとしてなれや。唯愛したまひてなり。亦宗廟社稷に奉へまつることは重事なり。僕は不佞くして、稱ふに足らず。夫れ昆は上にして季は下に、聖は君にして

一　記には大雀命。鷦鷯(さざき)は鳥の名、みそさざいという。↓一三〇頁注一九。この名の起源は元年条に見える。宋書に、四二一・四二五・四三〇年に遣使したことの見える倭王讃は、その年代やサザと讃の音の類似などから仁徳天皇にあたるとする説が有力だが、子の反正天皇にあてられる珍が宋書には弟とあるなどの矛盾もある。倭の五王↓補注11-一。　二　応神天皇。　三　↓三六三頁注二一。　四　景行四年二月条に、景行天皇皇子と見え、応神記によれば仲姫の父の品陀真若王(ほむたのまわかのみこ)はその子に当る。↓補注7-一。　五　東観漢紀、孝明皇帝紀にほぼ同じ文がある。↓三三〇頁注六。　六　↓応神四十一年二月条。　七　応神四十年正月条に、応神天皇が、菟道稚郎子を太子とし、大山守命に山川林野を掌らせ、大鷦鷯尊を太子の輔佐としたことが見える。応神記にも殆ど同様の説話があるが、応神記の中には、大雀命を太子と記した箇所もある。　八　漢書、高后紀の「凡有二天下一治二万民一者、蓋レ之如レ天、容レ之如レ地、上有二驩心一、以使二百姓一、百姓欣然、以事二其上一、驩欣交通、而天下治」による。ウダキオホフは、抱き覆う意。この、兄弟で皇位を譲り合った話は応神記にも見えているが、津田左右吉は、この話を、弟が父に愛せられたという話を種に、これに長子相続を原則とする中国思想や、長幼の序を重んじ、また賢者が位に即くべきであるとする儒教思想に基づく構想を加えて、作られた説話であるとしている。そして、この説話が仁徳天皇に結び付けられたのは、前代の応神天皇の時に儒教が伝来したと記されていることと対応するものであり、また、この説話が作られた時期は、儒教思想が有力になって来た大化改新以後のことであろうと推測している。　九　論語、八佾に「夏礼吾能言レ之。杞不レ足レ徴也。殷礼吾能言レ之。宋不レ足レ徴也。文献不レ足故也。足則吾能徴レ之矣」(鄭

愚は臣[一四]なるは、古今の常典なり。願はくは王、疑ひたまはず、即帝位せ。我は臣として助け[一五]まつらまくのみ」とのたまふ。大鷦鷯尊、對へて言はく、「先皇の謂ひしく、『皇位[一六]は一日も空しかるべからず』とのたまひき。故、預め明徳[一七]を選びて、王を立てて貳としたまへり。祚へたまふに嗣を以てし、授けたまふに民を以てしたまふ。其の寵[一八]の章を崇めて、國に聞えしむ。我、不賢しと雖も、

玄注「献猶㆑賢也㆓」とある。徴すべき記録と賢者の乏しいこと。一〇 大王の語句、書紀ではこれが初見。以下允恭紀・雄略紀・顕宗紀・継体紀等にしばしば見える。いずれも後漢書など中国の文献によったものであるが、このころから天皇が大王と称しはじめたことと考えあわせて注目しておいてよい。→㊦補注16-一。
一一 →二一八頁注一三・一四・㊦三八二頁注六。
一三 歯は、人寿の数・年齢。一三 漢書、文帝紀に「奉㆓高帝宗廟㆒重事也。寡人不佞、不㆑足㆓以称㆒」とあり、顔師古注に「不佞不材也」とある。
一四 ヤツコラマのラマは、接尾語。一五 お助け申し上げましょう。マクは、推量・意志を表わすムのク語法。一六 集解はこの句について、三国志、魏志、文帝紀註所引献帝伝の「四海不㆑可㆓以一日曠㆑主」という句を挙げている。応神天皇にこの言があったということは、応神紀には見えていない。類例としては允恭即位前紀に「夫帝位不㆑可㆓以久曠㆒」(四三三頁四―五行)がある。なお、皇位は一日も曠しくすべからずという思想は、その後も三代実録、元慶八年二月四日条の詔の「皇位波一日毋不㆑可㆑曠」、玉葉、寿永二年八月六日条の「凡天子之位、一日不㆑可㆑曠」、満済准后日記、応永三十五年七月二十一日条の「雖㆑為㆓一日㆒空主儀不㆑可㆑然」などに見える。皇室典範第十条の「天皇崩スルトキハ、皇嗣即チ践祚シ祖宗ノ神器ヲ承ク」の義解には「本条ハ皇位ノ一日モ曠闕スヘカラサルヲ示シ…」という。一七 それ故、前以て明徳の人を選び、王を皇太子として立てられた。天皇の嗣にさいわいあらしめ、万民をこれに授けられたの意。貳は、そえるもの・ひかえの意。つまり、儲の君・皇太子。一八 集解に、文選、冊㆓魏公九錫㆒文の「先王并建㆓明徳㆒、祚㆑之以㆑土、分㆑之以㆑民崇㆓其寵章㆒」をあげる。寵愛のしるしを尊んで、国中にそれが聞えるようにした。

日本書紀　巻第十一

大鷦鷯天皇　　仁徳天皇

大鷦鷯天皇、譽田天皇之第四子也。母曰㆓仲姫命㆒。五百城入彦皇子之孫也。天皇幼而聰明叡智。貌容美麗。及㆑壯仁寛慈惠。卌一年春二月、譽田天皇崩。時太子菟道稚郎子、讓㆓位于大鷦鷯尊㆒、未㆓即帝位㆒。仍諮㆓大鷦鷯尊㆒、夫君㆓天下㆒、以治㆓萬民㆒者、蓋之如㆑天、容之如㆑地。上有㆓驩心㆒、以使㆓百姓㆒。百姓欣然、天下安矣。今我也弟之。且文獻不㆑足。何敢繼㆓嗣位㆒、登㆓天業㆒乎。大王者風姿岐嶷。仁孝遠聆[1]、以齒且長。足㆑爲㆓天下之君㆒。其先帝立㆑我爲㆓太子㆒、豈有㆓能才㆒乎。唯愛之者也。亦奉㆓宗廟社稷㆒重事也。僕之不佞、不㆑足㆓以稱㆒。夫昆上而季下、聖君而愚臣、古今之常典焉。願王勿㆑疑、須㆓即帝位㆒。我則爲㆑臣之助耳。大鷦鷯尊對言、先皇謂、皇位者一日之不㆑可㆑空。故預選㆓明德㆒、立㆑王爲㆑貳。祚之以㆑嗣、授之以㆑民。崇㆓其寵章㆒、令㆑聞㆓於國㆒。我雖㆓不賢㆒、↓

一 応神二年三月条によれば、母は応神天皇の妃の高城入姫(たかきのいりびめ)であるから、大山守皇子の同母兄。応神記にも「高木之入日売之子、額田大中日子命、次大山守命」とある。後段の大山守皇子の反逆は応神記にも見えているが、その発端としての、額田大中彦皇子が倭の屯田を領しようとしたということこの話は、記にはない。集解は、話の筋から考えて、ここの額田大中彦皇子は大山守皇子の誤であろうとしている(→注一六)。なお、六十二年是歳条に、額田大中彦皇子が氷室(ひむろ)の氷を献じた話がある。

二 屯田は、天皇供御料田。下文にも「凡倭屯田者、毎御宇帝皇之屯田也」という。倭の屯田は、後に、田令、置官田条に「凡畿内置二官田一。大和・摂津各卅町」とある官田がその遺制であろう。この令制の官田は宮内省の管轄で、徭役労働により耕作され、下級官人が田司として経営に当った。令集解によれば、官田・田司は、大宝令ではそれぞれ屯田・屯司と称したことがわかる。倭の屯田の由来は一三行以下に見える。→㊦二九〇頁注二二・㊦三八七頁注四二・㊦補注18－一三。

三 屯倉は、朝廷直轄領ともいうべきもので、天皇供御料田である屯田とは性質が違うから、ここに区別して書かれているのであろう。また、ミヤケは御宅で、本来、屋舎や倉庫の敬称であるから、その点から考えると、ここの屯倉とは、倉庫などの建物や附属施設を主として指しているとする見方もある。→㊦補注18－一三。

四 →注二。

五 →一〇六頁注三。

六 記紀には他に見えず。ただし国造系図は、「三島足努(すく)命―淤宇足努命―宮向宿禰」と次第する。淤宇は、出雲国意宇郡の意宇(おう)に通じ、斉明五年是歳条には出雲国造に命じて神宮(意宇郡熊野神社)をつくらしめたこと、於友

豈先帝の命を棄てて、輙く弟王の願に從はむや」とのたまふ。固く辭びたまひて承けたまはずして、各相讓りたまふ。是の時に、額田大中彦皇子、將に倭の屯田及び屯倉を掌らむとして、其の屯田司出雲臣が祖淤宇宿禰に謂りて曰はく、「是の屯田は、本より山守の地なり。是を以て、今吾、將に治らむとす。爾は掌るべからず」といふ。時に淤宇宿禰、太子に啓す。太子、謂りて曰はく、「汝、便ち大鷦鷯尊に啓せ」とのたまふ。是に、淤宇宿禰、大鷦鷯尊に啓して曰さく、「臣が任れる屯田は、大中彦皇子、距げて治らしめず」とまうす。大鷦鷯尊、倭直が祖麻呂に問ひて曰はく、「倭の屯田は、元より山守の地と謂ふは、是如何に」とのたまふ。對へて言さく、「臣は知らず。唯し臣が弟吾子籠のみ知れり」とまうす。是の時に適りて、吾子籠、韓國に遣されて未だ還ず。爰に大鷦鷯尊、淤宇に謂りて曰はく、「爾躬ら韓國に往りて、吾子籠を喚せ。其れ日夜兼ねて急に往れ」とのたまふ。乃ち淡路の海人八十を差して水手とす。爰に淤宇、韓國に往りて、即ち吾子籠を率て來り。因りて倭の屯田を問ひたまふ。對へて言さく、「傳に聞る、纒向玉城宮御宇天皇の世に、太子大足彦尊に科せて、倭の屯田を定めしむ。是の時に、勅旨は、『凡そ倭の屯田は、毎に御宇す帝皇の屯田なり。其れ帝皇の子と雖も、御宇すに非ずは、掌ること得じ』とのたまひき。是を山守の地と謂ふは、非ず」とまうす。時に大鷦鷯尊、吾子籠を額田大中彦皇子のみもとに遣して、狀

(三)郡の丁の役されたことが見える。出雲風土記は、意宇の名の起源として国引きの神話を載せている。この頃の宿禰は、名に付いた原始的称号ともいうべきもので、後世の姓(かばね)としての宿禰とは性質が違う。

七 応神五年八月条に、海人及び山守部を定めたことが見えるが(↓三六四頁注四三・四四)、ここの山守はその山守部を指すか。それとも山川林野を掌ることになっている大山守皇子(三八二頁注七)を指すか。

八 菟道稚郎子。

九 倭直は、神武即位前紀に椎根津彦(↓一九〇頁注六)が見え、崇神紀・垂仁紀に(市磯)長尾市(↓二四〇頁注一一)が見える。この長尾市を垂仁三年条一云には「倭直祖長尾市」ともいうから、ここの祖麻呂の三字は、倭直の祖先である麻呂の意であろう。

一〇 吾子籠は六十二年五月条には遠江に遣わされて造船に従い、履中即位前紀では住吉仲皇子の叛にくみしたが、妹を献って死をまぬかれ、これより采女を貢することになったという。允恭七年十二月条には天皇の召になかなか応じなかった衣通郎姫がその家にとどまっていたことがあり、雄略二年十月条には大倭国造吾子籠宿禰として見え、狭穂子鳥別を貢したとある。

一一 応神二十二年三月条にも、淡路の御原の海人八十人を水手とすることが見えている。

一二 垂仁天皇。ただし垂仁紀には、倭の屯田を定めた記事は見えていない。↓注二。

一三 後の景行天皇。

一四 ↓下補注25-五。

一五 応神天皇。

一六 集解は、さきに立太子に破れ、ここにまた屯田を失ったことを怨むのであるから、屯田一件の額田大中彦皇子は大山守皇子の誤りであるとする。↓注一。

を知らしむ。大中彦皇子、更に如何にといふこと無し。乃ち其の悪きを知しめせれども、赦して罪せず。然して後に、大山守皇子、毎に先帝[一五]の廢てて立てたまはざることを恨みて、重ねて[一六]是の怨有り。則ち謀して曰はく、「我、太子を殺して、遂に帝位登らむ」といふ。爰に、大鷦鷯尊、預め其の謀を聞しめして、密に太子に告して、兵を備へて守らしめたまふ。時に太子、兵を設けて待つ。大山守皇子、其の兵

豈棄二先帝之命一、輙從二弟王之願一乎。固辭不レ承、各相讓之。是時、額田大中彥皇子[1]、將レ掌二倭屯田及屯倉一、而謂二其屯田司出雲臣之祖淤宇宿禰[2]一曰、是屯田者、自レ本山守地。是以、今吾將レ治矣。爾之不レ可レ掌。時淤宇宿禰[3]啓二于太子[4]一。々々[5]謂之曰、汝便啓二大鷦鷯尊一。於是、淤宇宿禰[6]啓二大鷦鷯尊一曰、臣所任屯田者、大中彥皇子距不レ令レ治。大鷦鷯尊、問二倭直祖麻呂一曰、倭屯田者、元謂二山守地一、是如何。對言、臣之不レ知。唯臣弟吾子籠知也。適二是時一、吾子籠遣二於韓國一而未レ還。爰大鷦鷯尊、謂二淤[7]宇一曰、爾躬往二於韓國一、以喚二吾子籠一。其兼二日夜一而急往。乃差二淡路之海人八十一爲二水手一。爰淤宇[8]往二于韓國一、卽率二吾子籠一而來之。因問二倭屯田一。對言、傳聞之、於纏向玉城宮御宇天皇之世、科二太子大足彥尊一、定二倭屯田一也。是時、勅旨、凡倭屯田者、每御宇帝皇之屯田也。其雖二帝皇之子一、非二御宇一者、不レ得レ掌矣。是謂二山守地一非之也。時大鷦鷯尊、遣二吾子籠於額田大中彥皇子一、而令レ知レ狀。大中彥皇子、更無二如何一焉。乃知二其惡一、而赦之勿レ罪。然後、大山守皇子、每恨二先帝廢之非レ立、而重有二是怨一。則謀之曰、我殺二太子一、遂登二帝位一。爰大鷦鷯尊、預聞二其謀一、密告二太子一、備レ兵令レ守。時太子設レ兵待之。大山守皇子、不レ知二其備一レ兵、↓

備へたることを知らずして、獨數百の兵士を領ゐて、夜半に、發ちて行く。會明に、菟道に詣りて、將に河を度らむとす。一時に太子、布袍服たまひて檝櫓を取りて、密に二度子に接りて、大山守皇子を載せて濟したまふ。河中に至りて、度子に誂へて、船を三蹈みて傾す。是に、大山守皇子、墮河而沒りぬ。更に浮き流れつつ歌して曰はく、

四ちはや人　菟道の渡に　棹取りに　速けむ人し　我が對手に來む

然るに、伏兵多に起りて、岸に著くこと得ず。遂に沈みて死せぬ。其の屍を求めしむるに、五考羅濟に泛でたり。時に太子、其の屍を視して、歌して曰はく、

六ちはや人　菟道の渡に　渡手に　立てる　梓弓檀　い伐らむと　心は思へど　い取らむと　心は思へど　本邊は　君を思ひ出　末邊は　妹を思ひ出　悲けく　そこに思ひ　愛しけく　ここに思ひ　い伐らずそ來る　梓弓檀

乃ち七那羅山に葬る。既にして宮室を菟道に興てて居します。猶位を大鷦鷯尊に讓りますに由りて、久しく卽皇位さず。八爰に皇位空しくして、既に三載を經ぬ。時に海人有りて、鮮魚の九苞苴を齎ちて、一〇菟道宮に獻る。太子、海人に令して曰はく、「我、天皇に非ず」とのたまひて、乃ち返して難波に進らしめたまふ。大鷦鷯尊、亦返して、菟道に獻らしめたまふ。是に、海人の苞苴、往還に一一餒れぬ。更に返りて、他し鮮魚を取りて獻る。讓りたまふこと前の日の如し。鮮魚亦餒れぬ。海人、

一 この大山守皇子反逆の話は、記紀殆ど同様である。しかし、応神記には、宇遅能和紀郎子（うぢのわきいらつこ）が山上に幕を張り、舎人を自分に扮装させておいたこと、船にサナカズラの根の汁を塗って滑りやすくしておいたこと、大山守皇子と船頭の問答などの話があって、やや詳しい。二 渡子に同じ。前本の傍訓にワタシモリとあり、その右に「ワタリモリ養老」とある。いわゆる養老私記の古訓の意か。三 フミに同じ。四〔歌謡四二〕菟道の渡に、巧みに舟を操る人よ、私を救いに早く来ておくれ。チハヤヒトは、記にはチハヤブルとある。チハヤブルはウヂにかかる枕詞。千磐破る意で、勢の激しい意。よってウヂ・ウチにかかる。ウチはイツ（稜威）と同じで、激しい威力とつづくもの。ここでは、そのチハヤブルがチハヤヒトに変形されているので、チハヤヒトウヂという続きは、そのままではうまく意味的に解けない。記の方が古形で、それならば説明できる。サヲトリは、棹を手に取って舟を操ること。ハヤケムのハヤケは、ハヤシ（速し）の古い活用形。未然形で、推量のムへと続く。奈良朝には助動詞ムへと続く形容詞の活用があった（朝鮮語にもある）が、これは、後に亡びた。モコは、対手。婿（ムコ）の古形。来ムのムは、推量の助動詞。来るだろうと相手に向っていうことは、来てほしいの意。五 山城国綴喜郡河原村（今、京都府綴喜郡田辺町河原）の地。応神記にはここで鉤をもって大山守皇子の屍を捜したところ、甲にかかって「訶和羅（かわら）」と鳴ったので地名としたという起源説話がある。書紀では崇神十年九月条に伽和羅（かわら）の地名の起源説話がある。→二四六頁注六。六〔歌謡四三〕菟道の渡で、渡り場に立っている梓の木よ。それを伐ろうと心には思うが、それを取ろうと心には思うが、その本辺では君を思い出し、末辺では妹を思い出し、悲しい思いが、

屢還るに苦みて、乃ち鮮魚を棄てて哭く。[一二]故、諺に曰はく、「[一三]海人なれや、己が物から泣く」といふは、其れ是の緣なり。太子の曰はく、「我、兄王の志を奪ふべからざることを知れり。豈久しく生きて、天下を煩さむや」とのたまひて、乃ち自ら[一四]死りたまひぬ。時に大鷦鷯尊、太子、薨りたまひぬと聞して、驚きて、難波より馳せて、菟道宮に到ります。爰に太子、薨りまして三日に經りぬ。

獨領二數百兵士一、夜半、發而行之。會明、詣二菟道一、將レ度[1]レ河。時太子服二布袍一取二檝櫓一、密接二度子一、以載二大山守皇子一而濟。至二于河中一、誂二度子一、蹈レ船而傾。於是、大山守皇子、墮河而沒。更浮流之歌曰、知破椰臂苔[2]、于旎能和多利珥[3]、佐烏刀利珥[4]、破揶鶏務[5]臂苔辭、和餓毛[6]胡珥虛務。然伏兵多起、不レ得レ著レ岸。遂沈而死焉。令レ求二其屍一、泛二於考羅濟一。時太子視二其屍一、歌之曰、智破揶臂等[7]、于旎能和多利珥、和多利涅珥、多氏屢、阿豆瑳由瀰摩由瀰[8]、伊枳羅牟苔[9]、虛々呂破望閉耐、伊斗羅牟苔[10]、虛々呂破望閉耐、望苔[11]幣[12]破、枳瀰烏於望臂涅[13]、須慧幣破、伊暮烏於望比涅[14]、伊羅那鶏區、會虛珥於望比、伽那志鶏區、虛々珥於望臂、伊枳羅儒層區屢、阿豆瑳由瀰摩由瀰。乃葬二于[15]那羅山一。既而興二宮室於菟道一而居之。猶由レ讓二位於大鷦鷯尊一、以久不二卽皇位一。爰皇位空之、既經二三載一。時有二海人一、齎二鮮魚之苞苴一、獻二于菟道宮一也。太子令二海人一曰、我非二天皇一、乃返之令レ進二難波一。大鷦鷯尊亦返、以令レ獻二菟道一。於是、海人之苞苴、鯘二於往還一。更返之、取二他鮮魚一而獻焉。讓如二前日一。鮮魚亦鯘。海人苦二於屢還一、乃棄二鮮魚一而哭。故諺曰、有二海人一耶、因二己物一以泣、其是之緣也。太子曰、我知レ不レ可レ奪二兄王之志一。豈久生之、煩二天下一乎、乃自死焉。時大鷦鷯尊、聞二太子薨一以驚之、從二難波一馳之、到二菟道宮一。爰太子薨之經二三日一。↓

そここでまつわりついて、とうとうその梓の木を伐らずに帰って来た。ワタリデは、記にはワタリゼとある。渡り瀬の方が分りよい。デは、場所を示す。アヅサユミマユミのマユミは、調子で添えた言葉。梓弓で大山守皇子を暗に指している。キミは、女が男を呼ぶ言葉。しかし、ここでは大山守皇子の日常の姿をいうのであろう。妹は、大山守皇子の妻をいうか。イラナシは、心にひりひりと刺さる意。つまり悲しいこと。イラナケクは、イラナシの連体形とアク(事の意)の複合語。iranakiaku→iranakeku.

七 →二四五頁注二一。陵墓要覧に、大山守命の那羅山墓の所在地を、奈良市法蓮町字境目谷とする。

八 →三八八頁注一二。

九 萑・葦などを編んで魚肉を包むもの。贈り物の意。苞はアブラガヤ。苴はツト。オホニヘはミニヘに同じ。

一〇 稚郎子は宇治に、大鷦鷯皇子は難波に在ることになるが、これは応神紀に軽島の明宮と、難波の大隅宮とが見えているのにも対応するであろう。菟道宮は、詞林采葉抄第一所引山城風土記逸文に「謂二宇治一者、軽島豊明宮御宇天皇(応神天皇)之子、宇治若郎子、造二桐原日桁宮一、以為二宮室一、因二御名一号二宇治一」と見えている。山州名跡志は、宇治郷の離宮(宇治神社)を稚郎子の御所としている。

一一 古くなってくさること。

一二 この説話も諺も共に応神記に見えている。

一三 原文は「有海人耶、因己物以泣」である。「海人なれや」とは、海人であろうか、海人ではないのにの意で、反語をなす。「己が物から泣く」とは、自分の物が原因で、泣くの意。従って、全体の意は、(海人ならばともかく)海人でもないのに、自分の物が原因で自分で泣くことよの意となる。これは、当時、自分の物が原因となって泣く人があったときに、傍の人が、それにあきれ、それをひやかす意味で使った諺だったのであろう。その諺の起源は、実際はどんな事情によるものであるかは、不明であるが、その説明説話の一つとして、ここに海人の話が記録されているのであろう。四 稚郎子の死については、応神記には単に「宇遅能和紀郎子者早崩」とあるだけで、自殺のことや蘇生譚は見えない。津田左右吉は、この太子の自殺の話は、帝位を避けて自殺したという中国の隠士の物語を用いて、記の伝を極端化したものであるとしている。

一 摽は、擊。擗は、心(むね)を拊つ。胸をうって悲しむ。漢籍的表現。普通、摽擗と使う。→三一〇頁注一〇。二 通釈に「これ古代招魂の法の伝はりしものなるべし」としている。現在我が国の民俗として行われている招魂の方法は、重態の病人の名を、枕許で呼んだり、屋根とか高い所にのぼって呼んだり、あるいは山や海、井戸などに向って呼ぶことである。死に当っての魂呼びは、中国・インドシナで広く行われている。三 天本の古い訓点に、応の字にコタヘテとあり、「時」にニとテのヲコト点がある。名義抄に、時の字に、タチマチニとある。これらにより、タチマチニシテと訓む。現代の中国語にも、「応時」で、即座にの意味がある。四 菟道稚郎子。五 応神天皇。六 大鷦鷯尊。七 応神二年三月条には矢田皇女(→補注10-一)。仁徳二十二年正月条・同三十年条に、天皇が八田皇女を妃としようとして皇后磐之媛の反対をうけた話があるが、磐之媛の薨後、三十八年正月条に皇后となる、とある。八 結婚にあたって、夫の家から礼物を女の家におくり、正式に婚約を行うこと。九 →二六四頁注二五。一〇 麻の御服。素は、白。一一 延喜諸陵式に「宇治墓〈菟道稚郎子。在山城国宇治郡。兆域東西十二町。南北十二町。守戸三烟〉」とあり、陵墓要覧に所在地を京都府宇治市菟道丸山としている。なお続

時に大鷦鷯尊、摽擗ち叫び哭きたまひて、所如知らず。乃ち髪を解き屍に跨りて、三たび呼びて曰はく、「我が弟の皇子」とのたまふ。乃ち應時にして活でたまひぬ。自ら起きて居します。爰に大鷦鷯尊、太子に語りて曰はく、「悲しきかも、惜しきかも。何の所以にか自ら逝ぎます。若し死りぬる者、知有らば、先帝、我を何謂さむや」とのたまふ。乃ち太子、兄王に啓して曰したまはく、「天命なり。誰か能く留めむ。若し天皇の御所に向ること有らば、具に兄王の聖にして、且譲りますこと有しませることを奏さむ。然るに聖王、我死へたりと聞しめして、遠路を急ぎ馳でませり。豈勞ひたてまつること無きこと得むや」とまうしたまひて、乃ち同母妹八田皇女を進りて曰はく、「納采ふるに足らずと雖も、僅に掖庭の數に充ひたまへ」とのたまふ。乃ち且棺に伏して薨りましぬ。是に、大鷦鷯尊、素服たてまつりて、發哀びたまひて、哭したまふこと甚だ慟ぎたり。仍りて菟道の山の上に葬りまつる。

元年の春正月の丁丑の朔己卯（三日）に、大鷦鷯尊、即天皇位す。皇后を尊びて皇太后と曰す。難波に都つくる。是を高津宮と謂す。即ち宮垣室屋、堊色せず。桷梁柱楹、藻飾らず。茅茨蓋くときに、割齊へず。此、私曲の故を以て、耕し績む時を留めじとなればなり。初め天皇生れます日に、木菟、産殿に入れり。明旦に、譽田天皇、大臣武内宿禰を喚して語りて曰はく、「是、何の瑞ぞ」とのたまふ。大臣、對へて言さく、「吉祥なり。復昨日、臣が妻の産む時に當りて、鷦鷯、

産屋に入れり。是、亦異し」とまうす。爰に天皇の曰はく、「今朕が子と大臣の子と、[二七]同日に共に産れたり。並に瑞有り。是天つ表なり。以為ふに、其の鳥の名を取りて、各相易へて子に名けて、後葉の契とせむ」とのたまふ。則ち鷦鷯の名を取りて、太子に名けて、大鷦鷯皇子と曰へり。木菟の名を取りて、大臣の子に號けて、木菟[二八]宿禰と曰へり。是、平群臣[二九]が始祖なり。是年、太歳癸酉[三〇]。

時大鷦鷯尊、摽擗叫哭、不レ知二所如一。乃解レ髮跨レ屍、以三呼曰、我弟皇子。乃應時而活。自起以居。爰大鷦鷯尊、語二太子一曰、悲兮、[1]惜兮。[2]何所以歟自逝之。若死者有レ知、先帝何二謂我一乎。乃太子啓二兄王一曰、天命也。誰能留焉。若有下向二天皇之御所一、具奏中兄王聖之、且有上讓矣。然聖王聞二我死一、以急二馳遠路一。豈得レ無レ勞乎、乃進二同母妹八田皇女一曰、雖レ不レ足二納采一、[3]僅充二掖庭之數一。乃且伏レ棺而薨。於是、大鷦鷯尊素服、爲[4]二之發哀一、哭之甚慟。仍葬二於菟道山上一。

元年春正月丁丑朔己卯、大鷦鷯尊卽天皇位。尊二皇后一曰二皇太后一。都二難波一。是謂二高津宮一。卽宮垣室屋弗二堊色一也。桷梁柱楹弗二藻飾一也。茅茨之蓋弗[5]二割齊一也。此不下以二私曲之故一、留中耕績之時上者也。初天皇生日、木菟入二于產殿一。明旦、譽田天皇、喚二大臣武內宿禰一語之曰、是何瑞也。大臣對言、吉祥也。復[6]當二昨日、臣妻產時一、鷦鷯入二于產屋一。是亦異焉。爰天皇曰、今[7]朕之子與二大臣之子一、同日共產。並[8]有レ瑞。是天之表焉。以爲、取二其鳥名一、各相易名レ子、爲二後葉之契一也。則取二鷦鷯名一、以名二太子一、曰二大鷦鷯皇子一。取二木菟名一、號二大臣之子一、曰二木菟宿禰一。是平群臣之始祖也。◎是年也、[9]太歳癸酉。

後紀、承和七年五月六日条の藤原吉野の奏言に「昔宇治稚彦皇子者、我朝之賢明也。此皇子遺教、自使レ散レ骨、後世効レ之」とある。散骨の風は、万葉一四一五・一四一六に「玉梓の妹は珠かもあしひきの清き山辺に蒔けば散りぬる」「玉梓の妹は花かもあしひきのこの山かげに蒔けば失(う)せぬる」があることによって、奈良時代に、一部で行われたことが知られる。それが菟道稚郎子に付会されたのであろうか。万葉の挽歌に「宇治若郎子宮所謌一首」(一七九五)がある。

一二 応神紀に応神天皇は四十一年(庚午)二月崩とあり、仁徳元年は「太歳癸酉」とあって、中二年を隔てていて、即位前紀に「皇位空之、既経二三載一」(三八六頁一三行)と見えるのと合う。一三 応神天皇の皇后仲姫。一四 今の大阪城址の辺と思われるが、宮址は未定。大阪市東区餌差町の高津高校校庭に宮址の碑石が建てられているが、確実な根拠があるわけではない。↓[下]補注25－一三。一五「宮垣室屋」から「弗二割斉一也」まで、六韜の「宮垣屋室不レ堊、甍桷椽楹不レ斲、茅茨偏庭不レ剪」による。一六 堊は、白く塗る、漆喰をかける意。一七 たるき。ハヘキは、「延へ木」の意。一八 はしら。ウダチは、梁の上に立てる短い柱。藻飾は、装飾に同じ。色彩などをほどこすこと。一九 割は、広雅、釈詁に「裁也、截也」とあり、断つ意がある。カヤの末をきる意に用いてある。前本に剳とあり、名義抄に割の俗体とある。二〇 公でない意。自分だけのこと(公でない事)が原因で、人民の、耕作し、機の績ぎをする時間を奪ってはならないと思うからである。二一 以下の説話は他には見えない。また特にこの条に係ける必要もない話であるが、編者が適宜ここに付載したものであろう。二二 みみずくのこと。↓補注11－一一。二三 応神天皇。二四 ↓補注7－三。大臣↓三一六頁注一六。二五 キネフの語、前本のまま。このような形もあったのであろう。二六 →一三〇頁注一九。二七 武内宿禰も成務天皇と同日に生れたことになっている。→三一七頁注一七。二八 →補注10-一二。二九 →三七二頁注九。三〇 →補注3-六。

一 記に「葛城之曾都毗古之女、石之日売命」。続紀、天平元年八月二十四日条の光明皇后立后の宣命には「難波高津宮御宇大鷦鷯天皇葛城曾豆比古女子伊波乃比売命皇后止御相坐而食国天下之政治賜行賜家利」として、臣下の女子立后の初例に用いている。三十五年六月条に薨とあり、三十七年十一月条に乃羅山に葬るとある。二 履中天皇。三 記に墨江之中津王。履中即位前紀に、叛いて殺されたことが見える。住吉は地名。→三四四頁注二。また記には住吉に津を定めたことが見える。四 反正天皇。五 允恭天皇。六 天皇と髪長媛との関係→応神十一年是歳条・同十三年条。七 記に「波多毗能大郎子(はたびのおほいらつこ)、亦名大日下(おほくさか)王」。草香は河内国河内郡の地。→補注3-七。八 →補注11-三。九 以下、三月条・七年四月条・同九月条・十年十月条は仁徳天皇の仁徳をあらわす一連の話で、ただこれを分段し、年月を付している。記にも同じ話がある。この仁徳天皇の善政の記事は、記紀共に漢文調の文飾が著しく、津田左右吉が指摘したように、天皇を堯舜のような儒教式聖帝として描き出している。そして、このような聖天子としての仁徳天皇に対して、その皇系の最後に当る武烈天皇についてはこれを書紀では暴虐の君主として描き、両者を対比させていることが認められよう。→下補注16-二三。新古今集、賀歌に、仁徳天皇御製として「たかき屋にのぼりてみれば煙立つたみのかまどはにぎ

二年の春三月の辛未の朔戊寅(八日)に、磐之媛命[一]を立てて皇后とす。皇后、大兄[二]去來穗別天皇・住吉仲皇子[三]・瑞歯別天皇[四]・雄朝津間稚子宿禰天皇[五]を生れませり。又妃日向髪長媛[六]、大草香皇子[七]・幡梭皇女[八]を生めり。

四年の春二月の己未の朔甲子(六日)に、群臣[九]に詔して曰はく、「朕、高臺に登りて、遠に望むに、烟氣、域の中に起たず。以爲ふに、百姓既[一〇]に貧しくして、家に炊く者無きか。朕聞けり、古は、聖王の世には、人人、詠德之音[一一]を誦げて、家毎に康哉之歌[一二]有り。今朕、億兆に臨みて、茲に三年になりぬ。頌音聆えず。炊烟[一三]轉踈なり。即ち知りぬ、五穀[一四]登らずして、百姓窮乏しからむと。邦畿之内[一五]すら、尚給がざる者有り。況や畿外諸國をや」とのたまふ。

三月の己丑の朔己酉(二十一日)に、詔して曰はく、「今より以後、三年に至るまでに、悉に課役[一六]を除めて、百姓の苦を息へよ」とのたまふ。是の日より始めて、黼[一七]衣絓履、弊れ盡きずは更に爲らず。溫飯煖羹、酸り餧らずは易へず。心[一八]を削くし志を約めて、從事乎無爲す。是を以て、宮垣崩るれども造らず、茅茨壞るれども葺かず。風雨隙に入りて、衣被を沾す。星辰壞より漏りて、床蓐を露にす。是の後、風雨時に順ひて、五穀豐穰なり。三稔の間、百姓富寛なり。頌德既に滿ちて、炊烟亦繁し。

七年の夏四月の辛未の朔に、天皇、臺の上に居しまして、遠に望みたまふに、

烟氣多に起つ。是の日に、皇后に語りて曰はく、「朕、既に富めり。更に愁無し」とのたまふ。皇后、對へ諮したまはく、「何をか富めりと謂ふ」とまうしたまふ。天皇の曰はく、「烟氣、國に滿てり。百姓、自づからに富めるか」とのたまふ。皇后、且言したまはく、「宮垣壞れて、脩むること得ず。殿屋破れて、衣被露る。何をか富めりと謂ふや」とまうしたまふ。天皇の曰はく、「其れ[一九]天の君を立つるは、是

二年春三月辛未朔戊寅、立ニ磐之媛命一爲ニ皇后一。[1]皇后生ニ大兄去來穗別天皇・住吉仲皇子・瑞齒別天皇・雄朝津間稚子宿禰天皇一。又妃日向髮長媛、生ニ大草香皇子・幡梭皇女一。

四年春二月己未朔甲子、詔ニ群臣一曰、朕登ニ高臺一、以遠望之、[2]烟氣不レ起ニ於域中一。以爲、百姓既貧、而家無ニ炊者一。朕聞、古聖王之世、人々誦ニ詠德之音一、[3]毎レ家有ニ康哉[4]之歌一。今朕臨ニ億兆一、於茲三年。頌音不レ聆。炊烟轉踈。卽知、五穀不レ登、百姓窮乏也。[5]邦畿之內、尙有ニ不レ給者一。況乎畿外諸國耶。〇三月己丑朔己酉、詔曰、自レ今[6]以後、至ニ于三年[7]一、悉除ニ課役一、[8]以息ニ百姓之苦一。是日始之、[9][10]黼衣絓履、不ニ弊盡一不ニ更爲一也。溫飯煖羹、不ニ酸餧一不レ易也。削レ心約レ志、以從ニ事乎無爲一。是以、宮垣崩而不レ造、茅茨壞以不レ葺。風雨入レ隙、而沾ニ衣被一。星辰漏レ壞、而露ニ床蓐一。是後、風雨順レ時、五穀豐穰。三稔之間、百姓富寬。頌德既滿、炊烟亦繁。

七年夏四月辛未朔、天皇居ニ臺上一、而遠望之、烟氣多起。是日、語ニ皇后一曰、朕既富矣。[11]更無レ愁[12]焉。皇后對諮、何謂レ富[13]矣。天皇曰、烟氣滿レ國。百姓自富歟。皇后且言、宮垣壞而不レ得レ脩。殿屋破之衣被露。何謂レ富乎。天皇曰、其天之立レ君、是↓

はひにけり」の一首があり、早く和漢朗詠集にも見え、扶桑略記・水鏡にもあるが、これもこの七年四月条の話からでたものだろう。歌自身は記伝などに言うように、勿論仁徳天皇の歌ではなく、延喜六年の日本紀竟宴歌の藤原時平の「高殿に上りて見れば天の下四方に煙りて今ぞ富みぬる」を改作したものである。

一〇 まったく貧しくて。

一一 文選、四子講徳論に「含淳詠徳之声盈レ耳」。

一二 集解に、尚書、益稷の「元首明哉、股肱良哉、庶事康哉」その他をあげる。康は、安らぐ・安らかの意。一三 カシクは平安時代まで清音。

一四 →八九頁注二六。

一五 景行五十一年八月条に「邦畿之外」。→三一二頁注一四。

一六 課は調庸、役は身役などをさす律令の用語。訓オホセツカフコトは、七年九月条(三九二頁六行)にも見え、十年十月条(三九二頁一一行)ではエツキとするが、これは役を重んじた訓。→二四八頁注一四。

一七 「黼衣絓履」以下「従事乎無為」までは六韜、文韜、盈虚の「鹿裘禦レ寒、布衣掩レ形、糲粱之飯、藜藿之羹、不下以ニ役作之故一、害中民耕織之時上、削レ心約レ志、以従ニ事乎無為一」に類似し、殊に北堂書鈔所引の古本六韜には「太公六韜云、堯王ニ天下一、不ニ温飯暖羹一、不レ酸不レ棄」とあってよく似ているから、六韜に拠って作った文であろう。

一八 六韜直解に「削ニ治吾心一、省ニ約吾志一、是不ニ驕奢一也、従ニ事乎無為之治一、是治レ国之倹也」と見える。自分の心をそぎへらし、志をつつましやかにしておごらない。「従事乎無為」は、無為の政治(何もしないで天下の治まる善政)をすること。

一九 荀子、大略篇の「天之生レ民、非レ為レ君也、天之立レ君、以為レ民也」などが出典であろう。

百姓の爲になり。然れば君は百姓を以て本とす。是を以て、古の聖王は、一人も飢ゑ寒ゆるときには、顧みて身を責む。今百姓貧しきは、朕が貧しきなり。百姓富めるは、朕が富めるなり。未だ有らじ、百姓富みて君貧しといふことは」とのたまふ。

秋八月の己巳の朔丁丑(九日)に、大兄去來穗別皇子[一]の爲に、壬生部[二]を定む。亦皇后[三]の爲に、葛城部[四]を定む。

九月に、諸國、悉に請して曰さく、「課役[五]並に免されて、既に三年に經りぬ。此に因りて、宮殿朽ち壞れて、府庫已に空し。今黔首富み饒にして、遺拾[六]はず。是を以て、里に鰥寡無く、家に餘儲有り。若し此の時に當りて、稅調[七]貢りて、宮室を脩理ふに非ずは、懼るらくは、其[八]れ罪を天に獲むか」とまうす。然れども猶忍びて聽したまはず。

十年の冬十月に、甫めて課役を科せて、宮室を構造る。是に、百姓、領[九]されずして、老を扶け幼を攜へて、材を運び簣[一〇]を負ふ。日夜と問はずして、力を竭して競ひ作る。是を以て、未だ幾時を經ずして、宮室悉に成りぬ。故、今までに聖帝[一一]と稱めまうす。

十一年の夏四月の戊寅の朔甲午(十七日)に、群臣[一二]に詔して曰はく、「今朕、是の國を視れば、郊[一三]も澤も曠く遠くして、田圃少く乏し。且河の水橫に逝れて、流末駛[一四]からず。聊に霖雨に逢へば、海潮逆上りて、巷里船に乗り、道路亦泥になりぬ。

一　履中天皇。
二　壬生部は皇子の為に設けられた部で、名代と同類のものと思われる。ここの壬生部は履中三年十一月条に見える稚桜部と同じものか。なお履中即位前紀によれば、履中天皇は仁徳十七年の生れ、履中六年三月条分注によれば仁徳二十四年の誕生で、いずれの場合もこの年まだ生れていない。→四一八頁注九。
三　磐之媛。
四　皇后磐之媛は葛城襲津彦の女であるから、名代として葛城部が設けられたのであろう。これらの部は、仁徳記には「此天皇之御世、為二大后石之比売命之御名代一、定二葛城部一、亦為二太子伊邪本和気命之御名代一、定二壬生部一、亦為二水歯別命之御名代一、定二蝮部一、亦為二大日下王之御名代一、定二大日下部一、為二若日下部王之御名代一、定二若日下部一」として、すべて御名代と記している。→補注11-四。
五　課役・税・調は令制の知識に基づく用語で、仁徳天皇当時のものではない。→二四八頁注一四・三九〇頁注一六。
六　皇極元年正月条「路不レ拾レ遺」に同じく、漢籍のあちこちにみる成句。→(下)二三六頁注一二。
七　税は田租、調はみつぎ。訓オホミチカラのチカラは力役だが、田租をタチカラという。
八　「其」の字の使用の多いのは巻十一仁徳紀以下巻十三允恭・安康紀までの文章の一特徴。これは巻十一以降巻十三までが一人の筆による最後の整理を経たことを示すものと見てよかろう。
九　「不レ領」は、人から支配されないで自ら進んでの意か。
一〇　簣は、名義抄に「盛土籠」とある。
一一　記も三年の課役を免じた同様の説話を載せ、「故、称二其御世一、謂二聖帝世一也」とある。
一二　この四月条と十月条は難波堀江・茨田堤などの水利事業の話で、このほか十二年十月条の山背栗隈県の大溝、十三年九月条には河内の茨故、群臣、共に視て、横[一五]なる源を決りて海に通せて、逆流を塞ぎて田宅を全くせよ」とのたまふ。

冬十月に、宮[一六]の北の郊原を掘りて、南の水を引きて西[一七]の海に入る。因りて其の水を號けて堀江[一八]と曰ふ。又將に北の河の澇[一九]を防かむとして、茨田堤[二〇]を築く。是の時に、[二一]兩處の築かば乃ち壞れて塞ぎ難き有り。時に天皇、夢みたまはく、神有しまして誨

爲ニ百姓一。然則君以ニ百姓一爲レ本。是以、古聖王者、一人飢寒、顧之責レ身。今百姓貧之、則朕貧也。百姓富之、則朕富也。未ニ之有一、百姓富之君貧矣。○秋八月己巳朔丁丑、爲ニ大兄去來穗別皇子一、定ニ壬生部一。亦爲ニ皇后一、定ニ葛城部一。○九月、諸國悉請之曰、課役並免、既經ニ三年一。因レ此、以宮殿朽壞、府庫已空。今黔首富饒、而不レ拾レ遺。是以、里無ニ鰥寡一、家有ニ餘儲一。若當ニ此時一、非下貢ニ稅調一、以脩中理宮室上者、懼之、其獲ニ罪于天一乎。然猶忍之不レ聽矣。

十年冬十月、甫科ニ課役一、以構ニ造宮室一。於是、百姓之不レ領、而扶レ老攜レ幼、運レ材負レ簣。不レ問ニ日夜一、竭レ力競作[1]。是以、未レ經ニ幾時一、而宮室悉成。故於今稱ニ聖帝一也。

十一年夏四月戊寅朔甲午、詔ニ群臣一曰、今朕視ニ是國一者、郊澤曠遠、而田圃少乏[2]。且河水橫逝、以流末不レ駃[8]。聊逢ニ霖雨一、海潮逆上、而巷里乘レ船、道路亦泥。故群臣共視之、決ニ橫源一而通レ海、塞ニ逆流一以全ニ田宅一。○冬十月、掘ニ宮北之郊原一、引ニ南水一以入ニ西海一。因以號ニ其水一曰ニ堀江一。又將レ防ニ北河之澇一、以築ニ茨田堤[4]一。是時、有ニ兩處之築而乃壞之難レ塞。時天皇夢、有レ神誨→

田屯倉、十三年十月条の和珥池、同是月条の横野堤、十四年十一月条の小橋、同是歳条の河内の感玖の大溝など畿内の灌漑水利や屯倉の記事が多い。記でも茨田堤・丸邇池・依網池・難波の堀江・小椅江などの工事を書く。また播磨風土記には仁徳朝のこととして餝磨の御宅を開き(餝磨郡条)、筑紫の田部を召して佐岡の地を開墾したこと(揖保郡枚方里)などが見える。

一三 説文に「郊、距国百里為レ郊」。文選、上林賦の李善注に「郊、田也」。ここは田野の意。

一四 駃は、天本・勢本による。駃は音ケツ。はやい意。名義抄に「日行千里、吉穴切、駃騠、良馬、トシ、生三月超ニ其母ニ」とある。

一五 横の堀を深くして海水を通じるようにし、逆流の浸水を防いで、田や宅地を安全にせよの意。 一六 難波高津宮。→三八八頁注一四。

一七 大阪湾。

一八 いわゆる難波の堀江であるが、その位置は河流が変化しているので明らかでない。

一九 ちり、あくた。ただし澇の原義(大波、長雨)からはこの訓は直接には生れない。前本・天本にすでに傍訓があるから、平安時代の語である。後世ゴミと濁音化する。

二〇 記に「又役ニ秦人一作ニ茨田堤及茨田三宅ニ」。和名抄に河内国茨田郡茨田郷がある。地名辞書に、茨田堤は、枚方から東生郡野田村に至るまで凡そ七里としている。また河内志には「茨田郡茨田故堤、自ニ伊加賀(今、大阪府枚方市伊加賀)一歴ニ太間(今、大阪府寝屋川市太間)一、至ニ池田村(今、寝屋川市池田)一、故堤僅残」とある。この堤の決潰・修復などの記事は、後に続紀、天平勝宝二年条・同宝亀元年条・同三年条などにもしきりに見えている。茨田堤にまつわる話は五十年三月条にも見える。

二一 築いてもすぐ壊れて塞ぐことの難しい所が二箇所あった。

へて曰したまはく、「[一]武蔵人強頸・河内人[二]茨田連衫子 衫子、此をば莒呂母能古と云ふ。 二人を以て[三]河伯に祭らば、必ず塞ぐこと獲てむ」とのたまふ。則ち二人を覓ぎて得つ。因りて、河神に禱る。爰に強頸、泣ち悲びて、水に沒りて死ぬ。乃ち其の堤成りぬ。唯し衫子のみは[四]全匏兩箇を取りて、塞き難き水に臨む。乃ち兩箇の匏を取りて、水の中に投れて、[五]請ひて曰はく、「河神、祟りて、吾を以て[六]幣とせり。是を以て、今吾、來れり。必ず我を得むと欲はば、是の[七]匏を沈めてな泛せそ。則ち吾、眞の神と知りて、親ら水の中に入らむ。若し匏を沈むること得ずは、自づからに僞の神と知らむ。何ぞ徒に吾が身を亡さむ」といふ。是に、飄風忽に起りて、匏を引きて水に沒む。匏、浪の上に轉ひつつ沈まず。則ち[八]潝潝に[九]汎りつつ遠く流る。是を以て、衫子、死なずと雖も、其の堤亦成りぬ。是、衫子の[一〇]幹に因りて、其の身亡びざらくのみ。故、時人、其の兩處を號けて、[一一]強頸斷間・[一二]衫子斷間と曰ふ。

是歳、新羅人朝貢る。則ち[一三]是の役に勞ふ。

十二年の秋七月の辛未の朔癸酉（三日）に、[一四]高麗國、鐵の盾・鐵の的を貢る。八月の庚子の朔己酉（十日）に、高麗の客を朝に饗へたまふ。是の日に、群臣及び百寮を集へて、高麗の獻る所の鐵の盾・的を射しむ。諸の人、的を射通すこと得ず。唯[一五]的臣の祖盾人宿禰のみ、鐵の的を射て通しつ。時に高麗の客等見て、其の射ることの勝工れたるを畏りて、共に起ちて拜朝す。明日、盾人宿禰を美めて、名を

一 武蔵は、令制の武蔵国。強頸は、他に見えず。
二 茨田連は姓氏録、右京皇別・同山城皇別に、茨田宿禰と同祖で彦八井耳命（ひこやゐみみのみこと）の後とあり、同河内皇別には「茨田宿禰、多朝臣同祖、彦八井耳命之後也、男野現宿禰、仁徳天皇御代、造＝茨田堤＿」（一本、男野現宿禰を莒呂母能古に作る。このように作るのは、書紀をみたものの傍注がまぎれたもの）と見えている。茨田連は天武十三年十二月、宿禰の姓を授けられた。衫は、袖のない、或いはひとえの短い衣。
三 河伯は、中国で河の神。従って人身御供を以て川の（神の）怒りをやわらげることの中国的表現。コーサンビーによれば古代インドでも、ダムが壊れないように人身御供を行なっていた。↓補注11-五。
四 オフシは、凡。全き匏の意。
五 請は、漢字としては「乞也・求也・告也・祈也」などと注されるが、ここでは和訓のウケフがここの事態についてあたっている。ウケフ↓一〇四頁注二二。
六 マヒは神に供える物。私を犠牲にしたの意。
七 匏の浮沈によって占う例は、六十七年是歳条にも見える。
八 音キフ。流れの疾い音。水のはやく流れる音。説文に「水疾声也」とある。
九 説文に「浮皃」。また風のままに揺動すること。従って、古訓ウキヲドリツツは正確といえる。名義抄にはタダヨフ・ウカスなどとある。
一〇 才能・器量の意。
一一 摂津志に「東生郡絶間池在＝千林村（今、大阪市旭区千林町）＿、今尚称＝一絶間＿、古来属＝河州茨田郡＿」とある。
一二 河内志に茨田郡太間（たいま）村（今、大阪府寝屋川市太間）に在りと見える。
一三 記に「役＝秦人＿作＝茨田堤及茨田三宅＿」。
一四 ↓補注9-九。高句麗の朝貢は応神二十八年

賜ひて[一六]的戸田宿禰と曰ふ。同日に、[一七]小泊瀬造の祖宿禰臣に、名を賜ひて[一八]賢遺臣と曰ふ。賢遺、此をば左舸能莒里と云ふ。

冬十月に、[一九]大溝を山背の栗隈県に掘りて田に潤く。[二〇]是を以て、其の百姓、毎に年豊。

十三年の秋九月に、始めて[二一]茨田屯倉を立つ。因りて[二二]舂米部を定む。

之曰、武藏人强頸・河内人茨田連衫子[1]（衫子、此云二莒呂母能古一。）二人、以祭二於河伯一、必獲レ塞。則覓二一人一而得之。因以、禱二于河神一。爰强頸泣悲之、沒レ水而死。乃其堤成焉。唯衫子取二全匏兩箇一、臨二于難レ塞水一。乃取二兩箇匏一、投二於水中一、請之曰、河神祟之、以レ吾爲レ幣。是以、今吾來也。必欲レ得レ我者、沈二是匏一而不レ令レ泛[2]。則吾知二眞神一、親入二水中一。若不レ得レ沈レ匏者、自知二僞神一。何徒亡二吾身一。於是、飄風忽起、引レ匏沒レ水。匏轉二浪上一而不レ沈。則[3]潝々[4]汎以遠流。是以、衫子雖レ不レ死、而其堤亦成也[5]。是因二衫子之幹一、其身非レ亡耳。故時人號二其兩處一、曰二强頸斷間・衫子斷間一也。◎是歲、新羅人朝貢。則勞二於是役一。

十二年秋七月辛未朔癸酉、高麗國貢二鐵盾・鐵的一。○八月庚子朔己酉、饗[6]二高麗客於朝一。是日、集二群臣及百寮一、令レ射二高麗所レ獻之鐵盾的一。諸人不レ得レ射二通的一。唯的臣祖盾人宿禰、射二鐵的一而通焉。時高麗客等見之、畏二其射之勝工[7]一、共起以拜朝。明日、美二盾人宿禰一、而賜レ名曰二的戸田宿禰一。同日、小泊瀬造祖宿禰臣、賜レ名曰二賢遺臣[8]一。（賢遺、此云二左舸能莒里一。）[9][10] ○冬十月、掘[11]二大溝於山背栗隈縣一以潤レ田。是以、其百姓毎年[12]豐[13]之。

十三年秋九月、始立二茨田屯倉一。因定二舂米部一。

九月条にも見えるが、池内宏は、高句麗は当時強盛な敵国で朝貢などするはずがなく、これらの記事は書紀編者が適宜造作して挿入したものとしている。→三七六頁注二八。なおこの記事は十七年条と関係があろう。

一五 的臣は、姓氏録、山城皇別・同河内皇別・同和泉皇別などに、武内宿禰の男、葛城襲津彦の後とする。→三七二頁注一〇。

一六 十七年九月条には砥田宿禰。的戸田宿禰の名はすでに応神十六年八月条に見える。→三七二頁注一〇。記伝は、盾人を戸田に改めたのではなく、盾を射通したから戸田を盾人に改めたのであろうとしている。

一七 小泊瀬造→下補注29—二二。小泊瀬は武烈天皇の名。

一八 集解に、この人物は沈淪していたのが、ここで何か功を立てたのでこのような名を得たのであろうと推測している。十七年九月条にも戸田宿禰と並んであらわれている。

一九 和名抄に山城国久世郡栗隈郷。今、京都府宇治市大久保の辺。推古十五年是歳条にも栗隈に大溝を掘ったことが見える。→下補注22—七。

二〇 ぬらす意。ツクは、漬く。水にひたす意。

二一 記に「役二秦人一作二茨田堤及茨田三宅一」。和名抄の河内国交野郡三宅郷（今、大阪府北河内郡交野町付近）の地か。宣化元年五月条にも茨田郡屯倉の名が見える。姓氏録、河内諸蕃に「茨田勝。出レ自二呉国王孫皓之後、意富加牟枳君一也、大鷦鷯天皇〈諡仁徳〉御世、賜二居地於茨田邑一、因為二茨田勝一」とあり、この屯倉は茨田連（→注一二）や茨田勝の管理する所であったろう。

二二 米を舂くことを職とする部で搗米部とも書く。これを管掌する伴造は舂米連で、天武十三年十二月、宿禰姓を授けられた。御野国本簀郡栗栖太里戸籍に舂米部姉売、筑前国島郡川辺里戸籍に搗米部伊比豆売・古婆売の名が見える。

冬十月に、[一]和珥池を造る。

是の月に、[二]横野堤を築く。

十四年の冬十一月に、[三]猪甘津に橋爲す。即ち其の處を號けて、[四]小橋と曰ふ。

是歳、[五]大道を京の中に作る。南の門より直に指して、[六]丹比邑に至る。又大溝を[七]感玖に掘る。乃ち[八]石河の水を引きて、[九]上鈴鹿・下鈴鹿・[一〇]上豊浦・下豊浦、四處の郊原に潤けて、墾りて四萬餘[一一]頃の田を得たり。故、其の處の百姓、寛に饒ひて、凶年之患無し。

十六年の秋七月の戊寅の朔に、天皇、[一二]宮人[一三]桑田玖賀媛を以て、[一四]近く習へまつる舎人等に示せたまひて曰はく、「朕、是の婦女を愛まむと欲れども、[一五]皇后の妬みますに苦りて、合すこと能はずして、多年經ぬ。何ぞ徒に其の盛年を妨げむや」とのたまふ。仍りて歌を以て問ひて曰はく、

[一六]水底ふ　臣の少女を　誰養はむ

是に、[一七]播磨國造の祖速待、獨進みて歌して曰さく、

[一八]みかしほ　播磨速待　岩壞す　畏くとも　吾養はむ

即日に、玖賀媛を以て速待に賜ふ。明日の夕、速待、玖賀媛が家に詣りぬ。而れども玖賀媛[一九]和はず。乃ち強に帷内に近く。時に玖賀媛の曰はく、「妾、寡婦にして年を終へむ。何ぞ能く君が妻と爲らむや」といふ。是に、天皇、速待が志を遂げむ

一 推古二十一年十一月条にも和珥池を作ることが見える。→下一九八頁注一六。
二 万葉一八二五に「紫草の根延ふ横野の…」、延喜神名式に渋川郡横野神社がある。河内志は、この神社は「在二大地村(今、大阪市生野区巽大地町)西一、今称二印色宮一」とし、堤をこの付近に当てる。今の巽大地町付近の平野川の堤か。
三 大阪市生野区猪飼野町。旧平野川の東岸。
四 記には「掘二小椅江一」とある。鶴橋町に大字小橋(をばせ)がある。
五 高津宮を中心とする難波京内に大道を作り、宮または京の南門から十数キロの丹比に通じた。
六 大阪府羽曳野市丹比付近。和名抄の河内国丹比郡は、大阪府羽曳野市西部・同松原市・同堺市東部・同南河内郡美原町・同登美丘町を含む地域。通釈は上古図説を引いて、上本町から南に平野に至る道があるとしているが、果たしてこの時作った大道かどうか疑わしい。
七 和名抄に河内国石川郡紺口(こむ)郷(今、大阪府南河内郡河南町から千早赤坂村にかけての地か)。また姓氏録、河内皇別に紺口県主が見える。
八 蔵王峠に発して北流し、羽曳野市古市付近を経て大和川に合流する川。
九 鈴鹿はどの地に当るか未詳。住吉神代記に河内泉の上鈴鹿・下鈴鹿とあるによれば、後の和泉監の域内か。
一〇 和名抄に河内郡豊浦郷があり、今の大阪府枚岡市豊浦町付近と思われるが、感玖や石川とははるかに離れているので不審。なお、この鈴鹿・豊浦の開拓のことは住吉神代記にも見え、住吉大神の託宣による事業としている。
一一 頃は、中国の地積の単位で百畝をいう。この傍訓のシロは代で、町段歩制以前に用いられた地積の単位。五十代が一段に当る。→下一六四頁注一八。
一二 令制では、後宮に仕える女官の総称。後宮

と欲して、玖賀媛を以て、速待に副へて、桑田に送り遣す。則ち玖賀媛、發病して道中に死りぬ。故、今までに玖賀媛の墓有り。

二〇十七年に、新羅、朝貢らず。

秋九月に、二一的臣の祖砥田宿禰・二二小泊瀬造の祖賢遺臣を遣して、闕貢らぬ事を問はしむ。是に、新羅人懼りて、乃ち貢獻る。調絹一千四百六十匹、及び

○冬十月、造二和珥池一。◎是月、築二横野堤一。

十四年冬十一月、爲レ橋二於猪甘津一。卽號二其處一、曰二小橋一也。◎是歲、作二大道於京[1]中一。自二南門一直指之、至二丹比邑一。又[2]掘二大溝於感玖一。乃引二石河水一、而潤二上鈴鹿・下鈴鹿・上豐浦・下豐浦、四處郊原一、以墾之得二四萬餘頃之田一。故其處百姓、寬饒之無二凶年之患一。

十六年秋七月戊寅朔、天皇以二宮人桑田玖賀媛一、示二近習舍人等一曰、朕欲レ愛二是婦女一、苦二皇后之妬一、不レ能レ合、以經二多年一。何徒妨二其盛年一乎。仍[4]以レ歌問之曰、瀰儺[5]曾虛赴、於瀰能烏[6]苔咩烏、多例揶始儺播務。於是、播磨國造祖速待、獨進之歌曰、瀰箇始報、破利摩波揶摩智、以播區[7]娜輪、伽之古倶等望、阿例揶始儺破務[8]。卽日、以二玖賀媛一賜二速待一。明日之夕、速待詣二于玖賀媛之家一。而玖賀媛不レ和。乃強近二帷內一。時玖賀媛曰、妾之寡婦以終レ年。何能爲二君之妻一乎。於是、天皇欲レ遂二速待之[9]志一、以二玖賀媛一、副二速待一、送二遣於桑田一。則玖賀媛、發病死二于道中[10]一。故於今有二玖賀媛之墓一也。

十七年、新羅不二朝貢一。○秋九月、遣二的臣祖砥田宿禰[11]・小泊瀬造祖賢遺臣一、而問二闕貢之事一。於是、新羅人懼之乃貢獻。調絹一千四百六十匹、及→

職員令義解に「婦人仕官者之惣号也」。

一三 和名抄に丹波国桑田郡(今、京都府北桑田郡・亀岡市)。この玖賀媛の話は記には見えず。

一四 近習→二七二頁注六。武烈即位前紀の「近侍舎人」(下九頁一行)と同じ。舎人→補注11-六。

一五 皇后磐之媛の嫉妬のことは、記にも「大后石之日売命、甚多嫉妬、故、天皇所レ使之妾者、不レ得レ臨二宮中一、言立者(ことだて)、足母阿賀迦邇(あしもあがかに)嫉妬」とあり、いろいろの説話を載せる。

一六 〔歌謡四四〕私の臣下の少女を誰か養う人はなかろうか。ミナソコフは未詳。多分枕詞であろう。ミナソクオミノヲトメの例があるから、ミナソクの訛であろうか。或いは水底経の意で、ここの玖賀媛のクガ(陸)に、水の底にある陸の意でもあるか。オミは、臣下。大君に奉仕する者。ヤシナフは、後見する意。ここは、妻として面倒を見る意。この歌、五七七の片歌の形式である。これは答えを求める形式である。

一七 旧事紀、国造本紀に「針間国造、志賀高穴穂朝(成務)、稲背入彦(いなせいりびこ)命孫伊許自別(いこじわけ)命、定二賜国造一」と見えている。→補注7-五。

一八 〔歌謡四五〕播磨速待が、畏れ多くとも後見いたしましょう。ミカシホは mikasiFo の約。ミは接頭語。イカは、厳・大の意。従って、ミカシホは、大潮の意で、ハリ(張)にかかる修飾語。イハクダスは枕詞。畏くにかかる。クダスは、下スと解する説と、壊スと見る説とある。岩を谷から下にクダスと見るか、岩をクダス(クヅスの音転)と見るかである。カシコシは、畏怖・畏敬の念を持つ意。

一九 アマナフは、互に好意を持つこと。

二〇 池内宏は、以下四行の新羅朝貢の記事は、記述が伝説的で、事実とは認められないとする。なおこの記事は十二年七月条・同八月条と一連のものであろう。→三九四頁注一五。

二一・二二 →十二年八月条。

種種雑物、并せて八十艘。一

二十二年の春正月に、天皇、皇后二に語りて曰はく、「八田皇女三を納れて将に妃とせむ」とのたまふ。時に皇后聴さず四。爰に天皇、歌して、皇后に乞ひて曰はく、

五貴人の　立つる言立　儲弦　絶え間継がむに　並べてもがも

皇后、答歌して曰したまはく、

六衣こそ　二重も良き　さ夜床を　並べむ君は　畏きろかも

天皇、又歌して曰はく、

七押照る　難波の崎の　並び濱　並べむとこそ　その子は有りけめ

皇后、答歌して曰したまはく、

八夏蚕の　蚕の衣　二重著て　圍み宿りは　豈良くもあらず

天皇、又歌して曰はく、

九朝嬬の　避介の小坂を　片泣きに　道行く者も　偶ひてぞ良き

皇后、遂に聴さじと謂して、故、黙して亦答言したまはず。

三十年の秋九月の乙卯の朔乙丑(十一日)に、一〇皇后、紀國に遊行でまして、熊野岬一一に到りて、即ち其の處の御綱葉一二 葉、此をば箇始婆と云ふ。を取りて還りませり。是に、天皇、皇后の不在を伺ひて、八田皇女を娶して、宮の中に納れたまふ。時に皇后、難波濟に到りて、天皇、八田皇女を合しつと聞一三しめして、大きに恨みたまふ。則ち其の

一 →三三九頁注三〇。二 磐之媛。三 →三八八頁注七。以下三十年条の終りまで、八田皇女をめぐる天皇と皇后磐之媛との対立の話。記にも類似の話がある。四 前本にウケユルサスと傍訓。天本にはウナツルサ・キコシメサと右左に傍訓。五〔歌謡四六〕私がはっきり表明する決心はこんなことだ。予備の弦なのだから、本物が切れた時だけ使う(つまり、お前がいない時にだけ八田皇女に逢う)つもりだが、そういうことでこの八田皇女を迎えたい。タツルコトダテのコトダテは、噂や教訓や決意などをすべて明確な形で言表することをいう。ここは「儲弦絶え間継がむ」がその内容である。但しウマヒトは、仁徳天皇自身を表わすものとも、世間にこんな言葉があるの意ともとれる。ウサユヅル→三四六頁注一六。ナラベテモガモのモガモは、他人に対して、願望を表明する語。

六〔歌謡四七〕着物こそ二重重ねて着るのもよいけれど、夜床を並べようとなさるあなたは、怖ろしいお方です。ヨキは上の係助詞コソを承ける。形容詞已然形の発達が遅いので、奈良朝の中でも古い語法では、連体形が已然形の代用をしている。ここの例がそれ。コソの係りの場合は、逆接の前提句を形成するのが古い時代に多い。カシコシは、畏怖・畏敬の念を表わす。

七〔歌謡四八〕難波の崎の並び浜のように、私と二人並んでいられるだろうと、その子(八田皇女)は思っていただろうに。オシテルは、難波にかかる枕詞。大和から難波へ越える峠から見ると、難波の海は、一面に輝いて見えたので、オシテルが、難波の海の、きまった修飾語となった。ナラビハマは、他に所見が無いが、当時こういう地名があったのであろう。よく知られた地名を使って歌の序詞をつくるのは、しばしばある手法。コソ…已然形の語法は、単に強調の語法に終るものでない。コソ…ケメならば、

採れる御綱葉を海に投れて、著岸りたまはず。故、時人、葉散し海を號けて、一四葉濟と曰ふ。爰に天皇、皇后の忿りて著岸りたまはぬことを知しめさず。親ら一五大津に幸して、皇后の船を待ちたまふ。而して歌して曰はく、

一六難波人　鈴船取らせ　腰煩み　その船取らせ　大御船取れ

時に皇后、大津に泊りたまはずして、更に引きて泝江りて、山背より廻りて

種々雜物、幷八十艘。

廿二年春正月、天皇語二皇后一曰、納二八田皇女一將爲レ妃。時皇后不レ聽。爰天皇歌、以乞二於皇后一曰、于磨臂苔能[1]、多菟屢虛等太氏、于磋由豆流、多曳麼[2]菟[3]餓務珥、奈羅陪氐毛餓望。皇后荅歌曰、虛呂望虛曾、赴多幣茂[4]豫耆、瑳用廼虛烏[5]、那羅陪務耆瀰破、介[6]辭古耆呂介茂[7]。天皇又歌曰、於辭氐屢、那珥破能瑳耆能、那羅弭破莽、那羅陪務苔[8]虛層、曾能古破阿利鷄梅。皇后荅歌曰、那菟務始能、譬務始能虛呂望、赴多[9]幣耆氐[10]、介區瀰夜儾利破、阿珥豫區望阿羅儒。天皇又歌曰、阿佐豆磨能、避[11]介能烏[12]瑳介烏[13]、介多那耆珥[14]、瀰致喩區茂能茂、多遇[15]譬氐序豫枳。皇后遂謂レ不レ聽、故默之亦不二答言一。

卅年秋九月乙卯朔乙丑、皇后遊二行紀國一、到二熊野岬一、卽取二其處之御綱葉一(葉、此云二箇始婆一。)而還。於是[16]、天皇伺二皇后不在一、而娶二八田皇女一、納二於宮中一。時皇后到二難波濟一、聞三天皇合二八田皇女一、而大恨之。則其所採御綱葉投二於海一、而不二著岸一。故時人號二散レ葉之海一、曰二葉濟一也。爰天皇不レ知三皇后忿不二著岸一。親幸二大津一、待二皇后之船一。而歌曰、那珥[17]波譬苔[18]、須儒赴泥苔羅齊、許辭那豆瀰、曾能赴尼苔羅齊[19]、於[20]朋瀰赴泥苔禮[21]。時皇后不レ泊二于大津一、更引之泝江、自二山背一廻而→

…コソ…タダロウと突き放さず、コソ…タダロウノニと愛惜の念をこめて解さねばならぬもの。

八〔歌謡四九〕夏の蚕が繭を二重着て、囲んで宿る(ように、二人の女を侍せしめる)のは、良くありません。ナツムシノヒムシのヒムシのヒは、甲類のヒが書いてあるから、火虫の意とはとれない(火のヒは乙類が例)。ヒムシは、ヒヒルムシの意であろう。夏の蚕が繭を族生させるように、二人の女を側に侍せしめるのはよくないの意であろう。ヤダリ、未詳。ヤドリの音転と見る説に従っておく。

九〔歌謡五〇〕朝妻の避介の坂を半泣きに歩いて行く者も、二人並んで行く道づれがあるのが良い。アサヅマは奈良県南葛城郡葛城村大字朝妻(今、御所市朝妻)。金剛山の東麓。ヒカは、所在不明。カタは、二つ揃ったものの一方の意。十分でない意。この歌ではカタナキに道行く者が誰であるのか明瞭でない。朝妻は、皇后の故郷であるから、それは皇后であるとする見解では、八田皇女を道づれとしたらよかろうの意ととる。しかし、片泣きに行く者を八田皇女と見て、八田皇女が一人、失意のあまり泣きながら道を行くのを見て、それにすら、誰か道づれがあればよいと歌ったとも見られる。

一〇記には「大后為レ将二豊楽(とよのあかり)一而、於レ採二御綱柏一、幸二行木国一之間」と記している。

一一熊野→一九四頁注四。一二ミツナカシハはミツノカシハの転。三角葉。葉先が三つに分れている常緑葉。豊明・神供などに酒を盛る木の葉。一三記では、水取司(もひとりのつかさ)に仕える仕丁が、本国吉備に帰る途中、難波で皇后の従船の者に告げたことになっている。一四記では御津前(みつのさき)。→三〇〇頁注七。一五難波大津。六十二年五月条に難波津ともいう。難波の港の総称。一六〔歌謡五一〕難波人よ。鈴船をひけ。腰まで水につかってその船をひけ。大御船をひけ。

倭に向でます。明日、天皇、舎人[一]鳥山を遣して、皇后を還したてまつらしむ。乃ち歌して曰はく、

[二]山背に　い及け鳥山　い及け及け　吾が思ふ妻に　い及き會はむかも

皇后、還りたまはずして猶行でます。[三]山背河に至りまして歌して曰はく、

[四]つぎねふ　山背河を　河泝り　我が泝れば　河隈に　立ち榮ゆる　百足らず　八十葉の木は　大君ろかも

即ち[五]那羅山を越えて、[六]葛城を望みて歌して曰はく、

[七]つぎねふ　山背河を　宮泝り　我が泝れば　青丹よし　那羅を過ぎ　小楯　倭を過ぎ　我が見が欲し國は　[八]葛城高宮　我家のあたり

更に山背に還りて、[九]宮室を筒城岡の南に興りて居します。

冬十月の甲申の朔に、[一〇]的臣が祖[一一]口持臣を遣して皇后を喚したまふ。一に云はく、[一二]和珥臣の祖口子臣といふ。爰に口持臣、筒城宮に至りて、皇后に謁すと雖も、默をりて答したまはず。時に口持臣、雪雨に沾れつつ、日夜を經て、皇后の殿の前に伏して避らず。是に、口持臣が妹[一三]國依媛、皇后に仕へまつる。是の時に適りて、皇后の側に侍ふ。其の兄の雨に沾るるを見て、流涕びて歌して曰はく、

[一四]山背の　筒城宮に　物申す　我が兄を見れば　涙ぐましも

時に皇后、國依媛に謂りて曰はく、「何ぞ爾が泣つる」とのたまふ。對へて言さく、

一　舎人→補注11-六。鳥山は不詳。使者ということから鳥を連想しての、多分に伝説的な名前であろう。

二〔歌謡三二〕山背に早く追いつけ、鳥山よ。早く追いつけ追いつけ。私のいとしい妻に、追いついて会うことができるだろうか。イシケのイは、接頭語。シクは、追いかけて追いつく意。アガモフツマは、記では、アガハシヅマとある。皇后は淀川を溯り、木津川を南へと溯って来て、今の京都府相楽郡木津町の方へ来たのであろう。

三　木津川の旧称。

四〔歌謡三三〕山背河を溯ってくると、河の曲り角に立って栄えている、葉の繁った樹は、立派でわが大君にそっくりであるな。ツギネフは、万葉に「次嶺経」とあるように、山背河を溯ると、次次に嶺が見えてくる、それがヤマシロの修飾語として定着し、枕詞として使われたものであろう。モモタラズはヤソの枕詞。未開社会では減数法によって数詞を構成しているものが少なくない。例えば、朝鮮語の8 (yŏdəlp)は yŏ と dəl とに分離できる。yŏ は yŏl(10)で dəl は2であるから、これは10までに2という構造を持つ。また、アイヌ語の7は arwampe というが、ar は3に関係し、wan は10であるから、3で10という構造である、9は shinepesampe というが shinep は1であり、esam は「そこに足りない」の意であるから、1で10という構造である。このように、目的となる大数を意識して、そこへいくつという発想によって数詞を構成する例は少なくないから、八十をいう場合にもモモタラズと、百に満たないことを言って、その修飾語としたものであろう。

五→二四五頁注二一。

六→二〇〇頁注五。

七〔歌謡三四〕難波の宮を通り過ぎて、山背河を溯ると、奈良を過ぎ、倭を過ぎ、私の見たいと

思う国は、葛城の高宮の、我が家のあたりです。ミヤノボリは、難波の宮を過ぎて山背河を溯る意。アヲニヨシは枕詞。アヲニは、青(あを)丹(に)の意で、奈良の都の壮麗な彩りを讃えて、青(アヲ)丹(ニ)良シの意で使ったものであろう。ナラは、奈良山。ヲダテは枕詞。ヤマトにかかる。小楯を並べたように山山が囲んでいる意という。

八 和名抄に大和国葛上郡高宮郷。神功摂政五年三月条の高宮邑もここか。この歌が本文にいう如く磐之媛の作と伝えられていたものとすれば、皇后は葛城氏の所出であるから(→三九〇頁注一)その生家の所在地を示すことになる。なお皇極元年是歳条に蘇我蝦夷が祖廟を葛城高宮にたてたとある。

九 和名抄に山城国綴喜郡綴喜郷(今、京都府綴喜郡田辺町普賢寺付近)がある。記には皇后は筒木の韓人(からひと)、名は奴理能美(ぬりのみ)の家に入ったとある。継体紀に、継体天皇は五年から十二年まで山背の筒城に都を置いたという。

一〇 →三七二頁注一〇。

一一 他に見えず。ただこの口持や下文の注に見える口子などの名も、使として口上を伝えることから付けられた伝説的な名前と思われる。

一二 和珥臣→二二六頁注一四。口子は、他に見えず。→注一一。

一三 記では口比売。この口比売も伝説的な名前である。

一四 〔歌謡五五〕山背の筒城の宮で(皇后に)物を申し上げようとしている兄を見ると、(かわいそうで)涙ぐまれてくる。

一五 カナシブは、上二段活用の動詞。その連体形はカナシブル。クという接尾語は、用言の連体形に、アク(事の意)のついた形の末尾の部分であるからカナシブラクとなる。

一六 難波から淀川を溯ったのであろう。

「今庭に伏して請謁すは、妾が兄なり。雨に沾れつつ避らず。猶伏して謁さむとす。是を以て、泣ち悲ぶらく[一五]のみ」とまうす。時に皇后、謂りて曰はく、「汝が兄に告げて速に還らしめよ。吾は遂に返らじ」とのたまふ。口持、則ち返りて、天皇に復奏す。

十一月の甲寅の朔庚申(七日)に、天皇、浮江[一六]より山背に幸す。時に桑の枝、水に沿

向レ倭。明日、天皇遣二舍人鳥山一、令レ還二皇后一。乃歌之曰、夜莽之呂珥、伊辭鷄苔利[1]夜莽、伊辭鷄之鷄、阿餓茂赴菟磨珥[2]、伊辭枳阿波牟伽茂。皇后不レ還猶行之。至二山背河一而歌曰、菟藝泥赴、揶莽之呂餓波烏、箇破能朋利、涴餓能朋例麼[3]、箇波區珥、多知瑳介喩屢[4][5]、毛々多羅儒、揶素麼能紀破、於朋耆彌呂介茂[6]。卽越二那羅山一、望二葛城一歌之曰、菟藝泥赴、揶莽之呂餓波烏、彌揶能朋利、和餓能朋例麼、阿烏珥豫辭[7]、儺羅烏輸疑[8]、烏陀氏、夜莽苔烏輸疑[9]、和餓彌餓朋辭區珥波[10]、箇豆羅紀多伽彌揶、和藝幣能阿多利[11]。更還二山背一、興二宮室於筒城岡南一而居之。○冬十月甲申朔、遣[12]二的臣祖口持臣[13]一喚二皇后一。一云、和珥臣祖口子臣。爰口持臣、至二筒城宮一、雖レ謁二皇后一、而默之不レ答。時口持臣、沾二雪雨一、以經二日夜一、伏二于皇后殿前一而不レ避。於是、口持臣之妹國依媛、仕二于皇后一。適二是時一、侍二皇后之側一。見二其兄沾レ雨、而流涕之歌曰、揶莽之呂能、菟々紀能彌揶珥、茂能莽烏輸、和餓齊烏彌例麼[14]、那彌多伽摩辭茂。時皇后謂二國依媛一曰、何爾泣之。對言、今伏レ庭請謁者、妾兄也。沾レ雨不レ避。猶伏将レ謁。是以、泣悲耳。時皇后謂之曰[15]、告二汝兄一令二速還一。吾遂不レ返焉。口持則返之、復二奏于天皇一。○十一月甲寅朔庚申、天皇浮江幸二山背一。時桑枝沿レ水→

ひて流る。天皇、桑の枝を視して歌して曰はく、

一つのさはふ　二磐之媛が　おほろかに　聞さぬ　末桑の木　寄るましじき　河の隈隈　寄ろほひ行くかも　末桑の木

明日、三乗輿、筒城宮に詣りて、皇后を喚したまふ。皇后、参見ひたまはず。時に天皇、歌して曰はく、

四つぎねふ　山背女の　木鍬持ち　打ちし大根　さわさわに　汝が言へせこそ　打渡す　彌木榮なす　來入り參來れ

亦歌して曰はく、

五つぎねふ　山背女の　木鍬持ち　打ちし大根　根白の　白腕　纏かずけばこそ　知らずとも言はめ

時に皇后、奏さしめたまひて言したまはく、「陛下、六八田皇女を納れて妃としたまふ。其れ皇女に副ひて七后たらまく欲せじ」とまうしたまひて、遂に奉見ひたまはず。八乃ち車駕、宮に還りたまふ。天皇、是に、皇后の大きに忿りたまふことを恨みたまふ。而して猶し戀び思すこと有します。

三十一年の春正月の癸丑の朔丁卯（十五日）に、九大兄去來穗別尊を立てて、皇太子とす。

三十五年の夏六月に、皇后磐之媛命、筒城宮に薨りましぬ。

一〔歌謡五六〕磐之媛皇后が並大抵のことではお聞き入れにならない、（私の）心恋（うら）の木、そのウラグハの木が、近寄ることのできぬ河の曲り角にあちこち寄っては流れ、寄っては流れて行く。その末桑の木が。（天皇は磐之媛皇后にも気持を隔てられ、八田皇女にも表立って逢えず、晴れ晴れしない心持で磐之媛皇后を訪ねようとしている。すると川を末桑の木が流れて行く。ウラグハに、ウラゴヒの気持が懸詞になって重なり、そのウラグハの木が、あちこちの岸にぶつかりながら流れるのを見て、磐之媛皇后と八田皇女との間に動揺する自分の気持と通うもののあるのを感じての歌であろう。）ツノサハフは、ツノ（蔓）サハ（沢山）ハフ（這ふ）の約か。岩にかかる枕詞。オホロカニは、おぼろげに・いい加減にの意。キコサヌは、お聞き入れにならぬの意。マシジキは、べからぬの意。ヨロホヒは、繰返し寄って行く意。

二→三九〇頁注一。

三→二八四頁注九。

四〔歌謡五七〕山背女が木の鍬で掘り起した大根、その大根の葉のざわつくように、ざわざわと、あれこれあなたが言われるからこそ、見渡す向うにある木の枝の茂るように、大勢人を引きつれて、あなたに逢いに来たものを。サワサワニは、ざわざわ音の立つ意。イヘセコソのイヘセは、イハセに同じであろう。ウチワタスは、さっと見渡す。さっと一目に見渡す。ヤガハエは、ヤグハエ（弥木栄え）の音転であろうという。見渡す向うに茂る木の栄えのごとく、大勢での意となる。マヰクレは、上のコソと呼応して已然形である。已然形は言い切りにならないで逆接の句を形成するので、ここでは、参入して来たノニ、または、来たモノヲの意。

五〔歌謡五八〕山背女が木鍬を持って掘り起した大根のような、真白な腕を、巻き合ったことが

三十七年の冬十一月の甲戌の朔乙酉(十二日)に、皇后を乃羅山[一〇]に葬りまつる[一一]。

三十八年の春正月の癸酉の朔戊寅(六日)に、八田皇女を立てて皇后としたまふ。

秋七月に、天皇と皇后と、高臺に居しまして避暑りたまふ。時に毎夜、菟餓野[一二]より、鹿の鳴聞ゆること有り。其の聲、寥亮[一三]にして悲し。共に可怜とおもほす情を起したまふ。月盡に及りて、鹿の鳴聆えず。爰に天皇、皇后に語りて曰はく、「是夕

而流之。天皇視二桑枝一歌之曰、菟怒瑳破赴、以破能臂[1]謎餓、飫朋呂伽珥、枳許瑳怒、于羅遇[2]破能紀、豫屢麻志士[3]枳、箇破能區莽愚莽、豫呂朋譬喩玖伽茂、于羅愚破能紀。明[4]日、乘輿詣二于筒城宮一、喚二皇后一。々々不二肯參[5]見一。時天皇歌曰、菟藝泥赴、揶摩之呂謎能、許久波茂知、于智辭[6]於朋泥、佐和佐和珥、儺餓伊幣[7]齊[8]虚曾、于知和多須、椰[9]餓波曳儺須、企以利摩韋區例。亦歌曰、菟藝泥赴、夜莽之呂謎能、許玖波茂知、于智辭於朋泥、々士漏能、辭漏多娜武枳、摩箇儒鶏麼虚曾、辭羅儒等茂伊波梅。時皇后令レ奏言、陛下納二八田皇女一爲レ妃。其不レ欲下副二皇女一而爲上后、遂不二奉見一。乃車駕還レ宮。天皇、於是、恨二皇后大忿[10]一。而猶有二戀思一。

卅一年春正月癸丑朔丁卯、立二大兄去來穗別尊一、爲二皇太子一。

卅五年夏六月、皇后磐之媛命、薨二於筒城宮一。

卅七年冬十一月甲戌朔乙酉、葬二皇后於乃羅[11][12]山一。

卅八年春正月癸酉朔戊寅、立二八田皇女一爲二皇后一。○秋七月、天皇與二皇后一、居二高臺一而避暑。時毎夜、自二菟餓野一、有レ聞二鹿鳴一。其聲寥亮而悲之。共起二可[13]怜之情一。及二月盡一、以鹿鳴不レ聆。爰天皇語二皇后一曰、當二是夕一、↓

無かったならばこそ、(私を)知らないとも言えようが(昔は一緒に暮していたのだから、今更知らないとは言えまいに)。マカズケバコソのケは、回想の助動詞キの已然形の古形か。動詞ク(来)の已然形の古形とも考えられる。

六 ↓三八八頁注七。

七 タラマクは、たらむことの意。

八 ↓二八四頁注一。

九 履中天皇。履中即位前紀に仁徳三十一年正月に皇太子となり、時に十五歳という。

一〇 ↓二四五頁注二一。

一一 延喜諸陵式に「平城坂上墓〈磐之媛命。在二大和国添上郡一。兆域東西一町。南北一町。無二守戸一〉」とあり、陵墓要覧に「平城坂上陵、奈良県奈良市佐紀町字ヒシアゲ」と見えている。記には磐之媛の崩御のことは見えず、従って八田皇女を皇后としたことも見えないが、八田皇女の御名代として八田部を定めたことが記に見えている。

一二 菟餓野は、摂津国の八田部郡にあり、神功摂政元年二月条に見える菟餓野(↓三四三頁注二七)とは別か。釈紀十二所引摂津風土記逸文(↓四〇四頁注七)によると雄伴郡の夢野(今、兵庫県神戸市兵庫区夢野町付近)の古称。

一三 寥は、広韻に「空也、又寂寥也、空廓也」とある。むなしい・しずか・大きいの意。亮は、あきらかの意。

に當りて、鹿鳴かず。其れ何に由りてならむ」とのたまふ。明日、[一]猪名縣の[二]佐伯部、[三]苞苴獻れり。天皇、[四]膳夫に令して問ひて曰はく、「其の苞苴は何物ぞ」とのたまふ。對へて言さく、「牡鹿なり」とまうす。問ひたまはく、「何處の鹿ぞ」とのたまふ。曰さく、「菟餓野のなり」とまうす。時に天皇、以爲さく、是の苞苴は、必ず其の鳴きし鹿ならむとおもほす。因りて皇后に語りて曰はく、「朕、比懷抱ひつつ有るに、鹿の聲を聞きて慰む。今佐伯部の鹿を獲れる日夜及び山野を推るに、即ち鳴きし鹿に當れり。其の人、朕が愛みすることを知らずして、適逢に獮獲たりと雖も、猶已むこと得ずして恨しきこと有り。故、佐伯部をば皇居に近けむことを欲せじ」とのたまふ。乃ち有司に令して、安藝の[五]渟田に[六]移郷す。此、今の渟田の佐伯部の祖なり。[七]俗の曰へらく、「昔、一人有りて、菟餓に往きて、野の中に宿れり。時に二の鹿、傍に臥せり。鶏鳴に及ばむとして、牡鹿、牝鹿に謂りて曰はく、『吾、今夜夢みらく、白霜多に降りて、吾が身をば覆ふと。是、何の祥ぞ』といふ。牝鹿、答へて曰はく、『汝、出行かむときに、必ず人の爲に射られて死なむ。即ち白鹽を以て其の身に塗られむこと、霜の素きが如くならむ應なり』といふ。時に宿れる人、心の裏に異ぶ。未及昧爽に、獵人有りて、牡鹿を射て殺しつ。是を以て、時人の諺に曰はく、『[八]鳴く牡鹿なれや、相夢の隨に』といへり。

四十年の春二月に、[九]雌鳥皇女を納れて妃とせむと欲して、[一〇]隼別皇子を以て媒と

一 和名抄に摂津国河辺郡為奈郷(今、兵庫県尼崎市東北部)。猪名県は、猪名川の両岸に跨って豊島郡(今、大阪府豊中市・池田市・箕面市)から河辺郡(今、兵庫県川辺郡・尼崎市・川西市)にかけての地域か。

二 佐伯部は、各地に置かれた蝦夷を主体とする部民で、軍事・警衛に当る。景行紀に播磨以下五国の佐伯部のことが見える。→景行五十一年八月条・補注7-三八。

三 →三八六頁注九。

四 食膳を用意する人。カシハは、木の葉。もと、飲食の笥として使う木の葉。テは、クボテ(葉椀)・ヒラデ(葉盤)のデ。→補注7-二一。

五 和名抄に安芸国沼田郡沼田郷(今、広島県竹原市付近か)がある。安芸の佐伯部のことは景行五十一年八月条に見える。

六 移郷は、律の用語で、赦にあった殺人犯人を、死者の親族の復讐より免かれしめるため、他郷に移配すること。

七 以下と殆ど同じ説話が、釈紀十二所引摂津国風土記逸文に見えている。「摂津国風土記曰、雄伴郡、有㆓夢野㆒。父老相伝云、昔者、刀我野有㆓牡鹿㆒。其嫡牝鹿、居㆓此野㆒、其妾牝鹿、居㆓淡路国野島㆒。彼牡鹿、屢往㆓野島㆒。与㆑妾相愛无㆑比。既而牡鹿、来㆓宿嫡所㆒。明旦、牡鹿語㆓其嫡㆒云、今夜夢、吾背爾雪零於祁利止見支。又曰㆓須々紀㆒草生多利止見支。此夢何祥。其嫡、悪㆔夫復向㆓妾所㆒、乃詐相之曰、背上生㆑草者、矢射㆓背上㆒之祥。又雪零者、白塩塗㆑宍之祥。汝渡㆓淡路野島㆒者、必遇㆓船人㆒、射㆓死海中㆒。謹勿㆓復往㆒。其牡鹿、不㆑勝㆓感恋㆒、復渡㆓野島㆒、海中遇㆓逢行船㆒、終為㆓射死㆒。故名㆓此野㆒、曰㆓夢野㆒。俗説云、刀我野爾立留真牡鹿母夢相乃麻爾麻爾」。津田左右吉はこの民間説話から佐伯部が鹿を献じた話が作られ、またそれが安芸の渟田の佐伯部の起源説話とされたとしている。

八「鳴く鹿でもないのに、夢の相のままになった」という諺が当時行われていたのであろう。摂津風土記に変形して載せられているように、この説話が有名で、鳴く鹿は夢あわせのままに死んだが、その鹿でもないのに、悪い夢見がそのまま実現したときに、この言葉を人人が口にしたものであろう。

九 記では女鳥王。八田皇女の同母妹。→応神二年三月条。以下、四十年是歳条まで雌鳥皇女の話。記にも類似の話がある。

一〇 記では速総別王。仁徳天皇や雌鳥皇女の異母兄弟。→応神二年三月条。

一一 ヨドノは、寝室。

一二〔歌謡五九〕空を飛ぶ雌鳥が織る金機は、隼別の王の御襲料です。ヒサカタノは枕詞。アメにかかる。恐らく日射ス方の意が原義であろう。アメカナバタのカナバタは、金属を使った所のある織機。朝鮮から渡来した新しい織機であったろう。アメは雌鳥の縁語であろう。ガネは、カネて用意する物の意。この所、記では天皇が女鳥王に対して直接問いかけて、「女鳥の　わが王の　織ろす機　誰が料ろかも」と歌い、女王が「高行くや　速総別の　御襲料」と答える形になっている。

一三 お召物の用意。

したまふ。時に隼別皇子、密に親ら娶りて、久に復命さず。是に、天皇、夫有ることを知りたまはずして、親ら雌鳥皇女の殿[一一]に臨す。時に皇女の為に織縑る女人等、歌して曰はく、

[一二]ひさかたの　天金機　雌鳥が　織る金機　隼別の　御襲料[一三]

爰に天皇、隼別皇子の密に婚けたることを知りたまひて、恨みたまふ。然るに

而鹿不レ鳴。其何由焉。明日、猪名縣佐伯部獻二苞苴一。天皇令二膳夫一以問曰、其苞苴何物也。對言、牡鹿也。問之、何處鹿也。曰、菟餓野。時天皇以爲、是苞苴者、必其鳴鹿也。因語[1]二皇后一曰、朕比有二懷抱一、聞二鹿聲一而慰之。今推二佐伯部獲レ鹿之日夜及山野一、即當二鳴鹿一。其人雖下不レ知二朕之愛一、以適逢獮獲上、猶不レ得レ已而有レ恨。故佐伯部不レ欲レ近二於皇居一。乃令二有司一、移二郷于安藝渟田一。此今渟田佐伯部之祖也。俗曰、昔有二一人一、往二菟餓一、宿二于野中一。時二鹿臥レ傍。將レ及二鷄鳴一、牡鹿謂二牝鹿一曰、吾今夜夢之、白霜多降之覆二吾身一。是何祥焉。牝鹿答曰、汝之出行、必爲レ人見レ射而死。即以二白鹽一塗二其身一、如二霜素一之應也。時宿人心裏異之。未及昧爽、有二獵人一、以射二牡鹿一而殺。是以、時人諺曰、鳴牡鹿矣、隨二相夢一也。

卌年春[2]二月、納二雌鳥皇女一欲レ爲レ妃、以二隼別皇子一爲レ媒。時隼別皇子密親娶、而久之不二復命一。於是、天皇不レ知レ有レ夫、而親臨二雌鳥皇女之殿一。時爲[3]二皇女一織縑女人等歌之曰、比佐箇多能、阿梅箇儺麼多、謎廼利餓、於瑠箇儺麼多、波揶歩佐和氣能、彌於須譬鵝泥。爰天皇知二隼別皇子密婚一、而恨之。然→

皇后の言に重り、亦友于の義に敦くまして、忍びて罪せず。俄ありて隼別皇子、皇女の膝に枕して臥せり。乃ち語りて曰はく、「鷦鷯と隼と孰か捷き」といふ。曰はく、「隼は捷し」といふ。乃ち皇子の曰はく、「是、我が先てる所なり」といふ。天皇、是の言を聞しめして、更に亦恨を起したまふ。時に隼別皇子の舎人等、歌して曰はく、

隼は　天に上り　飛び翔り　齋が上の　鷦鷯取らさね

天皇、是の歌を聞しめして、勃然大きに怒りて曰はく、「朕、私の恨を以て、親を失はまほしみせず、忍びてなり。何ぞ釁ますとして私の事をもて社稷に及さむ」とのたまひて、則ち隼別皇子を殺さむと欲す。時に皇子、雌鳥皇女を率て、伊勢神宮に納らむと欲ひて馳す。是に、天皇、隼別皇子逃走げたりと聞しめして、即ち吉備品遅部雄鯽・播磨佐伯直阿俄能胡を遣して曰はく、「追ひて逮かむ所に即ち殺せ」とのたまふ。爰に皇后、奏して言したまはく、「雌鳥皇女、寔に重き罪に當れり。然れども其の殺さむ日に、皇女の身を露にせまほしみせず」とまうしたまふ。乃ち因りて雄鯽等に勅したまはく、「皇女の齎たる足玉手玉をな取りそ」とのたまふ。雄鯽等、追ひて菟田に至りて、素珥山に迫む。時に草の中に隠れて、僅に免るること得。急に走げて山を越ゆ。是に、皇子、歌して曰はく、

梯立の　嶮しき山も　我妹子と　二人越ゆれば　安蓆かも

一 ハバカルは、相手を重んじて距離を保つ意。
二 兄弟互に敬愛すること。「友二于兄弟一」の上の二字を取った語。後漢書、史弼伝に「陛下隆二於友于一、不レ忍二遏絶一」とあり、晋書、孝友伝序に「篤二友于一而宜レ範」とある。この本文、友于は前本による。天本・勢本・底本等すべて干支に作る。→下二二四頁注九。
三・四 鷦鷯はミソサザイ(→三八二頁注一)で、仁徳天皇をさし、隼は隼別皇子をさす。
五 →補注11-六。 六〔歌謡七〇〕 隼は天に上って飛びかけり、斎場のあたりにいるサザキをお取りなさい。ハヤブサは隼別皇子、サザキは大鷦鷯天皇を指す。イツキは、普通、斎槻の意に解する。しかし、槻(ツキ)のキは乙類が例で、この歌では、諸本伊菟岐とあり、岐(キ)は甲類のキである。従って、槻と解することを得ない。イツクという動詞は四段活用で、その連用名詞形イツキのキは甲類が例である。従って、ここのイツキは、斎きの場の意のイツキという名詞形であろうと考える。トラサネのネは、未然形について、他人に対する誂えを意味する。
七 この字、覺と誤られて、天本・勢本以下底本に至るまでオモヒテカの訓がある。しかし前本の字面により、その意は、ツミ・ヒマの意とすべく、その傍訓キズを採る。
八 →補注6-一〇。通釈に「古の俗、神地に逃れて刑罪を免れむとせしこと、往々あり」として、雄略三年条の、阿閉臣国見が石上神宮に逃れた例などを挙げる。記では二人が大和国十市郡の倉椅(くらはし)山に登って歌ったとしている。
九 吉備品遅部は、和名抄に備後国品治郡、旧事紀、国造本紀に吉備品治国造が見えている。品遅部は、垂仁二十三年十一月条に誉津部と記す。→二六八頁注一〇。
一〇 播磨佐伯直は、播磨の佐伯部を管理する伴造の氏。播磨佐伯部→景行五十一年八月条。記

爰に雄鯽等、免れぬることを知りて、急に伊勢の蔣代野[一七]に追ひ及きて殺しつ。時に雄鯽等、皇女の玉を探りて、裳の中より得つ。乃ち二の王の屍を以て、廬杵河[一八]の邊に埋みて、復命す。皇后、雄鯽等に問はしめて曰はく、「若し皇女の玉を見きや」とのたまふ。對へて言さく、「見ず」とまうす。

是歳、新嘗[一九]の月に當りて、宴會の日を以て、酒を内外命婦[二〇]等に賜ふ。是に、近江[二一]

重二皇后之言一、亦敦二友于[1]之義一、而忍之勿レ罪。俄而隼別皇子、枕二皇女之膝一以臥。乃語之曰、孰二捷鷦鷯與レ隼焉。曰、隼捷也。乃皇子曰、是我所レ先也。天皇聞二是言一、更亦起レ恨。時隼別皇子之舍人等歌曰、破夜步佐波、阿梅珥能朋利、等弭箇[2]慨梨、伊菟岐餓宇倍能、娑[3]奘[4]岐等羅佐泥。天皇聞二是歌一、而勃然大怒之曰、朕以二私恨一、不レ欲レ失レ親、忍之也。何釁矣私事將及二于社稷一、則欲レ殺二隼別皇子一。時皇子率二雌鳥皇女一、欲レ納二伊勢神宮一而馳。於是、天皇聞二隼別皇子逃走一、即遣二吉備品遲部雄鯽・播磨佐伯直阿俄[5]能胡一曰、追之所レ逮即殺。爰皇后奏言、雌鳥皇女、寔當二重罪一。然其殺之日、不レ欲レ露二皇女身一。乃因勅二雄鯽等一、莫二取皇女所齎之足[6]玉手玉一。雄鯽等追之至二菟田一、迫二於素珥山一。時隱二草中一僅得レ免。急走而越レ山。於是、皇子歌曰、破始多氏能、佐餓始枳挪摩茂、和藝毛古等、赴駄利古喩例麼、挪須武志呂箇茂。爰雄鯽等知レ免、以急追二及于伊勢蔣代野一而殺之。時雄鯽等、探二皇女之玉一、自二裳中一得之。乃以二二王屍一、埋二于廬杵河邊一、而復命。皇后令レ問二雄鯽等一曰、若見[7]二皇女之玉一乎。對言、不レ見也。◎是歳、當二新嘗之月[8]一、以二宴會日一、賜二酒於内外命婦等一。於是、近江↓

は二人を討った将軍を山部大楯連(やまべのおほたてのむらじ)とする。阿俄能胡は、播磨風土記、神前郡多駝里の条に「大御伴人佐伯部等始祖阿我乃古」と見え、品太天皇(応神)が巡行したとき、阿我乃古がこの土を請い欲すと申し出たのに対し、天皇は直接にも請願したものだなあといったので、多駝と号する里名が生じたとある。

一一 八田皇后。 一二 皇女の身につけたものをとりあげて身をあらわにすることは欲しない。

一三 記では玉釧(たまくしろ)(玉で飾った腕輪)とする。前行に、皇后が「身につけたものをとりあげてほしくない」といったのをうけて、天皇が特に「足玉手玉をとるな」と命じたもの。この命令にもかかわらず、佐伯阿俄能胡は足玉手玉をとりあげたことが後に見える。記では命令のことも書いてない。 一四 大和国宇陀郡。↓一九六頁注七。 一五 宇陀郡室生村の東の曾爾(そに)谷。記では速総別王(はやぶさわけのみこ)と女鳥王(めとりのひめみこ)の二人がここで討たれたとしている。

一六 〔歌謡六二〕梯を立てたような、けわしい山も、吾妹子と二人で越えれば、安らかな蓆に坐っているように、楽なものだ。ハシタテノは倉梯山にかかる枕詞。ここではサガシにかかる修飾語。

一七 位置未詳。 一八 廬杵は、三重県一志郡の雲出川の岸にある家城(いへき)町であろう。記伝は、北家城の辺に夫婦窟という窟があり、これが二人の墓であろうとしている。 一九 後世では、新嘗祭の行われるのは十一月で、卯の日に祭儀があり、翌日の辰の日に豊明節会が行われる。ニヒナヘ→一一二頁注三。 二〇 職員令義解に「婦人帯二五位以上一曰二内命婦一也、五位以上妻曰二外命婦一也」。この令の用語をここに用いたもの。

二一 近江山君は不明であるが、雄略即位前紀安康三年十月条に見える近江狭狭城(ささき)山君と関係があろう。狭狭城山君→二三二頁注六。記では玉釧を纏いたのは山部大楯連の妻としてある。

山君稚守山が妻と[一]采女[二]磐坂媛と、二の女の手に、良き珠纏けること有り。皇后、其の珠を見すに、[三]既に雌鳥皇女の珠に似たり。則ち疑ひて、有司に命して、其の玉を得し由を推へ問はしめたまふ。對へて言さく、「佐伯直阿俄能胡が妻の玉なり」とまうす。仍りて阿俄能胡を[四]推へ鞫ふ。對へて曰さく、「皇女を誅しし日に、探りて取りき」とまうす。卽ち將に阿俄能胡を殺さむとす。是に、阿俄能胡、乃ち己が私の地を獻りて、死贖はむと請す。故、其の地を納めて死罪を赦す。是を以て、其の地を號けて[五]玉代と曰ふ。

四十一年の春三月に、[六]紀角宿禰を百濟に遣して、始めて[七]國郡の壃場を分ちて、具に鄉土所出を錄す。是の時に、百濟の王の族[八]酒君、禮无し。是に由りて、紀角宿禰、百濟の王を訶ひ責む。時に百濟の王、悚りて、鐵の鎖を以て酒君を縛ひて、[九]襲津彥に附けて進り上ぐ。爰に酒君來て、則ち[一〇]石川錦織首許呂斯が家に逃げ匿る。則ち欺きて曰はく、「天皇、既に臣が罪を赦したまひつ。故、汝に寄けて活はむ」といふ。久にありて天皇、遂に其の罪を赦したまふ。

[一一]四十三年の秋九月の庚子の朔に、[一二]依網屯倉の[一三]阿弭古、異しき鳥を捕りて、天皇に獻りて曰さく、「臣、每に網を張りて鳥を捕るに、未だ曾て是の鳥の類を得ず。故、奇びて獻る」とまうす。天皇、酒君を召して、鳥を示せて曰はく、「是、何鳥ぞ」とのたまふ。酒君、對へて言さく、「此の鳥の類、多に百濟に在り。馴し得てば

一 采女は、令制では諸郡の少領以上の一族から形容端正なものを貢上して後宮に仕えさせるのであるが、大化以前から国造などの地方豪族が、一族の女子を采女として貢上する慣習があったらしい。→㊦補注23-一。

二 磐坂は、通釈に「大和城上郡に磐坂村あり」としている。

三 全くの意。

四 推鞫は、罪を責めてただす。鞫は音キク。

五 大和国葛上郡に玉手丘がある。今、奈良県御所市、孝安天皇の玉手丘上陵(→二二九頁注一四)の地。ただし河内国安宿郡にも玉手山、玉手村がある。

六 →補注10-一二。

七 津田左右吉はこの記事を、大化元年七月十日条の百済の使に対する詔に、任那の国堺を観察させたことや、百済の調について、出した国と品物を明記するよう命じたことが見えているから、この詔にある事実から作り出した話ではないかとしている。

八 酒君の世系は不明。ただし姓氏録、右京諸蕃、刑部・同和泉諸蕃、百済公・六人部連の諸氏は、「出レ自二百済国酒王一也」としている。池内宏・津田左右吉は共にこの酒君が進上された話は事実と認め難いとする。

九 葛城襲津彦。→補注9-二五。

一〇 住吉神代記に「山預石川錦織許呂志奉レ仕山名所所在。号曰兄山・天野・横山・錦織・石川・葛城・音穂・高向・華村・二上山等一」と見え、また「嶺東方頭枕立在二処一。石川錦織許呂志・忍海刀自等、争二論水別一」とある。この氏は蘇我氏の族かという説もあるが、百済系の氏か。→四六二頁注七。

一一 以下四一〇頁二行まで鷹甘部の起源で、鷹狩の法も百済から伝わったことを述べている。記には見えない。

能く人に従ふ。亦捷く飛びて諸の鳥を掠る。百済の俗、此の鳥を號けて倶知と曰ふ」とまうす。是、今時の鷹なり。乃ち酒君に授けて養馴む。幾時もあらずして馴くること得たり。酒君、則ち韋[一四]の緡[一五]を以て其の足に著け、小鈴を以て其の尾に著けて、腕の上に居ゑて、天皇に獻る。是の日に、百舌鳥野[一六]に幸して遊獵したまふ。時に雌雉、多に起つ。乃ち鷹を放ちて捕らしむ。忽に數十の雉を獲つ。

山君稚守山妻與二采女磐坂媛一、二女之手、有レ纏二良珠一。皇后見二其珠一、既似二雌鳥皇女之珠一。則疑之、命二有司一、[1]推二問其玉所得之由一。對言、佐伯直阿俄能胡妻[2]之玉也。仍推二鞫阿俄能胡一。對曰、誅二皇女一之日、探而取之。卽將レ殺二阿俄能胡一。於是、阿俄能胡、乃[3]獻二己之私地一、請レ[4]贖レ死。故納二其地一赦二死罪一。是以、號二其地一曰二玉代一。

卌一年春三月、遣二紀角宿禰於百濟一、始分二國郡壃場一、具錄二鄉土所出一。是時、百濟王之[5]族酒君无レ禮。由レ是、紀角宿禰訶二責百濟王一。時[6]百濟[7]王悚之、以二鐵鎖一縛二酒君一、附二襲津彥一而進上。爰酒君來之、則逃二匿于石川錦織首許呂斯之家一。則欺之曰、天皇既赦二臣罪一。故寄レ汝而活焉。久之天皇遂赦二其罪一。

卌三年秋九月庚子朔、依網屯倉阿弭古、捕二異鳥一、獻二於天皇一曰、臣每張レ網捕レ鳥、未三曾得二是鳥之類一。故奇而獻之。天皇召二酒君一、示レ鳥曰、是何鳥矣。酒君對言、此鳥之[8]類、多在二百濟一。得レ馴而能從レ人。亦捷飛之掠二諸鳥一。百濟俗號二此鳥一曰二倶知一。[9]（是今時鷹也。）[10]乃授二酒君一令二養馴一。未二幾時一而得レ馴。酒君則以二韋緡一著二其足一、以二小鈴一著二其尾一、居二腕上一、獻二于天皇一。是日、幸二百舌鳥野一而遊獵。時雌雉多起。乃放レ鷹令レ捕。忽獲二數十雉一。

一二 依網→二五三頁注二〇。屯倉→下補注18—一三。
一三 原始的な姓。→二九四頁注三。依網阿弭古→補注9—五。
一四 韋は、ヲシカハと訓む。食(ヲ)シ皮の意。口に嚙んで、歯で柔らかくした皮の意。なめし皮の類。
一五 つり糸、また、縄。
一六 和泉国大鳥郡の地。今、大阪府堺市の中百舌鳥町から浜寺石津町にかけての地域。六十七年十月条には石津原とある。

是の月に、甫めて[一]鷹甘部を定む。故、時人、其の鷹養ふ處を號けて、[二]鷹甘邑と曰ふ。

五十年の春三月の壬辰の朔丙申(五日)に、河内の人、奏して言さく、「[三]茨田堤に、鴈産めり」とまうす。即日に、使を遣して視しむ。曰さく、「既に實なり」とまうす。天皇、是に、歌して[四]武内宿禰に問ひて曰はく、

[五]たまきはる　内の朝臣　汝こそは　世の遠人　汝こそは　國の長人　秋津嶋
倭の國に　鴈産むと　汝は聞かすや

武内宿禰、答歌して曰さく、

[六]やすみしし　我が大君は　宜な宜な　我を問はすな　秋津嶋　倭の國に　鴈産
むと　我は聞かず

[七]五十三年に、新羅朝貢らず。

夏五月に、[八]上毛野君の祖竹葉瀬を遣して、其の闕貢を問はしめたまふ。是の道路の間に白鹿を獲つ。乃ち還りて天皇に獻る。更に日を改めて行く。俄ありて、且重ねて竹葉瀬が弟[一〇]田道を遣す。則ち詔して曰はく、「若し新羅距かば、兵を擧げて撃て」とのたまふ。仍りて精兵を授く。新羅、兵を起して距く。爰に新羅人、日日に戰を挑む。田道、塞を固めて出でず。時に新羅の軍卒一人、營の外に放でたること有り。則ち掠俘ふ。因りて消息を問ふ。對へて曰さく、「强力者有り。[一一]百衝

一 職員令の兵部省の被管に主鷹司があり、鷹戸が付属する。令集解によれば、大和・河内・摂津に鷹養戸十七戸があった。

二 摂津志に「住吉郡鷹飼部第宅古蹟在二鷹合村一(今、大阪市東住吉区鷹合町)、又有二鷹甘部墓一、今称二平塚一」とある。

三 茨田堤の造築のこと→十一年十月条。記ではこの説話を、日女島(今、大阪市西淀川区姫島町か)でのこととしている。

四 →補注7-三。

五 〔歌謡(六二)〕 朝廷に仕える武内宿禰よ。あなたこそ、この世の長生きの人だ。あなたこそ国の第一の長生きだ。(それだからお尋ねするのだが)この倭の国で雁が子を産むと、あなたはお聞きですか。タマキハルは、ウチにかかる枕詞。魂際ル意であろう。→三四六頁注一二。アキヅのヅは濁音。→下補注17-一八。

六 〔歌謡(六三)〕 わが大君が私にお尋ねになるのはもっともなことですが、倭の国では、雁が産卵するという話は、私は聞いておりません。

七 以下五十五年条にかけて、上毛野君祖竹葉瀬・田道の新羅・蝦夷征討の話。記には見えない。垂仁五年条・応神十五年八月条・安閑元年十二月是月条・舒明九年是歳条などの話などとともに、上毛野氏の伝承から取材されたものであろう。津田左右吉は、この記事は地理的記載が全く欠けている上に、百衝というような日本名の新羅人が出て来るから、作り物語であることがわかるとする。

八 →二五〇頁注一一。

九 姓氏録、左京皇別、上毛野朝臣などの条に、「豊城入彦命五世孫多奇波世君之後也」とある。弘仁私記の序では、「田辺史・上毛野公・池原朝臣・住吉朝臣等祖思須美・和徳両人、大鷦鷯天皇御宇之時、自二百済国一化来而言、己等祖是貴国将軍上野公竹合也者、天皇矜憐混二彼族一訖」

と曰ふ。輕く捷くして猛く幹し。毎に軍の右の前鋒たり。故、伺ひて左を撃たば敗れなむ」とまうす。時に新羅、左を空けて右に備ふ。是に、田道、精騎を連ねて其の左を撃つ。新羅の軍、潰れぬ。因りて兵を縦ちて乘みて、數百人を殺しつ。卽ち四の邑の人民を虜へて、以[一二]て歸りぬ。

五十五年に、蝦夷[一三]、叛けり。田道を遣して撃たしむ。則ち蝦夷の爲に敗られて、

とあるように、竹葉瀬を竹合につくる。→補注14-一三。

一〇 姓氏録、河内皇別、止美連の条に「尋来津公同祖、豊城入彦命之後也、四世孫荒田別命男、田道公被㆑遣㆓百済国㆒、娶㆓止美邑呉女㆒、生㆓男持君㆒、三世孫熊次・新羅等、欽明天皇御世参来」と見える。田道は五十五年条に蝦夷を討って死んだとある。

一一 不詳。

一二 以は、率の意。この所、「虜へて帰りぬ」と訓むこともできる。

一三 →補注7-一一。

◎是月、甫定㆓[1]鷹甘部㆒。故時人號㆓其養㆑鷹之處㆒、曰㆓鷹甘邑㆒也。

五十年春三月壬辰朔丙申、河内人奏言、於㆓茨田堤㆒[2]鴈産之。卽日、遣㆑使令㆑視。曰、既實也。天皇、於是、歌以問㆓武内宿禰㆒曰、多莽耆破屢、宇知能阿曾、儺虛曾破、豫能等保臂等、儺虛曾波、區珥能那餓臂等、阿耆豆辭莽、揶莽等能區珥々、箇利古武等、儺波企箇輪揶。武内宿禰答歌曰、夜輪彌始之、和我於朋枳彌波、于陪儺于陪儺、和例烏斗波輪儺、阿企菟辭摩、揶莽等能倶珥々、箇利古武等、和例破枳箇儒。

五十三年、新羅不㆓朝貢㆒。○夏五月、遣㆓上毛野君祖竹葉瀬㆒、令㆑問㆓其闕貢㆒。是道路之間獲㆓白鹿㆒。乃還之獻㆓于天皇㆒。更改㆑日而行。俄且重遣㆓竹葉瀬之弟田道㆒。則詔之曰、若新羅距者、擧㆑兵擊之。仍授㆓精兵㆒。新羅起㆑兵而距之。爰新羅人、日々挑㆑戰。田道固㆑塞而不㆑出。時新羅軍卒一人、有㆑放㆓于營外㆒。則掠俘之。因問㆓消息㆒。對曰、有㆓強力者㆒。曰㆓百衝㆒。輕捷猛幹。每爲㆓軍右前鋒㆒。故伺之擊㆑左則敗也。時新羅空㆑左備㆑右。於是、田道連㆓精騎㆒擊㆓其左㆒。新羅軍潰之。因縱㆑兵乘之、殺㆓數百人㆒。卽虜㆓四邑之人民㆒以歸焉。

五十五年、蝦夷叛之。遣㆓田道㆒令㆑擊。則爲㆓蝦夷㆒所敗、↓

一 上総国夷灊(いじ)郡(今、千葉県夷隅郡・勝浦市)とする説(通証・集解)と陸奥国牡鹿郡石巻をあてる説(通釈・地理志料・地名辞書)がある。
二 手にまく玉。
三 「取得」の「得」は俗語的な助字か。
四 この話は津田左右吉のいうように、蛇を霊物とする考や、蛇と死者とを連想する考から作られた説話であろう。
五 推古元年是歳条に「造二四天王寺於難波荒陵一」、同寺の御手印縁起に荒陵郷が見え、和名抄の摂津国西成郡安良郷はこれに当るという。大阪市四天王寺の西南の茶磨山とする説もある。
六 すなわち連理の木で、これを祥瑞とするのはもちろん中国思想によるものである。延喜治部式に、木連理を下瑞とする。捜神記(二十巻本)巻七に見える連理の木の話では、誅罰の木としてあつかい、反乱の前兆としている。
七 呉国→三七八頁注九。高麗国→補注9-九。このことも、もちろん確かな記録に拠った記事ではなく、疑わしい。
八 白鳥陵は景行四十年是歳条に見え、日本武尊の霊魂が白鳥となり、まず伊勢の能褒野、次に倭の琴弾原、さらに河内の旧市(ふるいち)に造った陵から次次ととびたったといわれ、この三つの陵を白鳥陵といったという。以下はその白鳥陵の陵守の話で記には見えない。
九 陵墓を守るものをいう。令には陵戸があって喪葬令・職員令、諸陵司条に規定してあるが、職員令集解の古記の引く別記ではその陵戸を陵守ともいったことがわかる。なお陵戸の名は顕宗元年五月条に見え、罪を犯した狭狭城山君韓俗宿禰の死を免じて陵戸にあてたとあり、令の陵戸の形成のことは持統五年十月条に見える。陵戸→五二一頁注二一・下補注30-一三。
10 後文にある如く陵守の身分をとどめ、普通の農民のように役を課するの意味。陵戸の場合、

伊峙水門[一]に死せぬ。時に從者有りて、田道の手纏[二]を取[三]り得て、其の妻に與ふ。乃ち手纏を抱きて縊き死ぬ。時人、聞きて流涕ぶ。是の後に、蝦夷、亦襲ひて人民を略む。因りて、田道が墓を掘る。則ち大蛇[四]有りて、目を發瞋して墓より出でて咋ふ。蝦夷、悉に蛇の毒を被りて、多に死亡ぬ。唯一二人免るること得つらくのみ。故、時人の云はく、「田道、既に亡にたりと雖も、遂に讎を報ゆ。何ぞ死にたる人の知無からむや」といふ。

五十八年の夏五月に、荒陵[五]の松林の南の道に當りて、忽に兩の歷木生ひたり。路を挾みて末[六]は合へり。

冬十月に、呉國[七]・高麗國、並に朝貢る。

六十年の冬十月に、白鳥陵[八]守[九]等を差して役丁[一〇]に充てつ。時に天皇、親ら役の所に臨みたまふ。爰に陵守目杵[一一]、忽に白鹿[一二]に化りて走ぐ。是に、天皇、詔して曰はく、「是の陵、本[一三]より空し。故、其の陵守を除めむと欲して、甫めて役丁に差せり。今是の怪者を視るに、甚だ懼し。陵守をな動[一四]しそ」とのたまふ。則ち且、土師連等[一五]に授く。

六十二年の夏五月に、遠江國司[一六]、表上言さく、「大きなる樹有りて、大井河[一七]より流れて、河曲に停れり。其の大きさ十圍[一八]。本は壹にして末は兩[一九]なり」とまうす。時に倭直[二〇]吾子籠を遣して船に造らしむ。而して南海より運して、難波津[二一]に將て來

りて、御船に充てつ。

是歳[二二]、額田大中彦皇子[二三]、闘鶏[二四]に獵したまふ。時に皇子、山の上より望りて、野の中を瞻たまふに、物有り。其の形廬の如し。乃ち使者を遣して視しむ。還り來て曰さく、「窟なり」とまうす。因りて闘鶏稲置大山主[二五]を喚して、問ひて曰はく、「其の野の中に有るは、何の窨ぞ」とのたまふ。啓して曰さく、「氷室[二六]なり」とまうす。

以死㆓于伊峙[1]水門㆒。時有㆓從者㆒、取㆓得田道之手纏㆒、與㆓其妻㆒。乃抱㆓手纏㆒而縊死。時人聞之流涕矣。是後、蝦夷亦襲之略㆓人民㆒。因以、掘㆓田道墓㆒。則有㆓大蛇㆒、發㆓瞋目㆒自㆑墓出以咋。蝦夷悉被㆓蛇毒㆒、而多死亡。唯一二人得㆑免耳。故時人云、田道雖㆓既亡㆒、遂報㆑讎[2]。何死人之無㆑知耶。

五十八年夏五月、當㆓荒陵松林之南道㆒、忽生㆓兩歷木㆒。挾㆑路而末合。○冬[3]十月、呉國・高麗國、並朝貢。

六十年冬十月、差㆓白鳥陵守等㆒充㆓役丁㆒。時天皇親[4]臨[5]㆓役所㆒。爰陵守目杵、忽化㆓白鹿㆒以走。於是、天皇詔之曰、是陵自㆑本空。故欲㆑除㆓其陵守㆒、而甫差㆓役丁㆒。今視㆓是怪者㆒、甚懼之。無㆓動陵守㆒者。則且、授㆓土師連等㆒。

六十二年夏五月、遠江國司表上言、有㆓大樹㆒、自㆓大井河㆒流之、停[6]㆓于河曲㆒。其大十圍。本壹[7]以末兩。時遣㆓倭直吾子籠㆒令㆑造㆑船。而自㆓南海㆒運之、將㆓來于難波津㆒、以充㆓御船㆒也。◎是歳、額田大中彥皇子、獵㆓于闘鶏㆒。時皇子自㆓山上㆒望之、瞻㆓野中㆒、有㆑物。其形如㆑廬。乃[8]遣㆓使者㆒令㆑視。還來之曰、窟也。因喚㆓闘鶏稲置大山主㆒、問之曰、有㆓其野中㆒者何窨[9]矣。啓之曰、氷室也。↓

百姓を陵戸にした時は徭役を免じることとなっていたが(↓持統五年十月条・㊦補注30-一三)、陵戸を免じれば徭役を課せられることになる。

一一 他に見えず。

一二 津田左右吉は、人が白鹿に化するというのは、中国の説話の翻案であろうとする。

一三 景行四十年是歳条に日本武尊の霊が次次と陵を飛びたったとあるのをさす。

一四 元のまま陵戸にしておくこと。

一五 土師連は葬事を掌る。↓二七四頁注六・七。土師連等に授くとは、陵守を土師連の管下におくことをさす。令制では土師宿禰が諸陵司の土部に任じ、陵戸が諸陵司のもとにおかれた。

一六 国司の語の初見であるが、遠江の国名も、国司という職名も、共に令制による知識。

一七 今の大井川。 一八 廐牧令に「周三尺為㆑囲」。

一九 ↓補注12-九。 二〇 ↓三八四頁注一〇。

二一 ↓三九九頁注一五。

二二 以下闘鶏の氷室の起源説話。記には見えず。

二三 ↓補注10-二。

二四 和名抄に、大和国山辺郡都介郷がある。今、奈良県山辺郡都祁村。延喜神名式に同郡都祁水分神社(奈良県山辺郡都祁村友田)がある。続紀、霊亀元年六月十日条には「開㆓大倭国都祁山之道㆒」などと見え、大和の東縁、伊賀に出る要地。

二五 允恭二年二月条に、皇后の忍坂大中姫が、むかし闘鶏国造に無礼があったので、それをとがめて姓を貶して稲置とした話が見える。↓四三六頁注一九。

二六 冬の氷を夏まで貯えて置くところ。ここは朝廷供御のための氷室で、延喜主水式に、山城に六、大和・河内・近江・丹波にそれぞれ一見えるが、そのうち「大和国山辺郡都介一所〈六丁輪㆓一駄㆒〉」と見えるのがこの話の闘鶏の氷室にあたる。大和志に「都介氷室、在㆓山田村㆒、隣村福住有㆓氷室神祠㆒」。

一 延喜主水式では供御の氷を奉るのは四月一日から九月三十日までとしてある。
二 飛驒国の宿儺という怪物と、和珥臣がこれを退治する話。記には見えない。
三 他に見えず。
四 胴体。
五 ヒカガミの古名。
六 →二二六頁注一四。
七 神功摂政元年三月条に和珥臣の祖武振熊が忍熊(おし)王を討ったことが見え、仲哀記ではこれを丸邇(わに)臣の祖、難波根子建振熊命としている。→補注9-二三。
八 百舌鳥野(→四〇九頁注一六)に同じ。和名抄に和泉国大鳥郡石津郷(今、大阪府堺市石津町付近)。姓氏録、和泉神別に石津連が見える。以下仁徳天皇の寿陵、百舌鳥野耳原陵(→四一六頁注五)の名の起源説話。記にはない。
九 吉備を前中後の三つに分けるのは天武朝より後のことであろうから、ここの国名は当然、それ以後の知識による表現。以下吉備国の大虬を笠臣の祖県守が退治する話。記には見えない。
一〇 備中国浅口郡(今、岡山県浅口郡・玉島市)の河部川(高梁川)か。応神二十二年九月条に川島県の名が見える。派は、川の股、川が枝になってわかれているところ。
一一 虬は、名義抄に「音球、竜」とある。また、大虬にミツチと訓がある。ミツチのミは、水。ツは、助詞のノにあたる。チは、霊魂の霊、つまり水の精霊。大蛇または竜をいう。

皇子の曰はく、「其の藏めたるさま如何に。亦奚にか用ふ」とのたまふ。曰さく、「土を掘ること丈餘。草を以て其の上に蓋く。敦く茅荻を敷きて、氷を取りて其の上に置く。既に夏月を經るに泮えず。其の用ふこと、即ち熱き月に當りて、水酒に漬して用ふ」とまうす。皇子、則ち其の氷を將て來りて、御所に獻る。天皇、歡びたまふ。是より以後、季冬[一]に當る毎に、必ず氷を藏む。春分に至りて、始めて氷を散る。

六十五年[二]に、飛驒國に一人有り。宿儺[三]と曰ふ。其れ爲人、體[四]を壹にして兩の面有り。面各相背けり。頂合ひて項無し。各手足有り。其れ膝有りて膕踵[五]無し。力多にして輕く捷し。左右に劒を佩きて、四の手に並に弓矢を用ふ。是を以て、皇命に隨はず。人民を掠略みて樂とす。是に、和珥臣[六]の祖難波根子武振熊[七]を遣して誅さしむ。

六十七年の冬十月の庚辰の朔甲申(五日)に、河内の石津原[八]に幸して、陵地を定めたまふ。丁酉(十八日)に、始めて陵を築く。是の日に、鹿有りて、忽に野の中より起りて、走りて役民の中に入りて仆れ死ぬ。時に其の忽に死ぬることを異びて、其の痍を探む。即ち百舌鳥、耳より出でて飛び去りぬ。因りて耳の中を視るに、悉に咋ひ割き剝げり。故、其の處を號けて、百舌鳥耳原と曰ふは、其れ是の緣なり。

是歲、吉備中國[九]の川嶋河[一〇]の派に、大虬[一一]有りて人を苦びしむ。時に路人、其の處に觸れて行けば、必ず其の毒を被りて、多に死亡ぬ。是に、笠臣の祖縣守、爲人勇捍しくして强力し。派淵に臨みて、三の全瓠を以て水に投れて曰はく、「汝屢毒を吐きて、路人を苦びしむ。余、汝虬を殺さむ。汝、是の瓠を沈めば、余避らむ。沈むること能はずは、仍ち汝が身を斬さむ」といふ。時に水虬、鹿に化りて、瓠を引き入る。瓠沈まず。卽ち劒を擧げて水に入りて虬を斬る。更に

皇子曰、其藏如何。亦奚用焉。曰、掘レ土丈餘。以レ草蓋ニ其上一。敦敷ニ茅荻一、取レ氷以置ニ其上一。既經ニ夏月一而不レ泮。其用之[1]、卽當ニ熱月一、漬ニ水酒一以用也。皇子則將ニ來其氷一、獻ニ于御所一。天皇歡之。自レ是以後、每レ當ニ季冬一、必藏レ氷。至ニ于春[2]分一、始散レ氷也。

六十五年、飛驒國有ニ一人一。曰ニ宿儺一。其爲人、壹レ體有ニ兩面一。面各相背。頂合無レ項。各有ニ手足一。其有レ膝而無ニ膕踵一。力多以輕捷。左右佩レ劍、四手並用ニ弓矢一。是以、不レ隨ニ皇命一。掠ニ略人民一爲レ樂。於是、遣ニ和珥臣祖難波根子武振熊一而誅之。

六十七年冬十月庚辰朔甲申[3]、幸ニ河內石津原一、以定ニ陵地[4]一。○丁酉、始築レ陵。是日、有レ鹿、忽起ニ野中一、走之入ニ役民之中一而仆死。時異ニ其忽死一、以探ニ其痍一。卽百舌鳥、自レ耳出之飛去。因視ニ耳中一、悉咋割剝。故號ニ其處一、曰ニ百舌鳥耳原一者、其是之緣也。◎是歲、於ニ吉備中國川嶋河派[5]一、有ニ大虬一令レ苦レ人。時路人觸ニ其處一而行、必被ニ其毒一、以多死亡。於是、笠臣祖縣守、爲人勇捍而强力。臨ニ派淵一、以ニ三全瓠一投レ水曰、汝屢吐レ毒、令レ苦ニ路人一。余殺ニ汝虬一。汝沈ニ是瓠一、則余避之。不レ能レ沈者、仍斬ニ汝身一。時水虬化レ鹿、以引ニ入瓠一。々不レ沈。卽擧レ劍入レ水斬レ虬。更→

二二 笠臣の始祖は鴨別で、吉備臣の祖御友別の弟。→補注10-二一。県守は他に見えず。

二三 ヒサゴの浮沈を問題にする説話は十一年十月条にも見える。

虬の黨類を求む。乃ち諸の虬の族、淵の底の岫穴[一]に滿めり。悉に斬る。河の水血に變りぬ。故、其の水を號けて、縣守淵[二]と曰ふ。此の時に當りて、妖氣稍に動きて、叛く者一二、始めて起る。是に、天皇、夙[三]に興き夜く寐ねまして、賦を輕くし斂を薄くして、民萌を寛にし、徳を布き惠を施して、困窮を振ふ。死を弔ひ疾を問ひて、孤孀を養ひたまふ。是を以て、政令流行れて、天下大きに平なり。二十餘年ありて事無し。

八十七年の春正月の戊子の朔癸卯(十六日)に、天皇、崩[四]りましぬ。

冬十月の癸未の朔己丑(七日)に、百舌鳥野陵[五]に葬りまつる。

日本書紀巻第十一

一 カフヤの訓、前本による。天本・勢本等、ユキカフイヤトとある。クキ(洞)がイハヤト(岩屋戸)の誤かとも思われるが、確実ではない。岫穴はクキと訓むべきところである。

二 未詳。岡山県倉敷市付近にあてる説もある。

三 以下「政令流行」までは、集解に淮南子、脩務訓の「湯夙興夜寐、以致二聡明一、軽レ賦薄レ斂、以寛二民氓一、布レ徳施レ恵、以振二困窮一、弔レ死問レ疾、以養二孤孀一、百姓親附、政令流行」を挙げている。編者が仁徳天皇を聖天子として描こうとしたことの一例であろう。

四 記に丁卯の年八月十五日崩とし、年齢を八十三歳とする。水鏡・皇代記などには百十歳とある。宋書、夷蛮伝、倭国条に「元嘉二年(四二五)、讃又遣二司馬曹達一奉レ表献二方物一、讃死弟珍立」とある。この讃は仁徳天皇のことと考えられている。→補注11―一。

五 記に毛受之耳原(もずのみみはら)。延喜諸陵式に「百舌鳥耳原中陵(難波高津宮御宇仁徳天皇。在二和泉国大鳥郡一。兆域東西八町。南北八町。陵戸五烟)」。陵墓要覧に所在地を大阪府堺市大仙(だいせん)町とし、前方後円墳、三重堀と注する。仁徳陵の壮大は有名で、前方後円墳の長軸は四八五メートル、前方部前面の幅三〇二メートル、高さは水面から前方部が三四メートル、後円部で三六メートル、三重の堀をめぐらし、総面積四六万四千平方メートル。周囲に陪塚(ばいちょう)十三を数え、築造には延一八〇万人以上を要したろうと計算されている。俗に大山陵(だいせんりょう)と称する。

求二虬之黨類一。乃諸虬族、滿二淵底之岫穴一。悉斬之。河水變レ血。故號二其水一、曰二縣守淵一也。當二此時一、妖氣稍動、叛者一二始起。於是、天皇夙興夜寐、輕レ賦薄レ斂[1]、以寬二民萌一、布レ德施レ惠、以振二困窮一。弔レ死問レ疾、以養二孤孀一。是以、政令流行、天[2]下大平。廿餘年無レ事矣。

八十七年春正月戊子朔癸卯、天皇崩。○冬十月癸未朔己丑、葬二于百舌鳥野陵一。

日本書紀卷第十一[3]

日本書紀 巻第十二

去來穂別天皇[一]　履中天皇
瑞齒別天皇[二]　反正天皇

去來穂別天皇　履中天皇

去來穂別天皇は、大鷦鷯天皇[三]の太子[四]なり。去來、此をば伊奘と云ふ。[五]母をば磐之媛命[六]と曰す。葛城襲津彦[七]の女なり。大鷦鷯天皇の三十一年の春正月に、立ちて[八]皇太子と爲りたまふ。時に年十五。[九]

八十七年の春正月に、大鷦鷯天皇崩りましぬ。太子、諒闇[一〇]より出でまして、未だ尊位に即きたまはざる間に、羽田矢代宿禰[一一]が女黒媛[一二]を以て妃[一三]とせむと欲す。納采[一四]既に訖りて、住吉仲皇子[一五]を遣して、吉日[一六]を告げしめたまふ。時に仲皇子、太子[一七]の名を冒へて、黒媛を奸しつ。是の夜、仲皇子、手の鈴[一八]を黒媛が家に忘れて歸りぬ。明日の夜、太子、仲皇子の自ら奸せることを知しめさずして到ります。乃ち室[一九]に入り帳を開けて、玉床に居します。時に床の頭に鈴の音有り。太子、異びたまひて、黒媛に問ひて曰はく、「何ぞの鈴ぞ」とのたまふ。對へて曰さく、「昨夜[二〇]、太子

一 仁徳紀には大兄去来穂別天皇、記には大江之伊邪本和気命とある。記伝は大江を大兄(→下補注17-四)の意とし、通釈は大江は難波海岸の地名で、書紀に大兄と記すのは借字とする。播磨風土記には大兄伊射報和気命とある。宋書、夷蛮伝に見える倭王讃をこの天皇にあてる説もある。理由はイザホワケのザと讃の音の通じること、反正にあてられる珍の兄としていることなどである。→補注11-一。

二 記には蝮之水歯別命。東京国立博物館所蔵の熊本県江田船山古墳出土の大刀の銘(→補注12-一)に「治天下獲□□□歯大王」とあるのはこの天皇のことと解され、また宋書に四三八年南朝の宋から安東将軍の爵号を得たとある倭王珍も、この天皇にあたると考えられる。→補注11-一。 三 仁徳天皇。 四 この場合は、第一皇子の意。→二二三頁注五。 五 →補注12-二。

六 仁徳天皇の皇后。→三九〇頁注一。

七 →補注9-二五。 八 →仁徳三十一年正月条。

九 仁徳三十一年に十五歳だとすると、その出生は仁徳十七年になる。しかし仁徳七年八月条に大兄去来穂別皇子のために壬生部(みぶ)を定むとあり、この年を誕生の年としても、仁徳三十一年には二十五歳となる。また履中六年三月条の分注に天皇の年齢を七十としているが、それから計算すると、天皇は仁徳二十四年の誕生、仁徳三十一年には八歳となる。

一〇 父仁徳天皇の喪に服する期間。諒闇→二一九頁注三一。以下四二四頁八行までは、仁徳天皇崩後の皇位継承をめぐる争いの話。記にも類似の記載がある。 一一 →補注10-一二。

一二 元年七月条に見える葛城氏所出の葦田宿禰(→補注12-四)の女とする皇妃黒媛とおそらく同一人物だが、父が違うのは異種の所伝であろう。→四二四頁注二二。

一三 皇太子妃。しかしこれは書紀編纂時の、律

の齎ちたまへりし鈴に非ずや。何ぞ更に妾に問ひたまふ」とまうす。太子、自づから仲皇子の、名を冒へて黒媛を姧ししことを知しめして、則ち默ありて避りたまひぬ。二一爰に仲皇子、事有らむことを畏りて、太子を殺せまつらむとす。密に兵を興して、二二太子の宮を圍む。時に二三平群木菟宿禰・二四物部大前宿禰・二五漢直の祖阿知使主、三人、太子に二六啓す。太子、信けたまはず。二七一に云はく、太子醉ひて起きたまはずといふ。故、三人、

日本書紀巻第十二

去來穗別天皇　履中天皇

瑞齒別天皇　反正天皇

去來穗別天皇　履中天皇

去來穗別天皇、大鷦鷯天皇太子也。去来、此云二伊奘一。母曰二磐之媛命一。葛城襲津彥女也。大鷦鷯天皇卅[1]一年春正月、立爲二皇太子一。時年十五。○八十七年春正月、大鷦鷯天皇崩。太子[2]自二諒闇一出之、未レ卽二尊位一之間、以二羽田矢代宿禰之女黑媛[3]一欲レ爲レ妃。納采既訖、遣二住吉仲皇子一、而告二吉日一。時仲皇子、冒二太子名一、以姧二黑媛[4]一。是夜、仲皇子忘二手鈴[5]於黑媛之家一而歸焉。明日之夜、太子不レ知二仲皇子自姧一而到之。乃入レ室開レ帳、居二於玉床一。時[6]床頭有二鈴音一。太子異之、問二黑媛[7]一曰、何鈴也。對曰、昨夜之非二太子所齎鈴一乎。何更問レ妾。太子自知三仲皇子冒レ名以姧二黑媛[8]一、則默之避也。爰仲皇子畏レ有レ事、將レ殺二太子一。密興レ兵、圍二太子宮一。時平群木菟宿禰・物部大前宿禰・漢直祖阿知使主、三人、啓二於太子一。太子[9]不レ信。一云、太子醉以不レ起。故三人↓

令制度のととのった時代の観念による書き方。

一四 納采→三八八頁注八。ここは婚約がととのったことの漢文的修辞。

一五 天皇の同母弟。→三九〇頁注三。記には皇子が黒媛を姧したことは見えていない。おそらく書紀の編者が乱の原因を説明するために付加したものであろう。

一六 婚礼を行うのに適当と定められた日。

一七 太子(去来穂別皇子)だと偽わって。冒は、この場合は漢文的な修辞の色が濃い。

一八 手に持つ鈴。万葉三三に「巻き持てる　小鈴もゆらに　手弱女に　われはあれども」云云とある。

一九 室は、寝室。→四〇五頁注一一。帳は寝台をおおうカーテン様の布幕、玉床は美しい寝台で、いずれも中国風の修辞。

二〇 キズはキゾの転。キゾは万葉に伎賊とあり、昨夜の意。→補注5-二。

二一 記には「其弟墨江中王、欲レ取二天皇一以火著二大殿一」とある。

二二 父仁徳天皇の難波高津宮(→三八八頁注一四)にあった皇太子の宮殿。記には「本坐二難波宮一之時」とある。

二三 →補注10-一二。なお記にはこの伝承に関して平群木菟宿禰・物部大前宿禰の名は見えない。

二四 旧事紀、天孫本紀には、神饒速日尊十一世の孫、氷連等の祖、麦入宿禰の子、母は物部目古連公の女全能媛とし、「石上穴穂宮御宇天皇(安康天皇)御世、元為二大連一、次為二宿禰一、奉レ斎二神宮一」とある。安康即位前紀に、木梨軽太子が穴穂皇子(安康天皇)と戦わんとして宿禰の家にかくれ、自殺したことが見える。物部連→二一〇頁注八。

二五 →三七四頁注一・二。記には「於レ是倭漢直之祖、阿知直盗出而、乗二御馬一令レ幸二於倭一」とある。

二六 →二五二頁注九。

二七 記には「坐二大嘗一而為二豊明一之時、於二大御酒一宇良宜而大御寝也」とある。

太子を扶けまつりて、馬に乗せまつりて逃げぬ。一に云はく、大前宿禰、太子を抱きまつりて馬に乗せまつれりといふ。仲皇子、太子の在す所を知らずして、太子の宮を焚く。通夜、火滅えず。太子、河内國の埴生坂[一]に到りまして醒めたまひぬ。難波を顧み望る。火の光を見して大きに驚く。則ち急に馳せて、大坂[二]より倭に向ひたまふ。飛鳥山[三]に至りまして、少女に山口[四]に遇へり。問ひて曰はく、「此の山に人有りや」とのたまふ。對へて曰さく、「兵[五]を執れる者、多に山中に滿めり。廻りて當摩徑[六]より踰えたまへ」とまうす。太子、是に、以爲さく、少女の言を聆きて、難に免るること得つとおもほして、則ち歌して曰はく、

[七]大坂に　遇ふや少女を　道問へば　直には告らず　當摩徑を告る

則ち更に還りたまひて、當縣[八]の兵を發して、從身へまつらしめて、龍田山[九]より踰えたまふ。時に數十人の、兵を執りて追ひ來る有り。太子、遠に望して曰はく、「其れ彼の來るは、誰人ぞ。何ぞ歩行ること急き。若し賊人か」とのたまふ。因りて山中に隠れて待ちたまふ。近きぬるときに、則ち一人を遣して、問はしめて曰はく、「曷人ぞ。且何處にか往く」とのたまふ。對へて曰さく、「淡路の野嶋[一〇]の海人なり。阿曇連濱子[一一]、一に云はく、阿曇連黒友といふ。仲皇子の爲に、太子を追はしむ」とまうす。是に、伏兵を出して圍む。悉に捕ふること得つ。是の時に當りて、倭直[一二]吾子籠、素より仲皇子に好し。預め其の謀を知りて、密に精兵數百を攬食[一三]の栗林に聚へて、

一 記には波邇賦坂。今、大阪府羽曳野市野々上。堺市から東方、羽曳野市古市にいたる竹内街道が丘陵地帯をこえる付近。大化五年三月条の丹比坂(たぢひのさか)と同一であろう。仁賢十一年十月条に埴生坂本陵が見える。

二 和名抄に大和国葛上郡大坂郷(今、奈良県北葛城郡香芝町逢坂)。二上山の北を河内から大和へ抜ける、いわゆる穴虫越にあたる。

三 大阪府羽曳野市駒ヶ谷付近の山地。穴虫越の山路にあたる。奈良県高市郡の飛鳥とは別。

四 記には「到二幸大坂山口一之時」とある。飛鳥山の登り口のこと。

五 ツハモノは、兵器。

六 当摩は、和名抄に大和国葛下郡当麻郷(今、奈良県北葛城郡当麻村)。当摩径は、大阪府南河内郡太子町から二上山の南を大和へ抜ける、いわゆる竹ノ内越。記には当岐麻道とある。

七 〔歌謡㊃〕大坂で遇った少女に道をたずねると、真直ぐに行く道は教えず、迂回する当麻道を教えてくれたの意。アフヤのヤは、調子を添えるための間投助詞。少女ヲのヲは、間投助詞。今日ならば、少女ニというところ。当時は、問フという動詞は、ニ問フといわず、ヲ問フという形で使われた。タダニハは、真直ぐに行く道、つまり、大坂越えの道はの意。ノルは、大声で、他人に向かって順序立てて言ってきかせる意。なお、記にはこれと同じ歌謡のほか、この前に多遅比野で太子が歌った歌謡二つをのせる。

八 具体的に特定の県(アガタ)をさすのではなく、漢文的な修辞であろう。→二六四頁注四。

九 奈良県生駒郡三郷村西方の山。大坂や当摩径より北方、大和川の北岸沿いに河内から大和に入る交通路、後の亀ノ瀬越にあたる。なお以下の竜田山中での事件については、記に記載がない。

一〇 野島は兵庫県津名郡(淡路島)北淡町野島付

近。万葉九三三・九三四に「野島の海人」が見える。淡路の海人については、応神二十二年三月条に淡路の御原の海人八十人、仁徳即位前紀に淡路の海人八十が見える。海人→補注10-一〇。

一一 のち去来穂別皇子に捕えられ、元年四月、墨刑に処せられたとある。阿曇連は、海人の管掌者。→九五頁注二六。

一二 倭直→一九〇頁注七。吾子籠→三八四頁注一〇。以下の吾子籠に関する伝承も、記には見えない。仁徳即位前紀には、韓国に遣わされた吾子籠をめすために淡路の海人を水手として派遣したとある。

一三 所在未詳。和名抄には大和国忍海郡栗栖郷(今、奈良県御所市北部)が見え、万葉九七〇には「栗栖の小野」がある。

一四 竜田山。→注九。

一五 サトは、里数の里を訓読した語。書紀の古訓。

一六 また・更になどの意。

仲皇子の爲に、太子を拒きまつらむとす。時に太子、兵の塞れることを知しめさずして、山を出でて行でますこと數里。兵衆、多に塞りて、進み行でますこと得ず。乃ち使者を遣して、問はしめて曰はく、「誰人ぞ」とのたまふ。對へて曰さく、「倭直吾子籠なり」とまうす。便ち還りて使者に問ひて曰さく、「誰が使ぞ」とまうす。曰はく、「皇太子の使なり」といふ。時に吾子籠、其の軍衆の多に在るに憚りて、

扶二太子一、令レ乘レ馬而逃之。一云、大前宿禰、抱二太子一而乘レ馬。仲皇子不レ知二太子所[1]レ在、而焚二太子宮一。通夜火不レ滅。太子到二河内國埴生坂一而醒之。顧二望難波一。見二火光一而大驚。則急馳之、自二大坂一向レ倭。至二于飛鳥山一、遇二少女於山口一。問之曰、此山有レ人乎。對曰、執レ兵者多滿二山中一。宜廻自二當摩徑一踰之。太子、於是、以爲、聆二少女言一、而得レ免レ難、則歌之曰、於朋佐箇珥、阿布夜烏等謎烏、瀰知度沛᠎麼、哆駄珥破能邏孺、哆[2]（[3]）摩知烏能流。則更還之、發二當縣兵一、令二從身一、自二龍田山一踰之。時有二數十人執レ兵追[4]來一。太子遠望之曰、其彼來者誰人也。何步行急之。若賊人乎。因隱二山中一而待之。近則遣二一人一、問曰、曷人。且何處往矣。對曰、淡路野嶋之海人也。阿曇連濱子一云、阿曇連黑友。[5]爲二仲皇子一、令レ追二太子一。於是、出二伏兵一圍之。悉得[6]レ捕。當二是時一、倭直吾子籠、素好二仲皇子一。預知二其謀一、密聚二精兵數百於攪食栗林一、爲二仲皇子一、將レ拒二太子一。時太子不レ知二兵塞一、而出レ山行數里。兵衆多塞、不レ得二進行一。乃遣二使者一、問曰、誰人也。對曰、倭直吾子籠也。便還問二使者一曰、誰使焉。曰、皇太子之使。時吾子籠、憚二其軍衆多在一、→

乃ち使者に謂りて曰さく、「傳に聞く、皇太子、非常之事[一]有しますと。助けまつらむとして兵を備へて待ちたてまつる」とまうす。然るに太子、其の心を疑ひて殺したまはむとす。則ち吾子籠愕ぢて、己が妹日之媛[二]を獻る。仍りて死罪赦されむと請す。乃ち免したまふ。其れ倭直[三]等、采女貢ること、蓋し此の時に始るか。太子、便に石上[四]の振神宮に居します。是に、瑞歯別皇子[五]、太子の在しまさぬことを知しめして、尋ねて追ひ詣きたまへり。然るに太子、弟王の心を疑ひて喚さず。時に瑞歯別皇子、謁さしめて曰したまはく、「僕、黒心無し。唯太子の在しまさぬことを愁へて、參赴つらくのみ」とまうしたまふ。爰に太子、傳へて[六]弟王に告さしめて曰はく、「我、仲皇子の逆ふるに畏りて、獨避りて此に至れり。何ぞ[七]且汝を疑はざらむ。其れ仲皇子在るは、獨猶我が病たり。遂に[八]除はむと欲ふ。故、汝、寔に異心勿く[九]は、更難波に返りて、仲皇子を殺せ。然して後、乃ち見む」とのたまふ。瑞歯別皇子、太子に啓して曰したまはく、「大人[一〇]、何ぞ憂へますこと甚しき。今仲皇子、無道く[一一]、群臣及び百姓、共に惡み怨む。復其の門下[一二]の人も、皆叛きて賊と爲る。獨居て[一三]誰と與に議ること無し[一四]。臣、其の逆ふることを知ると雖も、未だ太子の命を受けず。故、獨慷慨みつらくのみ。今既に命を被りぬ。豈仲皇子を殺すに難らむや。唯獨懼るらくは、既に仲皇子を殺すとも、猶且臣を疑ひたまはむか。冀はくは、見に[一五]忠直しき者を得て、臣が不欺なることを明さむと欲ふ」とまうしたま

一 オモホエヌコトは、予想できないことの意。非常で予期し得ない事態をいう。

二 雄略二年十月条にも倭采女日媛が見える。本来は倭直氏の采女貢進に関する伝承中の人物で、書紀ではその所伝が履中朝・雄略朝のこととして分断されて記載されたのであろう。

三 倭直氏は大和神社をまつる大和の国造で、吾子籠も雄略二年十月条には大倭国造とある。→一九〇頁注七。采女は、本来、国造などの地方豪族から服属の表徴として朝廷に貢進された一族の子女。→四〇八頁注一・下補注23－二。

四 石上神宮。→補注1－一〇〇。

五 後の反正天皇。皇太子去来穂別皇子および住吉仲皇子の同母弟。

六 直接対面せず、人を介して。

七 どうして汝を疑わずにいられよう。

八 だから。事の成行きとしての意。

九 ナクハのハは清音。

一〇 大人は、中国では、徳のある者・長上などに対する尊称。ウシ→一三四頁注一八。

一一 アヅキナシ→八八頁注二。

一二 家のなかにいる家族以外の人。ここでは住吉仲皇子の配下の者までが皇子に離反していることをいう。

一三 住吉仲皇子が孤立して、誰も相談相手になる者がない。

一四 いきどおりなげく。ネタミツラク→二〇五頁注一五。

一五 住吉仲皇子を討つにあたり、皇太子から心の正しい人をつかわしてもらい、その人によって自分の皇太子に対する忠誠を現実のものとして証明したいの意。

ふ。太子、則ち木菟宿禰[一六]を副へて遣す。爰に瑞歯別皇子、歎きて曰はく、「今太子と仲皇子と、並に兄なり。誰にか従ひ、誰にか乖かむ。然れども道[一七]無きを亡し、道有るに就かば、其れ誰か我を疑はむ」とのたまふ。則ち難波に詣りまして、仲皇子の消息を伺ひたまふ。仲皇子、太子已に逃亡げたまひたりと思ひて、備無し。時に近く習[一八]へまつる隼人有り。刺領巾[一九]と曰ふ。瑞歯別皇子、陰に刺領巾を喚して、

一六 平群木菟宿禰。→補注10―一二。木菟宿禰派遣のことは、記には見えない。
一七 論語、顔淵篇に「如殺㆓無道㆒以就㆓有道㆒」とある。
一八 近習→二七二頁注六。隼人は、南九州の異民族で、朝廷に奉仕して天皇・皇子の護衛となり、また軍隊となった。→補注2―一八。
一九 記には曾婆加理・曾婆訶理(そばかり)とある。

乃謂㆓使者㆒曰、傳聞、皇太子有㆓非常之事㆒。將㆑助以備㆑兵待之。然太子疑㆓其心㆒欲㆑殺。則吾子籠愕之、獻㆓己妹日之媛㆒。仍請㆑赦㆓死罪㆒。乃免之。其倭直等貢㆓采女㆒、蓋始㆓于此時㆒歟。太子便居㆓於石上振神宮㆒。於是、瑞歯別皇子、知㆓太子不㆑在、尋之追詣。然太子疑㆓弟王之心㆒而不㆑喚。時瑞歯別皇子令㆑謁曰、僕無㆓黑心㆒。唯愁㆓太子不㆑在、而參赴耳[1]。爰太子傳告㆓弟王㆒曰、我畏㆓仲皇子之逆㆒、獨避至㆓於此㆒。何且非㆑疑㆑汝耶。其仲皇子在之、獨猶爲㆓我病㆒。遂欲㆑除。故汝寔[2]勿㆓異心㆒、更返㆓難波㆒、而殺㆓仲皇子㆒。然後、乃見焉。瑞歯別皇子啓㆓太子㆒曰、大人何憂之甚也。今仲皇子無道、群臣及百姓、共惡怨之。復其門下人、皆叛爲㆑賊。獨居之無㆓與㆑誰議㆒。臣雖㆑知㆓其逆㆒、未㆑受㆓太子命㆒之。故獨慷慨之耳。今既被㆑命。豈[3]難㆓於殺[4]㆓仲皇子㆒乎。唯獨懼之、既殺㆓仲皇子㆒、猶且疑㆑臣歟。冀見得㆓忠直者㆒、欲㆑明㆓臣之不㆑欺。太子則副㆓木菟宿禰㆒而遣焉。爰瑞歯別皇子歎之曰、今太子與㆓仲皇子㆒並兄也。誰從矣、誰乖矣。然亡㆑無㆑道、就㆑有㆑道、其誰疑㆑我。則詣㆓于難波㆒、伺㆓仲皇子之消息㆒。仲皇子思㆓太子已逃亡㆒、而無㆑備。時有㆓近習隼人㆒。曰㆓刺領巾㆒。瑞歯別皇子、陰喚㆓刺領巾㆒、↓

一 勧誘し、そそのかすこと。二 住吉仲皇子。三 錦の衣と袴と。褌は、すその短いズボン様のはきもの。隼人に賜わった故に褌と称したものか。景行十二年九月条に「赤衣・褌」を筑紫の麻剝の賊徒に賜わったとある。→二八八頁注一三。四 厠は、和名抄、居処部に加波夜と訓む。類似の所伝として、景行記に小碓命(日本武尊)が兄の大碓命を厠に入った時に捕えたとある。五 この部分、記では、瑞歯別皇子が隼人曾婆訶理をともなって難波から大和へ向う途中、大坂の山口で隼人の不義を察し、宴席をもうけて隼人に大臣位を賜わった上で、奇計を用いてそれを殺害したとする。六 刺領巾は、他人のために

誂へて曰はく、「我が爲に皇子を殺しまつれ。吾、必ず敦く汝に報せむ」とのたまふ。乃ち錦の衣・褌を脱ぎて與へたまふ。刺領巾、其の誂へたまふ言を恃みて、獨矛を執りて、仲皇子の廁に入るを伺ひて刺し殺しつ。即ち瑞齒別皇子に隷きぬ。是に、木菟宿禰、瑞齒別皇子に啓して曰さく、「刺領巾、人の爲に己が君を殺せまつる。其れ我が爲に大きなる功有りと雖も、己が君にして慈無きこと甚し。豈生くること得むや」とまうす。乃ち刺領巾を殺しつ。即日、倭に向ふ。夜半に、石上に臻りて復命す。是に、弟王を喚して敦く寵みたまふ。仍りて村合屯倉を賜ふ。是の日に、阿曇連濱子を捉ふ。

元年の春二月の壬午の朔に、皇太子、磐余稚櫻宮に即位す。

夏四月の辛巳の朔丁酉(十七日)に、阿曇連濱子を召して、詔して曰はく、「汝、仲皇子と共に逆ふることを謀りて、國家を傾けむとす。罪、死に當れり。然るに大きなる恩を垂れたまひて、死を免して墨に科す」とのたまひて、即日に黥む。此に因りて、時人、阿曇目と曰ふ。亦濱子に從へる野嶋の海人等が罪を免して、倭の蔣代屯倉に役ふ。

秋七月の己酉の朔壬子(四日)に、葦田宿禰が女黑媛を立てて皇妃とす。妃、磐坂市邊押羽皇子・御馬皇子・青海皇女一に曰はく、飯豐皇女といふ。を生めり。次妃幡梭皇女、中磯皇女を生れませり。是年、太歲庚子。

己の君主を殺した。それは私には大功であるが、己の君主としては…。記にも、瑞歯別皇子の考えたこととして、「曾婆訶理、為レ吾雖レ有二大功一、既殺二己君一是不レ義…」とある。いずれも儒教的な考えかた。七 履中記では大坂の山口で一泊、大和の飛鳥で祓禊のために一泊し、石上に至ったとあるが、これは近飛鳥(河内)・遠飛鳥(大和)の地名の起源を説明するためのもの。書紀は瑞歯別皇子の忠誠を示すため、石上に急行したさまに記す。八 石上神宮。皇太子去来穂別皇子の居所。九 命令をうけてしたことの結果を報告すること。この場合は住吉仲皇子を殺害したこと。一〇 瑞歯別皇子。一一 所在未詳。神代紀第七段第三の一書に「天邑幷田(あめのむらあはせだ)」が見える。屯倉→[下]補注18-一三。一二 上文(四二〇頁)に、阿曇連浜子の配下の海人たちが住吉仲皇子のために去来穂別皇子を追い、竜田山で捕えられたとある。→四二〇頁注一一。一三 去来穂別皇子、履中天皇。一四 二年十月条にも「都二於磐余一」とあり、三年十一月条に宮号の由来に関する説話が見える。神功摂政三年正月条に「都二於磐余一〈是謂二若桜宮一〉」とあり、古語拾遺は、神功皇后の時代を「磐余稚桜朝」、履中天皇の時代を「後磐余稚桜朝」と記す。奈良県桜井市池之内付近か。→補注9-二四。一五 天皇を殺害しようとすること。一六 顔(主として額)に入れ墨を行う中国の刑罰。おそらく海人の阿曇部が行なっていた入れ墨の慣習を、中国風の思想から説いた起源説話であろう。この阿曇目に関する伝承も記には見えない。→補注12-三。一七 黥は、説文に「墨刑在レ面也」とあり、顔面に入れ墨をすること。日本の場合、眼のふちに入れ墨をしたのでメサキキザム(目割き、刻む意)と訓むのであろう。→補注12-三。一八 阿曇部に特徴的な目の意。一九 →四二〇頁注一〇。二〇 所在未詳。二一 →補注12-四。

二二 記には黒比売命。五年九月没し、十月葬られた。即位前紀には羽田矢代宿禰の女とする。→四一八頁注一一。 二三「皇妃」の用例は、履中紀のこの黒媛に関する場合のみ。黒媛の没後、六年正月草香幡梭皇女が皇后に立てられるので、皇后に准ずる者としてかく書きわけたものか。いずれにしても、書紀編纂当時の後宮制度の観念による表現である。 二四・二五 →補注12-五。 二六・二七 →補注15-二。イヒドヨは鳥の名。フクロウのこと。皇極三年三月条に休留、天武十年八月条に茅鴟と書く。和名抄、羽族部に楊氏漢語抄を引いて鵂鶹を以比止与とよみ、新撰字鏡に「鵋、伊比止与、又与太加」とある。 二八 草香幡梭皇女。仁徳天皇皇女の幡梭皇女とは別人か。この皇女を妃としたことは記に見えない。六年正月立后。→補注11-三。 二九 →補注12-五。 三〇 →補注3-四。 三一 皇太子。反正即位前紀にも、二年に立太子とある。 三二 磐余稚桜宮。→元年二月条。 三三 →補注10-一二。平群木菟宿禰以下が国事を執ったこと、記には見えない。 三四 →補注12-六。 三五 →補注12-七。 三六 →補注12-八。 三七 国の政治を行うこと。応神四十年正月条に「以㆓大鷦鷯尊㆒、為㆓太子輔㆒之、令ㇾ知㆓国事㆒」(三八〇頁三―四行)とある。平群・蘇我・物部は、いずれも後に大臣・大連となる氏族。ここはその伏線として、七世紀に付加された伝承か。→補注14-四。 三八 三年十一月条の磐余市磯池と同一であろう。継体七年九月条の歌謡に「つのさはふ 磐余の池」、万葉四一六の大津皇子の歌に「ももづたふ 磐余の池」とある。奈良県桜井市池之内、天香久山の東北にあった池か。磐余→一八八頁注一。 三九 以下は、稚桜宮・稚桜部造・稚桜部臣の名の由来に関する説話。記には「亦此御世、於㆓若桜部臣等㆒、賜㆓若桜部名㆒…」とあるのみでこの話は見えない。 四〇 →補注12-九。 四一 →注三八。

二年の春正月の丙午の朔己酉(四日)に、瑞歯別皇子を立てて儲君とす。

冬十月に、磐余に都つくる。是の時に當りて、平群木菟宿禰・蘇賀滿智宿禰・物部伊莒弗大連・圓 圓、此をば豆夫羅と云ふ。大使主、共に國事を執れり。

十一月に、磐余池を作る。

三年の冬十一月の丙寅の朔辛未(六日)に、天皇、兩枝船を磐余市磯池に泛べたまふ。

而誂之曰、為ㇾ我殺㆓皇子㆒。吾必敦報ㇾ汝。乃脱㆓錦衣褌㆒與之。刺領巾恃㆓其誂言㆒、獨執ㇾ矛、以伺㆓仲皇子入ㇾ廁而刺殺。即隷㆓于瑞齒別皇子㆒。於是、木菟宿禰、啓㆓於瑞齒別皇子㆒曰、刺領巾為ㇾ人殺㆓己君㆒。其為ㇾ我雖ㇾ有㆓大功㆒、於㆓己君㆒無ㇾ慈之甚矣。豈得ㇾ生乎。乃殺㆓刺領巾㆒。即日、向ㇾ倭也。夜半、臻㆓於石上㆒而復命。於是、喚㆓弟王㆒以敦寵。仍賜㆓村合屯倉㆒。是日、捉㆓阿曇連濱子㆒。

元年春二月壬午朔、皇太子即㆓位於磐余稚櫻宮㆒。○夏四月辛巳朔丁酉、召㆓阿曇連濱子㆒、詔之曰、汝與㆓仲皇子㆒共謀ㇾ逆、將ㇾ傾㆓國家㆒。罪當㆓于死㆒。然垂㆓大恩㆒、而免ㇾ死科ㇾ墨、即日黥之。因ㇾ此、時人曰㆓阿曇目㆒。亦免㆘從㆓濱子㆒野嶋海人等之罪㆖、役㆓於倭蔣代屯倉㆒。○秋七月己酉朔壬子、立㆓葦田宿禰之女黑媛㆒為㆓皇妃㆒。々生㆓磐坂市邊押羽皇子・御馬皇子・青海皇女㆒ 一曰、飯豐皇女。次妃幡梭皇女、生㆓中磯皇女㆒。◎是年也、太歲庚子。

二年春正月丙午朔己酉、立㆓瑞齒別皇子㆒為㆓儲君㆒。○冬十月、都㆓於磐余㆒。當㆓是時㆒、平群木菟宿禰・蘇賀滿智宿禰・物部伊莒弗大連・圓 圓、此云㆓豆夫羅㆒。大使主、共執㆓國事㆒。

○十一月、作㆓磐余池㆒。

三年冬十一月丙寅朔辛未、天皇泛㆓兩枝船于磐余市磯池㆒。→

皇妃[一]と各分ち乗りて遊宴びたまふ。膳臣余磯[二]、酒献る。時に櫻の花、御盞に落れり。天皇、異びたまひて、則ち物部長眞膽連[三]を召して、詔して曰はく、「是の花、非時[四]にして來れり。其れ何處の花ならむ。汝、自ら求むべし」とのたまふ。是に、長眞膽連、獨花を尋ねて、掖上室山[五]に獲て、獻る。天皇、其の希有しきことを歡びて、卽ち宮の名としたまふ。故、磐余稚櫻宮[六]と謂す。其れ此の縁なり。是の日に、長眞膽連の本姓を改めて、稚櫻部造[七]と曰ふ。又、膳臣余磯を號けて、稚櫻部臣[八]と曰ふ。

四年の秋八月の辛卯の朔戊戌(八日)に、始めて諸國に國史[九]を置く。言事を記して、四方の志[一〇]を達す。

冬十月に、石上溝[一一]を掘る。

五年の春三月の戊午の朔に、筑紫[一二]に居します三の神、宮中に見えて、言はく、「何[一三]ぞ我が民を奪ひたまふ。吾、今汝に慚みせむ」とのたまふ。是に、禱[一四]りて祠らず。

秋九月の乙酉の朔壬寅(十八日)に、天皇、淡路嶋に狩したまふ。是の日に、河内[一五]の飼部等、從駕へまつりて轡[一六]に執けり。是より先に、飼部の黥[一七]、皆差えず。時に嶋[一八]に居します伊奘諾神、祝[一九]に託りて曰はく、「血の臭きに堪へず」とのたまふ。因りて、卜ふ。兆[二〇]に云はく、「飼部等の黥の氣を惡む」といふ。故、是より以後、

一 黒媛。→四二四頁注二二。二 旧事紀、国造本紀、若狭国造の項に「遠飛鳥朝(允恭天皇)御代、膳臣祖佐白米命児荒礪命定₂賜国造₁」とあるのは、同一人物に関する所伝か。膳臣は、天皇の食膳のことに奉仕する膳部を管掌する氏族。→二三二頁注四・下補注18-一。三 姓氏録、右京神別、若桜部造の項に、神饒速日命三世の孫出雲色男命の後、四世の孫とある。物部連→二一〇頁注八。四 咲くべき時季でないのに咲いた花。→二七九頁注一八。五 掖上→二一四頁注二五。室山は、和名抄に見える大和国葛上郡牟婁郷、今、奈良県御所市室付近の山か。

六 →四二四頁注一四。

七 姓氏録、右京神別、若桜部造の項には、神饒速日命三世の孫出雲色男命の後とあり、同和泉神別の若桜部造の項には、神饒速日命七世の孫止智尼大連の後とある。八 天武十三年十一月朝臣姓を賜わる。姓氏録、右京皇別に若桜部朝臣を載せ、阿倍朝臣と同氏、大彦命の孫伊波我牟都加利命(→三一四頁注一〇)の後とする。

九 →補注12-一〇。このことは記に見えない。

一〇 国内の情勢を報告すること。一一 奈良県天理市布留付近に作られた用水路。斉明二年是歳条に、香山の西から石上山まで渠を穿ったとある。

一二 筑前国宗像神社の田心姫・湍津姫・市杵島姫の三女神。以下五年条の終りまでの三神の祟りに関する説話は、記には見えない。胸形氏の伝承によるものであろう。→一〇六頁注一二・一〇九頁注一〇—一二。

一三 十月条に、車持君が筑紫に赴き、車持部を検校し、充神者を奪ったことが見える。一四 祈禱だけを行なって、三神に対する祭祀を行なわなかったこと。一五 飼部(うまかひ)は馬の調習・飼養のことにあたる部民で、河内は大和とともにその主たる居住地。→補注9-七。延喜左馬式に河内国の飼戸として左馬寮一百八烟・右馬寮五

[二一]頓に絶えて飼部を黥せずして止む。癸卯（十九日）に、風の聲の如くに、大虛に呼ふこと有りて曰はく、「[二二]劒刀太子王」といふ。亦呼ひて曰はく、「[二三]鳥往來ふ羽田の汝妹は、[二四]羽狹に葬り立往ちぬ」といふ。[二五]汝妹、此をば儺邇毛と云ふ。亦曰はく、「[二六]狹名來田蔣津之命、羽狹に葬り立往ちぬ」といふ。俄にして使者、忽に來りて曰さく、「皇妃、薨りましぬ」とまうす。天皇、大きに驚きて、便ち[二七]駕命りて歸りたまふ。丙午（二十二日）に、

與二皇妃一各分乘而遊宴。膳臣余磯獻レ酒。時櫻花落二于御盞一。天皇異之、則召二物部長眞膽連一、詔之曰、是花也、非時而來。其何處之花矣。汝自可レ求。於是、長眞膽連、獨尋レ花、獲二于掖上室山一、而獻之。天皇歡二其希有一、卽爲二宮名一。故謂二磐余稚櫻宮一。其此之緣也。是日、改二長眞膽連之本姓一、曰二稚櫻部造一。又號二膳臣余磯一、曰二稚櫻部臣一。

四年秋八月辛卯朔戊戌、[1]始之於二諸國一置二國史一。記二言事一達二四方志一。○冬十月、堀二石上溝一。

五年春三月戊午朔、於二筑紫一所居三神、見二于宮中一、言、何奪二我民一矣。吾今慚レ汝。於是、禱而不レ祠。○秋九月乙酉朔壬寅、天皇狩二于淡路嶋一。是日、河內飼部等、從駕執レ轡。先レ是、飼部之黥皆未レ差。時居レ嶋伊奘諾神、託レ祝曰、不レ堪二血臭一矣。因以、卜之。兆云、惡二飼部等黥之氣一。故自レ是以[2]後、頓絕以[8]不レ黥二飼部一而止之。○癸卯、有下如二風之聲一、呼中於大虛上曰、劒刀太子王也。亦呼之曰、鳥往來羽田之汝妹者、羽狹丹葬立往。汝妹、此云二儺邇毛一。亦曰、狹名來田蔣津之命、羽狹丹葬立往也。俄而使者忽來曰、皇妃薨。天皇大驚之、便命レ駕而歸焉。○丙午、↓

十一烟がある。これを管掌する伴造に、河内馬飼首（継体元年正月条）・川内馬飼造（天武十二年九月条）・娑羅羅馬飼造（天武十二年十月条）・菟野馬飼造（同）があり、霊異記、中第四十一には河内国更荒郡馬甘里が見える。[一六] 轡は、和名抄、調度部に「久豆和都良、俗云久都和」とある。「執レ轡」とは、くつわにつけるたづなを握ること。[一七] 眼のふちの入れ墨。↓四二四頁注一七。[一八] 神代紀第五段に伊奘諾尊は伊奘冊尊とともに淡路洲を生み、神功を畢えて後は淡路洲に幽宮を構えたとある。↓一〇三頁注一七。[一九] 祭祀に奉仕する神官、祝部。↓一二五頁注一六。カカルとは、神がかりすること。[二〇] ウラハヒ↓二〇〇頁注七。[二一] 以後、馬飼部に対して入れ墨を行うことを止めたの意。[二二] 天皇に対する呼びかけの言葉か。↓補注12-一一。[二三] トリカヨフはハタの「羽」にかけた枕詞的な句。釈紀十二所引私記には「欲レ謂二羽田一之発語也」とある。羽田の汝妹とは、皇妃黒媛のこと。羽田矢代宿禰の女とする所伝がある。↓四二四頁注二二。[二四] 允恭二十四年六月条の歌謡に「幡舎（はさ）の山」が見える。奈良県橿原市大軽町付近の山か。[二五] 神代記に「我那邇妹命（あがなにものみこと）」がある。ナニモは、ナノイモの約。nanöimo→nanimo. ナは、後に「汝」の意に転じたが、更に古くは、ナは「吾」の意。ナニモは即ち「吾の妹」の意。奈良時代に、ナは一般に二人称に転じていたので、書紀の編者も、「汝妹」の字をあてている。一人称の代名詞が二人称に転用される例は、後世にもオノレ・ワレなどがあり、ナは、二人称に転用されて固定したものと認められる。[二六] 釈紀に「此語未レ詳。但謂二太子瑞歯別尊一歟」とあるが、黒媛の別名か。[二七] 訓は、「大御馬奉る」の意。

淡路より至ります。

冬十月の甲寅の朔甲子に、(十一日)皇妃を葬りまつる。既にして天皇、神の祟を治めたまはずして、皇妃を亡せることを悔いたまひて、更に其の咎を求めたまふ。或者の曰さく、「車持君、筑紫國に行りて、悉に車持部を校り、兼ねて充神者を取れり。必ず是の罪ならむ」とまうす。天皇、則ち車持君を喚して、推へ問ひたまふ。事既に實なり。因りて、數めて曰はく、「爾、車持君なりと雖も、縱に天子の百姓を檢校れり。罪一なり。既に神に分り寄せまつる車持部を、兼ねて奪ひ取れり。罪二なり」とのたまふ。則ち惡解除・善解除を負せて、長渚崎に出して、祓へ禊がしむ。既にして詔して曰はく、「今より以後、筑紫の車持部を掌ること得ざれ」とのたまふ。乃ち悉に収めて更に分りて、三の神に奉りたまふ。

六年の春正月の癸未の朔戊子に、(六日)草香幡梭皇女を立てて皇后とす。(二十九日)辛亥に、始めて藏職を建つ。因りて藏部を定む。

二月の癸丑の朔に、鯽魚磯別王の女太姫郎姫・高鶴郎姫を喚して、後宮に納れて、並に嬪としたまふ。是に、二の嬪、恆に歎きて曰はく、「悲しきかな、吾が兄王、何處にか去りましけむ」といふ。天皇、其の歎くことを聞しめして、問ひて曰はく、「汝、何ぞ歎息く」とのたまふ。對へて曰さく、「妾が兄鷲住王、爲人力強くして輕く捷し。是に由りて、獨八尋屋を馳せ越えて遊行にき。既に多

一 黒媛。→四二四頁注二二。
二 何のあやまちが神の怒りをまねいたか、その原因を求めること。
三 名未詳。車持君は天武十三年十一月、朝臣姓を賜わる。姓氏録、左京皇別に車持公を載せ、上毛野朝臣と同祖、豊城入彦命の八世の孫射狭君の後で、雄略天皇の世、乗輿を供進したことにより、車持公の姓を賜わったとあり、また同摂津皇別にも車持公を載せる。車持部を管掌し、天皇の乗輿をつくり、管理する職務についたらしい。のち主殿寮の殿部となり、延喜践祚大嘗祭式によると、大嘗祭に菅蓋を執る役についた。大宝二年の豊前国仲津郡丁里戸籍にもみえる。
四 車持君に管理され、費用を貢納する部民。
五 カトルとは、下文に検校とある。人民を調査し、貢納物を徴発すること。カトルのカは、所。トルは、取る意。
六 カムベは、神戸。神戸→二四一頁注三〇。ここは下文にあるように、車持部の一部をさいて宗像神社の神戸としていたのを、車持君が奪ってその支配下においたことを意味する。
七 漢書、高帝紀「漢王数レ羽」の顔師古注に「数、責二其罪一也」とある。古訓にカゾヘテとあるのは誤り。
八 上文に車持部を校(かと)ったことをさす。車持部を「天子の百姓」と称しているのは、後の公地公民の観念。
九 神に対して犯した罪をあがなうため、犯罪者が供え物を出して行う祓い。三代格、延暦二十年五月十四日の太政官符に「承前事有レ犯科レ祓贖レ罪。善悪二祓重二科一人一」とある。ハラへ→一一六頁注六。
一〇 摂津国河辺郡(今、兵庫県尼崎市長洲付近)の海岸。一一 →九四頁注一七。一二 宗像神社の三女神。→四二六頁注一二。一三 →四二四頁注二八・補注11-三。一四 記には「天皇於レ是、

くの日を經て、面言ふこと得ず。故、歎かくのみ」とまうす。天皇、其の强力あることを悅びて喚す。參來ず。亦使を重ねて召す。猶し參來ず。恆に住吉邑[二二]に居り。是より以後、廢めて求めたまはず。是、讚岐國造[二三]・阿波國[二四]の脚咋別、凡て二族の始祖なり。

三月の壬午の朔丙申(十五日)に、天皇、玉體不愈[二五]したまひて、水土弗調[二六]みたまふ。

至[1]レ自二淡路一。○冬十月甲寅朔甲子、葬二皇妃一。既而天皇、悔下之不レ治二神祟一、而亡中皇妃上、更求二其咎一。或者曰、車持君行二於筑紫國一、而悉校二車持部一、兼取二充神者一。必是罪矣。天皇則喚二車持君一、以推問之。事既得實[2]焉。因以、數之曰、爾雖二車持君一、縱檢二校天子之百姓一。罪一也。既分二寄于神[3]一車持部、兼奪取之。罪二也。則負二惡解除・善解除一、而出二於長渚崎一、令二祓禊一。既而詔之曰、自レ今以後、不レ得レ掌二筑紫之車持部一。乃悉收以更分之、奉二於三神一。

六年春正月癸未朔戊子、立二草香幡梭皇女一爲二皇后一。○辛亥[4]、始建二藏職一。因定二藏部一。○二月癸丑朔、喚二鯽魚磯別王[5]之女[6]太姬郎姫・高鶴郎姫一、納二於後宮[7]一、並爲レ嬪。於是、二嬪恆歎之曰、悲哉、吾兄王、何處去耶。天皇聞二其歎一、而問之曰、汝何歎息也。對曰、妾兄鷲住王、爲人强レ力輕捷。由レ是、獨馳二越八尋屋一而遊行。既經二多日一、不レ得二面言一。故歎耳。天皇悅二其强力一以喚之。不二參來一。亦重レ使而召。猶不二參來一。恆居二於住吉邑一。自レ是以後、廢以不レ求。是讚岐國造・阿波國脚咋別、凡二族之始祖也。○三月壬午朔丙申[8]、天皇玉體不愈、水土弗調[9]。→

以二阿知直一、始任二藏官一、亦給二粮地一」とあり、古語拾遺には「至二於後磐余稚桜朝一、三韓貢獻、奕レ世無レ絶。斎蔵之傍、更建二内蔵一、分二収官物一。仍令下阿知使主与二百済博士王仁一、記中其出納上。始更定二蔵部一」とある。古語拾遺の三蔵起源説話には疑わしい点が多いが、大蔵・内蔵が令前から存在していたことは確実で、雄略朝に設置が伝えられる大蔵(後の大蔵省)に対し、この蔵職が令制の内蔵寮のもとをなす官司をさしている可能性はつよい。→補注14-一七。

一五 令制では大蔵省に蔵部六十人、中務省の被管である内蔵寮に蔵部四十人などの伴部がある。内蔵・大蔵の出納事務を行う品部で、帰化人であった。阿知使主を祖と伝える倭漢氏の一族に内蔵直(宿禰)、王仁を祖と伝える西文氏に内蔵首があるのは、内蔵の蔵部を管理したものであろう。一六―一八 他に見えず。一九 律令の後宮の制度では、天皇の正妻を皇后といい、内親王を妃、それ以外を夫人・嬪とし、嬪は四・五位の者とする。ここは皇后・妃に対してより地位の低い者として、後の令の観念によって書き分けたもの。→下補注16-四。

二〇 他に見えず。

二一 高く大きい家。釈紀九所引山城風土記逸文にも見える。神代紀第四段第一の一書に「八尋之殿」がある。→八二頁注一一。

二二 →三四四頁注二。

二三 景行紀に神櫛皇子をその祖と伝える。→補注7-四。二四 他に見えず。阿波国海部郡の肉咋(今、徳島県海部郡宍喰町)を脚咋にあてる説がある。二五 愈は、音ヨ。豫に通じる。喜ぶ意。不愈で、病ある意。

二六 →一一五頁注二一。水土は、その地方の気候風土をいう。自然の環境の調わぬことは、つまり、身体の不調を意味する。ヤクサムは、いよいよ身体の臭みを増す意。

[一]稚櫻宮に崩りましぬ。[二]時に年七十。
冬十月の己酉の朔壬子(四日)に、[三]百舌鳥耳原陵に葬りまつる。

[四]瑞齒別天皇　反正天皇

瑞齒別天皇は、[五]去來穗別天皇の[六]同母弟なり。[七]去來穗別天皇の二年に、立ちて皇太子と爲りたまふ。天皇、初め[八]淡路宮に生れませり。[九]生れましながら齒、一骨の如し。容姿美麗し。是に、井有り。[一〇]瑞井と曰ふ。則ち汲みて太子を洗しまつる。時に多遲の花、井の中に有り。因りて太子の名とす。多遲の花は、今の[一一]虎杖の花なり。[一二]故、多遲比瑞齒別天皇と稱へ謂す。

六年の春三月に、去來穗別天皇、崩りましぬ。

元年の春正月の丁丑の朔戊寅(二日)に、[一三]儲君、即天皇位す。

秋八月の甲辰の朔己酉(六日)に、[一四]大宅臣が祖木事が[一五]女津野媛を立てて、[一六]皇夫人とす。[一七]香火姫皇女・[一八]圓皇女を生めり。又、夫人の弟[一九]弟媛を納れて、[二〇]財皇女と[二一]高部皇子とを生しませり。

冬十月に、河内の[二二]丹比に都つくる。是を[二三]柴籬宮と謂す。是の時に當りて、[二四]風雨時に順ひて、五穀成熟れり。人民富み饒ひ、天下太平なり。是年、[二五]太歲丙午。

一 ↓四二四頁注一四。
二 記には「天皇之御年、陸拾肆歳。〈壬申年正月三日崩。〉御陵在毛受也」とあり、扶桑略記・一代要記等後代の年代記類には六十七歳とするものもある。天皇の年齢については書紀の記事相互間にも矛盾がある。↓四一八頁注九。
三 百舌鳥耳原→四一四頁注八。延喜諸陵式に「百舌鳥耳原南陵〈磐余稚桜宮御宇履中天皇。在和泉国大鳥郡。兆域東西五町。南北五町。陵戸五烟〉」とある。陵墓要覧では大阪府堺市石津ヶ丘町にある前方後円墳がそれに当るとする。全長二六五メートル、前方部幅二三七メートル、後円部径二〇五メートル。
四 ↓四一八頁注二。
五 履中天皇。
六 父は仁徳天皇。母は葛城襲津彦の女磐之媛命。↓仁徳二年三月条。
七 ↓履中二年正月条。
八 所在未詳。
九 記には「此天皇、御身之長、九尺二寸半。御歯長一寸広二分、上下等斉、既如貫珠」とある。
一〇 安寧記に「淡道之御井宮」と見え、仁徳記に「旦夕酌淡道島之寒泉、献大御水也」とあるのは、同じ泉に関する所伝であろう。
一一 和名抄、草木部に「本草疏云、虎杖、一名武杖〈和名伊太止里〉」とある。蓼(たで)科の多年生草本で、夏にやや赤みを帯びた白い花を咲かせ、黒い小さな実をつける。延喜内膳式、漬年料雑菜の項に「虎杖三斗〈料塩一升二合〉」とあり、茎は塩漬けにして食用に供されたらしい。イタドリを現代方言でダンヂ・タシッポなどとよぶのはタヂのなまったもの。
一二 姓氏録、右京神別、丹比宿禰の項にも同様の所伝を載せ、色鳴宿禰(しこをのすくね)がこのとき天神寿詞を称え、多治比瑞歯別命の号を奉り、丹治部

[二六]五年の春正月の甲申の朔(二十三日)丙午に、[二七]天皇、正寝に崩りましぬ。

日本書紀巻第十二

を諸国に定めて皇子の湯沐邑としたとある。しかし多遅比の号は、おそらく都をおいた河内の丹比(→三九六頁注六)の地名に由来するもので、虎杖の花にその由来を求めるのはあとからの仮託であろう。これと類似の所伝は、宣化天皇の曾孫多治比古王を祖とする多治比公(真人)の場合にも見られる。

一三 皇太子、瑞歯別皇子。

一四 →補注12-一二。

一五 記には都怒郎女。

一六 「皇夫人」の用例はここのみ。履中紀の「皇妃」(→四二四頁注二三)の用法と同じく、皇后に准ずる者として書きわけたのであろう。

一七 記には甲斐郎女。

一八 記には都夫良郎女。

一九 記には弟比売。

二〇 記は財王とし、皇子とする。

二一 記は多訶辨郎女とし、皇女とする。

二二 →三九六頁注六。

二三 所在未詳。帝王編年記は「丹比柴籬宮〈河内国丹比郡。今宮坂上路北宮地是也〉」とし、河内志は丹北郡松原荘植田村(今、大阪府松原市上田町)広庭神祠の東北に在りとする。→四三五頁注一五。

二四 漢書、成帝紀に「風雨和レ時、百穀用成」とある。崇神十二年九月条(二四八頁一六—一七行)にも類句がある。

二五 →補注3-六。

二六 五年を六年とする本もあるが、五年が正しい。→補注12-一三。

二七 記には「天皇之御年、陸拾歳。〈丁丑年七月崩。〉御陵在二毛受野一也」とある。允恭五年十一月埋葬(→四四〇頁注二)。正寝は、天皇の常にいる宮中の正殿。

崩二于稚櫻宮一。時年[1]七十。[2]○冬十月己酉朔壬子、葬二百舌鳥耳原陵一。

瑞歯別天皇[3]　反正天皇

瑞歯別天皇、去來穂別天皇同母弟也。去來穂別天皇二年、立爲二皇太子一。[4]天皇初生二于淡路宮一。生而歯如二一骨一。容姿美麗。於是有レ井。曰二瑞井一。[5]則汲之洗二太子一。時多遲花、有二于井中一。[6]因爲二太子名一也。多遲花者、今虎杖花也。故稱二謂多遲比瑞歯別天皇一。○六年春三月、去來穂別天皇崩。

元年春正月丁丑朔戊寅、儲君卽天皇位。○秋八月甲辰朔己酉、立二大宅臣祖木事之[7]女津野媛一、爲二皇夫人一。生二香火姫皇女・圓皇女一。又、納二夫人弟々媛一、生二財皇女與二高部皇子一。○冬十月、都二於河内丹比一。[8]是謂二柴籬宮一。[9]當二是時一、風雨順レ時、五穀成熟。人民富饒、天下太平。◎是年也、太歳丙午。

五年[10]春正月甲申朔丙午、天皇[11]崩二于正寢一。[12]

日本書紀[13][14]巻第十二

日本書紀 巻第十三

雄朝津間稚子宿禰天皇[一]　允恭天皇
穴穂天皇[二]　安康天皇

雄朝津間稚子宿禰天皇　允恭天皇

雄朝津間稚子宿禰天皇は、瑞歯別天皇[三]の同母弟なり。天皇、岐嶷[四]にましますより總角[五]に至るまでに、仁惠ましまして倹下りたまへり。壮に及りて篤く病して、容止[六]不便ず[七]。五年の春正月に、瑞歯別天皇崩りましぬ。爰に群卿[八]、議りて曰はく、「方に今、大鷦鷯天皇[九]の子は、雄朝津間稚子宿禰皇子と、大草香皇子[一〇]とまします。然るに雄朝津間稚子宿禰皇子、長にして仁孝[一一]ましますす」といふ。即ち吉日[一二]を選びて、跪きて[一三]天皇の璽を上る。雄朝津間稚子宿禰皇子、謝りて曰はく、「我が不天[一四]、久しく篤き疾に離りて[一五]、歩行く[一六]こと能はず。且我既に病を除めむとして、獨奏言さずして、而も密に身を破りて病を治むれども、猶差ゆること[一七]勿し。是に由りて、先皇[一八]、責めて曰はく、『汝患病すと雖も、縦に身を破れり。不孝、孰か茲より甚しからむ。其れ長く生く[一九]とも、遂に繼業すること得じ』とのたまふ。

一 記には男浅津間若子宿禰命とある。朝津間は大和葛上郡の地名。稚子の類例に顕宗天皇の更名の来目稚子、仁賢天皇の更名の島稚子などがある。雄は、小泊瀬稚鷦鷯天皇などの「小」と同じか。宋書、夷蛮伝に見える倭国王済は、朝または津をとったものであろう。済は四四三年・四五一年遣使。また四七八年の倭王武上表文に「臣亡考済、実忿三寇讐壅二塞天路一、控弦百万、義声感激、方欲二大挙一、奄喪二父兄一、使二垂成之功、不レ獲二一簣一」とある。臣亡考済とは雄略の父の允恭天皇をさす。このころ高句麗の長寿王はしきりに百済を圧迫したが、右によれば允恭天皇は大軍を南鮮に送ろうとして果たさなかったことがわかる。↓補注11-一。 二 穴穂は大和の地名。この天皇の宮を石上穴穂宮と言った。↓四五二頁注二。なお、宋書は太祖の元嘉二十八年(四五一)の済の授爵を述べ、あとに「済死、世子興遣レ使貢献」という。世子興は、穴穂のホ音をとったもので、安康天皇にあたる。右文の遣使とは、宋書、孝武帝紀の「大明四年(四六〇)倭国遣レ使」をさすか。世祖の大明六年(四六二)の詔も、倭王世子興に安東将軍倭国王の爵号を授けたことが見える。↓補注11-一。 三 反正天皇。 四 岐嶷は、風姿岐嶷(綏靖即位前紀(二一八頁一二行)・仁徳即位前紀(三八二頁一〇行))、岐嶷之姿(垂仁即位前紀(二五六頁六行)・天武即位前紀(下三八二頁四行))など、書紀に用例は多いが、ここは岐嶷の上に自の字がある。自の字のない本もあるけれども、「帝自二岐嶷一至二于総角一」という文は、東観漢紀、孝和紀にも見え、それが出典かと思われるので、自(ヨリ)をいれて読む。古訓に岐嶷をカブロとするによる。 五 男子十七、八歳の結髪の形。↓三一〇頁注一二。 六 容は、カタチ。止は、フルマイ。挙止に同じ。 七 モヤモヤモアラズ↓二八四頁注一三。 八 「群卿議之曰」以下の文は、漢書、亦我が兄[二〇]の二の天皇、我を愚なりとして軽したまふ。群卿の共に知れる所なり。夫れ天下[二一]は、大きなる器なり。帝位は、鴻きなる業なり。且民の父母は、斯則ち賢聖の職なり。豈下愚任へむや。更に賢しき王を選びて立てまつるべし。寡人[二二]、敢へて當らじ」とのたまふ。群臣、再拜みて言さく、「夫れ帝位[二三]は、以て久に曠しくあるべからず。天命[二四]は、以て謙り距くべからず。今大王[二五]、時を留め

日本書紀巻第十三

雄朝津間稚子宿禰天皇　允恭天皇

穴穂天皇　安康天皇

雄朝津間稚子宿禰天皇[1]　允恭天皇[2]

雄朝津間稚子宿禰天皇、瑞齒別天皇同母弟也。天皇自[8]二岐嶷一至二於總角一、仁惠儉下。及レ壯篤病、容止不便。五年[4]春正月、瑞齒別天皇崩。爰群卿議之曰、方今、大鷦鷯天皇之子、雄朝津間稚子宿禰皇子、與二大草香皇子一。然雄朝津間稚子宿禰皇子、長之仁孝。卽選二吉日一、跪上二天皇之璽一。雄朝津間稚子宿禰皇子謝曰、我之不天、久離二篤疾一、不レ能二歩行一。且我既欲レ除レ病、獨非二奏言一、而密破レ身治レ病、猶勿レ差。由レ是、先皇責之曰、汝雖[5]二患病一、縱破レ身。不孝孰甚二於茲一矣。其長生之、遂不レ得二繼業一。亦我兄二天皇、愚[6]レ我而輕之。群卿共所レ知。夫天下者大器也。帝位者鴻業也。且民之父母、斯則賢聖之職。豈下愚之任乎。更選二賢王一宜レ立矣。寡人弗二敢當一。群臣再拜言、夫帝位不レ可二以久曠一。天命不レ可二以謙距[7]一。今大王留レ時→

文帝紀の「方今、高帝子、独淮南王与二大王一、大王又長、賢聖仁孝、聞二於天下一」による。以下、元年条の終りまで允恭天皇が皇后・群臣の推戴によって病弱にもかかわらず即位した事情を述べる。記にも「天皇初為レ将レ所レ知二天津日継一之時、天皇辞而詔之、我者有二一長病一、不レ得レ所レ知二日継一、然太后始而諸卿等因二堅奏一而乃治二天下一」とある。九 仁徳天皇。一〇 生母は仁徳天皇の妃日向髪長媛。→三九〇頁注七。一一 孝の古訓はオヤニシタガフ・オヤニツカフなどがある。一二 神功摂政前紀(三三〇頁一〇行)・履中即位前紀(四一八頁一〇行)にも同様の語が見える。一三 この文も漢書、文帝紀の「太尉勃乃跪上二天子璽一、代王謝曰」による。「天皇の璽」は、下文には「天皇の璽符」(四三五頁一行)。一四 左伝、襄公二十三年に「我実不天」。杜預注に「不レ為二天所一レ祐…」とある。即ち幸のないこと。一五 罹に通用。カカル意。一六 記伝に「容止不便とあるは、この不能歩行を云なるべし、其は篤疾を治賜はむとて峻き療をし賜へるに因て、不能歩行なりぬるにや、密破レ身治レ病とあればなり。又不能歩行も篤疾のしわざか」とある。一七 差は、もと、不ぞろいなさま、また左右の手の合わないさまの意という。転じて、たがう・ちがう意。少しちがう意から転じて、病状が少しよくなる意。一八 仁徳天皇。一九 古訓にコノカミニウマレタレドモというが、允恭は長子ではないからナガクイクトモと改める。二〇 履中天皇・反正天皇。二一 天下は大きな器であり、帝位は大事業である。また民の父母として民を養うのは聖賢の天職とする所で、下愚の人のよく為しうることではない。二二 漢書、文帝紀に「願請二楚王一計二宜者一、寡人弗二敢当一」とある。寡人は、王侯自称の謙辞。礼記、曲礼下に見える。二三 後漢書、光武紀に「夫帝位不レ可二以久曠一、天命不レ可二以謙拒一…大王留レ時

衆に逆ひて、號位を正しくしたまはずは、臣等、恐るらくは、百姓の望絶えなむことを。願はくは、大王、勞しと雖も、猶即天皇位せ」とまうす。雄朝津間稚子宿禰皇子の曰はく、「[一]宗廟社稷を奉くるは、重事なり。[二]寡人、篤き疾して、以て稱ふに足らず」とのたまふ。猶[三]辭びて聽したまはず。是に、群臣、皆固く請して曰さく、「臣、伏して計るに、大王、皇祖の宗廟を奉けたまふこと、最も宜稱へり。天下の萬民と雖も、皆宜しと以爲へり。願はくは、大王、聽したまへ」とまうす。

元年の冬十有二月に、妃[四]忍坂大中姫命、群臣の憂へ[五]吟ふに苦みて、親ら洗手水を執りて、皇子の前に進む。仍りて啓して曰さく、「大王、[六]辭ひたまひて位に即きたまはず。位空しくして、既に年月を經ぬ。群臣百寮、愁へて所爲知らず。願はくは、大王、群の望に從ひたまひて、[七]強に帝位に即きたまへ」とまうす。然るに皇子、聽したまはまく欲せずして、背き居して言はず。是に、大中姫命、惶りて、退かむことを知らずして侍ひたまふこと、[八]四五剋を經たり。此の時に當りて、[九]季冬の節にして、風亦烈しく寒し。大中姫の捧げたる[一〇]鋺の水、溢れて腕に凝れり。寒きに堪へずして死せむとす。皇子、顧みて驚きたまふ。則ち扶け起して謂りて曰はく、「嗣位は、重事なり。輙く[一一]就くこと得ず。是を以て、今までに從はず。然るに今群臣の請ふこと、事理[一二]灼然なり。何ぞ遂に謝びむや」とのたまふ。爰に大中姫命、仰ぎ歡びて、則ち群卿に謂りて曰はく、「皇子、群臣の請すこと

逆レ衆、不レ正二号位一、純恐二士大夫望絶一」とある。曠は、むなしい意。ここは空位。なお仁徳即位前紀に「皇位者一日之不レ可レ空」(→三八三頁注一六)という。

二四 造物主の命。天の命令。

二五 →三八二頁注一〇。

一 この文は、漢書、文帝紀の「代王曰、奉二高帝宗廟一重事也、寡人不佞、不レ足二以称一、願請二楚王一計二宜者一、寡人弗二敢当一。群臣皆伏固請、…丞相平等皆曰、臣伏計レ之、大王奉二高祖宗廟一最宜レ称、雖二天下諸侯万民一、皆以為レ宜、臣等為二宗廟社稷一、計不二敢忽一、願大王幸聴二臣等一」による。宗廟は、祖先を祭るやしろ。社稷は、土地の神と穀物の神の意。転じて、国家を意味する。

二 →四三三頁注二二。

三 イナブという動詞は、マネブ・アラブ・ヨロコブ・カナシブなどと同じく上二段に活用するのが古い例。従って未然形は、イナビとなり、イナビム・イナビズの形になる。

四 安康即位前紀に、稚渟毛二岐皇子之女とある。稚渟毛二岐皇子は応神天皇の皇子で、応神記に「品陀天皇之御子若野毛二俣王、娶二其母弟百師木伊呂辨亦名弟日売真若比売命一、生子大郎子。亦名意富富杼王。次忍坂之大中津比売命」とある。上宮記逸文にも「凡牟都和希王(応神天皇)娶二経俣那加都比古女子名弟比売麻和加一、生児若野毛二俣王、娶二母々恩已麻和加中比売一、生児大郎子、一名意富々等王、妹践坂大中比弥王…」とある。→補注10-一。なお応神記によると、応神天皇が迦具漏比売を娶って生んだ子の中にも忍坂大中比売があるが、記伝にいうように迦具漏比売は若野毛二俣王の妃であって、紛れて応神天皇の妃となったものであろう。忍坂は大和城上郡の地名。→二〇三頁注二一。

五 心乱れてなげき嘆息する意。「春鳥のサマヨ

を聴さむとしたまふ。今天皇の璽符を上るべし」といふ。是に、群臣、大きに喜びて、即日に、天皇の璽符を捧げて、再拜みて上る。皇子の曰はく、「群卿、共に天下の爲に寡人を請ふ。寡人、何ぞ敢へて遂に辭びむ」とのたまひて、乃ち帝位に即きたまふ。是歳、太歳壬子。

二年の春二月の丙申の朔己酉（十四日）に、忍坂大中姫を立てて皇后とす。是の日に、

逆ㇾ衆、不ㇾ正二號位一、臣等恐、百姓望絶也。願大王雖ㇾ勞、猶卽天皇位。雄朝津間稚子宿禰皇子曰、奉二宗廟社稷一重事也。寡人篤疾、不ㇾ足二以稱一。猶辭而不ㇾ聽。於是、群臣皆固請曰、臣伏計之、大王奉二皇祖宗廟一、最宜稱。雖二天下萬民一、皆以二爲宜一。願大王聽之。

元年冬十有二月、妃忍坂大中姫命、苦二群臣之憂吟一、而親執二洗手水一、進二于皇子前一。仍啓之曰、大王辭而不ㇾ卽ㇾ位。々空之、既經二年月一。群臣百寮、愁之不ㇾ知二所爲一。願大王從二群望一、强卽二帝位一。然皇子不ㇾ欲ㇾ聽、而背居不ㇾ言。於是、大中姫命惶之、不ㇾ知ㇾ退而侍之、經二四五剋一[1]。當二于此時一、季冬之節、風亦烈寒。大中姫所捧鋺水、溢而腕凝。不ㇾ堪ㇾ寒以將ㇾ死。皇子顧之驚。則扶起謂之曰、嗣位重事。不ㇾ得二輙就一。是以、於今不ㇾ從。然今群臣之請、事理灼然。何遂謝耶。爰大中姫命仰歡、則謂二群卿一曰、皇子將ㇾ聽二群臣之請一。今當ㇾ上二天皇璽符一。於是、群臣大喜[2]、卽日、捧二天皇之璽符一、再拜上焉。皇子曰、群卿共爲二天下一請二寡人一。々々何敢遂辭、乃卽二帝位一。

◎是歳也[3]、太歳[4]壬子。

二年春二月丙申朔己酉、立二忍坂大中姫一爲二皇后一。是日、↓

ヒヌレバ」(万葉一九九)、「哭吟サマヨヘドモ」(東大寺諷誦文)などの例がある。サマヨフのサは、接頭語。マヨフは、糸の乱れること。転じて、心乱れて思案の定まらない意となり、さらに、心乱れてあちこち歩きまわる意となった。

六 イサフは、引きさがってことわる意。イサは、「人はイサ心も知らず」のイサと同じ。相手の心などすべて不知と受け答えする語。

七 無理にも。アナガチは、自己流に・勝手にの意。転じて、無理にの意。

八 剋は刻に通用。春分・秋分は昼夜を分けて百刻とし、夏至は昼六十刻・夜四十刻、冬至はこの逆としたという。一刻は、約十五分、従って四、五刻は一時間あまりにあたる。

九 季は、末。季冬は、年末。

一〇 鋺は、金属性のわん。

一一 皇位につく。

一二 →一八九頁注三五。

一三 漢書、文帝紀など、漢籍の成句をかりたまでであるが、継体元年二月条に「大伴金村大連、乃跪上二天子鏡剣璽符一再拝」(下二〇頁一六行)の例がある。

一四 以下も漢書、文帝紀の「寡人不二敢辞一、遂即二天子位一」による。

一五 ここに遷都の記事があるのが例である。書紀の中のどこにもこの天皇の宮の記事のないのは、漏らしたのであろう。記によれば、允恭天皇の宮は遠飛鳥宮である。遠飛鳥は、履中記に「上到ㇾ于倭詔之、今日留二此間一、為二祓禊一而、明日参出、将ㇾ拝二神宮一。故号二其地一謂二遠飛鳥一也」とあることから見て大和の地にあると考えられるから、それは大和高市郡の飛鳥。後世しばしば都となった地。ただし顕宗天皇の近飛鳥を大和飛鳥と見る説から、ここを河内安宿(あすかべ)郡の飛鳥とする説もある。

一六 →補注3-六。

皇后の爲に刑部[一]を定む。皇后、木梨輕皇子[二]・名形大娘皇女[三]・境黒彦皇子[四]・穴穂天皇[五]・輕大娘皇女[六]・八釣白彦皇子[七]・大泊瀬稚武天皇[八]・但馬橘大娘皇女[九]・酒見皇女[一〇]を生れませり。初め皇后、母[一一]に隨ひたまひて家に在しますときに、獨苑の中に遊びたまふ。時に闘雞國造[一二]、傍の徑より行く。馬に乘りて籬に莅みて、皇后に謂りて、嘲りて曰はく、「能く薗を作るや、汝」といふ。汝、此をば那鼻苔と云ふ。且曰はく、「壓乞[一三]、戸母[一四]、其の蘭一莖[一五]」といふ。壓乞、此をば異提と云ふ。戸母、此をば覩自と云ふ。皇后、則ち一根の蘭を採りて、馬に乘れる者に與ふ。因りて、問ひて曰はく、「何に用むとか蘭を求むるや」とのたまふ。馬に乘れる者、對へて曰はく、「山に行かむときに蠛[一六]撥はむ」といふ。蠛、此をば摩愚那岐と云ふ。時に皇后、意の裏に、馬に乘れる者の辭の禮无きを結びたまひて、卽ち謂りて曰はく、「首や[一七]、余、忘れじ」とのたまふ。是の後に、皇后、登祚[一八]の年に、馬に乘りて蘭乞ひし者を覓めて、昔日の罪を數めて殺さむとす。爰に蘭乞ひし者、額を地に搶きて叩頭みて曰さく、「臣が罪、實に死に當れり。然れども其の日に當りては、貴き者にましまさむといふことを知りたてまつらず」とまうす。是に、皇后、死刑を赦したまひて、其の姓[一九]を貶して稻置と謂ふ。

三年の春正月の辛酉の朔に、使を遣して良き醫[二〇]を新羅に求む。

秋八月に、醫、新羅より至でたり。則ち天皇の病を治めしむ。幾時も經ずして、

一 記には「為二大后御名代一、定二刑部一」とあり、御名代と明記する。刑部は、垂仁三十九年条の五十瓊敷命に賜わった十箇の品部の中に神刑部と見える。↓補注6-一四。刑部をオシサカベと訓むいわれについては、記伝に「忍坂部の人等の刑部の職に仕奉りしことのありしより、やがて其職名の字を書ならへるなり。されば於佐加辨と云名は忍坂部にて刑部職には由あるに非ず」という。この部は、山城・河内・摂津・美濃・尾張・遠江・駿河・武蔵・上総・下総・信濃・越前・丹波・但馬・伯耆・出雲・備中・周防・讃岐・豊前・肥後等に分布しており、その他、地名より伊勢・三河・下野・因幡・備後(以上郷名)、社名より播磨等に分布していたことが推定できる。二 記伝に、木梨は地名かまたは梨の一種かと疑う。延喜神名式に播磨国賀茂郡木梨神社(兵庫県加東郡社町藤田)がある。軽は大和高市郡の地名。↓二二四頁注一〇。この人の立太子のことは二十三年三月条に、同母妹を奸したことは同条に見える。三 記に長田大郎女とある。名形は地名か。履中天皇の皇女中蒂姫皇女を更名長田大娘皇女という由、雄略即位前紀分注(四五六頁七行)に見えるので、記伝は、ここの名形大娘皇女は履中天皇の皇女が紛れ誤ったものだろうという。通釈は、むしろ雄略即位前紀分注が誤りで、ここが正しいという。四 記に境之黒日子王とある。記伝には、境は地名なるべしといい、雄略紀に、この人の焼き殺されるとき、坂合部連贄宿禰が屍を抱いたとあるから、この人は乳母にゆかりあり、境は乳母の氏かという臆説も出している。五 安康天皇。六 記では、この人の亦名を衣通郎女といい、書紀と相違する。↓四四〇頁注六。七 記に八瓜白日子王とある。八釣は大和高市郡の地名。八 雄略天皇。九 記に橘大郎女とある。橘は大和高市郡の地名。一〇 酒見も地名。和名抄に播磨国賀

茂郡酒見郷、延喜神名式に尾張国中島郡酒見神社(愛知県一宮市今伊勢町本神戸)がある。 一一 百師木伊呂辨、亦の名、弟日売真若比売命。→四三四頁注四。以下、皇后がむかし闘鶏国造に無礼のあったことをとがめてその姓を貶す話。 一二 闘鶏→四一三頁注二四。闘鶏国造→四一三頁注二五。 一三 イデは、人を誘う語。圧は、無理におさえつける意。圧乞は、強く人に物を乞う意か。 一四 トジは、トヌシ(戸主、家の入口を支配する女の意)の約。tonusi→tonzi→tozi. 一五 ノビルの古名。本草和名に阿良々支。 一六 ヌカガの類をいう。体長約二ミリ。黄褐色で、黒い斑点があり、羽は二枚。草むらに住み、人の目のまわりをちらちらと飛びまわる。人を刺して血を吸う。 一七 首は姓の一つであるが、ここは二人称として用いる。首→補注13-一。 一八 登祚は、天子に限り用いる語。しかしここは、皇后のことをいうに使ってある。皇后になるとすぐにの意。ナリイデは、出世して世間に出る意。 一九 朝廷が国造の姓を貶した事実のあったことのうかがわれる記事。なお国造の姓を貶されて稲置となったことは、隋書、倭国伝の「有㆓軍尼一百二十人㆒、猶㆓中国牧宰㆒。八十戸置㆓一伊尼翼㆒、如㆓今里長㆒也。十伊尼翼属㆓一軍尼㆒」に合う。仁徳六十二年是歳条に闘鶏稲置大山主とあるのも、この記事に合う。稲置→補注7-四六。 二〇 クスシは、クスリシの約。kusurisi→kusursi→kussusi→kususi. 以下三行、新羅の医師が天皇の病をなおす話。記にも、この時新羅の貢った御調の大使金波鎮漢紀武が薬方をよく知っていて、天皇の病気をなおしたとある。 二一 以下、盟神探湯によって、氏姓の秩序を正した話。記にもある。允恭天皇の氏姓を定めた事績は後世高く評価せられた。記の序に「正㆑姓撰㆑氏、勒㆓于遠飛鳥㆒」とあり、姓氏録、序に「允恭御宇、万姓紛紜、時下㆓詔旨㆒、盟

病已に差えぬ。天皇、歓びたまひて、厚く醫に賞して國に歸したまふ。

二一 四年の秋九月の辛巳の朔己丑(九日)に、詔して曰はく、「上古治むること、人民所を得て、姓名錯ふこと勿し。今朕、踐祚りて、茲に四年。上下相争ひて、百姓安からず。或いは誤りて己が姓を失ふ。或いは故に高き 二二 氏を認む。 二三 其れ治むるに至らざることは、蓋し是に由りてなり。朕、不賢しと雖も、豈其の錯へるを正さざらむや。

爲㆓皇后㆒定㆓刑部㆒。皇后生㆓木梨輕皇子・名形大娘皇女・境黑彦皇子・穴穗天皇・輕大娘皇女・八釣白彦皇子・大泊瀨稚武天皇・但馬橘大娘皇女・酒見皇女㆒。初皇后隨㆑母在㆑家、獨遊㆓苑中㆒。時鬪雞國造、從㆓傍徑㆒行之。乘㆑馬而莅㆑籬、謂㆓皇后㆒、嘲之曰、能作㆑薗[1]乎、汝者也。(汝、此云㆓那鼻苔㆒也。)且曰、壓乞、戸母、其蘭一莖焉。(壓乞、此云㆓異提㆒。戸母、此云㆓覩自㆒。)皇后則採㆓一根蘭㆒、與㆓[2]於乘㆑馬者㆒。因以、問曰、何用求㆑蘭耶。乘㆑馬者對曰、行㆑山撥㆑蠛也。(蠛、此云㆓摩愚那岐㆒。)時皇后結[3]㆓之於意裏㆒、乘㆑馬者辭无㆑禮、卽[4]謂之曰、首也、余不㆑忘矣。是後、皇后登祚之年、覓㆓乘㆑馬乞㆑蘭者㆒、而數㆓昔日之罪㆒以欲㆑殺。爰乞㆑蘭者、額搶㆑地叩頭曰、臣之罪實當㆑死[5]。然當㆓其日㆒、不㆑知㆓貴者㆒。於是、皇后赦㆓死刑㆒、貶㆓其姓㆒謂㆓稻置㆒。

三年春正月辛酉朔、遣㆑使求㆓良醫於新羅㆒。○秋八月、醫至㆑自㆓新羅㆒。則令㆑治㆓天皇病㆒。未㆑經㆓幾時㆒、病已差[6]也。天皇歡之、厚賞㆑醫以歸㆓于國㆒。

四年秋九月辛巳朔己丑、詔曰、上古之治、人民得㆑所、姓名勿㆑錯。今朕踐祚、於茲四年矣。上下相爭、百姓不㆑安。或誤失㆓己姓㆒。或故認㆓高氏㆒。其不㆑至㆓於治㆒者、蓋由㆑是也。朕雖㆓不賢㆒、豈非㆑正㆓其錯㆒乎。↓

群臣、議り定めて奏せ」とのたまふ。群臣、皆言さく、「陛下、失を擧げ枉れるを正して、氏姓を定めたまはば、臣等、冒死へまつらむ」[一]と奏すに、可されぬ。戊申(二十八日)に、詔して曰はく、「群卿百寮及び諸の國造等、皆各言さく、『或いは帝皇の裔[二]、或いは異しくして天降れり』とまうす。然れども三才[三]顯れ分れしより以來、多に萬歲を歷ぬ。是を以て、一の氏蕃息りて、更に萬姓と爲れり。其の實を知り難し。故、諸の氏姓の人等、沐浴齊戒して、各盟神探湯[四]せよ」とのたまふ。則ち味橿丘[五]の辭禍戸碑[六]に、探湯瓮[七]を坐ゑて、諸人を引きて赴かしめて曰はく、「實を得むものは全からむ。僞らば必ず害れなむ」とのたまふ。盟神探湯、此をば區訶陀智と云ふ。或いは泥を釜に納れて煮沸して、手を攘りて湯の泥を探る。或いは斧を火の色に燒きて、掌に置く。是に、諸人、各木綿手繦[八]を著て、釜に赴きて探湯す。則ち實を得る者は自づからに全く、實を得ざる者は皆傷れぬ。是を以て、故に詐る者は、愕然ぢて、豫め退きて進むこと無し。是より後、氏姓[九]自づから定りて、更に詐る人無し。

五年の秋七月の丙子の朔己丑(十四日)に、地震る[一〇]。是より先に、葛城襲津彦[一一]の孫玉田宿禰[一二]に命せて、瑞齒別天皇[一三]の殯[一四]を主らしむ。則ち地震る夕に當りて、尾張連[一五]吾襲を遣して、殯宮の消息を察しむ。時に諸人、悉に聚りて闕けたること無し。唯玉田宿禰のみ無。吾襲、奏して言さく、「殯宮大夫[一六]玉田宿禰、殯の所に見らず」とまうす。則ち亦吾襲を葛城[一七]に遣して、玉田宿禰を視しむ。是の日に、玉田宿禰、

神探湯、首レ実者全、冒レ虚者害、自レ兹厥後、氏姓自定、更無二詐人一」とあり、弘仁私記、序の注に「雄朝妻稚子宿禰天皇御宇之時、姓氏紛謬、尊卑難レ決、因坐二甘樫丘一、令下探二熱湯一定中真偽上、今大和国高市郡有釜有(マヽ)是也、後世帝王見二彼覆車一、毎世令レ献二本系一蔵二図書寮一也」とある。氏姓→補注2-二一。三 コトタヘニのタヘは、妙。すぐれての意。転じて、ことりたてての意。わざと。特に。ことさら。三 認は、自分のものとして認める意。自称する意。認禾・認稲など、稲を自分のものと認める意の用例があると同じ。

一 冒は、目をおおう意。転じて、向う見ずに事をする・むさぼる意。冒死は、死の危険をおかす意。古訓カムガムツカヘマツルは義訓。カムガムは、おそらく、屈み(カンガミ)の転で、身をかがめて仕える意であろうか。二 ミコハナは、御子花の意か。欽明二十三年六月条の「趺萼」(ミコハナ・ミアナスヱ)に同じ。趺萼は跗蕚に同じく、あとつぎ・子孫の意。ハナは、毛詩、小雅、常棣の「常棣之華、鄂不韡」の箋によって生れたことば。三 天地人のはたらき。四 神に祈誓した上で、手を熱湯などに入れ、ただれた者を邪とする一種の神判。応神九年四月条に探湯、継体二十四年九月条に誓湯とあり、隋書、倭国伝にも見える。垂仁二十五年三月条分注には、中臣連探湯主という人があり、クカヌシと訓ずる。→二七〇頁注三一。「探湯」の例は、論語、季氏篇などにも見え、もとは中国的なものか。クカタチの語義は、記伝に「熱湯中に手を漬探りて神に盟ふ事をするを云、陀智は役(だち)などの陀智にて、凡て其事に趣くを某に立とも某立とも云こと昔も今も多し」と説明する。五 奈良県高市郡明日香村にある丘。延喜神名式に甘樫坐神社四座がある。皇極三年十一月

方に男女を集へて、酒宴す。吾襲、狀を擧ひて、具に玉田宿禰に告ぐ。宿禰、則ち事有らむことを畏りて、馬一匹を以て、吾襲に授けて禮幣とす。乃ち密に吾襲を遮りて、道路に殺しつ。即ち[一八]武內宿禰の墓域に逃げ隱れぬ。天皇聞しめして、玉田宿禰を喚す。玉田宿禰、疑ひて、甲を襖の中に服て、參赴り。甲の端、衣の中より出でたり。天皇、分明に其の狀を知しめさむとして、乃ち[一九]小墾田釆女をして、

群臣議定奏之。群臣皆言、陛下擧レ失正レ枉、而定二氏姓一者、臣等冒死、奏可。○戊申、詔曰、群卿百寮及諸國造等皆各言、或帝皇之裔、或異之天降。然三才顯分以來、多歷二萬歲一。是以、一氏蕃息、更爲二萬姓一。難レ知二其實一。故諸氏姓人等、沐浴齊戒、各爲二盟神探湯一。則於二味橿丘之辭禍戸碑[1]一、坐二探湯瓮一、而引二諸人一令レ赴曰、得レ實則全。僞者必害。盟神探湯、此云二區訶陀智一。或泥納レ釜煮沸、攘レ手探二湯泥一。或燒二斧火色一、置二于掌一。於是、諸人各著二木綿手繦一、而赴レ釜探湯。則得レ實者自全、不レ得レ實者皆傷。是以、故詐者愕然之、豫退無レ進。自レ是之後、氏姓自定[2]、更無二詐人一。

五年秋七月丙子朔己丑、地震。先レ是、命二葛城襲津彦之孫玉田宿禰一、主二瑞齒別天皇之殯一。則當二地震夕一、遣二尾張連吾襲一、察二殯宮之消息一。時諸人悉聚無レ闕。唯玉田宿禰無之也。吾襲奏言、殯宮大夫玉田宿禰、非レ見二殯所一。則亦遣二吾襲於葛城一、令レ視二玉田宿禰一。是日、玉田宿禰、方集二男女一、而酒宴焉。吾襲擧レ狀、具告二玉田宿禰一。々々則畏レ有レ事、以二馬一匹一、授二吾襲一爲二禮幣一。乃密遮二吾襲一、而殺二于道路一。[3]即逃二隱武內宿禰之墓域[4]一。天皇聞之、喚二玉田宿禰一。[5]玉田宿禰疑之、甲服二襖中一、而參赴。甲端自二衣中一出之。天皇分明欲レ知二其狀一、乃令二小墾田釆女一、→

条の蘇我蝦夷・入鹿が家を並べたてた甘檮岡と同じ。→下二五九頁注一八。六 記に言八十禍津日前とある。記の「言」はコトバ。八十は、多くの意。禍津日は、虚偽を明らかにして正す意。禍津日前は、崎の意であろう。書紀の禍戸はマガへと訓むべく、その意は、マガ(虚偽)を真実と合わせる意。従って、言葉の偽りを真実と合わせて、判別する崎の意と解される。碑は岬に通じて、サキと訓む。七 記に「居二玖訶瓮一」とある。探湯瓮は、湯をわかす釜。弘仁私記、序の注によると、この時の釜が今も大和国高市郡にあるという。八 ユフで作ったたすき。神事に用いる。木綿→一一七頁注二四。九 信頼すべき古写本、宮本には「百姓」とある。北本には「百氏姓」とある。一〇 地震の記事の初見。ナヰのナは、大地の意。ヰは、しっかりとすわっているところ。フルが、震動の意。後世、ナヰが地震の意と見られるに至ったのは誤解に基づく。一一 →補注9-二五。以下、玉田宿禰の反逆の話。記にはない。一二 雄略七年是歳条分注に葛城襲津彦の子とあって、本条の孫というに異なる。一三 反正天皇。一四 貴人死して埋葬するまでの間、遺体を安置してまつること。→九八頁注四。反正天皇崩後五年まで葬らなかったことについて、記伝には、允恭天皇が即位を辞退している間五年がたったのであって、反正崩御の明年に即位とした書紀は、伝えの紛れであろうという。一五 旧事紀、天孫本紀に十六世孫尾治坂合連が「允恭天皇御世、為二寵臣一供奉」と記すが、この吾襲にあたるか。旧事紀には坂合連の弟に「尾治阿古連」も見える。尾張連→一六〇頁注七。一六 殯宮をつかさどる長官という意。一七 玉田宿禰の本居地。→二〇〇頁注五。一八 帝王編年記の仁徳記に引く一書に「(武内宿禰)勅二討東夷一、還二来大和国葛下郡一薨、室破賀墓是也」とあり、大和志には、高市

酒を玉田宿禰に賜ふ。爰に采女、分明に衣の中に鎧有ることを瞻て、具に天皇に奏す。天皇、兵を設けて殺したまはむとす。玉田宿禰、乃ち密に逃げ出でて家に匿れぬ。天皇、更に卒を發して、玉田が家を圍みて、捕へて乃ち誅す。

冬十有一月の甲戌の朔甲申(十一日)に、[一]瑞歯別天皇を[二]耳原陵に葬りまつる。

七年の冬十二月の壬戌の朔に、[三]新室に讌す。天皇、親ら琴撫きたまふ。皇后、起ちて儛ひたまふ。儛ひたまふこと既に終りて、禮事言したまはず。當時の風俗、宴會たまふに、儛ふ者、儛ひ終りて、則ち自ら[四]座長に對ひて曰さく、「[五]娘子奉る」とまうす。時に天皇、皇后に謂りて曰はく、「何ぞ常の禮を失へる」とのたまふ。皇后、惶りたまひて、復起ちて儛したまふ。儛したまふこと竟りて言したまはく、「奉る娘子は誰ぞ。姓字を知らむと欲ふ」とのたまふ。皇后、已むこと獲ずして奏して言したまはく、「妾が弟、名は[六]弟姫」とまうしたまふ。弟姫、容姿絶妙れて比無し。其の艶しき色、衣より徹りて晃れり。是を以て、時人、號けて、衣通郎姫と曰す。天皇の志、衣通郎姫に[七]存けたまへり。故、皇后を強ひて進らしむ。皇后、知しめして、輙く禮事言したまはず。爰に天皇、歡喜びたまひて、則ち明日、使者を遣して弟姫を喚す。

時に弟姫、母に隨ひて、近江の[八]坂田に在り。弟姫、皇后の情に畏みて、參向ず。又重ねて七たび喚す。猶固く辭びて至らず。是に、天皇、悅びたまはず。而して復、

郡鳥屋村に武内宿禰の墓があると伝える。この大墓は宮山古墳ともいい、奈良県御所市大字室字宮山にあり全長二三八メートルの中期前方後円墳。後円部の竪穴式石室内に豪壮な組合式長持形石棺があり、また武器などの器材埴輪その他を出土する。一九 小墾田は、奈良県高市郡明日香村。推古天皇の宮の所在地。→下一八〇頁注三。小墾田から貢った采女の意味か。吉備国蚊屋采女の例が舒明二年正月条に見える。采女→四〇八頁注一。

一 反正天皇。二 反正記には「御陵在二毛受野一也」とある。→四三一頁注二七。延喜諸陵式に「百舌鳥耳原北陵〈丹比柴籬宮御宇反正天皇。在二和泉国大鳥郡一。兆域東西三町。南北二町。陵戸五烟〉」とあり、陵墓要覧には堺市三国ヶ丘町字田出井とある。百舌鳥耳原→四一四頁注八。三 顕宗即位前紀に「縦賞新室(にひむろにあそび)以レ夜継レ日」(五一〇頁一〇行)とある。集解は、遷都による新宮造成の宴と見るが、通釈には「たしかには定めかたし」と見える。以下、允恭天皇と皇后の妹の衣通郎姫との話。記にはない。ニヒムロウタゲ→二九八頁注一三。四 顕宗即位前紀には「下風」をクラシリと訓ずる(五一一頁三行)。クラカミは、席の上にいる人のこと。五 通釈には「この風俗。前にも後にも更に思ひよるへき事なし。全く此頃の事のみにて。既く絶にしか詳ならす」とある。六 衣通郎姫は、本文に允恭天皇の皇后、忍坂大中姫の妹とするが、記では忍坂大中姫の子に軽大郎女をあげ、そのまたの名を衣通郎女とする。→四五六頁注六。しかし、允恭の愛人だった衣通郎姫と、二十三年条以下に允恭の太子木梨軽太子がおかしたという同母の妹軽大郎皇女とを同一人とみるのはかなり不自然だから、軽大郎皇女と衣通郎姫はやはり別人で、記伝も疑っているように

一の舍人中臣烏賊津使主に勅して曰はく、「皇后の進る娘子弟姫、喚せども來ず。汝、自ら往りて、弟姫を召し將て來れらば、必ず敦く賞せむ」とのたまふ。爰に烏賊津使主、命を承りて退る。糒を裀の中に褁みて、坂田に到る。弟姫の庭の中に伏して言さく、「天皇、命を以て召す」とまうす。弟姫、對へて曰はく、「豈天皇の命を懼りまうさざらむや。唯皇后の志を傷らむことを欲はざらくのみ。

賜二酒于玉田宿禰一。爰采女分明瞻二衣中有一レ鎧、而具奏二于天皇一。々々設レ兵將レ殺。玉田宿禰、乃密逃出而匿レ家。天皇更發レ卒、圍二玉田家一、而捕之乃誅。○冬十有一月甲戌朔甲申、葬二瑞齒別天皇于耳原陵一。

七年冬十二月壬戌朔、讌二于新室一。天皇親之撫レ琴。皇后起儛。々既終而、不レ言二禮事一。當時風俗、於二宴會一、儛者儛終、則自對二座長一曰、奉二娘子一也。時天皇謂二皇后一曰、何失二常禮一也。皇后惶之、復起儛。々竟言、奉二娘子一。天皇卽問二皇后一曰、所奉娘子者誰也。欲レ知二姓字一。皇后不レ獲レ已而奏言、妾弟、名弟姫焉。弟姫容姿絶妙無レ比。其艶色徹レ衣而晃之。是以、時人號曰二衣通郎姫一也。天皇之志、存二于衣通郎姫一。故强二皇后一而令[1]レ進。皇后知之、不三輙言二禮事一。爰天皇歡喜、則明日、遣二使者一喚二弟姫一。時弟姫隨レ母、以在二於近江坂田一。弟姫畏二皇后之情一、而不二參向一。又重七喚。猶固辭以不レ至。於是、天皇不レ悅。而復勅二一舍人中臣烏賊津使主一曰、皇后所進之娘子弟姫、喚而不レ來。汝自往之、召二將弟姫一以來、必敦賞矣。爰烏賊津使主、承レ命退之。糒褁二裀中一、到二坂田一。伏二于弟姫庭中一言、天皇命以召之。弟姫對曰、豈非レ懼二天皇之命一。唯不レ欲レ傷二皇后之志一耳。↓

「紛れたる伝へ」であろう。記伝はまた衣通郎姫の書紀の古訓ソトホリをしりぞけてソトホシと訓み、応神記及び上宮記逸文に忍坂大中姫の妹とする藤原之琴節(コトフシ)郎女(布遅波良已等布斯郎女)と同一人だという。この名は書紀にはないが、ソトホシとコトフシの音の近いこと、書紀の衣通郎姫が忍坂大中姫の妹にあたること、後文に藤原宮に居たとあること、この人のため藤原部をおいたことなど、藤原之琴節郎女といろいろの点で似通っているから記伝の説に従うべきであろう。藤原之琴節郎女という名は衣通郎女が藤原宮にいたためについた名であり、檜前宮(ひのくまのみや)にいた宣化天皇の名代を檜前舎人部といったと同じようにその名代を宮号にちなんで藤原部とよんだのであろう。ただし、コトフシ(kötöFusi)とソトホシ(sotöFösi)は必ずしも甚だ近い音というわけにはいかず、kö と so, Fu と Fö とはかなり相違の明確な音であるからソトホシ＝コトフシ説は音の上では必ずしも決定的とはいえない。しかし、記紀ともに衣通郎姫は、衣を通して美しい膚の色がすけて光りはえているところからつけた名というが、その意味なら、古訓通りにソトホリとよむより、ソトホシとよむ方がよい。七 存は、かえりみる・心を一方にむける・心にかけること。
八 滋賀県坂田郡。推古十四年五月条に近江国坂田郡と見える。九 →補注8-六。この人、仲哀九年二月条・神功摂政前紀にも見えるので、通釈には「これは仲哀紀神功紀なるとは異人なり、時代も遠く、又彼は重き公卿、こゝなるは一舎人とあれは、更に同人にはあらす」とある。集解には「蓋其苗裔襲二祖父之名一仕為二舎人一者」という折衷的な解釈が見える。ただし、姓氏録や中臣氏系図から考えると、天児屋命からの世代数に異同があり、烏賊津連(使主)は、伊賀津(都)臣と雷大臣の二人になるが、この二人妾、身亡ぬと雖も、參赴でじ」といふ。時に烏賊津使主、對へて言さく、「臣、既に天皇の命を被りしく、必ず召し率て來。若し將て來ずは必ず罪せむとのたまひき。故、返りて極刑さるるよりは、寧ろ庭に伏して死なまくのみ」とまうす。仍りて七日經るまでに、庭の中に伏せり。飲食與ふれども湌はず。密に懷の中の糒を食ふ。是に、弟姫、以爲はく、妾、皇后の嫉みたまはむに因りて、既に天皇の命を拒む。且君の忠臣を亡はば、是亦妾が罪なりとおもひて、則ち烏賊津使主に從ひて來。倭の春日に到りて、櫟井の上に食ふ。弟姫、親ら酒を使主に賜ひて、其の意を慰む。使主、即日に、京に至る。弟姫を倭直吾子籠の家に留めて、天皇に復命す。天皇、大きに歡びたまひて、烏賊津使主を美めて、敦く寵みたまふ。然るに皇后の色平くもあらず。是を以て、宮中に近けずして、則ち別に殿屋を藤原に構てて居らしむ。大泊瀨天皇を産らします夕に適りて、天皇、始めて藤原宮に幸す。皇后、聞しめして恨みて曰はく、「妾、初め結髮ひしより、後宮に陪ること、既に多年を經ぬ。甚しきかな、天皇、今妾産みて、死生、相半なり。何の故にか、今夕に當りても、必ず藤原に幸す」とのたまひて、乃ち自ら出でて、産殿を燒きて死せむとす。天皇、聞しめして、大きに驚きて曰はく、「朕過ちたり」とのたまひて、因りて皇后の意を慰め喩へたまふ。

八年の春二月に、藤原に幸す。密に衣通郎姫の消息を察たまふ。是夕、衣通郎

も別人とはただちにきめられず、ここに見える中臣烏賊津使主も仲哀紀・神功紀の烏賊津連(使主)と別人ときめられるかどうか疑いを残す。一〇 糒は音ビ。備に通じる。急用にそなえる米。つまりホシイヒ。ホシヒは、ホシイヒの約。キヌは義訓。FosiiFi→FosiFi. 一一 裀は、着物のみごろ。一二 どうして天皇のお言葉を畏んでおうけしないことがございましょう。(畏んでおうけしたいのですが)ただ、皇后さまのお気持をそこないたくないのです。

一 天皇の御命令をおうけいたしましたには。

二 底本の湌は湌の俗字。湌は、呑食の意。→九三頁注一五。

三 →二三二頁注一八。

四 奈良県天理市櫟之本付近。和爾臣の同族と称する氏に櫟井臣(天武十三年十一月条)があり、応神記の天皇御製に「伊知比韋能 和邇佐能邇」とあるのは櫟井之丸邇坂之土であって、櫟之本付近に和爾もある。

五 →三八四頁注一〇。仁徳即位前紀・仁徳六十二年五月条に見え、さらに雄略二年十二月条にも見え、長期にわたって活躍するが、それは例の年紀の延長のためであって、この頃活躍した人として伝えられたのである。

六 家伝に、藤原鎌足は大和高市郡の藤原之第に出生したといい、持統天皇のいとなんだ宮を藤原宮という。このうち、藤原宮が橿原市高殿町にあることは遺跡の上で確かめられているが、ここの藤原も、高殿町付近かも知れない。なお鎌足の出生地の藤原之第については、万葉一〇三の天武天皇の藤原夫人(鎌足の娘、五十重娘)に賜わった歌に「大原之古爾之郷」とあることなどから、今の奈良県高市郡明日香村小原とする説が行われているが、これも藤原京のあった地域を示すと思われる。

姫、天皇を戀びたてまつりて獨居り。其れ天皇の臨せることを知らずして、歌して曰はく、

一〇 我が夫子が　來べき夕なり　ささがねの　蜘蛛の行ひ　是夕著しも

天皇、是の歌を聆しめして、則ち感でたまふ情有します。而して歌して曰はく、

一一 ささらがた　錦の紐を　解き放けて　數は寢ずに　唯一夜のみ

妾雖二身亡一、不二參赴一。時烏賊津使主對言、臣既被二天皇命一、必召率來矣。若不二將來一必罪之。故返被二極刑一、寧伏レ庭而死耳。仍經二七日一、伏二於庭中一。與二飮食一而不レ湌。密食二懷中之糒一。於是、弟姫以爲、妾因二皇后之嫉一、既拒二天皇命一。且亡二君之忠臣一、是亦妾罪、則從二烏賊津使主一而來之。到二倭春日一、食二于櫟井上一。弟姫親賜二酒于使主一、慰二其意一。使主、卽日、至レ京。留二弟姫於倭直吾子籠之家一、復二命天皇一。天皇大歡之、美二烏賊津使主一、而敦寵焉。然皇后之色不レ平。是以、勿レ近二宮中一、則別構二殿屋於藤原一而居也。適下產二大泊瀨天皇一之夕上、天皇始幸二藤原宮一。皇后聞之恨曰、妾初自二結髮一、陪二於後宮一、既經二多年一。甚哉、天皇也、今妾產之、死生相半。何故、當二今夕一、必幸二藤原一、乃自出之、燒二產殿一而將レ死。天皇聞之、大驚曰、朕過也、因慰二喩皇后之意一焉。

八年春二月[1]、幸二于藤原一。密察二衣通郎姫之消息一。是夕、衣通郎姫、戀二天皇一而獨居。其不レ知二天皇之臨一、而歌曰、和餓勢故餓、勾倍枳豫臂奈利、佐瑳餓泥能、區茂能於虛奈比、虛豫比辭流辭毛。天皇聆二是歌一、則有二感情一。而歌之曰、佐瑳羅餓多、邇之枳能臂毛弘、等枳舍氣帝、阿[2]麻多絆泥受邇、多儾比等用能未。

七 雄略天皇。

八 コシラフは、物を寄せあつめ、あれこれ手を加えて物を作る意。転じて、あれこれ言葉を使って相手の機嫌をとる意。喩は、教えさとす意。

九 →四四〇頁注六。

一〇〔歌謡六五〕私の夫の訪れそうな夕である。笹の根もとの蜘蛛の巣をかける様子が、今、はっきり見える。セは、女から、同母の兄弟または夫を呼ぶ称。もと、同母の兄弟が、姉妹の結婚の相手であった時代がある。その頃、姉妹が兄弟をセと呼んだ。後に、その兄弟と姉妹との結婚は禁止されるようになり、女は、同母の兄弟以外の男性と結婚するに至ったが、その相手の男性をも、同母の兄弟を呼ぶセという語で、呼ぶようになった結果、夫をもセというのである。セの対語はイモ。ヨヒは、ヨヒ・ヨナカ・アカツキ・アシタという、夜を中心とする時間区分の最初にあたる部分。男が女を訪れる時刻。ササガネノは、笹の根もとする解釈の他、「笹蟹の」とする解釈もある。この歌、古今集にはササガニノとあり、その解釈によったものと思われる。オコナヒは、順序をもって事をすすめること。蜘蛛が、きちんと順序をもって巣を張ることをいう。蜘蛛が来て人の衣に着くと、親客が来訪するという俗信が中国にあり、それで蜘蛛を喜母という。それと同じ俗信が日本にもあったのであろう。

一一〔歌謡六六〕ささらの模様の錦の紐を解き放って、さあ、幾夜もとは言わず、ただ一夜だけ共寝しよう。天皇が衣通郎姫を誘った歌。ササラのササは、イササカのササと同源。こまかい意。カタは、模様。ササラガタは、細紋。ニシキは、五彩の輝く織物。当時は輸入品。アマタは、二、三。

明旦に、天皇、井の傍の櫻の華を見して、歌して曰はく、

花ぐはし　櫻の愛で　同愛でば　早くは愛でず　我が愛づる子ら

皇后、聞しめして、且大きに恨みたまふ。是に、衣通郎姫、奏して言さく、「妾、常に王宮に近きて、晝夜相續ぎて、陛下の威儀を視むと欲ふ。然れども皇后は、妾が姉なり。妾に因りて恆に陛下を恨みたまふ。亦妾が爲に苦びたまふ。是を以て、冀はくは、王居を離れて、遠く居らむと欲ふ。若し皇后の嫉みたまふ意少しく息まむか」とまうす。天皇、則ち更に宮室を河内の茅渟に興造て、衣通郎姫を居らしめたまふ。此に因りて、屢日根野に遊獵したまふ。

九年の春二月に、茅渟宮に幸す。

秋八月に、茅渟に幸す。

冬十月に、茅渟に幸す。

十年の春正月に、茅渟に幸す。是に、皇后、奏して言したまはく、「妾、毫毛ばかりも、弟姫を嫉むに非ず。然れども恐るらくは、陛下、屢茅渟に幸すことを。是、百姓の苦ならむか。仰願はくは、車駕の數を除めたまへ」とまうしたまふ。是の後に、希有に幸す。

十一年の春三月の癸卯の朔丙午(四日)に、茅渟宮に幸す。衣通郎姫、歌して曰はく、

とこしへに　君も會へやも　いさな取り　海の濱藻の　寄る時時を

一〔歌謡六七〕花のこまかく美しい桜の見事さ。同じ愛するなら(もっと早く愛すべきだったのに)、早くは賞美せずに惜しいことをした。わが愛する衣通郎姫もそうだ。桜にたとえて、衣通郎姫をたたえた歌。クハシは、こまかくて美しいこと。コトメデバのコトは、如シのゴトの古形。同じの意。従来これを、「如此」の意に解する説もあるが、従えない。「コト降らば袖さへ濡れてとほるべく降りなむ雪の空に消につつ」(万葉二三一七)(同じ降るなら袖まで濡れとおるくらいに降ればいい雪が、ほんのわずかしか降らないで、空で消えている。女が男を引きとめようとする歌)のような例がある。

二 クルシブは古く上二段活用。

三 茅渟は、後の和泉国一帯の地域の名。→一九三頁注一九。ここは「河内の茅渟」とあるが、和泉から分れたのは霊亀二年。奈良時代の茅渟宮は大阪府泉佐野市上之郷の地というが、ここもそこと同じか。

四 日根は和泉の郡名。雄略十四年四月条にも日根が見える。日根野は、今、大阪府泉佐野市日根野の地か。

五〔歌謡六八〕すっかり安心して、いつも変らずに、あなたにお逢いできるのではございません。海の浜藻の、波のまにまに岸辺に近よりただようように稀にしか、お逢いいたしておりません。トコシヘニは、その語源は、「床石上に」の意。tökösiFëni→tökösiFëni. 従って、磐石のように、安定しているのが原義。そこから、不変の意が派生したもの。ここでは「海の浜藻」に対して、しっかり安心できることを表わす。アヘヤモ(阿閉椰毛)の閉はへ乙類の仮名。従って、ここのアヘは已然形。従って、ヤモがつくと反語になる。逢うでしょうか、逢いはしませんの意。イサナは、鯨魚。イサナトリで海にかかる枕詞。ハマモは、浜辺の海藻。ゆらゆらと揺れ

時に天皇、衣通郎姫に謂りて曰はく、「是の歌、他人にな聆かせそ。皇后、聞きたまはば必ず大きに恨みたまはむ」とのたまふ。故、時人、濱藻を號けて、奈能利曾毛[六]と謂へり。是より先に、衣通郎姫、藤原宮[七]に居りき。時に天皇、大伴室屋連[八]に詔して曰ひしく、「朕、頃美麗き孃子を得たり。是、皇后の母弟なり。朕が心に異に愛しとおもふ。冀はくは其の名を後葉に傳へむと欲ふこと、奈何に」とのたまひき。

明旦、天皇見二井傍櫻華一、而歌之曰、波那具波辭、佐區羅能梅涅、許等梅涅麼、波椰區波梅涅孺、和我梅豆留古羅。皇后聞之、且大恨也。於是、衣通郎姫奏言、妾常近二王宮一、而晝夜相續、欲レ視二陛下之威儀一。然皇后則妾之姉也。因レ妾以恆恨二陛下一。亦爲レ妾苦。是以、冀離二王居一、而欲二遠居一。若皇后嫉意少息歟。天皇則更興二造宮室於河内茅渟一、而衣通郎姫令レ居。因レ此、以屢遊二獵于日根野一。

九年春二月、幸二茅渟宮一。○秋八月、幸二茅渟一。○冬十月、幸二茅渟一。

十年春正月、幸二茅渟一。於是、皇后奏言、妾如二毫毛一、非レ嫉二弟姫一。然恐陛下屢幸二於茅渟一。是百姓之苦歟。仰願宜除二車駕之數一也。是後、希有之幸焉。

十一年春三月癸卯朔丙午、幸二於茅渟宮一。衣通郎姫歌之曰、等虛辭陪邇、枳彌母阿閉挪毛、異舍儺等利、宇彌能波摩毛能、余留等枳等枳弘。時天皇謂二衣通郎姫一曰、是歌不レ可レ聆二他人一。皇后聞必大恨。故時人號二濱藻一、謂二奈能利曾毛一也。先レ是、衣通郎姫居二于藤原宮一。時天皇詔二大伴室屋連一曰、朕頃得二美麗孃子一。是皇后母弟也。朕心異愛之。冀其名欲レ傳二于後葉一奈何。↓

て不安定であり、岸辺に寄るのは稀である意。トコシヘニと対立して、天皇の来幸の数少なく、また、何時と定めぬ不安を訴えた表現。トキトキのトは、両方とも清音。

六　ナノリソの意味は、勿(ナ)告(ノリ)ソで、人に告げるなの意。万葉にも、ナノリソを勿告藻と書いた例がある。

七　藤原→四四二頁注六。茅渟宮以前に衣通郎姫のいた宮。

八　雄略天皇のとき、大連となったこと、雄略即位前紀に見える。三代実録、貞観三年十一月条に「健日連公之子、健持大連公子、室屋大連公之第一男、御物宿禰之胤、倭胡連公、允恭天皇御世、始任二讃岐国造一」とあり、年紀はちがうが、允恭天皇と特記する。大伴連→一五六頁注一二。

室屋連、勅に依せて奏すに可されぬ。則ち諸國造等に科せて、衣通郎姫の爲に、一藤原部を定む。

十四年の秋九月の癸丑の朔甲子(十二日)に、天皇、淡路嶋に獵したまふ。時に二麋鹿・猨・猪、三莫莫紛紛に、山谷に盈てり。焱のごと起ち蠅のごと散ぐ。然れども終日に、一の獸をだに獲たまはず。是に、獵止めて更に卜ふ。嶋の神、祟りて曰はく、「獸を得ざるは、四是我が心なり。五赤石の海の底に、六眞珠有り。其の珠を我に祠らば、悉に獸を得しめむ」とのたまふ。爰に更に處處の七白水郎を集へて、赤石の海の底を探かしむ。海深くして底に至ること能はず。唯し一の海人有り。男狹磯と曰ふ。是、阿波國の八長邑の人なり。諸の白水郎に勝れたり。是、腰に繩を繫けて海の底に入る。差須臾ありて出でて曰さく、「海の底に大蝮有り。其の處光れり」とまうす。諸人、皆曰はく、「嶋の神の請する珠、殆に是の蝮の腹に有るか」といふ。亦入りて探く。爰に男狹磯、大蝮を抱きて泛び出でたり。乃ち息絶えて、浪の上に死りぬ。既にして繩を下して海の深さを測るに、六十尋なり。則ち蝮を割く。實に眞珠、腹の中に有り。其の大きさ、桃子の如し。乃ち嶋の神を祠りて獵したまふ。多に獸を獲たまひつ。唯男狹磯が海に入りて死りしことをのみ悲びて、則ち九墓を作りて厚く葬りぬ。其の墓、猶今まで存。

二十三年の春三月の甲午の朔庚子(七日)に、一〇木梨輕皇子を立てて太子とす。容姿佳麗

一 いわゆる御名代の部。→補注11-四。衣通郎姫のために殿屋を藤原に構えたゆかりによる命名。天武十二年九月、藤原部造に連の姓を賜わる。→下四五八頁注二〇。正倉院文書の養老五年の下総国倉麻郡意布郷の戸籍には、藤原部直白麻呂ほか八十二人のほとんどが藤原部。天平宝字元年三月、藤原部の姓を久須波良部と改む。正倉院文書によると、下総国相馬郡邑保郷の戸主に久須波良部音があり、その戸口広島は造石山院所の断丁であった。そのほか常陸国にも久須波良部の戸があった。

二 →三〇四頁注七。

三 ここの文章は文選、羽猟賦の「莫莫紛紛、山谷為レ之風猋」によるか。莫は、もと、草原または森林の中に日の沈む会意文字。よって、莫莫は、草木のしげるさま。転じて、塵埃の立つさま(李善注「莫々紛々、風塵之貌」)。紛紛は、糸の分れて乱れるさま。ここでは、多くあって入り乱れる意。寛文版文選にサカリ(ニ)チリマカフテとよむ。なお応神二十二年九月条にも淡路島での狩のことが見え、「峰巌紛錯、陵谷相続。芳草薈蔚、長瀾潺湲。亦麋鹿鳧雁、多在二其島一…」とある。以下、真珠を得て、淡路島の神をまつる話。記にはない。

四 同様な表現は崇神七年二月条にも見え、「天皇、勿復為愁。国之不レ治、是吾意也」(二四〇頁三―四行)とある。

五 播磨国明石郡の海。

六 和名抄、玉類に「珠、白虎通云、海出二明珠一(日本紀私記云、真珠、之良太麻)」とあり、武烈即位前紀の歌謡に「婀波寐之羅陀魔」(下一一頁原文八行)とある。

七 和名抄、漁猟類に「白水郎、辨色立成云、白水郎〈和名阿万〉」とあり、書紀には多く、海人と書く。海人の話は、阿曇海人(三三五頁五行)・磯鹿海人(三三六頁二行)、淡路御原之海

し。見る者、自づからに感でぬ。同母妹輕大娘皇女[一一]、亦艶妙し。太子、恒に大娘皇女と合せむと念す。罪[一二]有らむことを畏りて默あり。然るに感でたまふ情、既に盛にして、殆に死するに至りまさむとす。爰に以爲さく、徒に空しく死なむよりは、刑有りと雖も、何ぞ忍ぶる[一三]こと得むとおもほす。遂に竊に通けぬ。乃ち悒[一四]懷少しく息みぬ。仍りて歌して曰はく、

室屋連依レ勅而奏可。則科二諸國造等一、爲二衣通郎姫一、定二藤原部一。

十四年秋九月癸丑朔甲子、天皇獵二于淡路嶋一。時麋鹿・猨・猪[1]、莫々紛々、盈二于山谷一。焱起蠅散。然終日、以不レ獲二一獸一。於是、獵止以更卜矣。嶋神祟之曰、不レ得レ獸者、是我之心也。赤石海底、有二眞珠一。其珠祠二於我一、則悉當得レ獸。爰更集二處々之白水郎[2]一、以令レ探二赤石海底一。海深不レ能レ至レ底。唯有二一海人一。曰二男狹磯一。是阿波國長邑之人也。勝二於諸[3]白水郎一也。是[4]腰繋レ繩入二海底一。差須臾[5]之出曰、於二海底一有二大蝮一。其處光也。諸人皆曰、嶋神所請之珠、殆有二是蝮腹一乎。亦入而探之[6]。爰男狹磯、抱二大蝮一而泛出之。乃息絶、以死二浪上一。既而下レ繩測二海深[7]一、六十尋。則割レ蝮。實眞珠有二腹中一。其大如二桃子一。乃祠二嶋神一而獵之。多獲レ獸也。唯悲二男狹磯入レ海死一之、則作レ墓厚葬。其墓猶今存之。

廿三年春三月甲午朔庚子、立二木梨輕皇子一爲二太子一。容姿佳麗。見者自感。同母妹輕大娘皇女、亦艶妙也。太子恒念レ合二大娘皇女一。畏レ有レ罪而默之。然感情既盛、殆將レ至レ死。爰以爲、徒[8]空死者、雖レ有レ刑、何[9]得レ忍乎。遂竊通。乃悒懷少息。仍[10]歌之曰、↓

人(三七四頁一〇行)、淡路之海人(三八四頁一二行)、淡路野島之海人(四二〇頁一四行)など、地名を冠した諸処の海人が見える。白水郎は、もと中国の地名白水の漁人(郎は男)をいう。海人→補注10-一〇。

八 延喜民部式・和名抄共に那賀郡に作る。旧事紀、国造本紀に「長国造、志賀高穴穂朝御世、観松彦色止命九世孫韓背足尼定二賜国造一」とある。今、徳島県那賀郡那賀川町あたりの海岸か。

九 通釈には「或人云、阿波国人宮崎五十羽云、同国板野郡里浦村鰯山麓に古蹟あり。里人尼塚と云り、是海人男狭磯の墓也と、土人云伝へたりとそと云り、聞正すへし」とある。

一〇 皇后忍坂大中姫所生の第一皇子。→二年二月条。以下二十四年条の終りまで、木梨軽皇子が同母妹軽大娘皇女と結婚し、同母兄弟相姦の罪をおかす話。この皇子のことは安康即位前紀にも見え、皇子は暴虐で婦女に淫けたので太子としての人望を失い、物部氏の家でほろび、一説に伊予に流されたという。この話は記でも、大筋はほぼそのまま同じであるが、人望を失ったのは相姦の罪をおかしたためであるとする。この方が本来の形であろう。

一一 皇后忍坂大中姫所生の皇女。→二年二月条。

一二 当時、同父異母の男女は結婚を許されていたが、同母の男女の結婚は許されず、処罰された。

一三 こらえ隠す意のシノブは、奈良・平安時代に上二段活用。従って連体形はシノブルとなる。思い慕う意の場合は四段活用。

一四 悒は、心がふさいでうつうつした様をいう。イキドホリ→二六三頁注二二。

あしひきの　山田を作り　山高み　下樋を走せ　下泣きに　我が泣く妻　片泣きに　我が泣く妻　今夜こそ　安く膚觸れ

二十四年の夏六月に、御膳の羹汁、凝以作氷れり。天皇、異びたまひて、其の所由を卜はしむ。卜へる者の曰さく、「内の亂有り。蓋し親親相姧けたるか」とまうす。時に人有りて曰さく、「木梨輕太子、同母妹輕大娘皇女を姧けたまへり」とまうす。因りて、推へ問ふ。辭既に實なり。太子は、是儲君たり、加刑すること得ず。則ち大娘皇女を伊豫に移す。時に太子、歌して曰はく、

大君を　嶋に放り　船餘り　い還り來むぞ　我が疊齊め　言をこそ　疊と言はめ　我が妻を齋め

又歌して曰はく、

天飛む　輕孃子　甚泣かば　人知りぬべみ　幡舍の山の　鳩の　下泣きに泣く

四十二年の春正月の乙亥の朔戊子（十四日）に、天皇崩りましぬ。時に年若干。是に、新羅の王、天皇既に崩りましぬと聞きて、驚き愁へて、調の船八十艘、及び種種の樂人八十を貢上る。是、對馬に泊りて、大きに哭る。筑紫に到りて、亦大きに哭る。難波津に泊りて、則ち皆、素服きる。悉に御調を捧げて、且種種の樂器を張へて、難波より京に至るまでに、或いは哭き泣ち、或いは儛ひ歌ふ。遂に殯宮に參會ふ。

一〔歌謡六九〕山田を作り、山が高いので下樋を走らせて水を引く（ここまで「下泣き」の「下」を導くための序）。忍び泣きに私が恋い泣く妻よ、独り泣きに私が恋い泣く妻よ。今夜こそは、こだわりなくわが肌に触れよ。→補注13―一。

二 唐名例律、十悪の第十に「内乱〈謂下姦二小功以上親、父祖妾一及与和者上〉」とあり、疏議に「左伝云、女有レ家、男有レ室、無二相瀆一、易レ此則乱、若有下禽二獣其行一、朋中淫於家上、紊二乱礼経一、故曰二内乱一」とある。

三 文選、求レ通二親親一表に「親親之義、寔在二敦固一」とあり、六臣注に「親親、骨肉之義」とある。ここでは同母の兄妹をいう。

四 伊予は、神亀元年三月、流配遠近之程を定めた時、中流の国と定められ、延喜刑部式にも信濃と共に中流の国に列し、京よりの行程五百六十里とある。なお記では、允恭天皇崩後の皇位継承の争いのあとに、軽太子を伊余湯に流したという記事があり、書紀と異なる。→四四六頁注一〇。記伝には「初廿四年云々の時に、此姧は既に顕れつれども、儲君に坐ば刑ひがたしとして、其時は宥められて事なくて在けむを、書紀に此時大郎女を流とあるは紛れつる伝なり、かくて天皇崩坐て後、百官人を始め天下の人此姧を忌悪みて太子に背き、穴穂皇子に帰たりしを太子争ひて穴穂皇子に敵(かた)みて負賜へれば穴穂皇子の命以て流奉給へるなり」と、この経緯を説明する。

五〔歌謡七〇〕大君を四国の島に放逐しても、船に人数が多すぎて乗れずに、きっと帰って来るだろうから、畳を潔斎して待っていなさい。いや、言葉でこそ畳というが、実は、わが妻よ、潔斎して待っていなさい。→補注13―三。

六〔歌謡七一〕軽嬢子よ、ひどく泣いたら人が気づくだろうから、私は幡舎の山の鳩のように、低い声で忍び泣きをしています。→補注13―四。

冬十一月に、新羅の弔使等、喪禮既に闋みて[一三]還る。爰に新羅人、恆に京城の傍の耳成山[一四]・畝傍山[一五]を愛づ。則ち琴引坂[一六]に到りて、顧みて曰はく、「うねめはや、みみはや」[一七]といふ。是風俗の言語を習はず。故、畝傍山を訛りて、うねめと謂ひ、耳成山を訛りて、みみと謂へらくのみ。時に倭飼部[一八]、新羅人に從ひて、是の辭を聞きて、疑ひて以爲はく、新羅人、采女[一九]に通けたりとおもふ。乃ち返りて大泊瀬皇子[二〇]に啓す[二一]。

阿資臂紀能、椰摩娜烏菟[1]勾[2]利、椰摩娜箇彌、斯哆媚烏和之勢、志哆那企貳、和餓儺勾[3]菟摩、箇哆儺企貳、和餓儺勾[4]菟摩、去鐏去曾、椰主區泮[5]娜布例。

廿四年夏六月、御膳羹汁、凝以作氷。天皇異之、卜二其所由一。卜者曰、有二內亂一。蓋親々相姧乎。時有レ人曰、木梨輕太子、姧二同母妹輕大娘皇女一。因以、推問焉。辭既實也。太子是爲二儲君一、不レ得二加刑一。則移[6]二大娘皇女於伊豫一。于[7]時太子歌之曰、於[8]裒[9]企彌[10]烏、志摩耳波夫利、布儺阿摩利、異餓幣利去牟鋤、和餓哆々彌[11]由梅、去等烏許曾、哆多彌[12]等異泮[13]梅、和餓菟[14]摩烏由梅。又歌之曰、阿摩儾霧、箇留惋等賣、異哆儺介麼、臂等資利奴陪彌、幡舍能夜摩能、波刀能、資哆儺企邇奈勾。

卅二年春正月乙亥朔戊子、天皇崩。時年若干[15]。於是、新羅王聞二天皇既崩一、而驚[16]愁之、貢二上調船八十艘、及種々樂人八十一。是泊二對馬一而大哭。到二筑紫一亦大哭。泊二于難波津一、則皆素服之。悉捧二御調一、且張二種々樂器一、自二難波一至二于京一、或哭泣、或儛[17]歌。遂參二會於殯宮一也。○冬十一月、新羅弔使等、喪禮既闋而還之。爰新羅人、恆愛二京城傍耳成山・畝傍山一。則到二琴引坂一、顧之曰、宇泥咩巴椰、彌々巴椰。是未レ習二風俗之言語一。故訛二畝傍山一、謂二宇泥咩一、訛二耳成山一、謂二彌々一耳。時倭飼部、從二新羅人一、聞二是辭一而、疑之以爲、新羅人通二采女一耳。乃返之啓二于大泊瀬皇子一。↓

七 記は「甲午年正月十五日崩」と記す。甲午は書紀では安康元年に当り、正月十五日とは一日だけちがう。以下、十一月条にかけて新羅の弔使の一行の一人が、言葉の通じないため、無実の罪を得、そのため両国の関係が悪化した話。
八 記・旧事紀ともに七十八歳に作る。
九 調の船の数多いことを言い、八十に限らない。→三三八頁注二九。
一〇 筑紫の儺大津、今の博多であろう。
一一 →三九九頁注一五。
一二 →三八八頁注一〇。
一三 闋は、音ケツ。仕事を終って門を閉じる意。転じて、音楽の一曲終る意。ここは、終るの意。
一四 大和三山の一。奈良県橿原市木原にあり、三山のうち最も北にある。
一五 大和三山の一。→二一二頁注一七。
一六 琴弾原(→三一一頁注一九)と同地であろう。大和より河内に入る道のほとり。
一七 (私の愛でた)ウネビはどうしたろう、ミミはどうしたろうの意。
一八 →補注9-七。倭馬飼造・川内馬飼造が連の姓を賜わったことは、天武十二年九月条に見える。→下補注29-一二。
一九 →四〇八頁注一。
二〇 允恭天皇の皇子、後の雄略天皇。
二一 →二五二頁注九。

皇子、則ち悉に新羅の使者を禁固へたまひて、推へ問ふ。時に新羅の使者、啓して曰さく、「采女を犯すこと無し。唯京の傍の兩の山を愛でて言ししくのみ」とまうす。則ち虚言を知しめして、皆原したまふ。是に、新羅人、大きに恨みて、更に貢上の物の色及び船の數を減す。

冬十月の庚午の朔己卯(十日)に、天皇を河内の長野原陵に葬りまつる。

穴穂天皇　安康天皇

穴穂天皇は、雄朝津間稚子宿禰天皇の第二子なり。一に云はく、第三子なりといふ。母をば忍坂大中姫命と曰す。稚渟毛二岐皇子の女なり。四十二年の春正月に、天皇崩りましぬ。

冬十月に、葬禮畢りぬ。是の時に、太子、暴虐行て、婦女に淫けたまふ。國人謗りまつる。群臣從へまつらず。悉に穴穂皇子に隷きぬ。爰に太子、穴穂皇子を襲はむとして、密に兵を設けたまふ。穴穂皇子、復兵を興して戰はむとす。故、穴穂括箭・輕括箭、始めて此の時に起れり。時に太子、群臣從へまつらず、百姓乖き違へることを知りて、乃ち出でて、物部大前宿禰の家に匿れたまふ。穴穂皇子、聞しめして則ち圍む。大前宿禰、門に出でて迎へたてまつる。穴穂皇子、歌して曰はく、

一 記には「御陵在河内之恵賀長枝也」とある。延喜諸陵式に「恵我長野北陵〈遠飛鳥宮御宇允恭天皇。在河内国志紀郡。兆域東西三町。南北二町。陵戸一烟。守戸四烟〉」とある。陵墓要覧には、その所在地を大阪府南河内郡道明寺町大字国府字市ノ山(今、大阪府南河内郡美陵町国府)とする。
二 →四三二頁注二。
三 允恭天皇。
四 記紀ともに允恭天皇の第二皇子は境黒彦皇子とする。一云に第三子とあるのが正しいようである。
五 →四三四頁注四。
六 →補注10-二・四三四頁注四。
七 木梨軽皇子。以下、木梨軽太子が暴虐で婦女に淫けたので人望を失い、安康天皇によってほろぼされる話。允恭記にもほぼ同じ話がある。→四四六頁注一〇。
八 太子が暴虐を行い婦女に淫したことは、允恭記には軽大郎女を姧したために百官や天下の人が軽太子に背いたとする。恐らく記が真相を得ているのであろう。本条は、允恭紀の同母妹に姧したことを改めて言い換えたものであろう。→四四六頁注一〇。
九 淫は婬に通用。婬は、名義抄にタハシ・タハブルの訓がある。
10 允恭記は「軽太子畏而、逃入大前小前宿禰大臣之家而、備作兵器。〈爾時所作矢者、銅其箭之内。故号其矢謂軽箭也〉穴穂皇子亦作兵器。〈此王子所作之矢者、即今時之矢者也。是謂穴穂箭也〉」とある。記伝では、内は前の字の誤りで、鏃をいい、軽箭は銅鏃、穴穂箭は鉄鏃のことである。書紀に括箭とあるのは、鏃と筈とを混同した誤りだから、括字にかかわらず、記に従ってアナホヤ・カルヤと訓むべしという。通釈はそれに反対して、括はヤハズで

[一二]大前 小前宿禰が 金門陰 かく立ち寄らね 雨立ち止めむ

大前宿禰、答歌して曰さく、

[一三]宮人の 足結の小鈴 落ちにきと 宮人動む 里人もゆめ

乃ち皇子に啓して曰さく、「願はくは、太子をな害したまひそ。臣、議らむ」とまうす。是に由りて、太子、自ら大前宿禰の家に死せましぬ。[一四]一に云はく、[一五]伊豫國に流し

皇子則悉禁二固新羅使者一、而推問。時新羅使者啓之曰、無レ犯二采女一。唯愛二京傍之兩山一而言耳。則知二虚言一、皆原[1]之。於是、新羅人大恨、更減二貢上之物色及船數[2]一。

[8]○冬十月庚午朔己卯、葬二天皇於河内長野原陵一。

穴穗天皇　安康天皇

穴穗天皇、雄朝津間稚子宿禰天皇第二子也。一云、第三子也。母曰二忍坂大中姬命一。稚渟毛二岐皇子之女也。卌二年春正月、天皇崩。○冬十月、葬禮畢之。是時、太子行二暴虐一、[4]淫二于婦女一。國人謗之。群臣不レ從。悉隷二穴穗皇子一。爰太子欲レ襲二穴穗皇子一、而密設レ兵。穴穗皇子、復興レ兵將レ戰。故穴穗括箭・輕[5]括箭、始起二于此時一也。時太子知二群臣不レ從、百姓乖違一、乃出之、匿二物部大前宿禰之家一。穴穗皇子、聞則圍之。大前宿禰、出レ門而迎之。穴穗皇子歌之曰、於朋摩弊[6]、烏摩弊[7]輸區泥餓、訶那杜加[8]礙、訶區多智豫羅泥、阿梅多知夜梅牟。大前宿禰答歌之曰、瀰椰比等能、阿由臂能古輸孺、於智珥岐等、瀰椰比等々豫牟、佐杜弭等茂由梅。乃啓二皇子一曰、願勿レ害太子一。臣將議。由レ是、太子自死二于大前宿禰之家一。一云、流二伊豫國一。

弦を受ける所、もと角で作るのが慣わしなのに、銅を以て作ったのであるという。考古学者の説によれば、銅鏃は弥生時代から古墳時代中期まで行われ、後期には跡を絶つという。鏃と解する方が合理的のように思われる。穴穗括箭は書紀古訓にアナホノヤハズとあるが、今、記に従って、アナホヤと改訓する。軽括箭についても同様。

一一 →四一九頁注二四。次の歌に見える小前宿禰はその弟。

一二〔歌謡七二〕大前小前宿禰の家の金門の蔭に、このようにみんな立ち寄りなさい。雨宿りをしよう。オホマヘヲマヘスクネ、允恭記では大前宿禰が、大前小前宿禰となっている。従って、この歌は、記の伝承とした方が適当である。また旧事紀、天孫本紀には、大前と小前と二人の兄弟とされている。ヨラネのネは、誂えの助詞。アメヤメム、即ち雨を止まそうというのは、雨宿りしようの意。現在も方言で同じ表現を使うところがある。

一三〔歌謡七三〕宮廷にお仕えする人の足結につける小鈴が落ちたと、人人がどよめいている。里に退出している人人も気をつけなさい。アユヒは、動き易くするため、袴の膝から下をくくる紐。オチニキは、落ちたということは不吉な事の象徴。トヨムは、どよめく。里人は、勤めをせず自宅に退いている女など。ユメは、気をつけよの意。ユメ→二〇〇頁注一〇。

一四・一五 本文では、太子は自決するが、允恭記では大前・小前宿禰が太子を捕えて朝廷にすすめ、伊余の湯に流される。分注は記と同じ流刑をかかげる。→四四八頁注四。

まつるといふ。

十二月の己巳の朔壬午(十四日)に、穴穂皇子、即天皇位す。皇后[一]を尊びて皇太后と曰す。則ち都を石上[二]に遷す。是を穴穂宮と謂す。是の時に當りて、大泊瀬皇子[三]、瑞齒別天皇[四]の女等[五]を聘へたまはむとす。女の名、諸の記に見えず。是に、皇女等、皆對へて曰したまはく、「君王、恆に暴く強くましましき。倏忽に忿起りたまふときには、朝に見ゆる者は夕には殺され、夕に見ゆる者は朝には殺されぬ。今妾等、顏色秀れず。加以、情性拙し[六]。若し威儀言語、毫毛[七]ばかりも王の意に似はずは、豈親びたまはむや。是を以て、命を奉ること能はず」とまうしたまふ。遂に遁れて聽けたまはず。

元年[八]の春二月の戊辰の朔に、天皇、大泊瀬皇子の爲に、大草香皇子[九]の妹幡梭[一〇]皇女を聘へむと欲す。則ち坂本臣[一一]の祖根使主[一二]を遣して、大草香皇子に請はしめて曰はく、「願はくは、幡梭皇女を得て、大泊瀬皇子に配せむ」とのたまふ。爰に大草香皇子、對へて言したまはく、「僕、頃重病して、愈ゆること得ず。譬へば物を船に積みて潮を待つ者の如し。然れども[一三]死せなむは命なり。何ぞ惜むに足らむ。但妹幡梭皇女の孤なるを以て、え易に[一四]死なざらくのみ。今陛下、其の醜きことを嫌ひたまはずして、荇菜[一五]の數に滿ひたまはむとす。是、甚に大恩なり。何ぞ命の辱きを辭びまうさむ。故、丹心を呈さむとして、私の寶名は押木珠縵[一六]一に云

一 允恭天皇の皇后、忍坂大中姫命。
二 石上→一二五頁注一八。帝王編年記に「石上穴穂宮〈大和国山辺郡。石上左大臣家西南。古川南地是也〉」とあり、大和志によれば山辺郡田村(今、奈良県天理市田)にその跡があるという。
三 後の雄略天皇。以下、大泊瀬皇子が伯父の反正天皇の娘たちを妻としようとして果たさなかった話。記には見えない。
四 反正天皇。
五 反正元年八月条によれば、香火姫皇女・円皇女・財皇女があり、反正記によれば、その上に多訶辨郎女がある。
六 拙は、巧ならず、敏ならずの意。
七 毫は、広韻に長毛、集韻に長鋭毛とある。
八 以下、天皇が大泊瀬皇子の妻として幡梭皇女を迎えようとし、使者にたった根使主が礼物の押木珠縵を盗み、両家の争いとなる話。記にも類似の話がある。
九 仁徳天皇皇子。生母は日向髪長媛。記は大日下王に作る。→仁徳二年三月条。
一〇 仁徳二年三月条。記は若日下王に作る。→補注11-三。
一一 和泉の豪族。和名抄に和泉国和泉郡坂本郷(今、大阪府和泉市阪本町付近)がある。天武十三年十一月に朝臣に改姓。姓氏録、摂津皇別に「坂本臣、紀朝臣同祖、彦太忍信命孫武内宿禰命之後也」、同和泉皇別に「坂本朝臣、紀朝臣同祖、建内宿禰男紀角宿禰之後也、男白城宿禰三世孫建日臣、因レ居賜二姓坂本臣一」、同左京皇別に「坂本朝臣、紀朝臣同祖、紀角宿禰男白城宿禰之後也」とある。
一二 記は根臣に作る。根使主のこと雄略十四年四月条にまた見える。
一三 しかし死ぬのは、寿命というものである。
一四 安らかに安心して死ぬことができないだけ

です。

一五 水草の名。アサザ。転じて、宮廷に働く女性。毛詩、周南、関雎の「参差荇菜、左右流ㇾ之、窈窕淑女、寤寐求ㇾ之」によって、女性を意味する。

一六 木の枝の形をした立飾(たちかざり)のある金製または金銅製の冠で、あるいはそれに玉をとじつけたものか。慶州の金冠塚・瑞鳳塚をはじめ、新羅の古墳の遺物に例が多い(小林行雄)。

一七 記には「妹之礼物」とある。神代記にも大山津見神の女を邇邇芸命に奉るところに「令ㇾ持㆓百取机代之物㆒奉出」という例がある。

一八 この言は記では「己妹乎、為㆓等族之下席㆒」とある。記伝には「若日下王と大長谷王とは姨甥に坐て、共に天皇の御子なれば、同品の御族に坐よしなり。下席に為るとは大長谷王の妃に為坐ことを如此は云るなり、…さるは正しき言には非ず、たゞ怒りて嘲りたる戯言のよしなり」とある。

はく、立縵といふ。又云はく、磐木縵といふ。を捧げて、使されし臣根使主に附けて、敢へて奉献る。願はくは、物軽く賤しと雖も、納めたまひて信契[一七]としたまへ」とまうしたまふ。是に、根使主、押木珠縵を見て、其の麗美に感けて、以為はく、盗りて己が宝とせむとおもふ。則ち詐りて天皇に奏して曰さく、「大草香皇子は、命を奉らずして、乃ち臣に謂りて曰へらく、『其れ[一八]同族と雖も、豈吾が妹を以て、

○十二月己巳朔壬午、穴穂皇子、即天皇位。尊㆓皇后㆒曰㆓皇太后㆒。則遷㆓都于石上㆒。是謂㆓穴穂宮㆒。當㆓是時㆒、大泊瀬皇子、欲ㇾ聘㆓瑞歯別天皇之女等㆒。(女名不ㇾ見㆓諸記㆒。)於是、皇女等皆[1]對曰、君王恆暴強也。儵忽忿起、則朝見者夕被ㇾ殺。夕見者朝被[2]ㇾ殺。今妾等顏色不ㇾ秀。加以、情性拙之。若威儀言語、如[3]㆓毫毛㆒不ㇾ似㆓王意㆒、豈爲ㇾ親乎。是以、不ㇾ能ㇾ奉ㇾ命。遂遁以不ㇾ聽矣。

元年春二月戊辰朔、天皇爲㆓大泊瀬皇子㆒、欲ㇾ聘㆓大草香皇子妹幡梭皇女㆒。則遣㆓坂本臣祖根使主㆒、請㆓於大草香皇子㆒曰、願得㆓幡梭皇女㆒、以欲ㇾ配㆓大泊瀬皇子㆒。爰大草香皇子對言、僕頃患㆓重病㆒、不ㇾ得ㇾ愈。譬如㆓物積ㇾ船以待ㇾ潮者㆒。然死之命也。何足ㇾ惜乎。但以㆓妹幡梭皇女之孤㆒、而不ㇾ能㆓易死㆒耳。今陛下不ㇾ嫌㆓其醜㆒、將ㇾ滿㆓荇菜之數㆒。是甚之大恩也。何辭㆓命辱㆒。故欲ㇾ呈㆓丹心㆒、捧㆓私寶名押木珠縵㆒、(一云、立縵。又云、磐木縵。)附㆓所使臣根使主㆒、而敢奉獻。願物雖㆓輕賤㆒、納爲㆓信契㆒。於是、根使主見㆓押木珠縵㆒、感㆓其麗美㆒、以爲盜爲㆓己寶㆒。則詐之奏㆓天皇㆒曰、大草香皇子者不ㇾ奉ㇾ命、乃謂ㇾ臣曰、其雖㆓同族㆒、豈以㆓吾妹㆒、↓

妻とすること得むや』といへり」とまうす。既にして縵を留めて、己に入れて獻らず。是に、天皇、根使主が讒言を信けたまふ。則ち大きに怒りて、兵を起して大草香皇子の家を圍みて、殺しつ。是の時に、[一]難波吉師[二]日香蚊父子、並に大草香皇子に仕へまつる。共に其の君の罪无くして死にたまひぬることを傷みて、則ち父は王の頸を抱き、二の子は各王の足を執へて、唱へて曰はく、「吾が君、罪无くして死にたまふこと、悲しきかな。我父子三人、生きてましし時に事へまつり、死にますときに殉ひまつらずは、是臣だにもあらず」といふ。即ち自ら刎ねて、皇尸の側に死りぬ。軍衆、悉に流涕ぶ。爰に大草香皇子の妻[三]中蒂姫を取りて、宮中に納れたまふ。因りて妃としたまふ。復遂に[四]幡梭皇女を喚して、[五]大泊瀬皇子に配せたまふ。是年、[六]太歳甲午。

二年の春正月の癸巳の朔己酉(十七日)に、中蒂姫命を立てて皇后とす。甚に寵みたまふ。初め中蒂姫命、[七]眉輪王を大草香皇子に生れませり。乃ち母に依りて罪を免るること得たり。常に宮中に養したまふ。

三年の秋八月の甲申の朔壬辰(九日)に、天皇、[八]眉輪王の爲に殺せまつられたまひぬ。辭、具に大泊瀬天皇の紀に在り。　三年の後、乃ち[九]菅原伏見陵に葬りまつる。

日本書紀巻第十三

一 難波吉師は、後に難波連・難波忌寸となる。姓氏録、右京諸蕃下に「難波連、出レ自二高麗国好太王一也」とある。→㊦五五頁注三一。

二 雄略十四年四月条に日香香に作る。

三 履中天皇皇女。履中元年七月条に「次妃幡梭皇女、生二中磯皇女一」とある。この幡梭皇女は応神天皇の皇女であって、大草香皇子の妹幡梭皇女とは別人であろう。→補注11-三。蒂は帯と同じ。ヘタ。物の下にあって、輪をなしてしめくくり、全体をささえるもの。丸くて、足の下でしめくくるものとしてのヒヅメ(蹄)をアシ(名義抄)と訓むので、それと音の近い蒂を、やはりアシと訓み、nakaasi→nakasi の変化によって、ナカシにあてたものであろう。

四 大草香皇子の妹。→補注11-三。

五 後の雄略天皇。

六 →補注3-六。

七 記は目弱王に作る。和名抄、亀貝類に「石炎螺、辨色立成云、石炎螺〈万与和、楊氏説同〉」とあり、螺にちなんだ名である。大草香皇子との間に眉輪王を生んだの意。

八 眉輪王弑逆の事情は、次の雄略即位前紀及び安康記に詳しい。天皇崩年を記は「伍拾陸歳」とする。

九 記は「御陵在二菅原之伏見岡一也」と記す。延喜諸陵式に「菅原伏見西陵〈石上穴穂宮御宇安康天皇。在二大和国添下郡一。兆域東西二町。南北三町。守戸三烟〉」とある。陵墓要覧は奈良市宝来町字古城にあるという。

得レ爲レ妻耶。既而留レ縵、入レ己而不レ獻。於是、天皇信二根使主之讒言一。則大怒之、起レ兵圍二大草香皇子之家一、而殺之。[1]是時、難波吉師日香蚊父子、[2]並仕二于大草香皇子一。共傷二其君无レ罪而死之一、[3]則父抱二王頸一、二子各執二王足一、而唱曰、吾君无レ罪以死之、悲乎。我父子三人、生事之、死不レ殉、是不レ臣矣。卽自刎之、死二於皇尸側一。軍衆悉流涕。爰取二大草香皇子之妻中蒂姬一、納二于宮中一。因爲レ妃。[4]復遂喚二幡梭皇女一、配二大泊瀨皇子一。[5]◎是年也、太歲甲午。

二年春正月癸巳朔己酉、立二中蒂姬命一爲二皇后一。甚寵也。初中蒂姬命、生二眉輪王於大草香皇子一。[6]乃依レ母以得レ免レ罪。常養二宮中一。

三年秋八月甲申朔壬辰、天皇爲二眉輪王一見レ殺。[7]辭具在二大泊瀨天皇紀一。[8][9]三年後、乃葬二菅原伏見陵一。

日本書紀卷第十三

日本書紀 巻第十四

大泊瀬幼武天皇[一]　雄略天皇

大泊瀬幼武天皇は、雄朝嬬稚子宿禰天皇の[二]第五子[三]なり。天皇、産れまして、神しき光[四]、殿に満めり。長りて伉健[五]しきこと、人に過ぎたまへり。三年[六]の八月に、穴穂天皇[七]、沐浴まむと意して、山宮に幸す。遂に楼に登りまして遊目びたまふ。因りて酒を命して肆宴[八]す。爾して乃ち情盤楽極[九]りて、間[一〇]ふるに言談を以てして、顧に皇后[一一]去来穂別天皇の女、中蒂姫皇女[一二]と曰す。更の名は、長田大娘皇女[一三]。大鷦鷯天皇[一四]の子大草香皇子[一五]、長田皇女を娶きて、眉輪王[一六]を生めり。後に、穴穂天皇、根臣[一七]の讒を用ゐて、大草香皇子を殺して、中蒂姫皇女を立てて皇后としたまふ。語は穴穂天皇紀に在り。に謂ひて曰はく、「吾妹、妻を稱ひて妹とすることは、蓋し古[一八]の俗か。汝[一九]は親しく昵しと雖も、朕、眉輪王を畏る」とのたまふ。眉輪王、幼[二〇]年くして楼の下に遊戯びて、悉に所談を聞きつ。既にして穴穂天皇、皇后の膝に枕したまひて、晝酔ひて眠臥したまへり。是に、眉輪王、其の熟睡ませるを伺ひて、刺[二一]し殺せまつりつ。是の日に、

一 大は、美称。泊瀬は、奈良県桜井市初瀬(はせ)町・黒崎町の辺。泊瀬の朝倉に宮を定めたからいう。安康即位前紀允恭四十二年十二月条に大泊瀬皇子、允恭記に大長谷命、雄略記に大長谷若建命、播磨風土記に大長谷天皇。四年二月条には「朕是幼武尊也」とある。宋書・南斉書・梁書には倭国王武があり同一人と見られている。倭国王武は四七七—五〇二年の間に四度、南朝の諸王朝に遣使。→補注11-一。

二 允恭天皇。

三 允恭二年二月条でも男子の五番目。

四 後漢書、安帝紀に「神光照レ室」。

五 伉は、強。この辺、編者が諡号の武から作った評語か。

六 安康三年八月。以下四五九頁一行まで眉輪王の叛。安康記にも見える。ただ書紀は散文的・漢文的に形を整えており、以下三行の書き出しなどは記にない。雄略紀は仁徳紀と共に、漢籍による修飾が特に著しい。

七 安康天皇。

八 トヨノアカリ→[下]補注22-八。

九 文選、西京賦に「盤楽極」。同、東都賦に「楽不レ極レ盤」。李善注に盤は楽と同。

一〇 マジフルニミモノガタリヲモテシテは、前本・宮本の古訓。間をヒソカニと訓むべしとする意見もあるが、今、古訓のままとする。楽しみ極まり、その間、言葉をかわしたの意。

一一 履中天皇。

一二 中磯皇女。→四五四頁注三。

一三 名形大娘皇女か。→四三六頁注三。

一四 仁徳天皇。

一五 →仁徳二年三月条・安康元年二月条。

一六 →安康二年正月条。

一七 坂本臣の祖、根使主。→安康元年二月条・雄略十四年四月条。

一八 妻への呼びかけの辞として妹の字を使うこ

とは書紀撰上当時でも珍しくない。集解はこの分注九字を私記攙入として削る。しかし記伝は「強て万を漢籍めかさんとての文なり」という。漢字の妹に妻という意味はない。↓補注14−一。

一九 朕にとって汝はむつまじい。ここの所、安康記には「吾恒有レ所レ思。何者、汝之子目弱王、成レ人之時、知三吾殺二其父王一者、還為レ有二邪心一乎」とある。

二〇 安康記に「是年七歳」。

二一 安康記では「取二其傍大刀一、乃打二斬其天皇之頸一」。

二二 令制では諸種のトネリのうち天皇に仕える者を大舎人という。↓下補注29−五。舎人↓補注11−六。

二三 雄略天皇。当時、大泊瀬皇子。

二四 安康記では、兄たちを始めから疑っていたのでなく、異変を報じ対策を問うたのに兄たちが疎な返事をしなかったので怒って殺した、とする。

二五 記に八瓜之白日子王。雄略天皇の同母兄。允恭天皇の第四子。↓允恭二年二月条。

二六 記に境之黒日子王。雄略天皇の同母兄。允恭天皇の第二子。↓允恭二年二月条。

[二二]大舎人姓字を闕せり。驟りて[二三]天皇に言して曰さく、「穴穂天皇は、眉輪王の為に殺せられたまひぬ」とまうす。天皇、大きに驚きたまひて、即ち[二四]兄等を猜ひたまひて、甲を被り刀を帯きて、兵を率て自ら将となり、[二五]八釣白彦皇子を逼め問ひたまふ。皇子、其の害らむとすることを見て、嘿坐しまして語はず。天皇、乃ち刀を抜きて斬りたまひつ。更[二六]坂合黒彦皇子を逼め問ひたまふ。皇子、亦害はむとすることを知りて、

一 罪を調べる。劾は、広韻に、推窮罪人とある。

二 安康記では円大臣の宅に逃入したのは眉輪王のみで、黒彦皇子は小治田で生埋めにされたとする。

三 ヒトマは、人のいない間。

四 記に都夫良意富美。葛城氏。葛城氏は眉輪王と系譜関係はないが、皇位継承について雄略天皇と対立する位置にある市辺押磐皇子が葛城氏の出なので眉輪王は葛城氏に頼り、雄略天皇もまたこれを口実に葛城氏を滅ぼして市辺押磐皇子を浮き上らせたとみる説がある。葛城円大使主↓補注12−八。

五 安康記でも、大臣は以下同じ理由で

日本書紀 巻第十四

大泊瀬幼武天皇　雄略天皇

大泊瀬幼武天皇、雄朝嬬[1]稚子宿禰天皇第五子也。天皇産而、神光満レ殿。長而伉健過レ人。三年八月、穴穂天皇、意二将沐浴一、幸二于山宮一。遂登レ楼兮遊目。因命レ酒兮肆宴。爾乃情盤楽極、間以二言談一、顧謂二皇后一(去来穂別天皇女曰二中蒂姫皇女一。更名長田大娘皇女也。大鷦鷯天皇子大草香皇子、娶二長田皇女一、生二眉輪王一也。於後、穴穂天皇用二根臣讒一、殺二大草香皇子一、而立二中蒂姫皇女一為二皇后一。語在二穴穂天皇紀一也。)[2]曰、吾妹(称レ妻為レ妹、蓋古之俗乎。)汝雖二親昵一、朕畏二眉輪王一。々々々、幼年遊二戯楼下一、悉聞二所談一。既而穴穂天皇、枕二皇后膝一、昼酔眠臥。於是、眉輪王伺二其熟睡一、而刺殺之。是日、大舎人(闕二姓字一也。)驟言二[3]於天皇一曰、穴穂天皇、為二眉輪王一見レ殺。天皇大驚、即猜二兄等一、被レ甲帯レ刀、率レ兵自将、逼二問八釣白彦皇子一。々々見二其欲一レ害、嘿坐不レ語。天皇乃抜レ刀而斬。更逼二問坂合黒彦皇子一。々々亦知レ将レ害、↓

拒否。六イデタシテは古訓。大臣の行為に特に敬語をもって訓読したのは、大臣に同情的な気持を表明したもの。天皇の行為でも非難の気持でそれを叙述する際には敬語を省くことがある。例えば雄略十三年九月条(→四九〇頁注四)。七→四五一頁注一三。八〔歌謡七四〕わが夫、大臣は、白い栲の袴を七重にお召しになって、庭にお立ちになり、脚帯を撫でておいでである。夫の悲運を目前にして、夫の様子をじっと見つめる妻の歌った歌の趣である。オミノコは、臣下である男子。タヘは、カヂの木の繊維で織った丈夫な布。白い。ヲシは、食(ヲ)シと同じ。召す意。七重ヲシで、武装をととのえる意。ナダスは、撫ヅの敬語。解ケ→解カス、更(コ)ケ→更カスと同じく、撫デ→撫ダスとなる。九論語、子罕に「三軍可レ奪レ帥也。匹夫不レ可レ奪レ志也」とある。一〇属は、遭遇の意ではなく、適会の意。アフ・アタルの意。一一安康記に訶良比売。雄略天皇との間に清寧天皇と稚足姫皇女とを生む。→元年三月是月条。一二安康記では「五処之屯宅(みやけ)」と記し、「所謂五村屯宅者、今葛城之五村苑人也」と注する。なお推古三十二年十月条に、蘇我馬子が「葛城県者、元臣之本居也。故因二其県一為二姓名一。是以冀之、常得二其県一、以欲レ為二臣之封県一」と返還を求めたが、推古天皇に拒否されたとある。葛城は、葛城山の東北麓、今の奈良県御所市西部。葛城→二〇〇頁注五。一三安康記では韓媛と屯宅とを天皇の要求のままに無条件で献じている。贖罪という説明はない。贖はアカフと清音であった。一四姓氏録、左京神別に「坂合部宿禰、火明命八世孫、邇倍足尼(にへのすくね)之後也」。坂合黒彦皇子の壬生部の管理者か。坂合(境)部連→下補注29-二五。一五黒彦皇子の側近に仕える者。さきに安康天皇の死を雄略天皇に報じた者は大舎人と記して、これと区別している。舎人→補注11

嘿坐しまして語はず。天皇、忿怒彌盛なり。乃ち復并せて眉輪王を殺さむと欲すが為に、所由を案へ劾ひたまふ。一眉輪王の曰さく、「臣、元より、天位を求ぐにあらず。唯父の仇を報ゆらくのみ」とまうす。二坂合黒彦皇子、深く疑はるることを恐りて、竊に眉輪王に語る。遂に共に三間を得て、出でて四圓大臣の宅に逃げ入る。天皇、使を使して乞ふ。大臣、使を以して五報して曰さく、「蓋し聞く、人臣、事有るときに、逃げて王室に入ると。未だ君王、臣の舍に隱匿るるをば見ず。方に今坂合黒彦皇子と眉輪王と、深く臣が心を恃みて、臣の舍に來れり。詎か忍びて送りまつらむや」とまうす。是に由りて、天皇、復益兵を興して、大臣の宅を圍む。大臣、庭に出で六立して、七脚帶を索ふ。時に大臣の妻、脚帶を持ち來りて、愴び傷懷して歌して曰はく、

八臣の子は　栲の袴を　七重をし　庭に立して　脚帶撫だすも

大臣、裝束すること已に畢りて、軍門に進みて跪拜みて曰さく、「臣、戮せらるとも、敢へて命を聽ること莫けむ。九古の人、云へること有り、匹夫の志も、奪ふべきこと難しといへるは、方に臣に屬れり。一〇伏して願はくは、大王、臣が女一一韓媛と一二葛城の宅七區とを奉獻りて、一三罪を贖はむことを請らむ」とまうす。天皇、許したまはずして、火を縱けて宅を燔きたまふ。是に、大臣と、黒彦皇子と眉輪王と、倶に燔き死されぬ。時に一四坂合部連贄宿禰、皇子の屍を抱きて燔き死されぬ。其の一五舍人等、名を闕せり。燒けたるを收取めて、遂に骨を擇ること難し。一棺に盛れて、一六新

一六。一六 大和志、吉野郡に「新漢南墓、俗呼二天狗森一」とあり、今木村(今、奈良県吉野郡大淀町今木)にあるとするが、地名辞書は曾我川の今木よりも下流沿岸、高市郡(旧名、今来郡)にあったのであろうとする。今来の大槻↓大化五年三月十七日条。一七 通証は、カヂと訓む。槻・梶(かぢ)共に落葉喬木だが、槻は楡科、梶は桑科。槻は、集韻に木名とある。カヂにあたる文字としては、新撰字鏡に欟がある。ツキは槻をあてる字書が多い。一八 安康天皇。以下、雄略天皇が有力な皇位継承候補の市辺押磐皇子を殺す話。安康記にも見える。↓顕宗即位前紀。一九 安康・雄略両天皇の従兄弟。履中天皇の長子。↓補注12-五。二〇 顕宗即位前紀にも「於二市辺宮一治二天下一、天万国万押磐尊」との尊号が見える。二一 ユダニツクはユダネツクの古形。ユダニは、もと、ゆったりと自由である意。転じて、思うままにあること。ユダニツクで、自由にさせる・委任する意。二二 巻狩。柵(き)を作ってその中に追いこんで禽獣を狩りすること。二三 この事件のために、市辺押磐皇子の子顕宗天皇に責められて陵戸にされたという。↓顕宗元年五月条。安康記・顕宗記の所伝もほぼ同じ。狭狭城山君↓二三二頁注六。近江の山君↓四〇七頁注二一。二四 顕宗即位前紀に「蚊屋野」、安康記に「久多綿之蚊屋野」、播磨風土記に「近江国摧綿野」。通釈は、大安寺資財帳に「近江国百五十六町五段百二十八歩、蒲生郡来田綿…」、また大安寺三綱記に「近江国分西明教寺、在二蒲生郡綿向嶽下一…神亀五年始号二来田綿寺一」などとあるによって、今の滋賀県蒲生郡蒲生町・日野町付近の野とする。一説に愛智郡蚊野郷、今、滋賀県愛知郡秦荘町上蚊野・北蚊野付近。二五 以下、類似の表現は景行四十年是歳条(三〇四頁五行)にも見える。

漢の槻本の南の丘 一七槻の字、未だ詳ならず。蓋し是、槻か。に合せ葬る。

冬十月の癸未の朔に、天皇、穴穂天皇の、一八曾、一九市邊押磐皇子を以て、二〇國を傳へて遙に後事を二一付に囑けむと欲ししを恨みて、乃ち人を市邊押磐皇子のもとに使りて、陽りて二二校獵せむと期りて、遊郊野せむと勸めて曰はく、「近江の二三狹狹城山君韓帒、言さく、『今近江の二四來田綿の蚊屋野に、二五猪、鹿、多に有り。其の戴げたる角、

嘿坐不レ語。天皇忿怒彌盛。乃復幷爲レ欲レ殺二眉輪王一、案二劾所由一。眉輪王曰、臣元不レ求二天位一。唯報二父仇一而已。坂合黑彦皇子、深恐レ所レ疑、竊語二眉輪王一。遂共得レ間、而出逃二入圓大臣宅一。天皇使レ々乞之。大臣以レ使報曰、蓋聞、人臣有レ事、逃入二王室一。未レ見三君王隱二匿臣舍一。方今坂合黑彦皇子與二眉輪王一、深恃二臣心一、[1]來二臣之舍一。[2]詎忍送歟。由レ是、天皇復益興レ兵、圍二大臣宅一。大臣出二立於庭一、索二脚帶一。時大臣妻、持二來脚帶一、愴矣傷懷而歌曰、飫彌能古簸、[3]多倍能波伽摩嗚、那々陛嗚絁、儞播儞陀々始諦、阿遙比那陀須暮。大臣裝束已畢、進二軍門一跪拜曰、臣雖レ被レ戮、莫二敢聽一レ命。古人有レ云、匹夫之志、難レ可レ奪、方屬二乎臣一。伏願、大王奉三獻臣女韓媛與二葛城宅七區一、請二以贖一レ罪。天皇不レ許、縱レ火燔レ宅。於是、大臣與二黑彦皇子眉輪王一、倶被二燔死一。時坂合部連贄宿禰、抱二皇子屍一而見二燔死一。其舍人等、闕レ名。收二取所レ燒、遂難レ擇レ骨。盛二之一棺一、合二葬新漢槻本南丘一。槻字未レ詳。蓋是槻乎。○[4]冬十月癸未朔、天皇、恨下穴穗天皇曾欲丙以二市邊押磐皇子一、[5]傳レ國而遙付乙囑後事甲、乃使二人於市邊押[6]磐皇子一、陽期二校獵一、[7]勸二遊郊野一曰、近江狹々城山君韓帒言、今於二近江來田綿蚊屋野一、猪鹿多有。其戴角↓

枯樹の末に類たり。其の聚へたる脚、[一]弱木株の如し。呼吸く氣息、朝霧に似たり』
とまうす。願はくは、皇子と、[二]孟冬の作陰しき月、寒風の肅殺なる晨に、將に郊野
に逍遙びて、聊に[三]情を娯びしめて騁せ射む」とのたまふ。市邊押磐皇子、乃ち隨ひ
て馳獵す。是に、大泊瀬天皇、[四]弓を彎ひ馬を驟せて、陽り呼ひして、「猪有り」
と曰ひて、卽ち市邊押磐皇子を射殺したまふ。皇子の[五]帳内[六]佐伯部賣輪、更の名は仲手
子。屍を抱きて[七]駭け[八]惋てて、所由を解らず。反側び呼ひ號びて、頭脚に往還ふ。
天皇、[九]尚誅したまひつ。

是の月に、[一〇]御馬皇子、曾より[一一]三輪君身狹に善しかりしを以ての故に、慮遣らむと
思欲して往でます。不意に、道に[一二]邀軍に逢ひて、三輪の[一三]磐井の側にして逆戰ふ。久
にあらずして捉はる。刑せらるるに臨みて井を指して[一四]詛ひて曰はく、「此の水は、
百姓のみ唯飲むこと得む。王者は、獨飲むこと能はじ」といふ。

十一月の壬子の朔甲子(十三日)に、天皇、有司に命せて、[一五]壇を泊瀬の[一六]朝倉に設けて、
卽天皇位す。遂に宮を定む。[一七]平群臣眞鳥を以て[一八]大臣とす。[一九]大伴連室屋・[二〇]物部連
目を以て[二一]大連とす。

元年の春三月の庚戌の朔壬子(三日)に、[二二]草香幡梭姫皇女を立てて皇后とす。更の名
は、橘姫皇女。

是の月に、三の妃を立つ。[二三]元妃[二四]葛城圓大臣の女を[二五]韓媛と曰ふ。[二六]白髮武廣國押

一 シモトは、灌木。二 冬のはじめ。十月。→補注14-二。三 タノシムの古形はタノシブ。上二段活用であったので、タノシビシムという形になる。四 文選、西京賦、彎弓の李善注に「彎、挽弓也」とある。古訓ヒキマカナフは、弓を引いて、じっと狙いをつける意。五 令制では親王・内親王に仕えるトネリ。六 顕宗即位前紀・同元年二月条・仁賢五年二月条、みな仲子と記す。佐伯部→補注7-三八。七 イワケは、息をはずませてあわてること、説文に「駭、驚也」とある。イワケは、書紀古訓特有の語。八 惋は、ウラム。驚く。九 尚は、広雅、釈詁に「加也」とある。古訓にミナとある。一〇 押磐皇子の同母弟。→補注12-五。是月条の話は他に見えない。一一 他に見えず。三輪君→一三〇頁注七。一二 さえぎる。まちうける。一三 大和志に「城上郡岩坂村、有二岩坂井一。一村唯一井、群飲不レ竭、蓋此」とある。一四 トゴフは、悪いことが起るように神にいのること。→一五四頁注七。天皇の飲食に禁忌のあったものとしては、武烈即位前紀に、塩を詛(と)った例が見える。一五 天皇の即位の場。中国では、祭礼を行うために設けた一段高い所。一六 →補注14-三。一七 木菟(→補注10-一二)の子という。→[下]補注16-八。一八 →補注14-四。一九 →四四五頁注八。二〇 →補注14-五。二一 →補注14-四。二二 仁徳天皇皇女、大草香皇子の妹。→補注11-三。妃となった経過は安康元年二月条に見える。二三 左伝、隠公元年条の杜預注に「言二元妃一明二始適夫人一也」。もとからの妃。皇子時代からの妃。二四・二五 雄略記に「都夫良意富美之女、韓比売」。→四五八頁注一一。二六 清寧天皇。二七 記に若帯比売命。讒言のために自殺。→三年四月条。二八 タクハタ→

稚日本根子天皇と稚足姫皇女更の名は、栲幡姫皇女。とを生めり。是の皇女、伊勢大神の祠に侍り。次に吉備上道臣の女稚姫一本に云はく、吉備窪屋臣の女といふ。有り。二の男を生めり。長を磐城皇子と曰す。少を星川稚宮皇子と曰す。下の文に見ゆ。次に春日和珥臣深目が女有り。童女君と曰ふ。春日大娘皇女更の名は、高橋皇女。を生めり。童女君は、本是采女なり。天皇、一夜與はして脤めり。遂に女子を生めり。

類二枯樹末一。其聚脚、如二弱木株一[1]。呼吸氣息、似二於朝霧一。願與二皇子一、孟冬作陰之月、寒風肅殺[2]之晨、將逍二遙於郊野一、聊娯レ情以騁射。市邊押磐[3]皇子、乃隨馳獵。於是、大泊瀬天皇、彎レ弓驟レ馬、而陽呼、曰二猪有一、卽射二殺市邊押磐皇子一。々々帳內佐伯部賣輪、[4]更名仲手子。抱レ屍駭惋、不レ解二所由一。反側呼號、往二還頭脚一。天皇尙誅之。◎是月、御馬皇子、以三曾善二三輪君身狹一故、思二欲遣レ慮而往。不意、道逢二邀軍一、於二三輪磐井側一逆戰。不レ久被レ捉。臨レ刑指レ井而詛曰、此水者百姓唯得レ飮焉。王者獨不レ能レ飮矣。〇十一月壬子朔甲子、天皇命二有司一、設二壇於泊瀬朝倉一、卽天皇位。遂定レ宮焉。以二平群臣眞鳥一爲二大臣一。以二大伴連室屋・物部連目一爲二大連一。元年春三月庚戌朔壬子、立二草香幡梭姫皇女一爲二皇后一。[5]更名橘姫皇女。◎是月、立二三妃一。元妃葛城圓大臣女曰二韓媛一。生三白髮武廣國押稚日本根子天皇與二稚足姫皇女一。[6]更名栲幡姫皇女。是皇女侍二伊勢大神祠一。次有二吉備上道臣女稚姫一。[7]一本云、吉備窪屋臣女。生二二男一。長曰二磐城皇子一。少曰二星川稚宮皇子一。見二下文一。次有二春日和珥臣深目女一。曰二童女君一。生二春日大娘皇女一。更名高橋皇女。童女君者本是采女。天皇與二一夜一而脤。遂生二女子一。↓

一三四頁注四。二九 伊勢の斉宮。皇室系譜がほぼ事実に近くなってからの初見。前は景行二十年条の五百野皇女。次は継体元年三月条の荳角(ささげ)皇女。斉宮記は五百野の次に記紀に見えない「伊和志真内親王〈仲哀皇女〉」を挙げる。伊勢神宮→補注6-一〇。斉宮→下補注17-五。三〇 以下の系譜は記に見えず。三一 上道臣は下道臣らと共に吉備氏中の有力氏。和名抄、備前国に上道郡がある。吉備氏→二三〇頁注一一。三二 七年是歳条に吉備上道臣田狭の妻であった由が見え、その条に引く別本は稚媛の名を毛媛とし、吉備氏でなく葛城氏の玉田宿禰の女とする。清寧即位前紀に、星川皇子の乱で焼死とある。三三 窪屋臣は他に見えず。和名抄、備中国に窪屋郡がある。三四 清寧即位前紀に星川皇子の乱に加わらなかったとある。記伝は顕宗元年正月是月条分注の磐城王と同じとするが、恐らく別人。三五 星川は地名か。和名抄に、大和国山辺郡星川郷(今、奈良県山辺郡都祁村針ヶ別所付近)。清寧即位前紀にその乱が見える。三六 →二十三年八月条・清寧即位前紀。三七 他に見えず。ただ記には「丸邇之佐都紀(わにのさつき)臣之女、袁杼比売(をどひめ)」を婚(よば)うため天皇が春日に幸した話がある。春日和珥臣は、添上郡春日郷、今の奈良市街の辺を本居とした和珥氏の中の有力氏。和珥氏→二二六頁注一四。春日→二二一頁注二八。三八 通釈は、童男・童女ともに髪形は総角(あげまき)であって区別がないから、童女もヲグナと訓むべしとする。三九 後に仁賢皇后。一男六女を生む。→仁賢元年二月条。四〇 春日大娘皇后の第一女と同名。→仁賢元年二月条。高橋は、春日や和珥と同じく大和国添上郡の地名。→二四二頁注一。四一 天皇の侍女。→四〇八頁注一。なお、以下の童女の話は他に見えない。

一 →補注14-五。
二 「汝人や母似」の意であろう。ハバニと第二音節が濁音になっているのは下のニという鼻音音節の影響であろう。お前はお母さん似かの意。
三 タウバル→三六六頁注一五。
四 一晩で子供を生むとは異常であるの意。
五 →補注3-六。
六 本条は百済の池津媛の不義を怒って殺した話。後日譚は五年四月条に見える。通証は池津を吉野郡の地名とするが、未詳。
七 和州五郡神社神名帳大略注解に、楯が安康天皇の世に甘樫岡を開墾し、田地を営んで耕種せしめたが、その農人が田中で牛を殺して肉を食べたところ、蝗が苗を損じた云云という説話が見え、古語拾遺に見える大地主神(おほとこぬし)の営田の説話と類似している。これはおそらく古語拾遺の説話から作られたものと思われ、楯を武内宿禰の曾孫とするのも信じ難い。また注解の説話は雄略天皇の時のこととして、楯が事に坐して遠国に退去後、その家地田戸を蘇我韓子に賜わったと伝える。地域的にみて、石川氏が蘇我氏と同族という伝承の生れる可能性は強いにしても、実際は、石河股合首は仁徳四十一年条の石川錦織首と同様に河内の石川郡を本居とする百済系の氏ではないか。
八 或本・一本と同じく稿本であろうか。→解説。
九 →四四五頁注八。
一〇 →一五六頁注一四。
一一 支は、枝に同じ。手足。
一二 桟敷。→一二二頁注六。
一三 本条・五年七月条・武烈四年是歳条に引用された百済の史書。→補注9-三七。
一四 書紀では雄略二年が戊戌にあたる。この己巳の年を、四二九年とすれば倭王武(雄略)の時代でありえない。倭王讃(仁徳か)またはその直後の時代に当る。四八九年とすれば、百済では

天皇、疑ひたまひて養したまはず。女子の行歩するに及りて、天皇、大殿に御します。[一]物部目大連侍ふ。女子、庭を過る。目大連、顧みて群臣に謂りて曰はく、「麗きかな、女子。古の人、云へること有り。[二]娜毗騰耶皤麼珥。此の古語、未だ詳ならず。清き庭に徐に歩く者は、誰が女子とか言ふ」といふ。天皇の曰はく、「何の故に問ふや」とのたまふ。目大連、對へて曰さく、「臣、女子の行歩くを觀るに、容儀、能く天皇に[三]似れり」とまうす。天皇の曰はく、「此を見る者、咸言ふこと、卿が導ふ所の如し。然れども朕、一宵與はして脹めり。[四]女を産むこと常に殊なり。是に由りて疑を生せり」とのたまふ。大連、曰さく、「然らば一宵に幾廻喚ししや」とまうす。天皇の曰はく、「七廻喚しき」とのたまふ。大連の曰さく、「此の娘子、清き身意を以て、一宵與はしたまふに奉れり。安ぞ輙く疑を生したまひて、他の潔く有るみを嫌ひたまふ。臣、聞る、産腹み易き者は、褌を以て體に觸ふに、卽便ち懷脹みぬと。況むや終宵に與はして、妄に疑を生したまふ」とまうす。天皇、大連に命して、女子を以て皇女として、母を以て妃とす。是年、[五]大歳丁酉。

[六]二年の秋七月に、百濟の池津媛、天皇の將に幸さむとするに違ひて、[七]石川楯に婬けぬ。[八]舊本に云はく、石河股合首の祖楯といふ。天皇、大きに怒りたまひて、[九]大伴室屋大連に詔して、[一〇]來目部をして夫婦の[一一]四支を木に張りて、[一二]假庪の上に置かしめて、火を以て燒き死しつ。[一三]百濟新撰に云はく、[一四]己巳年に[一五]蓋鹵王立つ。天皇、[一六]阿禮奴跪を遣して、來りて

[一七]女郎を索はしむ。百濟、[一八]慕尼夫人の女を莊飾らしめて、適稽女郎と曰ふ。天皇に貢進るといふ。

冬十月の辛未の朔癸酉（三日）に、[一九]吉野宮に幸す。丙子（六日）に、[二〇]御馬瀬に幸す。[二一]虞人に命せて縱に獵す。重れる巘に凌り長き莽に赴く。未だ移影かざるに、什が七八を獮る。獵する毎に大きに獲。鳥獸、盡きむとす。遂に旋りて林泉に憩ふ。藪澤に相羊び、行夫を息めて車馬を展ふ。群臣に問ひて曰はく、「獵場の樂は、

天皇疑不レ養。及二女子行歩一、天皇御二大殿一。物部目大連侍焉。女子過レ庭。目大連顧謂二群臣一曰、麗哉、女子。古人有レ云。娜毗騰耶皤麼珥。[1]此古語未レ詳也。[2]徐二歩清庭一者、[3]言二誰女子一。天皇曰、何故問耶。目大連對曰、臣觀二女子行歩一、容儀能似二天皇一。々々曰、[4]見レ此者咸言、如二卿所一レ噵。[5]然朕與二一宵一而脤。産レ女殊レ常。由レ是生レ疑。大連曰、然則一宵喚二幾廻一乎。天皇曰、七廻喚之。大連曰、此娘子、以二清身意一、奉レ與二一宵一。安輙生レ疑、嫌二他有一レ潔。臣聞、易二産腹一者、以レ褌觸レ體、即便懷脤。況與二終宵一而、[6]妄生レ疑也。天皇命二大連一、以二女子一爲二皇女一、以レ母爲レ妃。◎是年也、大歳丁酉。

二年秋七月、百濟池津媛、違二天皇將一レ幸、婬二於石川楯一。[7]舊本云、石河股合首祖楯。天皇大怒、詔二大伴室屋大連一、使下來目部張二夫婦四支於木一、置中假庪上上、以レ火燒死。百濟新撰云、己巳年、蓋鹵王立。天皇遣二阿禮奴跪一、來索二女郎一。百濟莊二飾慕尼夫人女一、曰二適稽女郎一。貢二進於天皇一。○冬十月辛未朔癸酉、幸二于吉野宮一。○丙子、[8]幸二御馬瀬一。命二虞人一縱獵。凌二重巘一赴二長莽一。未レ及二移影一、獮二什七八一。毎レ獵大獲。鳥獸將レ盡。遂旋二憩乎林泉一。[9]相二羊乎藪澤一、息二行夫一展二車馬一。問二群臣一曰、獵場之樂、→

末多王（四七九—五〇一）の時代で、なお無理。

一五 百済の王の系譜では第二十一代。毗有王の子、名は慶司（三国史記、百済紀）または度（宋書、百済伝）。三国史記によれば即位は四五五年（在位四五五—四七五）。故にこの蓋鹵王は書紀に省略されている毗有王（在位四二七—四五五）の誤りかとの説がある。なお三国史記の毗有王二年戊辰（四二八）条に「倭国使至。従者五十人」とあり、応神三十九年二月条に百済王の妹の新斉津（しせ）姫が七婦女と日本に来た話がある。池内宏は両者の干支が一致することを指摘、年代は三国史記に従うべしとし、本文の池津媛、分注の適稽女郎は応神紀の七婦女の一とみる。→三七八頁注一九。

一六 未詳。

一七 エハシトは、身分ある女子のことをいう古代朝鮮語であろう。

一八 ムニは、人名であろう。ハシカシ（女郎）は、百済語か。

一九 →三七三頁注一五。

二〇 大和志に吉野郡麻志口村とするが未詳。以下は宍人部を置く話。記にはない。なお七年是歳条分注の或本にも宍人部を献る記事がある。

二一 以下四行は文選、西京賦の「虞人掌焉…縦二獮徒一赴二長莽一…白日未レ及レ移二其晷一、已獮二其什七八一…陵二重巘一…鳥獣殫、目観窮…息二行夫一、展二車馬一…相二羊乎五柞之館一、旋二憩乎昆明之池一」による。虞人は、古代中国で山沢を掌る官（李善注「掌二禽獣一之官」）。莽は、草が生い茂っている広大な原。影は、陽光。移影で、陽が傾く。獮は、獲物を捕殺すること。相羊は、逍遙と同じく畳韻の語で廻遊する、さまようこと。行夫は、狩人・士卒の意。展は、整えること（李善注）、休ませること（六臣注）。これを古訓にカゾフとよんだのは、右の一文の省略した部分「数二課衆寡一」の「数」による。むしろトトノフ・ヤスムなどの訓が正しい。

[一]膳夫をして鮮を割らしむ。自ら割らむに何與に[二]」とのたまふ。群臣、忽に對へまうすこと能はず。是に、天皇、大きに怒りたまひて、刀を拔きて御者大津馬飼[三]を斬りたまふ。是の日に、車駕、吉野宮より至りたまふ。國内に居る民、咸に皆振ひ怖づ。是に由りて、皇太后[四]と皇后[五]と、聞しめして大きに懼みたまふ。倭の采女日媛[六]をして酒を擧げて迎へ進らしむ。天皇、采女の面貌端麗[七]しく、形容温雅[八]なるを見して、乃ち和顔悅色びたまひて曰はく、「朕[九]、豈汝が妍咲[一〇]を覩まく欲せじや」とのたまひて、乃ち手を相携[一一]びて、後宮に入りましぬ。皇太后に語りて曰はく、「今日の遊獵に、大きに禽獸を獲たり。群臣と鮮割[一二]りて野饗せむとして、群臣に歷め問ふに、能く對へまうすひと有ること莫し。故、朕、嗔りつ」とのたまふ。皇太后、斯の詔の情を知りて、天皇を慰め奉らむとして曰したまはく、「群臣、陛下の遊獵場に因りて、宍人部[一三]を置きたまはむとして、群臣に降問[一四]ひたまふことを悟らじ。群臣嘿然はべりたることは、理なり。且對へまうすこと難みなり。今貢るとも晩からじ。我を以て初とせよ。膳臣長野[一五]、能く宍膾を作る。願はくは此を以て貢らむ」とまうしたまふ。天皇、跪禮びて受けたまひて曰はく、「善きかな。鄙しき人の云ふ所の、『貴、心を相知る』といふは、此を謂ふか」とのたまふ。皇太后、天皇の悅びたまふを觀して、歡喜盈懷[一六]ぎます。更人を貢りたまはむとして曰はく、「我が厨人菟田御戸部[一七]・眞鋒田高天、此の二人を以て、加貢へて、宍人部とせむと

一 料理人。→補注7-二一。
二 何与は、何如・如何に同じ。与は如に同じ（文選、西京賦の李善注）。料理人に作らせるのと自分で作るのとどっちが楽しいだろう。
三 大津は、河内の和泉大津か、摂津の難波大津か。馬飼即ち令制の飼戸は、延喜左馬式に「左馬寮、河内国一百八烟」「右馬寮、河内国五十一烟」「右馬寮、摂津国十六烟」と、河内・摂津いずれにもある。馬飼→四二六頁注一五。
四 雄略天皇の母、忍坂大中津姫。→安康即位前紀允恭四十二年十二月条。
五 幡梭姫皇女。→元年三月条。
六 下文の大倭国造吾子籠の妹。吾子籠が日媛を献ることは履中即位前紀に見える。→四二二頁注二。
七 キラギラシは、端麗・端正・端厳などにつけられた書紀の古訓。→一八〇頁注八・㊦一八頁注九。
八 ミヤビカ→一七二頁注八。
九 直訳すると、「朕はどうしてお前の美しい顔を見たいと思わないだろうか」。
一〇 妍は、美、媚。咲は、笑。
一一 古訓ウツカラビテは、ウチカラミテの転。手を組み合わせての意。
一二 文選、西京賦に「割レ鮮野饗」。
一三 大和朝廷の品部で、生鮮魚貝・食肉の調理人とされるが未詳。→補注14-六。
一四 むつかしいからですの意。カタミのミは、山ヲ高ミ、風ヲ寒ミなどと同じく、理由を示す助詞。
一五 他に見えず。膳臣→二三二頁注四。
一六 →一一二頁注三五。
一七 菟田は地名、大和国宇陀郡。吉野郡の隣。御戸部は三富部か。姓氏録、山城神別に「三富部、同上（火明命之後也）」とある。ミトは、ミトシロ（神田）の意。真鋒田高天の切りかた、

未詳。私記(甲本)は「真鋒田・高天」と切り、釈紀、秘訓は「真鋒・田高天」と切る。

一八 倭直吾子籠→三八四頁注一〇。

一九 狭穂は地名。大和国添上郡の佐保(今、奈良市佐保川町)。別は、原始的な姓。→補注7-九。

二〇 以下四者は大和朝廷を構成する諸豪族の総称として、この後頻見。→㊦二〇三頁注二四。ここでは上文の「群臣」を言い換えたもの。新しい部が皇后・群臣らの私民を割取して設定されたことを語る。

二一 集解や通釈が史戸と史部を同視して朝廷の史官とするのは誤りで、この史戸は、下文の史部を資養する部民であろう。ただ姓氏録、摂津諸蕃に「史戸、漢城人韓氏鄧(劉イ)徳之後也」とあるは管理者の出自か。

二二 河上舎人を資養する部民。河上という地名は各地にあるが、集解は「按二四年紀一、行二幸吉野宮一、幸二河上小野一。由レ此観レ之、吉野郡河上」とする。三代実録、貞観四年七月条の川上舎人名雄は近江国犬上郡の人。近江国高嶋郡にも川上郷がある。川瀬舎人も近江。→十一年五月条。舎人→補注11-六。

二三 サカシは、賢。みずから是とし、他人に相談しない。自分の分別にしがみついていること。荘子、人間世に「夫胡可三以及レ化、猶師レ心者也」。

二四 四年二月条では「有レ徳天皇也」。一見矛盾するので通釈はこの「悪」を「荒」と訓めという。

二五 学令に「東西(やまと)(かわち)史部」、その義解に「前代以来、奕レ世継レ業、或為二史官一、或為二博士一。因以賜レ姓、惣謂二之史一也」。史戸のような部民でなく、朝廷の書記の官。史→補注12-一〇。

二六・二七 青・博徳の二人は、下文、八年二月に呉へ使し十年九月に帰国、十二年四月また呉に使し十四年正月帰国とある。いずれも朝鮮系漢人の帰化人。→補注14-七。

請ひたまふ」とのたまふ。茲より以後、大倭國造[一八]吾子籠宿禰、狹穗子鳥別[一九]を貢りて、宍人部とす。臣連[二〇]伴造國造、又隨ひて續ぎて貢る。

是の月に、史戶[二一]・河上舍人部[二二]を置く。天皇、心を以て師としたまふ[二三]。誤りて人を殺したまふこと衆し。天下、誹謗りて言さく、「大だ惡しくまします天皇なり[二四]」とまうす。唯愛寵みたまふ所は、史部[二五]の身狹村主青[二六]・檜隈民使博德[二七]等のみなり。

使二膳夫割一レ鮮。何二與自割一。群臣忽莫レ能レ對。於是、天皇大怒、拔レ刀斬二御者大津馬飼一。是日、車駕至レ自二吉野宮一。國內居民、咸皆振怖。由レ是、皇太后與二皇后一、聞之大懼。使二倭采女日媛擧レ酒迎進一。天皇見二采女面貌端麗、形容溫雅一、乃和顏悅色曰、朕豈不レ欲レ覩二汝妍咲一、乃相二携手一、入二於後宮一。語二皇太后一曰、今日遊獵、大獲二禽獸一。欲下與二群臣一割レ鮮野饗上、歷二問群臣一、莫二能有一レ對。故朕嗔焉。皇太后知二斯詔情一、奉レ慰二天皇一曰、群臣不レ悟下陛下因二遊獵場一、置二宍人部一、降中問群臣上。々々嘿然、理。且難レ對。今貢未レ晚。以レ我爲レ初。膳臣長野、能作二宍膾一。願以レ此貢。天皇跪禮而受曰、善哉。鄙人所レ云、貴相二知心一、此之謂也。皇太后觀[1]二天皇悅一、歡喜盈懷。更欲レ貢レ人曰、我之厨人菟[2]田御戶部眞鋒田高天、以二此二人一、請三將加貢、爲二宍人[3]部一。自レ茲以後、大倭國造吾子籠宿禰、貢二狹穗子鳥別一、爲二宍[4]人部一。臣連伴造國造、又隨續貢。◎是月、置二史戶・河上舍人部一。天皇以レ心爲レ師。誤殺レ人衆。天下誹謗言、大惡天皇也。唯所二愛寵一、史部身狹村主青・檜隈民使博德等[5]。

三年の夏四月に、阿閉臣國見、更の名は、磯特牛。栲幡皇女と湯人の廬城部連武彦とを譖ぢて曰はく、「武彦、皇女を姧しまつりて任身ましめたり」といふ。湯人、此をば臾衞と云ふ。武彦の父枳莒喩、此の流言を聞きて、禍の身に及ばむことを恐る。武彦を廬城河に誘へ率みて、僞きて使鸕鷀沒水捕魚して、因りて其不意して打ち殺しつ。天皇、聞しめして使者を遣して、皇女を案へ問はしめたまふ。皇女、對へて言さく、「妾は、識らず」とまうす。俄にして皇女、神鏡を齎り持ちて、五十鈴河の上に詣でまして、人の行かぬところを伺ひて、鏡を埋みて經き死ぬ。天皇、皇女の不在ことを疑ひたまひて、恆に闇夜に東西に求覓めしめたまふ。乃ち河上に虹の見ゆること蛇の如くして、四五丈ばかりなり。虹の起てる處を掘りて、神鏡を獲。移行未遠にして、皇女の屍を得たり。割きて觀れば、腹の中に物有りて水の如し。水の中に石有り。枳莒喩、斯に由りて、子の罪を雪むること得たり。還りて子を殺せることを悔いて、報ひに國見を殺さむとす。石上神宮に逃げ匿れぬ。

四年の春二月に、天皇、葛城山に射獵したまふ。忽に長き人を見る。來りて丹谷に望めり。面貌容儀、天皇に相似れり。天皇、是神なりと知しめせれども、猶故に問ひて曰はく、「何處の公ぞ」とのたまふ。長き人、對へて曰はく、「現人之神ぞ。先づ王の諱を稱れ。然して後に導はむ」とのたまふ。天皇、答へて曰はく、「朕は是、幼武尊なり」とのたまふ。長き人、次に稱りて曰はく、「僕は是、一事

一 他に見えず。阿閉臣→二三三頁注五。以下の話も他に見えない。二 特牛は、和名抄の引く弁色立成に「特牛、〈俗語云古度比〉頭大牛也」。殊に重い荷を負う牛。磯は、通釈に「借字にて醜特牛(しことひ)なるべし」とある。醜は、力強い意。しかしここではシコった者、即ち譖言者の意か。三 →元年三月是月条。四 皇子・皇女の資養者たる湯坐。→一八〇頁注五。或いはその費用を出す湯部の管理者か。湯部→㊦補注25-二〇。五 他に見えず。廬城部は五百木部・伊福部とも。全国各地に分布。伊勢には皇太神宮儀式帳に田辺神社(度会郡城田郷)の四至として「東限二五百木部浄人家一」と見える。連は、その管理者の姓。姓氏録に「尾張連同祖、火明命(ほのあかりのみこと)之後也」とある。六 栲幡皇女は伊勢の斎宮。七 安閑元年閏十二月是月条に廬城部連枳莒喩がある。同一人か。→㊦五三頁注二六。八 三重県一志郡白山町家城(いえき)付近を流れ下る雲出川(くもず)の古称。九 タシミテの語義未詳。一〇 罪を調べる意。一一 釈紀、述義に「先師説曰、神鏡者。内侍所也」とある。いわゆる八咫鏡。通釈などはこれを否定して皇女自身の鏡と解する。一二 あちこち、あれこれの意。漢籍に文選、魯霊光殿賦「東西周章」など多くの例があり、上代文献にも、斉明五年七月条「不レ許二東西一」、景行記「東西之荒神」、万葉巻五、沈痾自哀文「向東向西」ほかの用例がある。一三 →補注14-八。一四 伴信友校本はこの上に主語として国見の二字を補う。集解は上文をタムカヒコロシテと訓み、以下の主語を枳莒喩とする。助けを求めて神域に逃げ隠れる例として、続紀、天平神護元年八月条に、和気王の率河社の場合がある。石上神宮→補注1-一〇〇。一五 以下は記や続紀、天平宝字八年十一月条にも所伝があり、本条と小異。葛城山は大阪府と奈良県の界の山。その南の主峰、金剛山なども古くは葛木山と汎称。

主神なり」とのたまふ。遂に與に[23]遊田を盤びて、一の鹿を駈逐ひて、箭發つことを相辭りて、[24]轡を竝べて馳騁す。言詞恭しく恪みて、[25]仙に逢ふ若きこと有します。是に、日晩れて田罷みぬ。神、天皇を侍送りたてまつりたまひて、[26]來目水までに至る。是の時に、百姓、咸に言さく、「[27]徳しく有します天皇なり」とまうす。

秋八月の辛卯の朔戊申（十八日）に、[28]吉野宮に行幸す。庚戌（二十日）に、[29]河上の小野に幸す。

三年夏四月、阿閉臣國見、〈更名磯特牛。〉譖三栲幡皇女與二湯人廬城部連武彦一曰、武彦姧[1]二皇女二而使二任[2]身一。〈湯人、此云二臾衞一。〉武彦之父枳莒喩、聞二此流言一、恐二禍及一レ身。誘二率武彦於廬城河一、僞使鸕鷀沒水捕魚、因其[8]不意而打殺之。天皇聞遣二使者一、案二問皇女一。々々對言、妾不レ識也。俄而皇女齎二持神鏡一、詣二於五十鈴河上一、伺二人不一レ行、埋レ鏡經死。天皇疑二皇女不在一、恆使二闇夜東西求覓一。乃於二河上一虹見如レ蛇、四五丈者。掘[4]二虹起處一、而獲二神鏡一。移行未遠、得二皇女屍一。割而觀之、腹中有レ物如レ水[5]。々中有レ石。枳莒喩、由レ斯、得レ雪二子罪一。還悔レ殺レ子、報殺[6]二國見一。逃二匿石上神宮一。

四年春二月、天皇射二獵於葛城山一。忽見二長人一。來望二丹谷一。面貌容儀、相二似天皇一。々々知二是神一、猶故問曰、何處公也。長人對曰、現人之神。先稱二王諱一。然後應レ導[7]。天皇答曰、朕是幼武尊也。長人次稱曰、僕是一事主神也。遂與盤二于遊田一、駈二逐一鹿一、相二辭發一レ箭、竝レ轡馳騁。言詞恭恪、有レ若レ逢レ仙。於是、日晩田罷。神侍二送天皇一、至二來目水一。是時、百姓咸言、有レ德天皇也。○秋八月辛卯朔戊申、行二幸吉野宮一。○庚戌、幸二于河上小野一。↓

続紀、文武三年五月条に役小角（えのをづの）の住んだ山とあり、七世紀末既に神仙思想、呪術修行と結びついていた。一六 仙境。奥深い谷。丹は、丹丘・丹台・丹薬など、神仙に関して用いられる字。文選、七命に「登二翠嶺一臨二丹谷一」。古訓ではタニカヒ。谷の交わるところの意。

一七 記にはその人が「既等二天皇之鹵簿一、亦其装束之状、及人衆相似不レ傾」とある。

一八 →補注14-九。

一九 記には「於二茲倭国一除レ吾亦無レ王、今誰人如レ此而行」とある。

二〇 姿を現わした神。記に「宇都志意美（うつしおみ）」。書紀では転じて天皇を指すことがある。→三〇六頁注一。

二一 →四五六頁注一。

二二 延喜神名式の大和国葛上郡に「葛木坐一言主神社〈名神大。月次・相嘗・新嘗〉」とある神。延喜神名式によれば葛城山一帯には大穴持（おほなもち）・事代主（ことしろぬし）・阿治須岐託彦根（あぢすきたかひこね）など出雲系の神神を祭る社が多い。神名は記に「雖二悪事一而一言、雖二善事一而一言、言離神」とあり、吉事・凶事を一言で実現する神の意。

二三・二四 文選、西京賦に「盤二于遊畋一」「百馬同レ轡、騁足並馳」とあるによる。名義抄に「田、カリ」とある。

二五 雄略紀の神仙思想による表現は本条の他、二十二年七月条にも著しい。

二六 畝傍山の西北方で曾我川に合流する高取川。「畝傍山以西川辺之地」（→神武二年二月条）。記では神が更に泊瀬朝倉宮に近い「長谷山口」まで送ってきたという。

二七 →二年十月是月条。皇極元年八月条の「至徳天皇」と同様な批評。オムオムシはオモオモシの転であろう。

二八 二年十月にも行幸。記でも蜻蛉野の地名説話は、吉野で童女を得た話の次に記す。

二九 大和志などは川上荘西河村（今、奈良県吉野郡川上村西河）の蜻蛉滝の辺とするが、下文の蜻蛉野は蜻蛉宮すなわち吉野宮の辺の野とすれば、今の奈良県吉野郡吉野町宮滝の辺。

一虞人に命して獣駈らしめたまふ。躬ら射むとしたまひて待ひたまふ。虻、疾く飛び來て、天皇の臂を噆ふ。是に、二蜻蛉、忽然に飛び來て、虻を囓ひて將て去ぬ。天皇、厥の心有ることを嘉したまひ、群臣に詔して曰はく、「朕が爲に蜻蛉を讚めて歌賦せよ」とのたまふ。群臣、能く敢へて賦む者莫し。天皇、乃ち口號して曰はく、

三倭の　峰群の嶺に　猪鹿伏すと　誰か　この事　大前に奏す　一本、大前に奏すといふを以て、大君に奏すといふに易へたり。　大君は　そこを聞かして　玉纏の　胡床に立たし　一本、立たしといふを以て、坐しといふに易へたり。　倭文纏の　胡床に立たし　猪鹿待つと　我がいませば　さ猪待つと　我が立たせば　手腓に　虻かきつき　その虻を　蜻蛉はや囓ひ　昆ふ蟲も　大君にまつらふ　汝が形は　置かむ　蜻蛉嶋倭　一本、昆ふ蟲もといふより以下を以て、かくのごと　名に負はむと　そらみつ　倭の國を　蜻蛉嶋、といふといふに易へたり。

因りて蜻蛉を讚めて、此の地を名けて四蜻蛉野とす。

五年の春二月に、天皇、五葛城山に六校獵したまふ。靈しき鳥、忽に來れり。其の大きさ雀の如し。尾長くして地に曳けり。且鳴きつつ曰はく、「七努力努力」といふ。俄にして、逐はれたる八嗔猪、草中より暴に出でて人を逐ふ。獵徒、樹に緣りて大きに懼る。天皇、舍人に詔して曰はく、「九猛き獸も人に逢ひては止む。逆射て且刺めしめよ」とのたまふ。舍人、性懦く弱くして、樹に緣りて失色りて、

一 →四六三頁注二一。

二 記の訓注に「阿岐豆」とある。アキヅ→下補注17-一八。

三〔歌謡七五〕「倭の山山の頂上に、シシが伏していると、誰が天皇のお前に申し上げるだろうか」。天皇はそれをお聞きになり、美しい玉を巻いた胡床に腰をおかけになり、日本古来の美しいシツの布を巻いた胡床におかけになり、「そのシシを待つと私が構えていると、猪を待つとて私が立っていると、手のこむらに、虻が食いつく。しかしその虻を蜻蛉がさっと食う。つまり、昆虫までも私に奉仕しているわけだ。だからお前の記念のものをば残して置こう。『蜻蛉島倭』という名をつけて」。この歌、もともと、アキヅシマという名の起源を語る物語歌である。そして、演劇として行われたものと覚しい。その一つの場合を想定すれば、最初に一人が登場して、シシのいることを誰が告げるだろうかと歌う。次に地謡の者が、天皇の行為を描写する。次に天皇が自身で歌う。「シシ待つと我が立たせば」以下がそれにあたる。この歌の途中で、天皇に関して、「大前」「大君」「わが」という三様の表現があるのは、右のような演劇の言葉が、平面的に記憶されて書きとめられたからであろう。ヲムラは、峰(ヲ)の群れ。タケは、高い所、頂上。胡床は、もと、高く大きく設けた座。その上で寝たり、琴を弾いたりする。腰掛けのように、後ろに倚りかかる所があるものもある。ここでは後者らしい。シツは、日本古来の文様を織った布。クフラは、コムラともいう。手にも足にもいう。ヲムラは、大和志に国栖荘小村(今、奈良県吉野郡東吉野村小村)の小牟漏岳とするが斉明紀(歌謡一一七)の乎武例(をむれ)、雄略記(歌謡九七)の袁牟漏(をむろ)と同じく、峰(を)の群がる山の意か。

四 吉野宮の辺の野。地名としては紀伊国にも

あるが、本来は明ツ野で、渓谷が開けて急に明るくなった所の称という。
五 →四六六頁注一五。以下は記では歌謡の題詞程度に簡単であるが、本条では皇后との対話などを潤色付加し、教訓的なものとしている。
六 巻狩。→四五九頁注二二。漢書、楊雄伝の「校猟」の注に「謂下囲二守禽獣一而大猟上」とある。
七 ユメは、禁止の辞。→二〇〇頁注一〇。ここでは、霊鳥が嗔猪の出現を警告して人人に怠ることを禁じたのである。
八 暴は、俄かの意。アカラサマは、もと、ちょっとの間の意。転じて、突然の意。よって暴の訓として使われた。
九 漢書、外戚伝「婕妤対曰、猛獣得レ人而止」。
一〇 五情は、喜・怒・愛・楽・怨。仏教で、眼・耳・鼻・舌・身を五根といい、五根より生ずる情識を五情という。五情無主で、目もくらみ、耳も聞えず、おそれおののいているさま。文選、勧進表に「怨且悲且惋、五情無レ主」。
一一 ミタラシは、ミトラシ(御取らし)の転。
一二 〔歌謡七六〕わが大君の狩りをなさった猪のうなり声を怖れて、わたしの逃げ上った、峰の上の榛の木の枝よ。ああ。この歌、記では、天皇自身が猪を怖れて榛の木に逃げ上った時の歌としている。歌の内容から見て、記の編者の取扱いもおかしいが、この歌が、刑に臨んだ舎人の歌としてもおかしい。むしろ、命を助かった舎人が、榛の木があってよかったと、榛の木を讃えて歌った歌と見る方がよいように思われる。この物語は、韋名部の工匠の話や、三重采女の話とともに、雄略天皇にまつわる同種の話の一つである。

一〇 五情無主なり。嗔猪、直に來て、天皇を噬ひまつらむとす。天皇、一一 弓を用て刺き止めて、脚を擧げて踏み殺したまひつ。是に、田罷みて、舍人を斬らむとしたまふ。舍人、刑さるるに臨みて、作歌して曰さく、

一二 やすみしし　我が大君の　遊ばしし　猪の　怒聲畏み　我が逃げ縁りし　在丘の上の　榛が枝　あせを

命二虞人一駈レ獸。欲二躬射一而待。虻疾飛來、噆二天皇臂一。於是、蜻蛉[1]忽然飛來、囓[2]レ虻將去。天皇嘉二厥有一レ心、詔二群臣一曰、爲レ朕讚二蜻蛉[3]一歌賦之。群臣莫二能敢賦者一。天皇乃口號曰、野麼[4]等能、鳴武羅能陀該儞、之々符須登、挖例柯、擧能居登、飫裒磨陛儞麻鳴須、一本、以二飫裒磨陛儞麼鳴須一、易二飫裒枳彌儞麻鳴須一。飫裒枳瀰簸、賊[5]據鳴枳舸斯題、柁磨々枳能、阿娯羅儞陀々伺、一本、以二陀々伺一、易二伊麻伺一也。施都魔枳能、阿娯羅儞陀々伺、斯々磨[8]都登、倭我伊麻西麼[9]、佐謂麻都登、倭[6]我[7]陀々西麼[10]、陀倶符羅爾、阿武柯枳都枳[11]、曾能阿武鳴、婀枳豆波野倶譬、波賦武志謀、飫裒枳瀰儞麼[12]都羅符、儺我柯陀播、於柯武、婀岐豆斯麻野麻登。一本、以二婆賦武志謀以下一、易二舸矩能御等、儺[13]儞於婆武登、蘇羅瀰豆、野[14]麻等能矩儞鳴、阿[15]岐豆斯麻登以符一。因讚二蜻蛉一、名二此地一爲二蜻蛉野一。

五年春二月、天皇校[16]二獵于葛城山一。靈鳥忽來。其大如レ雀。尾長曳レ地。而且鳴曰、努力々々。俄而見レ逐嗔猪、從二草中一暴出逐[17]レ人。獵徒[18]緣レ樹大懼。天皇詔二舍人一曰、猛獸逢レ人則止。宜逆射而且刺。舍人性懦弱、緣レ樹失色、五情無主。嗔猪直來、欲レ噬二天皇一。々々用レ弓刺止、擧レ脚踏殺。於是、田罷、欲レ斬二舍人一。々々臨レ刑、而作歌曰、野須瀰斯志、倭我飫裒枳瀰能、阿蘇[19]麼斯志、斯々能、宇挖枳舸斯固瀰、倭我尼㝵能裒利志、阿理鳴能宇倍能、婆利我曳陀、阿西鳴。

[一]皇后、聞しめして悲びたまひて、感を興して止めまつりたまふ。[二]詔して曰はく、「皇后は天皇に與したまはずして、舎人を顧みたまふ」とのたまふ。對へて曰さく、「國人、皆陛下を謂して、[三]安野したまひて獸を好みたまふとまうさむ。無乃可からざるか。今陛下、嗔猪の故を以て、舎人を斬りたまふ。陛下、譬へば豺狼に異なること無し」とまうす。天皇、乃ち皇后と車に上りて歸りたまふ。「萬歳」と呼ひつつ曰はく、「樂しきかな。人は皆禽獸を獵る。朕は獵りて善き言を得て歸る」とのたまふ。

[四]夏四月に、百濟の[五]加須利君、[六]蓋鹵王なり。飛に[七]池津媛の燔き殺されたることを聞きて、適稽女郎ぞ。籌議りて曰はく、「昔女人を貢りて釆女とせり。而るを既に禮無くして、我が國の名を失へり。今より以後、女を貢るべからず」といふ。乃ち其の[八]弟軍君[九]昆支なり。に告げて曰はく、「汝、日本に往でて天皇に事へまつれ」といふ。軍君、對へて曰さく、「上君の命を違ひ奉るべからず。願はくは、君の婦を賜ひて、而して後に奉遣したまへ」とまうす。加須利君、則ち孕める婦を以て、軍君に嫁せて曰はく、「我が孕める婦、既に産月に當れり。若し路にして産まば、冀はくは[一〇]一の船に載せて、至らむに隨ひて何處にありとも、速に國に送らしめよ」といふ。遂に與に辭訣れて、朝に奉遣る。

六月の丙戌の朔に、孕める婦、果して加須利君の言の如く、筑紫の[一一]各羅嶋にして兒を産めり。仍りて此の兒を名けて[一二]嶋君と曰ふ。是に、軍君、即ち一の船を以て、

一 元年三月条に、草香幡梭姫皇女。
二 以下は芸文類聚、産業部、田猟の引く荘子に「梁君怒曰、竜不レ与二其君一、而顧二他人一」、同じく晏子に「対曰、国人皆謂、君安レ野而好レ獣、無乃不レ可乎」、同じく荘子に「君以二白雁故一、而欲レ射二殺人一、主君譬レ人無レ異二於豺狼一也。梁君乃与レ竜上レ車帰、呼二万歳一曰、楽哉、人猟皆得二禽獣一、吾猟得二善言一而帰」とある梁君を天皇、(公孫)竜を皇后、他人を舎人、白雁を嗔猪と置きかえたもの。
三 安は、たのしむ意。左伝、僖公二十三年に「懐与レ安、実敗レ名」とあり、杜預注に「安、佚楽也」とある。ここの安は、その佚楽の意。安野でカリシタマヒと古訓にある。
四 七月条までは軍君の来朝と武寧王の誕生の話。二年七月条と同じく百済新撰を引用するが、新撰に記された史実は安康朝のころに起り、本条はその異伝かという説がある。
五 三国史記にいう慶司(→四六二頁注一五)を字音で表記したものかとの説がある。あるいは蓋鹵を字音で表記したものか(蓋蘇文を柯須弥と表記した例→下二三八頁注一二)。
六 →四六二頁注一五。
七 →四六二頁注六。
八 釈紀、秘訓にコニキシ・コムキシとある。コニキシ(大王)は百済王の称。軍は、昆にあたる。→二五八頁注一。
九 三国史記、百済紀、文周王三年(四七七)四月条に、王弟昆支を内佐平としたこと、同七月条に卒したことが見え、帰国を記さぬ書紀と所伝異なる。姓氏録、河内諸蕃に「飛鳥部造、同国(百済)比有王男琨伎王之後也」とある。三代実録、貞観四年七月条・同五年八月条にも飛鳥部造らの祖とある。琨文王子→下武烈四年是歳条。
一〇 婦とその子とを同じ船に乗せて。
一一 武烈四年是歳条に各羅海中主島。佐賀県東

松浦郡鎮西町の加唐島にあてる説がある。→下補注16-二七。
一二 武烈四年是歳条分注の引く百済新撰に斯麻、三国史記の百済紀に斯摩。武寧王の諱。
一三 本条の所伝と異なって、三国史記、百済紀では末多王の第二子(在位五〇一—五二三)とし、聖明王の父とする。→下一四頁注三二。
一四 ニリムは、古代朝鮮語で、国主。→下一五頁注三六。
一五 →補注9-三七。
一六 蓋鹵王在位(四五五—四七五)中の辛丑は四六一年。三国史記では蓋鹵王の七年。ただし宋書には四六二年に倭王興が遣使したとあり、興は安康天皇とみられる(→四三二頁注二)から、この史実も安康朝のこととみる説がある。
一七 「大倭」の「大」は、書紀編纂の際の加筆らしく、次の「天王」も前本に初め「天皇」と書いて後で改めている点に注目すれば、百済新撰には「大王」などと書かれていたのであろうか。→下補注16-一。
一八 応神八年条分注の引く百済記にも同じ表現。同じ意味を三国史記の百済紀及び継体十年九月条では「結好」と表現。いずれも「好」は日本との「好」であるから、百済を主体とした表現で、書紀撰者の加筆訂正が及ばなかった部分という。
一九 大和志に「城上郡泊瀬小野、初瀬村西」とあるが、次の歌によれば泊瀬の山山の展望のよい初瀬川沿いの平地のことで、特定の地名ではなかろう。

嶋君を國に送る。是を武寧王とす。百濟人、此の嶋を呼びて主嶋と曰ふ。

秋七月に、軍君、京に入る。既にして五の子有り。百濟新撰に云はく、辛丑年に、蓋鹵王、弟昆支君を遣して、大倭に向でて、天王に侍らしむ。以て兄王の好を脩むるなりといへり。

六年の春二月の壬子の朔乙卯(四日)に、天皇、泊瀬の小野に遊びたまふ。山野の體勢を觀して、慨然みて感を興して歌して曰はく、

皇后聞悲、興レ感止之。詔曰、皇后不レ與二天皇一、而顧二舍人一。對曰、國人皆謂二陛下一、安野而好レ獸。無乃不レ可乎。今陛下以二嗔猪故一、而斬二舍人一。陛下譬無レ異二於豺狼一也。天皇乃與二皇后一上レ車歸。呼二萬歳一曰、樂哉。人皆獵二禽獸一。朕獵得二善言一而歸。○夏四月、百濟加須利君、蓋鹵王也。飛聞三池津媛之所二燔殺一、適稽女郎也。而籌議曰、昔貢[1]二女人一爲二采女一。而既無レ禮、失二我國名一。自レ今以後、不レ合レ貢レ女。乃告二其弟軍君[2]一昆支也。[3]曰、汝宜往二日本一以事二天皇一。軍君對曰、上君之[4]命不レ可レ奉レ違。願賜二君婦一、而後奉遣。加須利君則以二孕婦一、[5]嫁二與軍君一曰、我之孕婦、既當二產月一。若於レ路產、冀載二一船一、隨レ至何處、速令レ送レ國。遂與辭訣、奉二遣於朝一。○六月丙戌朔、孕婦果如二加須利君言一、於二筑紫各羅嶋一產レ兒。仍名二此兒一曰二嶋君一。於是、軍君卽以二一船一、送二嶋君於國一。是爲二武寧王一。百濟人呼二此嶋一曰二主嶋一也。○秋七月、軍君入レ京。既而有二五子一。百濟新撰云、[6]辛丑年、蓋鹵王遣[7]二弟昆支君[8]一、[9]向二大倭一、侍二天王一。[10]以脩二兄王之好一也。

六年春二月壬子朔乙卯、天皇遊二乎泊瀬小野一。觀二山野之體勢一、慨然興レ感歌曰、

[一]隱國の　泊瀬の山は　出で立ちの　よろしき山　走り出の　よろしき山の
隱國の　泊瀬の山は　あやにうら麗し　あやにうら麗し

是に、小野を名けて、[二]道小野と曰ふ。

三月の辛巳の朔丁亥(七日)に、[三]天皇、后妃をして親ら[四]桑こかしめて、蠶の事を勸めむと欲す。爰に[五]蜾蠃 蜾蠃は、人の名なり。此をば須我屢と曰ふ。に命せて、國内の蠶を聚めしめたまふ。是に、蜾蠃、誤りて嬰兒を聚めて、天皇に奉獻る。天皇、大きに咲ぎたまひて、嬰兒を蜾蠃に賜ひて曰はく、「汝、自ら養へ」とのたまふ。蜾蠃、卽ち嬰兒を宮墻の下に養す。仍りて姓を賜ひて、[六]少子部連とす。

夏四月に、[七]吳國、使を遣して貢獻る。

七年の秋七月の甲戌の朔丙子(三日)に、[八]天皇、少子部連蜾蠃に詔して曰はく、「朕、[九]三諸岳の神の[一〇]形を見むと欲ふ。或いは云はく、此の山の神をば[一一]大物主神と爲ふといふ。或いは云はく、[一二]菟田の墨坂神なりといふ。汝、膂力人に過ぎたり。自ら行きて捉て來」とのたまふ。蜾蠃、答へて曰さく、「試に往りて捉へむ」とまうす。乃ち三諸岳に登り、[一三]大蛇を捉取へて、天皇に示せ奉る。天皇、[一四]齋戒したまはず。其の[一五]雷虺虺きて、目精赫赫く。天皇、畏みたまひて、目を蔽ひて見たまはずして、殿中に却入れたまひぬ。岳に放たしめたまふ。仍りて改めて[一六]名を賜ひて雷とす。

八月に、官者吉備弓削部虛空、[一七]取急に家に歸る。[一八]吉備下道臣前津屋、或本に云

一〔歌謡七七〕泊瀬の山は、家から出た所にすぐ見える見事な山である。家から走り出た所にすぐ見える美しい山で、泊瀬の山は何とも美しい。何とも言えず美しい。国讃めの歌の一つ。万葉に類歌がある。「隠国の泊瀬の山青旗の忍坂の山は走り出のよろしき山の出で立ちの妙しき山ぞ」(三三三一)。コモリクノは「隠国の」と書くが、もとは、泊瀬の地形を見て分る通り、隠った所の意。クは、イヅクのクであったろう。それがコモリクニノの約った形のように意識されて、「隠国の」という表記が成立したものであろう。泊瀬は、奈良県桜井市初瀬。ヨロシは、もと、「寄ろし」。好ましいのでそちらに寄りたいというのが語源。アヤは、神・怪・異のアヤ。霊妙で到底認識し得ない意。ウラは、心。ウラグハシは、心に美しく感じられる意。二 通釈は、道を万葉に著名な山辺道とするが、万葉三三一二に泊瀬道が見える。初瀬川沿いの展望のよい平地であろう。三 本条及び七年七月条は少子部氏にまつわる話。四 礼記、月令に「季春之月、后妃斉戒、親東向㆑桑、以勧㆓蚕事㆒」とあり、古代中国の后妃が三月に行なった農事関係祭祀。奈良時代には、正月の子の日に蚕の床を掃く玉箒を侍臣に賜い宴したことが万葉四四九三に見える。クハコクは、桑の葉を摘みとる意。漢書、元后伝に「率㆓皇后列侯夫人㆒桑」とある。古訓クハコカシメテのコカスは、扱かす意。稲を扱くのコクと同じ。五・六 小子部栖軽・小子部雷とも。雄略天皇の側近として、六年三月条と同記事が姓氏録、七年七月条の異伝が霊異記上、第一、十五年条との関係記事が姓氏録に見える。→補注14-一〇。七 呉との交渉は応神三十七年二月条・仁徳五十八年十月条などに見え、雄略紀でも八年二月・十年九月・十二年四月・十四年正月の各条に身狭村主青らの派遣・帰国関係記事が見える。呉即ち南朝との交渉が五世紀に多かったことは

はく、國造[19]吉備臣山[20]といふ。　虚空を留め使ふ。月を經るまで京都に聽し上らせ[21]肯へにす。天皇、[22]身毛君大夫を遣して召さしむ。虚空、召されて來て言さく、「前津屋、小女を以ては天皇の人にし、大女を以ては己が人にして、競ひて相闘はしむ。幼女の勝つを見ては、即ち刀を拔きて殺す。復小なる雄鷄を以て、呼びて天皇の鷄として、毛を拔き翼を剪りて、大なる雄鷄を以て、呼びて己が鷄として、

擧暮利矩能、播都制能野麼[1]播、伊[2]底枆智能、與慮斯企野麼[3]、和斯里底能、與慮斯企夜麼[4]能、據暮利矩能、播都制能夜麼[5]播、阿野儞于羅虞波斯、阿野儞于羅虞波斯。於是、名二小野一、曰二道小野一。○三月辛巳朔丁亥、天皇欲下使二后妃親桑一、以勸中蠶事上。爰命二蜾蠃一、（蜾蠃、人名。此云二須我屢一。）[6]聚二國內蠶一。於是、蜾蠃、誤聚二嬰兒一、奉二獻天皇一。々々大咲、賜二嬰兒於蜾蠃一曰、汝宜自養。蜾蠃卽養二嬰兒於宮墻之[7]下一。仍賜レ姓、爲二少子部連一。○夏四月、呉國遣レ使貢獻[8]也。

七年秋七月甲戌朔丙子、天皇詔二少子部連蜾蠃一曰、朕欲レ見二三諸岳神之形一。（或云、此山之神爲二大[9]物主神一也。或云、菟田墨坂神也。）汝膂力過レ人。自行捉來。蜾蠃答曰、試往捉之。乃登二三諸岳一、捉二取大蛇一、奉レ示二天皇一。々々不二齋戒一。其雷虺々、目精赫々。天皇畏、蔽レ目不レ見、却二入殿中一。使レ放二於岳一。仍改賜レ名爲レ雷。○八月、官者吉備弓削部虛空、取急歸レ家。吉備下道臣前津屋、（或本云、國造吉備臣山。）留二使虛空一。經レ月不レ肯レ聽二上京都一。天皇遣二身毛君大夫一召焉。虛空被レ召來言、前津屋、以二小女一爲二天皇人一、以二大女一爲二己人一、競令二相闘一。見二幼女勝一、卽拔レ刀而殺。復以二小雄鷄一、呼爲二天皇鷄一、拔レ毛剪レ翼、以二大雄鷄一、呼爲二己鷄一、↓

宋書の記すところでもあるが、本条の記事はもちろん記録に基づくものではなく、身狭村主青らの発遣の伏線として造作されたものであろう。

八 以下は、霊異記、上第一にもやや異なる所伝が見えるが、それは飛鳥の雷岡の地名説話で、本条が四年二月条と同様に、各地の土着の神神に対する天皇の権威を示す話とされているのと異質である。なお釈紀、述義の引く天書には「詔、蠃献二御衆山大神一、蠃手捻二大蛇七丈余一献覧」とある。

九 奈良県桜井市にある三輪山の神。万葉考別記や記伝は霊異記の説話と結びつけて飛鳥の雷岳としている。三諸岳(御衆山)の神は大三輪之神。→補注1-一〇五。

一〇 大神(おほみわ)神社は今日でも神殿なく、鳥居と拝殿のみ。三輪山を神体とする。従ってそれを捉えるのが蜾蠃に課せられた難題となるのである。霊異記、上第一では、天皇が皇后と婚合した時、「随身肺脯之侍者」たる栖軽に入ってこられたので、照れかくしに、折りしも鳴った雷を捉えてこいと命ずることになっている。

一一 →二三九頁注二五。

一二 →二四二頁注一〇。水神なので神の形は竜蛇。

一三 崇神十年条でも御諸山の大物主神は「願無レ驚二吾形一」といって蛇になる。蛇は三諸岳の神の憑代。

一四 →二一一頁注三〇。「不斎戒」の三字、扶桑略記は「暫見之」とする。

一五 其は大蛇、雷は雷の如き音。毛詩、国風に「曀曀其陰、虺虺其靁」とある。蛇や竜は水神で雷となって雨をつかさどる。ヒロメクは、ヒラメク。広雅、釈訓に「虺虺、声也」とある。

一六 万葉考別記などは岳に雷と名を改め賜わったと解する。姓氏録、山城諸蕃には「小子部雷」とあり、蜾蠃に雷と名を改め賜わったとしている。すでに平安朝初期に、二つの解釈が行われていたものと思われる。

一七 他に見えず。トネリとして仕えたのであるから、弓削部の管理者の一族であろう。弓削部→二二〇頁注六。なお

鈴・金の距[一]を著けて、競ひて闘はしむ。禿[二]なる鶏の勝つを見ては、亦刀を抜きて殺す」とまうす。天皇、是の語を聞しめして、物部[三]の兵士三十人を遣して、前津屋幷せて族七十人を誅殺さしむ。

是歳、吉備上道臣田狭[四]、殿の側に侍りて、盛に稚媛[五]を朋友に稱りて曰はく、「天下[六]の麗人は、吾が婦に若くは莫し。茂[七]に綽[八]にして、諸の好備れり。曄[九]に温に、種の相足れり。鉛花[一〇]も御はず、蘭澤も加ふること無し。曠しき世にも儔罕ならむ。時に當りては獨秀れたる者なり」といふ。天皇、耳を傾けて遙に聽しめして、心に悅びたまふ。便ち自ら稚媛を求ぎて女御[一一]としたまはむと欲す。田狭を拝して、任那國司[一二]にしたまふ。俄ありて、天皇、稚媛を幸しつ。田狭臣、稚媛を娶りて、兄[一三]君・弟君を生めり。別本に云はく、田狭臣が婦の名は毛媛といふ。葛城襲津彦[一四]の子、玉田宿禰[一五]の女なり。天皇、體貌閑麗[一六]しと聞しめして、夫を殺して自ら幸しつといふ。田狭、既に任所に之きて、天皇、其の婦を幸しつることを聞きて、援を求めて新羅に入らむと思欲ふ。時に、新羅、中國[一七]に事へず。天皇、田狭臣の子弟君と吉備海部直赤尾[一八]とに詔して曰はく、「汝、往きて新羅を罰て」とのたまふ。是に、西漢[一九]才伎歡因知利、側に在り。乃ち進みて奏して曰さく、「奴より巧なる者、多に韓國[二〇]に在り。召して使すべし」とまうす。天皇、群臣に詔して曰はく、「然らば、歡因知利を以て、弟君等に副へて、道を百濟に取り、幷せて勅書を下ひて、巧の者を獻らしめよ」とのたまふ。是に、

和名抄、美作国久米郡に弓削郷が見える。以下、吉備下道臣が天皇を呪咀する話は他に見えない。→是歳条。一八 他に見えず。下道臣→補注10-二一。一九 →補注7-四六。二〇 他に見えず。吉備臣は、上道臣・下道臣らの総称。→二三〇頁注一一。二一 カヘニス→一六四頁注六。二二 他に見えず。大夫は、人名でなく、官名マヘツキミかも知れない。身毛君→三〇一頁注二〇。

一 和名抄に阿古江と訓む。けづめのこと。二 禿は、説文に「無髪也」とある。毛のすり切れたものをいう。ここでは、抜毛剪翼の鶏。ツブレはツブラ(円)の転。小さく円いものをいう。毛を脱して、まるい頭になったものを指す。三 →二四一頁注二六。四 旧事紀、国造本紀に「上道国造。軽島豊明朝御世、元封二中彦命児多佐臣一、始国造」とある。上道臣→補注10-二一。以下、吉備上道臣田狭が天皇をうらんで、子の弟君をさそい新羅・百済に通じて日本をあざむこうとし、弟君の妻が忠節をつくす話。天皇に対する叛意では前段とモチーフを同じくする。五 →四六一頁注三二。六 以下は、文選、好色賦に「天下之佳人、莫レ若二楚国一」、文選、神女賦に「茂矣美矣、諸好備矣、…曄兮如レ華、温乎如レ瑩」、文選、洛神賦に「芳沢無レ加、鉛華弗レ御」などとある。七 茂は、説文に「草木盛皃」とあり、名義抄に、モシ・サカリニなどの訓がある。コマヤカニの訓は他に見えない。八 綽は、文選、洛神賦に「綽態」の語が見え、李善注に「綽、寛也」とある。名義抄には、ヒロシ・ユタカニの訓がある。古訓キハヤカは、際立つ意で、綽の原義に合わない。但し作者が洛神賦「美矣」にあたるところを、同じ洛神賦の「綽態」にかえているところから、もとの「美矣」にちなんでキハヤカニとよんだかも知れない。九 名義抄には、テル・ウルハシ・ヒカ

ルの訓がある。アカラカナリは、天智三年十二月是月条に稲が「垂頴(かひ)して熟(あから)なり」とある。あかく輝くさま。一〇 鉛花は、白粉。蘭沢は、文選、神女賦に「沐二蘭沢一」とあり、李善注に「沐、洗也。以レ蘭浸二油沢一以塗レ頭」とある化粧。化粧も必要としない意。なお、古訓の別訓にウルハシキアフラ、フスヘマシフルコトナシとある。この訓の方が蘭沢無加の原文の字を一字一字訓んでいる。一一 周礼、天官に「女御、掌レ叙二御于王之燕寝一」。一二 以下十二字、類聚国史は分注とする。その方が本文の続きぐあいが良い。一三 清寧即位前紀は兄君を、本条は弟君を名の如く扱っているが、単に兄・弟の意であろう。欽明五年三月条の吉備弟君臣→㊦八四頁注一八。一四 →補注9-二五。一五 →四三八頁注一二。一六 この表現も文選、好色賦の同句を取ったとみられ、別本の成立の問題を考える際の参考になる。→解説。一七 日本。新羅と日本の不和→八年二月条。一八 他に見えず。吉備海部直は、同地方の海部を管理した豪族。航海に長じていたようで、同氏の中、敏達二年五月条の難波は高麗へ使し、同十二年七月条の羽島は百済へ使している。仁徳記に、吉備海部直の女、黒日売の名が見える。一九 他に見えず。西漢才伎は河内を本居とする大陸系の諸種の工人で、漢氏に管理された人人。続紀、養老三年十一月条に下訳(しもをさ)と賜姓された雑戸河内手人大足、同四年六月条に下村主(しもすぐり)と賜姓された河内国若江郡の雑戸河内手人刀子作広麻呂が見える。才伎の種類は下文に訳語の他に陶部・鞍部・画部・錦部が見える。二〇 新羅・百済ら南鮮諸国の称。二一 通証に「当レ作レ月」とある。二二 新来の工人。下文に「新漢」として漢氏に管理されたことを示す。今来は地名でもある。→四五八頁注一六。二三 肥前、周防などの諸説があるが、下文により、集解の百済とす

弟君、命を銜りて、衆を率て、行きて百濟に到りて、其の國に入る。國神、老女に化爲りて、忽然[二一]に路に逢へり。弟君、就きて國の遠さ近さを訪ぬ。老女、報へて言さく、「復一日行きて、而して後に到るべし」とまうす。弟君、自づから路遠きことを思ひて、伐たずして還りぬ。百濟の貢れる今來[二二]の才伎を大嶋[二三]の中に集聚へて、風候ふと稱ふに託けて、淹しく留れること月數ぬ。任那國司田狹臣、

著二鈴・金距一、競令レ鬪之。見二禿鷄勝一、亦拔レ刀而殺。天皇聞二是語一、遣二物部兵士卅人一、誅二殺前津屋幷族七十人一。◎是歳、吉備上道臣田狹、侍二於殿側一、盛稱二稚媛於朋友一曰、天下麗人、莫レ若二吾婦一。茂矣綽矣、諸好備矣。曄矣溫矣、種相足矣。鉛花弗レ御、蘭澤無レ加。曠世罕レ儔。當レ時獨秀者也。天皇、傾レ耳遙聽、而心悅焉。便欲下自求二稚媛一爲中女御上。拜二田狹一、爲二任那國司一。俄而、天皇幸二稚媛一。田狹臣娶二稚媛一、而生二兄君・弟君一。[1]（別本云、田狹臣婦名毛媛者。葛城襲津彦子、玉田[2]宿禰之女也。天皇聞二體貌閑麗一、殺レ夫自幸焉。）田狹既之二任所一、聞三天皇之幸二其婦一、思三欲求レ援而入二新羅一。于時、新羅不レ事二中國一。天皇詔三田狹臣子弟君與二吉備海部直赤尾一曰、汝宜往罰二新羅一。於是、西漢才伎歡因知利在レ側。乃進而奏曰、巧二於奴一者、多在二韓國一。可二召而使一。[3]天皇詔二群臣一曰、然則宜以二歡因知利一、副二弟君等一、取二道於百濟一、幷下二勅書一、令レ獻二巧者一。於是、弟君銜[4]レ命、率レ衆、行到二百濟一、而入二其國一。々神化[5]二爲老女一、忽然逢レ路。弟君就訪二國之遠近一。老女報言、復行二一日一、而後[6]可レ到。弟君自思二路遠一、不レ伐而還。集二聚百濟所貢今來才伎於大嶋中一、託レ稱レ候レ風、淹留數レ月。任那國司田狹臣、↓

乃ち弟君が伐たずして還ることを喜びて、密に人を百濟に使りて、弟君に戒めて曰はく、「汝が領項、何の窂錮有りてか人を伐つや。傳に聞く、天皇、吾が婦を幸して、遂に兒息 兒息は、已に上の文に見ゆ。 を有つと。今恐るらくは、禍の身に及ばむこと、足を蹻てて待つべし。吾が兒汝は、百濟に跨え據りて、日本にな通ひそ。吾は、任那に據り有ちて、亦日本に通はじ」といふ。弟君の婦樟媛、國家の情深く、君臣の義切なり。忠なること白日に踰え、節 青松に冠ぎたり。斯の謀叛を惡みて、盜に其の夫を殺して、室の内に隱し埋みて、乃ち海部直赤尾と與に百濟の獻れる手末の才伎を將ゐて、大嶋に在ふ。天皇、弟君の不在ことを聞しめして、日鷹吉士堅磐固安錢 堅磐、此をば柯陀之波と云ふ。 を遣して、共に復命さしめたまふ。遂に即ち倭國の吾礪の廣津 廣津、此をば比慮岐頭と云ふ。 邑に安置らしむ。病みて死る者、衆し。是に由りて、天皇、大伴大連室屋に詔して、東漢直掬に命せて、新漢陶部高貴・鞍部堅貴・畫部因斯羅我・錦部定安那錦・譯語卯安那等を、上桃原・下桃原・眞神原の三所に遷し居らしむ。 或本に云はく、吉備臣弟君、百濟より還りて、漢手人部・衣縫部・宍人部を獻るといふ。

八年の春二月に、身狹村主青・檜隈民使博德をして吳國に使しむ。天皇の位に即かせたまひしより、是歲に至るまでに、新羅國、背き誕りて、苞苴入らざること、今までに八年なり。而るを大きに中國の心を懼りたてまつりて、好を高麗に脩む。

る説を取るべく、慶尚南道の南海島か。継体二十三年三月是月条にも見える。↓下三八頁注七。

一 磐城皇子と星川稚宮皇子。↓元年三月是月条。二 足をあげること。爪先で立つこと。すばやく起るたとえ。三 他に見えず。以下の修辞の発想は中国的。類句に、文選、冊二魏公九錫一文「君執二大節一、精貫二白日一」などがある。四 律では天皇に対するを謀反、国家に対するを謀叛と区別。ここは後者。五 手先を使う諸種の技術を持つ工人。上文の今来才伎。手末↓一一六頁注五。六 未詳。堅磐と固安銭との二人とする説、日鷹を九年二月条によって人名と見、堅磐を筑前国穂波郡堅磐郷という地名と見て、難波吉士日鷹と堅磐固安銭とする説、また吉士が帰化系の姓であるところから堅磐の本名を固安銭とする説などがある。日鷹は地名としては紀伊国に日高郡があり、難波日鷹吉士はそこを本居として外交・水軍に活躍した吉士の一族が後に難波吉士に包括されたものとする説もある。難波吉士↓四五四頁注一。七 倭国は、日本のこと。諸注釈書みな大和国と解し、吾礪と広津とが河内国の地名であることを不審とするが、倭国は書紀の原資料にあった文字がそのまま残ったのであろう。八 和名抄に河内国渋川郡跡部郷。今の大阪府八尾市植松町付近か。敏達十二年是歳条に阿斗、用明二年四月条に阿都とある。広津は、難波津の南部の古称か。姓氏録、河内皇別、広来津公条に「依二家地名一負二尋来津君一」とある。九 ↓四四五頁注八。一〇 ↓三七四頁注三。一一 古く帰化した阿知使主・都加(掬)使主系の漢人に対し、このとき新たに帰化した漢人の意。今来郡(高市郡↓四五八頁注一六)を本居とし、東漢氏に管理される工人の集団。今来才伎↓四七五頁注二二。一二 須恵(陶)器を作って貢納する品部。↓補注14-一一。一三 他に見えず。

是に由りて、高麗[三一]の王、精兵一百人を遣りて新羅を守らしむ。頃有りて、高麗の軍士一人、取假[三二]に國に歸る。時に新羅人を以て典馬 典馬、此をば于麻柯比と云ふ。とす。而して顧に謂りて曰はく、「汝の國は、吾が國の爲に破られむこと久に非じ」といふ。一本に云はく、汝が國、果して吾が土に成ること久に非じといふ。其の典馬、聞きて、陽りて其の腹を患むまねにして、退りて在後れぬ。遂に國に逃げ入りて、其の語ひし所を説

乃喜[1]二弟君不レ伐而還一、密使二人於百濟一、戒[2]二弟君一曰、汝之領項、有二何窂錮一而伐レ人乎。傳聞、天皇幸二[3]吾婦一、遂有二兒息一。兒息已見二上文一。今恐、禍及二於身一、可二蹻レ足待一。吾[4]兒汝者、跨二據百濟一、勿レ使レ通二於日本一。吾者據二有任那一、亦[5]勿レ通二於日本一。弟君之婦樟媛、國家情深、君臣義切。忠踰二白日一、節冠二青松一。惡二斯謀叛一、盜殺二其夫一、隱二埋室內一、乃與二海部直赤尾一將二百濟所獻手末才伎一、在二[6]於大嶋一。天皇聞二弟君不在一、遣二日鷹吉士堅磐固安錢一、堅磐、此云二柯陀之波一。使二共復命一。遂卽安二置於倭國吾礪廣津[7] 廣津、此云二比慮岐頭一。邑一。而病死者衆。由レ是、天皇詔二大伴大連室屋一、命二東漢直掬一、以新漢陶部高貴・[8]鞍部堅貴・畫部因斯羅我・錦部定安那錦・譯語卯安那等、遷二居于上桃原・下桃[9]原・眞神原三所一。或本云、吉備臣弟君、還レ自二百濟一、獻二漢手人部・衣縫部・宍人部一。

八年春二月、遣二身狹村主青・檜隈民使博德使二於吳國一。自二天皇卽レ位、至二于是歲一、新羅國背誕、苞苴不レ入、於今八年。而大懼二中國之心一、脩二好於高麗一。由レ是、高麗王、遣二精兵一百人一守二新羅一。有レ頃、高麗軍士一人、取假歸レ國。時以二新羅人一爲二典馬一。典馬、此云二[10]于麻柯比[11]一。而顧謂之曰、汝國爲二吾國一所破非レ久矣。一本云、汝國果成二吾土一非レ久矣。其典馬聞之、陽患二其腹一、退而在後。遂逃二入國一、說二其所レ語。↓

一四 鞍作・桜作とも。大陸系の技術で馬具を製作する品部。↓補注14-一一。一五 他に見えず。一六 朝廷に隷属した画工集団。崇峻元年是歳条にも百済から画工白加を献じたとある。↓補注14-一一。一七 他に見えず。一八 錦織とも。ニシコリはニシキオリの約。錦綾など高級織物を織成する工人の品部。↓補注14-一一。一九 他に見えず。二〇 通訳。↓補注14-一一。二一 他に見えず。二二 桃原は、集解に河内国石川郡とするが、推古三十四年五月条の桃原墓の地、即ち大和国高市郡の地名か。未詳。↓下二一二頁注二。二三 崇峻元年是歳条に「始作二法興寺一。此地名二飛鳥真神原一」とあり、今の飛鳥大仏、安居院のある所。今、奈良県高市郡明日香村飛鳥。以上、才伎らを難波から大和に移したのは、高市郡を本居とする東漢氏に管理させる為か。二四 漢は、新漢。↓注一一。二五 十四年三月条に漢衣縫部・飛鳥衣縫部とも。大和朝廷に隷属し、衣服の織成、裁縫に従事する工人の集団。二六 ↓四六四頁注一三。二七・二八 ↓四六五頁注二六・二七。二九 以下、新羅が高句麗と結び、高句麗の精兵が新羅を守ったこと、両者に隙を生じ高句麗が新羅を襲ったので新羅が任那に救いを求めたこと、任那の膳臣らがそれに応じて高句麗と戦ったことなどを述べる。最後のできごとはともかく、これらのすべてがこの一月に起ったわけではなく、長期の経過を一括して記したものか。なお高句麗とこのころの日本の関係については、倭王武上表(四七八)に「而句驪無道、図欲二見呑一、掠二抄辺隷一、虔劉不已、毎致二稽滞一、以失二良風一、雖レ曰レ進レ路、或通或不、臣亡考済(允恭)、実忿二寇讐壅二塞天路一、控弦百万、義声感激、方欲二大挙一、奄喪二父兄(父は允恭、兄は安康ほかか)一、使下垂成之功不上レ獲二一簣一」といい、さらに「至レ今欲下

く。是に、新羅の王、乃ち高麗の偽り守ることを知りて、使を遣して馳せて國人に告げて曰はく、「人、家内に養ふ鶏の雄者を殺せ」[一]といふ。國人、意を知りて、盡に國内に有る高麗人を殺す。惟に遺れる高麗一人有りて、間に乗りて脱るること得て、其の國に逃げ入りて、皆具に爲説ふ。高麗の王、即ち軍兵を發して、筑足流城[二]或本に云はく、都久斯岐城といふ。に屯聚む。遂に歌儛して樂を興す。是に、新羅の王、[三]夜、高麗の軍の四面に歌ひて儛ふを聞きて、賊の盡に新羅の地に入りぬることを知りぬ。乃ち人を任那の王[四]のもとに使りて曰はく、「高麗の王、我が國を征伐つ。此[五]の時に當りて、綴れる旒の若く然なり。國の危殆きこと、卵を累ぬるに過ぎたり。命の脩さ短さ、太だ計らざる所なり。伏して救を日本府[六]の行軍元帥等に請ひまつる」といふ。是に由りて、任那の王、膳臣[七]斑鳩 斑鳩、此をば伊柯屢俄と云ふ。吉備臣[八]小梨・難波吉士[九]赤目子を勸めて、往きて新羅を救はしむ。膳臣等、未だ[一〇]至らずして營し止りぬ。高麗の諸の將、未だ膳臣等と相戰はずして皆怖る。膳臣等、乃ち自力めて軍を勞ふ。軍の中に令して、促に攻むる具を爲して、急に進みて攻たしむ。高麗と相守ること十餘日。乃ち夜險しきところを鑿ちて、地道を爲りて、悉に[一一]輜重を過りて、奇兵を設けたり。會明に、高麗、膳臣等遁れたりと謂ふ。軍を悉して來り追ふ。乃ち奇兵を縱して、歩騎夾み攻めて、大きに破りつ。二の國の怨、此より生る。二の國と言ふは、高麗と新羅となり。膳臣等、新羅に謂りて曰

練レ甲治レ兵、申中父兄之志上」と見える。二〇 苞苴→三八六頁注九。二一 このころは長寿王(在位四一三—四九〇)。二二 アカラシマはアカラサマに同じ。観智院本名義抄には「倏忽、アカラシマニ」とあるが、高山寺本では「倏忽、アカラサマ」とある。ほんのちょっとの間の意が原義。

一 大日本史、新羅伝のこの記事の注に「考二旧唐書一、高麗人頭著二折風一、形如レ弁。士人插二二鳥羽一。新羅諷告蓋指レ此乎」とある。また鶏を意味する新羅語 tark が、高句麗の軍隊・軍人を意味する高句麗語 tar, tak に通じたからともいう。

二 達句城、今の大邱かという。即ち筑→都久は tuk, tak の音訳で達句。足流→斯岐は su-kur の音訳で村落の意。村をスキ、村主をスクリなどというのと同じ。

三 以下は漢書、高帝紀の「羽、夜聞二漢軍四面皆楚歌一、知二尽得二楚地一」による。

四 任那のどの国の王か不明。

五 「当二此之時一、若二綴旒一然」は、文選、冊二魏公九錫一文にも見える句であるが、九年五月条の「専用威命」、同条「竜驤虎視」以下と同じく、三国志、魏志、武帝紀に全く同文がある。旒は、和名抄に波太阿之(はたあし)。縦に細長い軍用の旗。今や新羅は吊り下げられた旒のように、高麗の思いのままに振りまわされている始末、の意。

六 日本府という文字の初見。しかし当時は日本という国号もないし、任那統治の政庁も特に置かれていたわけではなく、ヤマトノミコトモチとも呼ぶべき任那派遣の官または軍があったにすぎないと考えられる。日本→下補注16-九。

七—九 いずれも他に見えず。膳臣→二三二頁注四。吉備臣→二三〇頁注一一。難波吉士→四五四頁注一。

一〇 以下は三国志、魏志、武帝紀に「未レ至営止。

はく、「汝、至りて弱きを以て、至りて強きに當れり。官軍[一二]救はざらましかば、必ず乘れなまし。人の地に成らむこと、此の役に殆なり。今より以後、豈天朝に背きたてまつらむや」といふ。

九年の春二月の甲子の朔に、凡河内直[一三]香賜と采女[一四]とを遣して、胸方神[一五]を祠らしめたまふ。香賜[一六]、既に壇所[一七]に至りて香賜、此をば舸拕夫と云ふ。將に事行はむとするに及

於是、新羅王乃知二高麗僞守一、遣レ使馳告二國人一曰、人殺二家内所養鷄之雄者一。國人知レ意、盡殺二國内所有高麗人一。惟有二遺高麗一人一、乘レ間得レ脱、逃二入其國一、皆具爲說之。高麗王即發二軍兵一、屯二聚筑足流城一。（或本云、都久斯岐城。）遂歌儛興レ樂。於是、新羅王、夜聞二高麗軍四面歌儛一、知三賊盡入二新羅地一。乃使三人於任那王一曰、高麗王征二伐我國一。當二此之時一、若二綴旒一然。國之危殆、過二於累レ卵。命之脩短、太所レ不レ計。伏請二救於日本府行軍[1]元帥等一。由レ是、任那王勸二膳臣斑鳩（斑鳩、此云二伊柯屢俄一。）・吉備臣小梨・難波吉士赤目子一、往救二新羅一。膳臣等、未レ至營止。高麗諸將[2]、未[3]下與二膳臣等一相戰上皆怖。膳臣等乃自力[4]勞レ軍。令二軍中一、促爲二攻具一、急進攻之。與二高麗一相守十餘日。乃夜鑿レ險、爲二地道一、悉過二輜[5]重[6]一、設二奇兵[7]一。會明、高麗謂二膳臣等爲レ遁也。悉レ軍來追。乃縱二奇兵一、歩騎夾攻、大破之。二國之怨、自レ此而生。（言二二國一者、高麗新羅也。）膳臣等謂二新羅一曰、汝以二至弱一、當二至强一。官軍不レ救、必爲レ所レ乘。將成二人地一、殆二於此役一。自レ今以後、豈背二天[8]朝[9]一也。

九年春二月甲子朔、遣三凡河内直香賜與二采女一、祠二胸方神一。香賜既至二壇[10]所一（香賜、此云二舸拕夫一。）及レ將レ行レ事、→

諸将未下与二太祖一相見上皆怖。太祖乃自力労レ軍、令二軍中一促為二攻具一、進復攻レ之。与レ布相守百余日」、また「乃夜鑿レ険為二地道一、悉過二輜重一、設二奇兵一。会明賊謂、公為レ遁也。悉レ軍来追。乃縦二奇兵一、歩騎夾攻、大破之」とあるによる。

一一 底本、輜車に作る。前本、輜車とあり、左に重と小字がある。宮本、輜車重とある。おもうに、車の字が両本にあるのは、輜の傍訓がニクルマとあり、重は車と似た字形であるため、重を車と改め、左に重の字を書いた本から、次には輜車重のごとき本文が作られたものであろう。それを卜部家本の系統では更に転じて輜車としたものと思われる。ここの文章の典拠とした魏志、武帝紀には輜重とあること前記の通り。

一二 日本軍がもし救わなかったら、必ず、もみくちゃにされたであろうの意。乗は、つけこむ意。モマレナマシは古訓。

一三 他に見えず。凡河内直→一〇六頁注六。

一四 →四〇八頁注一。

一五 福岡県宗像郡玄海町・大島村の田島・大島・沖ノ島にわたる宗像神社の神神。→一〇九頁注一〇—一二。一説に大和国城上郡の宗像神社の神神とするが、城上郡への勧請は恐らく天武朝。宗像の神は海路守護神なので、通証に「下文曰、欲三親伐二新羅一。故祠之」とする。

一六 底本等、この下「与采女」の三字のある写本もあるが、前本に無く、宮本もミセケチにしてある。文意からしてこの三字衍入と認めて省く。

一七 壇場と同じ。→四六〇頁注一五。ここは神域。

りて、其の采女を奸す。天皇、聞しめして曰はく、「神を祠りて福を祈ることは、愼まざるべけむや」とのたまふ。乃ち難波日鷹吉士を遣して誅さしめたまふ。時に香賜、退り逃げ亡せて在らず。天皇、復弓削連豊穂を遣して、普く國郡縣に求めて、遂に三嶋郡の藍原にして、執へて斬りつ。

三月に、天皇、親ら新羅を伐たむと欲す。神、天皇に戒めて曰はく、「な往しそ」とのたまふ。天皇、是に由りて、果して行せたまはず。乃ち紀小弓宿禰・蘇我韓子宿禰・大伴談連 談、此をば箇陀利と云ふ。小鹿火宿禰等に勅して曰はく、「新羅、自より西土に居り。葉を累ねて稱臣へり。朝聘違ふこと無し。貢職允に濟れり。朕が天下に王たるに逮びて、身を對馬の外に投きて、跡を匝羅の表に竄し、高麗の貢を阻きて、百濟の城を呑む。況むや復朝聘既に闕けて、貢職脩むること莫し。狼の子の野き心ありて、飽きては飛り、飢ゑては附く。汝四の卿を以て、拜して大將とす。王師を以て薄め伐ちて、天罰を龔み行へ」とのたまふ。是に、紀小弓宿禰、大伴室屋大連をして、天皇に憂へ陳さしめて曰さく、「臣、拙弱しと雖も、敬みて勅を奉る。但し今、臣が婦、命過りたる際なり。能く臣を視養る者莫し。公、冀はくは此の事を將て具に天皇に陳せ」とまうす。是に、大伴室屋大連、具に陳をす。天皇、聞しめし悲び頽歎きたまひて、吉備上道采女大海を以て、紀小弓宿禰に賜ひて、身に隨へて視養ることをせしめたまふ。遂に推轂けて遣す。紀

一 神事にたずさわるときには、種種のタブーがあるが、中でも性のタブーは重要であった。それを違犯したので罰せられたのである。
二 →四七六頁注六。
三 他に見えず。弓削連は弓削部(→二二〇頁注六)を管掌し弓の製作にあたる伴造。天武十三年十二月宿禰となる。姓氏録、左京神別・同河内神別に弓削宿禰を載せる。→下補注29-一五。
四 和名抄、摂津国島下郡に安威郷。継体二十五年十二月条に藍野。今の大阪府茨木市大田の辺。
五 以下は八年二月条を受けて、日本が新羅に出兵したが苦戦で、紀小弓宿禰・大伴談連らの戦死したことを述べ、五月条では紀大磐宿禰・蘇我韓子宿禰らの内紛で不成功に終ったことを述べる。三国史記、新羅紀、慈悲王(四五八—四七八)五年五月条に「倭人襲破活開城、虜人一千而去」、同六年二月条に「倭侵歃良城、不克而去。王命伐智徳智、伏兵於帰路、要撃大敗之。王以倭屢侵疆場、築沼辺二城」とある。天皇を戒めた神については、通証に「上文所謂胸方神也」とある。
六 行くことを果たさなかったの意。
七 新羅で戦病死。五月条には大伴室屋と「同国近隣之人」とある。集解に「按、紀角宿禰之孫」とあるが、系未詳。紀角宿禰→補注10-一二。
八 新羅で内紛の為に殺された。公卿補任は、満智の子、高麗の父とする。蘇我満智→補注12-六。
九 語とも。室屋の子、金村の父。新羅で戦死。姓氏録、左京神別、大伴宿禰の条に、語は室屋と共に衛門の左右を分衛したとあり、同右京神別、佐伯日奉造の条に、天押日命の十一世の孫、談連の後とする。
一〇 他に見えず。記伝は、小弓宿禰の子と断定するが、子か一族か未詳。五月条によれば、角臣の祖。
一一 貢賦。釈文に「職或作賦」。
一二 草羅。→補注9-一六。
一三 雄略・継体・欽明・孝徳・

天智紀は、三国志の呉志・魏志を利用することが多い。脩貢職の語も、呉志、孫権伝にある。

一四 左伝、宣公四年に「諺曰、狼子野心、是乃狼也、其可畜耶」とある。狼の子は心が山野にあって馴れにくいの意で、馴化しにくいたとえ。

一五 薄伐の薄は、毛詩、小雅に「薄伐二西戎一」「薄伐二玁狁一」などとあり、スナハチ・ココニという助字。しかし平安朝では、尚書、虞書、益稷の「外薄二四海一」の孔氏伝「薄、迫也」、漢書、陳湯伝の「皆薄二城下一」の顔師古注「薄、迫也」などを採って、セマル・イタルと訓むのが一般。

一六 龔は、恭。芸文類聚、武部戦伐の引く尚書に「今予発惟恭二行天之罰一」とある「恭行」を、尚書の敦煌本など古写本及び文選の引く尚書では「龔行」に作る。ここは、文選によるか。文選、東都賦に「龔行天罰」とある。 一七 →四四五頁注八。 一八 他に見えず。吉備氏一族出身の采女は万葉二一七に吉備津采女が見える。上道→補注10−二一。 一九 天子が将を遣わすときに、自ら車をおすこと。轂は、車のこしき。

二〇 以下は、漢書、高祖紀に「行屠二城父一(如淳曰、並行並撃也)」…羽夜聞二漢軍四面皆楚歌一、知三尽得二楚地一、羽与二数百騎一走。是以大敗。灌嬰追斬二羽東城一、楚地悉定。独魯不レ下」とあるによる。大勢として新羅派遣の倭軍が敗北しているのに、勝利の描写を利用したために、意味に落着かないところが生じた。なお、八年二月条(四七八頁六行)もこの一部とほぼ同じ。

二一 喙国。→補注9−四〇。

二二 もと、残兵を収容する意。従って上文の勝利の描写とくいちがう。

二三 欠名。清寧即位前紀の城丘前来目と同じく、紀伊国海草郡岡崎村(今、和歌山市岡崎)の辺を本居とした来目氏であろうという。大和志や集解は大和国平群郡に岡崎という地名ありとするが、今、見当らない。来目連→補注2−二六。

小弓宿禰等、即ち新羅に入りて、[二〇]行傍の郡を屠る。行屠は、並に行きて並に撃つぞ。新羅の王、夜、官軍の四面に鼓聲を聞きて、盡に[二一]喙の地を得たることを知りて、數百の騎と亂ひ走ぐ。是を以て、大きに敗る。小弓宿禰、追ひて敵の將を陣の中に斬る。喙の地悉に定りて、遺衆下はず。紀小弓宿禰、亦[二二]兵を收めて、大伴談連等と會ふ。兵復大きに振ひて、遺衆と戰ふ。是の夕に、大伴談連及び[二三]紀岡前來目

奸二其采女一。天皇聞之曰、祠レ神祈レ福、可レ不レ愼歟。乃遣二難波日鷹吉士一將誅之。時香賜退[1]逃[2]亡不レ在。天皇復遣二弓削連豐[3]穗一、普求二國郡縣[4]一、遂於二三嶋郡藍原一、執而斬焉。○三月、天皇欲三親伐二新羅一。神戒二天皇一曰、無レ往也。天皇由レ是、不二果行一。乃勅二紀小弓宿禰・蘇我韓子宿禰・大伴談連(談、此云二箇陀利一。)・小鹿火宿禰等一曰、新羅自居二西土一、累レ葉稱[6]臣。朝聘無レ違。貢職允濟。逮三乎朕之王二天下一、投二身對馬之外一、竄二跡匝羅之表一、阻二高麗之貢一、呑二百濟之城一。況復朝聘既闕、貢職莫レ脩。狼子野心、飽飛、飢附。以二汝四卿一、拜爲二大將一。宜以二王師一薄伐、天罰龔行。於是、紀小弓宿禰、使三大伴室屋大連、憂二陳於天皇一曰、臣雖二拙弱一、敬奉レ勅矣。但今、臣婦命過之際。莫下能視二養臣一者上。公冀將二此事一具陳二天皇一。於是、大伴室屋大連、具爲レ陳之。天皇聞悲頽歎、以二吉備上道采女大海一、賜二於紀小弓宿禰一、爲二隨レ身視養[7]一。遂推轂以遣焉。紀小弓宿禰等、即入[8]二新羅一、行屠二傍郡一。(行屠、並行並撃。)新羅王、夜聞二官軍四面鼓聲一、知三盡得二喙地一、與二數百騎一亂走。是以、大敗。小弓宿禰、追斬二敵將陣中一。喙地悉定、遺衆不レ下。紀小弓宿禰亦收レ兵、與二大伴談連等一會。兵復大振、與二遺衆一戰。是夕、大伴談連及紀岡前來目→

連、皆力め闘ひて死ぬ。談連の従人同姓津麻呂[一]、後に軍の中に入りて、其の主を尋ね覓ぐ。軍より見出でずして問ひて曰はく、「吾が主大伴公、何處に在します」といふ。人、告げて曰はく、「汝が主等は、果して敵の手の爲に殺されき」といひて、屍の處を指し示す。津麻呂聞きて、踏み叱びて曰はく、「主、既已に陷にたり。何を用てか獨全けらむ」といふ。因りて復敵に赴きて、同時に殞命ぬ。頃有りて、遺衆、自づからに退る。官軍、亦隨ひて却く。大將軍[二]紀小弓宿禰は、値病して薨せぬ。

夏五月に、[三]紀大磐宿禰、父既に薨りぬることを聞きて、乃ち新羅に向きて、[四]小鹿火宿禰の掌れる兵馬・船官及び諸の小官を執りて、專用[五]威命ちぬ。是に、小鹿火宿禰、深く大磐宿禰を怨む。乃ち詐りて[六]韓子宿禰に告げて曰はく、「大磐宿禰、僕に謂りて曰へらく、『[七]我、當に復韓子宿禰の掌れる官を執らむこと久にあらじ』といへり。願はくは固く守れ」といふ。是に由りて、韓子宿禰と大磐宿禰と隙有り。是に、百濟の王、日本の諸の將、小けき事に緣りて隙有りと聞く。乃ち人を韓子宿禰等のもとに使して曰はく、「國の堺を觀せまつらむと欲ふ。請ふ、垂降臨さへ」といふ。是を以て、韓子宿禰等、轡を並べて往く。河に至るに及びて、大磐宿禰、馬に河に飲ふ。是の時に、韓子宿禰、後より大磐宿禰の[八]鞍几の後橋を射る。大磐宿禰、愕然きて反りて視て、韓子宿禰を射墮しつ。中流にして死ぬ。是の三の臣、

一 他に見えず。

二 →四八〇頁注七。

三 顕宗三年是歳条に生磐。本条の如くに小弓の子とすること、他書に見えず。父の死で渡鮮、蘇我韓子を射殺後任那に残り、叛を企てたが帰国。以下の記事について→四八〇頁注五。

四 →四八〇頁注一〇。

五 コロは、自分独りということ。自をコロニと訓じた例がある。タチは、立つ意。自分独りで勝手に振舞った意。

六 →四八〇頁注八。

七 「私はやがて韓子宿禰の掌る官をとるであろう」と言った。

八 古訓クラボネは、和名抄に「楊氏漢語抄云、鞍橋〈久良保禰〉。一云鞍瓦」とある。瓦は、かわら・糸巻き・楯の背など、すべて、丸みを帯びたものを指す。また亀の甲のような形のものにいう。左伝、昭公二十六年に「射レ之、中二楯瓦一」とあるのを見れば、鞍瓦は、鞍の、またがるべき、丸みのある所をいうのであろう。この所、前本・宮本の「鞍几」による。几は、オシマヅキ、身体をもたせる台。鞍もまた、身体を乗せて安楽にするものであるから、鞍几と用いたものかもしれない。橋は、横木。鞍橋〈くらぼね〉は、橋に似た形のもの。前と後とにある。前後

橋→下一一二頁注一六。

九 相競は、先をきそうこと。サキタチテの音便サイタチテ。

一〇 小弓の妻。吉備氏。→四八〇頁注一八。

一一 三国志、魏志、武帝紀に「竜驤虎視、旁眺二八維一、掩二討逆節一、折二衝四海二」とあるのと全く同文。文選、冊二魏公九錫一文にもほぼ同文があるが、「掩討逆節」を「掵討逆節」とする。六臣注に「驤、挙也。八維、天下四方四角也…如二竜挙一謂レ高也、虎視、謂レ威也」とある。また掩討については、「掩襲征討」とある。

由前相競ちて[九]、亂を道に行るにありて、百濟の王の宮に及らずして却還りぬ。是に、[一〇]采女大海、小弓宿禰の喪に從りて、日本に到來り。遂に大伴室屋大連に憂へ諮して曰さく、「妾、葬むる所を知らず。願はくは良き地を占めたまへ」とまうす。大連、即ち爲に奏したまふ。天皇、大連に勅して曰はく、「大將軍紀小弓宿禰、龍の[一一]ごとく驤り虎のごとく視て、旁く八維を眺る。逆節を掩ひ討ちて、四海を折衝く。

連、皆力闘而死。談連從人同姓津麻呂、後入二軍中一、尋二覓其主一。從レ軍不二見出一問曰、[1]吾主大伴公、何處在也。人告之曰、汝主等果爲二敵手一所殺、指二示屍處一。津麻呂聞之、踏叱曰、主既已陷。何用獨全。因復赴レ敵、同時殞命。有レ頃、[2]遺衆自退。官軍亦隨而却。[3]大將軍紀小弓宿禰、値病而薨。〇夏五月、紀大磐宿禰、聞二父既薨一、乃向二新羅一、執二小鹿火宿禰所掌兵馬・船官及諸小官一、專用威命。於是、小鹿火宿禰、深怨二[4]乎大磐宿禰一。乃詐告二於韓子宿禰一曰、大磐宿禰、謂レ僕曰、我當復執二[5]韓子宿禰所掌之官一不レ久也。願固守之。由レ是、韓子宿禰與二大磐宿禰一有レ隙。於是、百濟王、聞下日本諸將、緣二小事一有上レ隙。乃使二人於韓子宿禰等一曰、欲レ觀二國堺一。請、垂降臨。是以、韓子宿禰等、並レ轡而往。及レ至二於河一、大磐宿禰、飮二馬於河一。是時、韓子宿禰、從レ後而射二大磐宿禰鞍几後橋一。[6]大磐宿禰愕然反視、射二墮韓子宿禰一。於二中流一而死。是三臣由前相競、行二亂於道一、不レ及二百濟王宮一而却還矣。於是、采女大海、從二小弓宿禰喪一、到二來日本一。遂憂二諮於大伴室屋大連一曰、妾不レ知二葬所一。願占二良地一。大連卽爲奏之。天皇勅二大連一曰、大將軍紀小弓宿禰、龍驤虎視、旁眺二八維一。掩二討逆節一、折二衝四海一。→

然して則ち身萬里に勞きて、命三韓に墜ぬ。哀矜を致して、[一]視葬者を充てむ。又汝大伴卿、紀卿等と、[二]同じ國近き隣の人にして、由來ること尙し」とのたまふ。是に、大連、勅を奉りて、[三]土師連小鳥をして、冢墓を[四]田身輪邑に作りて、葬さしむ。是に由りて、大海、欣悅びて、自ら默あること能はずして、[五]韓奴室・兄麻呂・弟麻呂・御倉・小倉・針、六口を以て大連に送る。吉備上道の[六]蚊嶋田邑の[七]家人部は、是なり。別に小鹿火宿禰、紀小弓宿禰の喪に從りて來つ。時に[八]獨角國に留る。[九]倭子連[一〇]連、未だ何の姓の人なるかを詳にせず。をして[一一]八咫鏡を大伴大連に奉りて、祈み請さしめて曰さく、「僕、[一二]紀卿と共に天朝に奉事るに堪へじ。故請ふ、角國に留住らむ」とまうす。是を以て、大連、爲に天皇に奏して、角國に留り居ましむ。是の[一三]角臣等、初め角國に居り。角臣と名けらるること、此より始れり。

秋七月の壬辰の朔に、河内國、言さく、「[一四]飛鳥戸郡の人[一五]田邊史伯孫が女は、[一六]古市郡の人[一七]書首加龍が妻なり。伯孫、女、[一八]兒產せりと聞きて、往きて[一九]聟の家を賀びて、月夜に還りぬ。[二〇]蓬蔂丘の[二一]譽田陵の下に、蓬蔂、此をば伊致寐姑と云ふ。赤駿に騎れる者に逢ふ。其の馬、時に[二二]濩略にして、龍のごとくに翥ぶ。[二三]欻に聳く擢でて、鴻のごとくに驚く。異しき體[二四]逢く生りて、殊なる相逸れて發てり。伯孫、就き視て、心に欲す。乃ち乘れる[二五]驄馬に鞭ちて、頭を齊しくし轡を並ぶ。爾して乃ち、赤駿、[二六]超びて攄で絕えたること埃塵にみえ、驅り騖つ迅滅にして沒せぬ。是に、

一 令制では治部省に喪儀司を置く。職員令に「正一人〈掌㆓凶事儀式及喪葬之具㆒〉」。二 大伴・紀両氏の勢力圏は、大和でなく紀伊・和泉で隣接していたらしい。→補注14－二。三 他に見えず。或いは造作された名か。小さな鳥たちが葬儀に関与すること→神代紀第九段。土師連→一〇六頁注四。四 和泉国日根郡淡輪村。今、大阪府泉南郡岬町淡輪。古墳時代中期の前方後円墳がある。→補注14－二。五 韓地ですでに奴であった者の意。良民が捕虜となったために奴とされた例は見ない。欽明十一年四月条でも高麗の奴と虜とは別。同十五年十二月条には新羅の奴が見える。しかしこの韓奴六口の名はいずれも日本風であるから、本説話記録時における家人部の系譜伝承であろうとの説がある。六 未詳。七 大伴氏の私有民のうちでも、大伴部のような良民の部曲（かきべ）でなく、賤民に近い人人であろうが、賤民ならば主家の名を冠すべきであり、ここに地名を冠することは一般の部曲に近い性格とも思わしめるとの説がある。なお家人部は他に見えないが、天智三年二月条の家部の類かともいう。家部→[下]補注27－五。なお家部は奈良時代、西国各地に分布し、備前にも多い。八 和名抄、周防国に都濃郡、また同郡に都濃郷。地名辞書に「按に都濃・佐波・吉敷の三郡、旧角国」とある。釈紀、述義が越前の角鹿に擬するのは誤。九 三代実録、貞観三年十一月条の伴宿禰善男の奏言に引く佐伯直豊雄の款に「室屋大連公之第一男、御物宿禰之胤、倭胡連公、允恭天皇御世、始任㆓讃岐国造㆒。倭胡連公、是豊雄等之別祖也」とあり、善男はこれを「譴検㆓家記㆒、事不㆑憑㆑虚」と保証し、朝廷またこれを承認した。しかし景行四年二月条は讃岐国造の始祖を神櫛皇子とする。一〇 集解は例によって私記攙入とするが、編纂の際の原資料または旧稿本に対する批判的な分注は本紀の特徴。

驄馬、後れて怠足くして、復追ふべからず。其の駿に乗れる者、伯孫の所欲を知りて、仍りて停めて馬を換へて、相辭りて取別てぬ。伯孫、駿を得て甚だ歡び、驟して廐に入る。鞍を解して馬に秣ひて眠ぬ。其の明旦に、赤駿、變りて土馬[二七]に爲れり。伯孫、心に異びて、還りて譽田陵を覓むるに、乃ち驄馬の土馬の間に在るを見る。取りて代へて、換りし土馬を置く」とまうす。

然則身勞二萬里一、命墜二三韓一。宜致二哀矜一、充二視葬[1]者一。又汝大伴卿與二紀卿等一、同國近隣之人、由來尚矣。於是、大連奉レ勅、使下土師連小鳥、作二冢墓於田身輪邑一、而葬上之也。由レ是、大海欣悅、不レ能二自默一、以二韓奴室・兄[2]麻呂・弟[3]麻呂・御倉・小倉・針、六口一送二大連一。吉備上道蚊嶋田邑家人部是也。別小鹿火宿禰、從二紀小弓宿禰喪一來。時獨留二角國一。使下倭子連（連、未レ詳二何姓人一。）奉二八咫鏡於大伴大連一、而祈上請曰、僕不レ堪下共二紀卿一奉中事天朝上。故請、留二住角國一。是以、大連爲奏二於天皇一、使レ留二居于角國一。是角臣等、初居二角國一。而名二角臣一、自レ此始也。○秋七月壬辰朔、河內國言、飛鳥戸郡人田邊史伯孫女者、古市郡人書首加龍之妻也。伯孫聞二女產一レ兒、往賀二聟家一、而月夜還。於二蓬蔂丘譽田陵下一（蓬蔂、此云二伊致寐姑一。）逢下騎二赤駿一者上。其[4]馬時濩[5]略、而龍翥。欻聳擢、而鴻驚。異體[6]蓬生、殊相逸發。伯孫就視、而心欲之。乃鞭二所乘驄馬一、齊レ頭並レ轡。爾乃、赤駿超攄絶於埃塵、驅[7]騖迅於滅沒。於是、驄馬後而怠足、不レ可二復追一。其乘レ駿者、知二伯孫所欲一、仍停換レ馬、相辭取別。伯孫得レ駿甚歡、驟而入レ廐。解レ鞍秣レ馬眠之。其明旦、赤駿變爲二土馬一。伯孫心異之、還覓二譽田陵一、乃見二驄馬、在二於土馬之間一。[8]取代而置二所換土馬一[9]也。

批判的な分注の例としては四五六頁八行・四六二頁三行などがある。なおこの分注で姓を氏と同義に用いているのは中国的な用法。 一一 巨大な鏡。→一一二頁注二二。鏡の奉呈は統治権の委譲ないし誠意の披瀝を意味するようである。 一二 紀大磐を指すという説が一般。 一三 都奴臣とも。孝元記に「木角宿禰者〈木臣・都奴臣・坂本臣之祖〉」とある。木・坂本両氏と共に天武八姓の際に朝臣と賜姓。→㊦四六二頁注二。 一四 和名抄、安宿郡の訓に安須加倍。明治二十九年、大阪府南河内郡に編入。今の羽曳野市飛鳥から柏原市国分にかけての地。 一五 百尊とも。田辺史は帰化系の氏。ここは田辺史の祖、伯孫の意という。以下は姓氏録にも同じ話を載せる。→補注14-一三。 一六 和名抄にも古市郡。安宿郡と共に明治二十九年、大阪府南河内郡に編入。今、羽曳野市古市付近。 一七 他に見えず。書首→三七二頁注二。 一八 児の字、令制では男児を指す。 一九 仁徳紀「わがモコに来む」のモコはムコと同じで、ムコの語源は、このモコであり、おそらく単に相手となる男の意であったろう。 二〇 イチビコのはびこっている丘である誉田陵、の意か。古訓イチビコは、新撰字鏡に「苺、莓子也、一比古」とあり、また「苺、実似苺、覆盆、一比古」とある。一説に蓬蔂は小地名で、誉田(地名)の諸陵墓の中で蓬蔂丘の陵の意という。 二一 応神陵であろう。→三八〇頁注三。 二二 以下は、文選、赭白馬賦に「異体峰生、殊相逸発」、また「欻聳以鴻驚、時濩略而竜翥」とあるを転置したもの。モコヨカは、竜や蛇のうねりつつ行くさま。濩略は、蠖略に同じ。漢書、楊雄伝に「蠖略蕤綏」とあり、李善注に「竜行之貌」とある。蠖は、尺とりむし。 二三 アカシマニは、アカラシマニに同じ。突然。欻は欻と同じ、玉篇に「忽也」とある。 二四 逢の字、字書に見えない。文選では峯に作るから、峯に、乇をかけた文字を作ったのであろうか。カトクの意不明。あるいは、カド(角)の意から、カドクと訓むべきか。ミダラヲは古訓。マダラヲと同じ。二五 青白雑色の馬。いわゆる葦毛。二六 以下は、文選、赭白馬賦に「超攄絶二夫塵轍一、駆鶩迅二於滅没一」とある。↓補注14―一四。鶩は、説文に「乱馳也」とある。二七 埴輪の馬。埴輪の色埴輪起源説話↓垂仁三十二年七月条。埴輪の色からこの駿馬を赤駿としたのであろう。

一 等とは、他に檜隈民使博徳も入れていう。二人の出発は八年二月条。
二 和名抄に「鵞、兼名苑注云、形如レ雁、人家所レ畜也」。すなわち鵞鳥。雁鴨科の家禽。
三 ↓一一一頁注一〇。
四 他に見えず。嶺は、肥前風土記に三根郡、また神埼郡に三根郷の両者が見え、前者は新設の郡とある。嶺県主も系未詳。五 鵠とも。雁鴨科の候鳥。鵝より大型。白鳥。六 十一年十月条に鳥官。七 軽は高市郡、磐余は十市郡の地名。↓二二四頁注一〇・一八八頁注一。八 和名抄にクルモト。滋賀県草津市・栗太郡。現在はクリタという。九 栗太郡を貫流する田上川(今、大戸川)の瀬田川との合流点付近。↓三四八頁注一二。一〇 管理者は川瀬舎人造。天武十二年九月条に連と賜姓。川瀬は近江国犬上郡の地名。正倉院文書に見える川背舎人も犬上郡の人。記伝は本条を白い鵜の出現という瑞祥を記念して舎人を設置したものと解するが、栗太郡谷上と犬上郡川瀬では遠すぎて意味をなさない。或いは犬上浜が朝廷の供御の地として著名な谷上に誤写され、さらに栗太郡言と付加されたのであろうか。一一 他に見えず。一二 職員令、雅楽寮条に「伎楽師一人〈掌レ教二伎楽生一。其生以二楽戸一為之。腰鼓師二人〈掌レ教二腰鼓生一〉。腰鼓生准レ此〉」。その義解に「謂、呉楽。其腰鼓亦為二呉

十年の秋九月の乙酉の朔戊子(四日)に、身狭村主青等、呉の献れる二の鵝を将て、筑紫に到る。是の鵝、水間君の犬の為に囓はれて死ぬ。別本に云はく、是の鵝、筑紫の嶺県主泥麻呂の犬の為に囓はれて死ぬといふ。是に由りて、水間君、恐怖り憂愁へて、自ら黙あること能はずして、鴻十隻と養鳥人とを献りて、罪を贖ふことを請す。天皇、許したまふ。

冬十月の乙卯の朔辛酉(七日)に、水間君が献れる養鳥人等を以て、軽村・磐余村、二所に安置らしむ。

十一年の夏五月の辛亥の朔に、近江國栗太郡言さく、「白き鸊鵜、谷上濱に居り」とまうす。因りて詔して川瀬舎人を置かしむ。

秋七月に、百濟國より逃げ化來る者有り。自ら稱名りて貴信と曰ふ。又稱はく、貴信は呉國の人なりといふ。磐余の呉の琴彈壃手屋形麻呂等は、是其の後なり。

冬十月に、鳥官の禽、菟田の人の狗の為に囓はれて死ぬ。天皇瞋りて、面を黥みて鳥養部としたまふ。是に、信濃國の直丁と武藏國の直丁と、侍宿せり。相謂りて曰はく、「嗟乎、我が國に積ける鳥の高さ、小墓に同じ。旦暮にして食へども、尚其の餘有り。今天皇、一の鳥の故に由りて、人の面を黥む。太だ道理無し。惡行まします主なり」といふ。天皇、聞しめして、聚積ましめたまふ。直丁等、忽に備ふること能はず。仍りて詔して鳥養部とす。

十二年の夏四月の丙子の朔己卯（四日）に、身狭村主青[二一]と檜隈民使博徳[二二]とを、呉に出使す。

冬十月の癸酉の朔壬午（十日）に、天皇、木工闘鶏御田[二三] 一本に猪名部御田[二四]と云ふは、蓋し誤なり。に命せて、始めて楼閣[二五]を起りたまふ。是に、御田、楼に登りて、四面に疾走ること、飛び行くが若きこと有り。時に伊勢[二六]の釆女有りて、楼の上を仰ぎて観て、

十年秋九月乙酉朔戊子、身狭村主青等、将呉所献二鵝、到於筑紫。是鵝為水間君犬所囓死。別本云、[1]是鵝為筑紫嶺県主泥麻呂犬所囓死。由是、水間君恐怖憂愁、不能自黙、献鴻十隻与養鳥人、請以贖罪。天皇許焉。○冬十月乙卯朔辛酉、[2]以水間君所献養鳥人等、安置於軽村・磐余村、二所。

十一年夏五月辛亥朔、近江国栗太郡言、白鸕鷀居于谷上浜。因詔置川瀬舎人。○秋七月、有従百済国逃化来者。自称名曰貴信。又称貴信呉国人也。磐余呉琴弾壃手屋形麻呂等、是其後也。○冬十月、[3]鳥官之禽、為菟田人狗所囓死。天皇瞋、黥面而為鳥養部。於是、信濃国直丁与武蔵国直丁侍宿。相謂[4]曰、嗟乎、我国積鳥之高、同於小墓。旦暮而食、尚有其餘。今天皇由一鳥之故、而黥人面。太無道理。悪行之主也。天皇聞而使聚積之。直丁等、不能忽備。仍詔為鳥養部。

十二年夏四月丙子朔己卯、身狭村主青与檜隈民使博徳、出使于呉。○冬十月癸酉朔壬午、天皇命木工闘鶏御田、一本云猪名部御田、蓋誤也。始起楼閣。於是、御田登楼、疾走四[5]面、有若飛行。時有伊勢釆女、仰観楼上、↓

楽之器也」とあり、腰鼓を呉鼓ともいうが、伎楽に使われた楽器は呉鼓の他には笛と銅鈸で琴は見えない。和琴でなく大陸系統の琴には、高句麗で発達した玄琴（六絃）、新羅で発達した伽耶琴即ち新羅琴（十二絃）があり、この呉琴はそのどちらかであろうともいうが、本文に貴信は百済から来たとあるから、呉琴も和名抄にクダラゴトと訓む箜篌（くご）と見るべきか。

一三 書紀編纂当時の人か。他に見えず。磐余のある十市郡に属していた地名に、阪手がある。景行五十七年九月条に坂手池が見える。↓三一六頁注一。

一四 十年九月条・同十月条に養鳥人。養鳥人・鳥官、下文の鳥養部とも、令制に遺制なし。

一五 大和国に宇陀郡がある。

一六 入れ墨して。↓補注12-三。

一七 鳥官すなわち養鳥人は自由民。鳥養部は不自由民。鳥養部の設置↓垂仁二十三年十一月条。

一八 令制では仕丁の中で、配属された官司に宿直する丁。職員令集解、神祇官条に「直丁二人〈讃云、問、直丁行事。答、官内駈使耳。但不可駈使山野。何者、量司閑繁置駈使丁故〉」とある。

一九 信濃と武蔵。子代名代の部の分布状況や宋書に見える倭王武の上表文によればどちらも雄略天皇の時代に近い過去に、大和朝廷の勢力下に入ったらしい。

二〇 →四六五頁注二四。

二一・二二 →四六五頁注二六・二七。

二三 他に見えず。闘鶏は大和国山辺郡の地名。↓四一三頁注二四。

二四 通釈に「次なる猪名部真根を混へて伝へしなるべし」とある。猪名部↓三七八頁注三。「蓋誤也」の三字を集解以下に私記攙入とする説があるが、批判的な分注は雄略紀撰者の特徴。↓四八四頁注一〇。

二五 営繕令義解に「楼者重屋。閣亦楼也」とある。

二六 記に「伊勢国之三重婇」が見える。釆女↓四〇八頁注一。

彼の疾く行くことを怪びて、庭に顚仆れて、擎ぐる所の饌一 饌は、御膳之物なり。を覆しつ。天皇、便に御田を、其の采女を奸せりと疑ひて、刑さむと自念して、物部二に付ふ。時に秦酒公三、侍に坐り。琴の聲を以て、天皇に悟らしめむと欲ふ。琴を横へて彈きて曰はく、

四神風の　伊勢の　伊勢の野の　榮枝を　五百經る析きて　其が盡くるまでに　大君に　堅く　仕へ奉らむと　我が命も　長くもがと　言ひし工匠はや　あたら工匠はや

是に、天皇、琴の聲を悟りたまひて、其の罪を赦したまふ。

十三年の春三月に、狹穗彦五が玄孫六齒田根命七、竊に采女山邊小嶋子八を奸せり。天皇、聞しめして、齒田根命を以て、物部目大連九に収付けて、責譲はしめたまふ。齒田根命、馬八匹・大刀八口を以て、罪過を祓除ふ。既にして歌して曰はく、

一〇山邊の　小嶋子ゆゑに　人ねらふ　馬の八匹は　惜しけくもなし

目大連、聞きて奏す。天皇、齒田根命をして、資財一一を露に餌香市邊一二の橘一三の本の土に置かしむ。遂に餌香の長野邑一四を以て、物部目大連に賜ふ。

秋八月に、播磨國の御井隈一五の人文石小麻呂一六、力有り心强しといふ。行ふこと肆にして暴虐す。路中に抄劫一七しつつ、行を通はしめず。又商客の艖䑧一八を斷へて、悉に以て奪ひ取る。兼ねて國の法に違ひて、租賦一九を輸らず。是に、天皇、春二〇

一 集解・通釈とも私記攙入と決めているが、雄略紀撰者が「饌」には本来、天子に供する酒食という意がないとして注したものか。二 ここでは刑吏のこと。令制の囚獄司の伴部に物部四十人がおり、罪人を主当し決罰の事を掌っている。また同司には物部丁二十人が属し仗を帯して獄を守ることになっていた。物部→二四一頁注二六。三 十五年条に秦造酒。姓氏録、左京諸蕃、太秦公宿禰の条に「次登呂志公、秦公酒、大泊瀬幼武天皇〈諡雄略〉御世、糸綿絹帛委積如岳、天皇嘉之、賜号曰禹都万佐」と見える。この伝承については十五年条参照。四〔歌謡七八〕伊勢の国の伊勢の野に生い栄えた木の枝を、たくさん打ち析いて、それが尽きるまでも、大君に堅くお仕えしようと、自分の命もどうか長くあれかしと言っていた工匠は、何と惜しいことよ。神風は伊勢の枕詞。サカエは、栄えた枝。繁茂した木木の枝。イホフルは、五百年経つまでの意という。ただし語法的には正確に説明できない。カキテは、懸けての意ととる解釈もあり、それによれば五百年もたつまで長く。枝を家の中に懸けるのは、家の安泰と発展を祈る意という。中国に、家内に木の枝をつるす風習があるという。ここでは、多数の枝を(工匠であるから)打ちかく意と解した。長クモガのモガは、希求の助詞。ハヤという助詞は、名詞の下についてその名詞を愛惜する意を表わすことがある。アタラは、勿体ない意。五 →二六一頁注三六。六 和名抄に「爾雅云、曾孫之子為二玄孫一〈和名夜之波古〉」。七 他に見えず。八 他に見えず。山辺は地名であろうが各地にあって未詳。大和の山辺には皇室の六つの御県(みあがた)の一があった。伊勢の山辺は万葉八一・三三四などに見える。采女を出すとすれば前者か。九 →四六〇頁注一〇。一〇〔歌謡七九〕山辺の小島子のために、人人が狙っている馬の八頭を手離すのは、ちっとも惜し

日小野臣大樹を遣して、敢死士一百を領て、並に火炬を持ちて、宅を圍みて燒かしむ。時に火炎の中より、白き狗、暴に出でて、大樹臣を逐ふ。其の大きさ、馬の如し。大樹臣、神色變らずして、刀を拔きて斬りつ。卽ち文石小麻呂に化爲りぬ。

秋九月に、木工韋那部眞根[二一]、石を以て質[二二]として、斧[二三]を揮りて材を斲る。終日に斲れ[二四]

怪㆓彼疾行㆒、顚㆓仆於庭㆒、覆㆓所㆑擎饌㆒。饌者、御膳之物也。天皇便疑㆔御田姧㆓其采女㆒、自㆓念將㆑刑、而付㆓物部㆒。時秦酒公侍坐。欲㆘以㆓琴聲㆒、使㆖悟㆓於天皇㆒。橫㆑琴彈曰、[1]柯武柯笠能、伊制能、伊制能奴能、娑柯曳嗚、伊裒甫流柯枳底、志我都矩屢麻泥爾、飫裒枳瀰爾、柯柂倶、都柯陪麻都羅武騰、倭我伊能致謀、那我倶母鶏騰、伊比志柂倶彌皤夜、阿柂羅陀倶彌皤夜。於是、天皇悟㆓琴聲㆒、而赦㆓其罪㆒。

十三年春三月、狹穗彥玄孫齒田根命、竊姧㆓采女山邊小嶋子㆒。天皇聞、以㆓齒田根命㆒、收㆓付於物部目大連㆒、而使㆓責讓㆒。齒田根命、以㆓馬八匹・大刀八口㆒、祓㆓除罪過㆒。既而歌曰、耶麼能謎能、故思麼古喩衞爾、比登涅羅賦、宇麼能耶都擬播、嗚思稽矩謀那斯。目大連聞而奏之。天皇使㆔齒田根命、資財露置㆓於餌香市邊橘本之土㆒[2]。遂以㆓餌香長野邑㆒、賜㆓物部目大連㆒。○秋八月、播磨國御井隈人文石小麻呂、有㆑力强㆑心。肆㆑行暴虐。路中抄[3]劫、不㆑使㆑通㆑行。又斷㆓商客艖䑧㆒、悉以奪取。兼違㆓國法㆒、不㆑輸㆓租賦㆒。於是、天皇遣㆓春日小野臣大樹㆒、領㆓敢死士一百㆒、並持[4]㆓火炬㆒、圍㆑宅而燒。時自㆓火炎中㆒、白狗暴出、逐㆓大樹臣㆒。其大如㆑馬。大樹臣神色不㆑變、拔㆑刀斬之。卽化㆓爲文石小麻呂㆒。○秋九月、木工韋那部眞根[5]、以㆑石爲㆑質、揮㆑斧斲[6]㆑材。終日斲[7]↓

いことは無い。ユエニは、原因を示す。ヤツギのギは、匹にあたる。 一一 資財は、律令の用語としては、田宅などの不動産に対して、牛馬・奴婢・稲など動産の意。 一二 河内国志紀郡道明寺村国府(今、大阪府南河内郡美陵町国府)の辺にあった市。大和川と石川(衛我川)の合流点に近く、大和から河内に出る要衝。顕宗即位前紀の他、続紀、宝亀元年三月条に「任㆓会賀市司㆒」と見える。 一三 橘の樹の根もと。万葉三一〇に「東の市の植木の木垂るまで」とあり、古代の市は露店であるため、樹蔭を必要としたらしい。通釈は景行十二年十月条の海石榴市には椿の樹、敏達十二年是歳条の阿斗桑市には桑の樹があったと解する。 一四 和名抄、河内国志紀郡に長野郷。今、大阪府南河内郡美陵町藤井寺の付近一帯。 一五 未詳。通釈にいう播磨風土記、讃容郡条の御井村は海に臨まず、下文の「断㆓商客艖䑧㆒」に適しない。海沿いの御井は同風土記、賀古郡条に「赤石郡𦊆御井」(釈紀八所引播磨風土記逸文に「駒手御井」)、「松原御井」、また同揖保郡条に「針間井」などがある。 一六 この姓氏、未詳。文はアヤ、石はイシ。アヤイシ→アヤシ。 一七 古訓の一つはカスメツツ。他の一訓はチキシツツとある(前本・宮本)。チキの語義未詳。 一八 艖・䑧ともに小舟。 一九 単に租税の意。大化改新以後の田租と調とではない。 二〇 他に見えず。小野臣は春日臣などと共に和珥氏(→二二六頁注一四)の一族。姓氏録、左京皇別に「小野朝臣、大春日朝臣同祖。彦姥津命五世孫米餅搗大使主(たがねつきのおみ)命之後也。大徳小野臣妹子、家㆓于近江国滋賀郡小野村㆒。因以為㆑氏」とあるが、春日小野臣は同じ小野氏でも妹子の系統とは別に、大和国添上郡春日郷(→二三二頁注一八)を本拠とする小野氏か。 二一 他に見えず。韋那部→三七八頁注三。 二二 礩と同じ。新撰字鏡「碪、礩也〈阿弖〉」。質は、もと、物を出して銭を借りども、誤りて刃を傷らず。天皇、其所に遊詣して、怪び問ひて曰はく、「恆に石に誤り中てじや」とのたまふ。眞根、答へて曰さく、「竟に誤らじ」とまうす。乃ち采女を喚し集へて、衣裙を脱ぎて、著犢鼻して、露なる所に相撲とらしむ。是に、眞根、暫停めて、仰ぎ視て斲る。覺えずして手の誤に刃傷く。天皇、因りて嘖譲めて曰はく、「何處にありし奴ぞ。朕を畏りずして、貞しからぬ心を用て、妄しく輙輕に答へつる」とのたまふ。仍りて物部に付けて、野に刑さしむ。爰に同伴巧者有りて、眞根を歎き惜びて、作歌して曰はく、

あたらしき　韋那部の工匠　懸けし墨繩　其が無けば　誰か懸けむよ　あたら墨繩

天皇、是の歌を聞かして、反りて悔惜びたまふことを生して、喟然きて頽歎きて曰はく、「幾に人を失ひつるかな」とのたまふ。乃ち赦使を以て、甲斐の黑駒に乘りて、馳せて刑所に詣りて、止めて赦したまふ。用りて徽纆を解く。復作歌して曰はく、

ぬば玉の　甲斐の黑駒　鞍著せば　命死なまし　甲斐の黑駒　一本に、命死なましといふに換へて、い及かずあらましと云へり。

十四年の春正月の丙寅の朔戊寅（十三日）に、身狹村主青等、吳國の使と共に、吳の獻れる手末の才伎、漢織・吳織及び衣縫の兄媛・弟媛等を將て、住吉津に泊る。

是の月に、吳の客の道を爲りて、磯齒津路に通す。吳坂と名く。

ること。転じて、相当する物を置くこと。ここでは基礎に置く台。二三 古訓にテヲノ。但し正倉院文書などでは、錛と手錛とには区別がある。二四 前本・宮本等、斵に作る。斵は斲の古字。

一 どこまでも。決して。二 犢鼻は、ふんどしのこと。犢(こうし)の鼻というのは、形が似ているからとか、諸説があって決し難い。タフサギのタは、ミトノマグハヒという古語のトに通じる語で、陰部をいう。フサギは、覆って隠すものの意であろう。三 人のみているところ。

四 ここを古訓に、スマヒトラシムとだけあって、敬語の助動詞が無いのは、天皇の行為でも、感心できない行為の場合は、敬語をつけないという平安朝の語法の一つの現われ。五 刑吏のこと。→四八八頁注二。六 巧者は、工匠の意。

七〔歌謡〈八〇〉〕もったいない、韋名部の工匠の使った墨縄よ。彼がいなかったら、誰が懸けよう。もったいないあの墨縄よ。墨縄に托して韋名部の工匠の腕のよさを讃え、惜しんでいる。アタラシは、すぐれたものが不当に扱われるのを惜しむ形容詞。墨縄は、建築用の木材に直線をしるしつける道具。墨縄をウツともいう。

八 甲斐から産出した良馬。甲斐には皇室の御牧があった。→補注14-一五。

九 説文に「三股曰レ徽、両股曰レ纆」とあり、それぞれ三つ縒り、二つ縒りの縄。

一〇〔歌謡〈八一〉〕甲斐の黒駒にもし鞍をつけていたら、たぶん(韋名部の工匠は)死んでいたろうな。甲斐の黒駒よ。ヌバタマは、ヒオウギの実という。黒い実が成るので夜・黒などにかかる枕詞。一本に「命死なまし」の代りに、イシカズアラマシ、間に合わなかっただろうなとあるという。

一一 身狭村主青と檜隈民使博徳の二人。→四六五頁注二六・二七。両人とも十二年四月条に出発。以下は応神三十七年二月条・同四十一年二

三月に、臣連に命せて呉の使を迎ふ。即ち呉人を[一七]檜隈野に安置らしむ。因りて[一八]呉原と名く。衣縫の[一九]兄媛を以て、[二〇]大三輪神に奉る。弟媛を以て[二一]漢衣縫部とす。漢織・呉織の衣縫は、是[二二]飛鳥衣縫部・[二三]伊勢衣縫が先なり。

夏四月の甲午の朔に、天皇、呉人に設へたまはむと欲して、群臣に[二四]歴め問ひて曰はく、「其れ[二五]共食者に誰か好けむ」とのたまふ。群臣が、僉に曰さく、「[二六]根使主、

之、不誤傷刃。天皇遊詣其所、而怪問曰、恆不誤中石耶。眞根答曰、竟不誤矣。乃喚集采女、使脱衣裙、而著犢鼻、露所相撲。於是、眞根暫停、仰視而斲。[1]不覺手誤傷刃。天皇因嘖讓曰、何處奴。不畏朕、用不貞心、妄輙輕答。[2]仍付物部、使刑於野。爰有同伴巧者、歎惜眞根、而作歌曰、婀拕羅斯枳、偉儺謎能陀倶彌、柯該志須彌儺皤、旨我那稽麼、[3]挓例柯々該武預、婀拕羅須彌儺皤。天皇聞是歌、反生悔惜、喟然頽歎曰、幾失人哉。乃以赦使、乘於甲斐黑駒、馳詣刑所、止而赦之。用解徽纆。復作歌曰、農播拕磨能、柯彼能矩盧古磨、矩羅枳制播、伊能致志儺磨志、柯彼能倶盧古磨。(一本、換伊能致志儺磨志、而云伊志歌羆阿羅厤志也。)[4][5][6]

十四年春正月丙寅朔戊寅、身狹村主青等、共呉國使、將呉所獻手末才伎、[7]漢織・呉織及衣縫兄媛・弟媛等、泊於住吉津。◎是月、爲呉客道、通磯齒津路。名呉坂。○三月、命臣連迎呉使。卽安置呉人於檜隈野。因名呉原。以衣縫兄媛、奉大三輪神。以弟媛爲漢衣縫部也。漢織・呉織衣縫、是飛鳥衣縫部・伊勢衣縫之先也。○夏四月甲午朔、天皇欲設呉人、歷問群臣曰、其共食者誰好乎。群臣僉曰、根使主→

月是月条に酷似。本紀の漢織・呉織・兄媛・弟媛の四人とする。→三七八頁注一四―一七。

一三 手末→一一六頁注五。才伎→四七四頁注一九。一三 応神四十一年二月是月条に津国。住吉→三四四頁注二。

一四 推古十六年の隋使来朝の際のことであるが、隋書、倭国伝に倭王が大いに悦んで「今、故清道飾館、以待大使」といったとある。

一五 万葉九九九のシハツは大阪市住吉区から東住吉区東南部にかけての地かという。シハツは、「磯果つ」で、浜の端の河口、岬などか。

一六 記伝に「久礼を訛りて喜連とは云なり」として住吉から喜連(今、大阪府東住吉区喜連町)へ行く途中の坂とするが未詳。

一七・一八 檜隈は和名抄、大和国高市郡に檜前(ひのくま)郷。今、奈良県高市郡明日香村に檜前と地名が残るが、古くはもっと広い地名であったらしい。呉原は、同明日香村栗原が遺称地。

一九・二〇 大三輪神は大神神社の神。→一三〇頁注五。応神四十一年二月是月条では兄媛を胸方大神に奉り、その子孫と称する氏も見える。

二一 漢人系の衣縫の品部。応神四十一年二月是月条の呉衣縫・蚊屋衣縫と同じ人人。呉・蚊屋は居地によって称し、漢は系譜によって称する。

二二 大和国十市郡飛鳥に住んだ衣縫の品部。その管理者である飛鳥衣縫造の家について、崇峻元年是歳条にはこれを壊って法興寺を建てたと見える。法興寺は今の明日香村の安居院の地。

二三 和名抄、伊勢国壱志郡に呉部郷がある。

二四 つぎつぎに問う。トナメは、戸並べの意。

二五 賓客と共に食事する係。延喜治部式に「凡蕃客入朝者、差…共食二人〈掌下饗日各対使者飲宴上〉」とある。アヒは、一緒。タゲは、食事を供すること。二六 坂本臣の祖。→四五二頁注一二。以下の話は安康元年二月条の続き。

可けむ」とまうす。天皇、即ち根使主に命せて、共食者としたまふ。遂に[一]石上の高拔原にして、呉人に饗へたまふ。時に密に舎人を遣して、裝飾を視察しむ。舎人、服命して曰さく、「根使主の著る[二]玉縵、太だ[三]貴にして最好し。又衆人の云はく、『前に使を迎ふる時に、又亦著りき』といふ」とまうす。是に、天皇、自ら見たまはむとして、臣連に命せて、裝せしむること饗せし時の如くして、殿の前に引見たまふ。[四]皇后、天に仰ぎて歔欷き、啼泣ち傷哀びたまふ。天皇、問ひて曰はく、「何の由ありてか泣ちたまふ」とのたまふ。皇后、[五]床を避りて對へて曰したまはく、「此の玉縵は、昔妾が兄大草香皇子の、[六]穴穗天皇の[七]勅を奉りて、妾を陛下に進りし時に、妾が爲に獻れる物なり。故、疑を根使主に致して、不覺に涕垂りて哀泣ちらる」とまうしたまふ。天皇、聞しめし驚きて大だ怒りたまふ。深く根使主を責めたまふ。根使主、對へて言さく、「[八]死罪死罪、實に臣が愆なり」とまうす。詔して曰はく、「根使主は、今より以後、[九]子子孫孫八十聯綿に、群臣の例にな預らしめそ」とのたまふ。乃ち將に斬らむとす。根使主、逃げ匿れて、[一〇]日根に至りて、[一一]稻城を造りて待ち戰ふ。遂に官軍の爲に殺されぬ。天皇、有司に命せて、二に子孫を分ちて、一分をば[一二]大草香部民として、皇后に封したまふ。一分をば[一三]茅渟縣主に賜ひて、[一四]負嚢者とす。即ち[一五]難波吉士日香香の子孫を求めて、姓を賜ひて[一六]大草香部吉士としたまふ。其の日香香等が語は、[一七]穴穗天皇紀に在り。事平ぎし後に、[一八]小根使主、小根使主は、根使

一 石上は、和名抄、大和国山辺郡石上郷(今、奈良県天理市石ノ上付近)であろうが、高抜原は未詳。
二 玉を連ねた髪飾り。→四五二頁注一六。
三 ケヤカは、際立って他と異なっている意。
四 草香幡梭姫皇女。
五 天皇や皇后は、胡床などの高い座にいるので、それをおりること。
六 仁徳天皇皇子。→仁徳二年三月条。
七 安康天皇。
八 死罪死罪は、漢文では上奏文や手紙の末尾に置き、敬意や謝意を表わす慣用句。
九 神代紀第十段第四の一書に「生子八十連属」(一八二頁一五行)、「生児八十連属」(一八三頁五行)などと見える。
一〇 和泉国日根郡の辺。→四四四頁注四。以下の茅渟県主・草香部・坂本臣なども和泉が本拠。根使主という名は日根から造られたともいう。
一一 →二六四頁注七。
一二 日下部の部民と同じか。和泉国大鳥郡に日下部郷がある。→補注14-一六。
一三 同族は、天平九年和泉監正税帳に和泉郡少領・主帳、霊異記、中第二に泉郡大領として見える。姓氏録、和泉皇別に「珍県主、佐代公同祖、豊城入彦命三世孫御諸別命之後也」とある。茅渟→一九二頁注一九。
一四 神代記に「於二大穴牟遅神一、負レ帒為二従者一」。賤しい身分の者の仕事と見られていたのであろう。茅渟宮→四四四頁注三。
一五 難波吉師日香蚊。大草香皇子に殉死。→四五四頁注一・二。
一六 難波吉士と同系らしい。→[下]四四四頁注一七・補注14-一六。
一七 →安康元年二月条。
一八 清寧即位前紀の河内三野県主小根と同名、かつ同じく叛乱関係者。しかし根使主の本拠

主の子なり。夜臥して人に謂りて曰はく、「天皇の城は堅からず。我が父の城は堅し」といふ。天皇、傳に是の語を聞しめして、人を使にして根使主の宅を見しむ。實に其の言の如し。故、收へて殺しつ。根使主の後の坂本臣と爲ること、是より始れり。

十五年に、秦の民を臣連等に分散ちて、各欲の隨に駈使らしむ。秦造に委にしめず。是に由りて、秦造酒、甚に以て憂として、天皇に仕へまつる。天皇、愛び

可。天皇卽命㆓根使主㆒、爲㆓共食者㆒。遂於㆓石上高拔原㆒、饗㆓呉人㆒。時密遣㆓舍人㆒、視㆓察裝飾㆒。舍人服[1]命曰、根使主所著玉縵、太貴最好。又衆人云、前迎㆑使時、又亦著之。於是、天皇欲㆓自見㆒、命㆓臣連㆒、裝如㆓饗之時㆒、引㆓見殿前㆒。皇后仰㆑天歔欷、啼泣傷哀。天皇問曰、何[2]由泣耶。皇后避㆑床而對曰、此玉縵者、昔妾兄大草香皇子、奉㆓穴穗天皇勅㆒、進[3]㆓妾於陛下㆒時、爲㆑妾所獻之物也。故致㆓疑於根使主㆒、不覺涕垂哀泣矣。天皇聞驚大怒。深責㆓根使主㆒。々々對言、死罪々々、實臣之愆。詔[4]曰、根使主、自㆑今以後、子々孫々八十聯綿、莫㆑預㆓群臣之例㆒。乃將[5]欲㆑斬之。根使主逃匿、至㆓於日根㆒、造㆓稻城㆒而待戰。遂爲㆓官軍㆒見㆑殺。天皇命㆓有司㆒、二㆓分子孫㆒、一分爲㆓大草香部民㆒、以封㆓皇后㆒。一分賜㆓茅渟縣主㆒、爲㆓負囊者㆒。卽求㆓難波吉士日香々子孫㆒、賜㆑姓爲㆓大草香部吉士㆒。其日香々等語、在㆓穴穗天皇紀㆒。事平之後、小根使主、（小根使主、根使主子。）夜臥謂㆑人曰、天皇城不㆑堅。我父城堅。天皇傳聞㆓是語㆒、使㆑人見㆓根使主宅㆒。實[6]如㆓其言㆒。故收殺之。根使主之後爲㆓坂本臣㆒、自㆑是始焉。

十五年、秦民分[7]㆓散臣連等㆒、各隨㆑欲駈使。勿㆑委㆓秦造㆒。由㆑是、秦造酒甚以爲㆑憂、而仕㆓於天皇㆒。々々愛→

(和泉国日根郡)と三野県主の本拠(河内国若江郡)とはかなり隔り、また根使主の後という坂本臣と三野県主とは系譜を異にする。ただ小根使主を根使主の子とするこの注も、恐らく下文の本文に拠って付した新しいもの。

一九 →四五二頁注一一。この始祖伝承について、姓氏録、和泉皇別に「坂本朝臣、紀朝臣同祖、建内宿禰男紀角宿禰之後也。男白城宿禰三世孫建日臣、因㆑居賜㆓姓坂本臣㆒」とある。

二〇 坂本臣と同系の角臣の伝承も同じ表現で結ぶ。→九年五月条。紀氏出身の書紀編纂関係者が統一したと見る説がある。

二一 応神十四年是歳条に百廿県の人夫とある。以下は古語拾遺に本条とほぼ同文を引き、姓氏録に詳細な伝承を載せる。→補注14-一七。しかし後世秦氏が多数の支族と部民を有するに至ってから、五、六世紀の交に機織関係の品部が設置された事実と、秦＝機とを結びつけて、造作した説話とみるのが通説。

二二 秦の民の管理者たる伴造。天武十二年九月に連、同十四年六月に忌寸と改姓、その一部は延暦年間に宿禰と改姓。なお欽明元年八月条に「秦人戸数、総七千五十三戸。以㆓大蔵掾㆒、為㆓秦伴造㆒」とあり、ここに秦造を登場させたのは、下文の十六年十月条に漢部の伴造が見えるので、対抗意識から、登場を漢氏より少し遡らせたと見る説がある。

二三 十二年十月条には秦酒公。下文でもまた公と尊称。

罷みたまふ。詔して秦の民を聚りて、秦酒公に賜ふ。公、仍りて百八十種勝[一]を領率ゐて、庸調[二]の絹縑を奉獻りて、朝庭に充積む。因りて姓を賜ひて禹豆麻佐[三]と曰ふ。一に云はく、禹豆母利麻佐といへるは、皆盈て積める貌なり。

十六年の秋七月に、詔[四]して、桑に宜き國縣にして桑を殖ゑしむ。又秦の民を散ちて遷して、庸調を獻らしむ。

冬十月に、詔して、「漢部[五]を聚へて、其の伴造[六]の者を定めよ」とのたまへり。姓を賜ひて直[七]と曰ふ。一[八]に云はく、賜ふとは、漢使主等に、姓を賜ひて直と曰ふぞ。

十七年の春三月の丁丑の朔戊寅(二日)に、土師連[九]等に詔[一〇]して、「朝夕の御膳盛るべき清器を進らしめよ」とのたまへり。是に、土師連の祖吾笥[一一]、仍りて攝津國の來狹狹村[一二]、山背國の内村[一三]・俯見村[一四]、伊勢國の藤形村[一五]、及び丹波・但馬・因播の私の民部[一六]を進る。名けて贄土師部[一七]と曰ふ。

十八年の秋八月の己亥の朔戊申(十日)に、物部菟代宿禰[一八]・物部目連[一九]を遣して、伊勢の朝日郎[二〇]を伐たしめたまふ。朝日郎、官軍至ると聞きて、即ち伊賀の青墓[二一]に逆ち戰ふ。自ら能く射ることを矜りて、官軍に謂ひて曰はく、「朝日郎が手に、誰人か中る[二二]べき」といふ。其の發つ箭は、二重の甲を穿す。官軍、皆懼づ。菟代宿禰、敢へて進み撃たず。相持ること二日一夜。是に、物部目連、自ら大刀を執りて、筑紫の聞物部[二三]大斧手[二四]をして、楯を執りて軍の中に叱びしめて、倶に進ましむ。朝日郎、

一 百八十種は多種多様の意。勝には、諸説あるが、令制の伴部に当る下級管理職か。→補注14-一八。
二 租税として作られた絹・縑の意。縑は、上質の絹。カトリ→三三八頁注二八。
三 今、京都市右京区の地名に太秦(うづまさ)。→補注14-一九。
四 説話成立期に秦の民は全国に散在していたから、前年条のように聚めた話を造ると、次に本年条のような散らす話が必要になる。姓氏録、左京諸蕃、太秦宿禰条では仁徳天皇の時に分置。→補注14-一七。なお記事を七月に係けたのは令制の調庸納期に関係あるか。
五 漢氏の部民。応神二十年九月条に党類十七県。漢人とは別らしい。→三七四頁注四。
六 部の管理者。→補注14-二〇。
七 国造に多い姓。七世紀半までの金石文などは費直と書く。天武朝まで漢氏の姓はすべて直。
八 この分注、本文では誰に賜姓したかわからないとして「漢使主等」の四字を補ったもの。
九 →一〇六頁注四。以下は土師氏の伝承。
一〇 この詔、記伝は難解とし、「盛」の上に「造」の字脱かというが、葬儀関係の土器を作る土師部を管理する土師連に対し、配下に清器を作製進上させよ、と難題を詔した意に解しておく。ただ事実としては、土師氏の私民がこれら六箇国に及ぶ広範囲に分布していたか否かは疑問で、朝廷の力で設定した贄土師部の管理を土師氏に委ねたために、後世の土師氏が贄土師部をもとからの私民の如く語り伝えたのであろうとの説がある。
一一 他に見えず。笥は、食器。造作された名か。
一二 続紀、和銅六年九月条に、摂津職が山川遠隔、道路険難を理由に河辺郡玖左佐村を独立させて郡とし、今、能勢郡という、とある。現在の大阪府豊能郡。延喜神名式、摂津国能勢郡に久佐々

乃ち遙に見て、大斧手が楯と二重の甲とを射穿つ。并せて身の肉に入ること一寸。大斧手、楯を以て物部目連を翳す。目連、即ち朝日郎を獲へて斬しつ。是に由りて、菟代宿禰、克たざりしことを羞愧ぢて、七日までに服命さず。天皇、侍臣に問ひて曰はく、「菟代宿禰、何とか服命さざる」とのたまふ。爰に讃岐田蟲別[二五]といふひと有りて、進みて奏して曰さく、「菟代宿禰は、怯くして、二日一夜の間に、

寵之。詔聚二秦民一[1]、賜二於秦酒公一。々仍領二率百八十種勝一、奉二獻[2]庸調絹縑一、充二積朝庭一。因賜レ姓曰二禹豆麻佐一。[3]一云、禹豆母利麻佐、皆盈積之貌也。

十六年秋七月、詔、宜[4]レ桑國縣殖レ桑。又散二遷秦民[5]一、使レ獻二庸調一。○冬十月、詔、聚二漢部一、定二其伴造者一。賜レ姓曰レ直。[6]一云、賜、漢使主等、賜レ姓曰レ直也。[7]

十七年春三月丁丑朔戊寅、詔二土師連等一、使レ進下應レ盛二朝夕御膳一清器上者。於是、土師連祖吾笥、仍進二攝津國來狹々村、山背國内村・俯見村、伊勢國藤形村及丹波・但馬・因播[8]私民部一。名曰二贄土師部一。

十八年秋八月己亥朔戊申、遣[9]二物部菟代宿禰・物部目連一、以伐二伊勢朝日郎一。々々聞二官軍至一、即逆二戰於伊賀青墓一。自矜二能射一、謂二官軍一曰、朝日郎手、誰人可レ中也。其所發箭、穿二二重甲一。官軍皆懼。菟代宿禰、不二敢進撃一。相持二日一夜。於是、物部目連、自執二大刀一、使下筑紫聞物部大斧手、執レ楯叱二於軍中一、倶進上。朝日郎乃遙見、而射二穿大斧手楯二重甲一。并入二身肉一一寸。大斧手以レ楯翳二物部目連一。々々即獲二朝日郎一斬之。由レ是、菟代宿禰、羞二愧不一レ克、七日不二服命[10]一。天皇問二侍臣一曰、菟代宿禰、何不[11]二服命一。爰有二讃岐田蟲別一、進而奏曰、菟代宿禰怯也、二日一夜之間、↓

神社(大阪府豊能郡能勢町宿野)。

一三 和名抄に山城国綴喜郡有智郷(今、京都府綴喜郡八幡町内里付近)。延喜神名式、同郡に内神社。釈紀、秘訓は久世郡の宇治とする。

一四 山城国紀伊郡伏見村。今、京都市伏見区。

一五 皇太神宮儀式帳に壱志藤方片樋宮。今、三重県津市藤方付近の地か。

一六 私有の部曲。ここでは土師部を指す。伴造の管理する公有の品部が、その伴造私有の部曲と区別し難くなっていた情況は、㊦大化二年八月条詔参照。民部→㊦補注27-五。

一七 贄は、朝廷に貢納する食品。その容器或いは朝廷で使う食器を製作する土師部か。管理する氏の系譜は、姓氏録、大和神別に「贄土師連、天穂日命十六世孫、意富曾波連之後也」とあり、土師連と同系。

一八 未詳。以下の話も他に見えない。

一九 →四六〇頁注二〇。

二〇 未詳。恐らく造作された名。伊勢が大和の東方にあるための命名ともいうが、朝日は、地名で、伊勢国朝明(あさ)郡か。日は、万葉などでケと訓む例が少なくない。よって、今アサケノイラツコと訓む。

二一 地名辞書に「佐那具の古墳蓋是なり」とあり、三重県上野市佐那具の御墓山古墳に擬するが未詳。

二二 中は、応。応戦の意。

二三 和名抄に豊前国企救郡(今、福岡県北九州市小倉区・門司区)。筑紫は、大宝令前までは筑前・筑後に限らず、九州の総称。

二四 他に見えず。

二五 田虫は、田産(む)す意か。別は、原始的な姓の一種。→補注7-九。

朝日郎を擒執ふること能はず。而るに物部目連、筑紫の聞物部大斧手を率て、朝日郎を獲へ斬りつ」とまうす。天皇、聞しめして怒りたまふ。輙ち菟代宿禰が所有てる猪使部を奪ひて、物部目連に賜ふ。

十九年の春三月の丙寅の朔戊寅（十三日）に、詔して穴穂部を置きたまふ。

二十年の冬に、高麗の王、大きに軍兵を發して、伐ちて百濟を盡す。爰に小許の遺衆有りて、倉下に聚み居り。兵粮既に盡きて、憂泣つること茲に深し。是に、高麗の諸の將、王に言して曰さく、「百濟の心許、非常し。臣、見る毎に、覺えず自づからに失ふ。恐るらくは更蔓生りなむか。請はくは逐ひ除はむ」とまうす。王の曰はく、「可くもあらず。寡人聞く、百濟國は日本國の官家として、由來遠久し。又其の王、入りて天皇に仕す。四隣の共に識る所なり」といふ。遂に止む。百濟記に云はく、蓋鹵王の乙卯年の冬に、狛の大軍、來りて、大城を攻むること七日七夜。王城降陷れて、遂に尉禮を失ふ。國王及び大后・王子等、皆敵の手に沒ぬといふ。

二十一年の春三月に、天皇、百濟、高麗の爲に破れぬと聞きて、久麻那利を以て汶洲王に賜ひて、其の國を救ひ興す。時人、皆云はく、「百濟國、屬既に亡びて、倉下に聚み憂ふと雖も、實に天皇の頼に、更其の國を造せり」といふ。汶洲王は、蓋鹵王の母の弟なり。日本舊記に云はく、久麻那利を以て、末多王に賜ふといふ。蓋し是、誤ならむ。久麻那利は、任那國の下哆呼唎縣の別邑なり。

一 熱本・勢本等に猪名部に作る。猪使部は、猪を飼う部か。三重県桑名郡多度町の多度神社の南に猪飼の地名がある。猪使連は皇別。↓二二三頁注二〇。猪名部ならば、その管理者猪名部造は姓氏録、左京神別に「伊香我色男命之後也」とあって、石上朝臣即ち物部連と同祖。↓三七八頁注三。二 安康天皇の名代か。↓補注14-二。三 以下は二十一年条と一連の物語を二年に分載したもの。二十三年条もその続き。↓補注14-二二。四 ヘスオトは百済語であろう。五 以下は隋書、高祖紀に「斉王憲言二於帝一、普六茹堅相貌非常、臣毎見之、不レ覚自失、恐非二人下一。請早除之。帝曰…」とある。非常は、普通でないこと。よってアヤシの古訓がある。不覚自失は、思わず心まどいがするの意。蔓生は、ツルクサの延びるように、再び勢力を盛りかえすであろうの意。ウマハルは、次次に生れ出てくること。六 ↓[下]補注18-一三。七 例えば蓋鹵王が弟を倭に遣したこと。↓五年七月条分注。八 ↓補注9-三七。九 ↓四六二頁注一五。一〇 四七五年。本紀では十九年が乙卯。一一 高句麗の蔑称。百済側の呼び方。一二 漢城。京畿道広州の地にあった、近肖古王以来百余年の都。漢江下流南岸で、北岸の南平壌(今、ソウル)に相対する。一三 百済の雅称か。百済の始祖伝承では国初以来の都を慰礼城といったというが、慰礼城は実は漢城のこと。一四 蓋鹵王。一五 正夫人。コニは大、オルクは夫人・妻の意。コキシ・セシムと同じく古代朝鮮語。↓[下]補注19-一〇。セシムの下、前本・宮本にユシムとある。セシムの別形か、或いは誤写をそのまま伝えたものか、不明。一六 以下の物語↓注三。一七 熊川・熊津とも。ナリ(ナレ・ノリ)は、川・津の意の古代朝鮮語。熊は、朝鮮語 kom. 久麻那利の古訓はコムナリとあるが、これは熊の朝鮮語の形 kom をそのまま伝えたものかも二十二年の春正月の己酉の朔に、白髪皇子を以て皇太子とす。

秋七月に、丹波國の餘社郡の管川の人瑞江浦嶋子、舟に乗りて釣す。遂に大龜を得たり。便に女に化爲る。是に、浦嶋子、感りて婦にす。相逐ひて海に入る。蓬萊山に到りて、仙衆を歴り覩る。語は、別卷に在り。

二十三年の夏四月に、百濟の文斤王、薨せぬ。天王、昆支王の五の子の中に、

[1]不レ能レ擒二執朝日郎一。而物部目連、率二筑紫聞物部大斧手一、獲レ斬二朝日郎一矣。天皇聞之怒。輒奪二菟代宿禰所有猪使部一[2]、賜二物部目連一。

十九年春三月丙寅朔戊寅、詔置二穴穂部一。

廿年冬、高麗王大發二軍兵一、伐盡二百濟一。爰有二小許遺衆一[3]、聚二居倉下一。兵粮既盡、憂泣茲深。於是、高麗諸將、言二於王一曰、百濟心許非常。臣毎レ見之、不レ覺自失。恐更蔓生。請逐除之。[4]王曰、不レ可矣。寡人聞、百濟國者爲二日本國之官家一[5]、所二由來一遠久矣。[6]又其王入仕二天皇一。四隣之所二共識一也。遂止之。百濟記云、蓋鹵王乙卯年冬、狛大軍來、攻二大城一七日七夜。王城降[7]陷、遂失二尉禮一。國王及大后、王子等、皆沒二敵手一。

廿一年春三月、天皇聞下百濟爲二高麗一所上レ破、以二久麻那利一賜二汶洲王一、救二興其國一。時人皆云、百濟國、雖二屬既亡一、聚二憂倉下一、實賴二於天皇一、更造二其國一。汶洲王蓋鹵王母弟也。日本舊記云、以二久麻那利一、賜二末多王一。蓋是誤也。久麻那利者、任那國下哆呼唎縣之別邑也。

廿二年春正月己酉朔[8]、以二白髮皇子一爲二皇太子一。〇秋七月、丹波國[9]餘社郡管川人瑞[10]江浦嶋子、乘レ舟而釣。遂得二大龜一。便化二爲女一。於是、浦嶋子感以爲レ婦。相逐入レ海。到二蓬萊山一、歴二覩仙衆一。語在二別卷一。

廿三年夏四月、百濟文斤王薨。天王[11]、以二昆支王[12]五子中一、↓

しれない。ともあれ熊川は慶尚南道昌原郡熊川面の地で、任那の一部。熊津は、忠清南道公州の古称で、漢城喪失後の百済の都。ここは後者か。→補注14―二三。 一八 三国史記、百済紀に「文周王〈或作二汶洲一〉蓋鹵王之子也」とあり、下文の注が王の母の弟とするのと異伝。三国史記の誤りか。蓋鹵王敗死後、熊津を都として百済王室を継いだが、翌翌年即ちこの年(四七七)暗殺された。 一九 ミタマノフユ→一二八頁注一五。欽明十六年二月条には、神託によって建国の神を百済に屈請させたとある。 二〇 この書、他に見えず。 二一 →二十三年四月条。 二二 →補注5―七。 二三 アロは、古代朝鮮語で下の意。シは、助辞。哆呼唎は、哆唎と同じか。哆唎の比定地については二説あるが、この場合は錦江の上流南部の地とすれば、百済の新都熊津(なう)の地に隣接する。→補注14―二三。 二四 清寧天皇。 二五 浦島子の物語は釈紀、述義所引丹後風土記逸文と万葉一七四〇の長歌が最古。本条は前者と、より関係が深い。記事の成立は持統朝以後であろうか。→補注14―二四。 二六 丹後風土記・和名抄とも丹後国与謝郡(今、京都府与謝郡・宮津市)。丹波国から丹後国を分置したのは和銅六年四月。 二七 丹後風土記に「与謝郡日置里、此里有二筒川村一」。今、京都府与謝郡伊根町筒川。 二八 丹後風土記に「筒川嶼子…斯所謂水江浦嶼子」。本条では下文に浦島子。筒川の属する与謝半島東部の伝承では島子といい、水江という湖のある与謝半島西部の伝承では、本条や万葉と同じく浦島子、浦島という。いずれにせよ、この伝説のために水・江・浦・島を続けて作った名。 二九 丹後風土記に五色亀。大亀の古訓はカハカメ。カハカメは、スッポンのこと。今、単にカメと改める。 三〇 心がたかぶること。 三一 丹後風土記に蓬山。東の大海中にあるという仙境。トコヨノクニ→一二九頁注一九。

第二末多王[1]の、幼年くして聰明きを以て、勅して内裏に喚す。親ら頭面を撫でて、誡勅慇懃にして、其の國に王とならしむ。仍りて兵器を賜ひ、幷せて筑紫國の軍士五百人を遣して、國に衞り送らしむ。是を東城王[2]とす。

是歳、百濟の調賦、常の例より益れり。筑紫の安致臣[3]・馬飼臣[4]等、船師を率ゐて高麗を撃つ。

秋七月の辛丑の朔に、天皇、寢疾不預[5]したまふ。詔して、賞罰支度[6]、事巨細と無く、並に皇太子に付にたまふ。

八月の庚午の朔丙子(七日)に、天皇[7]、疾彌甚し。百寮と辭訣れたまひて、並に手を握りて歔欷きたまふ。大殿に崩[8]りましぬ。大伴室屋大連[9]と東漢掬直[10]とに遺詔して曰はく、「方[11]に今區宇一家にして、煙火萬里し。百姓[12]乂り安くして、四の夷賓服ふ。此又天意に、區夏[13]を寧にせむと欲せり。所以に心を小め己を勵して、日に一日を愼むことは、蓋し百姓の爲の故なり。臣[14]・連・伴造、毎日朝參し、國司・郡司[15]、時に隨ひて朝集[16]れり。何ぞ心府[17]を罄竭して、誡勅慇懃ならざらむ。義におきては、乃ち君臣なり、情におきては、父子を兼ねたり。庶はくは臣連の智力に藉りて、内外の心を歡びしめて、普天の下をして、永く安樂を保たしめむと欲ふ。謂はざりき、遘疾[18]彌留れて、大漸[19]に至るといふことを。此、乃ち人生の常分なり。何ぞ言及ふに足らむ。但[20]し朝野の衣冠のみ、未だ

三二 丹後風土記に仙侶。昴星(すばる)が七人の子、畢星(あめふり)が八人の子となって、浦島子を見物に来たりする話がある。　三三 書紀とは別の書物。→補注14-二四。　三四 三国史記、百済紀に三斤王。文周王の長子。父が弑された年、十三歳で即位、この年(四七九)十五歳で死。なおこの月の記事も百済記などの潤色であろうが、百済記が揃っていなかったため、文周王の死や文斤王の即位が雄略紀に洩れたのであろうという。　三五 原資料に大王とあったか。→四七一頁注一七。　三六 五年四月条に軍君とある人。同七月条及び同条分注百済新撰によれば日本に入朝、またその時に五子のあったことも五年七月条に見える。

一・二 三国史記、百済紀に末多王、名は牟大、諡は東城王とある。暴虐無道であったため、国人に殺されたことは、武烈四年是歳条参照。　三 旧事紀、天孫本紀に「饒速日命九世孫、物部竺志連公、奄智・蘊連等之祖」とあるが、安致・奄智の地名は筑紫に見えない。　四 未詳。　五 不預は不豫に同じ。　六 以下十三字、隋書、高祖紀仁寿四年正月条に同文がある。→補注14-二五。支度は、通証に「度者計也。支者分也。計二分年貢雑物一之義也。今俗法令云二於伎弖一、備用云二支度一、即此義」とある。　七 以下も隋書の高祖紀仁寿四年七月条を借りた文章。その原文→補注14-二五。　八 記に「天皇御年壱佰弐拾肆歳。(己巳年八月九日崩也)」とある。大日本史は年齢について「按本書允恭帝七年十二月、皇后産二大泊瀬天皇一之夕、帝始幸二藤原宮一。拠レ之推レ之、則実為二六十二一」という。　九 →四四五頁注八。　一〇 →三七四頁注三。　一一 この遺詔も、隋書、高祖紀の仁寿三年・四年

鮮麗にすること得ず。敎化政刑、猶未だ善きことを盡さず。言を興げて此を念ふに、唯以て恨をのみ留む。今、年若干に踰えぬ。復夭しと稱ふべからず。筋力精神、一時に勞竭きぬ。此の如き事、本より身の爲のみにはあらず。止百姓を安め養はむとすらくのみ。所以に此を致せり。人生子孫に、誰か念を屬けざらむ。既に天下の爲には、事、情を割すべし。今星川王、心に悖惡を懷きて、行、

の記事を点綴している。↓補注14―二五。区宇一家は、平和の世の形容。煙火万里は、飯をかしぐ煙が遠くまでも立ちのぼっていること。

一二 乂は、おさまる意。古本には通用として「艾」を用いているものが多い。

一三 区は、区域。夏は、華夏の意。中国全土。ここは日本全土。

一四 この三者は中央の、次の国司・郡司は地方の官人。官人制度が整ってからの情景。

一五 国司の下に、従来の国造の代りに郡司を任ずることにしたのは大化改新詔。しかし郡司制の整備にはその後約半世紀を要したらしい。↓下補注25―一五。当時郡司はないからこの郡司を県主と読めとの説があるが、もともとこの文、後世の作文である。

一六 職員令義解、式部省の条に「朝集〈謂、諸国朝集使、依下考選及補二任郡司一之事上、集二於此省一〉」とあり、考課令には「国司〈謂二目以上一〉毎レ年分番朝集」ともある。

一七 府は、腑。罄も竭も尽に同じ。

一八 アツシレは、熱くなって、意識の不明になること。シレは、痴れの意。

一九 大漸は、大いにすすむ意。天子の危篤状態。ここは死に至るものとして、死の国、常世国に至る意で、トコツクニニイタルと訓んでいる。

二〇 この部分、隋書(↓補注14―二五)の「但四海百姓、衣食不レ豊」に当るのでだいぶ違う。潤色者の雄略ころに対する見方を語る。但し潤色者は、同じく高祖紀の開皇七年の「此間人物衣服鮮麗」を逆用したものである。

二一 ↓注八。

二二 母は吉備氏。↓元年三月是月条。

第二末多王、幼年聰明一、勅喚二內裏一。親撫二頭面一、[1]誡勅慇懃、使レ王[2]二其國一。[3]仍賜二兵器一、幷遣二筑紫國軍士五百人一、衞二送於國一。是爲二東城王一。◎是歲、百濟調賦、益二於常例一。筑紫安致臣・馬飼臣等、率二船師一以擊二高麗一。○秋七月辛丑朔、天皇寢疾不[4]預。詔、賞罰[5]支度、事無二巨細一、並付二皇太子一。○八月庚午朔丙子、天皇疾彌甚。與二百寮一辭訣、並握レ手歔欷。崩二于大殿一。遺三詔於大伴室屋大連與二東漢掬直一曰、方今區宇一家、煙火萬里。百姓[6]乂安、四夷賓服。此又天意、欲レ寧二區夏一。所以小レ心勵レ己、日愼二一日一、蓋爲二百姓一故也。臣・連・伴造、毎日朝參、國司・郡司、隨レ時朝集。何不下罄二竭心府一、誡勅慇懃上。義乃君臣、情兼二父子一。庶藉二臣連智力一、內外歡レ心、欲レ令下普天之下、永保中安樂上。不レ謂、遘疾彌留、至二於大漸一。此乃人生常分。何足二言及一。但朝野衣冠、未レ得二鮮麗一。敎化政刑、猶未レ盡レ善。興レ言念レ此、唯以留レ恨。今年踰二若干一。不二復稱レ夭。筋力精神、一時勞竭。如レ此之事、本非レ爲レ[7]身。止欲レ安二養百姓一。所以致レ此。[8]人生子孫、誰不レ屬レ念。既爲二天下一、事須レ割レ情。今星川王、心懷二悖惡一、行→

[一]友于に闕けり。[二]古の人、言へること有り。臣を知るは、君に若くは莫し。子を知るは、父に若くは莫しと。[三]縦使星川、志を得て、共に[四]國家を治めば、必ず當に戮辱、臣連に遍くして、酷毒、民庶に流りなむ。夫れ悪しき子孫は、已に百姓に憚らる。好き子孫は、足くまでに大業を負荷つに堪へたり。此、朕が家の事なりと雖も、理におきて隠す[五]べからず。[六]大連等、民部廣く大きにして、國に充盈り。皇太子、地、儲君上嗣に居りて、仁孝、著れ聞えたり。其の行業を以すに、朕が志を成すに堪へたり。此を以て、共に天下を治めば、朕、瞑目ぬと雖も、何ぞ復恨むる所あらむ」とのたまふ。[七]一本に云はく、星川王、腹悪しく心麁きこと、天下に著れ聞えたり。不幸して朕が崩なむ後に、當に皇太子を害らむ。汝等民部、甚多なり。[八]努力相助けよ。な侮慢らしめそといふ。

是の時に、征新羅將軍[九]吉備臣尾代、行きて吉備國に至りて家を過きる。[一〇]後に率ゐたる五百の[一一]蝦夷等、天皇崩りましぬと聞きて、乃ち相謂りて曰はく、「吾が國を領べ制めたまふ天皇、既に崩りましぬ。時失ふべからず」といふ。乃ち相聚結みて、傍の郡を侵寇ふ。是に、尾代、家より來りて、蝦夷に[一二]娑婆水門に會ひて、合戰ひて射る。蝦夷等、或いは踊り、或いは伏す。能く箭を避り脱る。終に射るべからず。是を以て、尾代、[一三]空しく彈弓弦す。海濱の上にして、踊り伏しし者二隊を射死す。[一四]二嚢の箭既に盡きぬ。即ち船人を喚びて箭を索はす。船人、恐りて自ら退きぬ。尾代、乃ち弓を立てて末を執へて、歌して曰はく、

一 尚書、君陳に「友二于兄弟一」。兄弟の仲良いこと。転じて、兄弟(このかみおとひと)。→四〇六頁注二。

二 左伝・管子・韓非子などに以下の句が見える。ただし、ここも隋書そのまま。

三 もし仮りにの意。

四 この共の字、隋書では勇と秀の二人が共治したならばの意。

五 原文の「容」は「可」に同じ。

六 以下十一字は、汝大伴大連らに莫大な部曲の私有を許しているのは今のような危急の際に皇室を護持して欲しいからだの意ある文章。分注の一本のほうが、この下に「努力相助」とあって、意が通ずる。

七 本文の長大な遺詔の主旨は、この一本の遺詔に尽きている。一本を史料として潤色したのが、本文に採られた遺詔か。

八 皇極四年六月条には「努力努力(ゆめゆめ)」。ユメ→二〇〇頁注一〇。

九 他に見えず。吉備臣の新羅遠征は八年二月条にも見える。

一〇 ヨキルは、古くは清音。

一一 蝦夷は大化前代、佐伯部に編成され、天皇の親衛軍を形成したらしい。→補注7-三八。類史、大同元年十月条には夷俘を防人にしたことが見えるが、海外派遣の例はない。

一二 備後国沼隈郡佐波村・山波村。今、広島県松永市の一部の海岸か。向島との間の尾道水道の東側。周防の娑婆(→二八六頁注三〇)では吉備から遠すぎる。

一三 蝦夷を欺くためというのが普通の解釈だが、通証には「今按、是所謂鳴絃術也。鳴絃字見二舒明紀一。産屋鳴絃・湯殿鳴絃、見二禁秘御抄・東鑑・源氏物語一」とある。弦を鳴らして邪霊を払う意。

一四 ヤナグヒは、和名抄に「箙〈夜奈久比、盛レ矢器也唐令用二胡簶二字一〉」とある。

一五 道に闘ふや　尾代の子　母にこそ　聞えずあらめ　國には　聞えてな

唱ひ訖りて自ら數の人を斬る。更追ひて丹波國の一六浦掛水門に至りて、盡に逼め殺しつ。一本に云はく、追ひて浦掛に至りて、人を遣りて盡に殺さしめつといふ。

日本書紀巻第十四

闕[1]㆓友于㆒。古人有㆑言。知㆑臣莫㆑若㆑君。知㆑子莫㆑若㆑父。縱使星川得㆑志、共治㆓國[2]家㆒、必當戮辱、遍㆓於臣連㆒、酷毒流㆓於民庶㆒。夫惡子孫、已爲㆓百姓㆒所㆑憚。好子孫、足㆑堪㆑負㆓荷大業㆒。此雖㆓朕家事㆒、理不㆑容㆑隱。大連等、民部廣大、充㆓盈於國㆒。皇太子、地居㆓[3]儲君上嗣㆒、仁孝著聞。以㆓其行業㆒、堪㆑成㆓朕志㆒。以㆑此、共治㆓天下㆒、朕雖㆓瞑目㆒、何所㆓復恨㆒。一本云、星川王、腹惡心麁、天下著聞。不幸朕崩之後、當害㆓皇太子㆒。汝等民部甚多。努力相助、勿㆑令㆓侮慢㆒也[4]。是時、征新羅將軍吉備臣尾代、行至㆓吉備國㆒過㆑家。後所率五百蝦夷等、聞㆓天皇崩㆒、乃相謂之曰、領㆓制吾國㆒天皇既崩。時不㆑可㆑失也。乃相聚結、侵㆓寇傍郡㆒。於是、尾代從㆑家來、會㆓蝦夷於娑婆水門㆒、合戰而射。蝦夷等、或踊或伏。能避㆓脱箭㆒。[5]終不㆑可㆑射。是以、尾代空彈弓弦。於㆓海濱上㆒、射㆓死踊伏者二隊㆒。二嚢之箭既盡。即喚㆓船人㆒索㆑箭。船人恐而自退。尾代乃立㆑弓執㆑末而歌曰、瀰致儞阿賦耶、嗚之慮能古、[6]阿母儞擧曾、枳擧曳儒阿羅毎、矩儞々播、枳擧曳底那。唱訖自斬㆓數人㆒。更追至㆓丹波國浦掛水門㆒、盡逼殺之。一本云、追至㆓浦掛㆒、遣㆑人盡殺之[7]。

日本書紀巻第十四

一五（歌謡八三）出征の途中で戦闘をする尾代の子、（このわが名は）母にこそは聞えないだろうが、わが故国の人人の耳にはつたわってほしい。アフは、戦う意。ヤは、間投助詞。尾代の子は、自ら称した名。アモは、母。前本・宮本の阿母の字面による。卜部家本の系統では阿毎とある。これによればアメは宮廷の意と見て、天皇の上聞にこそ達しなくても、故郷の人人には、自分の活動が知られてほしいの意となる。ナは、慫慂の意を表わす助詞。

一六 浦掛は京都府熊野郡久美浜町浦明（うらけ）で、水門は久美浜湾のことかという。

日本書紀 巻第十五

[一]白髪武廣國押稚日本根子天皇　清寧天皇
[二]弘計天皇　顯宗天皇
[三]億計天皇　仁賢天皇

白髪武廣國押稚日本根子天皇　清寧天皇

白髪武廣國押稚日本根子天皇は、[四]大泊瀬幼武天皇の第三子なり。母をば[五]葛城韓媛と曰す。天皇、[六]生れましながら白髪。長りて民を愛みたまふ。大泊瀬天皇、諸の子の中に、特に靈異びたまふ所なり。

二十二年に、立ちて[七]皇太子と爲りたまふ。

二十三年の八月に、大泊瀬天皇、崩りましぬ。[八]吉備稚媛、陰に[九]幼子星川皇子に謂りて曰はく、「天下之位登らむとならば、先づ[一〇]大藏の官を取れ」とのたまふ。[一一]長子磐城皇子、[一二]母夫人の、其の[一三]幼子に教ふる語を聽きて曰はく、「[一四]皇太子、是我が弟なりと雖も、安にぞ欺くべけむ。[一五]不可爲」とのたまふ。星川皇子、聽かずして、輙く母夫人の意に隨ふ。遂に大藏の官を取れり。[一六]外門を鏁し閉めて、[一七]式て難に備ふ。權勢

一 清寧記に白髪大倭根子命、雄略記に白髪命、雄略二十二年正月条に白髪皇子。シラは白。カは毛。毛(ケ乙類)の古形。即位前紀に「天皇生而白髪」とある。これによる名であろう。武広国押は美称。広国押武金日(安閑)天皇・武小広国押盾(宣化)天皇に酷似。

二 即位前紀に弘計天皇、更の名来目稚子、その分注に引く譜第に市辺押磐皇子の第三子とある。記に袁祁之石巣別命。播磨風土記、賀毛郡・美嚢郡の条に袁奚天皇。弘(ヲ)は小、億(オ)は大の義であろう。計が何を指すかは明らかでないが、オ・ヲは、大・小を以て兄弟を表わすものであろう。

三 即位前紀に億計天皇、諱大脚、更の名は大為、字は島郎(しまのいらつこ)とあり、顕宗即位前紀分注の引く譜第には、市辺押磐皇子の第一子、更の名は島稚子(しまのわくご)、更の名は大石尊とある。記は意祁王と書き、播磨風土記、賀毛郡・美嚢郡の条に於奚天皇。

四 雄略天皇。第三子のこと他に見えないが、吉備稚媛の生んだ磐城皇子が兄の一人であったことが下文に見える。

五 雄略元年三月是月条に葛城円大臣の女と見える。→四五八頁注一一。

六 集解に「天中記曰、帝王世紀曰、老聃初生而髪白。故号二老子一」とある。

七 →雄略二十二年正月条。

八 雄略元年三月是月条に「有二吉備上道臣女稚姫一。〈一本云、吉備窪屋臣女〉」とある。同七年是歳条によれば、もと吉備上道臣田狭の妻であった。→四六〇頁注三一。

九 稚媛の二子は、雄略元年三月是月条によれば「長曰二磐城皇子一。少曰二星川稚宮皇子一」。

一〇 古語拾遺・姓氏録等に雄略朝に大蔵を立てたとある。朝廷の財庫で、令制によれば諸国の調や貢献物などを保管する。

の自由にして、官物を費用す。是に、大伴室屋大連[一八]、東漢掬直[一九]に言ひて曰はく、「大泊瀬天皇の遺詔[二〇]し、今至りなむとす。遺詔に従ひて、皇太子に奉るべし」といふ。乃ち軍士を發して大藏を圍繞む。外より拒き閉めて、火を縱けて燔殺す。是の時に、吉備稚媛・磐城皇子の異父兄[二一]兄君・城丘前來目[二二]名を闕せり。星川皇子に隨ひて、燔殺されぬ。惟に河内三野縣主小根[二三]、慄然ぢ振怖きて、火を避りて逃れ出づ。

一一 ↓雄略元年三月是月条。
一二 吉備稚媛。令制では天子の妻妾で三位以上の者を夫人という。ここは令制用語の借用。↓下補注16-四。
一三 星川皇子。
一四 白髪皇子即ち清寧天皇。
一五 欺くべきではないの意。
一六 大宝令制ではいわゆる宮城十二門を外門(養老令では宮城門)といった。ただここは後文からみて大蔵への出入の門を指す。↓下補注24-六。ホカトは、宮本の古訓。鏁は、鎖に同じく、くさり・じょう。ここは動詞。
一七 式は以に同じ。この用字は清寧・継体・安閑・欽明の諸巻群にのみ見られる。
一八 ↓四四五頁注八。
一九 ↓三七四頁注三。
二〇 遺詔↓雄略二十三年八月条。シは、強めの助詞。宮本・熱本の古訓による。このようなシは、書紀の古訓に多く残っていないが、奈良朝ではよく使われた言葉である。こういう例から推して、書紀の古訓として伝承する所には、かなり古い言葉が、そのまま残っている場合があると知ることができる。
二一 異父とは稚媛の前夫、吉備上道臣田狭をさす。兄君↓四七五頁注一三。
二二 雄略九年三月条に紀岡前来目連あり、新羅と戦って死す。紀も城も乙類であるから同一人の可能性がある。↓四八一頁注二三。
二三 天武十三年正月条に「三野県主…賜レ姓曰レ連」とあり、姓氏録、河内神別に「美努連。同神(角凝魂命)四世孫天湯川田奈命之後也」とある。延喜神名式の河内国若江郡に御野県主神社があり、本拠はここであろう。↓四九二頁注一八・下四六〇頁注二二。

日本書紀　卷第十五

白髮武廣國押稚日本根子天皇[1]　清寧天皇
弘計天皇[2]　顯宗天皇
億計天皇　仁賢天皇

白髮武廣國押稚日本根子天皇[3]　清寧天皇[4]

白髮武廣國押稚日本根子天皇、大泊瀨幼武天皇第三子也。母曰二葛城韓媛一。天皇生而白髮。長而愛レ民。大泊瀨天皇、於二諸子中一、特所二靈異一。廿二年、立爲二皇太子一。

○廿三年八月、大泊瀨天皇崩。吉備稚媛、陰謂二幼子星川皇子一曰、欲レ登二天下之位一、先取二大藏之官一。長子磐城皇子、聽[5]下母夫人教二其幼子一之語上曰、皇太子雖二是我弟[6]一、安可レ欺乎。不可爲也。星川皇子、不レ聽、輙隨二母夫人之意一。遂取二大藏官一。鏁二閉外門[7]一、式[8]備二于難一。權勢[9]自由、費二用官物一。於是、大伴室屋大連、言二於東漢掬直一曰、大泊瀨天皇[10]之遺詔、今將レ至矣。宜下從二遺詔一、奉中皇太子上。乃發二軍士一圍二繞大藏一。自レ外拒閉、縱レ火燔殺。是時、吉備稚媛・磐城皇子異父兄々君・城丘前來目[11]闕レ名。隨二星川皇子一、而被二燔殺一焉。惟河內三野縣主小根[12]、慄然振怖、避レ火逃出。↓

一草香部吉士漢彦が脚を抱きて、因りて生きむことを大伴室屋大連に祈さしめて曰さく、「奴縣主小根、星川皇子に事へまつりしことは、信なり。而れども皇太子を背きたてまつること有ること無し。乞ふ、洪恩を降して、他の命を救ひ賜へ」とまうす。漢彦、乃ち二具に爲に大伴大連に啓して、刑類に入れず。小根、仍りて漢彦をして大連に啓さしめて曰さく、「大伴大連、我が君、大きなる慈愍を降して、三促短れる命、既に續ぎ延長へて、日の色を觀ること獲たり」とまうす。輙ち四難波の來目邑の大井戸の五田十町を以て、大連に送る。又田地を以て、漢彦に與へて、其の恩を報ゆ。

是の月に、六吉備上道臣等、朝に亂を作すと聞きて、七其の腹に生れませる星川皇子を救はむと思ひて、船師四十艘を率て、海に來浮ぶ。既にして燔殺されぬと聞きて、海より歸る。八天皇、卽ち使を遣して、上道臣等を嘖讓めて、九其の領むる山部を奪ひたまふ。

冬十月の己巳の朔壬申(四日)に、大伴室屋大連、臣・連等を率て、一〇璽を皇太子に奉る。

元年の春正月の戊戌の朔壬子(十五日)に、一一有司に命せて、壇場を一二磐余の甕栗に設けて、陟天皇位す。遂に宮を定む。葛城韓媛を尊びて、一三皇太夫人とす。大伴室屋大連を以て一四大連とし、一五平群眞鳥大臣をもて一六大臣とすること、並に故の如し。臣・連・一七伴造等、各職位の依につかへまつる。

一 漢彦は他に見えず。草香部吉士は天武十二年十月条に連姓を賜うとあり、また同十年正月条に草香部吉士大形に難波連の姓を賜わったことが見える。姓氏録、右京諸蕃に「難波連、出レ自二高麗国好太王一也」とある。↓補注14―一六。

二 あれこれと大伴大連に申し立てる意。為は、もと手を加えて人をしつける意。また、手を加えて調整する意。それゆえ、「具為啓」で、あれこれと申し立てる意となる。

三 促は、せかせかする意。せまって短い私の命。この語、金光明最勝王経にある。清寧・顕宗・仁賢・武烈・継体・欽明紀には、金光明最勝王経に出典を持つらしい語が往往ある。

四 他に見えず。摂津志に「住吉郡遠里小野、旧名難波来目大井戸」とあるが如何。後に阿閉久米庄あり。

五 大化前代の田積の単位は代(しろ)。ここは令制用語の借用。田令に「凡田、長卅歩、広十二歩為レ段。十段為レ町」とある。一段は五十代、十町は五千代に相当する。

六 ↓四六一頁注三一。稚媛の族党で、星川皇子の外戚に当たる。

七 稚媛の腹。

八 正確には(白髪)皇子、皇太子などとあるべきところ。

九 国国に山部を定めたことは応神五年八月条に見える。吉備上道臣が山部を管掌したことはここ以前には見えない。顕宗元年四月条には「(来目部)小楯謝曰、山官宿所レ願、乃拝二山官一、改賜二姓山部連氏一。以二吉備臣一為レ副、以二山守部一為レ民」とある。

一〇 允恭元年十二月条に璽符。↓補注2―一九。

一一 後漢書、光武帝紀に「命二有司一、設二壇場於鄗南千秋亭五成陌一」とある。

一二 記に「坐二伊波礼之甕栗宮一治天下也」、帝皇編年紀に「磐余甕栗宮、大和国十市郡白香谷是也」、大和志に「甕栗宮古蹟、池内御厨子邑」とあるが、不明。磐余↓一八八頁注一。

一三 公式令義解に「天子母登二后位一者為二皇太后一。居二妃位一者為二皇太妃一、居二夫人位一者為二皇

冬十月の癸巳の朔辛丑（九日）に、大泊瀬天皇[一八]を丹比高鷲原陵[一九]に葬りまつる。時に、隼人[二〇]、晝夜陵の側に哀號ぶ[二一]。食を與へども喫はず。七日にして死ぬ。有司、墓[二二]を陵の北に造りて、禮を以て葬す。是年、太歳庚申[二三]。

二年の春二月に、天皇、子無きこと[二四]を恨みたまひて、乃ち大伴室屋大連を諸國に遣して、白髮部舍人[二五]・白髮部膳夫[二六]・白髮部靫負[二七]を置く。冀はくは、遺の跡を垂れて、

抱㆓草香部吉士漢彦脚㆒、因使㆑祈㆓生於大伴室屋大連㆒曰、奴縣主小根、事㆓星川皇子㆒者信。而無㆑有㆑背㆓於皇太子㆒。乞、降㆓洪恩㆒、救㆓賜他命㆒。漢彦乃具爲啓㆓於大伴大連㆒、不㆑入㆓刑類㆒。小根仍使㆔漢彦啓㆓於大連㆒曰、大伴大連、我君、降㆓大慈愍㆒、促短之命、既續延長、獲㆑觀㆓日色㆒。輙以㆓難波來目邑大井戸田十町㆒、送㆓於大連㆒。又以㆓田地㆒、與㆓于漢彦㆒、以報㆓其恩㆒。◎是月、吉備上道臣等[1]、聞㆓朝作㆑亂、思㆑救㆓其腹所生星川皇子㆒、率㆓船師卌艘㆒、來㆓浮於海㆒。既而聞㆑被㆓燔殺㆒、自㆑海而歸。天皇卽遣㆑使、嘖㆓讓於上道臣等㆒、而奪㆓其所領山部㆒。〇冬十月己巳朔壬申、大伴室屋大連、率㆓臣連等㆒、奉㆓璽於皇太子㆒。

元年春正月戊戌朔壬子、命㆓有司㆒、設㆓壇場於磐余甕栗㆒、陟天皇位。遂定㆑宮焉。尊㆓葛城韓媛㆒、爲㆓皇太夫人㆒。以㆓大伴室屋大連㆒爲㆓大連㆒、平群眞鳥大臣爲㆓大臣㆒、並如㆑故。臣連伴造等、各依㆓職位㆒焉。〇冬十月癸巳朔辛丑、葬㆓大泊瀬天皇于丹比高鷲原陵㆒。于時、隼人晝夜哀㆓號陵側㆒。與㆑食不㆑喫。七日而死。有司造㆓墓陵北㆒、以㆑禮葬之。◎是年也、太歳庚申[2]。

二年春二月、天皇恨㆑無㆑子、乃遣㆓大伴室屋大連於諸國㆒、置㆓白髮部舍人・白髮部膳夫・白髮部靫負㆒。冀垂㆓遺跡㆒[3]、↓

太夫人」とある。ここはそれによる表現。

一四 →補注14-四。　一五 →四六〇頁注一七。

一六 →補注14-四。　一七 →四六五頁注二〇。

一八 雄略天皇。

一九 延喜諸陵式に「泊瀬朝倉宮御宇雄略天皇。在㆓河内国丹比郡㆒。兆域東西三町。南北三町。陵戸四烟」、河内志に「在㆓丹北郡島泉村㆒」とあり、陵墓要覧は大阪府南河内郡南大阪町（今、大阪府羽曳野市）内の大字島泉字高鷲原と大字南島原字丸山にまたがるとする。

二〇 雄略天皇の近習の隼人であろう。履中即位前紀に「近習隼人」（四二三頁五行）の語が見える。隼人→補注2-一八。神代紀第十段第二の一書に「諸隼人等至㆑今不㆑離㆓天皇宮墻之傍㆒、代吠狗而奉事者矣」とあるのも参照される。

二一 オラブは、大声で叫ぶ意。

二二 河内志に「隼人墓在㆓高鷲原陵北㆒」というが確かでない。　二三 →補注3-六。

二四 継体元年二月条にも「白髪天皇無㆑嗣…毎㆑州安㆓置三種白髪部㆒〈言㆓三種㆒者、一白髪部舎人、二白髪部供膳、三白髪部靫負也〉」とあり、清寧記にも「此天皇無㆓皇后㆒、亦無㆓御子㆒。故御名代定㆓白髪部㆒」という。これらによれば清寧天皇が、自分に子がないために白髪部という名代をおいたことになる。一方、雄略記には「為㆓白髪太子之御名代㆒、定㆓白髪部㆒」とし、雄略天皇が皇太子清寧のために、白髪部をおいたとする。名代→補注11-四。

二五 白髪天皇に仕える舎人で、主として東国国造の子弟からとり、その費用は白髪部の民が負担したと考えられる。以下の膳夫・靫負も同様。白髪部は、山城・摂津・和泉・遠江・駿河・武蔵・常陸・美濃・上野・下野・美作・備中・岩見・周防・肥後の諸国に分布している。舎人→補注11-六。

二六 →補注7-二二。　二七 →補注7-三一。

後に観しめむとなり。

冬十一月に、大嘗供奉る料に依りて、播磨國に遣せる司、山部連の先祖伊豫來目部小楯、赤石郡の縮見屯倉首忍海部造細目が新室にして、市邊押磐皇子の子億計・弘計を見でつ。畏敬兼抱りて、君と奉爲らむと思ふ。奉養ること甚だ謹みて、私を以て供給る。便ち柴の宮を起てて、權に安置せ奉る。乗驛して馳せて奏す。天皇、愕然き驚歎きたまひて、良しく愴懷して曰はく、「懿きかな、悦しきかな、天、溥きなる愛を垂れて、賜ふに兩の兒を以てせり」とのたまふ。

是の月に、小楯をして節を持ちて、左右の舎人を將て、赤石に至りて迎へ奉らしむ。語は、弘計天皇の紀に在り。

三年の春正月の丙辰の朔に、小楯等、億計・弘計を奉りて、攝津國に到る。臣・連をして、節を持ちて、王の青蓋車を以て、宮中に迎へ入れまつらしむ。

夏四月の乙酉の朔辛卯（七日）に、億計王を以て皇太子とす。弘計王を以て皇子とす。

秋七月に、飯豐皇女、角刺宮にして、與夫初交したまふ。人に謂りて曰はく、「一女の道を知りぬ。又安にぞ異なるべけむ。終に男に交はむことを願せじ」とのたまふ。此に夫有りと曰へること、未だ詳ならず。

九月の壬子の朔癸丑（二日）に、臣・連を遣して、風俗を巡り省しむ。

冬十月の壬午の朔乙酉（四日）に、詔したまはく、「犬・馬・器翫、獻上ること得

一 以下十行は億計・弘計の二王を播磨縮見屯倉から迎える話で、顕宗即位前紀に詳しい。↓五一〇頁注一一。二 顕宗即位前紀には「新嘗供物」と見える。新嘗（↓四〇七頁注一九）は、天皇が毎年新穀を以て皇祖を祭る儀式。大嘗は、天皇即位の後はじめて行う新嘗。はじめは両者に区別がなかったらしく（↓下一五八頁注一〇）、その区別は天武二年条から見られる（↓下四一四頁注一〇）。ここは大嘗の意味ともとれる。ただし記や播磨風土記、美嚢郡志深里条では山部連を大嘗・新嘗のため遣わしたとは書いてない。また派遣の時を十一月とするのは、神祇令に「仲冬（下卯大嘗祭）」とある如く、十一月に祭を行うならいに従ったものであろう。三 顕宗即位前紀に「播磨国司」、記には「針間国之宰」。播磨風土記に「針間国之山門領所レ遣山部連少楯」とあるように、この時、臨時に派遣された使官で、後世の常駐の国司ではあるまい。四 記・播磨風土記、美嚢郡志深里条とも山部連小（少）楯とする。山部連は、山部を管掌し、山林の管理、産物の貢上に当たる氏族。天武十三年十二月に宿禰となった。小楯が山部連の姓を賜わったことは顕宗元年四月条に見える。播磨風土記、賀毛郡玉野村条には、二王が志深里の高野宮にいて山部小楯を遣わし、国造の女を妻問いしたという変った話をのせている。五 伊予国に久米郡あり。また、旧事紀、国造本紀に久味国造あり。来目部の多い地であろう。小楯は顕宗元年四月条に「更の名磐楯」とある。六 明石郡とも。ただし、播磨風土記では美嚢郡志深里とする。同郡は後の明石郡の北に接してある。従ってここは後の明石郡よりも広い地域を指すようである。七 ↓補注15-一。八 ここは職名。播磨風土記には「志深村首」とある。記に「其国之人民、名志自牟」とあるのは地名を人名と誤解したのであろう。首↓補注13-一。九 播磨風

じ」とのたまふ。

十一月の辛亥の朔(十八日)戊辰に、臣・連に大庭に宴す。[三三] 綿・帛を賜ふ。皆其の自ら取るが任に、盡力にして出づ。

是の月に、海表の諸蕃、並に使を遣して調進る。

四年の春正月の庚戌の朔(七日)丙辰に、海表の諸蕃の使者に朝堂に宴す。[三四] 物賜ふこ

令レ觀ニ於後一。○冬十一月、依ニ大嘗供奉之料一[1]、遣ニ於播磨國一司、山部連先祖伊豫來[2]目部小楯、於ニ赤石郡縮見屯倉首忍海部造細目新室一[3]、見ニ市邊押磐皇子々億計・弘計一[4]。畏敬兼抱、思レ奉ニ爲君一。奉養甚謹、以レ私供給。便起ニ柴宮一、權奉ニ安置一。乘驛馳奏。天皇愕然驚歎、良以愴懷曰、懿哉、悅哉、天垂ニ溥愛一[5]、賜以ニ兩兒一。◎是月、使下小楯持レ節、將ニ左右舍人一、至ニ赤石一奉上レ迎。語在ニ弘計天皇紀一[6]。

三年春正月丙辰朔、小楯等奉ニ億計・弘計一[7]、到ニ攝津國一。使下臣連持レ節、以ニ王青蓋車一、迎中入宮中上。○夏四月乙酉朔辛卯、以ニ億計王一爲ニ皇太子一。以ニ弘計王一爲ニ皇子一[8]。○秋七月、飯豐皇女、於ニ角刺宮一、與夫初交。謂レ人曰、一知ニ女道一。又安可レ異。終不レ願[9]レ交[10]ニ於男一[11]。此曰レ有レ夫、未レ詳也。○九月壬子朔癸丑、遣ニ臣連一、巡ニ省風俗一。○冬十月壬午朔乙酉、詔、犬馬器翫、不レ得ニ獻上一。○十[12]一月辛亥朔戊辰、宴ニ臣連於大庭一[13]。賜ニ綿帛一。皆任ニ其自取一、盡力而出。◎是月、海表諸蕃、並遣レ使進レ調。

四年春正月庚戌朔丙辰、宴ニ海表諸蕃使者於朝堂一。賜レ物→

土記は「志深村首、伊等尾」とする。忍海部造は、雑工の品部、忍海部の伴造。開化記に、開化天皇皇子建豊波豆羅和気王を祖とするとある。なお姓氏録、河内皇別に「忍海部、開化天皇皇子比古由牟須美命之後也」とある。一〇 二王が新室の宴(うたげ)の時、身分をあかしたことは記にも播磨風土記にも見える。一一 →補注12-五。一二 仁賢天皇。一三 顕宗天皇。一四 あわせて抱くこと。兼は、あわせる・ならべる・つつむ意。一五 漢書、宣帝紀の「奉養甚謹、以ニ私銭一供給」による。一六 柴で作った宮。粗末な宮。一七 記では天皇崩後のこととし、従ってこの報を得た人は飯豊王。→五一〇頁注一一。一八 爾雅、釈詁に「美也」とある。一九 説文に「大也」とある。二〇 後漢書、光武帝紀に「使下守光禄大夫劉𢓜持レ節、将ニ左右羽林一、至ニ河間一奉上レ迎」。二一 軍防令義解に「節者以ニ氂牛尾一為レ之。使者所レ執也。今以ニ刀剣一代レ之。故曰ニ節刀一」とある。二二 側近に仕える者。舎人→補注11-六。二三 顕宗即位前紀をさす。二四 アガメキテマツリは宮本の古訓。アガメは、上にあるものとして敬うこと。キテマツリは、「率て奉り」で、たてまつりつつ、一緒におつれ申すこと。つまり、後世の「奉じて」にあたる。二五 古くこの用字なし。津国、或いは難波とあるべきところ。二六 後漢書、霊帝紀に「使下竇武持レ節、以ニ王青蓋車一、迎中入殿中上」。青蓋車は、青色のおおいのある車。中国で皇子の乗る車をいう。二七 →補注15-一。二八 顕宗即位前紀に「於忍海角刺宮臨朝秉政」といい、時の人の歌に「忍海のこの高城なる角刺の宮」、記に「坐ニ葛城忍海之高木角刺宮一」。忍海は奈良県南葛城郡忍海村大字忍海の地(今、北葛城郡新庄町忍海)。二九 わずかばかり。事の片端。三〇 何も異ったことはないようだ。三一 隋書、高祖紀に「遣ニ八使一巡ニ省風俗一」とあり、以下、清寧三年条・同四年条の記事の大部分は、隋書、高祖紀

と、各差有り。

夏閏五月に、大きに餔すること、五日。

秋八月の丁未の朔(七日)癸丑に、天皇、親ら囚徒を錄ひたまふ。是の日に、蝦夷・隼人、並に内附ふ。

九月の丙子の朔に、天皇、射殿に御す。百寮及び海表の使者に詔して射しめたまふ。物賜ふこと、各差有り。

五年の春正月の甲戌の朔(十六日)己丑に、天皇、宮に崩りましぬ。時に年若干。

冬十一月の庚午の朔(九日)戊寅に、河内坂門原陵に葬りまつる。

弘計天皇　顯宗天皇

弘計天皇 更の名は、來目稚子。は、大兄去來穗別天皇の孫なり。市邊押磐皇子の子なり。母をば荑媛と曰す。荑、此をば波曳と曰ふ。譜第に曰はく、市邊押磐皇子、蟻臣の女荑媛を娶す。遂に三の男・二の女を生めり。其の一を居夏姫と曰す。其の二を億計王と曰す。更の名は、嶋稚子。更の名は、大石尊。其の三を弘計王と曰す。更の名は、來目稚子。其の四を飯豊女王と曰す。亦の名は、忍海部女王。其の五を橘王と曰すといふ。一本に、飯豊女王を以て、億計王の上に列敍でたり。蟻臣は、葦田宿禰の子なり。天皇、久しく邊裔に居しまして、悉に百姓の憂へ苦ぶること

と照応する。記に清寧の事蹟のほとんどないことから見ても、これらは同書による作文であろう。三二 隋書、高祖紀に「詔、犬馬器玩口味不レ得ニ献上一」。三三 隋書、高祖紀に「享ニ百寮於観徳殿一、賜ニ銭帛一、皆任ニ其自取一、尽レ力而出」。三四 隋書、高祖紀に「宴ニ百寮一、班賜各有レ差」。

一 後漢書、明帝紀に「令ニ天下一大酺五日」。餔(音ホ)は、飲食飲酒すること。二 隋書、高祖紀に「上親録ニ囚徒一」。三 →補注7-一一。四 →補注2-一八。五 隋書、高祖紀に「御ニ射殿一、詔ニ百寮一射、賜…」。六 神皇正統記に三十九歳、水鏡等に四十一歳、皇代記等に四十二歳。七 延喜諸陵式に「河内国坂門原陵〈磐余甕栗宮御宇清寧天皇。在ニ河内国古市郡一。兆域東西二町。南北二町。陵戸四烟〉」。和名抄の古市郡尺度郷の地。陵墓要覧による所在地は大阪府南河内郡南大阪町(今、羽曳野市)大字西浦字白髪。八 →五〇二頁注二。九 集解は、来目は伊与来目部小楯に迎えられたのに因るかという。一〇 履中天皇。一一 →補注12-五。一二 荑をハエとよんだのは、荑が草木のメバエをさすためであろう。一三 帝王日継ともいわれた帝紀の類またはその異本か。欽明二年三月条分注には帝王本紀が見える。一四 下文に葦田宿禰の子とある。葦田宿禰は、履中記に葛城曾都毘古(→補注9-二五)の子。一五 押磐皇子の母黒媛は履中元年条に葦田宿禰の女。従って荑媛とは叔母・姪の関係。一六 他に見えず。名義未詳。一七 仁賢天皇。一八 仁賢即位前紀に字は島郎とある。島の名義未詳。大和の高市郡島の地名に因むか。一九 仁賢即位前紀に諱は大脚、更の名は大為とある。名義未詳。二〇 →補注15-二。二一 下文に大和の忍海角刺宮に居て、自ら忍海飯豊青尊と称したとある。記に忍海郎女。二二 他に見えず。仁賢皇女に橘皇女(仁賢紀)、顕宗皇女にも橘之中比売命があり

を知しめせり。恆に枉げ屈かれたるを見ては、四體[二五]を溝隍[二六]に納るるが若くおもほす。德を布き惠を施して、政令[二七]流き行はる。貧を卹み[二八]孀[二九]を養して、天下親び附く。穴[三〇]穗天皇の三年の十月に、天皇[三一]の父市邊押磐皇子及び帳内[三二]佐伯部仲子[三三]、蚊屋野[三四]にして、大泊瀬[三五]天皇の爲に殺されぬ。因りて同じ穴[三六]に埋む。是に、天皇[三七]と億計王と、父射られぬと聞しめして、恐れ懼ぢて[三八]、皆逃亡げて自ら匿れます。帳内日下部[三九]

各有レ差。○夏閏五月、大餔五日。○秋八月丁未朔癸丑、天皇親錄二囚徒一。是日、蝦夷・隼人並內附。○九月丙子朔、天皇御二射殿一。詔二百寮及海表使者一射。賜レ物各有レ差。

五年春正月甲戌朔己丑、天皇崩二于宮一。時年若干。○冬十一月庚午朔戊寅、葬二于河內坂門原陵一。

弘計天皇[1]　顯宗天皇[2]

[3]弘計天皇 更名來目稚子。 大兄去來穗別天皇孫也。市邊押磐皇子子也[4]。母曰二荑媛一。荑、此云二波曳一。譜第曰[5]、市邊押磐皇子、娶二蟻臣女荑媛一。遂生二三男二女一。其一曰二居夏姫一。其二曰二億計王一。更名嶋稚子。更名大石尊。其三曰二弘計王一[6]。更名來目稚子。其四曰二飯豐女王一。亦名忍海部女王。其五曰二橘王一。一本以二飯豐女王一、列二敍於億計王之上一。蟻臣者葦田宿禰子也。天皇久居二邊裔一、悉知二百姓憂苦一。恆見二枉屈一、若レ納二四體溝隍一。布レ德施レ惠、政令流行。卹レ貧養レ孀、天下親附。穴穗天皇三年十月、天皇父市邊押磐皇子及帳內佐伯部仲子、於二蚊屋野一、爲二大泊瀬天皇一見レ殺。因埋二同穴一。於是、天皇與二億計王一、聞二父見レ射、恐懼皆逃亡[7]自匿。帳內日下部[8]→

(宣化記)、所伝に混乱があるらしい。二三 葛城襲津彦の子。→補注12-四。二四 裔は、衣のすそ。転じて、スヱまたホトリ。辺裔にいたとは、後文に播磨縮見屯倉で使役されていたことをさす。二五 手足をいう。二六 説文に「城池也。有レ水曰レ池、無レ水曰レ隍」とある。天子が、民の苦しむ所を見て、それを除き得ない時は、己の身を池隍に投げ入れるように苦しんだの意。二七 淮南子、脩務訓に「百姓親附、政令流行」とある。二八 底本以下諸本の卹は衈の譌字であるという。ただし、名義抄には卹の字があり、タマフ・メグム・ウレフなどの訓がある。卹は恤に通じ、メグム・アハレミスクフ意。二九 やもめ。寡婦。三〇 安康天皇。三一 以下五一〇頁七行まで、顕宗・仁賢の父の市辺押磐皇子の不幸な最後と、二人が難を逃れて播磨の縮見屯倉で使役されるにいたる事情を述べ、つづく十一月条以下の二王が朝廷に迎えられる話を導く。市辺押磐皇子の最後は、雄略即位前紀十月条・安康記及び播磨風土記、美嚢郡志深里条にみえる。三二 →四六〇頁注五。三三 雄略即位前紀には「売輪(更名仲手子)」とある。→四六〇頁注六。三四 →四五九頁注二四。三五 雄略天皇。三六 安康記に「入レ於二馬槽一与レ土等埋」とある。後に天皇らがその墓を開き、二つの屍を見わけようとして果さなかったこと、顕宗元年二月是月条にみえる。三七 弘計(顕宗)天皇。三八 後漢書、光武紀に「諸家子弟恐懼皆亡逃自匿」とあるによる。記に「於レ是市辺王之王子等意祁王・袁祁王聞二此乱一而逃去」。三九 開化記に「沙本毗古王者、日下部連之祖也」とあり、姓氏録、河内皇別に「日下部連。彦坐命子狭穂彦命之後也」とある。同じく開化天皇の皇子建豊葉頬別命が忍海部造の祖であり、飯豊青尊は一名忍海部女王といった。所伝の上で三者には何か関係があるか。使主は播磨風土記に意美とある。

連使主 使主は、日下部連の名なり。使主、此をば於瀰と云ふ。と吾田彦[一] 吾田彦は、使主の子なり。と、竊に天皇と億計王とを奉りて、難を丹波國の[二]余社郡に避る。使主、遂に名字を改めて、[三]田疾來と曰ふ。尚誅さるることを恐りて、玆より播磨の[四]縮見山の石室に遁れ入りて、[五]自ら經き死せぬ。天皇、尚使主の之にけむ所を識しめさず。兄億計王を勸めまして、播磨國の赤石郡に向して、倶に字を改めて丹波[六]小子と曰ふ。就きて[七]縮見屯倉首に仕ふ。縮見屯倉首は、[八]忍海部造細目なり。[九]吾田彦、此に至るまで、離れまつらずして、[一〇]固く執臣禮る。

[一一]白髮天皇の二年の冬十一月に、播磨國司[一二]山部連の先祖[一三]伊豫來目部小楯、赤石郡にして、親ら[一四]新嘗の供物を辨ふ。一に云はく、[一五]郡縣を巡り行きて、[一六]田租を收斂むといふ。適縮見屯倉首、[一七]新室に縱賞して、[一八]夜を以て晝に繼げるに會ひぬ。爾して乃ち、天皇、兄億計王に謂りて曰はく、「[一九]亂を斯に避りて、年數紀踰りぬ。名を顯し貴を著さむこと、方に今宵に屬れり」とのたまふ。億計王、惻然み歎きて曰はく、「其れ自ら[二〇]導ひ揚げて害されむと、身を全くして厄を免れむと孰か」とのたまふ。天皇の曰はく、「吾は、是去來穗別天皇の孫なり。而るを人に困み事へ、牛馬を飼牧ふ、[二一]豈名を顯して害されむに若かむや」とのたまふ。遂に億計王と、相抱きて涕泣く。自ら禁ふること能はず。億計王の曰はく、「然らば弟に非ずして、[二二]誰か能く大節を激揚げて、顯著すべけむ」とのたまふ。天皇、固く辭びて曰はく、「僕、不才し。

一 通釈に吾田は大和国宇智郡の地名によるかという。

二 後の丹後国与謝郡。→四九七頁注二六。釈紀所引丹後風土記に「与謝郡日置里。此里有㆓筒川村㆒。此人夫早部首等先祖、名云㆓筒川嶼子㆒」とみえる。書紀では丹波を経て播磨にいくが、安康記には「到㆓山代苅羽井㆒食㆓御粮㆒之時、面黥老人来奪㆓其粮㆒。爾其二王言、不㆑惜㆑粮。然汝者誰人。答曰我者山代之猪甘也。故逃㆓渡玖須婆之河㆒至㆓針間国㆒。入㆓其国人、名志自牟之家㆒、隠㆑身役㆑於㆓馬甘牛甘㆒也」とあり、書紀と所伝を異にする。播磨風土記では直ちに播磨に入ったことになっている。

三 名義未詳。

四 三木市志染町窟屋の窟屋山の麓に石室(高さ三間、幅八間、奥行六間)があり、この所伝のところと伝える(井上通泰)。賀茂真淵は万葉三〇七に「はだ薄 久米の若子が 座しける 三穂の石室は 見れど飽かぬかも」とある久米若子を弘計王のこととするが、記伝にいうようにそれは紀伊国の石室であるから当らない。播磨風土記には「惟村(志深里)石室」。

五 播磨風土記に「然後意美自知㆓重罪㆒、乗馬等切㆓断其勒㆒逐放之。亦持物桉等尽焼廃之即経死之」とある。

六 万葉三六二に「小童言為流」、新撰字鏡に「娘、和良波」。清寧記に「少子」とある。

七 →五〇六頁注七・八。安康記に「隠㆑身役㆑於㆓馬甘牛甘㆒也」、下文には「困㆓事於人㆒飼㆓牧牛馬㆒」とある。

八 →五〇六頁注九。

九 吾田彦のこと、この後にはみえない。

一〇 全く、すっかりの意。

一一 清寧天皇。以下五一七頁三行まで、山部連小楯が億計・弘計二王を播磨国縮見屯倉から朝廷に迎え、弘計王が即位する話。同じ話は清寧二年・三年条及び仁賢即位前紀にもみえ、古事記では清寧記、播磨風土記では美嚢郡志深里条にみえる。書紀では清寧天皇の世のこととしてこの話をかかげるが、記では清寧の崩後、飯豊王(書紀の飯豊青尊)が朝廷をおさめる時期のこととする。そのほか、書紀では仁賢の崩後のこととして、武烈即位前紀に平群真鳥臣・鮪の父子の横暴とその誅殺を記すのを、記は二王帰還の直後のこととし、志毗臣(鮪)を殺して後、顕宗天皇が即位するなど、二王の話の前後には記紀の間にかなり大きな相違がある。

一二 →五〇六頁注四。

一三 →五〇六頁注五。

一四 清寧紀には「大嘗供奉之料」とある。→五〇六頁注二。

一五 史記、秦始皇本紀に「先帝巡二行郡県一、以示レ彊」とあるによるか。

一六 単に租税の意。→四八八頁注一九。

一七 播磨風土記に「因二伊等尾新室之宴一而二子等令レ燭」とある。新築祝いのこと。景行記に「言二動為二御室楽一設二備食物一」とある。

一八 晋書、宣帝紀に「以夜継昼」とある。

一九 弟の弘計王(天皇)が積極的に名宣りをあげようとする、このモチーフが以下の記述に貫かれている。その点、清寧記も播磨風土記も同じ。また記紀では後に弟が先に位についたのはそのためとする。→五一五頁注二八。

二〇 遵は、言うに同じ。遵揚は発言する、言いあらわす。

二一 名を明らかにして、もし殺されるなら、殺される方がましであるの意。

二二 弟以外の人では、誰も、この大事を明らかに人に示すことのできる人がない。梁書、武帝紀に「定二策帷帳一、激揚大節」とある。

二三 允恭紀に座長をクラカミと訓む。ここは座後の義。

豈敢へて徳業を宣揚げむ」とのたまふ。億計王の曰はく、「弟、英才く賢徳しくまします。爰に過ぐるひと無し」とのたまふ。如是相譲りたまへること、再三。而して果して天皇をして、自ら稱述げむと許さしめて、倶に室の外に就きて、下風に居します。屯倉首、命せて竈傍に居ゑて、左右に秉燭さしむ。夜深け酒酣にして、次第儛ひ訖る。屯倉首、小楯に語りて曰はく、「僕、此の秉燭せる者を見れば、

連使主(使主日下部連之名也。使主、此云二於瀰一。)[1][2]與二[3]吾田彦一(吾田彦、使主之子也。)竊奉二天皇與二億計王一、避二難於丹波國余社郡一。使主遂改二名字一、曰二田疾來一。尚恐レ見レ誅、従レ玆遁二入播磨[4]縮見山石室一、而自經死。天皇尚不レ識二使主所一レ之。勸二兄億計王一、向二播磨國赤石郡一、倶改レ字曰二丹波小子一。就仕二於縮見屯倉首一。(縮見屯倉首、忍海部造細目也。)吾田彦、至レ此不レ離、固執臣禮。○白髪天皇二年冬十一月、播磨國司山部連先祖伊豫[5]來目部小楯、於二赤石郡一、親辨二新嘗供物一。(一云、巡二行郡縣一、收二斂田租一也。)適會下縮見屯倉首、縱二賞新室一、以レ夜繼上レ晝。爾乃、天皇謂二兄億計王一曰、避二亂於斯一、年踰二數紀一。顯レ名著レ貴、方屬二今宵一。億計王惻然歎曰、其自[6]遵揚見レ害、孰二與全レ身免一レ厄也歟。天皇曰、吾是去來穗別天皇之孫。而困二事於人一、飼二牧牛馬一、豈若二顯レ名被一レ害[7]也歟。遂與二億計王一、相[8]抱涕泣。不レ能二自禁一。億計王曰、然則非レ弟、誰能激二揚大節一、可二以顯著一。天皇固辭曰、僕不才。豈敢宣二揚德業一。億計王曰、弟英才賢德。爰無二以過一。如是相讓再三。而果使三天皇、自許二稱述一、倶就二室外一、居二于[9]下風一。屯倉首命居二竈傍一、左右秉燭。夜深酒酣、次第儛訖。屯倉首語[10]二小楯一曰、僕見二此秉燭者一、↓

[一]人を貴びて己を賤しくし、人を先にして己を後にせり。恭み敬ひて節に撙く。退き譲りて禮を明にす。撙は、猶趍なり。相從なり。止なり。君子と謂ふべし」といふ。是に、小楯、絃撫きて、秉燭せる者に命せて曰はく、「起ちて儛へ」といふ。是に、[二]兄弟相譲りて、久に起たず。小楯、嘖めて曰はく、「何爲れぞ太だ遲き。速に起ちて儛へ」といふ。億計王、起ちて儛ひたまふこと既に了りぬ。天皇、次に起ちて、自ら衣帯を整ひて、[三]室壽して曰はく、

[四]築き立つる 稚室葛根、築き立つる 柱は、此の家長の 御心の鎭なり。取り擧ぐる 棟梁は、此の家長の 御心の林なり。取り置ける 椽橑は、此の家長の 御心の齊なり。取り置ける 蘆萑は、此の家長の 御心の平なるなり。蘆萑、此をば哀都利と云ふ。萑は音、之潤の反。取り結へる 縄葛は、此の家長の 御壽の堅なり。取り葺ける 草葉は、此の家長の 御富の餘なり。出雲は 新墾、新墾の 十握稻を、淺甕に 釀める酒、美にを 飲喫ふるかわ。美飲喫哉、此をば于魔羅爾烏野羅甫屢柯倭と云ふ。吾が子等。子は、男子の通稱なり。脚日木の 此の傍山に、牡鹿の角 牡鹿、此をば左烏子加と云ふ。擧げて 吾が儛すれば、旨酒 餌香の市に 直以て買はぬ。手掌も憀亮に 手掌憀亮、此をば陀那則擧謀耶羅羅爾と云ふ。拍ち上げ賜ひつ、吾が常世等。

壽き畢りて、乃ち[五]節に赴せて歌して曰はく、

一 芸文類聚巻二十一、人部、譲の「礼記曰、君子恭敬撙ㇾ節、退譲明ㇾ礼」「又曰、君子貴ㇾ人而賤ㇾ己、先ㇾ人而後ㇾ己」による。十二月条にも、芸文類聚、人部、譲による記事がある。↓五一六頁注一。撙は、音ソン。趍の意。名義抄にオモムクとある。撙節は、法度(のり、規則)におもむき従うこと。「撙者猶趍也」以下の割注は、後世の注の衍入かもしれないが、宮本以下古写本すべてにある。

二 清寧記に「令ㇾ儛二其少子等一。爾其一少子曰、汝兄先儛。其兄亦曰、汝弟先儛。如ㇾ此相譲之時、其会人等咲二其相譲之状一」、播磨風土記に「仍令ㇾ挙二詠辞一。爾兄弟各相譲」などとある。

三 ↓補注15-三。

四 築き立てる新しい室の綱の根や柱は、この家長の御心を鎮めるもの。しっかりあげる棟や梁は、この家長の御心をもてはやすもの。しっかり置く垂木は、この家長の御心をととのえるもの。しっかり置くエツリは、この家長の御心を平らかにするもの。しっかり結んだ縄や葛は、この家長の寿命を堅くするもの。葺いた萱は、この家長の富の豊かさを示すもの。出雲田の新墾の十握稲を、浅い甕に醸んで作ったお酒を、おいしく飲むことかな。わが友たちよ。この山の傍で牡鹿の角をささげて私が鹿の舞をすると、この手作りの旨い酒は、餌香の市(↓四八八頁注一二)でも、値段をつけて買うことは出来ない物だ。手をうつ音もさわやかにこのお酒を頂いた。わが永久の友たちよ。↓補注15-三。

五 歌のふし。

六 〔歌謡㊂〕川に添って立っている川楊は、川の水の流れにつれて、靡いたり、起き立ったりしているが、その根は決して失せることはないの意。この歌、顕宗天皇の身分を暗に寓しているように見える。しかし、一般的な寿歌としてもこの歌は歌われたらしく、栄花物語、たまの

六 稲蓆　川副楊　水行けば　靡き起き立ち　その根は失せず

小楯、謂りて曰はく、「可怜し。願はくは復聞かむ」といふ。天皇、遂に殊儛七殊儛を、古に立出儛と謂ふ。立出、此をば陀豆豆と云ふ。儛ふ状は、乍いは起ち乍いは居て儛ふなり。作たまふ。誥びて曰はく、

八 倭は　そそ茅原、淺茅原　弟日、僕らま。

貴レ人而賤レ己、先レ人而後レ己。恭敬撙レ節。退讓以明レ禮。撙者猶趍也。止也。[1] 相可レ謂二君子一。於是、小楯撫レ絃、命二秉燭者一曰、起儛。於是、兄弟相讓、久而不レ起。小楯嘖之曰、何爲太遲。速起儛之。億計王起儛既了。天皇次起、自整二衣帶一、爲二室壽一曰、築立稚室葛根、築立柱者、此家長御心之鎭也。取擧棟梁者、此家長御心之林也。取置椽橑者、此家長御心之齊也。取置蘆萑[2]者、此家長御心之平也。蘆萑、此云二哀都利一。[3] 萑音之潤反。[4] 取結繩葛者、此家長御壽之堅也。取葺草葉者、此家長御富之餘也。出雲者新墾、々々之十握稻、於二淺甕一釀酒、美飮喫哉。美飮喫哉、此云二于魔羅儞烏野羅甫屢柯倭一。[5] 吾子等。子者、男子之通稱也。脚日木此傍山、牡鹿之角牡鹿、此云二左烏[6]子[7]加一。擧而吾儛者、旨酒餌香市不二以レ直買一、手掌憀亮[8]手掌憀亮、此云二陀那則擧謀耶羅々儞一。拍上賜、吾常世等。壽畢乃赴[9]レ節歌曰、伊儺武斯盧、呵[10]簸泝比野儺擬、寐逗喩[11]凱麼[12]、儺弭企於己陀智、曾能泥播宇世儒。小楯謂之曰、可怜。願復聞之。天皇遂作二殊儛一。殊儛、古謂二之立出儛一。立出、此云二陀豆[13]々一。儛狀者乍起乍居而儛之。誥之曰、倭者彼々茅原、淺茅原弟日、僕是也。↓

むらぎくの長和五年二月に、藤原道長の栄華を讃えて、「世は変らせ給へど、御身はいとゞ栄へさせ給ふやうにて、河ぞひ柳風吹けば動くとすれど根は静かなりといふ古歌のやうに、動きなくておはしますも、えもいはずめでたき」とある。後世まで類歌が寿歌として伝わっていたことを示している。

七 タツヅはタツイヅの約であろうか。立つのと、進むのとを合わせいう語か。殊は断(つた)の意があるために、立つに通用させたものか。

八 播磨風土記、美嚢郡志深里条では、弟が立って詠んだ辞として、「たらちし　吉備の鉄(まがね)の　狭鍫(さぐは)持ち　田打つ如す　手拍て子等　吾は儛ひせむ」「淡海は　水渟る国　倭は　青垣　青垣の　山投(やまと)に坐しし　市辺の天皇が御足末　奴僕らま」の二つをあげ、人がこれを聞いて、皆畏れて逃げ出したとある。これによると「倭は　そそ茅原　浅茅原　弟日　僕らま」という名宣りは、「倭はそよそよと茅原の音を立てる国である。その浅茅原の(大和の国の)弟王である。私は」の意であろう。播磨風土記では、これが「倭は青垣山の美しい国、青垣山の倭にいます市辺の天皇の御子孫である。私は」という形に転じている。「倭は…」と始まる形式は、国ほめの一つの定型というべきものである。ソソは、風が吹き、また雨が降り、水が流れ、草がゆれるなど、さらさらと音を立てるさまを形容する語。転じて、さわさわ音を立ててはたらく、動きまわる、髪などをほぐす意。音の立つ意からソソク(躁く)・ソソク(注く)が生じ、また、落着かず髪をいじる意が生じた。

小楯、是に由りて、深く奇異ぶ。更に唱はしむ。天皇、誥びて曰はく、

石の上　振の神榲、榲、此をば須擬と云ふ。本伐り　末截ひ、伐本截末、此をば謨登岐利須衞於茲波羅比と云ふ。市邊宮に　天下治しし、天萬國萬押磐尊の御裔、僕らま。

小楯、大きに驚きて、席を離れて、悵然みて再拜みまつる。承事り供給りて、屬を率ゐて欽伏る。是に、悉に郡の民を發して宮を造る。不日して權に安置せ奉る。乃ち京都に詣でて、二の王を迎へむことを求む。白髪天皇、聞しめし憙び咨歎きて曰はく、「朕、子無し。以て嗣とせむ」とのたまひて、大臣・大連と、策を禁中に定む。仍りて播磨國司來目部小楯をして、節を持ちて、左右の舍人を將て、赤石に至りて迎へ奉らしむ。

白髪天皇の三年の春正月に、天皇、億計王に隨ひて、攝津國に到ります。臣・連をして、節を持ちて、王の青蓋車を以て、宮中に迎へ入れまつらしむ。

夏四月に、億計王を立てて皇太子とし、天皇を立てて皇子とす。

五年の春正月に、白髪天皇崩りましぬ。

是の月に、皇太子億計王と天皇と、位を讓りたまふ。久にして處たまはず。是に由りて、天皇の姉飯豐青皇女、忍海角刺宮に、臨朝秉政したまふ。自ら忍海飯豐青尊と稱りたまふ。當世の詞人、歌して曰はく、

一 石の上の布留の神杉を、本を伐り、枝の末を押し切りはらうように、四周をなびかせて、市辺宮で天下をお治めになった、押磐尊の御子であるぞ、我は、の意。→補注15-四。

二 清寧記に「爾即小楯連聞驚而、自レ床堕転而、追二出其室人等一、其二柱王子坐二左右膝上一、泣悲而、集二人民一作二仮宮一、坐二置其仮宮一而、貢二上駅使一」とある。

三 いたむ。心が傷ついて痛む意。

四 清寧二年十一月条は「以レ私供給。便起二柴宮一、権奉二安置一」、清寧記は「集二人民一作二仮宮一、坐二置其仮宮一」。

五 清寧天皇。清寧記には「於レ是其姨飯豊王聞歓而、令レ上レ於レ宮」とあり、二皇子を迎えた人を飯豊王とする。→五一〇頁注一一。播磨風土記には「爾針間国之山門領所レ遣山部連少楯相聞相見語云、為二此子一、汝母手白髪命、昼者不レ食、夜者不レ寝、有生有死、泣恋子等。仍参上啓如二右件一。即歓哀泣、還二遣少楯一召上」とある。右のうち、手白髪命は億計王(仁賢)の女であるから、これを王らの母とするのはなにかの混同のためであろう。

六 咨は嗞(なげく声)に通じる。ああ。

七 →清寧二年春二月条。

八 大臣は平群真鳥、大連は大伴室屋。→清寧元年正月条。

九 後漢書、霊帝紀などの文によるか。

一〇 このこと、清寧二年十一月是月条に見える。来目部小楯→五〇六頁注五。節→五〇六頁注二一。

一一 顕宗天皇(弘計王)。以下のことは、清寧三年正月条とほとんど同文。

一二 →五〇六頁注二五。

一三・一四 →五〇六頁注二六。

一五 清寧三年十月条と同文。

一六 →清寧五年正月条。

[二三]倭邊に　見が欲しものは　忍海の　この高城なる　角刺の宮

冬十一月に、[二四]飯豊青尊、崩りましぬ。[二五]葛城埴口丘陵に葬りまつる。

十二月に、百官、大きに會へり。皇太子億計、[二六]天子の璽を取りて、天皇の坐に置きたまふ。再拝みて諸臣の位に[二七]従きたまひて曰はく、「此の天子の位は、有功者、以て處るべし。[二八]貴きことを著して迎へられたまひしは、皆弟の謀なり」とのたま

小楯由レ是、深奇異焉。更使レ唱之。天皇誥之曰、石上振之神榲、[1]榲、此云二須擬一。伐レ本截レ末、伐本截末、此云二謨登岐利須衞於鼓波羅比一。[2]於二市邊宮一治二天下一、天萬國萬押磐尊御裔、僕是也。小楯大驚、離レ席悵然再拜、[3]承事供給、率レ屬欽伏。於是、悉發二郡民一造レ宮。不日權奉二安置一。乃詣二京都一、求レ迎二二王一。白髪天皇、聞憙咨歎曰、[4]朕無レ子也。可以爲レ嗣、與二大臣大連一、定二策禁中一。仍使下播磨國司來目部小楯、持レ節、將二左右舍人一、至二赤石一奉上レ迎。○白髪天皇三年春正月、天皇隨二億計王一、到二攝津國一。使下臣連、持レ節、以二王青蓋車一、迎中入宮中上。○夏四月、立二億計王一爲二皇太子一、立二天皇一爲二皇子一。○五年春正月、白髪天皇崩。◎是月、皇太子億計王與二天皇一讓レ位。久而不レ處。由レ是、天皇姉飯豊青皇女、於二忍海角刺宮一、臨朝秉政。自稱二忍海飯豊青尊一。當世詞人歌曰、

野麻登陛爾、[5]瀰我保指母能婆、於尸農瀰能、莒能陀哿紀儺屢、都奴娑之能瀰野。

○冬十一月、飯豐青尊崩。葬二葛城埴口[6]丘陵一。○十二月、百官大會。皇太子億計、取二天子[7]之璽一、置二之天皇之坐一。再拜從二諸臣之位一曰、此天子之位[8]、有功者可三以處二之。著レ貴蒙レ迎、皆弟之謀也。↓

一七 上文(五一〇頁八行以下)の縮見屯倉での名のりにも、播磨風土記、賀毛郡玉野村条の妻問いにも二王のゆずりがある。位をゆずる話の類例には仁徳即位前紀の仁徳天皇と宇治稚郎子がある。

一八 飯豊皇女のこと。→補注15-二。

一九 →五〇六頁注二八。

二〇 秉はとる意。臨朝秉政は、清寧の崩後、天皇のない間代って政をする意。ここに皇女につき、尊・崩・陵と記されてあるのは、天皇またはそれに準ずる人の扱い方。→五〇六頁注二七。

二一 飯豊青尊と尊の字をつけた名を名乗ったとするのは、執政者の地位についたためである。

二二 歌作に長じた人の意。

二三 〔歌謡八四〕大和の辺りで見たいものは、忍海の地のこの高城にある角刺の宮である。タカキは高い山や岡の上に構築された城郭。

二四 水鏡などに年四十五とあるが不明。

二五 延喜諸陵式に「埴口墓〈飯豊皇女。在二大和国葛下郡一。兆域東西一町。南北一町。守戸三烟〉」とあり、大和志に「埴口墓。在二葛下郡北花内村一(奈良県北葛城郡新庄町北花内)」とある。同志にはまた「天和中、桑山氏毀レ墓建二八幡神祠一」とあるが、明治になって八幡社を他に遷し墓を修覆したという。陵墓要覧も同地をあげている。なお続紀、天平六年六月条に「大倭国葛下郡人、白丁花口宮麻呂」がある。

二六 →五〇四頁注一〇。

二七 広雅、釈詁に「従、就也」とある。

二八 播磨の新室の宴で弟の顕宗が敢て身分を明らかにしたことをさす。清寧記にも「住レ於二針間志自牟家一時、汝命不レ顕レ名者、更非下臨二天下一之君上。是既汝命之功」。

ふ。[一]天下を以て天皇に譲りたまふ。天皇、顧み譲るに弟なりといふを以てして、敢へて位に即きたまはず。又白髪天皇の、先づ兄に傳へむと欲して、皇太子に立てたまへるを奉けて、前に後に固く辭びて曰はく、「[二]日月出づれども、爝火息まず。其の光に於きて、亦難あらずや。時雨降りて、猶浸灌く。亦勞しからずや。人の弟たることを貴ぶる所は、兄に奉りて、難を逃脱れむことを謀り、徳を照し紛を解きて、處ること無きものなり。即ち處ること有らば、弟恭の義に非ず。弘計、處るに忍びず。兄友び、弟恭ふは、不易の典なり。諸を古老に聞けり。安にぞ自ら獨輕せむ」とのたまふ。皇太子億計の曰はく、「白髪天皇は、吾兄の故を以て、天下の事を奉げて、先づ我に屬けたまひき。我、其れ羞づ。[三]惟るに大王は、首めて利に遁るることを建む。聞く者歎息く。帝孫なることを彰顯すとき、見る者殞涕ぶ。憫憫搢紳、忻びて天を戴く慶を荷ふ。哀哀黔首、悦びて地を履む恩に逢ふ。是を以て、克く四維を固めて、永く萬葉に隆にしたまふ。功、造物に隣くして、清猷、世に映れり。超きかな、邈なるかな、粤に得て稱くること無し。是、兄と曰ふと雖も、豈先に處らむや。[四]功に非ずして據るときは、咎悔必ず至りなむ。吾聞く、天皇は以て久に曠しかるべからず。天命は以て謙り拒くべからず。大王、社稷を以て計とし、百姓をもて心としたまへ」とのたまふ。[五]言を發して慷慨みて、流涕ぶるに至ります。天皇、是に、終に處らじと知しめせども、兄の意に逆はじと、乃ち

一 芸文類聚、人部、譲に「荘子曰、堯以二天下一譲二許由一、曰、日月出矣、而爝火不レ息、其於レ光也、不二亦難一乎、時雨降矣、而猶浸灌、其於レ沢也、不二亦労一乎」「史記曰、…所レ貴二天下之士一者、為レ人排レ患、釈レ難解レ紛、而無二所レ取也、即有レ取者、是商賈之事、連不レ忍レ為也」「呉志曰、…非才而拠、咎悔必至、発レ言慷慨、至二于流涕一、権乃聴焉、世嘉二其能以レ実譲一」とある。また、史記の引用として、芸文類聚のこの箇所に「平原乃置酒、酒酣起前、以二千金一為二魯連寿一」とあり、これが室寿の記事にあたる。してみると、この辺の、二王の譲位の記事の大部分は、芸文類聚の人部の譲の佳句を参考にして整えたものと見ることができよう。↓五一二頁注一。

二 太陽や月が昇っても、なお、燈火をつけておくと、その火の光は(不用で)かえってわずらいとなるだろう。農作物に滋雨が大いに降って後も、なお田畑に水をやるのは、無意味に疲れることであろう。人の弟であることを貴ぶ所以は、兄に仕えて、兄がその難から逃げ脱れるように謀り、兄の徳を照らし、紛争を解決して、自分自身は表面に立たない点にある。もし、表面に立つならば、それは、弟として恭敬を保つ大義を破ることになる。私としては、そんな表立った所に、いるに忍びない。兄王が弟王を愛し、弟が兄に恭敬の意をつくすのは、万古不易の人倫のさだめである。私は、古老から、こう聞いている。どうして、自分独りで軽軽しく動くことができよう。日月・時雨は兄をさし、爝火・浸灌は自分をさす。

三 思えば、大王がはじめ、たくみに遁れる道をたてられたときには、その話を聞く人はみな嘆息した。そして、帝の子孫であることを明かしたときには、見る者は恐懼のあまり涙を流した。心配にたえなかった百官たちは、天を共に

聴したまふ。而れども御坐に卽きたまはず。世、其の能く實を以て讓りたまふを嘉して曰さく、「宜しきかな、兄弟怡怡ぎて、天下德に歸る。親族篤ぶるときは、民、仁に興らむ」とまうす。

元年の春正月の己巳の朔に、[六]大臣・大連等、奏して言さく、「皇太子億計、聖德明に茂にして、天下を讓り奉りたまふ。陛下、正統にまします。鴻緒を

以二天下一讓二天皇一。々々顧讓以レ弟、莫二敢卽一レ位。又奉下白髮天皇、先欲レ傳レ兄、立上皇太子上、前後固辭曰、日月出矣、而爝火不レ息。其於レ光也、[1]不二亦難一乎。[2]時雨降矣、而猶浸灌。不二亦勞一乎。[3]所レ貴レ爲二人弟一者、奉レ兄、謀レ逃二脫難一、照レ德解レ紛、[4]而無レ處也。卽有レ處者、非二弟恭之義一。[5]弘計不レ忍レ處也。兄友弟恭、不易之典。聞二諸古老一。安自獨輕。皇太子億計曰、白髮天皇、以二吾兄之故一、[6]奉二天下之事一、而先屬レ我。々其羞之。惟大王、[7]首建二利遁一。聞之者歎息。彰二顯帝孫一、見之者殞涕。憫々搢紳、忻荷二戴レ天之慶一。哀々黔首、[8]悅逢二履レ地之恩一。是以、克固二四維一、永隆二萬葉一。[9]功隣二造物一、清猷映レ世。超哉、邈矣、粤無二得而稱一。[10]雖二是曰レ兄、豈先處乎。非レ功而據、咎悔必至。吾聞、天皇不レ可二以久曠一。天命不レ可二以謙拒一。[11]大王以二社稷一爲レ計、百姓爲レ心。發レ言慷慨、至二于流涕一。天皇於是、知二終不一レ處、不レ逆二兄意一、乃聽。而不レ卽二御坐一。世嘉二其能以レ實讓一曰、宜哉、兄弟怡々、天下歸レ德。篤二於親族一、則民興レ仁。

元年春正月己巳朔、大臣・大連等奏言、皇太子億計、聖德明茂、奉レ讓二天下一。陛下正統。當奉二鴻緒一、→

頂く慶びを感じた。哀しんでいた人民は、悦んで大地を履んで生きる恩を感じた。これによって、よく四方の隅までも固めて、永く万代に国を栄えさせるであろう。その功績は、天地の万物を創造した神に近く、その清明なはかりごとは世を照らしている。その偉大さは何とも表現しようがない。だから、たとい兄であっても、どうして先に帝王の位につくことができようの意。この文章、梁書、武帝紀の次の文章に拠っている。「聞之者嘆息…見之者隕涕…憫憫搢紳、重荷二戴レ天之慶一、哀哀黔首、復蒙二履レ地之恩一…功隣二造物一、超哉邈矣、越無二得而言一焉…剋固二四維一、永隆二万葉一」。

四 以下の文章は芸文類聚・漢書・後漢書などに直接よる所が多い。芸文類聚の呉志、厳畯伝の引用による所「非レ功而拠、咎悔必至」「発レ言慷慨、至二于流涕一」「乃聴而不レ即二御坐一、世嘉二其能以レ実譲一」「兄弟怡怡、天下帰レ徳」、後漢書、光武帝紀「吾聞、天皇不レ可二以久曠一、天命不レ可二以謙拒一、大王以二社稷一為レ計、百姓為レ心」、論語に本づく漢書、平帝紀「篤二於親族一、則民興レ仁」。

五 言葉を述べるうちに激して、涙を流されるに至った。カナシブという動詞は古く上二段活用なので連体形はカナシブルとなる。

六 この所の文章、後漢書をつなぎ合わせて成っている。順帝紀「尚書令劉光等奏言、孝安皇帝、聖徳明茂、早棄天下、陛下正統、当奉宗廟…陛下践祚、奉遵鴻緒、為郊廟主、承続祖宗無窮之烈、上当天心、下厭民望、而即位」「遂令陛下竜潜蕃国、群僚遠近、莫不失望、天命有常…漢徳盛明、福祚孔章」。安帝紀「謙恭慈順、在孺而勤、宜奉郊廟、承統大業」。順帝紀「制曰、可、乃召公卿百僚」「即皇帝位」。

奉けて、郊廟の主と爲りて、祖の窮無き烈を承け續ぎて、上は、天の心に當ひ、下は、民の望を厭きたまへ。而るを踐祚し肯へにしたまふ。遂に金銀の蕃國の群僚をして、遠きも近きも望を失はずといふこと莫からしめむ。天命屬くこと有り。皇太子、推し讓る。聖德、彌盛にして、福祚、孔だ章なり。在孺にして勤めたまひて、謙り恭ひ慈び順ふ。兄の命を奉けて、大業に承統ぎたまへ」とまうす。制して曰はく、「可」とのたまふ。乃ち公卿百寮を近飛鳥八釣宮に召して、即天皇位す。百官の陪位者、皆忻忻ぶ。或本に云はく、弘計天皇の宮、二所有り。一の宮は小郊に、二の宮は池野にありといふ。又或本に云はく、甕栗に宮るといふ。

是の月に、皇后難波小野王を立つ。天下に赦したまふ。難波小野王は、雄朝津間稚子宿禰天皇の曾孫、磐城王の孫、丘稚子王の女なり。

二月の戊戌の朔壬寅（五日）に、詔して曰はく、「先王、多難に遭離ひて、荒郊に殞命りたまへり。朕、幼年に在りて、亡逃げて自ら匿れたり。猥げて求め迎へられて、大業に升纂げり。廣く御骨を求むれども、能く知りまつれる者莫し」とのたまふ。詔畢りて、皇太子億計と、泣ち哭き憤惋みて、自ら勝ふること能はず。

是の月に、耆宿を召し聚へて、天皇、親ら歷め問ひたまふ。一の老嫗有りて、進みて曰さく、「置目、御骨の埋める處を知れり。請ふ、以て示せ奉らむ」とまうす。置目は、老嫗の名なり。近江國の狹狹城山君の祖倭帒宿禰の妹、名を置目と曰ふ。下の文に見ゆ。是に、

一 フセク・フサクは宮本・熱本などの古訓。厭は、中におさえ入れて外に出さないようにする意。転じて、中が一杯になって、うんざりする意。つまりアキル意。望みをフセクとは、望みをかなえて満足させる意。従って、このところは、厭を、名義抄に従ってカナフと訓み、民ノ望ミヲカナヘタマヘと訓むのがよいかもしれない。二 承諾しない意。カヘニス→一六四頁注六。三 遂は、「その結果」の意を表わす接続詞。金銀蕃国は、金や銀を出す外国即ち朝鮮諸国をさす。→神代紀第八段第五の一書。

四 遠近すべてが失望するの意。

五 ハナハダの意。孔は、ふかい・大きいの意。さらに副詞的に、程度を表わして、甚だの意。

六 記は近飛鳥宮。奈良県高市郡明日香村大字八釣があるので、この飛鳥宮を大和国高市郡飛鳥とみる説もあるが、それでは遠飛鳥宮（→四三五頁注一五）。また今日の八釣の地は地形上宮址の地にふさわしくないので、この近飛鳥宮は河内安宿（あすかべ）郡飛鳥であり、八釣もその地に求むべきかもしれない。なお万葉に矢釣山（二六二）・八釣河（二八六〇）がみえる。七・八 →補注15-一五。

九 前帝清寧天皇の宮地。→五〇四頁注一二。通釈は「磐余甕栗宮に、猶坐々しにもやありけん」。伝所の混乱と見ることもできる。

一〇 記に「天皇娶石木王之女難波王。無子也」とある。→仁賢二年九月条。一一 允恭天皇。

一二 允恭の皇子にこの人なし。雄略元年三月条に、吉備稚媛の所生、磐城皇子があり、記伝はこれかという。→五〇三頁注九。一三 未詳。

一四 亡父市辺押磐皇子。以下二月是月条までと二年九月条は一連の記事で、ⓐ二王（顕宗天皇と皇太子億計）が、悲惨な最期をとげた亡父の屍を老女置女の手引きで探し出す話、ⓑ亡父を殺した狭狭城山君の倭帒宿禰は妹置目の功によ

天皇と皇太子億計と、老嫗婦を將て、近江國の來田絮の蚊屋野の中に幸して、掘り出して見たまふに、果して婦の語の如し。穴に臨みて哀號びたまひ、言深に更慟ひます。古より以來、如斯る酷莫し。仲子の尸、御骨に交横りて、能く別く者莫し。爰に磐坂皇子の乳母有り。奏して曰さく、「仲子は、上の齒墮落ちたりき。斯を以て別くべし」とまうす。是に、乳母のまうすに由りて、髑髏を相別くと雖も、

為郊廟主、承續祖無窮之烈、上當天心、下厭民望。而不肯踐祚。遂令金銀蕃國群僚、遠近莫不失望。天命有屬。皇太子推讓。聖德彌盛、福祚孔章。在孺而勤、謙恭慈順。宜奉兄命、承統大業。制曰、可。乃召公卿百寮於近飛鳥八釣宮、即天皇位。百官陪位者、皆忻々焉。（或本云、弘計天皇之宮、有二所焉。一宮於小郊、二宮於池野。又或本云、宮於甕栗。）◎是月、立皇后難波小野王。赦天下。（難波小野王、雄朝津間稚子宿禰天皇曾孫、磐城王孫、丘稚子王之女也。）○二月戊戌朔壬寅、詔曰、先王遭離多難、殞命荒郊。朕在幼年、亡逃自匿。猥遇求迎、升纂大業。廣求御骨、莫能知者。詔畢、與皇太子億計、泣哭憤惋、不能自勝。◎是月、召聚耆宿、天皇親歷問。有一老嫗進曰、置目知御骨埋處。請、以奉示。（置目老嫗名也。近江國狹々城山君祖倭俗宿禰之妹、名曰置目。見下文。）於是、天皇與皇太子億計、將老嫗婦、幸于近江國來田絮蚊屋野中、掘出而見、果如婦語。臨穴哀號、言深更慟。自古以來、莫如斯酷。仲子之尸、交横御骨、莫能別者。爰有磐坂皇子之乳母。奏曰、仲子者上齒墮落。以斯可別。於是、雖由乳母、相別髑髏、↓

ってゆるし本姓に復する話、ⓒ置目を宮廷に出入りさせていつくしむ話など。ⓑを除きほぼ同じ話が記にも見える。遭離は、逢遇（あう）に同じ。 一五 近江来田綿の蚊屋野をさす。↓四五九頁注二四・五〇九頁注三四。ノラ↓三〇二頁注三。 一六 猥は、まげて、みだりにの意。
一七 升は、ノボル。昇と同じ意。纂は、竹簡をそろえてとじる紐。転じて、アツメソロエル意。またツグ意。天子の位をついで、のぼる意。
一八 憤は、イキドホル意。惋は、心の屈してがっかりする意。 一九 ひとりひとりに、次次に問うこと。 二〇 記には「誉其不失見置、知其地以賜名号置目老媼」とある。 二一 狭狭城山君↓二三二頁注六。倭俗宿禰の一族に韓俗宿禰があり、名も事蹟も対蹠的。即ち韓俗宿禰は雄略とはかり市辺押磐皇子を殺した人で（↓雄略即位前紀安康三年十月条）陵戸にあてられ、このことは安康・顕宗記にも見える。これに反し倭俗宿禰は惨殺された皇子の屍のありかを教えた置目の兄とされ、妹の功によって本姓を復されたという。そして記にはその名が見えず、置目はただ「在淡海国賤老媼」（顕宗記）とあるだけ。 二二 ↓五月条。 二三 ↓四五九頁注二四。
二四 市辺押磐皇子の帳内、佐伯部売輪。↓四六〇頁注六。 二五 最勝王経、捨身品に「見其骸骨、随処交横、牙歯堕落」とある。市辺押磐皇子と仲子の屍を同じ穴に埋めたこと、即位前紀（五〇九頁四行）に見える。
二六 磐坂市辺押羽皇子。↓補注12-五。
二七 乳母の初見。令制にも皇子女に乳母を給う規定がある。後宮職員令に「凡親王及子者、皆給乳母、親王三人、子二人…」。
二八 仲子は皇子の帳内であるから、乳母はそのことをよく知っていたということであろう。記では置目が皇子の「御歯者如三枝押歯坐也」といったとある。

竟に四支・諸骨を別くこと難し。是に由りて、仍蚊屋野の中に、雙陵を造り起てて、相似せて如一なり。葬儀異なること無し。老嫗置目に詔して、宮の傍の近き處に居らしむ。優崇め賜卹みたまひて、乏少無からしむ。

是の月に、詔して曰はく、「老嫗、伶俜へ羸弱れて、行歩くに不便ず。縄を張りて引き絙して、扶りて出入づべし。縄の端に鐸を懸けて、謁者に勞ること無かれ。入りては鳴せ。朕、汝が到るを知らむ」とのたまふ。是に、老嫗、詔を奉りて、鐸を鳴して進む。天皇、遙に鐸の聲を聞しめして、歌して曰はく、

淺茅原　小确を過ぎ　百傳ふ　鐸ゆらくもよ　置目來らしも

三月の上巳に、後苑に幸して、曲水の宴きこしめす。

夏四月の丁酉の朔丁未（十一日）に、詔して曰はく、「凡そ人主の民を勸むる所以は、惟授官ふなり。國の興る所以は、惟功に賞ふなり。夫れ前播磨國司來目部小楯、更の名は、磐楯。求め迎へて朕を擧ぐ。厥の功茂し。志願しからむ所、難ること勿く言せ」とのたまふ。小楯、謝りて曰さく、「山官、宿より願しき所なり」とまうす。乃ち山官に拜して、改めて姓を山部連の氏と賜ふ。吉備臣を以て副として、山守部を以て民とす。善を褒めて功を顯し、恩を酬いて厚に答ふ。寵愛殊絶れ、富能く儔ふこと莫し。

五月に、狹狹城山君韓帒宿禰、事、謀りて皇子押磐を殺しまつるに連りぬ。誅

一　支は、手足。ムクロは、胴体の意。ムは、身。クロは、カラ(幹)の転。

二　記は、はじめから仲子をともに埋めたとはなく(安康記)、「於二其蚊屋野之東山一作二御陵一葬」という。

三　近飛鳥宮。記にも「仍召二入宮内一、敦広慈賜。故其老嫗所レ住屋者、近作二宮辺一、毎レ日必召」と、同様の記事がある。

四　以下、「出入」まで、最勝王経、除病品によるか。記は「故、鐸懸二大殿戸一、欲レ召二其老嫗一之時、必引二鳴其鐸一。爾作二御歌一」として下文の歌謡を引く。　五　さまよう、落ちぶれる様。

六　→二八四頁注一三。

七　取次の人に手間をかけるな。

八　〔歌謡〈八五〉〕浅茅の原、痩地を遠く駅鈴の音が伝わって行くように、鐸が鳴っている。置目の老嫗がやって来るらしい。ソネは、土や石のまざった、やせた土地。モモヅタフは、渡会(わたらひ)、角鹿(つぬが)にかかる枕詞として使われた例がある。また万葉では磐余(いはれ)・八十島にかかっている。これは五十、六十、…八十、百と、次次に伝わって行く意であろう。従って角鹿にかかるのも、ここの例も次次の到着場所をあげて、その数の多いことを示すものであろう。ユラクは、揺れる意ではなく、音をジャラジャラと立てる意。

九　三月三日の曲水の宴の初見。この後二年条・三年条と引続いて見えるが、その後は見えず、続紀、文武五年三月丙子条以後再び国史に散見する。このころ曲水宴が行われたか不明。書紀編者の挿入したものか。

一〇　芸文類聚巻五十二、治政部、論政の「商君書曰、凡人主所二以勧レ民者、官爵也、国之所レ興者、農政也」による。人主が人民を勧め励ます方法は授官であり、国家の興る方法は勲功に正しく賞を与えることである。以下の来目部小楯の論功行賞のこと、記に見えない。

さるるに臨みて、叩頭みて言す詞極めて哀し。天皇、加戮さしめたまふに忍びずして、[二一]陵戸に充て、[二二]兼ねて山を守らしむ。[二三]籍帳を削り除てて、山部連に隷けたまふ。惟に[二四]倭帒宿禰、妹置目の功に因りて、仍ち[二五]本姓狭狭城山君の氏を賜ふ。

六月に、避暑殿に幸して、奏樂しめす。群臣を會へて、設へたまふに酒食を以てす。是年、[二六]太歳乙丑。

而竟難レ別[1]二四支諸骨一。由レ是、仍於二蚊屋野中一、造二起雙陵一、相似如一。葬儀無レ異。詔二老嫗置目一、居二于宮傍近處一。優崇賜レ邺、使レ無二乏少一。◎是月、詔曰、老嫗伶俜羸弱、不二便行歩一。宜張レ縄引絚、扶而出入。縄端懸レ鐸、無レ勞二謁者一。入則鳴之。朕知二汝到一。於是、老嫗奉レ詔、鳴レ鐸而進。天皇遙聞二鐸聲一、歌曰、阿佐膩簸囉、鳴贈禰鳴須擬、謨謀逗拕甫、奴底喩羅倶慕與、於岐每倶羅之慕[2]。○三月上巳、幸二後苑一、曲水宴。○夏四月丁酉朔丁未、詔曰、凡人主之所二以勸レ民者、惟授官也。國之所二以興一者、惟賞レ功也。夫前播磨國司來目部小楯、(更名磐楯。)求迎擧レ朕。厥功茂焉。所二志願一勿レ難言。小楯謝曰、山官宿所レ願。乃拜二山官一、改賜二姓山部連氏一。以二吉備臣一爲レ副、以二山守部一爲レ民。褒レ善顯レ功、酬レ恩答レ厚。寵愛殊絶、富莫二能儔一。○五月、狹々城山君韓帒宿禰、事連[3]二謀殺皇子押磐一。臨レ誅叩頭言詞極哀。天皇不レ忍二加戮一、充二陵戸一兼守レ山。削二除籍帳一、隷二山部連一。惟倭帒宿禰、因二妹置目之功一、仍賜二本姓狹々城山君氏一。○六月、幸二避暑殿一、奏樂。會二群臣一、設以二酒食一。◎是年也、[4]太歳乙丑。

一一 →五〇六頁注三。 一二 →五〇六頁注五。

一三 即位前紀に二王を迎えた功績をいう。

一四 山守部を管掌する伴造。同種のものに近江狭狭城山君・山首・山直・山部阿弭古などがある。 一五 →五〇六頁注四。

一六 清寧即位前紀に「天皇即遣レ使嘖二讓於上道臣等一而奪二其所領山部一」とある。この時に至り、小楯の副官としたというのである。吉備臣→二三〇頁注一一。 一七 →三六四頁注四四。

一八 漢書、平帝紀に「孝平之世、政自レ莽出、褒レ善顯レ功、以自尊盛」とあるによるか。

一九 並ぶものが無いの意。ヒトコロフは古訓。名義抄に、偶・匹をヒトコロヘリと訓んでいる。ヒトは、等しのヒト。コロは、頃の意。頃(ころ)は、はじめ、同じ長さ・大きさのものが並んで存在していること。転じて、日ごろ・年ごろと使い、複数を表わすに至り、漠然と時間を示す意となった語。コロフは、大体同じ長さのものを並べて、比較する意。転じて、並ぶ意。従って、ヒトコロフは、同じ位の大きさのものを並べて比較する意。

二〇 →四五九頁注二三・五一八頁注二一。

二一 記に「以二韓帒之子等一令レ守二其御陵一」。陵戸は、先皇の陵を守るもの(喪葬令)。職員令集解所引別記に常陵守・借陵守などあり、ハカモリと訓んだのであろう。陵守→四一二頁注九。

二二 韓帒は、元来山君として山守部を管掌していたのであろう。いま身分をおとされ、山部連の支配する山守部とされたのであろう。

二三 官籍を削って賤民となす意という表現は、律令時代の通念による書き方。→下補注19-四。

二四 →五一八頁注二一。

二五 韓帒宿禰が罪により氏姓を奪われた時、倭帒宿禰も一族として氏姓を失ったが、妹の功によって本の姓を復したの意。

二六 →補注3-六。

二年の春三月の上巳に、後苑に幸して、[一]曲水の宴きこしめす。是の時に、喜に[二]公卿大夫・臣・連・國造・伴造を集へて、宴したまふ。群臣、頻に稱萬歳す。

秋八月の己未の朔に、天皇、皇太子億計に謂りて曰はく、「吾が[三]父先王、罪無。而るを[四]大泊瀬天皇、射殺し、骨を[五]郊野に棄て、今に至るまでに[六]未だ獲ず。憤り歎くこと懐に盈てり。[七]臥しつつ泣き、行く號びて、讎恥を雪めむと志ふ。吾聞く、[八]父の讎は、與共に天を戴かず。兄弟の讎は、[九]兵を反さず。交遊の讎は、[一〇]國を同じくせずと。夫れ匹夫の子は、[一一]父母の讎に居て、[一二]苫に寢、干を枕にして仕へず。國を與共にせず。諸[一三]市朝に遇へば、兵を反さずして便ち闘ふ。況むや吾立ちて天子たること、今に二年。願はくは、[一四]其の陵を壊ちて、骨を摧きて投げ散さむ。今、此を以て報いなば、[一五]亦孝にあらざらむや」とのたまふ。皇太子億計、歔欷きて答ふること能はず。乃ち諫めて曰はく、「不可。大泊瀬天皇、萬機を正し統ねて、天下に臨み照したまふ。華夷、欣び仰ぎしは、天皇の身なり。吾が父の先王は、是[一六]天皇の子たりと雖も、[一七]迍邅に遭遇ひて、天位に登りたまはず。此を以て観れば、[一八]尊卑惟別なり。而るを忍びて陵墓を壊たば、誰を人主としてか天の靈に奉へまつらむ。其の毀つべからざる、一なり。又天皇と億計と、曾に[一九]白髪天皇の厚き寵・殊なる恩に遇ふことを蒙らざりせば、豈寶位に臨まむや。大泊瀬天皇は、白髪天皇の父なり。億計、諸の老賢に聞き。老賢の曰ひしく、『[二〇]言として訓いざるは無く、

一 →五二〇頁注九。
二 大化直前の頃よく使われた用語で、中央・地方の豪族全体を指す。この当時使われたわけではあるまい。→四六五頁注二〇。
三 私の父である先王の意。以下は二王(顕宗天皇と皇太子億計)が、そのうらみによって雄略の陵を毀とうとして思いとどまる話。記にも類似の話が見える。
四 雄略天皇。
五 近江来多綿の蚊屋野。→四五九頁注二四。
六 →元年二月是月条。
七 徐孝穆集に「提レ才負レ剣、臥泣行号」によるか。
八 この文、礼記、曲礼の文章が源であるが、ここでは、直接礼記によったと見るよりも、芸文類聚、人部、報讎所引の礼記によったと見る。芸文類聚には「礼記曰、父母之讎不二与共戴一レ天、兄弟之讎不レ反レ兵、交遊之讎不レ同レ国」があり、七行の「居二父母之讎一、寝レ苫枕レ干不レ仕、不レ与二共国一」も同じく芸文類聚、人部、報讎にある。礼記の原文に「弗与共天下也」とあるものを、芸文類聚は「不与共国」と改めている。顕宗紀の文章は、礼記の原文にではなく、芸文類聚引用の礼記に一致している。これは次の「言無レ不レ詶、徳無レ不レ報」も同じである。父は子の天に当たる、敵が自分の天を殺したので、ともに天を戴かずといった。
九 武器を常に身に帯して、何時でも敵と遇えば戦えるようにしておく意。ツハモノヲカヘサズは古訓。ツハモノニカヘラズと訓んで、武器を取りに引き返すことをしない意ともとれる。
一〇 同じところに住まない意。
一一 →注八。
一二 苫(こもの類)のむしろ(席)に寝る。仇を報いるために辛苦するたとえ。
一三 市は、市場。朝は、公のところ。

德として報へざるは無し。恩有りて報へざるは、俗を敗ること深し』といひき。[22]陛下、國を饗しめして、德行、廣く天下に聞ゆ。而るを陵を毀ち、翻りて華裔に見しめば、億計、恐るらくは、其れ以て國に莅み民を子ふべからざらむことを。其の毀つべからざる、二なり」とのたまふ。天皇の曰はく、[23]「善きかな」とのたまひて、役を罷めしめたまふ。

一四 記に「欲レ毀二其大長谷天皇之御陵一」とある。
一五 親孝行ということになるだろうの意。
一六 天皇の位にあった人、履中天皇をさす。
一七 迍は、陟綸反、難也とあり、行きなやむ意。邅は、張連反。たちもとおる意。難行不進皃とある。迍も邅も名義抄にメグルとあり、迍邅で、行きなやむさま。
一八 雄略は天皇であり、先王(市辺押磐皇子)とは身分がちがうの意。
一九 清寧天皇。
二〇 この句、もと毛詩、大雅、抑に「莫レ捫朕舌言不レ可レ逝矣、無二言不一レ讎、無二徳不一レ報」とある。しかし、芸文類聚、人部、報恩に「毛詩曰、無二言不一レ讎、無二徳不一レ報」とある。顕宗紀のこの前後の出典を考え合わせるならば、これまた、毛詩の直接の引用と見るよりも、芸文類聚を利用したものと見るべきであろう。
二一・二二 芸文類聚、人部、諌に「晏子曰、…賊レ民之深者也、君饗レ国、徳行未レ見二於衆一、而刑辟著二於国一、嬰恐其不レ可三以莅レ国子二レ民也。公曰、善、罷二守槐之役一」。これを多少変形して取り入れたもの。敗俗は、人民の心をやぶる、そこなうこと。華裔は、都と田舎、即ち天下。

二年春三月上巳、幸二後苑一曲水宴。是時、喜集二公卿大夫・臣連國造伴造一、爲レ宴。群臣頻稱萬歲。〇秋八月己未朔、天皇謂二皇太子億計一曰、吾父先王無レ罪。而大泊瀬天皇射殺、棄二骨郊野一、至レ今未レ獲。憤歎盈レ懷。臥泣、行號、志レ雪二讎恥一。吾聞、父之讎不三與共戴二レ天。兄弟之讎不レ反レ兵。交遊之讎不レ同レ國。夫匹夫之子、居二父母之讎一、寢レ苫枕レ干不レ仕。不レ與二共國一。遇二諸市朝一、不レ反レ兵而便鬪。況吾立爲二天子一、二三年于今一矣。願壞二其陵一、摧レ骨投散。今以レ此報、不二亦孝一乎。皇太子億計、歔欷不レ能レ答。乃諫曰、不可。大泊瀬天皇、正二統萬機一、臨二照天下一。華夷欣仰、天皇之身也。吾父先王、雖二是天皇之子一、遭二遇迍邅一、不レ登二天位一。以レ此觀之、尊卑惟別。而忍壞二陵墓一、誰人主以奉二天之靈一。其不レ可レ毀、一也。又天皇與二億計一、曾不レ蒙レ遇二白髮天皇厚寵殊恩一、豈臨二寶位一。大泊瀬天皇、白髮天皇之父也。億計聞二諸老賢一。々々曰、言無レ不レ讎、德無レ不レ報。有レ恩不レ報、敗レ俗之深者也。陛下饗レ國、德行廣聞二於天下一。而毀レ陵、翻見二於華裔一、億計恐、其不レ可二以莅一レ國子一レ民也。其不レ可レ毀、二也。天皇曰、善哉、令レ罷レ役。

九月に、置目、老い困びて、還らむと乞して曰さく、「氣力衰へ邁ぎて、老い耄れ虚け羸れたり。要假繩に扶るとも、進み歩くこと能はず。願はくは、桑梓に歸りて、厥の終を送らむ」とまうす。天皇、聞しめし惋痛みたまひて、物千段賜ふ。逆め路を岐れむことを傷みて、重ねて期ひ難きことを感きたまふ。乃ち歌賜ひて曰はく、

置目もよ　近江の置目　明日よりは　み山隱りて　見えずかもあらむ

冬十月の戊午の朔癸亥（六日）に、群臣に宴したまふ。是の時に、天下、安く平にして、民、徭役はるること無し。歲比に登稔て、百姓殷に富めり。稻斛に銀錢一文をかふ。馬、野に被れり。

三年の春二月の丁巳の朔に、阿閉臣事代、命を銜けて、出でて任那に使す。是に、月神、人に著りて謂りて曰はく、「我が祖高皇產靈、預ひて天地を鎔ひ造せる功有します。民地を以て、我が月神に奉れ。若し請の依に我に獻らば、福慶あらむ」とのたまふ。事代、是に由りて、京に還りて具に奏す。奉るに歌荒樔田を以てす。歌荒樔田は、山背國の葛野郡に在り。壹伎縣主の先祖押見宿禰、祠に侍ふ。

三月の上巳に、後苑に幸して、曲水の宴きこしめす。

夏四月の丙辰の朔庚申（五日）に、日神、人に著りて、阿閉臣事代に謂りて曰はく、「磐余の田を以て、我が祖高皇產靈に獻れ」とのたまふ。事代、便ち奏す。神の乞

一 →五一八頁注二〇。以下の話は元年二月条以下と一連のもの。記に「於レ是置目老媼白、僕甚耆老、欲レ退二本国一」。二 最勝王経、除病品の「已衰邁、老耄虚羸、要仮二扶レ策、方不レ能二進歩一」による。要は若(も)に同じ。仮も若の意。三 郷里。古、桑・梓を牆下に植えて子孫にのこし、生計の資とした。父母の遺物であるから、郷里の意を表わす。四 逆は、前もってはかること。あらかじめ。五〔歌謡八六〕置目よ、近江の国の置目よ。明日からは(故郷に去って)山に隠れて見えないだろうなあ。記にも類歌がある。六 後漢書、明帝紀に「是歳天下安平、人無二徭役一、歳比登稔、百姓殷富、粟斛三十、牛羊被レ野」。ホドコルは、あたり一面にひろがること。ホドコスの自動詞形。この頃、まだ銀銭はなかった。→天武十二年四月十五日条。七 律令用語による表現。徭は雑徭、役は歳役。八 この人、下文三年四月条にも見える。阿閉臣は孝元紀に「大彦命阿閉臣之始祖也」とある。→二三二頁注五。九 →補注5-七。一〇 ここの月神は、下文に壱伎県主の先祖がまつったといい、四月条の、対馬下県直のまつる日神と一対になっている。延喜神名式の壱岐島壱岐郡月読神社の祭神がこれにあたろう。なお旧事紀、天神本紀に「月神命、壱岐県主等祖」とある。また松村武雄は特選神名帳その他の説をとって、延喜神名式の月読神社は同郡箱崎邑釘丘天月郷の天月神社がそれにあたろうという。一一 延喜神名式に壱岐郡高御祖神社がある。一二 ソヒテは古訓。あらかじめの意。預をソヒテと訓む他例を知らず。ただし、ソフは、二つ並ぶ意。カネテが、二つにわたる意から転じて、あらかじめの意を表わすに至ったと同じく、ソヒテも、二つ並ぶ意から転じて、前以ての意を表わすに至ったものであろう。一三 鎔は、冶鋳の型。型に入れて鋳造する意。一四 分注に山城国葛野郡にありというから、歌

の依に田十四町を獻る。[二〇]對馬下縣直、[二一]祠に侍ふ。(十三日)戊辰に、[二二]福草部を置く。

(二十五日)庚辰に、[二三]天皇、八釣宮に崩りましぬ。

是歳、[二四]紀生磐宿禰、任那に[二五]跨び據りて、高麗に交通ふ。西に、[二六]三韓に王たらむとして、[二七]官府を整へ脩めて、自ら神聖と稱る。任那の[二八]左魯・那奇他甲背等が計を用ゐて、百濟の[二九]適莫爾解を[三〇]爾林に殺す。爾林は、高麗の地なり。[三一]帶山城を築きて、

○九月、置目老困、乞レ還曰、氣力衰邁、老耄[1]虚羸。要假扶レ縄、不レ能二進歩一。願歸二桑梓一、以送二厥終一。天皇聞惋痛、賜二物千段一。逆傷レ岐レ路、重感レ難レ期。乃賜レ歌曰、於岐每慕與、阿甫[2]彌能於岐每、阿須用利簸、[3]彌野磨我[4]俱利底、彌曳孺哿謨阿羅牟。○冬十月戊午朔癸亥、宴二群臣一。是時、天下安平、民無二徭役一。歳比登稔、百姓殷富。稻斛銀錢一文。馬[5]被レ野。

三年春二月丁巳朔、阿閉臣事代[6]銜レ命、出使二于任那一。於是、月神著レ人謂之曰、我祖高皇產靈、有下預鎔二造天地一之功上。宜以二民地一、奉二我月神一。若依レ請獻レ我、當福慶。事代由レ是、還レ京具奏。奉以二歌荒樔[7]田一。(歌荒[8]樔田者、在[9]二山背國葛野郡一也[10]。)壹伎[11]縣主先祖押見宿禰侍レ祠。○三月上巳、幸二後苑一、曲水宴。○夏四月丙辰朔庚申、日神著レ人、謂二阿閉臣事代一曰、以二磐余田一、獻二我祖高皇產靈一。事代便奏。依二神乞一獻二田十四町一。對馬下縣直[12]侍レ祠。○戊辰、置二福草部一。○庚辰、天皇崩二于八釣宮一。◎是歳、紀生磐宿禰、跨二據任那一、交二通高麗一。將三西王二三韓一、整二脩[13]官府一、自稱二神聖一。用二任那左魯・那奇他甲背等[14]計一、殺二百濟適莫爾解於爾林一。(爾林高麗地也。)築二帶山城一、↓

は葛野郡宇太(うた)村(後、平安京の造られた地)をさす。荒樔(あらす)は、産(あ)るの他動詞。神の誕生の意。壱岐島の県主の祀る神を山背に分祠し、その地の民地を奉って神田としたものであろう。なお分祠の社は延喜神名式の山城国葛野郡葛野坐月読神社であろう。一五 →補注15-六。一六 →注一四。一七 元年三月条・二年三月条にもみえる。→五二〇頁注九。一八 ここの日神は、上文の月神と一対。→注一〇。釈紀は延喜神名式の山城国葛野郡木島坐天照御魂神社にあてるが、延喜神名式の対馬島下県郡阿麻氐留(あまてる)神社がこれにあたろう。なお旧事紀、天神本紀に「天日神命、対馬県主等祖」とある。本条にも我が祖高皇産霊に献れというが、延喜神名式の対馬島下県郡に高御魂神社が見える。一九 大和国十市郡磐余(→一八八頁注一)の地か。通釈は延喜神名式の同郡目原坐高御魂神社は此時より祀るかという。二〇 →補注15-七。二一 対馬の国造の祀る神を畿内に分祀したもの。二二 →補注15-八。二三 記に「御年参拾捌歳」とあるが、一代要記等は四十八とする。なお記にさらに「御陵在二片岡之石坏岡上一也」とするが、書紀は次の仁賢紀に記す。→五二八頁注二〇。二四 雄略九年五月条に大磐。→四八二頁注三。以下、紀生磐宿禰が高句麗と結び、百済と戦う話になっているが、真相は百済と紀生磐宿禰との、帯山城・爾林すなわち万項口下流地方の争奪にあると解される。→補注15-九。二五 股にかけて越える。新撰字鏡に「蹻跨、斉レ足而踊之皃、又、越也、アフドコム、又、ヲドル」、名義抄に「跨、ワタル・マタガル・アフドコブ」とある。ア(足)フツクム(張)の転か。両足を広くふくらませるのが原義。フツクムは、全(フツ)含(クム)の意。転じて怒りをふくむ意にも使う。二六 百済・新羅か。二七 後漢書、光武紀に「以二光

[一]東道を距き守る。糧運ぶ津を斷へて、軍をして飢ゑ困びしむ。百濟の王、大きに怒りて、領軍[二]古爾解[三]・內頭[四]莫古解[五]等を遣して、衆を率て帶山に趣きて攻む。是に、生磐宿禰、軍を進めて逆撃つ。膽氣[六]益壯にして、向ふ所皆破る。一を以て百に當つ。俄ありて、兵盡き力竭く。事の濟らざるを知りて、任那より歸る。是に由りて、百濟國、佐魯・那奇他甲背等三百餘人を殺す。

[七]億計天皇　仁賢天皇

億計天皇は、諱は大脚[八]。更の名は、大爲。[九]自餘の諸の天皇に、諱字を言さず。而るを此の天皇に至りて、獨自ら書せることは、舊本に據れらくのみ。字は、嶋郎[一〇]。弘計[一一]天皇の同母兄[一二]なり。幼くして聰く頴れ、才敏くして識多し。壯[一三]にして仁惠まし、謙恕溫慈ます。[一四]穴穗天皇の崩りますに及りて、難を丹波國の余社郡[一五]に避りたまふ。白髮天皇の元年の[一七]冬十一月に、[一六]播磨國司山部連小楯、京に詣で迎を求む。白髮天皇、尋ぎて小楯を遣して、節を持ちて、左右の舍人を將て、赤石に至りて迎へ奉る。[一八]二年の夏四月に、遂に億計天皇を立てて、皇太子としたまふ。事、弘計天皇の紀に具なり。

五年に、[一九]白髮天皇、崩りましぬ。[二〇]天皇、天下を以て弘計天皇に讓りたまふ。皇太

武、行二司隷校尉一、使三前整二脩官府一」とあるによるか。後漢書に「官府」とあるので、書紀の本文も「官府」とする。二八 欽明五年二月条に引く百済本記に那干陀甲背（那奇陀甲背）の名がみえる。同一人か。佐魯は同二年七月条の百済本記の佐魯麻都とある人名に関係があろう。↓㊦八〇頁注八。二九 他に見えず。三〇 応神十六年是歳条に爾林城。↓三七二頁注八。三一 シトロムレは、今の全羅北道井邑郡泰仁の地。泰仁の古名、大尸山。↓補注15-一〇。

一 日本との交通路の特殊なよみ方であったか。

二 百済の軍政では中東南西北の五方に、それぞれ領軍があった。

三 三国史記に、第八代の王として古爾王、蓋鹵王二十一年条に古爾万年が見える。古爾は百済の複姓。

四 三国史記に「内頭佐平。掌二庫蔵事一」とある。六佐平の一。↓㊦七七頁注一六・㊦表一。

五 他にみえず。

六 後漢書、光武帝紀の「胆気益壮、無レ不二一当一レ百」による。

七 ↓五〇二頁注三。

八 顕宗即位前紀に「更名大石尊」とあり、みなオホシと訓む。父押磐（大磐）の名に似る。諱↓一八八頁注三。

九 集解・標註は攙入としてこれを削る。

一〇 顕宗即位前紀に島稚子とある。

一一 顕宗天皇。

一二 母は葦田宿禰の女荑媛。↓顕宗即位前紀。

一三 北堂書鈔所引東観漢記の「壮而仁明謙恕、温慈恵和」によるか。

一四 安康天皇。以下のことは雄略即位前紀十月条・清寧三、四年条・顕宗即位前紀に既にみえる。↓五一〇頁注二。

一五 ↓四九七頁注二六。

一六 ↓五〇六頁注三・五。
一七 ↓清寧三年正月条。
一八 清寧紀によれば三年夏四月のこと。
一九 ↓清寧五年正月・顕宗即位前紀五年正月条。
二〇 顕宗即位前紀五年正月条より十二月条にみえる。
二一 ↓顕宗三年四月条。
二二 石上は大和の地名(今、奈良県天理市石ノ上付近)。広高は美称。神代紀第九段第二の一書に「其造レ宮之制者、柱則高大、板則広厚」と見える。その所在地につき、帝王編年記は山辺郡石上左大臣家北辺田原(今の天理市田部付近の地か)といい、大和志は山辺郡嘉幡村(今、天理市嘉幡)とし、旧都址要覧は「二階堂村大字嘉幡字都田の地。これ皇居の一局部なるべし。其地荒廃す」というが、明らかでない。
二三・二四 ↓補注15-五。

子と爲りたまふこと、故の如し。事、弘計天皇の紀に具なり。

三年の夏四月に、弘計天皇[二一]、崩りましぬ。

元年の春正月の辛巳の朔乙酉(五日)に、皇太子、石上廣高宮[二二]に、即天皇位す。或本に云はく、億計天皇の宮は、二所有り。一の宮は川村[二三]に、二の宮は縮見[二四]の高野にあり。其の殿の柱、今に至るまでに未だ朽ちずといふ。

距二守東道一。斷二運レ粮津一[1]、令二軍飢困一。百濟王大怒、遣二領軍古爾解・内頭莫古解等一、率レ衆趣二于帶山一攻。於是、生磐宿禰、進レ軍逆擊。[2]膽氣益壯、所レ向皆破。以レ一當レ百。俄而兵盡力竭。知二事不レ濟、自二任那一歸。由レ是、百濟國殺二佐魯・那奇他甲背等三百餘人一。

億計天皇　[3]仁賢天皇

億計天皇、諱大脚。更名大爲。自餘諸天皇、不レ言二諱字一。而至二此天皇一、獨自書者、據二舊本一耳。字嶋郎。弘計天皇同母兄也。[4]幼而聰穎、才敏多レ識。壯而仁惠、謙恕溫慈。[5]及二穴穗天皇崩一、避二難於丹波國余社郡一。白髮天皇元年冬十一月、播磨國司山部連小楯、詣レ京求レ迎。白髮天皇、尋遣二小楯一、持レ節、將二左右舍人一、至二赤石一奉レ迎。[6]事具二弘計天皇紀一也。[7]○五年、白髮天皇崩。天皇以二天下一讓二弘計天皇一。[8]爲二皇太子一、[9]如レ故。[10]事具二弘計天皇紀一也。[11]○三年夏四月、弘計天皇崩。[12]

元年春正月辛巳朔乙酉、皇太子、於二石上廣高宮一、即天皇位。或本云、億計天皇之宮、有二二所一焉。一宮於二川村一、二宮於二縮見高野一。其殿柱至レ今未レ朽。

二月の辛亥の朔壬子(二日)に、前妃春日大娘皇女を立てて皇后とす。春日大娘皇女は、大泊瀬天皇の、和珥臣深目が女童女君を娶して生しませる所なり。遂に一の男・六の女を産ませり。其の一を高橋大娘皇女と曰す。其の二を朝嬬皇女と曰す。其の三を手白香皇女と曰す。其の四を樟氷皇女と曰す。其の五を橘皇女と曰す。其の六を小泊瀬稚鷦鷯天皇と曰す。天下を有つに及りて、泊瀬の列城に都す。其の七を眞稚皇女と曰す。一本に、樟氷皇女を以て第三に列ね、手白香皇女を以て第四に列ね、異なりとせり。次に和珥臣日爪が女糠君娘、一の女を生めり。是を春日山田皇女とす。一本に云はく、和珥臣日觸が女大糠娘、一の女を生めり。是を山田大娘皇女とす。更の名は、赤見皇女といふ。文稍に異なりと雖も、其の實一なり。

冬十月の丁未の朔己酉(三日)に、弘計天皇を傍丘磐杯丘陵に葬りまつる。

是歳、太歳戊辰。

二年の秋九月に、難波小野皇后、宿、敬なかりしことを恐りて自ら死せましぬ。弘計天皇の時に、皇太子億計、宴に侍りたまふ。瓜を取りて喫ひたまはむとするに、刀子無し。弘計天皇、親ら刀子を執りて、其の夫人小野に命せて傳へ進らしめたまふ。夫人、前に就きて、立ちながら刀子を瓜盤に置く。是の日に、更に酒を酌みて、立ちながら皇太子を喚ぶ。斯の敬なかりしに縁りて、誅せられむことを恐りて自ら死せましぬ。

三年の春二月の己巳の朔に、石上部舍人を置く。

一 以前からの妃。皇子時代からの妃。元妃。→四六〇頁注二三。二 雄略元年三月是月条に見え、「更名高橋皇女」。雄略記には見えないが、仁賢記に春日大郎女とある。→四六一頁注三九。三 雄略天皇。四 →四六一頁注三七。和珥臣→二二六頁注一四。五 記伝に、仁賢記の高木郎女とあるに当たるかとある。高橋は大和国添上郡の地名(→二四二頁注一)で、母の更名に同じ。六 記に見えず。標註は記の財郎女かという。朝嬬は大和国葛上郡の地名。→下四四二頁注二一。七 記に手白髪郎女とある。継体皇后。継体記には手白髪命とある。タシラカは、延喜主計式に多志良加・多志羅加・手白髪瓶などとあり、水を入れる大きな器をいうらしい。播磨風土記に天皇の母を手白髪命とするのは誤伝か。天喜四年二月藤原実遠所領譲状案(平安遺文(三))に伊賀国伊賀郡大内郷手白髪村と見える。延喜諸陵式に「衾田墓〈手白香皇女。在二大和国山辺郡一。兆域東西二町。南北二町〉…」。八 記に久須毘郎女とある。手白香との順は記では逆。九 宣化元年三月条に橘仲皇女とある。仁賢記には見えないが、宣化記には「意祁天皇之御子橘之中比売命」。通釈は仁賢記の財郎女かという。一〇 武烈天皇。一一 →下一四頁注一〇。一二 記には真若王とあるから男王か。真稚は、美称で、男女ともに用いる(品陀真若王・弟比売麻和加など)。一三 この本は記の順序と一致する。一四 欽明二年三月条に、仁賢ではなく欽明が春日抓臣女糠子をめとり、春日山田皇女を生むと見える。記伝は皇女が後に安閑の大后となっている点により、こちらを正しとする。→下六八頁注一〇。一五 欽明二年三月条に糠子。記に糠若子郎女。一六 記に春日山田郎女。継体七年九月条に春日皇女とあり、勾大兄皇子(安閑)の求婚と唱和の歌がある。安閑元年三月条に皇后、春日山田皇女、更名は山田赤見皇女とし、欽明即位前紀に、群臣がその登極を請うたが辞してうけなかったという。春日は地名で、母家の和珥氏の居地。下二八頁の歌によれば、そこで生いたったものであろう。山田も記伝にいう如く地名であろう。あるいは添下郡山田村か。
一七 応神二年三月条に和珥臣祖日触使主があるが、別人。→補注10-三。この一本の説は、皇女の父を日爪でなく、日触とする点に特色がある。下文に「文雖二稍異一其実一也」とはそれをいう。
一八 糠君娘。 一九 春日山田皇女。
二〇 延喜諸陵式に「傍丘磐杯丘南陵〈近飛鳥八釣宮御宇顕宗天皇。在二大和国葛下郡一。兆域東西二町。南北三町。陵戸一烟。守戸三烟〉」、大和志に「昔在二葛下郡今市村一。宝永年間陵崩為二民居一」とあり、陵墓要覧はその所在地を奈良県北葛城郡香芝町大字北今市字的場とする。
二一 顕宗天皇皇后。→顕宗元年正月是月条。宿は、もともと、もとから、古くからの意。
二二 延喜内匠式に「割レ瓜刀子廿枚〈刃長五寸〉」とある。 二三 億計・弘計両天皇は相譲の説話にも拘わらず、事実は政治的に対立したことの反映か。 二四 一般に舎人は、五世紀末から、主としては六世紀半ばころに、東国国造から貢せられた子弟が天皇や皇族の近習・護衛に当たるもの。石上部舎人は石上広高宮の宮号に因む。石上部は、常陸・美濃・上野・下野などの諸国に分布している。舎人→補注11-六。
二五 他に見えず。的臣→三七二頁注一〇。
二六 この姓他に見えず。また名義も未詳。瓮は、かめの類。 二七 →補注7-三八。
二八 佐伯部売輪。→四六〇頁注六。
二九 敏達十四年三月条に佐伯造御室。佐伯部の下級伴造の一つ。姓氏録、右京神別に「天雷神孫天押人命之後也」とある。
三〇 →四七六頁注六。

四年の夏五月に、的臣蚊嶋[二五]・穂瓮君[二六]瓮、此をば倍と云ふ。罪有りて、皆獄に下りて死ぬ。

五年の春二月の丁亥の朔辛卯(五日)に、普く國郡に散れ亡げたる佐伯部[二七]を求む。佐伯部仲子[二八]が後を以て、佐伯造[二九]とす。佐伯部仲子、事、弘計天皇の紀に見えたり。

六年の秋九月の己酉の朔壬子(四日)に、日鷹吉士[三〇]を遣して、高麗に使して、

○二月辛亥朔壬子、立二前妃春日大娘皇女一爲二皇后一。春日大娘皇女、大泊瀬天皇、娶二和珥臣深目之女童女君一所レ生也。遂産二一男六女一。其一曰二高橋大娘皇女一。其二曰二朝嬬皇女一。其三曰二手白香皇女一。其四曰二樟氷皇女一。其五曰二橘皇女一。其六曰二小泊瀬稚鷦鷯天皇一。及レ有二天下一、都二泊瀬列城一。其七曰二眞稚皇女一。一本、以二樟氷皇女一列二于第三一、以二手白香皇女一列二于第四一、爲レ異焉。[1] 次和珥臣日爪女糠君娘、生二一女一。是爲二春日山田皇女一。一本云、和珥臣日觸女大糠娘、生二一女一。是爲二山田大娘皇女一。更名赤見皇女。文雖二稍異一、其實一也。 ○冬十月丁未朔己酉、葬二弘計天皇于傍丘磐杯丘陵[2]一。◎是歲也、太歲[3]戊辰。

二年秋九月、難波小野皇后、恐二宿不レ敬自死。[4]弘計天皇時、皇太子億計侍レ宴。取レ瓜將レ喫、無二刀子一。[5]弘計天皇、親執二刀子一、命二其夫人小野一傳進。夫人就レ前、立置二刀子於瓜盤一。是日、更酌レ酒、立喚二皇太子一。縁二斯不レ敬、恐レ誅自死。

三年春二月己巳朔、置二石上部舍人一。

四年夏五月、的臣蚊嶋・穗瓮君[6]瓮、此云レ倍。[7] 有レ罪、皆下レ獄死。

五年春二月丁亥朔辛卯、普求二國郡散亡佐伯部一。以二佐伯部仲子之後一、爲二佐伯造一。佐伯部仲子、事見二弘計天皇紀一。[8]

六年秋九月己酉朔壬子、遣二日鷹吉士一、使二高麗一、↓

巧手者[一]を召す。

是の秋に、日鷹吉士、使に遣されて後に、女人[二]有りて、難波の御津[三]に居りて、哭きて曰はく、「母[四]にも兄[五]、吾[六]にも兄[七]。弱草の吾[八]が夫何怜」といふ。於母亦兄、於吾亦兄と言ふは、此をば於慕尼慕是、阿例尼慕是と云ふ。吾夫何怜矣と言ふは、此をば阿我圖摩播耶と云ふ。弱草と言ふは、古に弱草を以て夫婦に喩ふるを謂ふ。故、弱草を以て夫とす。哭く聲、甚だ哀しくして、人をして腸を斷たしむ。菱城邑[九]の人鹿父 鹿父は、人の名なり。俗、父を呼びて柯曾とす。聞きて前に向ひて曰はく、「何ぞ哭くことの哀しきこと、若此甚しきや」といふ。女人、答へて曰はく、「秋葱[一〇]の轉雙 雙は、重なり。納、思惟ふべし」といふ。鹿父の曰はく、「諾[一一]」といふ。即ち言ふ所を知れり。同伴者[一二]有りて、其の意を悟らずして、問ひて曰はく、「何を以て知れるや」といふ。答へて曰はく、「難波玉作部[一三]鯽魚女 鯽魚女と言ふは、此をば浮儺謎と云ふ。韓白水郎暵[一四] 韓白水郎暵と言ふは、此をば柯羅摩能波陀該と云ふ。暵は、麥耕る田なり。に嫁ぎて、哭女を生めり。哭女、哭女と言ふは、此をば儺俱謎と云ふ。住道[一五]の人山杵に嫁ぎて、飽田女を生めり。韓白水郎暵と其の女哭女と、曾、既に俱に死ぬ。住道の人山杵、上に玉作部鯽魚女を姧して、鹿寸を生めり。鹿寸、飽田女を娶れり。是に、鹿寸、日鷹吉士に從ひて、高麗に發ち向く。是に由りて、其の妻飽田女、徘徊り[一六]顧戀び、失緒し心を傷る。哭く聲、尤切しくして[一七]、人をして腸斷たしむ。玉作部[一八]鯽魚女と韓白水郎暵と、夫婦と爲りて哭女を生めり。住道の人山杵、哭女を娶りて、飽

一 雄略七年には日鷹吉士堅磐が百済の献る手末才伎の大島にあるのを将来している。以下六年の末まで日鷹吉士と従者の鹿寸にまつわる話。記にはない。
二 下文によると飽田女という。
三 仁徳記に「於二難波之大渡一、遇二所レ後倉人女之船一。…大后大恨怒、載二其御船一之御綱柏者、悉投二棄於レ海。故、号二其地一謂二御津前一也」とある。斉明五年七月条に難波三津之浦、万葉六八に大伴乃御津乃浜などとある地。難波の港の総称。今、大阪市南区に三津寺の町名を存す。
四 飽田女の母の哭女をさす。鹿寸は、私の母にとってもセ(兄)であり、私にとってもセ(夫)である。やさしいわが夫は、ああ(遠くへ行ってしまった)。→五三二頁注一。
五 鹿寸。哭女の異父同母兄弟。
六 飽田女。
七 飽田女も鹿寸もともに山杵の子。
八 飽田女の夫鹿寸。
九 和泉志に大鳥郡菱木がある。
一〇 釈紀、述義に「秋時之葱、不太古毛利爾生。故取レ喩耳」とある。悲しみの二重なのを、秋葱の二重なのに喩えた言葉。二重の悲しみとは、飽田女にとって舟出する鹿寸が、母にとっては兄弟であり、かつ自分にとっては夫であることをいう。
一一 分かった、承知したの意。セは、後撰集に「否ともせとも言ひ放て」とあり、奥儀抄に「せとは諾する意なり」とある。ここでは、その分かったの意のセが、兄弟(セ)、夫(セ)という、この場合の大切な言葉と懸詞になっていて、「セ(分かった)、鹿寸はお前の母にもセで、お前自身にもセだということだね」という気持を表現している。
一二 箋注和名抄に「朋友〈度毛太知〉」とある。
一三 難波は大坂。今、大阪市東成区に玉造の地

名がある。玉作部→一一五頁注二四。
一四 姓氏録、摂津未定雑姓に「韓海部首。武内宿禰男平群木菟宿禰之後也」とある。白水郎→四四六頁注七。
一五 和名抄に摂津国住吉郡住道郷〈須無知〉(今、大阪市東住吉区矢田住道町付近)がある。釈紀・河内志には河内(丹北郡)にあるというが、後世、一所が二つに分れたものか。姓氏録、摂津未定雑姓に「住道首。伊奘諾命男素戔嗚命之後也」とあり、延喜神名式によれば住吉郡に中臣須牟地神社・神須牟地神社・須牟地曾禰神社があるが、通証は「其二則今隷二河内一」という。
一六 心の安らかでない様。
一七 甚だせつない。
一八 以下諸本の伝えるところは皆結局同じで、その関係は次図のようになる。

住道人山杵 ═ 難波玉作部鯽魚女 ― 麁寸
韓白水郎嘆 ═ 難波玉作部鯽魚女 ― 哭女
住道人山杵 ═ 哭女 ― 飽田女
麁寸 ═ 飽田女

奈良朝では、同母の兄弟姉妹の間では、姉妹は兄をも弟をもセと呼び、兄弟は姉をも妹をもイモと呼んだ。従って、同じ母から生れた哭女と麁寸との間では、麁寸は哭女のセである。また、奈良朝では、結婚の相手とする男を、やはり女はセと呼んだ。従って結婚の相手となった麁寸は飽田女から見ればセである。それ故、麁寸は、飽田女の母である哭女にとってもセ、飽田女自身にとってもセである。それで、「母にもセ、我にもセ」という表現が成り立つ。

田女を生めり。山杵の妻の父韓白水郎嘆と其の妻哭女と、曾に既に倶に死ぬ。住道の人山杵、上に妻の母玉作部鯽魚女を奸して、麁寸を生めり。麁寸、飽田女を娶れり。或本に云はく、玉作部鯽魚女、前夫韓白水郎嘆に共ひて、哭女を生めり。更後夫住道の人山杵に共ひて、麁寸を生めり。則ち哭女と麁寸と、異父兄弟の故に、哭女の女飽田女、麁寸を呼びて、「母にも兄」と曰へるなり。哭女、山杵に嫁ぎて、飽田女を生めり。山杵、又鯽魚女に淫けて、麁寸を生めり。則ち飽田女と麁寸と、異母兄弟の故に、飽田女、

召二巧手者一。◎是秋、日鷹吉士、被レ遣レ使後、[1]有二女人一、居二于難波御津一、哭之曰、於母亦兄、於吾亦兄。弱草吾夫何怜矣。言二於母亦兄、於吾亦兄一、此云二於慕尼慕是、[2]阿例尼慕是一。[3]言二吾夫何怜矣一、此云二阿我圖廬播耶一。言二弱草一、謂下古者以二弱草一喩中夫婦上。故以二弱草一爲レ夫。哭聲甚哀、令二人斷一レ腸。菱城邑人鹿父 鹿父、人名也。俗呼レ父爲二柯曾一。 聞而向レ前曰、何哭之哀、甚二若此一乎。女人答曰、秋葱之轉雙 雙、重也。 納、可二思惟一矣。鹿父曰、諾。即知レ所レ言矣。有二同伴者一、不レ悟二其意一、問曰、何以知乎。答曰、難波玉作部鯽魚女 言二鯽魚女一、此云二浮儺謎一。[4] 嫁二於韓白水郎嘆一 言二韓白水郎嘆一、此云二柯羅摩能波陀該一。[5]嘆耕レ麥田之也。[6] 生二哭女一。々々 [7]言二哭女一、此云二儺倶謎一。 嫁二於住道人山杵一、[8]生二飽田女一。韓白水郎嘆與二其女哭女一、曾既倶死。住道人山杵、[9]上奸二玉作部鯽魚女一、[10]生二麁寸一。麁寸娶二飽田女一。於是、麁寸從二日鷹吉士一、發二向高麗一。由レ是、其妻飽田女、徘徊顧戀、失緒傷レ心。哭聲尤切、令二人腸斷一。 玉作部鯽魚女與二韓白水郎嘆一、爲二夫婦一生二哭女一。住道人山杵[11]娶二哭女一、生二飽田女一。山杵[12]妻父韓[13]白水郎嘆與二其妻[14]哭女一、曾既倶死。住道人山杵、[15]上奸二妻母玉作部鯽魚女一、生二麁寸一。々々娶二飽田女一。[16]或本云、玉作部鯽魚女、共二前夫韓白水郎嘆一、生二哭女一。更共二後[17]夫住道人山杵[18]一、生二麁寸一。則哭女與二麁寸一、異父兄弟之故、哭女之女飽田女、呼二麁寸一、曰二於母亦兄一也。哭女嫁二於山杵[19]一、生二飽田女一。[20]山杵又淫二鯽魚女一、生二麁寸一。則飽田女與二麁寸一、異母兄弟之故、飽田女 ↓

夫龜寸を呼びて、「吾にも兄」と曰へるなり。古は兄弟長幼を言はず、女は男を以て兄と稱ふ。男は女を以て妹と稱ふ。故、「母にも兄、吾にも兄」と云へらくのみといふ。

是歲、日鷹吉士、高麗より還りて、工匠須流枳・奴流枳等を獻る。今大倭國の山邊郡の額田邑の熟皮高麗は、是其の後なり。

七年の春正月の丁未の朔己酉(三日)に、小泊瀨稚鷦鷯尊を立てて、皇太子とす。

八年の冬十月に、百姓の言さく、「是の時に、國中、事無くして、吏、其の官に稱ふ。海內、仁に歸き、民、其の業を安す」とまうす。

是歲、五穀登衍にして、蠶麥善しく收む。遠近清み平ぎて、戶口滋殖る。

十一年の秋八月の庚戌の朔丁巳(八日)に、天皇、正寢に崩りましぬ。

冬十月の己酉の朔癸丑(五日)に、埴生坂本陵に葬りまつる。

日本書紀巻第十五

一 →五三〇頁注一八。
二 和名抄に「工匠、四声字苑云工〈太久美〉匠…巧人也」とある。才伎・巧手者・手人など皆同じ。
三・四 共に他にみえず。
五 和名抄に平群郡額田郷(大和郡山市額田部北町・寺町・南町付近)が見える。この地古くは山辺郡に属していたのであろうか。通証に「山辺郡嘉幡村(今、奈良県天理市嘉幡)西十町許有二皮工邑一。隣二平群郡額田部村一」とある。
六 和名抄に「韋柔皮也。和名乎之加波」とある。傍訓のニヒリは韓語か(通証・標注)。職員令、大蔵省条に「典革一人。〈掌三雑革染作、検二校狛部一〉狛部六人。〈掌二雑革染作一〉狛戸」とあり、同令集解に引く別記に忍海戸狛人・竹志戸狛人・村々狛人・宮郡狛人・大狛染・紀伊国在狛人などが見え、牛皮・鹿皮を作った。
七 武烈天皇。
八・九 後漢書、明帝紀の「吏称二其官一、民安二其業一、遠近粛服、戸口滋殖焉」「昔歳五穀登衍、今茲蚕麦善収」による。登はみのる、衍は豊かなこと。
一〇 水鏡・紹運録等に歳五十、帝王編年記等に五十一とあるが不明。
一一 延喜諸陵式に「埴生坂本陵〈石上広高宮御宇仁賢天皇。在二河内国丹比郡一。兆域東西二町。南北二町。守戸五烟〉」、河内志に「在二丹南郡黒山村一。管内陵畔有二冢二一」とある。陵墓要覧による所在地は大阪府南河内郡藤井寺町(今、大阪府南河内郡美陵町)大字野中字ボケ山。埴生坂→四二〇頁注一。

呼二夫麁寸一、曰二於吾亦兄一也。古者不レ言二兄弟長幼一、女以レ男稱レ兄。男以レ女稱レ妹。故云二於母亦兄、於吾亦兄一耳。[1][2] ◎是歲、日鷹吉士、還レ自二高麗一、獻二工匠須流枳・奴流枳等一。今[3]大倭國山邊郡額田邑熟皮高麗、是其後也。

七年春正月丁未朔己酉、立二小泊瀬稚鷦鷯尊一、爲二皇太子一。

八年冬十月、百姓言、是時、國中無レ事、吏[4]稱二其官一。海內歸レ仁、民安二其業一。◎是歲、五穀登衍、蠶麥善收。遠近淸平、戶口滋殖焉。

十一年秋八月庚戌朔丁巳、天皇崩二于正寢一。○冬十月己酉朔癸丑、葬二埴生坂本陵一。

日本書紀卷第十五[5]

底本奥書

補注

校異

異体字表

底本奥書

巻一・巻二は卜部兼方本
巻三以下は卜部兼右本

〔巻第一〕

享保十九年四月十九日加一見了
　従三位侍従卜部朝臣兼雄

享保廿年十月廿日加修補表紙了
　神道長卜部朝臣（花押）〔兼雄〕

〔巻第二〕

弘安九年春比重加裏書了
　従四位上行神祇權大副兼山城守卜部宿祢（花押）〔兼方〕

暦應三年四月廿六日於　太上法皇
御前殿（萩原）令讀進之畢
正四位下行神祇權大副卜部宿祢兼員

貞和三年十一月一日以祕説授
兩息（兼応 兼豊）了
　正議大夫卜（花押）〔兼夏〕

永徳元年十二月廿一日以
累家之祕説授嫡男
兼敦畢
　正議大夫祠部員外郎（花押）〔兼凞〕

同三年正月十一日重校了
　内仙郎神祇大副卜兼凞

至徳第三之暦青陽初十三
夕校合新寫了
　銀青光禄大夫（花押）〔兼凞〕

家乃風代ゝに
吹こミ雲井　より
月位乃かけを
ふむかな

天文二年八月十六日加修補
已矣
神道管領勾当長上侍従卜部(花押)〔兼右〕
天文三年十月十九日加一見了
卜(花押)〔兼右〕
享保十九年四月十九日加一見畢
銀青光錄大夫拾遺卜部(花押)〔兼雄〕
右加修補了莫外見矣
神祇道管領勾當長上従二位行侍従卜部兼雄

〔巻第三〕

永正十一年五月六日書写了
天文八　壬六　六　書写了
以累家之本書写之畢　于時明應八年四月廿五日
従四位下行神祇權大副兼左兵衞佐卜部朝臣兼致
以件奥書之本加校合畢(花押)〔兼右〕
天文九　正　廿一　以　一条殿之御本加校合之処朱点等有落字書加之畢
同九　十　廿一　申出　禁裏之御本加一校了　件御本　逍遙院真筆也

〔巻第四〕

建武五年五月九日交点了
永正十一端午自午剋始至酉剋書写了
天文八　壬六　十　書写了(花押)〔兼右〕
天文九　正　廿一　以一条殿御本　加一校之処無一字相違

〔巻第五〕

禁御本云
弘長元年九月一日　書写了　移点同了
天文九　十　廿一　申出　禁裏御本　加校合了　件御本古本云々
建武五年五月十日　書写点校了
永正十一年端午日　書之
天文八　壬六　十八　書写了(花押)〔兼右〕

〔巻第六〕

禁御本云
弘長元年九月三日書写了　移点同了
天文九　十　廿二　以件御本加校合了
建武五年五月十三日交点了
永正十一　四月　廿六　書写了
天文八　壬六　廿八　書写了(花押)〔兼右〕
天文九　十　卅　申出　禁裏之御本加校合了　此卷件御本
蓮致御筆也

〔巻第七〕

本 建武五年　五月十四日　交点畢

天文八七　廿三　書写了（花押）〔兼右〕

弘長元年九月廿日書写了　同廿五日移点了

天文九十一　一　以件御本校合了

〔巻第八〕

貞和四年五月十三日七八両卷讀進之　神祇權大副兼員

天文八　九　廿一　書写了（花押）〔兼右〕　天文九正十九以他本一校了

弘長元年　九月廿七日　書写了　同日移点了

天文九　十一　二　以件御本校合了　兼右

〔巻第九〕

本 貞和五年正月十八日讀進畢

神祇權大副卜部兼員

天文　八十二　廿四　遂書写之功了（花押）〔兼右〕

弘長元年十月廿六日　書写了

弘長元年壬十一月　六日　移点了

天文九　十一　二　以禁中御本加校合了

〔巻第十〕

本 貞和五年九月廿日讀進畢　卜部兼員

天文九　正　八　書写了（花押）〔兼右〕

同九　正十九　以　一条殿御本令一校之処無一字相違者也

禁云 弘長二年　正月一日　書写了

同三日　移点了

天文九年十一月　三日　以　禁裏御本　加校合了

〔巻第十一〕

本 建武五年八月八日於浄土寺移点畢

同十日交之畢

借卜部氏累家本託或人加書寫了則亦校合耳

文明第六暦甤賓中澣日　老比丘 御判

天文九　正　廿三　以家本遂書写之功以一条殿御本重令校合畢　（花押）〔兼右〕

〔巻第十二〕

本 交点畢　建武五年七月十八日

此一巻應禪閤之嚴命染禿筆不審之文字等先如本書之則遂一校訖

時文明第六孟夏上旬候　藤原朝臣 御判
以卜部相傳之本加朱点重校合訖　老比丘 御判
天文九三二遂書功加朱点　重以件御奥書之本一校畢 (花押)〔兼右〕

〔巻第十三〕

本
建武五年八月十三日　交点畢
以卜部家本加書寫則又校合了　老比丘 御判
天文九 三 十七 終書功了 卽以 一条殿御本見合 家
本加校合之已 (花押)〔兼右〕

〔巻第十四〕

文明六年夏四月上旬令或人加書写訖　老比丘 御判
同中旬校合直朱墨点了
天文九 四 八 書写了 以 後成恩寺殿御奥書之御本加
校合了 (花押)〔兼右〕

〔巻第十五〕

本云
建武五年八月十三日 交点畢　御判 兼豊御判也
以卜部相傳本加書写則又令校合了　老比丘 御判
以當家本与件御奥書御本 加檢知 令書写了
天文九 四 廿三 (花押)〔兼右〕

〔巻第十六〕

文明六年五月以卜部氏家本加書写了　老比丘 御判
天文九 四廿六累本与件御本令見合書写了

〔巻第十七〕

文明六年季春廿一日於南都客舍以卜部三品
兼倶卿本校合了　老比丘 御判
天文九 五 二遂書写了 以件御奥書本与累家本
見合者也 一条殿御本此卷外題 神光院殿 兼凞 御筆也
卜部朝臣兼右

〔巻第十八〕

本云
曆應元年十月十二日點畢
文明六年三月下澣以卜部兼倶卿本校合了　老比丘 御判

〔巻第十九〕

天文九 五 六 以累家本与件御奥書〇本見合令書写之了
一条殿御本此卷外題 蓮凞御筆也
卜部兼右

文明六年五月上旬以卜部氏祕本加書写　但文字誤等處〻
改直所書也
同中旬加点畢　　桃華老禅 御判
天文九　五　十九　申請一条殿之御本　見合家本　書写之
畢

〔巻第二十〕

本云
暦應二年五月廿二日一交畢
文明六年五月借用卜部家本命或人加書写了則又校之　御判
天文九年六月二日以件御奥書御本与家本見合之令
書寫之了　（花押）〔兼右〕

〔巻第二十一〕

以卜部家本粗校合之　但彼本有〇不安者以舊本從之
文明六年五月下旬　御判
以家本与件御本見合之加書写了
天文九年六月七日　（花押）〔兼右〕

〔巻第二十二〕

以卜部家本校之　御判
天文九　六　十七　以兩部之本見合之書写了（花押）〔兼右〕

〔巻第二十三〕

以卜氏本校合不善者不從之　御判
天文九年六月廿五日以累本見合一条殿之御
本加書写了　卜部朝臣兼右

〔巻第二十四〕

宝徳三　二　廿一　点校畢
文明六　五　晦重以卜氏本校之畢　御判
天文九　六　廿九以一条殿御本与累家本加書写了
卜部兼右

〔巻第二十五〕

永正十年四月廿八日書了
文明六年閏五月上旬以卜氏家本校合了　御判
天文九年七月十八日以 一条殿御本与累家本見
合之加書写了　兼右

〔巻第二十六〕

文明六年閏五月上旬校合卜部本訖

御判
天文九年九月　自二日　至四日　遂書写之功畢
(花押)〔兼右〕

〔巻第二十七〕

本云
移点了　兼頼
覆勘了　見合了　兼有
校合了　建武二　十二　廿五
暦應四年夏比書写移点了　秋九月廿日校合了書本家祕密之
本也
御判　兼豊也
永正十年五月十八日書了　逍遙院殿　御判
一条殿御本御奥書云
文明六年閏五月上澣以卜部本校之
御判
天文九　九　十三以累家本与一条殿之御本見合之書
写了
兼右

〔巻第二十八〕

安貞二年八月三日点了　神祇權少副卜部兼頼
即覆勘了
永仁五年四月一日見合了　雍州刺史卜兼方
校合了　建武二　十二　廿六
暦應四年十二月十七日　交合訖

永正十年六月三日書写了　逍遙院殿　散槐　御判
一条殿御本御奥書云
文明七年閏五月上旬以卜部家本校合有不安者則且従善而已
老比丘　御判
天文九年九月廿二日以兩本見合之書写了(花押)〔兼右〕

〔巻第二十九〕

文明六年閏五月上旬以卜氏本校合了　御判
天文九　十　八　以家本　見合件御奥書　書写了(花押)〔兼右〕

〔巻第三十〕

本云
康永元年八月廿九日終一部之書功加朱墨之点校了書本神祇權
大副兼員本也
本奥書云
安貞二年九月十三日移点畢已終一部之功者也　兼頼
即日覆勘了凡下帙十卷訛謬甚多用意而可見之
校合了彼本此卷注付云
下帙已上校合終功了末卷一本朱書无点也悉注移畫定有漏錯矣
延元六年三月四日　兼彦記之
正應第六之暦仲春第九之日於雨中文席抄日本書紀而已
神祇權大副卜兼方
同年三月一日重抄了
同年同月廿二日一部加首書訖
永仁二年八月廿三日重終一部抄出之功訖

正四位下行神祇權大副兼山城守卜部仲季判

同五年四月三日見合清助敎之本畢自第十九迄当卷雖見合之彼本猶

荒蕪之間未散不審重可合證本也　城北半隱兼方

正安四年二月十三日一部取目錄了　兼方

嘉元二年正月十九日一部重略抄畢雖爲出家之身未弃此道之業誠

是宿趣之至也　沙弥蓮惠

三条西御奥書云

永正第十林鐘十有三日淩炎暑終書功了

老槐散木 御判 實隆公

一条殿御本云

應永四年四月廿八日此書一部 卅卷 以家之祕說奉授　關白殿下訖

正三位行侍從卜部朝臣兼熈

應永二十五年三月七日傳　殿下御說訖

權大納言 御判〔花押〕〔兼良〕凡如此

文明六年閏五月中旬於南京客舍借卜氏家本令校合了

老比丘 御判〔花押〕〔兼良〕凡如此

當家之本大永五曆沽洗十有八日先君御沒落

之刻令紛失訖然三条內府 実隆公 以累代之祕

本令書寫之仍享祿第二以件本遂書功了

文字朱墨兩点等謬說非一事是爲烏焉之誤

歟爰一条家門有此書紀令一覽之處後成〔書紀、モト御本トアリ訂セリ〕

恩寺大閤御奥書炳焉也至卅卷神光院 兼熈

以真筆令加證明賜故以兩本見合之終一

部之書功但猶非無不審仍以日本紀決釈

幷字訓抄等正改之了尤可謂第一之證本

矣

天文九曆十一月吉曜日　侍從卜部朝臣〔花押〕〔兼右〕

此書天地之開闢 神代之元由 王臣之系譜披之如向鏡覽之似

仰日輙不流布天下爰阿波賀社神主神祇大祐卜部定澄依度〻之

懇望授与一部畢 深凝信心厚致崇敬莫令外見矣

天文第九曆仲夏中旬　神道長上卜部朝臣兼右

享祿度書写之本加件奥書遣之了

補注

1 巻第一 神代上

一 **神代**(七六頁注一) 紀の巻一・巻二、記の上巻はふつう神代と呼ばれる体系的な説話としてまとめられている。それ故ここではその神代説話の全体的性格について説く。

記紀が神代の物語から筆を起しているために、後世まで日本の歴史は神代から始まるとする思想が永く継承された。神代をことさらに除外し、人皇の代から起筆している例外としては、わずかに扶桑略記や大日本史等の僅少の例を数えうるにすぎない。明治以後、昭和二十年までの学校の歴史教育においても、日本の歴史は神代から始まるものとして教えられてきた。これに対し、江戸時代にすでに神代を以て後人の作為した説話とみる見解が現われ、大正から昭和にかけて大成された津田左右吉の記紀批判において、そうした方向にそう考え方が精密な学問的結論として立証されるにいたった(→解説)。それによれば、「神代」とは、天皇が現人神として我が国を統治することの由来を、純粋に神であったというその祖先の代に求めた結果として設定されたもので、その神代を祖先の代としたのは、皇位が世襲である現在の事実を基礎として、思想上、それを遠い過去に延長したものに外ならぬ。それは皇室の地位が鞏固になって以後、おそらく五世紀以後に大和朝廷において、思想の上で企てられた国家成立の由来に関する政治的主張であって、それにより、現実の国家を正当視しようとしたものであり、歴史的事実の記録でないのはもちろん、民衆の宗教的信仰の産物でない点において、ふつうの意味での神話でさえない、という。

この見解は、神代の物語の全体的な構造と基本的性格について説かれたところであり、素材としてその内に民間説話や宗教信仰を反映した要素をふくんでいることは認めているのであるから、大体において今日広く学界に支持せられているが、神代史非神話説には異論もある。たとえば松村武雄は、朝廷の想案が説得力をもっていたのは、当時支配的であった神話的思考に合致していたためであるという理由で、神代説話の全構造はまさしく神話の名にふさわしいものとした。ただし、松村のこの主張は、津田の作為説を承認し、ただその作為が神話的思考法にしたがっていることを重視する点においてのみ津田と見解を異にしているにすぎないのである。

なお書紀巻一・巻二及びそれ以下の巻巻を通じて、カミノヨと訓むべき所は、巻一初頭の「神世七代」以外には無い。卜部家本の系統の巻一・巻二は一書を一字下げ大字で書くなどの特徴があるが、この系統では改行して「神代上」「神代下」とある。しかし、一書を二行割注の形式で書写した古写本、たとえば、丹鶴本では「神代上」「神代下」は、「日本書紀巻第一」の下に小字で注として書かれているだけである。巻数の下の注記は、他の巻巻の漢風諡号にあたる。従ってこれは、後で加えられたもので、「神代上」という標目は、書紀編纂当初には無かったものかもしれない(奥村恒哉の説)。なお研究を要する所である。

二 **天地剖判の神話**(七六頁注二) 未剖は淮南子、俶真訓の「天地未レ剖、陰陽不レ判、四時未レ分、万物未レ生」(高誘注「剖判、混分」)による。天地が分離するという神話では、原始には、(1)天地は合一していて唯一の混沌をなしていたとするものと、(2)天と地とは最初から、天と地の形で存在しているが、相互に接近して殆んど重なり合った状態にあったとするものとがある。(1)の場合は、水のみが原始にあったとする神話や、宇宙の原始状態を混沌または卵と見る神話がある。これによると、一定の形を持たない混沌たる物質が深い闇に掩われていたが、この原始的暗黒が天と地とに分離して宇宙の初めとなり、火が現われるとする(これは夜明けに曙光の見え始めるところに、天地の開闢を観じて成立したものであろう)。(2)の場合は、天と地とは、自然現象として最初から重なり合って存在すると見るもの、天と地とが人格化され男女として考えられているものがある。

書紀の記述や、それに類似する淮南子、三五歴紀の記述は(1)に属する。

しかし、日本の世界化成神話には、天と地との対立という観念は無かったもののように思われる。→補注1‐五。また、イザナキ・イザナミの神話は、右の(2)の系統の神話の色彩が濃い。→補注1‐一一。

三 **渾沌如鶏子、溟涬而含牙**(七六頁注三・四)　芸文類聚(天部)引用の三五歴紀に「天地混沌如二鶏子一」、太平御覧(天部)引用の三五歴紀に「混沌状如二鶏子一」とある。溟涬は自然の気。溟は、ほのかで暗く、よく見えぬさま。涬は音ケイ。水の様子。別訓ククモリテは、ものの香などのこもったさま。牙は芽に通じて、キザシの意。太平御覧(天部)引用の三五歴紀の原文には「溟涬始牙、濛鴻滋萌」とあって、溟涬(自然の気)が始めて芽(きざ)したの意と解される。しかし書紀では「溟涬而含牙」とそれを改め、溟涬(自然の気)がただよって牙(きざし)を含むようになった。つまり、何らかモノザネ(物の種)が生じたの意としている。それは、日本の古伝承に、アシカビが萌え出てモノザネとなったとあるので、それに合わせるように、原文を少し変えたものと思われる。このような点からも、書紀冒頭の文章が、単なる潤色のために、中国の文章を借りたものとするのは正確な見方といえず、むしろ、日本の神話に合わせて漢文を取り入れたものと見られる。

四 **清陽**(七六頁注五)　きらきらかがやくものの意。淮南子、天文訓の「清陽者薄靡而為レ天、重濁者凝滞而為レ地」による。三五歴紀にも「天地開闢、陽清為レ天、濁陰為レ地」とある。「清」は「精」に通じる。後文の「精妙」は「清陽」をいいかえたもの。淮南子、天文訓の「清妙之合専易、長濁之凝竭難」による。専は音ダン。集韻に團、周礼作レ専とある。専と摶は通用。摶は、広韻に、度官切。音ダン。まるく集まる意。名義抄にムラカルと訓む。これを搏、音ハクと誤りアフグと訓をつけた古写本が多い。竭は音ケツ。つきる、きわまる意。凝竭で、すっかり固まりきる意。竭を場などに誤る古写本が多い。芸文類聚(天部)引用の広雅には、「太初、気之始也、清濁未レ分、太始、形之始也、清者為レ精、濁者為レ形、太素、質之始也…二気相接、剖判分離、軽清者為レ天」とみえる。なお、清陽の語については、同じく芸文類聚引用の黄帝素問にも「積陽為レ天、故天者清陽也」とみえる。

五 **日本の世界化成神話**(七六頁注九)　神話的思考と表現とは、必ずしも今日の我我のいう論理的なものではないので、ここに登場する多くの神名や異名などを綜合的に判断して、大野晋はそこに四つの共通な要素があると見て、それが種種に展開していると考えている。その四つの要素とは、(1)混沌浮動、(2)土台出現、(3)泥、(4)具体的生命の発現で、書紀の本文以下第六の一書までに、すべてそれが現われ、古事記の世界化成神話にも右の要素が二度繰返して現われているという。それが、どんな語によって表現されているかを一覧すると上の通りになる。

	書紀本文	一書第一	一書第二	一書第三	一書第四	一書第五	一書第六	古事記①	古事記②
(1) 混沌浮動	洲壌浮漂 トヨクムヌ	トヨクムノ ウカブノ	浮膏漂蕩	天地混成	□	海上浮雲	浮膏	浮脂	トヨクモノ
(2) 土台出現	クニノトコタチ	クニノトコタチ	クニノトコタチ	クニノソコタチ	クニノトコタチ	クニノトコタチ	アマノトコタチ クニノトコタチ	アマノトコタチ	クニノトコタチ
(3) 泥	クニノサツチ	クニノサツチ	クニノサツチ	□	クニノサツチ	泥中	□	□	ウヒヂニ スヒヂニ
(4) 具体的生命発現	天地之中生一物 アシカビ	一物在於虚中、状貌難言	アシカビヒコヂ	アシカビヒコヂ	□ アマノミナカヌシ タカミムスヒ カムミムスヒ ⓐ	アシカビ	アシカビヒコヂ	アシカビヒコヂ ⓑ	ツノクヒ イククヒ ⓒ

(1)の混沌浮動の観念は、浮漂・浮膏・浮脂等の語で表わされているものと、浮雲・雲野・クラゲなどで表わされたもの、及びその転

訛と見られるものがある。

(2)の土台出現の観念は、大部分、トコタチという神名として表現されている。補注1―六にいうように、トコタチは、土台が出現したという事柄が神名化されたものである。

(3)の泥の観念は、ツチ(土)、ヒヂ・ニ(泥)などの語にあり、それが神名化されたものと、泥中に生ずとして、文中にあるものとがある。この泥の要素を欠く伝承が三つあるが、その場合は、具体的な生命の発現の項が必ずアシカビヒコヂとなっている。これは、コヒヂ(泥の古語)が転訛したものと推定される。→補注1―一五。

(4)具体的生命の発現は、アシカビ(葦の芽)とするものが多く、一物とだけするものもあり、また、ツノ(角)・クヒ(杭)など、棒状のものとするものもある。

ここには、天地が分れるとか、卵から発生するとかいう話はまだ無い。それらは、後から組み合わさったものと見られる。

六 **国常立尊**(七六頁注一一)　トコは原文では「常」の字が当っているが、神名の意味は、そこに当てられている漢字の意味に引かれずに、その表現する音だけによって考えるべきで、トコとは古くは「床」の意であり、土を盛り上げた台をいう。その床と岩との合成語トコイハの約(tököiFa→tököFa または tökiFa)がトキハ(常磐)となる。磐石のごとき床岩(トコハ)は永久不変の状態を表わすものと受け取られ、トコハという語が永久の意を表わすに至った。また、トコシナヘ(永久)という語は、日本語の常態として、はじめトコシナヘニという副詞として成立し、ついでトコシナヘという名詞として独立したものであろう。それは「床石(トコイシ)ノ上(ウヘ)ニ」が原義であろう。助詞のノはナという交替形を持つので、tököisinauFëni→tököisinaFëni という音変化が成立し、安定不変を意味し、やがて「永久に」の意が成立し、ついでトコシナヘ(永久)が成立したのであろう。また、トコシヘという語も、右と同じように、「床石上(ヘ)に」の約であろう。tököisiFëni→tökösiFëni. 神功紀四十九年三月に、千熊長彦と百済王とが、磐石の上で盟をかわし、永遠に朽ちないであろうことを示したという話を見ても、当時の人が磐石と永久とを結びつけた考え方がわかる。かようにして、「床(トコ)」を基礎として、「常(トコ)」が後に成立した。従ってクニノトコタチのトコを解釈するにも、直ちに抽象的な「永久」の観念によらず、古い意味に従って具体的な「床」(土台)の意と解する方が妥当であろう。

タチという語は「立」という漢字で書いてあるが、立という漢字は本来、大と一との合字で、人が地上にきちんと立っている形に象った文字であるという。すなわち、立は安定してしっかりとたつ意(従って「三十而立」というように使う)。しかし日本語のタツは、「立」とはかなりその基本的意味が違う。タツとは、見えなかったもの、存在しなかったものが、活動しはじめて、下から上に姿をあらわすというのが古い意味。煙がタツ、虹がタツ、音がタツ、風がタツ、月がタツなどみな、見えず存在しなかったものが、(地上、天界に感じられるようになり)姿をあらわすことをいう。これがタツの原義。そして、やがて「家がタツ」というような表現を持つに至る。この出現、発現という形式で、ものごとの成立・起源を考えるのは、日本人の最も普通な行き方である。従って、トコタチのタチも、それであったと見るべく、トコタチとは「土台(大地)が出現し、大地が姿を現わす意」と解される。アマノトコタチ・クニノトコタチのアメ・タニは後に加えられた語。しかし書紀では、国常立尊は、天地生成の中心的な神と認められており、どの伝承にも現われている。大林太良によれば、それは常立という文字が、永久の安定を意味するので国家の将来の永劫の安定・発展を求める気持がそこにあらわれているのであろうという。

七 **日本書紀の分注**(七六頁注一二)　現存する日本書紀の諸写本には、本文中の語句の訓み、意味の説明、事実の敷衍、異伝の紹介などについての注が、各巻を通じて付せられている。これらは一般に、語句の訓みのばあいを訓注、意味の説明そのほかを義注とよぶが、いずれも古くからのものであるから訓注・義注を総称して古注とよぶこともある。またその体裁は、神代巻の「一書曰」のような異伝を紹介した長文の注まで、四天王寺本などの古写本では訓注と同様に小字二行で本文中に挿入されているので、訓注・義注とも本来はすべて分注であったと考えられている。

ところでこれら分注の中には、本文をよめば不必要と思われるほどのわかりきった語句の説明や、本文の記述に対して批判的な注など、一見して本文の撰者と同一人が書いた自注ないし本注かどうか疑われるものがあるために、釈紀の引く延喜講記で中国の古典に撰者の自注・本注の例があるか否かが問題となって以来、養老四年日本書紀撰上後に後人の付記したものが本文に混入したのではないかと疑う学者が絶えなかった。なかでも最も積極的であったのは書紀集解の著者河村秀根で、本文との関係に不審なところがあると認められる分注は、私記の攙入とか後人の所加とかいって勇敢にこれを削除した。その量は例えば巻十の応神紀のばあい、十五ヶ所の分注のうちで全部削ったものが四ヶ所、一部削ったものが二ヶ所あり、巻十五の清寧顕宗仁賢紀では四十か所の分注のうちで全部削ったものが十一ヶ所、一部削ったものが四ヶ所というぐあいであった。また近時でも岩橋小弥太は秀根流の懐疑論を極端にまで推し進め、分注の中には書紀本来の注かどうか極めて疑わしいものが多多あるのに反して、本注と認めねばならない分注は一つもないとする立場から、分注のすべてを養老撰上後の後人の所為であるとする説を提出した。

しかしこれらの分注非本注論に対しては、その本注でないとする主張のうちに一つも決め手となる根拠がないこと、現存する書紀の古写本にはすべて分注がすでに存在することなどの理由から、賛成者が少なかった。ことに近年では太田善麿が、分注の分布状態ならびにその性格が書紀編纂区分説の区分に対応する事実を強調して、分注は大部分本注と推すべき根拠のあることを論証し、また坂本太郎が岩橋説に対して、分注の中には、前段の本文に付された分注の内容を前提にして後段の本文が記述されているばあいや、本文と分注とが一体になってはじめて完全な記述となるばあいのあることを主張するにいたって、いよいよ分注非本注論の成立は困難になったとみられている。

もともと非本注論の根底には、官撰の史書に当初から雑駁な注が添えられているはずがないという論者の主観が横たわっている。しかし近時の書紀成立過程の研究は、書紀撰上にさいして本文整定の作業が強力に推進された形跡がないこと、長年月にわたる編集作業において後人は先人の作製した稿本に対し、まま批判的態度を取ることはあっても、おおむねこれを尊重し加筆する程度に留めるという態度で臨んでいたらしいことを明らかにしてきた。また本文中においてすら、本来の記事に対して撰者の私見が分注としてでなく本文として付加されている部分があることも明らかとなってきた。さらに書紀編纂の資料とされた帝記の類の中にも、正倉院文書天平十八年潤九月廿五日付の穂積三立手実にみられるような、最初から注のついているものがあること、斉明六年七月条に引用された日本世記のように、やはり自注のあるものがあることも指摘されるにいたったのである。

かくて書紀の分注の検討にさいしては、それらが養老四年の撰上当時にはすでに付せられていたと見る態度で、いちおう臨んで良いという意味での分注即本注論は成りたつと考えられているが、これは分注の中の訓注についても言えることである。訓注の万葉仮名の部分は、上代特殊仮名遣が正しく書き分けてある。これは訓注の成立が奈良時代の中期を下るものでないことの証となる。

八 **ミコト・命・尊**（七六頁注一二） 神代紀においては、神は、原則として宗教的対象に対して用い、その他の場合はミコトの語を用いる。尊称としてミコトの語を用いるのは、釈紀の引く公望私記に「神人相共受二上天之御事一而奉行」する故とし、津田左右吉・武田祐吉らもミコトを御言、命令者が原義と解している。

当時ミコトには命の字をあてるのが一般で、記・帝説・元興寺縁起など、みな命と表記し、記紀以前では天武十年の銘ある山名村の碑に「健守命」、また成立年代は不明であるが帝説の引く帝記に「東宮厩戸豊聡耳命」とある。

尊の字は紀以外に和銅四年の多胡郡の碑に「石上尊」「藤原尊」と見えるが、これはミコトと訓まれたか否か確実ではない。紀の中でも天武二年二月癸未条以下の「草壁皇子尊」、持統十年七月庚戌条の「後皇子尊」の両者は、当時からの尊称としてほぼ確実であろう。万葉でも両者はそれぞれ「日並皇子尊」（一一〇）、「高市皇子尊」（一五六—一五八）と見える。ただ天武二年二月癸未条は前者を「草壁皇子尊」、後者を「高市皇子命」と書きわけていて、至貴を尊とし自余を命とする本条の注と、あたかも対応するかの如くである。

九 **国狭槌尊**（七六頁注一三） 国狭槌尊は国狭立尊ともあり、古事記には天之狭土神・国之狭土神がある。天之狭土・国之狭土は、大山津見神・野椎神の二柱の神から生れた神で、土地、または、泥の神であることは推測できる。サツチのツチは、後世のツチ（土）と同じであろう。サは、サヲトメ（早乙女）・サツキ（五月）・サナヘ（早苗）などのサと同じく、神稲の意であろう（この意味のサの用例はかなり多い。例えばサナダ（稲な田）・サルメ・サルタヒコなどのサがそれである）。従ってサツチの語義は、神稲を植える大切な土の意。サタチは satati で、これは satuti の u と a とが母音交替したものである。

一〇 **豊斟渟尊**（七六頁注一四） トヨは、もと擬音語。鳴りとよむ音を擬した語。後に転じて稲の収穫の豊富なことを形容する語。斟は、酒などをつぐ意。クムと訓む。クミとも訓める文字。渟は沼の意。ヌと訓む。もともと古代日本語では a・o・u の三音は、後舌母音として互に結合しやすい音であり、また、語を形成する際に交替しやすい音である。ことに o と u とは交替しやすい（たとえば、足結をアヨヒ・アユヒ。石上をイソノカミ・イスノカミなど）。それと別に m と b とも交替しやすい音である。また、日本語のハ行子音は、奈良時代には両唇音の F であったが、更に古くは p の時代があったと推定されるので、ハ行子音Fは、バ行子音bまたはマ行子音mと交替する可能性が大きい。以下、豊(töyö)という形を便宜上省いて説明すると、まず、kumunu(斟渟)はkumono(雲野)という古事記の形の交替形であり、kumuno(組野)もまたkumonoの交替形である。この語は、混沌浮漂の状態を示す語と見られ、古事記の「豊雲野」という表記が、最もよくその中心的な意味を示すものと考えられる。ukabuno(浮経野)はkumuno→kabunoという、u—a、m—bという交替形とも見られるが、別に、「浮かぶ」という「雲」からの意味的な連想も伴って生じた別形であろう。kabuno(香節野)は、このukabunoからの別形で、節はフまたはブと訓む。齧はカブルと訓むので、齧野は、カブノと訓む。これは結局香節野と同じである。kaFu(買)はkabu→kaFuという変化による別形であろう。以上の諸別伝は、口承の際の音韻的な転訛を文字に反映したものと思われるが、別伝であるkunino(国野) kuninusi(国主)などは、一度、「豊斟渟」「豊組野」と文字化されたものを、トヨクムヌ・トヨクムノと訓まず、トヨクミヌ・トヨクミノと訓んだことを仲介にして生じた形であろうと思われる。つまり、kumino, kuminu→kunino, kuninuというm—nの交替によって国野という形が生じ、クニヌから、意味的にクニヌシ(国主)という別伝が生じたものと思われる。

つまり、この神世七代の神名は、口承による転訛と、一度文字化されたものを読む場合の変化を仲介にして生じた転訛との二種がある。なお、「見野」は上に「国」あるいは「組」などを脱したものと見られる。葉木国→補注1-一四。

一一 **三神**(七六頁注一五) 書紀の冒頭の神は、国常立尊・国狭槌尊・豊斟渟尊の三神ということになっている。そして以下の本文としては、泥土煑尊・沙土煑尊以下の八神を登場させている。これを図示すると次の通りとなる。

7 ┬ 3 ┬ クニノトコタチ
　│　 ├ クニノサツチ
　│　 └ トヨクムヌ
　├ ウヒヂニ　スヒヂニ　} 古事記ⓒ
　├ オホトノヂ　オホトノベ
　├ オモダル　アヤカシコネ　} 古事記ⓓ
　└ イザナキ　イザナミ

つまり、三と七という中国の陽数によって、神名を整理し、これを「神世七代」としている。しかし、書紀の神話を分析すると、世界化成の説話の基礎は、むしろ、補注1-五に見たように、四つの要素によって成るものと見られ、数多くの神名の異伝は、ほとんどすべて音韻、または文字、訓読の際の転訛と見なしうる。これは、古事記の世界化成の神話の構成と比較すると明らかになるので、古事記の神名の現われ方を左に示す。

古事記では最初の三神の次に、別天神二神⑤⑥を設けて計五神とし、更に二神⑦⑧を加えて七神とし、ここまでを独神隠身と認めている。次に五組の男女の対(⑨—⑬)を設け、それに先んずる二神⑦⑧と合して七神とし、神世七代であると認めている。

ここには、三・五・七という陽数の観念が著しく現われている。これは中国思想の影響を大きく受けた整理の仕方である。日本本来の数では、二または八を尊重するので、三・五・七とは相違が大きい。

一二 **乾道・純男**(七六頁注一六・一七) 乾道は坤道に対する言葉。乾は陽、坤は陰。したがって乾道は陽気を意味する。天地開闢のはじめ最初に陽気のみが独り萌え出てきた。独化の化は生ずるの意。国常立尊以下の三神は、その陽気のみを受けて生れた神で、全く陰気を受けない純粋な男性であったの意。周易、繋辞に「乾道成男」とあるのは、乾道という言葉の出典ではあるが、意味の上では直接ことは関係あるまい。これは第三段の「乾坤之道相参而化。所以成此男女」に対する言葉である。

一三 **国底立尊**(七六頁注一八) 「底が立つ」ということは、今日のわれわれの語感からすると異様である。しかし補注1-六に述べたように、タツとは空中に出現することであったから、混沌の中に、底(大地)が出現するということは、トコタチとほとんど相違がない。また、これを音韻だけの問題として考えると、tökö と sökö の相違であり、「次」を tugi, sugi 両形に訓むように、tとsとは交替することもありうるから、それも併せて働いた力であるとも見られる。

一四 **葉木国野尊**(七七頁注二六) この神はトヨクムノの異伝の一つであるが、他の神名と、かけはなれた名で、その由来について従来、明解が無い。しかし、奈良時代にすでに存在した文字であることは、下文に「葉木国、此云二播挙矩爾一」という注記があるので知られる。木(こ)は、コ乙類köの音が例で、挙(こ)(コ乙類köの音)という万葉仮名を使っているのは、上代特殊仮名遣に合致する。この注は、おそらく奈良朝のもので、従って葉木国という本文も、それ以前の成立と見られる。

この神名の由来を考えるに、「国野尊」という部分は、異伝の一つである「豊国野尊」の「国野尊」と一致する。してみると「葉木」という文字が、「豊」と何か関係がありはしまいかと考えるに、「豊」の古体の文字に「豐」がある。「丰丰」の部分は、「葉」の「丗」の部分と酷似するので、「豐国野尊」と書かれていたものの、最初の文字を、正しく読めなかった人が、「豐」の字を「葉」かと疑い、豆の右側に「木」の字を書いて置いたところ、それが次の書写者によって、本文の中に取入れられてしまったというような事情ではなかったろうか。傍書の文字が本文の中に入ってしまう例は、万葉集などにもあるし、古事記・書紀編纂以前に誤写や、誤読のあったことはその例があるから(たとえば、一三八頁の稜威雄走神、一一五頁の天糠戸、あるいは補注1-一五参照)、右のような事情も、一応考えてみることができよう。なお考究すべき問題であるが、参考までに一説として示しておく。

一五 **可美葦牙彦舅尊**(七七頁注三〇) 彦舅は下文に、比古尼(ヒコヂ)と訓注がある。古語に夫をいう語。ただし、この語がここに現われることには疑問がある。古事記によれば、別天神五柱は、独神で隠身であるという。その中に、アシカビヒコヂの神があるのはおかしくはないか。またアシカビヒコヂの神が現われるのは、書紀の第二の一書、第三の一書、第六の一書と、古事記の(b)の伝承(→補注1-五)とである。ところが、そのうちの書紀の第二の一書を除く三つの伝承には、日本の世界化成神話(→補注1-五)に見える、四つの要素のうちの泥の要素が欠けている。それは、アシカビヒコヂとある場合のヒコヂが、記紀編修以前の古い時代に、文字の顚倒によって生じたものだからではないか。つまり「比古遅」はそれ以前には「古比遅」だった時代があったのではないか。コヒヂとは、和名抄に「泥〈古比千〉」とあり、源氏物語などにも使われ、泥を意味する古語である。

つまり、これらの伝承では、もと、アシカビ(葦牙)とコヒヂ(泥)とが別に存在した時代があった。それが、アシカビヒコヂと誤って結合し(あるいは意識的な変改によって結合し)た後では、当然、泥の要素が脱けたのではないか。ただ、書紀の第二の一書は、アシカビヒコヂとしながら、泥をあらわすサツチという神を含んでいる。これは、泥を表わす項目の不足に気づいたものが、それをサツチの形で補ったものであろう。

一六 **比古尼**(七八頁注二) 古事記・万葉集と日本書紀の万葉仮名は、その依拠する中国の字音に相違がある。古事記は、百済を経由して伝来した、五、六世紀頃の、揚子江下流地域の発音に拠っている。書紀は、それに後れること百年以上の、北方中国の長安・洛陽の地方の発音に拠っている。従って、両者の間には、子音にも、母音にも多くの相違点がある。尼は、中国の上古音では ṇied の音と推定され、→ṇie→ni→ndi という変化を経た。よって、古事記・万葉集では、ṇie, ṇi の音によって、ネ・ニ ne・ni に使うが、書紀ではヂ di にあてている。だいたい南方音では、na, ni, ne, no, ma, mi, mu, me, mo にあたる音が豊富にあったが、北方音では、それらの音節が無く、それらは、nda, ndi, nde, ndo, mba, mbi, mbu, mbe, mbo と発音することが大部分であった。従って、北方音の体系によって日本語を書く場合は、日本語のマ行・ナ行の音を書くのに、特別の工夫が必要であった。

また、南方音、北方音を通じて、日本語の音節に、ぴったり当てはまる音節の無いことがあった。例えば、ヌnu・ツtuの音のごときは、日本語では、かなり普通に使用される音であったが、当時の中国語には、それとぴたりと同じ音の音節が無かった。従って、日本語のnuを書くためには、それに近い、中国語のnoの音の文字などを流用した。しかし日本語では、nuとnoの間には、区別が必要であったから、中国語のnoの音一つを表わす、奴・努・砮・弩、の如き文字をヌとノとに使い分けなければならなかった。そこで日本語のnuの音とnoの音とのうち、使用度数の多いnuの音の方へ、字画の少ない「奴」をあて、日本語で使用度数の少ないnoの方へ、字画の多い「努・弩・砮」などをあてることにしている(古事記・万葉集)。

ところが、書紀の方では、北方音に依拠したから、南方音でnoを表わした奴・努・弩・砮などはndoの音を表わすことになり、日本語のnoの音を表わす文字さえも無いことになった。そこで書紀ではやむを得ず、奴・努などの文字を、無理に、noとnuとに共通にあてることにし、さらに、それらの文字のndoという音によって、日本語の、ドdoやヅduにもあてることにした。即ち、奴・努・弩・砮などの文字は、日本書紀では、一字でヌ・ノ・ヅ・ドnu, no, du, doという四つの音にあてる例を生じたのである。

このようなことは、日本語を漢字で書く場合だけの特例ではなく、宋代初期の梵文を漢字で写す場合にも同じように、「努」一字で、du, dū, do, nu, noの五つの音を写している(A. von Staël-Holstein の研究)。

また陀・騰・婆・毗などは、古事記・万葉集では、ダ・ド・バ・ビの仮名であるが、書紀ではタ・ト・ハ・ヒの仮名のみに使う。それらの字は五、六世紀の揚子江下流ではd'a, d'əŋ, ba, biであったから、それに従って古事記・万葉集ではダ・ド・バ・ビにあてたが、七、八世紀の北方中国では、それらはt'a, t'əŋ, p'a, p'iであったから、書紀ではタ・ト・ハ・ヒにあてたのである。このように、書紀の仮名が依拠する字音は、古事記・万葉集とは相違が大きいが、それは、書紀が、当時の中国の首都の所在地の発音を手本としたからである。書紀の字音は、当時の北方中国の発音をかなり微妙な点まで反映している所があり、北方中国語を熟知している人が編修に参与していることを推測させる。そして、おそらくその人は日本人ではないだろうと大野晋はいう。

一七 高天原(七八頁注三)　神代説話を歴史的事実の譬喩的叙述と解する立場から、これを特定の地理上の場所に比定する考え方が古くからあり、その場合国内に比定するものと国外に比定するもの(国外に求めるのは皇室の先住地という考えを前提としている)とがあるが、神代説話の性格を補注1-一のように考えるとすれば、右のごとき比定はその発想において非科学的とせざるをえない。神代説話の全体の性格より考えるならば、高天原もまた、説話の神話的側面と政治思想的側面とからあわせ理解するのが学問的である。岡正雄は民族学の見地から、神の出現を垂直的に表象する神話の源流を、朝鮮半島から中央アジア・シベリアの諸民族に求め、高天原を北方系の神話の要素と認め、松村武雄も比較神話学の立場からこれに同調している。説話をその示すままの形で受けとるかぎりこれを「天」と解すべきであるとした記伝の主張が、現代の神話学の立場からも肯定されたわけである。高天原の主宰者天照大神に太陽神の性格(→補注1-一六)がある以上、その居処である高天原は当然天上でなければならぬであろう。しかし、高天原が天上世界の性格をもつにもかかわらず、記伝がいみじくも注意したとおり、高天原が「山川草木のたぐひ、宮殿そのほか万の物も事も、全(もはら)御孫命の所知看此御国土の如くに」記述されている点は、その神話的性格とは別に、神代説話の政治思想的構造からの理解を必要とする。高天原を皇都に比定する解釈は古くから存在したが、津田左右吉は、高天原が皇祖神の都として構想されていると認め、天香山・天高市・天安河など、大和に実際ある地名やその状態がそのまま高天原説話中に点出されていることを指摘し、高天原は大和を天上に反映させたものであると考定した。天照大神は太陽神であるとともに皇祖神であり、神代説話の中心人物としてはむしろ皇祖神の側面に重点がおかれているのであるから、その居処である高天原に、皇祖神観念の母胎である天皇の居処大和の現実が反映しているのは、きわめて自然である。

一八 大戸之道尊・大苫辺尊(七八頁注一二―一七)　ヂは男性を表わし、べは女性を表わす。ヂは、ヲヂ・チチなどのヂ・チと関連し、べはメ(女)と通用する。オホトのオホは大の意。トは従来、所の意とか、あるいは、トノと結合したものと見て、「殿」の意などと解された。ところが、このトは「戸」と書かれ、古事記では「斗」の仮名で書かれている。戸(ト)・斗は上代音韻でいう、トの甲類toに属する。従って、下のノと結びつけてトノとし、「殿」の意と解することはできない(殿はtönöという音でtoとtöとは別)。また、単に所の意とするのも正しくない。ト甲類の音を持つ単語としては、瀬戸(セト)・門(ト)・喉(ノド)などがある。瀬戸とは、浅く狭い水流の場所、門は人の通行する所、ノミトとは、飲み込んだものが通って行く所である。すなわち狭い水流、狭い通行点・通過点がトである。またこの他、トの甲類を含む語には、古事記にミトノマグハヒがある。これは書紀には交合とある。交合の意としてはミトアタハシツという語もある。ミトアタハシツのミは、神や天皇の物や行為につけられる尊敬の接頭語であり、アタハシツは「当つ」と「合ふ」の複合語に、尊敬のスと完了のツとが接続したもの(ata aFasi tu→ataFasitu)で、「ミトを当て合わされた」の意と解される。従ってミトのトは、男性・女性を象徴する器官をいうもので、語源的には瀬戸・門・喉のトと同じであろう。トツグとは今日女性の嫁入りだけをいうが、古くは、「嫁」にも「婚」にも「聟」にもトツギの訓があり、名義抄には、セキレイ(鶺鴒)にトツギヲシヘドリとある。ツグとは順次につづくこと、また欠けたところをふさぐことであるから、トツグのトも右にいうトである。また、ミトノマグハヒは、目を合わせ合うこと。してみるとオホトノヂ・オホトノベとは大きいトの男性、大きいトの女性ということ。ここにはじめて、男女が対偶して登場することになる。そしてこの二神は以下のオモダル・アヤカシコネ・イザナキ・イザナミと共に、一つの神話を形成するものと見られる。↓補注1—一九・二一。

大戸之道・大戸之辺は、オホトノヂ・オホトノベと訓み来たっている。それは古事記に「意富斗能地神、大斗乃弁神」とあるによる。しかし、助詞のノには、同じ意味の対応形として助詞ナがある(目マナコ、神随カムナガラ、掌タナゴコロのナがそれ)。殊に、助詞ノに先行する母音がa・uの場合は、nöはnaの形をとることが稀でない。ところが、オホトのトは、ト甲類toで、後舌母音としてnaと結合しやすい母音である。従ってtoの後には助詞ノはnöでなく、naをとる可能性は小さくない。

してみると、大戸之道・大戸之辺は書紀ではオホトノヂ・オホトノベならぬオホトナヂ・オホトナベと訓む訓み方も存在したと見られる。大苫辺オホトマベ örötomabe と örötonabe とは、m と n との交替形であり、大戸摩彦・大戸摩姫は、ヂをヒコに、ベをヒメに変えたもので、意味的には同じである。大富辺尊は、富(トム)のトの甲乙類の実例が決定できないが、やはりオホトマベと訓んで、大苫辺と同音または極めて近い音である。大富道もオホトマヂと訓んで同形である。このように見ると、書紀の大戸之道・大戸之辺は、オホトナヂ・オホトナベと訓む方が妥当性が大きいが、今は古事記の仮名書きの例に従ってオホトノヂ・オホトノベと訓んでおく。

一九　**面足尊・惶根尊**(七八頁注一八・一九)　オホトノヂ・オホトノベによって、男女が登場した後に、この男女が相互にイザナヒ合って(イザナキ・イザナミ)、国生みをする前の段階として、男女が会話を交した言葉が、ここでは、神とされているものと思われる。神話の世界では、大地(トコ)が出現(タチ)したという話が、国常立尊と神として定立され、混沌として雲のように漂っていたという話が、豊雲野神として定立されるように、男女が交した、「面立ちの整った美しい女よ」「何と畏れ多いこと」という男女の会話が神として位置を占めたものと思われる。

二〇　**惶根尊の異伝**(七八頁注二〇—二三)　紀の本文は、惶根(kasiko-ne)とだけあるが、吾屋惶根(aya-kasiko-ne)は、古事記の阿夜訶志古泥(aya-kasiko-ne)と同じである。ネは女性を示す接尾語。ア・ヤは共に感動詞で、男神から、あなたは美しいと言われて、それに返事をする間投詞として挿入されたものであろう。青橿城根(awo-kasiki-ne)のア・ヲは、やはり間投詞。カシキのキはキ乙類kïで、kasiko と kasiki とは ko と kï とが相違するが、ko→kïという変化によるものであろう。また忌橿城は、imukasiki で古事記にある「妹訶志古泥」imokasiko-ne の変化形である。o→u という交替は例が多いから、「妹」(imo)が imo→imu という変化によって imu の形で、ここに付せられているものに相違ない。妹は、結婚の相手となる女性をいう。これらの神名は、女性であること、間投詞、畏しの意を示す点で共通している。

二一　**伊奘諾尊・伊奘冉尊**(七八頁注二四・二五)　イザナキのイザは誘う言葉。ナは助詞ノにあたる。キは男性を示す接尾語。この命名は、その結婚の説話によるものであろう。

イザナキは、世界の初めに国を被う朝霧を吹き払い、妻を失って泣く。それは、風と雨となっている。また、妻の死をもたらした火神を斬った剣は、雷であり、そこに飛び散る火花(ツ)は星である。ヨミの国から帰って禊をし、目を洗って、日神と月神が生れ、鼻を洗って暴風神スサノヲが生れている。妻と死別してからイザナキは昇天して天に住む。これらは、イザナキが天神の性格を持つことを示す。天に関連の深い神話、または天神の神話は、原始的な狩猟採集民と、父権的な遊牧民との文化に属する。

イザナミは、その排泄物から土地や土器の神を生み、灌漑や肥料を司る水の神、食物や穀物の女神を生む。また、自ら大地・植物・農耕・生殖の神となり、ヨミの国を司り、人を殺す。つまり生と死とを左右している。イザナミはまた月に深い関係がある。これはイザナミが大地母神の性格を持つことを示し、農耕、ことに稲作民族に関係を持つことを示すと沼沢喜市は考えている。

このような天神と大地母神とが登場する場合はその両者がかさなっていることが多く、その天父と地母とを分離する天地剖判の説話となっていることが多いが、記紀のイザナキ・イザナミの神話は、天父と地母との分離という世界開闢神話の姿はとっていない。日本神話では、混沌から大地が化生し、その泥の中から生命が芽生えるという形の世界起源神話が、先に据えられており、伊奘諾・伊奘冉の説話では、男女で国を生む形になっている。ここには創造の意味があるが、諸民族の神話のように、一個の創造神が、天地すべてを創り出すのではなく、生殖による所が相違している。日本には、一個の超越的な神が天地に先立って存在しそれが天地を創造したというような考え方は存在しないのが特徴である。従って化成の次には、生殖へと発展している。

奘は、広韻、徂朗切、dzʻâŋ の音。濁音ザにあたる。意味は「大きい」。この神は、古事記には伊邪那岐とあり、邪は似嗟切、ziă の音。濁音ザにあたる。諾は広韻、奴客切、nâk の音。よってナキにあてて使った。古事記の「岐」も清音キが普通。よって、イザナキと訓む。冉は古写本に冊などに作るものがあるが、使われること稀な冉を誤ったもの。冉は広韻、而琰切、niäm と推定される。従ってナミにあてる。冉はその音だけを用いたのではあるが、その意味からしても弱い、しなやかの意。よって、女性であるイザナミのナミの部分を表わすのに採用したのであろう。ミはオミナのミと同じ。女性を表わす。朝鮮語 ami 女と関係があるであろう。イザナキ・イザナミのイザを清音イサとして、清爽の意があると見る説などがあるが、記紀では清音濁音の書き分けは、かなり厳密なのでイザであり、清爽の意とは見られない。

二二　**宋史日本伝に見える神名**(七九頁注二六・二七)　宋史、外国伝の日本国の条は雍凞元年(永観二年—九八四)、日本国の僧奝然が来って職員令・王年代紀各一巻を献じたことを伝え、その年代紀に見える神名を次のように写している。

初主号二天御中主一。次曰二天村雲尊一。其後皆以レ尊為レ号。次天八重雲尊。次天弥聞尊。次天忍勝尊。次瞻波尊。次万魂尊。次利々魂尊。次国狭槌尊。次角龔魂尊。次汲津丹尊。次面垂見尊。次国常立尊。次天鑑尊。次天万尊。次沫名杵尊。次伊奘諾尊。次素戔烏尊。次天照大神尊。次正哉吾勝速日天押穂耳尊。次天彦尊。次炎尊。次彦瀲尊。凡二十三世。並都二於筑紫日向宮一。

この系譜について津田左右吉は、クニノトコタチ・アメカガミ・アメノヨロヅ・アワナギ・イザナキの順が本条の「一書」と一致することを指摘し、本条の「一書」は書紀編纂前に生じた神神の系譜の変形のうちで最も新らしいものであり、それが奝然の時代までに更に潤色を加えられるに至ったのであろうと推測している。なお新唐書、日本伝にもこの系譜を節略したと思われる記事が見え、孝徳紀、白雉五年二月条にも遣唐使が唐で「国初之神名」を問われたことが見える。

二三　**沫蕩**(七九頁注二八)　アワは水の泡。ナは助詞ノにあたる。ギは、イザナキ・オキナ(老翁)のキと同じく、男性を示す接尾語。古事記には、沫那藝とあり、また女性を示す沫那美もある。これは泡に生じた神である。内陸アジアに、波の泡から、最初の神が生れたという伝承があるが、あるいはそれに類する伝承が、日本にも嘗つて存在して、その断片が、このような形で伝えられているのではなかろうか。なお、阿和那伎の伎は、万葉ではキ(甲類清音)であるが、書紀では濁音である。

二四　**「八」について**(七九頁注二九)　古典的ギリシア人は3を聖数として、それに神秘な価値を与えた。それは、ギリシア人にも3以上数え得なかった古い時代があり、3が究極の数を意味していて、後世の進歩した文化が「無限」に対して与えたような特性を、当時の人が3に与えた結果と思われる。かように神秘化され神聖視された数を聖数という(しかし、それは後にはその意味が忘れられ、単に愛好・愛用する数と化していることもある)。

この聖数は、民族によってさまざまに相違し、長く伝承されるものであるが、ローマ人・ケルト人・チュートン人・スラヴ人の神話では3及び9が聖数、中国人は、3・5・7・9の奇数を陽数として重んじ、満洲人・ツングース人は5・25が聖数である。高句麗・百済は5、新羅は6である。アメリカ・インディアンは4を聖数とし、その中のナフア族は8をも聖数とする。ポリネシアのイースター島の一部にも8を聖数とする所がある。日本人は2(一揃い)を重んじ、これをマといって重視した(二つ揃わないものをカタという)。また、8が一般的に重んじられ、神話にも極めて多く登場している。他に日本神話には3及び5が使われるが、五伴緒・二十五部等の5及びその倍数の使われる神話(たとえば天孫降臨)は、5を聖数とする満洲・ツングース人などとの関連が考慮せらるべきである。3・5・7などの数で整理された世界化成神話には、中国の陽数の観念の影響を見るべきであろう。この他、日本語で注意すべきは4である。日本語で4を表わすyöという単語は、同時に、数量の無限の増大を意味するイヨ(愈)と同じ語である。つまり日本文化においても、4が最大数だった時代があったと考えられる。ところが、日本語には、母音 i—u・ö—a の交替による造語法があり、それが12・36・48という数詞にも、Fitö, Futa; mi, mu; yö, ya という形で現われている。従って、4がyöとして最大数として確立した後、yaが母音交替形として登場し、8が「無限」「多数」を表わす極限数とされるに至ったものであろう。また8という数は2×2×2でもあって、基本数の中では2を最も多く含む数である。つまり8は2に分けて更に2に分けた後に2が残るという、日本人の2の尊重にも合致する点も指摘できよう。

ナフア族が8を聖数とするのはアメリカ・インディアンの聖数4の2倍であるからであり、ポリネシアのイースター島で8を聖数とするのも、やはり、2倍4倍の数を重んじる同島の風習と関係があるように思われる。現在日本で、「八」をよい数と考えるのは、「八」という文字の形が、末広がりの形だからというので、文字の形によって新しい理由づけを行なったものである。古い聖数八は漢字の輸入後に始ったものではない。

二五　**橛**(八〇頁注九)　橛はクヒ。爾雅、釈宮、郭注に「樴、謂二之杙一、橛也」とある。神代紀の訓注には「瓊、玉也。此云レ努」「霎、音、力丁反」「熯、火也。音、而善反」「䆊、此云二於箇美一、音、力丁反」「屎、此云二愈磨理一、音、乃弔反」「雛、此云二之伎一。音、烏含反」「熯、干也。此云レ備」「篠、小竹也。此云二斯奴一」などと、字義を注し、また、字音を反切で注したものがある。これらは、中国の小学の類を、そのまま注記として持ち込んだものもあるが、また、文選の李善注や淮南子の高誘注、あるいは、漢書の顔師古注などの、漢文の注記を更に日本語に訳したらしいものもある。一例としては、「罔象」を淮南子、高誘注に「水之精」、文選、海賦、李善注に「国語、仲尼曰、丘聞之、水之怪、竜罔象」とあるによって、理解し、それに従って「美都波」という訓注を加えている如きである。

二六　**天浮橋**(八〇頁注一一)　播磨風土記、印南郡、益気里に「此里有レ山、名曰二斗形山一、以レ石作二斗与一レ乎気一、故曰二斗形山一。有二石橋一、伝云、上古之時、此橋至レ天、八十人衆上下往来、故曰二八十橋一」とある。また、丹後風土記に「此里之海、有二長大前一、…先名二天椅立一、後名二久志浜一、然云者、国生大神伊射奈藝命天為二通行一、而椅作立、故云二天椅立一、神御寝坐間仆伏」云云とある。このような椅は、虹がそれだといわれている。朝鮮・台湾・アッサム・中国・ポリネシア・インドネシアに虹の橋の観念があるという。また、蒙古にも虹の橋による天上との交通の話がある。

二七　**底下豈無国歟**(八〇頁注一二)　この語、古事記には無いが書紀では第二の一書に「吾欲レ得レ国」、第三の一書に「当有レ国耶」、第四の一書に「蓋有レ国乎」。ここのアニはケダシ(恐らく)の意。このように種種の形があるのは、そのもとに、「クニアラム」というに類するヤマトコトバがあったので、それを漢訳したものではあるまいか。そのような推量表現は日本語の常として婉曲な命令をも意味する。従って、本来はこれは、ポリネシアの神話などに、「島よあれ」とか「島よあれ」とか命令する(呪言する)ことによって島や国や島などが生れたと伝えるのと、同じような伝承が日本にあったことを示すものかもしれない。

二八　**左旋右旋**(八〇頁注一八)　芸文類聚(天部)所引の白虎通に「白虎通曰…天左旋、地右周、猶二君臣陰陽相対向一也」とある。がこの説話が記紀に記載されているような形に成文化されるに当っては、中国の男尊女卑道徳思想により潤色された形迹がある。紀の本文および記によれば、男神が左より旋り女神が右より旋ったのち、女神先唱したため不祥の結果を生じたということになっているが、紀の一書には、男神が右より巡り女神が左より巡って失敗したのち、「復巡レ柱、陽神自レ左、陰神自レ右」してはじめて成功したと記されている。このような異伝の生じた事情につき、安田徳太郎は、医心方巻廿八所引洞玄子に「夫天左転而地右廻。春夏謝而秋冬襲。男唱而女和。上為而下従。此物事之常理也。…故必須男左転而女右廻、男下衝女上接。以レ此合会乃謂天平地成矣」とあるに着目し、左旋右旋に中国の男尊女卑道徳に則った性交体位の規範が投影していると解した上で、記および紀の本文の所伝は誤って左右を倒置した記述であり、それを中国思想に正しく合致させたのが紀の一書の所伝である、とした。ただし、この解釈を採るとしても、このような性道徳が男尊女卑道徳の確立していなかった古代日本において現実に規範力をもっていなかったであろうことは、高橋鉄により指摘されているところの法隆寺金堂楽書の女性上位の性交図に徴しても推認できよう。

二九　**胞**(八一頁注二八)　ここの胞とは、第一子の意であろう。南セレベスやバリ島やスマトラなどで、胞は兄または姉と信じられ、生児を守護すると思われている。当時の日本語ではア行のエeとヤ行のエyeとの区別が明確であったが、胞(エ)はヤ行のエyeの音であり、兄(エ)もヤ行のエyeの音で全く同音。よって胞(エ)と兄(エ)との起源は同一と見られる。つまり右のオセアニアの島島に行なわれるような観念が、古く日本にも存在したものと思われる。従ってここは「淡路洲を胞(エ)つまり兄(エ)即ち第一子として生んだ」の意。しかし第一子は生みそこないをするという当時の伝承がある通り、その第一子は生みそこないであったので、その第一子にアハヂ(吾恥)の島と名づけたという意(これはアハヂ島という、当時すでに存在していた島の名の地名起源説話の一つがここにからんだもの)。意に満たないので、この島は、おそらく流し捨てたのであろう。ここでは淡路洲は大八洲の数に入っていない。この部分は古事記のヒルコの話に相当する。

→補注1-二三。

三〇　**大日本豊秋津洲**(八一頁注三〇・三一)　ヤマトの最も古い記録は魏志、倭人伝の「耶馬台」である。これには筑後国山門郡の山門(やまと)を擬定する説と、畿内のヤマトを擬定する説との二説があって決し難い。ただ、言語学的には、耶馬台のトはト乙類tö で、山門のトはト甲類to 畿内のヤマトにあてられたトの万葉仮名は、すべてト乙類töで例外が無い。従って筑後の山門を倭人伝の耶馬台に擬定するのは、音韻上からは、明白に一つの難点を含む。畿内のヤマトは、音韻上からは難点が無い。山門(yamato)の語義は、山の入口の意と思われるが、耶馬台(yamatö)または畿内のヤマト(yamatö)の語義は未詳である。ヤマは山であろうがト(tö)の意味を決定できない。オホヤマトは本州の称。以下の島島の名は、神話の成立の頃、大和朝廷の統治した領土の範囲を示すものであろう。一書を含めて、その大部分は、アキヅ島に始まり、瀬戸内海から九州へ行き、日本海を隠岐から佐渡へ行って、越の国に戻り、吉備島で終っている。トヨアキヅシマのトヨは鳴り響く意。転じて、稲穂のたわわに色づいた様の形容。アキヅシマはもと大和の一地名。転じて日本国の総称。「(大和は)内木綿の真迮き国と雖も、蜻蛉の臀呫(となめ)の如くにあるかな。…是に由りて、始めて秋津洲の号有り」(神武三十一年四月条)という地名起源説話がある。アキヅのヅは奈良朝の資料はほとんどすべて濁音である。

三一 **八十島祭**(八二頁注二・三・四)　神話学者松村武雄・歴史学者岡田精司・直木孝次郎らは、国生み神話の歴史的背景として八十島祭を考えている。八十島祭は、延喜臨時祭式によれば、生島巫らが難波津に赴いて行なう祭儀であり、江家次第によれば、大嘗祭の翌年に行なわれる一世一代の祭である。延喜神名式の宮中神卅六座中に生島巫祭神として生島神・足島神があり、鎮火祭祝詞に「神伊佐奈伎伊佐奈美乃命妹妋二柱嫁継給氐、国能八十国島能八十島乎生給比」、六月月次祝詞に「生島乃御巫能辞竟奉皇神等乃前爾白久、生国足国登御名者白氐、辞竟奉者、皇神乃敷坐島乃八十島者、谷蟆能狭度極、塩沫乃留限、狭国者広久、嶮国者平久、島乃八十島墜事無久、皇神等寄志奉故」という詞句のそれぞれ見えること等に徴し、この祭儀が国生み神話と関係あることは動かないであろう。八十島祭の行なわれる難波は、本神話の中で国生みの順序の初頭部に置かれる淡路島を目前にする地点である。おそらく国生み神話は、大和のような海のない地域でなく、葦の広く生えていた難波の、八十島祭の呪術との関連で生れ出たのではないか。万葉集によれば、難波江と葦とは、しばしば歌われており、「豊葦原」「葦牙の萌えあがる」「可美葦牙彦舅尊」など世界起源説話、国生み説話に葦の語が多いことも注意される。

三二 **潮の沫**(八二頁注五)　蒙古語族に属するカルミュク族の神話では、原初の海洋に泡が出来、この泡から、すべての生物・人間・神神が出現したことを伝え、また蒙古人の他の伝承では、天から降った神が、一本の鉄棒で原初海洋をかき廻すと、液体の一部がかたまって大地になったという。

三三 **蛭児**(八二頁注一六)　始めの子が、生みそこないになるという話の例。昔大水が出たために陸地が溶けて山も全部水になってしまった。ところが小山が一つ残った。人も皆死んでしまったが、二人の兄と妹とが生き返った。そして二人は夫婦になった。すると彼等は盲や跛や瘰癧の者などを生んだ。それで、それを平地へやってしまい、良い子を自分の子にした(台湾パイワン族、内文社)。昔洪水のために人人が流されてしまい、二人の兄妹が生き残った。二人は成長したが相手がないので、夫婦になった。初めに生れた子は傷がある者や、盲や手足の片輪の者だった。二代目の子はやや良かったが、三代目は良い子が生れた云云(パイワン族、大鳥万社。原語による台湾高砂族伝説集)。蛭児が流されて後、再び流れ寄る話は各地に伝えられており、箱舟漂流説話や寄物の信仰と関係している。鳥磐櫲樟船にのせて流したとある記事は、沖縄の農耕神話の日神の長子のやくざ者が下界に追われ、できそこないの子として鼠を生み(或は自身鼠になり)、その鼠を舟にのせてニライカナイに流した話と同系統であって、日神乃至日神の子を箱舟に入れて流すモチーフである。ヒルコは天照大神の別名ヒルメに対する男性の日神を表すものと言われる。↓補注1-一九。

三四 **太占**(八三頁注一九)　記の天岩屋の条に「天の香山の真男鹿の肩を内抜きに抜きて、天の香山の天の波波迦(かはは)を取りて、占合ひ麻迦なはしむ」とあり、魏志、倭人伝に「其の俗挙事行来に、云為する所有れば、輒ち骨を灼きてトし、以って吉凶を占い、先づトする所を告ぐ。其の辞は令亀の法の如く、火坼(たく)を視て兆を占う」とあるような、鹿の肩胛骨をあぶり、その裂目の具合で占いをしたものであろう。このような肩胛骨占いは、北方ユーラシア・内陸アジア、更に北米北部に分布しており、北方系のものと思われる。我が国では弥生式時代から行なわれていたことが考古学的に証明されている。

三五 **力丁反**(八六頁注七)　「嬰音力丁反」は、嬰の中国語の発音を示す形式。これを反切の法という。漢字の発音はアクセントを別にして、㈠頭子音、㈡中間音、㈢中心母音、㈣末尾子音の四つの部分から成るもので、㈢の中心母音だけが必ず備わり、他は時によっては欠けているものである。反切とは次のような方法である。まず反切の上字(力丁反でいえば、力の字。liək の音)の㈠頭子音の部分(力の頭子音は1)と、反切の下字(力丁反でいえば丁の字。tăŋ の音)の頭子音以外の部分㈡㈢㈣(丁でいえば ăŋ)とを合わせる。力丁反の例でいえば、1+ăŋ→lăŋ のようになる。これによれば嫛というような難しい字の発音も、力とか丁とかいう、易しい字の発音の組合せで lāŋ であると示すことができる。力丁反は、後に、力丁切という ようにも書く。これは反が謀反の反に通じるというので避けて切の字を使ったのである。力丁反の反につけた「…ノカヘシ」という訓は兼方本につけられている古訓。日本では、反だけで、発音を示すことの意味と解釈され、万葉集などに、食の字に「売世反」として、食をメセと訓むべきように指示したものがある。これは、売(メ)と世(セ)とを一字ずつ訓んでメセとするので、正式の反切ではない。

三六　**天照大神**(八六頁注五)　記紀における天照大神は太陽神と皇祖神の二重の性格をもち、神代説話の中心的存在として記述されていると同時に、伊勢神宮の祭神として現実の祭祀の対象となっていた神の謂である。岡正雄は民族学の見地から、この神が、北方系の高皇産霊神よりも軽い地位を占めていること等に着目し、北方系神話と異質の、インド・中国南部・インドネシア方面につらなる南方系の稲作=母権社会文化に由来するとし、松村武雄も比較神話学の見地からこれに同調している。神代説話中の天照大神が民間信仰の太陽神をそのまま擬人化したものでないことは明らかであるが、直木孝次郎の指摘するように、延喜神名式に「日向」を社名とする社四、「日置」を社名とする社七、「日祭」「日出」各一があり、皇太神宮儀式帳に日祈内人、延喜大神宮式に日祈内人・日祈御巫の名の見えること等から考え、農耕社会である古代日本に太陽神祭祀の行なわれていたことと、伊勢神宮がもとは太陽神を祭る神社であったのでないかということを考える余地は十分あろう。用明紀にも皇女が伊勢神宮で「日神祀」に奉仕したと記されている(→下一五四頁)。古代日本には、さまざまな太陽神が、あちこちにあったと考えられるが、皇室の神話によって、アマテラスに統一されていったものであろう。しかし、神代説話の中人心物としての天照大神は、太陽神としての側面よりも皇祖神としての側面に重きがおかれている。神代説話の全体的構想(→補注1-一)よりみるとき、皇祖神の観念は、神代説話の構成された時点での天皇の地位をその血統上の起点に溯及させてつくり出されたものである。天照大神が皇祖神であるとともに神を祭る巫女としての性格をも帯びているのは、天皇が政治的君主であると同時に最高の巫祝でもあった(明治憲法時代でもそうであった)現実を反映するものにほかならない。魏志、倭人伝に邪馬台国の女王卑弥呼が「事二鬼道一能惑レ衆」と記されていること、景行紀に神夏磯媛(→二八七頁)等の女酋の説話の見えること、神功皇后説話に巫女としての役割が強く出ていること等に徴するも、古代日本では、一般に巫祝たることが同時に政治的君主たりうる条件であり、かつ巫女的女王の実在した形迹が顕著であるから、神代説話中の天照大神に上記のごとき性格の見出される理由も、よく理解せられる。もっとも、皇祖神は最初男性であったのを女帝推古天皇の代に女性に改めたのであるとする推測説が荻生徂徠・山片蟠桃の著書に見え、津田左右吉もその結論を支持しているが、この神の原始的な名称であったと思われる、オホヒルメノムチが女性を意味する(→八六頁注六)とすれば、やはり最初から女性と考えられていたのであろう。上記の古代日本の実情、ならびに当時における女性の社会的地位の高さなどを考えても、皇祖神が女性であるのは不自然ではない。太陽神としての側面がどのような過程を経て皇祖神と結びついたかについては、伊勢神宮が最初から皇祖神を祭る神社であったかどうかの問題(→補注6-一〇)とあわせて精考を要する。なお津田は、天照大神という神名は、その抽象的な点から比較的に新しい時期に成立したものとした。筑紫申真は、延喜神名式に「阿麻氐留神社」(対馬)、「天照玉命神社」(丹波)、「天照御魂神」(摂津)などの社名が各地に散見する事実を指摘しているが、天照大神という神名との関係はいまだ実証されるにいたっていない。なお天照大神は、鎌倉時代に至ると、一般にアマテルオホンカミといわれていたらしい(例えば更級日記など)が、兼方本神代紀には明らかにアマテラスオホミカミと訓がついている。

三七　**月弓尊**(八七頁注一二)　月に関しては、月弓尊・月読尊・月夜見尊という表記がある。月読は tukuyömi で、その頃は文字は無かったのだから、yömi は、今日のように、文字を読むことではなく、一つ二つと、数を数えることであった(その意味は今日でも、サバをヨムなどと使う)。従って、月読とは、本来、毎晩毎晩、月齢を数えることから発した名である。しかし、その語源が忘れられると、月読 tukuyömi は月夜 tukuyo に連想されて、tukuyomi(月夜見)という形が成立した。月夜見のツクヨは万葉集でもほとんど月そのものの意。ミは、ヤマツミ・ワタツミのミのことで、月の神の意となる。ところが、yo は yu と交替しやすいので tukuyomi→tukuyumi という変化が起り、月弓という形が成立したのである。

三八　**天磐櫲樟船**(八七頁注一四)　第二の一書には鳥磐櫲樟船とあり、記には「鳥之石楠船神、亦名謂天鳥船」とある。鳥は地上・海上を自由に飛ぶので交通の手段に冠せられる。磐は堅固なものの名称。櫲樟はクスノキ。大木となるので舟を造る材として使われた。釈紀の、播磨風土記逸文などにその例がある。天鳥船は出雲の国譲りの説話にも交通の手段として使われている。楠で作られた丸木舟は、弥生―古墳時代にかけて、日本の中部から関西にかけて発見されている。磐という語は、単に堅固という意味の形容ではなく、現存の岩船の信仰のように、神が石の舟に乗って来る観念が、ここで重複しているのかも知れない。

南ボルネオのヌガジュ・ダヤク族のティワーと呼ばれる葬儀には、犀鳥の形をした、鳥首鳥尾の舟の絵が一枚の板に描かれ、死者の霊魂は、この舟に乗って他界に急ぐと考えられている。

三九　**素戔嗚尊**（八七頁注一五）　素戔嗚尊のスサの名義については、これを出雲風土記にある地名「須佐」と見る説と、スサの和語としての意味に求める説とがある。スサは、スサブ・スサマジの語幹で、非情にずんずん事が進んで、手のつけられないさまをいう。紀によれば、伊奘諾・伊奘冉二尊から、日・月の後に生まれたとし、また、伊奘諾尊が鼻を洗った時に生れたとする一書もある。性、勇悍安忍、残害であるとされ、ために人民夭折し、青山を枯山になすという。そのため、父母から根国に行けと言われ、その前に高天原に登って、姉の天照大神と会い、ウケヒをして悪心の無いことを証する。その結果増長して乱暴を働き、千座置戸を課せられて、簸川のほとりに降る。ここで八岐大蛇を殺して天叢雲剣を得る。また、稲田姫と結婚して大己貴神を生み根国に行く。このように一方では高天原に対する破壊的な行為を行なって追放されるという所伝の他に、農業神としての一面が語られる。

この素戔嗚尊が、出雲国を領有した大己貴命の父或いは先祖とされると共に、日神（天照大神）の弟とされているのは、それによって出雲と大和朝廷とが本来別のものでなく、姉弟の関係にあったものなのだということを示そうとする政治的役割が、そこに課せられている結果である。日と月が兄弟姉妹で、その下に悪い弟妹がいるという観念はインドシナに広く分布しており、日本の天岩屋神話と関連している。またミクロネシアのギルバート諸島では、天父と地母が太陽と月と海の三子を生んだと言っている。したがって、本来、この三神が一組であるという観念があったところに、日神・月神・スサノヲ、それぞれ、さまざまな系統の類似した神格が合成されていったものと思われる。また、目から日・月が生ずるモチーフは世界の高文化地帯とその影響圏下に多く、天父ないし宇宙巨人神話と結びついている。日本の場合、天父イザナキの目から日・月が生れている。

四〇　**根国**（八八頁注五）　根国の語、書紀に十一例あり、「遠き根国」とするもの二、「母に根国に従はむ」とするもの一、「下して根国を治む」とするもの一、「底根国」一、「根国に就（まか）る」二、「根国に帰る」一、等である。これを以て見れば、根国は遠き国とする見方と、下方の底の国また母の国、大地とするものとの二つがある。根は、根本の意で、本貫というような意味を持つ語であるから、あるいは母の国なる大地の意と見る方がよいかもしれない。また古事記には、根堅州国とあり葦原色許男と須勢理毗売の結婚の話では、ヨミの国として扱われている。しかし大祓祝詞に、あらゆる現世の罪穢を川から海に流して行き、最後に根の国底の国にいる速佐須良比咩に処分してもらうことが出ており、地底というより海中の国であるとする見方もあり、柳田国男は、沖縄のニライ・カナイと同系の海の彼方の他界ないし霊地と考えている。

四一　**左の手**（八八頁注八）　日本では左が優越であったが、右が左よりも優越という観念は、ほとんど全世界的に分布しており、古野清人によれば、日本の近隣地域、たとえば台湾高砂族・インドネシア・ポリネシア・アイヌなども同様であり、さらに台湾のアミ族・セレベスのマカッサルでは、右―光、高い位、男、左―暗黒、低い位、女という組み合せが見られる。

四二　**白銅鏡**（八八頁注九）　合金の質が良く、表面が澄んでよく写る鏡の意。奈良時代では銅と白鑞（しろなまり、錫）の合金を白銅とよんだ（今の青銅系銅合金）。正倉院文書天平六年造仏所作物帳に径四寸の白銅の鏡を銅一斤、白鑞四両で作り、天平宝字六年造鏡用度注文に径一尺の鏡四面を熟銅大四十八斤、白鑞大六斤で作り、続紀、天平神護二年七月条に白鑞（高級品では唐錫）を和して諸器や鏡を鋳造し、延喜内匠式に方七寸の鏡を熟銅大十斤、白鑞大一斤四両で作ると記す。万葉集では真墨乃鏡（三八八五）の文字をあて、また銅鏡（一五〇七）・白銅鏡（三八八五）のほか真十鏡（二三九等この例が最も多い）・真祖鏡（二五〇九）・真素鏡（二六三三等）・真鏡（二四六二等）・喚犬追馬鏡（三三二四）・犬馬鏡（二八一〇等）・清鏡（三三二六）・麻蘇鏡（九〇四等）・麻蘇可我美（三七六五）・末蘇可我美（四三二一）をみなマソカガミと読ませ、また真十見鏡（まそみかがみ 三三一四）の語もある。古今和歌集六の「ます鏡」はマソカガミの変化したものか。→三二四頁注六。

四三　**仮使**（八八頁注一七）　意味はモシに同じ。平安初期にはこのようなタトヒの用法があった。その一例「設令（たとひ）違ふこと有らば、終に敢て覆蔵せじ」（西大寺本金光明最勝王経。平安初期点）。

四四　**軻遇突智**（八九頁注二一）　火が女陰から得られるという話はニューギニアを中心とするメラネシアと、南米に多くあり、火切杵と火切臼とを使用する発火法が、男女の交合を連想させる所に起源するものであろうという。

また、火を生むことによって、女性が死に、男性と別れるに至るのも、右の発火法からの連想によって解釈される。軻遇突智神話中に多い死体化生のモチーフは東南アジア・メラネシア・南米に広がっており、焼畑耕作を背景としている。

四五 **稚産霊**(八九頁注二四) ワクは若の意。ムスヒは生産力ある霊力。火と土とからワカムスヒが生れ、そこから五穀が生れたとするのは、焼畑などによる農業の起源を説いたものか。蚕と桑と五穀とは、結局、農業の起源をいう。記にワカムスヒの子がトヨウケヒメノカミであるとするのも、農業の起源を説くことである。ワカムスヒのワカはウカノミタマのウカの転とも見られる。この話、書紀の第十一の一書の保食神の話、古事記のオホゲツヒメの話と関係が深い。これがそれらの話の原型という(松村武雄)。

四六 **有馬村**(九〇頁注一〇) 三重県熊野市有馬の海浜に花ノ窟という巨岩があり、毎年二月・十月に巨岩から付近の松の梢に注連縄を懸け、神官や村人が花を供える。古来の行事で、夫木集・山家集などにもこの有馬村の祭をよんだ歌がみえる。なおこの所伝、記には「伊邪那美神者、葬下出雲国与二伯伎国一堺比婆之山上也」とあり、熊野という地名、その他神社名で紀伊・出雲両国に共通するものが多い。

四七 **倉稲魂命**(九〇頁注一五) ウカは食料。後のウケモチノカミのウケはこのウカの転。サカ(酒)→サケ、タカ(竹)→タケの類。この場合のケはケ乙類kë。倉稲の倉は食の誤かという。あるいは倉は、納屋に収めるものの意か。ミタマのタマは生命力そのものをいう。従ってウカノミタマは食料の命そのもの。

四八 **少童**(九〇頁注一六) 水神が童形で考えられている我が国における好例としてはカッパがあって、河童という字もそれを物語っている。kaFawara-Fa→kawawarFa→kawawappa→kawappa→kappa. また現在の竜宮童子の昔話にも、竜神が小童の姿で出現する観念は残っており、また中国南部の水神にも、幼にして神となったという伝承が多い。しかし、我が国のすべての水神乃至海神が童形であるのではなく、シホツツノヲヂなどは老人と考えられており、他方、降臨する天孫ニニギのように、海神や水神でなくても童形として表象されている神も少なくない。柳田国男や石田英一郎は、水辺の母神とその子神が、海童の観念の背後にあったと考えているが、問題はまだ解決しておらず、関敬吾は批判的見解を述べている。

四九 **一児**(コノヒトツギ)(九一頁注一八) 記には「謂下易二子之一木一乎上」とある。木(キ)はキ(またはギ)乙類、kï・gïの音。馬を数える助数詞にギという語がある(雄略紀十三年「宇麼能耶都擬(ギツ)」、馬八匹の意)。そのギはギ乙類gïの音である。よって一匹(ヒトツギ)を「一木(ツギ)」で表記しよう。即ち伊奘冉尊を死なせた火神を憎悪して、「子ども一匹を以てわが愛妻とかえてしまった」と言ったものと解される。

五〇 **妹**(九一頁注一九) ナニモは、汝妹と書く例もあり、相手の女性を、親しみと敬意をこめて呼ぶ表現。もと、ナは我の意(朝鮮語でもnaは我の意)。ニモは「ノ妹」の意。nöimo→nimo つまりナニモは、「我の妹」の意であったが、ナが一人称から二人称の代名詞に使われるようになってから、「我の妹」の意の語源が忘れられ、単に、相手の女性に対する親敬の表現となったものらしい。

五一 **剣から化成する神**(九一頁注二四)

第六の一書				
	剣の刃	フツヌシの祖		
	剣の鐔	ミカノハヤヒ	ヒノハヤヒ	
	亦曰	ミカノハヤヒ	ヒノハヤヒ	タケミカヅチ
	剣の鋒	イハサク	ネサク	イハツツノヲ
	剣の頭	クラオカミ	クラヤマツミ	クラミツハ
第七の一書				
		イカヅチ	オホヤマツミ	タカオカミ
	亦曰	イハサク	ネサク(児イハツツノヲ)	イハツツノメ(児フツヌシ)
古事記				
	刀前	イハサク	ネサク	イハツツノヲ
	刀本	ミカノハヤヒ	ヒノハヤヒ	タケミカヅチ
	手上	クラオカミ	クラミツハ	

カグツチを斬って化成する神は右の通りで、ここには、三分法による構成が見られる。しかし、簡単に三分法によるだけでなく、神神の名を整理するに当っては、八という数を以てしたらしいところも見える。つまり、第六の一書の剣の鐔・鋒・頭は、合計八であり、第七の一書も根裂神・磐筒女神がそれぞれ児を持っていて、合計八である。記は最も顕著に八で整理し、「幷せて八神」が、御刀によって成る神であると明記している。

五二 **天安河辺**(九一頁注二五) 古語拾遺に「天八湍河原」とあるので、ヤスはヤセ(八瀬)の転であろう。天八十河とあるのも、ヤセ→ヤソという転化であろう。ヤセは瀬が多い意。天上の河として一一〇頁五行・一一二頁六行に出てくる。

五三　**磐筒男命**(九二頁注八)　この所は、三神ずつに整理できる所であるが、一異伝として、磐筒男と磐筒女のように、男女対偶している伝承も存在したのであろう。ツツは星。色葉字類抄に「長庚ユフツヽ、大白星同」とあり、日葡辞書に Yŭtçuzzu、伊京集にユウツヅ、大白星・長庚とある。島根・壱岐・筑後久留米・大分・香川・徳島・高知で粒をツヅという。古く空の星粒をツツまたはツヅといったのであろう(軻遇突智を斬る時に生れた磐筒男神・磐筒女神も、岩から散る火花を名づけたものと思われる)。住吉大神は航海の神であるから星によって名づけられたのであろう。

五四　**闇**(クラ)(九二頁注九)　クラは谷。朝鮮語の kol(谷)、満洲語の holo(谷)と同系の語。

朝鮮語の o と日本語の u と対応する例としては、kuma(熊) kom; tuto(苞) tot; puku(河豚) p'ok; uri(瓜) ori; tuma(爪) t'op; musi(苧) mosi; kugupi(鵠) kohai; ku(所) kot; mu(身) mon などをあげることができる。

五五　**黄泉**(九二頁注一二)　黄は中国で土の色。泉はいずみ。地下にある泉。死者の行って生活する所である。

古くはヨモと言ったと認められる。予母都志許売(よもつしこめ)・余母都比羅佐可(よもつひらさか)・誉母都俳遇比(よもつへぐひ)のヨモがそれである。古事記に豫母とあるから、ヨモの古音は yömö と推定できる。ヨミという語は、このヨモからの新形と推定されるので、このような場合は、yömö→yömi となるのが普通である(たとえば kö(木)→kï など)。それゆえ次のことがいえる。夜見、夜方が語源ならば、その音は yomi, yomo とならなければならないが、これは、先の yömi, yömö と、いずれも母音が相違している。それゆえ、夜見、夜方とする語源説は誤りと判断される。yö の音は、ya と交替することがあり、闇という語は yami という音であったのだから、yömi と yami とは語源を同じくすると見ることができる。従って、ヨモ及びヨミの意味は闇黒の意が原義かもしれない。

出雲風土記、宇賀郷の条に、脳磯(なづきのいそ)の西方に洞窟があり、黄泉之坂・黄泉之穴と呼ばれていることが出ている。伊奘諾の黄泉訪問神話でも黄泉に暗い不潔な国という観念が強く、これから見ても黄泉は洞窟の中と考えられていたのではないか。しかし、この観念が、果して古墳に埋葬する観念から生じたか否かは疑問である。洞窟を含めて地下から人類が出現し、死すればそこに戻って行くという観念は未開農耕民の間に世界的に分布している。

五六　**湌泉之竈**(九二頁注一五)　泉一字でヨモツクニの意。竈はヘツイのへ。食物を煮るかまど。湌は底本の飡を訂した。広韻に湌。七安切、餐に同じとあり、俗に飡に作るとある。呑食する意。底本等の右傍に飧或本とあるのは、餐のつもりであろう。兼夏本に、食に作るのは、見なれない飡の字の氵を略したのであろう。これを飧の誤とする説があるが、飧は夕食。ここでは特に夕食とする理由が無い。

黄泉国の食物を食したの意。他界の食を口にすると、その種族の成員の一人とならなければならないという慣習があったので、死者の世界の食をした者は俗界に帰ることができないの意。

原始的な信仰では、他の部族の食物を食うことは、互の親縁関係をつけることであった。共食によって、他人との間に新たな親しい関係が生じることについては、雄略紀十四年に、「天皇欲ㇾ設二呉人一、歴二問群臣一曰、其共食者誰好乎」云云の記事があり、推古紀十八年十月にも、「以二河内漢直贄一為二新羅共食者一。錦織首久僧為二任那共食者一」とある。ことに、生者が死者の世界の食物を口にすると、死界を去ることができなくなるという話は、日本霊異記にも、僧智光が蘇生して、閻魔王から、「慎二黄竈火物一、莫ㇾ食」と戒められたとあり、また甲賀三郎の伝説にも、このモチーフがあるものがある。他界の食物をとると現世に帰れなくなる観念は世界的に広く、ギリシア神話でも冥府王ハーデスに誘拐されたペレセフォネは、冥界で数粒の柘榴の実を食べただけで、現世に帰れなくなった。

五七　**死体の覗き見**(九二頁注一六)　鎮火祭祝詞によると、伊佐奈美は火神を生み、みほと焼かれて石隠り坐して、「夜七夜・昼七日、吾をな見たまひそ、吾が奈妹の命」と言ったが、伊佐奈伎はこれを見て、そのため伊佐奈伎は上つ国を知(らし)し、伊佐奈美は下つ国を知すことになったことになっている。禁止された覗き見をしたため夫婦が別離する点では豊玉姫の出産の神話と同様であるが、イザナキの黄泉国訪問と、コトドワタシの神話は、二神が対立し、一神は人間に永住を与えることを主張、他は人間の生命を終りあるものとすることを主張し、後者が勝つ、いわゆる対立型の死の起源神話の一種であると、大林太良は論じている。このモチーフは、北アジアからアメリカ大陸・ポリネシアにも拡がっているが、アメリカでは、対立型モチーフと結びついて、見るべきでないものを見たため死が結果した形式も散見される。ブラジルのカディウェウ族の神話では、見るべきでない少女の足の親指を見たため、人は死ななくてはならなくなったが、その代りに新たに子供が生れることを伝え、北米の西部中央アルゴンキン族の文化英雄メナブシュは、死からよみがえった弟の蒼白な顔を見るに耐えないで、再び冥界に帰した。

五八　**此其縁也**(九二頁注二二)　「此其縁也」という形式は神代紀に偏在する形式で、神武巻以降では「其是之縁也」「其此之縁也」の形が多い。神代巻には他に「…之縁也」の形を使う。これらは神代巻の成立に或る示唆を与える。

五九　**筍に化成る**(九二頁注二九)　この話からみて、湯津爪櫛は、古墳時代の櫛のように竹製であったと思われる。伊奘諾が黄泉国からの逃走に当って鬘と櫛を投げて醜女の追跡をおくらせた(古事記ではその他桃も投げている)話は、いわゆる呪的逃走の話であって、世界各地に広く分布しているが、投げられる物体は石・櫛・水の三つが多い。妻の国、妻の身内からの逃走の話や習俗にこの呪的逃走モチーフが出てくる点において、中国南部の例が、伊奘諾の黄泉からの逃走譚に近い。

六〇　**死の起源**(九四頁注一)　これは対立型の死の起源の神話である。シベリアからアメリカ大陸にかけて分布する一方、東南アジアやポリネシアにもあり、原古の夫婦の言い争いの型をとる点、ポリネシアのものに近い。日本へは、おそらく物を投げて追跡者に拾わせ、その間に逃げる《呪的逃走モチーフ》と共に、中国南部から伝わり、他方ではポリネシアに及んだものであろう。冥界に降った妻が、夫に対して、人間を死なせる旨を語る神話は、人類の無限の増加を死によって止める神話とも見られる。将千頭の将は当時の中国の俗語的口語的用法。「忽見将二百銭一置二妻前一」(太平広記引用、幽明録)などの例がある。神代紀には、この類が多い。

六一　**岐神**(九四頁注三)　道の分岐点(三叉路)に立てられた道祖神をいう。岐は、わかれ道の意。名義抄にチマタの訓がある。来名戸 kunado というのが原形。Funado ともいう。九七頁に、「岐神、此をば布那斗能加微と云ふ」とある。子音KとFとは聴覚印象が甚だ近いので、交替するのである。万葉集に、奥(於久)を「於父」とした例などがある。岐神は、邪悪なものが部落の中に入って来るな「来(ク)勿(ナ)」と禁止する意味によってクナドという。トは通路の意。

六二　**煩神**(九四頁注五)　古事記には和豆良比能宇斯能神とある。ワヅラフは、事が渋滞して順直に進まないこと。あれこれ引っかかって思うままに始末できないことである。この神は、御衣の神であるから、衣が身にまつわりついて、厄介な感じのある点をとらえての命名ではなかろうか。

六三　**阿曇連**(九五頁注二六)　全国各地の海部を中央で管理する伴造。天武十三年に宿禰と賜姓。此の三神を旧事紀、神代本紀は「筑紫斯香神」とし、延喜神名式には筑前国糟屋郡志加海神社三座とある。祖先伝承は、記に「綿津見神之子、宇都志日金拆命之子孫也」、姓氏録、右京神別に「海神綿積豊玉彦神子、穂高見命之後也」とある。

六四　**不負於族**(一〇〇頁注二)　下に宇我邏磨穪茸(ウガラマケジ)とあるので、それに倣ってウガラマケジと付訓する。その意は、「族に負けまい」で、女神が一日に千人絞殺すると言ったに対して、男神が一日に千五百人生ましめようと言った事を指す。日本語では、主格や目的格の助詞は、本来欠けている場合が少なくないのだが、「族に負けまい」というような場合に、補格の助詞「に」を欠く例はほとんど無い。従って、ここでウガラニマケジのニが無いのは極めて問題である。おそらくニを脱したのか、あるいは、族と不負とに、別々にウガラ、マケジと付訓してあったものを機械的に続けたものであろう。なお、これの上文の族離れなむは、後世行なわれた放氏と同じように氏から追放するの意であったか。

六五　**速玉之男**(一〇〇頁注三・四)　延喜神名式に出雲国意宇郡速玉神社、紀伊国牟婁郡熊野早玉神社がある。

血や、切った爪と同じく、唾を交換することによって、契約の誠実の保証とする例がある。もし、契約者の一方が後にその誓いを破れば、相手は、保管している、違約者の唾に呪術行為を加えることによって、その違約者を罰することができる。東アフリカの Wajagga 人の間では、契約を交わそうとする二組は、牛乳やビールの入ったお椀を持って坐り、飲料に対して呪文をとなえてから、それを互に一口含んで、相手の口の中へ唾と共に入れる。火急の場合、儀式を行なう余裕がなければ、単に、互の口へ唾を入れる。それは契約を堅めるに、同じように有効である(フレーザー「金枝篇」)。

ここで族から離れる約束をするのに唾をはくのも、また、古事記の海幸・山幸の話で、玉器に水を得た火遠理命が、水を飲まず、頸の璵(たま)を解いて口に含み、その玉器に唾を吐き入れたところ、その璵が器について離れなかったという、これもつまり、タマと唾を与えて、その約束が鞏固であるの意を表わすものである。

六六　**保食神の死**(一〇二頁注一)　この話は、記では次のようになっている。「素盞嗚尊が、大気津比売(おほげつひめ)に食物を乞うと、鼻・口・尻から種種の味物を取り出して奉った。その様子を伺い見た素戔嗚尊は、穢してよこしたと思い、大気津比売を殺した。殺された神の身から成ったものは、頭に蚕、目に稲、耳に粟、鼻に小豆、陰に麦、尻に大豆である。そこで、神産巣日御祖命がこれを種とした」。

オホゲツヒメは、古事記の国生みの段では、四国の阿波の別名でもある。阿波という国名は作物の粟から来ているから、オホゲツヒメは粟の女神であろう。恐らく日本では作物の粟などの焼畑耕作を背景としていたものであろう。作物の死体化生神話は、粟などの焼畑耕作を背景としていたものであろう。作物の死体化生神話は現在では昔話化した形で奄美大島に伝わっている。書紀の所伝と比較すると、身体の部分と、生るものとの結びつきに大きな相違がある。このような、神話的人物が殺されて、その屍体の各部分から、色色の栽培植物が生じるという話は、本来は、穀物栽培以前の、古い農耕文化のうち、球根植物の起源を説明するものであったろうという。親芋を切断して土中に埋め、そこから、新しい食物が生じるという話らしい。東南アジアから大洋洲・中南米・アフリカなどにこの種の神話が分布している。しかし、日本の場合は、球根食物ではなく、穀物神ばかりに変っている。それは、中心的な農作物が、すでに穀物に変ったため、作物の名が、それに伴って変えられたのであろう。

六七 **蹴散**(一〇四頁注一五) 蹴ルという動詞は上代では下二段に活用したらしい。クヱ、クウ、クウルと活用する。岩崎本皇極紀三年正月に、打毱之侶をマリクウルトモガラと仮名がある。岩崎本のクウルについては疑う人もあるが、原本について見たところでは、クウルは朱訓の中の、古い方の朱による訓で、確実な資料である。蹶の字については↓一〇〇頁注一七。

六八 **誓ふ**(一〇四頁注二二) ウケフはあらかじめAB二つの事態を予測し、現実にAが起れば神意はA′にあり、Bが起れば神意はB′にあると、前以って定めておき、実際に起ってくる事態を見て、神意の所在を判断すること。つまりA女が生れれば、A′濁き心ありとする。B男が生れれば、B′清き心ありとするときめておいて、実際に生んでみて、その結果によって神意をうかがう。この所、記には、「宇気比而生レ子」とだけあって、細かく条件が示してない。しかし、ウケヒということの意味は前記の通りで、その点では記紀に相違は無い。ウケヒを単にチカフ意に解するのは誤り。

六九 **天真名井**(一〇五頁注二五) manunawi→mannawi→manawi. マヌナヰは真渟名井で、ヌナヰは瓊の井の意であろう。水を汲む井を讃えた語。井はしばしば珠と結びつけて発想される場所で、水の聖なる力は生命(タマ)を与えるものと思われていた。

七〇 **田心姫**(一〇五頁注二九) この神は、紀の本文及び一書では、田心姫または田霧姫とあり、記には多紀理毗売命とある。田霧・多紀理はtakiriという音であり、田心はtaköri と推定される。kï とköという音は交替することが考えられるので、田霧姫とあるのが古形だったのではなかろうか。霧は、直前のウケヒにおいて「吹き棄つる気噴の狭霧」とある霧であろう。takiririme が、類音によってtaköririme に転化したのであろう。以下の二神と共に、この説話の女性神は、三という聖数によって整理されている。

七一 **湍津姫**(一〇五頁注三〇) タギツは、水の激することをいう。従って、先のウケヒの行為の中で言えば、天の真名井に濯ぐという行為と結びつく神である。これは、紀の本文及び一書、並びに記に共通に出現する。

七二 **市杵島姫**(一〇五頁注三一) これは従来イチキシマヒメと訓まれて来たが、市はイツとも訓む例がある(たとえば万葉五三、市柴 シイバ ので、イツキシマヒメとも訓める。安芸国の伊都伎島神社(今の厳島神社)がこの神を祭る。

七三 **出雲臣**(一〇六頁注三) 一説に大和国城上郡出雲村、また山城国愛宕郡出雲郷など、畿内を本拠とし、出雲に進出したともいう。大和朝廷の出雲地方服属に参加、同国出雲郡杵築郷の出雲大社の祭官となったらしく、代代、出雲国造を兼ねる。奈良・平安時代を通じて、国造新任の際は朝廷で特に儀式が行なわれ、神賀詞を奏上した。姓氏録、左京・山城・河内の神別に天穂日命の後とする。

七四 **宗像神社**(一〇九頁注一二) 当宮(辺津宮)はもと五町ばかり南の下高宮にあり、天応元年今の所に移して始めて三神一所の神殿を造ったという説(筑前続風土記拾遺)、もと北方神湊の東の海辺にあり建長年中に田島に移したという説(筑前続風土記)などあるが未詳。長承元年・天養元年・弘治三年の火災のうち一回めと三回めには神殿も神体も焼けている。今の本殿は天正四—六年の再建で、五間社流造。

七五 **記紀における罪と制裁**(一一〇頁注一二) 神代紀第七段、及び神代記の相当箇所には素戔嗚尊の犯した諸種の罪をあげている。この中、(イ)重播種子(シキマキ、本文・第三の一書)、(ロ)放二天斑駒一使二伏田中一(本文・第三の一書)、(ハ)「冒以二絡縄一(第二の一書)、(ニ)捶籤(クシザシ、第三の一書)は土地の占有・用益・収益等の権利に対する侵害であり、(ホ)畔毀(アハナチ、本文・第二・三の一書・神代記・仲哀記)、(ヘ)埴渠(ミゾウメ、第二・第三の一書・神代記・仲哀記)、(ト)廃渠槽(ヒハガチ、第三の一書)は灌漑施設の破壊であり、他に(チ)天照大神の新嘗の宮に糞尿をまきちらしたり(記にクソマリ、本文・第二の一書・神代記・仲哀記)、同神の神衣を織る斎服殿に逆剝の馬を投げこんだこと(本文・第一・二の一書・神代記・仲哀記)などは新嘗・神衣などの祭の妨害である。これらのうち(ロ)(ハ)を除くすべては延喜大祓祝詞式に、「天津罪」(高天原においての罪)と記されているが、要するに農耕や祭りに対する、従ってきわめて重大な不法行為といえる。大祓祝詞にはまた「国津罪」として十三のものをあげる。意味のわかりにくいものもあるが、その中の殺傷罪(?)・近親相姦・獣婚・呪詛などに関するものは仲哀記の「国之大祓」の話に列挙する九つの罪と共通のものがあり、またそれとは別に、白人・胡久美など皮膚の異常な疾病、おそらく虫害・鳥害などをさすとおもわれる昆虫乃災・高津神乃災・高津鳥災などをあげてある。これらの罪も、勿論文学的に語られているので包括的なものではないが、古代人がおもな罪としていかなるものを考えていたかを知ることができる。

以上のうち、神代や仲哀の巻にあげてある罪は、人の犯した罪と解し得られるが、ただ大祓祝詞には人の犯した罪とともに、疾病・天災などを並記している。このことはこんにちの感覚にはあわない点である。そこで、記伝は古代人の罪の観念について「其は必しも悪行のみを云に非ず、穢又禍など、心と為るには非(あら)で自然にある事にても、凡て厭ひ悪むべき凶事(あしきこと)をば皆都美(つみ)と云なり」と述べている。又津田左右吉は進んで、これは人の行為を人の行為として考えるよりも、それによって蒙る禍害を見るのが主であったためとし、そこに、人の行為の道徳的責任がその人にあるという思想が確立していないことを指摘している。ただ、これらの災を罪と並記しているのは大祓祝詞だけで、しかもそれらには災とことわっていることは注意を要する。大祓は毎年六・十二月晦日、皇城の朱雀門で行なわれ、天皇をはじめ、百官男女以下、天下万民が不知不識の間に犯したあらゆる罪・穢を解除する恒例の儀式であるが、そのような特殊の意味をもつ儀式の詞章において罪と災が並記されているからといって、罪観念そのものをそこまで拡張できるかどうか疑問である。ただ祓という恒例の儀式によって人人の犯した罪や穢、疾病や天災の気をはらい得るとする考え方には、罪を一種物質的なものとみる思想が根底にあることは事実であろう。

神代紀第六段及び神代記の相当箇所は、次に天岩戸の話を述べ、つづいて神神による素戔嗚尊に対する制裁をあげるが、それには、(イ)千座置戸を科することと、(ロ)記の表記を以てすれば「神やらひ」にあたるものとがある。神やらいが追放刑にあたることは明らかであるが、千座置戸を科するとは何をさすのであろうか。これには罰金・贖罪金など、その他の財産刑とする見方があり、さすれば制裁は財産刑と追放刑との二つとなる。しかし、千座置戸とは大祓祝詞にもみえ、その行事に要する祓具を置く台のことであり、第七段第二の一書にも「罪を素戔嗚尊に科せて、其の祓具を責る。是を以て…解除へ竟りて」云云とある。従ってこれは、罪・穢の解除を目的とする祓という宗教的儀式の料物を犯罪者たる素戔嗚尊に科したものとみるのが自然であろう。大祓において、そのための料物を広く人民から徴したことは天武五年八月条にみえ、養老神祇令にも「凡諸国須ニ大祓一者、毎レ郡出ニ刀一口・皮一張・鍬一口及雑物等一、戸別麻一条、其国造出ニ馬一疋一」とある。仲哀記にも、天皇の死という穢を除くために「国之大奴佐」を取って国中の人人の犯した種種の罪をもとめ出し、国之大祓をしたとあるが、ここに国の大奴佐というのも、罪・穢れを祓うためにだす料物をさすのである。これらは国内の人人が不知不識の間に犯した罪一般に対する祓であるから、料物を国国の人民のすべてから徴するのに対し、ここでは素戔嗚尊が犯した重大な犯罪「天津罪」に対するものであるから、素戔嗚個人にそれを科するのである。この祓具は現象的には、贖罪金に他ならないが、本来の意味は、神やらい、即ち追放刑という世俗的制裁と並行して行なわれた贖罪のための呪術宗教的儀式にかかわるものであろう。

七六　**神衣と祭との関係**(一一二頁注六)　神の召す衣。神衣を織ることは神に仕える巫女のする仕事。よって天照大神が巫女であったことを、この記事は示している。なお四月と九月とに伊勢神宮に御衣を奉る祭がある。その時の祝詞がある。「度会乃宇治五十鈴川上尓、大宮柱太敷立天、高天原尓千木高知天、称辞竟奉留、天照坐皇大神乃大前尓申久、服織麻績乃人等乃、常毛奉仕留、和妙荒妙乃織乃御衣乎進事乎申給止申」。これは、ちょうどこの所の、「方に神衣を織りつつ、斎服殿に居します」という記述と、相応じる。

七七　**天岩屋神話**(一一二頁注九)　洞窟や箱にかくれた日神に、さまざまの物を見せておびき出すモチーフが、西はアッサムから東はカリフォルニアまで環太平洋的に分布していることは、メンヘン・ヘルフェンの指摘した通りであるが、洞窟にかくれた日神を、鶏を鳴かせたり、花を見せておびき出す点において、中国南部からアッサムにかけての例が殊に類似していることを岡正雄は論じている。また大林太良によれば、やはり東南アジアの大陸部、つまりカンボジア人、ラオ人、タイ人、パラウンゲ族、シャン族、それにベンガル湾のカル・ニコバル島民の日食神話は、(一)月と日は兄弟あるいは姉妹であって、その下にもまだ一人の弟か妹がいる。(二)この末の弟ぁるいは妹は行ないが極めて悪い。㈢このため、この二人は死後日や月になるが、その悪い弟あるいは妹は妖怪や妖星になる。㈣日食や月食は、この悪い弟か妹のためにおこる、という筋であって、天岩屋神話もこの系列に属するものであり、元来は南アジア諸族の神話だったと考えている。但し、日本においては、純粋の日食神話としてではなく、同様に太陽が一時的に衰える別の機会、つまり冬至に行なわれた鎮魂祭との結びつきが生じていることを松本信広は指摘している。鎮魂祭においては、日神の権化たる天皇の霊魂が遊離するのを、その体内に鎮める儀礼で、旧事紀・天武十四年十一月条・年中行事秘抄などに記録されている。そのほか、松本は、天岩屋神話には、冬期における笑いの祭儀の側面もあるという。

七八　**常世**(一一二頁注一二)　常世と常夜とを同一視する見解が多いが(記伝など)、常世は tökoyö で、常夜は tökoyo で本来は別音の別語。しかし、宵は yoFi であるが、此宵となった際は köyöFi となる例もあるから、常夜はあるいは tökoyö となって、常世と同音になっていたかもしれない。トコは、もと床の意。床石の意から転じて安定長久・永久不変の意。ヨは世。常住不変の国の意。当時伝来していた神仙思想と結びつき、長生不死の国と解されていた。蓬萊山のある所の意から、遙かに遠い異郷ともされて、田道間守が、時じくの香菓を得て来た所ともいわれた。異郷は観念の上で地下の妣の国に結びつきやすかったのであろうが、また、トコ(tökö)の音がソコ(sökö)の音と交替しうるものであった故という事情も考えられる。常夜は永久の闇の意。たとえば万葉七三「常呼(とこ)に」と我が行かなくに小金門に物悲しらにおもへりし　わが児の刀自を」などの例もある。

七九　**中臣連の遠祖**(一一二頁注一五)　中臣の語義については中臣氏系図の引く延喜本系に「案下依二去天平宝字五年撰氏族志所之宣一勘造所レ進本系帳上云、高天原初而、皇神之御中、皇御孫之御中執持、伊賀志桙不レ傾、本末中良布留人、称二之中臣一者」、台記別記の引く中臣寿詞に「本末不レ傾、茂槍乃中執持氏奉仕留中臣」とある。一族は垂仁二十五年二月条に大鹿島、仲哀九年・允恭七年条に烏賊津の名が見えるが、大化前代には政治に参与し大夫の家柄であった。改新後の天智八年、鎌足の没時に居地によって藤原と賜氏、天武十三年に朝臣と賜姓、文武二年に藤原の称は鎌足の子孫のみに限定、中臣氏と分った。なお延喜本系は鎌足の曾祖父常磐について「始賜二中臣連姓一」と記すので、古来の中臣氏の嫡系は仏教受容に反対して滅び、常磐らが傍系から入って継いだとの説もある。中臣勝海→下一五〇頁注三・用明二年四月条。

八〇　**忌部**(一一二頁注一七)　第三の一書では忌部首。忌部は大和朝廷の祭祀に必要な物資を貢納した品部。忌部首はその伴造として、天武九年に連、同十三年に宿禰と賜姓、のち斎部宿禰と称した。忌部が忌部首と同祖と称するのは、支配・被支配の関係から生じたもの。また忌部首は中臣連のような政治的地位を獲得しえなかったために忌部も中臣連の支配を受け、本文でも太玉命の名を挙げるに際して本来の管理者忌部首の祖とすることが回避されたとの説がある。斎部宿禰の側の伝承は古語拾遺に見える。

八一　**八咫鏡・真経津鏡**(一一二頁注二二・二三)　咫は説文に「中婦人手長八寸、謂二之咫一」とあり、音はシ。周制の八寸、今の十六センチ弱。従って八咫鏡を文字通り直径八咫の鏡と解することはできない。ヤアタを神代記が八尺と表記したのに、神代紀が八咫と表記したのは、咫が八寸であることを知って、八の八倍というふうに、ことさらに大きな数を重ねようと意図したためであろう。故に単に、巨大な鏡の意。なお八咫鏡を八稜鏡と解する説もあるが、八稜鏡が製作されるようになったのは奈良時代以後である。ヤアタのアタは「当ツ」の名詞形か。あるいは、タは手の意かともいうが精確には不明。八咫鏡をマフツノ鏡ともいう。マは美称の接頭語。フツは、フツノミタマ(→補注2-九)のフツと関係あるものとも見られる。フツは、赫やきの意と考えれば、甚だ理解しやすいが、なお研究を要する。三種神宝の一としての八咫鏡→補注2-一九。

八二　**天鈿女命**(一一二頁注二六)　第三の一書では、素戔鳴尊の追放後の高天原訪問の話に見える。後段では第九段第一の一書の五部神の一つ。また同書及び記では、降臨の先導者猿田彦大神の名をあらわした話が見える。第九段の第一の一書では、天鈿女は衢神に対して本段と同じような性的な行動をする猿女氏のほか、弘仁私記序に稗田阿礼を天鈿女命の後とする。古語拾遺に「天鈿女命〈古語、天乃於須女、其神、強悍猛固、故以為レ名、今俗、強女謂二之於須女一、此縁也〉」とある。

八三　**茅纏之矟**(一一二頁注二七)　茅を巻いた矛。古語拾遺には「着レ鐸之矛」とある。矟は音サク、周尺で一丈八尺あって馬上で持つ矛。ここではそれほど大きな矛ではないのであろう。ホコは男子性器の象徴。記には、矛のこと見えず、代りに「裳緒(もひも)を番登(ほと)に忍し垂れき」とある。天鈿女命は、ここでともかく大勢の人人を笑わすような仕種をしたという意味であろう。その仕種は隠れてしまった太陽に活力を与えようとしたものと思われる。

八四　**覆槽**(一一二頁注三二)　ウケは下注に覆槽の注としてあるが、おそらく、槽一つに対する注であろう。ウケはヲケ(麻笥)に同じ。それをひっくりかえして置いて、今日、樽の尻をたたくように、ヲケの尻をたたいたものであろう。記にはこれを踏み鳴らしたとある。共に音を立てて、隠れてしまった太陽に活力を与える行事であったろう。ウケは延喜四時祭式の鎮魂祭の大直神一座の中に、「宇気槽一隻」として使われており、この鎮魂祭には猿女が参加して、「御巫及猨女等依ㇾ例舞」とある。

八五　**端出之縄**(一一三頁注三六)　今日のシメ縄。シリは尻。縄の末尾。クメは組ムの下二段活用他動詞形の連用形。組マセの意。尻を編ませたまま、切らないで置いた縄の意。端出とあるのは、端を切らずに出したままである意。シリクメにあたる。これは、天照大神が岩屋に戻らないようにと張ったのである。

八六　**千座置戸**(一一三頁注三八)　大祓祝詞に「千座置座爾置足波志弖」とある。クラは祓物を差出す高くした場所をいう。千座はその数の多いこと。置座は、物を置く台の意。書紀の置戸も、置座と同じ意味であろう。戸(ト)は、寝ど、立ちどなどのトであろうか。

八七　**日前神社・国懸神宮**(一一四頁注一五)　和歌山市秋月にあり、同じ境内の西半が日前神宮(祭神日前大神)、東半が国懸(くにかかす)神宮で(祭神国懸大神)、共に本殿は南面する。古くから紀伊国造家によってまつられた。両社を併称して日前社とも国懸社(朱鳥元年七月条)とも日前国懸社(文徳実録、嘉祥三年十月)とも紀伊大神(持統六年五月条、但し神代上では伊太祁曾社をも紀伊国所坐大神とする)ともいう。延喜神名式では日前神社・国懸神社とも に名神大社である。朝廷から奉幣のことはあっても授位のことがなく、特別な待遇であった。続左丞抄、巻二には天安元年から嘉禎元年まで十一回の日前国懸両宮の遷宮の年時を記す。本殿の古いころの形式については、社蔵の古絵図と紀伊続風土記、巻十三の当社の条の古代宮造とする記事と大正八—十五年の社殿改修の際発見された旧本殿の礎石によると、正面七間、側面五間で、前面と背面の中央の間に大戸、前面大戸の西の間に小戸があり、屋根は入母屋造で、前面に三間の向拝、背面に一間の向拝が付属したようである。殿内にはやや西寄りに南北に間仕切りがあり、その東が土間で、西に神座があったと思われる。治承二年の造営のとき宝蔵や男客殿があったことが続左丞抄に見えるが、古絵図に瑞垣内に宝蔵・忌殿・庁を、瑞垣外に男客殿・女客殿・院御所などを描くのと照応している。↓一一四頁注一一。

八八　**鏡作部**(一一五頁注二二)　銅に錫・鉛・亜鉛などを加えて強化し、鏡そのほかの器物を製作する技術は、弥生時代に大陸・朝鮮から伝来したが、古墳時代には大和朝廷がこの技術を持つ人人を組織して鏡作部などの品部とし、朝廷に隷属させた。鏡作部のばあい部の管理者は、天武十二年十月条に連とされた鏡作造、あるいは正倉院文書、優婆塞貢進解にみえる鏡作首か。記には鏡作連がみえるが恐らく造の連賜姓後の呼称。分布は大和・伊豆に鏡作郷、摂津・美濃・美作・安芸にカガミ(覚美・香美・各務)郷などの地名として残る。鏡作造→下補29―一二。

八九　**玉作部**(一一五頁注二四)　玉類の製作は石・骨・ガラスなどの材料を切ったり打ち割ったりして作った原玉をさらに摺りあげるという作業による。故にタマツクリをタマスリともよむ。玉類の製作に従事した玉作(玉造)部の分布は全国的であり、かつ辺地にあったようで、垂仁記の引く諺に「ところ得ぬ玉作」とある。部の管理者は正倉院文書にみえる玉作造、あるいは天武十三年十二月条に宿禰と賜姓されたとみえる玉祖(たまのや)連か。玉祖連→下補注29―一五。

九〇　**手端の吉棄物**(一一六頁注五)　ナンディ族は、囚人を捕えると、毛髪を剃って、逃亡を企てないように、それを保証の品として保存する。しかし、囚人が釈放されるときには、その剃った毛髪を返す。同じ理由で、モアブのアラビア人の種族であるティアハ族は、死なせたくない囚人を捕えたときは、囚人のこめかみの上の片側の毛髪を剃って釈放する。また、モアブの一アラビア人種族は釈放の前に、毛髪と顎ひげを剃ってから、殺人者をゆるす。また、これらの種族は、敵を攻撃する計画を事前に洩した裏切者を捕えたときは、その裏切者の頭の片側と口ひげとを完全に剃ってから釈放する。

また、切った爪が、刈った毛髪と同じ目的に役立つことは明白であろう。爪も、切り取る前の人間の、誠実な態度の保証として取扱われる。コンゴ峡谷のバヤカ族が平和を固めるには、二つの種族の代表は、取りきめの維持の保証として、自分たちの爪をいくらか含んだケーキを互に食べる。この神聖な仕方で取りきめた約束を破る者は死ぬと信じられている。相手の胃の中に止る爪は、将来への保証物となるのである(金枝篇第二部、タブーの項)。

九一　**武蔵国造**(一二〇頁注八)　旧事紀、国造本紀は无邪志国造の他に胸刺国造を挙げているが疑わしい。ただ初代国造として挙げた兄多毛比という名は、高橋氏文に一邪志国造の祖として挙げる大多毛比と似る。安閑元年閏十二月条には笠原直使主が同族の小杵と国造の地位を争ったとあるが、続紀、神護景雲元年十二月条では丈部直の一族から武蔵国造が任ぜられている。

九二　**茨城国造**（一二〇頁注一一）　常陸風土記は茨城郡条に茨城国造の初祖を多祁許呂命とし、行方郡条に孝徳天皇の白雉四年当時の国造として小乙下壬生連麻呂の名を挙げる。なお姓氏録、和泉未定雑姓に「茨木造、天津彦命之後也」とある。

九三　**額田部連**（一二〇頁注一二）　全国的に分布している額田部の中央における伴造。連姓以外に臣姓、直姓、首姓の諸氏があるが、いずれも地方におけるその伴造であろう。額田部は各田部、額部とも。田部の一種とみる説がある。中央の額田部連は天武十三年十二月条に宿禰と賜姓されたが、記にみえる額田部湯坐連は賜姓から省かれた。

九四　**簸川**（一二一頁注一七）　記には「出雲国之肥河上、名鳥髪地」とあるが、出雲風土記は斐伊川の下流を出雲大川と呼び、出雲郡条に「出雲大川、源出下伯耆与二出雲一二国堺鳥上山上」と述べ、以下流路を詳記して、「此則所謂斐伊川下也」とする。鳥髪は島根県仁多郡鳥上村、鳥上山は同村と鳥取県日野郡多里村との県境にある船通山（一一四二メートル）にあたるという。なお斐伊川については同じく大原郡条に「斐伊川、郡家正西五十七歩。西流入二出雲郡多義村一（有二年魚・麻須一）」とあり、また「斐伊郷、属二郡家一。樋速日子命坐二此処一。故云レ樋（神亀三年改二字斐伊一）」とある。肥と斐の漢字音は、ヒ乙類にあたり、樋と簸の訓もヒ乙類にあたるのでこの四つは同音である。ヒ乙類のFïを表わす。簸の漢字音は広韻に布火切、ハの音で、ヒノカハのヒにあてたのは字音でなく、訓である。簸は説文に「揚レ米去レ糠也」とあるように、箕などで穀物をあおって糠を放りすてること。名義抄に簸ヒルとある。その連用形がヒ。連用形がヒ乙類なので、簸のヒルという動詞も上代では上二段活用、ヒ・ヒ・フ・フルと活用したものと思われる。この動詞簸ヒルは、嚔、放などと、語源的に同じもので、パッと空気を動かして音を立てることをいうのであろう。素戔嗚尊が至りついた川が、穀物をあおってその糠をすてるという意味のヒの川という所であることは、この神と農耕との関係を示唆するものとも見られる。また、素戔嗚は、鼻から生まれ、暴風の神といわれる伝承のあることも、ヒ（簸）の川のヒ（嚔（ヒ）と同音）と関係があるという見方もできる。

九五　**湯津爪櫛**（一二二頁注四）　ペルセウスとアンドロメダ型の怪物退治の物語は、旧大陸の高文化地帯とその周辺に分布し、日本の八岐大蛇神話は、東南アジアに類話が多い。例えばフィリピンのミンダナオ島モロ族の例では、人間を食べて苦しめる巨鳥をインドラパトラとスライマンの兄弟が退治する。最初、弟のスライマンはピタ山の巨鳥を殺すが、自分も死んでしまう。兄は、巨鳥の翼の下に刀を発見し、また弟の屍体をよみがえらせる。兄はグライン山で、七つの首をもつ怪鳥を神剣で退治し、生きのこった老夫婦と知り合い、助かった少女と結婚するというごときがある。ルソン島北部のティンギアン族の巨人退治の話には、少女を帯の中にかくすモチーフがあるから、あるいは、少女を身体の中にかくす筋も、怪物退治の話に伴なって拡がったものかも知れない。また、日本では、櫛は神聖なものと考えられ、平安時代に伊勢の斎宮となる皇女に櫛を与え、これを別れの櫛といったのは、俗縁を断って神の奉仕者となるしるしであったと言われ、また櫛を投げて夫婦縁切りの呪いとしたり、櫛を拾ったり貰ったりするのを忌むことから見て、櫛には特別の呪力があると考えられて来たらしい。このユツツマグシの場合も、櫛の呪力による魔除けの観念があるかも知れない。

九六　**クサナギ**（一二二頁注一四）　沖縄では青大将をオーナギ・オーナガ（奄美）・オーナギリ（加計呂島）などという。つまり、ナギは蛇を意味する。また、秋田県では、虹をノギというが、虹と蛇とは、しばしば同じ語でいわれるものであり、ノギはナギの転と見られる。従って、本州の北部にも、ナギ（蛇）という例があったものと思われる。してみると、ナギは古くは蛇の意であったと認められる。クサは臭シの語幹。糞（クソ）と同根。猛烈で手のつけられない性質をいう。悪源太義平の悪のように、獰猛・勇猛の意が古義であろう。してみると、クサナギノツルギとは、獰猛な蛇から出た剣の意が、最初の意味で、クサナギが草薙に連想されるところから、後に草薙をして火から身を守るという伝説と結びついたのではなかろうか（佐竹昭広説）。

九七　**大己貴神と出雲神話の歴史的背景**（一二三頁注二〇）　神代紀に占める出雲神話の比重は神代記のそれに比べると小さいが、やはり不可欠の要素となっている。しかも記紀を通じ、皇祖神を中心に構成されている神代説話の中で、大己貴神または大国主神を中心とする出雲神話は、異質の夾雑分子という印象が強い。大己貴神は、出雲風土記では「所レ造二天下一大神」、出雲国造神賀詞では「国作坐志」神とそれぞれ呼ばれていて、出雲における国土創造の伝承が、記紀のそれと違っていたことを示す。万葉集にも「大汝（おほなむち）少彦名の神代より言ひ継ぎけらく」（四一〇六）、「大穴道少御神の作らしし妹背の山を」（一二四七）など、大己貴神を国土創造神とする出雲神話に類する意識が散見していることや、出雲風土記に記紀神代巻に見えない説話の多いことなどをあわせ考えると、出雲神話が皇室のそれと別個の体系をもっていたことを想像できる。おそらく出雲神話は、最初出雲の独立政権で伝承され、皇室に帰服する際、皇室の神話体系の内に組み入れられ、大己貴神の父素戔嗚尊を皇祖神の弟とするというような皇室神話と接続させるための変容を加えられた上で、記紀の内に残されたのであろう。津田左右吉は、出雲政権が強固な勢力をもつ国造家として存続し、朝廷から他の国造とは違った特殊の待遇を受けていた事実に、神代説話の中での大己貴神の占める位置の由来を求めた。出雲国造の任命の儀式については貞観儀式に詳しい記述があり、霊亀二年二月丁巳紀をはじめとし、出雲国造が入朝して神賀詞を奏する慣行が平安朝まで存続し、神賀詞の全文が延喜祝詞式に収められているごときは、出雲国造したがってその前身である出雲政権の帰服には他の地方政権の場合と異なる重要な意義があったからではないかと思われる。出雲大社が、口遊にあるとおり、東大寺大仏殿よりも大きな建築物であったという事実（→補注5―六）も、出雲政権の勢力の大きかったことを想像させる（もっとも最近、それは七世紀の建築技術の発達以後のことで、出雲政権独立時代からのことではないとの渡辺保忠の異論も出ているが）。ただし、出雲の帰服、したがってその伝承の皇室神話への編入の時期を窺うに足りる徴表はない。津田は、神代説話に国譲りの物語られているのは、出雲の勢力の反抗と服従とについてのおぼろげな言い伝えによるものであろうが、それは比較的に新しい時代のことであろうと推測している。

なお、記紀・風土記・万葉集・古語拾遺にあらわれた大己貴神をまとめてみると、㈠大己貴は、少彦名と対として考えられている。大己貴は大国主など、沢山の異名をもっているが、少彦名と対になっているときは、いつも大己貴である。㈡この二神が一対として行なったことは、国土を開拓したことである。この二点から考えて、大己貴、少彦名という名称の意味は、大小二人の国土の主、あるいは土地の主と考えられる。ナというのは、アルタイ語系の土地を表す言葉である。そして、この土地の主は後に天神の子孫に国土の支配権を譲って、宗教的・象徴的存在となってしまう。東部インドネシアや、アフリカの西スーダンから東北アフリカにかけて存在する「土地の主」という官職の場合も、土地の主は、国土の最初の開拓者、あるいはその子孫であり、後に新しい支配者のために、宗教的・象徴的な存在となっているのが、大己貴・少彦名の場合と比較できることを大林太良は指摘している。

また、大己貴神は、第八段第六の一書に「大国主神、亦名大物主神、亦号国作大己貴命。亦曰葦原醜男。亦曰八千戈神。亦曰大国玉神。亦曰顕国玉神」とあって、七つの名を持っている。古事記にも「大国主神、亦名謂大穴牟遅神、亦名謂葦原色許男、亦名謂八千矛神、亦名謂宇都志国玉神、并有五名」とある。この七つの名（又は五つの名）は単に異名として並存しているのではない。それぞれの名は、それぞれ別の説話や歌謡と共にある。従って、それぞれの名は、本来は、いくつかの別の説話や歌謡や劇の主人公の名であったのだが、それが一つの神に結合されたもので、その結合点となった名が、大国主という名であると考えられる。その一つ一つの名の行動を別別に見ると、まず、紀の大己貴命は、先述のように国作りの話、国譲りの話に登場して種種行動する。また少彦名と組んで活動し、風土記・万葉に登場する。これは土着の、実際に神話・伝説の神として伝承されていた神らしく、広く知られていた神らしい。オホナムチのオホは大。ナは土地の意。ムチは貴人の意である。

これに対し大物主神は、崇神紀に大田田根子をして祭らせるべき神の託宣をうける神として登場し、雄略七年七月条に、三諸岳の神の形を見たいとの天皇の仰せがあったとき、或云として、此の山の神を大物主神というとある。従って、大物主神は大三輪の祭神と見るべく、古事記では、明らかに「美和之大物主神」とある。これでは一見しただけでは、大国主神との関係は不明である。

葦原醜男は、紀では名のみ伝えられてあって、これに関する行動の伝承は何もない。古事記では、須勢理毘売と結婚、蛇の比礼の話、むかでの話及び少名毗古那神との国作りの話、垂仁記に「出雲の石硐の曾宮に坐す葦原色許男大神」として登場する。

八千戈神も、紀には何も行動の伝承がない。古事記では高志の国で沼河比売と結婚する歌謡のやりとりをする。この歌謡は須勢理毘売の嫉妬の歌と結びついていて、極めて演劇の科白らしい要素の濃い独立した部分である。

大国玉神はやはり書紀には話がない。そして、古事記では大国御魂神は、大年神の子として系譜の上にだけは現われるが、大国主神の亦名であるとはしていない。

顕国玉神も紀には話がない。しかし古事記では、葦原色許男が黄泉に行き、そこから逃げ帰った時、黄泉（幽国）から須佐能男命（大神）が、「お前は、地上の国（顕国）に行って、国作りをせよ」という言葉を述べたので、ここに、顕(ウツシ)という言葉が使われているのである。

かような別別の話の主人公の中で、最も大きい位置を占めているのが、オホナムチの神である。それを一神に結合する際、その結合の中心として、オホ(大)ナ(地又は国)ムチ(貴)を新たに翻訳して、オホ(大)クニ(国)ヌシ(主)という言葉を作り、それに代表させたのである。書紀には、大国主神は二度しか使用例がなく、一つは系譜にあって、亦名の紹介をし、一つは第一の一書で素戔嗚尊の五世の孫であるという所にあるだけである。古事記では、書紀より多く使われているが、大穴牟遅神の話の導入の部分などに使われ、また、大国主神、大穴牟遅神と交互に使うなど区別明瞭でない所もある。こう見れば、大国主神を、単にオホナムチの神と同一というように考えるのは当らない。

この神の名は書紀では大己貴であるが、記では大穴牟遅、万葉では於保奈牟知・大穴道・大汝である。大己貴の己はオノと訓むのが普通であるが、kare←köre(彼此)、sa←sö(其)、na←nö(助詞)、ya←yö(助詞)という音韻転換の例によって、ana←önö という場合があり得たと思われる。しかし、öröana という母音の連続した形は、奈良時代には実際にはあり得ない形なので、この訓はおそらく、大、己、貴と一字一字を訓んで、その訓を書いたものであろう。

九八　**五世の孫**(一二四頁注五)　ここでは、大国主神は、稲田姫の子の清の湯山主三名狭漏彦八島篠の五世の孫とされている。第二の一書では、大己貴命は素戔嗚尊と稲田姫との児の六世孫とある。ここに食い違いがある。おそらく、稲田姫の六世の孫ということで、第一の一書と合うと判断したものであろうか。しかし、別に本文には、素戔嗚尊と稲田姫との間に大己貴神が生れたとある。

九九　**祝部**(一二五頁注一六)　祝とも。職員令集解、神祇官条の引く物記に「禰宜・破布里、是神部也」とあり、諸国の各社にあってふつうは神主・禰宜より下級の神職。ハフリの語義を、古事類苑は災を放る義とするが未詳。出自は職員令義解に「其祝者、国司於神戸中簡定、即申太政官。若无戸人者、通取庶人也」とある。なお神祇官には祝部にあたる下級神官に神部(かむとも)三十人・卜部(うらべ)二十人がいる。

一〇〇　**石上神宮**(一二五頁注一八)　垂仁三十九年条に見える石上神宮は姓氏録、大和皇別、布留宿禰条に布都努斯(フツヌシ)神社(→二七六頁注二一)。山辺郡—奈良県天理市布留所在)、石上郷布瑠村高庭にありといい、延喜神名式には石上坐布留御魂神社(大和国山辺郡)、物部氏の祖先がそれを司ったことが垂仁紀同条に起源譚として述べられている。大化改新のとき、朝廷は民間の武器を収公したが、その中には神宮に貯蔵されたものもあったらしく、天武三年八月条に忍壁皇子を遣して神宮の神宝をみがかしめたことがみえ、後紀、延暦二十四年二月条によると厖大な武器が所蔵されていたことがわかる(→下四一六頁注一・下補注29-九)。こんにち有名な七支刀(→補9-四四)・鉄盾なども同神宮の宝物である。

石上神宮の創立は崇神天皇の時(旧事紀)とも、仁徳天皇の時(姓氏録)ともいうが詳かでない。延喜臨時祭式に石上社の門と正殿・伴佐伯二殿のかぎは官庫に納め、祭の時以外は開扉しなかったとあり、当社の武器貯蔵所としての特性がわかる。延暦二十四年に造石上神宮使が功程延べ十五万七千余人を計上したのは、前年移し運んだ葛野郡から当社に返す武器の運搬手間が加わっているにしても、社殿特に武器を納める宝庫が大きかったことを語る。現在当社の玉垣内にある校倉造、二扉口の宝庫は小規模ではあるが昔の宝庫の後身であろう。

一〇一　**新羅**(一二六頁注六)　新羅は、魏志、韓伝の辰韓十二国の中の一国たる斯盧国を中心として、辰韓が統合されたものである。その統合の年代は、百済と大体同じく、四世紀の前半代と推定される。三国史記の新羅紀年は、三国中最も古く、始祖開国の年を前漢宣帝の五鳳元年(前五七)としているが、少なくとも奈勿尼師今(王)(三五六—四〇二在位)以前は、いわば斯盧時代として、別個に考えねばならぬ。斯盧時代から新羅国時代に移る過程は、書紀にかなりよくあらわれている。高麗の好太王軍の新羅救援(四〇〇)は、直接には書紀に記されていないが、その直後、新羅が、高麗と日本と両方に服属した形をとって、国力の蓄積につとめたありさまは、書紀では質子微叱許智伐旱の伝説化された記事となっている。これなども、もし三国史記にこれと対応する未斯欣・毛末の記事がなかったなら、根も葉もないつくり話とされて、史実としてはかえりみられなかったであろう。しかし新羅はやがて高麗の制圧を排し、日本・百済をも敵とした、五世紀中葉のことである。そして六世紀に入ると任那併呑に着々と成功し、五六二年(欽明二三年)任那の東半部を領有することとなった。

日本書紀にあらわれる海外の国としては、新羅が最初である(神代)のは注意されるが、それは、歴史的にはあまり意味あることではないように思われる。以後、書紀では、しげしげと新羅が見えるが、崇神六十五年条に鶏林と書き、継体七年十一月条に、斯羅と書いて例外をなしている。斯羅はその文の基づくところが百済本記にあったらしく思われるから、それがそのまま残ったのであろう。新羅の書紀の古訓がシラキであるのみでなく、万葉三六九六では新羅奇、出雲風土記では志羅紀、姓氏録では新良貴とも書く。これは本来のよびなシラに、城・柵を意味する日本語キをつけ加えたものであろう。さすればシラキは、新羅国成立以前、城邑国家斯盧時代当時からのよび名といえよう。

一〇二 **紀伊国所坐大神(五十猛命・大屋津姫命・抓津姫命)**(一二七頁注一一) 古事記、大国主神根国訪問の段の木国之大屋毗古神は、大屋津姫に対する名であるから、旧事紀巻四が記すように五十猛神と同神であろう。三神はもと一社内に祀ったのを、続紀に大宝二年二月、伊太祁曾(以後五十猛神をこのように記す)・大屋都比売・都麻都比売三神を分ち遷すとあり、社地が分散したらしいが、三代実録に貞観元年正月の授位は三神同時に行なわれ、延喜神名式では三神社とも名神大社である。和名抄、紀伊国名草郡の郷名に津麻神戸・大屋・伊太祁曾神戸がある。いま和歌山市伊太祁曾に伊太祁曾神社(祭神大屋毗古命)、同市宇田森に大屋津比売神社、同市平尾に抓津比売神社がある。

一〇三 **熊成峰**(一二八頁注六) 第五の一書にいう熊成峰をどう訓み、何処の地とみるかは、素戔嗚尊の終焉の地に関する本文と一書との所伝の相違をどのように解するかにかかわっている。即ち本文および第三の一書までは、素戔嗚尊を日本国内特に出雲に終始させているが、第四の一書にいたって新羅へ渡ったとの所伝をのせている。また第五の一書は物語の途中からの異伝を記しているために、素戔嗚尊が何処にいるか決めかねる点があるにしても、やはり第四の一書に記された物語の途中からの異伝とみるのが、いきなり「韓郷之嶋」と説きおこしていることからも、穏当な解釈であろう。とすれば、第五の一書は第四の一書と一連の異伝であり、従って熊成峰も第四の一書における曾尸茂利、即ち今のソウル付近の山と観念されていたとみなくてはならない。津田左右吉はこの点について、素戔嗚尊が新羅に渡ったとする第四・第五の一書の所伝は、第四の一書に蛇を斬った話がきわめて簡略に叙述してあることからも、それが周知の話となった後世の成立だからであるといえるし、また後の仲哀天皇に関する物語に、海外に国のあることを知らなかったと伝えているのとも矛盾するといえるとして、第四・第五の所伝は第三の一書までの所伝よりもずっと新しく成立した「調子はずれの一例」と解している。なお出雲風土記、意宇郡条には「熊野山、郡家正南一十八里〈有=檜檀-、所レ謂熊野大神之社坐〉」とあるが、朝鮮のクマナリについては→補注14-一三。

一〇四 **少彦名命**(一二八頁注一二) スクナヒコは、若い男の意。ナノカミのナは土地の意。従って、オホナムチに対して、若い方の土地の神の意であろう。下文に見られるように、オホナムチと共に土地を開拓し、疾病を防ぎ、鳥獣虫害を除く努力をしている。アハの島に至ってアハ茎にのぼったところ、その茎に弾かれて常世国に行ったという伝承のある所から、スクナヒコナは粟(あは)と関係があり、焼畑農耕と関係が深いのではないかと大林太良は考えている。

一〇五 **大三輪之神・大神神社**(一三〇頁注五) 奈良県桜井市三輪の大神(おほみわ)神社。倭大物主櫛𤭖玉命を祀る。大和平野の東にあって山容の立派な三輪山(御諸山)の信仰から発展した神社と思われる。古事記上巻には大国主神が海を照らして寄り来る神を倭の青垣山の上に祀ったものとする。神代紀下の一書からのちは専ら大物主神と記される。崇神七―八年条には大物主神の子大田田根子を祭主とし、高橋邑の活日を大神の掌酒として祭を行なったことを記し、このとき神宮に殿や門があったように記す。天平二年大倭国大税帳に城上郡の大神神戸の記載がある。延喜神名式には城上郡に大神大物主神社を記し、同式出雲国造神賀詞には大穴持命が自己の和魂を八咫鏡につけて倭大物主櫛𤭖玉命と名づけて大御和の神奈備に祀ったとする。日本紀略、長保二年六月に大神社宝殿鳴動のことがあるが、これは神殿か宝庫か不明である。奥儀抄はみわの明神には古来社を作らないことを記すが、現在でも三輪山西斜面の禁足地には本殿がなく(宝庫はある)、前方に神門(いわゆる三輪鳥居)で、鎌倉時代まで存在が溯り得る)と拝殿があって、山を拝する。山上には磐座と称するものが三所にあり、鎌倉時代の大三輪神三社鎮座次第に奥津磐座(大物主命)、中津磐座(大已貴命)、辺津磐座(少彦名命)とあるのに相当する。

一〇六 **事代主神**(一三〇頁注九) コトシロの名は、ここの他に、次の所にある。神功摂政前紀に、皇后が親ら神主となり、中臣烏賊津使臣を審神者として先の日に天皇に託宣した神の名を知りたいと請うたとき、神の答えに、「於天事代於虚事代玉籤入彦厳之事代神」があるとのことであった。また、天武元年七月条に、金綱井に軍した時、高市郡大領高市県主許梅がにわかに口を閉んで物を言うことができず、三日の後に神がかりして、「吾は高市社に居る、名は事代主神なり。又、身狭社に居る、名は生霊神なり」といって、「神武天皇の陵に、馬及び種種の兵器を奉れ」とか、「西道より軍衆至らむとす。慎むべし」などと託宣して、言いおわって醒めたという。また、顕宗三年二月条に、阿閉臣事代が任那に使したとき、月神が神がかりして、「我が祖高皇産霊、預ひて天地を鎔ひ造せる功有します。民地を以て、我が月神に奉れ。若し請の依に我に献らば、福慶あらむ」といった。四月には、日神が人に神がかりし、阿閉臣事代に謂って曰うには「磐余の田を以て、我が祖高皇産霊に献れ」といった。事代がそのまま奏上したので、神の乞のままに田十四町を献ったとある。

これらを通じて、コトシロは、神がかりして、託宣をつたえるものであることが推測される。コトは、事であるとともに言である。シリは、領すること、物のすみずみまで自分のものとすること。転じて、知ることの意を表わす語であるから、コトシリは、神の言を伝えて、現世の事(行為)を左右することを意味しよう。シロはシルという動詞の古い名詞形、シロのロは乙類(rö)で、röはraと交替する例が少なくない。ところが、ツク(築く)→ツカ(塚)、ナフ(綯)→ナハ(縄)の例があるように、四段活用の動詞はaという語尾で名詞となる例がいくつかある。シロももとはシラの形で名詞となったのであろうが同音の語があるので、ra→röという交替形をとって、sirö という名詞形となったのであろう。つまり、事代主神とは神の託宣を伝える役の主である神の意。

事代主命に国譲りの返事をさせたことは、事代主命に、神意をうかがわせ、その託宣によって、国譲りのことを決したものと見ることができる。

一〇七 **八尋熊鰐**(一三〇頁注一〇) 八尋は大きいことの形容。熊は、書紀では、八尋熊鰐の他に、巻九に岡県主熊鰐、荷持田村の羽白熊鷲という名などに使われている。熊鰐熊鷲いずれも地方の豪族である。従って熊という語は、勇猛・獰猛なという意味で使われているように思われる。ここでワニに熊鰐の字を宛てていることについては、第五の一書に、素戔嗚尊が熊成峰にましまして遂に根の国に入ったという記事があり熊成はクマナリともワニナリとも訓まれて来た。三品彰英によれば、東亜においては熊を水神とする観念があり、この熊成もその一例であり、八尋熊鰐という一見不可解な熟語もこの観念の所産であるとしている。なお、鰐が女に通う話は、肥前風土記、佐嘉郡の条にもあり、佐嘉川の川上に世田(よ)姫という名の石神があり、海の神の鰐が年ごとに、逆う流れを潜って、この神の所に到ったとある。

2　巻第二　神代下

一 **天津彦彦火瓊瓊杵尊**(一三四頁注五) いわゆる皇孫。アマツヒコは天神であることを示す。ヒコは立派な男子の意。ホノニニギのホは穂。ニニギはニギニギの意。ニギはニギヤカ、ニギハフのニギ。稲穂が賑やかに実る意。種種の異なる称呼を持つが、この神の名の中心は、ホノニニギにある。

二 **草木咸能言語**(一三四頁注一一) 大祓の祝詞にも「荒ぶる神等をば神問はしに問はしたまひ、神はらひに掃ひたまひて、語問ひし磐根樹立、草の片葉をも語(こと)止めて」とある。コトトフは物を言う意。磐や木立や草の葉が、物をいうことは、荒ぶる神たちが活動するのと同列に取扱われている。

三 **大背飯三熊之大人**(一三四頁注一八) 天穂日命の子。延喜祝詞式の遷ニ却祟神一祝詞にも天穂日命の子、建三熊之命とある。そこでやはり報聞しなかったとある。鳥は使者の役をするというので、ソビという鳥の名を持っている。大背飯の、背(ソ)と飯(イヒ→ビ)は、訓仮名で、オホソビ(大鵙)という鳥の名と見るべきであろう。ソビはセビ、ショウビンともいう鳥。もとソニともいう。三熊のミは、神の意。クマは神奠の意。稲の穂に関するホヒノ命の子にふさわしい名である。瓊瓊杵尊・穂日命など、この所に登場して来る神神は、稲に関する名を負うものが多い。

四 **天稚彦**(一三五頁注二一) アメワカヒコが下照姫と結婚し、新嘗の神床において死ぬ神話は、土居光知・松前健などにより、古代西アジアのタンムーズ神のような、年ごとに死んで復活する穀物神としての性格を物語るものと解されている。つまり、アヂスキ神が訪問し、若日子が復活したと誤認される話は、もともとは事実復活したことの訛伝であると松前は考えている。この名のワカはもとウカであったのではないか。ウカはウカノミタマ(倉稲魂)のウカである。そう考えれば天稚彦は穀神で、もともと、死んで食物として復活する保食神と同じものであったことになる。

五 **天探女**(一三六頁注四) 書紀纂疏に「稚彦之侍婢也」とあり、神代紀口訣に「天探女者従神讒女也」とある。後世のアマノジャクは、これの転であるらしいが地方によってさまざまの意味に使われていて、どんな変化を経てそこに至ったのか明らかでない。amanösagume→amanozaku→amanjaku(中世以降にはアマノザコともいう)。アマノサグメは情を探る力を持つ女の意とか、其の心のねじけた女とかいう解釈があるが、未だ安定した解釈というを得ない。むしろ室町時代末期の日葡辞書にアマノザコ「さしでがましいもの。干渉好きの人。おしゃべり屋」とあるのは、書紀のこの条にも適合し、古い意味を伝えているらしく思われる。

六　**鳥と霊魂**（一三六頁注二一）　「北アメリカの種族の中で、Powhatan 族は、ある種の小鳥を害しない。その鳥は彼らの酋長の霊魂を受けているから。また Huron 族では、死者の祭りで、彼らの骨を埋めた後は、その霊魂は山鳩の中に移るという。イロクォイ族は、埋葬の夕方、鳥を放って悲しい儀式をする。それは魂を運ぶようにである。メキシコでは、Tlascalan 族は、死後、貴族の霊魂は美しい歌う鳥に化するが、平民は「いたち」や甲虫(かぶとむし)のような悪い動物になる。ブラジルの Icanna 族は勇者の霊魂はおいしい果実を食する美しい鳥になる」（タイラー、原始文化）。魏志巻三十には、弁韓では人が死ぬと大きな鳥の羽根をもって死者の霊魂を飛揚せしめたとあり、呉越春秋巻四には、英の公主の葬儀に当って鶴の舞が演ぜられたことが出ており、死者を他界に送る儀礼の一つであったと言われる。さらに、インドシナの青銅鼓には鳥形の舟に鳥をかたどった人物の文様が見られ、ゴルーベフは、南ボルネオにおける霊魂を他界に送る舟と比較した。松本信広は、これらの事実にもとづき、記の天鳥船という神名や紀の熊野諸手船のまたの名の天鴿船、さらに天稚彦の葬儀に現われる鳥もすべて、死者の魂を他界につれて行く鳥の観念と関連していると論じ、大林太良もそれに賛成している。

七　**八日八夜、啼哭悲歌**（一三六頁注二二）　古事記の相当個所には「日八日夜八夜を遊びき」とある。魏志、倭人伝に「始め死するや停葬七余日、時に当りて肉を食はず、喪主哭泣し、他人就いて歌舞飲酒す」とあるのも同様な習俗を伝えたものである。殯の期間に親戚知人が集って歌舞することは、東南アジアでもしばしば見られる。

八　**味耜高彦根神**（一三七頁注二三）　アヂは可美の意。美称。スキは、鉏の意で、出雲風土記などにもアヂスキとある。記には志貴とあり、suki と siki とで、かなりの相違がある。シキは石木または石城の意か。あるいは地名と関係あるか。鉏とシキと交替している例は、大倭日子鉏友命の同母弟に師木津日子命があり、同母の豊城入日子命と、豊鉏入日女命とがある。なお考うべき問題である。タカヒコネは、高日子根で称え名。

九　**経津主神**（一三八頁注八）　フツヌシは、フツノミタマと関係があろう。フツノミタマを神武紀に韴霊と書く。韴は、広韻に、雑と同音、徂合切、dzap の音、断声とある。従って、物を断つ際の、擬態語、ブツ・プツを表わした文字。それゆえ、フツヌシ・フツノミタマのフツは、そういう、物を断つ際の擬態語によって与えられた名とも考えられる。しかし、三品彰英は、フツを朝鮮語 pur（火）purk（赤・赫）park（明）に比定し、フツは、天・太陽に対する宗教的観想を伴うものと論じた（布都之御魂考）。フツノミタマは、タマフリの行事に使う用具であり、フリとは神霊招致の儀礼及びそれに関する歌をいうという。第七段本文の、八咫鏡の一云に、真経津鏡があり、マは美称の接頭語、フツは、右にいう、赤・赫・火などの意味ととることもできるような例である。

また津田左右吉は、フツヌシの名が古事記に見えず、かわりにタケミカヅチノヲの神の別名にて、タケフツの神・トヨフツの神の名が挙げられていることに注目し、フツヌシをタケフツ・トヨフツから更に造作されるにいたった神名としている。なお、常陸風土記には鹿島の祭神の名が見えないが、古語拾遺ではタケミカツチを鹿島の神、フツヌシを香取の神としている。

一〇　**鋒端**(さき)（一三八頁注一五）　神武即位前紀戊午年六月条の高倉下の条に武甕雷が韴霊(ふつのみたま)の剣を下し、倒しまに庫の底板に立ったことが出ており、武甕槌系の剣霊の出現の仕方として、尖端を上にして立つ剣が考えられていたのであろう。セルビヤ人の間では、神祭に際して、司霊者は、祭場の地面に組み立てた剣の上に趺坐し、ゲルマンの儀礼でも、神の憑代としての司霊者が、組み立てた剣の上に坐り込むことによって、神の出現を具象化したという。

一一　**真床追衾**（一四〇頁注一〇）　マは美称。床追は床覆に同じ。床（トコ）は、坐ったり寝たりする台、高くなっている所。床を覆う衾。フスマは伏ス裳（マ）であるという。真床覆衾は、山幸彦が海宮に行った時に、その上に寛坐したとあり、また豊玉姫が皇孫の子を生んだときに、真床覆衾と草とでその生児をつつんで波瀲に置いて海に去ったという。この真床覆衾は、大嘗祭の祭儀に、天皇が臥す際に使う衾と関係があるらしい。

三国遺事に引く駕洛国記の首露神話でも、降臨した神子の六耶は、紅幅に包まれて酋長我刀の家にもち帰られ、かつ榻(しとみ)の上に納められたという。これは真床覆衾と類似している。突厥の新しい王はフェルトの上にのせられ、キルギスの新ハーン（王）推戴の儀式でも新ハーンを白いフェルトの上にのせ、高くほうり上げては落す。護雅夫は、このような例から、真床覆衾も王の即位式の反映と見ている。事実、大嘗祭の悠紀殿・主基殿にしつらえられる蓐・衾もマトコオフフスマと呼ばれており、これと即位式との関係を示している。

第九段で、ニニギが真床覆衾にくるまって降臨したとあるのは王の即位式の反映である。これから考えて、彦火火出見が真床覆衾つまり玉座に坐ったことによって、海神は彦火火出見が支配者の家系に属すること、つまり天神の孫であることをさとったのであると解釈できる。

一二　**稜威の道別**(一四〇頁注一二)　イツは神聖で霊威あること。↓一〇四頁注一一。道別は、道をかきわけて進むこと。イツノチワキを繰返して進む意。ただし、ここは、記には「伊都能知和岐知和岐弖」とあり、チワキは、必ずしも道別を意味しない。むしろ、チは、ハヤチ(疾風)・コチ(東風)のチにあたるべく、また、カグツチ・ミヅチなどのチでもある。従って、チワキは、風湧き、または霊威湧きの意で、天孫の降下に伴って、風の巻き起ったさまとも見られる。

一三　**天降於日向襲之高千穂峰**…(一四〇頁注一三)　タカチホのタカは、高、チは数量の多い意。ホは稲の穂。従って稲を高くつみあげた所の意が、最も古い意味であろう。神が天から峰に降下するという発想は、神が水平に訪れて来るとする発想と対立するもので、アジア大陸のアルタイ諸族などの持つ神の垂直降下の観念と一致する。神は山上に、ある託宣と聖物とを持って降下して来る。なお、クジフルノタケについては、朝鮮の首露王の降下する神話で、首長の天降った山は亀旨峰であるという。亀の古い字音はkiweg→kwiという変化を経ている。同韻の文字に追、雖があり、ツ・ヌの仮名に使われているから、クの音を表わしたものと見うる。してみると、亀旨はクシまたはクジとなり、高千穂の槵触峰・槵日の高千穂峰に降下したという第一第二の一書や古事記の伝承と一致する。また高千穂と現在地との関係は、南の霧島山とも北の宮崎県臼杵郡高千穂ともいう。

一四　**浮渚在平処**(一四〇頁注一七)　浮島在りの意。浮島があって、平らな処にお立ちになっての意。この所、古事記には「宇岐士摩理蘇理多多斯弖」とある。浮島があって、磯にお立ちになっての意か。ソは蘇とありソ(甲類)の音なので、イソのソと同じ。リは、ニの音転ではないか。共に舌音で、交替の可能性が無くはない。もっとも蘇理は、新訳華厳経音義私記に「其甲隆起、下二字倭言祖利乃保礼留貌(ソリノホレル)」とある。これと関係あるかもしれぬ。

一五　**吾田**(一四〇頁注二一)　阿多。吾田国。鹿児島県西部の古称。天武朝で書紀編纂が開始された当時は隼人の地で、天武十一年七月条に、同県東部の大隅隼人と西部の阿多隼人が併称されている。大隅地方よりも早く律令権力が南下、征服したらしく、まもなく唱更国、ついで薩摩国と命名され、大隅国のように国名としては残らなかった。和名抄に薩摩国阿多郡阿多郷。

一六　**鹿葦津姫**(一四一頁注二七)　この名は、鹿(カ)・葦(アシ)とある文字のままに、カアシツヒメと訓む説がある。しかし、奈良時代には、母音が二つ連続することを避ける音韻上の法則は、極めて鞏固であったから、ka-asiとaが二つ連続することはあり得なかった。このような母音連続の場合は、その一方が脱落するか、新たな合成母音を形成するか、あるいは、別の子音をその間に挿入するかの三つの方式が当時存在した。従って、この場合は、母音の一方が脱落したと見るべく、kaasiはkasiとなる。よって、鹿葦は、カシと訓むべきものである。カシツヒメのツは、助詞で、アマツ風・マツゲ(目つ毛)のツと同じく、ノの意味の古語である。よって、この命名は、カシ(地名)ノ姫という意味であろうと思われる。

カシは九州南部の地名であろう。続紀、神護慶雲三年条、薩摩公鷹白、加志公島麻呂の名があり、同天平元年七月条に大隅隼人、姶孋郡少領外従七位下勲七等加志君和多利などがある。

一七　**火闌降命**(一四二頁注四)　出産後産婦の部屋に火をたいてあつくする習俗は、東南アジアに広く分布しているが、奄美大島でも産婦の前で真夏でも火をたいて暖め、汗を出させるようにしていた。また火中で出産した子にホ(穂)という名がついている点については、垂仁五年十月条参照(↓補注6-五)。

本文	火闌降命(隼人等が始祖)	彦火火出見尊	火明命(尾張連等が始祖)	
第二	火酢芹命	火明命	彦火火出見尊(亦号火折尊)	
第三	火明命	火進命(火酢芹命)	火折彦火火出見尊	
第五	火明命	火進尊	火折尊	彦火火出見尊
第六*	火酢芹命	火折尊(亦号彦火火出見尊)		
第七	火明命	火夜織命	彦火火出見尊	
第八*	火酢芹命	彦火火出見尊		
記*	火照命(隼人阿多君祖)	火須勢理命	火遠理命(天津日高日子穂穂手見命)	

＊ これらの本では火明命を瓊瓊杵尊の兄弟としている。

火闌降の闌はタケナハタリの訓があるが、ここでは同音の襴と通用するものとして使われたのであろう。襴は裳裾の横のきれ。名義抄にスソの訓がある。スソは進む意のススムの語幹ススと通用するので、スソリは、進んでいる意。火の燃え進む意。火酢芹・火須勢理ともあり、スセリは、ススの連用形スシ(進)とアリとの合成語。susiari→suseri. 進んで行く状態。スソリと同じ意。下文の異伝では、これが第一番目、第二番目に現われる場合があるが、第三番目(最後)に現われることは無い。それは、この神の名が進む意だからである。なお、ここで出生する神神の名は諸書の間に次の異同がある。

一八 **隼人**(二四二頁注五) 熊襲が景行紀・記のみに見えるのに反し、隼人は律令時代まで史上に見えるので、熊襲の後裔を隼人とする説が古くからあったが、クマ・ソ及び隼人のオホスミ・アタはいずれも九州南部の地名。ながらく大和政権に従わず、また風俗を異にしたのであろう。熊襲→補注7—一一。ただし九州南部は、弥生式文化の波及期がおそく、また、現在でも血液型指数・指紋指数において、やや特殊な数値を示し、身長が低い等の人類学的徴表があり、そこを舞台とする記紀神話のモチーフは、インドネシアなど東南アジア各地のそれと共通するものがあるので、隼人をインドネシア系種族と見る説もある。ハヤヒトのハヤはハエ(南風)と関係があるともいう。

隼人は履中即位前紀・清寧元年十月条・敏達十四年八月条などに、いずれも天皇・皇子らの親衛軍として近習していたかの如くに語られているが、大和朝廷の支配下に入ったのはそう古い時期ではなく、記録として確実なのは天武十一年七月三日条の方物を貢したという記事以後であろう。従って隼人が伝承してきたと見られる南方系神話が記紀に組みこまれた時期も天武朝以後と推測する説もある。

天武朝以後、隼人は鹿児島県東部にあたる大隅、同西部にあたる阿多の両地方から数百人ずつ、それぞれの首長に率いられ数年交代で朝廷に勤務し、一部は山背国綴喜郡大住郷などに移住した。律令制では衛門府の隼人司に属し、宮城門の禁衛のほか、歌舞の教習、竹笠の造作に従事。なお大隅の隼人は養老四年二月にも反乱を起して討伐を受け、また律令政府の権力をもってしても薩摩・大隅両国には班田収授法を強行しえなかったことが、続紀、天平二年三月辛卯条に見える。

一九 **三種神宝**(一四六頁注一五) 神代紀・神代記には、天岩屋の物語の中に八咫鏡・八尺瓊勾玉の、また八岐大蛇の物語において草薙剣のそれぞれの起源が記され、次いで神代紀の第九段第一の一書および神代記の天孫降臨条には、右の三者を「三種宝物」として(この称呼は紀の一書のみに見え、記にはない)瓊瓊杵尊に授けた物語があり(紀の本文にはこの物語はない)、神代紀の第九段第二の一書には、天照大神が「宝鏡」を皇孫に授け(剣・勾玉を授けたことは記されていない)、「視二此宝鏡一、当レ猶レ視レ吾。可三与同レ床共レ殿以為二斎鏡一」と曰ったと記されているほかに、崇神紀に天皇が「畏二其神勢一、共住不レ安。故以二天照大神一、託二豊鍬入姫命一」笠縫邑に祭ったこと、垂仁紀に天照大神の祠を伊勢五十鈴川上にたてたこと、景行紀および景行記には、伊勢神宮の祭主倭姫命が日本武尊に草薙剣を授け、尊が途中で病死したため剣が尾張にとどめられたことがそれぞれ記されている。古語拾遺には、皇孫に「八咫鏡及草薙剣二種神宝」を授けたという前引三種とするのと異なる所伝をふくむほかに、崇神天皇が「天照大神及草薙剣」を笠縫邑に遷すに当り、「更鋳レ鏡造レ剣以為二護身御璽一。是今践祚之日所レ献神璽鏡剣也」という、記紀に所見のないことをも記している。戦前の学校教科書の類では、これらいくつかの異伝をほしいままに綜合した上潤色を加え、ほぼ次のように説述するのを例とした。すなわち、天孫降臨に際し、天照大神が皇孫に「三種の神器」を授け、「代代の天皇、あひ伝へて皇位の御しるしとなし」、「つねに宮中にあ」ったが、崇神天皇にいたり、「別に鏡と剣とを模造せしめ」、「真の鏡、剣」は笠縫に遷し、垂仁天皇のときさらに伊勢に遷して、伊勢神宮の神体となり、景行天皇のとき日本武尊の携えた剣が尾張にとどめられ、熱田神宮の神体となった、というのである(引用は明治三十六年版国定日本歴史教科書の文言による)。こうした説明に代表されているごとき理解が、学校の歴史教育を通して広く国民に普及されていた。これに対し、はじめてこの常識に学問的な批判を加えたのが、津田左右吉であった。今、津田の研究等により、いわゆる三種の神器についての客観的史実と認められるところの大略を述べると、左のとおりである。

もと宮中に鏡と剣とが、祭祀の対象としてではなく、「護身」(古語拾遺)のための呪物として、天皇の身辺に置かれており、ある時期から、中国の史籍に見える伝国璽の観念と混和し、天皇即位の時に忌部がこれを新帝に献ずる儀式が行なわれていた。神璽という名称はすでに唐に存在し、則天武后のときに神宝といわれることになった。それはまた伝国璽とも呼ばれ、この名称と儀礼とが、その器材も由来も異なる我が宮中の鏡・剣に適用せられたのである。古語拾遺に「八咫鏡及草薙剣二種神宝」、神祇令に「神璽之鏡剣」とあるによって、「神璽」が当時鏡・剣の二者を指していたことは、明白である。持統四年正月戊寅条の「忌部宿禰色夫知奉二上神璽剣鏡於皇后一。皇后即天皇位」という記事は、天皇即位の際の神璽の授受の最初の確実な歴史的記録と認められるが、この記事が前引古語拾遺・神祇令の文と精密に符合するのを見落してはなるまい。

宮中の鏡・剣とは別に、伊勢神宮には鏡が、熱田神宮には剣がそれぞれ古くから祭られていた。記紀の天孫降臨条の鏡、または鏡・剣・玉の授与の物語は、前記の伝国璽の思想とは別に、両神宮の神体の起源説話として神代史に付加されたものと推知されるが、神宝が宮中にあって歴代に伝えられている現在の事実と、この起源説話とを結合するために、崇神天皇が鏡・剣を笠縫邑に遷すに当り、「更鋳レ鏡造レ剣」らしめた(古語拾遺)という説話が必要となった。この新造説話が記紀に見えないのは、その原資料に最初両者を結びつける説話のなかったことを物語っている(まして「模造」というがごときは、古典に全く見えない後人の創作にすぎない)。また、記紀ともに剣を鏡と同列に扱っていないことからみると、神宝の起源については、最初は伊勢神宮の鏡についてのみ語られ、次に独立した説話に見えていた草薙剣が神宝の内に加えられ、最後に勾玉が加わって三種の神宝の観念を成立させ、それが古事記および書紀の一書に現われたのであろう。勾玉も鏡や剣と同じく神聖視せられていたこと、岩戸がくれの説話に見える「みてぐら」と対応させようという要求、三の数を重んずるようになった特殊の思想の影響等がその原因として考えられる。

宮中の神璽のその後の変遷をみると、神鏡は平安朝までのある時期に別殿に祭られ(賢所という)、天皇の身辺に置かれ即位の時に授受される神璽は、剣・玉に変り、神璽の名も転化して玉を指すこととなった。この内、賢所の鏡は寛弘二年・長久元年両度の火災に焼け損じて原形を失い(日本紀略・小右記・春記等)、剣は安徳天皇壇浦入水の際に海に沈み、その後別の剣を以てこれに代えた。玉のみは損亡の事実がなく、壇浦における実見の伝聞記録(青蓮院文書慈円覚書)も存在するが、植村清二は、もともと玉は実在しなかったとの学説を発表している。

伊勢の神鏡の形態については記録がないが、皇太神宮儀式帳所伝の容器に「径二尺、内一尺六寸三分」とあるにより、その寸法以下の直径の円形銅鏡と推定されている。熱田の神剣の形態については、栗田寛の神器考証に引く吉田家蔵玉籤集裏書に記された実見談に「長さ二尺七八寸許り、刃先は菖蒲の葉なりにして、中程はムクリと厚みあり、本の方六寸許りは節立て魚等の背骨の如し。色は全体白し」とあり、後藤守一はこの記事を考古学的に検討して、鎬のところが丸くふくらみ、魚の背骨の如く節立つなど類例の稀な形態をもつ白銅製の狭鋒銅剣で、鋳造当時の色をそのまま保っているのであろう、と推定した。

ちなみに、津田によれば、後世神器という名が普通に用いられるようになったが、神器とはもと天子の位を指すのであり(老子・続紀、霊亀元年九月条等)、神璽の鏡・剣を神器と称した例は昔にはなく、南北朝頃から生じた名称であろうという。

二〇 **天壌無窮の神勅**(一四七頁注二二) 天孫降臨の物語において瓊瓊杵尊に葦原中国の統治を命ずる神勅として伝えられる文章は、記・紀・祝詞等の古典を通じ十数種を算するが、特に日本書紀一書の「宝祚之隆、当与二天壌一無レ窮者矣」に終る神勅文は、古語拾遺にもほぼそのまま転載され、古来特に重視され来り、ことに明治以降、戦前の国家体制下では、「万世一系の天皇をいただきていつの世までも動きなきわが国体の基」を定めたもの(大正七年版国定教科書)として、学校教科書その他に特筆大書されるのを常とした。それは、この文章が荘重な漢文で表現されているためであって、神勅文の伝承としては、かえって最も新しい文体であることを意味した。この文章に漢文の潤色あることは、早くは賀茂真淵・本居宣長の指摘するところで、近くは土田杏村・津田左右吉・家永三郎がいっそう精密にその文章の成立過程を追求している。津田は、「宜爾皇孫」以下「無窮者矣」の一節は、漢文であって、国語で書いてあった旧辞の面影の遺存する前後の文章と全く調子の合わないこと、古事記のこの条にこの部分に対応すべき語の無いこと等より考え、この部分の全体が書紀の編者の修補とすべきものであり、かつそこには天地を長久とし、世界の終末、もしくはその壊滅と再生との循環を考えなかった中国特有の思想が借用されていることを明らかにした。家永は、津田の学説に修正を加え、この部分は書紀編者の新造にかかるものではなく、最初中つ国の統治を皇孫に事依さす一句のみから成り立っていた神勅文が、将来に対する祝寿の句を加えた文章に発展し、それも最初は「天津日嗣乎万千秋能長秋爾…安国止平気久所レ知食」(大殿祭祝詞)、「天地之依相之極、所知行」(柿本人麻呂作歌)等というような国語で表現せられていたものを、書紀の編者が漢文に書き改めたものであり、その際には、隋の開皇六年の竜蔵寺碑銘の「庶使二皇隋宝祚与レ天長而地久一」、唐の貞観四年の昭仁寺碑銘の「与二天壌一而無レ窮」、麟徳元年の禅林妙記後集序の「真家与二日月一倶懸、玆福無疆、宝祚将二穹壌一斉固」等に見られるごとき仏教の願文類の慣用句を借用したものであろう、とした。

二　**氏姓**（二四九頁注一五）　日本古代の氏(うぢ)は、いわゆるクラン・ゲンス的氏族共同体のような社会組織とは違って、その内部に階級関係をもつ政治組織である。氏は多くの家から成っており、その中の最有力な家の家長が氏上(うぢのかみ)となり、氏の共有財産の管理権と氏神の祭祀権とを掌握し、その血縁及び非血縁の家の人人、すなわち氏人(うぢびと)を統率していた。そして氏上は氏全体の代表者として大和朝廷と何らかの政治的関係をもち、朝廷における政治的地位の標識として、姓(かばね)を与えられ、ある範囲の氏人もこれに準じて姓を称していた。姓には公(きみ)・君(きみ)・臣(おみ)・連(むらじ)・直(あたひ)・造(みやつこ)・首(おびと)・史(ふひと)・薬師(くすし)などの種類がある。公(君)は皇室より分かれたと称する氏や地方の豪族に与えられ、その姓をもつ地方豪族には皇室に対する独立性の強いものがいた。臣は公(君)と同じく皇室より分かれたという氏に与えられ、大和を本拠とするものが多く、かつて大和連合政権を構成した有力豪族であろうとされている。連は皇室と祖先を異にする有力な氏に与えられ、朝廷に仕えた伴造(とものみやつこ)の家柄のものが多い。直は朝廷に服属した地方豪族に与えられたもので、四四三年の鋳造と考えられている和歌山県隅田八幡宮所蔵の人物画像鏡の銘文に「開中費」とあり、費は欽明二年七月条に費直ともあって、アタヒと訓むべきであるから、直の姓の成立は五世紀前半ころではないかといわれている。おそらく五、六世紀に、国造(くにのみやつこ)の地位を認められた地方豪族に一律に与えたものであろう。造は朝廷の品部や名代・子代部の管理者である伴に与えられ、首は地方の伴造や地方村落にいた帰化系の氏の首長に与えたものである。史・薬師などは、主として五世紀以後に渡来した帰化系の氏に与え、これら職名に由来する姓の成立は比較的新しいと考えられる。大和朝廷が姓を氏に与え、これによって諸氏を秩序づけたのは、皇室の世襲王制の確立と無関係ではなく、おそらく全国的に姓が統一性をもつようになったのは、石母田正の指摘のように六世紀以後のことであったろう。

なおウヂという言葉は奈良時代には udi と発音された。「生み血」「内」の意などと解されているが、朝鮮語 ul(族)と対応する。朝鮮語1と日本語 d とは対応する。例えば p'il～pidi(臂); mil～midu(水); nunmil～namida(涙); korari～kudira(鯨); čul～sudi(筋); miri～midu-ti(竜)などの例がある。蒙古語に uru-q(親戚)、トルコ語キルギス方言に urü(親戚)、ツングース語に ur(息子)、ブリヤート語 uri(子孫)がある。これは父系の親戚に用い、母系で使わない。つまり、ウヂは、男系の血縁を示す語で、ウガラ、ヤカラのカラよりも明確な意味で使われた単語である。

三　**猨女**（二四九頁注一六）　朝廷の祭祀、特に鎮魂の儀に楽舞を奉仕する女性猨女を世襲的に貢上する氏。紀には他に見えないが、古語拾遺に「猨女君氏、供二神楽之事一」とあり、延喜四時祭式、鎮魂祭条や西宮記に縫殿寮が猨女を率いて奉仕することが見える。延喜式・皇太神宮儀式帳・西宮記などには、鎮魂祭に縫殿寮の官人が猨女・歌女らを率いて楽舞を奉仕することがみえるのみであるが、喪葬令集解の令釈は古記を引いて親王以下の葬儀に葬具を賜い、遊部という特殊な奉仕者を派遣する慣例あることを述べて「遊部者、在二大倭国高市郡一、生目天皇之苗裔也。所三以負二遊部一者、生目天皇之孽、円目王娶二伊賀比自支和気之女一為レ妻也。凡天皇崩時者、比自支和気等到二殯所一、而供二奉其事一。仍取二其氏二人一、名称二禰義、余比一也。禰義者負レ刀并持レ戈、余比者持二酒食一并負レ刀、並入レ内供奉也。唯禰義等申辞者、輙不レ使レ知レ人也。後及二於長谷天皇崩時一、而依レ緊二比自支和気一、七日七夜不レ奉二御食一。依レ此阿良備多麻比岐。爾時諸国求二其氏人一。或人曰「円目王娶二比自岐和気一為レ妻。是王可レ問」云。仍召問。答曰「然也」。召二其妻一問。答曰「我氏死絶。妾一人在耳」。即指二負其事一。女申云「女者不レ便二負レ兵供奉一」。仍以二其事一移二其夫円目王一。即其夫代二其妻一而供二奉其事一。依レ此和平給也。爾時詔「自二今日一以後、手足毛成二八束毛一遊」詔也。故名二遊部君一」と記す。猨女と遊部との関係は明らかでないが、猨女の祖天鈿女命についても古語拾遺は強悍猛固と記しており、魂鎮めに供える舞が原始的な荒荒しいものであったことを想わせる。

三　**鹿島・香取神宮**（一五〇頁注五）　鹿島神宮は常陸風土記によると神代に天降った香島の天の大神を祭り、崇神天皇の時朝廷に聞こえ、大化五年中臣鎌子の請により神郡を置き、坂戸社・沼尾社を合せて香島大神と称し、天智天皇の時朝廷からの使が神宮を造営したという。鹿島宮社例伝記など中世の書に当社を神武元年の創立とし、大鏡が藤原鎌足の創始とするのは共に疑わしい。香取社についても香取文書正和五年の文書に神武十八年の創立とするのは同様である。後紀、弘仁三年六月、住吉・香取・鹿島三社を二十年に一度造替する慣例に弊害を認め、正殿だけの新造に限ることとしたとあるが、三代実録、貞観八年正月には鹿島神宮の六箇院の二十年ごとの修造に材木五万余枝、工夫十六万九千余人、料稲十八万二千余束を要したとあり、大工事であった。この式年造替のおこりは奈良時代にさかのぼるであろう。鹿島・香取両神を藤原氏の氏神とすることは続紀、宝亀八年七月に見えるが、この関係は春日神社の創立時には既に成立していたろう。

二四 **竹刀を以て、臍を截る**（一五六頁注四） 東南アジアの竹刀で臍の緒を切ることについては Ploß Bartels の Das Weib に詳しい。今その中から、竹刀使用の地域としてあげられている地名、地方名だけを抜抄する。

Sulansen, Kroë(Sumatra), Mentawei-Inseln, Java, Tenggeresen(Java), Philippinen, Naak oder Naya-Kurumbas, Nilgiri-Gebirge, Wilde Stämme von Malakka, Orang-Bênûa in Malakka, Oran-Lâut, Cochin-China

日本の習慣に関しては、シーボルトの「ニッポン」及びフローレンツの「日本紀」に記載がある。

なお、甲陽軍鑑品第十六にも「ゑな刀と申て竹にて一尺二寸にして節を一つ籠(こ)め、左右刀に作りて是にてゑなを納るなり、納所はうみたる座敷の下に納申なり、他の流には同方(両方か、両刃か)をとる事しらぬ事なり。依之子そだたぬといへり」とある(この項金関丈夫博士の教示による所が多い)。

二五 **大伴連**（一五六頁注一二） 神代記・姓氏録・旧事紀などもみな天忍日命の子孫とする。本拠は大和盆地東南部で皇室・蘇我氏の本拠と隣接すると推定されている。古くから皇室に従属して軍事を担当していたらしいが、五世紀末から六世紀前半にかけて族長は大連となり政権を掌握。大化前代にはやや衰えて大夫クラス。壬申の乱で活躍。天武十三年十二月に一族の佐伯連と共に宿禰と賜姓。奈良時代にも高官・万葉歌人を輩出したが、平安初期に没落したため、大豪族であるにかかわらず系図に良いものがない。大化前代における私有民である大伴部は全国的に分布、特に東国・奥羽の地方に目立つ。雄略二十三年八月条にも、大伴金村に対し、「大連等、民部広大、充二盈於国一」との詔が見える。大伴部の現地での管理者は大伴部直。

二六 **来目部**（一五六頁注一四） 久米部は四国・中国地方を中心に、一部は東海道沿いに分布。各地に久米郷などの地名、特に伯耆・美作・伊予には久米郡がある。部の管理者は各地の久米直。久米直は蘇我氏系や春日氏系の久米臣とは別。天武八姓のさいにも賜姓されなかった。記を除く紀・万葉・姓氏録などは、いずれも久米部の統率者を大伴連とするが、久米部の中心が早くから大和政権下にあった西国にあり、大伴部が遅れて大和政権下に入った東国に目立つとすれば、久米部の統率者の勢力が或る時期を境に衰えたために、久米部が久米直ごと大伴連に管理されるに至ったとの説は妥当かも知れない。神武紀の久米歌を盛期の久米氏を伝えたものとする説もある。雄略九年三月条の紀岡前来目連は、大伴連が統率する以前の久米部・久米直の統率者か。

二七 **海幸・山幸の類話**（一六三頁注一四） 今から百年ほど前に、インドネシアの北のセレベス島のミナハッサで大要次の話が記録されている。

パサンバンコのカヴルサンという男が、友達から鉤を借り受け、小舟で海に出て釣をしていると、魚のために糸を切られて鉤をなくした。帰って友達に語ると、友達は、是非、もとの鉤を返してもらいたい。他の鉤では、十個でも受取らないという。困ったカヴルサンは再び海に出て、鉤をなくした場所で水中に潜ると、一つの道がついていた。その道を辿って行くと、一つの村に出た。一軒の家から騒ぎと、悲しみの声が聞えるので、その家に入ると、少女が、その喉に刺さった鉤のために苦しんでいる。カヴルサンがその鉤を喉から引き抜いてやったので、少女の両親が喜んで贈物を彼に与えた。カヴルサンが海中に潜った所に引き返してみると、自分の小舟が見えなくなっているので歎き悲しんでいると、一匹の大きな魚がやって来た。魚はカヴルサンの懇願を容れて、魚の背にカヴルサンをのせるやいなや疾風のような早さで水の中を飛び、間もなく岸についた。カヴルサンは自分を苦しめた友達に復仇すべく、諸諸の神神の助けを乞い、大雨を降らせて、友達を窮地に陥れた。

また一九〇四年にフロベニウスの失われた釣針の研究に引用された、南洋のパラウ島の伝承がある。

海から現われた或る女を母とする或る酋長の息子アトモロコトが、造ってもらった糸と鉤とで毎日魚を釣っていた。そして家に帰るごとにその鉤を父に示さなければならなかった。ある日、それを魚に食い取られたので、父がひどく怒って口汚なく罵り辱かしめた。アトモロコトはアダラルという女に助けを求めた。アダラルの助言によってアトモロコトは、灰とカラマル樹とを海に投げ入れてから、自分も海に飛び込んで、一匹の魚と共にアダックという所に行き、泉の辺に坐っていた。すると一人の少女が水を汲みに来た。リリテウダウという女が死にそうなので水を汲みに来たといって、少女は去った。少女は家に帰って、見知らぬ他所者が来ていると家人に告げた。そこでアトモロコトはその家に招じ入れられた。病気の女リリテウダウは、アトモロコトの顔つきが自分の娘に似ているのに驚き、アトモロコトの母は誰であるかを尋ねた。その結果、アトモロコトはリリテウダウの孫であると判明した。アトモロコトが病気の原因をただすと、顎の痛みであるという。それを聞いてアトモロコトと一緒に来た魚が、滑稽な身振りで舞踊を始めた。病気のリリテウダウが、おかしさの余り、大口を開いて大笑いすると、その拍子に喉から釣針が飛び出して病気が癒った。アトモロコトはその釣針が自分のものであることを知って、喜んでこれを籠に入れた。リリテウダウも病気のなおったことを喜び、自分の国のアダックから、何でも気に入ったものを持ち帰るようにアトモロコトに勧めた。

これは海幸・山幸の話の前半の、釣針に関する部分で、後半の、潮乾珠・潮満珠については、東南アジアに類話がある。大林太良は次のごときカンボジアの例を報告している。

バスティアンがカンボジア西北部から報告している伝承。

昔、ある王がいたが、彼は Keh phom 山上にいる彼の妾の計略を逃れて、Debaeh 山上に住む彼の正妻を再び探し出そうとした。当時 Sisuphon から Battambang に至る間の土地はすっかり水に蔽われていた。そして王が、彼の親族を訪問するという口実で、そこを下ったとき、彼が東へではなく、西に舟を向けているのを見た妾は、一匹のワニを Salakok 山から夫を追跡するために遣した。しかし同時に王妃は、Raxakhun という名の彼女の夫が危険にあるのを見てとって、その呪力をもって、すべての水を乾してしまい、湖を陸地に変えてしまった。しかしワニは石に化し、今なお Khao Taphao 山のところで見ることができる。

この話では一人の男をめぐる三角関係のため、やや複雑になっているが、それでも夫と妾の別離のモチーフがとりあつかわれている。しかも、別れねばならぬ妾の方は、ワニを使っているところからみて、Keh phom 山に住むとはいいながら、竜種の女、水神の女という色彩が著しい。これは恐らく山の王が、竜種の女と離別するという単純な形式から発達したものであろう。ここで、相手を苦しめるため、正妻が、漫漫たる水を干してしまうことは、海幸・山幸の話で、火遠理命が競争者の火照命を塩干珠で苦しめることを思い出させる。

また、海幸・山幸の話の最後の部分には、豊玉姫の、覗き見禁止の話がある。これについては、↓補注2-三一。

二八　**サチ**(**幸・利**)(一六三頁注一六・一六四頁注二一・三)　サチという語は朝鮮語 sal(矢)と同源の語であろう。それは、日本語と朝鮮語との間に次のような音韻の対応があることで分る。つまり、日本語の t が朝鮮語の l に対応する。サチは独立語形で、複合語の場合はサツである。例えばサツヤ(サツ矢)、サツヒト(猟人)、サツユミ(サツ弓)。サツヤは、矢という語が重なることになるが、朝鮮から伝来した矢は金属の鏃をつけている鋭いものであったから、特にサツヤと、従来のヤという語の上に、サツを形容語として添えたものと考えられる。サツユミの場合もこれに準ずる。サツヒトは矢人の意から、猟人の意である。また、矢のもつ霊力は、猟の結果を左右するものであるから、サチがある、サチが無いという用法を派生し、ついでサチは幸福の意を示すようになった。

pati(蜂)pöl
kati(徒歩)köl
tati(複数)tïl
mitu(水)mïl
kutu(口)kul
(南鮮)
sati(矢)sal

二九　**無目籠**(一六四頁注一五)　本文の無目籠(まなしかたま)は、第一の一書には「大目麁籠(おほまあらこ)」と書かれ、また一に「以二無目堅間一為二浮木一」とあるともいって「所謂堅間、是今之竹籠也」と説明している。しかし第三の一書では「無目堅間小船」とあり、神代記の「无レ間勝間之小船」と同じく船と伝えている。カタマ・カツマが籠のような容器であることは、和名抄にも漢語抄を引いて「笭籠」を「加太美」と訓ませ「小籠也」と説明し、万葉集註釈の引く阿波風土記逸文にも勝間を説明して「粟人者、櫛笥者勝間云也」といっていることから明らかだが、マナシとは記伝もいうように、それが堅く編んであって、目がつんでいるものを云うのであろう。この点、第一の一書の大目麁籠は、目のあらい籠であろうから無目籠とは異なるわけである。記伝は、籠は一般にはコと訓むべきで、コの古称をカタマと思いこんで籠をみなカタマと訓むのは非であるとしている。カタマは、ツク(築)↓塚、ナフ(綯)↓ナハの例によって考えれば、あるいは堅編(kataama→katama)かもしれない。

ところで籠は、折口信夫によれば神への供物を納める容器であると共に、神の依代と考えられていたという。また無目堅間の小船について、新井白石は、竹を堅く編んで風の透らぬようにした帆蓆即ち風篷のある小船のことであろうと考えたが、西村真次は東南アジア、東京地方に、卵を半分に縦割りにした形に竹を編み、牛糞と椰子油をこねたものを目に塗りこんで、漏水を防ぎ、二、三人の乗れる軽舟を作る実例のあることを指摘している。

三〇　**大小之魚**(一六五頁注三〇)　トホシロシは奈良朝では雄大・広大の意。また、大きい意。万葉三二四、山部赤人の歌「明日香の旧き京師は山高み河登保志呂之(とほしろし)」(呂はロ乙類)とあり、遠白の義ならば「志路之」(路はロ甲類)などとあるべき所。上代特殊仮名遣から見て「白」の意は無く、大きい意と解される。ここの大小之魚のトホシロシも同じ。寛文板本等の傍訓にはトヲシロクとあるが、兼方本・兼夏本共にトホシロクとあって古体を示している。

三一　**豊玉姫の出産と離婚**（一六五頁注三二）　竜蛇や水界の異族の女あるいは男と王朝の始祖が結婚する話は、東亜やインドシナに少なくないが、その場合、しばしば離婚を伴っている。大越史記全書にあらわれたベトナムの神話では、太古神竜と涇陽王との間に生れた貉竜君は、帝来の女、嫗姫を娶って百男を生んで百粤の祖となったが、貉竜君と嫗姫は離婚し、百人の子も、そのうち五十人は母に従わせて山に帰らせ、他の五十人は、父とともに南に行ったという。またビルマの北方、シャン・ステートのセンイの年代記にも次のような話がある。昔、湖岸に老夫婦が住んでいた。その息子は人間の形で湖水から出てきた竜女と恋に陥り、竜女の父なる竜王のもと、竜の国で住むようになった。これより先、竜王は娘の為を思ってすべての竜に人間の形をとることを命じてあったが、その中に夏になり竜の水祭の日がきた。竜女はその夫に、今日だけは家にとどまり外を見てはならないと固く禁止する。しかし好奇心に駆られた若者が王宮の屋根に上り、遙かに眺めると、湖水を始め全国土は狂い舞う竜に満ちているのに驚いた。夕方になると竜は皆人間の形を再びとって帰ってきた。若者は故郷が恋しくなり、同情した竜女と共にもとの湖水に出た。しかし竜女はそこに止ることが出来ず卵を生んで去ってしまう。残された男は枯葉を積んでその卵を孵化すると、中から子供が生れ、これを小指から湧き出る乳で養った。後にメン・マオの国王となったのがすなわちこの子であった。

この話の中の、「見てはならぬ」というのに妻の国人の動物の姿を窺い見、それが夫婦生活の破綻となる筋は、わが豊玉姫の話に著しく類似していることは、松本信広が、すでに指摘している。

三二　**ウガヤフキアヘズ**（一六八頁注三）　可児弘明によれば、ウの羽で葺いたというのは、安産の霊力がウの羽にあると信じられていたからである。ウの羽をもっていると安産できるという俗信は五十年前まで沖縄に残っていた。中国ではウは魚を呑んで、また容易に吐きだすことができるので口喉が広く、したがって安産のまじないとされ、産婦はウを抱いて安産を願い、妊娠中の女がウを食べることも禁忌とされている。ウによって安産を願う日本の観念は中国から渡来したものであろうという。

しかし、語法的には左のことも考えられる。ウブヤという語は平安朝には仮名書きの例があるが、奈良朝には見当らない。よって考えるに、ウガヤは、ウブヤの意にあたるウミガヤ（ウムガヤ生むが屋）の転化によって成立したものではなかろうか。umugaya→umgaya→ungaya→ugaya. つまり第一の一書に「甍未合時、児即生焉故、因以名焉」とあるのをあわせ考えれば、ウムガヤをすっかり葺き上げない意から、ウムガヤフキアヘズの名が起り、それが発音の変化によって、ウガヤフキアヘズとなったと考えられる。

これは現在奄美大島では、自分の家に妊産婦がある時には屋根を葺かない習慣があることと考え合わせるとき、やはり蓋然性のある解釈と考えられる。

三三　**饌に預けじ**（一七三頁注一四）　天孫の食膳にのぼせないということが、一つの禁止としての意味を持つためには、天孫の食膳にのぼることが幸福であるという前提が無ければならない。これは今日の我々の意識からすると、理解しにくいことであるが、未開人の観念の中には、動植物が人間に食われることは仕合せなのであり、矢や鉤を負ったまま苦しむ方がむしろ不幸なのだという観念があったらしい。たとえばアイヌその他の伝承の中にそのような話が少なくない。北米の北西海岸インディアンも、魚が人間にとられ全部食いつくさないと、魚族の霊は本国で病気になると考えている。

三四　**稲飯命**（一八五頁注一八）　姓氏録、右京皇別、新良貴（しらき）の条に「彦波瀲武鸕鷀草葺不合尊男稲飯命之後也。是出於新良国、即為国主。稲飯命出於新羅国王者祖合。日本紀不見。」と見える。この条文の解釈には、㈠稲飯命は新良国主より出たが、稲飯命の系が新羅国王より出たというのは紀に見えない、㈡稲飯命は新良国においてその国主になり、また稲飯命は新羅国王の祖である、㈢稲飯命は新良国へ出て国主になり、また稲飯命が新羅国に出て王となるというのは紀には見えない、など説が分かれている。㈡と㈢の解釈の前半部は大意において大差はないが、前半部は、稲飯命は新良国へ行って国主となると解した方がよいであろう。後半部は、稲飯命は新羅に行って、その国王の祖と合（まじ）わると読んで、異伝を並載したものと考える説が当っているか。津田左右吉は、この話が記紀のいずれにもなく、姓氏録のみにあるということが、すでにこの話の古くから伝えられたものでないことを暗示しているといい、多分、神武紀に稲飯命が海に身を投げたということがあるので、それを海外に行ったことに取り、そこから発展した物語で、新良貴氏がその祖先を皇族に託して家柄を尊くしようとした動機から出たことであり、記紀の編纂後、奈良朝ころに作られた話とする。

なお、これに関連して、サヒについては、現在、隠岐島の方言では、サメをワニという。これは古語の残存したものであろうと考えられているが、もし、それが正しいとすれば、次のような推定ができる。古代ではヒの音はpiと発音されていたし、pとmとは発音の部位(唇)が同じ働きをするので、pとmとは通用することがある。従ってsapiはsamëと通用することが考えられる。すると、サメはワニを表わしていたのだから、sapi=samë=waniということになり、sapi=waniということになる。つまり、サヒはワニを表わし得たのである。鰐は古事記の海幸・山幸の話で、海宮から、山幸彦を送って来た一尋和邇を、後に佐比持神というとあるのも、古事記では「佩かせる紐小刀を解きてワニの頸につけて返した」からであると説明しているが、それは語源説話の一種で後から加えられた話であり、本来はこのワニ=サヒという単語の意味上の事実が存在したことが、ここと関係しているのである。これは、対馬の鰐津と、朝鮮の鉏水門(サヒナト)においても関係のあることと思われ、サヒ=ワニということから、その辺一帯をサヒノミナトとも、ワニノミナトともいったのではないかと思われる。

3　巻第三　神武天皇

一　**神日本磐余彦天皇**(一八八頁注一)　神日本磐余彦天皇は、記に神倭伊波礼毗古命とある。神日本は美称。磐余は大和の地名。奈良県磯城郡桜井町・安倍村・香久山村付近(今、奈良県桜井市中部から橿原市東南部にかけての地)で、桜井町谷には磐余山がある。大和の平野部から宇陀の山地部に入る咽喉の位置にある。下文に兄磯城の軍のいた所として磐余邑が見える(一九九頁二行)。磐余は後に屢〻皇居の地としてえらばれ、神功皇后の磐余稚桜宮(→補注9‐二四)、履中天皇の磐余稚桜宮(→四二四頁注一四)、清寧天皇の磐余甕栗宮(→五〇四頁注一一)、継体天皇の磐余玉穂宮(→下三四頁注一〇)、用明天皇の磐余池辺雙槻宮(→下補注21‐一)がある。神代紀第十一段の一書には狭野尊(一八六頁三行)をあげて、神武の「年少時之号」といい、神代紀の諸所及び神武即位元年条にも神武を(神日本)磐余彦火火出見尊(又は天皇)という。神武と彦火火出見尊の名との関係→一八六頁注二。また元年条(二一三頁五行)には始馭天下天皇(はつくにしらすすめらみこと)とある。なお天皇崩後の称号には諡号と追号の別があり、諡号に漢風と国風の二種がある。諡号は聖徳を頌する美称であるのに対し、追号は讃美の意を含まず宮名・陵名等を用いる例である。この区分に従えば、神日本磐余彦天皇は国風諡号と見てもよいが、国風で諡と明記されたものは、大宝三年持統天皇に上った大倭根子天之広野日女尊に始まり、これとは多少ちがう感じもする。

二　**漢風諡号**(一八八頁注二)　歴代天皇の漢風諡号がいつ定められたかについて、有力な史料とされるものは、釈紀、述義五に「私記曰、師説、神武等諡名者淡海御船奉㆑勅撰也」とある文である。この私記は、元慶の私記か、承平・延喜の公望私記と考えられるので、淡海御船在世の時と百年前後を隔った頃の説であり、信憑してよいと思う。ただ御船撰諡のことは信じられるとして、神武からいつまでの諡号を撰んだのか、撰んだときはいつかという問題は、別の方法で考究しなければならぬ。前者については、文武の諡号だけは御船より前にすでに行なわれた証があるし、聖武は宝字二年に上られた尊号の勝宝感神聖武皇帝の二字をとったものであり、孝謙・称徳の号も同じ時に上られた尊号の宝字称徳孝謙皇帝から出たものであり、光仁の号は平安時代の初めにはまだ確定していなかった。そこで、御船の撰んだ諡号は神武以下持統までと元明・元正ぐらいではないかと思われる。つぎに撰んだときは、天平宝字六年ないし八年のころ、かれの文部少輔であった時代ではないかと推定される。大日本史修史例には、その時を「盖在ニ孝謙之末。桓武之初ニ乎」と推し、森林太郎は帝諡考で「従フヘキニ似タリ」とそれに賛同しているが、それでは少し大まかに過ぎるといえよう。したがって、書紀所載の天皇の漢風諡号はみな淡海御船の撰んだものであり、書紀編集のときにはまだ存在しなかったものである。なお、漢風諡号を定めることは中国では周代から始まったことであり、その文字の撰び方を記したものは周書の諡法解を最も古いものとする。この諡法解は後に晋の杜預の春秋釈例や唐の張守節の史記正義に引用されて世に行なわれ、諡法の準拠となった。御船もこれにもとづいて撰諡をしたことであろう。周書によると、「一人無レ名曰レ神」「剛彊直理曰レ武」「威彊叡徳曰レ武」「克定ニ禍乱ニ曰レ武」「刑レ民克服曰レ武」「大志多窮曰レ武」などと見える。→下補注16-一。

三 序数詞の訓（一八八頁注五）　日本語では、序数詞のための特別の言葉がない。そこで、第二子・第三子、あるいは「日本書紀第一」のごときを訓読するにあたっては、…ニアタルという語を特に使う。たとえば第二子は、フタハシラニアタリタマフミコと訓み、巻第一は、(1)マキノツイデヒトマキニアタルマキ、あるいは(2)マキノツイデヒトツ、または(3)マキノツイデヒトツニアタルマキと訓みをつけている。(1)(2)(3)の訓とも卜部家本の書紀の訓であるが、(1)には、江家古本点同之と下注がある。現在の日本語は第一・第二…という表現をそのまま取り入れているから、右の古訓はいずれも煩わしいが、漢語を使わずに、和語で表現しようとする場合、第一・第二等を正確に訳出しようと、種種の苦心をしたのであった。

四 神武天皇東征説話（一八八頁注一三）　津田左右吉は、神武天皇がヒムカからヤマトに入ったという記紀の説話を批判し、後世までクマソとして知られ、「逆賊」の占拠地として長い間国家組織に加わっていない僻陬の地であるヒムカがどうして皇室の発祥地であり得たかという疑問から出発し、天皇を日の神の子孫であるとした以上、その故郷は天にあってはタカマノハラであり、地にあっては、日の出づる方に向う国、すなわちヒムカでなくてはならず、したがってヒムカから現実に皇都のあるヤマトに遷る説話が必要となってくる、と考え、神武天皇東征説話を神代物語の構想の一環として作為された説話である、とした。また津田は、神代史の最初の構想では、ホノニニギの尊がヒムカに降り、ホホデミの命がヤマトに遷った、という形であったのを、ホホデミの命の東征の物語を分離して、新しく神武天皇の東征の説話を作り、ヒムカ三代の物語を中間に置くことによって、神代と人代との限界を和らげたのであろう、ともした。神武東征を客観的史実でないとする津田の学説は、仲哀天皇以前の記紀の記事には、天皇の系譜をもふくめて、客観的な史実の記録から出たと認むべきものが全くないとする津田の基本的見解との関連において、戦後、学界で広く支持され、さらに推測を進めて、この説話の構想に後世の歴史的事実の反映を見ようとする水野祐等の新説も出ているが、他方、魏志、倭人伝のヤマト国を北九州に比定した上で、それが畿内のヤマトの名称と一致するのを単なる偶然ではなく、北九州の勢力が東漸して大和朝廷の起源となったとする和田清・植村清二の見解その他、神武天皇東征説話の根幹に歴史的事実の伝承を認めようとする見解もないではない。しかし、大和朝廷の九州からの東遷の想定自体に強い異論があるばかりでなく、かりにその想定を前提とするとしても、それは必ずしも神武天皇が実在の人物であったことおよび記紀の東征記事が史実の伝承であったことまでをも意味するわけではない。関晃が、古代において、朝廷で神武天皇を特別に尊重する儀礼・慣行等の見出されないことを理由に、その実在を消極視している一例に見られるごとき、否定的見解が一般に有力である。要するに、神武説話の全体が、神代説話との不可分の関係で構想された物語である、とみるのが穏当であろう。

五 自天祖降跡以逮、于今一百七十九万二千四百七十余歳（一八八頁注二七）　伴信友は「自天祖降跡」以下二十三字を後人の傍書が本文に竄入したものといい、通釈もそれに従う。しかし弘仁歴運記・旧事紀にこの文が見え、しいて竄入と見る要はない。この数の根拠について、飯島忠夫は、余歳を参天台五台山記・簾中抄などに載せた数によって六歳と定め、唐の武徳九年に造られた戊寅元暦の上元戊寅の年を天孫降臨の年とする計算であろうという。なお訓読については、承平私記に、書紀の古訓の伝統として、こういう長長しい訓読をしたことを書いている。→解説。

六 太歳（一九〇頁注一）　古来中国の暦法に用いた言葉で、木星即ち歳星から脱化した最高の天神の名である。木星は十二年の周期をもって巡行したので、十二支の運行と密着して考えられ、太歳干支をもって歳を記すことが行なわれるようになった。書紀では、ここを初めとして、歴代即位元年の紀の終りに「是年也、太歳、、」と、その年の干支を記す例である。伴信友によると、中国の古書、春秋・史記・漢書・三国志・尚書などで、紀年に干支を記したものはない。日本でも書紀を除く以後の国史は年の干支を記していない。書紀にだけあるのは、初めて歴代の年紀干支を定めたからであろう。そして継体二十五年の条に引く百済本記に「太歳辛亥三月」とあることから考えると、これはもと韓国に行なわれた書法で、書紀は百済本記の例によったものであろうかという。また太歳干支は歴代元年の紀にのせるのが原則であるが、若干の異例がある。神武紀で東征元年にあげたのは、書紀における紀年の始まりであり、かつ甲寅は「十干先レ甲。十二支先レ寅」(爾雅)といわれるように、干支運行の初年と考えられるからであろう。綏靖紀では元年に太歳庚辰と記すほかに、即位前紀に「于時也、太歳己卯」と記す異例が見える。これは神武天皇崩後二年の空位があったためにそれを示す意味であろうかと言われる。神功紀では摂政元年条のほかに六十九年の崩御の年に「是年也、太歳己丑」と記すが、これは摂政の年だからとくに差別したものであろうか。天武紀では二年の条に「是年也、太歳癸酉」とあるが、これは信友によると、もとの本では大友天皇の元年に太歳壬申、天武天皇の元年に太歳癸酉とあったのを、のちに改刪して大友紀を除いて天武元年としたとき、壬申を削り、癸酉を残したのであろうという。これは信友が天武紀の後世改刪の有力な論拠とした所であるが、それは考えすぎであろう。天武天皇は二年に即位の儀をあげたのであるし、元年は戦乱にあけくれた年であるから、二年に太歳が記されたことは、それほどいちじるしい異例と見るにはあたるまい。

七　**神武紀の地名**(一九〇頁注九ほか)　神武天皇東征の事実性には問題があるにしても、そこに出てくる地名は現実の土地をさしたものだから、その地の比定はゆるがせにできない。古来これに関する研究で公にせられたものも二、三に止まらないが、昭和十三年から十五年にかけ文部省で行なった神武天皇聖蹟調査は、当時の学界の総力をあげて学術的調査を試みたものであり、その成果は今日においても意義を失わない。頭注にかかげた地名の比定はもっぱらそれにもとづいているが、ここに総括してそのときの調査結果を示す(昭和十七年文部省発行、神武天皇聖蹟調査報告による)。聖蹟としてとりあげたものは、書紀と古事記とに記されたものに限られるが、中でも、重要な文献や土地の状態について地点または地域を推定できるもの(聖蹟)、地点または地域について江戸時代を降らない時代に記録せられた口碑伝説をもち、価値ありと認められるもの(伝説地)、伝説はないが、価値ある学説があり、価値ある資料によって推考し得るもの(推考地)の三段階に分かち、次の諸所を定めた。

聖蹟　崗水門(福岡県遠賀郡蘆屋町)。難波之碕(大阪府大阪市)。狭野(和歌山県新宮市)。熊野神邑(和歌山県新宮市)。菟田穿邑(奈良県宇陀郡宇賀志村。今の菟田野町宇賀志付近)。丹生川上(奈良県吉野郡小川村。今の東吉野村小川)。鵄邑(奈良県生駒郡。今の生駒郡生駒町の北部から奈良市西端部の旧富雄町付近にわたる地域)。橿原宮(奈良県高市郡畝傍町。今の橿原市畝傍町)。竈山(和歌山県和歌山市)。

聖蹟伝説地　埃宮・多祁理宮(広島県安芸郡府中町)。高島宮(岡山県児島郡甲浦村。今の岡山市高島)。孔舎衛(くさゑ)坂(大阪府中河内郡孔舎衙(くさか)村。今の枚岡市日下町)。雄水門(大阪府泉南郡樽井町・雄信達村。今の泉南郡泉南町樽井・男里付近)。男水門(和歌山県和歌山市)。菟田高倉山(奈良県宇陀郡政始村・神戸村。今の大陀田町守道付近)。鳥見山中霊畤(奈良県磯城郡城島村・桜井町。今の桜井市外山付近)。

聖蹟推考地　菟狭(大分県宇佐郡)。盾津(大阪府中河内郡孔舎衙村。今の枚岡市北部)。名草邑(和歌山県海草郡・和歌山市。今の和歌山市西南部)。磐余邑(奈良県磯城郡桜井町・安倍村・香久山村。今の桜井市桜井付近から橿原市の東端部にかけての地)。狭井河之上(奈良県磯城郡三輪町・織田村。今の桜井市三輪付近)。

なお、次の諸地は調査対象としてとりあげ、広汎な区域はほぼ推測できるにしても、的確な地点地域を考究すべき十分な徴証がないものとして決定を見合わせた。

高千穂宮。速吸之門(速吸門)。一柱騰宮。岡田宮。血沼海。天磐盾。熊野荒坂津。吉野。国見丘。忍坂大室。高佐士野。腋上嗛間丘。

八　**ナミハヤ**(浪速)(一九一頁注二〇)　上古にはmiとniと交替する例がある。たとえば、nira(韮)とmira, nina(蜷)とmina, niFo(鳰)とmiFoなど。それで、namiFana又はnamiFayaをnaniFaと訛ったのであろう。あるいは、naniFaという地名の起源を、右のような、niとmiの交替によって、namiFanaまたはnamiFayaと関係づけて説明したものであろう。

九　**智怒**(一九三頁注二〇)　怒は記・万葉ではノ甲類noの音を表わし、奴(ヌ)nuと区別して使われることが多いが、書紀ではnuにもnoにもdoにも使う。従って、ここでは、他の例によってチヌと訓む。↓補注1-一六。

一〇　**唯唯**(ヲヲ)(一九五頁注二三)　唯唯は承諾のことば。文選、西都賦六臣注に「唯、応敬之詞」とみえる。唯唯の和訓のヲは、間投助詞のヲと同じもので、それを二つ重ねてヲヲというものと思われる。延喜祝詞式、祈年祭条の最初の所に、「集侍神主、祝部等、諸聞食登宣。神主・祝部等共称レ唯。余宣准レ此」とある所の「唯」も同じくヲヲと訓んでいる。

一一　**適寐。忽然而寤…**(一九五頁注二四)　この「適寐。忽然而寤…」の項は古事記では大熊が出現して、天皇の御軍が皆、瘁えたとある。これについて、アメリカ・インディアンのGuardian Spiritと比較して「饑餓瘼臥にあって、幻想の裡に動物精霊の髣髴として現前し、ここに呪術的な霊能の関係は来り、そのことよりして、戦争に於ては勝利が確保せられ、未来の福祉が予見せられるのである。幻想の覚醒とともに、それ(動物)の象徴たるものを身に持つことはマニツウの呪術的霊能を獲る肝要なる手段であるが、この古事記にあっては、長寝から寤め起きて、横刀を受取ることによって表わされている」と見る西田直二郎の意見がある。書紀の記述は簡単であるが、これ以後、神武天皇の勢威は、ひらけて来る。右の熊の象徴としてフツの御霊を得られたことを考えると、アメリカ・インディアンの保護霊と、それが一致する。

一二 **「菟田の高城に鴫羂張る」の歌**(一九八頁注一) 待ツヤのヤは間投詞。待ツ鴫と続く。イスクハシの語義未詳、クヂラにかかる形容語。仁徳紀に、鷹をクチという由の注があるので鷹と解するが、クヂラは鯨の意ととるべきか。イスクハシを形容語として挿入したものか。磯細(ぐは)しの意か。あるいは、巣クハシ鷹の意か。コナミは和名抄に「前妻〈和名毛止豆女〉一云〈古奈美〉」とある。ナは、魚・肴・菜などすべて食膳に供する副食物。タチソバは立っている稜麦の意であろう。稜麦の実は、粉状で、実の無いという表現にふさわしい。無ケクは、無シのク語法。無いところ、無いものの意。コキシは多量の意。ヒヱは、削ぐ、へぐの意の古語。ネは完了の助動詞の命令形。ウハナリは、和名抄に「後妻、必悪㆓前妻之子㆒、和名宇波奈利」とある。イチサカキのイチは聖・斎の意。サカキの実は粒粒が数多くあるので、実の多いことの形容語となる。

一三 **吉野首部**(一九八頁注八) 記にも吉野首等祖とある。天武十二年に連を賜わる。→下四五九頁注六一。姓氏録、大和神別に「吉野連、加弥比加尼之後也、諡神武天皇行㆓幸吉野㆒、到㆓神瀬㆒、遣㆑人汲㆑水、使者還曰、有㆓光井女㆒。天皇召問之、汝誰人、答曰、妾是自㆑天降来白雲別神之女也、名曰㆓豊御富㆒、天皇即名㆓水光姫㆒。今吉野連所㆑祭水光神是也」とあり、多少伝がちがう。

一四 **天香山の土**(一九九頁注二五) 崇神十年九月条の武埴安彦の謀反の条に「是、倭国の物実」と呪詛して天香山の土を盗みとる話がある(二四四頁八行以下)。即ち天香山の埴土は「倭国の物実」として最も呪力あるものとされた。二一二頁一行に、土を取ったところは埴安というとある。なお、神代紀第七段本文には、天香山の真坂樹を以て祭具とするといい、第一の一書には、天香山の金を採って日矛を作るといい、記ではさらに、天香山の真男鹿の肩骨、天波波迦をとって占いをしたことなどがみえる。

一五 **「神風の伊勢の海」の歌**(二〇二頁注一八) 神風ノは枕詞、伊勢にかかる。大石は原文、於費異之とあり、これはオヒイシとも訓めるので、もとは「生ひ石」(石が生長するという信仰による)の意ではなかったろうか。しかし、書紀の編者は費を、古い字音に従ってホと訓んで、大石と解したこと、後の注記によって知られる。細螺はキシャゴの古名。吾子ヨは、味方に呼びかける掛け声。この歌、古事記には「神風の伊勢の海の大石に這ひ廻ろふ細螺のい這ひ廻り撃ちてし止まむ」とある。この方が簡単で、原形に近かろうが、書紀の方が実際に歌われる間に、繰返しが加わって、大きくなって行く姿を示している。

一六 **物部氏**(二一〇頁注八) 物部氏は大伴氏とならんで、軍事的指導官の伴造氏族で、記伝以来、モノノへはモノノフへ(武士部)の意に解されるむきが強いが、モノノへのモノは、精霊とか霊魂を意味する魂(もの)であって、神事にかかわる語にとった方がよい。崇神七年条に見える物部連の祖伊香色雄をして神班物者とせんとトったり、伊香色雄に命じて物部の八十平瓮を祭神之物としている伝承や、また垂仁二十六年条に見える物部十千根大連が出雲の神宝を検校し、同八十七年条に見える十千根が石上神宮の神庫の管理をまかされている伝承は、この考えを強める。古代では、裁判はすべて神判であって、神事に関係していた物部氏が神意の発現として行なわれた刑罰にも関係してくるのは当然であり、雄略十二年十月条・同十三年三月条・同年九月条に見えるごとく物部氏や物部は刑罰の事にも当っている。本来、刑罰と軍事とは一つなのであり、従って物部氏ばかりでなく、雄略二年七月条に見えるように、軍事的伴造である大伴氏も来目部を率いて刑罰に当っている。大和朝廷における物部氏の進出は、履中天皇の時代からのようで、だいたい大伴氏とその歩を同じくしており、雄略朝には大伴氏とならんで大連となった。但し、大伴氏とは違って、物部氏には、皇祖神や天皇と同じく、その祖神をめぐって降臨や国見の伝承をもち、大和朝廷におけるその地位はやや特異である(→補注3-二二)。この時期に、物部・大伴の両氏が大和政権の最高執政官となったのは、当時、軍事が何よりも重んじられたからというより、自ら軍事の最高指揮官だった天皇、有力な将軍であった葛城・平群などの諸氏が宮廷化し、たがいに反目して統率者としての資格を失うとともに、国の内外で、軍事的に大きな危機にさらされ、軍事における下級指導官の伴造氏族であったこの二つの氏が、大連という最高執政官の地位を占める契機となったとみられる。やがて物部氏は用明朝に新興の蘇我氏に滅ぼされるが、推古期に物部氏の一族がでてくるのは聖徳太子によって、蘇我氏に滅ぼされた物部一門が登用されたためとみられる。物部氏の直系という石上氏が大化以後栄え、その命脈を保つのは、推古朝当時の政治的情勢と関係があるか。

一七　**土蜘蛛**(二一〇頁注一五)　記に土蜘蛛の名が見えるのは、神武記に土雲八十建が忍坂の大室にいて打ち殺された話だけである。書紀では、ここの他、景行十二年十月条・神功摂政前紀に見える。その他、肥前風土記巻首・佐嘉郡・小城郡・松浦郡・杵島郡・藤津郡能美郷・彼杵郡浮穴郷の諸条、豊後風土記日田郡・直入郡・大野郡・速見郡の諸条、日向風土記逸文に土蜘蛛のことが見え、摂津風土記逸文には土蛛、越後風土記逸文には土雲、常陸風土記茨城郡条には都知久母、久慈郡条には土雲と見え、陸奥風土記逸文には土知朱のことが見える。松本芳夫らのように、土蜘蛛は、身体の形状が蜘蛛に似ているところから由来する語であるとする説より、津田左右吉のように、身短くして手足長しということは説話であり、蜘蛛に似た形状から土蜘蛛の名が出たのではなく、土蜘蛛の名からこの説話が作られたとする説によるべきであろう。津田は土蜘蛛の主要な観念が皇命に服従しないものであり、集団の名ではなく個人の称呼であることに注意し、記には土蜘蛛が室の中にいたように記し、景行紀には石窟にあるとし、常陸・摂津風土記にも穴居のことが見えるが、肥前・豊後風土記には、土蜘蛛が石塁土塁の如きものを作っていたらしく記してあり、また多くの党類をもっているものもあり、地方的土豪らしく見えることから土蜘蛛が本来穴居するものとして考えられていたとは思われず、穴居したとか土窟石窟の中にいたとかいうのも土蜘蛛の名から導きだされた物語であろうという。土蜘蛛は大和朝廷に従わなかった地方の首長を、朝廷がエミシの語に蝦夷・蝦蛦という字を適用したのと同じ思想から賤んで呼称したものと考えてよいであろう。

一八　**日本書紀の紀年および年月日**(二一三頁注二六)　神武紀は、神武天皇の即位を西暦紀元前六六〇年に当る辛酉の年とし、これを起点として紀年を立てている。この紀年が神武天皇紀元とか皇紀とか呼ばれて、明治以後、戦前には広く行なわれていた。この紀年について、江戸時代以来、学者の間から数多くの批判的研究の出たことは、解説で紹介したとおりである。それら多くの学説の一つ一つを紹介することは紙幅がこれを許さないので、その内でも最も学界で広く受け入れられている那珂通世の学説を代表的なものとして紹介すると、那珂は、伴信友の見解を継承し、書紀が神武即位を上述のように定めたのは、中国から伝えられた讖緯の説によるものであるとした。すなわち、三善清行の革命勘文に引用された緯書により知られる辛酉革命の思想では、一元六十年、二十一元一千二百六十年を一蔀とし、その首の辛酉の年に革命を想定するのであって、この思想の影響の下に、推古天皇九年辛酉より二十一元の前に当る辛酉の年を第一蔀の首とし、古今第一の大革命である人皇の代の始年に当る神武の即位をここに置いたのである。その結果書紀の紀年は実際の年代よりいちじるしく延長され、不自然に長寿の人物を多く巻中に出現せしめた。試みに神功・応神二代の紀年を朝鮮の歴史と比較するに、両者の干支符合して、しかも書紀は彼よりも干支二巡百二十年古いこととなっている事例が多多見出される、百済の近肖古王以下の時代においては、彼の年紀に疑うべきところなく、これを古事記に記入された崇神以下各天皇の崩年干支との関係と併せ考え、この二代の書紀紀年は百二十年の延長あるものと考えざるを得ない、雄略紀以後は大体朝鮮の歴史と符合するので、紀年の延長は允恭紀以前にとどまるとみてよかろう、干支紀年法は百済の内附後に学んだものと考えられ、朝鮮との関係のない崇神以前の年代は推算の限りではないけれど、試に一世三十年の率を以て推すに、神武は崇神九世の祖に当るから、崇神までの十世の年数は三百年ばかりとなり、神武の創業は漢の元帝の頃(西暦一世紀前半頃)に当るであろう、というのである。

那珂説の内、神武天皇の実年代を一世三十年の率により推算した点だけは、神武以後の天皇の系譜をそのまま客観的史実として疑わない前提に立っているので、今日の学問的成果に照して採ることができないし、辛酉革命遡及の起点を推古九年に置いた点も、今日若干の学者から異論が提出されているが、神武紀の紀年が讖緯の説に基づき観念的に想定された数字にすぎないこと、百済との交渉の生じた前後の紀年に干支二巡の延長のあること等は、現在ほぼ学界の定説となっていると言ってよい。書紀の紀年の全体を正確な客観的年代に厳密に換算することは、ほとんど不可能にちかいが、前引那珂指摘の朝鮮史との対照、宋書・梁書等により大略知られる倭の五王の在世年代との比較等により、応神以後の実年代については、大体のところを知ることができる。なお、継体紀から欽明紀にかけての紀年については、下補注17-一一参照。

また古事記では、文中に天皇の崩年を干支で記入している箇所があるにとどまり、年月日の記載が全然ないのに対し、書紀では神武紀以後年月日ないし歳月を干支でなく数字でいちいち記載するのを例としている。しかし暦の輸入使用せられたと認められる以前の時期にあたる部分について、原資料にそのような記載のあった筈がなく、書紀の編者が、中国の史書の体例を模して造作した架空の数字であることは、今日学界の通説となっている。津田左右吉は、欽明朝に暦博士が百済から渡来したのを事実と認め、それ以前の記録が年代記の形をとっていたとは考えられず、したがって、書紀の編者がまず長暦を作り、それに基づいて年代記の形を整えたのであり、欽明朝以前についてはいうまでもなく、それ以後の部分についても、造作された年月日の記載のあることを指摘した。

一九　元年の訓(二一三頁注二七)　元年をハジメノトシと訓むのは、岩崎本推古紀元年のところに、ノの朱点あるによる。二年・三年・四年などについては、鎌倉以後の写本に、フタトセなどの例が少しはあるが、平安中期頃の写本にその例を発見できなかったので、傍訓を欠くこととした。

二〇　始馭天下天皇(二一三頁注三一)　崇神十二年九月条に「御肇国天皇(はつくにしらすすめらみこと)」とあり、崇神天皇もハツクニシラススメラミコトと呼ばれていた。そこで、この称は本来崇神天皇に与えられたものであったのが、神武天皇にもおよぼされ、崇神天皇が実質的に大和朝廷の建設者であるのに、皇室の起源を更に古くさせるため神武天皇を造作したという説がある。したがって神武天皇に関する物語は、本来崇神天皇に属するものであったというものもいる。但し神武・崇神両天皇の経略物語を見ると、崇神天皇は四道将軍を東海・北陸・山陰・山陽の各方面に派遣し、出雲を服属させ、近畿を中心とする大規模な政治勢力圏の君主の性格をもつのに対し、神武天皇は大和だけの小規模な支配者にすぎず、物語の主人公としての性格は異っている。一方、崇神天皇の経略範囲は、大体畿内の周辺地域までにとどまり、東海・北陸についてはその範囲が具体的でないが、山陽は播磨を根拠地として吉備を平定したと伝え、山陰は丹波にとどまって、その規模が小さいのに反し、神武天皇は南九州日向を発して、瀬戸内を東へ進み、紀伊を迂回して大和に入るという大規模なもので、前者が大和の支配者であるのに対し、後者は日本の支配者の性格をもち、かつ経略範囲の大小のみでなく、神武天皇の物語は征服戦に終始しているのに、崇神天皇のは祭祀の話が多く、祭祀の果たす役割からみて崇神天皇の物語は、神武天皇のそれよりも、より古い段階の所産とする説もある。植村清二のいうように、元来、大和朝廷が成立して、かなり時代が降れば、その建設者・始祖という観念が生ずるのは自然であり、ハツクニシラススメラミコトとは、単にそうした観念を示す呼称に過ぎず、かかる具体的な物語の持主である両天皇に、共に与えられたもので、ある個人の特定の呼称が他の個人に移されたものではなく、またこの呼称の成立もさほど古いものではないと見るのがよいか。孝徳三年四月条に「始治国皇祖(はつくにしらししすめみおや)」とあるのを参照。

二一　磯城県主・春日県主・十市県主(二一四頁注一五・二二一頁注二八・二二八頁注六)　綏靖―孝安の諸紀、特に分注一云、及び綏靖―安寧記には、これら諸天皇の皇后・妃として磯城県主葉江(記に波延)、弟猪手・太真稚彦・大目らの女が数多くみえる。磯城(志紀・志幾・志貴)県主には別に河内のそれがあるが、大和のは天武十二年に連となり、姓氏録に大和神別の志貴連は神饒速日命の孫日子湯支命の後とする。

磯城県主など三県主の祖は綏靖天皇以下六代の皇妃となったという伝承

天皇名	皇妃名 書紀本文	一書	一書	古事記
綏靖天皇	事代主神の女五十鈴依媛	磯城県主の女川派媛	春日県主大日諸の女糸織媛	師木県主の祖河俣毘売
安寧天皇	事代主神の孫渟名底仲媛	磯城県主葉江の女川津媛	大間宿禰の女糸井媛	師木県主波延の女阿久斗比売
懿徳天皇	息石耳命の女天豊津媛	磯城県主葉江の男弟猪手の女泉媛	磯城県主太真稚彦の女飯日媛	師木県主の祖賦登麻和訶比売亦の名は飯日比売
孝昭天皇	尾張連の祖瀛津世襲の妹世襲足媛	磯城県主葉江の女渟名城津媛	倭国の豊秋狭太媛の女大井媛	尾張連の祖奥津余曾の妹余曾多本毘売
孝安天皇	姪押媛	磯城県主葉江の女長媛	十市県主五十坂彦の女五十坂媛	姪忍鹿比売
孝霊天皇	磯城県主大目の女細媛	春日の千乳早山香媛	十市県主等が祖の女真舌媛	十市県主の祖大目の女細比売

をもち、古くこれらの県主の祖が朝廷と密接な関係をもっていたことがうかがわれる。天皇との婚姻関係を記紀によって表示すると、前頁のとおりである。

磯城県主は延喜神名式に見える奈良県磯城郡三輪町金屋にあった城上郡志貴御県坐神社の鎮座地付近を中心として、後の城上郡・城下郡（現在の磯城郡）に勢力を誇った古代の豪族。孝元紀の本文では磯城県主大目とあるのに対し、記には十市県主の祖大目とあり、磯城県主と十市県主とは同族とも考えられている。→二三〇頁注一六。

十市県主は延喜神名式に見える奈良県十市郡耳梨村十市の十市御県坐神社の鎮座地付近を中心に十市郡（現在の磯城郡西南部）に勢力をもっていた豪族で磯城県主より分れたものともいわれている。和州五郡神社神名帳大略注解所引の十市県主系図によると、孝安紀に見える十市県主五十坂彦の譜に、孝昭天皇の時代、春日県が十市県に改められたとあり、同注解に引く久安五年の多神宮注進状にも春日県は後に十市県に改められたとある。したがって十市県主系図では、十市県主の系を春日県主につなげ、綏靖紀の一書に見える春日県主大日諸や糸織媛などの家系も記してある。

春日県主については綏靖紀に見えるだけであり、太田亮は孝霊記に見える春日の千千速真若比売、開化記に見える春日の建国勝戸売の女沙本之大闇見戸売を春日県主の一族ではないかと考え、沙本之大闇見戸売の子沙本毘古の謀反の際、春日県主はその外戚として滅亡したのではないかと臆測している。

普通、春日県主の本拠は大和国添上郡春日郷と考えられているが、春日県が磯城（志貴）・十市の県のように、後に大和の六の御県に加わっていないところから見ると、沙本毘古の謀反の際の滅亡は如何かと思うが、十市県主系図や多神宮注進状に記されているように春日県が十市県に改められたか、あるいは春日県主氏が磯城県主または十市県主氏に併呑されたかいずれかによって、春日県がかなり早く消滅したことは事実であったろう。十市県主系図などの記載をそのまま信ずるわけにはいかないが、なんらかの古い伝承が系図に残されていると思われる。太田亮のように同系図を「後世の偽書、採るに足らず」「笑ふべし」と捨て去ってよいかどうか、なお慎重な検討を要しよう。たとえば、この系図の建飯槌命の譜に「大依長柄首、鰐児臣、和泉長公等遠祖」とあるが、大依長柄首は大倭長柄首の誤記に違いなく、姓氏録、大和神別の長柄首、和泉神別の長公が事代主命の後裔としているのは、この系図と符合し、また鰐児臣は大和神別の和仁古と関係があろう。和仁古は大国主命の裔とするが、系図の倭組彦の譜に見える「中原連、山代石辺君等祖」の山代石辺君も、姓氏録の左京・山城神別の石辺公などが大国主命の裔とし、ともに磯城県主が三輪氏と関係あるかとされているのに通じるものがあり、古い伝承の存在が垣間見られる。

紀では孝霊紀の十市県主等祖を除いて磯城県主・春日県主・十市県主何某と記しているが、記には安寧記を除いて師木県主の祖・十市県主の祖何某と記してあり、記の方が紀よりも古い伝えを多く残していると考えられる。今これらの豪族が県主となった時期、またその消長についてはいっさい不明である。しかし、五世紀以前の大和朝廷が、磯城県主などの祖である周辺地域の小国家の首長を制圧し、彼らと密接な関係を樹立させたことが婚姻関係の伝承として示されているのであろうか。あるいはまた大和朝廷がこれらの小国家を充分制圧しきれなかったことが、これら小国の首長である後の磯城県主などとの独自の婚姻関係としてあらわれているのであろうか。いずれにしても、これらの豪族はかつては大和朝廷とならぶ勢力を大和で保っていた小国家の首長たちであったということができる。

三　**国の状を廻らし望みて**…（二一四頁注二七）　天皇の山（丘）での国見は、古く民間で行なわれていた春に山入りして国見する予祝行事を独立させて天皇が政治的にとり入れたものと思われる。土橋寛によれば支配者の予祝行事であるから、山に登る代わりに、宮廷内の高楼の上から国見をするようにもなると共に、次第に支配下の国土の生産物や国民の生活状況を視察するという政治的意義を帯びるようになり、更には地方を巡幸して政治的状勢を視察することも国見の概念の中に入り、記紀・風土記の天皇国見説話には、予祝的性格よりも、政治的性格が強く反映しているという。とくに地名説話とかかわらない仁徳・雄略の二天皇に関する国見説話は、それが政治的儀礼として行なわれた時代をほぼ正確に反映しているのではないかとする。以下のくだりに伊奘諾尊・大已貴大神の言があるが、それは神代紀第五段に見える伊奘諾尊らの言葉「吾已生二大八洲国及山川草木一。…」に至るまでの神話、及び神代紀第八段の国作の大已貴命の言葉「吾等所造之国、豈謂二善成一之乎」の前後の話に対応していよう。しかし神代記・神代紀には、この条そのままの記事がないのに注意。なお土橋寛は、天皇の国見の政治的意義が、記紀の神代巻には明らかに国見を意味すると見るべき詞章は認められぬが、天孫降臨説話にも反映しているとし、万葉集に見られる大伴家持の「蜻島　大和の国を　天雲に　磐船浮かべ　艫に舳に　真櫂繁貫き　い漕ぎつつ　国看しせして　天降りまし…」（四二五四）の歌から、皇祖神が天降る時、天磐船に乗って国見したという伝承の存在を推定している。記紀・風土記を通じて、天皇・皇祖神以外の国見説話はきわめて稀であり、ここに物部氏の祖神という饒速日命の降臨と国見の伝承が見えるのは、大和朝廷における物部氏の特異な地位を物語ろう。

4 巻第四 綏靖・安寧・懿徳・孝昭・孝安・孝霊・孝元・開化天皇

一 **尊号と国風諡号**(二一八頁注一―八) 書紀に記載する神武以後の歴代の天皇の名には天皇在世中の名、即ち尊号と、後におくられた国風諡号とがある。この歴代天皇の名の類別考察からその成立年代を示唆する見解をはじめて示したのは、津田左右吉であった。津田は、歴代天皇の名の書き方が応神ごろから変っており、仲哀まではすべてが堂堂としていて美称尊称がいくつも重ねられているのに対し、応神・仁徳・履中になると美称尊称がなくなり、安閑・宣化・欽明の時代以後には、かえって仲哀までのと同じような尊称が史上に現われるが、これらの事実は仲哀までの帝紀の記述せられた時代を知る上において重要な暗示を与える、と論じ、婉曲な表現により、仲哀以前の天皇が後の時代に造作された架空の存在であることを説いた。戦後、この着想は水野祐・井上光貞らによっていっそう精密化され、基本的な考え方は継承されながらも、若干の修正が加えられた。以下これらの成果を整理し若干の考案を加えて大綱を記述する。

いま歴代天皇の名を通観すると、(15)応神以後、(26)継体までの名は、原則として、尊号、即ち天皇在世中の名であると考えられる。その特徴は、命名法がホムタ・アサヅマ・アナホ・ハツセなどの地名、サザキなどの動物名、ミツハ・シラカ・ヲホドなどの人体に関する語、オホ・ワカ・タケなどの素朴な称辞、及びワケ・スクネなどの、より古い尊称などを要素とし、しかもそれらの単純な組み合せからなっていることにある。これに反し、(27)安閑以後の名は、全く性質を異にし、称辞にしても、たとえば、欽明のアメクニオシハラキが「天地を押し開き」の意味である如く、荘重なものになっている。これは天皇の崩後、その徳をたたえて上った国風諡号にあたるものであろう。すなわち天皇諡のことは公式令に制度として定められ、続紀の大宝三年十二月条に、持統天皇に大倭根子天之広野日女尊の諡号を上ったとみえるのが初見であるが、これより先、(27)安閑以後の名も実質的には同じ性質のものであろう。

(15)応神以後は既述の如く、実在の天皇の尊号とみられるが、(14)仲哀以前の歴代の名については種種問題がある。まず、(12)景行・(13)成務・(14)仲哀はタラシヒコを共通にする一団であって、仲哀の皇后神功皇后もタラシヒメとある。タラシヒコの名については隋書に天皇をタラシヒコといったとあるが、隋書は七世紀初頭のことを伝えた本であるから、そのころ、天皇のことをタラシヒコともよぶならわしであったらしい。じっさい七世紀初頭にあたる(34)舒明はオキナガタラシヒヒロヌカ、(35)皇極=(37)斉明はアメトヨタカライカシヒタラシヒメといった。このように(12)景行・(13)成務・(14)仲哀の諸天皇及び神功皇后の名の命名法は、つづく(15)応神—(26)継体の命名法とは異質であり、かえって七世紀前半の天皇の国風諡号的な名に親近的である。なお、景行・成務・仲哀・神功の時代の記事内容は、応神以後のそれに比して、日本武尊や新羅征討の話などを主にして、神話伝説的な色彩が濃厚であり、全体として一貫した性質を持っていることも注意せられる。また、(12)景行の名には、オホタラシヒコというタラシヒコ系の共通の部分のほかに、オシロワケが付加されており、その点でやや性質を異にするが、それについては補注7-一を、また応神以後実在の天皇の名とみられる尊号があらわれることについては補注8-一参照。

次に、(2)綏靖—(9)開化の八代は、記紀の記載を全体としてみて、系譜的なものであり、皇位継承に関すること以外はほとんど物語のない部分である。この八代の天皇の名は、(15)応神以後の尊号に比べて著しく荘重であり、国風諡号的な性質を濃厚に帯びている。たとえば、(6)孝安は(12)景行—(14)仲哀に特徴的なタラシヒコの語とともにクニオシヒトなる名を持つ。ところがクニオシの語は、(27)安閑・(28)宣化及び(29)欽明などの国風諡号的な名にみられる。さらに検討を加えると安閑のヒロクニオシに対して、宣化はまずタケヲヒロクニオシとあるが、宣化の名は、安閑のヒロクニの前に小(ヲ)の字をつけ、ヲヒロクニとし、更にその前に、称辞のタケを付したものと見られる。従って、その基は安閑のヒロクニオシタケにある。この語は、日本語としては、ヒロクニ、オシタケと分析するのが最も自然であるが、オシタケの意はやや不鮮明で、その下の部分のオシタケカナヒの意味は把捉しにくい。しかし、欽明のアメクニオシハラキヒロニハの場合は、「天(アメ)地(クニ)押し開き広庭」の意と解され、天と地とを開く意となって極めて順直な命名といえる。思うに、これに倣って安閑のヒロクニオシタケカナヒが形式的に作られ、更に宣化のタケヲヒ

代	漢風諡号	国風諡号
1	神武	カムヤマトイハレビコ
2	綏靖	カムヌナカハミミ
3	安寧	シキツヒコタマテミ
4	懿徳	オホヤマトヒコスキトモ
5	孝昭	ミマツヒコカヱシネ
6	孝安	ヤマトタラシヒコクニオシヒト
7	孝霊	オホヤマトネコヒコフトニ
8	孝元	オホヤマトネコヒコクニクル
9	開化	ワカヤマトネコヒコオホヒヒ
10	崇神	ミマキイリビコイニヱ
11	垂仁	イクメイリビコイサチ
12	景行	オホタラシヒコオシロワケ
13	成務	ワカタラシヒコ
14	仲哀	タラシナカツヒコ
	神功	オキナガタラシヒメノミコト
15	応神	ホムタ
16	仁徳	オホサザキ
17	履中	イザホワケ
18	反正	ミツハワケ
19	允恭	ヲアサヅマワクゴノスクネ
20	安康	アナホ
21	雄略	オホハツセノワカタケ
22	清寧	シラカノタケヒロクニオシワカヤマトネコ
23	顕宗	ヲケ
24	仁賢	オケ
25	武烈	ヲハツセノワカサザキ
26	継体	ヲホド
27	安閑	ヒロクニオシタケカナヒ
28	宣化	タケヲヒロクニオシタテ
29	欽明	アメクニオシハラキヒロニハ
30	敏達	ヌナクラノフトタマシキ
31	用明	タチバナノトヨヒ
32	崇峻	ハツセベ
33	推古	トヨミケカシキヤヒメ
34	舒明	オキナガタラシヒヒロヌカ
35	皇極	アメトヨタカライカシヒタラシヒメ
36	孝徳	アメヨロヅトヨヒ
37	斉明	(アメトヨタカライカシヒタラシヒメ)
38	天智	アメミコトヒラカスワケ
39	天武	アマノヌナハラオキノマヒト
40	持統	オホヤマトネコアメノヒロノヒメ
41	文武	ヤマトネコトヨヲヂ
42	元明	ヤマトネコアマツミシロトヨクニナリヒメ
43	元正	ヤマトネコタカミツキヨタラシヒメ

*39代までは日本書紀による.
40代以後は続日本紀による.

ロクニオシタテが作られたのではなかろうか。そしてこのクニオシを一繼りと見て、孝安にクニオシヒトの名が与えられたのではなかろうか。また(7)孝霊・(8)孝元・(9)開化はヤマトネコという共通の名を持つ。ネは根、コは子の意で、大地に伸びる樹木を支える意から、国の中心となって国を支えるものの意をこめたものと思われるが、この語は(40)持統・(41)文武・(42)元明・(43)元正の国風諡号に共通にみられる。よって(7)孝霊・(8)孝元・(9)開化の、少なくともヤマトネコの部分は、記紀編纂時代に加わったとみるのが自然であろう。以上のほか、この八代は父子相続で一貫しているが、実在の確かな五世紀以後の皇位継承は傍系相続をあわせており、父子相続が明確になってくるのは、持統以後のことである。このことからも、この八代の名、及び系譜関係には後世的な造作性が著しいといわなくてはならない。

なお、(15)応神—(26)継体の名は尊号として一貫した性質をもつと述べたが、(22)清寧の一人だけは、シラカ・タケのほかにヒロ・クニオシ及びヤマトネコなど、(2)綏靖—(9)開化の八代に共通する名をもつ。また、(8)孝元のクニクルは国牽の文字があてられており、クルは、糸を繰る意で、名義抄にはヒクの訓がある。従って、クニクルは国引きの意である。孝元紀には、国引き説話は何も無く、不明であるが、何か、国引き伝説を頭において、この名を与えたものではなかろうか。(9)オホヒヒのオホは大。ヒヒは古事記には毗々とあり、毗は濁音ビの仮名であるから、ビビと仮名づけすべきかとも思われるが、濁音で始まる語は考えにくいのでヒヒとする。ヒは、産霊(ムスヒ)などのヒの意であろう。

次に、(10)崇神と(11)垂仁とは、それぞれミマキイリビコ・イクメイリビコといい、イリビコという名を共有する点で一つの群を形成する。イリの意味は確定できないが、イリの名を持つものは、崇神・垂仁・景行の皇族に多く現われ、応神の時代に消える。また、崇神以外の系統のものもあるが、その中には「亦名」などで加わっているものがあり、結局、崇神に関連することが多い。崇神以前にはタマクシイリビコがあるが、これも崇神の祭祀をうけている。このような事実から、崇神・垂仁王朝ともいうべきものが存在したのであろうと推定する意見もある。

ミマキイリビコのミマは、任那のミマと同じ。キは城の意であり、ミマナのナは土地、大地の意である。従って、ミマキイリビコは、ミマの地から発して、日本に進攻し、征服王朝を建設したのであろうと考える江上波夫の説もある。ただ、これは、騎馬民族による日本征服説として提示せられた仮説と結びついており、この仮説には現在なお少なからぬ異論がある。

最後に、(1)神武については補注3-一、神武及び(10)崇神を呼ぶハツクニシラススメラミコトの号については補注3-二〇を参照。

二 **ユダニ**(二一九頁注二七) 前本雄略紀十五年「秦の民分散れて臣連等各欲(ねがひ)のまにまに駈使(つかまつ)らしむ。秦造に委にしめず」、同二十三年七月「詔して賞罰支度(まつりごとおきて)事巨きなる細(ちひさ)きと無く、並に皇太子に付(ゆだ)にたまふ」などとある。ユダはもと、ユタカ(寛・豊)のユタ。ニは助詞。ユタニス、またはユタニ賜フの意で、ゆとりを持って左右させる意。転じて自由にさせる意。それが後に転じて動詞化し、ユダネとなり、下二段動詞と見なされたものであろう。ユダヌという動詞は名義抄等に所見がない。

三 **天津真浦**(二二〇頁注七) 古事記には天の石屋戸の段に天津麻羅とある。姓氏録、和泉神別に、大庭造は「神魂命八世孫天津麻良命之後也」とある。真浦(maura)は、その中にauという母音連続があり、当時は母音連続の場合には、一方の母音が脱落するか別の母音を合成するのが例である。従ってmauraは、uを脱落してmaraとなる。従って古事記の麻羅とこの真浦とは同一名の表記である。

5　巻第五　崇神天皇

一　**伊勢麻績君**(二四〇頁注九)　伊勢の麻績氏としては、皇太神宮儀式帳に多気評督領麻績連広背、三代実録、元慶七年十月二十五日条に多気郡擬大領麻績連公豊世がみえ、古語拾遺に「長白羽神〈伊勢国麻続祖…〉」とあり、和名抄に多気郡麻続〈乎宇美〉郷、延喜神名式に同郡麻続神社がある。令義解、神祇令、孟夏条義解に「又麻績連等、績レ麻以織二敷和衣一、以供二神明一」とあり、延喜太神宮式、神衣祭条に「右和妙衣者服部氏、荒妙衣者麻続(ヲミ)氏、各自潔斎、始レ従二祭月一日一織造」とある。

二　**昨夜**(キゾ)(二四〇頁注一〇)　万葉や古事記の許序(コゾ)・許存(コゾ)などの語は、昨年の意と昨夜の意との両方の意がある。その序・存などはゾ濁音である。伎賊(キゾ)という語が万葉にあり、昨夜の意である。キゾのキは、おそらく、キノフ(昨日)のキと関係のある語である。してみると、キゾのゾ、コゾのゾは同じ語で、過ぎ去った夜、または年を表わす語なので、これは濁音であったと考えられる。書紀の古訓に、昨夜にキスと傍訓のある所がいくつかあるが、それは、おそらくキゾの音転である。してみればこれは、キスと清音ではなく、キズと濁音であったと考うべきもののように思われる。よってキズと濁音の訓をつける。

三　**我君**(アギ)(二四六頁注五)　応神紀などに「いざ阿藝」などあり、アギと訓む。記伝にワギと訓んでいるが、「我君」をワギと訓むことは、推定として、全然不可能というわけではないが、古い例は無いようである。従って、ここではアギとする。降伏する時に、敵将を「我君(自分の君主)」と呼ぶのは、降伏の意を表明することである。

四　**三輪山伝説**(二四六頁注九)　崇神記では活玉依毗売が、夜訪れてくる未知の恋人によって妊娠したとき、父母の教えに従って、赤土を床前に散らし、績麻を以て針に貫き、男の衣のすそに刺したところ、糸は美和山まで達していた。そこで三輪の神の子を妊んだことが判った。これが神(みわ)氏の先祖であるとある。これは典型的な三輪山型の伝説で、日本ばかりでなく、朝鮮・蒙古にまで分布している。この分布からみて、ユーラシアの北半から北米にかけて拡がっている次の話と関係があると思われる。太陽(妹)に月(兄)が恋をし、夜問する。恋人の正体をつかもうとして太陽は恋人の顔に煤をつける。朝になってみると、兄の顔に煤がついていた。以来、月には斑点がある。恐らく、このモチーフの変化したものが三輪山伝説であろう。さらに、日本の三輪山伝説には、蛇との交婚という点が重要なところに特殊性があり、今日においても五月の菖蒲酒や九月の菊酒の由来を説明する蛇聟入型の昔話として広く分布している。豊玉姫の神話において、人間(男)と竜蛇(女)との結婚によって国土の支配者の家系の神聖なことを基礎づけているのに対し、三輪山伝説では、人間(女)と竜蛇(男)との結合によって、特定の家系(三輪氏・緒方氏など)の由来を説明し、かつ儀礼(三輪山の崇拝・年中行事としての節句)を基礎づけている。また、我が国における三輪山伝説の発達には、妻訪婚が行なわれていたことが、その背景として考えられる。妻訪に当っては、一定期間、男は自分の素性をかくし、かつ顔面を見られることを忌む風習があったらしい。後の表現に、新婚数日後、新婦の里で新郎等を饗応する儀式を「所顕し」と呼んだのにも、この習俗の痕跡がみられる。

五　**上毛野・下毛野君の始祖**(二五〇頁注一一)　上毛野君は上野(群馬県)を本拠とする雄族。旧事紀、国造本紀に「上毛野国造。瑞籬朝(崇神)皇子豊城入彦命孫彦狭島命、初治二平東方十二国一為レ封」とある。のち天武十三年十一月に朝臣に改姓したが、その後振わず、天平勝宝二年に上毛野君に改姓し弘仁元年に朝臣となった帰化系の田辺史が同族の中心的地位を占めるに至った。姓氏録、左京皇別の上毛野氏は田辺氏系、右京皇別のが本来の上毛野氏であろう。下毛野君は下野(栃木県)の雄族。国造本紀に「下毛野国造。難波高津朝(仁徳)御世、元毛野国分為二上下一、豊城命四世孫奈良別、初定二賜国造一」とある。天武十三年に朝臣に改姓、姓氏録、左京皇別に豊城入彦命の後とある。なお、この両氏は六世紀に入るまで、あるいは大化に至るまで朝廷に服属していなかったとする説がある。

すなわち石井良助は仁徳天皇五十三年及び五十五年条に見える竹葉瀬、及びその弟田道のこと、舒明天皇九年条に見える形名のことなどは説話にすぎず、書紀の編纂に際して、上毛野氏によって提供されたものに他ならぬとし、これらの記事から上毛野氏が大和朝廷の支配下にあったとは考えられないとする。ただ例外として安閑天皇元年閏十二月条に見える武蔵国造笠原直使主が、同族の小杵と争い、小杵が上毛野君小熊に援助を求めて使主を殺そうとしたが、使主は逃走して朝廷に訴え、朝廷は使主を国造とし、小杵を殺したという記事をあげ、小杵が上毛野君に援助を求めたこと、また小杵が殺されても援助した小熊はなんら処罰されなかったことから、上毛野君の東国における地位及び大和朝廷に対する関係を臆測し、たとえその勢力が減退していたとしても、大化に至るまで毛野国は独立国として大和朝廷に対立していたとする。これに対して、井上光貞は石井説のように毛野の服属が大化改新の時であったとすることはできぬが、六世紀には、まだ大和朝廷による毛野の経営が充分はかどっていなかったのではないかと考え、垂仁天皇五年条の上毛野君八綱田が狭穂彦王の謀反の平定に功をたてたこと、応神天皇十五年条の荒田別・巫別が百済に渡って王仁をつれてきたこと、仁徳天皇五十三年及び五十五年条の竹葉瀬と、弟田道が新羅と蝦夷を征討したことなどは、いずれも上毛野氏の纂記からでたものであり、また崇神天皇四十八年条に天皇が豊城命と活目命とに、いずれを皇嗣とすべきかにつき夢占をさせたところ、弟が勝って皇嗣となり、兄は東国を治め上毛野君らの始祖となったこと、及び景行天皇五十五年、五十六年条に見える豊城命の孫、彦狭島王が東山道十五国都督となったが、春日穴咋邑で死に、東国百姓がそれを悲しみ、彦狭島王を上野国に葬ったこと、そこでその子の御諸別王に東国を領せしめ、蝦夷を平らげたことなど、書紀だけに見える蝦夷や東国についての功績を述べている伝承は、いずれも上毛野氏からでたものであって、これらの伝承のはじめの部分は造作であり、全体として七世紀以降の潤色が濃厚であると考えるのが妥当であろうとする。毛野における名代・子代の分布を見ると、白髪部以後の舎人部系統のものなので、毛野の服属は五世紀末或は六世紀初頭以降と考えるのがよいか。また佐伯有清などのように本来の上毛野氏と帰化系の上毛野氏をあくまでも峻別しようとする説に疑問を持つ三品彰英は、最近次のように主張している。上毛野氏が始祖として豊城入彦命を系譜に加上したのは、書紀編纂時代で、多奇波世(竹葉瀬)や荒田別の子孫とする伝承の方がより古く、河内の帰化系氏族と東国の上毛野・下毛野の諸氏が、荒田別の子孫として結び付いていることは、かつて馬文化の荷担者が河内方面から東国へと、その文化を伝播させたことを想定せしめ、かつ騎馬戦をよくした田道が半島方面と東国方面に活動している伝説も、右の歴史的事実に照応するもので、帰化系の田辺史が上毛野朝臣として皇別に入っているのも、そうした歴史を背景として造られたものであるという。

六　**出雲大社**(二五〇頁注一六)　島根県簸川郡大社町にあり、大国主命を祀る山陰第一の名社。古事記の大国主神の国譲りの条に、自分の住居を天つ神の御子の宮殿のように地中から柱を太く立て、空に千木を高くあげて作られたいという同神の希望に添って、出雲国のタギシの小浜に御殿を造り、盛大に神饌を備えたとある。垂仁記の本牟智和気王の条には出雲大神(葦原色許男大神)が天皇の宮殿のようにわが宮を修造することを望んだとあり、古くから当社の神殿が天皇の宮殿に類していたことを示す。神代紀第九段第二の一書では天日隅宮とよび、柱は高く太く、板は広く厚く、部材や屋根は長い栲縄で結び、海上の神事のために高橋・浮橋・天鳥船を造り、河には打橋を渡し、御料の白楯を供え、神田を付け、天穂日命(出雲国造の祖)を司祭者としたとある。出雲風土記には出雲郡杵築郷の所造天下大神之宮は出雲御崎山の西麓にあり、昔諸神が参集して宮地の杵築きをしたこと、この天日栖宮を長い栲縄で結んで造るとき、天御鳥命は天降ってこの宮の装束の楯を造ったこと、この宮の用材は神門郡吉栗山から採ることを記す。社名は垂仁記に出雲之石硐之曾宮、同神名式に杵築大社とする。延喜祝詞式、出雲国造神賀詞に八百丹杵築宮、同神名式に杵築大社とする。天禄元年の口遊(くちずさみ)に「雲太、和二、京三」という大屋の誦をあげ、雲太は出雲国城築明神神殿、和二は大和国東大寺大仏殿、京三は大極殿を指すと記す。これによって、平安時代の出雲大社神殿が高さ十五丈という東大寺大仏殿より高大であったことがわかる。その後長元四年、康平四年、天仁二年、保延七年、承安二年などに神殿が突然倒れるという他社に例の少ない現象が見られ、柱の長い異常な形式であったことがわかる。鎌倉時代に入ってから神殿の規模を縮小したが、床が特に高い形はなおのこり(鎌倉時代の絵図)、寛文七年の造営でやや大きくして総高八丈とし、同じ規模で延享元年に造替したのが現在の本殿である。今では細部が近世化しているが、方二間で、内部中央に一本の柱を立て、正背面中央のうず柱で棟木を受け、切妻造、妻入りの屋根を作るという基本形は平安時代以前からの伝統によるのであろう。大社の創始の年代や、当初から大規模な神殿であったか否かの点は不明であるが、記紀成立のころから平安時代にかけては比類のない高大さを誇っていた事実は否定できない。

七　**任那**(二五三頁注二四)　任那という漢字名は、高句麗の広開土王碑(四一四建立)に「任那加羅」と見えるのが最も古い例で、次には中国正史の宋書(四八八選述)の倭国伝に、元嘉二—二〇年(四二五—四四三)の間に、倭国王珍が宋朝に入貢して「使持節都督倭・百済・新羅・任那・秦韓・慕韓六国諸軍事安東大将軍倭国王」を自称したと見え、また元嘉二十八年(四五一)に宋朝が倭国王済に「使持節都督倭・新羅・任那・加羅・秦韓・慕韓六国諸軍事」を加授したとあり、さらに大明六年—昇明二年(四六二—四七八)の間に、倭国王武が「使持節都督倭・百済・新羅・任那・加羅・秦韓・慕韓七国諸軍事安東大将軍倭国王」を自称したこと、昇明二年(四七八)に倭国王武が宋朝に遣使上表したに対して、宋朝は武を「使持節都督倭・新羅・任那・加羅・秦韓・慕韓六国諸軍事安東大将軍倭王」に除したことなどが見える。また中

狗邪(韓国)
↓
加羅→任那加羅(任那加良)─┬→任那(総括的地名化)…任那十国(加羅国・安羅国・斯二岐国・多羅国・卒麻国・古嵯国・子他国・散半下国・乞飡国・稔礼国)〔欽明二十三年紀〕
└→加羅(伽耶)(駕洛)(個別的地名化)…五伽耶(阿羅伽耶・古寧伽耶・大伽耶・星山伽耶・小伽耶)〔三国遺事巻一〕
……六伽耶

国の類書なる翰苑(六六〇頃撰)残巻、蕃夷部、新羅の条に「地惣任那」とあり、その分注に「斉書云、加羅国三韓種也、今訊新羅耆老云、加羅・任那、昔新羅所滅、其故今並在国南七八百里、此新羅有辰韓・卞辰廿四国及任那・加羅・慕韓之地也」ともある。

一方、朝鮮史料としては、三国史記の列伝に、強首(六五〇年頃の人)の言葉として「臣本任那加良人」の一句が記され、また真鏡大師塔碑(九二四建立)に「大師諱審希、俗姓新金氏、其先任那王族」と見える。中国史籍では任那と加羅とを別箇に数えているけれども、五世紀の初めにおける任那の正しい呼称は「任那加羅」であったとすべきであろう。

この任那加羅の前身としては、魏志の韓伝に、弁辰十二国の中の一国として記された「弁辰狗邪国」が比定される。弁辰狗邪国は、倭人伝には「狗邪韓国」と書かれている。この狗邪は加羅・加良にあたり、後世には加耶・伽耶・伽落・駕洛などとも書かれた。さすれば任那の名は、右のごとく変遷した。

現地朝鮮では「任那加羅」が細細ながらそのまま伝えられるとともに、「加羅」が分化して、五伽耶とか六伽耶とかいう総称名詞がうまれた(三国遺事)。それに対して日本では、任那加羅がそのまま伝えられずに、広義の任那が流行し、その内容として狭義の加羅が、個個の国名によって列挙されつつも、なおそれらを一括して「四邑」とか「七国」の名ができた。このように、名辞の変遷は彼我相違するが、それぞれが広狭二義あることは、同じ根底、即ち同一の歴史事実に基づくものである。同一の歴史事実とは、加羅諸国の連合、すなわち加羅諸国が共通の政治情勢下に置かれたことである。共通の政治情勢下というのは、日本の一括支配下に立ったことを意味する。即ちこれが任那の成立である。しからばその任那成立の年代としてはいつが設定されるか。仮りに広開土王碑に即して考えれば辛卯年(三九一)の倭の渡海事件がそれとして読みとれる。ただしそれは簡潔な碑文上のことであるから、辛卯年以前に、ある幅をもった時間を考える余地がある。ここに考慮されるのが神功四十九年条の、すなわち己巳年(三六九)における大出兵の記事である。換言すれば、己巳年から二十二年間における動向の総決算として辛卯年の記事があるわけである。上述の広義の任那としては、応神七年の条に「秋九月、高麗人・百済人・任那人・新羅人、並来朝」とあるのが最も古い事例である。これを事実の記載とすることが問題であるとしても、応神二十五年(推定四一四)の条に引く百済記に、木羅斤資の子、木満致が「以二其父功一、専二於任那一」とある任那は、事実の記載と考えてよかろう。さすれば新羅・高麗・百済と対立する一国名としての任那の成立は、広開土王碑の辛卯年から二十年ばかりの間(三九一―四一四)にあったといえよう。

任那をミマナ(弥摩那・弥麻奈・三間名・御間名)とよむことについては、諸説あって、原名は断定し得ないけれども、任那なる漢字が、韓国人のつけた、ある地名をあらわすために充当されたものであることは疑いない。とすれば、ミマナは原名の日本訛りとして、原名に比較的近いものであるかもしれない。垂仁二年の条の分注によれば、御間城天皇の時にはじめて朝貢したから、天皇の御名(御間城入彦命)をとってミマナ国としたとあるけれども、事実はむしろ逆であるかもしれない。

一　都怒我阿羅斯等(二五八頁注九)　三品彰英は、都怒我は新羅や金官加羅の最高官位号「角干」をツヌカ(ン)と訓んだものかという。阿羅斯等は、下文の阿利叱智と同語。継体紀にも加羅王阿利斯等の名が見える(→下三八頁注一四)。阿羅=阿利、朝鮮語の ar には、知る・開くの義がある。斯等は次項阿利叱智の叱智と同語とすれば、新羅・加羅で人名に後付して尊敬をあらわす辞。この人の後裔と称するものは姓氏録に大市首、清水首、辟田首、三間名公など。

二　蘇那曷叱智伝説と天日槍伝説(二五八頁注二〇)　蘇那曷叱智伝説は、書紀の本文では、明確に「来朝貢献」記事であり、それに対して天日槍伝説は「渡来帰化」記事であって、前者が「任那国」の使人、後者が「新羅国王子」とされ、どこまでも割り切られている。けれども伝説としてみるとき、両者は同時にそして一括して考える必要がある。

まず蘇那曷叱智は、崇神六十五年に来朝して、垂仁二年に帰国した。書紀は垂仁二年紀帰国の記事に付けて、二つの異伝を分注としてあげている。その一は「意富加羅国王」の子「都怒我阿羅斯等」(またの名は「于斯岐阿利叱智干岐」)の「帰化」の次第と、その本国の国名を「弥摩那国」とするいわれと、その国と新羅国と相怨む起りとの説明であり、その二は、都怒我阿羅斯等が国に在るとき、黄牛を失って白石を得、その白石が童女になり、その童女が東方に向ったのを追い求めて日本に入ったこと、童女は難波及び豊国の比売語曾社の神となってまつられていることを語る。都怒我阿羅斯等(于斯岐阿利叱智干岐)が蘇那曷叱智であるとは明示していないが、文意から推して、そういうたてまえで書かれている。故にもしも右の三つの名の新古前後を考定するとすれば、次の如くなるであろう。阿羅斯等は継体二十三年紀に見える実在の加羅王の名阿利斯等に同じい。

阿羅斯等→都怒我阿羅斯等→于斯岐阿利叱智干岐→蘇那曷叱智

次に天日槍は、蘇那曷叱智が帰国したすぐ翌年、垂仁三年に来帰し、神宝七物を将来した。同八十八年に、その神宝を但馬なる日槍の曾孫清彦に詔して献ぜしめたところ、神宝の一なる「出石刀子」が、自然に淡路島に至り、今にそこにまつられているという。そして前条(三年紀)には、分注をつけて、本文の記事とややことなり、しかも大いに詳しい伝えをあげている。詳しい伝えとは、天日槍が東渡して播磨国に至り、さらに近江国・若狭国を経て但馬国に落ち着く次第、ならびに但馬における子孫の系図に関する叙述である。しかるに応神記の「天之日矛」の渡来記事は、次の七つの要素から成り立っている。


㈠新羅の阿具沼のほとりで、ある賤女が日の光にさされて妊み、赤玉を生んだこと。

㈡賤女の夫が、牛を殺さんとしたという嫌疑を受けて、赤玉を天之日矛に与えたこと。

㈢赤玉は嬢子となり、天之日矛の妻となったこと。

㈣天之日矛の妻は日本に渡り、難波に至ったこと(難波の比売碁曾の社の阿加流比売の神)。

㈤天之日矛は妻を追って来り、難波に入らんとして入れられず、但馬国に留ったこと。

㈥天之日矛から高額比売命に至る系図。

㈦天之日矛の持ち渡った神宝八種。


右のうち前半、㈠から㈣までの要素と大同小異のものが、蘇那曷叱智伝説の中にあることが注意される。古事記の一貫した記事が、すでに合成伝説たることは疑う余地なく、従って記と紀といずれが先行するかは、俄かに断じがたいけれども、記の記載は、蘇那曷叱智伝説が、天日槍伝説から派生、拡充されたものであることを暗示しないであろうか。蘇那曷叱智伝説は、天日槍伝説を部分的に借用してつくられたものといえよう。そして天日槍伝説の構成要素として列挙されるものは、左の三つに帰納されるであろう。


㈠播磨・但馬の地方における帰化韓人集団の存在と、その統領家の家系。

㈡集団の中心としての神社。

㈢神社のシンボルとしての、いわゆる神宝。


ちなみに、韓人の東渡・東来伝説は、新羅にも存在していた。三国遺事、巻一、延烏郎・細烏女の条によれば、新羅第八代阿達羅王の四年丁酉に、東海の浜に延烏郎・細烏女の夫婦があった。一日、延烏郎は一巌に乗って日本に渡った。日本国人は彼を非常の人として、王とした。細烏女は夫の帰らぬのをいぶかり、夫を求め、またその巌に上って日本に渡り、夫婦再会、女は貴妃となった。このとき新羅では日月が光を失った。日者は奏して、日月の精が我国(新羅)に降って在ったのに、今や日本に去ったので、この日月光を失うという事変が生じたのであるといった。王は使をつかわして二人を求めた。延烏は使者に「自分がこの国(日本)に到ったのは天の然らしむるところである、今、どうして帰られよう。しかし自分の妃(細鳥)が織った細絹がここにある、これをもって天を祭ったらよかろう」とその細絹を使者に与えた。王は使者の報告によって、そのようにしたら、日月はまた旧の如く輝りかがやいた。その細絹は御庫におさめて国宝とし、その庫は貴妃庫と名づけ、天を祭った地を迎日県(また都祈野)という。

なお、天日槍伝説は、記紀の他、釈紀所引筑前風土記逸文は、仲哀・神功の西征を迎えた怡土の県の五十跡手(いとて)が、高麗の国の意呂山に天より降り来し日桙の苗裔だと述べたと伝え、播磨風土記は、天日槍と葦原醜男や伊和大神との土地争奪をしばしば記している。

三 **出石神社**(二六〇頁注一四)　今、兵庫県出石郡出石町宮ノ内、出石神社。八種神宝八座を祀る。延喜神名式に出豆志坐神社八座(並に名神大社)とあり、古事記や垂仁三年紀の分注に神物を八種とするのに合う。当社は中世から但馬国一宮とされ、室町時代の古図には本殿を六角か八角かとも思われる特殊な形式に描き、両側に七社ずつの末社を、傍に天日槍廟所と伝称する塚を描くが、社殿が永正元年に兵乱で焼けてからは旧観を失ったという。

四 **稲城**(二六四頁注七・八)　このところ、記に「乃興レ軍撃二沙本毗古王一之時、其王作二稲城一以待戦」とある。稲城の語は雄略十四年四月条に「根使主逃匿、至二於日根一、造二稲城一而待戦」(四九二頁一三行)・崇峻即位前紀に「(物部守屋)大連親率二子弟与一奴軍一、築二稲城一而戦」(下一六二頁一五行)と見える。稲穂か籾を積み上げたものであろう。なお新唐書、日本伝に「国無二城郭一、聯レ木為二柵落一」とある。

五 **火中よりのとたへ**(二六四頁注一四)　古事記の方は、天皇が力士を遣して、サホビメを連れ帰らせようとしたが、髪をつかめば髪だけ落ち、子供だけ抱き帰って、衣をつかめば破れ、手をとれば玉の緒が切れるという具合で、サホヒメは連れかえることが出来なかったとある。このように古事記の方が、劇的効果を盛り上げる文芸的加工の痕が著しいから、火中における出産という古事記の記事は、新らしい潤飾かも知れない。他方、火中での出産というモチーフは日向神話の木花開耶姫の場合と共通している。コノハナサクヤビメがホホデミを火中で生んだのも、サホヒメが燃える稲城の中でホムチワケを生んだのも、ともに穀神の誕生を意味し、穀神を焼く火祭の習俗を背景にしていると高崎正秀は論じている。狭穂彦の反乱の物語の基礎にある観念は、女は夫よりも兄により親密であり、かつ兄が行なわんとする企ては、妹の助力があってはじめて成功するという考えである。これは、今日、奄美・沖縄諸島において明瞭な、姉妹の兄弟に対する霊的支配力を認めるオナリ神信仰が古代日本にもあったことを示唆している。

六 **野見宿禰**(二六六頁注一)　続紀、天応元年六月条や姓氏録、山城神別、和泉神別、土師宿禰条には「天穂日命十四世孫野見宿禰」とあり、土師宿禰の祖。二六六頁五行によれば出雲の人。野見は出雲風土記飯石郡の条にみえる。播磨風土記によれば土師弩美宿禰は揖保郡の立野(今、兵庫県竜野市竜野町付近か)で死んだという。和名抄によれば因幡国高草郡に能美郷(鳥取県鳥取市の千代川の西岸)あり、また神名式に同郡天穂日命神社(今、鳥取市福井所在)・大野見宿禰命神社(今、鳥取市徳尾所在)あり。この人のことは三十二年七月条の埴輪の起源の話にある。

七 **鳥取部・鳥養部・誉津部**(二六八頁注八・九・一〇)　鳥取部は記も同じ。現存史料によれば、武蔵・美濃・出雲・備中にいた。なお郷名・社名の知られるものは、河内国大県郡・和泉国日根郡・越中国新川郡・丹後国竹野郡・因幡国邑美郡・備前国赤坂郡・肥後国合志郡(以上郷名)、下総国印旛郡(駅名)、伊勢国員弁郡(社名)等であり、鳥取部の広く分布したことが知られよう。この部の中央における上級伴造は造(のちに連)、地方の下級伴造は臣・造・首などの姓をもっていた。

鳥養部は記に鳥甘部。大和にあり、その他、地名としては摂津国島上郡・淡路国津名郡・筑前国早良郡・筑後国三潴郡等にある。

誉津部は記に品遅部。別に品治部とも。この部は大和・山城・伊勢・越前・越中・但馬・出雲・播磨・備後・周防・阿波に分布し、その他地名よりこの部の存在を推測しうるのは因幡・安芸などである。この部の伴造には中央に君、地方に君・公・首などがあった。なお、記によれば、このほかに大湯坐・若湯坐をも定めたという。

八 **部**(二六八頁注八・九・一〇)　部(べ)の制度は五世紀の前半ころから大和朝廷の支配権の下に発達し、初期の段階では大和朝廷の官司の伴(とも)の制度が中心になっていた。この伴のうち古く編成された内廷的な伴は少なくとも豪族の一族であって、この伴に、貢納する民、後の部(べ)が所属していた。五世紀末から六世紀初頭に、百済から官司の制度である部司制が入り、日本の伴の制度に影響を与えたようである。百済の部司制は周書の百済伝によれば、内官である穀部・肉部・掠部・馬部・刀部・薬部・木部などの十二部、外官である司軍部・司徒部・司空部・司寇部などの十部から成っており、内官の各部は、大和朝廷の掃守(かにもり)・殿守(とのもり)・水取(もひとり)・膳夫(かしはで)・宍人(ししひと)などの内廷的な伴の組織に酷似し、百済より渡来した技術民の伴である鍛部・鞍部・馬飼部・錦部などが五世紀末ころに編成されてから、内廷的な古い伴にも、掃部・殿部・水部・膳部・宍人部のごとく、部の字をあてるようになり、やがて伴に貢納する民や、豪族の私有民も部とよばれるようになった。これらの部は、もとは村落単位に設定されたようであるが、後には戸単位に広く分散的に設定されるようになったと見られている。このような過程で編成された部には、㈠品部(ともべ)すなわち朝廷に所属する手工業その他の特殊技能者の集団、㈡いわゆる名代・子代すなわち御名代の伴の出仕の資として置かれた部(→補注11-四)、㈢部曲(かきべ)すなわち豪族の私有民の三種類があった。

九 **菟田の筱幡…伊勢国に到る**(二六九頁注三二―三六) 書紀には崇神六年天照大神を豊鍬入姫命につけて倭の笠縫邑に祭り、垂仁二十五年倭姫命につけて菟田筱幡―近江―美濃を経て伊勢の五十鈴の川上にまつるという。皇太神宮儀式帳にも同種の記載があるが、少し違うところもある。まず、㈠菟田は大和国宇陀郡で今、同郡榛原町に筱幡神社がある。筱は説文に「箭属、小竹也」とあり、壬申紀にも「筱(筱、此云二佐々一波」とあり、ササと訓む。ここのところ儀式帳には「美和乃御諸宮」(奈良県桜井市三輪)より発して「宇太乃阿貴宮」(宇陀郡大宇陀町阿貴)を経て「佐々波多宮」にいたるとある。次に紀には、㈡近江国にいたるというが、儀式帳に「伊賀穴穂宮」(三重県名賀郡青山町阿保)・「阿閉拓殖宮」(三重県阿山郡伊賀町柘植町)を経て「淡海坂田宮」(滋賀県坂田郡)に坐すとある。坂田郡には後世、坂田御厨がある(神鳳抄)。次いで紀は、㈢美濃にいたるというが同帳は「美濃伊久良賀宮」(岐阜県本巣郡巣南町居倉)とある。さらに、㈣伊勢国については同帳にまず「伊勢桑名野代宮」に坐し、諸宮を経て「伊須々乃川」のほとりに大宮を定めたとある。なお倭姫命世記には、儀式帳の他にも宮の名を挙げるが、後世のものであるから今は省略に従う。

一〇 **伊勢神宮**(二七〇頁注六) 崇神元年条につづき、伊勢神宮(内宮。三重県伊勢市)の起源を説いた記事。記には、崇神記の豊鉏比売命、垂仁記の倭比売命の名の分注に「伊勢大神」の宮を「拝祭(いつきまつ)りたまひき」と記されているのみである。「三種の神宝」(補注2-一九)で述べたとおり、宮中の鏡と伊勢神宮の鏡とは別の起源をもち、紀等の説話の内で観念的に結びつけられているにすぎない。宮中の鏡を他に移しついに伊勢に祭られることとなったという説話の無かった時代があったはずであること、伊勢神宮の地はもとその地方の民衆の祭祀の儀礼を行なう場所であったろうということ等は、戦前つとに津田左右吉の説いたところである。戦前には津田の着想をそれ以上発展させる研究の自由が存しなかったが、戦後はじめて伊勢神宮の起源についての具体的研究が相次いで公表されるにいたった。たとえば、直木孝次郎は、伊勢神宮はもと日の神を祭る伊勢の地方神で、皇室の東国発展に伴ない、雄略朝ごろから皇室と関係を有するにいたったが、それが皇室の神となったのは、壬申の乱に天武天皇がその援助を受けて勝利したのちである、とし、岡田精司もまた、度会はもと太陽信仰の聖地で、度会氏が太陽神を祭っていたが、天皇勢力の東方経略の積極的に進められた雄略朝に、ここに天皇の神が祭られることとなり、従来の度会氏の神はその御饌都神と変じ、外宮のトヨウケヒメとなった、とする。外宮の起源については記紀に所見なく、止由気宮儀式帳に丹波国比治から止由気大神を度会に移したとあるにすぎぬ。伊勢神宮が皇室の神となったために、本来の地方神が外宮の祭神に転じたと考えるのは、その点合理的な推論といえよう。筑紫申真は、続紀、文武天皇二年十二月乙卯条に「遷二多気大神宮于度会郡一」とあるに着目し、今別宮となっている滝原宮は、もと多気郡にあった多気大神宮であり、独立勢力として南伊勢を支配する地方神であったが、壬申の乱以後皇室との関係が生じ、文武二年皇室はこれを度会に移し、皇室の神として荒木田氏をしてこれを祭らせ、その朝夕の散飯(さば)の神を祭る外宮を設立し、度会氏をして祭らせることとした、という。これら諸学説は細部では異なる見解を示しているけれど、はじめは伊勢の地方神であった伊勢神宮が、紀の所伝よりもはるかに新しい時期になってから皇室の神に転化した、と考える点では共通しており、その点に関するかぎり、今日学界の通説として認められているといってよい。記紀神代巻の天照大神が太陽神であるとともに皇祖神でもあるという二重の性格は、このような伊勢神宮の祭神の転化と考え合わせるとき、いっそうよく理解せられよう。↓補注1-三六

次に神宮の初期の建築を略説する。内宮の殿舎については延暦二十三年の皇太神宮儀式帳が古い資料で、それによると南面する正殿とその後方左右の東西宝殿が瑞垣で囲まれ、その外に宿衛屋四棟、南面に蕃垣があり、その外を内玉垣が一周し、その前庭が広くて祭場となり、祭官の着座する石壺や斎内親王侍殿・女孺侍殿があり、以上をめぐって外玉垣、その外に板垣があり、また以上の垣には南と北にそれぞれ門があって大宮院を形成したことがわかる。奈良時代以来行なわれてきた式年造替では、この一郭の建物がそのまま隣接敷地で二十年目ごとに新造され、平常の神嘗祭の日をえらんで遷宮を行なう定めであった。大宮院の西方には祭の時や平常の奉仕に必要な直会殿院・御酒殿院・禰宜・内人・物忌等の斎館院や宿館院

その他の付属建物数十棟があり、昔の神祭の盛大であったことを語る。正倉院文書の奈良時代の内宮正殿・諸門の飾金物の記文によると当時の正殿は今日の正殿と大差のない神明造りであったらしい。現正殿は掘立て柱を用い、正面三間、側面二間で床の高い切妻造りのかや葺き屋根、平入り、白木造りで、棟上に甍覆(いらかおほひ)障泥板(あふりいた)を構えて雨もりを防ぎ、その上を長大な堅魚木十本で押さえ、破風板は上部に鞭懸けを付けるが、直線形で屋根を貫いて延び千木となって高くそびえ、両側面には板壁の線から離れた位置に太い棟持柱を立てて棟木をしっかりと支持する形式である。

一一　**イハヒとイツキの相違**(二七〇頁注七)　奈良朝の用語例からいえば、イハフは、無事であるようにと、前以て祝する例が多い。万葉集におけるイハフの例などは、ほとんどすべて、それである。わが子を唐国へやるにつき「伊波敝(いはへ)神たち」のごとくである。しかし、「伊波負(いはふ)命」と使った場合などはやや異なって大切にする意を含んでいる。その意味に近いのがイツクである。神聖なものとして、汚れをつけないように大切に、奉仕するのがイツクである。

しかし、イハフには斎主をイハヒヌシと訓ずるように、神に奉仕する場合をいうことがある。これらと近い意味を持つのがマツルである。もっとも、マツルは、物を供えるのが原義で、神に物を供えて、神の心を安んじ、神の心の安らぎと満足によって、その余恵にあずかろうとするのである。

ところが、書紀の古写本(南北朝までの写本を含む)を見ると、祟も祭も斎も、イハフ・イツク・マツルという訓を兼ね保つものが少なくない。これらはイハフ・イツク・マツルという語の意味の区別を、あまり厳格に保っていないところがある。

一二　**日葉酢媛命の墓**(二七四頁注一)　垂仁記「此后者、葬二狭木之寺間陵一也」。大和志に添下郡常福寺村、陵墓要覧に奈良県奈良市山陵町字御陵前をその所在地とする。和名抄に添下郡佐紀郷(今、奈良市佐紀付近)とある地で、成務天皇の狭城盾列池後陵、神功皇后の狭城盾列池上陵、称徳天皇の高野陵などがあり、土師連の居地の菅原・秋篠に近い。但し寺間の名は不明。この墓の石棺については、姓氏録、左京神別に「石作連。火明命六世孫建真利根命之後也。垂仁天皇御世、奉レ為二皇后日葉酢媛命一、作二石棺一献レ之。仍賜二姓石作大連公一也」、記にも「又其大后比婆須比売命之時、定二石祝作一」とある。これは土師部が埴輪を作りはじめたとの説話に対抗して言い出された説話であろう。

一三　**綺戸辺**(二七四頁注九)　綺は、文様が斜めになった織物をいう。従って、語源は斜行する蟹の機(はた)、蟹繒(かに)であろう。名義抄にはカムバタとあるから、kaniFata→kanFata→kambataという音変化であろう。また、和名抄に「似レ錦而薄者也〈加無波太〉」とあり、山城国相楽郡蟹幡郷(今、京都府相楽郡山城町綺田付近)を「加無波多」ともある。しかし新訳八十巻華厳経音義私記(奈良朝末)には「綺、加尼波多」とあるから、奈良朝ではカニハタが正しかったであろう。綺戸辺はこの辺の人であろう。記に弟苅羽田刀弁とある。開化記にも苅幡戸弁なる人名がみえ、このあたり、所伝が紛らわしい。戸辺→一九四頁注二。

一四　**十箇の品部**(二七六頁注八―一八)　品部は、それぞれの職業にたずさわるいわゆるトモをさす場合と、そのトモを扶養する農民としての部民をさす場合とがある。訓のトモノミヤツコにも、品部を管掌する伴造と、右のトモそのものをさす場合とがあり、後者は令制の伴部をトモノミヤツコという例(職員令典鋳司条、集解の一説に「自余諸司伴部等皆直称二友造一耳」)から推せられる。ここはいずれの意味にもとれるが、訓読者はトモの意味にとっているわけである。

楯部は楯を作るを職とする部で楯縫部とも記す。神代紀第九段第二の一書に彦狭知神を作盾者とするとあり、出雲風土記、楯縫郡条に天御鳥命が楯部として大神の宮の御装束の楯を造ったといい、延喜践祚大嘗祭式には丹波の楯縫氏が神楯を造るという。

倭文部の倭文は織物の一種。シツオリ→一四〇頁注七。倭文部はそれを織る部。出雲国大税賑給歴名帳に倭文部麻呂ほか、万葉集四三七二に常陸那賀郡の人、倭文部可良麻呂の名が見える。倭文連→補注下29―二五。

神弓削・神矢作部は弓削・矢作部のうち、とくに神に捧げる弓矢を造る弓削部・矢作部であろう。弓削部→二二〇頁注六。矢作部→二二〇頁注九。

大穴磯部は未詳。標注に、穴磯の地に神戸をおいて神饌を出さしめたかという。太田亮は神名式大和国城上郡穴師大兵主神社をあげ、その地にありし品部という。二十五年条に穴磯邑と見える。

泊橿部は職員令土工司条の集解に「泥部廾人〈穴云、泥部者、古言波都加此乃友造〉」とあるから泥部にあたるものであろう。泥部は土作・造瓦・石灰等の事を行なう職業部。→羽束造(下補注29―二五)。

玉作部は玉類をつくる部。→一一五頁注二四。

神刑部の神も神弓削・神矢作の神と同じであろう。刑部は忍坂部に同じ。→四三六頁注一。二七六頁六行に一千口の大刀ははじめ忍坂邑に蔵めたという。

日置部も前後の例と併せ考えて神事に関係ある部かとも思われる。日置部の伴造である日置氏は、のち主殿寮の殿部となり、燈燭・炭燎の仕事にあたっていたことから推察すると、この部は剣など武器鍛造の際の炭燎に当っていたものか。その分布はほぼ全国にわたる。

大刀佩部は大刀を身に帯びて仕える軍事的な職業部であろう。

7 巻第七 景行天皇・成務天皇

一 稚足彦天皇(二八二頁注二) 成務天皇の諡号はワカタラシヒコであるが、タラシヒコは七世紀前半の時代に用いられた天皇の称号であり(→二八二頁注一)、景行天皇(オホタラシヒコオシロワケ)・成務天皇(ワカタラシヒコ)・仲哀天皇(タラシナカツヒコ)・神功皇后(オキナガタラシヒメ)など、タラシの称をもつこの前後の天皇・皇后の諡号は、七世紀前半に定められた可能性がつよい。このうち成務天皇の諡号ワカタラシヒコは、景行天皇のオホタラシヒコに対するものと考えられる。天皇はその事績においても、景行天皇の地方平定事業をうけて、国造・県主を設置したと伝えられるなど、景行天皇と密接な関係があり、しかも景行紀の記載が詳細かつ具体的であるのに対し、成務紀の記載は著しく簡略かつ抽象的である。このようなことからみて、成務天皇は景行天皇の分身として、のちに歴代に加えられた疑いがつよく、その実在性は、景行天皇に比し一層乏しい。書紀の場合、天皇の在位年数や年齢が景行天皇と酷似していることからもそれは考えられる。井上光貞は、景行天皇以後の本来の帝紀の系譜は、

景行—五百城入彦皇子—品陀真若王—仲姫命
応神 ═ 仲姫命 —仁徳

という形で、応神・仁徳朝に連なるものであったが、のち日本武尊・神功皇后の説話がこれにとり入れられ、父子相承の一系の皇統とするために、

景行—日本武尊—仲哀
仲哀 ═ 神功 —応神
応神 ═ 仲姫命 —仁徳
景行—成務
景行—五百城入彦皇子

とし、成務・仲哀の両天皇が設定され、歴代に加えられたものとして、この間の事情を推測している。

成務天皇の后妃・子女については書紀には全く記載がないが、記には「此天皇、娶穂積臣等之祖建忍山垂根之女、名弟財郎女、生御子、和訶奴気王〈一柱〉」とある。これについて記伝は、景行紀五十一年八月条に、日本武尊が妃穂積氏忍山宿禰の女弟橘媛を娶り、稚武彦王を生んだ、とあることと伝のまぎれたもので、記紀のいずれが本来の所伝かは決めがたいとしている。また続紀、和銅七年六月条に、若帯日子の姓を国諱に触れるがために改めたとあり、大宝二年の御野国味蜂間郡春部里、同本簀郡栗栖太

里、同加毛郡半布里の戸籍、天平六年の出雲国計会帳などに若帯部がみえるが、上述のように天皇の実在の可能性の薄いことから考えて、これを成務天皇の名代とみることには疑問がある。

二 景行天皇の皇子・皇女

大碓皇子(二八二頁注一四)　四年二月条および記には大碓命。四年二月、美濃国造神骨の女兄遠子・弟遠子の容姿を視察するため美濃に派遣、密通して復命せず、四十年七月には蝦夷征討を命じられようとして逃げ隠れ、天皇に責められて美濃に封じられたとあり、その子孫のことがみえる。

小碓尊(二八二頁注一五)　日本武尊。記には小碓命。二十七年には熊襲、四十年には蝦夷の平定を命じられて活躍、四十三年に没したという。その子孫のことは五十一年八月条にみえる。日本武尊とその説話→補注7-二六。

稚足彦天皇(二八四頁注一七)　成務天皇。成務即位前紀には景行天皇の第四子とある。五十一年八月(成務即位前紀では四十六年)に立太子したという。下文に稚足彦天皇、記には若帯日子命。→補注7-一。

五百城入彦皇子(二八四頁注一八)　記には五百木之入日子命。応神記の分注に、応神天皇の三人の妃、高木之入日売命・中日売命・弟日売命の父品陀真若王は、五百木之入日子命が尾張連の祖建伊那陀宿禰の女志理都紀斗売を娶って生んだ子であるとする。中日売命は、大雀命(仁徳天皇)の母。姓氏録、右京皇別に、高篠連をこの皇子の後とする。→応神二年三月条・仁徳即位前紀。

忍之別皇子(二八四頁注一九)　記には押別命。

稚倭根子皇子(二八二頁注一七・二八四頁注一九)　記には倭根子命。二年三月条の一書、および記には母を播磨稲日大郎姫とする。四年二月条には、妃八坂入媛の生んだ皇子とする。津田左右吉は、ヤマトネコ・ワカヤマトネコはいずれも天皇の地位を示す称呼であり、帝紀以後に加えられたものかとしている。

大酢別皇子(二八五頁注二一)　記にみえず。記伝は仁賢即位前紀に、天皇の諱大脚(おほし)のまたの名を大為(おほす)といったとあることから、忍之別皇子(注一九)と同一であろうとする。

渟熨斗皇女(二八五頁注二二)　記には妾の子、豊戸別王と同母、沼代郎女(ぬのしろのいらつめ)とある。

渟名城皇女(二八五頁注二三)　記には妾の子、香余理比売命・若木之入日子王・吉備之兄日子王・高木比売命・弟比売命と同母、沼名木郎女とある。

五百城入姫皇女(二八五頁注二四)　記には五百木之入日売命。

麛依姫皇女(二八五頁注二五)　記には妾の子、沼名木郎女(渟名城皇女)らと同母、香余理比売命とある。麛は鹿の子。和名抄、毛群部、鹿の項に「其子曰レ麑〈音迷、字亦作レ麛、和名加呉〉」とある。

五十狭城入彦皇子(二八五頁注二六)　記に妾の子、沼名木郎女(渟名城皇女)らと同母、若木之入日子王(わかきのいりひこのみこ)とあるのと同一人か。旧事紀、天皇本紀には三河長谷部直の祖とある。

吉備兄彦皇子(二八五頁注二七)　記には妾の子、沼名木郎女(渟名城皇女)らと同母、吉備之兄日子王とある。

高城入姫皇女(二八五頁注二八)　記には妾の子、沼名木郎女(渟名城皇女)らと同母、高木比売命とある。記伝は、書紀が応神天皇の妃高城入姫(三六三頁注二五)と混同したものとする。

弟姫皇女(二八五頁注二九)　記には妾の子、沼名木郎女(渟名城皇女)らと同母、弟比売命とある。

五百野皇女(二八五頁注三二)　記にみえず。二十年二月、天照大神を祭るために派遣。

神櫛皇子(二八五頁注三四)　記には神櫛王とあり、母を針間之伊那毗能大郎女(播磨稲日大郎姫)とする。姓氏録、右京皇別、讃岐公の項に「大足彦忍代別天皇皇子五十香彦命〈亦名神櫛別命〉之後也」とあり、続日本後紀、承和三年三月条、讃岐公永直らの賜姓・移貫の記事には、神櫛命を景行天皇の第十皇子とする。讃岐公はのち讃岐朝臣、さらに和気朝臣姓を賜わった。なお記には、神櫛王を木国之酒部阿比古、宇陀酒部の祖とし、姓氏録、和泉皇別、酒部公の項にも、讃岐公と同祖、神櫛別命の後とするが、記には讃岐国造のことは見えない。→補注7-四。

稲背入彦皇子(二八五頁注三五)　記にみえず。垂仁記に、皇女阿邪美都比売命について「嫁二稲瀬毗古王一」と注するが、記伝は度会延佳の説をひいてこれを稲背入彦皇子のこととする。姓氏録、右京皇別に佐伯直の祖とある。→補注7-五。

武国凝別皇子(二八六頁注四)　記にみえず。円珍系図に、伊予国御村別君・讃岐国因支首等の始祖とある。旧事紀、天皇本紀に筑紫水間君の祖とするのは、国乳別皇子を祖とする水沼別(→補注7-七)の訛伝であろう。同本紀にはまた、伊与御城別・添御杖君の祖ともある。→補注7-六。

日向襲津彦皇子(二八六頁注七)　記にみえず。襲は九州南部の地名。→補注7-一一。旧事紀、天皇本紀に奄智君の祖とあるのは、阿牟君の訛伝であろう。↓二八六頁注八。

国乳別皇子(二八六頁注一〇)　記にみえず。旧事紀、天皇本紀には伊予宇和別の祖とある。

国背別皇子(二八六頁注一一)　記にみえず。旧事紀、天皇本紀には水間君の祖とある。

豊戸別皇子(二八六頁注一二)　記には妾の子、沼代郎女と同母、豊戸別王とある。豊は九州の地名。↓二六〇頁注二。旧事紀、天皇本紀には豊門別命と書き、三島水間君・奄智首・壮子首・粟首・筑紫火別君の祖とある。

天皇の皇子として書紀に記載されている者には、このほか、景行十三年五月条に豊国別皇子(↓二九二頁注六)、仲哀二年正月条に彦人大兄(皇子)がある。また記に名を記載される二十一王のうち、書紀にみえない者に、櫛角別王(母、針間之伊那毗能大郎女)・真若王(母、伊那毗能若郎女)・大枝王(母、訶具漏比売)がある。旧事紀、天皇本紀には「夫天皇所レ生男女総八十一皇子之中、男五十五、女二十六」として皇子の名を列挙するが、皇子の別名や誤記をもとにしてのちに付会したものと思われる。

三　**武内宿禰**(二八四頁注六)　武内宿禰(記に建内宿禰)は、記では成務・仲哀・応神・仁徳の四朝、書紀では景行・成務・仲哀・神功・応神・仁徳の各朝にかけて存在し、その活躍が伝えられる人物で、書紀の年紀では三百歳もの長寿を保ったとされる。日野昭・岸俊男の見解に従えば、その伝承の主題は、㈠大臣、または近侍の忠臣として歴朝に奉仕したこと(景行五十一年正月条・同八月条・成務三年正月条・成務記)、㈡神事に霊媒者として奉仕し、男覡の役をつとめること(仲哀九年二月条・神功摂政前紀・仲哀記)、㈢長寿の人であること(仁徳五十年三月条・仁徳記)等に求められ、なかんずく㈠がもっとも原初的な属性で、書紀は記に比して一層宿禰の忠誠の臣であることを脚色・修飾していると考えられる。

武内宿禰の実在性については、その可能性はうすく、伝承上の人物であることは明らかで、しかもその伝承は、六世紀に作られた旧辞に最初から存在したものではなく、景行・成務天皇、神功皇后が歴代として帝紀に加えられ、かつ暦年の観念が加わった、七世紀前半以降に作られたものと考えられる。風土記に武内宿禰の名が全くあらわれないことから推しても、それはかなりおくれた時代に、中央で発達した説話であると推測される。その説話の成立については、津田左右吉以来、七世紀前半に政界で勢力を振った蘇我氏の手になったとする説が有力であり、最近ではまた、七世紀後半に内臣(うちつおみ)として活躍した中臣鎌足との関係をみるべきであるとする説も、岸俊男によって提出されている。それと関連して、「武内宿禰」「内の朝臣(うちのあそ)」(仁徳五十年三月条)のウチについても、旧説の如く大和国宇智郡(今、奈良県五条市)の地名と解するよりも、内廷に近侍する臣、としてのいみに本義があると解する説が、同氏によって唱えられている。

なお孝元記には、孝元天皇につながる武内宿禰の系譜を載せ、宿禰の子として波多八代宿禰以下九人を挙げ、それぞれについて計二十七氏の後裔氏族の名を掲げている。この系譜が本来の帝紀にはない後次的な付加であることは明らかであり、葛城・波多・許勢・蘇我・平群・木等の氏を同族としたのは、推古朝頃の蘇我氏の勢力伸張の結果作為されたものであるとする説が、津田左右吉以来有力である。それが孝元天皇に系譜づけられたのは、おそらく七世紀後半のことと考えられる。↓補注10-一二。

四　**讃岐国造**(二八五頁注三六)　旧事紀、国造本紀に讃岐国造を掲げ、「軽島豊明朝(応神天皇)御世、景行帝児神櫛王三世孫須売保礼命、定二賜国造一」とある。続紀、延暦十年九月条、讃岐国寒川郡の人凡直千継らの奏言に、その祖星直が、訳語田朝庭(敏達天皇)の御世、国造の業を継いだとあり、同日、奏言によって千継らに讃岐公の姓を賜わったとある。承和三年三月、同郡の人讃岐公永直らに朝臣姓を賜わって右京に貫付し(続日本後紀)、貞観六年八月、神櫛命の後、右京の人讃岐朝臣高作らに和気朝臣の姓を賜わった(三代実録)。国造↓補注7-四六。

五　**播磨別**(二八六頁注一)　姓氏録、右京皇別、佐伯直の項に、景行天皇の皇子稲背入彦命の後で、男御諸別命が成務天皇のとき針間国を中分してこれを賜わり、よって針間別と号したとあり、応神天皇の播磨巡幸のおり、御諸別命の男阿良都命(一名伊許自別)が、針間国に居住する蝦夷の統治を命じられ、氏針間別佐伯直を賜わったとある。旧事紀、国造本紀には針間国造を掲げ、「志賀高穴穂朝(成務天皇)、稲背入彦命孫伊許自別命、定二賜国造一」とある。ワケ↓補注7-九。

六　**伊予国の御村別**(二八六頁注五)　円珍系図に、武国凝別皇子を伊予国御村別君・讃岐国因支首等の始祖とする。三代実録、貞観八年十月条、讃岐国那珂郡・同多度郡の因支首氏に和気公姓を賜わった記事にも、皇子の苗裔なりとある。ワケ↓補注7-九。

七　**水沼別**(二八六頁注一三)　水沼は筑後国三潴郡。今、福岡県三潴郡・大川市。神代紀第六段第三の一書に筑紫水沼君、景行十八年七月条に水沼県主猿大海がみえる。ワケ↓補注7-九。

八　**火国別**(二八六頁注一四)　火国はのちの肥前・肥後両国。律令時代の行政区画としては、今の佐賀・熊本両県と長崎県の大部分。十二年十二月条に火国造(→二九二頁注一)、十八年五月条に国名の由来に関する説話がみえる。ワケ→補注7－九。

九 **景行朝の皇子分封説話とワケ**(二八六頁注一八) 別(ワケ)の語義については、分れた家の義とする説、吾君兄(わぎえ)・我君の意とする説、首長の意とする説などがあり、その性格についても、尊称説・官職名説などがある。本来ワケは、五世紀を中心とする時代の天皇・皇族につく称呼であったと考えられるが(例―隼別皇子・去来穂別天皇・瑞歯別天皇)、また諸氏族の姓ないし称号としても用いられた。播磨別・御村別・水沼別など、諸国のワケは、姓としては特殊なもので、むしろ称号といってよく、佐伯有清の指摘するようにやがて多くは主として君などのカバネを有するようになる。これらの氏はすべて天皇から分れ出たという伝承をもち、地名を名に負う地方豪族であることが特色で、畿内とその周辺から、西国にかけて分布しており、国造となっているものが多い。おそらくこれは、彼等が朝廷に帰服し、国家の政治的秩序にくみこまれていく過程で、朝廷からその王権につながる特殊な地位を公認したことの証として与えられた称号であったと考えられる。

景行天皇の皇子・皇女八十子のうち、七十余子がみな国郡に封ぜられ、その別王の苗裔が諸国の別となったという景行紀の所伝は、天皇の九州・東国への巡幸説話、日本武尊の熊襲・蝦夷征討説話とあいまって、皇室による全国支配が景行朝に確立したことを具体的な表徴をもって示そうとして作られたものであり、またワケと称する氏族の称号の由来を、それによって説明しようとしたものと考えられる。従ってワケを名にもつ景行天皇の諸皇子も、これら氏族の系譜を皇室に結びつけるために生みだされたもので、本来の帝紀・旧辞には存在しなかったものと考えられる。

一〇 **美濃国造、名は神骨**(二八六頁注二二) 記には「三野国造之祖、神大根王(かむおほねのみこ)之女、名兄比売・弟比売二嬢子」とある。神大根王は、開化記に、開化天皇の皇子日子坐王(→二三四頁注三)の子、亦の名を八瓜入日子王(やつりのいりびこのみこ)といい、三野国の本巣国造、長幡部連の祖とある。旧事紀、国造本紀には三野前国造を掲げ、「春日率川朝(開化天皇)皇子彦坐王子八瓜命、定二賜国造一」とする。その本拠は、和名抄にみえる美濃国本巣郡美濃郷(今、岐阜県本巣郡糸貫村見延)であろう。

一一 **熊襲・蝦夷**(二八六頁注二八・二九七頁注二三) クマソの語義については、クマを勇猛の意でソに対する形容とみる記伝の説もあるが、クマ・ソの複合の地名ととるのが妥当であろう。

記では、クマソは熊曾と書き、一貫して地名として用いられている。神代記、大八島国の生成の箇所に、「次生二筑紫島一。此島亦身一而有二面四一。毎レ面有レ名」として、筑紫国・豊国・肥国・熊曾国の名をあげており、これによってクマソは九州南半、日向・大隅・薩摩地方(宮崎県・鹿児島県)に当ることが推測される。律令時代の行政区画には、クマに当るものとして肥後国球磨郡(今、熊本県球磨郡・人吉市)の名があり、ソについても、大隅国贈於郡(和銅六年日向国から分れる。今、鹿児島県囎唹郡西部・姶良郡東部・国分市)の名がある。甲類の西海道風土記(補注7－一六)に、クマソのことを「球磨贈唹」などと四字に記していることは、奈良時代の人々がクマソを肥後の球磨・大隅の贈於と理解していたことを示すものである。これに対し、書紀の景行天皇九州巡幸の記事の場合は、地名としてのほか、クマソを人間の集団、すなわち族名として用いている場合があり、またクマソを日向の児湯・諸県方面を中心とする勢力と考えながら、それをたんにソと称し、それとは別にクマ(肥後南部地方)の経略を記すなど、用法上の混乱が認められる。これはおそらく、後次的・派生的なものであろう。

クマソの実体については、従来これを九州南部に居住する異民族とみなし、同地域に居住する隼人(補注2－一八)との関連を考えるみ方があったが、坂本太郎は、後世クマソは異民族として名をあらわしていず、部族として確固たる存在であったとは考えられないとし、それを特定の一部族のごとくみなすのは、書紀の派生的な用法の混乱にわざわいされたものであり、書紀編者の敷衍した観念的産物であるとしてそれを否定している。しかし、クマソ伝説のなかに、かつて九州南部に存在し、のち大和政権に服属した一政治勢力の投影を考えることは可能であって、津田左右吉は、日向の児湯・諸県地方を中心に、日向・大隅・薩摩、さらに肥後南部にまで勢力を及ぼしていた一大政治勢力があったとし、それと魏志、倭人伝にみえる狗奴国との関係を想像し、大和政権がそれを服属させたのはおそらく五世紀前半のことで、帝紀・旧辞が撰述された六世紀にはすでに事実としては不確かで、伝説化されていたのであるとする。また井上光貞も、クマソを倭人伝の狗奴国に相当するものとし、大和政権の勢力が滲透し、火国造の支配領域が確定していくにつれ、その勢力の及ばない地域の住民を総称してクマソというようになったのではないかと推測している。

つぎにエミシについては、書紀には、景行二十七年・四十年・五十六年条をはじめ、いくつかの記事がある。しかし記では、景行記の倭建命(日本武尊)の東征記事中に、東方のまつろわぬ人々の同義語としてみえるだけである。このことは、記のもととなった六世紀の帝紀・旧辞が、本来エミシに対してあまり大きな関心をもっていなかったことを示すものと考えられる。これに対し、書紀がエミシ征討に関する記事を大きく取扱い、日本武尊の東征の主目的をそこにおいていることは、本来の旧辞の所伝を発展させ、潤色したものであって、その時期は、政府によるエミシ征討が開始され、中央人のエミシへの関心が高まった、七世紀以降のことと考えられる。坂本太郎は、斉明朝以前の書紀のエミシ関係記事を、㈠旧辞潤色型、㈡氏族伝承型、㈢造作型、㈣実録型の四つの類型に分けてその事実性を検討し、古い部分の記事の多くが史料としての信憑性に乏しいことを明らかにし、旧辞変改の時期を、画期的なエミシ征討の行なわれた斉明天皇代のことと推測した。津田左右吉も、景行紀のエミシに関する物語の作られた時期を大化以後、持統朝以前とし、天武朝の史局の仕事ではないかと推測している。

エミシは蝦夷・毛人と書く。この文字のあて方や、エミシについての叙述を見ると、書紀では一般に、エミシを、東北地方に居住し、中央政府に反抗する異種族として記述していると認められる。しかし、エミシが日本人と人種を異にするものであるか、それとも単に中央政府が、東北地方の経略の進むにつれ、その地方の居住者を夷民として敵対視した結果、かような観念を生ぜしめたにすぎないかについては、学界で見解が分れている。

喜田貞吉・金田一京助らは、エミシをアイヌ人の祖先と考えた。喜田は、松浦武四郎天塩日記に「此蝦夷にてアイノをカイナーと呼びしが、老人の曰ふにカイとは此国に産れし者の事」とあるを引き、蝦夷はアイヌ語カイにあてた文字であるとし、金田一は、エミシまたはエビシは人という意味のアイヌ語 enju が enchiu とも発音されるところから出たものであり、平安時代に初めて現われるエゾという語が enju に当るとし、さらに東北地方殊に青森・秋田・岩手を中心にアイヌ語から出たことの確実な地名(たとえば、ベツ・ベチ・ナイなどを含むもの、トマベチ・ケマナイなど)が多数残っていること等の事実に徴するも、東北地方にかつてアイヌ人の祖先が居住していたことは明白であるとした。蝦夷をアイヌとするこれらの主張は、蝦夷に関する歴代の記録、たとえば南北朝時代の諏訪縁起、戦国時代の氏郷記・南部根原記・蒲生記等を経て江戸時代のアイヌ人に関する文献への連続によっても裏書される、としている。

これに対し、長谷部言人は、形質人類学の立場から、日本人の祖先とアイヌ人の祖先とは、すでに石器時代から津軽海峡を境としてその居住区域を異にしていた、と論じ、田名網宏は、毛人という文字は、アイヌ人の身体的特徴を表現した多毛人の意味ではなく蛮民の意味で用いられたと考えられること、平安中期以降、北海道のアイヌと接触するようになり、これをエゾと呼んで蝦夷の文字をあてたにすぎないから、蝦夷についての文献が近世のアイヌ人についての記事まで連続しているという理由で、エミシをアイヌとするのは論理的に誤っていること等を説き、もっぱら文献史料の批判的解釈に基づいて、エミシがアイヌであるという決定的な証拠はない、と結論した。史学者の間では同様に、書紀のエミシ＝蝦夷は東部日本の住民で中央政府に服しないものを指すもので、特定の種族と無関係の称呼である、とする考え方に同調するものが多い。しかし、民族学者・文化人類学者は、エミシと蝦夷とアイヌとは同じものであろうと考えるものが少なくない。

一三　景行天皇の九州巡幸説話(二八六頁注二八)　景行十二年七月条から十九年条にかけて、書紀は景行天皇の九州巡幸・熊襲征討のことを記すが、このことは記にはまったく見えず、ただ豊後風土記・肥前風土記、およびそのほかの西海道風土記逸文に、天皇の行幸に関する地名起源説話がみえるのみである。

天皇の九州巡幸について、津田左右吉は、㈠書紀の行幸経路には地理上の錯誤が多く認められるが、それは地理的知識が明確でない遠方の地名を机上でつなぎ合せたことによると思われる、㈡物語を構成する種々の説話は主として地名説明のためのもので、事実とみなすことは困難であり、この種の説話を除けば物語の大部分は空虚なものとなる、㈢登場する人名も、地名をそのまま用いたもの(ハヤツヒメ・クマツヒコ・アソツヒコ・ヤメツヒメ)や、二人ずつの連称(ハナタリ・ミミタリ)が多く、これらは物語を作るために案出されたもので、実在の人物とは思われない、㈣中国思想に基づく修辞が認められる、等の理由から、天皇の九州巡幸説話は決して事実の記録ではないという。また物語の本旨たる熊襲征伐についても、熊襲の二人の渠帥を、女子の詭計を用い、酒に酔ったところを殺害したとする書紀の所伝は、景行記にみえる倭建命(日本武尊)の熊曾建征伐の物語と同工異曲で、しかも記の方が物語としては古い形であり、書紀はそれから転化したものと認められ、やはり事実の記録ではないという。津田によれば、天皇の熊襲征討の物語は、稗田阿礼の誦習した旧辞にはなく、諸家の旧辞のどれかによって伝わったもので、それは日本武尊の説話があまりに茫漠としているためにのちに作られたものであり、日本武尊の物語を二重にした性格をもつもの、ということになる。この津田の説に対しては、天皇の九州巡幸説話は中央知識人の机上の制作ではなく、九州地方の説話として伝えられたもの、とみる坂本太郎の見解がある。坂本によれば、書紀は乙類の西海道風土記(→補注7-一六)、あるいは和銅の風土記撰進の令後まもなく進上されたものを材料の一つとしてこの物語を構成したと推測し、本来それは、中央の旧辞に伝えられた日本武尊の熊襲征討の物語と同一のものであるが、書紀はそれを別個の事件として取扱い、歴史叙述の効果を高めようとした、としている。

一三　**多臣の祖武諸木**(二八七頁注三一)　神武記に、多臣の祖神八井耳命を火君・大分君・阿蘇君・筑紫三家連等、九州に本拠をもつ諸氏族の祖とも伝える。多臣→二二〇頁注二〇。

国前臣の祖菟名手(二八七頁注三二)　国前臣は、大分県国東半島に本拠をもつ氏族。和名抄に豊後国国埼郡国前郷がみえる。孝霊記に日子刺肩別命を豊国の国前臣の祖とし、旧事紀、国造本紀には国前国造を掲げ、「志賀高穴穂朝(成務天皇)、吉備臣同祖吉備都命六世午佐自命、定㆓賜国造㆒」とする。天平九年の豊後国正税帳に、球珠郡領国前臣竜麿がみえる。菟名手については、豊後風土記、総記の部分に、景行天皇から豊国直の姓を賜わったことに関する説話を載せる。国造本紀に豊国造を掲げ、「志賀高穴穂朝御代、伊甚国造同祖宇那足尼、定㆓賜国造㆒」とあるのも、同一人に関する所伝であろう。

物部君の祖夏花(二八七頁注三三)　物部君は九州北部の物部氏の首長か。和名抄、筑後国生葉郡・肥前国三根郡に物部郷、大宝二年の筑前国川辺里・豊前国塔里・同丁里戸籍に物部・物部首、雄略十八年八月条に筑紫聞物部大斧手、旧事紀、天神本紀に筑紫弦田物部・二田物部・筑紫聞物部・筑紫贄田物部がみえる。

一四　**素幡**(二八七頁注四二)　降伏に際して白旗を掲げることは、神功摂政前紀十月条・欽明二十三年七月是月条にみえ、常陸風土記、行方郡藝都里の条にも、日本武尊に対し、国栖の寸津毗売が「懼悚心愁、表㆓挙白幡㆒、迎㆑道奉㆑拝」ったとある。中国では古くからあるが、日本古来の風習か否かは疑問で、漢文的な修辞かともみられる。

一五　**豊前国の長峡県**(二八八頁注一四)　豊前国は律令時代の行政区画。今の福岡県東部と大分県北部。長峡県は、集解は和名抄にみえる豊前国企救郡長野郷(今、北九州市小倉区東南部)の地とし、地名辞書は福岡県行橋市長尾とする。アガタはかつての独立小国家の系譜をひく、大化前代の地方行政組織であるが、景行天皇の九州巡幸説話に出るアガタには、律令時代の地方行政区画としての郡をアガタと書いたと思われる場合がある。→補注7-四六。

一六　**西海道風土記と日本書紀**(二八八頁注一六)　西海道風土記には、体裁・文章を異にする二種のものが存在しており、そのうち、現行の豊後・肥前両風土記を含む一類を甲類(第一類)、他の類を乙類(第二類)と通称している。このうち甲類については、そのなかに書紀の景行・仲哀・神功紀と内容・文章ともほとんど同一の部分があり、両者の間に密接な関係のあることが推測される。それを対照せしめると、左記のようになる。

〔日本書紀〕	〔風土記〕
景行十二年十月条 碩田国の地名説話(二八八頁)	豊後風土記 大分郡の条(本大系三六六・三六八頁)
同 速津媛の奉迎・奏言に関する記事(二八八—九頁)	同 速見郡の条(同三六八・三七〇頁)
同 海石榴市・血田の地名説話(二八九—九〇頁)	同 大野郡の条(同三六四頁)
同 柏峡大野の蹶石に関する説話(二九〇頁)	同 直入郡の条(同三六二頁)
景行十七年三月条 日向の国号に関する説話(二九二頁)	日向風土記逸文、釈紀八所引 日向国号(同五二三頁)
景行十八年五月条 葦北発船に関する記事(不知火に関する説話)(二九四頁)	肥前風土記 総記(同三八〇頁)
仲哀八年正月条 伊覩県主の祖五十迹手に関する記事(三二五—六頁)	筑前風土記逸文、釈紀十所引 怡土郡の条(同五〇三—四頁)
神功摂政前紀 松浦県の地名説話(三三二—三頁)	肥前風土記 松浦郡の条(同三九四頁)

この甲類風土記と書紀との関係については、井上通泰のように、甲類風土記を書紀以前の撰とし、書紀の文章が風土記に基づくものと解する説もあるが、最近では、坂本太郎・小島憲之のように、天皇の称号や人名・地名の記載法が厳密に書紀と一致すること、書紀的な語彙や書紀との類句が存在し、書紀の文にさらに修飾を加えて形式を整えようとする傾向がみられること、等の理由から、甲類風土記は書紀以後の述作で、両者は親子関係にあるとみる説が一般である。

つぎに乙類風土記については、甲類のように書紀の文章と直接的な関係の認められるものはなく、書紀との先後関係についても諸種の説がある。坂本太郎は、乙類風土記は和銅の風土記撰録の令後まもなく書かれたもので、書紀編者はその材料の一つとしてこれを参照したと推測したが、井上通泰は甲類→書紀→乙類、田中卓は書紀→乙類→甲類としていずれも書紀以後の成立とし、小島憲之は、乙類は甲類に比して漢文臭がつよいがなお甲類となんらかの関係があり、また書紀の文辞をみならった点もあるとして、書紀→甲類→乙類とし、藤原宇合を乙類風土記の撰者とみなす可能性があるとしている。

一七 **「命の全けむ人は」の歌**(二九二頁注一六) マソケムは全ケムの意。完全であろうの意。生命力の完全であるとは、若くて生命力に満ちている意。若者を称える表現。畳薦はタタんだコモ。幾重にも重ねる意で、ヘグリのヘ(重に通じる)を導く修飾語。ヘグリは、今の奈良県生駒郡平群村一帯。橿は、橿原の地名などにもあるように、当時多くあった木。大樹となり神聖視された。ウズはカザシ、植物を頭髪にさすもの。植物の生長の呪力を人間に感染させるもの。此ノ子は、近くにいる若者に呼びかけた語。この歌本来は、若者の春の野遊びなどで、老人が歌って、生命ある若者を称え、また自ら老年に近づくことを嘆く歌であろう。

一八 **シノブ**(二九三頁注一七) 奈良時代にはシノフとシノブの二語があり、シノフは四段活用で、シノブは上二段活用であった。意味的にも、シノブは忍耐する、隠すの意で、シノフは、亡き人・遠い国を思慕する意と、目前にあるものの美をほめる意とを持っていた。ところが平安朝に入ると、シノフはシノブに合流し、シノバ・シノビと活用するようになった。従って本書では平安朝風にすべてシノビと訓じたのである。さて、クニシノビといえば、そのシノビはシノフの系統の言葉なので、国ほめの意と、遙かに国を追懐する意との両方を意味した。それ故、ここの歌は、本来は国ほめの意のクニシノビの歌であったのであるが、それがクニシノビ(思邦)の意と解されるに至って、景行天皇の巡幸の際の歌として、京都を憶う歌としてここに収録されたのであろう。これが、古事記では、倭建命の臨終の際の歌とされ、大和の国を思う歌とされたのも、右のように、クニシノビの歌の意味が、国ほめと国思いとの二重に解されうるものであったからである。

一九 **夷守**(二九三頁注一九) 夷守は地名として扱われているが、これは以下に兄夷守・弟夷守の二人があり、その人名によってつけられた地名と認められる。しかし、この人名の夷守は、おそらく、辺境にかつて派遣されていたヒナモリという役名によってつけられたものであろう。即ち、魏志、倭人伝に、壱岐国に卑奴母離(ひなもり)があり、卑奴母離という役は対馬国・奴(な)国・不弥(ふみ)国にもあった。それによって、ここに兄夷守・弟夷守という人の記事が書かれているのであろう。

二〇 **八代県の豊村**(二九四頁注八) 八代県は延喜式・和名抄に肥後国八代郡。今、熊本県八代郡・八代市。豊村は所在未詳。集解は和名抄にみえる八代郡豊福郷(霊異記下第十九には豊服郷。大野川の河口、今、熊本県下益城郡松橋町豊福か)とする。肥前風土記、および肥後風土記逸文(→二九四頁注六)には「火国八代郡火邑」に着したとある。火邑は和名抄に同郡肥伊郷とある。氷川の河口、今、八代郡宮原町付近。

二一 **優れたる樹**(二九五頁注一九) 釈紀所引矢田部公望私記のひく筑後風土記、三毛郡の条にも、類似の所伝を載せて地名の由来を説き、「昔者、楝木(あふち)一株、生於郡家南、其高九百七十丈」云云とある。このほか、肥前風土記、佐嘉郡の条にも類似の大樹伝説がある。仁徳記にみえる船「枯野」、釈紀にひく播磨風土記にみえる船「速鳥」に関する説話も、大樹伝説の一類型とみられよう。

二二 **膳夫**(二九六頁注一三) カシハは槲葉で、古く酒食をもる容器とした。仁徳三十年九月条にミツナカシハ。→三九八頁注一二。デはクボテ(葉椀)・ヒラデ(葉盤)のデ。カシハデは食器を扱う者の意で、天皇の食膳に奉仕するトモ(伴)。膳夫は周礼、天官に「掌王之食飲膳羞、以養王及后世子」とある。大化前代の制度としては、諸国に膳部が設定され、膳臣に率いられて天皇・朝廷の食膳に奉仕した。のちの養老令制では、宮内省の被管である大膳職に一百六十人、同内膳司に四十人の膳部が所属していた。

二三 **浮羽**(二九六頁注一六) ウキハとは、膳夫が盞(ウキ)を忘れたので、相手となった人が「盞は(どうしたか)」と訊いたのである。それで、その場所をウキハと言ったというのである。それが後にイクハと転じた。ukifa が ikufa に転じたのは、i と u という狭い母音が交替したことで、狭い母音の交替は、あり得ないことではなかった。釈紀に引く筑後風土記の文（→二九六頁注一五）を考え合わせると、この下文で、「昔、筑紫の俗、盞を浮羽と言つた」とあるのは、書紀編纂時代になって、この説話のウキとウキハとの関係が分りにくくなったので、その説明として加えられたもののように思われる。書紀の編者が、此古語未詳という形で注を加えた語句、たとえば、娜毗騰耶皤麼珥（雄略元年条）なども、今日から見れば解釈できるものがあり、必ずしも、全く難解というわけではない。このウキハの例も、後から加えた一つの解釈と解すべきもののように思われる。

二四 **日高見国**（二九七頁注二四） 日高見国の称は、書紀では景行二十七年二月条・同四十年条の二ヶ所に見え、蝦夷の住地で、陸奥の某所と解せられる。しかし、延喜祝詞式、大祓詞・遷却祟神祭詞には、降臨した皇孫瓊瓊杵尊が、四方の国のなかで「大倭日高見之国」を安国と定めたとあって、大和国を修飾もしくは限定した語として用いられている。また、釈紀所引矢田部公望私記にひく常陸風土記、信太郡条には、「此地本日高見国云々」とあり、万葉集註釈にひく常陸風土記、同郡条にも「日高見国」の称があって、常陸国信太郡の古名としても用いられている。

ヒタカミの語義については、釈紀にひく矢田部公望私記に「四望高遠之地」、記伝に「何国にまれ、広く平なる地」とし、通釈にひく鈴木重胤説も、四方みな打晴れて小高き所、朝日より夕日迄、天津日の甚能く見ゆる所、であるとする。しかし、おそらくそれは、松村武雄がいうように、本来は「日つ上」「日の上」の意で、太陽の出る方向、すなわち東方の地をいみする語であったと考えられる。津田左右吉は、「大倭日高見之国」の称は、日神の後裔たる天皇の都の地としての美称とするが、これも、天孫の降臨した日向からみて東方の、大和の国にたいする美称とみるのが当っていよう。

「日高見国」の称は、西方から東方への進出の限端を示すもので、本来特定の地に固定せず、中央政府の支配権の拡大にともなって東進したものと考えられる。喜田貞吉のいうように、常陸国信太郡を日高見国というのは、その初期の名称であろう。蝦夷の住地としての日高見国については、津田左右吉のようにこれをたんなる空想上の名称とみなす説もあるが、やはりこれも、ある時期における実地名であったと考えられる。三代実録、貞観元年五月条に陸奥国の「日高見水神」がみえ、これは延喜神名式、陸奥国桃生郡の日高見神社にあたると考えられるが、吉田東伍はこれによって、今日の北上川を日高見国の遺称とし、景行紀の日高見国とは、北上川流域の広土をさすものとしている。また喜田貞吉は、日本後紀、延暦十六年二月条に載せる続日本紀完成の上表文に、桓武天皇の徳をたたえ、「遂使下仁被二渤海之北一、貊種帰上レ心、威振二日河之東一、毛狄屛レ息」とある「日河」も、日高見川＝北上川とみるのがふさわしいとしている。景行紀の蝦夷に関する記載が、斉明朝ごろの東北支配の実情を反映するものとするならば（→補注7－二）、そこにみえる日高見国とは、やはり多賀城の北方、北上川下流の地域とみるのがもっとも妥当であろう。

二五 **椎結け身を文けて**（二九七頁注二五） 蝦夷の習俗に関する、ここや四十年七月条の記述は、漢書、西南夷伝に「南夷君長…此皆椎結」、礼記、王制に「東方曰レ夷、被髪文身、有下不二火食一者上矣」とあるなど、中国古典に夷蛮の習俗として記されているのをそのまま採った疑いがこく、事実を示すものとは思われない。ここは書紀に蝦夷に関する記事の初めて出るところなので、編者は後の記事への導入として、とくに入念な紹介を行なおうとしたのであろう。モドロクは入墨すること。モドロはマダラの対。マダラ（斑）と同じ意。身体に斑をつけること。モドロ→マダラの対は、ホドロ→ハダラ、コヲロ→カワラ、トノビク→タナビクなど、öとaとの母音の交替による。このような例は上代に多い。

二六 **日本武尊とその説話**（二九八頁注二） 日本武尊（記は倭建命）の熊襲・東国征定をめぐる説話には、記紀の間で、その内容に大きな相違がある。㈠まず熊襲征討の物語において、記はその動機を、尊の勇猛を怖れ、それを遠ざけようとする景行天皇の私心におくが、紀では、朝貢しない熊襲に対してまず天皇の親征が行なわれ、尊の遠征は熊襲再度の叛に対するものとされて、その意味は比較的軽いものとなり、しかも天皇の委任をうけた、国家的な英雄として扱われている。㈡また東国・蝦夷の征討に関しても、記は熊襲平定後まもなく、天皇によって軍勢も賜わらず東国に出発せしめられ、尊はそれを嘆息したとするが、書紀では尊がみずから進んで天皇の命をうけ、勇躍出発したこととなっており、天皇の信頼をうけた将軍として描かれている。㈢その征定の対象も、記が東方十二道の荒ぶる神・まつろわぬ人どもとするのに対し、書紀は蝦夷の征定をその主目的としているという相違がある。このような記紀の伝承の相違については、古事記の方が旧辞に基づく本来の伝承であるのに対し、書紀のそれは、古事記の準拠した旧辞をもととして、王権による辺境・異民族の征服という、新しい思想、新しい説話を付加して発展させたものとみるのが妥当であろう。

日本武尊の説話の成立時期、歴史的事実との関連について、津田左右吉は、一般に英雄の説話は、その基礎に多人数の力によって行なわれた歴史的事件があるにしても、その事件をそのままに一人の行為として語るのでなく、事件に基づきながらそれから離れて何等かの構想を一人の英雄の行動に託して作るのが普通であるとし、ヤマトタケルの場合も、それは物語製作者の思想から生まれたもので、実在の人物の名ではなく、その物語がそのままに歴史的事実を示すものとみることもできない。熊襲征討の物語は、大和朝廷の間に存在していた、このような反抗勢力の存在、それに対する平定の漠然とした記憶を、一英雄の行動として作ったのであり、東国平定の物語も、一つの概念を基礎に作った話を日本武尊に結びつけ、熊襲征討の物語に対立せしめたものであって、これらの物語の成立時期は、早くても六世紀に入ってからのことであろうとする。書紀の物語は、こうして成立した旧辞をもとに、さらに発展させたものであり、中国思想による潤色も多く、一層事実には遠いもので、その改作の時期は、蝦夷征討が中央政府の重要課題となった七世紀後半の時代であると推測している。そのほか上田正昭は、日本武尊物語の形成には諸国の建部集団の存在が大きな役割を果しており、それが諸国の語部の存在を媒介として中央の旧辞世界に結合していったものとしており、また、大和朝廷を中心に一旦形成された日本武尊の物語が、のち伊勢神宮の信仰と結びついて作為・潤色されたことが、上田正昭・直木孝次郎によって指摘されている。

日本武尊の説話については、その背後に日本の英雄時代—民族が原始的な状態から脱出し、古代的な権力国家に発展する過渡期の時代—の存在を認めようとする観方がある。石母田正によれば、日本武尊の熊襲平定の物語には、ホメロス的な叙事詩的な英雄の姿が認められるが、東国平定の物語においては、集団の運命の体現者としての姿はなく、尊は恋や冒険を求める孤独な英雄、集団・社会から切離された浪漫的な英雄として形象化されている。それは、日本が四、五世紀に一つの英雄時代を体験しながら、六世紀に入って専制的な支配秩序が形成されたため、古代貴族の独立性・主体性が失われ、文学精神が矮小化して、ついに雄大な詩篇としては現われなかったことを意味するという。このような英雄時代論に対しては批判的な観方も多いが、しかし、四、五世紀の日本において、朝廷・諸氏族・地方族長が以後の時代に比してはるかに独立性・自由を保持していたとして、日本武尊の説話の中にそのような活気にみちた時代の反映をみようとする観方も存在する。

日本武尊に関しては、このほか、常陸風土記に「倭武天皇」と記してその巡幸伝説を載せ、肥前風土記にも尊に関する地名起源説話を載せる(そのほか、万葉集註釈にひく阿波風土記逸文にも、「倭健天皇命」として地名起源説話を載せる)。しかし、これらはいずれも、中央において日本武尊説話が成立したのち、地方の農耕生活に根ざす伝承を尊に付会・仮託したと認められるものであり、尊の伝承が中央とは別個に地方に存在していたとみるのは困難である。

二七 **気如二朝霧一、足如二茂林一**(三〇四頁注八)　類似の鹿の形容として、安康記に「多在二猪鹿一。其立足者、如二荻原一、指挙角者、如二枯樹一」、雄略即位前紀十月条に「其戴角、類二枯樹末一。其聚脚、如二弱木株一。呼吸気息、似二於朝霧一」、常陸風土記、多珂郡の条に「野上群鹿、無レ数甚多。猶其聳角、如二蘆枯之原一。比二其吹気一、似二朝霧之丘一」とある。シモトは木の若枝。雄略即位前紀に「弱木株」を同じくシモトハラと訓む。

二八 **馳水**(三〇五頁注二四)　記には走水海。東京湾口の浦賀水道で、海流の急なことからついた名称。天平七年相模国封戸租交易帳に御浦郡走水郷がみえ、今、神奈川県横須賀市に走水の地名がある。尊の経路は、東海道の交通路が古くは旧利根川河口の低湿地帯をさけ、相模国の三浦半島から浦賀水道を舟で横切って房総半島へ上陸し、上総・下総・常陸へと北上するものであったことを示唆している。

二九 **葦浦**(三〇五頁注二六)　所在未詳。地名辞書は千葉県安房郡江見町の吉浦とする。

玉浦(三〇五頁注二七)　和名抄に下総国匝瑳郡珠浦郷がある。地名辞書は、千葉県夷隅郡の太東崎から海上郡飯岡町にいたる、いわゆる九十九里浜のこととする。

竹水門(三〇五頁注三〇)　所在未詳。地名辞書は律令時代の多賀城(今、宮城県宮城郡多賀城町)に近い、同郡七ヶ浜町の湊浜かとする。そのほか、常陸国の多珂郡(今、茨城県多賀郡・日立市・高萩市・北茨城市)や、和名抄にみえる陸奥国行方郡の多珂郷(今、福島県原町市付近)に比定する説もある。

三〇 **「日日並べて」の歌**(三〇六頁注一〇)　日数並べて、夜は九夜、昼は十日ですの意。カガナベテは、日数並べてと解するのが普通。カは、二日(フツカ)・五日(イツカ)のカ。日の複数だけを表わす語(日本語では単複対立させる語で、複数だけをいう語は他に例がない)。従って、カの転のケを用いて、ケ並べてという例はあるが、カカと重ねて使うのはおかしい。そこで、カガは、日日の意ではなく、「屈める」の語根カガであるとする説がある。それによると「屈並べて」の意であるとする。しかし指を屈め並べる意を「屈並べて」というか否か、確実には分らない。十日ヲのヲは間投助詞。今日のヨに近い。この歌、中世の連歌師の間で、連歌の起源をなすものと見倣され喧伝された。連歌の書物に「筑波」の名を冠するものが多いのは、これによる。しかし、実際に連歌のように、五七五・七七を二人で歌ったのは、文献の上では万葉集(一六三五)の、大伴家持と尼との歌が始めであろう。日本武尊の場合は五七七・五七七という片歌の唱和である。

三一　**靫部**(三〇六頁注一二)　靫負。ユケヒはユキオヒで、矢を入れる道具であるユキを背負う者、兵士の意。靫負は五世紀後半ごろまでに設置された、地方国造の子弟によって編成される朝廷の軍事力で、宮廷諸門の警衛にあたり、大伴連がこれを統率した。令制の衛門府がユケヒノツカサとよばれるのはこれに由来する。大伴連と靫負との関係については、このほか姓氏録、左京神別、大伴宿禰の項や、職員令集解に引く弘仁二年十一月二十八日官符にも伝承がある。

三二　**アヅマハヤと吾嬬国**(三〇六頁注二一・二二)　日本武尊がアヅマハヤと三嘆したところを、書紀は上野国の碓日坂としている。そして「山東諸国」を吾嬬国というとする。これは養老公式令に「凡朝集使、東海道坂東、東山道山東、…皆乗二駅馬一」とあり、義解に坂東を「駿河与二相模一界坂也」、山東を「信濃与二上野一界山也」と注するのを参照すれば、東山道を本位とした考え方である。これに対し、記は蝦夷を平定して甲斐にいたる途中、足柄の坂本(相模国)でのこととしている。且つ「故号二其国一謂二阿豆麻一也」といい、相模国をさしてアヅマというのや、常陸風土記に「古者自二相模国足柄岳坂一以東諸県、惣称二我姫国一」とするのは、東海道を本位とした考え方であろう。

書紀はまたアヅマという地名の起源を「吾嬬はや」という言葉に結びつけて理解している。これに反し古事記ではそれを「悉くに荒ぶる蝦夷等を言向け、また山河の荒ぶる神等を平和(やは)して還り上り幸(いで)ます時に、足柄の坂本に到りて御粮(みかれひ)食(を)す処に、其の坂の神、白き鹿に化りて来立ちき。爾(ここ)に即ち其の咋(く)ひ遺したまひし蒜(ひる)の片端を以ちて待ち打ちたまへば、その目に中(あ)つ。乃ち打ち殺したまひき。故、其の坂に登り立ちて三たび嘆かして、「阿豆麻波夜(あづまはや)」と詔云(の)りたまひき。故、其の国を号(な)づけて阿豆麻と謂ふ」といっている。つまり古事記では、足柄山で白い鹿を打って、目にあてて殺した結果、アヅマというという。その意味は、目(め)の古形マ(マツゲ・マナコなどのマ)にアツ(あてる)ということで、アツ(中)マ(目)という形となったので、それによって、アヅマという伝承の中心はアヅマにあり、それが、「吾嬬」と解されたか、「中目」と解されたかで、別々の話となったのである。

三三　**蒜を嚼みて人及び牛馬に塗る**(三〇八頁注四)　異臭あるものを用いて邪悪や害獣を追い払う観念は、我が国では広く行なわれており、ことに節分の夜に焼嗅(かが)しの行事として、髪の毛を焼いたり、葱を用いて、邪悪をはらうことが行なわれている。田畑から害獣を駆除する案山子も、猪鹿の嫌うものをくゆらして、これを追うのが語源だと言われる。なお、中山太郎は、日本武尊が信濃の山中で、急に空腹を覚えて食事をし、更に道を失ったとあるのは、今日の民俗で、山の峠などで行人に飢餓を感ぜしめる悪霊にヒダル神(あるいはダリ神・ダラシ)というのがあるが、このダリ神の仕業によるものと解釈している。

三四　**「尾張に直に向へる」の歌**(三〇九頁注一七)　この歌、古事記には「尾張に直に向へる尾津の崎なる一つ松あせを一つ松人にありせば大刀佩けましを衣著せましを一つ松あせを」とあり、もとはおそらく女性の歌。書紀では、「尾津の崎なる」の一句が無いが、この一句のある方が説話との結びつきが明らかである。(海をへだてて)尾張の国にぴったりと向き合っている(尾津の崎の)一本松よ。もしその一本松が男だったら、(そばに寄って)衣を着せてあげようものを、大刀を佩かせてあげようものをの意。もとは、女の歌であるから「吾夫を」と歌うのである。アハレは囃詞。古事記のアセヲも囃詞。もとは「吾背を」(わが夫よ)の意。アリセバは仮定法の表現。あったならば。セは回想の助動詞キの未然形というのが通説。佩ケは佩かせ。マシは反実仮想の助動詞。実際には着せず、佩かせないけれども、もし一本松が男だったら着せ、佩かせるものをの意。この歌、古事記では、「吾背を」で句切れる四七七五と、五七七七五との二部分から成る。書紀では四七五三と五七七七の対立になっている。

三五　**隙駟難停**(三一〇頁注六)　礼記、三年問に「三年之喪、二十五月而畢。若二駟之過一レ隙」とあるように、四頭立ての早い馬がごく短かい区間を通過するほどの時間もないこと。ここでは余命いくばくもないこと。文選、劉孝標の「重答二劉秣陵沼一書」に「隙駟不レ留」、天平勝宝八歳の東大寺献物帳に「隙駟難レ駐」とある。ヒは隙をいう古語。ヒマノヒカリは、隙の右側の戸のスキマを足早く通過する意による訓か。ヒノアシは北野本の古訓。ヒマという訓と、左側につけられたヒアシの誤字ヒカリとを合成した訓であるらしいが、諸本にある。このところ古来難訓だったのであろう。

三六　**日本武尊の死と白鳥をめぐる伝説**(三一〇頁注一六)　日本武尊が死後白鳥

と化して飛翔した話は、記紀ともにあるが、その内容はかなり異る。紀はこれに先立ち、尊の死を聞いた天皇が悲嘆して述べた言葉を、漢文的修辞の多い文章でのせ、群卿百寮に命じて伊勢の能褒野陵に埋葬したとするが、記には天皇の言葉はなく、尊の后・御子たちが倭から能煩野に下って御陵を作ったとある。尊はやがて白鳥と化して飛翔するが、紀では能褒野から倭をさして飛び、倭の琴弾原に停まり、さらに飛んで河内の旧市邑(ふるいちのむら)に留った。人々はこの三処に陵を作り、白鳥陵と称したが、遂には高く翔って天に上ったとある。これに対して記では、尊は八尋白智鳥と化して天に翔り、浜に向って飛んでいったので、后・御子たちは泣きながらそのあとを追ったが、やがて河内国の志幾に留ったので、そこに白鳥御陵を作った。しかしさらに天に翔り飛行したとあって、倭の琴弾原のことはみえない。記では尊の后・御子が、御陵を作ったり、白鳥を追ったりしながら歌った民謡風の歌四首をまじえ、尊を失った后・御子の哀情を表面に出して叙事詩的であるが、書紀は、将軍として全権を委任した尊を失った天皇の心痛に焦点をおいている。書紀で白鳥が倭をさして飛んだとするのも、このような天皇中心の立場と関係があるであろう。

　このほか、記にはみえないが、書紀では仲哀元年十一月条に、仲哀天皇が父日本武尊を偲び、陵の池に養うために諸国から白鳥を貢上させたとし、また同閏十一月条に、越国から貢上する途中の白鳥を奪った蒲見別王を誅した話をのせ、仁徳六十年十月条には、役丁に差発された白鳥陵の陵守が、白鹿に化して逃走した話を載せる。人間の死後、霊魂が鳥と化して彼岸に行くという信仰は、南洋、アフリカ、西北アメリカの神話・儀式にもみられ、日本でも白鳥を神の霊魂のあらわれとみ、それが田に来臨するとみる民間の信仰が古くから存在している。

　万葉一四五に、山上憶良の「鳥翔(つばさ)なす有りがよひつつ見らめども人こそ知らね松は知るらむ」とあり、有間皇子の霊魂が鳥のように空を飛んで磐白の松を見ることが述べられている。死者の霊魂が鳥になるという観念は、世界的に拡がっており、中国でも会稽の介象は死後、白鶴に化したといわれ(神仙伝、巻九)、また東南アジアにも多く、たとえば、アッサムのアオ・ナガ族では、死者の霊魂の現象形態はアオタカである。天鳥船→補注2-六。

三七　**武部**(三一一頁注二二)　出雲風土記、出雲郡、健部郷の条に、景行天皇の武(建)部設定時のこととして郷名の由来を記す。建部は、紀に日本武尊の功名を録すために定めたとあることから、本居宣長以来、日本武尊の名代と考えられて来たが、最近では、津田左右吉をはじめとして、記紀に建部を日本武尊の後裔の如く記すのは建部の名から出た付会の説で、実際は武人であるがためにつけられた名であり、軍事的職業部の一つであるとする考え方が支配的である。

　上田正昭の調査によれば、古代における建部の分布は、東は常陸から西は薩摩にいたる各地域に及ぶが、ことに吉備・筑紫・出雲・美濃・近江など、大和政権にとって軍事上重要であったと思われる地域に、濃厚な分布が認められる。これらの建部は、武部君(→三一三頁注二四)によって管掌されており、孝徳天皇即位の儀に、犬上建部君が大伴長徳連と並んで金の靫を帯びて壇の左に立ったとあること(孝徳即位前紀)や、宮城十二門の門号に達部門(のち待賢門)があること(→下補注24-六)は、建部氏が古来建部を率いて朝儀に奉仕し、宮門の警衛にあたったことを推測せしめるものといえる。

三八　**播磨・讃岐・伊予・安藝・阿波、凡五国佐伯部**(三一二頁注一五)　常陸風土記に、山之佐伯・野之佐伯などとあるサヘキは、朝廷の命をサヘ(遮塞)抗する土着民の意であるが、ここでいう佐伯部は、異民族である蝦夷によって組織された部で、宮廷警衛の任務に使役されたものである。蝦夷をもって佐伯部としたとする書紀の伝承については、津田左右吉のごとく否定的な観方もあるが、井上光貞は律令時代、夷俘を内国に移住せしめた例からみても、事実とみてよいとする。また井上は、佐伯部が日本武尊の東征の結果設置されたとする景行紀の所伝はもとより伝説であるとしても、書紀に掲げられたこれら諸国のうち、伊予を除く四国については、いずれも他史料によって、佐伯部、もしくはその管掌者たる佐伯直の存在していたことが推測され、かつ大化前代においては、これ以外の諸国には分布が認められないという事実が知られるので、佐伯部がここに掲げられた諸国に、大化前代、五、六世紀のある時点で、画一的に設定されたものであることは、ほぼ事実とみてあやまりないとしている。

　なお佐伯部は、各国の国造の一族が佐伯直となってこれを管理し、佐伯直は、中央の伴造たる佐伯連と氏族的関係を結んでいた。仁賢五年二月条に、国郡に散亡した佐伯部を求め、佐伯部仲子の後を以て佐伯造となした、とあるのは、佐伯連に管掌される古い佐伯部の組織が、佐伯造の管轄下に新たな形で再編されたことを物語るものであろう。

三九　**日本武尊の子女**

稲依別王(三一二頁注一九)　記は母を近淡海の安国造の祖、意富多牟和気の女、布多遅比売とし、書紀と相違する。記伝は、母の名の類似から異種の所伝が生じたものとする。王を犬上君・建部君等の祖とすることは記も同じ。

足仲彦天皇(三一二頁注二〇)　仲哀天皇。記には帯中津日子命。成務四十八年三月条に立太子のことがみえ、仲哀即位前紀には、尊の第二子とある。

布忍入姫命(三一二頁注二一)　記には見えない。

稚武王(三一三頁注二二)　記では弟橘比売命の生んだ子に若建王があるが、書紀は稚武彦王とする。同一人に関する異種の所伝か。↓三一三頁注三三。

武卵王(三一三頁注二七)　記では建貝児王とし、讃岐綾君・伊勢之別・登袁之別・鹿佐首・宮首之別等の祖とする。

十城別王(三一三頁注二八)　記にはみえない。記伝は、記が建貝児王(武卵王)の後裔としてあげている「登袁之別(とをのわけ)」を、書紀が誤って十城別王という一柱の御子の名としたか、あるいは十城別王を記が誤って姓としたか、いずれにしてももと一つのことの異種の所伝であろうとする。

稚武彦王(三一三頁注三三)　記は弟橘比売命の生んだ子を若建王とする。書紀はこの稚武彦王とは別に、両道入姫皇女の生んだ稚武王をあげるが、記にはみえない。記伝は、書紀が稚武彦王と書くのは、孝霊天皇皇子稚武彦命(↓二三〇頁注一〇)と混同したのであろうとする。

日本武尊に関しては、記にも書紀と同様、妃・子女の記載がある。尊の子として、記にはこのほか、山代の玖玖麻毛理比売(くくまもりひめ)の生んだ足鏡別王、一妻の子息長田別王をあげ、足鏡別王を鎌倉之別・小津石代之別・漁田之別の祖とし、また息長田別王について、香坂王・忍熊王(↓三二二頁注七・八)にいたるまでの子孫の系譜を掲げる。このうち足鏡別王は、仲哀元年閏十一月条に仲哀天皇の異母弟(日本武尊の子)としてみえる「蘆髪蒲見別王(あしかみのかまみわけのみこ)」と同一人であろう。また姓氏録には、上記のほか、和泉皇別に県主・犬本の二氏を、尊を祖とするものとして掲げる。旧事紀、天皇本紀には、このほかにも数人の尊の子を記載し、それぞれの王を祖とする氏族を列挙するが、他王の別名や誤記によって、後代に付加したものであろう。

四〇　**淡水門**(三一四頁注七)　記には「此之御世、…又定㆓東之淡水門㆒」とある。淡は安房で千葉県房総半島の南端。養老二年、上総国から分立し一国となった。淡水門について、記伝は東京湾口の浦賀水道とするが、地名辞書は房総半島の館山湾とする。高橋氏文には、「冬十月、到㆓于上総国安房浮島宮㆒」とある。

四一　**覚賀鳥**(三一四頁注八)　カクカノトリは鳥の鳴声によって名づけたもので、鴡鳩(みさご)のことという。和名抄、羽族部、鴡鳩に〈和名美佐古。今案古語用㆓覚賀鳥三字㆒云㆓加久加乃土利㆒。見㆓日本紀私記公望案㆒〉とあり、また「鶚属也。好在㆓江辺山中㆒、亦食㆑魚者也」とある。高橋氏文には、大后が「獦久我久」と鳴く異鳥の姿をみたく思い、磐鹿六雁に捕えるように命じたが、六雁は捕えることができなかったので、鳥に、今後は陸に登るをえず、海中を住処となせと詛ったとある。声に特色がありながら姿をみせない鳥なので、このような伝承が生まれたのであろう。

四二　**磐鹿六雁と膳氏の伝承**(三一四頁注一〇)　景行天皇の東国巡幸と、磐鹿六雁の事績に関しては、延暦八年進上の高橋氏文(本朝月令・政事要略・年中行事秘抄等所引)に関連記事がある。書紀と比較すると、前後の天皇の巡幸・還幸を記した部分は紀とほぼ同文で、紀によったことがわかるが、中心をなす磐鹿六雁の事績を述べた部分は、氏文独自の、より詳細なものであって、紀の簡略な記事では話の続きが解しがたいところ、たとえば「覚賀鳥」の語義や白蛤をえた事情については、氏文を参照することによってはじめて明瞭になる。文体が古語を含む素朴なものであること、「東方諸国造十七氏乃枕子」を進らしめたという伝承を含むことなどから見て、氏文が古来膳氏に伝えられた伝承を録したものであることは明らかである。書紀はおそらく、その編纂に際して氏文の材料となった膳氏の旧記を徴し、六雁の事績に関する記事の大筋のみを書出したのであり、氏文はまた、進上に際して書紀を参照し、必要部分の旧記に若干の潤色を施したものと考えられる。

四三　**膳大伴部**(三一四頁注一三)　記にも「此之御世、…又定㆓膳之大伴部㆒」とある。高橋氏文には、景行天皇が磐鹿六雁の献上をよろこび、子孫永遠に天皇の天津御食に奉仕すべきことを命じて物部意富売布連の佩刀を賜わり、諸国の人を割き移して大伴部と号して六雁に賜わり、また諸の氏人東方諸国造十七氏の枕子各一人を進らしめ、六雁に依し賜わったとある。膳大伴部は、記伝に膳夫どもの多く、その伴の広き由の称とあるように、膳部(↓補注7-一二)の汎称とされるが、大伴連の本来管掌した膳部をさすとする説が妥当か。高橋氏文に「武蔵国知々夫大伴部上祖、三宅連意由」、日本後紀、弘仁二年九月条に无邪志直膳大伴部広勝、大宝二年豊前国上三毛郡塔里・加自久也里戸籍にも膳大伴部がみえる。姓氏録には左京皇別に膳大伴部を掲げ、磐鹿六雁命の後としているが、記伝は、これは管掌者たる膳臣から分れた姓で、先祖六雁の膳大伴部をひきいた由縁によって姓に負ったものとする。

四四 彦狭島王(三二四頁注一六) 旧事紀、国造本紀、上毛野国造の項に「瑞籬朝(崇神天皇)皇子豊城入彦命孫彦狭島命、初治㆓平東方十二国㆒為㆑封」とあり、姓氏録、左京皇別には垂水史を豊城入彦命の孫、彦狭島命の後とする。なお孝霊天皇の皇子にも彦狭島命(→二三〇頁注九)がある。以下の彦狭島王・御諸別王に関する説話は景行紀の前後の記事と直接関係がなく、また記にもみえない。上毛野氏の祖先伝承によったものか。

四五 東山道の十五国の都督(三二四頁注一七) 都督は中国の官名。晋書、職官志に「魏文帝黄初三年、始置㆓都督諸州軍事㆒、或領㆓刺史㆒」とある。ここは彦狭島王が東国の支配を委任されたことの漢文的修辞か。東山道十五国については未詳。類似の称として、崇神記・景行記に東方十二道、孝徳紀大化二年三月条に東方八道の称がある。

四六 国造・県主・稲置(三二八頁注六) 成務天皇の時代に国造・県主が設置されたという記紀の伝承は信じがたいが、大化前代の地方制度として国造・県主などがおかれていたことは確かで、成務紀の記事は、その起源説話であろう。県主は朝廷の直轄領(アガタ)の長とする説が一般に行なわれてきたが、中田薫はこの説を支持するとともに、隋書に「有㆓軍尼㆒一百二十人、猶㆓中国牧宰㆒、八十戸置㆓一尼翼㆒、如㆓今里長㆒也、十伊尼翼属㆓一軍尼㆒」とあることや大化元年八月の東国国司への詔に、国造・伴造とならんであげてある県稲置に着目し、さらにこの文の県の古訓にコホリとある点などから、隋書の伊尼翼(翼は冀の誤りでわが稲置にあたる)は詔の県稲置、即ち県の長官としての稲置にあたり、このころには、国―県という地方行政制度が行なわれていたこと、この県は県主の県(アガタ)に対し、コホリとよむべく、別のものであるとした(→下補注25-八)。井上光貞は国造制は大和朝廷の成立以前に、部族的・呪術宗教的な政治集団であった小国や諸小国の連合が発達したものではなく、大和朝廷の国家権力によって、小国や諸小国の連合を再組織して作りあげた地方行政制度であったが、遅くも七世紀の初頭には国―県の二段階からなる行政組織が成立していたとし、ただ大化以前の国家権力は強大でなかったので、ある地域には国県制が滲透し、他の地域では小国や諸小国の連合が県の組織を欠いたまま国になるといったように地域的に不均等が見られたとした。井上はさらに、その国の長官は国造であり、県の長官が県主であり、稲置はその姓であるとしたが、後には稲置を県主の姓であるとみた点は改めて、中田説が妥当であるとした。井上の旧説に対して、上田正昭は、隋書の記載は隋の百家一里制を念頭において書いた空想豊かな文であるとして中田・井上が七世紀初頭にその存在を認めようとする国県制を否定するとともに、また県の地域的分布は畿内を中心として中国・九州地方に多く、大和朝廷の東国経営以前の様相を示していることから、県の存在は三世紀後半より五世紀にかけての大和朝廷の国家権力の拡大過程を反映しており、五世紀から六世紀にかけて新しく国造制による支配体制が成立すると、県は実質的な意味を失ったとする。

稲置は、闘鶏稲置(仁徳・允恭紀)のように、姓(かばね)として用いられている他に、稲置代首・因支首などのように、氏名ともなっていることから考えると、古く地方社会において、豪族に与えられた官名が、あるいは姓(かばね)となり、また氏名となっているのに通じ、古代における地方官の名称であった。ただ、いかなる地方官であったかについては、皇室領の経営支配を担当する地方官の名称ではなかったかという説と、上記の中田・井上の如く国造の国の下級機関としてたてられた県の官職とする説とがある。

記紀に見える国造・県主名をあげれば次のとおりである。

〔国造名〕 出雲・武蔵・茨城(神代紀)、葛城(神武紀)、筑紫・越(孝元紀)、讃岐・美濃・火・日向(景行紀)、播磨(仁徳紀)、讃岐(履中紀)、闘鶏(允恭紀)、大倭・吉備(雄略紀)、筑紫(継体紀)、伊甚・武蔵(安閑紀)、筑紫・倭(欽明紀)、火葦北・紀(敏達紀)、穴戸(白雉元年紀)。出雲・无邪志・上菟上・下菟上・伊自牟・遠江・凡川内・茨木・山代・馬来田・道尻岐閉・周芳(神代記)、倭・伊余・科野・道奥石城・常道仲・長狭(神武記)、近淡海(孝昭記)、木(孝元記)、甲斐・本巣・多遅摩(開化記)、木(崇神記)、出雲(垂仁記)、日向・三野・尾張・相武・近淡海安(景行記)。

〔県主名(県名も含む)〕 菟田下・菟田・曾富・猛田・磯城・葛野(神武紀)、磯城・春日(綏靖紀)、磯城(安寧・懿徳・孝昭・孝元・孝安紀)、十市(孝安・孝霊紀)、茅渟(崇神紀)、長峡・直入・子湯・諸・熊・八代・高来・八女・水沼(景行紀)、岡・伊覩・儺(仲哀紀)、度逢・山門・松浦・沙麼(神功紀)、諸・川島・上道・三野・波区藝・苑・織部(応神紀)、栗隈・猪名(仁徳紀)、嶺・茅渟(雄略紀)、三野(清寧紀)、壱岐・対馬下(顕宗紀)、三島(安閑紀)、茅渟(崇峻紀)、葛城(推古紀)、片県(斉明紀)、高市・磯城・三野(天武紀)。津島・高市・佐那(神代記)、師木(安寧・懿徳記)、十市(孝霊記)、旦波(開化記)、末羅(仲哀記)、諸(応神・仁徳記)、志幾(雄略記)。

一 仲哀・神功紀の構成とその成立（三二〇頁注一） 仲哀・神功紀はその構成と史料、従って成立の過程を学問的にある程度まで確かめることのできる最有力な巻巻である。従って、書紀一般の文献批判にも一つの基準を提供する。よってここにその問題点を整理し列挙しておく。

(一) 仲哀・神功紀の中心をなすのは、神功皇后、本来は息長足姫の「新羅征討物語」である。この物語は次のような大筋においては仲哀記と共通である。即ち、(1)仲哀天皇・神功皇后が筑紫において熊襲を平定しようとした時、ある日皇后は神がかりし、神を祭って軍を進めれば、西方の宝の国、新羅国を得ることができると託宣した。しかし天皇はこれを信ぜず、にわかになくなった。(2)その神神は天照大神や住吉三神などであった。皇后はすでに応神を身ごもっていたが、神の教えのままにこれを祭り、遠征はたやすく成功して、新羅は降り、百済も服した。(3)皇后は筑紫に凱旋し、応神天皇を生誕し、都に帰還することとなったが、朝廷には応神の異母兄の忍熊王らがあって吉師祖らを将とし、和珥臣を将軍とする皇后方を迎え討った。しかし王らは山背でやぶれ、近江琵琶湖のほとりで自滅し、応神は角鹿の笥飯に参拝の後、都に帰還し、盛大な酒ほがいが行なわれた、と。

記紀は、このほかにも鎮懐石の話や松浦県の鮎釣りの話など共通の插話を記すが、書紀はこのほか、(1)においては筑紫への途上の角鹿の笥飯、紀伊の徳勒津、穴門の豊浦、周芳の沙麼、筑紫の岡・伊都・儺などの県での話、(2)では新羅征討に先立っての筑紫の御笠・安、山門県での熊襲征討の話、(3)でもまた帰還の途上の、穴門の豊浦、務古の水門、紀伊の小竹などでの祭りの話など古事記にはない多くの話を加える。一方、(2)と(3)の間で古事記が詳しく書いている国之大祓の話はほとんど全く省略している。即ち、上記の(1)(2)及び(3)からなる大筋、またはその原型は旧辞によるものと考えられ、古事記はそれに近いものであるのに反し、書紀は全体として詳細となったかわりに著しく散文的となり、神功皇后にまつわる魚や貝（→三三三頁注二〇）、海辺の岩石（→三三二頁注二六）などの話を豊富にとりいれ、海洋性の豊かな性格を付与している。

(1)(2)と(3)とはモチーフを異にするものとして分離してみる人もあるが、旧辞では一体のものであったとみる説（和辻哲郎・植村清二）に加担したい。この一体のものをここでは「新羅征討物語」と仮称する。この物語のうち、(1)及び(2)の部分の異伝としては神功摂政前紀仲哀九年十二月条の分注の一云があり、釈紀所引播磨風土記の爾保都比売命の話も一種の異伝であろう。また(3)については日本後紀の和気清麻呂伝（延暦十八年二月条）や、姓氏録、右京皇別の和気朝臣条などに異伝がある。

(二)「新羅征討物語」の主人公の神功皇后は、実在の人物であったとみる人も少なくない（肥後和男・岡本堅次など）。しかし、その名が七世紀初頭の天皇をさすタラシヒコと同類の普通名詞、タラシヒメを語幹としていることや（→補注8-二）、前後の系譜との関係や、その事績があまりにも神秘的であることなどからみて、実在性が極めて疑わしく、むしろ観念の所産とみる方が妥当とおもわれる。ただこのような見方にも、(1)皇后と同じように巫女的で、海外にも名の知られた女王、卑弥呼のイメージを重んじる説や、(2)「新羅征討物語」の中核に「海上から高貴な女神が渡り来って海浜で御子神を出産する」という神話伝説を想定し、それ故、神功皇后を海神の祭儀における母神とみようとする説（三品彰英・石田英一郎など。→補注9-一二）などがあるが、後説は特に示唆的である。また、(3)凱旋後の事蹟をも含めて、七世紀の諸女帝、特に筑紫に赴き唐・新羅と戦った斉明女帝などを「モデルとして構成された」ものとみる説（直木孝次郎）もある。

四世紀中葉以後、五世紀初頭までの間、積極的な朝鮮経営の行なわれたことは、下記の百済記や広開土王碑文にもみられる歴史上の事実であり、皇后の出誕したという応神天皇は同じころの実在の天皇である。従って「物語」の(1)と(2)が、なんらかの意味で、右の史実と関係のあることは考えられる。しかし物語のこの部分を、かかる史実そのものの伝説化されたものとみる説（肥後和男・岡本堅次）とならんで、その記憶がほとんど忘れられてしまったのち、六世紀に旧辞の作られるころ、その時期の朝鮮経営をふまえ、その起源を語るものとしてこの話が述作されたのだと見る説（津田左右吉）もある。「物語」で征討の相手を専ら新羅とする如きは、四世紀中葉—五世紀初頭にはふさわしくないことで、これはその説の有力な証拠である。また(3)の二王の反逆の話については、六世紀初頭、即ち旧辞の作られたころの史実、安閑・宣化朝と欽明朝との対立がその核となっているという説（岡本堅次）も類似の発想にたつ。さらにまた(1)(2)(3)をひっくるめて、七世紀の女帝らの時代に「伝説の主要部分」が形成されたと考え、斉明朝の百済の役が(1)(2)の、持統女帝のもとでの草壁皇子と大津皇子らの対立が(3)のモチーフの成立に大きな影響を与えたとする説もある（直木孝次郎）。

応神天皇はその御名などからいっても実在性の確かな天皇であるが、母の神功皇后は神話・伝説的で、応神はその征討中の胎中天皇として出生を神秘化している。これはなぜか。応神の系図を仔細に検討すると、景行—五百城入彦—品陀真若の子の仲姫を応神がめとったという古い形が存在したと考えられるが(→補注7-一)、この場合、応神は外から入って皇統をついだことになる。かかる観点にたつ時、応神天皇は、四世紀中葉—五世紀初頭の対鮮経営の中で出現した一つの新しい王朝の始祖であり、旧辞又は記紀は、その故にこれを神秘化したのではないかという発想が生じてくる。旧辞又は帝紀は、この事実を隠蔽するためばかりではなく、応神の出現を荘厳化するためにも、玄海灘の海神の祭儀における若神の誕生としてその出生を語ろうとしたのではないだろうか。またこの観点からすると、(3)において応神が筑紫で生まれ、朝廷の二王を倒して皇位につくという話も、決して「物語」の付加的部分ではなく、却って本質的な要素であるとみることができる。一つの仮説として私説をかかげておく。

(三) 古事記はこの「物語」を一まとめに仲哀記におさめたが、書紀は(1)だけで仲哀紀をたて、(2)(3)その他で神功皇后紀をたてている。書紀がこのように神功皇后の一時代をたてたのについては、中国の史書にならい、特に史記の呂后本紀が念頭にあったとする説(津田左右吉)や、魏志の倭女王卑弥呼に意識的に対応するために女王を神功皇后とし、さらに皇后朝をおいたのだとする説(平田俊春)などがある。

神功紀をさらに仔細にみると、物語の(2)及び(3)は一年内のこととして、摂政前紀におさめ、群臣が皇后を皇太后に推した時を摂政元年とし、三年に応神の立太子があり、以下に古事記にはない下記種種の日鮮交渉を記し、摂政六十九年皇太后の崩御を以て神功紀を結んでいる。これによると、神功皇后時代の中心は摂政前紀におかれた新羅征討にはなく、神功皇后が皇太后として、皇太子応神とともに日鮮交渉の外交を指導した時代ということになり、またその六十九年間は天皇のない空位の時代でもある。かかる皇太后・皇太子の政治という観念は、敏達皇太后(=推古)と聖徳太子、舒明皇太后(=皇極・斉明)と中大兄皇子、天武皇太后(=持統)と草壁皇子など、七世紀の政治形態ときわめて類似し、それになぞらえたものとおもわれる。しかしこれらの場合には皇太后が即位してそれぞれ女帝となって統治したのに反し、書紀がこれを摂政と称して神功皇太后の即位を認めなかったのはおそらく古伝承に忠実ならんとした結果であろう。かくて皇太后時代の神功皇后は、一見女帝に似て事実はそうでないという二重の性格をもつこととなった。従って女帝的性格をよりどころとして、神功皇太后を女帝とみる解釈を生じたのも自然の成り行きであって、既に常陸風土記、茨城郡条は息長帯比売天皇といい、古語拾遺は磐余稚桜朝を設け、下っては本朝通鑑もこれを歴代の一つに加えている。これに反してまた、皇太后が女帝とされていないことも確かだから、この点をおさえて大日本史が神功朝を認めず、仲哀天皇の次にすぐ応神朝をたて、皇后摂政の時代を応神天皇の即位前紀におさめたのももっともな次第であったといえよう。

(四) 書紀は、上述の如く、(a)「新羅征討物語」と、(b)地名説話的な各地の神功皇后伝説とを以て、仲哀紀と神功摂政前紀を構成するとともに、(c)百済記などの百済系史料と、(d)魏志、倭人伝・晋起居注などの中国系史料とにもとづいて皇太后摂政六十九年間の日鮮交渉をえがき、さらにこの両方にわたって、(e)于老や堤上など、新羅におこって日本にも伝わった初期対鮮外交上の英傑の物語をも配置した。これが史料的にみた仲哀・神功紀の構成なのである。この五種の史料のうち、(c)百済記及び(d)魏志、倭人伝・晋起居注の性質及び書紀との関係は、それぞれ補注9-二七・三三に述べたので、ここでは、(a)(b)及び(e)と書紀との関係の問題点の若干を記そう。

「新羅征討物語」は天平三年の作という住吉神代記にもみえる。両者を比較すると、住吉神代記は、書紀の神代紀や仲哀・神功紀などの記事を必要なだけほぼそのまま取りいれて住吉大社の沿革を記し、大社に伝わる古伝その他をも豊富におさめて作られたものである。しかし、「新羅征討物語」については、書紀がもとであり、住吉神代記そのものにはオリジナリティーはないと認むべきであろう。たとえば住吉神代記は、本書三四二頁八行以下に筑紫から帰還する神功皇后が穴門の豊浦で、津守連祖田裳見宿禰をして住吉大神を祭らせたとある記事を勿論引用するとともに、これを前後に発展させて、三三六頁一二行以下の鎮懐石の話にも、三四四頁五行以下の務古水門での大津渟名倉長狭の住吉三神の司祭にも、この人物を活躍させ、それによって結局、いまの住吉大社の神主の津守連の歴史を一貫させている(→補注9-一六)。しかし住吉神代記はかような性質のものであるので、この書が書紀成立以前、即ち斉明朝にできた原史料にもとづくところもあると称されているからといって、住吉大社やその神主家の津守連の家に「大神顕現の次第や神功皇后の新羅征伐に関して、所伝もあり記録も存し」、神功紀にもそれらが多く採用されたのではあるまいかとする説(田中卓)には賛成しがたい。もっとも、この「物語」が、航海の神であり、対外軍事上の軍神としての住吉大神とその祭を重要な要素としていることは認められるから、この「物語」の成立の背景に、かかる海神の祭祀圏を想定することは穏当であろう。

書紀の「新羅征討物語」が各地の地名説話的な神功皇后伝説(史料の(b))を豊富に採用していることは既述の通りだが、その採用の経路として、書紀上奏に先立ち、和銅に撰進を命じられた風土記が利用されたかどうかは古来の問題であった。すなわち書紀と西海道風土記との関係は景行紀についてもいわれた(→補注7-一六)が、仲哀・神功紀としては、(a)仲哀八年条の三二五頁三行以下と釈紀所引筑前風土記、怡土郡条(甲類)、(b)神功摂政前紀四月条の三三二頁一五行以下と肥前風土記、松浦郡条(甲類)、(c)同九月条の三三六頁一一行以下と十二月条の三四〇頁二行以下と釈紀所引筑前風土記、怡土郡児饗野条(甲類)ならびに同筑紫風土記、逸都県子饗原条(乙類)などの間になにらかの対応がみられ、特に(b)はほぼ同文である。しかし一般に西海道風土記甲類が書紀以後の撰述であることは今日諸説の一致するところである。また郡を県と書くなどの特色をもつ乙類については書紀より以前の成立とする説(坂本太郎)もあるが、これには反対説もある(小島憲之)。少なくとも右諸箇所によってそれを実証することは困難である。

地方の神功皇后伝説も原則的には、もとは中央で作られたものが、地方で付会されたものとみることが妥当であるが、五風土記には常陸(2)・播磨(7)・肥前(4)、釈紀及び仙覚万葉集注釈所引の風土記では摂津(2)・播磨(1)・伊予(2)・土佐(1)・筑紫(1)・筑前(3)・豊前(1)などに神功皇后の伝説がある。このうち、書紀以前成立とみられる播磨風土記と書紀を比較すると、書紀では神功皇后は日本海廻りで筑紫に西航するのに対し、風土記では瀬戸内海廻りで西航するものとされ、六所にその伝承を記録するごとき大きな相違がみられる。

㈤ 書紀は、年代を伴わぬ帝紀・旧辞の歴代に一定の年代を定める。仲哀は一九二年から二〇〇年、神功は二〇一年から二六九年までである。これは書紀が神功皇后を三世紀中葉に魏に朝貢した魏志、倭人伝の卑弥呼に擬定した結果で、摂政三十九年(書紀紀年二三九年)、四十年(二四〇年)、四十三年(二四三年)のそれぞれの条下に分注で魏志、倭人伝中の、景初三年六月の倭女王の遣使、正始元年の帯方郡使の来朝、及び同四年の倭女王の貢献をそれぞれ記すのもその故である。書紀はさらに晋起居注の倭女王も卑弥呼と考え、その泰始二年(二六六)の朝貢をも皇太后摂政六十六年条に記した。そして三年後の六十九年を薨年としたのである。

書紀は百済記などの百済系史料を用い、これをかなり自由に潤色して、皇太后摂政紀の日鮮交渉の大部分の記事を書いたのであるが、その際、この種の原史料の干支は二運上げて配置している。たとえば、百済肖古王の死はもと三七五年の乙亥年であったのを、二運上げて二五五年の乙亥とした結果、摂政五十五年条にこれを記したのである。百済系史料にもとづく記事は干支二運下げて読むべきだという原則は、那珂通世・菅政友以来、定説となっている。書紀はまた新羅におこり日本にも伝わった于老や堤上の物語をも、その日鮮交渉上の一コマとして記録したが、これらの出来事は三国史記や三国遺事においては四世紀末、五世紀はじめのこととして記録されており、そのころの出来事とみてよかろう(池内宏)。

かくて書紀の仲哀・神功紀は、これを史料的にみると、性質・由来・実年代も異る諸史料からなっていることがわかる。即ち両紀は、元来絶対年代を伴なわなかった「新羅征討物語」(史料a)や各地の神功皇后伝説(史料b)を中心として、いわゆる朝鮮経営の起源をえがき、三世紀中葉の対中国関係を記録した魏志や晋起居注(史料d)によって治世年代を定め、四世紀後半の史実にもとづく百済記の記載(史料c)、四世紀末・五世紀はじめの新羅英傑の物語(史料e)などを以ておもに神功皇太后治下の日鮮交渉をえがいたのである。そこで、文学として読むものは、この渾然たる一体をそのまま味読するのが面白いが、歴史の事実を知ろうとするのにはこれをまずそれぞれの要素に分解し、それぞれについて検討を進めることが必要である。そしてこのように諸要素を分解した場合、これらの諸要素はそのどれ一つをとっても、三・四世紀を中心とする日本の黎明期の、貴重な研究材料でないものはないということになる。

二 **気長足姫尊**(三三二頁注三) 仲哀記に息長帯比売命。その他では播磨風土記の大帯日売命、続日本後紀、承和十年条の大足姫命皇后、常陸風土記などの息長帯比売天皇などが異色。なお三六一頁一行によると、この名は死後奉った諡号だという。神功紀に開化天皇の曾孫、息長宿禰王の女、母は葛城高顙媛というが、開化記には左の系譜(系図一)をあげる。また母の葛城高顙媛について応神記には次のごとき系譜(系図二)をあげる(〔 〕は垂仁三年紀)。息長足姫尊の息長は近江坂田郡の地名。天武元年紀に息長横河(㊦三九九頁一行)、万葉三三三に息長之遠智などがある。敏達皇后に、息長真手王の女、広姫(㊦一三八頁三行)があり、延喜諸陵式にその墓、息長墓は近江国坂田郡にありという。舒明天皇はその孫にあたり、息長足日広額天皇(㊦二二六頁注一)といった。足姫(たらしひめ)は、舒明皇后、すなわち皇

（系図一）

- 開化天皇
  - ＝意祁都比売命（丸邇臣祖、日子国意祁都命の妹）
    - 日子坐王
      - ＝息長水依比売（天之御影神の女）
      - ＝袁祁都比売命（意祁都比売命の妹）
        - 山代之大筒木真若王
          - ＝丹波能阿治佐波毘売
            - 迦邇米雷王
              - ＝高材比売（丹波遠津臣の女）
                - 息長宿禰王
                  - ＝葛城高額比売
                    - 息長帯比売命
                    - 息長日子王（吉備品遅君・針間阿宗君の祖）
                  - ＝河俣稲依毘売
                    - 大多牟坂王（多遅摩国造の祖）
        - 比古意須王
        - 伊理泥王
          - 丹波能阿治佐波毘売

（系図二）

- 天之日矛（天日槍）
  - ＝前津見（多遅摩俣尾の女）（麻多烏）
    - 多遅摩母呂須玖（但馬諸助）
      - 多遅摩斐泥
        - 多遅摩比那良岐（但馬日楢杵）
          - 多遅麻毛理（田道間守）
          - 多遅摩比多訶
            - ＝菅竈由良度美
              - 葛城高額比売命
          - 清日子（清彦）
            - ＝当摩咩斐
              - 酢鹿之諸男
              - 菅竈由良度美

極天皇の天豊財重日足姫(たらしひめ)（下二三六頁注一）の足姫と同じく、また景行の大足彦忍代別、成務の稚足彦などの足彦(たらしひこ)と一類の尊称。↓補注4-一。皇后の名に息長という近江の地名のあることにつき皇后の時の都が近江の志賀高穴穂宮にあったことに関係づける説（岡本堅次）がある。

三 **大倉主・菟夫羅媛**（三二四頁注二二・二三） 洞という字は、下文に「久岐」と訓むべき由の訓注がある通り、クキと訓む。クキとは、山の穴をいう。ところが、古語に、山穴または谷を意味するクラという語がある。これは朝鮮語 kol 満洲語 holo（谷）とも関係のある語である（朝鮮語のkは日本語のk、oは日本語のuと対応するから、kol は日本では kura となる）。従って、洞という字は、クキの他、クラとも訓んだはずの文字である。ところで、ここの所、大倉主に物を祭って通行の許可を得たというのであるから、ここの主の名は大倉である。オホは美称であるから、ここの主の名はクラであり、クラの主の許可を得たのである。しかし、先述の通り、クラは洞であったのだから、クラの主とはつまり、洞の主である。つまり「洞」の海の主である。

この所の話は、天皇はクラの主に物を捧げて通過し、皇后はクキの海で難航した。その話は、別別になっているが、結局天皇は岡浦に入り、また皇后は岡津で泊っている。つまり同じ場所の話なのである。してみると、クラの海も、クキの海も同じ所なのではないか。本来は洞海とあったのを、一方では洞をクラと訓んだために大倉(クラ)主に物を捧げて通行し、一方では、洞をクキと訓んだために、洞(クキ)の海で難航した云云という話に分離したのではあるまいか。つまり、大倉主とは、大洞主で、洞海の主のことなのではあるまいか。

四 **橿日宮、付香椎廟**（三二六頁注六） 福岡市香椎。和名抄に筑前国糟屋郡香椎郷。記に「帯中日子天皇、坐二穴門之豊浦宮、及筑紫訶志比宮一治二天下一也」。なお福岡市香椎に香椎宮(かしいぐう)あり、古くは香椎廟といった。八幡宇佐宮御託宣集などは神亀元年の造営とする。万葉九五七に神亀五年十一月香椎廟を拝するとある。なお住吉神代記に部類神として橿日廟宮を記すが、延喜神名式にはのせない。延喜式部式にも橿日廟宮・橿日廟司がみえるが、香椎宮守戸を記載するので神社と山陵の取扱いをかねていたらしい。いま香椎宮といって仲哀・神功の二座をまつる。

五 **栲衾新羅国**（三二六頁注一六） 栲は栲。タクは朝鮮語の tak から来、栲の木をさす。紙の材料となるに及んで、コウゾといった。コウは紙（カミ）→カム→カウ→コウ、ソは繊維。栲は木から転じてそれで作った白布をいい、ここはその意味。衾は夜具。タクフスマは、ここや万葉三八七七の多久夫須麻新羅、出雲風土記、意宇郡条の栲衾志羅紀乃三埼など、新羅の枕詞。その理由につき、釈紀は「私記曰、師説、白衾也、栲木色白。故喩而言レ之、但称二栲衾一者、欲レ導二新羅一之発語也」という。古くタクフスマが新羅の産物として知られた事実があり、一方タクフスマの連想させる白(シロ)と新羅のシラの音の類似とから枕詞となったものか。釈紀所引播磨風土記に「白衾新羅国」と書く例もみえる。

六 **中臣烏賊津連**(三二八頁注九) 神功摂政前紀三月条・允恭七年十二月条に中臣烏賊津使主。続紀、天応元年七月条に「子公等之先祖伊賀都臣、是中臣遠祖天御中主命二十世之孫、意美佐夜麻之子也、伊賀都臣、神功皇后御世、使二於百済一、便娶二彼土女一」。姓氏録、左京皇別、中臣志斐連の条以下諸所には天児屋命の九、または十一、または十四世とする雷大臣がある。姓氏録でいう九世孫は、あるいは津速魂命から数えた世代数で、この雷大臣は中臣氏系図や尊卑分脈に天児屋命の五世孫としてみえる伊賀津臣命と同人かもしれない。また十一世孫は天児屋命からの世代数であるが、十四世孫とするのは、姓氏録、河内神別の中臣連が雷大臣を津速魂命の十四世孫としているように、実は天児屋命ではなく、津速魂命からの世代数で、両神を混同させた疑いが濃い。また中臣氏系図などでいう天児屋命の五世孫の伊賀津臣命と、姓氏録にみえる雷大臣は、系図上からみると別人であるが、実は別人ではなく、世系が加上されていく過程で、同一人物が分身させられたと考えられなくはない。

一 **琴**(三三〇頁注一八) 琴をひいて神をよびだすこと。仲哀記では仲哀天皇がその役を演ずるさまが文学的にえがかれ、神功摂政前紀十二月条の一書では、はじめ沙麽県主が、ついで皇后がひく。古代の神事における弾琴は皇太神宮儀式帳の六月例、九月神嘗祭の条にみえ、前者には「以二十五夜乃亥時一、第二御門仁御巫内人仁御琴給弖、太御事請弖、以二十六日一従レ宮西河原仁退出」云々、後者には「以二同(十五)日夜亥時一、御巫内人乎第二御門尓令レ侍弖御琴給弖請二天照坐太神乃神教一弖、即所レ教雑罪事乎、自二禰宜館一始、内人・物忌四人館別、解除清畢」云云。シャーマニズムにはその風が著しく、わが後世の民俗にも「あずさみこ」は有名。古代の琴には、わが国に古くからある和琴と大陸伝来の琴の二種があるといわれ、埴輪には女子の和琴を弾ずる形のものがみられる。

二 **サニハ(審神者)**(三三〇頁注二〇) サニハは仲哀記の沙庭にあたり、記伝に神の託宣を請う場、清場(サヤニハ)の意としているが、サはサナへ(さ苗)・サツキ(さ月)・サヲトメ(さ少女)などのサで、本来神に供する神聖な稲の意を表わす語ではないか。サニハは、その神稲を積み重ねる場で、そこに神が降臨する所から、神託を請い、意味を解する場所、及びその人の意と転じたものではないか。

三 **尾田吾田節之淡郡所居神**(三三一頁注三六) 釈紀は尾田吾田を地名とし、延喜神名式の阿波国阿波郡、建布都神社をあげる。これに反し地名辞書は、志摩国答志(タフシ)郡、伊雑(イザハ)宮の項にこの箇所をひいている。伊雑宮は、皇太神宮儀式帳や延喜大神宮式などに同国同郡、粟島坐伊射波神社とあり、太神宮の遙宮とみえるもので、倭姫世紀には、倭姫が伊雑の乎田にこの宮をはじめて造った、としてある。尾田吾田節之淡郡所居神はおそらくこれをさすのであって、淡郡の淡は、粟島の粟をさし、尾田は倭姫世紀の乎田や、延喜神名式にこの神の次にあげる粟島坐神乎多乃御子神社の乎多にあたり、田節は答志(タフシ)であるとみることができる。吾の一字については折口信夫に説があり、もと尾田吾田田節とあったのを、二番目の田字が脱落したものとし、尾田吾田は尾田アガタ(県)とも解し得られるといっている。興味ある着想である。しかし、タフシはまた肘の意味でもあるので、それが連想されて「吾がタフシ」といったものとみることもできる。両説をいかして、吾田を古訓のアタではなくアガタとよんでおく。折口説なら「尾田アガタ、タフシの淡郡」であり、後説なら「尾田、吾がタフシの淡郡」である。ちなみにこの神は、下文の稚日女尊(→三四四頁八行)にあたる。稚日女尊は神代紀第七段第一の一書にもみえ、天照大神の分身又は妹とされる神である。→一一四頁注一。

四　**磯鹿海人名草**(三三六頁注二)　磯鹿は和名抄の筑前国糟屋郡志珂郷(今の志賀島)。後漢光武帝が奴国王に授けたという漢委奴国王印の出土した土地。神功皇后伝説には、ほかにも志賀島にまつわる話があって、釈紀所引の筑前風土記には「糟屋郡資珂島。昔者、気長足姫尊幸二於新羅一之時、御船夜時来泊二此島一、有下陪従名云二大浜小浜一者上、便勅二小浜一遣二此島一覓レ火得早来、大浜問云近有レ家耶、小浜答云此島与二打昇浜一近相連接、殆可レ謂二同地一。因曰二近島一、今訛謂二之資珂島一」とある。文中の大浜については三六四頁一二行の海人之宰の阿曇連大浜宿禰の話参照。志賀島の海人のことは万葉集にも多く、特に対馬に向う途上難破して生命を失った志賀村の白水郎荒雄をいたんだ筑前国志賀白水郎歌十首(三八六〇—三八六九)は有名である。また同集(二七四二)など集中の五首には志賀の製塩がよまれているが、これは仲哀八年条の「魚塩の地」との関連で面白い。磯鹿海人は志賀島の海人の集団をさし、上記の阿曇海人と類似のもの。草は人名、他にみえず。

五　**依網吾彦男垂見**(三三六頁注一七)　依羅はもと地名。→二五三頁注二〇。吾彦は姓のアビコ(阿弭古)→二九四頁注三。依羅アビコは他にもみえ、開化記に開化の子、建豊波豆羅和気王は依網之阿毘古らの祖とあり、四〇八頁一四行にも依網屯倉阿珥古がある。続紀、天平勝宝二年八月条には摂津国住吉郡人外従五位下依羅我孫忍麻呂らに依網宿禰をたまうとあり、姓氏録、摂津皇別には依羅宿禰は日下部宿禰と同祖で彦坐命の後也とある。男垂見は人名で、垂見は和名抄、播磨明石郡の垂見を多留見とよんでいるので、ここもタルミとよんでおく。住吉神代記には、神功皇后が帰還の時、「大神御言以宣波久、吾者玉野国有大垂海・小垂海等仁祀所レ拝礼牟止宣且、胆駒之嶺仁結行支、即是乃人等令二奉仕一給且奉二於大御社一者也」云云とある。この大垂海・小垂海は本文の男垂見と関係があろう。

六　**鎮懐石の伝説**(三三六頁注一九)　鎮懐(出産をおさえる)石の話は、仲哀記にもみえ、「故、其政未レ竟之間、其懐妊臨レ産、即為レ鎮二御腹一、取レ石以纏二御裳之腰一而、渡二筑紫国一、…亦所レ纏二其御裳一之石者、在二筑紫国之伊斗村一也」とある。また釈紀所引筑前風土記には「怡土郡児饗野〈在二郡西一〉、此野之西、有二白石二顆一〈一顆長一尺二寸、大一尺重卌一斤。一顆長一尺一寸、大一尺重卅九斤〉。曩者気長足姫尊欲レ征二伐新羅一到二於此村一。御身有レ妊忽当二誕生一、登時取二此二顆石一插二於御腰一、祈曰「朕欲レ定二西堺一来二著此野一、所レ妊皇子」若此神者凱旋之後誕生其可。遂定二西堺一還来即産也。所レ謂誉田天皇是也。時人号二其石一曰二皇子産石一、今訛謂二児饗石一」という。ここでは、鎮懐石の話が、帰還後、応神を誕生した話と一体とされ混同されている。万葉(八一三・八一四)も鎮懐石を歌ったもので、その序には「筑前国怡土郡深江村子負原、臨レ海丘上有二二石一、大者長一尺二寸六分、囲一尺八寸六分、重十八斤五両。小者長一尺一寸、囲一尺八寸、重十六斤十両。並皆堕円状如二鶏子一、…去二深江駅家一二十許里近二在路頭一。公私往来莫レ不二下レ馬跪拝一。古老相伝曰、往者息長足日女命、征二討新羅国一之時用二茲両石一插二着御袖之中一、以為二鎮懐一。所以行人敬二拝此石一」とある。この鎮懐石の話も、ある意味では、海辺の石にまつわる神功皇后の伝説(三三二頁注二六)の一種とみることができる。

七　**飼部**(三三八頁注九)　飼部は令の用語で、職員令に「左馬寮、頭一人〈掌下左閑馬調習養飼、供御乗具、配二給穀草一、及飼部戸口名籍事上〉」とある。飼部は馬寮所管の馬甘造戸・馬甘戸らをさし、その上番して寮に仕える伴部を馬部、上番して使役されるものを飼丁といい、厩馬の調習・飼養にあたり、かたがた穀草をおさめた。「飼部となる」は、仲哀記には「御馬甘となる」とみえているが、新羅が日本の服属国として、この飼部の役割を果すという意味であって、すぐあとにも、毎歳、馬梳・馬鞭を献ずるといってある。飼部となるという申し出は、一面降伏のしるしとして卑賤の役を負うという意味を含んでいるとおもわれ、雄略八年二月条に高麗軍が新羅に駐屯しその一人が新羅人を典馬(うまかひ)としたという話もある。しかし、この言葉の裏には次の思想も読みとるべきであろう。即ち日本にはもと乗馬の風はなかったと考えられるので、日本は朝鮮諸国から乗馬用の馬匹や馬具、馬丁や飼育法を積極的にとりいれようとした。応神十五年八月条にも、百済王が良馬を貢した話がみえるが、考古学上も、古墳中期ごろから、にわかに馬具の副葬品が多くなることが指摘されている。服属のしるしの言葉として、飼部となって馬梳・馬鞭を毎歳献ずることを誓うということの発想は、このような関心からうまれたものであろうか。

八　**波珍干**(ハトリカンキ)**の訓**(三三八頁注二四)　波珍をハトリと訓むのは、釈紀の秘訓にもある古訓。新羅の訓では珍を tor という。tor の原義は金玉、また玉石であろう。三国史記、職官志に、波珍飡(干)を一に「海干」と書くとあるのは「海」の古語が pa-tar であるからである(→下付表二)。また同書の地理志に熊州石山県の古名が珍悪山県であったという。珍悪 tor-o を石 tor と一字訳したのであろう。高麗時代にも珍に tor またそれに近い訓があったことが高麗史に見える。同書の地理志に羅州海陽県(今の光州)の無等山を一に武珍岳と書くという。無等 mu-tür＝無珍 mu-tor. また全州鎮安県の古名難珍阿県を、一に月良県とも書くという、珍阿 tor-a＝月良 tar-ra. また全州馬霊県の古名馬突県を、一に馬珍県、また馬等良県と書くという、馬突 ma-tor＝馬珍 ma-tor＝馬等良 ma-tür-ra. なおちなみに允恭記に見える新羅の御調の大使の名、金波鎮漢紀武の波鎮漢紀は、波珍干岐であろう。

九　**高麗**(三三九頁注三一)　日本書紀の高麗は、すべて三国史記の高句麗である。三国遺事は、或は高麗と書き、或は高句麗としるして一定していない。この国名の起りは、漢書地理志に著録される玄菟郡の「高句驪」県にありとされる。魏志の東夷伝は「高句麗」とし、略して「句麗」という。以下、歴代正史は、高句驪・高句麗・高麗などと書いている。その開国の紀年を明示するのは三国史記のみであって、始祖東明聖王の即位年を前漢の建昭二年(前三七)とする。この紀年の確否を立証することはできないけれども、新の王莽の始建国元年(九)、玄菟・楽浪・夫余とならんでその名をあらわしているし、同四年(一二)王莽が匈奴を討つ兵を高句麗に徴したとき「高句麗侯騶」の名が見えることなどから推して、さきの三国史記の紀年は、大体事実を伝えているとしてよい。

書紀にはじめて高麗の名があらわれるのは、この神功皇后摂政前紀、仲哀九年の新羅征討記事の最後のところであるが、それが作文にすぎないことはいうまでもない。応神紀七年の高麗人来朝、同紀二十八年の高麗王遣使上表のことなど、また作文に属するであろう。事実の記載としては雄略紀二十年(四七六)の高麗の百済攻撃記事が最も古い。

高麗を、日本でコマとよむことについては、鮎貝房之進の説が傾聴される。鮎貝の説は、百済をクダラとよむことと併せ解いた点に強みがある(雑考、第二輯)。いま、鮎貝の考えかたに基づいて、改めて説を立ててみるに、コマはもと魏志、韓伝の著録する馬韓五十六国の中の一国の名であったものが、拡大された地域のよび名となり、それが新出現の高麗国のよび名(よみ)となったのではあるまいか。そう考えて馬韓の国名をみると「乾馬国」がまず注意される。これは三国史記の地理志には「古馬弥知県」として見え、今の全羅北道益山郡の地である。いま一つは「古蒲国」である。これは翰苑が引く魏略逸文には「古満国」に作られているから、もしも後者を採用して、その地を後世の熊津(今の公州)に比定すれば、これはコマの最も有力な候補地といわねばならぬ。益山にしても熊津にしても、馬韓の代表的位置にあったであろうことが認められるから、この国の名が、地方名となり、百済が起ったのちは、百済の北方奥地にある高麗のよび名に充当されたと解することができる。そう解するにつけては、百済をクダラとよむことと関連する。→補注9-一〇。なお、書紀では高麗と書くべきところに「狛」と書いて、しかもコマと古訓している(欽明紀十四・十五年)。のみならず、姓氏録には「狛造」以下数氏の狛姓があって、コマとよんでいる。これは書紀の雄略二十年条に引かれる百済記の逸文が証明するように、百済史籍の書例を踏襲したものである。百済は敵国を「高」「麗」などの美字にて書きあらわすのを心よしとせず、さげすみの意をこめて狼に似た獣としての「狛」の字を以て代用したのであろう。

一〇　**百済**(三三九頁注三二)　百済という国名が、魏志、韓伝の馬韓五十六国の一国たる「伯済国」に起源することは、あまねく認められているが、その位置は全くわからない。馬韓の少くとも北半部が、伯済国を盟主として統合されて百済となったのであろう。その百済の名が、中国の史籍にはじめて見えるのは、東晋の永和二年(三四六)の頃である。したがって、百済国の成立は、四世紀前半代にあったとされる。しかるに三国史記では、百済の始祖温祚王の即位元年を、前漢の成帝の鴻嘉三年(前一八)としている。この開国紀年は、百済独自の伝えではなくて、高句麗のそれからつくり出した机上の造作であろう。三国史記の王代紀年は、近肖古王(三四六—三七五在位)代以後が事実として認められる。

百済が書紀に見える最初は、高麗と同時、すなわち神功皇后摂政前紀、仲哀九年の新羅征討記事の最後のところである。それについては神功皇后摂政四十六年、斯麻宿禰の傔人が百済に到ったという記事である。この四十六年条の記事は、書紀の紀年を百二十年くりさげた丙寅年(三六六)のこととすれば、日本と百済とのはじめての結びつきの事実の記載と認められないことはない。これより三年を経た己巳年(三六九)荒田別の新羅征討があり、百済王肖古、王子貴須の来会誓盟が行なわれた。この事は、三国史記が伝える百済の北進、高句麗征伐、漢山遷都(三七一)の事実と連結するのみならず、その翌年(三七二)百済王余句(肖古王)の、はじめての東晋遣使の事実とも結びつく。

百済王の即位・薨去に関する記事を書紀がおさめたのは、百済を臣属国としてのたてまえからであろう。ただしその紀年は、多く三国史記のそれと一致するも、一部分一致しないし、近肖古王以後のすべての王の即位・薨去の記事があるわけでもない。

百済をクダラとよむことについては諸説あるが、鮎貝房之進の説が最も合理的である。鮎貝はクダラの名をやはり魏志、韓伝の弁辰十二国名中に求め、「古淳是国」にあてたが、その理由については詳説しないし、いまわれわれが考えてみても、クダラと古淳是とを結びつけることは困難である。しかし鮎貝が、三国史記の地理志からとりあげた居陁郡の「居陁」(kŏt'a)はクダラの名のもとづくところとして有力である。居陁という郡は、今の慶尚南道に二つ(イ・ロ)北道に一つ(ハ)、都合三つある。

(イ)康州(居陁州、一に居列城という) 晋州
(ロ)居昌郡(居烈郡) 居昌
(ハ)古昌郡(古陁耶郡、一に古陁郡という) 安東

鮎貝は(イ)の晋州を採り、且つ(ハ)の古陁耶を古陁とも書くのを証として、居陁は正しくは居陁耶であり、耶は羅の転として、居陁羅を原名と推定した。そしてこの地方の代表的地名が、百済のよみに転化した次第は、コマ(村)の名が高麗国のよみとなったと同然であるとした。

書紀の古訓は、百済国をクダラとよんだのみでなく、継体紀二十三年の条の「扶余」をもクダラとよんでいる。

二 西蕃(三三九頁注三三) 蕃は藩、また化外の種族。日本でも、主として朝鮮諸国、又はそこより帰化した人を蕃・蕃国・諸蕃などといい、公式令集解にひく古記の文にも「隣国者大唐、蕃国者新羅也」(当時は高句麗・百済は滅び新羅が朝鮮半島を統一していた)とある。西蕃は西方の蕃の意味で、中国では西域を西蕃ともいった。朝鮮諸国は大和朝廷の西方にあたるので、書紀にこれを西蕃と記した例も多く、たとえば㊦九六頁一一―一二行の「可畏き天皇」の割注に「西の蕃、皆日本の天皇を称して、可畏き天皇としたてまつる」とある。

三 応神天皇の生誕(三四〇頁注二) 神功皇后新羅征討の話を全体としてみると、㊀仲哀天皇が神の命にそむいた時、神が「其れ、汝王、如此言ひて、遂に信けたまはずは、汝、其の国を得たまはじ。唯し、今、皇后始めて有胎みませり。其の子獲たまふこと有らむ」(三二七頁三―五行)といい、㊁皇后出征の直前のこととして「時に適皇后の開胎に当れり。皇后、則ち石を取りて腰に插みて祈りたまひて曰したまはく、「事竟へて還らむ日に、玆土に産れたまへ」とまうしたまふ」(三三六頁一二―一三行)といい、㊂さらに征討を終った箇所で「誉田天皇を筑紫に生れたまふ。故、時人、其の産処を号けて、宇瀰と曰ふ」(三四〇頁二―三行)としてある。古事記も、その構成がよく似ている。従って皇子出生のモチーフは、神功皇后の新羅征討の物語においてきわめて重要な役割を占めているといえる。なおこれらでは母は神功皇后、子は応神天皇となっているが、石田英一郎や三品彰英がいうように、これは一般化していえば、航海の女神から若神として海童が出生するという話であるということができるし、その背後に、海神の祭儀を考えてみることも可能であろう。この点からみると、㊀と㊁の中間に、仲哀天皇の死と、穢れの解除の話をおき、そのあとで応神天皇が若神として誕生する形になっている記の構成はより宗教的であるといえる。

一三 宇瀰(三四〇頁注三) 福岡県糟屋郡宇美町。仲哀記にも「渡㆓筑紫国㆒、其御子者阿礼坐、故号㆓其御子生地㆒、謂㆓宇美㆒也」。釈紀所引筑紫風土記には、補注9-六に引用してあるとおり、筑前国風土記の一節と類似の文があるが、そこにも「俗伝云、息長足比売命…凱旋之日、至㆓芋湄野㆒、太子誕生、有㆓此因縁㆒、曰㆓芋湄野㆒〈謂㆑産為㆓芋湄㆒者風俗言詞耳〉」とある。ただし応神即位前紀(三六二頁四行)には、筑紫の蚊田で産れたとしてある。

一四 向匱男聞襲大歴、五御魂速狭騰尊(三四〇頁注一七・一八) この神は本文及び仲哀記の対応箇所とあわせ読むと、住吉三神以外の、天照大神・淡郡に居る神(又は稚日女尊)・事代主神のいずれかが名をあらわしたととることもできるし、「重ねて曰はく」という表現からみて、住吉三神そのものが別の名をあらわしたともみられる。古来、次の三つの解釈がある。第一は事代主神の結びつきをおもんじたのか、釈紀は「若大物主神之御自称歟」という。第二は天照大神とする説である。即ち通証は本文三三一頁一―二行の撞賢木―厳之御魂―天疎―向津媛命を天照大神とし、向匱男は右の向津媛、五御魂は厳之御魂に当り、速狭騰尊は万葉一六七に天照日女之命の一名とする指上(さしのぼる)日女之命と同じだという。記伝では、速狭騰尊はハヤサアガリと訓むべく、神代巻に諾冉二尊が天照大神を天上に送上げたことに由来するとし、また、天に騰るとは死するの意味でもあるので、すぐあとに天皇が「聞き悪き事言ひ坐す婦人か。何ぞ速狭騰と言ふ」と難じたのだという。釈紀のひく鈴木重胤は、本文における天疎と対照させて速狭騰をハヤサカリ(疎)とよんだが、通釈はこれに賛成し、進んで疎(サカル)とは本体を離れたの意であり、この神は厳密には天照大神自身ではなく、その荒魂であるとする。そして天皇の「聞き悪き事」云云とは、「速狭騰」が死を連想させるからではなく、「今天皇の大御心に、聞負坐る方にては疎き意あり、荒ふる意ありて、速く烈しき方に取成し給が故に」かくいうという。一般に聞襲大歴の四字は説明せず、または未詳とするが、重胤は五御魂といおうとして、「聞惶れ遣伏(はひ)す義」であるという。第三は住

吉三神とする説で、住吉神代記は住吉大社の祭神は住吉三神と神功皇后の四坐であり、住吉三神の亦の名が向匱男聞襲大歴五御魂速狭騰尊、又速逆騰尊だという。

試見として大野晋の見解では、向匱男聞襲大歴の男はヲ、聞はモ、大はホ、歴はフとしての用例が万葉集などにあるから、これは、ムカヒツヲモオソホフと訓むべく、オソホフはオシオホフの約 ösiöföfu→ösöföfu であろう。従ってこれは「向ひ津をも押し覆ふ」と解される。住吉三神は航海を司る神であるから「向いの港(つまり新羅の港)までも勢力を及ぼして支配する」という形容語を冠らせたもの。「五御魂」は「厳(ご)の御魂」の意で、ここでいったん切れる。「速狭騰」はハヤサアガリと訓むべく、サは神稲の意、アガリは死ぬこと。神稲が枯死する意となる。一方では神の力を誇示し、他方では縁起の悪いことをいうので「聞き悪い事を言う婦人だ」という下文と照応する。またこれは、天皇の突然の崩御についての予言とも見ることができる。なお、この言葉の表記は異様であるが、さきの「内避高国避高松屋種」も異様な表記で、書紀の託宣の言葉の中には、わざと表記を難解にしたらしいものが他にもある。

一五　**宇流助富利智干**(三四一頁注二四・二五)　三国史記巻四十五、列伝の于老にあたる。于老は伝説的な奈解尼師今(第十代、一九六—二三〇)の子。于老は urで、舒弗耶の地位にあったという。舒弗耶は新羅十七等官位の第一の舒弗邯(→下付表二)の誤りであり、舒弗邯は spurkan 従って、于老舒弗邯＝urspurkan＝宇流助富利(智)干となる。なお智は ti, ci, chi で官名・人名の付加語尾ないし敬辞・美称。また同書にのせられた于老の物語が、三四一頁三行の「一云」以下の異伝によく似ていることは通釈以来指摘されている。即ち、それによると、(一)于老は沾解王(二四七—二六一)七年、倭国使臣の葛那古を接待した時、たわむれて「以二汝王(倭王)一為二塩奴一、王妃為二爨婦一」といったので、倭王は怒り将軍の于道朱君をつかわして新羅を攻めさせ、于老を火あぶりに処した。(二)その後、味鄒王(二六二—二八四)の代に倭国大臣が新羅を訪れた時、于老の妻は倭の使臣を饗して火あぶりにして怨を報いた。(三)そこで倭は怒って金城を攻めたが、勝利をおさめずに帰った、という。いっぽう「一云」では、(一)日本が新羅を征した時、新羅王を殺して穴埋めにした、(二)新羅にとどめおかれた日本の使臣は、新羅王の妻によってだましうちにされ、殺された、(三)そこで天皇は怒って軍をおこしたので新羅は王の妻を殺して謝罪した、という。おそらく同じ話が、新羅にも日本にも伝わりそれぞれに記録されたのであろう。

一六　**津守連の祖田裳見宿禰**(三四二頁注一一)　津守は津を守るという職掌からの氏の名。欽明五年二月条にひく百済本紀に百済に遣わされた津守連己麻奴跪(→下七九頁三行)、皇極元年二月条に高麗に使わす津守連大海(→下二三八頁八行)、斉明五年七月条に遣唐使津守連吉祥(→下三三八頁七行)など外交使節が多く、天武朝には宿禰に改姓した(→下四六六頁一四行)。なお住吉神代記は、右記の右大弁吉祥が遣唐使として出発する直前に書きおいた原資料などにより、天平三年、神主津守島麿らが官にすすめたものと称する。津守氏の出自は、姓氏録、摂津神別、津守宿禰に尾張宿禰と同祖で火明命八世孫大御日足尼之後、同和泉神別の津守連は火明命の男、天香山命之後という。田裳見宿禰は住吉神代記では手搓見足尼に作り、本文三三六頁一二—一四行と同じ鎮懐石の話では一云として足尼が石をとって皇后の御裳を搓(タモ)み、御裳の腰にさしはさんでうけひして「産(ハラ)みませる吾に広国美しき国を賜はれ」といったので、後に応神がうまれたのであり、そこで名を手搓(タモミ)と改めたという。また本文三四四頁五行以下の務古水門のまつりの話にあたる箇所では、ここで三神を祭ったのは穴門直の祖践立と手搓足尼であり、足尼は自分の住む渟名倉の長岡峡(住吉神代記によれば、いま住吉大社のある住吉の地)を献じたので、ここに社を営み、神主となったという。↓補注8-一。

一七　**住吉神社(長門)**(三四二頁注一二)　延喜神名式に長門国豊浦郡住吉坐荒御魂神社(今、下関市一の宮町、住吉神社)がある。延喜臨時祭式には「凡住吉社長門国封租穀者、令二封戸俸夫運送一、除二運功一之遺、令レ進二俸分一、用レ修二社料一、但豊浦郡封戸俸夫者、便留充二御蔭社一」とある。応安三年造営の今の本殿は、五殿を横にならべて一棟とした形式で、西第一殿に主神、第二殿以下各殿に応神天皇・武内宿禰・気長足姫命・建御名方命をまつる。

一八　**吉師**(三四三頁注二五)　吉師は吉士とも書く。難波吉士・草壁部吉士など姓とみなされる場合と、吉士某とあって氏の名とみられる場合がある。吉士の姓、又は氏を称するものは、朝鮮諸国への使者として、あるいは朝鮮諸国からの使者の接待に当るものとして書紀には数多くみえている。吉士は古事記伝にいうように、新羅十七等官位の第十四(→下付表二)にもみえるので、朝鮮起源とおもわれる。ただ姓氏録には難波吉士・草香部吉士、その忌寸となった難波忌寸・吉志など、大彦命の後とするものが多い。

一九　**務古水門で祀った神神**(三四四頁注七ほか)　皇后が務古水門で祀った神神は、(一)天照大神、(二)稚日女尊、(三)事代主尊、(四)住吉三神であるが、これは、皇后の新羅出征に先立ち橿日宮で名をあらわした、(一)五十鈴宮にまします神、㈡淡郡にまします神、㈢厳之事代神、㈣住吉三神に対応する(→三三〇頁注二五)。また、㈠の荒魂は「御心を広田の国」、㈡は「活田の長峡の国」、㈢は「御心の長田の国」、㈣は「大津の渟名倉の長峡」に祀ることをもとめるが、㈣は、延喜神名式の摂津国住吉郡住吉坐神社(→補注9―二一)をさし、㈠㈡㈢は、同武庫郡広田神社・同八部郡生田神社・同郡長田神社をさすものであろう。この三神は、新抄格勅符抄の神封部に津国の広田神卌一戸、長田神卌一戸、生田神卌四戸と一括して記されており、国史の贈位の記事でも、三代実録、貞観元年正月条には広田神に正三位、生田神・長田神に従四位下と、これも同時に贈位されている。さらに、延喜玄蕃式には新羅客入朝の時は、大和の片岡社及び摂津の広田・生田・長田の三社の計二百束の稲を料として生田社で酒を醸し、これを敏売(みぬ)崎で客にたまう云云のことがみえ、ここでも三社が一連の宗教儀礼のなかにおさめられている。また広田社では平安末期までに本殿が五棟となり、主神のほか住吉・八幡などの諸神(広田五社)をまつっていた。生田社では、いま本殿の左右の四棟の摂社に住吉・八幡などの諸神をまつり、長田社では、いま本殿の左右に一棟ずつの末社(東は天照大神、西は八幡)がある。要するにこの三社は平安時代では類似の規模をもっていたようである。ちなみに敏売崎は神戸市灘区岩屋中町に式内社敏馬神社があるので、その付近の海岸であるが、万葉集註釈所引の摂津風土記、美奴売(みぬめ)松原の条には「昔、息長帯比売天皇、幸二于筑紫国一時、集二諸神祇於川辺郡内神前松原一以求二礼福一」といい、その時、美奴売の神も来り集って、自分の住む山の杉を以て皇后の御船に献じたといい、そのため皇后が還幸の時には、この神を美奴売の浦に祭り、船もその神に献ったという。

二〇　**皇后**(三四四頁注一〇)　底本は皇后に作り、旁に「居ィ」とある。北本・熱本・伊勢本はみな「皇居」に作る。また集解は壺井本によって「皇后」を「皇居」に改め、通釈はそれを否として「皇后」に作る。いまおもうに、住吉神代記は「皇后」に作るので、底本のまま「皇后」としておくことにする。住吉神代記は記事の中には上代特殊仮名遣を誤るものが数例あるので、天平時代のままのものとは信じられないが、平安初期の著作であると見ることは出来、そこに引用された書紀の文は尊重してよい。なお三三六頁九―一〇行及びそれに対応する仲哀記の文(→同頁注一三引用)をみるのに、住吉三神や天照大神の荒魂は皇后ののる船上にあって征船を導くとある。いま、その荒魂を皇后のみもとから離して広田の地にまつるのであろう。

二一　**大津渟名倉長峡、付住吉大社**(三四四頁注二一)　大津は大きな港。渟名倉→渟中倉太珠敷(下一〇八頁注五)。長峡→三四四頁注一四。その擬定に二説ある。第一は和名抄の摂津国菟原郡住吉郷(今、神戸市東灘区住吉)の地とする説である。記伝は、この地が住吉村といい、本住吉という神社もあり、地形も長峡にかなう上に、本文の他の三神も務古水門(神戸)に近い地に鎮座するからという理由でこの説をとり、今の大阪の地に移ったのは仁徳記に「定二墨江之津一」とあるその時からだという。第二は和名抄の摂津国住吉郡(今、大阪市住吉区)の地、即ち今の住吉大社(延喜神名式の摂津国住吉郡住吉坐神社)の地とする説で、通証以下これをとる。

いま二説を比べると、第二説の方が自然である。なぜなら、㈠忍熊方は住吉に陣をかまえたというが、この住吉は、本文のいくさの記載からいって菟原郡の住吉とは考えがたい。なぜなら、四神を祭った務古水門は菟原郡より西で、敵地をすぎた地点で神を祭ることになるからである。換言すれば、忍熊方の住吉は住吉郡の住吉とみるのが妥当であって、海上、この地を遠望しつつ、務古水門(神戸)で神をまつったのである。通釈もこの点を指摘する。㈡住吉三神は務古水門で渟名倉長峡に鎮座することを求めたが、これは、一種の予祝であって、その時にその地にまつられたとみる必要はない。やがて忍熊方は住吉郡住吉から退却するが、戦勝のあとで予祝通りにその地に神を祭ったとみることができ、否そう解する方が話の筋道がわかりやすい。㈢記伝は菟原郡の住吉の地が地形にかなうというが、地名辞書は「今兎原住吉の地形を察見するに山坡に在り、斜面にして長峡に非ず」という。他方、地名辞書は第二説を推し、「渟中倉之長峡は難波なる今東成郡の阿部野より南に引きたる阜丘の謂にして、住吉大社は正に其尾に在り」という。㈣仁徳記の記事は住吉郡の墨江に津(港)を定めたことをいうもので、神社を設けたことと混同すべきではない。通釈もこの点をいう。なお天平三年撰という住吉神代記には住吉大社の鎮座地を「玉野国渟名椋長岡玉出峡」とし、「今謂住吉郡神戸郷」云云という。また釈紀所引摂津風土記、住吉条には「所三以称二住吉一者、昔、息長足比売天皇世、住吉大神現出而巡二行天下一、覓三可レ住国一、時到二於沼名椋之長岡之前一〈前者今神宮南辺是其地〉、乃謂、斯実可レ住之国、遂讃称之、云二真住吉住吉国一、仍定二神社一」とある。

住吉大社は大阪市住吉区住吉町にあって西面する社で、本殿は東奥の第一殿から前方へ順に第二・第三殿がならび、第三殿の南に第四殿が立つ。大阪城から南走する上町(うえまち)台地の南端の景勝の地を占め、もとは西方に海も近かったが、明治以来埋め立てられ、今では海岸から遠のいている。祭神は住吉大社神代記によると、第一殿が表筒男、第二殿が中筒男、第三殿が底筒男、第四殿が姫神の宮で気長足姫皇后となっている。第四殿の加わった時期はわからない。住吉・香取・鹿島三社は二十年毎に多数の社殿を造替する慣例があって経費がかさみすぎるので、弘仁三年に各社の正殿だけを造替することに改められた。この式年造替の制度が奈良時代から行われていたことは疑いがなかろう。記録上からは、天平宝字二年と天平神護元年の造替は不確であるが、平安時代では延長六年の造替の後に空白時期を置いて長和三年の例から永享六年まで二十年毎の造替の制はよく守られている。その後豊臣秀頼の再興などによって社殿が整ったりしたが、享和二年の火災の後、文化元―七年に再建されたのが現在の四棟の本殿である。各本殿は同大同形式で、側面四間、背面二間、屋根は切妻造、妻入りで、破風や垂木が直線形をなし、殿内には中程に間仕切りがあって後半の部屋に神座を置く。その平面や屋根の形が古式であり、記録によって平安時代あるいは奈良時代の神殿もほぼ同形式であったと推測することができる。またここの本殿は貞観儀式などによって知られる天皇の即位の儀式の場である大嘗宮の悠紀・主基の両正殿とよく一致する形式である点も注意をひく。

二二　**天野の祝**（三四五頁注二一）　和歌山県伊都郡かつらぎ町に大字天野があり、延喜神名式の紀伊国伊都郡丹生都比女神社がここにある。釈紀所引播磨風土記には、神功皇后の新羅征討の時、爾保都比売命が国造の石坂比売命について神託し、よくおのれを祭るならば善き験をだして平定を助けるといって赤土（にあか）をたまわったが、皇后はその赤土を逆桙にぬって船の艫舳に建て、船体などにぬって海を渡ったので成功をおさめ、帰還の後、この神を紀伊国筒川藤代峰に祀ったという。この藤代峰は伊都郡富貴村上筒香の東方にあり、丹生川の発源地で、右記の天野の丹生都比女神社の東方約二〇キロにあり、同社のもとの鎮坐地かという。また住吉神代記には「凡大神宮所在九箇処」の一つに「紀伊国伊都郡丹生川上天手力男意気続々流（つづくる）住吉大神」をあげている。

二三　**和珥臣の祖武振熊**（三四六頁注六）　和珥臣→二二六頁注一四。武振熊は仲哀記では難波根子建振熊命、仁徳六十五年条にも難波根子武振熊とある。孝昭六十八年条によれば天足彦国押人命が和珥氏の始祖であり、崇神十年九月条によれば彦国葺が和珥氏の遠祖といい、和珥氏としてはその次に武振熊がみえるので、天足彦国押人命（始祖）…彦国葺（遠祖）…武振熊の系図が得られる。いっぽう姓氏録、右京皇別の真野臣条には「天足彦国押人命三世孫彦国葺命之後也、男大口納命、男難波宿禰、男大矢田宿禰、従二気長足姫皇尊一、征二伐新羅一、凱旋之日、便留為二鎮守将軍一、于レ時娶二彼国王猶榻之女一、生二二男一」云云とあり、ここでは天足彦国押人命―（三世孫）彦国葺命―□―難波宿禰―大矢田宿禰の系図が得られる。この系図の難波宿禰は、難波根子武振熊ともいった武振熊と同一人物であるかも知れないが明らかでない。

二四　**若桜宮**（三四八頁注一九）　神功摂政三年条は大事な宮号を分注の形で記している。そこで、集解は本文に改め、記伝は「履中天皇の宮号を思ひて、後人のさかしらに書加たるなり」という。この宮号は六十九年条本文にもみえるから、履中の宮号を入れたというのは誤りだが、分注で宮号を書く点、やはり不審がある。六十九年条を見て書き入れたともみられる。古語拾遺には神功皇后の世を磐余稚桜朝、履中の世を後磐余稚桜朝とし、延喜諸陵式には磐余稚桜宮御宇神功皇后、磐余稚桜宮御宇履中天皇と記す。若桜宮の宮号の由来は履中三年十一月条にみえる。位置は住吉神代記の分注に「初居二橿日宮一、後、磐余稚桜宮。在二大和国十市郡磐余里一也」といい、大和志に十市郡池内村（今、桜井市池之内。磐余池付近）とある。

二五　**葛城襲津彦**（三五〇頁注三）　葛城は氏の名で、大和葛城（→二〇〇頁注五）の豪族。六十二年条にひく百済記には沙至比跪とある（→三五九頁注一六）。同記事によれば、壬午年に新羅に発遣されたといい、壬午年は三八二年と認められるので、下記と合せ考えて、四世紀末前後の実在の将軍であったと考えられる。このころは応神天皇の時代であり、応神天皇は歴代中、その実在の確実な天皇のはじめであるが、諸氏族でもその時期の葛城襲津彦が実在の確実な最初の人物であるということになろう。襲津彦の女の磐之媛は仁徳天皇の皇后となり、履中・反正・允恭の三天皇をうんだ。履中は葦田宿禰の女、黒媛を妃として磐坂市辺押羽皇子（顕宗・仁賢の父）らをうんだというが、葦田宿禰は履中記に葛城曾都毗古の子とある。また雄略は葛城円大臣の女、韓媛を妃として清寧をうんだという。これらによってみれば、襲津彦の子孫の葛城氏は、五世紀の天皇家の外戚として栄えたことがわかる。

日本書紀は襲津彦にかかわる伝説を、㈠神功摂政五年条、㈡同六十二年条、特にその分注の百済記、㈢応神十四年是歳条・十六年八月条・及び㈣仁徳四十一年三月条の四所におさめている。この中、㈡はおそらく事実に基づく所伝である。その他の場合は、伝説そのものは事実に基づくと考えられる場合にも、襲津彦がそこにじっさいに活躍していたのかどうか、確かめがたい。ただ、四者を通じ、襲津彦はもっぱら対鮮外交上の将軍として語られていることは共通であり、㈠㈢及び㈣では、その帰国とともに多くの捕虜が貢上されたことになっている。襲津彦は、初期対鮮外交上の有名な将軍であったが、半ば伝説化されたかたちで記録された人物といえよう。

二六 **鉏海・草羅城**(三五〇頁注四・一一) 草羅は歃良(今の慶尚南道梁山)。草は歃の音のsapをうつしたもの。羅・良はラ、本来国を意味する地名語尾。サシは城の韓語。雄略九年三月条の匝羅表の匝羅も同じ地で、匝は歃と同じく音sap. 神功紀四十七年条の沙比新羅の沙比も同じである。三品彰英によれば、梁山は新羅にとって任那方面への進出の重要拠点であり、日本にとっては、新羅への軍事政策上重視されたため、観念化されて新羅方面そのものを象徴的に表わす冠語となり、上述の沙比新羅とか、匝羅表などの用法を生じた。また鉏海の鉏も同じで、従って鉏海は漠然と新羅方面の海をさし、具体的には朝鮮海峡などをいうという。そしてsapはまた、農具のスキを意味するため、鉏(スキ)の字であらわしたのである。しかしサヒは農具のスキなどをあらわすとともに、鍔をも意味した(→一八五頁注一八)。ここから、鉏海の鉏は対馬の北端、鰐浦すなわち三三六頁の和珥津をさし、あたりの海を鉏海といったとみる意見(大野晋)もある。

二七 **蹈鞴津**(三五〇頁注一〇) 慶尚南道釜山の南の多大浦。製鉄用の踏フイゴもタタラといったので蹈鞴の字であらわす。継体二十三年四月条に多々羅原、多多羅がみえ、後者については㊦補注22-一参照。

二八 **桑原邑の漢人**(三五〇頁注一三) 桑原邑に相当する地名には、和名抄に大和国葛上郡桑原郷がある。桑原氏は古く村主、ついで史・連、さらに直・公と改め、各地に広がった大族。続紀、天平宝字二年六月条に、大和国葛上郡人従八位上桑原史年足ら男女九六人、近江国神埼郡人正八位下桑原史人勝ら男女一一五五人が桑原直などの姓を賜わった時の奏上に、先祖の後漢苗裔鄧言興・帝利らが仁徳朝に高麗から帰化したという。姓氏録には、左京・大和・摂津の諸蕃に村主一、史二、直一をのせ、漢高祖七世孫、又は高麗国人の万徳使主の後といい、又は狛国人漢賀の後という。

二九 **佐糜邑の漢人**(三五〇頁注一四) 佐糜邑に相当する地名としては大和国葛上郡(今、御所市葛城)佐味(中世の佐味荘)、河内国石川郡佐備郷がある。氏名としては常陸風土記、香島郡高松浜条に慶雲元年浜の鉄で剣を作ったという鍛冶の佐備大麻呂がある。佐糜の由来を集解は新羅沙比(→補注9-一一六)での捕虜と解くが、三品彰英のいうごとく、韓鍛冶の技術にかかわるものであろう。サヒは朝鮮語で鋤や剣を意味する。

三〇 **忍海邑の漢人**(三五〇頁注一六) 忍海邑にあたる地名には和名抄に大和国忍海郡がある。忍海という氏は少なくないが、帰化系のものには諸種の世襲的技術者が多い。朝廷の品部・雑戸には、革作りの品部として忍海戸狛人五戸があり(職員令集解、大蔵省条古記所引の別記)、続紀、養老三年十一月条の雑戸忍海手人広道があり、同六年三月条の金作、韓鍛冶ら七十一戸の雑戸のうちに忍海漢人安得(伊勢)・麻呂(播磨)・忍海部乎太須(近江)などがある。また肥前風土記、三根郡漢部郷には来目皇子の新羅征討のとき忍海漢人を筑紫にやって兵器を造らせたといい、天平十一年備中国大税負死亡人帳には忍海漢部真麻呂他二名がみえる。なお続紀、大宝元年八月条に大和国忍海郡人三田首五瀬を対馬に遣わして黄金を冶成させているのも見逃せない。

三一 **笥飯大神、付気比神社**(三五〇頁注一九) 笥飯大神は気比神社(→㊦五一八頁注九)の祭神。この神はもとは伊奢沙和気(いざさわけ)大神といったが、太子(応神)が御食津大神と名を称えたので、今は気比大神というと、仲哀記にみえる。類似の話は、応神即位前紀一云にもある。延喜神名式には、気比神社七座(並びに名神大)とある。中世以来、本殿(主神と二座の神をまつる)を中央にし、その四隅の東殿・西殿、総社・平殿(各一座をまつる)を合わせて内五社と称するのは平安時代の形を伝えるものか。

三二 **「此の御酒は吾が御酒ならず」の歌**(三五〇頁注二五) このような歌で、コノ…ハワガ…ナラズと歌い出すのは、物讃めの歌の定型。「幣は我がにはあらず」(神楽歌、採物)など。クシノカミ、従来これは、神酒の神と解されたが、この所、カミに加弥と書いてあり、弥はミ甲類である。神のミはミ乙類なので、加弥は神と解せない。よって司(かみ)と解した。常世ニイマス—少彦名の神は、大穴持神と国土を造成したが、天孫に国土を献上して常世国に去った。イハタタス—少彦名の神は石神として祭られたらしい形跡がある。能登国能登郡、宿那彦神像石神社と延喜神名式にある。ホキクルホシ—酒の醸造には、それを促進するために、酒船の側で歌舞を行う習慣があった。その状況を指す。アサズは、残さず。名義抄に「賓」にアス・オクとある。オクアスもオクも、あまして、そのままに置く意。よって、一滴も残さずの意。

三三 **神功紀と魏志倭人伝ほか**(三五一頁注二七ほか) 神功摂政三十九・四十・四十三年条の三箇所には年を大書し、分注に魏志、倭人伝をひき、六十六年条も同じ形式で晋書起居注を引用する。倭人伝を引用したのは書紀が神功皇后を卑弥呼と同一人物とみたためであるが、倭人伝における魏との交渉記事をすべてかかげているわけではない。即ち倭人伝には、㈠景初二(マヽ)年六月の倭女王の遣使、㈡同年十二月の倭女王への詔書、㈢正始元年の帯方郡使の訪日、㈣同四年の倭女王の遣使、㈤同六年の難升米への黄幢の仮授、㈥同八年の新帯方郡太守の着任と女王・狗奴国の戦闘など、年次を明記した六つの日魏交渉記事があるが、書紀は㈡㈤㈥をとっていない。また、採用した㈠㈢㈣の三つについても、全文ではなくて省略のあることは、頭注にそれぞれ記す通りである。

釈紀、秘訓には「先師曰、魏志文惣不ㇾ可ㇾ読之」という。また集解は後人の加えたものとして、三十九・四十・四十三・六十六年の四箇所をすべてけずり、通釈もこれに従っている。こんにちでもこの説に従う人もいるが、それは誤りである。なぜなら、卑弥呼に伝説上の神功皇后を擬し、卑弥呼の生存年代を以て神功皇后の在世年代としたことは、書紀の年立にとって、あたかも伝説上の神武天皇の即位年を辛酉革命説を以て定めたと同じぐらいに意味のあったことだからである。書紀編者はこの構成に従って神功皇后時代の年代をおおまかに定め、倭人伝の日魏交渉中、㈠㈢㈣を選んで各年紀を定めたものとみるのが妥当である。

三四 **中(なかのとをか)の訓**(三五二頁注一〇) ナカノトヲカは古訓。この語は源氏物語若菜下巻に「十月中の十日なれば、神の忌垣にはふ葛も、色変りて、松の下紅葉など、おとにのみ秋を聞かぬ顔なり…」のような用例があり、中旬を意味する。「中」は他にナカバの訓などがある(名義抄)。

三五 **貴国**(三五二頁注一四) 六十二年条ほか百済記の引用文、または引用文とおもわれる文に多い用語。津田左右吉は百済人が百済の記録において日本を貴国と書くはずはないとの理由で、書紀が百済記に手を加えたものとみた。しかし引用文に手を加えたとするのは不自然とし、この二字は参照した百済記の文字をそのまま用いたものとみる説もある。そう考えると百済記は誰がどのような目的で書いたのか、という課題も生じてくるが、それについては→補注9—三七。

三六 **千熊長彦**(三五四頁注四) 池内宏は「書紀の編者は百済記の記事其のものから職麻那那加比跪に関する若干の事実を知り、其の人名を日本流にする為めに、原音に近い長彦といふ文字を当てはめたのであろう」という。これに反し三品彰英は「別に撰者の手元に千熊長彦という人名が資料としてあって丁度沙至比跪と襲津彦との様に(神功紀六十二年)、彼我両所伝の人名を結びつけたともみられる」という。後説の方が、書紀の編纂過程としては自然のようである。即ち同一人物が百済記には沙至比跪、日本には葛城襲津彦と別別に伝わったように、同一人物が百済記には職麻那那加比跪、日本には千熊長彦として伝わったのであり、その名は初期の対鮮外交に有名な人物であったのであろう。ただその事績は伝わらなかったので、初期対鮮経営の一連の話を作って(三五三頁注二七)、この人物を位置づけたのであるが、編者は、この別別に伝わった人が同一人物としてよいかどうかわからないので、分注に「百済記に職麻那那加比跪と云へるは蓋し是れか」と書いたのであろう。職は中国の上古音では止(ト)至(チ)と同じ頭子音を持つのでチクにあたる。従って、これはチクマナカヒコと訓める。

三七 **百済記・百済新撰・百済本記**(三五四頁注八) 百済における国史編纂のことは、三国史記、巻二十四の近肖古王紀の末尾に「古記云、百済開国已来、未有以文字記事、至是(近肖古王代)、得博士高興、始有書記、然高興未嘗顕於他書、不知其何許人也」とあるのみで、これ以外には文献に徴すべき何者もない。そのことだけからしても、書紀に三種の逸史が、それぞれ片鱗をとどめていることは貴重なことである。

まず百済記は神功四十七年紀・同六十二年紀・応神八年紀・同二十五年紀・雄略二十年紀の、都合五ヶ所に引用され、次の百済新撰は雄略二年紀・同五年紀・武烈四年紀の、都合三ヶ所に見え、百済本記は継体三年紀・同七年紀・同九年紀・同二十五年紀・欽明二年紀・五年紀・六年紀・七年紀・十一年紀・十七年紀に、個別的に数えれば都合十八ヶ所に引用されている。これを百済の王代によっていえば、百済記は、少くとも近肖古王代から蓋鹵王代まで九代にわたる間(三四六—四七五)の史書であり、百済新撰は蓋鹵王代から武寧王代まで五代にわたる間(四五五—五二三)の史書であり、百済本記は武寧王代から威徳王初年にいたる三代の間(五〇一—五五七)の史書であったかと推定される(別表参照)。

三逸史の引用は、大半が人名などに関する断片的なものであるが、数条は、節をなす長文もあって(最も長いのは神功六十二年条の一条一六〇字)、おぼろげながらも、三逸史のそれぞれの史体・史風をおしはかることができる。すなわち百済記は、物語風の叙述で、干支をもって示した紀年は、従属的に記されてあったかと思われる。次の百済新撰は、干支紀年を主軸とした編年体風の史書であったらしく、次の百済本記は、純然たる編年体史で、月次・日次および日の干支まで明記されている。

これらの三逸史は、ただに書紀の本文に対する参考史料として引用されたにとどまらず、書紀の本文それ自体が、これらの逸史の文をほとんどそのまま採録していると思われるものがあり、さらに大きいことは、書紀編纂の根本、すなわち紀年構成の基準とされたことさえある。神功・応神両朝の年代のことはしばらくおくとするも、継体天皇の崩年の決定は、専ら百済本記の記事に基づいたもので、書紀の中で前後に例のない空位三年の不都合をも、あえておかしている。

逸文には、貴国・日本などの、用字・用語の点で潤色乃至改竄の疑い濃いものがあるが、三逸史そのものは、いずれも百済の史書として取扱わるべきものであろう。

引用紀年	百済記	百済新撰	百済本記
神功四七年紀丁卯（三六七）	職麻那那加比跪		
〃六二年紀壬午（三八二）	沙至比跪		
応神八年紀丁酉（三九七）	阿花王・王子直支		
〃二五年紀甲寅（四一四）	木満致		
雄略二年紀戊戌（四五八）		適稽女郎	
〃五年紀辛丑（四六一）		蓋鹵王弟琨支君	
〃二〇年紀丙辰（四七六）	狛軍来攻		
武烈四年紀壬午（五〇二）		武寧王	
継体三年紀己丑（五〇九）			久羅麻致支弥
〃七年紀癸巳（五一三）			委意斯移麻岐弥
〃九年紀乙未（五一五）			物部至至連
〃二五年紀辛亥（五三一）			高麗王安
欽明二年紀辛酉（五四一）			加不至費直
〃五年紀甲子（五四四）			津守連己麻奴跪
〃〃			河内直
〃〃			那干陀甲背
〃〃			為哥岐弥
〃〃			鳥胡跛臣
〃〃			安羅・日本府
〃〃			印支弥・既洒臣
〃〃			奈率得文
〃六年紀乙丑（五四五）			狛鵠香岡上王
〃七年紀丙寅（五四六）			高麗大乱
〃一一年紀庚午（五五〇）			阿比多来阿比多還
〃一七年紀丙子（五五六）			筑紫君児火中君弟

三逸史は、たとえ書紀編纂の時代に、百済系の人人から提示提出されたものであったとしても、また、その編成目的に日本関係を主眼とするなどの偏向があったとしても、それぞれ編纂者を異にした百済の史書とすべきであろう。

三八　**荒田別・鹿我別**（三五五頁注一一）　応神十五年八月条には荒田別・巫別は上毛野氏の祖で、百済に使して王仁をつれ帰ったといい（↓三七一頁注二四・二五）、同種の記事は続紀、延暦九年七月条の百済王氏の上表にもみえる。姓氏録には止美連・尋来津公・田辺史・大野朝臣・伊気などの条に豊城入彦命四世孫の（大）荒田別命がある。荒田別・鹿我別は、上述の（葛城）襲津彦・千熊長彦などとともに初期日鮮交渉史における伝説上の人物であり、そのため百済記によって構文されたこの条につけ加えられたものであるとみることもできる。

三九　**木羅斤資**（三五五頁注一五）　木羅は木劦とも書き、百済の著名な姓氏。下三三頁二行に木劦不麻甲背、同七二頁二行・同七八頁一行に木劦眯淳、同一〇〇頁五行に木劦今敦、同一〇八頁七行に木劦施徳文次。木羅斤資の子に木満致があり、応神二十五年条及び分注の百済記によれば、父の木羅斤資が新羅を討った時、其の国の婦をめとってうんだのが木満智であり、父の戦功の故に任那に権を専にし、さらに、百済久爾辛王の宮廷に入って勢威をふるった。中田薫のいうように、三国史記、百済蓋鹵王二十一年（四七五）条に「文周乃与二木劦満致・祖弥桀取一〈木劦・祖弥皆複姓、隋書以二木劦一為二二姓一、未レ知二孰是一〉南行焉」とある木劦（劦の誤り）満致もそれと同一人。上掲の応神紀には、諸本多く大倭木満致とあることなどから父の木羅斤資を日本人とする人もあるが、本条の分注にあるように百済人であり、百済の将である。田中本には大倭の二字がなく（↓三七六頁注二一・口絵参照）、また大倭の二字が古くからあったとしても、大倭木満智の称は日本の領土たる任那の権勢者であり、日本の威を借りて百済に勢をふるったためで、うまれが日本人だったことを示すものではあるまい。

四〇　**七国の平定**

㈠**比自㶱**（三五六頁注一）　慶尚南道昌寧の古名。五六一年の昌寧碑に比子伐。三国史記、地理志に比自火（比斯伐）は今の昌寧郡という。伐・火は村・国を意味する語、pŭr. 書紀の㶱も pŭr を意味する俗字か。魏志、辰韓伝の不斯国か。書紀では他にみえない。

㈡**南加羅**（三五六頁注二）　慶尚南道金海。三国史記、地理志に「金海小京、古、金官国〈一云伽落国、一云伽耶〉」とある。加羅にはこの金海加羅のほかに高霊加羅(→㈦)があってまぎらわしいが、金海加羅は南加羅、高霊加羅はただ加羅とだけいうことが多い。アリヒシは南をあらわす韓語 arp に由来する。金海加羅を南加羅とあらわす朝鮮側の例としては三国史記、列伝、金庾信条の庾信碑の「南伽倻」がある。魏志、倭人伝の狗邪韓国はこれ。→意富加羅国(二五八頁注八)。

㈢**喙国**(三五六頁注三) 鮎貝房之進によれば慶尚北道慶山。すなわち喙は新羅の俗字で、梁の古方言 tok, to に通じあてた文字。慶山の古名を押梁というが、押は arp, ap すなわち南・前の意味なので、押梁は南方の梁ということ。卓淳の南にある押梁の地はちょうどそれにあたると。後に加羅・新羅両者の和戦問題で重要な役割を果した。

㈣**安羅**(三五六頁注四) 慶尚南道咸安の古名。三国史記、地理志に法興王のとき阿尸良国(一云、阿那加耶)を滅して咸安郡としたという。三国遺事五伽倻に阿羅(一作耶)伽耶(今咸安)とある。魏志の弁辰の安邪国。広開土王碑に安羅人戍兵。書紀にも継体・欽明紀に多くみえ、二十三年条の任那官家滅亡条にはその終焉が述べられている。

㈤**多羅**(三五六頁注五) 慶尚南道陜川。三国史記、地理志に大良(一作耶)は今の陜州という。多羅・大良・大耶は通音。

㈥**卓淳**(三五六頁注六) 欽明五年三月条(→㊦八五頁三行)に喙淳、三国史記、地理志にもと達句火、今は大丘県とある。慶尚北道大邱にあった加羅諸国中の一国で新羅に近接し、交通上の要地。大邱の西端丘陵に真興王(五四〇―五七六)代とおもわれる城趾がある、その下層の遺物包含層には土器・獣骨などを出土する。この国の滅亡の事情は、欽明二年四月条にみえる。→㊦六九頁注三一。訓は→㊦補注19―六。

㈦**加羅**(三五六頁注七) 慶尚北道高霊。三国遺事は、五伽耶の一つに大伽耶、今高霊をあげ、三国史記、地理志に大伽耶は真興王によって滅びて新羅の郡県となり、後に高霊郡といったという。継体・欽明紀にしばしばみえ、欽明二十三年条に滅亡のことが述べられている。

四一 四邑の降服

㈠**比利**(三五六頁注一四) 三国史記、地理志に「完山(一云比斯伐、一云比自伐)」。鮎貝房之進は、比利はこの比自伐とし、完山(全州)の地とする。末松保和は、同書に百済の発羅郡がいまの羅州であるというのにより、発羅を比利であるとして全羅南道羅州も可能とした。魏志、馬韓伝の卑離国はこれか。広開土王碑の守墓人のうちに比利城三家がみえる。なお比利以下四邑を百済に賜うことは継体六年条の上哆唎以下四県を百済にたまう記事(→㊦二六頁以下)と形式が似ており、一々の地名は一致しないが、地域としてはだいたい一致する。三品彰英はそこで、本文の四邑割譲は史実としての四県割譲を過去に投影したものか、という。→三五六頁注八。

㈡**辟中**(三五六頁注一五) 全羅北道金堤。三国史記、地理志に百済の碧骨県は今の金堤郡という。碧骨の骨は村・邑城を意味する古語 kor にあたる。辟中の中は州・邑・城の意味。従って固有名は辟・碧。下文の辟支山も同所。天智元年十二月条の避城(ヘサシ。→㊦三六頁注七)も同じ。

㈢**布弥支**(三五六頁注一六) 鮎貝房之進は三国史記、地理志に百済の伐音支県は今の新豊県とあるにより、伐音支すなわち布弥支として、忠清南道新豊(公州郡維鳩里)とする。内藤湖南は魏志、韓伝の馬韓五十余国中の「不弥国・支半国・狗素国」を「不弥支国・半狗国」とよみかえ、不弥支はその不弥支国にあたるとした。

㈣**半古**(三五六頁注一七) 鮎貝房之進は三国史記、地理志の月奈郡半奈夫里県にあて、全羅南道羅州郡潘南とする。内藤湖南は魏志、韓伝の半狗国(→㈢)と同じという。

四二 意流村・州流須祇(三五六頁注一八・一九) 意流は、百済始祖伝説に温祚が都をたて、はじめて王を称したという尉礼城や、雄略二十年条の百済記に「王城降陥、遂失尉礼」とあるのや、釈紀の引く筑前風土記に新羅王子天日槍が降臨したという意呂山など、百済国の聖地をさし、必らずしも一定の所ではなく、肖古王時代なら王都漢城がそれにあたるかという(三品彰英)。村の訓スキは村落の意味の韓語。分注に「今云州流須祇」とあるが、「今云」は書紀撰述、又は百済記撰述の時。州流須祇は今西竜によれば、百済滅亡当時、鬼室福信の百済復興軍の拠点となった周留城、すなわち天智元年三月是月条の疏留城(ソルサシ)、十二月条の州柔(ツヌ)にあたる。

四三 古沙山(三五六頁注二一) 三国史記、地理志に百済の古眇(眇は沙の刊誤)夫里郡が後の古阜郡(今、全羅北道古阜)だという。古沙夫里の夫里は村落、固有名は古沙であるが、古沙山の古沙はそれにあたろう。従って今の古阜がその地。

四四 七枝刀と石上神宮の七支刀(三五八頁注四) 石上神宮の宝庫に納められて伝来した七支刀は鉄製で、茎を加えて全長七五センチ、真直な両刃の剣身両側に左右交互に三つ宛の両刃の小枝を出し、身と枝に金象嵌の界線を作り、身部の界線内に同じく金象嵌で銘文を加えてある。この銘文については明治初年以来、菅政友・星野恒・福山敏男・榧本亀次郎等の研究が発表

された。福山の解読によると、

泰和四年□月十一日丙午正陽、造百練釦(鋼?)七支刀、□辟百兵、宜供侯王、□□□□作。　(以上表、一行)

先世以来、未有此刃、百慈(済)王(?)世子(?)、奇生聖音、故為倭王旨造、伝(伝)不□世。　(以上裏、一行)

となり、表には「泰和四年(東晋海西公の太和四年、三六九)某(正か四か五)月十一日の純陽日中の時に、百練の鉄の七支(枝)刀を作る。以って百兵を辟除し、侯王の供用とするのに宜しい。某(あるいは工房)これを作る」と記し、裏には「先世以来未だ見なかったこのような刀を、百済王と太子とは、生命を御恩に依存しているが故に、倭王の御旨によって造った。願わくはこの刀の永く後世伝わるように」と記したものと解せられる。太和四年は近肖古王二十四年にあたり書紀は百済の使者久氐等と共に日本軍は海を渡り、新羅を、三四九年は百済を攻め、比自㶱以下の七国を平定し、さらに、忱弥多礼を伐って百済に与えたので、肖古王と太子貴須は来会し、日本に永く忠実であることを誓ったという(神功四十九年条)。また書紀はその三年後神功五十二年条に久氐等が日本の国王に七枝刀を献じたとある。これらの事情から考え、書紀の七枝刀は右の銘文をもつ石上神宮蔵七支刀に相当するとしてよかろう。前例のない七枝の剣の形式にしたのは三六九年の比自㶱など七国の平定が記念されているものか。三国史記の近肖古王の末年の条に「古記云、百済開国巳来、未レ有下以二文字一記上事、至レ是得二博士高興一、始有二書記一」とあり、この博士高興などが右の銘文の作者に擬せられよう。

四五　**七子鏡**(三五八頁注五)　通釈は「周りに七箇の子ありて俗に七曜紋と云ものゝ状したる鏡」といい、喜田貞吉は七鈴鏡かという。文徳実録斉衡二年二月条に備中吉備津彦社神庫内の鈴鏡が見える。鈴鏡の実物は朝鮮には出土の例がなく、日本のも後期古墳からのみであることが、この場合弱点である。小校経閣金文拓本巻一五に「九子竟(鏡)」云云の銘をもつ東晋ごろの鏡があり、芸文類聚、天部の梁簡文帝の望月の詩に「形同二七子鏡一、影類二九秋霜一」とある七子鏡は満月の円い形容であり、前の九子鏡と共に円鏡ということになる。奈良時代までの鏡は一般に円形であるから、本文の七子鏡も例外ではなかろう。

四六　**狭城楯列陵**(三六〇頁注二四)　仲哀記分注に「葬レ于二狭城楯列陵一也」。延喜諸陵式に「狭城盾列池上陵、磐余稚桜宮御宇神功皇后、在二大和国添下郡一、兆域東西二町、南北二町、守戸五烟」。続後紀、承和十年四月条によると、このころまでは口伝に従い、南の成務陵(三二〇頁注一四)を神功皇后陵とみなして「毎レ有二神功皇后之祟一、空謝二成務天皇陵一」。その三月、奇異あるにより「捜二検図録一」、あやまりを知って、北のを神功、南のを成務としたという。こんにちはこれに従っており、陵墓要覧に「奈良県奈良市山陵町字宮ノ谷」。西大寺班田図でもこの通りになっており、北を神功皇后の敷地、南を成務天皇の敷地と録す。

一 鞆(三六二頁注一五)　宣長がいうように奈良朝の資料では鞆をホムタと言った確実な資料は見当らないようであるが、だからとて、奈良朝及びそれ以前にホムタという語が無かったとは言えない。むしろ、人名の由来を説明する説話としては、鞆をホムタと言ったから、誉田天皇という名がついたとするのが自然で、ただ、奈良朝では一般に鞆をトモと言ってホムタと言わなかったので、「上古時俗」以下の注記が加えられたものと見るべきであろう。しかしまた、そう見た場合にも、この文章の「鞆の如し」「鞆を負きたまへる」のごときは、トモと訓んでも理解できる所である。

二 応神天皇の皇子女

荒田皇女(三六三頁注二二)　応神記に木之荒田郎女。延喜神名式に紀伊国那賀郡荒田神社がある。

大鷦鷯天皇(三六三頁注二三)　仁徳天皇。→応神十三年条・同四十年条・仁徳即位前紀。サザキは鳥名、ミソサザイ。仁徳元年条に、平群木菟宿禰と同日の生れで、誕生の日に天皇の産殿に木菟(つく ミミヅク)が飛び入り、木菟の産屋に鷦鷯が飛び入ったので、互いに鳥名を交換して命名したという話がみえる。→補注11-一。

根鳥皇子(三六三頁注二四)　応神記に根鳥命、また「根鳥王娶二庶妹三腹郎女一生子、中日子王、次伊和島王〈二柱〉」とある。本条下文参照。

額田大中彦皇子(三六三頁注二六)　→仁徳即位前紀・同六十二年是歳条。額田は和名抄に大和国平群郡額田〈奴加多〉郷、河内国河内郡額田郷がある。通証によれば後者の地に皇子を祭る祠があるという。

大山守皇子(三六三頁注二七)　仁徳即位前紀によれば、応神天皇の死後に菟道稚郎子と皇位を争って攻め滅ぼされたという。→応神四十年条・仁徳即位前紀。本条下文参照。

去来真稚皇子(三六三頁注二八)　応神記に伊奢之真若命とあり、崇神記にも崇神天皇皇子に伊邪能真若命の名がみえる。

大原皇女(三六三頁注二九)　応神記に大原郎女とある。

澇来田皇女(三六三頁注三〇)　応神記には高目郎女とある。コムクは和名抄の河内国石川郡紺口郷(大阪府南河内郡河南町)の地名かともいう。

阿倍皇女(三六四頁注一)　応神記に阿倍郎女とある。

淡路御原皇女(三六四頁注三)　応神記に阿具知能三腹郎女とあり、根鳥王との間に中日子王と伊和島王を生んだとある。御原は和名抄に淡路国三原〈美波良〉郡(兵庫県三原郡)がある。

紀之菟野皇女(三六四頁注四)　応神記に木之菟野郎女とある。菟野は近世紀伊国伊都郡に宇野村の名があるという。なお記ではこのあとに三野郎女の名をあげている。本条の皇子女は合計十九人で、下文に「男女幷廿王也」とあるのに合わないから、あるいは三野皇女の名が脱けたものか。

菟道稚郎子皇子(三六四頁注七)　応神記に宇遅能和紀郎子、播磨風土記、揖保郡大家里の条には宇治天皇とあり、書紀では応神十五年・十六年条に阿直岐・王仁に典籍を学び、同四十年条に立太子、仁徳即位前紀に大山守皇子を攻め滅ぼしたのち、菟道宮を造って住み、そこで自殺したとある。菟道は京都府宇治市の地。→三四四頁注二三。

矢田皇女(三六四頁注八)　応神記に八田若郎女とある。のちに仁徳天皇の皇后となった。→仁徳二十二年・三十年・三十八年条。

雌鳥皇女(三六四頁注九)　応神記に女鳥王。→仁徳四十年二月条。

菟道稚郎姫皇女(三六四頁注一一)　応神記に宇遅之若郎女とある。

稚野毛二派皇子(三六四頁注一四)　安康即位前紀に稚渟毛二岐皇子、応神記に若沼毛二俣王、釈紀十三所引の上宮記に若野毛二俣王とある。允恭皇后忍坂大中姫・同妃衣通郎姫らの父で、継体天皇の祖とされ、姓氏録に息長真人・山道真人・坂田酒人真人・八多真人(以上左京皇別)・息長丹生真人(右京皇別)・坂田宿禰(右京皇別)・息長連(右京皇別)の祖とある。→補注10-五。

奈良時代にはいわゆる上代特殊仮名遣によって示される母音の区別があり、その結果、ヌとノ(甲類)とノ乙類の三つの区別があったことが知られ、nuとnoとnöでローマ字表記される。その結果、江戸時代以後ヌと訓まれるようになった、慕(シヌフ)・篠(シヌ)・角(ツヌ)などは、シノフ・シノ・ツノなどと訓む方が正しいとされるに至った。それは正しいことであるが、ここに一つ問題がある。それは、uとoの母音は交替しやすい母音だということである。たとえば、栂は、トガ(toga)とツガ(tuga)の両形あり、助詞ヨリは、yoriとyuriとの両形がある。従って、ヌ(nu)はノ(no)と交替する可能性があり、万葉集などでは、ヌの音を表わす「農」の仮名を使って、慕ふ意味の語を斯農波と書いている。この場合は、シヌハと仮名づけすべき例で、江戸時代に国学者が考え出したシヌフと、形は同形となるが、しかし、決定の経緯は全然異るのである。ところで、ここの稚野毛二派皇子の場合もそれに同じで、稚野毛とあるのは wakanokë と訓むべきであるが、安康紀の稚渟毛及び応神記の若沼毛は wakanukë と訓むべきであろう。一般に野はno, 渟・沼はnuと訓む語だからである。
しかし、人名に二様の発音を認めるのが一般の原則から言っておかしいということであれば、若野毛とある方をwakanukëと訓むことにすべきかもしれない。野という単語は、nuと発音する場合があるのに対し、渟・沼をnoと発音する奈良時代の例は全然無いからである。してみると、この若野毛二派皇子にはワカヌケフタマタノミコと、はじめから仮名をつけるべきかもしれぬ。

隼総別皇子(三六四頁注一六) 応神記に速総別命とある。仁徳四十年二月条に仁徳天皇と雌鳥皇女を争って殺された話がみえる。

大葉枝皇子(三六四頁注一八) 応神記には「大羽江王、次小羽江王、次幡日之若郎女〈三柱〉」とある。記伝はこの幡日之若郎女を仁徳天皇皇女の誤って混入したものとする。

小葉枝皇子(三六四頁注一九) 前項を参照。

三 **和珥臣祖日触使主**(三六四頁注五) 応神記には丸邇(わに)之比布礼能意富美とある。和珥臣→二二六頁注一四。使主は朝鮮からきた一種の敬称で、のち姓(かばね)の一にもなった。仁賢元年二月条分注にも和珥臣日触の名がみえるが別人。

四 **小甂**(三六四頁注一〇) 甂は説文に「大口而卑、用レ食」とある。カメの一種。これをナベに見立てたものであろう。ナは魚。へは瓮。この場合、へは乙類の音Fëしかし、哀那辨・烏儺謎の、辨・謎は、共にべ甲類の音beとする。Fとbとは清濁の相違にすぎず、通用することもあるが、ëとeとは通用することはない。ヲナベを二字に書くために、多少の音の相違を無視して小甂と宛字したものであろう。

五 **稚野毛二派皇子の母**(三六四頁注一三) 皇子の母について応神記には「又娶ニ咋俣長日子王之女、息長真若中比売ニ生御子、若沼毛二俣王〈一柱〉」とある。また景行記で杙俣長日子の子として飯野真黒比売命・息長真若中比売・弟比売の三人をあげ、応神記で「又此品陀天皇之御子若野毛二俣王、娶ニ其母弟百師木伊呂辨、亦名弟日売真若比売命ニ生子、大郎子、亦名意富富杼王、次忍坂之大中津比売命、次田井之中比売、次田宮之中比売、次藤原之琴節郎女、次取売王、次沙禰王〈七王〉。故意富富杼王者〈三国君・波多君・息長坂君・酒人君・山道君・筑紫之末多君・布勢君等之祖也〉」といっているから、古事記では皇子の母は弟媛の姉で、弟媛は皇子の妃となったとしているわけである。これに対して釈紀十三所引の上宮記逸文では「凡牟都和希王娶ニ淫俣那加都比古女子名弟比売麻和加ニ生児若野毛二俣王、娶ニ母々恩己麻和加中比売ニ生児大郎子、一名意富々等王、妹践坂大中比弥王、弟田宮中比弥、弟布遅波良己等布斯郎女四人也」としていて、皇子の母については書紀と一致するが、皇子の妃が母の姉であるという点から、記伝三十二は上宮記の伝えを疑わしいとしている。なお継体即位前紀には「男大迹天皇〈更名彦太尊〉、誉田天皇五世孫彦主人王之子也」とあるだけであるが、上宮記にはその間の系譜をのせて、継体天皇を皇子の後とし、姓氏録は息長真人・山道真人・坂田酒人真人・八多真人・息長丹生真人・坂田宿禰・息長連らを皇子の後としている。

六 **桜井田部連男鉏**(三六四頁注一五) ここは、応神記では「桜井田部連之祖島垂根之女糸井比売」とする。桜井田部連は桜井屯倉の田部の管掌者。天武十三年十二月に宿禰に改姓、旧事紀、国造本紀に「穴門国造。纏向日代朝(景行)御世、桜井田部連同祖邇伎都美命四世孫速都鳥命定ニ賜国造ニ」とある。→安閑二年九月条・崇峻即位前紀七月条。桜井屯倉→安閑元年十月条。男鉏・糸媛は他にみえず。

七 **土形君**(三六四頁注二二) 応神記に大山守命は土形君・幣岐(へき)君・榛原君らの祖とある。和名抄に遠江国城飼郡土形〈比知加多〉郷がみえる。なお幣岐君については、姓氏録、右京皇別に「日置朝臣。応神天皇皇子大山守王之後也」とある。

八 **榛原君**(三六四頁注二三) 姓氏録、摂津皇別に「榛原公。息長真人同祖、大山守命之後也」、同河内皇別に「蓁原。誉田天皇皇子大山守命之後也」とあり、和名抄に遠江国蓁原郡蓁原〈波以八良〉郷がある。

九 **廐坂道**(三六四頁注二五) 位置未詳。十五年条に「百済王遣ニ阿直岐ニ貢ニ良馬二匹ニ。即養ニ於軽坂上廐ニ。…故号ニ其養レ馬之処ニ曰ニ廐坂ニ也」とある。軽は大和国高市郡来目郷の中、今の奈良県橿原市大軽町付近。十一年条に廐坂池、舒明十二年四月条に廐坂宮の名がみえる。

10 **海人**(三六四頁注二六) アマはほかに海・海士・白水郎(泉郎)などとも書かれるが、一般に漁業と航海に習熟した海辺の漁民をさす。本条に「訕哤之不レ従レ命」とあり、肥前風土記、松浦郡値嘉郷の条にも「此島(値嘉島)白水郎、容貌似ニ隼人ニ、恒好ニ騎射ニ、其言語異ニ俗人ニ也」とあって、ふつうの日本人とやや言語を異にしたようにもみえる。また、魏志、倭人伝に「今倭水人、好沈没捕ニ魚蛤ニ、文レ身亦以厭ニ大魚水禽ニ。後稍以為レ飾…」とあり、履中元年四月条の阿曇連浜子を罰した記事に、眼辺の入墨を阿曇目(あづみめ)と呼んだということがみえていて、アマが一般に文身(いれずみ)の風習をもっていたことも推測される。そこでこのアマを、南シナ沿海地方の水上生活民につながる特殊な種族で、本来言語・風俗を異にし、綿津見神(わたつみのかみ 海神)の信仰をもち、九州方面からしだいに海辺に沿って東進したものであって、阿曇氏はその首長だったとする見解もあるが、アマといえば、すべて特定の異民族だったかどうか確かではない。

一一　訕咙(三六四頁注二七)　訕は説文に謗也とある。咙は咙異之言とあり、咙は乱声の貌。上をそしり、わけのわからぬ言葉を放つ意。この記事はアマが、支配層と異る言語を使っていた異民族であることを示す記事とも解釈される。

一二　**紀角宿禰**(三六四頁注三六)　角宿禰は紀臣の祖。孝元記に「此建内宿禰之子、幷九〈男七、女二〉。…次木角宿禰者〈木臣・都奴臣・坂本臣之祖〉」とある。→仁徳四十一年条。紀臣は大和の雄族。延喜神名式に大和国平群郡の平群坐紀氏神社がみえる。のち天武十三年十一月に朝臣に改姓。姓氏録、左京皇別に「紀朝臣。石川朝臣同祖、建内宿禰男紀角宿禰之後也」とある。

羽田矢代宿禰(三六四頁注三七)　孝元記に波多八代宿禰は建内宿禰の長子で、波多臣・林臣・波美臣・星川臣・淡海臣・長谷部君の祖とあり、姓氏録、左京皇別などに道守朝臣の祖とある。羽田臣は和名抄に大和国高市郡波多郷などがみえるが居地未詳。のち天武十三年十一月に朝臣に改姓。姓氏録、右京皇別に「八多朝臣。石川朝臣同祖、武内宿禰命之後也」とある。

石川宿禰(三六四頁注三八)　孝元記に蘇我石河宿禰は建内宿禰の子で、蘇我臣・川辺臣・田中臣・高向臣・小治田臣・桜井臣・岸田臣らの祖とある。蘇我氏→㊦五六頁注一八。石川は三代実録、元慶元年十二月二十七日条の石川朝臣木村の上言に「始祖大臣武内宿禰男宗我石川、生二於河内国石川別業一。故以二石川一為レ名」とあるので、和名抄の河内国石川郡の地名によるかともいうが、大和国高市郡にも石川村(橿原市石川町)がある。→敏達十三年是歳条。

木菟宿禰(三六四頁注三九)　孝元記に平群都久宿禰は建内宿禰の子で、平群臣・佐和良臣・馬御樴連らの祖とあり、仁徳元年正月条にも平群臣の始祖とある。→十六年八月条・履中即位前紀・同二年十月条。木菟は鳥名ミミヅク。仁徳天皇と同日に生まれ、産所に飛び入った鳥の名を交換して名としたとの伝えが仁徳元年正月条にみえる。→補注11-一。

一三　**枯野**(三六五頁注四六)　枯野は宛字で、カラは軽を意味するものであろう。カルのルは後舌母音で ro としばしば交替する音であり、ra とも交替しうる音である。ノは去(ヌ)の転。速く走る意。或いは地名による名かともいう。延喜神名式に伊豆国田方郡軽野神社、和名抄に同郡狩野郷(今、静岡県田方郡修善寺町・天城湯ヶ島町)がみえる。しかし、以下の注を書いた人は、枯野を宛字と思わず、文字通りに、枯れた野の意と認めたので、船の軽く疾きに由りて「枯野」と名づけるのは、おかしいと判断したのである。そして「軽野」といったのを後人が訛ってカラノ(枯野)というに至ったものかと注記を加えたのである。

一四　**「千葉の葛野を見れば」の歌**(三六五頁注四九)　チバノは、多くの葉のある意。葛の修飾語。葛野は山城国葛野郡・乙訓郡の辺、今の京都市右京区はその一部分にあたる。宇治から北北西の方に遠望される地域。モモチダルは、数多く満ち足りる意。ヤは家。ニハは、平面の区域。ホはすぐれた所、突出した所。この歌は、いわゆる国誉めの歌。

一五　**直支**(ト)(三六六頁注一一)　直の上古音は d'ïek の音。ïek の韻の文字には、極 g'ïek, 力 lïek があり、コゴ・ロキの音にあてて使われている(万葉三三に極此疑をコゴシカモと訓む。力は、地名にトドロキのロキに使われた例がある。和名抄、国郡部に甲斐国巨麻郡等力郷〈止々呂木〉とある)。この例にならえば、直支は、d'ïekki にあたり、仮名で書けばトキとなる。

一六　**甘美内宿禰**(三六六頁注一二)　孝元記に「比古布都押之信命、娶二尾張連等之祖意富那毗之妹、葛城之高千那毗売一生子、味師内宿禰〈此者山代内臣之祖也〉」とあり、姓氏録、大和皇別に「内臣。孝元天皇皇子彦太忍信命之後也」「山公。内臣同祖、味内宿禰之後也」とある。山代の内は雄略十七年条に山背国内村、和名抄に山城国綴喜郡有智郷、延喜神名式に綴喜郡内神社がみえる。今、京都府綴喜郡八幡町内里付近。

一七　**ハヘケク**(三六九頁注一六)　ハヘケクは、延へケクである。ケはケ甲類 ke の仮名で書いてあるから、ケクは keku となる。e は、古い ia という母音連続から変化して来た音である場合が極めて多いから、これは kiaku が古形と推定される。aku は、ク語法を形成する接尾語で、コトの意を表わす。従って、kï は、過去または回想を表わす助動詞キの連体形ということになる。今日知られる限りでは、キの連体形はシとされているが、シの前には、キが連体形を表わしていたものであろう。それゆえ kiaku という連続が可能だったのであろう。というのは aku が結合して形成するク語法の中での唯一の例外は、回想を表わすキの場合で、キの連体形はシであるから、ク語法の一般例にならえば siaku→seku という形が成立するはずなのである。しかし、それが seku とならず siku となっていて、ク語法が、連体形と aku との結合によって成るという一般例の唯一の反例となるのは、つまり古い keku という結合形がすでにあったために、それを避けて、イヅクのク(やはり、トコロ・コトの意)と、キの新しい連体形シとが結合して、シクという形を成立させたものと思われる。その意味でここの延へケクの例は注意される(佐竹昭広の研究)。

一八 **伎について**(三七〇頁注一六) 伎は書紀では、神代巻の訓注に使われ、ギ甲類にあてられるのが例である。しかし、この所では、田中本・宮内庁本に「伎」とあるので、底本等の「岐」を「伎」に訂した。田中本は、奈良朝末期の写本といわれるだけに、良い本文を持つことが非常に多いが、誤写が絶無というわけではないから、この辺の判断は微妙なところである。「岐」の方を採るべしとも考えられる。

伎は神代巻に、沫蕩(阿和那伎)・全剝(宇都播伎)・草薙剣(倶娑那伎能都留伎)・雖(之伎)と字音仮名としては五例使われていて、ギ甲類の仮名である。伎は広韻では巨支切。群母(頭子音g')の字であるから、呉音ギ、漢音キと考えられる。また、伎の又音技も群母の字である。書紀では漢音によることが多いから、これらは清音キの仮名かと思われるが、ここでは実例から帰納して、濁音ギ(甲類)の仮名である。ただし問題は、広韻で全く同音として取扱われている岐が、書紀ではキ(甲類清音)に使われていることである。これによってみれば「伎」の仮名は、神代紀訓注ではギ(甲)に使うが、他では、清音キに使うこともあったということになる。

一九 **阿智王渡来伝説**(三七四頁注二) 阿知使主の渡来についての伝えは、応神記にみえるようなごく簡単な内容のものが、その本来の姿だったと思われるが、やがて倭漢氏の繁栄の状態が過去に投影され、また阿知使主が後漢の霊帝、さらには前漢の高祖の後裔だとされることによって、著しく伝説化し、八世紀後半に入ってから倭漢系諸氏の中であたかも宗家の如き地位を占めるようになった坂上氏の手で、主としてその形が整えられていったと思われる。すなわち続紀、延暦四年六月十日条の坂上苅田麻呂らの上表には「臣等、本是後漢霊帝之曾孫阿智王之後也。漢祚遷魏、阿智王因神牛教、出行帯方。忽得宝帯瑞、其像似宮城。爰建国邑、育其人庶。後召父兄、告曰、吾聞、東国有聖主。何不帰従乎。若久居此処、恐取覆滅。即携母弟迁興徳、及七姓民、帰化来朝。是則誉田天皇治天下之御世也。於是阿智王奏請曰、臣旧居在於帯方。人民男女皆有才芸。近者寓於百済高麗之間、心懐猶予、未知去就。伏願天恩遣使追召之。乃勅遣臣八腹氏、分頭発遣。其人男女、挙落随使尽来、永為公民、積年累代、以至于今。今在諸国漢人、亦是其後也」と述べており、また坂上系図には、次の如き系譜と姓氏録原本の逸文を掲げている。

漢高祖皇帝—石秋王—康王—阿智王—都加使主—┬山木直
　　　　　　　　　　　　　　　　　　　　　　├志努直—(以下略)
　　　　　　　　　　　　　　　　　　　　　　└爾波伎直

「姓氏録第廿三巻曰、阿智王。誉田天皇〈諡応神〉御世、避本国乱、率母並妻子、母弟迁興徳、七姓漢人等帰化。七姓者、…天皇矜其来志、号阿智王為使主。仍賜大和国檜隈郡郷(奈良県高市郡明日香村檜前)居之焉。于時阿智使主奏言、臣入朝之時、本郷人民往離散。今聞、徧在高麗・百済・新羅等国。望請遣使喚来。天皇即遣使喚之。大鷦鷯天皇〈諡仁徳〉御世、挙落随来。今高向村主(以下二十九村主名略)等是其後也。爾時阿智王奏建今来郡。後改号高市郡。而人衆巨多、居地隘狭、更分置諸国。摂津・参河・近江・播磨・阿波等漢人村主是也」。

二〇 **「淡路島いや二並び」の歌**(三七四頁注一七) フタナラビは、自分と兄媛と二人並んでいたことを言いたいための序のようなもの。小豆島は、いま香川県小豆郡小豆(しょうど)島。神代記に「次生小豆島。亦名謂大野手比売」、続紀、延暦三年十月三日条に備前国児島郡小豆島とある。ヨロシは、寄りたいの意。後世の宜ロシの原義。寄ろしとは、兄媛に寄りたい気持がこめられている表現。タサレのタは接頭語。サレは去リの他動形。去ラセル意。アラチは、疎・粗の状態にする意。転じて二人の間柄をへだてる意。

二一 **稲速別**(三七六頁注一) 旧事紀、国造本紀に「下道国造。軽島豊明(応神)朝御世、元封兄彦命、亦名稲建別、定賜国造」とある。

下道臣(三七六頁注二) 天武十三年十一月に朝臣、その一族の真備は天平十八年十月に吉備朝臣に改姓した。姓氏録、左京皇別に「吉備朝臣。大日本根子彦太瓊天皇(孝霊)皇子稚武彦命之後也」「下道朝臣。吉備朝臣同祖、稚武彦命之孫吉備武彦命之後也」とある。下道は和名抄に備中国下道〈之毛豆美知〉郡(岡山県総社市西半・吉備郡真備町)がある。

上道県(三七六頁注三) 和名抄に備前国上道〈加無豆美知〉郡(岡山県上道郡・西大寺市・岡山市東半)がある。

仲彦(三七六頁注四) 旧事紀、国造本紀に「上道国造。軽島豊明宮御世、元封中彦命。児多佐臣始国造」とある。

上道臣(三七六頁注五) 雄略七年是歳条に吉備上道臣田狭の任那における叛、清寧即位前紀に上道臣の娘の稚媛が生んだ星川皇子の叛の話がみえる。天平宝字元年七月に上道臣斐太都は朝臣の姓を与えられ、同閏八月に吉備国造となった。

香屋臣(三七六頁注六) 舒明二年正月条に吉備国蚊屋采女の名がみえ、天平神護元年六月に備中国賀陽郡人賀陽臣小玉女ら十二人が朝臣の姓を与えられた。旧事紀、国造本紀に「加夜国造。軽島豊明朝御世、上道国造同祖、元封㆓中彦命㆒、次定㆓賜国造㆒」とある。香屋は和名抄に備中国賀夜郡(岡山県吉備郡高松町・足守町・昭和町・総社市東部・上房郡)がある。

三野県(三七六頁注七) 和名抄に備前国御野郡御野〈美乃〉郷がある。今の岡山市北半、旭川以西の地。

弟彦(三七六頁注八) 旧事紀、国造本紀に「三野国造。軽島豊明朝御世、元封㆓弟彦命㆒、次定㆓賜国造㆒」とある。

三野臣(三七六頁注九) 続紀、延暦四年七月条に三野臣広主、同六年十月条に三野臣浄日女の名がみえる。

波区藝県(三七六頁注一〇) 地域未詳。旧事紀、国造本紀にみえる波久岐国造は別地か。地名辞書は神代記に「故其所㆓神避㆒之伊邪那美神者、葬㆘出雲国与㆓伯伎国㆒堺比婆山㆖也」とある伯伎国をこれとみて、備後国東北部、今の広島県比婆郡の地をあてるが、山地だから疑わしい。あるいは岡山県笠岡市付近か。

鴨別(三七六頁注一一) →三三二頁注五。

笠臣(三七六頁注一二) 仁徳六十七年是歳条に笠臣祖県守、大化元年九月三日条に吉備笠臣垂の名がみえる。天武十三年十一月に朝臣に改姓。姓氏録、右京皇別に「笠朝臣。孝霊天皇皇子稚武彦命之後也。応神天皇巡㆓幸吉備国㆒、登㆓加佐米山㆒之時、飄風吹㆓放御笠㆒。天皇恠之。鴨別命言、神祇欲㆑奉㆓天皇㆒。故其状爾。天皇欲㆑知㆓其真偽㆒、令㆑猟㆓其山㆒、所㆑得甚多。天皇大悦、賜㆓名賀佐㆒」「笠臣。笠朝臣同祖、稚武彦命孫鴨別命之後也」とあり、旧事紀、国造本紀に「笠臣国造。軽島豊明朝御世、元封㆓鴨別命㆒。八世孫笠三枚臣、定㆓賜国造㆒」とある。→三七五頁注二二。なお旧法隆寺蔵金銅観音菩薩像銘に「辛亥年(白雉二)七月十日記。笠評君(こほりのきみ)名大古臣、辛丑日崩去辰時故、児在布奈太利古臣、又伯在建古臣二人志願」とある。

苑県(三七六頁注一四) 和名抄に備中国下道郡曾能郷(岡山県吉備郡真備町の北部)がある。

浦凝別(三七六頁注一五) 他にみえず。

苑臣(三七六頁注一六) 万葉一三に園臣生羽、万葉集註釈一に引く備中風土記逸文に賀夜郡、少領薗臣五百国の名がみえる。

11 巻第十一 仁徳天皇

一 倭の五王(三八二頁注一) 中国の史籍には、五世紀の初頭から末にかけて、倭の讃・珍・済・興・武の、いわゆる倭の五王が、次々に南朝と交通したことが見えている。これを表示すると次のようになる。

四一三	東晋安帝	義熙九	倭国朝貢(晋書)、安帝の時、倭王讃朝貢(南史)
四二一	宋武帝	永初二	倭の讃朝貢、除授を賜う(宋書)
四二五	宋文帝	元嘉二	讃、司馬曹達を遣して上表貢献(宋書)
四三〇	宋文帝	元嘉七	倭国王貢献(宋書)
四三八	〃	元嘉一五	(讃死し)弟珍立って貢献、これを安東将軍倭国王に除す(宋書)
四四三	〃	元嘉二〇	倭国王済貢献、これを安東将軍倭国王と為す(宋書)
四五一	〃	元嘉二八	安東将軍倭王済に使持節都督倭・新羅・任那・加羅・秦韓・慕韓六国諸軍事の称を加う(宋書)
四六〇	宋孝武帝	大明四	倭国貢献(宋書)
四六二	〃	大明六	(済死し、世子興貢献)この年詔してこれに安東将軍倭国王の称を授く(宋書)
四七七	宋順帝	昇明元	倭国貢献(宋書)
四七八	〃	昇明二	(興死し)武立って上表(上表文の中に「臣亡考済」と見える)、これを使持節都督倭・新羅・任那・加羅・秦韓・慕韓六国諸軍事安東大将軍倭王に除す(宋書)
四七九	南斉高帝	建元元	武の号を進めて鎮東大将軍と号す(南斉書)
五〇二	梁武帝	天監元	武を征東大将軍と号す(南史)

なお梁書諸夷伝には「晋安帝時、有㆓倭王賛㆒、賛死立㆓弟弥㆒、弥死立㆓子済㆒、済死立㆓子興㆒、興死立㆓弟武㆒」とあって、宋書の讃を賛に、珍を弥に作り、また五王の世系を示している。

これらの晋書・宋書等の記事は史料として信憑性の高いものであるが、五王が日本のどの天皇に当るかは、松下見林が異称日本伝(元禄六年、一六九三開版)に於て考えたのを初めとして、近年に至るまで諸家の説がある。

(一) 武は、見林が雄略天皇の名の大泊瀬幼武(おほはつせわかたけ)の略であるとして、これを雄略天皇に当てて以来、全く異説がない。

㈠ 興は、見林以来、安康天皇と考えられている。宋書によれば興は武の兄であること、興の古音のヒョン又はヒンが、安康天皇の名の穴穂(あなほ)のホに似ていることなどがその理由とされる。しかし、興の字は、興台産霊の例もあるように、コの乙類の音にあてる字なので、アナホのホにあてるのは、音の上だけからは困難と思われる。但し、宋書には世子興とあるので、天皇に当てず、履中天皇の子の市辺押羽皇子(いちべのおしはのみこ)や、允恭天皇の子の木梨軽皇子(きなしのかるのみこ)に当てる説も一部にある。

㈢ 済も、見林以来、允恭天皇に当てるのが定説である。宋書によれば済は興・武の父であるし、済は、允恭天皇の名、雄朝津間(おあさづま)のアサのサに当たるとも、津の字に当たるとも言われる。

㈣ 珍は、允恭天皇(済)の兄の反正天皇に当てる説が有力である。その世系は宋書では知られないが、済のすぐ前の倭王であること、名の瑞歯別(みづはわけ)の瑞の字が、珍と字形もしくは意味の上で似ていることなどが理由とされる。但し、珍(異体字は珎)は梁書では弥に作り、世系を済の父としているので、これを仁徳天皇に当てる説もある。

㈤ 讃(梁書では賛)は、反正天皇の兄の履中天皇に当る見林以来の説と、父の仁徳天皇とする那珂通世以来の説とに分れる。前者は、宋書に讃を珍の兄とすること、讃は去来穂別(いざほわけ)のザをあらわすことを説く。後者は讃は仁徳天皇の名の大サザキのサザをあらわすとする。讃は、字音の上からは賛と同音、則旰切の音で、日本語ではサにあたるから、もし、字音であてるとすれば、イザホにあてるよりも、サザキのサにあたるとみる方がよいと考えられる。讃を仁徳天皇に当てると、宋書の世系と矛盾するが、この点は、讃は宋書でもかなり長い間在位したことになっているから、在位が短期であったらしい履中天皇にはふさわしくないとし、宋書は履中天皇を落したのであり、讃・珍を兄弟としているのは、誤って履中・反正の関係を記したものであると説明して、かなり有力である。なお、珍(弥)を仁徳天皇に当てる一説では、その前の讃は当然応神天皇に当てられるが、これも宋書の世系とは矛盾する。

以上、㈠から㈣までは、一部に異説もあるにせよ、ほぼ定説と見てよく、殊に㈠から㈢まではかなり確実と言ってよい。従って記紀にあらわれたこれらの歴代天皇については、その在位の事実や大体の年代、帝系などを信頼度の高い史料によって確かめ得るのであり、倭の五王の問題は、古代史研究の一基点として、重大な意義を持っている。

なお、これら五王がしきりに南朝に通交したのは、当時朝鮮半島に於て、強大な高句麗・新羅の圧迫に対抗していた日本が、中国から半島南半の領有を認める称号を受け、対朝鮮政策に役立てようとしたのであろう。しかし宋書によると、その称号の中には日本の終始希望した百済の二字はついに含まれず、五王の交渉は結局不成功に終ったと認められる。また倭王が執拗に大将軍号を求めたのは高句麗に対抗するためばかりではなく、最近佐伯有清らが指摘しているように、宋が倭王に与えた称号将軍では倭隋ら国内の豪族が宋朝から与えられた将軍号とは同格になるので倭王が豪族をおさえ、支配を確立するのには大将軍号を称する必要があったからであろうか。

二 **木菟の名について**(三八八頁注二二) この大鷦鷯皇子と木菟宿禰の命名に関する伝説では、同日に生れた二人を、出産に当って産屋に入った鳥の種類を交換してそれによって子を名づけている。一種の名前交換である。名前の交換によって友情のきずなを固める習俗は世界各地にも散見するが、ことに発達し、かつまとまって分布しているのは東南アジアからオセアニアにかけてのアウストロネシア語族であって、たとえば、ミクロネシアのマリアナ諸島やカロリン諸島では、名前の交換によって結ばれた友情は終生つづき、マリアナ諸島では、この友情を破ったものは、自らの親族によって殺され、かつ名前の交換に当っては身分の相違はさまたげにならない。名前の交換のことは、応神即位前紀にもあり、応神天皇が太子時代に角鹿の笥飯大神と名を替えたという。

ミミヅクやフクロウの類は内陸アジアや北方ユーラシアではしばしば聖鳥となっており、アイヌもフクロウ祭りを行ない、中国では、漢代ごろまで、フクロウの鳴声を凶兆としていたが、その後唐代には吉兆としていた。劇談録には、韋顓が進士に合格する前知らせがフクロウの声であったといい、隋唐嘉話によれば、張率更の庭樹で梟が鳴くので、妻は不吉を惧れてしきりに唾を吐いていると、張率更は、早く掃除せよ、必ず栄転だといっているうちに賀客が門に殺到したという。なお応神には鳥の名をつけた子が多い。大鷦鷯の他、根鳥皇子、雌鳥皇女、隼総別皇子である。

三 **幡梭皇女**(三九〇頁注八) 仁徳記に「波多毗能若郎女、亦名長日比売命、亦名若日下部命」、雄略元年三月条に草香幡梭姫皇女、更の名橘姫皇女、安康元年二月条及び安康記に、安康天皇が幡梭皇女を天皇の弟の雄略天皇の妃にしようとして、事の行違いから大草香皇子を殺したことがみえ、雄略元年三月条に雄略の皇后となるとある。なお、履中元年七月条と六年正月条には履中の妃、ついで皇后となり、中磯皇女をうんだ(草香)幡梭皇女があるが、この履中皇后の幡梭皇女のことは記にみえず、かつ両者を同一人とすると、世代や婚姻関係上、無理とおもわれる点もあるので古来、いわれているように、別人であるか、又は所伝の誤りとすべきであろう。履中皇后の幡梭皇女について、通釈は応神記に、応神天皇が日向の泉長比売をめしてうんだ幡日之若郎女であろうとするが、記伝はこの幡日之若郎女を、仁徳皇女の幡梭皇女(母日向髪長媛)に関する所伝の誤りとしている。

四 **名代・子代**(三九二頁注四)　記紀などにみえる部には、朝廷所属民である職業部、豪族私有民である部曲(民部)と並んで、雀部(仁徳天皇)・刑部(允恭皇后忍坂大中姫)・軽部(木梨軽太子)などの如く、天皇・后妃・皇子の名号または宮号を帯びた部の一群があり、五世紀初めから六世紀末までの歴代天皇の号がほとんどそこに含まれているが、その中には、御名代を置くとあったり、その天皇・皇族に子がなかったので置いたという記事のあるものがあるので、これらを御名代の部あるいは子代の民と呼ばれるものの実例とみて、天皇・皇族の名を永く後代に残すために置いたものとする通説が一般に行なわれてきた。

これに対して津田左右吉は、これらの名称はその部の所在地の地名で、名号・宮号とは関係がなく、記紀がそれを付会して名代・子代の如く説いたにすぎないとして、これらをすべて否定し、名代は天皇・皇族の生活の資として置かれた部で実体は不明、子代は皇子養育のために置かれた部で壬生部に当るとした。また井上光貞は、これらは同一の部が広く全国各地に分散設置されているから、所在地の地名を付したものとみることができないことをおもな理由として津田説を否定し、すべて名代・子代の実例とみて差支えないとしたが、生活の資に充てた皇室私有民とする点は津田説をそのまま継承した。そして名代の中で単に某部とあるものをA型、雄略朝ころから後の某舎人部・某膳部・某靫負部などとあるものをB型とし、B型が子代とも呼ばれたとした。さらに平野邦雄は、このB型を地方の国造の子弟が宮廷奉仕の舎人・膳夫・靫負となって中央に出仕するための資として置かれた農民部としながらも、大体は井上説を承けて、A型を名代・子代制発展の第一期、B型を第二期とし、敏達六年二月条の私部や推古十五年二月条の壬生部をこれらと同類のものとみて第三期とした。

しかし、B型は井上説にもかかわらず子代と呼ばれた確証がなく、その性質はA型とほとんど相違がない。またA型・B型はともに伴造制の管理機構の下におかれた品部の一種で、朝廷所属民とみざるをえないのに対して、子代の民は大化二年正月朔条の改新の詔や同年三月二十日条からみて、明らかに本来は皇室私有民である。そこで関晃は、これまで名代・子代の実例とされてきたA型・B型および私部・壬生部の類はみな御名代のトモ(舎人・膳夫・靫負)の出仕の資として置かれた農民部で、すべて御名代の部と呼ぶべきであり、御名代のトモと部は、宮廷の要員を充実すると同時に、地方勢力の服属関係を強化するために置かれたものであるが、それに名号・宮号を付したのは、やはり名を後代に残すためとした。そして子代の民はこれとは全く別種のもので、おそらく六世紀以降に天皇・皇族の生活の資にあてられた徭役経営の屯倉の民であろうと推定したが、子代の実体を示す史料がほとんどないので、この点についてはやや問題が残る。

五 **河伯**(三九四頁注三)　この話や六十七年の笠臣の大虬退治の話が、河童が瓢箪や夕顔を忌むという今日の俗信と関連したものであることは、すでに柳田国男が指摘している。蛇聟入り型や河童聟入り型の昔話は、我が国に広く分布している。それによれば、老父が蛇または河童に娘を与えることを約束してしまう。娘(多くは末娘)が、蛇または河童に嫁ぐとき、瓢箪をもって行く。そして蛇または河童に、もしこの瓢箪を川中に沈めることが出来るなら、あなたの嫁になるという。蛇または河童は瓢箪を水中に沈めようと努力するが、すぐ浮き上ってしまい、疲れ果てて娘に降参してしまう。この現在の昔話において、嫁に行くことになっているのは、仁徳紀に記されたような人身供犠の痕跡であろう。

六 **舎人**(三九六頁注一四)　舎人・舎人部は井上光貞によれば、東国を中心に国造(くにのみやつこ)またはその一族から大和朝廷に貢進され、名代・子代として天皇・皇族に隷属し、近習・護衛の任に当ったもので、その統率者は靫負部とは異って身分の低い造(みやつこ)の姓をもつ伴造であり、かつ官司制的要素をもつ新しい形の部であり、六世紀後半から設置され、その組織は令制の兵衛に継承されたという。平野邦雄や直木孝次郎は、その説をだいたい継承しながら舎人と舎人部とは区別しなければならぬとし、朝廷に貢進され近習・護衛の任に当たるのは国造またはその一族出身の舎人であり、それを統率したのが有力な国造またはその一族である舎人直であったという。一方、舎人部は舎人の管掌下に、その従卒・廝丁となったか、または課役を負担した部民とする。確かに在地において舎人直—舎人—舎人部という階層関係の存在がうかがわれ、舎人と舎人部とは区別すべきであろう。

なお平野邦雄は、大化前代の舎人(兵衛・帳内・宦者などとも書き現わされる)が官制としての舎人・兵衛などに定着するのが天武朝であり、その際、畿外国造出身者が兵衛に、畿内諸氏出身者が舎人に組織され、前者は武官、後者は文官で、前者には東国の国造及びその一族出身者が中心をなしたと説いた。これに対して井上薫は、畿内からも兵衛が貢進されており、また畿外出身の舎人の例もあるから、平野が畿外国造出身者が武官の兵衛に、畿内諸氏出身者が文官の舎人に組織されたというのは再検討すべきであるとする。

令制の舎人には、五衛府の兵衛・衛士の他に、内舎人・左右大舎人・東宮舎人(坊舎人)・中宮舎人(後の中宮省舎人)があり、また令外の舎人には、授刀舎人(後の授刀衛舎人・近衛舎人・左近衛舎人)・中衛舎人(後の右近衛舎人)・皇后宮職舎人(後の紫微中台舎人・坤宮官舎人)・雑工舎人・騎舎人・東大寺舎人・寺家舎人・造寺司舎人・政所舎人・供養所舎人・徴米舎人・領舎人・優婆塞舎人・御曹司令守舎人・上殿舎人などがある。大舎人が、大化前代の舎人に系譜をひく兵衛と共に武官的舎人であるとする説に対し、井上薫は、大舎人が武官的舎人として活動した例はなく、皇太子・中宮・皇后に近侍して宿直・遣使に当った東宮舎人(坊舎人)・中宮舎人(宮舎人)・皇后宮職舎人(職舎人)も、天皇に近侍して宿直・遣使にたずさわる大舎人と同じく文官的舎人と考えなければならぬとし、そうすると令制以前に天皇と皇子が有していた舎人が文武両面で活動していたのに、令制では天皇が文官的舎人を従える他に、武官的な兵衛などの舎人を動かし得たのに比して、皇太子が文官的な東宮舎人(坊舎人)のみを従えるにすぎなくなったのは、一つの注目すべき変化であろうという。

令制の舎人制度の史的意義について、井上薫は、㈠舎人をあらゆる階級から貢進させ、貢進地域も全国化していること、すなわち五位以上の人からその子孫を内舎人・左右大舎人・東宮舎人・中宮舎人に、内六位以下八位以上の人からその嫡子或は庶子を左右大舎人・兵衛に、郡司からその子弟を兵衛に貢進させ、一般農民を衛士に徴集し、貢進地域を全国化し、天皇の支配が全階級と全国に浸透するよう仕組まれていることで、令制以前に天皇と皇太子・皇子が舎人をもち、その舎人は国造と地方有力豪族から貢進され、舎人貢進者の階級や地域が全部におよんでいなかったのに比して、令制の方は非常に整備されていること、㈡舎人になることは、律令官人として出身仕官する者が通る一つの重要なコースであり、大舎人寮・春宮坊・中宮職・皇后宮職・兵衛府などは本務の他に下級官人の養成機関の役割をはたし、他の官司に対する官人補給源をなしていたことの二点を指摘している。

12　巻第十二　履中天皇・反正天皇

一　**江田船山古墳出土大刀の銘**(四一八頁注二)　熊本県玉名郡菊水町江田の船山古墳から明治六年に多数の刀剣類・銅鏡・玉類・金環・耳飾・金銅冠帽類・飾履・帯金具・甲冑類・馬具類・須恵器などと共に発見された鉄製大刀(国有で東京国立博物館保管)は、身(その長さ八五・三センチ)はよくのこるが、茎(なかご)は大部分欠損している。身の側面に一匹の走馬の銀象嵌などがあり、背には次の銀象嵌銘一行がある。

治天下獲□□□鹵大王世、奉事(?)典曹人名无利(?)弖、八月中、用大錡釜并四尺廷刀、八十練六(?)十捃(?)三寸上好扌□刀、服此刀者、長寿子孫注々得三(?)恩也、不失其所統、作刀者名伊太□、書者張安也。

四字めの獲は蝮の異体であろう。史記巻一二二酷吏列伝の索隠に「蝮音復、蛇属」とあり、旧唐書巻五乾封元年八月条や巻一八三武承嗣伝に武氏を蝮氏に改姓したとあり、悪い意味に使われる。日本では仁徳記の「蝮之水歯別命」(反正記は水歯別命の宮の所在を多治比とする)や「為二水歯別命之御名代一定二蝮部一」、神護景雲三年三月礪波郡司買売券文の「蝮部公」、延喜民部式の「凡勘籍之徒、或転二蝮部姓一注二丹比部一」など蝮をタヂヒと読んでいる。五字めは宮であろう。大王は後世の天皇に当ると思われ、その名に歯字がつくのは記紀によると水歯別命(書紀では瑞歯別天皇)だけである。従って最初の十一字は「治天下獲宮弥都歯大王世」(または弥図歯)と復原せられよう。そうすると銘文の大意は「(河内の)タヂヒの宮で天下を治められるミヅハ大王(反正天皇)の御世に、担当の役人の无利氏が、よい時期八月に、大釜や四尺の廷刀を用いて、よく鍛錬した立派な大刀を造った。この刀を佩く人は長寿で子孫が繁栄し、その統ぶるところを失わないだろう。刀の作者は伊太□、銘文の筆者は張安である」というのであろう。ミヅハ大王は宋書の倭国王珍(梁書は弥に作る)に当るようで、珍の使者は元嘉十五年(四三八)に宋に行っているから、その治世はその前後数年を出ないであろう。それがこの大刀銘の推定年時である。

二　**去来**(四一八頁注五)　去来は、さあと、さそい促がす語。去にはあまり強い意味はなく、来が相手を促がす意味を持つ。陶潜の帰去来辞「帰去来兮、田園将レ蕪、胡不レ帰」が有名。去来の語、四世紀頃の中国の仏教文学に例が多い。陶潜はそれを取入れて使ったものか。去来の和訓、イザは、人を促がす語。万葉集にも使われ、名義抄に去来イザとある。

三　**墨刑と黥面の慣習**(四二四頁注一六)　阿曇連の死罪を免じ、墨(ひたひきざむつみ)に科したというこの履中元年四月条の記事や、鳥官の禽をその飼犬が嚙み殺したことの罪として、菟田の人の面を黥(さき)んで鳥養部としたという雄略十一年十月条の記事は、いずれも阿曇部や鳥養部が行なっていた入れ墨の慣習を、中国風の思想から説いた起源説話であろう。入れ墨の例としては、このほか、履中五年九月条に河内の飼部の黥(めさき・のきず)のことがみえ、安康記に山代の猪甘の「面黥(さま)ける老人」がみえる。これらはいずれも、動物の狩猟・飼育などの特殊な職業に従事する集団に属する人々である。日本の場合、眼のふちに入れ墨をしたことは、この履中紀の記事のほか、神武記の歌謡「あめつつ千鳥ましととなど黥(さ)ける利目(とめ)」「媛女に直に遇はむと我が黥ける利目」からもわかる。目尻に入れ墨を施す習俗は、古代低層文化民族に多くみられるもので、今日の自然民族の間でも、パンジャブの土民、シエラ・レオネのティンメ族、テッサリアの奴隷、台湾の高砂族などで行なわれているという。それが天皇を中心とする畿内の日本人には異様な習俗と見えた点が重要である。なお、魏志、東夷伝、倭人の条には「男子無二大小一、皆黥面文身」とある。

四　**葦田宿禰**(四二四頁注二一)　記に葛城之曾都毗古(葛城襲津彦。→補注9－二五)の子。顕宗即位前紀に蟻臣の父。葦田は大和国葛下郡の地名。今、奈良県北葛城郡王寺町。なお集解は、葦田を葉田の誤りとし、羽田矢代宿禰(→補注10－一二)のこととするが、記にも葦田とあるから、これは異種の所伝と解すべきである。

五　**磐坂市辺押羽皇子**(四二四頁注二四)　雄略・清寧・顕宗紀に市辺押磐皇子、顕宗紀に磐坂皇子、記には市辺之忍歯王・市辺忍歯別王・市辺之押歯王・市辺王とある。顕宗・仁賢天皇の父。顕宗即位前紀の分注にひく譜第には、蟻臣の女荑媛を娶って、居夏姫・億計王(仁賢)・弘計王(顕宗)・飯豊女王・橘王の三男二女を生んだとある。履中天皇の長子で、允恭天皇没後の有力な皇位継承の候補者だったらしい。顕宗即位前紀に「於市辺宮治二天下一天万国万押磐尊」とあり、播磨風土記に「市辺天皇命」とあることから、安康天皇の没後しばらく皇位をふんだとみる説もある。ただし、日本武尊を常陸風土記に倭武天皇といい、草壁皇子に天平宝字二年尊号を追崇して岡宮御宇天皇(続紀)といったなどの例では、日本武尊はその子の成務が天皇となり、草壁皇子は皇太子として万機を摂行した上、その子文武・元正が皇位をついでいる。市辺押磐皇子も雄略前紀に皇位継承の有力候補者だったとする上に、その子顕宗・仁賢がともに皇位をついだ事実があるので、これらの理由によって天皇とされたのであるとみることもできる。

安康三年十月、大泊瀬皇子(雄略天皇)により射殺(雄略即位前紀)、遺体は近江の蚊屋野に埋められた(顕宗元年二月条)。市辺は大和国山辺郡の地名。延喜神名式に石上市神社がみえる。今、奈良県天理市布留付近。押羽は顕宗記に「御歯者如二三枝一押歯坐也」とあるように、歯が重なりあって生えていたことからの名とされる。

御馬皇子(四二四頁注二五)　記には御馬王。安康三年十月、大泊瀬皇子(雄略天皇)に捕われて殺害された(雄略即位前紀)。

中磯皇女(四二四頁注二九)　中蒂姫・中蒂姫命とも書き、雄略即位前紀には「中蒂姫皇女、更名長田大娘皇女也」とある。仁徳天皇の皇子大草香皇子の妻となって眉輪王を生み、皇子が安康天皇に殺害されて後、安康天皇の皇后となったと伝える(安康元年二月条・同二年正月条・雄略即位前紀)。

六　**蘇我満智宿禰**(四二五頁注三四)　公卿補任、蘇我稲目の項、および尊卑分脈に韓子(→四八〇頁注八)の父とするが確証はない。古語拾遺には雄略天皇のとき三蔵を検校する役についたとある。蘇我臣は武内宿禰の子石川宿禰をその祖と伝える。→補注10－一二。

七　**物部伊莒弗大連**(四二五頁注三五)　姓氏録には伊己布都大連・伊己布都乃連公。旧事紀、天孫本紀に、饒速日尊十世の孫で、五十琴宿禰(いごとのすくね)の子とし、「稚桜(履中)・柴垣(反正)二宮御宇天皇御世、為二大連一奉レ斎二神宮一。倭国造祖比香賀君女玉彦媛為レ妻生二二児一。娣岡陋媛為レ妾生二二児一」とある。母は物部多遅麻大連の女香児媛、子に真椋・布都久留・目・鍛冶師・竺志があったと伝える。姓氏録では、依羅連(右京神別)・巫部連(山城神別)・高橋連(河内神別)をその後とする。物部連→二一〇頁注八。

八　**円大使主**(四二五頁注三六)　安康記には都夫良意富美、雄略元年三月是月条には葛城円大臣。公卿補任には武内宿禰(→補注7－三)の曾孫、葛城襲津彦(→補注9－二五)の孫、玉田宿禰(→四三八頁注一二)の子とある。安康三年八月、眉輪王・坂合黒彦皇子を自宅にかくまい、大泊瀬皇子(雄略天皇)によって焼殺される(雄略即位前紀)。その女韓媛は雄略天皇の妃(→雄略元年三月是月条)。葛城臣→補注9－二五。

九　**両枝船**(四二五頁注四〇)　履中紀の記事のほか、垂仁記にも「在レ於二尾張之相津二一俣榲作二一俣小舟一而、持上来以浮二倭之市師池・軽池一、率二遊其御子二」と類似の伝承がみえ、また仁徳六十二年五月条にも、遠江国の大樹「本壱以末両」なるものを船につくり、難波の津に将来させ、御船にあてたとある。東南アジアから太平洋の島にひろがっているような、二艘をつなぎあわせた丸木船か。なお、神楽歌、湯立歌の「(本)大君の弓木とる山の若桜おけおけ」「(末)若桜とりに我ゆく舟楫棹人貸せおけおけ」は、この両枝船と若桜との伝承を背景にもつものと考えられる。

一〇 **諸国国史設置の記事**(四二六頁注九) 書紀の「始之於諸国置国史。記言事達四方志」の文は、杜預の春秋左氏伝序の「周礼有史官。掌邦国四方之事、達四方之志。諸侯亦各有国史」、史記正義、周本紀の「諸国皆有史。以記事」、漢書、芸文志の「左史記言、右史記事」の文などによったもの。「国史」は諸国に置かれた記録をあつかう官、すなわち書記官の意。ふつうこの記事は、五世紀において政治上に記録の法が利用されはじめたことを示すものとされるが、津田左右吉は、「国」という地方行政区画が画一的に定められた、大化改新以後に考えられたもので、書紀が履中紀にこの記事をあてはめたのは、応神朝に文字の伝来を記したことによるとする。なおこの記事をもって風土記の如きものを上進せしめたものと解する説が、平田篤胤の古史徴解題記、標註・通釈などにみえるが、史官の職掌を説明した「達四方志」という中国典籍によった文字に拘泥したもので、正しい解釈とはいえない。

一一 **剣刀太子王**(四二七頁注二二) ツルギタチは釈紀所引私記に「宝号也」とある。太子に係ける枕詞的な句。ここに太子とあることについて、通証・集解・標註はいずれも皇太子瑞歯別皇子のこととし、この翌年履中天皇が没して皇子が即位することの前兆と解する。これに対し、通釈は、釈紀にひく天書に「癸卯、有声曰。太子皇妃等薨。帝不求」とあることから、天皇の皇子で太子に立てられた名の伝わらぬ者があり、それが没したのかと推測する。太子とあることを天皇の死の前兆と解することには無理があり、通釈の推測も、後文に皇妃のことしかみえていないので疑問である。むしろこれは天皇に対する呼びかけで、太子とあるのは、本来皇太子時代に関する伝承であった故かと思われる。

一二 **大宅臣祖木事**(四三〇頁注一四) 木事は、記には「丸邇之許碁登臣(わにのことどのおみ)」とある。大宅臣は奈良盆地東北部に本拠をもつ有力豪族である和珥(わに)氏の同族。孝昭記に天押帯日子命をその祖と伝え、姓氏録、河内皇別に、大春日と同祖、天足彦国押人命の後とある。天武十三年十一月朝臣姓を賜わる。その本拠は和名抄の大和国添上郡大宅郷(今、奈良市南部)であろう。なお姓氏録、大和皇別、布留宿禰の項に、天足彦国押人命七世孫米餅搗大使主命の男木事命とあるのは、この木事をさすのであろう。和珥臣→二二六頁注一四。

一三 **反正天皇の崩年**(四三一頁注二六) 反正紀の「五年春正月甲申朔丙午、天皇崩于正寝」の記事、諸本の多くは五を六に作る。允恭即位前紀に「五年春正月、瑞歯別天皇崩」とあるが、ここでも五を六に作る本がある。正月甲申朔丙午という月日の干支は、六年ではあわず、五年としてあう。反正天皇五年は庚戌、允恭天皇元年は壬子で、その間一年の空位があることになるが、允恭天皇の即位のおくれた事情は允恭紀に詳しいから、書紀は最初から反正天皇の崩年を五年とする立場をとっていたものと思われる。崩年を六年とする本は、一年の空位を疑ってのちに改めたものであろう。

13　巻第十三　允恭天皇・安康天皇

一　**首**（四三六頁注一七）　姓(かばね)の首は臣(おみ)・連(むらじ)などよりも低い地位にあった氏に与えられたもので、次の三つの類型に分けられる。㈠某部十首—部民制の初期の伴造(とものみやつこ)に与えられたもので、海部首・山部首・忌部首などがその例である。忌部首のように中央の伴造として地方の部民の統率者である例もあるが、一般的には地方に居住して所在の部民を統轄支配していた。㈡職掌名十首—特に帰化系の氏に与えられ、西文首・馬飼首・韓鍛冶首などがその例である。㈠の首姓者と同じように部民との間の私的隷属関係も考えられるが、それよりもむしろ大和朝廷における官僚的な職掌上の地位によってその姓を与えられていたと見られる。㈢地名十首—屯倉(みやけ)の管掌者に与えられ、大戸首・新家首・大鹿首などがその例である。屯倉の管掌者の氏姓となったのは六世紀以後であるらしい。吉田晶は出雲国大税賑給歴名帳に見える首姓の存在形態を手がかりにして、出雲地方の諸村落の発展について政治的環境を主として考察をすすめ、出雲における某部十首の氏姓は出雲郡にのみ見られ、少なくとも五世紀以前に大和朝廷の部民制的支配に組みこまれた段階で、すでにその地域の族長支配に臣—首—部のヒエラルヒーが発生していたことを反映して生じたものであることを明らかにしている。

二　**「あしひきの」の歌**（四四八頁注一）　アシヒキノは山にかかる枕詞。アシヒのキはキ乙類kïの音。当時、ヒコヅラフ(引っぱる)という動詞があり、そのコはコ乙類köの音。従ってアシヒキのヒキは、ヒコの転でFikö→Fikïという語形変化を経たものである蓋然性がある。ヒコヅラフのヒコは、今日のビッコ(跛)の古形で、ビッコとは足がつれる状態をいう。従ってアシヒキのヤマという場合のアシヒキは、疲れで、足がつれるさま、足をひきずりながら登る山の意と考えられる。ヤマダカミのミは、原因理由を示す助詞。シタビは地中に埋めて水を通す樋。当時は大木をえぐって、かなり大きい樋を使っていたらしい。ワシセ—ワスは馳スに同じ。走らせる意。シタナキのシタは蔭になって見えない所の意。心の中。カタナキのカタは、片方・片足など、二つ一組のものの一方。フレは、おそらく命令形であろう。上にコソという係助詞があるが、下が已然形であるとは考えにくい。もともと、コソと已然形の係り結びは、コソが已然形を必然的に要求するものでなく、已然形で条件句を示す語法があるときに、コソを投入する語法が発達したものである。この場合、フレを已然形と見ては意味がよく摑めない。よって、ここのフレは命令形であって、その上にコソが投入されているものとみるべきもののように思われる。

三　**「大君を島に放り」の歌**（四四八頁注五）　オホキミという語は、天皇または皇太子を指すのが普通。従って、ここで軽大娘皇女を伊予に流す際に皇女を指すのは通例にない用法。この歌は允恭記では、允恭天皇崩後、太子が皇位継承の争いにやぶれ、伊予湯に流された時のものとする。これなら大君は軽太子をさすことになる。記の方が本来の形で、書紀は話の筋を書きかえながら歌の方は改めなかったのであろう。フナアマリは、舟に乗る人数が多すぎて、乗り残される意であるが、別の見解に、舟が岸に着く時に、力が余って、岸に当ってすこし戻ることで、「帰る」の序詞であるともいう。タタミユメについては、人が旅に出た後は、畳の上を掃かず、髪を櫛けずらずに潔斎して待つのが当時の風習であった。畳を掃き、髪に櫛を入れることとは、旅に出た人と、家人との間の、状態の変化を意味するので、即ち、旅人に何かの異変をもたらすと信じられたのである。万葉三六八六に、それを歌った歌がある。コトヲコソ…トイハメという形式は、それまでの叙述が一つの比喩で、本心はこれから述べる所にあるのだと明示する慣用句。言葉では…というが、実は、の意。

旅行や狩、戦争に男が出たあと、留守家族が行動をつつしみ、謹慎状態で生活することはフレイザーが示したように世界的な習俗である。東部インドネシアのケイ諸島では、遠くの港に向けて船が出航すると、特にその任務のために選ばれた三、四人の娘たちが乗組員と共感的な関係を保ち、定められた部屋に閉じこもり、船が海上にあると思われる間、身動きも許されない。そうしないと船は縦横にゆれ動くようになるからである。

四　**「天飛む軽嬢子」の歌**（四四八頁注六）　アマダムはアマトブの音転。ヒトシリヌベミのヌは、完了の助動詞の終止形。ベは、推量の助動詞ベシの語幹。ミは、原因・理由を示す助詞。きっと人が知るだろうからの意。ハサノヤマ→四二七頁注二四。ハトは、山鳩は低い暗い声で鳴くので、忍び泣きの声にたとえる。此の歌は記にもあるが、允恭記では太子が皇位継承の争いの後、捕われた時の歌としてあげている。書紀によれば皇女が流される時の太子の別離の情をうたったことになり、記によれば太子が捕われた時の別離の歌となる。これは歌が別にあって、それが物語の中に適宜にはさみこまれたものだからである。

14　巻第十四　雄略天皇

一　**古の俗**（四五六頁注一八）　奈良時代には、イモという語は、結婚の相手となる女性の意と、兄弟が姉妹をいう意との二つの意味がある。その由来について考えると、未開社会には、姉妹が共に兄弟の結婚の相手になる場合がある。従って、もし日本にもそのような状態があったと仮定するならば、そして兄弟が姉妹をイモと呼んでいたとするならば、やがて同母の兄弟と姉妹との結婚が禁止されるに至った時代でも、実際の姉妹をイモというと共に、別の、結婚の相手の女性をもイモという場合が考えられる。奈良時代の場合は丁度それにあたると考えることができる。その際妹という漢字が妻をも示すことになるが、本来、妹という漢字には妻という意味は無いので、漢字漢文だけで考えた場合にはおかしいことになる。そこで「古の俗か」という注を加えたものと思われる。

二　**孟冬作陰、寒風粛殺**（四六〇頁注二）　この部分、文選、西京賦の「孟冬作㆑陰、寒風粛殺」による。孟は説文に長也、広雅、釈詁に始也とある。よって孟冬は冬のはじめ、十月。作陰は陰の気を生ずること。古訓スズシは意訳。粛殺は厳しい気候をいう。名義抄に、粛イツクシ・ツツシム・トトノホル・シヅカニとあるが、カスカニの訓は無く、蕭にカスカナリ、蕭条・蕭瑟・蕭索にカスカニシテの訓がある。説文、通訓定声に「蕭、叚借為㆑粛」とあり、蕭と粛と通じるので、粛殺にカスカの訓を与えたのであろう。カスカは、物の今まさに消滅せんとするさま。よって、物さびしいさまをいう。諸本の「然」は「殺」の異体字「煞」からの誤写。

三　**朝倉宮**（四六〇頁注一六）　帝王編年記に「泊瀬朝倉宮〈大和国城上郡磐坂谷也〉」、大和志に「在㆓黒埼・岩坂㆒村之間㆒」とあり、黒崎・岩坂は今、桜井市の大字。泊瀬→四五六頁注一。朝倉は、姓氏録、山城諸蕃、秦忌寸の条に「秦公酒、大泊瀬稚武天皇〈謚雄略〉御世…役㆓諸秦氏㆒構㆓八丈大蔵於宮側㆒、納㆓其貢物㆒。故名㆓其地㆒曰㆓朝倉宮㆒」との地名説話があるが、倉は座で、朝座（あさくら）とは聚落の東方にある山の意か。↓㊦三五〇頁注九。

四　**大臣・大連**（四六〇頁注一八・二一）　五世紀末から七世紀前半までの大和朝廷における最高執政官の称号で、大臣には臣姓の平群・許勢・蘇我など武内宿禰後裔氏族がなり、大連には連姓の大伴・物部両氏が任じられ、世襲制であったらしい。いわゆる氏姓制が大和国家の身分秩序体制として整備されてくるのは五世紀中葉以降と考えられるが、その際、天皇はカバネの王（公・君）のうちでも、とくに政治の中心となるものとして大王と称するようになったと考えられ、竹内理三は、大臣・大連の称号は、その大王の号の成立と相応ずるものがあろう、という。但し、臣・連姓の成立時期と、それら氏族の祖先伝承から考えると、大臣・大連の称号は五世紀の半ば以降私的な称号の段階があったかもしれないが、最高執政官としての大臣・大連制の成立時期は大王の号の成立よりもやや降るとみるべきであろう。大臣になった平群・許勢などの氏族は、大和の地名を氏の名としており、もとは天皇家とならんで大和地方に勢力をもつ土着の豪族であったのに対し、大連の大伴・物部の二氏は、朝廷で軍事的指揮者としての職掌を担当した伴造の家柄であって、大臣・大連の両者の対立関係は権力争い以外に、臣姓氏族と連姓氏族の性格の相違によったものと考えられる。また大臣・大連制成立当初に、大伴・物部の二氏が大連となって大和朝廷の最高執政官の役割を果たしたのは、この期における対内的・対外的な政治情勢と関連しているのであろう。

五　**物部連目**（四六〇頁注二〇）　旧事紀、天孫本紀は伊莒弗（↓補注12-七）の子とし、続紀、養老元年三月癸卯条は左大臣石上麻呂を「泊瀬朝倉朝廷大連物部目之後」とする。下文、元年三月是月条に天皇を諫め、十三年三月条に歯田根命の訊問に当り、十八年八月条に伊勢朝日郎を討伐して、それぞれ賞せられたことがみえる。なお旧事紀、天孫本紀には「磐余甕栗宮御宇天皇（清寧）御世、為㆓大連㆒、奉㆑斎㆓神宮㆒」とあるが清寧紀には見えない。

六　**宍人部**（四六四頁注一三）　律令制の品部・雑戸には宍人部の遺制と認められるものなく、大和朝廷時代の職務・編成は神代紀第九段（一三六頁一六行）と本紀の他には不明。この話には宍人部の管理者として膳臣があるが、別に他に宍人臣・宍人造・宍人直などがある。宍人臣は姓氏録、左京皇別によれば膳臣と同じく孝元皇子大彦命の系譜を引く。大彦命は崇神十年条に北陸へ派遣されたとあり、正倉院文書では越前・山背に宍人臣・宍人が分布。また大彦命の裔、磐鹿六雁は景行五十三年条及び高橋氏文に、景行天皇に従って東海に行き、膾を調理して膳大伴部を賜わったとあり、崇峻二年条の宍人臣雁も東海道に派遣され、正倉院文書・武蔵国分寺出土瓦銘では武蔵に宍人直・宍人部が分布。なお天武二年二月条に宍人臣の㰝媛娘が天武皇子を生んでいることや、同十年四月条に宍人造が倭直らと共に連姓を賜わったとあることなども、本紀における宍人部・倭直らの登場を考える際の参考となろう。

七　**身狭村主青・檜隈民使博徳**（四六五頁注二六・二七）　身狭は大和国高市郡の地名。身狭村主は姓氏録、左京諸蕃に「牟佐村主、呉孫権男高之後也」とあ

り、坂上系図の引く姓氏録逸文に、牟佐村主は高市郡に住む他の多くの村主と共に阿知使主が本郷から率いてきた民の子孫とある。スクリは姓。古代朝鮮語で村長の意という説が有力。檜隈も大和国高市郡の郷名。牟佐村主をも含む漢氏の本居。民使は姓としては諸書に見えないが、首という姓を持つ氏としては姓氏録、山城諸蕃に「民使首、高向村主同祖、宝徳公之後也」とあり、坂上系図の引く姓氏録逸文も、阿知使主の子孫七姓の第一として「段、是高向村主・高向史・高向調使・評首・民使主首等祖也」を挙げる。民使首は続紀の宝亀元年三月条に民使毗登曰理、民使は正倉院文書に経師として民使石山、隠岐国史生として民使古麻呂、民部省の官人として民使豊久ら同族が知られる。博徳の姓は省略されているのでなく、持たないのであろう。なお青・博徳共に日本風の名でなく、大陸へ使している ことを思うと、帰化後まもない世代であり、四六駢驪体の倭王武の上表文の筆者との関係も考えられている。

八 **虹と蛇と剣**(四六六頁注一三)　虹をナギ・ノーギなどといい、蛇をまた、ナガ、ナギともいう方言(沖縄及び東北地方)がある。虹・蛇をともにナブサともいう。つまり、虹と蛇とは同じものと観られていたことがある。一方、蛇と剣との因縁は、八岐大蛇と天叢雲剣との関係でも知られるように、極めて深い。そこで、虹の立った所を掘って、剣を得たという説話があったのであろうが、その剣が、鏡に代えられたものとも思われる。

九 **是神なり**(四六六頁注一八)　神は姿を示すものではないと考えられていたので、面貌容儀が自分に相似たものが行く場合、神とは思われず、人であると認めるのが普通である。だから、この同じ話を伝えた古事記では、この問答のあとで、相手が葛城一言主の大神であると知って「恐し、わが大神宇都志意美(現実の人間)にましまさむとは覚らざりき」と天皇が答えている。これが自然であるが、そこを、書紀は、相手が神であるとは知っていたが問いかけたという形に文飾している。

一〇 **少子部連蜾蠃**(四七二頁注五・六)　蜾蠃は万葉一七三八に「腰細の須軽娘子」とあり、腰の細いジガバチの類の称。捕えた虫を地中の巣にくわえこんで子を養う習性が目立つため、「巣借る」と呼んだものか。少子部(小子部)は明らかでないが、恐らく子部(児部)と同様に天皇の側近に奉仕する童子・女孺らの資養費を担当する品部で、その管理者たる連の祖としてスガルの名を思いついたのであろう。釈紀、述義の引く私記にも「蜾蠃取二他子一為二己子一。若因レ此而為レ名歟」とある。小子部連は天武十三年十二月に宿禰と賜姓、神武記・姓氏録の、左京皇別・同和泉皇別に神八井耳命の後とし、なお同左京皇別には「大泊瀬幼武天皇御世、蜾蠃所レ遣二諸国一、収二斂蚕児一、誤聚二小児一貢之。天皇大哂、賜二姓小児部連一。日本紀合」と付記し、同じく山城諸蕃の秦忌寸の項には雄略十五年条と同類の記事を掲げた後、「天皇遣二使小子部雷一、率二大隅・阿多隼人等一、捜括鳩集、得二秦民九十二部一万八千六百七十人一」と付記する。蜾蠃が雷と改名した話は、雄略七年七月条と霊異記上巻とに見える。和州五郡神社神名帳大略注解の引く久安五年三月多神宮注進状の子部神社の条にも、栖軽関係記事がある。

一一 **陶部・鞍部・画部・錦部・訳語**(四七六頁注一二・一四・一六・一八・二〇)　陶部は大化改新後解放され、令制では大蔵省に筥陶司(はこすゑのつかさ)があるが部の遺制は残らない。酸化焔で焼成する在来の土師器に対し、須恵器は還元焔で焼成する硬質土器。古墳時代中期以後に普及するので、この伝承とは時期的にほぼ一致する。

鞍部は職員令集解の引く別記に、大蔵省に属する品部として桉作七十二戸が見え、河内志には渋川郡に鞍作村(大阪市東住吉区加美鞍作町)が見える。なお鞍作→下一四八頁注七。

画部は令制では中務省画工司に属し、画師四人、画部六十人の編成となる。居地によって氏を分ち、天武六年五月条(→下四二八頁注五)・続紀、天平十七年四月条に倭画師、姓氏録の河内諸蕃に河内画師、他に正倉院文書には山背画師・楢画師・黄文画師・簀秦画師らが見える。

錦部は令制では大蔵省織部司に属し、職員令集解の引く別記に「錦綾織百十戸。年料一人錦一匹・綾一匹令レ織。但貫錦一疋令レ織。錦機卅四枚。為二品部一、取レ調免二徭役一」とある。この錦は経糸(たていと)に色糸を使う経錦で、奈良時代以後は緯(ぬき)を絵糸とする緯錦(よこにしき)に押されて衰退したという。姓氏録、山城諸蕃に「錦部村主、錦織村主同祖、波能志之後也」、同河内諸蕃に「錦部連、三善宿禰同祖、百済国速古大王之後也」とあるのは、いずれも錦部の管理者。錦織造→下四四六頁注一九。地名としては河内国錦部郡、同若江郡錦部郷ほか各地にある。

訳語は推古十四年七月条には通事(をさ)。ヲサは朝鮮語かという。後に氏姓となって曰佐・訳とも書き、姓氏録、山城皇別に「曰佐、紀朝臣同祖、武内宿禰之後也。欽明天皇御世、率二同族四人・国民卅五人一帰化。天皇矜二其遠来一、勅二珍勲臣一、為二卅九人之訳一。時人号曰二訳氏一。男諸石臣、次麻奈臣。是近江国野洲郡曰佐、山代国相楽郡山村曰佐、大和国添上郡曰佐等祖也」などとある。

一三 **同国近隣之人**(四八四頁注二)　大伴氏の大和における本拠は盆地東南部の

磯城・十市の地方であり、紀氏のそれは盆地西南部の平群の地方であって、近隣とはいい難いが、大伴氏はまた摂津・和泉にも発展したことが万葉(六三)の「大伴の御津の浜松」、同(六六)の「大伴の高師の浜」などという地名から知られ、紀氏もまた和泉に隣する紀伊を本拠としたと推定されている。特に岸俊男「紀氏に関する一試考」は、奈良・平安初期の諸史料を調査した結果、紀伊国名草郡・那賀郡で両氏の分布が重複することを指摘した。大伴室屋や紀小弓らの居地は明らかでないとしても、小弓の墓を作ったという田身輪邑が今の淡輪に当るとすれば、それはまた両氏の勢力圏の接点に近いわけである。

なお田身輪邑の冢墓は、和泉志に「紀小弓宿禰墓、在二淡輪村東一、墓畔有二小冢七一」、また「上道大海墓、在二淡輪村南一、俗称二小陵一、紀小弓妻也」とあり、今の淡輪には垂仁皇子五十瓊敷入彦命の墓と伝える宇度墓をはじめ、西陵古墳・西小山陵古墳など、かなり大きな前方後円墳があり、それらは応神・仁徳陵と同期、またはやや後の時期と推定されている。また末永雅雄「日本上代の甲冑」によれば、西小山陵古墳から発掘された鉄地金銅装眉庇付冑には大陸・半島系の技法がうかがえるという。本紀の伝承とある程度対応する。

一三 **田辺史伯孫**(四八四頁注一五) 本文と同じ話は、姓氏録、左京皇別、上毛野朝臣条に「豊城入彦命五世孫多奇波世君之後也。大泊瀬幼武天皇〈諡雄略〉御世、努賀君男百尊、為二阿女産一向二聟家一犯レ夜而帰。於二応神天皇御陵辺一、逢二騎馬人一相共話語、換レ馬而別。明日看二所レ換馬一、是土馬也。因負二姓陵辺君一。百尊男徳尊、孫斯羅、謚皇極御世、賜二河内山下田一、以レ解二文書一、為二田辺史一。宝字称徳孝謙皇帝天平勝宝二年、改賜二姓上毛野君一。今上弘仁元年、改賜二朝臣姓一」とある。

田辺史が皇別の上毛野公と同祖と称することは、姓氏録以外にも弘仁私記序に「田辺史、上毛野公、池原朝臣、住吉朝臣等祖、思須美・和徳両人、大鷦鷯天皇御宇之時、自二百済国一化来而言、已等祖、是貴国将軍上野公竹合也者、天皇矜憐、混二彼族一訖」と見え、姓氏録の多奇波世、弘仁私記序の竹合は、仁徳五十三年条の上毛野公の祖、竹葉瀬のことである。しかし、この同祖伝承は、続紀、天平勝宝二年三月条に「賜二中衛員外少将従五位下田辺史難波等上毛野君姓一」とあるように、天平期以来の難波の武功によって公認されたものであろう。田辺史と同系らしい人々でも、続紀、神亀二年六月条に「和徳史竜麻呂等卅八人、賜二姓大県史一」とある大県史は、姓氏録、右京諸蕃に「百済国人和徳之後也」と称して百済系帰化人であることを自認し、田辺史の一族にさえ、同右京諸蕃に「田辺史、出レ自二漢王之後知摠(和徳カ)一也」と、上毛野公には改姓しないものがあった。

たしかに姓氏録、上毛野朝臣条に見える百尊・徳尊・斯羅はいずれも帰化人的な名である。また皇極朝に田辺史と賜姓されたというが、以後は白雉五年二月条の鳥、天武元年七月条の小隅、尊卑分脈、藤氏大祖伝の大隅など、いずれも日本風の名となり、外交・軍事に活躍し始め、朝廷貴族化している。

なお田辺史の本居について、姓氏録の説話に河内山下田とあるは未詳。今、大阪府柏原市国分町の字に田辺がある。

一四 **超攄絶於埃塵、駆鶩迅於滅没の訓法**(四八五頁注二六) 訓法には種々のものがある。釈紀、秘訓には、ホヌケタユルアヒタチリタエラニミエ、ハシリサイタツトイカタチホルモカニシテウセヌとある。前本・宮本の左傍訓にはコエノヒテキヌケタユルチリクモチニミエ、ハシリサイタツトキカタチ保ルモカニシテウセヌとある。右傍訓はコエノヒテヌケテタエタルコトクモノミチチリノミチニミエ、ハシル光ノ章ナルコト保流母可尓シテウセヌとある。これらの訓はここの漢字一字一字を訓んだもので、全体の意味をまとめて把握するように訓めていない。埃塵は、荘子に「野馬也塵埃也」とあって、カゲロフのことか。従ってここの原文の意味は、赤馬が、おどりあがるさまは、カゲロフのようにさっとあがっては消え、駆りまわる速さは、滅没するよりももっと速かったの意であろう。なお文選、六臣注に「絶二夫塵轍一、謂塵不レ及レ馬、輪不レ蹠レ轍滅没、皆言レ疾也」とみえる。ホルモカニシテは、恐らく、ホロボカニシテの音転で亡ぼかにしての意。今にも亡びそうであるの意。ここの傍訓に、万葉仮名の部分があるのは、この訓が、かなり古いものであることを示すものであろう。

一五 **甲斐の黒駒**(四九〇頁注八) 甲斐は良馬の産地として著名だったようである。延喜左馬式に「御牧。甲斐国〈柏前牧・真衣野牧・穂坂牧〉。武蔵国〈略〉。信濃国〈略〉。上野国〈略〉。右諸牧駒者、毎年九月十日、国司与二牧監若別当人等一〈甲斐・信濃・上野三国任二牧監一。武蔵国任二別当一〉臨レ牧撿印、共署二其帳一、簡二繋歯四歳已上可レ堪レ用者一、調良。明年八月附二牧監等一貢上」とあって、御牧のある四ヶ国の一であり、かつ本条が九月に係けられていることとの関係が注意される。本条の歌謡は、朝廷に貢上された駒を讃える趣旨だからである。

また同式には「凡年貢御馬者、甲斐国六十疋〈真衣野・柏前両牧卅疋、穂坂牧卅疋〉」ともある。遡って正倉院文書、天平十年駿河国正税帳には

「従二甲斐国一進上御馬部領使、山梨郡散事小長谷部麻佐」が「従二陸奥国一進上御馬部領使」と並んで見え、前記四ヶ国の中で甲斐のみは奈良時代初期にすでに御馬を貢していることが確実に知られる。続紀、天平三年十二月条には「甲斐国献二神馬一。黒身白髪尾」ともある。

しかし甲斐が良馬の産地となったのは、あまり古い時代とは認め難い。すなわち甲斐の三御牧はほぼ巨麻郡にあったとされているが、巨麻郡が関晃のいうように続紀、霊亀二年五月条に見える甲斐の高句麗人に関係があり、かれらの渡来が高句麗滅亡（六六八）後であるとすると、天智七年七月条の「多置レ牧而放レ馬」という記事や、この甲斐の黒駒の歌が句型から見て新らしいこととあいまって、この歌、引いては歌をめぐる説話の成立も、天智朝以後のこととなるからである。

一六 **大草香部と日下部**（四九二頁注一二・一六） 記伝は「皇后に対し玉ふならは若草香部民なるへきに、大草香部とある、大の字は誤にはあらさるか。此時に大日下王は坐々されは大草香部も共に皇后の有ち玉へるにや」という。しかし大日下部（大草香皇子の名代）と若日下部（若日下部王＝草香幡梭皇后の名代）とを区別しているのは仁徳記のみで、他の文献や地名には日下部（草香部・草壁）しか見えない。それぞれの名代として初めから区別されていたかどうかは疑問で、大や若は同じ日下部に冠せられた美称にすぎず、仁徳記の皇子・皇女の名も日下部の二通りの美称から案出されたと見ておくほうが、他の場合を想像するよりも安全である（なお隅田八幡の鏡銘「癸未年八月日十、大王」を「癸未年八月、日下大王」と読む説がある）。次の大草香部吉士も大を冠した例は他に見えず、むしろ草香部吉士大形が難波連と賜姓後、天武十年三月から帝紀及び上古諸事の記定に参加している事実が注目される。この大も或いは当時の付加か。

また日下部の地名や部民の子孫は奈良時代以後の文献によると全国的に分布するが、和泉国では和名抄に大鳥郡日部郷、遡って天平二年書写の瑜伽師地論の跋語に大鳥郡日下部郷、及び郡大領として日下部首という氏が見える。日下部首は日下部の現地における管理者らしい。草香部吉士も、その一族と思われる日下部忌寸が摂津職東成郡の郡司として正倉院文書に見え、やはり大化前代には、同地の日下部を管理していたのであろうが、皇別（和泉）・神別（未定雑姓）と称する日下部首とは別の帰化系の氏らしい。

一七 **三蔵と秦氏・漢氏**（四九三頁注二一） 三七〇頁注一一に引く姓氏録、左京諸蕃、太秦公宿禰条の続きに「大鷦鷯天皇〈諡仁徳〉御世、以二百廿七県秦氏一、分二置諸郡一、即使二養レ蚕織レ絹貢レ之。天皇詔曰、秦王所レ献糸綿絹帛、朕服用柔軟、温煖如二肌膚一、仍賜二姓波多一。次登呂志公。秦公酒、大泊瀬幼武天皇〈諡雄略〉御世、糸綿絹帛委積如レ岳。天皇嘉レ之、賜レ号曰二禹都万佐一」とあり、また同山城諸蕃、秦忌寸条の続きに「男真徳王、次普洞王〈古記云、浦東君〉、大鷦鷯天皇〈諡仁徳〉御世、賜レ姓曰二波陀一。今秦字之訓也。次雲師王、次武良王。普洞王時、秦民惣被二劫略一。今見在者、十不レ存レ一。請下遣二勅使一撿括招集上。天皇遣二使小子部雷一、率二大隅・阿多隼人等一、捜括鳩集、得二秦民九十二部一万八千六百七十人一。遂賜二於酒一。爰率二秦民一、養レ蚕織レ絹、盛レ篚詣レ闕貢進、如レ岳如レ山、積二蓄朝庭一。天皇嘉レ之、特降二寵命一、賜レ号曰二禹都万佐一。是盈積有二利益一之義。役二諸秦氏一構二八丈大蔵於宮側一、納二其貢物一。故名二其地一曰二長谷朝倉宮一。是時始置二大蔵官員一、以レ酒為二長官一。秦氏等一祖子孫、或就二居住一、或依二行事一、別為二数腹一。天平廿年在二京畿一者、咸改賜二伊美吉姓一也」とある。

また古語拾遺には「至二於長谷朝倉朝一、秦氏分散寄二隷他族一。秦酒公進仕蒙レ寵。詔聚二秦氏一賜二於酒公一。仍率二領百八十種勝部一、蚕織貢調、充二積庭中一。因賜二姓宇豆麻佐一〈言、随レ積益也。所レ貢絹綿軟二於肌膚一。故改二秦字一謂二之波陀一。仍以二秦氏所レ貢絹糸一纏二祭剣神首一。今俗猶所謂秦根源之縁也〉。自レ此而後、諸国貢調年年盈溢。更立二大蔵一、令下蘇我麻智宿禰撿二校三蔵一〈斎蔵・内蔵・大蔵〉、秦氏出二納其物一、東西文氏勘中録其簿上。是以漢氏賜レ姓為二内蔵・大蔵一、今秦・漢二氏為二内蔵・大蔵・主鑰・蔵部一之縁也」と、雄略十五年条とほぼ同文に姓氏録にも見える秦氏など諸氏の伝承を加えている。

一八 **百八十種勝**（四九四頁注一） 伴造の一族、または伴造の管理する品部の民から出て、伴造の指揮下に朝廷で一定の職務に従う人々をトモノヲといい、令制の伴部はその遺制と見られるが、これらトモノヲはその数も種類も多いので、総称して百八十部（ももあまりやそとものを）とよぶ。秦氏のばあいは帰化系であるため、この百八十部を百八十種勝と表記したのであろう。

勝の訓は、通証はタヘ（肌膚）またはマサ（禹豆麻佐の略）かといい、集解はカチを採って「蓋優勝之義。諸秦氏之中、優勝織工者」とするが、スグリ（村主）とする信友の説に従う。勝は地名などの下に添えて姓の一種ともなっている。それら氏姓としての勝は通釈も指摘しているように百済系であり、恐らく地方の小聚落の首長の意であろうから、朝鮮語のスクリを勝の字で表記したものと見られる。

一九 **ウツマサ**（四九四頁注三） 豆という万葉仮名は、字音からすると、呉音系ではdʒという頭子音、漢音系ではdzという頭子音を持つ。→補注1-一六。従って、書紀の表記としては、ウツモリマサとも、ウヅモリマサとも訓めるところである。しかし、名義抄に、堆ウツタカシの訓に、清点が打ってある。よってウツの語は清音であると認め、ウツマサとする。

二〇 **伴造**(四九四頁注六) たとえば大伴・物部・土師・秦・漢などの諸氏族が伴造であり、伴造は総括的には部の管理者と考えてよいが、本来は伴(とも)を統率して大和朝廷に奉仕したものである。伴とは、同じ部類に属する人々の集団をいい、具体的には世襲的な職業をもって朝廷に仕えた官人の団体をさし、伴に生活の資を貢納する部民とは区別される。平野邦雄が指摘しているように、部民制は官司の伴の制度を出発点とし、五世紀後半に水取(もひとり)・殿守(とのもり)・掃守(かにもり)・膳夫(かしはで)・靫負(ゆげひ)などの内廷的伴が成立し、五世紀末から六世紀はじめに帰化系技術者から編成された鉄工・鍛冶・衣縫などの伴が、それぞれ官司に上番し勤務するようになったと見られる。伴造は、それぞれ宮廷の諸職や技術的な伴を統率したが、最初に成立した内廷的伴は、技術的伴とは違って、豪族の一員であり、伴に貢納する部民を所有していた。

二一 **穴穂部**(四九六頁注二) 穴太部・孔王部とも。中央では穴穂部造、現地では穴穂部首が管理者であろうが、穴穂部造は天武十二年九月条に連と賜姓、穴穂部首は姓氏録、未定雑姓に「孔王部首、穴穂天皇之後也」とある。なお養老五年下総国葛餝郡大島郷戸籍では全郷殆んど孔王部。同国猨島郡の主帳も孔王部であったことが続紀、延暦九年十二月条に見える。五世紀後半にこれらの地方が大和朝廷の支配下に入ったのであろうという。

二二 **百済の南遷**(四九六頁注三) 高句麗長寿王の百済攻撃、百済蓋鹵王の敗死、王城南遷は、三国史記も下文の百済記も乙卯(四七五)年に係けるのに、本条が二十年丙辰(四七六)に係けたのは編者の杜撰だが、二十一年条分注に引く日本旧記のような日本側の書物が更に誤ちを犯していることから見れば、本条と翌年条及び二十三年条は百済記のような朝鮮側の記録に基づき、これに日本の権威と恩恵を示す潤色を加えたものと見るべきだとの説がある。

二三 **久麻那利**(四九六頁注一七) 集解は任那の熊川とし、通釈は百済の都の熊津とする。津田左右吉は雄略二十・二十一・二十三年の百済関係記事を、二十年条の注に引く百済記のような百済側の古記録に基づく日本側の潤色と見、本二十一年条の「以二久麻那利一賜二汶洲王一、救二興其国一」のごときは、熊津が日本の領土であった形跡の毫も見えない以上、日本の権威と恩恵とを紙の上で示そうという主旨から来ている文章であり、潤色というよりもむしろ虚構の説話と断定する。津田のような解釈は、この久麻那利および下文の注の「任那国下哆呼唎県之別邑」が熊川でなく熊津であるときに成り立つが、そのためには注の意味が明らかでなくてはならない。

ところで注にいう下哆呼唎は、継体二年十二月条の下哆唎(→下二六頁注一一)と同じとされるが、これらの哆唎の地についても二説がある。すなわち一は鮎貝房之進説で、錦江の上流、全羅北道の東北部から忠清南道の東南部にわたる地方かという。他は末松保和説で、全羅南道の西南部、栄山江の東岸一帯かという。継体二年十二月条の哆唎は、同時に百済に割譲された牟婁の比定地から考えても、末松説が穏当であろうが、雄略二十一年条のばあいは、クマナリに近い地でなくてはならないとすると、鮎貝説が忠清南道公州である熊津に隣接している(任那の熊川は慶尚南道であるから、鮎貝説とも末松説とも遙か離れている)。したがって「任那国下哆呼唎県之別邑」の意味は、任那の下哆呼唎県には属さないが、そこから別れた聚落の意となろう。しかしこのばあいの哆呼唎は継体二年条の哆唎の比定にはやや不適なのである。なお、熊成峰→補注1-一〇三。

二四 **浦島子伝説**(四九七頁注二五) 本条が丹後風土記逸文と一致し万葉の長歌と相異する点は管川と亀である。すなわち万葉は管川を墨吉(大阪の住吉か)とし、亀は道具に使っていない。また本条が万葉と一致し風土記と相異する点は、風土記が浦島子でなく島子と呼んでいることである。

ところで風土記がこの伝説を詳記するにあたって、「是旧宰伊預部馬養連所レ記無二相乖一」と断わるほど、文章家として中央で著名であった伊預部馬養は、大宝二年前後、四十五歳で没したから、撰善言司の一員に加えられた持統三年当時は三十歳前後だったわけであり、丹後国の前身丹波国の国司となって伝説を筆録したのは持統—文武の間と見るのが妥当であろう。→下補注30-一。とすれば馬養の筆録は、持統五年の墓記や和銅年間の壬申乱従軍舎人の日記と同様に、書紀編纂資料に加えられる可能性がある。ただ浦島子と島子の相異は、書紀が別の書物に拠ったと考える余地を残す。いずれにせよ本条に「語在二別巻一」と紹介しているのは、本条記事の今は失われた原資料であろう。

なお、この伝説が雄略紀に係けられたのは、丹後風土記逸文と同じく、原資料にも雄略天皇の時代としてあったからであろうが、なぜ雄略に結びついたかは二つの線から考えられる。一は風土記にもあるように、島子を日下部首の先祖と伝えたことである。日下部は水・江・浦・島、いずれの字にも結びつく水運関係の部であり、かつ雄略紀に大草香部賜姓記事がある。他の一は伝説を潤色するさいに使った神仙思想である。雄略紀には他にも一言主神伝説のような神仙思想による潤色がある。

三五 **雄略天皇の遺詔**（四九八頁注六・七・一二） 雄略二十三年七月・八月条、特に八月条の遺詔は、隋書、高祖紀の文章を点綴したものと見られる。ここに高祖紀を引用しておく。

仁寿三年秋七月丁卯、詔曰「…方今区宇一家、煙火万里。百姓乂安、四夷賓服。豈是人功、実乃天意。…是以小心励レ己、日慎二一日一」。

同四年正月乙丑、詔賞罰支度、事無二巨細一、並付二皇太子一。

同年秋七月甲辰、上以二疾甚一、臥二於仁寿宮一、与二百寮一辞訣、並握レ手歔欷。丁未、崩二於大宝殿一。時年六十四。遺詔曰「…此又是天意、欲レ寧二区夏一。…蓋為百姓故也。王公卿士、毎日闕庭、刺史以下、三時朝集。何嘗不下罄二竭心府一誡勅殷勤上。義乃君臣、情兼二父子一。庶籍二百寮智力一、万国歓レ心、欲令下率土之人永得中安楽上、不レ謂、遘疾弥留、至二於大漸一。此乃人生常分、何足二言及一。但四海百姓、衣食不レ豊、教化政刑、猶未レ尽レ善。興レ言念レ此、唯以留レ恨。朕今年踰二六十一。不二復称一レ夭。但筋力精神、一時労竭。如レ此之事、本非レ為レ身。止欲レ安二養百姓一、所以致レ此。人生子孫誰不二愛念一。既為二天下一、事須レ割レ情。勇及秀等、並懐二悖悪一、既知レ無二臣子之心一。所以廃黜。古人有レ言、知レ臣莫レ若二於君一、知レ子莫レ若二於父一。若令三勇秀得レ志、共治二国家一、必当戮辱偏二於公卿一、酷毒流二於人庶一。今悪子孫、已為二百姓一黜。好子孫、足堪レ負二荷大業一。此雖二朕家事一、理不レ容レ隠、前対二文武侍衛一、具已論述。皇太子広、地居二上嗣一、仁孝著聞。以二其行業一、堪レ成二朕志一。但令三内外羣官同レ心戮レ力、以レ此共治二天下一、朕雖二瞑目一、何所二復恨一」。

15 巻第十五 清寧天皇・顕宗天皇・仁賢天皇

一 **縮見**（五〇六頁注七） 兵庫県三木市志染町付近。和名抄に「播磨国美嚢郡志深〈之々美〉郷」。播磨風土記に「所三以号二志深一者、伊射報和気命、御二食於此井一之時、信深貝、遊二上於御飯筥縁一。爾時勅云、此貝者、於二阿波国和那散一、我所レ食之貝哉。故号二志深里一」とある。縮はシジム、ちぢむに同じ。

二 **飯豊皇女**（五〇六頁注二七） 飯豊女王（顕宗即位前紀、分注の譜第ほか）・飯豊郎女（履中記）・飯豊王（清寧記）とも書く。別に青海皇女（履中元年七月条）・青海郎女（履中記）・飯豊青皇女（顕宗即位前紀、清寧五年正月条）とも、忍海部女王（顕宗即位前紀、分注の譜第）・忍海郎女（清寧記）・忍海飯豊青尊（顕宗即位前紀、清寧五年正月条）などの名もある。世系は、履中元年七月条に履中天皇の子、母は葦田宿禰女、黒媛とし、履中・清寧記も同じである。これに反し顕宗即位前紀、分注の譜第には市辺押磐皇子の子、母は蟻臣の女、荑媛とし、同様の説は顕宗紀の他の箇所にもみえる。飯豊皇女は、顕宗即位前紀、清寧五年条に、清寧の崩後、二王が位を互に譲りあうままに、「於忍海角刺宮、臨朝秉政、自称二忍海飯豊青尊一」といい、清寧記には、清寧の崩後、治天下の王がなく日継しろしめす王を問うたところ、「忍海郎女、亦名飯豊王、坐二葛城忍海之高木角刺宮一也」とあり、次に二王を播磨に求める説話が展開する。ともに実質的には天皇、後嗣の天皇が定まるまで一時天下を治めた、いわゆる中天皇とみるような書きぶりである。なお扶桑略記は、「飯豊天皇、廿四代女帝」とし、皇胤紹運録には「飯豊天皇、忍海部女王是也」と書いて天皇とする。

三 **「築き立つる…」の室寿**（五一二頁注四） 新しい室を建築した場合に、その家の安全・長久を求めてとなえる呪言を室寿ぎの詞という。ここに記録された例はその完全なものとして貴重である。

葛根は古写本にカツネとあるが、葛はカヅラでカヅとだけ言ったか否か不明であるが、古写本のカツネのままに、カヅネと訓んでおく。ハヤシは林立する意。椽橑はタルキ。ハヘキとは延へ木の意。エツリはカヤ屋根・ワラ屋根などを葺く下地をいう。ここにいう鎮まり・林・斉り・平らか・堅（かたまり）などは、みな家長の状態を象徴した讃え詞。出雲は、ここでは出雲田の意。出雲田は播磨国飾磨郡にある。播磨風土記、飾磨郡に「大雀天皇御世、遣レ人、喚二意伎・出雲・伯耆・因幡・但馬五国造等一。是時、五国造、即、以二召使一為二水手一、而向レ京之。以レ此為レ罪、即退二於播磨国一、令レ作レ田也。此時所㆑作之田、即号㆓意伎田・出雲田・伯耆田・因幡田・但馬田㆒」とある。ここの出雲田にあたるものであろう。従って新墾という語が導かれて来るのであろう。十握稲は、長いよく実る稲。穂が十握の長さなのであろう。ウマラニヲは、おいしく、ヲは間投助詞。ヤラフは原文の注に喫とある。カワは、後世のカナにあたる。底本(兼右本)は柯俟に作るが、宮本・熱本・北本等は、柯倭。倭が正しい字面であろう。倭はワの音。間投詞にワという語が当時あった。たとえば神武紀にイザワ、イザワなどとある。このワと同じ。餌香の市→四八八頁注一二。憀亮は、底本以下諸本「摎亮」に作る。摎はマツワル意で、ここに不適。摎は憀の誤りであろう(この辺の記事の参考文献となったらしい文選の巻十八にも、憀亮とある)。憀は音レウ、音のさわやかな意。憀も亮も音や声の澄みとおるさま。ヤラは、さわやかの意の擬音語。

四 **「石の上振の神椙」の歌**(五一四頁注一) これは弘計王の名宣りの歌であるが、古事記ではその名宣りは「物部の 我が夫子の 取り佩ける 大刀の手上に 丹画き著け 其の緒は 赤幡を載(ざか)り 立てし赤幡 見れば五十隠る 山の三尾の 竹を訶岐刈り 末押し縻かす魚簀(すだ) 八絃の琴を調ふる如 天の下治め賜ひし 伊邪本和気の 天皇の御子 市辺の 押歯王の 奴末」となっている。播磨風土記では五一三頁注八に引いた「淡海は…」のそれが該当する。「石上」は石上神宮(→補注1-一〇〇)。石上振の神椙は神社の神木をいい、万葉一九二七に「石上布留の神杉神さびにしわれやさらさら恋に逢ひにける」があり、有名だったらしい。市辺宮に天下治し天万国万押磐尊→補注12-五。天万国万は称辞で天万尊・天万拷幡千幡姫(神代紀)・天万豊日天皇(孝徳紀)などの例がある。

五 **顕宗・仁賢の四宮**(五一八頁注七・八) ここの或本に、「弘計天皇之宮、有㆓二所㆒焉。一宮於㆓小郊(a)㆒、二宮於㆓池野(b)㆒」といい、仁賢元年条の或本には「億計天皇之宮、有㆓二所㆒焉。一宮於㆓川村(c)㆒、二宮於㆓縮見高野(d)㆒。其殿柱至㆑今未㆑朽」とある。また播磨風土記では、二王の話をあげた後に「自㆑此以後、更還下、造㆓宮於此土(播磨)㆒而坐之、故有㆓高野宮・少野宮・川村宮・池野宮㆒」として四つの宮をあげる。書紀と風土記とは四つの宮名をほぼ同じくすることから、或本とは風土記の伝であるとする標註の説も否定しがたい。本文の小郊は、播磨風土記の少野と同じであろうが不明。池野について井上通泰は「志染村大字窟屋(→五一〇頁注四)の一部落なり。明治の初に池野と高男寺とを合併して窟屋と称せしなり」という。高野宮は、播磨風土記、賀毛郡楢原里条に「意奚袁奚二皇子等坐㆓於美嚢郡志深里高野宮㆒」とある志深里(今、兵庫県三木市志染町→五〇六頁注七)の高野宮にあたる。ただし同書・和名抄では美嚢郡には志深里のほかに別に高野里がある。古くは縮見の領域が広く、その中に高野もふくまれていたのであろう。

六 **壱岐県主の先祖押見宿禰**(五二四頁注一五) 壱岐県主の氏姓はここと、おそらくこの条に基づく旧事紀、天神本紀の「(天)月神命、壱岐県主等祖」以外他にみえない。壱岐島の国造は壱岐直といい、応神九年四月条には壱岐直真根子(→三六六頁注一三・一四)がみえ、読紀、宝亀三年十二月条に壱岐郡人(壱岐)直玉主売を、類聚国史に天長五年正月、壱岐直戈麻呂を壱岐島造に任ずるという。旧事紀、国造本紀に「伊吉島造、磐余玉穂朝、伐㆓石井従者新羅海辺人㆒、天津水凝後、上毛布直造㆒」とあるのはそれ。壱岐県主・国造には中央に上番し、又は永住して、祭祀・亀卜を事とするものがあった。本文のはそれであり、職員令集解、神祇官条にも「伊岐国造一口、京卜部七口、廝三口」とみえ、姓氏録、右京神別に「壱伎直、天児屋命九世孫、雷大臣之後也」とある。三代実録、貞観十四年四月条にみえる壱伎島人、伊伎(本姓卜部)宿禰是雄はその卒伝に、「始祖忍見足尼命、始㆑自㆓神代㆒、供㆓亀卜事㆒、厥後子孫伝㆓習祖業㆒、備㆓於卜部㆒」とみえる。忍見足尼命は本条の押見宿禰にあたる。

七 **対島下県直**(五二五頁注二〇) 対馬の国造は対馬(津島)県直といい、旧事紀、国造本紀に「津島県直、橿原朝、高魂尊五世孫建弥已々命改為㆑直」とある。対馬は上・下二島よりなり、両島を通じて国造の一族がいたらしく、文徳実録、天安元年六月条・三代実録、同二年十二月条に上県郡擬少領(津島)直仁徳・下県郡擬大領(津島)直浦主・氏成らがみえる。対馬国造にも中央に上番し、また永住して祭祀等にあずかったものがあった。職員令集解、神祇官条に引く別記に「津島上県国造一口、京卜部八口、廝三口、下県国造一口、京卜部九口、京廝三口」などとみえ、姓氏録にも摂津国未定雑姓に「津島直、天児屋根命十四世孫、雷大臣命之後也」とある。

八 **福草部**(五二五頁注二二) 三枝部とも。サキクサが何を指すか諸説(山百合・朱草・葛草・薺莨等)あって不明。いずれにせよ「枝々相値、葉々相当」、つまり葉柄の対生せる草を指すらしい。姓氏録、左京神別・同大和神別の三枝部連の項には顕宗天皇が諸氏を饗した際、宮庭に生じた三茎の草を採って献ったので三枝部造の姓を賜わったとみえる。書紀も姓氏録もこの部を顕宗天皇の名代部とみているようである。また顕宗記に忍歯王の歯は「如㆓三枝㆒押歯坐也」とあるので、これを忍歯王の名代とする説もある。

前説は用字からする後世の説明にすぎず、後説も忍歯の文字からの説明で、忍歯が実は押磐即ち大磐のこととすれば意味をなさない。上宮記によれば、聖徳太子の子に八児をあげ、最後に「合七王也」と注記しており、数の合わない点について法空は、第五番目の三枝王は個有名詞ではなく、続く三人の王子女(三つ児)の総称であるとしたが、黛弘道も同説である。なお法空説については、家永三郎は当時の皇族の名は、氏や部の名に基づくことが多く、三枝王の名も三枝部に由来するのであろうから、三つ児説は採らないとし、かつ、七児とするのは上宮記の原文ではなかろうとみている。

九　**紀生磐宿禰の反乱**(五二五頁注二四)　この事件は、平盤的にみても、日本と百済との関係史上、また任那史上、極めて大がかりな事件として読みとられる。けれども事件の真相、乃至、書紀の記事の解釈としては、他の読みかたのあることを考慮せねばならぬ。この一節の文は、その基づくところが百済史籍にあることは、そこに見える人名・官名・地名などからして、疑いないところである。生磐宿禰の野望の内容は、結果としての百済の帯山城占領の申しひらきとして百済側の虚説・造作であったとも考えられる。もしもそうとすれば、紀生磐宿禰は、任那防衛を積極的に計画し、且つ実行したのであり、百済の南進を食いとめんとしたのである。しかしその雄図はむなしく、生磐宿禰は敗退して、百済の南進は実現するのである。

10　**帯山城の訓**(五二五頁注三一)　帯山城の古訓をシトロムレサシという。これが百済語よみであろうとは誰しも考えるところであり、すでにムレは山の朝鮮古語 moi (古形は mori か)、サシは城柵の朝鮮古語 čas の転として理解される。ただシトロに近似する言葉が帯にあたることを証明することはできなかった。鮎貝房之進は帯山を三国史記の地理志、全州の大山郡(古名、大尸山郡、今の全羅北道井邑郡泰仁)にあて、帯山をシトロムレとよむのは帯の文字から来る訓みではなく、其地の特産物の一つである礪石に基づくかとした。礪石は朝鮮古語で psus-tor, 現代語で sus-tor というからである。さすればシトロムレサシは直訳すれば礪石山城である。

校異

一、底本の文字を改訂した場合の校異のすべて及びその他の参考となるべき異文の抜粋を掲出する。
二、はじめに本文のページを示し次に改訂した原文の文字の傍のアラビヤ数字を掲げる。
三、次に改訂した結果を示し、その根拠となった古写本の略称を( )に括って掲げる。古写本の名は三本までに止める。注釈書の見解に拠って文字を改めた場合は、古い注釈書の名を一つ掲げる。著者の見解によって文字を改めた場合は(意改)とする。
四、ダーシの下に、改訂する前の底本の文字を掲げる。
五、底本に文字が欠けているときはダーシの下に「ナシ」と書く。底本に文字が欠けているが、傍に書いてあるときは「ナシ。傍書」と書く。
六、底本の文字を改訂しないが、底本の文字の傍に異文の注記がある場合は、まず底本の文字を掲げ、ダーシの下に、( )に括って、「傍書、……」と書く。例。耳—(傍書、咠ィ)これは底本に「耳」とあり、傍に、「咠ィ」とあるの意である。
七、底本の文字を改訂しないが、諸本に参考となる異文あるとき、その一部をあげた。それには、まず底本の文字を掲げ、ダーシの下に( )に括って、諸本の略号を示し、次に、異文を掲げる。例。汝—(前・宮「次」)
八、校異を掲げない異体字と通用字の一覧表は、校異の末に掲げる。
九、上巻の校訂に使用した古写本及びその略号は次の通りである。
底本—大橋寛治氏蔵卜部兼方本(巻第一・巻第二)　天理図書館蔵卜部兼右本(巻第三以下)
夏—卜部兼夏本　水—水戸本　凞—卜部兼凞本　敦—卜部兼敦本　雄—卜部兼雄本
鴨—鴨脚本　丹—丹鶴本　田—田中本　前—前田本　宮—宮内庁本　天—天理本(巻第十一のみの本)　熱—熱田本　北—北野本　神—神宮文庫本(伊勢本)(巻第三)　勢—穂久邇文庫本(伊勢本)　閣—内閣文庫本　釈紀—前田本釈日本紀

巻第一　神代上

◇校合本―卜部兼夏本・水戸本・卜部兼凞本・卜部兼敦本・卜部兼雄本・丹鶴本

頁

七七　1剖―(夏・敦・丹「割」)　2竭(淮南子・集解)―場　3聖―(傍書、靈或本)　4一―(頭書、家本一書爲注而爲易見私如此書之下同之)

七九　1雲(類史)―雪　2生―(傍書、在江本。左傍書、家本生字也)

八一　1耦―(夏・敦・水「耦」)

八五　1高(夏・敦)―ナシ(頭書、高天原家本、天原江家本)

八七　1能(夏・凞・敦)―ナシ。傍書

九三　1浹(意改)―(傍書、鋑或本。底・凞「浹」、夏・敦「食」)　2一云泉津日狭女(夏・凞・敦)―小字二行トセリ　3探(夏・凞・敦)―探

九七　1箇(阪本本)―箇　2浹(意改)―浹　3妃(夏・丹)―妣

九九　1正勝此云麻娑柯。一云麻左柯豆―(底頭書・凞頭書「家本正勝此云麻娑柯菟江家本正勝此云麻娑柯、一云麻左柯豆」、夏「正勝此云麻娑柯菟」、敦傍書「一云以下六字家本無之江家有之」)

一〇一　1地―(傍書、家本無乃字)

一〇三　1原(夏・凞・敦)―ナシ。傍書(底頭書、高天原家本、高天江家本)

一〇五　1毋(水傍書・凞・敦)―ナシ。傍書

一〇七　1是以下十字　2是以下十一字―(頭書、江帥卿本此二注在麁爲正本在注異本云々)　3子―(傍書、又如字家江)　4又―(傍書、家本無又字)

一〇九　1汝―(傍書、江本在之。左傍書、家本此汝字止猶可在歟)

一一三　1之(夏・凞・丹)―ナシ

一一五　1尋(夏・凞・敦)―ナシ。傍書　2晝夜―(底傍書・凞傍書・夏頭書「夜晝家本」)　3其―(底傍書・夏傍書・凞傍書「家本無其字」、夏傍書「其」)

一一七　1田(夏・凞・丹)―田處(底傍書「家本無處字」)　2恕(敦)―怒(底傍書、恕是歟)　3閑―(傍書、閑家本。夏・凞・敦「閑」)　4石(通証)―己

一一九　1之我(水・凞)―我之　2裝(夏・凞・水)―裝

一二一　1角―(傍書、隅)　2乎此云(丹)―此云乎

一二七　1日(夏・凞・敦)―曰(傍書、曰)　2於(夏・凞・敦)―ナシ　3硏(夏・水・凞)―研

一二九　1播生于(雄・夏・凞)―欠損セリ　2十(雄・夏・凞)―欠損セリ　3命(雄・夏・凞)―欠損セリ　4己貴(雄・夏・凞)―欠損セリ　5造之國(雄・夏・凞)―欠損セリ

一三一　1君(雄・夏・水)―欠損セリ　2養自(雄・夏・凞)―欠損セリ　3養之(雄・夏・凞)―欠損セリ

一三三　1云(夏・凞・敦)―ナシ。傍書　2日本書紀巻第一(夏・水・丹)―ナシ

巻第二　神代下

◇校合本―卜部兼夏本・水戸本・卜部兼敦本・宮内庁本・卜部兼雄本・鴨脚本・丹鶴本

一三五　1大(丹)―太(傍書、大江)　2比及(夏・丹)―及比(傍書、比及家本)　3亦名高姫亦名稚國玉(夏・敦傍書)―大字一行ニ書ケリ(傍書、已上家本注也)

一三七　1㕓―(夏・丹・底傍書家本「婁」)　2之杪(夏・丹・敦)―ナシ(傍書、之抄、家本此兩字在注上。本文割注ノ下ニ「之杪」アリ)　3之(夏・水・敦)―ナシ　4持(丹・敦)―ナシ。傍書　5宍(底傍書ィ・夏傍書・敦)―害(左傍書、肉ィ江)　6膩(意改)―職(傍書、膩)

一三九　1以籤娑褱―(頭書、又作以婆娑寓ィ本)　2 3大(夏・丹・敦・底傍書)―丈　4亦名天鴿船(夏・丹)―底大字一行(傍書、已上家本注也)　5壐―(傍書、志)　6雒―(傍書、家本雒字在注上)

一四一　1乃―(傍書、家本無乃字)

一四三　1信之(鴨)―之信　2是以下七字―(頭書、是已下始祖也已上家本疏也)　3是以下八字―(傍書、家本此注疏也)　4女子(夏・丹・敦)―子女(傍書、女子)

一四五　1恙(底傍書・水・敦)―悉　2與(夏・鴨・丹)―輿　3泥(敦)―泥

一四七　1 2彥(夏・敦)―ナシ。傍書　3尋(夏・丹・敦)―尋餘(傍書、家本無餘字)

一四九　1矛(鴨・丹・敦・底傍書ィ)―予

一五一　1檝―(傍書、香)　2鷹―(傍書、鷹)

一五三　1部(夏・鴨・丹)―ナシ。傍書

一五五　1乃(夏・鴨・丹)―及(傍書、乃)

一五七　1日(夏・鴨・丹)―ナシ。傍書　2於(夏・鴨・丹)―ナシ　3鹽(夏・鴨・丹)―監(傍書、鹽)

一五九　1慍(夏・鴨・丹)―惕　2疑之(鴨)―之疑(上下入換)　3益(夏・鴨・丹)―盇(傍書、益)　4子(底傍書・夏・鴨)―子也　5對―(傍書、報、家本此字也。丹「報」)

一六一　1膩(鴨)—膱　2根(夏・鴨・丹)—ナシ。傍書

一六三　1織經—(傍書、織絍ィ本。左傍書、經織家本)　2少(夏・鴨・丹)—ナシ。傍書　3裒—(傍書、褒)

一六五　1堞(鴨・丹)—堞(頭書、堞)

一六七　1戹(宮)—危　2自(夏・鴨・丹)—ナシ。傍書　3覘—(傍書、覘ィ本)

一六九　1結(夏・鴨・丹)—結　2俓—(底傍書、径)　3欲(鴨・丹)—欲得(傍書、家本無得字)

一七一　1映(鴨・敦)—暎(頭書、映)　2容(鴨・敦)—客(傍書、容)

一七三　1透—(傍書、透)　2俓—(傍書、径)　3云(夏・鴨・敦)—ナシ。傍書　4影(夏・鴨・丹)—景(傍書、影)　5針—(傍書、家本無針字)

一七五　1危(底傍書・夏・鴨)—危　2惱(底傍書ィ・鴨・敦・丹)—惚　3墻(鴨)—塘

一七七　1換—(傍書、援ィ本、橡或本)　2鉤—(傍書、家本無鉤字)　3釣(敦)—鉤(傍書、釣)　4鹽(夏・鴨・丹)—監(傍書、鹽)

一七九　1投—(傍書、授ィ本)　2俓—(傍書、径)

一八一　1俓—(傍書、径)　2鄧—(傍書、劉)　3馭(夏・鴨・丹)—據(傍書、馭家本此字也)　4坐—(傍書、人)　5婦(敦)—姫(傍書、婦。夏・丹「姫婦」、鴨朱傍書「婦」)　6寄—(傍書、依江。夏傍書「依也」、鴨「依」)　7播(夏・鴨)—幡　8耐(夏・鴨・丹)—ナシ。傍書　9 11鉤—(傍書、釣)　10 12膩(鴨)—膱(傍書、賦)　13翁(敦・丹)—翁者(傍書、家本無者字)　14彼(夏・鴨・丹)—ナシ。傍書

一八三　1裔(丹「褻」)—裹　2釣(鴨・敦)—鉤(傍書、釣カ)　3惱(鴨・敦・丹)—惚(傍書、惱江)

4釣(鴨・敦)—鉤

一八五　1須(鴨・丹)—須也(傍書、家本無也字)

一八七　1日本書紀巻第二(夏・水・丹)—ナシ

巻第三　神武天皇

◇校合本—熱田本・神宮文庫本・北野本・伊勢本・内閣文庫本

一八九　1激(熱・神・勢)—潡　2少(神・勢)—小　3卌(熱・神・勢)—四十　4霙(熱朱頭書)—靈　5闢(熱・神・勢)—開　6仙(熱・神・勢)—山　7所—(傍書、序)　8邈—(北・底傍書ィ「遼」)　9王(熱・神・勢)—玉　10聞—(神傍書・北傍書・底傍書「問」)　11而(熱・神・勢)—ナシ

一九一　1師(熱・北)—帥　2海—(神・勢「誨」)　3苔(熱・神・勢)—苫　4宮—(集解引古本「彌椰」)　5戊朔甲午—(熱・北傍書ィ・底傍書、戊朔甲ナシ。神・勢、甲午ナシ)　6徙(意改)—徒　7館(熱・神・勢・底傍書ィ)—宮　8師(熱・北)—帥　9也(熱・神・勢)—ナシ

一九三　1師(熱・北)—帥　2膽(熱・神・勢)—瞻　3師(熱・北)—帥　4須(熱・神・勢)—ナシ　5之(熱・神・勢)—ナシ　6麋(熱・神・勢)—盧　7紀(神・勢)—紀伊

一九五　1虋(熱・神・勢)—虋　2而(熱・神・勢)—ナシ　3下—(熱ナシ)　4大(熱・北)—太　5大(熱・北)—太　6哆—(熱・神・勢「多」)　7悉(熱・神・勢)—悉士卒悉(悉士卒、ミセケチ)　8師(熱)—帥

一九七　1大(熱・北・閣)—太　2 3臣(熱・神・勢)—巨　4有能(熱・神・勢)—能有　5臣(熱・神・勢)—巨　6鄧(熱)—登(勢「劉」)　7彌(熱・神・勢)—彌　8新—(傍書、離或乍)　9嘖(熱・神・勢)—責　10無(熱・神・勢)—無於天事無(於天事無、ミセケチ)　11師(熱・北)—帥

一九九　1末(熱・神・釈紀・底傍書或乍)—米　2辭(熱・勢・釈紀)—ナシ。傍書　3麼(熱・釈紀傍書)—麋　4麼(熱)—麋　5句(釈紀)—勾　6麼(熱)—磨　7未(神・勢・釈紀)—米(底左傍書、末ィ乍)　8句(熱・釈紀)—勾　9今(熱・神・勢)—ナシ。傍書　10此(熱・神・勢)—ナシ。傍書　11別(熱・神・勢)—乃(コノ下、傍書「及」)　12及(熱・神・勢)—ナシ。傍書　13苴(熱・神・勢)—ナシ。傍書　14子—(熱ナシ、朱下書「子也」。勢、コノ下傍書「也」)　15丘(熱・神傍書・勢)—岳　16師(神・勢・北)—師　17軍—(底傍書「師或乍」)　18處(熱・神・勢)—ナシ。傍書

二〇一　1 2 9瓮(集解)—瓫　3使(熱・北傍書ィ)—ナシ。傍書　4父(神・勢)—人　5旋(神・勢・北・底傍書或乍)—施　6歟(熱・神・勢)—焉　7賊—(底傍書「則本乍」)　8句(熱・神)—勾

二〇三　1 2 5 6 7 8瓮(集解)—瓫　3頃(熱・北傍書・底傍書)—須　4之(熱・神・勢)—ナシ　9而餘(熱・神・勢)—ナシ。傍書

二〇五　1於—(勢「於志」)　2苔(熱・神・北)—苫　3苔(熱・神・北)—苫　4比(熱・神・釈紀)—ナシ。傍書　5苔(熱・神・北)—苫　6苔(熱・神・北)—苫　7勾—(熱・勢「句」)　8苔(熱・神・勢)—苫　9苔(熱・神・勢)—苫　10々(熱・神・北)—々之　11鳥—(神・底傍書、或ナシ)　12此云(通釈)—者　13偞(熱)—傑

二〇七　1帥(神・閣)—師　2赴(熱・勢)—起　3大—(傍書、火ィ乍)　4麼(熱)—膺　5斬(熱・神・

勢)—ナシ。傍書　6帥(神・勢)—師　7來(熱・神・勢)—ナシ。傍書

二〇九　1止—(神・底傍書「上ィ乍」)　2之(熱・神・勢)—ナシ。補入　3介耆茂等珥—(熱ナシ)　4苔(熱・北・神)—苫　5苔(熱・神・北)—苫　6苔(熱・北・神)—苫　7句(熱・神・釈紀)—勾　8急(熱・神・勢)—忽　9止—(底傍書、上ィ乍)　10鞍(熱・北・神)—鞆

二一一　1長髄彦—(神・勢、ナシ)　2踖(熱・神・勢)—ナシ。傍書　3苔(熱・神・北)—苫　4師(熱・北)—帥　5韋(熱)—妻　6瓮(集解)—瓫　7帥(神・勢)—師　8萎—(神・勢「韋」)

二一三　1復(熱・神・勢)—ナシ。傍書　2屬(熱・底傍書或)—屬此　3乙(旧事紀)—已　4搏(熱)—榑

二一五　1句(熱・神・勢)—勾　2大(熱・神・勢)—ナシ

二一七　1冊(熱・神・勢)—四十　2川—(熱「河」)

巻第四　綏靖天皇・安寧天皇・懿徳天皇・孝昭天皇・孝安天皇・孝靈天皇・孝元天皇・開化天皇

◇校合本—熱田本・北野本・伊勢本・内閣文庫本

二一九　1名—(熱・勢「中」)　2 3 4 7 8 9 10 11天皇—(北ナシ)　5稻(熱・北・勢)—ナシ。傍書　6昭(北・勢)—照　12名—(熱・勢「中」、熱傍書「名」)　13名—(熱・勢「中」、底傍書「中江」)　14冊(北・熱・勢)—四十　15名—(勢「中」)　16喪(北)—哀　17久(北・熱・勢)—ナシ。傍書　18威(北・勢)—盛

二二一　1 2時也太(通証)—時也大　3名—(勢「中」傍書「名ィ」)　4名—(勢「中」)　5名—(北「中」傍書ィ无、左傍書「名」)　6挺(熱・北・勢)—ナシ。傍書　7耳(北・熱・勢)—ナシ　8太(勢)—大

二二三　1午(北)—子　2四—(勢傍書・底傍書・閣傍書「三ィ」)　3名—(勢「中」)　4名—(北「中」)　5 7名—(勢・北「中」、北傍書「名」)　6崩(熱・北・勢)—ナシ。傍書　8年(熱・北)—歳　9戊(北・熱・勢)—戌

二二五　1名—(北「中」傍書「名ィ」)　2己酉(熱・北・勢)—ナシ　3皇太子(熱・勢・閣)—ナシ。傍書(北「太子」)　4午(北・勢)—子　5昭(熱・北)—照

二二七　1朔戊午(懿徳紀)—ナシ　2午(北・勢傍書ィ)—子　3午(北)—子　4秋(熱・北・勢)—ナシ。傍書　5立日本(熱・北・勢)—ナシ。傍書　6稻(熱・北)—ナシ　7乙—(北「己」、底傍書、己或本)　8亥(北)—卯(傍書、亥或本)

二二九　1午—(勢傍書・底傍書「子ィ」)　2太(熱・北・勢)—大　3午(北・勢)—子　4朔丙寅(熱・北・勢)—ナシ。傍書

二三一　1 2絚(意改)—絙　3某(熱・北・閣)—其　4 5謎(北)—謎

二三三　1膳(北)—膽(底傍書・閣傍書「膳清本」)　2狹—(傍書、伊我臣ィ有)　3大—(熱・勢「太」)　4彥(北・熱・勢)—ナシ　5 6大(熱・北・閣)—太　7 10謎(北)—謎　8 9卒(北・熱・勢)—卒　11産(北・勢)—彥(傍書、産旧事紀)

二三五　1王—(北「王命」、勢本コノ下ニ分注「次妃吉備彥之女色媛生武豐葉田鹿別命、他本ニ在之」)　2卒(熱・北・勢)—卒(削改)　3本(熱・勢傍書ィ「上」)

巻第五　崇神天皇

◇校合本—熱田本・北野本・伊勢本・内閣文庫本

二三七　1彥(通証)—ナシ　2大(熱・北・勢)—太　3謎(旧事紀・紀略)—謎　4彥(集解)—ナシ　5某(北)—其　6名—(北「中」)　7牧(熱・北・勢)—狀

二三九　1共(北)—並　2倭(熱・北・勢)—和　3大(熱・北・勢)—太　4令(北)—ナシ　5轉(北)—博　6日(北・熱・勢)—ナシ。傍書　7域(集解)—(底「域」、北・熱「城」)　8猶(北)—ナシ

二四一　1裏(熱・北・勢)—ナシ。傍書　2朔(熱・北・勢)—ナシ。傍書　3大(北)—ナシ　4朔己卯(熱・北・勢)—ナシ　5平瓮(意改)—手所　6卜(熱・北)—下

二四三　1苔(熱・北・勢)—苫　2八枚(熱・北・勢)—ナシ。傍書　3午(北)—子

二四五　1 2苔(熱・北・勢)—苫　3先歌(北・熱・勢)—ナシ。傍書　4而(北)—ナシ　5彥(熱・北・勢)—ナシ。傍書　6師(北・熱・勢)—帥　7卒(熱・北・勢)—卒　8與(北)—ナシ　9挾(北・熱)—狹(傍書、捕ィ乍)

二四七　1紐(熱・北・勢)—細

二四九　1例(熱・北)—側　2反(北・勢傍書)—返　3急(北)—忽　4令(熱・北・勢)—合

二五一　1冊(北・熱・勢)—四十　2 3御—(左傍書、三)　4主(北・熱)—至　5國(北・熱・勢)—ナシ。傍書　6仍(熱・北・勢)—ナシ

二五三　1泳(北)—沐　2網—(勢傍書・底傍書・閣傍書「或作羅」)

巻第六　垂仁天皇

◇校合本—熱田本・北野本・伊勢本・内閣文庫本

二五七　1 2茅(熱・勢)—弟　3率(熱・北・勢)—卒

二五九　1子(熱・北・勢)—ナシ。下書　2所(集解)—ナシ　3乃(熱)—ナシ

二六一　1太(勢)—大　2玉(熱・北・勢)—ナシ　3枠(熱・北・勢)—杵　4宍粟(通証・集解)—出淺　5出淺(通証・集解)—宍粟　6之(熱・北・勢)—ナシ　7而(熱・北・勢)—ナシ。傍書　8村(熱)—ナシ。傍書　9國(熱・北・勢)—ナシ

二六三　1與(熱・北・勢)—与と(「と」傍書、ィ无)　2 3殺(熱・北・勢・底傍書ィ)—弑　4喉(熱・底原字・底傍書ィ)—唯　5退(熱・勢・底ィ)—退而　6涕(熱・北・勢)—ナシ。傍書

二六五　1奏(熱・北・勢)—奉　2後(熱・北・勢)—后　3其(熱)—ナシ　4產(開化紀)—ナシ(熱・釈紀「彥」)　5後(熱・北・勢・底傍書ィ)—后　6走(熱・北・勢)—ナシ。傍書　7倭(熱・北・勢)—ナシ。傍書　8摩(熱・北・勢)—麻

二六七　1摩—(底傍書・閣「麻ィ乍」)　2摩(熱・北・勢)—麻　3腰(熱・北・勢)—骨　4摩(熱・北・勢)—麻　5薊(熱・北ィ・底ィ)—筋　6鐸(熱・北・勢)—鐸　7薊(集解)—筋

二六九　1何(熱・北・勢)—ナシ。傍書　2由是以(熱・北・勢)—傍書。ナシ　3得—(傍書、ィ无)　4入(類史)—ナシ　5入(熱・北・勢)—ナシ。傍書

二七一　1大(熱・北・勢)—太　2齋(熱・勢)—齊　3大(熱・北・勢)—太　4太(熱・北・勢)—大　5探(熱・北・勢)—採　6太(勢・閣)—大

二七三　1之(熱・北・勢)—ナシ。傍書　2詔—(傍書、諮ィ乍)　3宜(熱・北・勢)—ナシ。傍書　4遣(熱・勢)—ナシ。傍書　5佰(熱・北)—伯

二七五　1必—(傍書、如ィ乍)　2遅(通証)—避　3比(北・勢・閣)—此　4爲(熱・北・勢)—爲白　5矣(熱・北・勢)—也

二七七　1冬(紀略)—ナシ　2天(熱・勢・北ィ)—神　3也(熱)—ナシ

二七九　1所—(傍書、前ィ乍)　2耳(集解)—(底・熱「耳と」、北・勢・閣「平」)　3未(熱・北・勢)—米(傍書、未歟)。4卌(熱・北・閣)—四十

巻第七　景行天皇

◇校合本—熱田本・北野本・伊勢本・内閣文庫本

二八三　1代(熱)—ナシ　2代(熱・北・勢)—ナシ　3太(北)—大　4寅(熱・北・底傍書ィ)—戌　5第(熱・北)—弟　6幼(熱・北・勢)—幻

二八五　1而(熱・勢)—ナシ　2熨(熱・北)—尉　3入(熱・北)—ナシ　4子—(底傍書・閣「女ィ」)　5三(熱・北)—ナシ。傍書

二八七　1阿(熱・北)—河　2子(熱・北・勢)—ナシ。傍書　3水(熱・北・勢)—ナシ。傍書　4秋(熱・北・勢)—ナシ　5歷(熱・北・勢)—磨　6之(熱・北)—ナシ

二八九　1各(熱・北・勢)—ナシ　2屬—(傍書、族ィ乍)　3二(熱・北・勢)—ナシ。傍書　4打(北・勢・底傍書ィ乍)—折　5距—(傍書、拒ィ乍)　6而(熱・北・閣傍書)—ナシ。傍書　7將隱—(北・底傍書・閣傍書「隱將」)

二九一　1之(熱・北・勢)—ナシ。傍書　2曰(熱・北・勢)—ナシ。傍書　3澗(熱・北・勢)—洞　4謂—(コノ下傍書、之ィ有)

二九三　1陟(熱・北)—涉　2倍(熱・北)—保　3歷(熱・北)—漏　4瀰(熱・北)—瀰　5弊(熱)—幣　6愚(熱・北)—遇　7乃(熱・北・勢)—仍

二九五　1路—(北・底傍書・閣傍書、コノ下「路而」)　2杪—(熱・北・底傍書「柁」)　3也(北)—ナシ。傍書　4度(熱・北・底傍書)—渡　5國(熱・北・底傍書ィ・閣)—國也　6也(熱・北・閣傍書)—ナシ　7都(熱・北・底傍書ィ)—覩

二九七　1瀰(熱・北)—瀰　2弊(熱)—ナシ。傍書、幣　3 4瀰(熱・北)—弥　5亦(熱・北・勢)—ナシ　6岬—(北・底傍書・閣傍書「崎」)　7水—(底傍書・北・閣傍書「御」)　8命(熱・北・勢)—命　9大(熱・北・閣)—太　10也(熱・北・勢)—ナシ

二九九　1帥(熱・北・勢)—師　2佩劒(北・勢・底傍書)—劒佩　3刺(熱・北・勢)—判　4曰—(熱・勢ナシ)

三〇一　1嗤(北・勢)—嗤一(「一」ミセケチ)　2帥(北)—師　3有(熱・北)—ナシ　4俓(熱・北・勢)—徑　5凡(熱・勢・閣傍書)—ナシ。傍書

三〇三　1俓(熱・北)—徑　2髻—(熱・北「髮」)　3堺(熱・北)—界　4大(熱・北・勢)—丈　5寔是(熱)—是寔　6示(熱・北)—永　7隷(意改)—穎　8而(熱・北)—ナシ　9仍(熱・北・勢)—乃　10朔(熱・北・勢)—ナシ。傍書　6也(熱・北・閣傍書)—ナシ。傍書

三〇五　1是—(底傍書・北・閣「是時」)　2得—(傍書、ィ无)　3毛—(北・底傍書・閣「毛也」)　4賤(熱・北)—以　5之—(コノ下傍書、賤)　6距—(傍書、拒)

三〇七　1伽(熱・北・閣傍書)—加　2答(熱・北・

勢)—益 3王(熱・北・勢)—玉 4々(熱・北・勢)—ナシ。傍書 5𣝣(熱・北・勢)—曹 6俓(熱・北)—經 7既—(熱・北ナシ)

三〇九 1而(熱・北・勢)—ナシ。傍書 2五十葺(熱・北・底傍書)—膽吹 3膽吹—(北・底傍書・閣傍書「五十葺」) 4氷(熱・北)—水 5行(熱・北・勢)—ナシ。傍書 6跋(熱・北)—跂 7是(熱・北・閣)—ナシ。傍書 8弊(熱・北)—幣 9 10苔(熱・北・勢)—苫 11壓(熱・勢)—磨

三一一 1而(熱・北・勢)—ナシ。傍書 2小(勢)—少 3 4兮(意改)—号 5也(熱・北)—ナシ

三一三 1閣(熱・北)—閣 2椰(熱・北)—耶 3於(熱・北・勢)—ナシ。傍書 4畿(熱・北・勢)—幾 5豫(熱・北・勢)—勢 6卵—(底傍書・閣傍書「鼓ィ」) 7媛(熱・北・勢)—姫

三一五 1入(熱・北・勢)—八 2淡—(北・底傍書・閣傍書「安房」) 3蛤—(傍書、蛤ィ) 4蛤—(傍書、蛉本) 5拜—(北・底傍書・閣傍書「領」)

三一七 1宮(熱・勢)—宮也(底傍書、天ィ)

三一九 1盾(熱)—楯 2卌(熱・北・勢)—四十 3甥—(北・底傍書・閣傍書「姪」) 4仲—(底傍書・北・閣傍書「中」) 5尊(熱・北)—ナシ

巻第八 仲哀天皇

◇校合本—北野本・熱田本・伊勢本・内閣文庫本

三二一 1太—(北・閣「皇太」) 2而(北・熱・勢)—ナシ。傍書 3域—(底傍書、城ィ。熱・勢傍書「城」) 4池—(北・底傍書・閣傍書「地」)

三二三 1太(通証)—大 2娶(北・熱・勢)—取 3生(北・底傍書ィ)—生子(熱「生之」) 4當(北・熱・勢)—ナシ。傍書、或乍 5遣使(北)—使遣 6渟(北・熱・勢)—停

三二五 1之(北・熱・勢)—ナシ。傍書、或乍 2五(北・熱・勢)—ナシ。傍書 3壓(北)—歴 4魚—(底傍書・閣傍書「奐欤」) 5以—(北・底傍書・閣傍書「次ィ乍」) 6筥(北・釈紀)—莒 7柴(北・熱・勢)—紫 8鹽—(底傍書・北・閣傍書「擶」) 9杪(集解)—抄 10自(北・熱・勢)—白 11潮—(北・底傍書・閣傍書「湖」) 12涸(北・熱・勢)—洞

三二七 1宍(北・閣)—ナシ。傍書 2處(北・熱)—美 3睩(熱・勢・釈紀)—睩 4睩(勢)—睩 5弭(熱)—珥 6岳—(傍書、嶽ィ) 7周—(底・閣傍書ィ・北「閭」) 8國(北・熱・勢)—ナシ。傍書

三二九 1時以下十四字(北・熱)—小字ニセリ 2膽(北)—瞻 3者(北・熱・勢)—ナシ。傍書 4 5斂(北・勢)—劔 6也—(北ナシ、別筆「也ィ」。底本、コノ下ニ小字「私云、葬河内国惠我長野西陵云と武内大臣收御骨上洛云と」)

巻第九 神功皇后

◇校合本—北野本・熱田本・伊勢本・内閣文庫本

三三一 1額—(傍書、額ィ) 2紫(北・熱・勢)—糸 3復(北)—ナシ。傍書

三三三 1居—(底モト「天」削改) 2之—(底傍書、ィ无) 3隨(北・熱・勢)—隨 4興軍而迎(北・熱・勢)—ナシ。傍書 5縷(北)—絲 6也(北・底傍書・閣傍書)—焉 7釣(集解)—鉤

三三五 1通—(コノ下底傍書、穿) 2令(北)—今 3滌(北)—濮 4成(北・底傍書・閣傍書)—就 5吾(北)—ナシ。傍書

三三七 1視(北・熱・勢)—覩 2王(北)—玉 3瓓(北)—弭 4覩(北)—都 5王(北・熱・勢)—玉(削改) 6亥(熱・勢)—酉 7扶(北)—挟 8罏(通証)—爐 9慄(北)—慓 10之(北・熱・勢)—ナシ。

三三九 1距—(傍書、拒) 2旆(北・底傍書「或乍」)—旌 3煩—(傍書、憚) 4怠(集解)—忍 5降服—(北・底傍書ィ「服降」) 6官家屯倉(意改)—屯官家倉(「倉」、傍書ィ无)

三四一 1筒(熱・勢)—箇 2 3筒(北・熱・勢)—箇 4大—(熱・勢・底傍書「火」) 5裝(熱・勢)—裝衣(「衣」、傍書ィ无) 6留—(傍書、ィ无) 7卽(熱・勢)—則 8官(北・熱・勢)—宮 9禽—(傍書、捉ィ) 10筋(北・底傍書ィ)—助 11誂宰(熱・勢)—誹誂仰(「仰」傍書、宰ィ乍)

三四三 1敦(北・底ィ)—篤 2取—(北・底ィナシ) 3槻—(北・底ィ「槻」) 4神(北)—ナシ 5春(北・熱・勢)—ナシ。傍書 6曰(北・熱・勢)—ナシ。傍書 7仍—(北・底ィ「乃」)

三四五 1待—(北・底ィ「得」) 2師(北・熱・勢)—帥 3務古—(北・底ィ「武庫」) 4后—(北・熱・勢「居」) 5筒(北・熱)—箇 6芝(北・熱・勢)—之 7努—(北・底ィ「奴」) 8直—(北・底ィナシ) 9時(熱・勢)—時有一舊老

三四七 1宜—(傍書、ィ无) 2也(北・底傍書清本)—也一云多呉吾師之遠祖也 3厤(北)—壓 4椰(北・熱・勢)—揶 5苔(北・熱・勢)—苫 6以(熱)—ナシ。傍書 7乃(北・熱・勢)—ナシ 8水—(傍書、或本無水字) 9爰(北・熱・勢)—奚 10被(北・熱・勢)—ナシ。傍書

三四九 1能(北)—熊 2 3苔(北・熱・勢)—苫 4

汙(北・熱・勢)—汗

三五一 1者—(コノ下傍書、則ィ) 2 3許(意改)—ナシ 4苔(北・熱・勢)—苫 5孺—(北、四十九年三月三行目、沙白マデ欠) 6芝作—(熱「枳作」)(「作」底傍書、枳ィ) 7斗—(傍書、計ィ乍) 8冊(熱・勢)—四十 9建—(傍書、ィ无)

三五三 1冊(意改)—四十 2倭(熱・勢)—倭女 3冊(意改)—四十 4厤(熱・勢・閣)—摩(モト厤) 5津(熱・勢)—津也 6摩(熱・勢・底傍書ィ)—厤 7肖(集解)—背 8冊枚(熱・勢)—四十牧 9幣(集解)—弊 10復—(底傍書、陽) 11卓(熱・勢)—ナシ。傍書 12也—(傍書、ィ無) 13冊(熱・勢)—四十 14時(熱・勢)—朝時

三五五 1如(熱・勢)—知 2人—(傍書、ィ无) 3比(熱・勢)—比宿(宿ノ左ニィ无) 4敷—(コノ下「之ィ有」) 5冊(熱・勢)—四十 6久(熱・勢)—人久(「人」底傍書、ィ无) 7國—(傍書、固ィ) 8也(北・熱・勢)—ナシ。下書

三五七 1多羅(北・熱・勢)—ナシ。傍書 2忱(北・熱・勢)—枕 3敷(北)—數 4而送—送而(傍書、二字ィ无) 5問—(傍書、向ィ)

三五九 1永—(傍書、亦ィ) 2肖(北・熱)—背 3之—(傍書、也ィ) 4新以下社稷マデ—北本大字。底傍書「清本爲ㇾ疏・禁御本爲ㇾ疏」

三六一 1至(北)—氐 2國—(傍書、閟) 3酒—(底モト湏) 4妹(北)—ナシ。傍書 5倭—(北・底傍書ィ「貴倭」) 6獻—(北・底ィ「獻之也」) 7是(北・熱・勢)—ナシ。傍書

巻第十 応神天皇

◇校合本—田中本・宮内庁本・北野本・熱田本・伊勢本・内閣文庫本

三六三 1肖—(北・勢・底傍書ィ「肯」) 2大(北・熱・勢)—太 3六—(北・底傍書「七」) 4太—(ココマデ宮本欠文) 5大(北・熱・勢)—太 6來—(熱・勢・釈紀ナシ。傍書、ィ有)

三六五 1妃(宮・北・底傍書ィ)—姫 2珥(北・熱)—弭 3臣—(ココマデ田本欠文) 4弟(田・宮・北)—ナシ。傍書 5謎(田・宮)—讉(以上分注七字、媛ノ下ニアリ) 6 8 9派(田・宮・熱)—泒 7媛(田・宮・北)—姫 10媛(田・北)—姫 11大(宮・北・熱)—太 12大—(北・閣「去大」、コノ上底傍書、去) 13立之(田)—ナシ 14由—(北・底傍書ィ乍・閣傍書「於」) 15花—(田「菟」) 16二(田・宮・北)—三 17麽(田・北・熱)—婆 18麽(田・北)—磨

三六七 1阿(田・宮・北)—何 2支(田・宮・北)—攴 3甘(田・宮・北)—ナシ。傍書 4在(田・宮・北傍書ィ・底傍書ィ乍)—侍 5元(田・宮・北)—ナシ。傍書 6以忠—(北・底傍書「忠以」) 7祖(田・宮・北)—ナシ。傍書 8晩(田・宮・北)—脱 9湄(田・宮・北ィ・底傍書)—濵

三六九 1紀(田・宮・北)—紀伊 2坐(田)—上坐 3奘(田)—装 4湄(田)—弥 5遇(田・熱・釈紀)—愚 6遇(田・北・釈紀)—愚 7賜(田・宮・北)—(ナシ。下文ニ而大賜トアリ、「賜」ニ入交ノ印アリ) 8豫(田・宮・釈紀・底ィ)—預 9鷄—(熱傍書・勢傍書・底傍書「祈」) 10遇(田・宮・釈紀)—愚 11交(田・宮・熱)—夫 12慇(田・北・熱)—殷 13懃(田・宮・北)—勤 14彌(田・宮・熱)—瀰

三七一 1 2彌(田)—瀰 3云(田)—曰、コノ上ニ底傍書、書 4耆(田・北)—老 5巨—(宮・北ナシ。底傍書「點本無ィ」) 6伎(田・宮)—岐 7時—(北・閣「時有」、コノ下ニ底傍書「有」)

三七三 1子—(北・閣「子羆」、底傍書「羆ィ有但非也」) 2所(田)—故所 3謂(田・宮・北・底ィ)—諸 4支(田・宮・北)—攴 5城—(北「城提」、底傍書「提」) 6之(田)—人 7道路—(傍書、無道ィ) 8摩(田・宮・釈紀)—厤 9餓(田・宮・底傍書)—俄 10甚—(北・底傍書・閣傍書「其」) 11取山—(田「山取」、宮「取」)

三七五 1淸(集解)—清 2 3弭(北)—珥 4之(田・宮・北)—ナシ。傍書 5鴈(田・宮・北)—雁 6輿—(傍書、擧ィ) 7娜—(田「⿰土那」)

三七七 1臣(田・宮・北)—ナシ。傍書 2區(田・宮・北)—ナシ。傍書 3臣(田・宮・熱傍書)—田 4臣(田)—丘 5部(田)—部縣 6賜—(北・底傍書ィ乍・閣傍書「封」) 7支(田・宮・北)—攴 8王—(北・底傍書ィ・閣ィナシ) 9木(田)—大倭木 10朝(田)—皇(熱「皇朝」) 11之—(北下書「之ィ」)

三七九 1燒(田)—燼 2烏—(傍書、爲ィ) 3斗—(傍書、訟ィ) 4能—(底傍書、紀ィ) 5朔(田・宮・北)—ナシ。傍書 6支(田・宮・北)—攴 7仕(田・北・底ィ)—任 8齊(田・宮・北)—濟

三八一 1知(田)—和 2時以下七字—(傍書、ィ本注) 3有(田・宮・北)—ナシ。傍書 4衣—(コノアト田本欠文)

巻第十一　仁徳天皇

◇校合本―前田本・天理本・北野本・伊勢本・内閣文庫本

三八三　1幽―(前・天・北・勢「亂」)

三八五　1中(前・釈紀)―仲　2 3 6 7 8淤(集解)―游　4太(前)―皇太　5々々(前)―皇太子

三八七　1度(前)―渡　2苔(北・勢)―苫　3 4 6珥(前・釈紀)―弭　5苔(前・北・勢)―苫　7旎(意改)―泥　8瀰(前・釈紀)―旀　9 10 11苔(前・天・北)―苫　12幣(前・釈紀)―弊　13 14涅(前・釈紀)―泥　15那羅―(傍書、乃樂)

三八九　1 2兮(前)―号　3朵(前・天傍書・底傍書)―綵　4爲(前・底傍書旧事紀・閣傍書旧事紀)―烏　5剳(前)―剖　6當(前・天・北)―ナシ　7今(前・天・底削改)―令　8並(前・天傍書・底傍書)―兼　9太(前)―大

三九一　1皇后(北・底ィ)―々　2烟(前・天・北)―煙　3毎家(前)―家々　4之(前・天・北)―ナシ　5邦(前)―封　6以(前)―之　7年(前・底朱傍書)―載　8以(前)―ナシ　9絓(前・天・北)―絓　10履(前・勢)―履　11更無(前)―豈有　12焉(前)―乎　13矣(前)―焉

三九三　1競(前・北傍書・底傍書ィ)―爭　2乏―(前「之」)　3駃(天・勢)―駚　4堤(前・天・北)―提

三九五　1茵(前・天・北)―苔　2令(前)―合　3瀉(前・天・北)―瀹　4汎(前)―沉　5亦(前)―且　6射(前)―ナシ　7工(前)―巧　8臣(前)―ナシ。コノ下、分注ノ次ニ、臣也　9舸(前)―河　10能(前・天・北)―之能　11掘(前)―堀　12年豐(前・紀略)―豐年　13之(前・天・北・底傍書ィ)―也

三九七　1於(前)―置於　2掘(前)―堀　3妨(前)―棄　4仍以歌問之(前)―即歌　5虚赴於(前・天・北)―赴於虚　6苔(前・天・勢)―苫　7娜(前・北・釈紀)―娜　8始(前・天・釈紀)―姑　9皇(前)―皇聞之　10發病―(傍書、病發ィ)　11砥田―(前「楯人」)

三九九　1 8 17 18 20 21苔(前・天・北)―苫　2曳(前・天・釈紀)―由　3壓(前・天・北)―磨　4 9幣(前・北・釈紀)―弊　5用―(天・北・勢「由」)　6 7 10 11 12 13介(前・天・北・底傍書ィ)―箇　14珥(前・天・北)―原字不明　15遇(前)―愚　16是(前・万葉九左注)―是日　19尼―(釈紀「泥」)

四〇一　1 9苔(前・天・北)―苫　2磨(前・釈紀)―摩　3壓(天)―磨　4 6介(前・天・北)―箇　5喩(前)―踰　7豫(前・釈紀)―預(底傍書、湏ィ)　8輸(前・天・北・釈紀・底傍書)―輪　10輸(前・天・勢)―輪　11幣(前・釈紀)―弊　12遣(前・天・北)―ナシ　13臣(前・天・北)―臣遣(「的」ノ上ヘ入交ル印アリ)　14遇(前)―愚　15日(前・天・北)―田(「日」ニ削改)

四〇三　1臂―(前「避」右ニ「臂」)　2遇(前)―愚　3士(前・天・北・底傍書ィ)―ナシ　4明(前・天・北)―朋　5肯(前・天・北)―ナシ(底頭書「私記、不肯參見」)　6智―(前「知」)　7幣(前)―弊　8齊(前・北傍書・釈紀)―劑　9椰(前)―那　10忩―(前・天・北「怱」)　11乃(前)―那　12羅―(前傍書「樂」)　13怜(前・天・北)―憐

四〇五　1語(前)―謂　2二―(傍書、三ィ)　3爲(前・天・釈紀)―ナシ

四〇七　1友于(前)―干支　2弭(前・釈紀)―珥　3娑(北)―婆(前傍書別筆「佐社岐等良佐禰」)　4裝―(前「裝」、釈紀「狹」)　5俄―(前「餓」)　6玉(前・天・北)―王　7若(前)―ナシ　8月以―(前ナシ。傍書別筆)

四〇九　1推(前)―ナシ　2妻之(前)―之妻　3乃―(傍書、本无)　4贖(前)―免　5族―(傍書、孫欤)　6時(前)―ナシ　7悚(前)―懼　8之(前・天・北)―ナシ　9是―(前ナシ)　10時―(前ナシ)

四一一　1鷹(前・天・北)―應　2鴈(天・勢)―鷹

四一三　1峙(前)―寺　2讎(前傍書)―儺　3冬―(前「是冬」)　4親(前)―ナシ　5臨(前)―臨于　6停(前)―淳　7壹(前)―一　8乃(前)―仍　9窖(前)―窟

四一五　1用(前)―由　2于(前)―ナシ　3申―(天・北・勢・底朱傍書ィ「子」、天傍書・北傍書・勢傍書ィ「申」)　4地―(傍書、處ィ)　5嶋(前・天・北)―鳴「3―(前コノ下「大鷦鷯天皇」アリ)

四一七　1斂(前・閣)―歛　2大(前・天・勢)―太

巻第十二　履中天皇・反正天皇

◇校合本―宮内庁本・北野本・熱田本・伊勢本・内閣文庫本

四一九　1卌―(宮・北・底傍書ィ「卌」)　2太(宮・北・熱)―皇太　3 4 5 7 8黑―(傍書、里ィ)　6時―(宮・北ィナシ)　9太子―(宮ナシ)

四二一　1所(宮・北)―不　2嗜―(宮・北「嗜」)　3摩(宮・北・熱)―ナシ。傍書　4來(宮・北)―來者　5黑―(勢・底傍書「里」)　6得捕(宮・北・熱)―捕得

四二三　1赴(宮・北)―起　2異(宮・底傍書ィ)―

黒　3豈(宮・北・熱)—ナシ　4仲(宮・北・熱)—仲豈

四二五　1仲—(宮・北「中」)　2黒—(傍書、里ィ)　3智—(北・底傍書ィ「知」)　4莒—(宮「呂」)

四二七　1戌(熱・閣)—戍　2以(北)—ナシ　3不(宮・北・熱)—ナシ。傍書

四二九　1至自淡路(宮・北)—自淡路至　2得(北)—ナシ。傍書　3神(宮・北)—神祇　4亥(宮)—卯　5之(宮・北・熱)—ナシ　6太—(熱・勢・閣「大」)　7後(宮・北・熱)—后　8申—(熱「午」傍書「申」)　9弗(宮・北・熱)—不

四三一　1時年七十—(北、大字本文)　2七十—(北傍書「或六十四ィ」)　3瑞歯別天皇 反正天皇—(北ナシ、頭書)　4皇—(宮・北ナシ)　5曰(宮・北・熱)—日　6有(宮・北・熱)—落有　7大(宮・北・熱)—太　8丹—(北本、以下別筆後補)　9柴(宮・北・熱)—紫　10五(宮傍書、下文允恭紀ニ衍入)—六(熱「二」)　11天—(宮「瑞歯別天」、底傍書・閣傍書「瑞歯別ィ有天」)　12于正寝—(熱ナシ。勢朱傍書「三字交ィ有之云云」、底傍書「三字ィ无」、閣、于右肩ニ合点)　13紀—(熱「記」)　14巻—(熱ナシ)

巻第十三　允恭天皇・安康天皇

◇校合本—宮内庁本・北野本・熱田本・伊勢本・内閣文庫本

四三三　1雄—(以下十字、宮・北ナシ。熱小書前行ニツヅク)　2允恭天皇(集解)—ナシ　3自—(宮ナシ)　4五—(底傍書・閣傍書「六」)　5雖(宮・北・熱)—ナシ　6賢聖(宮・北・閣ィ)—聖賢　7距—(北「拒」)

四三五　1剋(宮・北・熱)—刻　2遂(宮・熱・勢)—遂選　3歳(宮)—年　4太(宮・熱・勢)—大

四三七　1薗(宮・北・勢)—園　2苔(宮・北・熱)—苫　3於—(底傍書「ィ无」。閣ナシ、傍書ィ)　4之—(底傍書「ィ无」。閣ナシ、傍書ィ)　5死(宮・北)—万死　6也—(傍書、之ィ)

四三九　1碑(釈紀注)—碑　2氏—(宮「百」傍書「氏」、北「百氏」)　3卽(宮)—因以　4域(勢ィ)—城　5玉田(宮・北・熱)—ナシ。傍書

四四一　1令(宮・北・熱)—ナシ。傍書

四四三　1二—(勢「三」)　2多(宮・釈紀)—哆

四四七　1猨(宮・北・熱)—猿　2人(宮)—海人　3白水郎也(宮)—海人　4是(宮・北ィ・熱)—好深採是(底傍書、ィ此好深採三字无)　5須臾(宮・北)—頃　6而(宮・北・熱)—ナシ。小書後補　7深(宮・北ィ・熱)—底　8空(宮・北・勢)—非　9刑(宮)—罪　10仍(宮)—因以

四四九　1 3 4 14蒐(宮・北・釈紀)—兎　2勾(宮)—約　5泮(宮)—津　6加刑(宮)—罪　7移(宮)—流輕　8于(宮)—是　9哀(宮・北・熱)—褒　10彌(宮・北)—瀰　11梅(北・釈紀)—瑀　12多—(北・釈紀「ヒ」)　13泮(宮・熱朱傍書)—絆　15若干—(北・閣ィ「八十一」、北傍書「若干ィ」下書「或無一又六十八ィ」、閣傍書「或無一字又六十」)　16而(宮・北・底傍書ィ)—ナシ　17儛歌(宮・北・底傍書ィ)—歌儛

四五一　1之(宮・北・熱)—ナシ　2色—(北・底傍書ィ・閣傍書「進」)　3冬—(宮・北ィナシ)　4淫—(宮・北「浮」)　5輕括箭(宮・北・熱)—ナシ。傍書　6 7幣(宮・北・釈紀)—弊　8杜(宮・北・熱)—土

四五三　1皆(宮・北・熱)—ナシ。傍書　2被—(傍書、虐)　3毫—(北「高毫」コノ上底傍書・閣傍書「高」)

四五五　1皇子—(北傍書ィ・底傍書ィ・閣「天皇」、底本「皇」原字「天」)　2吉—(北・底傍書・閣傍書「去」)　3而(宮・北・熱)—ナシ　4妃(宮・北・熱)—嫗(削改)　5皇(通証)—王　6大(宮・北・熱)—ナシ。傍書　7殺(宮・北)—弑　8在—(北・底傍書ィナシ)　9紀(通証)—記(コノ下、北・底傍書ィ・閣下書ィ「也」アリ)

巻第十四　雄略天皇

◇校合本—前田本・宮内庁本・熱田本・伊勢本・内閣文庫本

四五七　1孀(前・宮)—津間　2也(前・宮)—ナシ　3於(前・宮・熱)—ナシ

四五九　1臣(前・宮・熱)—ナシ。傍書　2讵(前・宮・熱)—誰　3波(前・宮)—婆　4名(前・宮)—名字也　5磐(前・宮)—盤　6磐(前・宮・勢)—盤　7校(前・宮・熱)—狡

四六一　1株(前・宮)—林　2殺(集解)—然　3磐(宮・勢・閣)—盤　4手(前・宮)—ナシ　5皇女(前・宮)—ナシ　6幡(前・宮)—幡娘　7姬(前・宮)—媛

四六三　1壓(前・宮)—磨　2也(前・宮)—ナシ　3徐歩—(傍書、行歩ィ)　4見(宮・熱・勢)—ナシ。傍書　5導(前・宮・熱)—導　6妄(前・宮・熱)—妾　7川(前・宮)—河　8幸—(前・宮・底コノ下分注「幸吉野宮叡山」アリ)　9羊—(傍書、遊)

四六五　1觀(前・宮)—視　2菟(前・宮・熱)—兎　3 4宍(前・宮・勢)—害　5等(前・宮)—等也

四六七　1奸(前)—汙　2任—(底傍書・前傍書「妊欵」)　3其—(底ィ・勢「甚」)　4掘(前・宮・

熱)—堀　5水—(傍書、氷ィ)　6殺—(傍書、
子ィ)　7導(前・宮・熱)—導
四六九　1蛉(釈紀・熱・勢)—蛤　2嚠(前・宮)—嚠
3蛉(前・宮・熱)—蛤　4麼(前・宮)—磨　5
賊(前)—賊　6司(前・宮)—伺　7也(前・宮)
—ナシ　8磨(前・宮)—魔　9麼(前)—磨　10
麼(前・宮)—磨　11枳(前・宮)—枳都　12麼
(前・宮)—磨　13儺(前・宮・釈紀)—難　14麻
(前・宮)—磨　15阿(前・宮)—婀　16校(前・宮・
熱)—狡　17逐—(傍書、追ィ)　18徒(前・宮・
熱)—従　19麼(前・宮・熱)—磨
四七一　1貢(前・宮・熱)—ナシ。傍書　2軍(前・
宮・熱)—ナシ。傍書　3支(前・宮)—攴君　4
之(前・宮)—ナシ。傍書　5嫁(前・宮)—既嫁
6丑—(前・宮・熱)—巳　7王(宮・熱・勢)—
王遣王(「遣王」ミセケチ)　8昆(宮)—琨　9
王(宮)—皇(前本「皇」消シテ右ニ「王以」ト
アリ)　10兄(前・宮)—先
四七三　1麼(前・熱・勢)—磨　2底(契沖)—麻
3 4麼(前・熱・勢)—磨　5麼(前・宮)—麻
6名(前・宮)—名也　7之(前・宮・熱)—ナシ。
傍書　8也(前・宮)—ナシ　9物(前・宮)—物
代
四七五　1君(前・宮)—君也　2玉(前・宮・熱)—
王　3而(前・宮・熱)—ナシ。傍書　4銜(前・
宮・熱)—御　5化—(傍書、凡ィ乍)　6後(前・
宮)—復
四七七　1喜(前・宮)—嘉　2戒(前・宮・熱)—或
3吾(前・宮・熱)—君　4兒—(傍書、見ィ乍)
5亦—(傍書、且ィ作)　6於(前・宮)—ナシ
7廣津此云比慮岐頭(前・宮)—来ノ下ニアリ
8慮(前・宮)—盧　9下桃原(前・宮・熱)—ナ
シ。傍書　10于(前・宮・熱)—千　11比(前・宮)
—毗
四七九　1帥(前・宮・熱)—師　2俄(前・宮)—餓
3未(前・宮・熱)—來　4勞(前・宮・熱)—營
5輜(前・宮)—輜　6重(前傍書・宮)—車　7奇
(前・宮・熱)—寄　8朝(前・宮)—下ニ分注、
應校年代　9也—(傍書、ィ无)　10賜(前)—賜
與采女
四八一　1退(前・宮)—卽　2逃亡—(傍書、亡逃ィ)
3豐穗—(傍書、穗豐ィ)　4郡(前・宮)—内
5乃(前・宮・熱)—ナシ　6臣—(傍書、吾ィ)
7視—(傍書、祖ィ)　8騎(前)—騎馬軍
四八三　1不見(意改)—覓　2有—(傍書、者ィ)
3却—(傍書、劫ィ)　4怨—(傍書、忌ィ)　5
執—(傍書、報ィ)　6几(前・宮)—瓦
四八五　1葬(前・宮)—喪　2麻呂(前・宮)—麿　3
麻呂(前・宮)—麿　4其—(傍書、逢ィ有)　5
濩(前傍書・宮傍書・熱)—灌　6逢(前・宮・
熱)—蓬　7鷲(前・釈紀)—鷲　8取(前・宮)—
取而　9也(前・宮)—ナシ
四八七　1是鵝—(傍書、鵝是ィ)　2酉—(前・宮
「丑」)　3月(前・宮・熱)—ナシ　4謂(前・熱・
勢)—語　5面—(傍書、方ィ)
四八九　1筵(前・宮)—噬　2橘(前・宮・熱)—橘
3刧—(前・宮「却」)　4變(前・宮・熱)—戀
5韋那(前・宮)—猪名　6 7斷—(前・宮・熱
「斲」)
四九一　1斷—(前・宮・熱「斲」)　2輕(前・宮)—
ナシ　3麼(前・宮)—摩　4歌(前・宮)—柯
5麻(前・宮)—磨　6也(前・宮)—ナシ　7末
(前・宮)—未
四九三　1服(前・宮)—復　2何由(前・宮・熱)—ナ
シ。傍書　3進—(傍書、奉ィ)　4日(前・宮・
熱)—ナシ。傍書　5欲(前・宮)—ナシ　6子
(前・宮)—子也　7民(前・宮)—氏
四九五　1民(前・宮)—氏　2調—(下書、御調也)
3云—(傍書、本ィ)　4桑—(傍書、ィ无)　5
民(前・宮)—氏　6一(前・宮)—一本　7也(前・
宮)—ナシ　8播(前・宮)—幡　9遣(前・宮・
熱)—追　10 11服(前・宮)—復
四九七　1不能(前・宮・熱)—ナシ。傍書　2使(前・
宮)—名　3小(前・宮)—少　4逐(前)—遂　5
爲—(傍書、ィ无)　6其(宮・熱・勢)—ナシ
7狛(前・宮)—猫　8唎(前傍書・宮・熱)—利
9波(前・宮・熱)—後　10瑞(前・宮)—水　11
王(前・宮)—皇　12支(前・宮・熱)—攴
四九九　1誠(前・宮)—試　2其—(下傍書、爲ィ)
3仍—(傍書、乃)　4預(前・宮・熱)—豫　5
支(前・宮・熱)—攴　6乂(前)—艾　7身(隋書)
—ナシ　8人(隋書)—ナシ
五〇一　1友于(前・宮)—支干　2國家(前・宮)—
家國　3儲君(前・宮)—ナシ。傍書「儲君於ィ」
4也(前・宮)—ナシ。傍書ィ　5卽—(傍書、既
ィ)　6母(前・宮)—毎　7之(前・宮)—ナシ。
傍書ィ

巻第十五　清寧天皇・顕宗天皇・仁賢天皇

◇校合本—宮内庁本・北野本・熱田本・伊勢本・
内閣文庫本
五〇三　1 3稚(宮・北・熱)—ナシ。傍書　2弘—
(宮・北「雄」)　4清寧天皇(宮)—ナシ　5聽
(宮)—聞　6我(宮・北・熱)—ナシ　7式—(北・
底傍書ィ「或」)　8于(北・底傍書ィ)—乎　9
權—(底傍書・閣「擁」)　10天皇(宮・北・熱)—

ナシ。傍書　11闕名—(宮ナシ)　12慄(閣)—標

五〇五　1等(宮・北・熱)—ナシ。傍書　2太(宮・北)—大　3遺—(底「遺令」、令ミセケチ)

五〇七　1依—(以下九字北ナシ。底傍書・閣傍書「已上九字交本无之」)　2豫(宮)—與　3海(宮・北・熱)—ナシ。傍書　4弘—(宮・北・底傍書ィ「雄」)　5溥(宮・勢・底傍書ィ)—博　6弘—(宮・北・底傍書ィ「雄」)　7 8弘—(宮「雄」)　9願(宮・北・勢)—顧　10交—(底傍書、或本交下有男字私)　11於男—(北、小書分注)　12十—(宮・北・底「冬十」、「冬」底ミセケチ)　13庭(宮・北・熱)—廷

五〇九　1弘—(宮・北・底傍書清本・閣傍書清本ィ「雄」)(以下四字、熱小字、勢ナシ)　2顯宗天皇—(熱・勢ナシ、閣傍書「清本」)　3弘—(宮・北・熱傍書ィ・勢傍書ィ「雄」)　4子—(底傍書ィ・閣傍書ィ「之」。北ナシ、傍書「之子ィ」)　5第(北・勢・閣)—弟　6弘—(宮「雄」)　7逃亡—(北・底傍書ィ「屯逃」)　8日下—(宮「早」、北・熱「旱」、底傍書「旱ィ本一字有」、閣傍書「日下ィ本一字有之」)

五一一　1日下—(宮・底傍書・熱「旱」)　2瀰—(宮「瀰也」、北「臅也」)　3吾(宮・北・底傍書ィ・閣傍書イ)—其子吾　4磨(宮・北)—磨　5豫(宮)—與　6導(宮)—導　7害—(宮「殺」、底モトノ字ヲ削改)　8相抱—(北・底傍書ィ・閣傍書ィ「抱相」)　9于(宮)—乎　10語(宮)—謂

五一三　1者(宮・北・底傍書ィ・閣傍書イ)—ナシ　2萑(熱)—藋(宮・北・底ィ「灌」)　3 4萑(意改)—藋　5倭(宮・北・熱)—佞　6烏(宮・熱)—鳴　7加—(北・底傍書ィ・閣傍書ィ「賀」)

8慘(文選)—摻　9赴(宮・北・熱)—起　10呵(宮)—咼　11喩(宮)—愈　12歴—(北・熱・釈紀「磨」)　13云陀豆々僻—(宮「陀と豆と僻」)

五一五　1榅(宮・北・熱)—椙　2波(宮)—婆　3承—(北・底傍書ィ・閣傍書ィ「長承」)　4憙(宮・北・勢)—喜　5陀(宮)—拖　6口(宮・北・熱)—日　7 8子(宮)—皇

五一七　1也—(宮ナシ)　2乎(北)—矣　3所—(底傍書、謂旧事本紀)　4紛—(宮・北傍書ィ・勢・「終」)　5弘—(宮・北・底傍書ィ「雄」)　6奉(宮・北・熱)—擧　7首(北)—道　8履(宮・北・熱)—ナシ。傍書　9葉(集解)—業　10曰(宮・熱)—日　11大王—(北・底傍書ィ・閣傍書ィ「天皇」)

五一九　1烈(北・底傍書イ)—列　2失(宮・北・底傍書イ)—告　3孔(宮・北・底傍書ィ「孔」)—礼　4孺—(北・底傍書ィ・閣傍書ィ「狽」)　5寮(宮)—僚　6弘—(宮「雄」)　7 8小(宮)—少　9也—(宮ナシ)　10絮(宮)—綿　11掘(宮・北・勢)—堀

五二一　1支(宮・北・熱)—文　2毎—(熱・底傍書ィ「母」)　3謀(宮)—謨　4太(通証)—大

五二三　1詶(宮・北・熱)—酬

五二五　1耄(通証)—髦　2 3瀰(宮)—弥　4利—(釈紀傍書「例」)　5馬(宮・熱・勢)—牛馬　6衛(宮・熱・勢)—御　7 8櫟(宮)—擽　9者(宮)—ナシ　10也(宮)—ナシ　11伎(宮・北)—(底・熱・勢「岐」、底モト「伎」ヲ削改)　12直—(底傍書・閣傍書「主ィ」)　13官(熱)—宮　14等—(北・底傍書ィ・閣傍書ィ「寸」)

五二七　1津—(熱・勢・底傍書ィ「律」)　2膽(宮・北・熱)—瞻　3仁賢天皇—(熱ナシ、頭書「仁賢とと」、閣傍書「清本」)　4弘—(宮・北「雄」)　5壯(宮・北・熱)—然　6弘—(宮「雄」)　7也(宮・北)—ナシ　8弘—(宮・底傍書ィ・閣傍書ィ「雄」)　9爲皇(北・熱・勢)—ナシ。傍書(宮「爲」)　10 12弘—(宮・北「雄」)　11也(宮・北)—ナシ

五二九　1 4 5弘—(宮「雄」)　2磐杯丘(宮・北・熱)—ナシ。傍書　3太(通証)—大　6 7瓮(意改)—允　8弘—(宮・北「雄」)

五三一　1使(宮・熱・勢)—ナシ。傍書　2 3是(宮・北・熱)—兄　4謎—(宮「謎也」)　5該(宮・北・勢)—詠　6之—(宮ナシ)　7言以下八字—(宮ナシ。底傍書・閣傍書「清本此注无之」)　8杵(宮・勢傍書ィ・底傍書・釈紀)—寸　9杵(宮・勢傍書・底傍書・釈紀傍書ィ)—寸　10生(宮・北・熱)—ナシ。傍書　11 12 15 18 19 20杵(宮)—寸　13韓—(北本、以下五三三頁、原文注1「亦」マデ大字正文。閣傍書「イ本是ヨリ下皆正文ニ書也」)　14妻—(勢傍書・底傍書・閣傍書「子欤」)　16或—(傍書、或本自是以下皆正文。熱、右肩ニ朱合点)　17夫(宮・北・熱)—大

五三三　1亦—(北本ココマデ大字)　2耳—(勢「乎」)　3大(宮・北・底傍書ィ・閣傍書イ)—ナシ　4吏—(北・底傍書ィ・閣傍書ィ「更」)　5書紀—(北「紀書」上下入換、熱「書」)

異体字表

○本書の底本とした卜部兼方本（巻一・二）及び卜部兼右本（巻三以下）の中で、通行の字体に改め、校異を出さなかった異体字・通用字の主なるものを掲げる。
○各々の異体字は必ずしも全巻を通じて使われてはいない。
○文字の配列は明朝体活字の画数の順序により、さらに現代通用の字音によって五十音順に掲げてある。

一畫
乙 乚
三畫
凡 几
四畫
引 弖丨
化 仏
互 牙 𤘅
丹 丹
匹 疋
片 行
夭 殀
五畫
功 㓛

失 失
冉 冄 冄
尼 尼 尼
卯 夘
幼 㓜
六畫
因 囙
企 仚
休 体
朽 朽
叫 叫
血 血
考 考
再 再

充 宛 死
兆 兆
亦 久
七畫
矣 矣
役 伇
坐 坐
災 灾
初 初
沈 沉
宍 完
抛 抛
沃 沃
妖 妖

卵 夘
牢 窂
八畫
於 扵
往 徃
怪 恠
宜 冝 宜
協 協
狗 狗
虎 乕
幸 圶
岡 崗 崗
刺 刺
呪 咒

叔 𠦑 升
所 所
昇 昪
承 承 承
垂 埀
陀 陁 陁
拕 拖
泥 埿 泥
乗 乗
罔 冈
臾 臾
兩 両 雨
戾 戻
九畫

哀 哀
癸 关 天
祗 祇
侄 任 任
後 後
剋 尅
拯 拯 拯
帥 帥
派 泒
眄 眄
面 靣
段 段
勅 勑
珍 珎

突 突
封 封
勃 敦
或 或
十畫
恩 恩
害 害
胸 胷 胸
候 候
校 挍
哭 哭 哭
差 差
唇 唇
臭 臰

席 席
莊 庄 荘
桑 桒
祓 祓
叛 叛 叛
恥 耻
庭 庭
逃 逃
桃 桃
惱 悩
凌 淩 凌

十一畫

裀 裀
姬 姫
虛 虚 虗
莿 莿
絇 約
脛 胫 脛

乾 乹
參 叅
捶 搥
殺 煞
寂 宋
船 舩
率 率
唾 唾
蛇 虵
眺 晀
莧 苋 苋
統 綂
能 䏻 䏻
富 冨 冨
副 副
閉 閇
覓 覔
曼 曼

密 宻
庸 庸
掠 掠
鹿 麁

十二畫

惡 悪
華 華 蕐
鉛 鈆
飫 飫
裂 裂
割 割
喫 喫
換 换
馭 馭
卿 卿
喉 喉
最 㝡
靫 靫

策 筞
滄 滄
椒 椒
須 湏
葬 塟
喪 喪
逮 逮
筏 筏
斑 斑
備 俻
寐 寐 寐
馮 馮
葺 葺
牒 牒

十三畫

違 違 違
蓋 盖 葢
隔 隔

寬 寛
毀 毀 毀
鄉 鄉
經 経
傑 傑
搆 搆
號 號 號
飾 飾
廉 廉 廉
鼠 鼡
遞 逓
瑙 瑙
發 發 發
微 微
聘 聘
溟 溟
椰 椰
裏 裏

稜 稜

十四畫

漢 漢
銜 銜
墟 墟
禊 禊
綱 綱
遘 遘
算 筭
嘗 甞
滌 滌
寢 寢 寢
齊 齊
對 對 對
奪 奪
圖 圗
適 適
徹 徹

爾 尒 尓
寧 寧
罰 罸
稗 稗 稗
僕 僕
蔓 蔓
慢 慢
網 網
熊 熊
稟 禀

十五畫

厲 厲
獻 獻
槁 槁
膝 膝 膝
踐 踐
熟 熟
諄 諄

嘗 甞甞
蘣 蘣
數 數
遭 遭
熱 焚
廢 廢癈
殯 殯
蔽 蔽
幣 幣
嫚 嫚
慮 慮
屢 屢
黎 梨

十六畫

叡 叡
頴 頴頴
概 槪
還 還還

冀 冀
橘 橘橘橘
據 據
憖 憖
髻 髻
頸 頸
憲 憲
劒 釰釼
樹 樹
整 整整
薦 薦
擅 擅
儞 你
瘼 瘼
糒 糒
憑 憑
縵 縵
隸 隸

十七畫

隱 隠隠
豁 豁
遽 遽
矯 矯
齋 齋
孺 孺
雖 雖雖
總 揔揔
適 適
彌 弥
斂 斂

十八畫

額 額
簡 簡
歸 歸帰
謹 謹
觀 覩覩

瓊 瓊
職 職
臍 臍
叢 叢
蟲 虫
鵜 鵜
謾 謾
獵 獦獦

十九畫

關 開
辭 辞辞
蹴 蹴
繩 繩
蘇 蘇
覇 霸
轎 輪
邊 邉邉
麗 麗

二十畫

獻 献
嚴 嚴嚴
寵 寵寵
譯 譯

二十一畫

顧 頋頋
攝 攝摂
驄 驄
鐵 鐵
纏 纏
鬘 鬘
齎 賷賷

二十二畫

轆 轆
竈 竃竃

二十三畫

灑 灑灑

讎 雔
體 躰軆

二十五畫

躡 躡
顱 顱

二十九畫

鬱 欝

三十三畫

麤 麁

日本古典文学大系 67
日本書紀 上

1967 年 3 月31日　第 1 刷発行
1993 年 2 月 5 日　第30刷発行
1993 年 9 月 6 日　新装版第 1 刷発行
2007 年 4 月 5 日　新装版第 9 刷発行
2017 年10月11日　オンデマンド版発行

校注者　坂本太郎(さかもとたろう)　家永三郎(いえながさぶろう)
　　　　井上光貞(いのうえみつさだ)　大野 晋(おおのすすむ)

発行者　岡本 厚

発行所　株式会社 岩波書店
〒 101-8002 東京都千代田区一ツ橋 2-5-5
電話案内 03-5210-4000
http://www.iwanami.co.jp/

印刷／製本・法令印刷

ISBN 978-4-00-730674-7　　Printed in Japan